多功能分類成語典

許晉彰・邱啓聖 編著

五南圖書出版公司 印行

編輯凡例

一、適用對象

本辭典之內容包含簡單及中等深度的成語，供各階段的學生及社會人士使用。

二、編排方式

全書以篇、類、項依次排序，將成語性質相近者歸類在一起，例如：比喻「面相富貴」的用語；比喻「臉部嚴肅」的用語等。

三、成語挑選

參酌教育部網站、各級學校的教科用書、書報雜誌等出現過的成語，從中篩選出常見或適合運用在寫作文章者。

四、內文體例

每則成語盡量包含解釋、詞源、用法、範例、提示五項體例，內容的解說十分的翔實，遣詞用字也以簡潔清楚為原則。

㈠成語解釋

先逐字做生難字詞的釋義，再做全句的解釋。

天香國色（ㄊㄧㄢ ㄒㄧㄤ ㄍㄨㄛˊ ㄙㄜˋ）

解釋 香：香氣。色：顏色。指天底下香氣最宜人、色彩最鮮豔的牡丹花。

㈡成語詞源

清楚標示出詞源，若無最原始的出處，則引用曾經出現過的古文。

詞源 宋・胡繼宗・《書言故事・花木嘗》：「牡丹曰天香國色。」

㈢成語用法

除非只有單一用法，否則會將兩種或三種用法標示清楚，提供讀者寫作文章的參考。

用法 ①比喻豔麗的花朵。②比喻姿色美麗的女子。

㈣成語範例

每則成語皆有範例，造句的遣詞用字也十分簡潔、精練。

範例 這次入圍世界小姐的佳麗，

都是天香國色的美女。

(五)成語提示

1. 對於近義的成語一一補充。

提示 「天香國色」也作「國色天香」。

2. 對於容易混淆的字音詳細解說。

提示 「鬼哭神號」的「號」讀作ㄏㄠˊ，不可以讀作ㄏㄠˋ。

3. 針對容易寫錯的字加以說明。

提示 「按部就班」的「部」不可以寫成「進步」的「步」。

五、成語測驗

依據每頁出現的成語編製相關測驗題，採「現學現考」的模式，訓練學生的程度，以求達到立竿見影的效果。全書共一千六百六十三題，分成單一題型和縱合題型，內容活潑、多元化，包括：

(一)文句式的成語填空

(二)選出相反成語

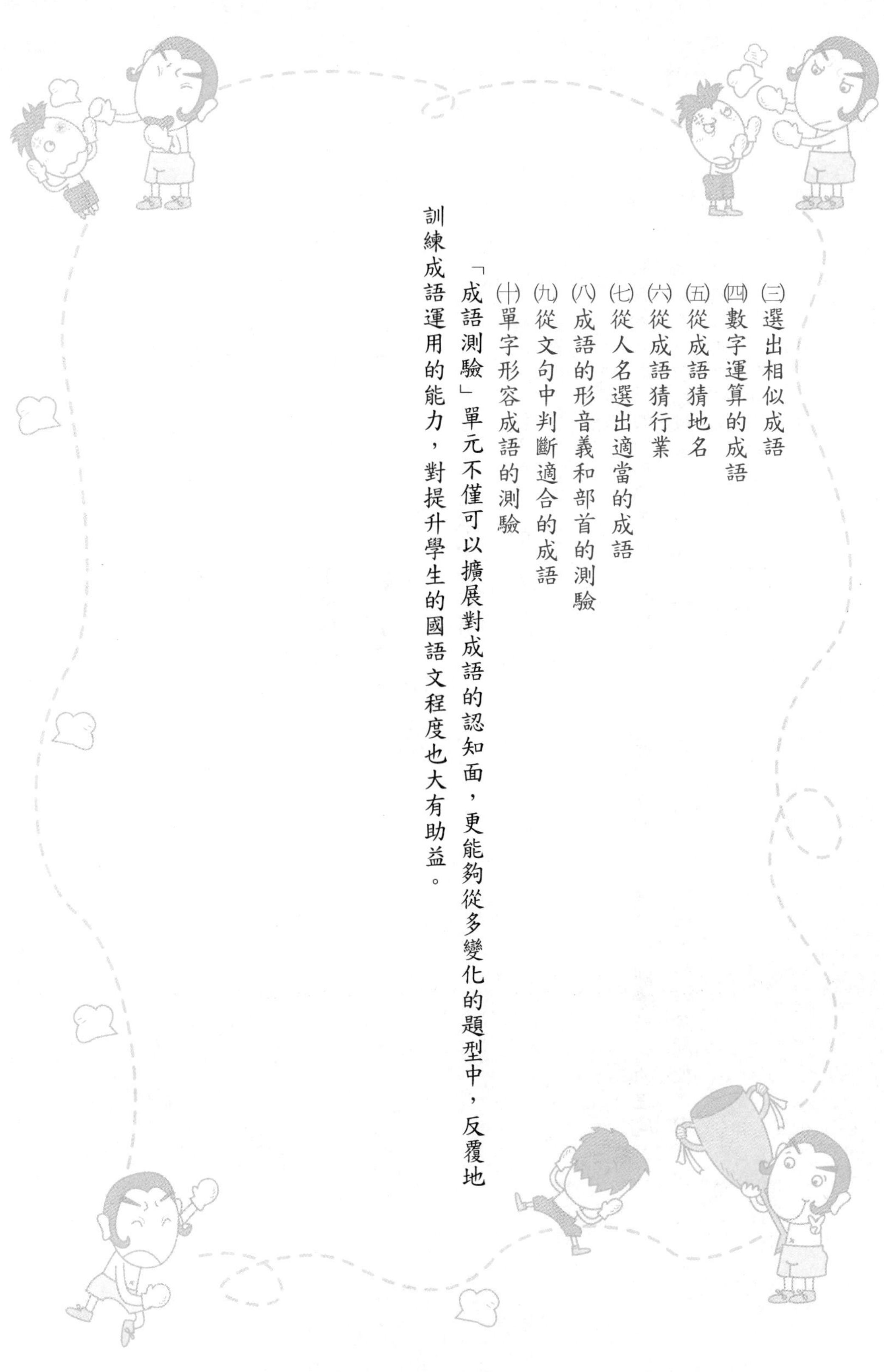

(三)選出相似成語
(四)數字運算的成語
(五)從成語猜地名
(六)從成語猜行業
(七)從人名選出適當的成語
(八)成語的形音義和部首的測驗
(九)從文句中判斷適合的成語
(十)單字形容成語的測驗

「成語測驗」單元不僅可以擴展對成語的認知面，更能夠從多變化的題型中，反覆地訓練成語運用的能力，對提升學生的國語文程度也大有助益。

十大特色

一、收錄豐富

本辭典將成語按性質不同而作分類，包括篇、類、項目，共計十六篇，七十六類，二千五百七十一則成語。

二、分類集中

所選用的成語，一律將意義相近者歸類編排，方便讀者寫作文章或閱讀時引用。

三、標準字音

根據教育部的「國語一字多音審訂表」，標注每則成語的字音。

四、深究詞義

全書的每一則成語都逐字逐句解釋，除說明成語的意義外，並且詳述其用法，當一則成語有多種用法時，會以**用法**欄依次說明。

五、詞源注解

本書最大的特點之一在於**詞源**欄中，將成語的原文出處加以解釋或翻譯，若有典故的更詳細敘述其來龍去脈，有助讀者進一步地了解成語。

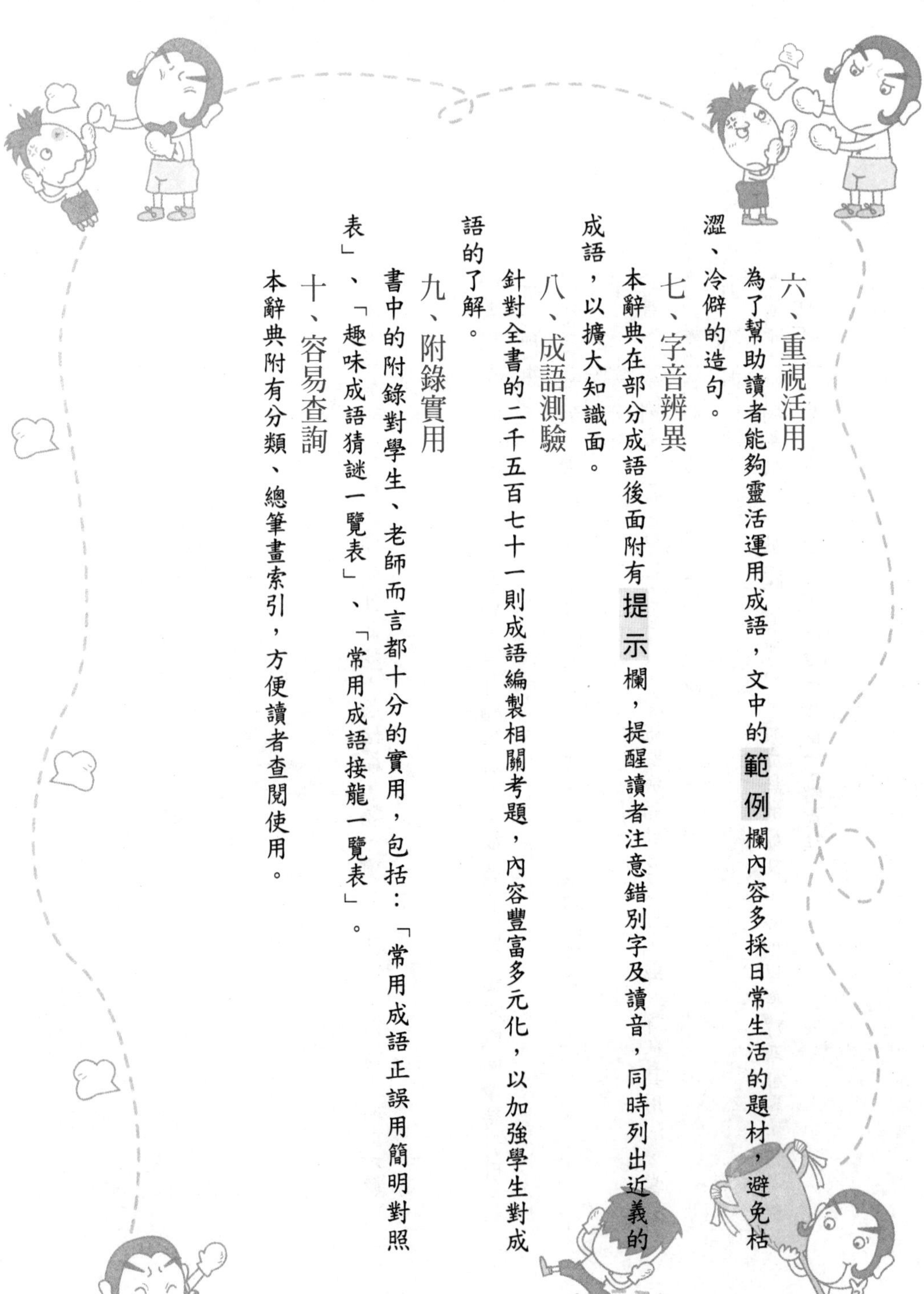

六、重視活用

為了幫助讀者能夠靈活運用成語，文中的範例欄內容多採日常生活的題材，避免枯澀、冷僻的造句。

七、字音辨異

本辭典在部分成語後面附有提示欄，提醒讀者注意錯別字及讀音，同時列出近義的成語，以擴大知識面。

八、成語測驗

針對全書的二千五百七十一則成語編製相關考題，內容豐富多元化，以加強學生對成語的了解。

九、附錄實用

書中的附錄對學生、老師而言都十分的實用，包括：「常用成語正誤用簡明對照表」、「趣味成語猜謎一覽表」、「常用成語接龍一覽表」。

十、容易查詢

本辭典附有分類、總筆畫索引，方便讀者查閱使用。

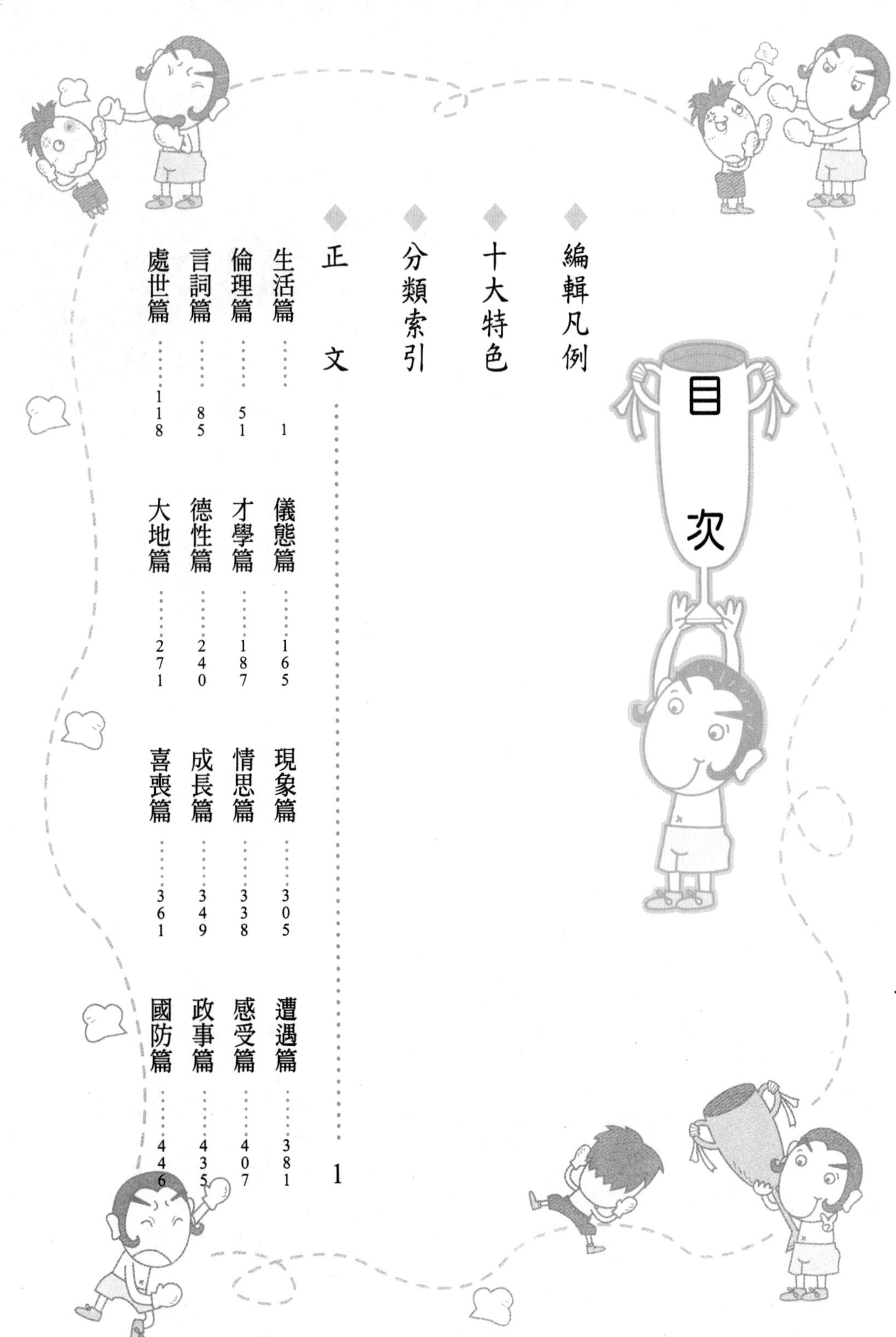

目次

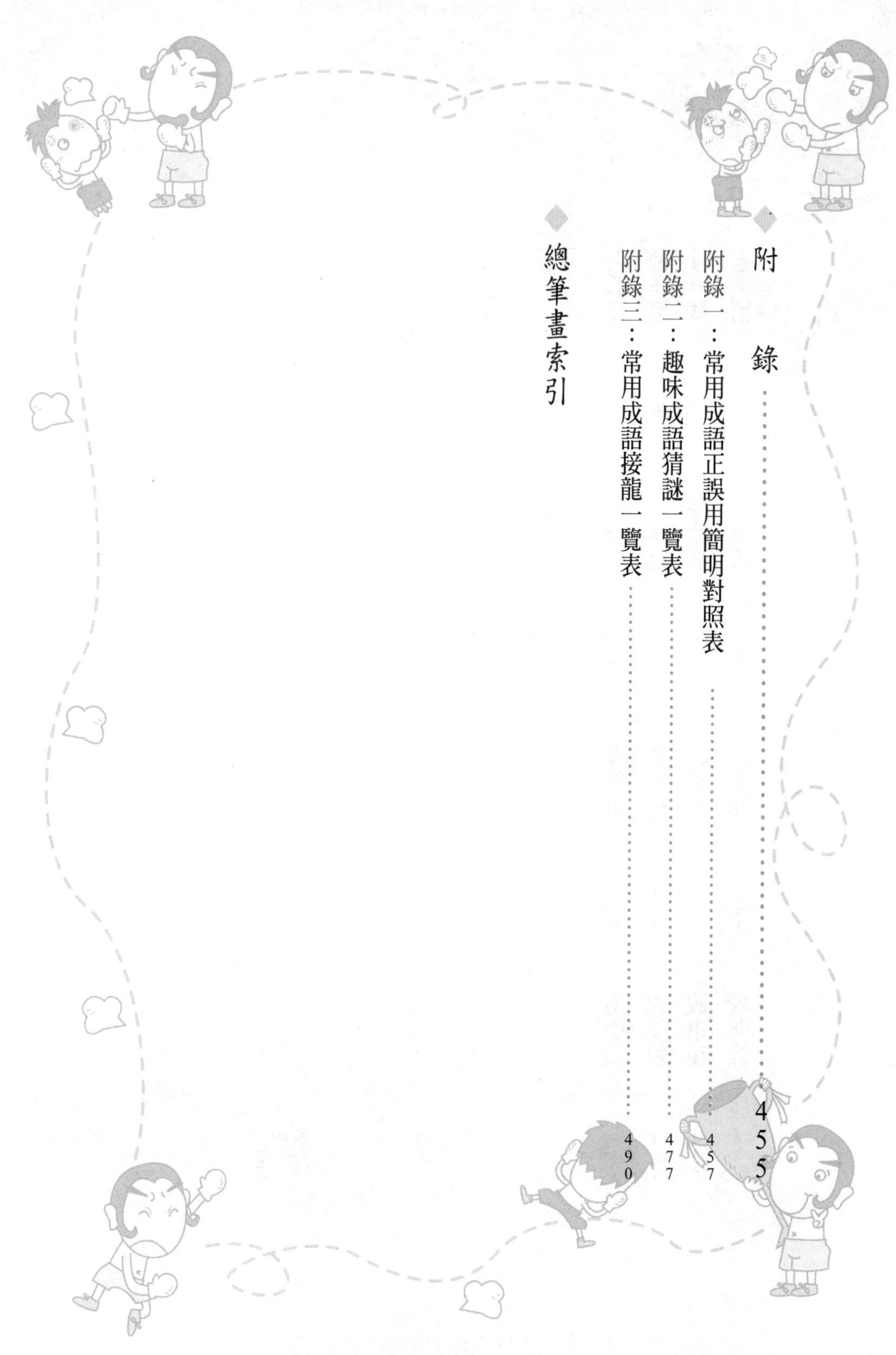

附　錄 455

總筆畫索引

分類索引

【飲食類】

【服飾類】

【居住類】

【貧富節儉類】

【夫妻類】

【兄弟類】

【朋友類】

【惡言類】

【器度類】

【驕傲狂妄類】

【恩澤類】

【冷漠無情類】

【體態類】

【聰愚類】

【學識類】

【造詣類】

【文藝類】

【才能類】

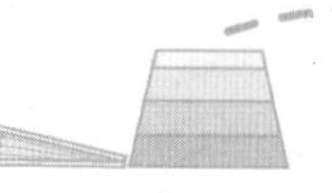

【貞操類】

【天色類】

【集散類】

【多寡類】

【異同類】

【戀愛類】

【喜慶類】

【祝賀類】

【功過類】

【平順類】

【逆境類】

【離散類】

【快樂類】

【氣恨類】

【驚慌類】

【心思類】

【貪惡類】

【愧悔類】

【政局好壞類】

抱頭鼠竄 452

落花流水 452

潰不成軍 452

轍亂旗靡 452

【軍威類】

兵強馬壯 452

投鞭斷流 453

浩浩蕩蕩 453

旌旗蔽空 453

舳艫千里 453

百戰百勝 453

所向披靡 454

無堅不摧 454

銳不可當 454

1.（　　）「玉液瓊醬」、「水路雜陳」、「肉山腐林」中的錯字，應該改成 A.郁、陸、杉 B.漿、陸、脯 C.漿、陸、淋 D.郁、成、脯。 ➡B

2.（　　）以下哪些成語是比喻菜肴的珍貴 A.山珍海錯、日食萬錢 B.滿園春色、一擲千金 C.大魚大肉、垂涎欲滴。 ➡A

生活篇

【飲食類】

（一）比喻「菜肴珍貴奢侈」

山珍海味（ㄕㄢ ㄓㄣ ㄏㄞˇ ㄨㄟˋ）

解釋 山珍：產自山中的珍奇食物。指山中和海中所生產的珍貴食品。

詞源 《紅樓夢．三九回》：「姑娘們天天山珍海味的，也吃膩了。」

用法 比喻水陸所產的美味食物。

範例 喜宴上，主人準備山珍海味款待親朋好友。

提示 「山珍海味」也作「山珍海錯」（海錯：海中所生產的珍貴食材）。

日食萬錢（ㄖˋ ㄕˊ ㄨㄢˋ ㄑㄧㄢˊ）

解釋 萬錢：錢很多。指光是每天花在飲食方面的費用，就有萬錢那麼多。

詞源 《晉書》：「（何曾）性豪奢，日食萬錢，猶曰無下箸（筷子）處。」大意是說：西晉有一位叫何曾的人，生性非常奢侈，每天光食物就要花費萬錢，但是面對滿桌的佳肴還說不知道要吃些什麼？

用法 形容人的生活飲食奢侈。

範例 從小生活富裕的孩子，容易養成日食萬錢的惡習。

提示 「日食萬錢」也作「食日萬錢」。

水陸雜陳（ㄕㄨㄟˇ ㄌㄨˋ ㄗㄚˊ ㄔㄣˊ）

解釋 水陸：產自水上和陸地上的食物。陳：陳列。指將產自水上和陸地上的食物烹煮成佳肴，陳列在桌上。

詞源 《晉書》：「庖（庖，音ㄆㄠˊ，廚房）膳（飯食）窮（極盡）水陸之珍（珍貴）。」大意是說：廚房中所調理的食物，包含水陸裡最珍貴的美味。

用法 形容菜色非常的豐富。

範例 除夕夜，媽媽準備醉蝦、烤鴨、三杯雞等水陸雜陳的佳肴。

提示 ①「水陸雜陳」也作「水陸俱陳」（俱：都）、「水陸畢陳」（畢：都）。②「水陸雜陳」的「陸」不可以寫成「馬路」的「路」。

玉液瓊漿（ㄩˋ ㄧㄝˋ ㄑㄩㄥˊ ㄐㄧㄤ）

解釋 瓊：美好的。指美酒。

詞源 《白居易詩全集．卷五》：「開瓶瀉（水急流向下）樽（酒杯）中，玉液黃金脂（動植物的油質）。」大意是說：打開酒瓶，將酒倒入酒杯中，那美酒的顏色就像黃金的顏色一樣。

用法 比喻在宴會上用來款待賓客的美酒。

範例 在杯中搖曳的紅酒，就像是玉液瓊漿，令人不飲自醉。

提示 「玉液瓊漿」也作「瓊漿玉液」。

肉山脯林（ㄖㄡˋ ㄕㄢ ㄈㄨˇ ㄌㄧㄣˊ）

解釋 脯：肉乾。指肉塊和肉乾堆積如山林般高。

詞源 晉．皇甫謐（謐，音ㄇㄧˋ）．《帝王世紀》：「肉山脯林，以酒

1. （　　　）比喻對飲食非常的講究，叫食不□精。 ➡厭
2. （　　　）比喻珍貴奢侈的菜肴，叫□金□玉。 ➡炊、饌
3. （　　　）「食不厭精」的「厭」是指A.滿足B.反感C.厭惡。 ➡A
4. （　　　）「食前方丈」的相反成語是A.龍肝鳳髓B.疏食飲水C.山肴野蔌D.無下箸處。 ➡B、C

為池。」大意是說：肉塊和肉乾多得如山林般吃不完；酒滿滿的像個水池。

用法 形容宴會上飲食過於奢華。

範例 早期，臺灣社會普遍風行如肉山脯林般的流水席。

列鼎而食（ㄌㄧㄝˋ ㄉㄧㄥˇ ㄦˊ ㄕˊ）

解釋 鼎：古代一種三足的烹煮器具。指陳列裝滿佳肴的烹煮器具，供人食用。

詞源 《孔子家語．致思》：「從車百乘（乘，音ㄕㄥˋ，車輛的單位），積粟（粟，音ㄙㄨˋ，穀類的總稱）萬鍾（古代的容量單位，一鍾等於六斛四斗）……列鼎而食。」大意是說：跟隨的車輛有一百輛，穀物累積萬鍾之多……飲食也極盡奢華。

用法 形容宴席上菜色豐富。

範例 這家飯店的歐式自助餐，向來以列鼎而食的菜色聞名。

炊金饌玉（ㄔㄨㄟ ㄐㄧㄣ ㄓㄨㄢˋ ㄩˋ）

解釋 炊：用火燒煮食物。饌：美食；飯食。指用金塊來燒煮，用美玉來當飯吃。

用法 形容奢侈或珍貴的菜肴。

範例 他從小過著炊金饌玉的生活，不曾吃過苦頭。

食不厭精（ㄕˊ ㄅㄨˋ ㄧㄢˋ ㄐㄧㄥ）

解釋 厭：滿足。精：米麥碾舂得很精白。指十分講究食物的精緻。

詞源 《論語．鄉黨》：「食不厭精，膾（膾，音ㄎㄨㄞˋ，細切的肉）不厭細……割不正，不食。不得其醬，不食。」大意是說：孔子的飲食觀是吃東西一定講求精美，吃肉一定挑肉絲來吃……割肉塊不方正一定不吃，沒有適合的醬料也一定不吃。

用法 比喻對於飲食非常的講究。

範例 這家餐廳的菜很受歡迎，即使食不厭精的饕客也讚不絕口。

食前方丈（ㄕˊ ㄑㄧㄢˊ ㄈㄤ ㄓㄤˋ）

解釋 丈：長度單位。方丈：一丈見方。指吃飯時，在眼前一丈見方的餐桌上已經擺滿各式佳肴。

詞源 《孟子．盡心下》：「食前方丈，侍妾數百人，我得志（有機會發展自我的抱負）不為也。」

用法 形容餐飲方面的奢華。

範例 喜宴上，我看著食前方丈的佳肴，卻不知先吃哪一道菜。

酒池肉林（ㄐㄧㄡˇ ㄔˊ ㄖㄡˋ ㄌㄧㄣˊ）

解釋 指美酒滿滿的，可以積成池，肉塊也如森林般那麼多。

詞源 《史記．殷本紀》：「以酒為池，懸（掛）肉為林，使（命令）男女裸，相逐（在後頭追趕）其間，為長夜（整夜）之飲。」大意是說：紂王荒淫無度，他常以酒為池，掛肉成林，並且命令男女們脫去衣裳（裳，音・ㄕㄤ，限於「衣裳」一詞），爭相追逐作樂，而他則整夜暢飲，在一旁欣賞。

用法 形容飲食過度奢侈。

範例 人生若只是追求酒池肉林般的生活，又有什麼意義呢？

提示 「酒池肉林」也作「肉林酒池」。

無下箸處（ㄨˊ ㄒㄧㄚˋ ㄓㄨˋ ㄔㄨˋ）

解釋 箸：筷子。指佳肴滿桌，卻沒有可讓筷子夾起來的菜。

1.（　　　）「象箸玉杯」的「箸」是指 A.湯匙 B.叉子 C.筷子 D.木棒。 ➡C

2.（　　　）以下成語中的食物，何者是不存在的 A.燕窩魚翅 B.龍肝鳳髓 C.大魚大肉 D.蝦兵蟹將。 ➡B

3.（　　　）比喻飲食生活奢侈，叫□鳴□食。 ➡鐘、鼎

詞源 《晉書·何曾傳》：「日食萬錢，猶曰無下箸處。」大意是說：何曾每天吃飯要花費萬錢以上，面對滿桌的佳肴竟然還說沒有下箸的地方。

用法 形容飲食很浪費。

範例 菜已經擺滿桌了，你怎麼還是一副無下箸處的表情呢？

提示 「無下箸處」的「箸」不可以寫成「著作」的「著」。

象箸玉杯（ㄒㄧㄤˋ ㄓㄨˋ ㄩˋ ㄅㄟ）

解釋 象牙做成的筷子和白玉所製的杯子。

詞源 《史記》：「紂（商紂）始為象箸，必為玉杯。」

用法 比喻飲食生活的奢侈。

範例 這位老廚師對象箸玉杯的器皿並不感興趣。

燕窩魚翅（ㄧㄢˋ ㄨㄛ ㄩˊ ㄔˋ）

解釋 燕窩：海燕的巢穴，以涎（涎：音ㄒㄧㄢˊ，口水）沫所做成。魚翅：鯊魚的鰭。指燕窩和魚翅兩種珍貴的食品。

詞源 《三民主義·民生主義第四講》：「現在廣東的酒席，飛禽走獸，燕窩魚翅，無奇不有。」

用法 形容飲食所用的珍貴食材。

範例 據說燕窩魚翅是養顏美容的聖品，令許多人趨之若鶩。

錦衣玉食（ㄐㄧㄣˇ ㄧ ㄩˋ ㄕˊ）

解釋 錦：美麗的；鮮美的。玉：珍貴。指穿著鮮美的衣服，吃著珍貴的食物。

詞源 《魏書·常景傳》：「錦衣玉食，可頤（頤，音ㄧˊ，保養）其形（外表）。」大意是說：穿著華美的衣服，吃著珍貴的食品，可以讓外貌更加的美麗。

用法 形容在吃和穿方面很講究。

範例 她結婚以後，雖然天天過著錦衣玉食的生活，卻很寂寞。

龍肝鳳髓（ㄌㄨㄥˊ ㄍㄢ ㄈㄥˋ ㄙㄨㄟˇ）

解釋 龍的肝臟和鳳凰的骨髓。

詞源 元·鄭德輝·《倩女離魂·三折》：「若肯成就燕（燕，音ㄧㄢˋ，安閒的；快樂的）爾新婚，強如吃龍肝鳳髓。」

用法 龍肝跟鳳髓是極難得到的東西，後用來形容稀罕的食品。

範例 我不願一人遠渡重洋，去追尋龍肝鳳髓的生活。

提示 「龍肝鳳髓」也作「龍肝鳳膽」。

鮮衣美食（ㄒㄧㄢ ㄧ ㄇㄟˇ ㄕˊ）

解釋 鮮豔的服飾和精美的食物。

詞源 《醒世通言·卷一七》：「德稱此時雖然借寓（借住）僧房，圖書滿案（桌），鮮衣美食，已不似在先了。」大意是說：此時落魄到借住在禪房中，書桌上到處堆滿書籍，身上穿的衣服和所吃的食物跟昔日已經無法相提並論了。

用法 形容生活享受，衣食奢侈。

範例 他倆並不追求鮮衣美食的生活，而是注重心靈的溝通。

鐘鳴鼎食（ㄓㄨㄥ ㄇㄧㄥˊ ㄉㄧㄥˇ ㄕˊ）

解釋 鐘鳴：古時富裕的人家吃飯時必須先敲鐘，用來聚集眾人；鼎食：用餐時，飯桌上排列著一個個裝盛佳肴的鼎。指生活極盡奢靡。

用法 比喻有錢人家飲食生活的奢華和講究。

1.（　　）有關「食不重味」的說明何者正確A.「重味」，指菜色很多；重，讀作ㄔㄨㄥˊB.「重味」，指口味重；重，讀作ㄓㄨㄥˋC.「重味」，指菜色一再重複；重，讀作ㄔㄨㄥˊD.「重味」，指重新烹煮的菜肴；重，讀作ㄔㄨㄥˊ。　➡A

2.（　　）「山肴野蔌」的「蔌」讀作A.ㄕㄨˋ B.ㄕㄨ C.ㄙㄨ D.ㄙㄨˋ。　➡D

詞源 唐・王勃・《滕王閣序》：「閭閻（閭閻，音ㄌㄩˊ ㄧㄢˊ，本是里巷的門，也引申為鄰里、民間）撲地，鐘鳴鼎食之家。」

範例 其實鐘鳴鼎食的生活過久了，也會厭倦。

提示 「鐘鳴鼎食」的「鐘」不可以寫成「一見鍾情」的「鍾」。

(二)比喻「飲食簡約清淡」

山肴野蔌（ㄕㄢ ㄧㄠˊ ㄧㄝˇ ㄙㄨˋ）

解釋 肴：葷食。蔌：蔬菜。指山中的野味和蔬菜。

詞源 宋・歐陽脩・《醉翁亭記》：「山肴野蔌，雜然而前陳（陳列）者，太守（宋代以後對知府的稱呼）宴也。」

用法 形容飲食簡單，以山中的野味和蔬菜來裹腹。

範例 這家民宿以山肴野蔌的菜色，吸引了不少遊客。

食不重味（ㄕˊ ㄅㄨˋ ㄔㄨㄥˊ ㄨㄟˋ）

解釋 重味：菜色很多。指吃飯時不用兩種菜肴，也就是菜色不一定要很多。

詞源 《史記・吳太伯世家》：「子胥諫（用言語來糾正別人的錯誤）曰：『越王句踐食不重味，衣不重采（衣著簡樸，不加彩飾）。』」大意是說：越王句踐是一位節儉的人，他吃飯的菜色不要求多，穿著方面也不追求各式各樣的款式。

用法 ①形容所吃的菜色很簡單。②形容生活過得很樸素。

範例 媽媽是一個食不重味的人，生活十分簡樸。

疏食布衣（ㄕㄨ ㄕˊ ㄅㄨˋ ㄧ）

解釋 疏食：粗糙的食物。布衣：棉、麻織成的衣物。指一般平民吃的是粗糙的食物，穿的是棉、麻所織成的衣服。

詞源 《梁書・張嵊傳》：「嵊（嵊，音ㄕㄥˋ）父臨（到）青州，為土民（土著）所害，嵊感家禍，終身疏食布衣，手不執（拿）刀刃。」

用法 形容在吃、穿方面很簡樸。

範例 他對於疏食布衣的生活，甘之如頤。

疏食飲水（ㄕㄨ ㄕˊ ㄧㄣˇ ㄕㄨㄟˇ）

解釋 疏食：粗糙的食物。指三餐吃的是粗糙的食物，口渴喝的是白開水。

詞源 《論語・述而》：「飯疏食（疏食，指粗糙的飯食）飲水，曲肱（肱，音ㄍㄨㄥ，下臂）而枕（枕，音ㄓㄣˋ，用物品墊頭）之，樂亦在其中矣。」大意是說：三餐吃的是粗茶淡飯，睡覺時將手臂彎曲當枕頭，這樣也可以樂在其中啊！

用法 形容粗茶淡飯，生活簡單。

範例 他雖然過著疏食飲水般的日子，卻力求上進。

提示 「疏食飲水」也作「疏食水飲」。

粗茶淡飯（ㄘㄨ ㄔㄚˊ ㄉㄢˋ ㄈㄢˋ）

解釋 簡單不講究精美的飲食。

詞源 宋・黃庭堅・《四休居士詩序》：「粗茶淡飯飽即休（停止），補破遮寒暖即休；三平二滿（生活平穩）過即休，不貪不妒（忌恨）老即休。」大意是說：粗

1.（　　）受困的災民，只能以□□□□暫時捱日子。空格中應填入 A.饘粥糊口 B.下酒小菜 C.河落海乾 D.食不厭精。　➡A

2.（　　）「玉山頹矣」的「玉山」本是山名，後來也可以形容是 A.冷酷無情的人 B.英俊瀟灑的男子 C.住在玉山的隱士 D.綽號叫玉山的人。　➡B

茶淡飯能吃得飽就可以了；衣服破了，只要修補一下，能禦寒也就可以了；生活平穩過得去就可以滿足了；人生不貪不忌，能活到老，也就足夠了。

用法 形容人的生活和飲食簡樸。

範例 家庭只要和樂融融，即使過著粗茶淡飯的日子，也很幸福。

惡衣惡食（ㄜˋ ㄧ ㄜˋ ㄕˊ）

解釋 惡：粗劣。指粗劣的衣物和飲食。

詞源 章炳麟．《論讀經有利而無弊》：「士（讀書人）志於道，而恥惡衣惡食者，未足與議（評論）。」大意是說：讀書人立志於求道，卻以吃粗劣的食物和穿粗糙的衣服為恥辱，像這樣的人，不值得我們去評論。

用法 ①形容人過著貧困的生活。②形容人的吃、住簡樸。

範例 我們即使過著惡衣惡食的生活，也應該保持樂觀進取的精神。

提示 「惡衣惡食」的「惡」讀作ㄜˋ，不可以讀作ㄨˋ。

饘粥餬口（ㄓㄢ ㄓㄡ ㄏㄨˊ ㄎㄡˇ）

解釋 饘：濃稠的稀飯。粥：湯水多的稀飯。餬口：勉強維持生活。指靠著吃濃稠或湯湯水水的稀飯，勉強地過生活。

詞源 《正考父鼎銘》：「饘於是，粥於是，以餬於口。」大意是說：以濃稠或湯水多的稀飯來填滿肚子，勉強地過活。

用法 形容人的飲食很儉約。

範例 因為風災而受困的居民，只能以饘粥餬口暫時捱日子。

(三) 比喻「飲酒或酒醉」

玉山頹矣（ㄩˋ ㄕㄢ ㄊㄨㄟˊ ㄧˇ）

解釋 玉山：①山名。②外表俊美的人。頹：傾倒。指外表俊美的人走得東倒西歪。

用法 形容人酒醉之後，站不穩的狼狽模樣。

範例 宴席還未結束，主人卻已經玉山頹矣地醉倒在椅子上了。

提示 「玉山頹矣」也作「玉山傾倒」。

羽觴隨波（ㄩˇ ㄕㄤ ㄙㄨㄟˊ ㄅㄛ）

解釋 羽觴：酒杯。指隨著水波流動的酒杯。

詞源 《晉書．束晳傳》：「昔周公營邑，三月上巳日會百官于洛水之上，因流水以泛酒。故逸（高雅；安樂）詩有云：羽觴隨波。」

用法 以前的人在水流旁邊舉行宴會，常常將酒盛於杯中再放入水裡流動，當酒杯流到某人處，該人即取起飲用。後引申為齊聚飲酒。

範例 這家餐廳高棚滿坐，只見一桌桌的客人羽觴隨波地喝酒聊天。

河落海乾（ㄏㄜˊ ㄌㄨㄛˋ ㄏㄞˇ ㄍㄢ）

解釋 落：降下。河流的水位下降，海水也乾了。

詞源 《紅樓夢．四九回》：「這會子你怕花錢，挑唆（教唆）他們來鬧我，我樂得去吃個河落海乾，我還不知道呢！」

用法 形容將佳肴和美酒全部吃光飲盡。

範例 主人準備酒菜招待客人，大家吃得河落海乾才盡興而歸。

1.（　　）「洗盞更酌」的「更」正確讀音是A.ㄍㄥˋ B.ㄍㄥ C.ㄐㄧㄥ。　➡B

2.（　　）以下的成語何者和飲酒有關A.浮以大白、淺斟低唱B.浮以大白、粗食布衣C.開懷暢飲、山珍海味D.酒酣耳熱、食不重味。　➡A

3.（　　）「淺戡低唱」中的「戡」應改成A.嘗B.斟C.聞D.沾。　➡B

洗盞更酌（ㄒㄧˇ ㄓㄢˇ ㄍㄥ ㄓㄨㄛˊ）

解釋　盞：盛酒的小杯子。更：重新；再度。酌：倒酒；斟酒。指洗淨小酒杯後，重新再倒酒暢飲。

詞源　宋．蘇軾．《前赤壁賦》：「客喜而笑，洗盞更酌。」

用法　形容宴會本該結束了，但是大夥興致仍濃，所以重新洗碗添酒暢飲。

範例　宴席上，主人豪爽地要客人洗盞更酌，再暢飲一番。

提示　「洗盞更酌」的「盞」讀作ㄓㄢˇ，「更」讀作ㄍㄥ。

浮以大白（ㄈㄨˊ ㄧˇ ㄉㄚˋ ㄅㄞˊ）

解釋　浮：受罰。白：古代罰酒所用的杯子。指罰人飲用大杯的酒。

詞源　漢．劉向．《說苑．善說》：「飲不釂（釂，音ㄐㄧㄠˋ，喝完杯中的酒）者，浮以大白。」大意是說：不將杯中的酒喝完的人，反而要罰一大杯的酒。

用法　比喻心情愉快時暢飲一杯。

範例　主人提議酒宴中遲到的人，要浮以大白，表示歉意。

酒酣耳熱（ㄐㄧㄡˇ ㄏㄢ ㄦˇ ㄖㄜˋ）

解釋　酒酣：酒興正濃的時刻。耳熱：耳根微微發熱。指因為已經有醉意，使得耳根微微發熱，但是喝酒的興致正濃厚。

詞源　三國．魏．曹丕．《與吳質書》：「每至觴（酒杯）酌流行（傳來傳去），絲竹（也就是音樂）並奏，酒酣耳熱，仰（抬頭）而賦（吟誦）詩，當此之時，忽然不自知樂也。」

用法　形容人的心情很好，即使有些醉意，卻想再喝酒。

範例　大家喝得酒酣耳熱之際，有人開始打起拍子，輕輕哼著歌。

提示　「酒酣耳熱」的「酣」讀作ㄏㄢ。

酒飲微醺（ㄐㄧㄡˇ ㄧㄣˇ ㄨㄟ ㄒㄩㄣ）

解釋　醺：醉。指喝酒喝到微醉。

用法　形容人已經有醉意。

範例　爺爺酒飲微醺後，開始天南地北地說起陳年往事。

宿酒未醒（ㄙㄨˋ ㄐㄧㄡˇ ㄨㄟˋ ㄒㄧㄥˇ）

解釋　宿：隔夜的。指前夜喝醉，至今仍未醒過來。

用法　形容人喝得大醉，以致無法清醒。

範例　爸爸昨晚參加同學會後，一直到中午還宿酒未醒。

淺斟低唱（ㄑㄧㄢˇ ㄓㄣ ㄉㄧ ㄔㄤˋ）

解釋　淺斟：慢慢的將酒倒入杯子中。指慢慢地倒酒品嘗，並且低聲歌唱。

詞源　柳永．《鶴沖天詞》：「忍（狠下心來）把浮名（虛幻不真實的聲名），換了淺斟低唱。」

用法　形容悠閒自得的樣子。

範例　我永遠記得當年在星空下，淺斟低唱的點點滴滴……。

提示　「淺斟低唱」的「斟」不可以寫成「戡亂」的「戡（ㄎㄢ）」。

開懷暢飲（ㄎㄞ ㄏㄨㄞˊ ㄔㄤˋ ㄧㄣˇ）

解釋　開懷：心情愉快的樣子。暢飲：痛快地喝酒。指很愉快地喝著酒。

詞源　《射柳捶丸．三折》：「令人安排酒肴，與眾大人們玩賞端陽

1.（　　　）以下解釋何者正確A.酩酊，指古時的酒杯B.頹然，失意落魄的樣子 C.罄，音ㄑㄧㄥˋ，是一種腹大口小的罈子 D.「爛醉如泥」的「泥」，音ㄋㄧˋ，指酒醉後趴在泥地上。　➡C

2.（　　　）「酒闌人散」的「闌」是指A.醉醺醺的樣子B.酒味變淡了 C.美麗的意思 D.酒席結束。　➡D

（端午節），開懷暢飲。」

用法 比喻心情愉快，痛快地大口喝酒。

範例 導演在慶功宴上，不禁得意地開懷暢飲。

酩酊大醉 ㄇㄧㄥˇ ㄉㄧㄥˇ ㄉㄚˋ ㄗㄨㄟˋ

解釋 酩酊：喝醉酒的樣子。指人醉到一點知覺也沒有。

詞源 《白居易詩全集》：「是時連夕雨（連夜雨），酩酊無所知。」

用法 形容醉到不省人事。

範例 路旁躺個喝得酩酊大醉的人，警察正在處理。

頹然就醉 ㄊㄨㄟˊ ㄖㄢˊ ㄐㄧㄡˋ ㄗㄨㄟˋ

解釋 頹然：酒醉而站不穩。指喝醉酒，以致連站都站不穩。

詞源 柳宗元．《始得西山宴遊記》：「引觴（觴，音ㄕㄤ，酒杯）滿酌（喝；飲），頹然就醉，不知日之入（太陽已經下山）。」大意是說：將酒杯倒滿，一飲而盡，結果醉到連太陽西下都不知道。

用法 形容喝醉酒的模樣。

範例 街燈下，他倆頹然就醉的搭肩走路，引來路人的目光。

罄盡杯乾 ㄑㄧㄥˋ ㄐㄧㄣˋ ㄅㄟ ㄍㄢ

解釋 罄：腹大口小的罈子。指酒罄和酒杯內的酒都喝光了。

詞源 《初刻拍案驚奇．卷一五》：「陳秀才那時已弄得罄盡杯乾，只得收了心，在家讀書。」

用法 ①形容酒喝得一滴不剩。②比喻花光家產，生活過得困苦。

範例 這幾個人一看到桌上的酒，不一會兒就喝得罄盡杯乾了。

爛醉如泥 ㄌㄢˋ ㄗㄨㄟˋ ㄖㄨˊ ㄋㄧˊ

解釋 爛醉：大醉。指醉倒在地，就像爛泥般動也不動。

詞源 《水滸傳．一〇一回》：「王慶一日吃得爛醉如泥，在本府正排軍張斌面前露出了馬腳（破綻）。」

用法 形容喝酒沒有節制，醉得不省人事。

範例 他因為不得志，每天都喝得爛醉如泥。

(四)比喻「辦宴會或散席」

酒食之會 ㄐㄧㄡˇ ㄕˊ ㄓ ㄏㄨㄟˋ

解釋 指酒宴。

用法 形容有吃有喝的宴會。

範例 這場跨世紀的酒食之會，成為人們津津樂道的話題。

酒闌人散 ㄐㄧㄡˇ ㄌㄢˊ ㄖㄣˊ ㄙㄢˋ

解釋 闌：盡；結束。指酒席結束，客人散去。

詞源 《兒女英雄傳．一八回》：「及至到了酒闌人散，對著那燈火樓台，靜坐著一想。」

用法 比喻宴會散席。

範例 在這酒闌人散的時刻，我覺得更加寂寞了。

提示 「酒闌人散」也作「酒闌賓散」、「酒闌客散」。

酒闌興盡 ㄐㄧㄡˇ ㄌㄢˊ ㄒㄧㄥˋ ㄐㄧㄣˋ

解釋 興：情緒；興致。指酒會已經結束，興致也沒有了。

詞源 《孽海花．二〇回》：「大家又與雯青談了些海外的事情……

1. (　　) 轉眼歲末將盡，各大公司都□□□□，邀請員工吃尾牙。空格中應填入 A.置酒高會 B.肆筵設席 C.鴻門之宴 D.龍門開宴。　➡A、B

2. (　　) 「金裝玉裡」是指 A.身上佩帶金子和美玉 B.裝飾如金子般珍貴，穿著如美玉般華麗 C.金和玉裁製的衣服。　➡B

不覺紅日西斜，酒闌興盡……。」

用法 形容宴會接近尾聲，喝酒的興致已經消失了。

範例 夜深了，大家也酒闌興盡的準備打道回府。

殘湯剩飯（ㄘㄢˊ ㄊㄤ ㄕㄥˋ ㄈㄢˋ）

解釋 剩下的飯菜。

詞源 元．關漢卿．《蝴蝶夢．三折》：「我三個孩兒都下在死囚牢中，我叫化（化，音ㄏㄨㄚ˙，向人討飯）了些殘湯剩飯，送與孩兒每吃走。」

用法 ①比喻吃剩的飯菜。②形容宴會散席。

範例 冰箱裡僅有些殘湯剩飯，你將就著吃吧！

提示 「殘湯剩飯」也作「殘茶剩飯」。

置酒高會（ㄓˋ ㄐㄧㄡˇ ㄍㄠ ㄏㄨㄟˋ）

解釋 置：擺；設立。高會：宴會；盛會。指舉行酒宴。

詞源 《漢書．高帝紀上》：「漢王拜（拜會）彭越魏相國，令定梁地，漢王遂（於是）入城，收羽（項羽）美人貨賂（賂，音ㄌㄨˋ，對人有所要求而送財物），置酒高會。」

用法 形容擺設宴會，招待賓客。

範例 轉眼歲末將盡，各大公司都置酒高會，邀請員工吃尾牙。

提示 「置酒高會」也作「飲酒高會」。

肆筵設席（ㄙˋ ㄧㄢˊ ㄕㄜˋ ㄒㄧˊ）

解釋 肆：陳列。筵：酒席。指擺設酒席。

詞源 《千字文》：「肆筵設席，鼓（彈奏）瑟（像琴的樂器）吹笙（笙，音ㄕㄥ，樂器名）。」

用法 形容舉行宴席。

範例 兒子娶媳婦，他樂得在大飯店肆筵設席，邀請親朋好友。

提示 「肆筵設席」的「肆」不可以寫成「肄業」的「肄（ㄧˋ）」。

龍門開宴（ㄌㄨㄥˊ ㄇㄣˊ ㄎㄞ ㄧㄢˋ）

解釋 龍門：有聲望的人。開：擺設。指具名聲的人擺設酒席。

用法 偏重名人舉行宴會，親朋好友共樂的表述。

範例 今天的熱門新聞，是有關某富豪龍門開宴的氣派排場。

【服飾類】

(一)比喻「穿著華麗」

金裝玉裡（ㄐㄧㄣ ㄓㄨㄤ ㄩˋ ㄌㄧˇ）

解釋 裝飾如金子般珍貴，穿著如美玉般華麗。

詞源 《好逑傳．一五回》：「鐵中玉在縣堂看見冰心小姐時，雖說美麗，卻穿的是淺淡衣服；今日所見，卻金裝玉裏（同「裡」），打扮得與天仙相似。」

用法 形容人的穿著華麗。

範例 頒獎典禮上，男女明星個個金裝玉裡，都是流行的款式。

提示 「裏」是「裡」的異體字，現在多寫作「裡」。

珠光寶氣（ㄓㄨ ㄍㄨㄤ ㄅㄠˇ ㄑㄧˋ）

解釋 珍珠和珠寶所散發的光芒和貴氣。

詞源 魯迅．《難得糊塗》：「那

1.（　　）指全身佩帶著珠寶和翡翠，叫珠□翠□。　➡圍、繞

2.（　　）「綢兒緞兒」的相反成語是A.荊釵布裙B.短褐穿結C.蟬衫麟帶D.珠光寶氣。　➡A、B

3.（　　）有關「衣不曳地」的說明何者正確A.曳，音ㄧˋ，拖著B.曳，音ㄧㄝˋ，流蘇C.曳，音ㄧㄝˋ，擺弄D.曳，音ㄧˋ，碰觸。　➡A

大概像古墓裏的貴婦人似的，滿身都是珠光寶氣了。」

用法 形容婦女身上所佩帶的飾物富麗華貴。

範例 展示會上，名媛淑女個個裝扮的珠光寶氣。

珠圍翠繞（ㄓㄨ ㄨㄟˊ ㄘㄨㄟˋ ㄖㄠˋ）

解釋 指全身上下佩帶著珠寶和翡翠。

詞源 《紅樓夢・三九回》：「彼時大觀園姐妹們都在賈母前奉承，劉姥姥進去，只見滿屋裏珠圍翠繞，花枝招展的，並不知都係（是）何人。」

用法 形容婦女身上的飾品很耀眼、華麗。

範例 難道你天天過著珠圍翠繞的日子，不曾厭倦嗎？

提示 「珠圍翠繞」也作「珠繞翠圍」、「翠繞珠圍」。

綢兒緞兒（ㄔㄡˊ ㄦ ㄉㄨㄢˋ ㄦ）

解釋 綢：一種薄又柔軟的絲織品。緞：質地厚密，外表光滑細緻的絲織品。指穿的是綢緞這類的絲織品。

用法 形容婦女身上穿著華麗的衣裳（裳，音・ㄕㄤ，僅限於「衣裳」一詞）。

範例 媽媽穿著綢兒緞兒裁製的旗袍參加喜宴，顯得雍容高貴。

蟬衫麟帶（ㄔㄢˊ ㄕㄢ ㄌㄧㄣˊ ㄉㄞˋ）

解釋 蟬衫：像蟬兒翅膀般的輕薄衣衫。麟帶：像麟甲一樣的彩色絲帶。指如蟬翅般的衣裳，如麟甲般的彩色絲帶。

用法 本是形容古代青年的裝扮，後多形容人穿著輕柔華麗的衣服。

範例 修長的她穿著一襲蟬衫麟帶的禮服，彷彿仙子降臨凡間。

(二)比喻「衣著樸素」

衣不曳地（ㄧ ㄅㄨˋ ㄧˋ ㄉㄧˋ）

解釋 曳：拖著。指所穿的衣服不拖到地面。

詞源 《漢書・王莽傳》：「母病，公卿列侯（侯，音ㄏㄡˊ，侯爵）遣（派）夫人問疾，莽妻迎之，衣不曳地……。」大意是說：王莽的母親生病，公卿列侯派自己的夫人前去探望，王莽的妻子親自出來迎接，她穿著破舊的衣服，也沒有可以拖至地面的衣襬。

用法 衣服不拖地的原因是為了要節省布料，後用來形容衣著簡樸，不奢侈。

範例 媽媽向來穿著簡單樸素，一身衣不曳地的洋裝，顯得很親切。

衣不完采（ㄧ ㄅㄨˋ ㄨㄢˊ ㄘㄞˇ）

解釋 采：通「彩」。指不穿著光鮮亮麗的衣服。

詞源 《史記・游俠列傳》：「家無餘財，衣不完采，食不重味。」大意是說：朱家沒有多餘的家產，穿衣不追求華麗，飲食也不講究要多種菜色。

用法 形容人的穿著樸素。

範例 她雖然是服裝設計師，但是衣不完采的風格，令人印象深刻。

衣不重帛（ㄧ ㄅㄨˋ ㄓㄨㄥˋ ㄅㄛˊ）

解釋 帛：絲織品。指穿衣服不追求質地華美的絲織品。

詞源 《晉書・劉超傳》：「衣

1.（　　）有關「衣不擇采」的「衣」以下何者說明正確A.音ㄧ，指衣服B.音ㄧˋ，指裁製服飾C.音ㄧ，指大衣D.音ㄧˋ，選購服裝。 ➡A
2.（　　）「荊釵布裙」的「荊釵」是指A.木柴B.美麗的平民女子C.荊枝製成的髮飾D.古時的一種粗布。 ➡C
3.（　　）形容衣服破舊，叫衣若□□。 ➡懸鶉

不重帛，家無儋（儋，音ㄉㄢˋ，一石稱「石」，二石為「儋」），也就是一人能擔荷的粟米，引申作少量的糧食）石之儲（存）。」

用法 形容衣著儉樸。

範例 他雖然是位名歌手，卻一向衣不重帛，穿著打扮很隨意。

提示 「衣不重帛」的「重」讀作ㄓㄨㄥˋ。

衣不擇采（ㄧ ㄅㄨˋ ㄗㄜˊ ㄘㄞˇ）

解釋 采：色澤鮮豔。指穿衣服不選擇鮮豔的色調。

詞源 《後漢書．和（和，音ㄏㄜˊ）熹鄧皇后傳》：「宮省宴會，諸貴人（東漢光武帝所設置的女官）竟自修整（整理裝飾），極靡麗（奢華）服飾，而后獨澹然（恬靜的樣子），衣不擇采，不修裝飾。」大意是說：在宮廷舉辦的酒宴中，很多貴人相當注重門面，身上穿戴的都是華麗的服飾和佩件，極其奢華，但是只有鄧皇后例外，她舉止恬靜，身上穿的衣服也很素淨，並不講究精雕細琢的裝飾。

用法 形容衣著樸素。

範例 部長夫人衣不擇采，崇尚簡樸的作風，獲得好評。

荊釵布裙（ㄐㄧㄥ ㄔㄞ ㄅㄨˋ ㄑㄩㄣˊ）

解釋 荊釵：用荊枝製成的髮飾。布：粗糙的布料。指用荊枝來當髮飾，用粗布來做裙子。

詞源 明．範受益．《尋親記．剖面》：「荊釵布裙，還有什嬌嬈（嬈，音ㄖㄠˊ，嬌媚）？」大意是說：婦女頭上插著荊釵，身上穿著粗布做成的裙子，還能稱得上嬌媚嗎？

用法 形容婦女樸素的打扮。

範例 採收季節，只見農家婦女個個荊釵布裙的打扮，穿梭於田間。

提示 「荊釵布裙」也作「布裙荊釵」。

(三) 比喻「衣鞋破舊」

百孔千瘡（ㄅㄞˇ ㄎㄨㄥˇ ㄑㄧㄢ ㄔㄨㄤ）

解釋 孔：洞。瘡：外傷，引申為破舊。指破洞和瘡口多得數不完。

詞源 唐．韓愈．《與孟尚書書》：「群儒（讀書人）區區（小的意思）修補，百孔千瘡，隨亂隨失，其危如一髮引（懸掛）千鈞（古代三十斤為一鈞）。」

用法 ①形容事物破損嚴重。②形容衣物破舊不堪。

範例 媽媽利用已經穿得百孔千瘡的內衣，拿來作抹布。

提示 「百孔千瘡」也作「千瘡百孔」。

衣不蔽體（ㄧ ㄅㄨˋ ㄅㄧˋ ㄊㄧˇ）

解釋 蔽：遮蓋。指衣服破舊，無法遮蓋身體。

用法 形容所穿的衣物十分破舊。

範例 寒冬將至，我們整理出舊衣服，送給衣不蔽體的遊民禦寒。

提示 「衣不蔽體」也作「衣不蓋體」。

衣若懸鶉（ㄧ ㄖㄨㄛˋ ㄒㄩㄢˊ ㄔㄨㄣˊ）

解釋 懸：掛。鶉：外形像雞的鳥，其羽色斑雜，像縫縫補補的舊衣般，後引申為破舊的意思。指衣服補丁過多，好像鶉鳥斑雜的羽毛。

用法 形容衣著破舊。

1.（　　）「衣衫藍褸」、「衣壁履穿」、「捉巾見肘」中的錯字，應該改成 A.裳、弊、現 B.縷、屨、襟 C.襤、弊、襟 D.襤、弊、抓。 ➡C

2.（　　）有關「納履踵決」的說明何者錯誤 A.納履，指破鞋子 B.踵，腳後跟腫痛 C.決，斷掉 D.形容生性節儉。 ➡A、B

範例 你相信那個衣若懸鶉般的老人，是一位億萬富翁嗎？

衣衫襤褸（ㄧ ㄕㄢ ㄌㄢˊ ㄌㄩˇ）

解釋 衫：衣服。襤褸：衣服破舊。指衣服破破爛爛的樣子。

詞源 《西遊記．四四回》：「雖是天和日暖（天氣晴朗暖和），那些人卻也衣衫襤褸。」

用法 形容衣服破舊不堪。

範例 你這身衣衫襤褸的模樣，真的是國外最流行的穿著風格嗎？

衣弊履穿（ㄧ ㄅㄧˋ ㄌㄩˇ ㄔㄨㄢ）

解釋 弊：破舊。通「敝」。履：鞋子。穿：貫穿；磨穿。指衣服已經破損，鞋子也磨穿了。

詞源 《莊子．山木》：「衣弊履穿，貧也。」

用法 ①形容衣服和鞋子破損得很嚴重。②形容生活困苦。

範例 這老人雖然過著衣弊履穿的生活，卻慷慨地捐出一大筆錢。

提示 「衣弊履穿」也作「衣敝履穿」。

捉襟見肘（ㄓㄨㄛ ㄐㄧㄣ ㄒㄧㄢˋ ㄓㄡˇ）

解釋 捉：弄，抓。襟：衣服前面可以開合之處。肘：上臂與下臂連接的關節處。指整理衣襟時，沒想到手肘卻露了出來。

詞源 《韓詩外傳》：「正冠則絕（斷）纓（帽帶），振（揮動）襟則肘見。」大意是說：魯國有位叫原憲的人，有一天他為了出來迎接客人，先將衣冠稍作整理，不料，想戴正帽子卻把帽帶給扯斷了；要弄平衣襟反而把衣袖弄破了，結果整隻胳臂都露了出來。

用法 ①形容衣服破破爛爛。②形容生活清苦。③比喻顧此失彼，不能全心應付。

範例 爸爸生性節省，即使衣服已經捉襟見肘了，也不以為意。

提示 「捉襟見肘」也作「捉襟肘見」（見：音ㄒㄧㄢˋ。通「現」）。

納履踵決（ㄋㄚˋ ㄌㄩˇ ㄓㄨㄥˇ ㄐㄩㄝˊ）

解釋 納履：穿上鞋子。踵：腳後跟。決：斷掉。指穿上鞋子後，腳後跟卻斷掉了。

詞源 《莊子．讓王》：「（曾子）三日不舉火（升火炊煮），十年不製衣（不做新衣），正冠而纓絕（想戴正帽子，卻不小心扯斷帽帶）……納履而踵決。」大意是說：曾子的家境非常貧窮，他曾經連續三天沒有米可以起火炊煮，而且十年都沒有買過新衣，因此一件衣服都穿了再穿，戴帽子時，不小心就會扯斷帽帶……穿鞋子時，腳後跟也會突然斷掉。

用法 ①形容鞋子破舊不堪。②形容生活困苦。

範例 老師生性節儉，即使皮鞋都納履踵決了，也捨不得丟掉。

提示 ①「納履踵決」也作「納履踵見」（見：音ㄒㄧㄢˋ）。②「納履踵決」的「決」不可以寫成「絕妙好辭」的「絕」。

短褐穿結（ㄉㄨㄢˇ ㄏㄜˋ ㄔㄨㄢ ㄐㄧㄝˊ）

解釋 褐：粗布做成的衣服。穿：有破洞。結：打結。指破損而且有打結的粗布短衣。

詞源 晉．陶淵明．《五柳先生傳》：「短褐穿結，簞（盛飯的竹

1.（　　）「鶉衣百結」這句成語是指A.鶉鳥毛裁製的衣服B.繡上鶉鳥的華麗服飾C.形容衣服破爛D.像鶉鳥羽毛般燦爛耀眼的衣服。 ➡C

2.（　　）以下成語何者是比喻豪宅A.千金之家B.朱樓高廈C.金門繡戶 D.朱閣青樓。 ➡A、B、C、D

器）瓢（舀水的器具）屢（屢，音ㄌㄩˇ，接連）空，晏如（安然）也。」大意是說：陶淵明儘管穿著破舊不堪的衣服，過著三餐不繼的生活，仍然覺得很滿足、快樂。

用法 形容因為家境困苦，所以衣服都破破爛爛。

範例 你也買件新衣服吧！別一身短褐穿結的模樣。

鶉衣百結（ㄔㄨㄣˊ ㄧ ㄅㄞˇ ㄐㄧㄝˊ）

解釋 鶉：外形像雞的鳥，由於其羽色斑雜，就像補丁過多的衣服，後引申為破舊的意思。百：多。結：打結。指補丁很多的破舊衣服。

詞源 唐．白行簡．《李娃傳》：「裘（裘，音ㄑㄧㄡˊ，皮衣）有百結，襤褸（衣物破舊）若懸鶉（衣服破爛）。」

用法 形容衣服破舊，上面有許多縫補的痕跡。

範例 這些舊衣服早已經鶉衣百結了，你就扔掉吧！

提示 ①「鶉衣百結」也作「懸鶉百結」。②「鶉衣百結」的「結」不可以寫成「盤根錯節」的「節」或「節外生枝」的「節」。

【居住類】

㈠比喻「豪華住宅」

千金之家（ㄑㄧㄢ ㄐㄧㄣ ㄓ ㄐㄧㄚ）

解釋 家：住宅。指價值千金的住宅。

詞源 宋．蘇軾．《晉論》：「譬如千金之家，居於高堂（正房大廳）之上，食肉飲酒，不習（習慣）寒暑之勞。」

用法 形容豪華的住處。

範例 這幢坐落在深巷的老公寓，是價值不菲的千金之家呢！

朱樓高廈（ㄓㄨ ㄌㄡˊ ㄍㄠ ㄒㄧㄚˋ）

解釋 朱：紅色。廈：高大的建築物。指紅色的樓閣，高大的建築物，為富貴人家的住宅。

詞源 《元曲．貨郎旦》：「我只見密臻臻（臻，音ㄓㄣ，聚集貌）的朱樓高廈，碧聳聳（聳，音ㄙㄨㄥˇ，高起）青簷細瓦。」

用法 形容高大華麗的建築物。

範例 這棟朱樓高廈依稀透露出五〇年代的建築風格。

提示 「朱樓高廈」也作「朱門繡戶」、「朱閣青樓」。

金門繡戶（ㄐㄧㄣ ㄇㄣˊ ㄒㄧㄡˋ ㄏㄨˋ）

解釋 繡戶：雕飾非常漂亮的居室。指由金子打造而且雕繪美麗的房子。

詞源 《紅樓夢．四一回》：「怨不得姑娘不認得，你們在這金門繡戶裏，那裏認得木頭？」

用法 形容富貴人家所居住的豪華宅第。

範例 她是出身金門繡戶的大家閨秀，難怪氣質出眾。

提示 「金門繡戶」也作「朱門繡戶」。

金碧輝煌（ㄐㄧㄣ ㄅㄧˋ ㄏㄨㄟ ㄏㄨㄤˊ）

解釋 碧：青綠色。輝煌：光彩燦爛的樣子。指呈現出光彩燦爛的金黃色與青綠色。

詞源 《醒世恆言．卷三七》：

1. (　　) 形容屋宇高大華麗，叫美□美□。 ➡輪、奐
2. (　　) 「俊宇鵰牆」這句成語中的錯字，應該改成A.峻、雕 B.竣、雕 C.駿、刁 D.峻、強。 ➡A
3. (　　) 「烏衣門巷」中的「烏」和「巷」部首為何A.鳥部和口部 B.火部和口部 C.鳥部和巳部 D.火部和巳部。 ➡D

「進了門樓，只見殿宇廊（簷下的通道）廡（廡，音ㄨˇ，大屋子），一劃（一致的）的金碧輝煌，耀眼奪目，儼如（好像）天宮一般。」

用法 形容建築物的裝飾精雕細琢，看起來光彩奪目。

範例 瞧！這座百年廟宇，內部雕飾金碧輝煌，好不耀眼。

提示 「金碧輝煌」的「碧」不可以寫成「銅牆鐵壁」的「壁」。

美輪美奐（ㄇㄟˇ ㄌㄨㄣˊ ㄇㄟˇ ㄏㄨㄢˋ）

解釋 輪：高大的。奐：燦爛的；盛大的。指房屋多而且高大華美。

詞源 《禮記．檀公下》：「晉獻文子（趙武）成室（房屋建造完成），晉大夫發（出發前去祝賀）焉。張老（晉國大夫）曰：『美哉輪焉，美哉奐焉！』」

用法 ①形容屋宇高大華麗。②向人祝賀新居落成的用語。

範例 你參觀過希臘神殿嗎？真是美輪美奐呀！

提示 「美輪美奐」的「奐」不可以寫成「渙散」的「渙」。

峻宇雕牆（ㄐㄩㄣˋ ㄩˇ ㄉㄧㄠ ㄑㄧㄤˊ）

解釋 峻：高大。宇：空間。雕：雕飾。指高大的空間，雕飾華麗的牆。

詞源 《書經》：「甘（美）酒嗜音（愛樂成痴），峻宇雕牆，有一於此（其中只要喜歡上一種），未有不亡。」

用法 形容高大華麗的房子。

範例 當你旅遊歐洲，處處可見到峻宇雕牆的教堂。

提示 「峻宇雕牆」的「峻」不可以寫成「竣工」的「竣」。

桂宮柏寢（ㄍㄨㄟˋ ㄍㄨㄥ ㄅㄛˊ ㄑㄧㄣˇ）

解釋 宮：高大的房子。寢：臥室。指桂樹建蓋成的宮廷，柏樹建蓋成的臥室。

詞源 南朝宋．鮑照．《代白紵舞歌詞》：「桂宮柏寢擬（模仿）天居。」

用法 形容富麗堂皇的高大屋宇。

範例 古代住在桂宮柏寢的皇室貴族，哪懂得民間疾苦。

烏衣門巷（ㄨ ㄧ ㄇㄣˊ ㄒㄧㄤˋ）

解釋 烏衣：也就是烏衣巷，東晉時謝安跟王導就住在這裡，後被用來引申富貴的意思。指富貴華麗的住宅。

詞源 明．吳廷翰．《升平樂》詞：「淒涼秋風，夜月更堪傷！難忘卻（忘懷）主人情況。烏衣門巷，嘆當年王謝（王導和謝安），依舊斜陽（黃昏西沉的太陽）。」

用法 形容所居住之處高貴華美。

範例 誰料到這烏衣門巷的主人，竟然也有金銀散盡的一天。

提示 「烏衣門巷」也作「烏衣門第」。

堂而皇之（ㄊㄤˊ ㄦˊ ㄏㄨㄤˊ ㄓ）

解釋 堂：正房大廳。皇：大；雄偉。指正房大廳雄偉氣派。

用法 ①形容建築物十分氣派。②指文章過於華麗。③形容大模大樣，當著大家的面去做某種事。

範例 你別成天想住在堂而皇之的毫宅，還是腳踏實地地做事吧！

1. （　　）「畫棟朱簾」的相似成語是A.烏衣門巷B.雕梁畫棟C.芝蘭之室D.鮑魚之肆。 ➡A、B
2. （　　）「千村萬落」和「千門萬戶」可以用哪字來形容A.吵B.煩C.密D.擁。 ➡C
3. （　　）指美麗的月中宮殿，叫□樓□宇。 ➡瓊、玉

富豪門第 ㄈㄨˋ ㄏㄠˊ ㄇㄣˊ ㄉㄧˋ

解釋 富豪：有錢有勢力的人。門第：宅第。指有錢人家的宅第。

用法 形容富貴豪華的住屋。

範例 陽明山上是國內數一數二的富豪門第所在。

畫棟朱簾 ㄏㄨㄚˋ ㄉㄨㄥˋ ㄓㄨ ㄌㄧㄢˊ

解釋 棟：房屋的正梁。朱：紅色。簾：掛在門窗上，用來遮風雨及陽光的東西。指彩繪的正梁及紅色的簾子。

詞源 唐．王勃．《滕王閣序》：「畫棟朝飛南浦（面向南方的水邊）雲，朱簾暮捲西山（又名「南昌山」，在江西省境內）雨。」

用法 形容屋宇的裝飾華麗精美。

範例 這間畫棟朱簾的茶藝館，曾多次被媒體報導。

豪門大戶 ㄏㄠˊ ㄇㄣˊ ㄉㄚˋ ㄏㄨˋ

解釋 豪門：指富有或權貴人家。大戶：豪華美麗的住宅。指富有人家所居住的華麗住宅。

用法 形容有錢人家居住的毫宅。

範例 這位女明星一心一意想嫁入豪門大戶。

雕梁畫棟 ㄉㄧㄠ ㄌㄧㄤˊ ㄏㄨㄚˋ ㄉㄨㄥˋ

解釋 雕：雕鏤。梁：架在柱子上以支撐屋頂重量的橫木。棟：房屋的正梁。指經過彩繪及雕鏤的屋梁。

用法 指華麗的屋宇。

詞源 《紅樓夢．三回》：「正面五間上房，皆是雕梁畫棟。」

範例 廟宇中的雕梁畫棟，都是民俗藝術家的慧心巧思。

提示 「雕梁畫棟」也作「畫棟雕梁」。

瓊樓玉宇 ㄑㄩㄥˊ ㄌㄡˊ ㄩˋ ㄩˇ

解釋 瓊：美好的。玉宇：如白玉一樣的屋子，後引申作月亮中的宮殿。指美麗的月中宮殿。

詞源 宋．蘇軾．《水調歌頭．丙辰中秋兼懷子由》：「我欲乘風歸去，又恐瓊樓玉宇，高處不勝（勝，音ㄕㄥ，承受）寒。」

用法 形容建築物的豪華精美。

範例 千百年來的中秋佳節，人們始終傳頌著瓊樓玉宇中的神話。

(二)比喻「屋舍密集」

千村萬落 ㄑㄧㄢ ㄘㄨㄣ ㄨㄢˋ ㄌㄨㄛˋ

解釋 千、萬：很多的意思。落：人類聚集居住的地方。指眾多的村落聚集於一處。

詞源 《自沙縣抵龍溪縣，值泉州軍過後，村落皆空，因有一絕》：「千村萬落如寒食，不見人煙（人戶及炊煙）空見花。」大意是說：密集在一處的村落好像在過寒食節一樣，都不升火炊煮，所以只能見到美麗的花兒，卻看不到人戶及炊煙。

用法 形容屋舍密密麻麻的聚集在一起。

範例 在這一片千村萬落的萬家燈火中，我嗅到家的氣息。

千門萬戶 ㄑㄧㄢ ㄇㄣˊ ㄨㄢˋ ㄏㄨˋ

解釋 戶：單扇的門。指許許多多的房屋聚集在一起。

詞源 《史記．孝武本紀》：「於是作（成立）建章宮（官名），度

1.（　　　）形容事物分布很稠密，叫□羅□布。　➡星、棋
2.（　　　）形容屋宇很稠密，叫□鱗□齒。　➡魚、馬
3.（　　　）「櫛比鱗次」的「比」以下何者說明正確 A.音ㄅㄧˇ，對比 B.音ㄅㄧˋ，排列緊密 C.音ㄅㄧˋ，挨著 D.音ㄅㄧˇ，對比地排列。　➡B
4.（　　　）形容家道衰微，叫門□□薄。　➡衰、祚

（規畫）為千門萬戶。」

用法 形容人口聚集，屋宇稠密。

範例 這一帶原本是窮鄉僻壤，現在卻是千門萬戶的住宅區。

星羅棋布（ㄒㄧㄥ ㄌㄨㄛˊ ㄑㄧˊ ㄅㄨˋ）

解釋 羅：羅列。布：分布。指像星星在夜空中羅列，如棋子在棋盤上分布。

詞源 《隋唐演義》五一回：「城北十里外，有一北邙（邙，音ㄇㄤˊ，在河南洛陽）山，周圍百里，古帝王之陵，忠臣烈士之墓，如星羅棋布。」

用法 形容事物分布得很稠密。

範例 夢裡，我飛翔在星空中，俯視著星羅棋布的屋舍，好不快活。

提示 ①「星羅棋布」也作「星羅棋置」、「星羅雲布」。②「星羅棋布」的「棋」不可以寫成「國旗」的「旗」或「期期艾艾」的「期」。

魚鱗馬齒（ㄩˊ ㄌㄧㄣˊ ㄇㄚˇ ㄔˇ）

解釋 形容如魚的鱗片和馬齒般的緊鄰或排列。

詞源 《醒世姻緣傳・二四回》：「魚鱗馬齒挨（靠近；靠著）去的人家。」

用法 形容屋宇緊鄰和稠密。

範例 城市裡，處處可見魚鱗馬齒般排列的大樓。

提示 「魚鱗馬齒」的「鱗」不可以寫成「麒麟」的「麟」。

櫛比鱗次（ㄐㄧㄝˊ ㄅㄧˋ ㄌㄧㄣˊ ㄘˋ）

解釋 櫛：梳頭髮的用具，也就是梳子。櫛比：排列緊密。鱗次：像魚鱗一樣有次序的排列。指如梳子的齒一樣地排比，也如魚鱗一樣整齊地排列。

詞源 明・陳貞慧・《秋蘭雜佩蘭》：「每歲正二月之交（時刻），自（從）長橋以至大街，鱗次櫛比，春光（春日的景色）皆馥（馥，音ㄈㄨˋ，香氣濃）也。」

用法 形容屋宇排列緊密。

範例 這條櫛比鱗次的街道，商家林立，人來人往的，好不熱鬧。

提示 「櫛比鱗次」也作「鱗次櫛比」。

(三)比喻「家道衰微」

門衰祚薄（ㄇㄣˊ ㄕㄨㄞ ㄗㄨㄛˋ ㄅㄛˊ）

解釋 祚：福分。指家道衰微，福分淺薄。

詞源 晉・李密・《陳情表》：「既無叔伯，終鮮（鮮，音ㄒㄧㄢˇ，少）兄弟，門衰祚薄，晚有兒息（年紀大了才生有一子）。」

用法 形容家道衰落。

範例 他們家族到了這一代，已經門衰祚薄了。

提示 「門衰祚薄」的「薄」不可以寫成「筆記簿」的「簿」。

家業不振（ㄐㄧㄚ ㄧㄝˋ ㄅㄨˋ ㄓㄣˋ）

解釋 振：興；揚舉。指家業無法興盛。

用法 形容家中的運途衰微。

範例 他終日慨嘆生子不肖，恐怕將來要家業不振了。

家業凋零（ㄐㄧㄚ ㄧㄝˋ ㄉㄧㄠ ㄌㄧㄥˊ）

解釋 凋零：比喻人事衰亡或草木凋謝。指家傳的事業衰落。

1.（　　）「家道不振」的「振」是指A.動詞，興盛B.動詞，興奮C.形容詞，振作有活力的樣子D.名詞，指名字叫振的人。 ➡A

2.（　　）你該打起精神，別因□□□□而自怨自艾了。空格中應填入A.大風大雪B.形銷骨毀C.人云亦云D.家道日衰。 ➡D

3.（　　）形容選擇環境的重要，叫千萬買□。 ➡鄰

詞源《金瓶梅．五八回》：「功名蹭蹬（蹭蹬，音ㄘㄥˋㄉㄥˋ，失勢的意思），豪傑之志已灰；家業凋零，浩然之氣（正大之氣）先喪。」

用法 形容家道衰頹。

範例 錦衣玉食成雲煙，家業凋零徒奈何。

提示 「家業凋零」的「凋」不可以寫成「雕刻」的「雕」。

家道不振 ㄐㄧㄚ ㄉㄠˋ ㄅㄨˋ ㄓㄣˋ

解釋 振：興。指家業衰落，一蹶不振。

用法 形容家庭的經濟狀況不如以前富裕，已經衰落了。

範例 他因為家道不振，所以必須半工半讀地完成學業。

提示 「家道不振」也作「家道不興」。

家道中落 ㄐㄧㄚ ㄉㄠˋ ㄓㄨㄥ ㄌㄨㄛˋ

解釋 中落：中途衰落。指家庭的經濟情況從某一段時間就開始走下坡了。

詞源《陳書》：「孝克性清素而好施惠……陳亡，隨例入關。家道壁立（家中空無所有，非常貧窮），所生母患，欲粳（粳，音ㄍㄥ，黏性不強的稻米）米為粥，不能常辦。」

用法 形容家中的生活每下愈況。

範例 你該打起精神，有所作為，別因家道中落而自怨自艾了。

提示 「家道中落」也作「家道中衰」。

家道日衰 ㄐㄧㄚ ㄉㄠˋ ㄖˋ ㄕㄨㄞ

解釋 指家中的經濟情況一天一天的衰敗。

用法 形容家中的境況愈來愈糟。

範例 他雖然家道日衰，卻仍然咬緊牙關，企圖振興家業。

（四）比喻「環境的影響」

一傅眾咻 ㄧ ㄈㄨˋ ㄓㄨㄥˋ ㄒㄧㄡ

解釋 傅：輔導；教導。咻：喧鬧。指一個人專心在教導，卻有很多人在旁邊喧鬧。

詞源《孟子．滕文公下》：「楚大夫欲（希望）其子學齊語，使一齊人傅（教導）之，眾楚人咻之，雖日撻（撻，音ㄊㄚˋ，鞭打）而求其齊也，不可得矣。」大意是說：楚國大夫希望他的兒子能學好齊國的語言，於是請一位齊國的老師來教導，但是許多楚國人在一旁大聲地喧鬧，如此一來，就算每天鞭打，要他學好齊國語言，也是辦不到的事情。

用法 比喻學習環境不好或做事的方法錯誤，以致沒有成效。

範例 學習語言如果在一傅眾咻的環境下，就不會有效果。

提示 「一傅眾咻」的「傅」不可以寫成「傳說」的「傳」。

千萬買鄰 ㄑㄧㄢ ㄨㄢˋ ㄇㄞˇ ㄌㄧㄣˊ

解釋 指用一千萬來求得一個好鄰居。

詞源《南史．呂僧珍傳》：「宋季雅罷（辭去）南昌郡，市（買）宅居僧珍宅側，僧珍問宅價。曰：『一千一百萬。』怪其貴（因價錢昂貴而覺得奇怪）。季雅曰：『一百萬買宅，千萬買鄰。』」

用法 形容選擇環境的重要。

範例 古人說：「千萬買鄰」，因

1. (　　　) 孟母□遷－□毛不拔＝□話不說。 ➡三、一、二
2. (　　　) 指充滿香草味的屋子，叫□□之室。 ➡芝蘭
3. (　　　) □□□□這句話就是提醒我們，要謹慎選擇朋友。 ➡B
   空格中應填入A.拔刀相助B.近朱者赤C.染蒼染黃D.容光煥發。
4. (　　　)「擇鄰而居」的「鄰」是指A.鄰居B.買房子C.選購。 ➡A

為好鄰居才是求之不得的呀！

提示　「千萬買鄰」也作「千金買鄰」。

孟母三遷（ㄇㄥˋ ㄇㄨˇ ㄙㄢ ㄑㄧㄢ）

解釋　遷：搬移。指孟子的母親為了選擇好的居家環境，總共搬了三次家。

詞源　漢．趙岐．《孟子提詞》：「孟子生有淑（美好的）質，幼被慈母三遷之教。」大意是說：孟子幼時住在墳墓旁邊，於是成天都在墓地嬉戲。孟母覺得不妥，就搬到市場附近，結果孟子又開始學習叫賣之事，孟母認為這不是她所要的環境，所以又帶著孟子搬家，這一次是搬到學校旁邊，此後孟子開始學習進退、謙讓之禮，後來孟母就長居下來。漢代的趙岐認為孟子天生就具有美好的天資，在他幼年時，孟母為了替他選擇好的學習環境，所以遷徙了三次才定居下來。

用法　形容環境對人的重要。

範例　他們效法孟母三遷的精神，決定也搬到學校旁的住宅區。

提示　「孟母三遷」也作「孟母三徙」（徙：音ㄒㄧˇ，搬移；遷移）。

芝蘭之室（ㄓ ㄌㄢˊ ㄓ ㄕˋ）

解釋　芝蘭：香草。指充滿香草味的屋子。

詞源　《孔子家語．六本》：「與善人（好人）居，如入芝蘭之室，久而不聞其香，即與之化（同化）矣。」大意是說：跟好人住在一起，就好像進入充滿香草味的屋子中，久了就不會覺得特別的香，這是因為嗅覺已經習慣這樣的味道。

用法　比喻受美好環境的影響。

範例　這一帶是有名的文教社區，芝蘭之室的環境令人嚮往。

近朱者赤（ㄐㄧㄣˋ ㄓㄨ ㄓㄜˇ ㄔˋ）

解釋　朱：紅色的朱砂（一種染料）。赤：紅色。指接近紅色的朱砂一定會被染成紅色

詞源　晉．傅玄．《太子少傅箴（箴，音ㄓㄣ）》：「故近朱者赤，近墨（黑色染料）者黑；聲和（協調）則響清（聲音顯得清亮），形（體態）正則影直。」

用法　形容人會隨著環境的改變而影響行為和看法。

範例　「近朱者赤」這句話就是提醒我們，要謹慎選擇朋友。

提示　「近朱者赤」常和「近墨者黑」連用。

染蒼染黃（ㄖㄢˇ ㄘㄤ ㄖㄢˇ ㄏㄨㄤˊ）

解釋　染：在布料上加塗色彩。蒼：青色。指將布料放進青色的染缸中，布料就會變成青色；將布料放入黃色的染缸中，布料就會變成黃色。

詞源　《墨子．所染》：「子墨子見染絲者而嘆曰：『染於蒼則蒼，染於黃則黃。』」

用法　比喻人在不同的環境就會培養出不同的性格。

範例　如果人沉迷網咖，很容易在染蒼染黃的影響下，誤入歧途。

擇鄰而居（ㄗㄜˊ ㄌㄧㄣˊ ㄦˊ ㄐㄩ）

解釋　鄰：鄰居。指選擇有好鄰居的地方居住。

詞源　唐．白居易．《與元八卜先有是贈》詩：「每因暫出猶思伴，豈得（怎能）安居不擇鄰。」

1. （　　）有關「鮑魚之肆」的說明何者正確 A.鮑，音ㄅㄠˋ；肆，音ㄙˋ，店家 B.鮑魚，指醃魚；肆，指醃四條魚 C.鮑，音ㄅㄠˋ，指鮑子牙；肆，音ㄙˋ，店家 D.比喻藏汙納垢的環境。　➡A、D

2. （　　）「一別如雨」如何解釋 A.一分別就下大雨，比喻離人的眼淚 B.分別後如雲散雨停，難以相聚 C.下雨天時離別。　➡B

用法 形容選擇良好的居住環境。

範例 他購屋的原則是擇鄰而居，反而不在意房子的外觀。

鮑魚之肆

解釋 鮑魚：醃魚。肆：店家。指專門販賣醃魚的店鋪。

詞源 《孔子家語》：「與不善（品行不好）人居，如入鮑魚之肆，久而不聞其臭，亦與之化（同化）矣。」大意是說：跟品行不佳的人居住在一起，就像進入醃魚的店家，久了就不覺得魚腥味很臭，因為已經習慣這樣的味道了。

用法 比喻藏汙納垢的環境。

範例 公寓的巷口堆滿垃圾，使得附近就像是鮑魚之肆，臭氣沖天。

【行動交通類】

㈠比喻「行蹤成謎」

一去不返

解釋 返：回來；歸來。指離去之後，便未曾再回來。

詞源 唐．崔顥（顥，音ㄏㄠˋ）．《黃鶴樓》：「黃鶴一去不復返，白雲千載（千年）空悠悠（憂思貌）。」

用法 ①形容人離去後，不再回來。②形容事物已成過往雲煙，不再重現。

範例 他出國後，就一去不返，再也沒有和家人聯絡。

一去無蹤

解釋 去：離開。蹤：形蹤。指人一離開就再也沒有蹤跡。

用法 形容人離開之後就沒有任何音信。

範例 這部電影是描述小男孩的爸爸出海後，就一去無蹤的故事。

一別如雨

解釋 指分別後就如同雲散雨停，很難再相聚。

詞源 後漢．王粲《贈蔡子篤》：「風流雲散（像風將雲吹散一樣），一別如雨。」

用法 形容分別後音訊全無，難得再相聚。

範例 同學們畢業後，一別如雨，從此難得再相聚。

不知去向

解釋 去向：去處；下落。指不知道人的去處。

詞源 《紅樓夢．一一三回》：「寶釵想不出道理，再三打聽，方知妙玉被劫，不知去向，也是傷感。」

用法 比喻完全沒有某人或某物的消息。

範例 怎麼才一眨眼的工夫，小狗便不知去向了。

石沉大海

解釋 指就像石頭沉入大海一樣。

詞源 元．王實甫．《西廂記．第四本第一折》：「他若是不來，似（像）石沉大海。」

用法 形容難以發現蹤影或失去音信。

範例 他自從到美國留學後，就像石沉大海，沒有消息。

行無轍跡

1.（　　）「行跡無定」、「石沉大海」可以用哪個字來形容 A.沒 B.杳 C.失 D.渺。　➡B

2.（　　）「杳如黃鶴」的「杳」以下說明何者正確 A.音ㄧㄠˇ，失落 B.音ㄒㄧㄤ，指黃鶴散發出來的香氣 C.音ㄧㄠˇ，無影無蹤，毫無消息 D.音ㄧㄠˋ，比喻像黃鶴般展翅飛翔。　➡C

解釋 轍跡：車輪在地面上行駛過所留下來的痕跡。指離開之後，便沒有留下痕跡。

詞源 晉．劉伶．《酒德頌》：「行無轍跡，居無室廬（簡陋的屋子），幕天席地（將天當幕，把地當席，形容將天地當成屋舍），縱意所如（想做什麼就做什麼）。」

用法 比喻行蹤不定，無法尋覓到蹤跡。

範例 他是一個行無轍跡的人，喜歡隨性地飄泊天涯。

行跡無定（ㄒㄧㄥˊ ㄐㄧ ㄨˊ ㄉㄧㄥˋ）

解釋 行跡：行動的蹤影。指行動的蹤影飄泊不定。

詞源 《說岳全傳．一回》：「老祖道：『出家人行蹤無定，待貧道（出家人自稱）自去尋來。』」

用法 形容到處流浪，沒有一定的居所。

範例 在公園或車站，有時會看見行跡無定的流浪漢在椅子上打盹。

杳如黃鶴（ㄧㄠˇ ㄖㄨˊ ㄏㄨㄤˊ ㄏㄜˋ）

解釋 杳：無影無蹤，毫無消息。指就像黃鶴樓駕鶴的人般，消失無影。

詞源 南朝梁．任昉《述異記》卷上：「荀瓌（瓌，音ㄍㄨㄟ）憩（憩，音ㄑㄧˋ，休息）江夏黃鶴樓上，望西南有物飄然降自霄漢（天際），俄頃（一下子）已至，乃駕鶴之賓也。賓主歡對，已而（不久）辭去，跨鶴騰空（飛到天空），眇（眇，音ㄇㄧㄠˇ，高遠的樣子）然煙滅（如煙般消失）。」

用法 形容人離去後，不留行跡。

範例 他自從向親友借錢之後，便杳如黃鶴般消失了。

提示 「杳如黃鶴」的「杳」讀作ㄧㄠˇ。

杳無音信（ㄧㄠˇ ㄨˊ ㄧㄣ ㄒㄧㄣˋ）

解釋 音信：消息。指得不到對方的消息。

詞源 宋．黃孝邁．《水龍吟》詞：「驚鴻（美人的代稱）去後，輕拋素襪，杳無音信。」

用法 形容對方離去後便沒有消息。

範例 多年來你杳無音信，想不到我今天竟然能和你巧遇。

提示 「杳無音信」也作「杳無信息」、「杳無消息」、「杳無音訊」、「音信杳無」。

杳無蹤跡（ㄧㄠˇ ㄨˊ ㄗㄨㄥ ㄐㄧ）

解釋 指不見蹤影和行跡。

詞源 清．紀昀（昀，音ㄩㄣˊ）．《閱微草堂筆記．如是我聞二》：「次日越澗（澗，音ㄐㄧㄢˋ，兩山中間的流水）尋訪，杳無蹤跡。」

用法 形容離開之後便失去消息。

範例 這位偶像明星自息影後，就杳無蹤跡了。

提示 「杳無蹤跡」也作「杳無蹤影」。

魚沉雁杳（ㄩˊ ㄔㄣˊ ㄧㄢˋ ㄧㄠˇ）

解釋 魚：古代裝信的容器，形狀像魚。雁：傳信的飛鳥。指音信不通，傳出去的信件，都沒有回音。

詞源 明．李昌祺．《賈雲華還魂記》：「兩家闊別（久別），魚沉雁杳，音耗（音信；消息）不聞。」大意是說：兩家人久別之後，雙方漸漸失去聯絡，不再聽到關於對方

1.（　　）「千山萬水」的相似成語是A.山川修阻B.梯山航海C.登山陟嶺D.氣象萬千。 ➡A、B、C

2.（　　）形容路途危險，叫□馬□車。 ➡束、懸

3.（　　）「棧山航海」的「棧」應如何解釋A.名詞，客棧B.名詞，山上所架起的木橋C.形容詞，遙遠的D.動詞，蓋客棧。 ➡B

的消息。

用法 形容雙方失去聯絡，無法互通消息。

範例 他最近寄了好幾封求職信，結果都魚沉雁杳。

提示 「魚沉雁杳」也作「雁杳魚沉」、「魚沉雁渺」。

(二)比喻「旅途艱困」

千山萬水（ㄑㄧㄢ ㄕㄢ ㄨㄢˋ ㄕㄨㄟˇ）

解釋 指千座山與萬條江水。

詞源 《續靈怪錄》：「韋義方往天壇（以前帝王祭祀上天之處）南尋妹，千山萬水，不見有路。」

用法 比喻路途艱難、遙遠。

範例 探險隊走遍千山萬水，終於找到傳說中的黃金女神像。

提示 「千山萬水」也作「千山萬壑」（壑：音ㄏㄨㄛˋ，山谷）。

寸步難移（ㄘㄨㄣˋ ㄅㄨˋ ㄋㄢˊ ㄧˊ）

解釋 寸步：一小步。指連一小步都很難走。

詞源 《西遊記．三三回》：「我二大王有些法術，遣（差使）了三座大山把他壓山下，寸步難移。」

用法 形容走路或行動的艱難。

範例 我的腳不小心扭到了，疼得寸步難移呀！

提示 「寸步難移」也作「寸步難行」。

山川修阻（ㄕㄢ ㄔㄨㄢ ㄒㄧㄡ ㄗㄨˇ）

解釋 修：長。指山川阻擋去路，路途遙遠。

用法 形容路途艱難，不好行走。

範例 他心裡明白海外創業的路是山川修阻，困難重重。

束馬懸車（ㄕㄨˋ ㄇㄚˇ ㄒㄩㄢˊ ㄔㄜ）

解釋 束：捆縛。懸：繫著。指捆包馬蹄，繫緊馬車。

詞源 《管子．封禪》：「桓公（齊桓公）伐（征討）大夏，涉（徒步過河）流沙（飽含水分而處於流動狀態的沙土），束馬懸車，登太行（太行山），上卑耳之山。」

用法 形容路途危險。

範例 颱風天出門，不管路途遠近，都得有束馬懸車的心理準備。

梯山航海（ㄊㄧ ㄕㄢ ㄏㄤˊ ㄏㄞˇ）

解釋 梯：攀登。航：行船。指攀登高山及行船海上。

詞源 《宋書．明帝紀》：「日月所照，梯山航海……所以業固盛漢，聲溢（滿）隆周。」

用法 形容旅途艱難、遙遠。

範例 新聞記者為了採訪新聞，縱使是梯山航海的路途也不畏懼。

棧山航海（ㄓㄢˋ ㄕㄢ ㄏㄤˊ ㄏㄞˇ）

解釋 棧：山上所架起的木橋。指走過無數的山區木橋和行船渡海。

用法 形容旅途遙遠、險峻。

範例 這次探險得棧山航海，可苦了你。

登山陟嶺（ㄉㄥ ㄕㄢ ㄓˋ ㄌㄧㄥˇ）

解釋 陟：攀爬；登上。嶺：有道路可行的山頂。指攀登山嶺。

用法 形容跋山涉水，旅途艱險。

範例 據說採參人得登山陟嶺地搜尋，才能找到珍貴的野生人參。

提示 「登山陟嶺」的「陟」不可以寫成「涉水」的「涉」。

1.（　　）以下哪些成語是形容路途遙遠艱辛A.跋山涉水B.步步為營C.翻山越嶺D.呼風喚雨。　➡A、C

2.（　　）以下的解釋何者正確A.跋，指翻山越嶺B.「間關千里」的「間關」是擬聲詞，指車行聲C.絀，音ㄔㄨˋ，短缺、不夠的意思D.「左右兩難」的「難」音ㄋㄢˊ，為難的意思。　➡A、B、C、D

跋山涉水 ㄅㄚˊ ㄕㄢ ㄕㄜˋ ㄕㄨㄟˇ

解釋 跋：翻山越嶺，在草中行走。涉：徒步過河。指翻山越嶺，徒步過河。

詞源 宋・王回・《霍丘縣驛記・卷八〇》：「雖跋山涉水、荒陋遐（遐，音ㄒㄧㄚˊ，遙遠的）僻（偏遠而人煙罕至的地區）之城具宗廟（古代帝王或諸侯等祭祀祖先的地方）社稷（國家）者一不敢缺焉。」

用法 形容路途艱辛遙遠。

範例 虔誠的回教徒為了朝聖，即使要跋山涉水也不退縮。

提示 ①「跋山涉水」也作「跋山涉川」。②「跋山涉水」的「跋」不可以寫成「拔山倒海」的「拔」。

間關千里 ㄐㄧㄢ ㄍㄨㄢ ㄑㄧㄢ ㄌㄧˇ

解釋 間關：車行聲。形容路途艱險。指路途崎嶇難走又遙遠。

詞源 胡銓・《戊午上高宗封事》：「向者（從前）陛下（古代臣子向君王的稱呼）間關海道，危如累卵（危險的程度有如疊在一起的蛋，隨時都有可能掉下來），當時尚不忍北面臣敵（向北方的外族臣服）；況今國勢稍張，諸將盡銳（精練），士卒（士兵）思奮。」大意是說：以前的君王走著崎嶇難行而且遙遠的路途逃亡，情況可說非常危急，當時他們還不忍心臣服於北方的外族，況且今天國勢還不至於太差，許多武將都是精練者，而且士兵們也想要振奮起來，相信仍有一番作為。

用法 形容路途遙遠難行。

範例 你去災區救援，間關千里，一路上得多加小心。

翻山越嶺 ㄈㄢ ㄕㄢ ㄩㄝˋ ㄌㄧㄥˇ

解釋 嶺：有道路可行的山頂。指攀越許多的山嶺。

用法 形容旅途的艱辛。

範例 這些珍貴的照片都是攝影師翻山越嶺才捕捉到的鏡頭。

㈢比喻「進退不易」

左支右絀 ㄗㄨㄛˇ ㄓ ㄧㄡˋ ㄔㄨˋ

解釋 支：支撐。絀：不夠；不足。指左邊敷衍一下，右邊卻又不足。

詞源 梁啟超・《為學與做人》：「這樣才算頂天立地做一世人，絕不會有藏頭躲尾（指害怕面對現實）、左支右絀醜態。」

用法 比喻顧得一面卻不能照顧到另一面的表述，也就是顧此失彼，進退兩難。

範例 他的收入不豐，所以一到用錢的時候，就會左支右絀。

提示 「左支右絀」的「絀」讀作ㄔㄨˋ。

左右兩難 ㄗㄨㄛˇ ㄧㄡˋ ㄌㄧㄤˇ ㄋㄢˊ

解釋 指兩方面都很為難。

詞源 元・楊顯之・《瀟湘雨・一折》：「我欲（希望）待親自去尋（找）來，限次（日期限定）又緊（緊迫），著（讓）老夫（古代年長者的自稱）左右兩難。」

用法 形容不管如何處置，都很難辦理。

範例 你們吵架，卻找我評理，實在令人左右兩難。

1. （　　）形容進退不能自由，叫□前□後。 ➡跋、疐

2. （　　）「進退為谷」這句成語中的錯字，應該改成A.唯B.維C.喂D.偽。 ➡B

3. （　　）早知會□□□□，當初又何苦不聽勸。空格中應填入A.進退失據B.進退維谷C.背水一戰D.倒行逆施。 ➡A、B

提示　「左右兩難」也作「左右為難」。

跋前疐後（ㄅㄚˊ ㄑㄧㄢˊ ㄓˋ ㄏㄡˋ）

解釋　跋：踐踏。疐：摔倒而不能行走。指前腳本已難行，後腳卻又被絆倒。

詞源　宋．朱熹．《壬午應詔封事》：「蓋（猜測語氣）我以欲（希望）汲汲（急促的樣子）欲和，而志慮常陷乎和之中，是以（所以）跋前疐後，而進退皆失。」

用法　形容進退不能自由。

範例　人一旦面臨跋前疐後的困境時，最感為難。

提示　「跋前疐後」也作「跋前躓後」（躓：音ㄓˋ，絆倒）。

進退狼狽（ㄐㄧㄣˋ ㄊㄨㄟˋ ㄌㄤˊ ㄅㄟˋ）

解釋　狼狽：狼的前腳較長，後腳較短，狽則相反，所以為了行動方便，狼和狽常相依而行。指進或退都不妥，也就是進退兩難。

詞源　《三國志．蜀書．馬超傳》：「超出攻之，不能下，寬（梁寬）、衢（趙衢）閉冀城門，超不得入。進退狼狽，乃奔漢中依（投靠）張魯。」大意是說：馬超率軍出城攻敵，卻久久不能制敵，於是梁寬與趙衢乾脆關起城門，不讓馬超入城。結果馬超進也不是，退也不是，最後只好跑去漢中投靠張魯。

用法　形容處境困難。

範例　他欠銀行的錢還未償清，偏偏又失業，一時顯得進退狼狽。

進退維谷（ㄐㄧㄣˋ ㄊㄨㄟˋ ㄨㄟˊ ㄍㄨˇ）

解釋　維：虛詞，沒有特別意義。谷：兩座山之間的凹地。指不管是前進或後退，所遇到的都是山谷。

詞源　《詩經．大雅．桑柔》：「瞻（看）彼中林，甡甡（甡，音ㄕㄣ，眾多的意思）其鹿。朋友已譖（譖，音ㄗㄣˋ，虛構事實來陷害別人），不胥以穀（穀，善。不用善道來互相嘉勉）。人亦有言，進退維谷。」大意是說：觀看那片森林中，眾多麋鹿正成群地奔跑。由於西周厲王無道，社會大亂，朋友與朋友之間互相陷害的事，時有所聞，朋友之間已經不能用善道來互相嘉勉。因此人們就常用一句話來形容這時的景況：進也不是，退也不是，處境相當的困難。

用法　前進或後退都沒有路可走。形容處境困難，進退無門。

用法　形容進也不是，退也不是，處境很艱困。

範例　我們一旦遇到進退維谷的狀況時，更需要靠毅力來克服。

進退失據（ㄐㄧㄣˋ ㄊㄨㄟˋ ㄕ ㄐㄩˋ）

解釋　據：依靠；依憑。指要前進或後退都失去依憑。

詞源　《金史．武仙傳》：「九月，至黑穀泊，進退失據，遂謀（計畫）北走，刑部尚書盧芝、侍郎石玠不從（不同意；不遵從）。」

用法　形容進退兩難，不知怎麼辦。

範例　早知會進退失據，當初又何苦不聽勸。

提示　「進退失據」也作「進退無據」。

騎虎之勢（ㄑㄧˊ ㄏㄨˇ ㄓ ㄕˋ）

1.（　　）「騎虎難下」這四個字的部首分別為 A.馬部、虍部、隹部、一部 B.馬部、虎部、隹部、卜部 C.馬部、虍部、隹部、一部 D.馬部、虍部、隹部、卜部。　➡C

2.（　　）比喻各奔東西的成語有 A.東奔西跑 B.分道揚鑣 C.背道而馳 D.絡繹不絕。　➡B、C

解釋 勢：情勢。指已經騎在老虎背上的情勢。

詞源 劉宋．何法盛．《晉中興書》：「今日之事，義無旋踵（旋轉腳後跟而後退），騎虎之勢，可得下乎？」

用法 比喻遇到困難中途不能停止，只能硬著頭皮做下去。

範例 我們現在是騎虎之勢，無法回頭了。

提示 「騎虎之勢」也作「騎獸之勢」。

騎虎難下（ㄑㄧˊ ㄏㄨˇ ㄋㄢˊ ㄒㄧㄚˋ）

解釋 指騎在老虎的背上，中途無法下來。

詞源 《晉書．溫嶠（嶠，音ㄐㄧㄠˋ）傳》：「今之事勢，義（道理）無旋踵，騎猛獸，將安可（怎麼能）中下哉！」大意是說：依今日的趨勢，已經沒有後退的道理，舉例來說：跨騎在猛獸的背上，怎麼可以中途下來呢？

用法 形容迫於情勢，中途不能收手。

範例 這件工程困難重重，我現在是騎虎難下，想放棄也不行。

(四)比喻「各奔東西」

分道揚鑣（ㄈㄣ ㄉㄠˋ ㄧㄤˊ ㄅㄧㄠ）

解釋 道：路。揚鑣：驅馬向前行。指分路驅馬前進。

詞源 《北史．魏宗室河間公齊傳》：「元志為洛陽令，不避強禦，與御史中尉李彪爭路，俱（都）入見，面陳得失。孝文曰：『洛陽我之豐沛（漢高祖劉邦是豐縣沛邑人，所以後人稱豐沛為帝王的故鄉），自應分路揚鑣；自今以後，可分路而行。』」大意是說：元志是洛陽令，他從來不避諱強權，有一次御史中尉的坐轎在路途與元志的坐轎相遇，如果依官位來說，元志該禮讓李彪的坐轎先過，但元志就是不肯，於是兩人就在路上吵了起來，後來兩人去請魏孝文帝評理，孝文帝說：「洛陽是我的京城，從今以後，你們只要各行自己的路，還有什麼好爭的。」

用法 ①形容各走各的路。②形容各憑本事，分頭去發展。

範例 畢業後，同學們分道揚鑣，各奔前程。

提示 「分道揚鑣」也作「分路揚鑣」。

北轅適楚（ㄅㄟˇ ㄩㄢˊ ㄕˋ ㄔㄨˇ）

解釋 轅：車前用來套住牲畜，以牽引車子的兩支直木。適：到；至。指本來要到南方的楚國，卻駕車往北方前去。

詞源 唐．白居易．《立部伎（伎，音ㄐㄧˋ）》：「欲（希望）望（看）鳳來百獸舞，何異北轅將適楚。」

用法 形容不依原先計畫行動，也就是行動跟目標不一致。

範例 你想報考音樂系，卻成天上網不練琴，這不是北轅適楚嗎？

各奔東西（ㄍㄜˋ ㄅㄣ ㄉㄨㄥ ㄒㄧ）

解釋 指各別奔向東西兩方。

用法 形容各奔一方。

範例 這對合夥人貌合神離多年，最後決定各奔東西。

南轅北轍（ㄋㄢˊ ㄩㄢˊ ㄅㄟˇ ㄔㄜˋ）

解釋 轅：車前用來套住牲畜，以

1.（　　）「背道而馳」的「背」以下何者說明正確A.背著重物 B.指背部 C.指背部向著背部 D.違背的意思。 ➡C

2.（　　）比喻緊緊跟隨的成語有 A.卿卿我我 B.如魚得水 C.寸步不離 D.尾隨不捨。 ➡C、D

3.（　　）「型影不離」中的錯字，應該改成A.行B.形C.刑。 ➡B

牽引車子的兩根直木。轍：車輪行駛過的痕跡。指原本要駛向南方的車子，卻向北方行駛。

詞源 《戰國策．魏策四》：「猶至楚而北行也。」大意是說：這就好像要到南方的楚國，卻向北方行駛一樣，永遠也達不到目的。

用法 形容所做的事跟原先預設的目標相反，也就是背道而行。

範例 做事南轅北轍的人，很難有一番成就。

背道而馳 ㄅㄟˋ ㄉㄠˋ ㄦˊ ㄔˊ

解釋 背：背部向著背部。馳：跑。指彼此朝相反的道路跑去。

詞源 唐．柳宗元．《楊評事文集後序》：「相與背馳於道者，其去（相差的距離）彌（更）遠。」

用法 形容彼此往不同的方向去行事，或走反向的道路。

範例 既然我倆的理念不同，乾脆背道而馳，各自發展吧！

(五)比喻「緊緊跟隨」

寸步不離 ㄘㄨㄣˋ ㄅㄨˋ ㄅㄨˋ ㄌㄧˊ

解釋 寸步：一小步。指緊密跟隨，一小步都不分離。

詞源 《古今小說．卷一》：「蔣興哥新娶這房娘子，不上（不到）四年，夫妻兩個如魚似水（像魚跟水的關係般親密），寸步不離。」

用法 形容關係密切，片刻也不分離。

範例 妹妹小時候總是寸步不離地黏在媽媽的身邊。

如影隨形 ㄖㄨˊ ㄧㄥˇ ㄙㄨㄟˊ ㄒㄧㄥˊ

解釋 形：軀體；身體。指就好像影子跟隨著身體。

詞源 《列子》：「形（身體）枉（不直）則影曲（不直），形直則影正；然則，枉直隨形而不在影。」大意是說：身體彎曲站著，影子也會變得彎曲，身體直立站著，影子也會變得直立，所以影子是直立或彎曲，其主要的決定因素在於身體的形狀，跟影子本身是沒有關係的。

用法 ①比喻彼此間的感情融洽，關係密切。②形容緊緊地跟隨。

範例 這名女影星的保鑣如影隨形的跟在她的身旁，以維護安全。

提示 「如影隨形」也作「如影從形」。

尾隨不捨 ㄨㄟˇ ㄙㄨㄟˊ ㄅㄨˋ ㄕㄜˇ

解釋 尾隨：像尾巴似地跟在後面。捨：棄。指像尾巴似地跟在後面，不肯捨棄。

用法 形容緊緊地跟隨，一刻也分不開。

範例 大明星來臺，記者尾隨不捨地想獨家採訪。

提示 「尾隨不捨」也作「尾隨不舍」。

形影不離 ㄒㄧㄥˊ ㄧㄥˇ ㄅㄨˋ ㄌㄧˊ

解釋 形影：形體和影子。指形體和影子都不分離。

詞源 《閱微草堂筆記．灤陽消暑錄二》：「青縣農家少婦，性輕佻（言行不正經、不莊重），隨其夫操作，形影不離，恆（常久）相對嬉笑，不避忌人。」

用法 形容彼此的關係親暱，無法分離。

範例 這對老夫妻總是形影不離

1.（　　）有關「跬步不離」的說明何者正確A.跬，音ㄍㄨㄟ，一步的距離B.跬，音ㄎㄨㄟˇ，形容女子走路輕盈的樣子C.音ㄍㄨㄟˇ，半步的意思D.音ㄎㄨㄟˇ，指半步。　➡D

2.（　　）這趟海外自助旅行，眾人飽受□□□□的疲憊。空格中應填入A.舟車勞頓B.披星戴月C.風吹雨打D.逆水行舟。　➡A、B

地一起散步。

形影相隨（ㄒㄧㄥˊ ㄧㄥˇ ㄒㄧㄤ ㄙㄨㄟˊ）

解釋 指形體跟影子追隨在一起。

詞源 明・沈受先・《三元記・登科》：「形影相隨，早晚相依（依偎）。」

用法 形容關係親密，片刻也不分離。

範例 這對雙胞胎經常形影相隨地一起行動。

跬步不離（ㄎㄨㄟˇ ㄅㄨˋ ㄅㄨˋ ㄌㄧˊ）

解釋 跬：半步。指連半步也不分離。

詞源 《禮記》：「故君子（有才德的人）跬步而不忘孝也。」

用法 形容彼此的關係緊密，所以緊緊地跟隨。

範例 奶奶生病時，媽媽跬步不離地守候在身邊照顧。

提示 「跬步不離」的「跬」不可以讀作ㄍㄨㄟ。

(六)比喻「旅途勞累」

牛馬風塵（ㄋㄧㄡˊ ㄇㄚˇ ㄈㄥ ㄔㄣˊ）

解釋 牛馬：用來拉車的動物。指拉車的牛馬激起滿天的塵埃。

詞源 清・孔尚任・《桃花扇・迎駕》：「牛馬風塵，暫屈（降低身分）何憂（沒有什麼好憂愁的）。」

用法 ①形容旅途的辛苦奔波。②形容人不得志。

範例 在那烽火連天的歲月，人民牛馬風塵地倉皇逃難。

舟車勞頓（ㄓㄡ ㄔㄜ ㄌㄠˊ ㄉㄨㄣˋ）

解釋 舟車：船和車，也就是水陸交通工具。勞頓：勞累辛苦。指乘坐交通工具出遊，途中勞累辛苦。

詞源 魯迅・《兩地書・四六》：「現居距廈大甚遠，需受舟車勞頓之苦。」

用法 形容旅途的辛勞。

範例 這趟海外自助旅行，眾人飽受舟車勞頓的疲憊。

車殆馬煩（ㄔㄜ ㄉㄞˋ ㄇㄚˇ ㄈㄢˊ）

解釋 殆：疲怠。煩：煩悶。指車子顯得疲怠，馬兒也覺得煩悶。

詞源 三國魏・曹植・《洛神賦》：「日既西傾（太陽西下），車殆馬煩。」

用法 形容旅途疲累。

範例 我們的車隊行駛一整天，已經車殆馬煩，想快找個地方休息。

提示 「車殆馬煩」也作「車怠馬煩」、「車怠馬乏」。

披星戴月（ㄆㄧ ㄒㄧㄥ ㄉㄞˋ ㄩㄝˋ）

解釋 戴月：頭上頂著月亮。指身上披著星星，頭上頂著月亮。

詞源 元・呂侍中・《六麼令》套曲：「春夏秋冬，披星戴月守寒溪。」

用法 ①形容早出晚歸，非常辛苦。②形容旅途勞頓，日夜趕路的樣子。

範例 古代驛站的馬兵，一接到命令，就得披星戴月地傳送消息。

提示 「披星戴月」也作「披星帶月」、「帶月披星」。

東奔西走（ㄉㄨㄥ ㄅㄣ ㄒㄧ ㄗㄡˇ）

解釋 奔：跑。指東跑西跑，非常勞累忙碌的樣子。

1.（　　）形容旅途奔走的辛苦，叫雨□日□。 ➡淋、炙
2.（　　）有關「風餐露宿」的說明何者正確A.風餐，指吃飯時，突然颳起大風B.風餐，指在風中食用三餐C.露宿，指在野外休息D.形容旅途的勞頓。 ➡B、C、D
3.（　　）「飢餐渴飲」中何者作動詞A.餐飲B.飢渴C.渴飲。 ➡A

用法 形容到處奔走忙碌。

範例 他每天東奔西走地忙著接洽業務，十分辛苦。

雨淋日炙（ㄩˇ ㄌㄧㄣˊ ㄖˋ ㄓˋ）

解釋 日：太陽。炙：燒烤。指被大雨淋溼，被火熱的太陽燒烤。

詞源 唐．韓愈．《石鼓歌》：「雨淋日炙野火燎（燎，音ㄌㄧㄠˊ，焚燒）」。

用法 形容旅途奔走的辛苦。

範例 郵差每天雨淋日炙地為人們送信，是傳遞溫馨的綠衣天使。

提示 「雨淋日炙」的「炙」不可以寫成「針灸」的「灸」。

風餐露宿（ㄈㄥ ㄘㄢ ㄌㄨˋ ㄙㄨˋ）

解釋 風餐：在風中食用三餐。露宿：在野外露天下休息。指在風中食用餐點，在野外的露天下歇息。

詞源 《儒林外史．第一回》：「王冕一路風餐露宿，九十裏大站，七十裏小站，一徑（路）來到山東濟南府地方。」

用法 形容旅途的勞頓。

範例 司機往往得風餐露宿地以車為家，工作很辛勞。

提示 「風餐露宿」也作「風餐雨宿」。

涉水登山（ㄕㄜˋ ㄕㄨㄟˇ ㄉㄥ ㄕㄢ）

解釋 涉：徒步過河。指徒步渡河，攀登高山。

詞源 《封神演義．第四回》：「在路行程，非止一兩日。逢州過縣，涉水登山。」

用法 形容旅程歷經千辛萬苦。

範例 考古學家涉水登山地探索人類古文明的奧祕。

草行露宿（ㄘㄠˇ ㄒㄧㄥˊ ㄌㄨˋ ㄙㄨˋ）

解釋 露宿：在野外露天下休息。指在雜草中行走，在野外的露天下休息或睡覺。

詞源 宋．文天祥．《指南錄後序》：「不得已，變（改）姓名，詭（詭，音ㄍㄨㄟˇ，欺詐的）蹤跡，草行露宿，日（白天）與北騎（騎馬的士兵）相出沒於長淮間。」大意是說：在不得已的情況下，只好隱姓埋名，用欺詐的方法來掩護自己的形蹤，平時就在雜草間趕路，累了就在露天下休息，白天有時就跟騎兵出現在長淮一帶的地區。

用法 形容旅程趕路的勞累。

範例 英勇的士兵們草行露宿地趕往前線，一舉殲滅敵軍。

提示 「草行露宿」的「露」讀作ㄌㄨˋ。

飢餐渴飲（ㄐㄧ ㄘㄢ ㄎㄜˇ ㄧㄣˇ）

解釋 餐：當動詞，吃的意思。指肚子餓了就吃，口渴就飲水。

詞源 《古今小說．陳叢善梅嶺失渾家》：「在路上少不得飢餐渴飲，夜住曉（晚上）行。」

用法 形容旅程驅趕，三餐不定，非常的勞累。

範例 牧羊人飢餐渴飲地趕著羊群，尋找放牧地點。

晝夜兼行（ㄓㄡˋ ㄧㄝˋ ㄐㄧㄢ ㄒㄧㄥˊ）

解釋 晝：白天。兼：同時有兩方面的動作。指早晚不停地趕路。

詞源 《舊五代史．唐書．末帝紀上》：「帝率勁騎（善於作戰的騎馬士兵）以從（從，音ㄘㄨㄥˊ，跟隨），晝夜兼行，率先下卞（卞，

1.（　　）以下解釋何者錯誤A.「僕僕風塵」是指眾多僕人都受風塵之苦B.「曉行夜宿」的「宿」音ㄙㄨˋ，投宿的意思C.「餐風宿水」也作「風餐露宿」D.以上四則成語都是形容旅途的辛苦。　➡A

2.（　　）一本萬利＋利市三倍＝□大皆空。　➡四

音ㄅㄢ）城。」

用法　形容旅程勞累不堪。

範例　麥哲倫的船隻晝夜兼行，終於完成環繞地球一週的壯舉。

提示　「晝夜兼行」的「晝」不可以寫成「繪畫」的「畫」。

僕僕風塵 ㄆㄨˊ ㄆㄨˊ ㄈㄥ ㄔㄣˊ

解釋　僕僕：勞累的樣子。風塵：行旅中沾滿風塵，含有辛苦之意。指行旅的奔波、勞累。

詞源　《東歐女豪傑．三回》：「……菲亞僕僕風塵，席不暇暖（忙碌到不能久坐），現在又被囚繫（拘囚），少不免（免不了）擔驚受苦。」

用法　形容旅途的辛苦。

範例　他僕僕風塵地在各處演講，卻不覺得疲勞。

曉行夜宿 ㄒㄧㄠˇ ㄒㄧㄥˊ ㄧㄝˋ ㄙㄨˋ

解釋　曉：清晨天將亮的時候。宿：投宿休息。指天將亮的時候就啟程，晚上就投宿歇息。

詞源　《儒林外史．三四回》：「莊紹光從水陸過了黃河，雇了一輛車，曉行夜宿，一路來到山東地方。」

用法　形容旅途的奔波。

範例　工作人員曉行夜宿，終於實地採訪了臺灣每個鄉鎮。

餐風宿水 ㄘㄢ ㄈㄥ ㄙㄨˋ ㄕㄨㄟˇ

解釋　餐風：在風中吃著三餐。宿：夜宿。指在風中進食，在岸邊睡覺。

詞源　《西遊記．二三回》：「出家人餐風宿水，臥（躺）月眠霜（在霜上睡覺），隨處是家。」大意是說：出家人在風中進食，在岸邊睡覺，躺在月光下，睡在霜面上，到哪裡都可以當成家。

用法　形容行旅非常的克難及勞累。

範例　這個作家餐風宿水地四處旅行，體驗各地的風土民情。

提示　「餐風宿水」也作「餐風宿露」、「風餐露宿」、「露宿風餐」。

【生計類】

㈠比喻「獲取厚利」

一本萬利 ㄧ ㄅㄣˇ ㄨㄢˋ ㄌㄧˋ

解釋　本：本金；本錢。指投資的本金很少，但是所回收的利益很多。

詞源　清．姬文．《市聲．二六回》：「這回破釜沉舟（形容下定決心，一次就要將某事做好，不留退路），遠行一趟，卻指望收它個一本萬利哩。」

用法　形容只需投入極少數的錢，即可以獲得大筆的利潤。

範例　這裡是黃金地段，如果投資做生意絕對是一本萬利。

利市三倍 ㄌㄧˋ ㄕˋ ㄙㄢ ㄅㄟˋ

解釋　利市：做生意買賣所獲取的利潤。三：引申作「多」的意思。指在生意買賣方面獲取豐厚的利潤。

詞源　《易經．說卦》：「為多白眼，為近利市三倍。」大意是說：巽（巽，音ㄒㄩㄣˋ）卦象徵眼睛裡白眼球的面積多於黑眼球的面

1.（　　）「毫末之利」的相似成語是A.蠅頭微利B.一本萬利C.錐刀之利D.涓滴微利。　➡A、C、D

2.（　　）「仰人鼻息」的「仰」以下何者說明正確A.抬頭看B.依賴C.藉機D.依偎。　➡B

3.（　　）比喻靠人吃住，叫□人□下。　➡依、籬

積，也象徵做買賣可以獲取暴利的商人。

用法 形容所獲取的利潤很多。

範例 老闆經過評估之後，決定投資這項利市三倍的生意。

(二)比喻「獲利微薄」

毫末之利（ㄏㄠˊ ㄇㄛˋ ㄓ ㄌㄧˋ）

解釋 毫末：長而細的毛，引申為細小。指極微小的利潤。

詞源 宋．歐陽脩．《原弊》：「有司（古代官吏）屢（常）變其法，以爭毫末之利。」

用法 形容所獲得的利益微不足道。

範例 家庭手工雖僅有毫末之利，卻也是賺外快的途徑。

提示 「毫末之利」的「毫」不可以寫成「豪門大戶」的「豪」。

錐刀之末（ㄓㄨㄟ ㄉㄠ ㄓ ㄇㄛˋ）

解釋 錐刀：小刀。末：尖處；尖端。指像錐刀末端般細小。

詞源 《淮南子》：「乃背（背離）道德之本（根本），而爭於錐刀之末。」

用法 形容所獲得的利益不多。

範例 小本生意賺的是錐刀之末的利潤，你要省著花。

蠅頭微利（ㄧㄥˊ ㄊㄡˊ ㄨㄟ ㄌㄧˋ）

解釋 指像蒼蠅頭那麼小的利益。

詞源 宋．蘇軾．《滿庭芳》：「蝸角（蝸牛頭上的兩支觸角）虛名，蠅頭微利。」大意是說：像蝸牛角那樣細的虛名，可說微不足道；而像蒼蠅頭那樣小的利益，可說非常的微薄。

用法 形容所得到的利益非常的微小。

範例 幾十年的老朋友還計較這些蠅頭微利的錢，多傷感情呀！

提示 「蠅頭微利」也作「蠅頭小利」。

(三)比喻「靠人吃住」

仰人鼻息（ㄧㄤˇ ㄖㄣˊ ㄅㄧˊ ㄒㄧˊ）

解釋 仰：依賴。鼻息：呼氣或吸氣。指依賴別人才能過活。

詞源 《後漢書．袁紹傳》：「騎都尉沮授聞（聽到這個消息）而諫（用言語規勸別人的錯誤）曰：『冀州雖鄙（偏遠之地），帶甲（士兵）百萬，穀支十年（糧食仍可吃十年）。袁紹孤客窮軍（孤立而軍備不足），仰我鼻息，比如嬰兒在股掌（大腿與手掌）之上，絕其哺乳（不再餵食母乳），立可餓殺。』」大意是說：袁紹想攻占冀州，於是派人對冀州牧韓馥加以脅迫，韓馥因為害怕，打算答應袁紹的要求，後來騎都尉知道這個消息後，向韓馥規勸說：「冀州雖然地處偏遠，但是仍有百萬雄兵據守，糧草仍可供應十年。袁紹的軍隊孤立而糧草缺乏，仍要看我方的臉色才能生存，這就好像將嬰兒抱在大腿及手掌之上，從此不再餵他食物，馬上就可以讓他餓死。」

用法 形容依賴他人過活，所以要看別人的臉色做事。

範例 他總覺得受人雇用，得處處仰人鼻息，所以決定自行創業。

依人籬下（ㄧ ㄖㄣˊ ㄌㄧˊ ㄒㄧㄚˋ）

解釋 依：依靠。籬：用竹條編成

1. （　　）「傍人門戶」的相反成語是A.仰人鼻息B.自力更生C.自食其力D.獨立自主。 ➡B、C、D

2. （　　）「寄人離下」、「寄食漁人」、「旁人籬壁」中的錯字，應該改成A.擠、于、傍B.籬、于、傍C.擠、飼、傍D.籬、於、傍。 ➡D

的圍牆，後引申作門戶。指依靠在他人的門戶下。

詞源《荊釵記傳奇》：「依人籬下，艱難家境，怕惹（引來）憎嫌（嫌恨）。」大意是說：因為家境貧困，不得已要依靠別人來過生活，所以很怕引起對方的嫌恨。

用法 形容自己無法生存，只好依附他人來過活。

範例 即使是過著依人籬下的日子，也要努力上進。

提示 「依人籬下」也作「依人廡下」（廡：音ㄨˇ，房舍）。

寄人籬下 ㄐㄧˋ ㄖㄣˊ ㄌㄧˊ ㄒㄧㄚˋ

解釋 寄：依靠；依附。指依附在別人的門戶下過日子。

詞源《紅樓夢．八七回》：「今日寄人籬下，縱（即使）有許多照應（照料；照顧），自己無處不要留心。」大意是說：今天依附在人家的門下過活，即使彼此間可以互相照顧，但是自己也要處處留意。

用法 ①形容無法自立，得依附別人過活。②比喻抄襲他人的文章，沒有主見。

範例 他遠赴外地求學時，過得是寄人籬下的日子。

寄食於人 ㄐㄧˋ ㄕˊ ㄩˊ ㄖㄣˊ

解釋 指三餐要依附人家才能過活。

用法 偏重依靠他人才能生存的表述。

範例 你身強力壯，怎麼甘於過這種寄食於人的生活呢？

傍人門戶 ㄅㄤˋ ㄖㄣˊ ㄇㄣˊ ㄏㄨˋ

解釋 傍：依靠。指依附在他人的門戶下。

詞源 宋．蘇軾．《東坡志林》：「桃符（古代過年時掛在大門兩旁畫有門神或寫有門神名字的桃木板）仰視艾人（用艾草編結成的人形，每年的端午節懸掛在門上，用來避邪、趨毒。）而罵曰：『汝何等草芥（低劣；沒有價值），輒（每；總是）居我上！』艾人俯（低頭）而應曰：『汝已半截入土（人生已經走到一半），猶爭高下乎？』桃符怒，往復紛然（生氣貌）不已。門神解（說明）之曰：『吾輩不肖（沒有能力），方（才要）傍人門戶，何暇（閒餘時間）爭閒氣也！』」

用法 ①比喻不能自食其力，得依賴他人過活。②比喻學術根基不好，不能擁有自我的見解。

範例 研究學問貴在能提出獨到的見解，而不是傍人門戶的言論。

傍人籬壁 ㄅㄤˋ ㄖㄣˊ ㄌㄧˊ ㄅㄧˋ

解釋 壁：牆壁。指依附在別人家的籬笆牆內過活。

詞源 宋．嚴羽．《滄浪詞話》：「僕（我）之《詩辨》……是自家閉門鑿破（挖掘；開墾）此片田地，即（也就是）非傍人籬壁，拾人涕唾（抄襲別人的文字）得來者。」大意是說：我所寫的詩詞，都是自己挖空心思想出來的，完全沒有抄襲他人的內容。

用法 ①形容不能自食其力。②比喻抄襲他人文章，沒有自我的主見。

範例 他雖然從小過著傍人籬壁的生活，卻懂得力爭上游。

提示 「傍人籬壁」的「傍」讀

1.（　　）以下哪則成語是形容住所簡陋A.千金之家B.片瓦根椽C.瓦灶繩床D.室如懸磬。 ➡B、C、D

2.（　　）以下哪些歷史人物曾過著「四壁蕭然」的生活A.司馬相如B.陶淵明C.藺相如D.呂布。 ➡A、B

3.（　　）四壁蕭然＝□□不值＋□□茅廬。 ➡一文、三顧

作ㄅㄤˋ。

賴人以食 ㄌㄞˋ ㄖㄣˊ ㄧˇ ㄕˊ

解釋 賴：依靠。指依賴別人吃住。

用法 比喻依附別人過生活。

範例 你已經長大了，怎麼可以再賴人以食呢？

【貧富節儉類】

(一)比喻「住屋簡陋」

上漏下溼 ㄕㄤˋ ㄌㄡˋ ㄒㄧㄚˋ ㄕ

解釋 指房屋破舊，下雨天會漏水，地面又容易潮溼。

詞源 《莊子．讓王》：「原憲（孔子的學生）居環堵之室（四面僅有土牆的房屋），上漏下濕，匡弦（彈奏樂曲）而歌。」大意是說：孔子的學生原憲居住在四面僅有土牆圍繞的房屋，屋子早已破舊不堪，下雨天一定漏水，而且地面也因積水而潮溼，但是他仍能彈奏歌曲，處之泰然。

用法 形容生活貧困，所住的房子破舊不堪。

範例 這老房子一到梅雨季節，就會上漏下溼，令人傷透腦筋。

提示 「溼」也寫作「濕」。

片瓦根椽 ㄆㄧㄢˋ ㄨㄚˇ ㄍㄣ ㄔㄨㄢˊ

解釋 瓦：用泥土燒製的器物。椽：架在屋梁上承受屋頂的木條。指屋頂只有幾塊瓦片覆蓋。

用法 形容家境清苦。

範例 他住的地方只有片瓦根椽，令人很訝異。

四壁蕭然 ㄙˋ ㄅㄧˋ ㄒㄧㄠ ㄖㄢˊ

解釋 蕭然：冷落。指家中除了四面牆壁外，什麼也沒有。

用法 形容住所很簡陋，屋中沒有多餘的東西。

範例 他在四壁蕭然的斗室中，寫出了聞名於世的小說。

提示 「四壁蕭然」的「蕭」不可以寫成「洞簫」的「簫」。

瓦灶繩床 ㄨㄚˇ ㄗㄠˋ ㄕㄥˊ ㄔㄨㄤˊ

解釋 瓦灶：用瓦片來砌灶。繩床：用繩子來做床。指用屋瓦搭灶，用繩子結成床。

詞源 《紅樓夢．一回》：「……蓬（蓬草做成的門）牖（牖，音ㄧㄡˇ，窗子）茅椽（支撐屋頂的橫木），瓦竈繩床，並不足妨（阻礙）我胸襟（懷抱）。」

用法 形容住屋簡陋，民生用品缺乏。

範例 即使是過著瓦灶繩床的日子，我也甘之如飴啊！

提示 「灶」的異體字是「竈」。

室如懸磬 ㄕˋ ㄖㄨˊ ㄒㄩㄢˊ ㄑㄧㄥˋ

解釋 磬：石製的樂器。懸磬：倒掛起來的石磬。指屋子就像倒掛的石磬，下面都沒有東西。

詞源 《國語．魯語上》：「齊侯曰：『室如懸磬，野無青草，何恃（依賴）而不恐（害怕）？』」

用法 形容人非常貧困，住家空無一物。

範例 他所租賃的房子像室如懸磬般，一無所有。

提示 「室如懸磬」也作「室如懸罄」（罄：音ㄑㄧㄥˋ，器物中空的意

1.（　　　）有關「屋如七星」的解釋何者正確A.七星，比喻裝潢氣派，如七顆星同時閃爍般耀眼B.七星，是富裕人家的代稱C.七星，引申作屋頂有很多破損的洞D.比喻仙人的住所。　➡C

2.（　　　）形容房屋簡陋，叫茅□土□。　➡茨、階

3.（　　　）「篷戶甕有」，請改正這句成語中的錯字。　➡蓬、牖

思）。

屋如七星 ㄨ ㄖㄨˊ ㄑㄧ ㄒㄧㄥ

解釋 七星：引申作屋頂有很多破損的洞。指屋子破舊不全。

詞源 《雲仙雜記》：「鄭廣文屋室破漏，從下望之，竅（竅，音ㄑㄧㄠˋ，洞穴；孔穴）如七星。」

用法 形容房屋破損不堪。

範例 這棟古宅歷經歲月的洗禮，如今屋如七星，不能住人了。

茅茨土階 ㄇㄠˊ ㄘˊ ㄊㄨˇ ㄐㄧㄝ

解釋 茅茨：用茅草或蘆葦做成的屋頂。土階：用泥土做成的台階。指住在茅草覆蓋的屋頂及泥土砌成台階的屋子中。

詞源 《東周列國志．三回》：「昔堯舜在位，茅茨土階，禹居卑（簡陋）宮，不以為陋。」

用法 形容房屋簡陋。

範例 從前這裡大多是茅茨土階的房子，後來才改建成大樓。

提示 「茅茨土階」也作「茅室土階」。

家徒四壁 ㄐㄧㄚ ㄊㄨˊ ㄙˋ ㄅㄧˋ

解釋 徒：只有；空有。指家中僅有四面牆壁，其他什麼也沒有。

詞源 《漢書．司馬相如傳》：「文君夜亡奔相如，相如與馳（駕馬車狂奔）歸成都，家徒四壁立。」大意是說：有一次司馬相如跟臨邛（邛，音ㄑㄩㄥˊ）令王吉到卓王孫的家中作客。王吉請相如彈奏一曲，此時喜好音樂的卓文君（卓王孫之女）聽到後，非常欣賞相如的才華，因此對相如留下深刻的印象。為了近一步與卓文君接觸，相如不時討好文君的侍者，後來文君感動，利用夜晚逃奔至相如身邊，相如帶著她駕馬車奔回成都的住家，等進到家門，文君才發覺相如所居住的地方竟是破舊不堪，僅有四面牆壁的屋子。

用法 形容家中非常的貧窮。

範例 他家本是家徒四壁，後來經濟才慢慢地改善。

提示 「家徒四壁」也作「家徒壁立」。

桑樞甕牖 ㄙㄤ ㄕㄨ ㄨㄥˋ ㄧㄡˇ

解釋 樞：門軸。甕：罈子。牖：窗子。指用桑木做門軸，用破舊的罈子做窗戶。

詞源 元．武漢臣．《玉壺春．三折》：「我便是桑樞甕牖，她也情願的布（粗布）裙荊釵（用荊枝做成的髮飾）。」大意是說：即使我住在簡陋的屋宇中，她也心甘情願地跟著我吃苦；即使穿著粗布做成的裙子或插上荊枝做成的髮飾也不後悔。

用法 形容非常的貧困。

範例 這房子雖然如桑樞甕牖般簡陋，卻也足夠遮雨避風。

蓬戶甕牖 ㄆㄥˊ ㄏㄨˋ ㄨㄥˋ ㄧㄡˇ

解釋 蓬戶：用蓬草做成的門。指以蓬草來做門，用破甕來做窗。

詞源 《淮南子．原道訓》：「蓬戶甕牖，揉（用手搓弄）桑為樞（門軸）。」

用法 形容住家簡陋，家庭經濟不富裕。

範例 果農在蓬戶甕牖般的工寮

1.（　　）有關「環堵蕭然」的解釋何者錯誤A.堵，指牆壁B.蕭然，冷落的樣子C.形容住屋非常的簡陋D.比喻四處都塞車。　➡D

2.（　　）一貧如洗＋一無所有＝□□空空。　➡兩手

3.（　　）「一文不名」的「名」的指 A.名氣 B.隱姓埋名 C.沒有名字的人 D.擁有。　➡D

中，徹夜守護著果園。

提示　「蓬戶甕牖」的「蓬」不可以寫成「車篷」的「篷」。

環堵蕭然（ㄏㄨㄢˊ ㄉㄨˇ ㄒㄧㄠ ㄖㄢˊ）

解釋　堵：牆。蕭然：冷落貌。指除了四面牆壁外，空無一物。

詞源　晉．陶淵明．《五柳先生傳》：「環堵蕭然……短褐（粗布做成的衣服）穿結，簞（盛飯的圓形竹器）瓢（舀水的器具）屢（常）空，晏（安然）如也。」大意是說：居家除了四面牆壁之外，空無一物，身上所穿的都是粗布做成而且補過多次的衣服，三餐也經常沒有飯可以吃，雖然如此，五柳先生（陶淵明自喻）仍然覺得很安然。

用法　形容住屋極簡陋。

範例　他目視環堵蕭然的房間，思緒陷入回憶中……。

提示　「環堵蕭然」的「蕭」不可以寫成「洞簫」的「簫」。

篳門蓬戶（ㄅㄧˋ ㄇㄣˊ ㄆㄥˊ ㄏㄨˋ）

解釋　篳門：以樹枝、荊竹類的材料編成的門，也就是俗稱的「柴門」。指家中的門是由荊竹和蓬草做成的。

詞源　明．於謙．《村舍桃花》：「野水縈（縈，音ㄧㄥˊ，環繞）紆（圍繞）石徑斜，蓬門篳戶兩三家。」

用法　形容貧窮人家的房屋簡陋的設備。

範例　在荒煙漫草的山野裡，我們發現一間篳門蓬戶的屋舍。

甕牖繩樞（ㄨㄥˋ ㄧㄡˇ ㄕㄥˊ ㄕㄨ）

解釋　樞：門軸。指以破甕當窗戶，用繩子當門軸。

詞源　漢．賈誼．《過秦論》：「然陳涉甕牖繩樞之子。」

用法　形容住所非常的簡陋。

範例　登山客在甕牖繩樞般的小屋裡躲避風雨，顯得狼狽萬分。

(二) 比喻「生活貧困」

一文不名（ㄧˋ ㄨㄣˊ ㄅㄨˋ ㄇㄧㄥˊ）

解釋　一文：一枚錢。名：擁有。指身邊連一枚錢都沒有。

用法　形容極為窮困。

範例　他生前是個一文不名的畫者，死後才成為巨匠。

提示　「一文不名」也作「不名一文」、「一錢不名」。

一貧如洗（ㄧˋ ㄆㄧㄣˊ ㄖㄨˊ ㄒㄧˇ）

解釋　指貧窮得像被大水洗過一樣，一點東西都沒有留下來。

詞源　元．關漢卿．《山神廟裴（裴，音ㄆㄟˊ）度還帶》：「小生（自謙的稱詞）幼習（學習）儒業，頗看詩書，爭奈（奈何）小生一貧如洗。」

用法　形容極度貧窮，除了身體之外，什麼東西也沒有。

範例　你既然害怕過著一貧如洗的生活，為什麼不肯勤奮工作呢？

一無所有（ㄧˋ ㄨˊ ㄙㄨㄛˇ ㄧㄡˇ）

解釋　指什麼東西也沒有。

詞源　《儒林外史．八回》：「我除了行李被褥（褥，音ㄖㄨˋ，坐臥時墊在身體下面的東西）之外，一無所有，只有一個枕箱，內有殘書幾本。」

1.（　　）入「不」敷出、三餐「不」繼、手頭「不」便，以上括號中的「不」讀音何者正確A.ㄅㄨˋ、ㄅㄨˋ、ㄅㄨˋ B.ㄅㄨˋ、ㄅㄨˋ、ㄅㄨˊ C.ㄅㄨˊ、ㄅㄨˊ、ㄅㄨˊ D.ㄅㄨˋ、ㄅㄨˊ、ㄅㄨˊ。 ➡D

2.（　　）「手頭拮据」中的「拮据」是指 A.打結 B.節省 C.困惑 D.錢不夠用。 ➡D

用法 形容人很貧窮，沒有任何身外之物。

範例 他雖然一無所有，卻有無限的潛能。

入不敷出（ㄖㄨˋ ㄅㄨˋ ㄈㄨ ㄔㄨ）

解釋 不敷：不足；不夠。指金錢的收入不夠應付支出。

詞源 《紅樓夢．一〇七回》：「但是家計（家中的生計）蕭條（衰敗），入不敷出。」

用法 形容經濟發生困難。

範例 你如果能夠開源節流，就不會入不敷出了。

提示 「入不敷出」也作「入不支出」。

三餐不繼（ㄙㄢ ㄘㄢ ㄅㄨˋ ㄐㄧˋ）

解釋 繼：連接；持續。指三餐不能接續，吃了一餐，下一餐就沒有著落。

用法 形容生活貧困，連吃飯都成問題。

範例 他都三餐不繼了，哪裡有能力借你錢。

手頭不便（ㄕㄡˇ ㄊㄡˊ ㄅㄨˋ ㄅㄧㄢˋ）

解釋 手頭：手邊所擁有的錢。指在經濟方面遇到困難。

詞源 《孽海花．五回》：「那東西混帳極了，兄弟不過一時手頭不便，欠了他幾個臭錢。」

用法 形容人需要用錢的時候，偏偏身上沒有錢。

範例 他最近手頭不便，四處向朋友調頭寸。

手頭拮据（ㄕㄡˇ ㄊㄡˊ ㄐㄧㄝˊ ㄐㄩ）

解釋 拮据：錢不夠用。指經濟的狀況不佳。

用法 形容身邊欠缺足夠的錢。

範例 像你這種花錢的方式，當然會手頭拮据了。

提示 「手頭拮据」的「拮」讀作ㄐㄧㄝˊ。

牛衣對泣（ㄋㄧㄡˊ ㄧ ㄉㄨㄟˋ ㄑㄧˋ）

解釋 牛衣：麻和草所織成的禦寒物。泣：哭。指裹著牛衣，相對哭泣。

詞源 《漢書．王章傳》：「初，章為諸生（科舉時代對秀才的稱呼）學長安，獨與妻居，章疾病，無被（棉被），臥（睡）牛衣中，與妻決，涕泣。」

用法 形容貧賤夫妻沒有辦法可想，只能相對痛哭。

範例 這對夫妻賠光了錢，現在是牛衣對泣，愁得想不出辦法。

提示 「牛衣對泣」也作「泣對牛衣」。

左支右調（ㄗㄨㄛˇ ㄓ ㄧㄡˋ ㄉㄧㄠˋ）

解釋 支：支付。調：調動。指四處向人調動金錢。

詞源 清．孔尚任．《桃花扇．投轅》：「你的北來意費推敲（花時間思考或猜測），一封書信無名號，荒唐言語多虛冒（假冒）。憑空（沒有根據）何處軍糧到，無端左支右調。看他神情，大抵（大概）非逃即盜。」

用法 形容錢不夠用，周轉不靈。

範例 這家公司因為經營不善，老是左支右調地四處湊錢。

提示 「左支右調」也作「左支右絀」（絀：音ㄔㄨˋ，不足）。

1.（　　）「並日而食」中的「並日」是指A.將兩天合併成一天 B.古時指日食的意思 C.前天的代稱 D.兩天的意思。 ➡A

2.（　　）有關「身無長物」的解釋何者正確A.指身上沒有攜帶長條形的東西B.長，讀音ㄓㄤˋ，多餘的意思C.形容生活十分的困窘 D.該成語出自於「世說新語」。 ➡B、C、D

並日而食（ㄅㄧㄥˋ ㄖˋ ㄦˊ ㄕˊ）

解釋 並日：將兩天合併成一天。指兩天才吃一天糧食的分量。

詞源 《後漢書・陳敬王羨傳》：「並日而食，轉死溝壑（山溝）者甚眾（多）。」大意是說：生活貧困，吃飯成了問題，所以餓死山溝中的人很多。

用法 ①形容生活困苦，連吃飯都成問題。②形容公務忙碌，沒有時間吃飯。

範例 災民受困在山中，食物已經所剩無幾，只好並日而食了。

百無一有（ㄅㄞˇ ㄨˊ ㄧ ㄧㄡˇ）

解釋 指身邊什麼東西也沒有。

用法 比喻生活貧困。

範例 他因為投資失利，負債累累，現在是百無一有了。

床頭金盡（ㄔㄨㄤˊ ㄊㄡˊ ㄐㄧㄣ ㄐㄧㄣˋ）

解釋 盡：無；沒。指床頭上的黃金都散盡了。

詞源 《醒世恆言・第三七卷》：「莫說平日受恩的不來看覷（覷，音ㄑㄩˋ，窺視）他，就是杜子春自己也無顏（臉）見人，躲在家中。正是：床頭黃金盡，壯士無顏色（失去血色，比喻羞愧）。」

用法 形容人生活陷入貧困窘迫的境地。

範例 他為了支付醫藥費，已經花光存款，如今是床頭金盡了。

赤貧如洗（ㄔˋ ㄆㄧㄣˊ ㄖㄨˊ ㄒㄧˇ）

解釋 窮得一無所有，彷彿遭受大水沖洗過似的。

詞源 《儒林外史・三一回》：「他老人家兩個兒子，四個孫子，家裏仍然赤貧如洗。」

用法 形容生活貧困的表述。

範例 我的物質生活雖赤貧如洗，精神生活卻富甲一方。

身無長物（ㄕㄣ ㄨˊ ㄓㄤˋ ㄨˋ）

解釋 長：多餘。指身邊沒有多餘的東西。

詞源 《世說新語・德行》：「甚驚，曰：『吾本謂（認為）卿（你）多，故求耳。』對曰：『丈人（即王大）不悉（明白）恭，恭作人無長物。』」大意是說：王大（也就是王忱）看朋友王恭坐在竹席上，就對他說：「你從東方回來，應該帶了很多這類的東西，可以送一件給我嗎？」王大離去時，王恭就將唯一的席子送給他。王大知道後，覺得很驚訝，就對王恭說：「我以為你有很多這類的東西，所以才向你要的。」王恭聽了回答說：「你對我還是不了解，我生活貧困，身邊根本沒有多餘的東西。」

用法 形容生活困窘的地步。

範例 他嗜好讀書，家裡除了滿室的書香之外，便身無長物了。

提示 「長」本讀作ㄔㄤˊ、ㄓㄤˇ、ㄓㄤˋ，審訂音刪除ㄓㄤˋ音。因「長物」是文言文詞，故仍可以讀作ㄓㄤˋ。

阮囊羞澀（ㄖㄨㄢˇ ㄋㄤˊ ㄒㄧㄡ ㄙㄜˋ）

解釋 阮：晉人阮孚。囊：錢袋。羞澀：慚愧；難為情。指阮孚的錢袋沒有錢，所以覺得很難為情。

詞源 宋・陰時夫・《韻府羣玉・陽韻・一錢囊》：「阮孚持（拿）一皂（黑色）囊，遊會稽，客問：『囊中何物？』曰：『但（只）有

1.（　　）以下成語何者不是形容生活貧苦A.一毛不拔B.披星戴月 C.空空如也 D.食不充腸。 ➡A、B

2.（　　）「後手不接」中的「後手」是指A.晚輩B.新手的意思 C.古時指扒手 D.往後的意思。 ➡D

3.（　　）形容必須向人乞食才能過活，叫□門托□。 ➡沿、缽

一錢守囊（有一枚錢在袋子中），恐其羞澀。』」

用法 形容沒有多餘的金錢。

範例 他因為開銷大，每次不到領薪日，口袋就阮囊羞澀了。

析骸以爨（ㄒㄧ ㄏㄞˊ ㄧˇ ㄘㄨㄢˋ）

解釋 析：劈開。骸：人的骨頭。爨：起火燒煮東西。指劈開人的骨頭，當作柴來燒。

詞源 《左傳》：「敝邑（指貧困的小國）易（換）子而食，析骸以爨。」

用法 形容遇到天災，人民生活困苦的境況。

範例 為政者應該勤政愛民，哪能讓國家發生析骸以爨的事件。

沿門托缽（ㄧㄢˊ ㄇㄣˊ ㄊㄨㄛ ㄅㄛ）

解釋 門：居家；住戶。托缽：向人乞討東西。指挨家挨戶地向人家乞討食物。

詞源 《續傳燈錄．惟正禪師章》：「聞托缽乞（求）食，未聞安坐以享（安然坐著就有食物可以享用）。」

用法 形容生活困苦，必須向人乞討食物才能過活。

範例 就算要沿門托缽，我也會照顧你呀！

空空如也（ㄎㄨㄥ ㄎㄨㄥ ㄖㄨˊ ㄧㄝˇ）

解釋 空：無。指一無所有，沒有任何東西。

詞源 《論語．子罕》：「吾有知乎哉？無知也！有鄙夫（見識淺薄的人）問於我，空空如也；我叩（詢問）其兩端而竭焉。」大意是說：孔子說：「你們以為我真的很有智慧嗎？其實我什麼都不懂，如果有愚昧的人來問我，我實在答不出來。但是我會反問他所提問題的動機，以及他為什麼喜歡這樣？又為什麼不喜歡那樣？徹底的明白後，才給他一個真實的結論。」

用法 形容非常的貧窮。

範例 這孩子愛花錢，存錢筒老是空空如也。

後手不接（ㄏㄡˋ ㄕㄡˇ ㄅㄨˋ ㄐㄧㄝ）

解釋 後手：往後；之後。接：接續；接應。指往後無法接應得上。

詞源 《紅樓夢．六二回》：「我雖不管事，心裏每常閒了，替他們算一算，出的多，進的少。如今若不省儉，必致後手不接。」

用法 形容金錢調度發生問題。

範例 你毫無金錢概念，日後一定會出現後手不接的情形。

提示 「後手不接」也作「後手不上」。

食不充腸（ㄕˊ ㄅㄨˋ ㄔㄨㄥ ㄔㄤˊ）

解釋 充腸：填飽肚子。指所吃的食物無法填飽肚子。

詞源 唐．元稹．《同州刺史謝上表》：「臣八歲喪父，家貧無業，母兄乞丐以供資養，衣不布體（衣服破舊，連身體也遮蓋不了），食不充腸，幼學之年不蒙（接受）師訓。」

用法 形容生活僅能勉強度日。

範例 他身上的錢，只夠買麵包，根本食不充腸。

提示 「食不充腸」也作「食不充飢」。

家貧親老（ㄐㄧㄚ ㄆㄧㄣˊ ㄑㄧㄣ ㄌㄠˇ）

1.（　　）以下括號中的字何者是量詞 A.家無「門」儲 B.家無「儋」「石」C.當「光」賣「絕」D.朝趁暮「食」。 ➡A、B

2.（　　）某人揮霍無度，欠下大筆卡債，他開始過著 A.歡天喜地 B.寅吃卯糧 C.一擲千金 D.出手闊綽的生活。 ➡B

3.（　　）「斧中深魚」請改正這句成語中的錯字。 ➡釜、生

解釋 指家境清苦，雙親又年事已高。

用法 形容生活的窘困。

範例 他因為家貧親老，所以終日愁眉不展。

家無門儲
ㄐㄧㄚ ㄨˊ ㄇㄣˊ ㄔㄨˊ

解釋 門：容量的單位，十升為一門。指家中連一門糧食也沒有。

詞源《晉書．王歡傳》：「安貧樂道（不因貧困生活而厭惡，以自己能遵循道德而感到快樂），專精耽學（沉浸於學習中），不營產業（不從事生產事業）……雖家無門儲，意怡（快樂）如也。」

用法 形容家境貧苦，連米糧也很匱乏。

範例 這敗家子因為揮霍無度，結果落魄到家無門儲的地步。

家無儋石
ㄐㄧㄚ ㄨˊ ㄉㄢˋ ㄉㄢˋ

解釋 儋、石：古時候的容量名，一儋為一百市斤，一石為一百二十市斤（今日一石也改成一百市斤）。指家中沒有多餘的存糧。

詞源《後漢書．郭丹傳》：「范遷為司徒（古代掌禮教的官），在位四年薨（薨，音ㄏㄨㄥ，死掉），家無儋石焉。」

用法 形容生活困苦。

範例 我們已經家無儋石了，你快想想辦法吧！

提示 「家無儋石」的「石」讀作ㄉㄢˋ，不可以讀作ㄕˊ。

釜中生魚
ㄈㄨˇ ㄓㄨㄥ ㄕㄥ ㄩˊ

解釋 釜：鍋子。指鍋中已經生出蠹魚。

詞源《後漢書．范冉傳》：「（范冉）遁身（隱身不讓人家發現）逃命於梁沛之間，所止（居住）單陋，有時絕粒（沒有米飯可吃），窮居自若（指住得很安然），言貌無改，閭里（鄉里）歌之曰：『甑（甑，音ㄗㄥˋ，蒸煮東西的器具）中生塵范史雲（范冉的字），釜中生魚范萊蕪（范冉的官名）。』」

用法 古代的大鍋子因為長期沒有使用，所以鍋中積水，久了自然生出蠹魚。形容人生活貧困，已經斷炊好一段時間了。

範例 他窮得連鍋子都釜中生魚了，哪有錢投資呢？

提示 「釜中生魚」的「釜」不可以寫成「斧頭」的「斧」。

寅吃卯糧
ㄧㄣˊ ㄔ ㄇㄠˇ ㄌㄧㄤˊ

解釋 寅、卯：地支中的第三、四位。指在寅年的時候就將卯年的食物吃光。

詞源《大地散記》：「張家帽子李家戴，寅時吃賸（賸，音ㄕㄥˋ，多餘。通「剩」）卯時糧。」

用法 形容事先預支金錢或糧食使用。

範例 媽媽為了孩子的學費，只得寅吃卯糧地挪用下個月的預算。

提示 「寅吃卯糧」的「寅」讀作ㄧㄣˊ，不可以讀作ㄧㄢˊ。

貧病交迫
ㄆㄧㄣˊ ㄅㄧㄥˋ ㄐㄧㄠ ㄆㄛˋ

解釋 交迫：一齊降臨。指貧困與疾病一齊降臨在身上。

用法 形容處境的困苦。

範例 老人家貧病交迫，正由社工人員照顧中。

提示 「貧病交迫」也作「貧病交攻」。

1.（　　）以下括號中的字何者為動詞A.朝「升」暮「合」B.「啼」飢「號」寒C.「當」光「賣」絕D.裘「弊」金「盡」。 ➡B、C、D

2.（　　）社會上有許多□□□□的人，需要善心人士幫助。空格中應填入A.敝帚千金B.大手大腳C.貧病相連D.卜晝卜夜。 ➡C

3.（　　）啼飢「號」寒，請寫出括號中的注音。 ➡ㄏㄠˊ

貧病相連（ㄆㄧㄣˊ ㄅㄧㄥˋ ㄒㄧㄤ ㄌㄧㄢˊ）

解釋 指家境本已貧困，疾病卻又降臨身上。

詞源 《南史》：「開倉廩（廩，音ㄌㄧㄣˇ。倉廩：指存放糧食作物的地方）救貧病不能自立（自我獨立）者。」

用法 形容又貧又病，生活極為困窘。

範例 社會上有許多貧病相連的人，需要善心人士幫助。

啼飢號寒（ㄊㄧˊ ㄐㄧ ㄏㄠˊ ㄏㄢˊ）

解釋 啼：哭。號：大哭。指因為飢餓受寒而大哭。

詞源 清．王晫（晫，音ㄓㄨㄛˊ）．《今世說．賢媛》：「值歲凶（遇到年歲發生災荒），啼飢號寒。」大意是說：正值年歲發生災荒，許多百姓因為受不了飢寒而痛哭。

用法 形容既無食物可吃，也無衣物保暖，生活苦不堪言。

範例 戰火下，處處皆是啼飢號寒的悲涼哭聲。

提示 「啼飢號寒」的「號」讀作ㄏㄠˊ，不可以讀作ㄏㄠˋ。

朝趁暮食（ㄓㄠ ㄔㄣˋ ㄇㄨˋ ㄕˊ）

解釋 趁：賺取。指白天賺到錢，晚上才有飯吃。

詞源 《醒世恆言．卷二七》：「第三等，乃朝趁暮食，肩擔（負擔）之家。」

用法 形容生活貧困，沒有足夠的錢吃三餐。

範例 人不怕過朝趁暮食的日子，只怕意志消沉。

朝升暮合（ㄓㄠ ㄕㄥ ㄇㄨˋ ㄍㄜˇ）

解釋 升：容量單位。合：十公合為一升。指早上買一公升的糧食，晚上則買一合。

詞源 《二刻拍案驚奇．卷二八》：「若有得一兩二兩贏餘，便也留著些作個根本，而今只好繃繃拽拽（拽，音ㄓㄨㄞˋ，拋出。強忍著拋出去），朝升暮合過去，那（哪）得贏餘（剩餘）？」

用法 形容家境不富裕，所以一點一滴地買糧食。

範例 他為了還債，只好朝升暮合地咬緊牙根過日子。

當光賣絕（ㄉㄤ ㄍㄨㄤ ㄇㄞˋ ㄐㄩㄝˊ）

解釋 當：拿東西去典押。絕：空。指將家中值錢的東西都拿去典押或賣光。

詞源 《官場現形記．二三回》：「有些帶的盤纏（又稱「盤川」，旅費的意思）不足，等的日子又久，當光賣絕，不能回家的，亦所在皆是（到處都有）。」

用法 形容家境貧困，早已經一無所有。

範例 他把值錢的東西都當光賣絕了，才勉強湊齊醫藥費。

裘弊金盡（ㄑㄧㄡˊ ㄅㄧˋ ㄐㄧㄣ ㄐㄧㄣˋ）

解釋 裘：皮衣。弊：破損。指皮衣都破損了，金錢也花完了。

詞源 《戰國策．秦策一》：「蘇秦說（說，音ㄕㄨㄟˋ，用話來勸說他人）秦王，書十上而說不行（上書十次都沒有被秦王採納），黑貂之裘弊，黃金百斤盡。」

用法 形容窮途潦倒的樣子。

範例 他在裘弊金盡的時候，遇見

1. （　　）比喻人在困境中，無暇挑選棲身處，叫□猿□林。 ➡窮、投
2. （　　）以下括號中的字何者為動詞A.「甑」中生魚B.賣妻「鬻」子C.樵「蘇」不「爨」D.蟬「腹」龜腸。 ➡B、C
3. （　　）「甑塵釜魚」中的「魚」是指 A.蠹魚 B.魚苗 C.細菌的代稱 D.金魚。 ➡A

了生命中的貴人。

提示 「裘弊金盡」也作「裘敝金盡」。

窮猿投林

解釋 指沒有地方藏身的猿猴，紛紛進入樹林中。

詞源 《晉書．李充傳》：「充以家貧……殷將許（給予）之為縣令，問之，充曰：『窮猿投林，豈（怎）暇（閒餘時間）擇木？』」大意是說：李充因為家境貧窮，殷揚州賜給他縣令的官位，詢問他的意見如何？李充說：「人都處在困境中了，怎麼還有閒餘的時間去想棲身的地方呢？」

用法 比喻人在困境中，無暇挑選棲身之地。

範例 對於窮猿投林的人來說，只能求苟安了。

賣妻鬻子

解釋 鬻：賣。指賣妻賣子。

用法 形容生活貧困的窘境。

範例 歷史上，每逢戰亂或荒年，賣妻鬻子的悲慘事件時有所聞。

樵蘇不爨

解釋 樵：砍柴。蘇：割草。爨：燒煮食物。指砍柴及割草，卻不拿來升火煮食。

詞源 《閫（閫，音ㄎㄨㄣˇ）外春秋》：「今西州千里，樵蘇不爨，以穀招（告人前來）之，百萬之眾可指麾（麾，音ㄏㄨㄟ，指揮軍隊的旗子）而會（聚合）也。」大意是說：今天西州千里大的土地都沒有糧食可吃，如果以穀糧作引子，招徠當地人前來，相信馬上有百萬人聚集而且可以指揮。

用法 形容家境貧困，沒有糧食可以烹煮。

範例 男兒人窮志高，樵蘇不爨的日子也是一種考驗。

甑中生魚

解釋 甑：蒸煮東西的瓦器。指蒸煮東西的瓦器都長出蠹魚了。

用法 形容家境貧寒，久無穀糧炊煮。

範例 唉！這種甑中生魚的日子不知還要持續多久？

提示 「甑中生魚」的「甑」讀作ㄗㄥˋ。

甑塵釜魚

解釋 甑：炊具。指蒸煮的器具蒙上灰塵，烹飪的鍋子也長出蠹魚。

詞源 《後漢書．范冉傳》：「（范冉）遁身（隱身不讓人家發現）逃命於梁沛之間，所止（居住）單陋，有時絕粒（沒有米飯可吃），窮居自若（住得很安然），言貌無改，閭里（鄉里）歌之曰：『甑中生塵范史雲（范冉的字），釜中生魚范萊蕪（范冉的官名）。』」

用法 形容久無糧食可吃的困窘。

範例 他過得是甑塵釜魚，三餐不繼的生活。

蟬腹龜腸

解釋 腹：肚子。指像蟬的肚子，烏龜的腸子。

詞源 《南史．檀珪傳》：「蟬腹龜腸，為日已久。」

用法 形容人三餐不繼，肚子時常挨餓。

範例 這群迷路的登山客已經餓得

1. （　　）比喻富裕充足的成語有 A.一擲千金 B.安坐而食 C.無下箸處 D.金玉滿堂。 ➡B、D
2. （　　）「囊」空如洗、吃著不「盡」、安「坐」而食，請寫出括號中的正確部首。 ➡口、皿、土
3. （　　）「位尊多金」的「尊」是指 A.富裕 B.多 C.地位高。 ➡C

蟬腹龜腸，奄奄一息了。

飢寒交迫（ㄐㄧ ㄏㄢˊ ㄐㄧㄠ ㄆㄛˋ）

解釋 交迫：一齊降臨。指飢餓和嚴寒一齊降臨身上。

詞源 宋．王讜（讜，音ㄉㄤˇ）．《唐語林．政事上》：「上謂曰：『汝何為作賊？』對曰：『飢寒交迫，所以為盜。』上曰：『吾為汝君，使汝窮乏，吾之罪也。』」

用法 形容生活苦不堪言。

範例 這位大企業家表示，年輕時曾過著飢寒交迫的日子。

提示 「飢寒交迫」也作「飢寒交切」。

囊空如洗（ㄋㄤˊ ㄎㄨㄥ ㄖㄨˊ ㄒㄧˇ）

解釋 囊：袋子；口袋。如洗：像被大水沖洗過一樣。指口袋什麼都沒有，就好像剛被水沖洗過。

詞源 明．馮夢龍．《警世通言》：「我囊空如洗，如之奈何？」大意是說：我口袋裡一毛錢也沒有，該怎麼辦呢？

用法 形容人很窮，口袋裡連一毛錢都沒有。

範例 我近來囊空如洗，哪裡還有多餘的錢看電影呢？

(三)比喻「富裕充足」

吃著不盡（ㄔ ㄓㄨㄛˊ ㄅㄨˋ ㄐㄧㄣˋ）

解釋 著：穿戴。盡：完。指東西多得吃不完，衣服也多得穿不盡。

詞源 宋．魏泰．《東軒筆錄．卷一四》：「狀元（科舉時代廷試的第一名）試三場，一生吃著不盡。」

用法 形容生活富裕，不愁吃穿。

範例 你別成天夢想會中樂透，可以過著吃著不盡的日子。

安坐而食（ㄢ ㄗㄨㄛˋ ㄦˊ ㄕˊ）

解釋 指安穩地坐著吃飯，不需要努力工作。

用法 形容經濟富足，不必工作就有飯吃。

範例 天天過著安坐而食的生活，人生又有什麼意義呢？

安富尊榮（ㄢ ㄈㄨˋ ㄗㄨㄣ ㄖㄨㄥˊ）

解釋 尊榮：尊貴與榮耀。指享有尊貴與榮耀的生活。

詞源 《紅樓夢．七一回》：「我常勸你總別聽那些俗語，想那些俗事，只管安富尊榮才是。」

用法 形容人過著榮華富貴的生活。

範例 他放棄安富尊榮的生活，堅決到災區工作。

位尊多金（ㄨㄟˋ ㄗㄨㄣ ㄉㄨㄛ ㄐㄧㄣ）

解釋 尊：高。指地位高，擁有的財富也多。

詞源 《史記．蘇秦列傳》：「（蘇秦嫂）以面掩地而謝（道歉）曰：『見季子（嫂子對小叔的稱呼）位高金多也。』」

用法 形容人不但有權勢，又很富裕。

範例 我們不必羨慕位尊多金的人，有時平凡也是一種福氣。

提示 「位尊多金」也作「位高金多」。

金玉滿堂（ㄐㄧㄣ ㄩˋ ㄇㄢˇ ㄊㄤˊ）

解釋 堂：正房的大廳。指金、玉等珍貴的東西充滿整個廳堂。

詞源 《老子．九章》：「金玉

1. （　　）「家財萬貫」中的「貫」是指A.連貫B.古代稱一千文錢的意思C.一罐又一罐的錢D.用罐子裝錢。 ➡B
2. （　　）貫朽「粟」腐，富「埒」王侯，請寫出括號中的注音。 ➡ㄙㄨˋ、ㄌㄜˋ
3. （　　）形容家產非常多，叫□金□玉。 ➡堆、積

滿堂，莫之能守（不能守得住）。」

用法 ①形容財富很多。②比喻學識很豐富。

範例 他家裡擺設許許多多珍奇的古董，真可說是金玉滿堂。

家財萬貫 ㄐㄧㄚ ㄘㄞˊ ㄨㄢˋ ㄍㄨㄢˋ

解釋 貫：古代稱一千文為一貫。指家中的財富足足有萬貫那麼多。

用法 形容家境富裕。

範例 這位家財萬貫的企業家，待人十分的和氣。

提示 「家財萬貫」也作「家私萬貫」。

席豐履厚 ㄒㄧˊ ㄈㄥ ㄌㄩˇ ㄏㄡˋ

解釋 席：坐臥的墊子。豐：多。履：鞋子。指坐臥的墊子很多，鞋子也累積相當可觀的數量。

詞源 《二十年目睹之怪現狀．一四回》：「你看他們帶上幾年兵船，就都一個個的席豐履厚起來，那裏還肯去打仗。」

用法 形容生活過得很奢侈。

範例 他從小過著席豐履厚的生活，對金錢管理毫無概念。

提示 「席豐履厚」也作「席履豐厚」。

堆金積玉 ㄉㄨㄟ ㄐㄧㄣ ㄐㄧ ㄩˋ

解釋 指金塊與白玉堆積得很多。

詞源 李賀啁（啁，音ㄓㄡ）．《少年詩》：「堆金積玉誇豪毅。」

用法 形容人家產非常的多。

範例 人縱使有堆金積玉的財富，也未必快樂。

提示 「堆金積玉」也作「堆金疊玉」。

貫朽粟腐 ㄍㄨㄢˋ ㄒㄧㄡˇ ㄙㄨˋ ㄈㄨˇ

解釋 貫：古代用來穿銅錢的繩索。粟：糧食。指貫穿銅錢的繩子已經腐朽，倉庫中的糧食多到吃不完而任其腐爛。

詞源 宋．陸九淵．《問漢文武治》：「武帝之為君，固英明之君也。……故其承文帝富庶之後，貫朽粟腐，憤然（憤恨）欲犁（剷除）匈奴之庭，以刷前世恥。」

用法 形容家境富裕。

範例 他雖然是在貫朽粟腐的家庭中長大，卻很節儉。

提示 「貫朽粟腐」也作「貫朽粟陳」（陳：舊的）。

富埒王侯 ㄈㄨˋ ㄌㄜˋ ㄨㄤˊ ㄏㄡˊ

解釋 埒：相等。指富有的程度跟王侯相等。

用法 形容擁有很多的財富。

範例 此次的財經會議，召集國內多位富埒王侯的實業家。

提示 「富埒王侯」也作「富埒天子」、「富比王侯」。

富埒陶白 ㄈㄨˋ ㄌㄜˋ ㄊㄠˊ ㄅㄞˊ

解釋 陶白：陶朱公范蠡（蠡，音ㄌㄧˊ）及白圭，兩個人都因為經商而致富。指所擁有的財富可以媲美陶朱公及白圭。

用法 形容家產很多。

範例 他今日能夠富埒陶白的祕訣，在於腳踏實地的做事。

萬貫家財 ㄨㄢˋ ㄍㄨㄢˋ ㄐㄧㄚ ㄘㄞˊ

解釋 指一萬貫的錢財。

詞源 《玩江亭》：「牛璘有萬貫家財，在趙江梅家作贅（贅，

1.（　　）以下歷史人物，何者曾過著「乘堅策肥」的生活A.子貢 B.蘇秦 C.陶淵明 D.霍去病。 ➡A、B、D

2.（　　）朱輪華「轂」、結「駟」連「騎」，請寫出括號中的注音。 ➡ㄍㄨˇ、ㄙˋ、ㄑㄧˊ

3.（　　）形容人財物富足，叫□廚□穴。 ➡瓊、金

音ㄓㄨㄟˋ，男子到女方家成婚）。」

用法 形容非常的富有。

範例 一個人有了萬貫家財之後，更應該回饋社會。

提示 「萬貫家財」也作「家財萬貫」。

腰纏萬貫（ㄧㄠ ㄔㄢˊ ㄨㄢˋ ㄍㄨㄢˋ）

解釋 腰纏：隨身攜帶的錢財。指隨身攜帶的錢有萬貫那麼多。

詞源 南朝梁．殷芸．《商芸小說》：「有客相從，各言所志，或（有人）願為揚州刺史，或願為多資產，或願騎鶴上升（引申作羽化成仙）。其一人曰：『腰纏十萬貫，騎鶴上揚州。』」大意是說：有賓客跟隨在一旁，大家紛紛訴說自己的志向，其中有人希望能當上揚州刺史；有人希望擁有很多資產；有人希望能成仙。在這些人當中，有一個人說：「希望自己能擁有十萬貫的家產，然後騎著白鶴飛到揚州。」

用法 形容錢財很多。

範例 他夢見自己成為腰纏萬貫的富翁。

瓊廚金穴（ㄑㄩㄥˊ ㄔㄨˊ ㄐㄧㄣ ㄒㄩㄝˋ）

解釋 瓊：美玉。廚：櫃子。穴：墳墓。指用來裝美玉的櫃子及用來裝金子的洞穴。

詞源 晉．王嘉．《拾遺記》：「郭況，光武皇后之弟也。累（積聚）金數億，家僮四百餘人，以黃金為器（用具），工冶（冶，音ㄧㄝˇ，鎔鑄金屬）之聲震於都鄙（偏遠的地區），時人謂郭氏之室，不雨而雷……其寵者皆以玉器盛食，故東京謂郭家為瓊廚金穴。」

用法 ①形容人財物富足。

範例 你何苦為了追求瓊廚金穴的生活，而不眠不休的工作呢？

㈣比喻「華麗的車子」

朱輪華轂（ㄓㄨ ㄌㄨㄣˊ ㄏㄨㄚˊ ㄍㄨˇ）

解釋 朱：紅。華：華麗；華美。轂：車輪中心有孔的圓木。指紅色的輪子，華美的車轂。

詞源 《漢書．楚元王傳》：「王氏一姓，朱輪華轂者二十三人。」

用法 形容古代富有人家或貴族們乘坐的華美馬車。

範例 當年他過得是朱輪華轂的生活，如今卻已成階下囚。

提示 「朱輪華轂」的「轂」不可以寫成「稻穀」的「穀」。

乘堅策肥（ㄔㄥˊ ㄐㄧㄢ ㄘㄜˋ ㄈㄟˊ）

解釋 堅：堅固的車。策：用鞭子趕。肥：壯碩的馬。指乘坐堅固的車，鞭趕著壯碩的馬。

詞源 《漢書．食貨志上》：「千里遊遨（遨，音ㄠˊ，遊玩），冠蓋相望（指使者或貴賓來往不絕），乘堅策肥，履絲曳縞（縞，音ㄍㄠˇ，白色的絲絹。穿著絲織的鞋子，拖著及地的絲織衣裙）。」

用法 形容富貴人家的座車過於奢華。

範例 我渴望心靈的富足，並不是乘堅策肥的享受。

結駟連騎（ㄐㄧㄝˊ ㄙˋ ㄌㄧㄢˊ ㄑㄧˊ）

解釋 結駟：用四匹馬拉的車子，所形成的車隊。騎：一人騎一匹馬。指用四匹馬拉的車編成車隊，另外還有一人一馬列成馬隊。

1.（　　　）「四馬高車」，請改正這句成語中的錯字。
2.（　　　）「室糜棄物」，請改正這句成語中的錯字。
3.（　　　）「唯蓋水棄」，請改正這句成語中的錯字。
4.（　　　）家裡的罐子、舊報紙、保特瓶等，都是他□□□□的寶貝。空格中應填入 A.不屑一顧 B.敝帚千金 C.精挑細選。

➡駟
➡靡
➡帷
➡B

詞源《史記・仲尼弟子列傳》：「子貢相衛，而結駟連騎，……入窮閭（閭，音ㄌㄩˊ，里巷），過謝原憲（孔子的學生）。憲攝（整理）敝衣冠見子貢。子貢恥之……。」大意是說：子貢當了衛國的宰相，出遊時的排場非常闊綽……有一次他與隨從進入簡陋的里巷中，順便去看同窗之友原憲，原憲穿著破舊的衣帽出來見他，子貢看了就打心底瞧不起原憲……。

用法 形容達官貴人出行時的顯赫排場。

範例 國家元首外出時，一路上都有結駟連騎的憲警車隊開路護送。

駟馬高車（ㄙˋ ㄇㄚˇ ㄍㄠ ㄔㄜ）

解釋 高車：高蓋的車，也就是顯貴者所乘坐的車子。指由四匹馬拉著的華麗馬車。

詞源《漢書・於定國傳》：「其閭門（里門，周制二十五家為里，里必有門）壞，父老方共治之。於公謂曰：『少高大閭門，令容駟馬高蓋車。我治獄多陰德，未嘗（不曾）有所冤，子孫必有興者。』至定國為丞相，永為御史大夫。」大意是說：里門壞掉了，鄉親們一齊合力出錢出力修理，定國的父親說：「我們的里門太低，所以四馬所拉的高蓋車子不能夠進來，今天應該造一個可以容納高蓋車通行的里門。我斷案積了很多陰德，不曾發生過冤獄，想必後代子孫一定會發達。」到了定國，果然當了丞相，並被御命為御史大夫。

用法 形容顯貴的人所乘坐的華麗車子。

範例 英國女王巡視時，前方都有駟馬高車護駕。

提示「駟馬高車」也作「高門駟車」、「高車駟馬」。

(五) 比喻「珍惜物品」

室靡棄物（ㄕˋ ㄇㄧˇ ㄑㄧˋ ㄨˋ）

解釋 靡：無；沒有。指家中沒有東西可以丟掉。

詞源 明・歸有光・《先妣（妣，音ㄅㄧˇ，稱已過世的母親）事略》：「室靡棄物，家無閒人。」

用法 形容非常的節儉。

範例 她持家的原則是室靡棄物，要愛護物品，利用再利用。

提示「室靡棄物」的「靡」不可以寫成「糜爛」的「糜」。

帷蓋不棄（ㄨㄟˊ ㄍㄞˋ ㄅㄨˋ ㄑㄧˋ）

解釋 帷：分隔內外的帳幕。帷蓋：古代車子的帳幕跟頂蓋。指車子的帳幕及頂蓋雖然破舊了，仍捨不得丟棄。

詞源《禮記・檀弓篇》：「敝（壞掉；破舊）帷不棄，為埋馬也；敝蓋不棄，為埋狗也。」

用法 形容懂得愛惜物品。

範例 一個帷蓋不棄的人，是真正有福氣的人。

敝帚千金（ㄅㄧˋ ㄓㄡˇ ㄑㄧㄢ ㄐㄧㄣ）

解釋 敝：壞掉的；破舊的。掃除塵埃的工具。指即使壞掉的掃帚也視為千金般的寶貝。

詞源《東觀漢記・光武帝紀》：「家有敝帚，享（受用）之千金。」

用法 形容自家的東西雖然不值錢，仍當成寶貝看待。

範例 家裡的罐子、舊報紙、保特

1. （　　　）比喻珍惜物品的成語有 A.一毛不拔 B.斤斤計較 C.敝帚自珍 D.細大不捐。　➡C、D

2. （　　　）舊東西如果懂得□□□□，其實非常有趣呢！空格中應填入 A.如假包換 B.魚目混珠 C.是是非非 D.廢物利用。　➡D

3. （　　　）形容人出手大方，叫大□大□。　➡手、腳

瓶等，都是奶奶敝帚千金的寶貝。

敝帚自珍

解釋 指即使掃帚已經破舊不堪，仍然非常的珍惜。

詞源 朱自清．《論雅俗共賞》序：「他勸我留著，我就敝帚自珍的留著了。」

用法 比喻自家東西雖然不好，自己卻特別珍視愛惜。

範例 這條項鍊只是我敝帚自珍的寶貝，其實並不值錢呀！

敝帷不棄

解釋 指已經破舊不堪的帳幕，卻捨不得丟掉。

詞源 《禮記．檀弓篇》：「仲尼（孔子）之畜狗死，使（叫）子貢埋之曰，吾聞之也，敝帷不棄，為埋馬也；敝蓋不棄，為埋狗也。」

用法 比喻物品雖然破舊，卻還可以再利用。

範例 在物質缺乏的年代，人人都敝帷不棄，很珍惜每件物品。

細大不捐

解釋 細大：微小跟巨大的。捐：捨棄。指不管大的或小的都不任意丟棄。

詞源 唐．韓愈．《進學解》：「貪多務得（儘量求多，使盡全力去得到），細大不捐。」大意是說：用全力去獲取更多的知識，不管大的或小的都不輕言放棄。

用法 形容物品無論大小都很珍惜。

範例 細大不捐並非小器，而是懂得惜福。

提示 「細大不捐」也作「細大無遺」。

廢物利用

解釋 廢物：失去功效的東西。指將原本要丟棄的東西回收再加以利用。

詞源 《吳越春秋》：「畢（都；全）為廢物。」

用法 比喻將無用的東西另作其他用途。

範例 舊東西如果懂得廢物利用，其實非常有趣呢！

【放縱玩樂類】

(一)比喻「花錢無度」

一擲千金

解釋 擲：丟；扔。指隨便扔出去就有千金那麼多。

詞源 唐．吳象．《少年詩》：「一擲千金渾（都；盡）是膽，家無四壁不知貧。」指一出手就投注千金要有足夠的膽量，如果沒有到家境淒慘的地步，是不會知道什麼叫做貧窮的。

用法 比喻花錢無度。

範例 他在牌桌上一擲千金，對家人卻十分吝嗇。

提示 「一擲千金」也作「一擲百萬」、「千金一擲」。

大手大腳

解釋 大手、大腳：出手很大方的意思。指捨得花錢，出手大方。

詞源 《紅樓夢．五一回》：「成

1. （　　）「用錢如水」的相似成語有A.浪費無度B.揮金如土C.揮霍無度D.一擲千金。　➡A、B、C、D

2. （　　）「補晝補夜」、「沉緬酒色」、「玩物傷志」中的錯字，應該改成A.卜、沈、完B.卜、湎、完C.卜、湎、喪D.卜、靦、喪。　➡C

年家大手大腳的，替太太不知背地裏賠墊了多少東西。」

用法 形容人出手闊綽，花錢一點也不節制。

範例 平時你一毛不拔，今天難得大手大腳的請朋友吃飯。

用錢如水（ㄩㄥˋ ㄑㄧㄢˊ ㄖㄨˊ ㄕㄨㄟˇ）

解釋 指用錢像用水一樣，毫無節制。

用法 形容任意揮霍。

範例 現今的年輕人用錢如水，完全不懂得理財規劃。

浪費無度（ㄌㄤˋ ㄈㄟˋ ㄨˊ ㄉㄨˋ）

解釋 無度：沒有節制。指隨便花用金錢，完全不懂得節制。

詞源 《五代史演義．五三回》：「蜀主孟昶（昶，音ㄔㄤˇ），好游漁色（喜歡接近美色），浪費無度，國用不足，專向民間取償。」

用法 形容過度使用金錢，不懂得理財。

範例 你這種浪費無度的壞習慣，真令人擔心！

揮金如土（ㄏㄨㄟ ㄐㄧㄣ ㄖㄨˊ ㄊㄨˇ）

解釋 揮：散發。指花用金錢就像從手中撒出泥土一樣，不會心痛。

詞源 宋．周密．《齊東野語》：「揮金如土，視官爵如等閒（不將官位、權勢看得很重要）。」

用法 形容人不珍惜金錢。

範例 這兄弟倆，一個揮金如土，一個一毛不拔，恰成反比。

揮霍無度（ㄏㄨㄟ ㄏㄨㄛˋ ㄨˊ ㄉㄨˋ）

解釋 揮霍：用錢沒有節制。度：範圍；限制。指無限度地亂花錢。

詞源 《焦竑（竑，音ㄏㄨㄥˊ）字學》：「搖手曰揮，反手曰霍。」

用法 形容人用錢沒有計畫，任意地花用。

範例 人若揮霍無度，縱使金山、銀山也有花光的一天。

(二)比喻「生活糜爛」

卜晝卜夜（ㄅㄨˇ ㄓㄡˋ ㄅㄨˇ ㄧㄝˋ）

解釋 卜：古人用火燒龜甲，觀其上面之裂痕以斷定吉凶。指占卜日夜的吉或凶，後引申作夜以繼日地飲酒作樂。

詞源 《左傳．莊公二二年》：「齊桓公使敬仲為工正（官名），並至其家，敬仲設宴招待。至晚，桓公欲張（懸掛）燈繼續飲酒，敬仲說：『臣卜其晝，未卜其夜，不敢。』」

用法 形容生活放縱。

範例 這群少年卜晝卜夜地又唱又跳，嚴重影響鄰居的安寧。

沉湎酒色（ㄔㄣˊ ㄇㄧㄢˇ ㄐㄧㄡˇ ㄙㄜˋ）

解釋 沉湎：深深迷戀某物，不能自拔。指沉溺在女人跟酒之中，無法克制。

用法 比喻生活沉淪。

範例 沉湎酒色的人，其實是在浪費生命。

提示 ①「沉湎酒色」的「湎」不可以寫成「緬懷」的「緬」。

玩物喪志（ㄨㄢˊ ㄨˋ ㄙㄤˋ ㄓˋ）

解釋 玩：玩賞。喪：失去。指沉迷於喜歡的事物上面，結果失去進取的志向。

1.（　　）形容人生活糜爛，叫□天□地。 ➡花、酒

2.（　　）「俾晝作夜」中的「俾」正確讀音是 A.ㄅㄧˋ B.ㄅㄟˋ C.ㄆㄧˊ D.ㄅㄞˋ。 ➡A

3.（　　）「飛鷹走狗」中的「走狗」是指A.情報人員B.告密的人C.在地上跑的獵犬D.古時稱僕人。 ➡C

詞源《尚書·旅獒（獒，音ㄠˊ，大而兇猛的狗）》：「玩人喪德，玩物喪志。」

用法 形容人縱情享樂，把進取的心拋諸腦後。

範例 他終日沉迷於牌桌上，早已經玩物喪志了。

花天酒地 ㄏㄨㄚ ㄊㄧㄢ ㄐㄧㄡˇ ㄉㄧˋ

解釋 指沉戀於美酒和女色中，無法自拔。

詞源《官場現形記·二七回》：「到京之後，又復花天酒地，任意招搖。」

用法 形容人生活糜爛。

範例 花天酒地的人，永遠無法體會生命的美。

飛鷹走狗 ㄈㄟ ㄧㄥ ㄗㄡˇ ㄍㄡˇ

解釋 走：跑。指天空飛的老鷹和地上跑的獵犬。

詞源《後漢書·袁術傳》：「少以俠氣（豪俠的風骨）聞，數（數，音ㄕㄨㄛˋ，多次）與諸公子（富有人家的兒子）飛鷹走狗，後頗折節（改變以前的習慣）。」大意是說：袁術年少時頗富豪俠的風骨，他常常與富有人家的兒子去打獵遊樂，後來覺得這樣不是辦法，於是就將舊日的習慣改掉了。

用法 以前打獵的人都會放出老鷹跟獵犬去追逐獵物，後來「飛鷹走狗」就用來形容縱情的打獵、遊樂。

範例 從事飛鷹走狗的打獵活動，是破壞自然生態的非法行為。

提示 「飛鷹走狗」也作「飛鷹奔犬」。

俾晝作夜 ㄅㄧˋ ㄓㄡˋ ㄗㄨㄛˋ ㄧㄝˋ

解釋 俾：使。晝：白天。指將白天當成黑夜。

詞源《文明小史，四四回》：「又說他每天總要睡到下午才起來，有俾晝作夜，公事廢弛（荒費的意思）各等語。」

用法 ①形容日夜顛倒，白天休息，晚上狂歡作樂。②形容工作投入，不分白天及黑夜，非常的勤奮。

範例 一放暑假，我不知不覺就養成俾晝作夜的壞習慣了。

恣情縱慾 ㄗˋ ㄑㄧㄥˊ ㄗㄨㄥˋ ㄩˋ

解釋 恣情：放任情慾而沒有限制。縱：沒有加以約束。指放任情慾和肉體慾望，隨意亂行。

詞源《明史·陸昆傳》：「江南米價騰貴（物價高漲），京城盜賊橫行（橫：音ㄏㄥˊ。橫行：不依規定而任意做事），可恣情縱慾，不一顧念乎？」

用法 比喻放縱情慾，沒有自我約束的表述。

範例 他一發財了，就恣情縱慾，放任自己。

提示 「恣情縱慾」也作「恣情縱欲」。

紙醉金迷 ㄓˇ ㄗㄨㄟˋ ㄐㄧㄣ ㄇㄧˊ

解釋 金迷：被金光閃閃的東西給迷惑了。指人沉醉在五光十色的環境中。

詞源 宋·陶谷·《清異錄》：「唐宮廷醫生孟斧，定居四川。住宅布置特別講究。有小室窗牖（牖，音ㄧㄡˇ，窗）奐明（鮮明；燦爛），器皆金紙，光瑩（光潔；透

1. （　　　）「般樂怠敖」中的「般」正確讀音是 A.ㄅㄢ B.ㄆㄛˊ C.ㄆㄢˊ D.ㄅㄛˊ。　➡C

2. （　　　）元朝白仁甫的「梧桐雨」中寫道：「本待閒散心□□□□，倒惹得感舊恨天荒地老。」空格中應填入A.天長地久 B.追歡取樂 C.清心寡欲 D.海闊天空。　➡B

明）四射，金彩奪目，有人進去後說：『此室暫憩（憩，音ㄑㄧˋ，休息），令人金迷紙醉。』」

用法 形容人過著豪華奢靡的生活。

範例 紙醉金迷的生活，容易讓人迷失自我。

提示 「紙醉金迷」也作「金迷紙醉」。

般樂怠敖（ㄆㄢˊ ㄌㄜˋ ㄉㄞˋ ㄠˊ）

解釋 般：盛大。怠：懶惰。敖：遊樂。通「遨」。指人懶惰，只喜好遊樂。

詞源 《孟子．公孫丑》：「般樂怠敖，是自求（招來）禍也。」

用法 形容人縱情於享樂。

範例 人生裡，般樂怠敖的生活又有什麼意義？

提示 「般樂怠敖」的「般」讀作ㄆㄢˊ，不可以讀作ㄅㄢ。

荒淫無度（ㄏㄨㄤ ㄧㄣˊ ㄨˊ ㄉㄨˋ）

解釋 荒淫：過度沉迷於酒色。無度：沒有節制。指人沉迷於酒色，毫無節制。

詞源 《周書．晉蕩公護傳》：「自即位以來，荒淫無度，昵（昵，音ㄋㄧˋ，親近）近群小（沒有道德的人），疏忌（分散憎惡）骨肉（有血統關係的人）。」

用法 形容生活糜爛。

範例 商朝紂王荒淫無度，致使朝政每下愈況。

荒淫無恥（ㄏㄨㄤ ㄧㄣˊ ㄨˊ ㄔˇ）

解釋 指貪戀酒色，毫不知羞恥。

用法 形容人迷戀五光十色的生活，沒有羞恥心。

範例 凡荒淫無恥的國君，最後必定走上滅亡之途。

追歡取樂（ㄓㄨㄟ ㄏㄨㄢ ㄑㄩˇ ㄌㄜˋ）

解釋 追：追求，追逐。取：求得。指追尋聲色的快樂。

詞源 元．白仁甫．《梧桐雨．四折》：「本待（等候）閒散（閒逸）心追歡取樂，倒惹（引起）得感舊恨天荒地老（比喻時間久遠）。」

用法 形容人追求聲色的享樂，過著奢靡的生活。

範例 追歡取樂之後，換來的是心靈的空虛。

提示 「追歡取樂」也作「追歡逐樂」。

酒色過度（ㄐㄧㄡˇ ㄙㄜˋ ㄍㄨㄛˋ ㄉㄨˋ）

解釋 色：指女子。過度：沒有節制。指嗜酒好色，毫無節制。

用法 形容人沉溺於聲色美酒之中，不懂得自我約束。

範例 他因為酒色過度，所以才百病纏身。

鬥雞走狗（ㄉㄡˋ ㄐㄧ ㄗㄡˇ ㄍㄡˇ）

解釋 鬥雞：以雞隻相鬥。走：奔；跑。指以雞隻互相爭鬥，放狗互相競逐。

詞源 《史記．袁盎列傳》：「吳楚已破，上更以元王子平陸侯禮為楚王，袁盎為楚相。嘗（曾經）上書有所言，不用（不被採用）。袁盎病免（因病被免除官職）居家（住在家中），與閭里（鄉里）浮沉（跟著社會潮流走），相隨行，鬥雞走狗。」

用法 形容人沉迷於不務正業的娛樂中。

1. （　　）「終日昇歌」、「朝歡幕樂」、「純酒婦人」、「蹤慾無度」中的錯字，應該改成 A.生、暮、純、縱 B.生、暮、淳、縱 C.笙、暮、醇、縱 D.笙、慕、醇、縱。 ➡C

2. （　　）「醇酒婦人」中的「婦人」是指A.酒量好的美人B.古時的調酒師 C.歌妓 D.戲弄著女人。 ➡D

範例 這間遊樂場所出入的大多是鬥雞走狗之徒。

提示 「鬥雞走狗」也作「鬬雞走狗」（鬬：音ㄉㄡˋ，對打。通「鬥」）。

終日笙歌 ㄓㄨㄥ ㄖˋ ㄕㄥ ㄍㄜ

解釋 終日：整天。笙歌：樂曲的稱呼。指全天都沉浸在靡靡之音中。

用法 形容人沉溺於聲色和享樂的生活。

範例 他對年輕時終日笙歌的生活，非常的懊悔。

尋歡作樂 ㄒㄩㄣˊ ㄏㄨㄢ ㄗㄨㄛˋ ㄌㄜˋ

解釋 作樂：制定樂曲，引申作取樂。指追尋歡樂。

用法 形容人一味地追求享樂，不從事正業。

範例 隋煬帝下令開鑿大運河，為的是能遊山玩水，尋歡作樂。

朝歡暮樂 ㄓㄠ ㄏㄨㄢ ㄇㄨˋ ㄌㄜˋ

解釋 朝：早上。暮：晚上。指早晚都沉溺於歡樂中。

詞源 清．洪昇．《長生殿．彈詞》：「哎，只可惜當日天子寵愛了貴妃，朝歡暮樂，致使漁陽（今天的薊縣，也就是安祿山叛唐的地方）兵起。說起來令人痛心耶！」

用法 形容人終日貪圖享樂，生活靡爛。

範例 在朝歡暮樂的日子中虛度的人，得快快振作起來呀！

醇酒婦人 ㄔㄨㄣˊ ㄐㄧㄡˇ ㄈㄨˋ ㄖㄣˊ

解釋 醇：不摻雜水的酒。指飲著醇酒，戲弄著婦人。

詞源 《史記．魏公子傳》：「與賓客為長夜飲，飲醇酒，多近（親近）婦女，日夜為歡樂者四歲（年），竟病酒而卒（死亡）。」大意是說：魏公子與賓客們整夜痛飲醇酒，他喜歡一邊喝酒一邊親近女色，如此日夜狂歡共歷經四年的光陰，後來就因為喝酒過量而去世了。

用法 形容人因為失意而沉溺於酒色中。

範例 他耽溺於醇酒婦人的享樂，無法自拔。

醉生夢死 ㄗㄨㄟˋ ㄕㄥ ㄇㄥˋ ㄙˇ

解釋 指每天就像喝醉酒及作夢一樣，完全不知生死。

詞源 宋．程頤．《明道先生行狀》：「雖高才明智（才力高超，具有聰明的智慧），膠（限制）於見聞，醉生夢死，不自覺也。」

用法 形容人的生活靡爛，每天糊裡糊塗地過日子。

範例 一個人如果沒有目標，就像是醉生夢死的行屍走肉。

縱慾無度 ㄗㄨㄥˋ ㄩˋ ㄨˊ ㄉㄨˋ

解釋 縱：放任。無度：沒有節制。指放任情慾，不加以節制。

用法 形容人沉迷於情慾。

範例 人縱慾無度的代價，往往是賠了健康，賠了人生。

聲色犬馬 ㄕㄥ ㄙㄜˋ ㄑㄩㄢˇ ㄇㄚˇ

解釋 聲色：樂聲和美色。犬馬：狗和馬，都是用於玩樂或打獵時使用。指沉迷於樂曲、美色、養狗、騎馬的玩樂中。

詞源 《隋唐演義．九三回》：

鬥雞走狗　終日笙歌　尋歡作樂　朝歡暮樂　醇酒婦人　醉生夢死　縱慾無度　聲色犬馬

1.（　　）「呼么喝六」中的「么」是指A.骰子上面出現一點的面 B.呼喚么兒 C.最後一名的意思 D.古時賭博的叫嚷聲，無任何意義。 ➡A

2.（　　）以下成語中的讀音何者正確A.呼盧喝雉的「喝」讀作ㄏㄜˋ B.摴蒱之戲的「摴」讀作ㄕㄨ C.盤龍之癖的「癖」讀作ㄆㄧˇ。 ➡A、B、C

「可知那聲色犬馬，奇技淫物，適（剛好）足以起大盜覬覦（覬覦，音ㄐㄧˋㄩˊ，非分的渴望）之心。」

用法 形容過著荒淫的日子。

範例 人若迷戀於聲色犬馬的感官享受，就是沉淪的開始。

提示 「聲色犬馬」也作「聲色狗馬」。

(三)比喻「聚眾賭博」

呼么喝六 ㄏㄨ ㄧㄠ ㄏㄜˋ ㄌㄧㄡˋ

解釋 么：骰（骰：音ㄊㄡˊ，一種賭具）子上面出現一點（紅色）的面。六：骰子上面出現六點（黑色）的面。喝：大叫。指一會兒喊一點，一會兒又叫六點，也就是賭徒期待骰子出現的點數。

詞源 《水滸傳．一〇四回》：「那些擲色（色，音ㄕㄞˇ，賭具的一種。通「骰」）的，在那裏呼么喝六……那輸了的，脫衣典（抵押）裳，褫（脫去）巾剝（脫下）襪，也要去翻本。」

用法 ①形容賭徒擲骰子時大叫的樣子。②比喻盛氣凌人。

範例 這些人到半夜還在呼么喝六地賭博，鄰居只得報警處理。

呼盧喝雉 ㄏㄨ ㄌㄨˊ ㄏㄜˋ ㄓˋ

解釋 盧：古時一種骰子色黑的賭具，上面畫有「小牛」。雉：古時一種骰子色白的賭具，上面畫有「雉鳥」。指賭徒在賭博時大聲喊「盧」，有些則大叫「雉」。

詞源 宋．陸游．《風順舟行甚疾戲書》：「呼盧喝雉連暮夜。」

用法 形容賭徒擲色子時激動的模樣。

範例 古今中外，呼盧喝雉的賭徒，都是想一夕致富的投機客。

提示 「呼盧喝雉」的「喝」讀作ㄏㄜˋ。

孤注一擲 ㄍㄨ ㄓㄨˋ ㄧ ㄓˋ

解釋 注：賭博所押的錢。孤注：賭徒輸錢了，就將身上所有的錢拿出來押注。擲：拋出骰（音ㄊㄡˊ，賭具）子。指賭徒輸錢心急之下，乾脆將身上所有的錢全部押下去。

詞源 《元史．伯顏傳》：「備吾甲兵（準備好武器及兵士），決之今日，我宋天下，猶賭博孤注，輸贏在此一擲耳。」大意是說：準備好作戰的武器和士兵，今日一定要決一死戰，我大宋天下能不能生存，就好像賭博將身上所有的錢都押注下去，是輸是贏全看這一次了！

用法 形容人在危難的時候，用所有的氣力做最後的掙扎或冒險。

範例 我看依目前的狀況，也只能孤注一擲了。

摴蒱之戲 ㄕㄨ ㄆㄨˊ ㄓ ㄒㄧˋ

解釋 指賭博一類的遊戲。

用法 偏重在賭博的表述。

範例 我對摴蒱之戲毫無興趣，你就別再提了。

提示 「摴蒱之戲」的「摴蒱」讀作ㄕㄨ ㄆㄨˊ。

盤龍之癖 ㄆㄢˊ ㄌㄨㄥˊ ㄓ ㄆㄧˇ

解釋 盤龍：晉朝劉毅的字。癖：積久成習的嗜好。指劉毅的嗜好。

用法 比喻嗜好賭博。

範例 他們幾個有盤龍之癖，所以常聚在一起打牌。

1. (　　　)「拈花惹草」中的「拈」正確讀音是 A.ㄉㄢˊ B.ㄋㄢˇ C.ㄓㄢ D.ㄋㄢˊ。　➡D

2. (　　　)「迷花戀柳」中的「花」、「柳」和「偎紅倚翠」中的「紅」、「翠」，以及「偎香倚玉」中的「香」、「玉」都是指 A.美玉的意思 B.古時的化妝類別 C.妓女 D.美女圖。　➡C

(四)比喻「沉迷女色」

拈花惹草（ㄋㄢˇ ㄏㄨㄚ ㄖㄜˇ ㄘㄠˇ）

解釋 花、草：引申作女性。拈：用手指拿東西。惹：挑逗。指對女子挑逗、調戲。

詞源 《紅樓夢・二一回》：「他生性輕浮（態度不莊重），最喜拈花惹草。」

用法 形容男子玩弄女性或到處留情的行為。

範例 這個男藝人喜歡拈花惹草，經常傳出緋聞。

提示 「拈花惹草」也作「惹草拈花」、「粘花惹草」。

迷花戀柳（ㄇㄧˊ ㄏㄨㄚ ㄌㄧㄢˋ ㄌㄧㄡˇ）

解釋 迷、戀：過度喜愛一個人或物。花、柳：引申作娼妓。指對於娼妓過度的迷戀。

詞源 《醒世通言・卷三二》：「然尊大人（尊稱別人父親所用的字詞）所以怒兄者，不過迷花戀柳，揮金如土。」大意是說：你的父親之所以對你動怒，是因為你過度沉迷於紅粉胭脂間，而且又揮霍無度所致。

用法 偏重在狎妓的表述。

範例 他不是一個迷花戀柳的人，你儘管放心吧！

眠花宿柳（ㄇㄧㄢˊ ㄏㄨㄚ ㄙㄨˋ ㄌㄧㄡˇ）

解釋 眠、宿：睡覺；過夜。指住在妓院中。

詞源 《金瓶梅詞話・一回》：「在外眠花宿柳，惹（挑逗；招引）草招風（草、風皆引申作女性）。」

用法 形容男子的風流。

範例 這本雜誌專門報導，有關名人眠花宿柳的八卦新聞。

提示 「眠花宿柳」也作「宿柳眠花」。

偎紅倚翠（ㄨㄟ ㄏㄨㄥˊ ㄧˇ ㄘㄨㄟˋ）

解釋 偎：親近。紅、翠：本是紅色和青色的衣裳，後引申作妓女。倚：靠。指與妓女十分親近。

詞源 《清異錄》：「煜（煜，音ㄩˋ）乘醉大書（寫）右壁曰：『淺斟（斟，音ㄓㄣ，將酒倒入杯中）低唱，偎紅倚翠。』」

用法 形容嫖妓。

範例 他對年輕時偎紅倚翠的荒唐行為，感到後悔。

提示 「偎紅倚翠」的「偎」讀作ㄨㄟ。

偎香倚玉（ㄨㄟ ㄒㄧㄤ ㄧˇ ㄩˋ）

解釋 香、玉：引申作妓女。指與妓女的親密行為。

詞源 元・徐琰（琰，音ㄧㄢˇ）・《青樓十咏・初見》：「一笑情通，傍柳隨花（嫖妓），偎香倚玉，弄月摶（摶，音ㄊㄨㄢˊ，以手將物品搓成一團）風（全句是說以吟詠風花雪月的題材來寫作）。」

用法 比喻男子流連風月場所。

範例 你前途無量，怎堪把青春虛度在偎香倚玉的日子裡呢？

傍花隨柳（ㄅㄤˋ ㄏㄨㄚ ㄙㄨㄟˊ ㄌㄧㄡˇ）

解釋 傍：靠近；親近。花、柳：引申作妓女。隨：跟著。指緊靠在妓女身邊的親密行為。

用法 ①比喻春遊賞景的樂趣。②比喻嫖妓。

1.（　　）他不務正業，又揮霍無度，不久就□□□□了。空格中應填入 A.坐吃山空 B.東山再起 C.夕陽西下 D.窮人志短。 ➡A

2.（　　）「朝饔夕飧」中的「饔」和「飧」正確讀音是 A.ㄩㄥ、ㄙㄨㄣ B.ㄨㄥ、ㄒㄧ C.ㄨㄥ、ㄙㄨㄣ D.ㄒㄩㄣ、ㄙㄨㄣ。 ➡A

3.（　　）形容人整天玩樂，叫無所□□。 ➡事事

範例 像你這種傍花隨柳的行為，任誰也無法接受。

(五) 比喻「放蕩懶散」

坐吃山空（ㄗㄨㄛˋ ㄔ ㄕㄢ ㄎㄨㄥ）

解釋 指坐著吃，不從事生產，縱使有堆積如山的東西，總有一天也會吃完。

詞源 《京本通俗小說．錯斬崔寧》：「坐吃山空，立吃地陷（站著吃，地都會凹陷）；咽喉（位於食道與氣管上端的部位）深似海，日月快如梭（織布時用來牽引橫線的器具）。」

用法 形容人好吃懶做，總有一天會敗家。

範例 他不務正業，又揮霍無度，不久就坐吃山空了。

提示 「坐吃山空」也作「坐吃山崩」。

玩歲愒日（ㄨㄢˊ ㄙㄨㄟˋ ㄎㄞˋ ㄖˋ）

解釋 玩：喜愛。愒：浪費。指貪圖玩樂，浪費光陰。

詞源 《左傳．昭公元年》：「趙孟將死矣！……玩歲而愒日，其與幾何？」

用法 形容人貪圖遊樂，虛擲大好的光陰。

範例 這群血氣方剛的少年，只會玩歲愒日地虛擲光陰。

遊手好閒（ㄧㄡˊ ㄕㄡˇ ㄏㄠˋ ㄒㄧㄢˊ）

解釋 遊手：閒著，不從事勞動。好：喜愛。指喜好安逸，不願勞動。

詞源 元．高文秀．《好酒趙元遇上皇．第一折》：「又不曾遊手好閒惹下禍殃。」

用法 形容人不務正業，好逸惡勞。

範例 你整天遊手好閒地消磨時間，真令父母憂心。

提示 「遊手好閒」也作「游手好閒」。

無所事事（ㄨˊ ㄙㄨㄛˇ ㄕˋ ㄕˋ）

解釋 事事：做事。上一個「事」為動詞，做的意思；下一個「事」為名詞，工作的意思。指沒有什麼事情可做。

詞源 明．歸有光．《送同年丁聘之之任平湖序》：「然每晨入部升堂（古代的官吏進入公堂審理案件），只揖（揖，音ㄧ，拱手行禮）而退，卒（結束）無所事事。」大意是說：官吏每天早晨要進入公堂審理案件，如果沒有任何事情可辦的話，大家拱手行禮一番，結束之後就沒有事情可做了。

用法 形容人不肯勞動，整天玩樂。

範例 無所事事的人生，其實是空白的人生。

朝饔夕飧（ㄓㄠ ㄩㄥ ㄒㄧ ㄙㄨㄣ）

解釋 饔：早食。飧：晚食。指每天只會吃早食跟晚食。

詞源 明．李東陽．《後東山草堂賦》：「吾儕（儕，音ㄔㄞˊ，輩）細人（見識不豐富的人），朝饔夕飧，觀山而不窮（極盡）其巔（頂端），望海而不極（盡）其源（源流）。」大意是說：我們都是見識短淺的人，每天除了吃飯外，其他的事情都不會，就連觀賞高山也不懂得窮盡其山頂，看海也不懂得去

1.（　　）「曠費揮情」，請改正這句成語中的錯字。 ➡廢、隳

2.（　　）「功高振主」，請改正這句成語中的錯字。 ➡震

3.（　　）「尾大不吊」，請改正這句成語中的錯字。 ➡掉

4.（　　）只要是處處為民設想的政策，推行之處一定是□□□□。空格中應填入 A.人神共憤 B.困難重重 C.風行草偃。 ➡C

探究其源頭所在。

用法 形容一個人除了吃飯的事情之外，其他的事情都不做。

範例 退休的他不願過著朝饔夕飧的生活，所以報名社區大學。

提示 「飧」的左邊是一個「夕」，不可以寫成「歹」。

曠廢隳惰（ㄎㄨㄤˋ ㄈㄟˋ ㄏㄨㄟ ㄉㄨㄛˋ）

解釋 曠廢：荒廢。隳：墮落。指荒廢事業，虛度光陰，整個人變得墮落、懶散。

詞源 王守仁．《教條示龍場諸生》：「今學者曠廢隳惰，玩歲愒時（愒，音ㄎㄞˋ，浪費。整句是說荒廢職務，一天到晚只想遊玩）。」

用法 比喻人好吃懶做，虛度大好的時光。

範例 這家公司的員工，從不曾出現曠廢隳惰的情形。

提示 「曠廢隳惰」的「曠」不可以寫成「礦石」的「礦」。

倫理篇

【君臣類】

(一)比喻「楷模典範」

上行下效（ㄕㄤˋ ㄒㄧㄥˊ ㄒㄧㄚˋ ㄒㄧㄠˋ）

解釋 效：模仿。居上位的人如此做，在下位的人自然也跟著做。

詞源 《舊唐書．賈曾傳》：「上行下效，淫俗（不好的風氣）將成。」大意是說：居上位者有不良的言行舉止，在下位的人自然有樣學樣，如此一來，不好的風氣就會形成。

用法 偏重於居上位者的一言一行，被在下位的人效法。上、下可以指長輩和晚輩的關係，多用在良好教化的表述。

範例 校長大力倡導資源回收的好處，果然達到上行下效的成果。

風行草偃（ㄈㄥ ㄒㄧㄥˊ ㄘㄠˇ ㄧㄢˇ）

解釋 「風」引申作政局的風氣，「草」引申作老百姓。指政府的施政管理若像徐徐的清風吹拂，老百姓就會如同小草隨風倒下般順服。

詞源 《論語．顏淵》：「君子之德風（君子的德行像風一樣），小人（指沒有道德的人）之德草。草上之風，必偃。」

用法 比喻居上位者的良好言行會影響他人。

範例 只要是處處為民設想的政策，推行之處一定是風行草偃。

提示 「風行草偃」也作「草偃風從」。

(二)比喻「下強上弱」

功高震主（ㄍㄨㄥ ㄍㄠ ㄓㄣˋ ㄓㄨˇ）

解釋 震：恐懼；害怕。下屬的功勞太大，反而使君王感到恐懼，生怕會對自己不利。

用法 比喻臣子的功勞太大，如果不懂得謙虛，就容易引來殺機。

範例 為人臣子應深懂功高震主的哲理。

尾大不掉（ㄨㄟˇ ㄉㄚˋ ㄅㄨˋ ㄉㄧㄠˋ）

解釋 掉：擺動。尾巴太大了，反而不容易擺動。

1.（　　）「倒」持泰「阿」，請寫出括號中的注音。➡ㄉㄠˋ、ㄜ

2.（　　）比喻家庭之樂的成語有 A.尋歡作樂 B.九世同居 C.父慈子孝 D.含飴弄孫。➡B、C、D

3.（　　）有關「含飴弄孫」的說明何者正確A.飴，讀音ㄧˊ，糖果 B.弄，戲弄 C.孫，姓孫的幼兒 D.比喻天倫之樂。➡A、B、D

詞源　《左傳．昭公十一年》：「末（末梢）大必折（斷），尾大不掉。」

用法　比喻上弱下強，不聽從指揮。

範例　古今中外，哪個在上位者不懼尾大不掉的局面？

倒持泰阿（ㄉㄠˋ ㄔˊ ㄊㄞˋ ㄜ）

解釋　泰阿：寶劍名。持：拿。反過來拿寶劍，並且把劍交給對方。指上位者把權力交給別人時，反而招來危險。

詞源　《漢書．梅福傳》：「倒持泰阿，授楚其柄。」

用法　比喻權勢喪失後，性命岌岌可危。

範例　唐末宦官干政，倒持泰阿的亂象使得大權落入賊臣手中。

提示　①「倒持泰阿」的「阿」讀作ㄜ。②「倒持泰阿」也作「泰阿倒持」。

【家庭類】

(一)比喻「家庭和樂」

九世同居（ㄐㄧㄡˇ ㄕˋ ㄊㄨㄥˊ ㄐㄩ）

解釋　九世：九代。九代的親族都同住在一個屋簷下。

詞源　《新唐書．孝友傳序》：「張公藝九世同居，北齊安東王永樂、隋大使梁子恭躬（親自）撫慰（安慰），表（顯揚）其門。」

用法　比喻好幾代親族住在一起，所感受到的熱鬧氣氛。

範例　古代能夠九世同居的大家族，往往被鄉里讚揚傳頌。

天倫之樂（ㄊㄧㄢ ㄌㄨㄣˊ ㄓ ㄌㄜˋ）

解釋　天倫：父母、兄弟、父子等親屬關係。比喻家庭的歡樂氣氛。

詞源　唐．李白．《春夜宴眾弟桃花園序》：「會（相聚）桃李之芳（香氣）園，序天倫之樂事。」大意是說：李白在春夜與眾弟相聚於充滿桃李香氣的花園中，大家自然聊起昔日生活的趣事。

用法　比喻家庭生活的融洽。

範例　老爺爺經過十幾年的獨居生活後，終於重享天倫之樂。

父慈子孝（ㄈㄨˋ ㄘˊ ㄗˇ ㄒㄧㄠˋ）

解釋　慈：慈祥。孝：孝順。父親慈祥，兒子孝順。

詞源　《禮記．禮運》：「何謂人義」（做人的道理）？父慈，子孝；兄良（善良），弟弟（第二個「弟」當作動詞，音ㄊㄧˋ，敬愛兄長的意思。通「悌」）……。」

用法　比喻父子間的情感和睦。

範例　這戶人家父慈子孝，是人人稱羨的模範家庭。

含飴弄孫（ㄏㄢˊ ㄧˊ ㄋㄨㄥˋ ㄙㄨㄣ）

解釋　飴：糖。弄：戲弄。老人家口中含著糖果，逗弄孫子玩樂。

詞源　《後漢書明德馬皇后傳》：「吾但當含飴弄孫，不能復（再）知政（主持政治事務）矣。」大意是說：馬皇后表示自己已經到了該和孫子共享天倫之樂的晚年生活，不應該再干預政事。

用法　比喻老人家晚年時能享受和樂的家庭生活。

範例　人一旦上了年紀，最大的樂

1.（　　）「成歡膝下」、「寸草春輝」、「老牛適犢」中的錯字，應該改成 A.承、暉、舐 B.承、灰、舔 C.沉、暉、舔 D.成、暉、舐。 ➡A

2.（　　）父母「劬」勞，請寫出括號中的注音。 ➡ㄑㄩˊ

3.（　　）「含辛如苦」，請改正這句成語中的錯字。 ➡茹

事莫過於含飴弄孫了。

提示 「含飴弄孫」的「飴」不可以寫成「貽笑大方」的「貽」。

承歡膝下（ㄔㄥˊ ㄏㄨㄢ ㄒㄧ ㄒㄧㄚˋ）

解釋 承歡：迎合人家的意思，使對方覺得歡樂。膝下：子女幼年時喜歡依偎在父母的膝旁，引申作對父母的尊稱。指迎合父母的意思，使他們覺得歡樂。

用法 比喻兒孫圍繞在長輩身旁，而且善解人意的逗父母開心。

範例 他自從退休之後，終於能夠享受承歡膝下的生活。

繞膝承歡（ㄖㄠˋ ㄒㄧ ㄔㄥˊ ㄏㄨㄢ）

解釋 繞：圍繞。膝：膝蓋，引申為身旁的意思。承歡：迎合對方的意思，使人覺得歡樂。指兒孫圍繞在父母身旁，迎合他們的意思，使父母覺得快樂。

用法 形容兒孫滿堂，個個圍繞在身旁的喜悅。

範例 今日這幅繞膝承歡的景象，讓他備感欣慰。

(二)比喻「愛護子女」

寸草春暉（ㄘㄨㄣˋ ㄘㄠˇ ㄔㄨㄣ ㄏㄨㄟ）

解釋 寸草：小草。春暉：春天和煦的陽光。照耀春天初生小草的陽光。

詞源 唐．孟郊．《游子吟》：「誰言寸草心，報得三春暉。」大意是說：誰說像小草那麼脆弱的兒女心意，報得了如春日普照大地的浩瀚親恩呢？也就是無以回報的意思。

用法 形容母親的恩情。

範例 世間還有什麼比寸草春暉的恩情更偉大？

提示 「寸草春暉」的「暉」不可以寫成「光輝」的「輝」。

父母劬勞（ㄈㄨˋ ㄇㄨˇ ㄑㄩˊ ㄌㄠˊ）

解釋 劬勞：過分的勞累。父母因為養育子女，而顯得疲累。

詞源 《詩經．小雅．蓼莪》：「哀哀（悲傷到了極點）父母，生我劬勞。」大意是說：可憐的父母親啊！你們為了生我育我卻受盡了辛苦。

用法 比喻父母的辛勞，都是為了養育子女成人。

範例 你整天在外惹是生非，完全沒有體恤父母劬勞的苦心啊！

老牛舐犢（ㄌㄠˇ ㄋㄧㄡˊ ㄕˋ ㄉㄨˊ）

解釋 舐：用舌頭舔。犢：小牛。老牛用舌頭舔著初生的小牛。

詞源 《後漢書．楊彪傳》：「（彪）子自為曹操所殺，操見彪，問曰：『公何瘦之甚？』對曰：『愧無日磾（磾，音ㄉㄧ，金日磾）先見之明，猶懷老牛舐犢之愛。』」

用法 比喻父母對子女細心愛護的情感。

範例 老太太對生病的孩子，流露出老牛舐犢的關懷。

提示 「老牛舐犢」的「犢」不可以寫成「尺牘」的「牘」（牘：書信）。

含辛茹苦（ㄏㄢˊ ㄒㄧㄣ ㄖㄨˊ ㄎㄨˇ）

解釋 辛：辣。茹：吃。忍受各種辛酸與悲苦。

1.（　　　）以下括號中的字何者為動詞A.「舐」犢情深B.口腹之「養」C.下氣「怡」色D.冬溫夏「清」。 ➡A、B

2.（　　　）口腹之「養」，請寫出括號中的注音。 ➡ㄧㄤˋ

3.（　　　）有你這□□□□，為人父母的我們覺得十分欣慰。空格中應填入A.假情假意B.一片孝心C.再接再厲D.不辭辛勞。 ➡B

詞源 清．淮陰百一居士．《壺天錄》：「煢煢（煢，音ㄑㄩㄥˊ，無依無靠）孑（孑，音ㄐㄧㄝˊ，孤獨；單獨）立，含辛茹苦。」

用法 比喻父母為了養育子女，無怨無悔的愛。

範例 父母含辛茹苦的把子女養大成人，卻一點也不求回報。

舐犢之私（ㄕˋ ㄉㄨˊ ㄓ ㄙ）

解釋 老牛舔小牛的愛護之情。

詞源 《東周列國志．六回》：「石碏（ㄑㄩㄝˋ）大怒曰：『州吁之惡，皆逆子所釀成。諸君請從輕典，得無疑我有舐犢之私乎？』」

用法 比喻父母對子女的關愛。

範例 舐犢之私是為人父母的親情表現。

提示 「舐犢之私」也作「舐犢之愛」。

舐犢情深（ㄕˋ ㄉㄨˊ ㄑㄧㄥˊ ㄕㄣ）

解釋 情深：用情很深。指老牛舔著小牛時，所表現的濃厚感情。

詞源 《兒女英雄傳．三〇回》：「安老夫妻暮年（晚年）守著個獨子，未免（不能避免）舐犢情深，加了幾分憐愛。」

用法 比喻父母對子女的疼愛非常深厚。

範例 這幅舐犢情深的油畫，令人印象深刻。

㈢比喻「孝順雙親」

一片孝心（ㄧˊ ㄆㄧㄢˋ ㄒㄧㄠˋ ㄒㄧㄣ）

解釋 一片：一番。指一番的孝心。

用法 比喻子女對父母所表現出來的孝順心意。

範例 有你這一片孝心，為人父母的我們覺得十分欣慰。

下氣怡色（ㄒㄧㄚˋ ㄑㄧˋ ㄧˊ ㄙㄜˋ）

解釋 下氣：態度低下。怡：和悅。態度恭順低下，臉色和悅溫婉。

詞源 《禮記．內則》：「父母有過，下氣怡色，柔聲以諫（用言語糾正別人的錯誤）。」大意是說：父母親有過錯，我們要以恭順的態度及和悅的臉色輕聲規勸。

用法 比喻子女侍奉父母時，應該要做到恭敬柔順的態度。

範例 子女早晚下氣怡色地向父母問安，是最基本的孝道。

口腹之養（ㄎㄡˇ ㄈㄨˋ ㄓ ㄧㄤˋ）

解釋 口腹：飲食。指飲食方面的供養。

用法 比喻子女應該滿足父母飲食方面的需求。

範例 做子女的不僅要滿足父母的口腹之養，還要態度恭敬。

提示 ①「口腹之養」的「養」讀作ㄧㄤˋ。②「口腹之養」也作「口體之養」。

冬溫夏清（ㄉㄨㄥ ㄨㄣ ㄒㄧㄚˋ ㄑㄧㄥˋ）

解釋 清：涼爽。冬天使父母覺得溫暖，夏天覺得涼快。

詞源 《禮記．曲禮上》：「凡為人子之禮，冬溫而夏清，昏定（晚上將席子鋪好）而晨省（省，音ㄒㄧㄥˇ，請安）。」大意是說：當人家子女的禮節是：冬天使父母覺得溫暖，夏天使父母覺得涼爽；早晚要侍奉雙親的生活起居。

1.（　　　）甘旨之「養」，請寫出括號中的注音。
2.（　　　）昏定晨「省」，請寫出括號中的注音。
3.（　　　）「扇」枕溫席，請寫出括號中的注音。
4.（　　　）為人子女對父母應該要做到□□□□，這才是孝順呀！空格中應填入 A.大魚大肉 B.先意承志 C.諄諄教誨。

➡ㄧㄤˋ
➡ㄒㄧㄥˇ
➡ㄕㄢˋ
➡B

用法 比喻子女貼心地照顧父母的生活起居。

範例 父親對祖母冬溫夏清的孝心，是我們學習的榜樣。

先意承志（ㄒㄧㄢ ㄧˋ ㄔㄥˊ ㄓˋ）

解釋 先意：事先了解心意。承志：遵照。事先了解父母的心意，恭敬地遵照父母的想法。

詞源 《禮記．祭義》：「君子（有道德的人）之所謂孝者，先意承志。」大意是說：有道德的君子認為孝道是事先了解父母的心意和想法，並且遵照他們的意思去行事。

用法 比喻子女應該了解、順從父母。

範例 為人子女對父母應該要做到先意承志，這才是孝呀！

甘旨之養（ㄍㄢ ㄓˇ ㄓ ㄧㄤˋ）

解釋 甘旨：美味的食物。養：年幼者供養年長者。指供養美味的食物。

詞源 清．汪中．《先母鄒孺人靈表》：「迄中入學宮，游藝（學習技藝）四方，稍致（獲取）甘旨之養。」大意是說：等到後來我（汪中）進入中央的學校，向各方學者習藝的時候，才稍微寬裕，能夠讓母親吃好一點的食物。

用法 比喻子女盡心地為父母準備美味的菜肴。

範例 我只不過是盡甘旨之養，實在稱不上孝順呀！

昏定晨省（ㄏㄨㄣ ㄉㄧㄥˋ ㄔㄣˊ ㄒㄧㄥˇ）

解釋 昏：晚上。定：鋪設席子。省：問安；請安。子女在早上向父母請安，晚上則先鋪好席子，再服侍雙親入睡。

詞源 《禮記．曲禮上》：「凡為人子之禮，冬溫而夏清（涼快），昏定而晨省。」大意是說：當人家子女的冬天應該使父母覺得溫暖，夏天覺得涼爽；早晚一定侍候雙親的生活起居。

用法 「昏定晨省」是古代的禮法，後多用來比喻早晚向父母請安，關注他們的生活起居。

範例 爸爸雖然工作忙碌，但是對祖父母一定昏定晨省，細心照顧。

提示 ①「省」讀作ㄒㄧㄥˇ。②「昏定晨省」也作「晨昏定省」。

晨昏奉養（ㄔㄣˊ ㄏㄨㄣ ㄈㄥˋ ㄧㄤˇ）

解釋 晨昏：早上和晚上。指早晚盡心地侍奉父母。

詞源 《元曲．薛仁貴》：「父親在上，孩兒聞的古人稱孝，須是立身揚名（樹立己身，名聲顯要），榮耀父母，若但是晨昏奉養，問安視膳（進食），乃人子末節（最不重要的志節），不足為孝。」大意是說：薛仁貴認為早晚奉養父母只是子女應該盡的義務而已，真正的盡孝，則是創造一番事業，讓父母感到榮耀才對。

用法 比喻子女對父母的奉養既盡心又盡力。

範例 他們夫妻倆對年邁體弱的雙親晨昏奉養，傳為鄰里的美談。

扇枕溫席（ㄕㄢˋ ㄓㄣˇ ㄨㄣ ㄒㄧˊ）

解釋 扇枕：用扇子搧床和枕頭。扇，同「搧」。溫席：用身體溫暖被窩。指夏天用扇子搧床和枕頭，冬天用身體溫熱被窩。

1.（　　）「烏鳥私情」中的「烏鳥」是指A.黑色的野鳥B.烏鴉C.古時稱麻雀D.年老的鳥。 ➡B

2.（　　）「羔羊跪乳」中的「羔羊」是指A.公羊B.綿羊C.小羊D.羚羊。 ➡C

3.（　　）出門遊樂要告訴父母去向，叫□必有□。 ➡遊、方

詞源《東觀漢記》：「香（黃香）躬勤左右（親自服侍父親身旁），盡心供養，暑（酷熱）即扇床枕，寒（天氣寒冷）即以身溫席。」大意是說：黃香用心地照顧父親，天氣酷熱時先搧床枕，天氣嚴寒時先用身體暖被。

用法 比喻子女無微不至地侍奉雙親。

範例 妹妹一骨碌地鑽進父母的被窩，嚷著說是在學扇枕溫席呢！

提示「扇枕溫席」也作「扇枕溫被」。

烏鳥私情（ㄨ ㄋㄧㄠˇ ㄙ ㄑㄧㄥˊ）

解釋 烏鳥：烏鴉，被稱為慈烏、慈烏、孝烏，相傳會哺養母烏。私情：親情。指像烏鳥注重親情，長大之後仍會反哺老烏。

詞源 晉．李密．《陳情表》：「祖母劉九十有六，是臣盡節（盡忠效力）於陛下（古代臣子對君王的稱呼）之日長，報劉之日短也。烏鳥私情，願乞（希望乞求）終養（奉養祖母到百年後）。」大意是說：李密委婉地辭退朝廷的徵召為官，希望陛下能成全他奉養祖母到百年之後。

用法 形容對雙親的孝敬是出於本性。

範例 痴心父母古來多，烏鳥私情有幾人？

羔羊跪乳（ㄍㄠ ㄧㄤˊ ㄍㄨㄟˋ ㄖㄨˇ）

解釋 羔羊：小羊。跪乳：跪著喝母乳。指小羊跪著喝母乳。

用法 比喻人也要懂得盡孝道。

範例 動物都懂得羔羊跪乳，更何況自稱萬物之靈的我們。

問安視膳（ㄨㄣˋ ㄢ ㄕˋ ㄕㄢˋ）

解釋 問安：請安。視膳：觀察飲食的情況。子女事奉父母，每天必定問安，每餐必定親自侍奉飲食。

詞源 宋．司馬光．《資治通鑑．唐文宗開成元年》：「給事中韋溫為太子侍讀（負責教太子讀書的官），晨詣（詣，音ㄧˋ，覲見）東宮（太子），日中乃得見，溫諫（用言語規勸別人的錯誤）曰：『太子當雞鳴而起，問安視膳，不直（不只）專事宴安（貪圖玩樂及享受）。』」

用法 形容對父母的細心呵護與照顧。

範例 這媳婦每天早晚一定向公婆問安視膳。

割股療親（ㄍㄜ ㄍㄨˇ ㄌㄧㄠˊ ㄑㄧㄣ）

解釋 股：大腿肉。孝子割下大腿肉入藥，用來治療生病中的父母。

詞源《宋史．選舉志一》：「上以孝取人，則勇者割股，怯者（害怕的人）廬墓（在雙親的墓邊築草屋，伴隨著他們而居）。」

用法 比喻事親至孝，即使犧牲自己也要治好父母的病。

範例 他決定效法割股療親的孝行，移植腎臟給父親。

遊必有方（ㄧㄡˊ ㄅㄧˋ ㄧㄡˇ ㄈㄤ）

解釋 遊：出遊。方：去處；區域。出門遊樂一定告訴父母去向。

詞源《論語．里仁》：「子曰：『父母在，不遠遊，遊必有方。』」大意是說：父母健在時，子女不要遠行，以免他們沒人照顧，或者擔心子女的安危。如果一定要出遊，

1.（　　）「萱草忘憂」中的「萱草」是指A.康乃馨B.引申作慈母C.艾草D.玫瑰花。 ➡B

2.（　　）「慈烏返哺」、「彩衣娛親」、「幼稟庭訓」，請改正這三則成語中的錯字。 ➡反、綵、秉

3.（　　）形容子女對父母的孝心始終如一，叫□生□死。 ➡養、送

必須讓父母知道去向。

用法 比喻讓父母知道自己在哪裡的方式，來實踐孝道。

範例 俗語說：「遊必有方」，你出門在外，要記得打電話回家喲！

慈烏反哺（ㄘ ㄨ ㄈㄢˇ ㄅㄨˇ）

解釋 慈烏：烏鴉，相傳會啣食哺養母烏。指烏鴉啣食回報母烏的養育之恩。

詞源 白居易〈慈烏夜啼〉：「慈烏失其母，啞啞（烏鴉的叫聲）吐哀音。……聲中如告訴，未盡反哺心。」大意是說：慈烏失去了母親，所以哀怨地叫著，牠的啼叫聲好像在哀嘆未能報答親恩。

用法 形容為人子女懂得孝養雙親。

範例 他多年來一直思念著亡母，感嘆未能盡到慈烏反哺的孝心。

萱草忘憂（ㄒㄩㄢ ㄘㄠˇ ㄨㄤˋ ㄧㄡ）

解釋 萱草：也叫「忘憂草」，又稱作「宜男草」，今多叫「金針葉」，後引申作母親。指希望母親能夠忘記憂愁。

詞源 《詩傳》：「諼（諼，音ㄒㄩㄢ，忘記。同「萱」）草令人忘憂。」

用法 形容為人子女能夠慰解母親的憂愁。

範例 母親節當天，總統祝福天下的媽媽能夠萱草忘憂，天天開心。

綵衣娛親（ㄘㄞˇ ㄧ ㄩˊ ㄑㄧㄣ）

解釋 綵衣：小孩子所穿的五彩衣服。身穿彩色的衣服，跳舞表演，以取悅雙親。

詞源 《高士傳》：「老萊子年七十，著（著，音ㄓㄨㄛˊ，穿）綵衣，取水上堂（房屋正廳），跌仆（仆，音ㄆㄨ，跌倒）臥地，為小兒啼，欲父母喜。」大意是說：老萊子已經七十歲了，有一次挑著水進入廳堂，卻故意跌倒在地上，哭哭啼啼地撒嬌，想要以此來取悅雙親。

用法 比喻孝子會用各種方法來取悅父母。

範例 媽媽生日時，弟弟表演一齣綵衣娛親的話劇，逗她開心。

養生送死（ㄧㄤˇ ㄕㄥ ㄙㄨㄥˋ ㄙˇ）

解釋 養生：生前的安養。送死：往生之後的安葬。子女對父母生前的安養與死後的安葬。

詞源 《孔子家語．相魯》：「孔子初仕，為中都宰，制為養生送死之節。」大意是說：孔子剛任中都宰的職位時，制定了養生送死的禮節。

用法 形容子女對父母的孝心始終如一。

範例 真正的孝子，是要做到必恭必敬，養生送死呀！

(四)比喻「教導子女」

幼秉庭訓（ㄧㄡˋ ㄅㄧㄥˇ ㄊㄧㄥˊ ㄒㄩㄣˋ）

解釋 秉：秉持接受。庭訓：父親的教訓。指從小接受父親嚴格的教誨。

詞源 《抱朴子．自敘》：「年十有（有，音ㄧㄡˋ，又的意思）三，而慈父見背（父親過世），夙（早）失庭訓。」大意是說：父親在我十三歲時就去世了，使得我很早就失

1.（　　　）有關「殺彘教子」的說明何者正確A.彘，音ㄓˋ，彐部，指豬B.比喻父母說話要注重誠信，才能作子女的榜樣C.是古代「宗聖」曾子和妻子教育兒子的故事D.這則成語出自於論語。　➡A、B、C

2.（　　　）「畫荻教子」中的「子」是指何人？　➡歐陽脩

去父親的諄諄（諄，音ㄓㄨㄣ，告誡）教誨。

用法 比喻父教甚嚴，子女時時刻刻謹守不忘。

範例 他表示能夠有今日的成就，完全是幼秉庭訓的功勞。

殺彘教子（ㄕㄚ ㄓˋ ㄐㄧㄠˋ ㄗˇ）

解釋 彘：豬。指用答應殺豬這件事，來教導兒子。

詞源 《韓非子．外儲說左上》：「曾子之妻之（到）市，其子隨之而泣，其母曰：『女（女，音ㄋㄩˇ，你）還（還，音ㄏㄨㄢˊ，回去），顧（回家）反為女殺彘。』妻適市來（妻子從市場回來了），曾子欲捕彘殺之，妻止（制止）之曰：『特與嬰兒戲耳（只不過跟小孩子說著玩的）。』曾子曰：『嬰兒非（不可）與戲也。嬰兒非有知也（小孩子沒有什麼知識），待父母而學者也，聽父母之教。今子（妻子）欺之，是教子欺也……。』」

用法 比喻父母說話要注重誠信，才能作子女的榜樣。

範例 古代曾子殺彘教子的故事，是父母教育子女的典範。

提示 「殺彘教子」的「彘」讀作ㄓˋ，是「彐（ㄐㄧˋ）部」。

畫荻教子（ㄏㄨㄚˋ ㄉㄧˊ ㄐㄧㄠˋ ㄗˇ）

解釋 荻：蘆葦。在沙地上用蘆葦寫字，教兒子識字。

用法 形容父母用心教導子女學習。

範例 歐陽脩的母親畫荻教子，培養出一代文豪。

義方之訓（ㄧˋ ㄈㄤ ㄓ ㄒㄩㄣˋ）

解釋 義方：為人處世的正道。訓：訓示；教誨。指教誨晚輩為人處世的正道。

詞源 漢．蔡邕（邕，音ㄩㄥ）．《司徒袁公夫人馬氏碑》：「義方之訓，如川之流。」大意是說：合乎正義的教誨，如同河川源源不絕地流著，令人受益無窮。

用法 比喻教導子女做人處事的道理。

範例 多年來，我秉持父親教導的義方之訓行事，才能有一番成就。

詩禮之訓（ㄕ ㄌㄧˇ ㄓ ㄒㄩㄣˋ）

解釋 詩禮：包括《詩經》、《禮記》、《周禮》、《儀禮》。指父母以《詩》、《禮》來教誨子女。

詞源 《論語．季氏》：「嘗獨立（獨處），鯉趨（急忙的意思）而過庭（經過庭院），曰：『學詩乎？』對曰：『未也。』『不學詩，無以言。』鯉退而學詩。他日又獨立，鯉趨而過庭。曰：『學禮乎？』對曰：『未也。』『不學禮，無以立。』鯉退而學禮。」

用法 比喻子女接受雙親的教誨。

範例 為學若不懂得詩禮之訓，哪裡算是求學問呢？

(五) 比喻「望子女有成」

成龍成鳳（ㄔㄥˊ ㄌㄨㄥˊ ㄔㄥˊ ㄈㄥˋ）

解釋 龍：古代傳說中的一種神奇動物，被視為帝王的象徵。鳳：古代表示吉祥的鳥類。指希望兒女能擁有成就。

用法 比喻父母對子女的崇高期望。

1.（　　　）比喻賢能的人生出賢子，叫□田生□。 ➡藍、玉

2.（　　　）「忘子成龍」，請改正這句成語中的錯字。 ➡望

3.（　　　）「血眽相通」、「血肉相聯」、「子記父業」，請改正這三則成語中的錯字。 ➡脈、連、繼

4.（　　　）父債子「還」，請寫出括號中的解釋。 ➡償還

範例 普天下父母莫不希望子女能夠成龍成鳳。

望子成龍（ㄨㄤˋ ㄗˇ ㄔㄥˊ ㄌㄨㄥˊ）

解釋 希望子女的地位能像龍一樣的高貴。

用法 形容父母冀望子女能夠出人頭地。

範例 望子成龍的苦心，是天下父母的寫照。

藍田生玉（ㄌㄢˊ ㄊㄧㄢˊ ㄕㄥ ㄩˋ）

解釋 藍田：陝西藍田縣，是著名的產玉地區。指從藍田縣產出的玉，當然是美好的。

詞源 《三國志．吳志．諸葛恪傳》裴松之注引《江表傳》：「恪（恪，音ㄑㄩㄝ）少有才名……權（孫權）見而奇（驚奇）之，謂（告訴）瑾（諸葛瑾，瑾為葛恪的父親）曰：『藍田生玉，真不虛（假）也。』」

用法 比喻賢能的人生出賢子，或系出名門。

範例 他因為教導有方，所以孩子個個藍田生玉，表現優秀。

㈥比喻「親情融洽」

父子一體（ㄈㄨˋ ㄗˇ ㄧˋ ㄊㄧˇ）

解釋 一體：合成一體。父親與兒子親密如同一體。

詞源 《後漢書．王常傳》：「父子一體，天性自然。」

用法 比喻父子之間相處融洽。

範例 他倆真是父子一體，不僅相貌神似，感情也很和睦。

提示 「父子一體」也作「父子同心」、「母女相連」。

血肉相連（ㄒㄧㄝˇ ㄖㄡˋ ㄒㄧㄤ ㄌㄧㄢˊ）

解釋 血肉：血管跟肉體。指身體上的血管跟肉體是相依附的。

用法 比喻親人或同胞關係緊密的表述。

範例 在茫茫人海中，你就像與我血肉相連的親人。

提示 「血肉相連」也作「血肉相通」。

血脈相通（ㄒㄧㄝˇ ㄇㄞˋ ㄒㄧㄤ ㄊㄨㄥ）

解釋 血脈：血緣。指親人間的血緣是相通的。

用法 比喻親人之間的關係非常密切。

範例 我倆是血脈相通的兄弟，凡事不用斤斤計較。

㈦比喻「子承父志」

子繼父業（ㄗˇ ㄐㄧˋ ㄈㄨˋ ㄧㄝˋ）

解釋 繼：繼承。業：事業。兒子繼承父親的事業。

詞源 南朝宋．劉義慶．《世說新語．品藻》：「使子繼父業，弟承家祀（祭祀），有何不可？」

用法 比喻父親亡故或退休後，事業改由兒子繼承。

範例 他將父親的事業擴展到全球各地，是子繼父業的最佳典範。

父債子還（ㄈㄨˋ ㄓㄞˋ ㄗˇ ㄏㄨㄢˊ）

解釋 債：欠人財物。指父親的債務由兒子償還。

詞源 明．王稚登．《全德記．一二齣》：「〔生〕你父親欠錢，怎麼累（牽涉）及汝（你）身？〔旦〕父債兒還（同父債子還），古人常

1.（　　）這家科技業的老闆退休後，由兒子□□□□，負責經營。空格中應填入 A.父債子還 B.父職子繼 C.克紹箕裘 D.有樣學樣。 ➡B、C

2.（　　）「光耀門梅」、「陽名現親」、「無舔所生」，請改正這三則成語中的錯字。 ➡楣、揚、顯、忝

道。」大意是說：〔生〕：你父親欠的錢，怎麼牽涉到你呢？〔旦〕：父親欠的債物由兒子償還，自古以來就是天經地義的事情。

用法 比喻兒子攬下父親的債務或人情，是孝順的行為。

範例 所謂父債子還，我父親生前欠你的錢，理應由我償還。

父職子繼（ㄈㄨˋ ㄓˊ ㄗˇ ㄐㄧˋ）

解釋 父親的職業由兒子繼承。

用法 比喻兒子繼承父親的職業。這句成語比較偏向職位方面。

範例 自從做生意的父親退休後，我也父職子繼地成為殷實的商人。

克家令子（ㄎㄜˋ ㄐㄧㄚ ㄌㄧㄥˋ ㄗˇ）

解釋 克家：繼承家業。令：尊稱別人的親屬。指能夠繼承先業的他人子弟。

詞源 《金史．世宗紀》：「但（只要）能不墜（喪失；失去）父業，即為克家子。」大意是說：只要能夠好好經營父親留下來的基業，就可以算是克家子了。

用法 形容能力足以繼承先業的子弟。

範例 古今中外的克家令子個個都堅守祖業，不敢懈怠。

克紹箕裘（ㄎㄜˋ ㄕㄠˋ ㄐㄧ ㄑㄧㄡˊ）

解釋 紹：繼承。箕：畚箕。裘：皮裘。指兒子能繼承父親的事業。

詞源 《禮記．學記》：「良冶（以鎔鑄為業的工匠）之子，必學為裘，良弓（兵器）之子，必學為箕。」大意是說：如果父兄是做鑄冶金屬工作的，子弟們自然就會先學用獸皮，縫合成裘袍，作為學冶金的初階；假使父兄是造弓箭的好手，子弟們就會用竹子類的材料，編織成箕，作為學習造弓的起步。

用法 比喻兒子能夠繼承家業，並且發揚光大。

範例 這家科技業的老闆退休後，由兒子克紹箕裘，負責經營。

(八) 比喻「光宗耀祖」

光耀門楣（ㄍㄨㄤ ㄧㄠˋ ㄇㄣˊ ㄇㄟˊ）

解釋 門楣：門上的橫梁。指門上的橫梁因為懸掛著匾額，而顯得有光輝。

用法 形容人名聲顯揚，使祖先感到光榮。

範例 為人父母都希望孩子將來能夠光耀門楣。

揚名顯親（ㄧㄤˊ ㄇㄧㄥˊ ㄒㄧㄢˇ ㄑㄧㄣ）

解釋 揚：遠播。顯：顯耀。聲名遠播，光耀父母。

詞源 《舊唐書．蕭瑀傳》：「以爾（你）才智，足堪（勝任）揚名顯親。」大意是說：以你的聰明才智，要揚名顯親是絕對沒有問題的。

用法 比喻成就大事業，以榮耀親人。

範例 人人稱讚奧運金牌的得主是揚名顯親的孝子。

提示 「親」是多音字，「親人」、「親密」、「顯親」的「親」讀作ㄑㄧㄣ；「親家」的「親」讀作ㄑㄧㄥˋ。

無忝所生（ㄨˊ ㄊㄧㄢˇ ㄙㄨㄛˇ ㄕㄥ）

解釋 忝：侮辱。所生：父母。指為人子女不可以玷辱父母的名聲。

詞源 《詩經．小雅．小宛》：

1.（　　）「隆宗耀祖」、「正投夫妻」、「節髮夫妻」、「床第之私」中的錯字，應該改成 A.榮、頭、結、第 B.隆、頭、結、第 C.榮、政、結、第 D.榮、頭、節、船。　➡A

2.（　　）以下括號中的字何者為動詞 A.「正」頭夫妻 B.「榮」宗「耀」祖 C.「結」髮夫妻 D.床「第」之私。　➡B、C

「夙（夙，音ㄙㄨˋ，早晨天剛亮的時候）興夜寐（寐，音ㄇㄟˋ，睡覺），無忝爾（你）所生。」大意是說：從早上起床一直到晚上睡覺，為人子女做任何事情都不可以使父母覺得羞辱。

用法 比喻子女不能讓父母蒙羞。

範例 我以行事坦蕩來自勉，期能無忝所生。

提示 「無忝所生」的「忝」不可以寫成「加油添醋」的「添」。

榮宗耀祖（ㄖㄨㄥˊ ㄗㄨㄥ ㄧㄠˋ ㄗㄨˇ）

解釋 榮：光耀。宗：祖先。指使祖先們備感榮耀。

詞源 清・吳敬梓・《儒林外史・一回》：「做官怕不是榮宗耀祖的事，我看見這些做官的都不得有甚好收場（下場）。」

用法 比喻子女或子孫事業有成，使祖先們覺得光榮。

範例 你為國爭光，榮獲總統頒獎，真是一件榮宗耀祖的事呢！

【夫妻類】

(一)比喻「元配夫妻」

正頭夫妻（ㄓㄥˋ ㄊㄡˊ ㄈㄨ ㄑㄧ）

解釋 正頭：元配。指正式婚配的夫妻。

詞源 清・曹雪芹《紅樓夢・四六回》：「想著老太太疼他，將來外邊聘個正頭夫妻去。」

用法 形容依儀式迎娶所形成的夫妻關係。

範例 你倆是多年的正頭夫妻，何必為了一點小事撕破臉呢！

花燭夫妻（ㄏㄨㄚ ㄓㄨˊ ㄈㄨ ㄑㄧ）

解釋 花燭：新婚之夜點燃的彩燭。指經過明媒正娶，正式拜堂的夫妻。

用法 比喻經過婚禮過程，而且被親友認可的婚姻關係。

範例 當年，爺爺跟奶奶是經過拜堂的花燭夫妻，一輩子恩恩愛愛。

結髮夫妻（ㄐㄧㄝˊ ㄈㄚˇ ㄈㄨ ㄑㄧ）

解釋 結髮：束髮，也就是剛成年。比喻剛成年就結合的夫妻。

詞源 漢・蘇武《詩四首》：「結髮為夫妻，恩愛兩不疑。」大意是說：剛成年就結為夫妻了，我倆都信守彼此恩愛的諾言。

用法 比喻元配夫妻。

範例 他倆是青梅竹馬，如今成為結髮夫妻，受到眾人的祝福。

(二)比喻「閨房之事」

床第之私（ㄔㄨㄤˊ ㄗˇ ㄓ ㄙ）

解釋 第：竹片所編的席子。指在床上發生的隱密私事。

詞源 《孔叢子・答問》：「凡若晉侯驪姬床第之私，房中之事，不得掩（隱藏）焉！」大意是說：凡是晉侯與驪姬的房中親密私事，都不可以隱瞞。

用法 比喻夫妻在房中所做的親密事情。

範例 夫妻之間的床第之私，我們不宜過問。

提示 ①「床笫之私」的「笫」讀作ㄗˇ。②「笫」和「第」字形相似，要小心分辨。

1.（　　）「畫眉之樂」相似的成語有 A.冤家路窄 B.打打鬧鬧 C.于飛之樂 D.比翼連理。 ➡C、D

2.（　　）「水乳交溶」，請改正這句成語中的錯字。 ➡融

3.（　　）她性情柔順，是個□□□□的好妻子。空格中應填入 A.打情罵俏 B.投機取巧 C.夫唱婦隨 D.蓬首垢面。 ➡C

枕席之私（ㄓㄣˇ ㄒㄧˊ ㄓ ㄙ）

解釋 枕席：枕頭和席子，引申為床鋪。指男女在床鋪上的私事。

詞源 宋玉．《高唐賦》：「妾，巫山之女也，為高唐之客，聞君（你）遊高唐，願薦（推舉）枕席。」

用法 比喻夫妻在閨房中的親密行為。

範例 現今社會觀念開放，夫妻間的枕席之私常被當作議題討論。

畫眉之樂（ㄏㄨㄚˋ ㄇㄟˊ ㄓ ㄌㄜˋ）

解釋 畫眉：張敞親自為妻畫眉毛的故事。指丈夫為妻子畫眉的閨房樂趣。

詞源 《漢書．張敞傳》：「上問之，敞曰：『臣聞閨房之內，夫婦之私（夫妻間的親密隱私），有過於畫眉者。』」

用法 比喻夫妻恩恩愛愛。

範例 他們雖然結婚多年，依然共同營造畫眉之樂的情趣。

燕暱之私（ㄧㄢˋ ㄋㄧˋ ㄓ ㄙ）

解釋 燕：和樂。暱：親近。指男女間親近的事。

用法 形容夫妻或情人在閨房中的親密舉止。

範例 這本八卦雜誌專門報導男女間的燕暱之私，題材很貧乏。

(三)比喻「夫妻恩愛」

于飛之樂（ㄩˊ ㄈㄟ ㄓ ㄌㄜˋ）

解釋 于飛：相伴而飛。指彼此相伴同飛的快樂。

詞源 《詩經．大雅．卷阿》：「鳳凰于飛，翽翽（翽，音ㄏㄨㄟˋ，鳥飛的聲音）其羽。」

用法 比喻夫妻相處和諧，十分恩愛。

範例 他倆于飛之樂的感情，羨煞了還打光棍的人。

夫唱婦隨（ㄈㄨ ㄔㄤˋ ㄈㄨˋ ㄙㄨㄟˊ）

解釋 唱：倡導。通「倡」。指丈夫說什麼，妻子就跟著做什麼。

詞源 《關尹子．三極》：「天下之理，夫者倡，婦者隨。」大意是說：天下間的道理，都是男子提倡，女子跟隨著做。

用法 比喻妻子順從丈夫，彼此相親相愛。

範例 她性情柔順，是個夫唱婦隨的好妻子。

提示 「夫唱婦隨」也作「夫倡婦隨」、「婦隨夫唱」。

比翼連理（ㄅㄧˇ ㄧˋ ㄌㄧㄢˊ ㄌㄧˇ）

解釋 比翼：比翼鳥。連理：連理枝。指比翼鳥雙鳥齊飛；兩顆樹的枝幹連生在一起。

詞源 明．謝讜．《四喜記．大宋畢姻》：「但願你百歲夫妻常好，比翼共連枝，無異（異端）般。」大意是說：祝福夫妻婚姻美好長久，如同比翼鳥和連理枝一樣，同生同體，沒有任何的變卦。

用法 比喻夫妻恩愛，感情深厚。

範例 希望我倆比翼連理，永結同心，攜手建立美滿的家庭。

水乳交融（ㄕㄨㄟˇ ㄖㄨˇ ㄐㄧㄠ ㄖㄨㄥˊ）

解釋 交融：彼此融合。指水和乳汁融合在一起。

詞源 清．劉鶚．《老殘遊記．一

1.（　　）「交頸鴛鴦」中的「交頸」是指A.脖子扭傷B.比喻夫妻恩愛情深C.古時稱鴛鴦的頸子D.脖子的代稱。　➡B

2.（　　）「抗麗情深」，請改正這句成語中的錯字。　➡伉、儷

3.（　　）「如膠是漆」，請改正這句成語中的錯字。　➡似

4.（　　）「耳鬢斯摩」，請改正這句成語中的錯字。　➡廝、磨

九回》：「幾日工夫（時間），和吳二擾得水乳交融。」大意是說：才沒多久的時間，就和吳二打得火熱，像水和乳汁交融般的親密。

用法 形容夫妻或情侶的感情甜蜜。

範例 瞧！這小倆口水乳交融的恩愛模樣，真是天生一對。

交頸鴛鴦（ㄐㄧㄠ ㄐㄧㄥˇ ㄩㄢ ㄧㄤ）

解釋 交頸：引申作夫妻恩愛情深。鴛鴦：鳥名，在繁殖期間總是出雙入對，後引申為夫妻。指夫妻感情恩愛。

詞源 《魏明帝．猛虎行》：「上有雙棲（夫妻共處的意思）鳥，交頸鳴相和（和，音ㄏㄜˋ，附和）。」大意是說：上面有一對鴛鴦鳥，牠們的感情好的不得了，就連鳴叫時都會彼此附和。

用法 形容夫妻如影隨形的在一起，片刻也不分離。

範例 願我倆每個輪迴，都能成為交頸鴛鴦的好伴侶。

提示 「交頸鴛鴦」也作「鴛鴦交頸」。

伉儷情深（ㄎㄤˋ ㄌㄧˋ ㄑㄧㄥˊ ㄕㄣ）

解釋 伉儷：也就是夫妻。指夫妻的情感深厚。

詞源 《二十年目睹之怪現狀．七〇回》：「你想這般一位年輕的太史公，一旦斷了弦，自然有多少人家央（請託）人去做媒的了。這太史公倒也伉儷情深，一概謝絕（回絕；拒絕）。」

用法 比喻夫妻恩愛，生生世世永不變心。

範例 尾牙的宴席上，董事長夫婦伉儷情深地合唱情歌。

如鼓琴瑟（ㄖㄨˊ ㄍㄨˇ ㄑㄧㄣˊ ㄙㄜˋ）

解釋 鼓：彈奏。琴瑟：樂器名，後引申作夫妻間的和樂。指夫妻間恩愛的情感，就像在彈奏琴瑟般和諧。

詞源 《中庸．第十五章》：「妻子好合，如鼓琴瑟。」

用法 比喻夫妻恩恩愛愛。

範例 這對金童玉女如鼓琴瑟的幸福，也感染了週遭的朋友。

如膠似漆（ㄖㄨˊ ㄐㄧㄠ ㄙˋ ㄑㄧ）

解釋 膠：植物分泌的黏液。漆：植物名，會分泌黏液。指像膠和漆黏合在一起，無法分割。

詞源 明．施耐庵《水滸傳》二一回：「那張三和這閻婆惜（宋江的老婆），如膠似漆，夜去明來（形容公開或背地裡來往頻繁），街坊上人也都知了。」大意是說：張三和閻婆惜偷情，感情親密，往來頻繁，街坊鄰居也都知道了。

用法 比喻男女間的關係親密，誰也離不開誰。

範例 這對情侶如膠似漆地膩在一起，時時刻刻也分不開。

提示 「如膠似漆」也作「如膠如漆」、「似漆如膠」、「似漆投膠」。

耳鬢廝磨（ㄦˇ ㄅㄧㄣˋ ㄙ ㄇㄛˊ）

解釋 鬢：鬢角，位在臉頰兩邊接近耳朵的地方。廝：互相。磨：摩擦。指男女的耳朵及鬢角緊靠在一起，互相磨擦。

詞源 清．曹雪芹．《紅樓夢．七

1.（　　）祝福新人白頭相守，恩恩愛愛如□□□□。空格中應填入 A.兩小無猜 B.並蒂蓮花 C.神仙眷屬 D.水盡鵝飛。　➡B、C

2.（　　）「相敬如冰」、「花開並帝」、「唱隨協樂」中的錯字，應該改成 A.賓、蒂、皆 B.賓、併、諧 C.賓、蒂、諧 D.彬、蒂、皆。　➡C

二回》：「咱們從小耳鬢廝磨，你不曾拿我當外人待，我也不敢怠慢（懈怠疏忽）了你。」

用法 形容夫妻或情侶親密相處的景況。

範例 他倆一見面，就耳鬢廝磨的親熱模樣，彷彿分離好久了。

提示 「耳鬢廝磨」也作「耳鬢相磨」、「耳鬢斯磨」。

並蒂蓮花（ㄅㄧㄥˋ ㄉㄧˋ ㄌㄧㄢˊ ㄏㄨㄚ）

解釋 蒂：植物的花或果實與莖部相連的地方。指一根花莖上開著兩朵蓮花。

用法 比喻夫妻非常的恩愛。

範例 祝福新人白頭相守，恩恩愛愛如並蒂蓮花。

提示 「並蒂蓮花」也作「並蔕蓮花」（蔕：音ㄉㄧˋ，花或果實與莖部相連之處）。

花開並蒂（ㄏㄨㄚ ㄎㄞ ㄅㄧㄥˋ ㄉㄧˋ）

解釋 指花蒂同時開兩朵花。

用法 形容夫妻感情親密。

範例 我願天下有情人終成眷屬，生生世世花開並蒂。

相敬如賓（ㄒㄧㄤ ㄐㄧㄥˋ ㄖㄨˊ ㄅㄧㄣ）

解釋 賓：客人。指夫妻互相敬重，相處之道就像對待賓客般客客氣氣。

詞源 南北朝．范曄《後漢書．龐公傳》：「龐公者，南郡襄陽人也。居峴山之南，未嘗（不曾）入城府。夫妻相敬如賓。」

用法 比喻夫妻間互敬互重。

範例 他們夫妻自結婚以來，一直相敬如賓，互信互諒。

提示 「相敬如賓」也作「相待如賓」、「相對如賓」、「相遇如賓」。

神仙美眷（ㄕㄣˊ ㄒㄧㄢ ㄇㄟˇ ㄐㄩㄢˋ）

解釋 美眷：心愛的家屬，即夫妻。指夫妻之間恩恩愛愛，就像神仙一樣。

用法 形容婚姻幸福美滿。

範例 單身貴族的他，打從心底渴望能過著神仙美眷的生活。

神仙眷屬（ㄕㄣˊ ㄒㄧㄢ ㄐㄩㄢˋ ㄕㄨˇ）

解釋 眷屬：親屬，也就是夫妻。指過著神仙般的夫妻生活。

用法 形容夫妻間的婚姻美滿，兩人相處恩愛。

範例 這一對夫妻過著你濃我濃的日子，彷彿神仙眷屬般令人羨慕。

唱隨諧樂（ㄔㄤˋ ㄙㄨㄟˊ ㄒㄧㄝˊ ㄌㄜˋ）

解釋 諧樂：和諧快樂。指跟從另一半的腳步走，彼此和諧快樂地生活。

用法 比喻夫妻間夫唱婦隨，十分的甜蜜。

範例 老師和師母都喜歡唱歌仔戲，兩人唱隨諧樂，好不快活。

魚水之情（ㄩˊ ㄕㄨㄟˇ ㄓ ㄑㄧㄥˊ）

解釋 指魚兒和水不能分開的深厚感情。

詞源 明．趙弼．《蓬萊先生傳》：「魚水之情，極其娛樂。」大意是說：兩人相處就像魚遇到水一樣，十分快樂。

用法 比喻男女的關係親密。

範例 這對新婚夫妻彼此如影隨形，就像是魚水之情般分不開。

提示 「魚水之情」也作「魚水和

1.（　　　）琴瑟相「調」，請寫出括號中的注音。　➡ ㄊㄧㄠˊ
2.（　　　）「燕」婉之歡，請寫出括號中的注音。　➡ ㄧㄢˋ
3.（　　　）「鶼鰈」情深，請寫出括號中的注音。　➡ ㄐㄧㄢ ㄉㄧㄝˊ
4.（　　　）雙「宿」雙飛，請寫出括號中的注音。　➡ ㄙㄨˋ
5.（　　　）「鸞」鳳和鳴，請寫出括號中的注音。　➡ ㄌㄨㄢˊ

諧」、「魚水相逢」、「魚水情深」。

琴瑟相調（ㄑㄧㄣˊ ㄙㄜˋ ㄒㄧㄤ ㄊㄧㄠˊ）

解釋 琴瑟：樂器名，後以琴瑟聲音相協調來引申夫妻相處融洽。調：混和。指琴和瑟兩種樂器的聲音協調悅耳。

詞源 《詩經．小雅．棠棣》：「妻子好合，如鼓（彈奏）琴瑟。」大意是說：夫妻彼此相處和諧，就像彈奏琴瑟的聲音互相協調一樣。

用法 比喻夫妻非常的恩愛，情感美好和諧。

範例 夫妻能夠琴瑟相調的生活，必須靠彼此的信任和尊重。

提示 「琴瑟相調」也作「琴瑟和好」、「琴瑟和諧」、「琴瑟調和」。

憐我憐卿（ㄌㄧㄢˊ ㄨㄛˇ ㄌㄧㄢˊ ㄑㄧㄥ）

解釋 憐：愛。卿：夫妻間的親密稱呼。指夫妻彼此的恩愛。

詞源 南朝宋．劉義慶．《世說新語．惑溺》：「王安豐婦常卿（親密的稱呼）安豐。安豐曰：『婦人卿婿，於禮不敬，後勿復爾（以後不要再這樣做了）。』婦曰：『親卿（愛人你）愛卿，是以卿卿（親密地稱呼你為親愛的），我不卿卿，誰當卿卿。』」大意是說：王安豐認為夫妻太過親密，不合禮教，但是他的妻子認為這才是愛的表現。

用法 比喻夫妻或情侶間深厚的情愛。

範例 你可曾記得我倆憐我憐卿的甜蜜往事？

燕婉之歡（ㄧㄢˋ ㄨㄢˇ ㄓ ㄏㄨㄢ）

解釋 燕婉：和睦恩愛。指夫妻和睦恩愛的歡樂。

詞源 《說岳全傳．五一回》：「秦晉同盟，成兩姓綢繆（綢繆，音ㄔㄡˊ ㄇㄡˊ，纏綿）之好；朱陳（古代的朱陳村，此村僅有朱、陳兩姓）媲美（匹敵），締（結合）百年燕婉之歡。」

用法 比喻夫妻婚姻美滿。

範例 夫妻之間要互信互諒，才能享有燕婉之歡的婚姻生活。

雙宿雙飛（ㄕㄨㄤ ㄙㄨˋ ㄕㄨㄤ ㄈㄟ）

解釋 宿：棲。鴛鴦同棲同飛。

詞源 元．鄭昕．《白頭公》詩：「枝上雙雙老白頭（全身灰白，頭頂為黑色之鳥），雙飛雙宿意綢繆。」大意是說：枝頭上停著一對老白頭翁，牠們同棲同飛，感情好的不得了。

用法 比喻夫妻或情侶形影不離。

範例 看那枝頭小鳥雙宿雙飛，令打光棍的他感慨萬千啊！

鶼鰈情深（ㄐㄧㄢ ㄉㄧㄝˊ ㄑㄧㄥˊ ㄕㄣ）

解釋 鶼：雌雄常聚在一起的比翼鳥。鰈：比目魚。指雌雄比翼鳥跟比目魚都是非常恩愛的生物。

用法 形容夫妻感情甚篤。

範例 這對老夫婦鶼鰈情深的感情，令人動容。

鸞鳳和鳴（ㄌㄨㄢˊ ㄈㄥˋ ㄏㄜˊ ㄇㄧㄥˊ）

解釋 鸞：羽毛多為五彩的鳥類，屬於鳳凰的一種。指鸞和鳳彼此和諧的叫著。

詞源 《張協狀元．李大婆為媒張

1. （　　）「下常求去」、「分叉段帶」、「水淨鵝飛」、「永斷葛籐」中的錯字，應該改成 A.堂、斷、吠、藤 B.堂、衩、斷、盡、藤 C.屈、衩、盡、藤 D.堂、袋、盡、藤。 ➡B
2. （　　）比喻夫妻離異，叫分□斷□。 ➡衩、帶
3. （　　）永斷「葛」藤，請寫出括號中的注音。 ➡ㄍㄜˊ

協成婚》：「似鸞鳳和鳴，相應（呼應；答聲）青雲（天空）際（邊沿）。」

用法 比喻夫妻感情篤厚。此語常被用來作為結婚的賀詞。

範例 姊姊要結婚了，親朋好友都祝她鸞鳳和鳴，白頭偕老。

(四)比喻「情感不睦」

下堂求去（ㄒㄧㄚˋ ㄊㄤˊ ㄑㄧㄡˊ ㄑㄩˋ）

解釋 下堂：①下課離開教室。②夫妻離異。指妻子要求離開丈夫。

詞源 《後漢書．公孫弘傳》：「貧賤之交不可忘，糟糠之妻（貧賤時的妻子）不下堂。」

用法 形容夫妻感情不睦。

範例 現代人的婚姻觀念淡薄，所以下堂求去的事時有所聞。

分釵斷帶（ㄈㄣ ㄔㄞ ㄉㄨㄢˋ ㄉㄞˋ）

解釋 釵：婦女的頭飾，可以用來盤髮。帶：衣帶。指分開髮釵，扯斷衣帶。

詞源 《類函》：「後漢時黃允出（休）妻夏侯氏，父母曰：『婦人見棄（被遺棄），當分釵斷帶。』」大意是說：後漢時黃允將妻子夏侯氏休掉，她的父母說：「婦女被人遺棄，理當離婚。」

用法 比喻夫妻離異。

範例 許多夫妻因為缺乏溝通，以致發生分釵斷帶的憾事。

提示 「分釵斷帶」也作「分釵破鏡」。

夫妻反目（ㄈㄨ ㄑㄧ ㄈㄢˇ ㄇㄨˋ）

解釋 反目：翻眼相看，也就是不和睦。指夫妻吵架怒視。

詞源 《周易．小畜》：「輿（車輛中承載的地方）說輻（車輪上連接軸跟輪圈的木條。文中的「輿」跟「輻」都引申作夫妻），夫妻反目。」

用法 比喻夫妻鬧得不愉快。

範例 他們一結婚，就為了理財的問題而夫妻反目，互不讓步。

水盡鵝飛（ㄕㄨㄟˇ ㄐㄧㄣˋ ㄜˊ ㄈㄟ）

解釋 指池中的水乾竭，鵝就飛離了。

詞源 元．關漢卿．《望江亭．二折》：「你休（不要）等的我恩斷意絕，眉南面北（感情不睦，雖然共同生活，卻不互相交談），憑時節水盡鵝飛。」

用法 ①比喻夫妻恩斷義絕，各奔一方。②比喻一乾二淨，什麼都沒有留下。

範例 本是金童玉女的兩人，最後卻水盡鵝飛了。

永斷葛藤（ㄩㄥˇ ㄉㄨㄢˋ ㄍㄜˊ ㄊㄥˊ）

解釋 葛藤：糾纏不清。指永遠斷絕，不再糾纏不清。

用法 比喻斷絕關係，不再有任何的牽扯。

範例 他決定永斷葛藤，快斬情絲。

提示 複姓「諸葛」的「葛」讀作ㄍㄜˇ，其他都讀作ㄍㄜˊ。

同床異夢（ㄊㄨㄥˊ ㄔㄨㄤˊ ㄧˋ ㄇㄥˋ）

解釋 指雖然睡在同一張床上，卻各自作著不同的夢。

詞源 《陳亮與朱元晦書》：「同床各做夢，周公且不能學得，何必一一論到孔明哉？」

1.（　　）以下解釋何者正確A.「別鶴離鸞」的「鸞」是指外形如鳳凰的鳥B.「勞燕分飛」的「燕」是單音字，唸ㄧㄢˋC.「琴瑟不調」這四個字的部首分別是玉部、玉部、一部、言部D.比喻彼此的感情已經斷絕，叫形同路人。　➡A、C、D

2.（　　）遇人不「淑」，請寫出括號中的解釋。　➡美好的

用法 比喻夫妻雖然生活在一起，卻不能同心。

範例 想不到鎂光燈前恩愛的銀色夫妻，竟然早就同床異夢了。

別鶴離鸞（ㄅㄧㄝˊ ㄏㄜˋ ㄌㄧˊ ㄌㄨㄢˊ）

解釋 別：離開。鸞：外形如鳳凰的鳥，全身多青色。指失去配偶的鶴鳥與離散的鸞鳥。

詞源 清．紀昀《閱微草堂筆記．槐西雜志四》：「君（你）百計營求，歸吾妻子（同「吾妻子歸」），恆（常久）耿耿（內心不安的樣子）不忘。今君別鶴離鸞，自合為君料理。」大意是說：您曾經想盡各種方法，幫我把妻子勸回到我身邊，這件事我一直念念不忘。現在您和妻子離異，我自當替你處理這件事情。

用法 比喻夫妻因爭執而離散。

範例 他們常因細故爭吵，恐怕遲早會發生別鶴離鸞的事。

形同路人（ㄒㄧㄥˊ ㄊㄨㄥˊ ㄌㄨˋ ㄖㄣˊ）

解釋 形：體貌；臉色。指彼此在路上相遇，就像看見陌生路人一樣。

用法 形容彼此的感情已經斷絕。

範例 現代社會人情澆薄，夫妻為了金錢而形同路人，已不足奇。

勞燕分飛（ㄌㄠˊ ㄧㄢˋ ㄈㄣ ㄈㄟ）

解釋 勞：伯勞。指伯勞和燕子各分東西。

詞源 《樂府詩集．東飛伯勞歌》：「東飛伯勞西飛燕，黃姑（又稱為河鼓，也就是俗稱的牛郎）織女時相見。」大意是說：伯勞和燕子各分東西了，牛郎與織女只有在每年陰曆的七月七日才能相見。

用法 比喻夫妻離散，各走一方。

範例 戰火蔓延之下，致使多少家庭勞燕分飛，妻離子散。

琴瑟不調（ㄑㄧㄣˊ ㄙㄜˋ ㄅㄨˋ ㄊㄧㄠˊ）

解釋 琴瑟：古代的弦樂器。指琴瑟的和聲不協調。

詞源 漢．荀悅．《漢記．武帝記一》：「夫秦滅先聖之道（儒家思想），為苟且（不合禮法）之治，故立十四年而亡，其遺毒餘戾（罪惡；凶暴）至今未滅，琴瑟不調。」秦代啊！摧毀了儒家傳承下來的道統，執行不合禮法的統治，所以建國十四年就滅亡了，但是它殘存下來的不良風氣還在，所以至今仍使政令的推行產生不好的影響。

用法 ①比喻夫妻的感情不和睦，時常發生爭執。②比喻政令不佳。

範例 琴瑟不調的家庭，子女的人格容易受影響。

遇人不淑（ㄩˋ ㄖㄣˊ ㄅㄨˋ ㄕㄨˊ）

解釋 淑：善良美好。指遇到不能夠託付終身的人。

詞源 《詩經．王風．中谷有蓷（蓷，音ㄊㄨㄟ）》：「有女仳離（被遺棄），條其嘯（感嘆而哭泣）矣；條其嘯矣，遇人不淑矣。」大意是說：有一個女子被丈夫遺棄了，她一直感嘆哭泣；所以感嘆哭泣，是因為她嫁了不好的丈夫啊！

用法 比喻女子嫁給一個不上進的丈夫。

範例 這位女明星因為遇人不淑，所以又復出拍戲。

1.（　　）比喻兩人看似親密，實際上卻不和，叫貌□神□。　➡合、離
2.（　　）歷史上有關「季常之懼」中的男子是指A.蘇東坡B.鄭板橋C.陳慥D.胡適。　➡C
3.（　　）「乾」綱不振，請寫出括號中的注音。　➡ㄑㄧㄢˊ
4.（　　）比喻夫妻重新復合，叫月□重□。　➡缺、圓

貌合神離

解釋 神：精神；內心。指外表看起來很恩愛，內心卻無誠意。

詞源 黃石公．《素書．遵義》：「貌合神離者孤，親讒（讒，音ㄔㄢˊ，說別人壞話）遠忠者亡。」大意是說：貌似親密，實際上卻不是如此的人，注定要孤獨；聽信毀善害人的話而遠離忠言的國君，注定要滅亡。

用法 比喻兩人貌似親密，實際上已經不和睦。

範例 影壇上，貌合神離的伴侶時有所聞。

(五)比喻「懼怕妻子」

季常之懼

解釋 季常：宋代陳慥的字。指怕老婆的季常先生。

詞源 《宋史．陳慥傳》：「陳慥（慥，音ㄗㄠˋ），字季常，妻柳氏悍，季常每宴客，有聲伎，則柳氏以杖擊（敲打）壁，客為（因此）散去。」

用法 比喻非常怕老婆的男人。

範例 你們誤會了！他是尊重老婆，並非是季常之懼呀！

提示 「季常之懼」也作「季常之癖」、「季常癖」（癖：音ㄆㄧˇ，積久成習的特殊嗜好）。

乾綱不振

解釋 乾：男子。綱：用來維繫網子的主繩，引申作主權的意思。振：揚舉。指男子在家毫無主權。

用法 形容夫懼妻，在家中沒有地位和權力。

範例 他在家中乾綱不振，所有經濟大權皆在太太的手中。

提示 「乾綱不振」的「乾」讀作ㄑㄧㄢˊ。

(六)比喻「重新復合」

月缺重圓

解釋 指本有缺口的月亮再度回歸滿月。

用法 比喻夫妻破裂的關係再度復合。

範例 他倆分離多年後，因再度相逢而月缺重圓。

言歸於好

解釋 言：文言文中的句首助詞，沒有意義。指彼此再重新和好。

詞源 《左傳．僖公九年》：「凡我同盟之人，既盟之後，言歸於好。」大意是說：只要跟我同一聯盟的人，在結盟以後，就一切重新和好，不記前仇。

用法 比喻過去雖有衝突，但是如今重新修好。可以用在夫妻，也可以用在各種人際關係。

範例 你們畢竟夫妻一場，就不要賭氣，言歸於好吧！

重修舊好

解釋 修：建立。指重新恢復以往的交情。

用法 比喻經過溝通之後，彼此又恢復和好的感情。

範例 今夜以明月為證，讓我倆能重修舊好，做對比翼鳥。

破鏡重圓

解釋 分成兩半的銅鏡，又重新黏

1. (　　) 「墜歡重拾」中的「墜歡」是指A.古時墜子名B.比喻失去寵愛C.古美女名D.斷裂的髮釵。 ➡B
2. (　　) 以下哪則成語並非比喻兄弟友愛A.孔懷兄弟B.兄弟手足C.七步成詩D.父慈子孝。 ➡C、D
3. (　　) 比喻兄弟間彼此禮讓，叫兄□弟□。 ➡友、恭

合。指分離的夫妻再度聚合。

詞源《隋唐演義．第六六回》：「（杜）如晦道：『就是徐德言，他的妻子就是我家表姊樂昌公主。』（長孫）無忌道：『哦，原來就是破鏡重圓的。』」

用法 比喻離散後的夫妻重新和好如初。

範例 燕子來了又去，楓葉紅了又綠；破鏡重圓的日子卻遙遙無期。

提示 「破鏡重圓」也作「破鏡重合」、「破鏡重歸」、「樂昌之鏡」。

墜歡重拾（ㄓㄨㄟˋ ㄏㄨㄢ ㄔㄨㄥˊ ㄕˊ）

解釋 墜歡：失去的寵愛。拾：取。指將失去的寵愛再找回來。

詞源《後漢書．光武郭皇后紀論》：「愛升則天下不足（能夠）容其高，歡墜故九族無所逃其命。」

用法 比喻原本已經離棄的夫妻或情侶再續前緣。

範例 你既然已經決定墜歡重拾，就要積極展開行動啊！

【兄弟類】

(一)比喻「兄弟友愛」

孔懷兄弟（ㄎㄨㄥˇ ㄏㄨㄞˊ ㄒㄩㄥ ㄉㄧˋ）

解釋 孔：很；非常。懷：思念；懷念；想念。指兄弟之間非常的想念。

詞源 南朝梁．周興嗣（嗣，音ㄙˋ）．《千字文》：「孔懷兄弟，同氣連枝。」大意是說：兄弟彼此非常思念，是因為聲氣相通，枝幹相連的關係。

用法 比喻兄弟間的感情和睦。

範例 他們雖分隔兩地，孔懷兄弟的思念卻未曾淡薄。

友于兄弟（ㄧㄡˇ ㄩˊ ㄒㄩㄥ ㄉㄧˋ）

解釋 友：和睦。指兄弟和睦相處的意思。

詞源《尚書．君陳》：「孝乎惟孝，友于兄弟。」大意是說：書經所記載的施政方法是：將親子間的孝道和兄弟間的友愛推廣到施政方面就對了（表示管理政事必須先從家庭做起）。

用法 比喻兄弟互敬互愛。

範例 就憑我倆友于兄弟的情誼，哪裡需要客氣呢！

兄友弟恭（ㄒㄩㄥ ㄧㄡˇ ㄉㄧˋ ㄍㄨㄥ）

解釋 恭：敬愛；尊敬。指哥哥親愛弟弟，弟弟尊敬哥哥。

詞源《史記．五帝本紀》：「使布（鋪開）五教於四方，父義母慈（做父親的要講道義，做母親的要慈愛），兄友弟恭，子孝，內平外成。」大意是說：如果將五教散布於全國，做父親的都能講道義，做母親的都很慈愛，兄弟彼此相敬相愛，子女孝順，那麼國內外一定都很安定。

用法 比喻兄弟間彼此禮讓。

範例 在凡事都重視利益的觀念下，兄友弟恭的美德已經淡薄了。

兄弟手足（ㄒㄩㄥ ㄉㄧˋ ㄕㄡˇ ㄗㄨˊ）

解釋 手足：①手跟腳。②兄弟姐妹。指兄弟的感情就像手和腳一樣，片刻不能分離。

1.（　　　）「灼艾分痛」中的「分痛」是指A.一次又一次地劇烈疼痛 B.兩人都很痛苦 C.分享對方的疼痛 D.比喻捨不得分給他人金錢。 ➡C

2.（　　　）「同氣聯支」，請改正這句成語中的錯字。 ➡連、枝

3.（　　　）「常枕大背」，請改正這句成語中的錯字。 ➡長、被

詞源 唐·李華·《弔古戰場文》：「誰無兄弟，如手如足。」大意是說：誰沒有兄弟，兄弟的感情就像手腳一樣，片刻都不可分離。

用法 比喻兄弟之間的感情很親密，不能夠分開。

範例 他們是雙胞胎，兄弟手足的情誼緊密牽繫著彼此。

同氣連枝（ㄊㄨㄥˊ ㄑㄧˋ ㄌㄧㄢˊ ㄓ）

解釋 氣質相同，或枝幹連著一起生長。

詞源 南朝梁·周興嗣·《千字文》：「孔（很；甚）懷（思念；想念）兄弟，同氣連枝。」大意是說：兄弟彼此非常思念，是因為聲氣相通，枝幹相連的關係。

用法 比喻兄弟姊妹相敬相愛，骨肉相連。

範例 我自小與大哥同氣連枝，感情好的不得了。

如手如足（ㄖㄨˊ ㄕㄡˇ ㄖㄨˊ ㄗㄨˊ）

解釋 指像手和腳一樣，無法分割。

詞源 李華·《弔古戰場文》：「誰無兄弟，如手如足。」

用法 比喻兄弟間的感情非常的深厚。

範例 我只有你一個如手如足的弟弟，當然是盡心盡力的照顧你嘍！

灼艾分痛（ㄓㄨㄛˊ ㄞˋ ㄈㄣ ㄊㄨㄥˋ）

解釋 灼：燒炙（炙，音ㄓˋ，燒烤）。艾：艾草。分痛：分享對方的疼痛。指兄弟燒艾治病的時候，自己很想分擔對方的痛苦。

詞源 《宋史·太祖紀》：「太宗嘗（曾經）病亟（亟，音ㄐㄧˊ，緊急；急切），帝（宋太祖）往視之，親為灼艾，太宗覺痛，帝亦取艾自灸（灸，音ㄐㄧㄡˇ，用燃燒的艾草，在病患的穴位燒烤以為治病）。」大意是說：宋太祖和宋太宗是兄弟，有一次太宗病重，宋太祖前往探視，親自為弟弟燒艾草灸病，太宗覺得疼痛，太祖也拿艾草燒炙自己，藉此體會弟弟疼痛的感覺。

用法 比喻兄弟間友愛的情感。

範例 他看到弟弟生病，自己卻不能灼艾分痛，內心很難過。

夜雨對床（ㄧㄝˋ ㄩˇ ㄉㄨㄟˋ ㄔㄨㄤˊ）

解釋 夜雨中，兄弟或好友相聚於一室，並且將內心的話傾吐給對方知道。

詞源 唐·白居易《雨中招張司業宿》：「能來同宿否，夜雨對床眠？」大意是說：能不能邀請你過來同住一宿？在這樣的雨夜，聽著雨聲，輕輕對談著，直到進入夢鄉。

用法 ①比喻兄弟相聚時的歡愉。②形容好友同宿的歡樂情境。

範例 當年夜雨對床的同窗好友，如今卻各分東西了。

提示 「夜雨對床」也作「風雨對床」。

長枕大被（ㄔㄤˊ ㄓㄣˇ ㄉㄚˋ ㄅㄟˋ）

解釋 長的雙人枕，大件的被褥。

詞源 《新唐書·三宗諸子傳》：「玄宗為太子，嘗（曾經）製大衾（衾，音ㄑㄧㄣ，大的棉被）長枕，將與諸王共之。」

用法 形容兄弟或朋友間的情感深厚。

1.（　　）有關「讓棗推梨」的說明何者正確A.這則成語中的主人翁是指孔融B.「棗」，讀作ㄗㄠˇ，木部C.推，拉扯的意思D.比喻兄弟間情感不睦。　➡A、B

2.（　　）「尺布斗栗」，請改正這句成語中的錯字。　➡粟

3.（　　）兄弟「鬩」牆，請寫出括號中的注音。　➡ㄒㄧˋ

範例　我們既然能修得長枕大被的緣分，這點事就別客氣了。

提示　「長枕大被」也作「大衾長枕」。

讓棗推梨 ㄖㄤˋ ㄗㄠˇ ㄊㄨㄟ ㄌㄧˊ

解釋　讓：轉移。推：拒絕。指把棗和梨讓給兄弟吃。

詞源　①讓棗：《梁書．王泰傳》：「年數歲時，祖母集諸孫侄，散棗粟（粟，音ㄙㄨˋ，穀類的總稱）於床上，群兒皆競（爭相搶奪）之，泰獨不取。問其故，對曰：『不取，自當得賜。』」②推梨：《後漢書．孔融傳》李賢注引融《家傳》：「年四歲時，與諸兄共食梨，輒（往往；每每）引（拿；取）小者。」人問其故，答曰：『我小兒（我在兄弟中的排行比較小），法當取小者。』」

用法　比喻兄弟間互相禮讓和友愛。

範例　這個小孩懂得讓棗推梨的道理，真是難得。

提示　「讓棗推梨」也作「推梨讓棗」。

(二) 比喻「兄弟不和」

尺布斗粟 ㄔˇ ㄅㄨˋ ㄉㄡˇ ㄙㄨˋ

解釋　斗：容量的單位。指一尺布，一斗的粟米。

詞源　《史記．淮南厲王傳》：「漢文帝時，其弟淮南長，謀反事敗，不食而死。民作歌曰：『一尺布，尚可縫；一斗粟，尚可舂（用杵木在臼中搗米去殼）。兄弟二人不能相容。』」

用法　比喻兄弟間不能和睦相處。

範例　這兩兄弟為了一塊土地，竟鬧得尺布斗粟，形同路人。

兄弟鬩牆 ㄒㄩㄥ ㄉㄧˋ ㄒㄧˋ ㄑㄧㄤˊ

解釋　鬩：因為生氣而爭吵。指兄弟不和睦，發生爭執。

詞源　《詩經．小雅．常棣》：「兄弟雖內鬩，而外禦（抵抗）侮也。」大意是說：兄弟雖然在家中爭吵不休，但是一遇到外侮，仍然會共同抵抗。

用法　比喻兄弟失和。

範例　兄弟鬩牆，如針錐深刺父母心。

提示　「兄弟鬩牆」也作「鬩牆之爭」、「兄弟內鬩」。

同室操戈 ㄊㄨㄥˊ ㄕˋ ㄘㄠ ㄍㄜ

解釋　同室：在同一個屋子中，也就是自家人的意思。操戈：舞弄著兵器。指自家人彼此動槍動刀。

詞源　清．江藩《宋學淵源記序》：「為宋學者（研究宋代理學的人），不第（不但）攻漢儒（專門研究考據的漢代學者）而已也，抑且（而且）同室操戈矣。」大意是說：研究宋代理學的人，不但批評專門研究考據學的漢代學者，而且同門之間也產生爭執，互批對方。

用法　①比喻兄弟間有嫌隙。②比喻內部產生叛亂，也就是「窩裡反」。

範例　老夫婦對兒子們同室操戈的爭執，傷心不已。

相煎太急 ㄒㄧㄤ ㄐㄧㄢ ㄊㄞˋ ㄐㄧˊ

解釋　相煎：相逼。指急切地逼迫。

1. (　　　) 「煮豆燃萁」的「萁」是指 A.綠豆 B.大豆 C.豆莖 D.古棋子名。　➡C
2. (　　　) 「八敗之交」，請改正這句成語中的錯字。　➡拜
3. (　　　) 不分「畛域」，請寫出括號中的注音。　➡ㄓㄣˇ ㄩˋ
4. (　　　) 比喻在貧賤時所結交的平凡朋友，叫□□之交。　➡布衣

詞源 南朝宋．劉義慶《世說新語．文學》：「文帝（曹丕）嘗令東阿王（曹植）七步中作詩，不成者行大法（處死刑），應聲（馬上的意思）便為詩曰：『煮豆持作羹，漉菽（濾清豆渣）以為汁。萁（萁，音ㄑㄧˊ，豆類的莖）在釜（鍋子）下燃，豆在釜中泣。本自同根生（豆和豆莖都是同根生長的），相煎何太急。』帝深有慚色（羞愧的臉色）。」

用法 比喻兄弟或關係親密的人彼此逼迫。

範例 身為長兄的你，怎麼可以對弟弟做出相煎太急的事呢？

提示 「相煎太急」也作「相煎何急」。

煮豆燃萁 ㄓㄨˇ ㄉㄡˋ ㄖㄢˊ ㄑㄧˊ

解釋 萁：豆莖。指以豆莖當柴火來烹煮豆類。

詞源 曹植．《七步詩》：「煮豆燃豆萁，豆在釜（鍋子）中泣，本是同根生，相煎（相逼）何太急。」大意是說：用豆莖當柴火來烹煮豆類，豆子在鍋中覺得委屈而哭泣，大家都是從同一根部生長的，為何要相逼這麼急呢？

用法 形容兄弟或親密朋友互相殘害。

範例 歷史上，發生煮豆燃萁的相殘事件，多是為了爭奪王位。

【朋友類】

㈠比喻「交情深厚」

八拜之交 ㄅㄚ ㄅㄞˋ ㄓ ㄐㄧㄠ

解釋 八拜：古代結交異姓兄弟時，彼此互相四拜，全部共八拜。指互相四拜所結成的交情。

詞源 《歧路燈．一六回》：「今日在聖賢前成了八拜之交，有福同享，有馬同騎。」大意是說：今天在神佛面前結拜成了異姓兄弟，以後有福大家一齊分享，有駿馬大家就一塊騎。

用法 形容朋友間的交情不淺。

範例 爺爺的八拜之交現在還彼此連絡，一起相邀出國呢！

不分畛域 ㄅㄨˋ ㄈㄣ ㄓㄣˇ ㄩˋ

解釋 畛域：區域；範圍。指不分彼此的界限。

詞源 宋．葉夢得《避暑錄話》：「子瞻（蘇軾）在黃州及嶺表，每日起，不招客相與語，則必出而訪客，所與遊者亦不盡擇，各隨其人高下，詼諧（說話有趣，令人發笑）放蕩，不復為畛畦（畦，音ㄒㄧ，借指隔閡）。」大意是說：蘇軾被貶到黃州和嶺表時，每天起床，不是邀朋友作客談天，就是出門拜訪朋友，一起出遊的人都不經過特別選擇，品格高或低，詼諧或放蕩，不再分彼此（用來說明蘇軾的風流率性）。

用法 形容朋友之間的交情很好，不分你的或我的。

範例 社區的左鄰右舍不分畛域，協力打造一個舒適的居家環境。

布衣之交 ㄅㄨˋ ㄧ ㄓ ㄐㄧㄠ

解釋 布衣：平民身上所穿的簡陋衣服，後引申作平民。指平民之間的交情。

1.（　　）「生死不踰」、「交情匪淺」、「吻頸之交」中的錯字，應該改成 A.逾、非、刎 B.渝、非、刎 C.渝、菲、刎 D.渝、非、聞。 ➡C

2.（　　）交情「菲」淺，請寫出括號中的解釋。 ➡不

3.（　　）形容彼此間的關係親密，如同手足，叫□兄□弟。 ➡如、如

詞源　《史記．廉頗藺相如傳》：「臣以布衣之交，尚不相欺，況大國乎？」大意是說：我跟平民之間的交往都不會欺騙他們了，更何況是跟大國之間的交往呢！

用法　比喻在貧賤時所結交的平民朋友。

範例　人一旦發達時，怎麼能忘記昔日的布衣之交呢？

生死不渝（ㄕㄥ ㄙˇ ㄅㄨˋ ㄩˊ）

解釋　渝：改變。不管活著或死了都不會改變。

用法　形容朋友或戀人之間的感情深厚，無論生死都不改變。

範例　我們是生死不渝的摯交，不會為金錢的問題而翻臉。

提示　「生死不渝」的「渝」不可以寫成「踰越」的「踰」。

生死之交（ㄕㄥ ㄙˇ ㄓ ㄐㄧㄠ）

解釋　指同生共死的堅貞交情。

詞源　明．羅貫中．《三國演義．第六八回》：「權曰：『放箭救你者，甘寧也。』，凌統乃頓首（以頭部碰地面的跪拜禮節）拜寧曰：『不想（沒有料想到）公能如此垂恩（開恩）。』自此與甘寧結為生死之交，再不為惡。」

用法　比喻生死與共的友誼。

範例　像你這樣的生死之交，到哪裡還可以找得到呢？

交情菲淺（ㄐㄧㄠ ㄑㄧㄥˊ ㄈㄟˇ ㄑㄧㄢˇ）

解釋　菲：不。指彼此間的交情不淺。

用法　比喻朋友之間的交情篤厚。

範例　瞧他倆彼此稱兄道弟的，肯定交情菲淺。

提示　「交情菲淺」的「菲」讀作ㄈㄟˇ。

刎頸之交（ㄨㄣˇ ㄐㄧㄥˇ ㄓ ㄐㄧㄠ）

解釋　刎頸：割斷脖子。指可以為對方割脖子，犧牲性命的朋友。

詞源　《史記．張耳陳餘傳》：「餘年少，父事張耳，兩人相與為刎頸之交。」

用法　比喻友誼深厚，即使為對方犧牲也在所不惜。

範例　朋友貴不在多或富有，真正的刎頸之交只要一個就夠了。

提示　「刎頸之交」的「刎」不可以寫成「親吻」的「吻」。

如兄如弟（ㄖㄨˊ ㄒㄩㄥ ㄖㄨˊ ㄉㄧˋ）

解釋　像親兄弟的感情那麼好。

詞源　《詩經．邶風．谷風》：「宴爾新婚（新婚不久），如兄如弟。」大意是說：新婚不久的夫妻，感情就像兄弟般親密。

用法　形容彼此間的關係親密，如同手足一樣。

範例　他們感情好到如兄如弟，連衣服都交換穿呢！

羊左之交（ㄧㄤˊ ㄗㄨㄛˇ ㄓ ㄐㄧㄠ）

解釋　羊左：春秋時燕國人羊角哀及左伯桃。指像羊角哀和左伯桃般的生死之交。

詞源　《後漢書．申屠剛傳》注載：「春秋時燕國人羊角哀、左伯桃，聞知楚王招賢，相約投奔，半路為雨雪所阻，凍餓將死（又飢又冷，就快要死了）。左以所學不如羊，決心留贈衣食，催羊上路，自己則死在樹穴中。羊到楚，為上卿，遂即伐樹，禮葬左的屍體。」

1.（　　）把「臂」之交，請寫出括號中的注音。 ➡ㄅㄧˋ

2.（　　）以下解釋何者正確A.「忘年之交」的「忘年」是指不在意彼此的年齡B.「忘形之交」的「忘形」是指拋開自己的身分C.「忘言之契」的「忘言」是指不需要言語溝通D.「杵臼之交」是指從事卑微工作時，所結交的朋友。 ➡A、B、C、D

用法 形容同生共死的朋友。

範例 人的一生中，能有羊左之交的知己，是多麼欣慰呀！

忘年之交（ㄨㄤˋ ㄋㄧㄢˊ ㄓ ㄐㄧㄠ）

解釋 不在意彼此的年齡、輩份所交往的朋友。

詞源 《後漢書．禰衡傳》：「少與孔融交，時衡未滿二十而融已五十，為忘年交。」大意是說：禰衡年少時就與孔融頗有交情，當時他未滿二十歲，而孔融已經五十歲了，這就是所謂的「忘年之交」。

用法 比喻不受輩份、年齡影響的友情。

範例 我和老爺爺是忘年之交，兩人有聊不完的話題呢！

忘形之交（ㄨㄤˋ ㄒㄧㄥˊ ㄓ ㄐㄧㄠ）

解釋 忘形：拋開自己的身分。指不拘身分交往的知心朋友。

詞源 《新唐書．孟郊傳》：「孟郊者，字東野，湖州武康人。少隱嵩山，性介（正直），少諧合（不愛開玩笑）。愈一見，為忘形交。」

用法 比喻不論對方的身分，掏心與人交往。

範例 只要談得來，忘形之交有何不好呢？

提示 「忘形之交」也作「忘形之友」、「忘形之契」。

忘言之契（ㄨㄤˋ ㄧㄢˊ ㄓ ㄑㄧˋ）

解釋 忘言：不需要言語溝通。契：情意相投。指不需要言語交談，就能情意相投。

詞源 《晉書．山濤傳》：「（濤）與嵇康、呂安善，後遇阮籍，便為竹林之交（不重視名利的莫逆之交），著忘言之契。」大意是說：山濤、嵇康和呂安的交情很好，後來大家又遇見阮籍，於是一起結為不重名利的莫逆之交，彼此不需言語溝通就能情意相投。

用法 形容朋友間的默契良好。

範例 愛計較的人，難覓忘言之契的知己。

把臂之交（ㄅㄚˇ ㄅㄧˋ ㄓ ㄐㄧㄠ）

解釋 把臂：彼此挽著手，表示親密。指彼此挽著手的交往。

用法 形容朋友之間的情誼深摯。

範例 他的個性孤僻，並沒有交情好的把臂之交。

提示 「把臂之交」的「臂」讀作ㄅㄧˋ。

杵臼之交（ㄔㄨˇ ㄐㄧㄡˋ ㄓ ㄐㄧㄠ）

解釋 杵：用來搗碎食物的木棒。臼：盛裝食物的容器。指在從事杵臼這種低下的工作時，所結交的朋友。

詞源 《後漢書．吳祐傳》：「公沙穆來遊太學，無資糧，乃變服客傭（替人家幫傭），為祐賃舂（賃音ㄖㄣˋ，受傭。舂：將穀殼搗掉。也就是替人舂米來謀求生計），祐與語大驚，遂共定交於杵臼之間。」大意是說：東漢時代，吳祐被推舉為孝廉之後，一個叫公沙穆的人來到中央的學校求學，因為身上的錢都用完了，所以替人作事，打工賺錢。吳祐請他搗米的時候，和他交談，發現他的談吐不俗，覺得非常訝異，於是兩人就成了好朋友。

用法 形容不拘對方的身分、職業而結交的朋友。

範例 他遇到人生困境時，反而是

1.（　　）指異性朋友因為交情好，所以結拜成為好兄弟，叫□□兄弟。　➡拜把

2.（　　）「犯難與共」，請改正這句成語中的錯字。　➡患

3.（　　）當一個人陷入困境時，只有□□□□會伸出援手。空格中應填入A.酒肉朋友B.患難諍友C.點頭之交D.狐群狗黨。　➡B

杵臼之交的朋友為他解決難題。

金石之交（ㄐㄧㄣ ㄕˊ ㄓ ㄐㄧㄠ）

解釋 金石：像金子、石頭一樣的堅固。指如金子、石頭般堅固的交情。

詞源 宋．邵雍．《把手吟》：「金石之交，死且不朽（腐朽）；市井之交（跟沒有文化教養的人交往），自難長久。」

用法 比喻堅貞牢固的友情。

範例 我和室友是金石之交，情誼自不在話下。

提示 「金石之交」也作「金石交情」、「金石至交」。

金蘭之交（ㄐㄧㄣ ㄌㄢˊ ㄓ ㄐㄧㄠ）

解釋 金：引申作堅固的友情。蘭：芬香。指朋友間的交往如金礦一樣的堅固，如蘭花一樣的芳香。

詞源 《易經繫詞》：「二人同心，其利（鋒利）斷金，同心之言，其臭（臭，音ㄒㄧㄡˋ，氣味）如蘭。」大意是說：朋友間若是同心，其心將如鋒利的刀刃一樣，連堅硬的金石都可以切斷，而且兩人同心所說出來的言語，味道就如蘭花一樣的芳香。

用法 形容朋友的交情甚篤，情意契合。

範例 歷史上，金蘭之交的故事都為世人津津樂道。

提示 「金蘭之交」也作「金蘭友于」。

拜把兄弟（ㄅㄞˋ ㄅㄚˇ ㄒㄩㄥ ㄉㄧˋ）

解釋 指異姓朋友因為交情好，所以結拜成為好兄弟。

詞源 《三俠五義．三四回》：「金生道：『這麼樣罷（同「吧」），偺（偺，音ㄗㄢˊ。通「咱」）們兩個結盟拜把子罷。』」

用法 形容朋友之間的情感如親兄弟一樣的親密。

範例 我跟他不僅是拜把兄弟，他的妻子還是我姊姊呢！

提示 「拜把兄弟」也作「拜把子」。

患難之交（ㄏㄨㄢˋ ㄋㄢˋ ㄓ ㄐㄧㄠ）

解釋 患難：困苦危難的處境。指共同經歷過困境和災禍的好友。

用法 形容一起經歷過憂患而結交的好朋友。

範例 他倆因為登山迷路，而結成患難之交。

患難與共（ㄏㄨㄢˋ ㄋㄢˋ ㄩˇ ㄍㄨㄥˋ）

解釋 指遇到危難時，可以一起承受。

詞源 《史記．越王句踐世家》：「越王為人長頸鳥喙（喙，音ㄏㄨㄟˋ，鳥類尖而且長的嘴巴），可與共患難，不可與共樂。」

用法 形容可以與人分擔憂苦的朋友。

範例 能夠患難與共的朋友，才是最值得交往的。

提示 「患難與共」也作「患難相共」、「與共患難」。

患難諍友（ㄏㄨㄢˋ ㄋㄢˋ ㄓㄥˋ ㄧㄡˇ）

解釋 諍友：可以直言糾正別人過失的朋友。指可以共度危難，直言規勸錯誤的朋友。

用法 比喻能夠共度難關，以及直言規勸對方過失的好朋友。

範例 當一個人陷入困境時，只有

1.（　　）以下解釋何者錯誤A.「莫逆之交」是比喻朋友誠心交往B.「貧賤之交」是指在貧窮低賤時所結交的朋友，通常是假情假意C.「腹心之友」的「腹心」是比喻心胸寬大，為人慷慨D.「傾心吐膽」的「吐」讀作ㄊㄨˋ。　➡B、C

2.（　　）「綈」袍之賜，請寫出括號中的注音。　➡ㄊㄧˊ

患難諍友會伸出援手。

莫逆之交（ㄇㄛˋ ㄋㄧˋ ㄓ ㄐㄧㄠ）

解釋 莫逆：沒有違逆的事情。指不會違逆對方的交情。

詞源 《北史，司馬膺之傳》：「膺之所與遊集（交遊聚集在一起的人），盡（都；全）一時名流，與邢子才、王景等為莫逆之交。」

用法 比喻朋友誠心交往，感情篤厚。

範例 我倆雖談不上是莫逆之交，卻是興趣相投的朋友。

提示 「莫逆之交」也作「莫逆之友」。

貧賤之交（ㄆㄧㄣˊ ㄐㄧㄢˋ ㄓ ㄐㄧㄠ）

解釋 貧賤：貧窮而且身分低賤。指貧窮，身分又卑微時所結交的朋友。

詞源 唐・陳子昂・《薛大夫山亭宴序》：「夫貧賤之交不可忘。珠玉滿堂（形容珠寶、錢財很多）不足貴。」

用法 比喻在困頓時所結交的朋友，反而顯得可貴。

範例 貧賤之交不能忘，發達路上誰記得？

傾心吐膽（ㄑㄧㄥ ㄒㄧㄣ ㄊㄨˋ ㄉㄢˇ）

解釋 傾：倒。指把心和膽全傾吐出來給對方。

詞源 清・曹雪芹・《紅樓夢・六八回》：「今兒有幸相會，若姐姐不棄寒微，凡事求姐姐的指教，情願傾心吐膽，只伏侍（服侍；奉待）姐姐。」

用法 比喻沒有任何保留地說出心裡話。

範例 我們幾個傾心吐膽的朋友一旦相聚，就天南地北的聊起來。

腹心之友（ㄈㄨˋ ㄒㄧㄣ ㄓ ㄧㄡˇ）

解釋 腹心：真誠。指具有真誠心意的好朋友。

詞源 東漢・班固《漢書・翟方進傳》：「故（已死去的）光祿大夫陳咸，與立交通（交誼往來）厚善，相與為腹心。」

用法 比喻交情很深，彼此信任的朋友。

範例 人生難得尋覓腹心之友，今日與你暢談，真是痛快！

道義之交（ㄉㄠˋ ㄧˋ ㄓ ㄐㄧㄠ）

解釋 道義：道德和正義。指因道德和正義上的觀念一致，所結交的知己。

詞源 《歧路燈・三八回》：「道義之交，只此已足，何必更為介介（一個接一個）。」

用法 比喻因為道德正義的理念相同，而結交的好朋友。

範例 你千萬別因酒肉朋友，而失去道義之交啊！

綈袍之賜（ㄊㄧˊ ㄆㄠˊ ㄓ ㄙˋ）

解釋 綈袍：光滑而厚重的絲質衣服。賜：贈送。指生活困難時，朋友所送的絲質衣物。

詞源 《史記・范睢傳》：「曰：『范叔一寒如此哉！』乃取其一綈袍以賜之。」

用法 比喻在困難的處境下，得到朋友的幫助和關心。

範例 對於你的綈袍之賜，我終身難忘。

1.（　　）「載笠程車」，請改正這句成語中的錯字。 ➡戴、乘

2.（　　）以下哪些成語和春秋時的管仲有關 A.管窺蠡測 B.管東管西 C.管鮑之交 D.鮑子知我。 ➡C、D

3.（　　）有關「爾汝之交」的說明何者正確 A.比喻普通的交情 B.爾汝，指你我，表示親暱 C.主人翁是古時的禰衡和孔融。 ➡B、C

綈袍戀戀

解釋 戀：依戀；眷戀。指眷戀別人曾經贈送絲質衣物的恩惠。

詞源 《東周列國志》九七回：「汝（你）所以得不死者，以（因為）綈袍戀戀，尚有故人（老朋友）之情，故苟全（苟且保全）汝命，汝宜（應該）知感。」大意是說：你所以還能活下來，是因為我念舊情，以朋友的情誼保住了你的生命，你應該要懂得感恩。

用法 形容眷戀往日的友誼。

範例 多年來，我始終綈袍戀戀，不敢忘記他的恩情。

提示 「綈袍戀戀」也作「綈袍之戀」。

爾汝之交

解釋 爾汝：古代稱你我為爾汝，直呼爾汝表示親暱、熟悉。指不在意對方的年紀、輩份所結交的朋友。

詞源 南朝宋．劉義慶．《世說新語．言語》：「禰衡被魏武謫（貶官）為鼓吏（敲鼓報時的官吏）」注引《文士傳》：「少（年少；年輕）與孔融作爾汝之交，時衡未滿二十，融已五十。」大意是說：禰衡年輕時就與孔融交情很好，當時禰衡還沒有滿二十歲，而孔融已經五十歲了。

用法 比喻不拘行跡，不拘年齡、輩份的友誼。

範例 董事長為人海派，和守衛的老伯是爾汝之交呢！

管鮑之交

解釋 管鮑：管仲和鮑叔牙。指如春秋時代管仲和鮑叔牙之間深厚的交情。

詞源 明．陳汝元．《金蓮記．詩案》：「前與蘇子瞻（蘇軾）山河訂誓，本為管鮑之交，各位相傾（彼此都有很高的權勢和地位），頓起（馬上興起）孫龐（戰國時代齊國的孫臏與魏國的龐涓）之隙（嫌隙）。」

用法 比喻朋友間感情深厚。

範例 管鮑之交的情誼世間少有，值得備加珍惜。

提示 「管鮑之交」也作「管鮑之誼」。

鮑子知我

解釋 鮑子：鮑叔牙。指管仲曾經表示，只有鮑子是最了解他的。

詞源 《列子．力命》：「生我者父母，知我者鮑叔也。」

用法 比喻生命中最了解自己的知己。

範例 我能有一番成就，都是當年你鮑子知我，向老闆大力推荐呀！

戴笠乘車

解釋 戴笠：戴著斗笠，引申作貧賤。乘車：乘著華美的車子，引申作富貴。指貧賤的人與富貴的人相結交。

詞源 《初學記．卷一八》引晉．周處《風士記》：「卿（你）雖乘車我戴笠，後日相逢下車揖（拱手作揖；行禮）。」

用法 比喻友誼不會因為朋友的身分地位而改變。

範例 既然你們是戴笠乘車的交情，怎麼會有貴賤之分呢？

1. (　　　) 一丘之「貉」，請寫出括號中的注音。
2. (　　　) 「沆瀣」一氣，請寫出括號中的注音。
3. (　　　) 比喻相互勾結的一夥壞人，叫□群□黨。
4. (　　　) 比喻臭氣相投的人在一起，叫一□出□。
5. (　　　) 「知音是趣」，請改正這句成語中的錯字。

➡ ㄏㄜˊ
➡ ㄏㄤˋ ㄒㄧㄝˋ
➡ 狐、狗
➡ 孔、氣
➡ 識

(二)比喻「聲氣相投」

一孔出氣（ㄧˋ ㄎㄨㄥˇ ㄔㄨ ㄑㄧˋ）

解釋 孔：孔道。指從同一個孔道所產生的氣息。

用法 比喻臭氣相投的人在一起。

範例 他整天和幾個一孔出氣的朋友廝混，真教人擔心。

一丘之貉（ㄧˋ ㄑㄧㄡ ㄓ ㄏㄜˊ）

解釋 丘：小土山。貉：動物名，形體像狐狸，頭、鼻皆尖，身上有臭味。指住在同一個山洞中的貉獸。

詞源 《漢書·楊惲（惲，音ㄩㄣˋ）傳》：「古與今，如一丘之貉耳。」

用法 形容彼此沒有好壞的分別。含有譏諷的意味。

範例 夜半時分，警察在空屋裡逮捕幾個一丘之貉的吸毒少年。

志同道合（ㄓˋ ㄊㄨㄥˊ ㄉㄠˋ ㄏㄜˊ）

解釋 志同：志趣相同。道合：理念一致。指彼此的志趣一樣，理念一致。

詞源 明·陳亮·《與呂伯恭正字書之二》：「志同道合，便能引（招）其類（同樣一類的人）。」

用法 形容大家的志趣、理念相同，因此而聚在一起。

範例 我在籃球場上，結交了幾位志同道合的朋友。

提示 「志同道合」也作「志同心合」、「志同氣合」。

沆瀣一氣（ㄏㄤˋ ㄒㄧㄝˋ ㄧˊ ㄑㄧˋ）

解釋 沆瀣：夜間的水氣。指夜間水氣的味道和氣味均相同。

詞源 宋·王讜·《唐語林·補遺》：「崔相沆知貢舉，得崔瀣。時榜中同姓……談者稱：「座主（科舉時代的主考官）門生，沆瀣一氣。」」大意是說：崔沆曾經擔任貢舉的主考官，錄取了崔瀣。由於是同姓的關係，所以有很多人議論紛紛，皆說：「主考官跟門生的關係不尋常，兩人可能互通聲氣。」

用法 比喻氣味相投的人聚集在一塊。此語多用在貶義。

範例 這幾個沆瀣一氣的人，整天又跳又唱的，真是擾人。

狐群狗黨（ㄏㄨˊ ㄑㄩㄣˊ ㄍㄡˇ ㄉㄤˇ）

解釋 成群成黨的狐狸和惡狗。

詞源 元·無名氏·《氣英布》：「咱若不是扶劉（劉邦）鋤項（項羽），逐著那狐群狗黨，兀良，怎顯得咱黥面（黥，音ㄑㄧㄥˊ，古代兵士在臉上刺字以防脫逃，此處引申作軍隊）當王。」

用法 比喻相互勾結的一夥壞人。

範例 他就是交了狐群狗黨，才會蹺課呀！

提示 「狐群狗黨」也作「狐朋狗黨」、「狐朋狗友」。

知音識趣（ㄓ ㄧㄣ ㄕˋ ㄑㄩˋ）

解釋 知音：知己。指因為興趣一致，而結識的知己。

詞源 《拍案驚奇·卷一五》：「你平時那一班同歌同賞，知音識趣的朋友，怎沒一個來瞅睬（瞅睬，音ㄔㄡˇ ㄘㄞˇ，探望）你一瞅睬。」

用法 形容志趣相同的好朋友。

範例 團體生活中，很容易結交到知音識趣的朋友。

1. (　　　) 指彼此的興趣，嗜好合得來，叫□□相投。 ➡氣味
2. (　　　) 指懷有同樣的壞念頭、壞習氣等，叫□□相投。 ➡臭氣
3. (　　　) 「笙磬」同音，請寫出括號中的注音。 ➡ㄕㄥ ㄑㄧㄥˋ
4. (　　　) 意氣相「投」，請寫出括號中的解釋。 ➡投合
5. (　　　) 形容彼此間的感情融洽，叫□投□合。 ➡情、意

氣味相投

解釋 氣味：意趣和興趣。投：合得來。指彼此的興趣、嗜好或想法合得來。

詞源 《鏡花緣．六二回》：「前者妹子同表妹舜英進京，曾與此女中途相遇，因他學問甚優，兼之（同時具備）氣味相投，所以結伴同行。」

用法 比喻大家在喜好、興趣方面互相投合。

範例 我們雖然初次見面，但是彼此氣味相投，也算是有緣呀！

臭氣相投

解釋 臭氣：指不好的想法、習氣等。指懷有同樣的壞念頭、壞習氣等，就互相投合得來。

詞源 《左傳．襄公八年》：「君之臭味也。」

用法 指有不好念頭的人互相吸引，結合在一起。多含嘲謔的語氣。

範例 那幾個人臭氣相投，只要聚在一起，鐵定是聊發財的捷徑。

提示 「臭氣相投」也作「臭（ㄔㄡˋ）味相投」。

情投意合

解釋 投：契合；合得來。指彼此的情感、心意相合。

詞源 《紅樓夢．六〇回》：「只因他雖說和黛玉一處長大，情投意合，又願同生同死，卻只心中領會（體會），從來未曾當面說出。」

用法 形容彼此間的感情融洽。

範例 他們彼此情投意合，已經準備結婚了。

笙磬同音

解釋 笙：一種簧管樂器。磬：一種敲打樂器。指笙磬兩種樂器的音調可以合聲。

詞源 《舊唐書．房玄齡杜如晦傳贊》：「笙磬同音，惟（只有）房與杜。」

用法 形容朋友間的興趣一致。

範例 他們還真是笙磬同音，一聊起電腦，就忘了吃飯時間。

提示 「笙磬同音」的「磬」不可以寫成「罄竹難書」的「罄」（罄：音ㄑㄧㄥˋ，用盡）。

意氣相投

解釋 意氣：志趣和性格。指志趣和性格可以合得來。

詞源 宮大用．《范張雞黍．三折》：「咱（我們）意氣相投，你知我心憂。」

用法 比喻朋友的志趣和性格可以投合。

範例 這個樂團是由多位意氣相投的年輕人組成的。

提示 「意氣相投」也作「意氣相傾」、「意氣相合」、「聲氣相投」。

(三)比喻「利益結交」

市道之交

解釋 市道：市場上交易的道理，引申作重利輕義。指重利輕義的交情。

詞源 《史記．廉頗傳》：「頗為將……友人告以交友如市易（市場上的買賣交易）。頗嘆曰：『此市道之交矣。』」

1.（　　　）「利盡交輸」，請改正這句成語中的錯字。 ➡疏
2.（　　　）「烏集之交」，請改正這句成語中的錯字。 ➡烏
3.（　　　）你年紀輕輕的，卻盡交一些□□□□，真是糟糕。 ➡A
空格中應填入A.酒肉朋友B.一面之雅C.萍水相逢D.青梅竹馬。
4.（　　　）一日之「雅」，請寫出括號中的解釋。 ➡交情

用法 比喻交朋友就像做買賣一樣，只是為了得到利益。

範例 交友貴在真誠，如果僅為獲得利益，那不過是市道之交罷了！

利盡交疏 ㄌㄧˋ ㄐㄧㄣˋ ㄐㄧㄠ ㄕㄨ

解釋 盡：沒；完。疏：淺；遠。指利益沒有了，交情自然就變淡了。

用法 形容朋友間的交往只注重利益。

範例 他自從潦倒後，才明白週遭的朋友都是些利盡交疏的人。

烏集之交 ㄨ ㄐㄧˊ ㄓ ㄐㄧㄠ

解釋 烏：烏鴉。集：聚集。像烏鴉聚集在一起的交情。

詞源 《管子．形勢解》：「烏集之交，初雖相歡，後必相咄（咄，音ㄉㄨㄛˋ，大聲怒罵）。」

用法 當烏鴉有腐肉可以吃的時候，會成群的聚在一起，沒肉可吃了，就各自散去；如果爭肉，有時還會相啄，鬧得不歡而散。此語多用來比喻為了短暫的利益而聚在一起的朋友。

範例 我們能夠同甘苦共患難，並非是為了利益的烏集之交。

提示 「烏集之交」也作「勢利之交」。

酒肉朋友 ㄐㄧㄡˇ ㄖㄡˋ ㄆㄥˊ ㄧㄡˇ

解釋 酒肉：喝酒吃肉。指喝酒吃肉的朋友。

詞源 《二刻拍案驚奇．卷二四》：「（丘俊）終日只是三街兩市，和著酒肉朋友串哄（一起玩樂），非賭即嫖（嫖，音ㄆㄧㄠˊ，花錢玩妓女），整個月不回家來。」

用法 形容吃喝玩樂會聚在一起，但是遇到困難就離去的朋友。

範例 你年紀輕輕的，卻盡交一些酒肉朋友，真是糟糕！

提示 「酒肉朋友」也作「豬朋狗友」。

(四)比喻「交情不深」

一日之雅 ㄧˊ ㄖˋ ㄓ ㄧㄚˇ

解釋 雅：交情。指只有一天的交情。

詞源 《漢書．谷永傳》：「永奏書（呈書）謝王鳳曰：『永斗筲之材（才識度量狹小的人），質（資質）薄學朽，無一日之雅。』」

用法 形容彼此相識不深。

範例 我們雖然只有一日之雅，卻彼此留下很好的印象。

一面之交 ㄧˊ ㄇㄧㄢˋ ㄓ ㄐㄧㄠ

解釋 指只有見過一次面的交情。

用法 形容僅僅相識，沒有深交。

範例 在那次餐會上，我跟你曾經有過一面之交，你記得嗎？

提示 「一面之交」也作「一面之雅」、「一面之識」。

一面之緣 ㄧˊ ㄇㄧㄢˋ ㄓ ㄩㄢˊ

解釋 緣：人與人結成的關係。指僅碰過一次面的緣分。

詞源 《紅樓夢．一回》：「若問此物，倒有一面之緣。」

用法 形容彼此的交情不深。

範例 我雖然和他有一面之緣，卻不是很熟悉。

半面之識 ㄅㄢˋ ㄇㄧㄢˋ ㄓ ㄕˋ

解釋 半面：指匆匆地看過一眼。

1.（　　）「白頭如新」、「氾氾之交」、「萍水相憑」中的錯字，應該改成A.首、泛泛、逢B.新、泛泛、逢C.親、飯飯、逢D.新、泛泛、向。　➡B

2.（　　）「抵」掌而談，請寫出括號中的注音和解釋。　➡ㄓˇ、拍

3.（　　）「稟燭夜談」，請改正這句成語中的錯字。　➡秉

識：見面；照會。指匆匆地看過一眼的見面。

詞源《後漢書・應承傳》注引謝承《後漢書》：「造車匠於內開扇（窗）出半面視奉……後數十年於路見車匠，識而呼（喊）之。」

用法 形容只是短暫見過一面，彼此的印象並不深刻。

範例 我和他在捷運站上曾經有過半面之識，但是彼此都沒有交談。

提示「半面之識」也作「半面之交」、「半面之雅」。

白頭如新（ㄅㄞˊ ㄊㄡˊ ㄖㄨˊ ㄒㄧㄣ）

解釋 白頭：白髮。引申為時間久遠的意思。指彼此結交很久了，但是仍然和新認識的朋友一樣。

詞源《史記・鄒陽傳》：「諺曰：『有白頭如新，傾蓋如故（結識的時間很短，卻好像是老朋友）。何則？知（相知熟悉）與不知也。』」大意是說：有些人交往很久了，情感卻不深；有些人結識的時間很短，感情卻好像認識很久一樣，這是什麼原因呢？就是相知與否的緣故。

用法 比喻認識很久了，但是交情並不深厚。

範例 他倆雖然共事多年，彼此的交情卻像白頭如新，十分生疏。

泛泛之交（ㄈㄢˋ ㄈㄢˋ ㄓ ㄐㄧㄠ）

解釋 泛泛：一般；尋常；膚淺。指一般的交情。

用法 指交情不深的朋友。

範例 我跟他只是泛泛之交而已，稱不上是好朋友。

萍水相逢（ㄆㄧㄥˊ ㄕㄨㄟˇ ㄒㄧㄤ ㄈㄥˊ）

解釋 萍水：浮萍在水面飄盪。指如浮萍在水面飄盪，四處浮游的相遇。

詞源 唐・王勃《秋日登洪府滕王閣餞別序》：「萍水相逢，盡（全）是他鄉之客。」

用法 形容從未認識的人，偶然在路途相遇。

範例 我們只是萍水相逢，平時並沒有聯絡。

提示「萍水相逢」也作「萍水相交」、「萍水相遭」（遭：遇的意思）。

點頭之交（ㄉㄧㄢˇ ㄊㄡˊ ㄓ ㄐㄧㄠ）

解釋 點頭：打招呼，也就是行見面禮。指見面的時候，只是點點頭，打個照會的交情。

用法 比喻交往不深。

範例 他生性木訥，身邊的朋友都只是點頭之交而已。

(五) 比喻「老友敘舊」

抵掌而談（ㄓˇ ㄓㄤˇ ㄦˊ ㄊㄢˊ）

解釋 抵：拍；擊。指拍掌交談。

詞源《戰國策・秦策一》：「（蘇秦）見說（遊說）越王於華屋（大殿）之下，抵掌而談，趙王大悅。」

用法 比喻朋友相談甚歡。

範例 一壺茶，一盤花生，爸爸和老同事抵掌而談到天明。

秉燭夜談（ㄅㄧㄥˇ ㄓㄨˊ ㄧㄝˋ ㄊㄢˊ）

解釋 秉：拿著。燭：蠟燭。指拿著蠟燭照明，利用夜間交談。

用法 形容徹夜和朋友敘舊。

範例 人的一生中有可以秉燭夜談的知己，也就滿足了。

1.（　　　）「蹙膝談心」，請改正這句成語中的錯字。 ➡促
2.（　　　）「煮名親談」，請改正這句成語中的錯字。 ➡茗、清
3.（　　　）「素」不相識，請寫出括號中的解釋。 ➡舊時
4.（　　　）現代人情感淡薄，鄰居彼此常是□□□□。空格中應填入 A.促膝談心 B.水火無交 C.水火無情 D.怒目相視。 ➡B

促膝談心（ㄘㄨˋ ㄒㄧ ㄊㄢˊ ㄒㄧㄣ）

解釋 促膝：膝蓋和膝蓋靠得很近，也就是緊鄰坐著。指彼此坐得很近，一起談論心事。

詞源《儒林外史・一〇回》：「依弟愚見（謙稱自己的意見），這廳事（廳堂）也太闊落（廣闊），意欲借尊齋（書房），只須一席酒，我四人促膝談心，方才暢快（痛快）。」

用法 比喻朋友親密的坐在一起，談著心底的話。

範例 能在滿天星斗的沙灘上與老友促膝談心，真是幸福呀！

提示「促膝談心」也作「促膝而談」。

煮茗清談（ㄓㄨˇ ㄇㄧㄥˊ ㄑㄧㄥ ㄊㄢˊ）

解釋 茗：茶的別稱。指煮茶對飲並且悠閒談心。

詞源《浮生六記・卷一》：「司事者或（有的）笙（笙，音ㄕㄥ，簧管樂器的一種）簫歌唱，或煮茗清談，觀者如蟻集（形容觀看的人很多）。」

用法 形容和老友飲茶敘舊的意思。

範例 晚餐後，爸爸和鄰居在庭院中煮茗清談，好不悠閒。

(六)比喻「沒有交誼」

水火無交（ㄕㄨㄟˇ ㄏㄨㄛˇ ㄨˊ ㄐㄧㄠ）

解釋 水火：飲水和柴火。指彼此間沒有借飲水和柴火的交情。

詞源《隋書・趙軌傳》：「別駕在官（比喻官吏將調到別處作官），水火不與百姓交，是以（所以）不敢以壺酒送，公清若水，請飲一杯水。」

用法 ①形容彼此間沒有交情，也沒有往來。②比喻為官清廉，不屬於自己的東西絕對不取。

範例 現代人情感淡薄，鄰居彼此常是水火無交。

提示「水火無交」也作「水米無交」、「火水無交」。

素不相識（ㄙㄨˋ ㄅㄨˋ ㄒㄧㄤ ㄕˋ）

解釋 素：舊時；以前。指以前就不認識。

用法 比喻彼此不認識。

範例 你恐怕認錯人了，我們根本素不相識啊！

提示「素不相識」也作「素未相識」。

素不識荊（ㄙㄨˋ ㄅㄨˋ ㄕˋ ㄐㄧㄥ）

解釋 荊：古代的韓荊州（人名）。指從來就不認識韓荊州這一號人物。

詞源 李白・《與韓荊州書》：「生（活著）不用封萬戶侯（領有一萬戶土地的諸侯），但願（希望）一識韓荊州。」

用法 形容彼此不認識對方。

範例 你為什麼無緣無故提起一位素不識荊的人物呢？

素未謀面（ㄙㄨˋ ㄨㄟˋ ㄇㄡˊ ㄇㄧㄢˋ）

解釋 謀面：見面。指以前都沒有見過面。

用法 形容彼此並不認識，也未碰過面。

範例 網路世界裡，素未謀面的網友藉著電子書信建立友誼。

1.（　　　）素「昧」平生，請寫出括號中的注音和解釋。
2.（　　　）緣「慳」一面，請寫出括號中的注音和解釋。
3.（　　　）「一刀兩段」，請改正這句成語中的錯字。
4.（　　　）「割席分坐」如何解釋A.指坐席太大，所以切成兩塊來坐B.比喻夫妻吵架C.比喻斷絕友誼D.比喻彼此不占便宜。

➡ㄇㄟˋ、不清楚
➡ㄑㄧㄢ、欠缺
➡斷
➡C

素昧平生（ㄙㄨˋ ㄇㄟˋ ㄆㄧㄥˊ ㄕㄥ）

解釋 昧：不清楚；不了解。平生：從出生到現在。指從出生到現在都不認識。

詞源 《古今小說．張舜美燈宵得麗女》：「舜美駭然（驚恐；害怕）曰：『僕（我）與吾師素昧平生，何緣垂識（相識）？』」

用法 比喻從以前到現在都不認識。

範例 我跟你素昧平生，為什麼要送我這樣貴重的東西呢？

提示 「素昧平生」也作「素昧生平」。

緣慳一面（ㄩㄢˊ ㄑㄧㄢ ㄧˊ ㄇㄧㄢˋ）

解釋 緣：命中注定的機遇。慳：欠缺。指未曾有相見一面的緣分。

用法 比喻對人仰慕很久，但是彼此從來沒有見過面。

範例 「哈利波特」的作者是我崇拜的偶像，只可惜緣慳一面呢！

(七) 比喻「恩義斷絕」

一刀兩斷（ㄧˋ ㄉㄠ ㄌㄧㄤˇ ㄉㄨㄢˋ）

解釋 指用刀子將東西分成兩半，使其不再相連。

詞源 《朱子全書論語》：「克己（節制自己）者，是從根源上一刀兩斷，便斬絕了。」

用法 形容一次就斬斷關係，不再有任何牽連。

範例 我早已經決定和昔日的損友一刀兩斷，好好用功讀書。

恩斷義絕（ㄣ ㄉㄨㄢˋ ㄧˋ ㄐㄩㄝˊ）

解釋 恩：情愛；恩愛。義：情義。指情愛和情義都斷絕了。

詞源 馬致遠．《馬丹陽三度任風子．三折》：「咱兩個恩斷義絕；花殘月缺（感情出現裂痕，彼此離異），再誰戀錦（繡有彩色花紋的絲織品）帳羅（質地輕軟的絲織品）幃（幃，音ㄨㄟˊ，帳子）？」

用法 形容親友、情人或夫妻之間的關係破裂。

範例 仕宦路途上，其實沒有永遠恩斷義絕的敵人。

提示 「恩斷義絕」也作「恩絕義斷」。

割席分坐（ㄍㄜ ㄒㄧˊ ㄈㄣ ㄗㄨㄛˋ）

解釋 席：鋪墊。指割斷鋪墊，分開來坐。

詞源 南朝宋．劉義慶《世說新語．德行》：「（管寧、華歆）嘗（曾經）同席讀書，有乘軒冕（華麗的車子）過門者，寧讀如故（舊），歆廢書出看，寧割席分坐，曰：『子（你）非吾友也。』」大意是說：管寧跟華歆（歆，音ㄒㄧㄣ）曾經一起在鋪墊上讀書，當有乘坐華麗車子的人經過時，管寧依然埋頭苦讀，一點都沒有受到影響，而華歆卻丟下書本，跑出去看，回來之後，管寧割開鋪墊，決定跟華歆分開坐，並且對他說：「你不是我的朋友。」

用法 比喻朋友間產生摩擦，最後斷絕情誼。

範例 我和他的理念不合，經常起衝突，最後只好割席分坐了。

提示 「割席分坐」也作「割席絕交」、「割席斷交」。

1.（　　）朋友間一旦發生□□□□的事，難免令人遺憾。空格中應填入 A.薄脣輕言 B.割袍斷義 C.管寧割席 D.當頭棒喝。　➡B、C

2.（　　）比喻翻臉成仇人的成語有 A.徐娘半老 B.反面無情 C.反顏相向 D.反反覆覆。　➡B、C

3.（　　）比喻交遊廣闊叫□□道廣。　➡太丘

割袍斷義（ㄍㄜ ㄆㄠˊ ㄉㄨㄢˋ ㄧˋ）

解釋 割：用刀切開。袍：寬長的外衣。義：情義。指用刀子切開寬長的外衣，表示斷絕朋友的情義。

用法 比喻朋友恩斷義絕，不再往來。

範例 如果你再沉溺於玩樂，請不要怪我割袍斷義，不珍惜友誼。

管寧割席（ㄍㄨㄢˇ ㄋㄧㄥˊ ㄍㄜ ㄒㄧˊ）

解釋 管寧：漢末人，曾經隱居於遼東三十餘年，不肯出來為官。指管寧用刀子切開鋪墊。

用法 比喻斷絕友情。

範例 朋友間一旦發生管寧割席的事，難免令人遺憾。

(八)比喻「翻臉成仇」

反目成仇（ㄈㄢˇ ㄇㄨˋ ㄔㄥˊ ㄔㄡˊ）

解釋 反目：以白眼相對，表示不和悅的眼神。指翻白眼相瞪，彼此成了仇人。

用法 比喻親朋好友因為產生嫌隙，結下仇恨。

範例 原本和樂的一家人，卻因為爭財產而反目成仇。

反面無情（ㄈㄢˇ ㄇㄧㄢˋ ㄨˊ ㄑㄧㄥˊ）

解釋 反面：改變原本和善的面貌。指原本和善的面貌卻變得十分冷酷，成為無情無義的人。

詞源 《醒世通言．卷三五》：「我把你做恩人，每事與你商議，今日何反面無情？」

用法 比喻對方原本態度親密，突然變得不講情面。

範例 你自己做錯事，別一味地怪對方反面無情。

提示 「反面無情」也作「反臉無情」、「翻臉無情」。

反眼不識（ㄈㄢˇ ㄧㄢˇ ㄅㄨˋ ㄕˋ）

解釋 反眼：翻轉眼皮。指一翻轉眼皮，就變得不認識了。

詞源 唐．韓愈．《柳子厚墓誌銘》：「一旦臨（面臨）小利害，僅如毛髮比，反眼若不相識。」大意是說：某天面臨如毛髮那麼小的利害衝突，馬上就翻臉，變得不認識對方了。

用法 比喻原本親密的交情突然破裂，變成如同陌生人。

範例 你我交往多年，就為了這一點利益而反眼不識，值得嗎？

反顏相向（ㄈㄢˇ ㄧㄢˊ ㄒㄧㄤ ㄒㄧㄤˋ）

解釋 反顏：翻臉；反面。相向：相對；面對面。指突然惡臉相對。

詞源 《聊齋志異．續黃粱》：「即昔（過去）之拜門牆、稱假父（義父）者，亦反顏相向。」

用法 形容以惡臉相對，不給對方好臉色。

範例 你老是對客人反顏相向，難怪生意一落千丈。

提示 「反顏相向」也作「翻眼無情」。

(九)比喻「交友廣闊」

太丘道廣（ㄊㄞˋ ㄑㄧㄡ ㄉㄠˋ ㄍㄨㄤˇ）

解釋 太丘：古城名，位於河南省境內。由於東漢陳寔（寔，音ㄕˊ）曾經做過太丘縣長，交遊滿天下，所以人稱陳太丘。道廣：廣泛交友。指陳太丘結交了許多朋友。

1.（　　　）「交遊」廣闊，請寫出括號中的解釋。
2.（　　　）「叨叨」不休，請寫出括號中的注音和解釋。
3.（　　　）「剌剌不休」、「奴奴不休」、「戀戀叨叨」中的錯字，應該改成 A.次次、奴奴、念念 B.刺刺、嘮嘮、掏掏 C.刺刺、努努、刁刁 D.刺刺、呶呶、念念。

➡交朋友
➡ㄉㄠ ㄉㄠ、多言
➡D

詞源《後漢書·許劭傳》：「太丘道廣，廣則難周（細密；齊備）」大意是說：交友太過於廣闊，難免不能齊備，有時會交到不好的朋友。

用法 比喻交遊廣闊。

範例 他這個人就是太丘道廣，所以走到哪裡，都有認識的人。

交遊廣闊（ㄐㄧㄠ ㄧㄡˊ ㄍㄨㄤˇ ㄎㄨㄛˋ）

解釋 交遊：和人結交朋友。指結交的朋友很多。

詞源《史記·滑稽列傳》：「朋友交游（同「交遊」），久不相見。」

用法 形容喜歡交朋友，到處都有知己。

範例 他在藝壇交遊廣闊，認識很多的藝術家。

言詞篇

【善言類】

(一)比喻「多言」

叨叨不休（ㄉㄠ ㄉㄠ ㄅㄨˋ ㄒㄧㄡ）

解釋 叨叨：多言。休：停止。指話一直說個不停。

用法 比喻話很多的樣子。

範例 老奶奶叨叨不休地叮嚀孫子，叫他出門在外要多加小心。

提示「叨叨不休」的「叨叨」不可以寫成「叼難」的「叼」。

刺刺不休（ㄘˋ ㄘˋ ㄅㄨˋ ㄒㄧㄡ）

解釋 刺刺：話多的樣子。指話一直說個不停。

詞源《管子·白心》：「孰（誰）能棄刺刺而為愕愕（愕，音ㄜˋ，直言規勸。通「諤」）乎？」

用法 形容一直講話，沒有停下來。

範例 我打破了杯子，只得聽著媽媽刺刺不休的責備。

呶呶不休（ㄋㄠˊ ㄋㄠˊ ㄅㄨˋ ㄒㄧㄡ）

解釋 呶呶：大聲喧嘩。指不停地大聲說話。

詞源 唐·柳宗元·《答韋中立論師道書》：「豈可（怎可）使呶呶者早暮（早晚）咈（咈，音ㄈㄨˊ，干擾）吾耳，騷（擾亂）吾心？」大意是說：怎麼可以讓喧嘩的聲音不停地干擾我的耳朵，擾亂我的思緒呢？

用法 比喻沒完沒了地說個不停。

範例 聽她從早到晚呶呶不休地唸著，心裡都覺得煩了。

提示「呶呶不休」的「呶」讀作ㄋㄠˊ，不可以讀作ㄋㄨˊ。

念念叨叨（ㄋㄧㄢˋ ㄋㄧㄢˋ ㄉㄠ ㄉㄠ）

解釋 指嘴巴一直嘮叨個不停。

用法 形容嘴巴一直念，沒有停下來的時候。

範例 這老婆婆一邊比手劃腳，一邊念念叨叨地說個不停。

婆婆媽媽（ㄆㄛˊ ㄆㄛˊ ㄇㄚ ㄇㄚ）

解釋 指像婆婆或媽媽等婦人一樣

1.（　　）強「聒」不舍，請寫出括號中的注音和解釋。 ➡ㄍㄨㄛ、多話

2.（　　）以下哪些成語可以用「多言」來形容 A.毛遂自荐 B.雞鳴狗盜 C.貧嘴薄舌 D.喋喋不休。 ➡C、D

3.（　　）「喃喃細語」中的「喃喃」是指 A.一直重複講「喃喃」二字 B.嬰兒吸奶的聲音 C.聲音小而不停的樣子 D.說夢話。 ➡C

的囉嗦。

詞源 《紅樓夢・七七回》：「你也太婆婆媽媽的了。這樣的話，怎麼是你讀書的人說的。」

用法 形容男人就像女人一樣的嘮叨。

範例 你乾脆一點，幹麼婆婆媽媽地說一大堆理由。

強聒不舍（ㄑㄧㄤˇ ㄍㄨㄛ ㄅㄨˋ ㄕㄜˇ）

解釋 聒：多話。舍：放棄。同「捨」。指一再說話，不會放棄。

詞源 《莊子》：「上說下教（指導；教育），強聒不舍。」

用法 比喻一再重複地敘述。

範例 這一章節是重點，所以我得強聒不舍地講解。

提示 「強聒不舍」也作「強聒不捨」。

貧嘴薄舌（ㄆㄧㄣˊ ㄗㄨㄟˇ ㄅㄛˊ ㄕㄜˊ）

解釋 貧嘴：話多而令人討厭。薄：刻薄。指話多而且刻薄。

詞源 魯迅・《花邊文學・奇怪》：「……將來的人，恐怕大抵（大概）要以為這作者貧嘴薄舌，隨意捏造（假造事實），以挖苦（用諷刺的話來取笑他人）他所不滿的人們的罷。」

用法 形容話多又刻薄。

範例 我已經知道錯了，你又何必貧嘴薄舌地一再挖苦呢？

提示 「貧嘴薄舌」也作「貧嘴賤舌」、「貧嘴惡舌」。

喋喋不休（ㄉㄧㄝˊ ㄉㄧㄝˊ ㄅㄨˋ ㄒㄧㄡ）

解釋 喋喋：話多的樣子。指話講個不停。

詞源 《史記・匈奴傳》：「嗟，土室之人，顧無多辭令，喋喋佔佔（穿衣的形式），冠（帽子）固何當（怎樣）。」大意是說：漢文帝曾派一位名為中行說的人隨公主到匈奴國去和親，沒想到中行說一到匈奴國就不回中土了，由於他具有才華，所以深受匈奴國王（單于）的器重。有一次漢使前來匈奴國，語帶譏諷地嘲笑匈奴人沒有屋子可住，中行說聽了之後馬上加以反駁，他說：「唉！住在泥土所築成的屋子中的人，不要以為自己人模人樣而且能言善道，就算戴了一頂烏紗帽又怎麼樣呢？」

用法 形容話說個不停。含有貶損的意味。

範例 這點小事值得你喋喋不休地從早唸到晚嗎？

喃喃細語（ㄋㄢˊ ㄋㄢˊ ㄒㄧˋ ㄩˇ）

解釋 喃喃：聲音小而不停的樣子。指不停地小聲說話。

詞源 《北史・房陵王勇傳》：「乃向西北奮（突然很用力）頭，喃喃細語。」

用法 形容不斷地輕聲說話。

範例 妹妹從小就喜歡在媽媽的耳邊喃喃細語，長大了依然如此。

絮絮不休（ㄒㄩˋ ㄒㄩˋ ㄅㄨˋ ㄒㄧㄡ）

解釋 絮：連續不斷。休：停。指一直不停地說話。

用法 形容話講個不停。

範例 爺爺絮絮不休地說起他當年的英勇事蹟。

絮絮叨叨（ㄒㄩˋ ㄒㄩˋ ㄉㄠ ㄉㄠ）

解釋 叨叨：多言。指連續不斷地說話。

1.（　　　）「嘵嘵」不休，請寫出括號中的注音和解釋。 ➡ㄒㄧㄠ、爭辯

2.（　　　）「薄」脣輕言，請寫出括號中的注音和解釋。 ➡ㄅㄛˊ、刻薄

3.（　　　）比喻善於言詞的成語有 A.自相矛盾 B.口沫橫飛 C.口若懸河 D.口蜜腹劍。 ➡B、C

4.（　　　）形容一個人的口才很好，叫舌□□花。 ➡燦、蓮

詞源 《羣音類選・官腔類・卷十一・雙忠記・二仙點化》：「心坎上煩煩惱惱，耳邊廂（靠近的意思）嘮嘮叨叨（在靠近耳邊的地方，沒完沒了的說著）。」

用法 形容話沒完沒了地說個不停。

範例 她整晚絮絮叨叨地在我耳邊訴說心事。

提示 「絮絮叨叨」也作「絮絮聒聒」（聒：音ㄍㄨㄚ，多話囉嗦的樣子）。

嘮嘮叨叨（ㄌㄠˊ ㄌㄠˊ ㄉㄠ ㄉㄠ）

解釋 指話一直說個不停。

詞源 《官場現形記》：「每見一面，一定嘮嘮叨叨的申飭（飭，音ㄔˋ，戒勉）一次。」

用法 形容話一直講，停不下來。

範例 媽媽每天嘮嘮叨叨地唸著子女，其實是一種關懷。

提示 「嘮嘮叨叨」的「嘮」讀作ㄌㄠˊ，不可以讀作ㄌㄠ。

嘵嘵不休（ㄒㄧㄠ ㄒㄧㄠ ㄅㄨˋ ㄒㄧㄡ）

解釋 嘵嘵：爭辯。指爭辯不停。

詞源 《封神演義・九二回》：「楊顯與朱子真各自誇能鬥勝，嘵嘵不休。」

用法 形容不停地爭論。

範例 這道題目的答案的確是如此，你就別再嘵嘵不休了。

提示 「嘵嘵不休」的「嘵」讀作ㄒㄧㄠ，不可以讀作ㄖㄠˊ。

薄脣輕言（ㄅㄛˊ ㄔㄨㄣˊ ㄑㄧㄥ ㄧㄢˊ）

解釋 薄：刻薄。脣：嘴巴的邊緣。輕：隨便；不莊重。指嘴巴不停地說話，句句都很刻薄。

用法 形容人話多而且刻薄。

範例 他這個人真是薄脣輕言，總喜歡挑人毛病到處亂講。

(二)比喻「善於言詞」

口沫橫飛（ㄎㄡˇ ㄇㄛˋ ㄏㄥˊ ㄈㄟ）

解釋 沫：口水。指口水四處飛散，引申為饒舌的樣子。

用法 形容人很會說話。

範例 老師在講臺上口沫橫飛地上課，同學聽得津津有味。

口若懸河（ㄎㄡˇ ㄖㄨㄛˋ ㄒㄩㄢˊ ㄏㄜˊ）

解釋 懸河：傾瀉不止的樣子。指說話有如傾瀉不止的江河。

詞源 《晉書・郭象傳》：「聽象語，如懸河瀉（瀉，音ㄒㄧㄝˋ，水很急地流下來）水，注而不竭（窮盡）。」大意是說：聽郭象說話，就像傾瀉的水快速地流下來一樣，而且注入的水都不會枯竭。

用法 形容人說話滔滔不絕，能言善辯。

範例 候選人口若懸河地發表政見，期望能獲得更多的選票。

提示 「口若懸河」也作「口似懸河」、「口如懸河」。

舌燦蓮花（ㄕㄜˊ ㄘㄢˋ ㄌㄧㄢˊ ㄏㄨㄚ）

解釋 燦：光彩鮮明的樣子。指舌頭光彩鮮明，有如蓮花一樣的美妙。

用法 形容一個人的口才很好，善於辭令。

範例 這位業務員一說起話來猶如舌燦蓮花，令客戶難以拒絕。

1.（　　　）利口捷「給」，請寫出括號中的注音。
2.（　　　）形容能說善道，叫□舌連□。
3.（　　　）「侃侃而談」中的「侃侃」是指A.古時叫侃侃的辯士B.和樂而且正直的樣子C.重複發出「侃侃」的聲音D.同「砍砍」，說話被打斷的意思。

➡ㄐㄧˇ
➡妙、環
➡B

利口捷給（ㄌㄧˋ ㄎㄡˇ ㄐㄧㄝˊ ㄐㄧˇ）

解釋 利：敏捷的。捷給：言詞敏捷。指言詞敏捷，很會說話。

詞源 《管子．大匡》：「隰（隰，音ㄒㄧˊ）朋聰明捷給。」

用法 形容口才很好，善於應對。

範例 這次辯論比賽的參賽者個個利口捷給，實力不相上下。

提示 「利口捷給」的「給」讀作ㄐㄧˇ，不可以讀作ㄍㄟˇ。

利口辯辭（ㄌㄧˋ ㄎㄡˇ ㄅㄧㄢˋ ㄘˊ）

解釋 辯：爭論。指敏捷的口才，爭論的言詞。

詞源 《史記．仲尼弟子列傳》：「宰予字子我，利口辯辭。」

用法 形容善於激辯。

範例 律師在法庭上利口辯辭地反擊對方。

提示 「利口辯辭」也作「利口辯給」。

妙舌連環（ㄇㄧㄠˋ ㄕㄜˊ ㄌㄧㄢˊ ㄏㄨㄢˊ）

解釋 妙：精巧；美好。連環：互相連接。指精妙的言論滔滔不絕地說著。

詞源 《孽海花．三二回》：「夢蘭本是交際場中的女王，來做姐妹花中的翹楚（特別突出的意思），不用說心靈心四照，妙舌連環，周旋（往來應對）得春風滿座。」

用法 形容能說善道。

範例 主持人妙舌連環的台詞，逗得觀眾哈哈大笑。

侃侃而談（ㄎㄢˇ ㄎㄢˇ ㄦˊ ㄊㄢˊ）

解釋 侃侃：和樂而且正直的樣子。指說話從容不迫又理直氣壯的樣子。

詞源 《論語》：「與下大夫（官名）言，侃侃如也。」大意是說：與下大夫一起交談，理直氣壯一點也不畏懼。

用法 形容理直氣壯地說話。

範例 他只要一講起教育的問題，總是侃侃而談。

能言善辯（ㄋㄥˊ ㄧㄢˊ ㄕㄢˋ ㄅㄧㄢˋ）

解釋 辯：爭辯。指善於說話和爭辯。

用法 形容一個人的口才好，善於爭辯。

範例 既然你這麼能言善辯，為什麼不報名參加辯論比賽？

提示 「能言善辯」也作「能言巧辯」。

能說會道（ㄋㄥˊ ㄕㄨㄛ ㄏㄨㄟˋ ㄉㄠˋ）

解釋 道：說。指很會說話。

詞源 《兒女英雄傳．二五回》：「倒有個能說會道的舅母呢，今日偏又不在這裏。」

用法 形容一個人具有口才，說話滔滔不絕。

範例 你還真是能說會道，連他都被你說服了。

提示 「能說會道」也作「能言會道」。

脣槍舌劍（ㄔㄨㄣˊ ㄑㄧㄤ ㄕㄜˊ ㄐㄧㄢˋ）

解釋 指脣如槍不斷地掃射，舌頭如劍那麼銳利。

詞源 元．武漢臣．《玉壺春．二折》：「心猿意馬（拿不定意見），逞（賣弄）舌劍唇槍。」

用法 形容言詞鋒利，你來我往。

範例 停車場上，有兩個駕駛人為

1.（　　）想要成為業務高手，在言語方面應該具備什麼條件 A.沉默寡言 B.談吐如流 C.嬉笑怒罵 D.滔滔不絕。　➡B、D

2.（　　）「辨才無愛」，請改正這句成語中的錯字。　➡辯、礙

3.（　　）「藉提發揮」，請改正這句成語中的錯字。　➡借、題

4.（　　）形容暢所欲言，叫□口□言。　➡海、浪

了車位，脣槍舌劍地爭論不休。

提示 「脣槍舌劍」也作「舌劍脣槍」。

滔滔不絕（ㄊㄠ ㄊㄠ ㄅㄨˋ ㄐㄩㄝˊ）

解釋 滔滔：流水滾滾的樣子。絕：斷。指水流持續不中斷。

詞源 《鏡花緣．一八回》：「紫衣女子所說書名倒像素日（平日）讀熟一般（一樣），滔滔不絕。」

用法 ①形容擅長辯論，口才出眾的人。②形容水長流。

範例 老師滔滔不絕地講起歷史故事，好不精彩。

提示 「滔滔不絕」也作「滔滔不窮」、「滔滔滾滾」（滾滾：水流洶湧的樣子）。

談吐如流（ㄊㄢˊ ㄊㄨˇ ㄖㄨˊ ㄌㄧㄡˊ）

解釋 談吐：說話時的神情。流：如流水一樣的順暢。指說話如流水般，滔滔不絕。

詞源 《二刻拍案驚奇．卷一一》：「焦大郎安排晚飯與滿生同吃。滿生一席之間談吐如流，更加酒興豪邁（性情豪放，不受拘束），痛（狂）飲不醉，大郎一發（突然發現）投機（見解相同），以為相見之晚。」

用法 形容口才好。

範例 開會時，大家對他談吐如流的口才，印象深刻。

談吐風生（ㄊㄢˊ ㄊㄨˇ ㄈㄥ ㄕㄥ）

解釋 談吐：說話時的神情。風：風味，引申作談話時的興趣很高。指說起話來，讓聽者覺得津津有味。

詞源 《南史．梁宗室傳》：「子（你）徽（善美）美風儀，能談吐。」

用法 形容人善於言論的表達。

範例 餐聚時，主辦人談吐風生，頓時，氣氛熱絡了起來。

辯才無礙（ㄅㄧㄢˋ ㄘㄞˊ ㄨˊ ㄞˋ）

解釋 辯才：善於辯論的口才。礙：阻礙。指辯論的口才非常的流暢。

詞源 《華嚴經》：「若（如果）能知法（佛法）永不滅，則得辯才無障礙；若得辯才無障礙，則能開演（闡述）無邊法。」大意是說：如果能體悟佛法是永遠不會滅絕的道理，一定可以擁有善辯的口才，當爭辯的口才變得通暢後，就能夠闡述無邊無際的佛法。

用法 形容能言善辯。

範例 蘇格拉底是一個辯才無礙的哲學家。

提示 「辯才無礙」也作「辯才無滯」（滯：音ㄓˋ，阻礙）。

(三) 比喻「說話無阻礙」

借題發揮（ㄐㄧㄝˋ ㄊㄧˊ ㄈㄚ ㄏㄨㄟ）

解釋 指藉著各種理由，盡情發表自己的看法。

詞源 《痛史．七回》：「我觸動（感動）起來，順口罵他兩句。就是你們文人說的，什麼『借題發揮』的意思呢。」

用法 形容藉著談論某事物，而發表深入的見解。

範例 風災後，老師借題發揮，向大家闡述防範的重要性。

海口浪言（ㄏㄞˇ ㄎㄡˇ ㄌㄤˋ ㄧㄢˊ）

1.（　　　）晚飯後，爸爸和鄰居泡著茶，天南地北地□□□□。空格中應填入A.自吹自擂B.怒目相視C.高談快論D.你儂我儂。 ➡C

2.（　　　）開會時，老師鼓勵同學盡量□□□□，表達意思。空格中應填入A.口沫橫飛B.暢所欲言C.交相指責D.嘮嘮叨叨。 ➡B

3.（　　　）□語不發＋□聲不響＝□話不說。 ➡一、一、二

解釋 海口：沒有邊際的大話。浪言：隨意亂說的話。指毫無顧忌地說一些沒有邊際的言論。

詞源 《西遊記．一七回》：「你是那裏來的？姓甚名誰？有多大手段，敢那等海口浪言？」。

用法 形容暢所欲言，不受約束。

範例 有學問的人，惜話如金；半調子的人，海口浪言。

高談快論 ㄍㄠ ㄊㄢˊ ㄎㄨㄞˋ ㄌㄨㄣˋ

解釋 快：暢快。指暢快盡情地發表議論。

詞源 《紅樓夢．一回》：「俄（俄，音ㄜˊ，不久）見一僧（和尚）一道（道士）遠遠而來，生得骨格不凡，丰神（有風韻的氣色）迥異（迥，音ㄐㄩㄥˇ，不同），說說笑笑來自峰下，坐於石邊高談快論。」

用法 形容盡情地發表看法，沒有拘束。

範例 晚飯後，爸爸和鄰居泡著茶，天南地北地高談快論。

高談闊論 ㄍㄠ ㄊㄢˊ ㄎㄨㄛˋ ㄌㄨㄣˋ

解釋 闊論：廣博的言論。形容言談高雅，範圍廣泛。

詞源 唐．呂岩．《徽宗齋會》：「高談闊論若（好像）無人。」大意是說：漫無邊際地暢所欲言，好像身旁沒有人一樣。

用法 比喻毫無拘束的暢談。

範例 我經常和三五好友聚在一起高談闊論，分享讀書心得。

提示 「高談闊論」也作「高談闊步」。

暢所欲言 ㄔㄤˋ ㄙㄨㄛˇ ㄩˋ ㄧㄢˊ

解釋 暢：沒有阻礙。欲：想要。指沒有阻礙地將要講的話說出來。

詞源 老舍．《我怎樣寫〈劍北篇〉》：「為了韻（字音中的收尾部分），每每（往往）不能暢所欲言，時有呆滯（滯，音ㄓˋ，死板的意思）之處。」大意是說：為了詩詞押韻的問題，我往往不能暢快地說出心中的話，所以在文章中常出現死板的文句。

用法 形容盡情地說出心裡的話，不受干擾。

範例 開會時，老師鼓勵同學盡量暢所欲言，表達意見。

【拙言類】

(一)比喻「沉默不語」

一語不發 ㄧˋ ㄩˇ ㄅㄨˋ ㄈㄚ

解釋 語：話。指一句話都不說。

用法 形容一個人悶不吭聲。

範例 他被老師責備之後，含著淚，一語不發地低下頭。

一聲不響 ㄧˋ ㄕㄥ ㄅㄨˋ ㄒㄧㄤˇ

解釋 響：發出聲音。指沒有發出聲音。

用法 ①形容沒有任何聲音，很安靜。②比喻沒有交代事情或說話。

範例 姊姊一聲不響地走近我的背後，大喊一聲。

三緘其口 ㄙㄢ ㄐㄧㄢ ㄑㄧˊ ㄎㄡˇ

解釋 緘：封閉。指將嘴巴用封條緊緊地貼了三層。

詞源 《孔子家語．觀周》：「孔子觀周，遂（於是）入太祖后稷（周代的始祖）之廟，廟堂右階之

1.（　　）你放心，我向來□□□□，這件事不會有別人知道。空格中應填入A.結結巴巴B.答非所問C.言不及義D.守口如瓶。 ➡D

2.（　　）「自同寒蟬」中的「寒蟬」是指A.古蟬名B.被冰凍製成標本的蟬C.冬天的蟬D.古代美女的名字。 ➡C

3.（　　）「鉗」口「結」舌，請寫出括號中的注音。 ➡ㄑㄧㄢˊ、ㄐㄧㄝˊ

前有金人焉，三緘其口，而銘（刻在物品上面，記述公德或警惕自我的文體）其背曰，古之慎言（謹慎言行）人也。」大意是說：孔子為了觀察周代的歷史，於是走進太祖的廟中，進入廟中後，他發現廟的右階前有一尊金人，他的嘴巴被人用三重封條貼住，在他的背後刻有「古代謹慎言行者」的字樣。

用法 形容謹慎而封口不言。

範例 他對於金錢流向的問題，始終保持三緘其口的態度。

提示 「三緘其口」的「緘」不可以寫成「箴言」的「箴」。

守口如瓶（ㄕㄡˇ ㄎㄡˇ ㄖㄨˊ ㄆㄧㄥˊ）

解釋 指嘴巴緊閉，不隨便發言，就像瓶口被塞住一樣。

詞源 宋．周密．《癸辛雜識別集下．守口如瓶》：「富鄭公（富弼）有『守口如瓶，防意（慾望）如城（用防守敵人進攻城池的心來防守自己的私慾）』之語。」大意是說：富弼曾經說過：「嘴巴像瓶子緊閉起來，不隨意發言，防止自己的私慾就像守城防敵一樣，頃刻都不能解怠。」

用法 ①比喻保守祕密。②比喻緊閉嘴巴不說話。

範例 你放心，我向來守口如瓶，這件事不會有別人知道。

自同寒蟬（ㄗˋ ㄊㄨㄥˊ ㄏㄢˊ ㄔㄢˊ）

解釋 寒蟬：冬天的蟬。指自身就像冬天的蟬一樣。

詞源 《後漢書．杜密傳》：「密對曰：『劉勝位為大夫（官名）……而知善不薦（薦，音ㄐㄧㄢˋ，推舉），聞（聽）惡無言，隱情（不願意告訴他人之事）惜己，自同寒蟬，此罪人也。』」大意是說：劉勝官拜大夫，他知道賢良的人卻不向朝廷推舉，聽到為惡鄉里的人或事也不站出來主持公道，凡事皆加以隱瞞，緊閉自己的雙口，一點風聲也不透露，真是一個罪人啊！

用法 「蟬」是一種夏天才會鳴叫的昆蟲，冬天是不會出聲的。這句成語是比喻緊閉雙口不說話。

範例 關於預算被刪減的原因，他自同寒蟬，半句話也不肯透露。

沉默寡言（ㄔㄣˊ ㄇㄛˋ ㄍㄨㄚˇ ㄧㄢˊ）

解釋 默：安靜無聲。寡：少。指安靜不語或少言。

詞源 《舊唐書．郭子儀傳》：「釗（釗，音ㄓㄠ，郭子儀的孫子），偉姿儀（外表雄壯），身長七尺，方（正方形）口豐下（下巴），沉默寡言。」大意是說：釗，外表看起來威武雄壯，身高有七尺長，嘴巴呈正方形，下巴也很豐厚，但是非常安靜，不喜歡說話。

用法 形容個性安靜，話很少。

範例 新同學個性沉默寡言，對課外活動不熱中。

鉗口結舌（ㄑㄧㄢˊ ㄎㄡˇ ㄐㄧㄝˊ ㄕㄜˊ）

解釋 鉗口：不開口說話。結舌：不敢說話。指嘴巴緊閉，一句話也不敢說。

詞源 漢．王符．《潛夫論．賢難》：「此智士所以鉗口結舌。」大意是說：這就是有智慧的人為什麼要緊閉嘴巴，不敢亂說話的原因。

1.（　　）「禁若寒蟬」，請改正這句成語中的錯字。 ➡噤
2.（　　）形容人說話不清楚，叫□□吾吾。 ➡支支
3.（　　）形容人說話閃閃躲躲，叫□支□吾。 ➡左、右
4.（　　）瞧你□□□□的模樣，花瓶八成是你打破的吧？空格中應填入 A.紅光滿面 B.支吾其詞 C.神采飛揚 D.大言不慚。 ➡B

用法 形容一個人因為害怕，而不敢說話。

範例 他目睹房屋倒塌的那一刻，頓時被嚇得鉗口結舌。

提示 ①「鉗口結舌」的「鉗」讀作ㄑㄧㄢˊ，不可以讀作ㄍㄢ。②「鉗口結舌」也作「箝口結舌」、「鉗口不言」、「鉗口吞舌」。

噤若寒蟬（ㄐㄧㄣˋ ㄖㄨㄛˋ ㄏㄢˊ ㄔㄢˊ）

解釋 噤：緊閉嘴巴不發出聲音。寒蟬：冬天的蟬。指像冬天的蟬一樣，一點聲音也沒有。

用法 形容因為有所顧忌，而不敢說話。

範例 證人對警方的盤問，始終是噤若寒蟬的態度。

提示 「噤若寒蟬」也作「噤如寒蟬」。

默不作聲（ㄇㄛˋ ㄅㄨˋ ㄗㄨㄛˋ ㄕㄥ）

解釋 默：不說話的樣子。指沉默而不發出聲音。

詞源 姚雪垠（垠，音ㄧㄣˊ）．《李自成．一卷．一章》：「有片刻（短暫時間）工夫（休閒的時間），崇禎默不作聲。」大意是說：有一小段的空閒時間，崇禎皇帝都不說一句話。

用法 比喻一句話也不說。

範例 考試時，同學們默不作聲地寫著考卷。

默然不語（ㄇㄛˋ ㄖㄢˊ ㄅㄨˋ ㄩˇ）

解釋 默然：嘴巴不發出聲音。語：說話。指沉默以對。

詞源 《三國演義．五二回》：「魯肅吃了一驚，默然無（不）語。」

用法 形容人不作聲。

範例 他對於老師的再三詢問，始終默然不語。

提示 「默然無語」也作「默然無聲」。

(二)比喻「結巴或吞吐」

支支吾吾（ㄓ ㄓ ㄨˊ ㄨˊ）

解釋 支吾：說話閃躲的樣子。指說話含糊不清，讓人聽不懂。

用法 形容話說得不清楚。

範例 自我介紹時，我因為太緊張，所以支支吾吾地講不出話。

支吾其詞（ㄓ ㄨˊ ㄑㄧˊ ㄘˊ）

解釋 指用應付的口氣說話，內容略帶含糊，刻意避開真實的情況。

詞源 清．李寶嘉．《官場現形記．二八回》：「但是這句話又不便向史筱仁說明，只得支吾其詞。」

用法 形容言詞含糊。

範例 瞧你支吾其詞的模樣，花瓶八成是你打破的吧？

左支右吾（ㄗㄨㄛˇ ㄓ ㄧㄡˋ ㄨˊ）

解釋 指言語欲言又止，不肯說出真話。

詞源 《初刻拍案驚奇．卷一一》：「王生此時被眾人指實（批評），顏色（臉色）都變了，把言語來左支右吾。」

用法 形容說話閃閃躲躲，不直接說出實情。

範例 嫌犯對於供詞，多日來總是左支右吾，企圖為自己脫罪。

吞吞吐吐（ㄊㄨㄣ ㄊㄨㄣ ㄊㄨˇ ㄊㄨˇ）

1.（　　　）「閃鑠其詞」，請改正這句成語中的錯字。
2.（　　　）「齊齊艾艾」，請改正這句成語中的錯字。
3.（　　　）「結」結「巴」巴，請寫出括號中的注音。
4.（　　　）他猛地見到一群蝙蝠飛來，頓時嚇得□□□□。空格中應填入 A.目瞪口呆 B.口水直流 C.沉默寡言 D.一箭雙鵰。

➡燦
➡期期
➡ㄐㄧㄝ、ㄅㄚ
➡A

解釋 吞吐：欲言又止的樣子。指說話不直截了當，想要說卻又不說出來。

詞源 《兒女英雄傳・四〇回》：「他先把手裏那封信遞（遞，音ㄉㄧˋ，呈）上去，這才吞吞吐吐地回道（說）。」

用法 形容說話有所顧忌。

範例 你講話吞吞吐吐的，是不是隱瞞了什麼事情？

提示 「吞吞吐吐」也作「格格不吐」。

言語支吾（ㄧㄢˊ ㄩˇ ㄓ ㄨˊ）

解釋 指說話閃躲而不爽快。

用法 形容話說得不清不楚。

範例 我見小弟一副言語支吾的模樣，就知道他把錢花光了。

閃爍其詞（ㄕㄢˇ ㄕㄨㄛˋ ㄑㄧˊ ㄘˊ）

解釋 閃爍：說話吞吐，不直接說出實情。指想說卻又不敢直說的樣子。

詞源 清・紀昀（昀，音ㄩㄣˊ）・《閱微草堂筆記・卷十五》：「又詰（詰，音ㄐㄧㄝˊ，追問；查問）問婦縛（縛，音ㄈㄨˊ，捆；綁）傷，則云（說）搔（搔，音ㄙㄠ，用指甲去抓）破，其詞閃爍。」

用法 形容說話不肯直接表明真意。

範例 警察深夜臨檢時，發現駕駛人閃爍其詞，十分可疑。

提示 「閃爍其詞」也作「閃鑠其詞」。

期期艾艾（ㄑㄧ ㄑㄧ ㄞˋ ㄞˋ）

解釋 期：極。艾：鄧艾結巴時的自稱語。指說話不通暢。

詞源 《世說新語・言語》：「鄧艾口吃（吃，音ㄐㄧˊ，講話結巴），每自稱必重（重，音ㄔㄨㄥˊ，重複）曰（說）艾艾，晉文帝戲（開玩笑）之曰：『卿（鄧艾）云艾艾，究（到底）是幾艾。』對曰：『鳳兮鳳兮（春秋人陸通唱給孔子聽的歌詞），故是一鳳。』」大意是說：鄧艾患有口吃，他每一次稱自己的時候都會說：「艾……艾」，有一次晉文帝跟他開玩笑說：「鄧卿，你所說的艾艾到底是幾個艾呢？」鄧艾聽了馬上回答說：「鳳兮鳳兮所稱的鳳也只有一隻啊！」

用法 形容說話結巴，無法一次說完。

範例 他因為上課不專心，所以回答問題時，期期艾艾的說不出來。

結結巴巴（ㄐㄧㄝ ˙ㄐㄧㄝ ㄅㄚ ㄅㄚ）

解釋 結巴：口吃（吃，音ㄐㄧˊ）。指一個人說話不順暢。

詞源 朱自清・《今天的詩》：「但是要以自己的說話做標準，要念起來不老是結結巴巴了，至少還要自己的集團裡的人聽起來一聽就懂。」

用法 形容說話不流利。

範例 他一緊張，就會結結巴巴地連自己的名字都講不清楚。

提示 當「結巴」一詞時，讀作ㄐㄧㄝ ˙ㄅㄚ。

(三) 比喻「講不出話」

目瞪口呆（ㄇㄨˋ ㄉㄥˋ ㄎㄡˇ ㄉㄞ）

解釋 瞪：張開眼睛看。呆：不靈活；死板的樣子。指眼睛張得大大

1.（　　　）「瞠」目結舌，請寫出括號中的注音。 ➡ㄔㄥ

2.（　　　）「張口結舌」中的「結舌」是指A.舌頭腫大B.舌頭打結，形容不能說話C.假裝不知道的樣子D.捲起舌頭。 ➡B

3.（　　　）有關「正言不諱」的說明何者正確A.正言，正直的言論B.諱，音ㄏㄨㄟˋ，禁忌C.形容直話直說D.同「大言不慚」。 ➡A、B、C

的，傻傻得說不出話來。

詞源《京本通俗小說・西山一窟鬼》：「嚇得吳教授目睜口呆。」

用法 形容一個人受到驚嚇或害怕，一時說不出話來。

範例 他猛地見到一群蝙蝠飛來，頓時嚇得目睜口呆。

啞口無語（ㄧㄚˇ ㄎㄡˇ ㄨˊ ㄩˇ）

解釋 啞口：嘴巴發不出聲音。指像啞子一樣，沒有辦法說話。

詞源《拍案驚奇・一一回》：「周四啞口無言（也就是啞口無語，不說話），面如槁木（槁，音ㄍㄠˇ，枯萎的樹木）。」大意是說：周四被問到一句話也答不上來，面色有如乾枯的樹木一樣，非常的難看。

用法 形容被追問到一句話也說不出來。

範例 他面對眾記者的砲轟，一時啞口無語。

張口結舌（ㄓㄤ ㄎㄡˇ ㄐㄧㄝˊ ㄕㄜˊ）

解釋 張：張開。結舌：舌頭打結，形容不能說話。指嘴巴張得很大，卻不能說話。

詞源《兒女英雄傳・二三回》：「公子被他問的張口結舌，面紅過耳（臉部和耳朵都紅了）。」

用法 形容本身受到驚嚇或恐懼，一時之間說不出話來。

範例 評審對年僅六歲的他，卻有如此精湛的琴藝，個個張口結舌。

提示「張口結舌」也作「張口吐舌」。

閉口無言（ㄅㄧˋ ㄎㄡˇ ㄨˊ ㄧㄢˊ）

解釋 指緊閉嘴巴，不說話。

用法 比喻因為理虧而無言以對。

範例 成績單滿江紅的我，不禁慚愧地閉口無言。

瞠目結舌（ㄔㄥ ㄇㄨˋ ㄐㄧㄝˊ ㄕㄜˊ）

解釋 瞠目：張大眼睛目視。指睜著眼睛看，卻說不出話。

詞源 清・全祖望・《梅花嶺記》：「忠烈（史可法）乃瞠目（張大眼睛，表示生氣的樣子）曰：『我史閣部（官階名稱）也。』」大意是說：史可法瞪大眼睛說：「我就是你們要找的史閣部。」

用法 比喻受到驚恐而無法言語。

範例 民眾對強風把大樹連根拔起的威力，莫不瞠目結舌。

瞪口無言（ㄉㄥˋ ㄎㄡˇ ㄨˊ ㄧㄢˊ）

解釋 瞪：張大眼睛直視。指張大眼睛看，卻嚇得一句話也說不出來。

詞源《官場現形記・第一回》：「他兒子回駁（駁，音ㄅㄛˊ，用說理的形式來反對別人的意見）他先生幾句，駁得先生瞪口無言。」

用法 形容受到驚嚇或恐懼而無法發出聲音。

範例 當警察取出他犯法的錄影帶時，他當場瞪口無言，只得認罪。

【嘉言類】

㈠比喻「勸諫」

正言不諱（ㄓㄥˋ ㄧㄢˊ ㄅㄨˋ ㄏㄨㄟˋ）

解釋 正言：正直的言論。諱：禁忌；隱避。指心中有話就直說，沒有避諱。

1.（　　　）「患顏直練」，請改正這句成語中的錯字。　➡犯、諫
2.（　　　）「叩馬而諫」，請改正這句成語中的錯字。　➡扣
3.（　　　）「良藥苦口」中的「良藥」是指A.上等的藥B.名醫的意思C.形容對人有助益的言語D.名醫配的藥。　➡C
4.（　　　）直言骨「鯁」，請寫出括號中的注音和解釋。　➡ㄍㄥˇ、魚骨頭

詞源《兒女英雄傳．三三回》：「九哥你既專誠問我，我便直言不諱。」

用法 形容直話直說，不會畏懼。

範例 請容我正言不諱，為您提出幾點建議，好嗎？

提示「直言不諱」的「諱」不可以寫成「經緯線」的「緯」。

犯顏直諫（ㄈㄢˋ ㄧㄢˊ ㄓˊ ㄐㄧㄢˋ）

解釋 犯顏：冒犯君王、長官或長輩的尊嚴。諫：用言語規勸別人。指即使冒犯當權者或長輩們，也要想辦法規勸他們。

詞源《唐書．魏徵傳》：「徵……有志膽，每（常常）犯顏進諫。」大意是說：魏徵是一個有膽量及志節的人，他總是不怕冒犯君王的威嚴，時時向唐太宗進諫言。

用法 形容正直勇敢地向人勸諫，不會畏懼。

範例 他雖然脾氣大，卻是一個做事認真、犯顏直諫的好員工呢！

提示 ①「犯言直諫」也作「犯顏敢諫」。②「犯言直諫」的「諫」不可以寫成「練習」的「練」。

扣馬而諫（ㄎㄡˋ ㄇㄚˇ ㄦˊ ㄐㄧㄢˋ）

解釋 扣馬：牽著馬頭。指牽住馬頭，向長官進諫言。

詞源《論語集注．卷四》：「其後武王伐紂，夷、齊扣馬而諫。」大意是說：後來周武王討伐商紂，伯夷和叔齊兩兄弟牽住馬頭，極力向武王規勸，希望武王能打消攻打商朝的念頭。

用法 形容向人忠言勸諫。

範例 正直君子敢扣馬而諫；阿諛小人卻猛拍馬屁。

良藥苦口（ㄌㄧㄤˊ ㄧㄠˋ ㄎㄨˇ ㄎㄡˇ）

解釋 良：好的。苦口：味道苦，難以下嚥。指最好的藥都很苦，不容易下嚥。

詞源《三國志．吳書．孫奮傳》：「夫良藥苦口，雖疾（生病）者能甘之；忠言逆耳（聽了不舒服的言語），唯（只）達（明白事理）者能受（接受）之。」大意是說：好的藥味道通常都很苦，難以下嚥，然而對生病的人來說，卻是甘美的；對人有幫助的話雖然聽起來令人不舒服，但是也只有明白事理的人才會接受。

用法 形容對人有助益的言語聽起來都很刺耳，卻最有用處。

範例 你只愛聽奉承的話，難道不明白「良藥苦口」的道理嗎？

忠言逆耳（ㄓㄨㄥ ㄧㄢˊ ㄋㄧˋ ㄦˇ）

解釋 忠：誠心。逆耳：聽了不舒服的言論。指誠心勸告的話，往往令人覺得不舒服。

詞源《孔子家語．六本》：「孔子曰：『良（好）藥苦口利於病，忠言逆耳利於行。』」大意是說：雖然好的藥很苦，對於病情卻最有幫助；誠心勸告的話雖然不中聽，對為人處世卻最有助益。

用法 形容誠心向人勸諫。

範例 老奶奶的話雖然陳腔濫調，卻是忠言逆耳呢！

直言骨鯁（ㄓˊ ㄧㄢˊ ㄍㄨˇ ㄍㄥˇ）

解釋 骨鯁：魚的骨頭，引申作正直。指勇於說出正直的話。

詞源 唐．韓愈．《爭臣論》：「官以諫（諫，音ㄐㄧㄢˋ，用言語向

1.（　　）形容寶貴又有幫助的言論，叫□□良言。	➡金玉
2.（　　）經過我□□□□的規勸之後，他才慢慢改掉酗酒的惡習。空格中應填入 A.甜言蜜語 B.威脅利誘 C.雙管齊下 D.苦口婆心。	➡D
3.（　　）「面折庭爭」，請改正這句成語中的錯字。	➡廷

人糾正錯誤）為名，誠（實在）宜有以奉職（盡職），使四方後代，知朝廷有直言骨鯁直（正直）臣。」大意是說：當官應該極力向長官進忠言，而且克盡己職，如此一來，後代子孫才會知道朝廷中有一位向人直言，而且不畏懼威權的正直朝臣啊！

用法 形容向人直言，沒有畏懼。

範例 他是一個直言骨鯁的人，你千萬不要覺得刺耳。

直言極諫（ㄓˊ ㄧㄢˊ ㄐㄧˊ ㄐㄧㄢˋ）

解釋 直言：勇敢地說出真話。極：盡最大力量。

詞源 《史記．梁孝王世家》：「如（像）汲黯、韓長儒等，敢直言極諫。」

用法 比喻勇敢說出事實讓當事者知道，並且極力規勸。

範例 唐朝的魏徵是一個直言極諫的臣子。

提示 「直言極諫」也作「直言切諫」。

金玉良言（ㄐㄧㄣ ㄩˋ ㄌㄧㄤˊ ㄧㄢˊ）

解釋 金玉：寶貴。良：好。指他人所說的寶貴而且對人有助益的話。

詞源 《官場現形記．一一回》：「老哥哥教導的話，句句是金玉良言。」

用法 形容寶貴又有幫助的言論。

範例 你的一番話，字字句句都是金玉良言，令我受用無窮呀！

提示 「金玉良言」也作「金玉之言」。

苦口婆心（ㄎㄨˇ ㄎㄡˇ ㄆㄛˊ ㄒㄧㄣ）

解釋 苦口：①不好吃。②不厭其煩地規勸。婆心：老婆婆慈愛的心。指像老婆婆一樣，懷有仁慈的心，一再地向人規勸。

詞源 《宋史．趙普傳》：「卿（你）社稷（國家）元臣（元老），忠言苦口，三復（反覆）來奏（臣子向君王報告事情）。」大意是說：你是國家的元老，一再地向君王進忠誠的言論，反覆地向君王報告事情。

用法 比喻一再地勸說。

範例 經過我苦口婆心的規勸之後，他才慢慢改掉酗酒的惡習。

面折廷爭（ㄇㄧㄢˋ ㄓㄜˊ ㄊㄧㄥˊ ㄓㄥ）

解釋 折：責罵。廷爭：在朝廷中諫諍（諍，音ㄓㄥˋ，用直率的言論勸告人）。指在朝廷中當面訓斥、諫諍。

詞源 《史記．呂后本紀》：「陳平、絳侯曰：『於今面折廷爭，臣不如君（你）。』」大意是說：陳平、絳侯說：「如今在朝廷上諫諍，我實在遠不如你。」

用法 比喻直言進諫。

範例 面對當權者橫行，有幾人敢面折廷爭？

提示 「面折廷爭」也作「面折廷諍」。

逆耳之言（ㄋㄧˋ ㄦˇ ㄓ ㄧㄢˊ）

解釋 逆耳：不中意聽。指不中意聽的話。

用法 比喻對人誠懇的規勸和批評。

範例 他雖然當面糾正你的錯誤，卻是出於善意的逆耳之言呀！

1.（　　）當頭棒「喝」，請寫出括號中的注音和解釋。 ➡ㄏㄜˋ、大叫
2.（　　）「幕鼓辰鐘」，請改正這句成語中的錯字。 ➡暮、晨
3.（　　）「推祟倍至」，請改正這句成語中的錯字。 ➡崇、備
4.（　　）有關「逢人說項」的說明何者正確A.逢，動詞，遇到B.說，音ㄕㄨㄟˋ，說服對方C.項，指唐詩人項斯D.讚美的意思。 ➡A、C、D

當頭棒喝（ㄉㄤ ㄊㄡˊ ㄅㄤˋ ㄏㄜˋ）

解釋 喝：大叫一聲。指用棒子對著頭一擊或大叫一聲。

詞源 《傳燈錄》：「黃檗（檗，音ㄅㄛˋ）古高僧，幼出家，弟子眾多，內臨濟請法，黃以棒猝（猝，音ㄘㄨˋ，急速）擊再三，臨濟益（更加）自練之，盡得佛法堂奧。」大意是說：黃檗是古代有名的大師，幼年的時候就出家了，所以他所收的弟子非常多，臨濟就是其中之一，據說有一次臨濟在內堂求法，黃檗反覆用棒子急速敲打他的頭，結果臨濟更加用心求法，最後盡得佛學的奧妙。

用法 形容督促或提醒人。

範例 當我沉迷於玩樂時，爸爸給我一記當頭棒喝。

提示 「當頭棒喝」的「喝」讀作ㄏㄜˋ。

暮鼓晨鐘（ㄇㄨˋ ㄍㄨˇ ㄔㄣˊ ㄓㄨㄥ）

解釋 暮：晚上。指寺廟早晚所要敲打的鐘和鼓。

詞源 清．吾廬儒．《鐘鼓樓》：「暮鼓晨鐘不斷敲，婆心苦口總徒勞（白費力氣）。」大意是說：寺廟早晚不斷敲著鼓和鐘，就像老婆婆那麼慈祥的再三苦勸，卻總是白費力氣。

用法 比喻警惕人覺醒的言論或聲音。

範例 這篇評論就像是暮鼓晨鐘一樣，喚醒年輕人沉淪的靈魂。

提示 「暮鼓晨鐘」也作「夕鼓晨鐘」。

藥石之言（ㄧㄠˋ ㄕˊ ㄓ ㄧㄢˊ）

解釋 藥石：治病的藥品和石針，比喻勸人的話。指勸告別人改正錯誤的言論。

詞源 宋．孔平仲．《續世說．直諫》：「高季輔嘗（曾經）諫（諫，音ㄐㄧㄢˋ，用言語糾正別人的錯誤）時政得失，太宗特賜（贈送）鍾乳一劑（藥物的數量名）曰：『進藥石之言，故以藥石相報。』」大意是說：高季輔曾經向太宗諫舉時政的缺失，太宗特別贈送一劑藥物，並說：「你常常向我進諫言，所以我特別以藥物和針灸的石針來回報你。」

用法 比喻規勸別人的言語。

範例 這套勵志叢書收錄了一萬條藥石之言，就像是我的良師益友。

(二)比喻「褒揚和稱讚」

推崇備至（ㄊㄨㄟ ㄔㄨㄥˊ ㄅㄟˋ ㄓˋ）

解釋 推崇：極為推重。備：完備。指非常的推重和敬仰。

詞源 《孽海花．一八回》：「所談西國政治、藝術，石破天驚（形容文學作品、事物、議論出奇驚人），推崇備至，私心竊（暗中）以為過當。」

用法 比喻對別人的尊崇和敬佩。

範例 愛因斯坦是世人很推崇備至的科學家呢！

逢人說項（ㄈㄥˊ ㄖㄣˊ ㄕㄨㄛ ㄒㄧㄤˋ）

解釋 逢：遇到。項：唐代的知名詩人項斯。指只要在路上遇見人，大家都誇獎項斯詩文寫得好。

詞源 《唐詩紀事．四九》：「幾度（幾次）見詩詩盡好，及（等）觀標格（崇高的品格）過於詩……

1.（　　　）「誦聲載到」，請改正這句成語中的錯字。 ➡頌、道
2.（　　　）比喻頌揚別人的功德，叫□功□德。 ➡歌、頌
3.（　　　）一字「褒」貶，請寫出括號中的注音和解釋。 ➡ㄅㄠ、稱讚
4.（　　　）「片言可決」中的「片言」是指A.片面之詞B.簡短的言語C.用底片代替語言D.話講到一半的意思。 ➡B

到處逢人說項斯。」大意是說：楊敬之觀看項斯的詩文之後，對他非常推崇，所以特地寫了一首《贈項斯》詩，內容寫道：「幾度看過項斯的詩文後，覺得非常的好，後來又知道項斯的品格崇高，更勝於詩品……所以到處都會說項斯的優點讓人家知道。」

用法 ①比喻到處誇獎別人的優點。②比喻替別人說情。

範例 他是蘇東坡迷，一有機會就逢人說項，崇拜的不得了！

頌聲載道（ㄙㄨㄥˋ ㄕㄥ ㄗㄞˋ ㄉㄠˋ）

解釋 頌：讚美。載道：充滿於路上。指滿街都是讚美的聲音。

詞源 《官場現形記．三四回》：「不但山西百姓頌聲載道，就是山西官員……也沒有一個不感激他的。」

用法 形容到處都有讚美或歌頌的聲音。

範例 大禹治水有功，當時的人民對他頌聲載道，感激不盡呢！

提示 「頌聲載道」的「載」不可以寫成披星戴月的「戴」。

歌功頌德（ㄍㄜ ㄍㄨㄥ ㄙㄨㄥˋ ㄉㄜˊ）

解釋 歌：頌揚。指以文字或言語來稱讚別人的功績與恩德。

詞源 《左傳》：「文王之功（功績），天下誦（誦，音ㄙㄨㄥˋ，讚美），而歌舞之。」

用法 比喻頌揚別人的功德。

範例 你老是寫些歌功頌德的文章，卻毫無自己的風格。

提示 「歌功頌德」也作「歌功誦德」。

(三)比喻「說話具有力量」

一字褒貶（ㄧˊ ㄗˋ ㄅㄠ ㄅㄧㄢˇ）

解釋 褒：稱讚。貶：批評人的過失。指用一個字即可以決定人的毀譽。

詞源 晉．杜預《春秋經傳集解序》：「《春秋》雖以一字為褒貶，然皆須數句以成言。」大意是說：《春秋》雖然用一個字就能決定人的毀譽，但是內容都是集合數句字詞所寫成的言論。

用法 形容言語或文字的批評具有很大的力量。

範例 他是聞名的時事評論家，具有一字褒貶的影響力。

一言喪邦（ㄧˋ ㄧㄢˊ ㄙㄤˋ ㄅㄤ）

解釋 喪：消滅。指一句話就可以滅掉國家。

詞源 《舊唐書．孫伏伽（伽，音ㄑㄧㄝˊ）傳》：「周、隋之季（末葉；末代），忠臣結舌（閉口不敢說話），一言喪邦，諒（實在）足深誡（警覺；警悟）。」大意是說：周、隋的末代，忠臣都不敢開口說話，因為大家都怕說錯一句話就會使國家滅亡，所以都深以為警覺。

用法 形容言語的影響力。

範例 國與國之間，是一言建交或一言喪邦，最能考驗元首的智慧。

提示 「一言喪邦」也作「一言興邦」。

片言可決（ㄆㄧㄢˋ ㄧㄢˊ ㄎㄜˇ ㄐㄩㄝˊ）

解釋 片言：簡短的言語。決：解決。指說簡短的話就可以解決所有的事情。

用法 形容言語的力量大。

1.（　　）「片言折獄」中的「折獄」是指A.病死在獄中B.惡劣的獄卒C.古牢獄的意思D.裁斷訴訟的案件。 ➡D

2.（　　）「一言敝之」，請改正這句成語中的錯字。 ➡蔽

3.（　　）一語「道」破，請寫出括號中的解釋。 ➡說

4.（　　）「要言不繁」，請改正這句成語中的錯字。 ➡煩

範例 片言可決，如果里長肯出面幫忙，相信不會再有紛爭。

片言折獄

解釋 折獄：裁斷訴訟的案件。指用很簡短的話就能夠判斷訟案的是非。

詞源 《論語．顏淵》：「片言可以折獄者，其由（子路，孔子的學生）也與（吧）？」大意是說：只要隨意問個幾句話就可以知道訟案的是非曲直者，大概只有子路有這個能耐吧？

用法 比喻言語有力量。

範例 這件土地爭訟案，因鄉長的片言折獄，而圓滿達成協議。

(四)比喻「切中要害」

一言蔽之

解釋 蔽：總括；概括。指用一句話就可以概括全部的意思。

詞源 《論語．為政》：「《詩》三百，一言以蔽之。」大意是說：《詩》雖然有三百首，但是用一句話就可以陳述整本書所要表達的意境。

用法 形容事物雖然繁雜，但是用一句話就可以概括全部。

範例 詩仙李白作品的最大特色，一言蔽之，就是豪放的氣勢。

提示 「一言蔽之」的「蔽」不可以寫成「敝帚自珍」的「敝」。

一針見血

解釋 指刺一小針就可以看見血。

用法 形容言語雖然簡單，卻能切中要害。

範例 他一針見血地指出教育改革上的盲點。

一語道破

解釋 道：說。指一句話就可以說穿事情。

詞源 清．袁枚．《隨園詩畫．卷二》：「老人平生苦心，被君（你）一語道破。」

用法 形容一句話就可以點明事情的主題。

範例 原本沉醉於發財夢的他，因為友人的一語道破，而重新振作。

一語破的

解釋 的：標靶。指一句話就能切中事情的要害。

用法 形容用簡單明瞭的一句話，就可以點出事情的主題。

範例 爺爺平日雖然沉默寡言，遇到事情卻總能一語破的。

提示 「一語破的」也作「一語中的」。

言必有中

解釋 中：切中要點。指說話得體，切中主題。

詞源 《論語．先進》：「夫人不言，言必有中。」大意是說：那人不說話就罷了，一旦說話，就能夠馬上講到關鍵之處。

用法 形容只要說話，就能夠立刻切入重點。

範例 大智若愚的人，往往一開口就言必有中。

要言不煩

解釋 要言：切中主題的言論。指說簡單扼要的話就能切中要害。

1.（　　）形容說話直接，叫□刀□入。
2.（　　）「言進指遠」，請改正這句成語中的錯字。
3.（　　）言簡意「賅」，請寫出括號中的注音和解釋。
4.（　　）有關「微言大義」的說明何者錯誤A.微言，不起眼的言論 B.大義，深奧的道理 C.大義，忠孝的義行。

➡單、直
➡近、旨
➡ㄍㄞ、完備
➡A、C

詞源 《管輅（輅，音ㄌㄨˋ）別傳》：「輅尋聲（接口）答之曰『夫善《易》者，不論《易》也』，晏含笑而贊（誇獎；稱許）之：『可謂要言不煩也』。」大意是說：管輅聽完鄧颺（颺，音ㄧㄤˊ）說的話後，馬上接口回答說：「善於解釋《易》經的人，是不會談到《易》經中的詞義。」何晏聽完後笑著稱讚管輅說：「真可說是講話簡單明瞭，而且不囉嗦啊！」

用法 形容講話簡單扼要。

範例 老師要言不煩地點出這篇文章的主旨。

單刀直入 ㄉㄢ ㄉㄠ ㄓˊ ㄖㄨˋ

解釋 指認定目標之後就勇猛前進，不會害怕。

詞源 宋．釋道原．《景德傳燈錄．卷一二．廬州澄心院旻（旻，音ㄇㄧㄣˊ）德和尚》：「若是作家（行家）戰將，便請單刀直入，更莫（不要）如何若何（不要說任何理由）？」

用法 形容說話不拐彎抹角。

範例 這篇社論的作者單刀直入地剖析環保的重要性。

(五)比喻「言淺意深」

言近旨遠 ㄧㄢˊ ㄐㄧㄣˋ ㄓˇ ㄩㄢˇ

解釋 旨：意義。指言詞雖然淺近，但是所包含的意義非常深遠。

詞源 《孟子．盡心下》：「言近而旨遠者，善言也。」大意是說：能說出淺近的言語卻可以包含深層意義者，必定是一個善於說話的人。

用法 形容言詞不深奧，所包含的意義卻很深遠。

範例 「伊索寓言」雖然用字淺白，卻是一本言近旨遠的故事書。

提示 「言近旨遠」也作「言近指遠」。

言簡意賅 ㄧㄢˊ ㄐㄧㄢˇ ㄧˋ ㄍㄞ

解釋 賅：齊全；完備。指言語簡明扼要，但是所要表達的意思很完備。

詞源 清．王韜．《淞隱漫錄．消夏灣》：「余初來語言文字亦不相通，承其指授（傳授），由漸精曉（逐漸精通明白），深嘆古人言簡而意賅，為不可及也。」

用法 形容話說得很扼要，意思卻十分完備。

範例 「聖經」是一本言簡意賅的神學語錄。

微言大義 ㄨㄟˊ ㄧㄢˊ ㄉㄚˋ ㄧˋ

解釋 微言：微妙的言論。大義：深奧的義理。指微妙的言語中包含著深奧的義理。

詞源 漢．劉歆．《移書讓太常博士》：「及（待；等）孔子歿（歿，音ㄇㄛˋ，死）而微言絕（消失），七十子（孔子的七十二位弟子）卒（死）而大義乖（違背；不和協）。」大意是說：孔子過世之後，世上再也聽不到精妙的言論；而他的七十二位得意弟子過世之後，深奧的義理也都變得不和協了。

用法 形容精妙的言語中包含深奧的道理。

範例 「道德經」只有五千多個字，卻字字深含微言大義。

1.（　　）談言微「中」，請寫出括號中的注音和解釋。 ➡ㄓㄨㄥˋ，切中
2.（　　）得獎人□□□□的致詞方式，令人印象深刻。空格中應填入 A.嬉笑怒罵 B.昏昏沉沉 C.妙語如珠 D.憤憤不平。 ➡C
3.（　　）以下說明何者正確 A.妙語解頤的「頤」是指歡樂 B.插科打諢的「諢」音ㄏㄨㄣˋ，指戲謔語 C.弄口鳴舌是指說人長短。 ➡A、B、C

談言微中 ㄊㄢˊ ㄧㄢˊ ㄨㄟˊ ㄓㄨㄥˋ

解釋 指談話微妙，能切中事物的要害。

詞源 《史記·滑（滑，音ㄍㄨˇ）稽列傳》：「太史公（司馬遷）曰：『天道恢恢（廣大而無所不包），豈（難道）不大哉；談言微中，亦可以解紛（紛爭）。』」

用法 比喻善於辭令的人，談話能隱寓義旨，洞察事理。

範例 這篇教改社論談言微中，反映學子的心聲。

(六)比喻「言語幽默」

妙語天下 ㄇㄧㄠˋ ㄩˇ ㄊㄧㄢ ㄒㄧㄚˋ

解釋 妙語：機智有趣的言論。指說話幽默有趣，無人可比。

用法 形容說話幽默風趣。

範例 國文老師妙語天下，上他的課，格外有趣。

妙語如珠 ㄇㄧㄠˋ ㄩˇ ㄖㄨˊ ㄓㄨ

解釋 妙語：機智富趣味的言論。珠：珍珠。指言語幽默，每一個字都很有分量。

用法 形容言語或字句詼諧有趣。

範例 得獎人妙語如珠的致詞方式，令人印象深刻。

妙語解頤 ㄇㄧㄠˋ ㄩˇ ㄐㄧㄝˇ ㄧˊ

解釋 妙語：機智有趣的言論。解頤：歡樂；歡笑。指說一些有趣的話，讓人聽了就想大笑。

詞源 《漢書·匡衡傳》：「漢時匡衡善說詩，諸儒（讀書人）為之語曰：『……匡說詩，解人頤。』」

用法 形容說話風趣，令人聽了想發笑。

範例 相聲妙語解頤，融合說、學、逗、唱等的表演方式。

插科打諢 ㄔㄚ ㄎㄜ ㄉㄚˇ ㄏㄨㄣˋ

解釋 插：穿插。科：戲劇中演員所表現的動作。諢：戲謔的言語。指穿插在戲劇表演中，逗人笑個不停的動作和對話。

詞源 《遼史》：「打諢的不是黃幡（幡，音ㄈㄢ）綽（綽，音ㄔㄨㄛˋ）。」

用法 形容以詼諧的言語來逗人開心。

範例 電影中喜劇演員插科打諢的表演，讓觀眾莫不捧腹大笑。

提示 「插科打諢」的「諢」不可以寫成「混水摸魚」的「混」。

【惡言類】

(一)比喻「搬弄是非」

弄口鳴舌 ㄋㄨㄥˋ ㄎㄡˇ ㄇㄧㄥˊ ㄕㄜˊ

解釋 弄口：搬弄是非。鳴舌：鼓動舌頭。指鼓弄口舌。

詞源 南朝梁·任昉（昉，音ㄈㄤˇ）《奏彈范縝（縝，音ㄓㄣˇ）》：「弄口鳴舌，只足飾非（掩飾過錯）。」大意是說：說人長短，搬弄是非，這只不過是在掩飾自我的過錯罷了。

用法 形容說人長短。

範例 好弄口鳴舌的人，講話一定不真誠。

提示 「弄口鳴舌」也作「弄口弄舌」。

1.（　　　）形容挑撥是非，叫□面□刀。 ➡兩、三

2.（　　　）以下的歷史人物誰曾從事挑撥離間的間諜工作 A.慈禧太后 B.貂蟬 C.徐娘 D.李清照。 ➡B

3.（　　　）「遇事生風」中的「生風」是指 A.吹起狂風 B.挑起事端 C.用扇子搧風 D.發狂的意思。 ➡B

兩面三刀（ㄌㄧㄤˇ ㄇㄧㄢˋ ㄙㄢ ㄉㄠ）

解釋 兩面：正面和反面。指在一個人的面前做一套，在另一個人的面前又做一套。

詞源 元．李行道．《灰闌記》：「豈知（怎知）他有兩面三刀，向夫主廝（彼此；互相）搬調（搬弄是非）。」

用法 形容玩兩面手法，特意挑撥是非。

範例 你在外面行事，得特別防範兩面三刀的人。

挑弄是非（ㄊㄧㄠˇ ㄋㄨㄥˋ ㄕˋ ㄈㄟ）

解釋 挑弄：挑撥。是非：糾紛；爭端。指向兩方說長道短，引起不必要的爭端。

用法 形容在人面前挑撥是非，引起雙方的不愉快。

範例 他們已經在吵架了，你何必還要說些挑弄是非的話呢？

提示 「挑弄是非」也作「搬是造非」、「挑撥是非」。

挑撥離間（ㄊㄧㄠˇ ㄅㄛ ㄌㄧˊ ㄐㄧㄢˋ）

解釋 挑撥：搬弄。離間：從中製造是非，讓雙方彼此不愉快。指從中製造事端，引起人與人之間的不和。

用法 比喻在兩者之間製造事端，使其互相仇視對方。

範例 他極盡挑撥離間的目的，就是想坐收漁翁之利。

提示 「挑撥離間」的「間」讀作ㄐㄧㄢˋ。

搬口弄舌（ㄅㄢ ㄎㄡˇ ㄋㄨㄥˋ ㄕㄜˊ）

解釋 搬口：挑撥。弄舌：鼓動舌頭。指鼓動舌頭說人長短。

詞源 《水滸（滸，音ㄏㄨˇ）傳．四三回》：「必然嫂嫂見我做了這些衣裳，一定背後有說話；又見我兩日不回，必有人搬口弄舌。」

用法 形容說人是非，破壞別人的感情。

範例 他已經盡心盡力了，你又何必搬口弄舌，批評他的不是呢？

提示 「搬口弄舌」也作「搬脣弄舌」。

遇事生風（ㄩˋ ㄕˋ ㄕㄥ ㄈㄥ）

解釋 風：風波；爭端。比喻只要遇到時機，就會挑起事端。

詞源 《慈禧太后演義．二三回》：「於是立（馬上）上彈（彈，音ㄊㄢˊ，檢舉）章，劾（劾，音ㄏㄜˊ，糾舉罪狀的文件）他遇事生風，廣集同類，妄（隨便）議（批評）朝政，並有與太監（宦官）文海結為兄弟情事。」

用法 形容利用機會引發爭執。

範例 這些好遇事生風的人，唯恐天下不亂。

提示 「遇事生風」也作「遇事生波」。

鼓舌搖脣（ㄍㄨˇ ㄕㄜˊ ㄧㄠˊ ㄔㄨㄣˊ）

解釋 鼓：鼓動。鼓舌：多言的意思。搖：擺動。指鼓動舌根，擺動朱脣。

詞源 《誶范叔．二折》：「憑著咱鼓舌搖唇（同「脣」），立取（立刻取得）他封侯（賞賜侯爵）拜將（授給官位）。」大意是說：憑著我們四處地遊說，立刻使他取得高官的職位。

用法 ①形容居中進行煽動，破壞

1.（　　）「數」黑論黃，請寫出括號中的注音和解釋。
2.（　　）攻人之「短」，請寫出括號中的解釋。
3.（　　）形容說人家的壞話，叫言□語□。
4.（　　）他說話向來是□□□□，沒完沒了。空格中應填入 A.結結巴巴 B.朝三暮四 C.東拉西扯 D.一語中的。

➡ㄕㄨˇ、責備
➡缺點
➡三、四
➡C

他人之間的感情。②比喻向人遊說。

範例 蘇秦當年憑著三寸不爛之舌，鼓舌搖脣，說服六國抗秦。

提示 「鼓舌搖脣」也作「鼓脣弄舌」。

播弄是非（ㄅㄛ ㄋㄨㄥˋ ㄕˋ ㄈㄟ）

解釋 播弄：挑撥。指挑撥是非。

用法 比喻居中製造紛爭，使人感情失和。

範例 如果人人都能夠說好話，不播弄是非，自然沒有紛爭。

提示 「播弄是非」的「播」讀作ㄅㄛ。

數黑論黃（ㄕㄨˇ ㄏㄟ ㄌㄨㄣˋ ㄏㄨㄤˊ）

解釋 數：責備。論：說；研討。指在別人的面前數說一個人的好壞，議論他人的是非。

詞源 《關雲長千里獨行・四折》：「他那裏說短論長，數黑論黃，斷不了村沙（粗魯）莽撞（行動粗野的樣子），你心中自忖（忖，音ㄘㄨㄣˇ，思量）量。」大意是說：他在那裡說人長短，挑撥是非，完全斷絕不了粗野的本性，你心中要有所思量啊！

用法 ①比喻隨便說人是非。②比喻任意渲染。

範例 你們為什麼放著功課不寫，卻聚在一起數黑論黃呢？

提示 「數黑論黃」也作「說黃道黑」、「數黃道黑」。

(二) 比喻「話家常或批評」

攻人之短（ㄍㄨㄥ ㄖㄣˊ ㄓ ㄉㄨㄢˇ）

解釋 短：缺點。指批評別人的短處。

用法 比喻批評別人。

範例 這本八卦雜誌專門揭人隱私，攻人之短，其實毫無內容。

言三語四（ㄧㄢˊ ㄙㄢ ㄩˇ ㄙˋ）

解釋 指說三道四。

詞源 《二刻拍案驚奇・卷一七》：「叫人探聽舍人（明代以前的官職名稱，專門負責管理詔誥的事務）有個姐姐的說話，一發言三語四，不得明白。」

用法 形容說人家的壞話，也就是批評他人。

範例 我們並非當事人，實在不應該言三語四地批評雙方。

東拉西扯（ㄉㄨㄥ ㄌㄚ ㄒㄧ ㄔㄜˇ）

解釋 扯：拉；牽。指東邊拉一點東西，西邊也牽引一些東西。

詞源 《官場現形記・五三回》：「第二天上去，制台（官名）問了幾句話，虧（幸好）他東扯西拉，居然沒有露出馬腳（破綻）。」

用法 ①形容人閒聊沒有設定主題，想到什麼就聊什麼。②比喻抄襲資料，拼湊成文章。

範例 小妹一打開話匣子，鐵定是東拉西扯，講個沒完沒了。

提示 「東拉西扯」也作「東扯西拉」、「東拉西拽」（拽：音ㄓㄨㄞˋ，拉）。

無話不談（ㄨˊ ㄏㄨㄚˋ ㄅㄨˋ ㄊㄢˊ）

解釋 指什麼話都可以說給人家聽。

詞源 《二十年目睹之怪現象・七二回》：「喜得制台（官名）是自己同鄉世好（歷代友好），可以無

1.（　　）形容任意批評他人的成語有A.逢人說項B.說三道四C.說白道綠D.假情假意。 ➡B、C

2.（　　）說「長」道短，請寫出括號中的解釋。 ➡優點

3.（　　）「說東談西」的相似成語有A.說白道綠B.說高說低C.說天說地D.誇誇其談。 ➡B、C

話不談的。」

用法 ①形容閒聊間，任何話題都可以談論。②形容彼此的感情很好，說話毫無保留。

範例 我們倆是無話不談的好朋友。

提示 「無話不談」也作「無所不談」。

說三道四 ㄕㄨㄛ ㄙㄢ ㄉㄠˋ ㄙˋ

解釋 道：說。指亂發議論的意思。

詞源 唐．宋若莘．《女論語．學禮章》：「莫（不要）學他人，不知朝暮（早晚），走遍鄉村，說三道四，引惹（招來）惡（討厭）聲，多招罵怒。」大意是說：不要學別人一樣，連早晚都分不清楚，走遍整個鄉村，四處去批評別人，這樣一定會招來人家的怒罵和討厭。

用法 形容亂發議論，批評他人。

範例 他是個言語謹慎，絕不隨便說三道四的人。

說天說地 ㄕㄨㄛ ㄊㄧㄢ ㄕㄨㄛ ㄉㄧˋ

解釋 指天地間的事情都是閒聊的話題。

用法 形容不限主題，任意閒聊。

範例 晚飯後，家人們總是聚在一起說天說地，其樂融融。

說白道綠 ㄕㄨㄛ ㄅㄞˊ ㄉㄠˋ ㄌㄩˋ

解釋 道：說。指任意評論人家的好壞。

詞源 《水滸全傳．二〇回》：「那婆子吃了許多酒……正在那裏張家長，李家短，說白道綠。」

用法 形容對人誹謗或批評。

範例 人生苦短，若成天說白道綠的，多浪費時間呀！

提示 「說白道綠」也作「說白道黑」。

說東談西 ㄕㄨㄛ ㄉㄨㄥ ㄊㄢˊ ㄒㄧ

解釋 指閒談時，一下子說東，一下子又說到西。

詞源 《紅樓夢．六回》：「只見幾個挺胸疊肚（引申作人懷著傲慢的神態）指手畫腳（說話時手腳的動作很多）的人坐在大門上說東談西的。」

用法 形容閒聊。

範例 黃昏時分，幾個老伯聚在榕樹下說東談西，好不愜意。

提示 「說東談西」也作「說東道西」。

說長道短 ㄕㄨㄛ ㄔㄤˊ ㄉㄠˋ ㄉㄨㄢˇ

解釋 長短：優點和缺點。道：說。指說別人的是非好壞。

詞源 崔瑗（瑗，音ㄩㄢˋ）．《座右銘》：「無道人之短，無說己之長。」大意是說：不要隨便說人家的缺失，也不要誇耀自己的優點。

用法 指議論人家的是非。

範例 說長道短往往容易引起是非爭端。

提示 「說長道短」也作「說長論短」、「說短道長」、「說短論長」。

說高說低 ㄕㄨㄛ ㄍㄠ ㄕㄨㄛ ㄉㄧ

解釋 指任何事情皆談，沒有特別的主題。

用法 形容任意閒聊，不侷限某個主題。

範例 大家難得相聚，說高說低都

1.（　　　）「議」長論短，請寫出括號中的解釋。　➡討論

2.（　　　）比喻謠言的可怕，叫□人成□。　➡三、虎

3.（　　　）「不根之談」中的「不根」是指A.沒有把握B.沒有信心C.沒有目的D.沒有根據。　➡D

4.（　　　）以「訛」傳訛，請寫出括號中的注音和解釋。　➡ㄜˊ、不實的

無妨，只要聊得愉快就好了。

說地談天（ㄕㄨㄛ ㄉㄧˋ ㄊㄢˊ ㄊㄧㄢ）

解釋 指地下跟天上的事情全部談論。

詞源 元・關漢卿・《望江亭・四折》：「楊衙內官高勢顯（地位高的意思），昨夜個說地談天，只道（說）他仗（憑藉）金牌（宋代傳送緊急的文件，將木牌漆上紅底金字，差人以快馬傳遞。）將夫婿（妻子對丈夫的稱呼）誅（砍頭）……」大意是說：楊衙內地位高而且有權勢，昨天跟人閒話家常，只說他（楊衙內）仗著自己有一塊金牌，就砍掉別人丈夫的腦袋。

用法 形容閒聊的議題廣泛，任何話題都聊到了。

範例 中秋夜晚，大夥一起烤肉、賞月，說地談天，歡度佳節。

提示 「說地談天」也作「談天說地」。

議長論短（ㄧˋ ㄔㄤˊ ㄌㄨㄣˋ ㄉㄨㄢˇ）

解釋 議：討論。長短：優點和缺點；是非曲直。指說人家的是非、好壞。

用法 比喻對人有所評論。

範例 在背後對人議長論短，是非常不禮貌的行為。

(三) 比喻「無根據的言論」

三人成虎（ㄙㄢ ㄖㄣˊ ㄔㄥˊ ㄏㄨˇ）

解釋 三：引申作「多」的意思。指很多人說有看到老虎，那麼原本不相信的人，最後也不得不信了。

詞源 《戰國策・魏策二》：「謂（告訴）魏王曰：『今一人言市（城鎮）有虎，王信之乎？』王曰：『否。』『二人言市有虎，王信之乎？』王曰：『寡人（君主自稱）疑之矣。』『三人言市有虎，王信之乎？』王曰：『寡人信之矣。』龐蔥曰：『夫市之無虎明矣。然而三人言而成虎。』」大意是說：龐蔥告訴魏王說：「今天有一個人說鎮上出現一隻老虎，皇上相信嗎？魏王聽了說：『不相信。』如果有兩個人說在鎮上看到老虎，皇上相信嗎？魏王聽了說：『我有點懷疑。』如果有三個人說在鎮上看到老虎，皇上會相信嗎？這時魏王說：『我一定會相信。』龐蔥說：『城鎮上本來就不會出現老虎，這一點是很明確的，但是只要謠傳看到老虎的人多了，人們自然就會相信了。』」

用法 比喻謠言的可怕。

範例 俗話說：「三人成虎」，我們不應該聽信謠言。

提示 「三言成虎」也作「三夫成虎」。

不根之談（ㄅㄨˋ ㄍㄣ ㄓ ㄊㄢˊ）

解釋 不根：沒有根據。指沒有根據的言論。

詞源 《二刻拍案驚奇・卷三〇》：「那裏來這野漢！造此不根之談來誘哄人家子弟！」

用法 形容所說出來的言語，沒有事實的根據。

範例 十三號星期五是不吉利的日子，根本是不根之談。

提示 「不根之談」也作「不根之論」。

以訛傳訛（ㄧˇ ㄜˊ ㄔㄨㄢˊ ㄜˊ）

1.（　　　）「向避虛照」，請改正這句成語中的錯字。
2.（　　　）形容事情沒經過考證，就盲目地附和，叫吠□吠□。
3.（　　　）有關「妖言惑眾」的說明何者正確A.妖言，指荒誕的說法 B.惑，迷亂 C.比喻用不實的言論來欺騙大眾 D.指妖魔鬼怪的話。

➡壁、造
➡形、聲
➡A、B、C

解釋 訛：不實的。指本來就不正確的言論，經過大家相傳後，錯得更離譜。

詞源 魯迅．《太平歌訣》：「市民以訛傳訛，自相驚擾。」

用法 形容錯誤的訊息愈傳愈開，與事實的差距愈來愈大。

範例 明天會發生大地震，只不過是以訛傳訛罷了！

向壁虛造 ㄒㄧㄤˋ ㄅㄧˋ ㄒㄩ ㄗㄠˋ

解釋 向：面對。虛造：捏造。指用主觀的意識，憑空想像。

詞源 漢．許慎．《說文解字序》：「魯恭王壞孔子宅，而得《禮記》、《尚書》、《春秋》、《論語》、《孝經》……而世人大共非訾（訾，音ㄗˇ，誹謗），以為好奇者也，故詭（詭，音ㄍㄨㄟˇ，荒唐）更正文，鄉（通「向」）壁虛造不可知之書。」大意是說：魯恭王破壞孔子的舊居，在牆壁中發現了《禮記》、《春秋》、《論語》、《孝經》等書，當代之人，荒唐地更改原文的字詞，認為這些書並不是在孔子的家中發現的，而是面對孔子老家的牆壁所虛構出來的書。

用法 比喻憑空捏造。

範例 新聞必須經過採訪，不能夠向壁虛造。

提示 「向壁虛造」也作「向壁虛構」。

耳食之論 ㄦˇ ㄕˊ ㄓ ㄌㄨㄣˋ

解釋 耳食：聽到傳聞就信以為真的。指聽到人家說的話，沒有經過考證，也信以為真。

詞源 清．趙翼．《甌北詩話．卷二》：「謂（說）李太白全乎天才，杜子美（杜甫）全乎學力，此真耳食之論也。」

用法 形容沒有確切根據的言論。

範例 這種耳食之論的謠言，哪裡可以相信呀！

提示 「耳食之論」也作「耳食之言」。

吠形吠聲 ㄈㄟˋ ㄒㄧㄥˊ ㄈㄟˋ ㄕㄥ

解釋 吠：狗叫。指一隻狗看到有影子接近就會汪汪叫，而其他的狗聽到也會跟著叫。

詞源 漢．王符．《潛夫論．賢難》：「諺（民間流傳的俗語）曰：『一犬吠形，百犬吠聲。世之疾（病態）此，固久矣哉！』」大意是說：民間流傳的俗語說：「一隻狗看到影子就會狂叫，其他一百隻狗聽到吠聲，也會跟著一起叫，這就是比喻人們凡事都沒有先辨明真偽就加以盲從，民間產生這樣的病態已經很久了。」

用法 形容事情沒有經過考證，就盲目地附和。

範例 這種吠形吠聲的話，難道你也相信？

提示 「吠形吠聲」也作「吠影吠聲」。

妖言惑眾 ㄧㄠ ㄧㄢˊ ㄏㄨㄛˋ ㄓㄨㄥˋ

解釋 妖言：荒誕沒有根據的說法。惑：迷亂。指用荒誕的說法來迷亂群眾。

詞源 《漢書．眭（眭，音ㄙㄨㄟ）弘傳》：「……妖言惑眾，大逆不道（罪惡很大的意思）。」大意是說：用荒誕不實的言論來欺騙群眾，這樣的人是罪不可赦的。

用法 比喻用荒誕的邪說來欺騙群

1. （　　）「空口無平」，請改正這句成語中的錯字。 ➡憑
2. （　　）這本雜誌的內容大多是□□□□，不值得採信。空格中應填入 A.架詞揑造 B.爾虞我詐 C.一字千金 D.斷章取義。 ➡A
3. （　　）流言「蜚」語，請寫出括號中的注音和解釋。 ➡ㄈㄟ、流言
4. （　　）形容說話沒有根據，叫□風□影。 ➡捕、捉

眾。

範例 這些妖言惑眾的騙子，終於被警察繩之以法了。

空口無憑 ㄎㄨㄥ ㄎㄡˇ ㄨˊ ㄆㄧㄥˊ

解釋 空口：說話不切實際。指說話的內容沒有依據。

詞源 《官場現形記．二七回》：「王博高道：『空口無憑的話門生也不敢朝著老師來說。』」

用法 形容所說的話沒有事實根據。

範例 請你不要空口無憑，冤枉好人。

架詞揑造 ㄐㄧㄚˋ ㄘˊ ㄋㄧㄝ ㄗㄠˋ

解釋 架詞：憑空虛造言詞。揑造：虛構。指憑空虛構的話。

用法 比喻憑空想像的言論。

範例 這本八卦雜誌的內容大多是架詞揑造，不值得採信。

流言流說 ㄌㄧㄡˊ ㄧㄢˊ ㄌㄧㄡˊ ㄕㄨㄛ

解釋 流：沒有事實根據。指沒有事實根據的言語和說法。

用法 形容所說的言論浮泛，沒有依據。

範例 你們別理會這些流言流說，趕快打起精神吧！

流言蜚語 ㄌㄧㄡˊ ㄧㄢˊ ㄈㄟ ㄩˇ

解釋 蜚語：毫無依據的傳言。指沒有事實根據的議論和傳言。

詞源 ①《尚書．金縢》：「武王既喪，管叔及其羣弟乃流言於國曰：『公（周公）將不利於孺子（周成王）。』」大意是說：周武王過世之後，管叔與他的弟弟們在國內散發不實的言論說：「周公將對成王不利。」②《史記．魏其武安侯列傳》：「乃有蜚語，為惡聲聞上（被皇上聽到）。」大意是說：有不實的傳言被皇上聽到了。

用法 比喻沒有事實根據的傳言。

範例 這位偶像明星正為流言蜚語所苦惱。

提示 ①「蜚」是多音字，指流言時，通「飛」，讀作ㄈㄟ；指昆蟲時，讀作ㄈㄟˇ。②「流言蜚語」的「蜚」不可以寫成「斐然成章」的「斐」。

捕風捉影 ㄅㄨˇ ㄈㄥ ㄓㄨㄛ ㄧㄥˇ

解釋 指捉住風和影子。

詞源 宋．朱熹．《朱子全書．學一》：「若悠悠（悠閒自在）地似做不做，如捕風捉影，有甚長進！」大意是說：好像悠閒地做著工作，看起來好像在做事，其實並沒有認真做，只是一直在打馬虎眼，這會有什麼長進呢？

用法 ①風和影子是無形的東西，所以無法用手抓住，比喻說話沒有確實的依據。②形容做事敷衍，不肯下工夫。

範例 這件事只是他捕風捉影所揑造的，你別信以為真。

提示 「捕風捉影」也作「捕影拿風」。

造謠生事 ㄗㄠˋ ㄧㄠˊ ㄕㄥ ㄕˋ

解釋 造謠：揑造謠言。生事：惹事。指製造謠言，滋生是非。

詞源 《論語集注．卷九》：「好（好，音ㄏㄠˋ，喜歡）事（惹事），謂（稱）喜造言（造謠的意思）生事之人也。」

1.（　　）「曾參殺人」這句成語是形容A.曾參的罪行有憑有據B.謠言的可怕C.浪子回頭金不換D.要原諒犯錯的人。　➡B

2.（　　）以下的解釋何者錯誤A.形容憑空捏造事情叫「無中生有」B.「無的放矢」的「無的」是指沒有內容 C.「無稽之談」的「無稽」是指一點也不滑稽D.「參」是多音字。　➡B、C

用法 形容散發不實的言論，到處招惹事情。

範例 這群少年藉由造謠生事，來引起別人的關注。

提示 「造謠生事」也作「造言生事」。

曾參殺人（ㄗㄥ ㄕㄣ ㄕㄚ ㄖㄣˊ）

解釋 曾參：曾子，是孔子的學生，素有孝名。指大家都謠傳曾子殺人。

詞源 《戰國策·秦策二》：「昔者，曾子處（居住）費（地名），費人有與曾子同名族者（族人）殺人，人告曾子母曰：『曾參殺人。』曾子之母曰：『吾子不殺人。』織自若（若無其事地織著布）。有（通「又」）頃焉（一會兒），人又曰：『曾參殺人。』其母尚織自若也。頃之（沒有多久），一人又告之曰：『曾參殺人。』其母懼（害怕），投杼（將織布的梭子扔掉）逾（逾，音ㄩˊ，越過）牆而走。」

用法 形容謠言的可怕。

範例 這些流言就像是曾參殺人一樣，使得他的家人也起了疑心。

提示 「曾參殺人」也作「曾子殺人」、「曾母投杼」（杼：音ㄓㄨˋ，織布所用的梭子）。

游談無根（ㄧㄡˊ ㄊㄢˊ ㄨˊ ㄍㄣ）

解釋 游談：說一些不切實際的話。指講一些不切實際又無根據的話。

詞源 宋·蘇軾·《李君山房記》：「而後生（後代、晚輩、年輕人）科舉之士（讀書人），皆束書不觀（將書收起來存放，不再觀看），游談無根，此又何也？」

用法 比喻說一些沒有根據的言詞。

範例 如果開會時，大家只是說些游談無根的話，又有何意義？

無中生有（ㄨˊ ㄓㄨㄥ ㄕㄥ ㄧㄡˇ）

解釋 指萬物是從「無」開始產生，後來逐漸形成。道家也認為「有」是從「無」所衍生出來的。

詞源 《老子·四〇章》：「天下萬物生於有，有生於無。」大意是說：天下間的生物是由「有」所產生的，而「有」卻是由「無」所衍生的。

用法 形容憑空捏造事情。

範例 據說世界上有隱形人，這種無中生有的話，我才不相信呢！

無的放矢（ㄨˊ ㄉㄧˋ ㄈㄤˋ ㄕˇ）

解釋 無的：沒有靶心。指沒有靶心可射，卻隨意放箭。

詞源 《梁啟超·中日交涉彙評·交涉乎命令乎》：「若純屬虛構，吾深望兩國當局者聲明（發表）一言以解眾惑（疑問），如是（如此一來），則吾本篇所論純為無的放矢。」

用法 ①比喻說話不切實際。②比喻做事沒有目標。

範例 寫這種黑函的人，根本就是無的放矢嘛！

無稽之談（ㄨˊ ㄐㄧ ㄓ ㄊㄢˊ）

解釋 無稽：沒有根據。指沒有事實根據的言論。

詞源 《尚書·大禹謨》：「無稽之言勿聽。」

用法 形容無法查明事實與否的言

1. （　　　）以下成語何者是比喻無根據的言論 A.日行千里 B.道聽塗說 C.葉公好龍 D.憑空杜撰。　➡B、D
2. （　　　）「憑空憶造」，請改正這句成語中的錯字。　➡臆
3. （　　　）「積非成事」，請改正這句成語中的錯字。　➡是
4. （　　　）謠言「惑」眾，請寫出括號中的解釋。　➡迷亂

論。

範例 廣告上強調這種藥可以治百病，只是無稽之談罷了！

提示 「無稽之談」也作「無稽之言」、「無稽之說」。

道聽塗說 ㄉㄠˋ ㄊㄧㄥ ㄊㄨˊ ㄕㄨㄛ

解釋 道：路。塗：通「途」。指在半路上聽到沒有根據的傳言，在途中就將所聽到的說給別人聽。

詞源 《漢書．藝文志》：「小說家者流（類；輩），蓋出於稗官（古代研究里巷風俗的小官，今多指小說家），街談巷語（民間所流傳的事情），道聽途（通「塗」）說者之所造也。」大意是說：古代的小說家大多是由稗官所產生的，他們寫小說的題材大多來自街巷人家所流傳的故事，這些故事幾乎是人們由路上聽來，接著又在路上說給別人聽所造成的。

用法 指輾轉地散發沒有事實根據的言論。

範例 有智慧的人，聽到道聽塗說的言論，也能夠分辨出真偽。

提示 「道聽塗說」也作「道聽途說」、「道聽途傳」。

憑空杜撰 ㄆㄧㄥˊ ㄎㄨㄥ ㄉㄨˋ ㄓㄨㄢˋ

解釋 憑空：沒有事實依據。杜撰：自己主觀地捏造出來。指沒有依事實根據，完全是捏造出來的。

用法 形容言語或文句是虛構的。

範例 這則大新聞竟然是憑空杜撰的，令人很驚訝！

憑空臆造 ㄆㄧㄥˊ ㄎㄨㄥ ㄧˋ ㄗㄠˋ

解釋 臆造：憑自己主觀的想法去捏造。指沒有根據事實，完全依主觀的想法去虛構。

詞源 《經解入門》：「故能上接漢代，且有發（闡發）漢儒（讀書人）所未發者。不然，憑空臆造，蔑（蔑，音ㄇㄧㄝˋ，輕忽）古又孰（哪一個）甚（過分）哉？」

用法 比喻違背事實所捏造出來的事情。

範例 這本科幻推理小說雖然是作者憑空臆造的，卻充滿想像力。

提示 ①「憑空臆造」的「臆」讀作ㄧˋ。②「憑空臆造」也作「憑空捏造」。

積非成是 ㄐㄧ ㄈㄟ ㄔㄥˊ ㄕˋ

解釋 非：錯誤。是：對。指本來是錯誤的，很多人卻認為是對的，最後反而被大家認同了。

詞源 清．戴震．《原善．卷一》：「以今之去古聖哲（明智的人）既遠，治（研究）經之士，莫（不）能綜貫（整體貫通），習（從前）所見聞，積非成是，余（我）言恐未足以振茲（這個）墜緒（事物將要滅絕，而僅存下來者）也。」大意是說：今人已經離古代聖哲久遠，如今那些研究經學的人，不能整體貫通，只依以前的所見所聞，將不真實的資料當成是正確的，我認為這樣下去的話，一定不能振興即將滅絕的經學。

用法 形容長期累積的錯誤，最後會被誤以為是對的。

範例 你抱著積非成是的態度研究古文，哪能有收穫呢？

謠言惑眾 ㄧㄠˊ ㄧㄢˊ ㄏㄨㄛˋ ㄓㄨㄥˋ

解釋 謠言：憑空捏造的話。惑：迷亂。指用沒有根據的言論來迷亂

1. （　　　）「天花亂墮」，請改正這句成語中的錯字。 ➡墜
2. （　　　）「甜言密語」，請改正這句成語中的錯字。 ➡蜜
3. （　　　）你認為結交的朋友不應該有以下哪些行為A.日行善B.循規蹈矩 C.花言巧語 D.枉口拔舌。 ➡C、D
4. （　　　）「信口」胡說，請寫出括號中的解釋。 ➡隨口

眾人的心志。

用法 形容造謠惹是非。

範例 近來有人利用宗教的名義，四處謠言惑眾，你可別上當。

提示 「謠言惑眾」也作「妖言惑眾」。

(四) 比喻「假情假意的話」

天花亂墜 ㄊㄧㄢ ㄏㄨㄚ ㄌㄨㄢˋ ㄓㄨㄟˋ

解釋 亂：形容多而沒有秩序。墜：掉落。指天上的花紛紛地掉落下來。

詞源 宋．釋道原．《景德傳燈錄．鄂州清平山令遵禪師》：「若（如果）未會（領悟）佛意……講得天花亂墜，只成個邪說……去（距離）佛法大遠。」大意是說：如果不能徹底領悟佛法的意思……儘管嘴巴講得很動聽，那只是一種空洞的言詞，最後只會成為邪說……離真正的佛法還有一段很長的距離呢！

用法 形容所講的話雖然動聽，卻不切實際。

範例 講話天花亂墜的人，往往毫無誠意。

花言巧語 ㄏㄨㄚ ㄧㄢˊ ㄑㄧㄠˇ ㄩˇ

解釋 花言：修飾過的言語。巧語：動聽卻不實際的言語。指經過刻意修飾，但是內容空洞的言語。

詞源 宋．朱熹．《朱子語類》：「巧言，即今所謂（稱）花言巧語。」

用法 比喻好聽卻一點也不實際的言論。

範例 老人家被金光黨的花言巧語迷惑，以致損失不少錢財。

甜言蜜語 ㄊㄧㄢˊ ㄧㄢˊ ㄇㄧˋ ㄩˇ

解釋 指所說的話像糖蜜一樣的甜美。

詞源 明．馮夢龍．《醒世恆言．卷三六》：「卞（卞，音ㄅㄧㄢˋ）福坐在旁邊，甜言蜜語勸了一回。」

用法 ①比喻情侶之間所說的恩愛話。②比喻為了哄騙別人所說出來的話。

範例 人人愛聽甜言蜜語，但是要小心別被沖昏頭。

提示 「甜言蜜語」也作「甜言美語」。

(五) 比喻「任意亂說話」

枉口拔舌 ㄨㄤˇ ㄎㄡˇ ㄅㄚˊ ㄕㄜˊ

解釋 枉：不正經的。拔：搖動。指從嘴巴說出不正經的話。

詞源 《金瓶梅．二五回》：「是那個嚼舌根（多嘴）的？沒空生有（無中生有的意思），枉口拔舌，調唆（指使）你來欺侮老娘。」

用法 ①比喻扭曲事實，誹謗別人。②比喻胡說八道。

範例 比賽前，傳出雙方隊員互相枉口拔舌，抹黑對方的新聞。

提示 「枉口拔舌」也作「枉口誑舌」（誑：音ㄎㄨㄤˊ，欺騙）。

信口胡說 ㄒㄧㄣˋ ㄎㄡˇ ㄏㄨˊ ㄕㄨㄛ

解釋 信口：隨口。指隨口亂說。

詞源 《朱子語類．卷一二》：「若說有君、有親、有長時用敬，則無君親、無長之時，將不敬乎？都不思量（思考），只是信口胡說！」

用法 形容胡言亂語。

1.（　　）你說到就要做到，別任意地□□□□喔！空格中應填入 A.掩人耳目 B.信口開河 C.得寸進尺 D.推三阻四。　➡B

2.（　　）信口「雌」黃，請寫出括號中的注音。　➡ㄘ

3.（　　）「胡說八道」的相似成語有 A.渾水摸魚 B.信手拈來 C.胡扯瞎扯 D.胡言亂道。　➡C、D

範例 我才不會做非法的事，你別聽他信口胡說。

提示 「信口胡說」也作「信口胡謅」（謅：音ㄗㄡ，亂說話）。

信口開河 ㄒㄧㄣˋ ㄎㄡˇ ㄎㄞ ㄏㄜˊ

解釋 信口：隨口。河：嘴巴一開一合。通「合」。指說話沒有經過考慮就隨便說出口。

詞源 元．關漢卿．《魯齋郎》：「俺（我）自撇（拋棄）下家緣過活，再無心綴匹綾羅（引申作過官宦的生活），你休只管信口開合，絮絮聒聒（話說不止，多言又吵雜），俺張孔目（張睦）怎還肯緣木求魚（引申作不可能得到）。」大意是說：有一位叫做魯齋郎的惡霸，他專門霸占別人的妻子，就連孔目（官名）張睦（睦，音ㄙㄨㄟ）的妻子也難逃其手。張睦非常的生氣，但是又無能力要回妻子，最後只好選擇出家。後來包公知道這件事後，向朝廷稟報，終於依罪處死魯齋郎。雖然魯氏已死，但是張睦仍然不願意還俗，當時他說：「我自從拋棄家庭出家當道士後，再也不眷戀官宦的豪華生活，就算你雜七雜八地說了一堆話，我張睦是不可能還俗的。」

用法 形容說話前沒有經過仔細思量，滿嘴胡說八道。

範例 你說到就要做到，別任意地信口開河喔！

提示 「信口開河」也作「信口開合」。

信口雌黃 ㄒㄧㄣˋ ㄎㄡˇ ㄘ ㄏㄨㄤˊ

解釋 雌黃：礦物名稱，可以當作顏料，古人書寫錯誤多用雌黃塗掉重寫。指隨口亂說，又隨意更改的矛盾言論。

詞源 《晉書．王衍傳》：「王衍善談論，錯舉（舉用）經籍，則隨口改易（改變），時謂之口中雌黃。」大意是說：王衍是一位很會說話的清談家，當他錯用經典來發表議論時，人們會加以指正，經過指正的王衍會馬上改口，並且繼續說下去，當時的人就稱他為「胡說八道」的人。

用法 形容人隨意發表議論。

範例 有些候選人發表的政見，只是信口雌黃罷了！

胡扯瞎扯 ㄏㄨˊ ㄔㄜˇ ㄒㄧㄚ ㄔㄜˇ

解釋 胡扯：隨便亂說話。瞎：胡亂。指胡亂地說一些沒有用處的話。

用法 比喻胡言亂語。

範例 請你言歸正傳，別在眾人面前胡扯瞎扯了。

胡言亂道 ㄏㄨˊ ㄧㄢˊ ㄌㄨㄢˋ ㄉㄠˋ

解釋 胡言：亂說話。道：說。指隨意亂說話。

詞源 清．孔尚任．《桃花扇．罵筵（筵，音ㄧㄢˊ）》：「哇（哇，音ㄉㄡ，罵人的語氣）！這妮子（對小女孩的親暱稱呼）胡言亂道，該打嘴了。」

用法 比喻胡說八道。

範例 你就是沒有充分地準備，所以上臺報告時，才會胡言亂道。

提示 「胡言亂道」也作「胡言亂語」、「胡說亂道」。

胡說八道 ㄏㄨˊ ㄕㄨㄛ ㄅㄚ ㄉㄠˋ

解釋 胡說：不負責任地說。指不

1.（　　）「酒後失言」中的「失言」是指A.忘記要說的話B.沒有重點的聊天 C.說錯話 D.談話的內容不切合主題。 ➡C

2.（　　）形容不合於常道的說法，叫A.不經之談B.荒唐之言 C.貽笑大方 D.望文生義。 ➡A、B

3.（　　）「慌誕不經」，請改正這句成語中的錯字。 ➡荒

負責任地亂說話。

詞源《三俠五義．七回》：「小婦人告訴他兄弟已死，不但不哭，反倒向小婦人胡說八道，連小婦人如今直學不出口來。」

用法 形容不管事情的後果，隨便地亂說話。

範例 你分明是胡說八道，還不快向對方道歉。

酒後失言 ㄐㄧㄡˇ ㄏㄡˋ ㄕ ㄧㄢˊ

解釋 失言：說錯話。指喝酒之後，說錯了話。

用法 比喻酒後腦筋迷糊，把不應該說的話都說了出來。

範例 雖然酒後常吐真言，卻也容易酒後失言。

語無倫次 ㄩˇ ㄨˊ ㄌㄨㄣˊ ㄘˋ

解釋 倫次：條理與次序。指說話顛顛倒倒，沒有條理和次序。

詞源《北窗錄》：「醉後失德（高尚的性格），語無倫次。」大意是說：喝醉酒後，崇高的品格都不見了，此時腦筋一片空白，說話都胡言亂語。

用法 形容腦筋不清楚，滿嘴胡言亂語。

範例 當他昏迷不醒時，語無倫次地說了些誰也聽不懂的話。

(六) 比喻「言論荒誕」

不經之談 ㄅㄨˋ ㄐㄧㄥ ㄓ ㄊㄢˊ

解釋 不經：不合常道。指不合常道的說法。

詞源 晉．羊祜（祜，音ㄏㄨˋ）《戒子書》：「無傳（流傳）不經之談，無聽毀譽（傷害名譽）之語。」

用法 形容荒唐又無法查證的說法。

範例 「人類會滅亡」？我才不相信這些不經之談呢！

荒唐之言 ㄏㄨㄤ ㄊㄤˊ ㄓ ㄧㄢˊ

解釋 荒唐：不實在；不合常理。指不合常理的言語。

詞源《莊子．天下》：「以謬（謬，音ㄇㄧㄡˋ，錯誤的）悠之說，荒唐之言，無端崖（涯際）之辭，時恣縱（隨意放縱）而不儻（儻，音ㄊㄤˇ，營私）。」

用法 形容不合於常道的說法。

範例 食用稀有動物可以補身，只是不肖商人的荒唐之言。

荒誕不經 ㄏㄨㄤ ㄉㄢˋ ㄅㄨˋ ㄐㄧㄥ

解釋 荒誕：浮誇不實。不經：不合常道。指浮誇而且不合常道的言論。

詞源 清．吳趼（趼，音ㄐㄧㄢˇ）人．《雜說》：「《鏡花緣》一書……不似《野叟曝言》獨（只）以一文素臣為通天（極高、很強的意思）本事之人，荒誕不經也。」

用法 比喻不合常理的謬言、文句或行為。

範例 這本八卦雜誌盡是報導一些荒誕不經的消息，其實毫無內容。

鬼話連篇 ㄍㄨㄟˇ ㄏㄨㄚˋ ㄌㄧㄢˊ ㄆㄧㄢ

解釋 鬼話：騙人的假話。指一連串騙人的話。

詞源《通俗篇》：「今以虛誑（誑，音ㄎㄨㄤˊ，欺騙）辭為鬼話，常屬（屬於）詭（欺詐；虛偽）話之訛（訛，音ㄜˊ，錯誤）。」大意是說：今日大家將欺騙的話解釋為

1.（　　　）形容人有話就說出來，叫□直□快。
2.（　　　）形容人講話直爽，叫□人□語。
3.（　　　）直言不「諱」，請寫出括號中的注音和解釋。
4.（　　　）「率耳而對」，請改正這句成語中的錯字。
5.（　　　）「脫口」而出，請寫出括號中的解釋。

➡心、口
➡快、快
➡ㄏㄨㄟˋ、顧忌
➡爾
➡隨口

「鬼話」，這應該是由「詭話」兩個字的訛傳所演變來的。

用法 形容滿嘴騙人和荒誕的言語。

範例 你成天鬼話連篇，為什麼不去做些有意義的事呢？

(七) 比喻「直接說出來」

心直口快（ㄒㄧㄣ ㄓˊ ㄎㄡˇ ㄎㄨㄞˋ）

解釋 心：人的性格。指性格比較直率的人，心中想什麼，就直接說出來。

詞源 《紅樓夢．三四回》：「薛蟠（蟠，音ㄆㄢˊ）本是個心直口快的人，見不得這樣藏頭露尾（閃閃躲躲的樣子）的事。」

用法 形容人心中藏不住話，有話直說。

範例 他是個心直口快的人，心裡藏不住話。

提示 「心直口快」也作「口快心直」、「心直嘴快」。

快人快語（ㄎㄨㄞˋ ㄖㄣˊ ㄎㄨㄞˋ ㄩˇ）

解釋 快：豪爽。指個性豪爽的人，說話也直爽。

詞源 《傳燈錄》：「快馬一鞭，快人一言。」

用法 形容脾氣爽快的人說出直爽的話。

範例 大家既然都是快人快語的個性，就有話直說吧！

直言不諱（ㄓˊ ㄧㄢˊ ㄅㄨˋ ㄏㄨㄟˋ）

解釋 諱：隱避；顧忌。指心裡想什麼就直接說出來，沒有任何的顧忌。

詞源 《戰國策．齊策四》：「寡人（皇帝的自稱）奉先君（祖先）之宗廟（古代天子供奉祖先的廟），守社稷（國家），聞（聽說）先生直言正諫（用言語來糾正別人的錯誤）不諱。」大意是說：我在宗廟中供奉著歷代祖先，同時守衛著國家，聽說先生（王斗）是一位有話直說的諫士……。

用法 形容有話直說，從不隱藏。

範例 開會的時候，我直言不諱地指出企劃案的缺點。

提示 「直言不諱」也作「直言無諱」。

率爾而對（ㄕㄨㄞˋ ㄦˇ ㄦˊ ㄉㄨㄟˋ）

解釋 率爾：輕忽；隨便。指不經過思索就輕率地回答別人。

詞源 《論語．先進》：「子路率爾而對，曰：『千乘（乘，音ㄕㄥˋ，車輛）之國（千乘之國也就是諸侯國），攝（迫近）乎大國之間……因之以饑饉（收成欠佳），由也為之，比及（比，音ㄅㄧˋ，等到）三年，可使有勇，且知方（辦法）也。』」大意是說：孔子要所有的學生說明自己未來的志向，子路未經思考就隨口說出：「擁有千輛兵車的國家，迫近於大國之間，……然而人民收成欠佳，如果由我來管理這個地方，大約三年的時間，我就可以令軍隊變得強盛，人民也懂得生活的方法。」

用法 形容未經思考就隨口說出來。

範例 講話總是率爾而對的人，容易給人輕浮的感覺。

脫口而出（ㄊㄨㄛ ㄎㄡˇ ㄦˊ ㄔㄨ）

解釋 脫口：順口；隨口。指沒有

1.（　　　）比喻說話不拐彎抹角，叫開□見□。
2.（　　　）「衝」口而出，請寫出括號中的注音。
3.（　　　）「冷」言冷語，請寫出括號中的解釋。
4.（　　　）冷言「諷」語，請寫出括號中的注音和解釋。
5.（　　　）冷語「冰」人，請寫出括號中的解釋。

➡門、山
➡ㄔㄨㄥ
➡冷淡、刻薄
➡ㄈㄥˋ、嘲笑
➡冷漠

經過大腦的思考，順口就將話說了出來。

詞源《管子．霸形》：「言脫於口，而令（命令）行乎天下（全國）。」

用法 形容心裡想說什麼，直接就說了出來。

範例 我對於自己脫口而出地批評同學，感到很抱歉。

開門見山（ㄎㄞ ㄇㄣˊ ㄐㄧㄢˋ ㄕㄢ）

解釋 指打開家門就可以直接看到山。

詞源 宋．嚴羽．《滄浪詩話．詩評》：「太白（李白）發句，謂之開門見山。」大意是說：李白是一位天才型的詩人，他不管寫詩或說話，臨時想到就直接寫下來或說出來，所以由他寫下來或說出口的言詞，人們就稱之為「開門見山」。

用法 ①比喻字義顯明易見。②比喻說話直率，不拐彎抹角。

範例 他開門見山地向大家說明募款的原因。

衝口而出（ㄔㄨㄥ ㄎㄡˇ ㄦˊ ㄔㄨ）

解釋 衝口：隨口；順口。指沒有經過事先的思考，順口就說了出來。

詞源《兒女英雄傳．三七回》：「……他此時是滿懷的遂心（順心）快意，滿面的吐氣揚眉（是指人得志，將心中的怨氣都吐出來），話擠話不由得衝口而出。」

用法 形容人想到什麼就說什麼。

範例 人生氣時，衝口而出的話往往充滿敵意。

(八)比喻「諷刺他人」

冷言冷語（ㄌㄥˇ ㄧㄢˊ ㄌㄥˇ ㄩˇ）

解釋 冷：冷淡；刻薄。指態度冷淡，言語刻薄。

詞源《鏡花緣．一八回》：「多九公被兩個女子冷言冷語，帶譏帶訕（訕，音ㄕㄢˋ，譏笑）的，只管催逼，急得滿面青紅，恨無地可鑽。」

用法 比喻用冷淡的言語來譏諷別人。

範例 為什麼你對同學講話，總是冷言冷語呢？

提示「冷言冷語」也作「冷言熱語」。

冷言諷語（ㄌㄥˇ ㄧㄢˊ ㄈㄥˋ ㄩˇ）

解釋 諷：嘲笑。指用刻薄的話去譏笑別人。

用法 比喻用尖酸刻薄的話去嘲弄他人。

範例 這次比賽輸了，聽到對手的冷言諷語，心裡怪不是滋味的。

冷語冰人（ㄌㄥˇ ㄩˇ ㄅㄧㄥ ㄖㄣˊ）

解釋 冷語：尖酸刻薄的話。冰：冷漠。指用冷淡的態度和刻薄的言語去諷刺他人。

詞源《類說．外史檮（檮，音ㄊㄠˊ）杌（杌，音ㄨˋ）》：「孟蜀與潘柱在庭（朝廷。通「廷」）以財結權要，或（有人）戒之，乃曰：『非是（不是）求援，不欲（希望）其以冷語冰人耳！』」大意是說：孟蜀與潘柱以金錢巴結朝廷中的政要，有人勸戒他們，他們卻說：「我們此舉並非在向這些權要求援，只是不希望被他們冷嘲熱諷罷了。」

1.（　　　）比喻用言語嘲笑和諷刺他人，叫□嘲□諷。 ➡冷、熱
2.（　　　）口「誅」筆「伐」，請寫出括號中的解釋。 ➡責備、攻擊
3.（　　　）「大事攻訐」，請改正這句成語中的錯字。 ➡肆
4.（　　　）含血「噴人」，請寫出括號中的解釋。 ➡罵人
5.（　　　）比喻對人誹謗的言語，叫□言□語。 ➡風、醋

用法 形容用言語諷刺他人。

範例 他憑著努力當上經理，卻受到同事的冷語冰人。

冷嘲熱諷（ㄌㄥˇ ㄔㄠˊ ㄖㄜˋ ㄈㄥˋ）

解釋 冷：冷淡。熱：情緒高昂。諷：譏刺。指冷冷的嘲笑，激烈的諷刺。

詞源 《後漢通俗演義．二○回》：「郭皇后暗中窺透，當然懷疑，因此對著帝前，往往（常常）冷嘲熱諷，語帶蹊蹺（蹊蹺，音ㄒㄧ ㄑㄧㄠ，可疑）。」

用法 比喻用言語對人嘲笑和諷刺。

範例 對人冷嘲熱諷，是非常不禮貌的行為。

提示 「冷嘲熱諷」也作「冷嘲熱罵」、「冷嘲熱謔」（謔：音ㄋㄩㄝˋ，譏笑）。

(九) 比喻「聲討或誹謗」

口誅筆伐（ㄎㄡˇ ㄓㄨ ㄅㄧˇ ㄈㄚˊ）

解釋 誅：責備。伐：攻擊。指用嘴巴責備，用文字指責。

詞源 東漢．班固．《白虎通義．誅伐》：「誅猶責也，……伐者何？謂伐擊也。」大意是說：「誅」可解釋為責備的意思，「伐」又怎麼解釋呢？就稱為討伐、攻擊吧！

用法 比喻用文字和言語來譴責或攻擊他人。

範例 歹徒落網之後，各家媒體莫不對他口誅筆伐。

提示 「口誅筆伐」也作「筆誅口伐」、「筆誅墨伐」。

大肆攻訐（ㄉㄚˋ ㄙˋ ㄍㄨㄥ ㄐㄧㄝˊ）

解釋 大肆：沒有顧忌。訐：拆穿別人的隱私或過錯。指隨意揭發他人隱私並且加以攻擊。

用法 形容中傷他人。

範例 他在會議上大肆攻訐的言行，其實非常的不妥當。

提示 「大肆攻訐」的「訐」讀作ㄐㄧㄝˊ。

血口噴人（ㄒㄧㄝˇ ㄎㄡˇ ㄆㄣ ㄖㄣˊ）

解釋 血口：惡毒的言語。噴：怒吼。指用毒辣的言語責罵他人。

用法 比喻對人指責或中傷。

範例 這件事還沒有查明之前，請你不要血口噴人。

含血噴人（ㄏㄢˊ ㄒㄧㄝˇ ㄆㄣ ㄖㄣˊ）

解釋 噴人：罵人。指嘴巴含著血來罵人。

詞源 清．李玉．《清忠譜．叱戡》：「你不怕刀臨頭頸，還思（想）含血噴人。」大意是說：你不怕刀子架在頸部上，還想要隨便誣衊別人。

用法 形容故意製造不真實的假象來冤枉他人。

範例 他根本沒有做這件事，你們卻含血噴人，實在有失厚道。

風言醋語（ㄈㄥ ㄧㄢˊ ㄘㄨˋ ㄩˇ）

解釋 醋語：嫉妒的話。指因嫉妒心作遂，所以去中傷別人。

詞源 《孽海花．一七回》：「阿福尚在那裏尋瑕（瑕，音ㄒㄧㄚˊ，缺點）索瘢（瘢，音ㄅㄢ，傷口痊癒後留下來的痕跡。尋瑕索瘢：引申作故意尋找他人的小過失），風言醋語，所以連通信的人都沒有，只好

1.（　　）以下括號中何者為動詞 A.痛「毀」極「詆」B.「誣」良為盜 C.一落千「丈」D.不可名「狀」。　➡A、B

2.（　　）比喻強辯到底的成語有 A.目空一切 B.危言聳聽 C.一口咬定 D.各執一詞。　➡C、D

3.（　　）「自原其說」，請改正這句成語中的錯字。　➡圓

肚裏叫苦罷了。」

用法 比喻對人誹謗的言語。

範例 關於外面流傳的風言醋語，你不必去理會。

痛毀極詆（ㄊㄨㄥˋ ㄏㄨㄟˇ ㄐㄧˊ ㄉㄧˇ）

解釋 痛毀：盡情地罵。詆：說別人的缺點。指盡情地責罵和挖苦別人。

詞源 明．王守仁．《教條示龍場諸生》：「若先暴（猛烈的）白（敘述）其過（過錯）惡（罪惡），痛毀極詆，使無所容（沒有地方可以容身）。」

用法 比喻誹謗他人。

範例 選舉是君子之爭，不應該彼此痛毀極詆，惡意中傷。

提示 ①「痛毀極詆」的「詆」讀作ㄉㄧˇ。②「極」不可以寫成「望塵莫及」的「及」。

誣良為盜（ㄨ ㄌㄧㄤˊ ㄨㄟˊ ㄉㄠˋ）

解釋 誣：冤枉。指冤枉好人是盜賊的意思。

詞源 清．孔尚任．《桃花扇．歸山》：「據爾（你）所供，一無實際（完全沒有真實存在的情況），難道本衙門（古代官吏處理公務的地方）誣良為盜不成？」大意是說：根據你的供詞，我們真的查不出具體的犯罪實證，難道是本府冤枉好人不成？

用法 形容捏造事實，冤枉人。

範例 如果沒有證據，法官絕不會誣良為盜，冤枉好人。

【辯解類】

㈠比喻「強辯到底」

一口咬定（ㄧˋ ㄎㄡˇ ㄧㄠˇ ㄉㄧㄥˋ）

解釋 指一口認定，不再改變。

用法 比喻心中產生想法之後，就不再改變。

範例 這件事你為何一口咬定是他做的呢？

各執一詞（ㄍㄜˋ ㄓˊ ㄧˋ ㄘˊ）

解釋 執：堅持。指各自堅持看法。

詞源 《醒世恆言．卷二九》：「兩下（方）各執一詞，難以定招。」

用法 形容堅持自己的看法，不與人妥協。

範例 嫌犯和被害人各執一詞，使得案情陷入膠著。

自圓其說（ㄗˋ ㄩㄢˊ ㄑㄧˊ ㄕㄨㄛ）

解釋 圓：掩飾矛盾的說詞，使事情變得完美。指自己掩飾矛盾的言詞，編出另一套說法，使整個事情變得合理。

詞源 清．李寶嘉．《官場現形記．五五回》：「（史其祥）躊躇（躊躇，音ㄔㄡˊ ㄔㄨˊ，猶豫而未決的意思）了好半天，只得仰承憲意（順從上級長官），自圓其說道：『職道（清代官員在長官面前的自稱）的話原是一時愚昧（糊塗）之談，作不得准（依據）的。』」大意是說：史其祥猶豫了半天，只好順著長官的的意思，編出一套說法來掩飾自己的說詞，他說：「我是因為一時糊塗才說出那樣的話，那是不能作為依據的。」

用法 比喻自己說出不合理的事

1.（　　）「直意抗言」，請改正這句成語中的錯字。 ➡執
2.（　　）「強詞奪禮」，請改正這句成語中的錯字。 ➡理
3.（　　）比喻依據公理，極力爭辯，叫□理□爭。 ➡據、力
4.（　　）比喻無法辯解的成語有 A.一言難盡 B.一面之詞 C.有口難言 D.百口莫辯。 ➡C、D

情，卻一直牽強地解釋，使其變成合理的。

範例 「鐵證如山」，任歹徒如何的自圓其說，也是枉然。

提示 「自圓其說」也作「自完其說」。

執意抗言（ㄓˊ ㄧˋ ㄎㄤˋ ㄧㄢˊ）

解釋 執意：堅持。抗：違抗；拒絕。指堅持自己的意思，違抗上級的命令。

詞源 《魏書・慕容寶傳》：「中書令（古代中書省的長官，相當於宰相的職位）眭（眭，音ㄙㄨㄟˋ）邃（邃，音ㄙㄨㄟˋ），執意抗言。」

用法 比喻堅持自己的看法，拒絕接受上級的命令。

範例 他對於不合理的現象，向來是執意抗言，毫不畏懼。

強詞奪理（ㄑㄧㄤˇ ㄘˊ ㄉㄨㄛˊ ㄌㄧˇ）

解釋 奪：搶。指用狡辯的言語，硬是要說出個道理。

詞源 《呂氏春秋》：「春秋宋大夫高陽應，生性強辯，云（說）可用溼木（潮溼的木柴）造屋，木工無奈，卒（最後）失敗。」

用法 形容本身已經理虧，卻硬要強辯，爭論到底。

範例 事實擺在眼前，哪能夠由你強詞奪理。

據理力爭（ㄐㄩˋ ㄌㄧˇ ㄌㄧˋ ㄓㄥ）

解釋 力：極力；盡力。指依據公理，竭力以爭。

詞源 《文明小史・三八回》：「老兄既管了一縣的事，自己也應該有點主意。外國人呢，固然得罪不得，實在下不去（不能讓步）的地方，也該據理力爭。」

用法 比喻依據公理，極力爭辯，不肯輕易讓步。

範例 住戶們對建商遲遲不交屋一事，據理力爭，要求賠償。

提示 「據理力爭」也作「據理直爭」。

(二)比喻「無法辯解」

有口難言（ㄧㄡˇ ㄎㄡˇ ㄋㄢˊ ㄧㄢˊ）

解釋 指內心有話要說，卻礙於某些原因而不敢講出來。

詞源 元・關漢卿・《竇娥冤・三折》：「這都是官吏每（常常）無心正法，使百姓有口難言。」

用法 形容有話要說，卻又不敢說出來。

範例 關於他借錢不還的原因，我實在有口難言。

有口莫辯（ㄧㄡˇ ㄎㄡˇ ㄇㄛˋ ㄅㄧㄢˋ）

解釋 指空有一張嘴，卻無法爭辯。

詞源 《古今小說・卷二》：「孟夫人有口難辯，倒（卻）被他纏住身子，不好動身。」

用法 形容受到冤屈，卻難以申辯。

範例 你到底有什麼難言之隱，以致有口莫辯呢？

提示 「有口莫辯」也作「有口難分」、「有口難辯」。

百口莫辯（ㄅㄞˇ ㄎㄡˇ ㄇㄛˋ ㄅㄧㄢˋ）

解釋 百：是虛詞，並非真的指一百，後引申作「多」的意思。莫：不可；不能。指即使生有很多張嘴巴，也無法辯解清楚。

1.（　　　）百口難「訴」，請寫出括號中的解釋。
2.（　　　）形容彼此互不關心，不相往來，叫不相□□。
3.（　　　）我居住的社區向來注重敦親睦鄰，沒有□□□□的情形。空格中應填入 A.不通水火 B.悲喜交集 C.童言無忌 D.渾水摸魚。

➡說
➡聞問
➡A

用法 形容無法辯白。

範例 他對於被栽贓的事情，顯得百口莫辯。

提示 「百口莫辯」也作「百口難辯」。

百口難訴（ㄅㄞˇ ㄎㄡˇ ㄋㄢˊ ㄙㄨˋ）

解釋 訴：說。指就算長很多張嘴巴，也很難辯解。

詞源 《古今小說・卷三九》：「倘（假使）一有拒捕之名，弄假成真，百口難訴，悔之無及（後悔也來不及了）也。」

用法 形容無法辯解。

範例 老師當場見到他作弊，使得他百口難訴，低頭認錯。

提示 「百口難訴」也作「百口難分」。

啞口無言（ㄧㄚˇ ㄎㄡˇ ㄨˊ ㄧㄢˊ）

解釋 啞口：啞子的嘴巴。指像啞子的嘴一樣，沒有辦法說話。

詞源 《官場現形記・四四回》：「他倆扭進來的時候，各人都覺得自己理長（較有道理），恨不得見了堂翁（官名），各人把各人苦處訴說一頓，及至被執（掌管）帖（帖門）大爺訓斥一番，登時（馬上）啞口無言，不知不覺，氣燄（通「焰」）矮了大半截（段）。」

用法 形容被人質問或責罵時，一句話也說不出來。

範例 因為被害人指證歷歷，嫌犯頓時啞口無言，只得認罪。

【來往類】

(一)比喻「不相往來」

不相聞問（ㄅㄨˋ ㄒㄧㄤ ㄨㄣˊ ㄨㄣˋ）

解釋 聞問：打聽問候；問候彼此的消息。指彼此之間互不通音信。

詞源 清・紀昀（昀，音ㄩㄣˊ）・《閱微草堂筆記，灤陽消夏錄二》：「嘗讀書神廟中，廟故宏闊，僦（僦，音ㄐㄧㄡˋ，租屋）居者多，林生性孤峭（孤僻），率（大概）不相聞問。」

用法 形容人與人之間互不關心，不相往來。

範例 現代社會人情淡薄，鄰居彼此間不相聞問的現象已經很普遍。

不通水火（ㄅㄨˋ ㄊㄨㄥ ㄕㄨㄟˇ ㄏㄨㄛˇ）

解釋 不通：不相往來。指像水火之間不相往來。

詞源 《漢書・孫寶傳》：「杜門（關閉）不通水火，穿舍（鑿通房屋）後牆為小戶（出入口），但持鉏（鉏，音ㄔㄨˊ，農具。通「鋤」）自治國。」

用法 比喻街坊鄰居之間互不往來，彼此的感情很冷淡。

範例 我居住的社區向來注重敦親睦鄰，沒有不通水火的情形。

不聞不問（ㄅㄨˋ ㄨㄣˊ ㄅㄨˋ ㄨㄣˋ）

解釋 聞：聽。問：問候。指既不探聽也不問候。

詞源 《兒女英雄傳・首回》：「（唐明皇）除了選色（挑選美女）徵歌之外，一概付之不聞不

1. （　　　）比喻不跟人互相往來，叫□□不出。 ➡杜門
2. （　　　）「杜門自絕」中的「自絕」是指A.自己感到絕望B.自己傷害自己C.自己與外面的世界完全斷絕來往D.獨居。 ➡C
3. （　　　）杜門「卻」掃，請寫出括號中的解釋。 ➡推辭
4. （　　　）「杜」門謝客，請寫出括號中的解釋。 ➡緊閉

問。」

用法 形容對人事物漠不關心。

範例 他對社區所舉辦的活動總是不聞不問，和鄰居間也很冷淡。

提示 「不聞不問」也作「不問不聞」。

尹邢避面 ㄧㄣˇ ㄒㄧㄥˊ ㄅㄧˋ ㄇㄧㄢˋ

解釋 尹邢：漢武帝時的尹夫人和邢夫人。避面：避開而不相見。指尹夫人和邢夫人互不相見。

詞源 清．王韜．《淞隱漫錄．紀日本女子阿傳事》：「由是（引此）菊、傳兩人，遂（於是；竟然）如尹邢之避面焉。」

用法 形容人因嫉妒而故意閃躲，互不見面的情況。

範例 這家電視臺的兩大當家花旦，向來是尹邢避面，王不見王。

杜門不出 ㄉㄨˋ ㄇㄣˊ ㄅㄨˋ ㄔㄨ

解釋 杜門：關門。指關閉門戶不外出。

詞源 《史記．商君列傳》：「公子虔杜門不出，已八年矣（已經有八年了）。」

用法 比喻不跟人互相往來。

範例 他自從鬧出醜聞後，就乾脆杜門不出，一切交給家人處理。

提示 「杜門不出」也作「杜牆不出」。

杜門自絕 ㄉㄨˋ ㄇㄣˊ ㄗˋ ㄐㄩㄝˊ

解釋 自絕：自己與外面的世界完全斷絕來往。指緊閉門戶，與外界隔絕。

詞源 《新五代史．盧光稠傳》：「遂（於是）稱疾篤（病重），杜門自絕。」

用法 形容將自己的生活圈與外界隔離。

範例 你不能因為遭遇一點挫折，就杜門自絕，放棄希望呀！

杜門卻掃 ㄉㄨˋ ㄇㄣˊ ㄑㄩㄝˋ ㄙㄠˇ

解釋 杜：塞絕。卻：推辭。指關閉門戶，不再打掃。

詞源 《嘻談初錄自序》：「余性愛花而喜靜，杜門卻掃，三徑蕭然（冷清安靜貌）。」大意是說：我生性愛花而ㄕˋ喜歡安靜，於是緊閉大門，不再過問世俗之事，結果出入宅第的三條小徑變得冷冷清清。

用法 形容門戶都已緊閉，庭院不再打掃，也就是斷絕與外界的聯絡，不再插手過問世俗之事。

範例 這位老畫家搬到深山，過起杜門卻掃的隱居生活。

提示 「閉門卻掃」也作「閉關卻掃」。

杜門謝客 ㄉㄨˋ ㄇㄣˊ ㄒㄧㄝˋ ㄎㄜˋ

解釋 杜門：緊閉大門。謝客：不想見到訪客。指關起門戶，不接見任何客人。

詞源 宋．陸游．《老學庵筆記．卷八》：「唐大夫如白居易輩（類）……杜門謝客，專延（請）緇（緇，音ㄗ，和尚穿的衣物，可代稱僧侶）流做佛事者。」大意是說：唐代的大夫中，像白居易這一類的人，總是緊閉自家大門，不見任何來訪的客人，卻專請僧侶之類的弘揚佛法者到家裡，這是很特別之處。

用法 比喻關起門窗，拒絕與人來往。

1. (　　　) 「足不踰戶」，請改正這句成語中的錯字。
2. (　　　) 「昔交決遊」，請改正這句成語中的錯字。
3. (　　　) 形容不與別國有交流，叫□□自守。
4. (　　　) 深居「簡」出，請寫出括號中的解釋。
5. (　　　) 越人「視」秦，請寫出括號中的解釋。

➡逾
➡息、絕
➡閉關
➡少
➡看待

範例 緋聞事件的男主角為了躲避媒體採訪，早已經杜門謝客多日。

足不逾戶 ㄗㄨˊ ㄅㄨˋ ㄩˊ ㄏㄨˋ

解釋 足：腳。逾：跨過。戶：大門。指雙腳都不踏出大門一步。

詞源 《南齊書．何求傳》：「居波若寺，足不逾戶，人莫（沒有）見其面。」大意是說：何求住在波若寺中，雙腳從未踏出寺門一步，所以人們從來沒有見過他的真面目。

用法 ①形容一個人太過保守或自閉，害怕與他人打交道。②形容人斷絕與外界來往，不再過問世俗的事情。

範例 古代的黃花閨女在尚未出嫁前，通常都足不逾戶呢！

提示 「足不逾戶」也作「足不出戶」。

息交絕遊 ㄒㄧˊ ㄐㄧㄠ ㄐㄩㄝˊ ㄧㄡˊ

解釋 息交：停止交友。絕：斷絕。遊：出遊。指不再與親友和朋友交往或出遊。

詞源 宋．王明清．《揮麈後錄．卷八》：「劉斯立……屏（隱藏）居東平，杜門卻掃，息交絕遊，人罕識（知道）其面。」大意是說：劉斯立這個人，隱居在東平這個地方，他總是緊閉門戶，不與人來往，連朋友和親友也一樣，所以很少有人知道他的長相。

用法 比喻不再與人來往。

範例 老作家生性沉靜，息交絕遊的生活倒很適合他。

閉關自守 ㄅㄧˋ ㄍㄨㄢ ㄗˋ ㄕㄡˇ

解釋 閉關：關閉門戶或關口。自守：自己守著。指關閉門戶，自己守住一切，不與外界交流。

詞源 《周易．復（《易經》六十四卦之一）》：「先王以至日（二十四節氣的「冬至日」）閉關，商旅（商賈及旅人）不行（行，音ㄒㄧㄥˊ，不遠行）。」

用法 形容不與別國有交流，或與外界隔絕。

範例 現在的社會瞬息萬變，如果閉關自守，很快就會跟不上潮流。

提示 「閉關自守」也作「閉門自守」、「閉關鎖國」。

閉關獨治 ㄅㄧˋ ㄍㄨㄢ ㄉㄨˊ ㄓˋ

解釋 閉關：關閉門戶與通口。治：治理。指關閉門戶，自己治理生活。

用法 比喻不跟外界接觸，自我獨立生活。

範例 你們這個部門閉關獨治，教其他的部門如何跟你們合作呢？

深居簡出 ㄕㄣ ㄐㄩ ㄐㄧㄢˇ ㄔㄨ

解釋 深：深密。簡：少；不多。指多住在深密處，很少出來走動。

詞源 唐．韓愈．《送浮屠文暢師序》：「夫獸深居而簡出，懼物之為己害也。」大意是說：猛獸居住於深山之中，很少出來，因為牠害怕其他的動物會被自己傷害。

用法 ①形容待在家中，很少出來②形容不與人來往，過著不問俗事的生活。

範例 他為了要完成畢生大作，從此深居簡出，埋頭寫稿。

越人視秦 ㄩㄝˋ ㄖㄣˊ ㄕˋ ㄑㄧㄣˊ

解釋 視：看待；對待。指就像越

1. (　　　)「禮上往來」，請改正這句成語中的錯字。　➡尚
2. (　　　)「投」桃「報」李，請寫出括號中的解釋。　➡贈送、酬答
3. (　　　)禮無不「答」，請寫出括號中的解釋。　➡回報
4. (　　　)這點□□□□的禮物，僅聊表我們對您的感謝。空格中應填入A.一文不值B.一無長物C.千里鵝毛D.一飯千金。　➡C

國人對待秦國人一樣。

詞源 韓愈．《諍臣論》：「若（像；如）越人視秦人之肥瘠（肥沃或貧瘠），忽焉不加喜戚（高興或憂傷）於其心。」大意是說：就如越國人對待秦國人一樣，不管秦國人是富有或貧窮，越國人的心裡都不會感到特別高興或憂傷。

用法 形容兩方不相往來，彼此皆漠不關心。

範例 有些企業家只想賺錢，看待環保問題若越人視秦，毫不關心。

斷絕往來（ㄉㄨㄢˋ ㄐㄩㄝˊ ㄨㄤˇ ㄌㄞˊ）

解釋 斷絕：隔絕。指隔絕與人來往。

用法 比喻跟親戚朋友斷絕關係，不再來往。

範例 他下定決心要跟過去的酒肉朋友斷絕往來，重新規劃新生活。

(二) 比喻「互相來往」

禮尚往來（ㄌㄧˇ ㄕㄤˋ ㄨㄤˇ ㄌㄞˊ）

解釋 尚：注重。指在禮節上注重彼此的來往。

詞源 《禮記．曲禮上》：「禮尚往來，往（送禮給別人）而不來，非禮也，來（接受別人的禮物）而不往，亦非禮也。」

用法 比喻禮節的維持是要雙方面的，一旦接受人家的禮物，也要懂得回贈。

範例 親戚間彼此禮尚往來，才能夠維繫情感，不會疏離。

提示 「禮尚往來」也作「禮有往來」、「禮重往來」。

有來有往（ㄧㄡˇ ㄌㄞˊ ㄧㄡˇ ㄨㄤˇ）

解釋 往：去。指人家怎麼對待我，我也怎麼對待人家。

用法 用法與「禮尚往來」相同。

範例 朋友送來禮物，你得記得回禮，有來有往，友誼才能長存呀！

投桃報李（ㄊㄡˊ ㄊㄠˊ ㄅㄠˋ ㄌㄧˇ）

解釋 投：贈送。報：酬答。指人家送給我桃子，我就用李子作為回報。

詞源 《詩經．大雅．抑》：「投我以桃，報之以李。」

用法 比喻朋友之間的饋贈回報。

範例 上次他幫我複習數學，這次投桃報李，我為他搜集考古題。

禮無不答（ㄌㄧˇ ㄨˊ ㄅㄨˋ ㄉㄚˊ）

解釋 答：回報。指人家用多少禮來對我，我沒有不回報的。

詞源 董仲舒《春秋繁露．卷一》：「禮無不答，施無不報（酬答；回報）。」

用法 比喻互相往來。

範例 所謂禮無不答，是人與人相處的禮節。

(三) 比喻「收受禮物」

千里鵝毛（ㄑㄧㄢ ㄌㄧˇ ㄜˊ ㄇㄠˊ）

解釋 千里：形容路途遙遠。鵝毛：比喻微不足道的禮品。指專程從大老遠的地方送來不貴重的禮物。

詞源 宋．歐陽脩．《梅聖俞寄銀杏（俗稱白果，也就是杏仁果）》詩：「鵝毛贈千里，所重以（因為）其人。」大意是說：專程大老遠地送來輕微的禮品，只是為了要見收禮物的人啊！

1.（　　）不「腆」之敬，請寫出括號中的注音和解釋。 ➡ ㄊㄧㄢˇ、豐厚
2.（　　）以下解釋何者正確 A.「受之有愧」的「受」是指接納 B.「物輕意重」中的「意」是指心意 C.「卻之不恭」的「卻」是指拒絕 D.「野人獻日」是一種愚笨的行為。 ➡ A、B、C
3.（　　）野人「獻」日，請寫出括號中的解釋。 ➡ 進獻

用法 常用來自謙所贈送的禮物雖然微薄，卻是情深意重。

範例 這點千里鵝毛的微薄禮物，僅聊表我們對您的感謝。

不腆之敬（ㄅㄨˋ ㄊㄧㄢˇ ㄓ ㄐㄧㄥˋ）

解釋 腆：挺出肚子，比喻美好、豐厚。指微薄的敬意。

詞源 《左傳．文公十二年》：「不腆敝器，不足辭也。」

用法 謙稱禮物並不貴重的用語。

範例 上次您幫了我這麼大的忙，這點不腆之敬，還望您收下。

受之有愧（ㄕㄡˋ ㄓ ㄧㄡˇ ㄎㄨㄟˋ）

解釋 受：接納。愧：羞慚貌。指如果接受禮物或獎勵，內心會覺得慚愧。

用法 自謙的用法，表示自己所做的事，只是小事，並不值得接受這麼大的回禮。

範例 對於你的盛情和厚禮，我實在受之有愧。

提示 《金瓶梅．第七回》：「何必費煩又買禮來，使老身（老婦人）卻（拒絕）之不恭，受之有愧。」

物輕意重（ㄨˋ ㄑㄧㄥ ㄧˋ ㄓㄨㄥˋ）

解釋 意：誠意；心意。指送的禮物雖然微薄，情意卻很深厚。

用法 比喻禮輕情意重。

範例 送禮給朋友貴在物輕意重，用不著太在意價錢。

提示 「物輕意重」也作「物薄情厚」。

卻之不恭（ㄑㄩㄝˋ ㄓ ㄅㄨˋ ㄍㄨㄥ）

解釋 卻：拒絕。指拒絕別人的好意是不恭敬的。

詞源 《孟子．萬章下》：「卻之卻之（一再地拒絕別人的好意）為不恭，何哉？」

用法 比喻拒絕別人好意的贈禮或邀約是不恭敬的。

範例 你誠心邀請我參加舞會，所謂卻之不恭，我一定如期赴約。

提示 「卻之不恭」通常與「受之有愧」、「受之太過」連用。

野人獻日（ㄧㄝˇ ㄖㄣˊ ㄒㄧㄢˋ ㄖˋ）

解釋 野人：農夫。日：陽光，引申作曬太陽。指鄉下農夫沒有見過世面，覺得在太陽底下曝曬是難得的享受，所以決定進獻給君王。

詞源 《列子．楊朱》：「昔（從前）者宋國有田夫，常衣（衣，音ㄧˋ，穿，當動詞用）緼黂（緼黂，音ㄩㄣˋ ㄈㄣˊ，新棉和舊絮做成的衣服），僅以過冬。暨（到）春東作（面對東方耕作），自曝於日，不知天下之有廣夏（大廈）隩（隩，音ㄠˋ，四方可居住的土地）室、綿纊（纊，音ㄎㄨㄤˋ，棉絮）狐狢（狢，音ㄏㄜˊ，也就是貍，於夜間活動，毛皮十分的珍貴），顧（回頭）謂其妻曰：『負日之暄（曬太陽的暖和），人莫知者；以獻吾君，將有重賞。』」

用法 自謙雖然見識淺薄，卻真誠地獻出禮物。

範例 醫學博士謙虛的表示，所推廣的食療法僅是野人獻日罷了！

提示 ①「野人獻日」也作「野人獻曝」。②「野人獻日」的「獻」不可以寫成「呈現」的「現」。

(四)比喻「熱忱招待」

1. （　　　）下「榻」留賓，請寫出括號中的注音和解釋。
2. （　　　）「來者不距」，請改正這句成語中的錯字。
3. （　　　）以下的解釋何者正確 A.「倒屣相迎」的「倒」唸ㄉㄠˋ，穿反的意思 B.「屣」字唸ㄒㄧˇ，指鞋子 C.「掃榻以待」是指拿掃帚趕走賴床的客人D.「惠然肯來」是歡迎客人光臨的用語。

➡ㄊㄚˋ、床
➡拒
➡A、B、D

下榻留賓（ㄒㄧㄚˋ ㄊㄚˋ ㄌㄧㄡˊ ㄅㄧㄣ）

解釋 下：放下。榻：床。指放下床，準備讓賓客休息。

詞源 《後漢書．徐樨（樨，音ㄒㄧ，桂花）傳》：「陳蕃為南昌太守，不接賓客，惟（但是）為徐樨設一榻，來則放下，去則懸（掛）起。」

用法 形容熱忱地請賓客留下來住宿。（多用在款待賢人的用辭上）。

範例 暑假同學來訪，我為了盡地主之誼，特下榻留賓，竭誠招待。

提示 「下榻留賓」的「榻」不可以寫成邋遢的「遢」。

來者不拒（ㄌㄞˊ ㄓㄜˇ ㄅㄨˋ ㄐㄩˋ）

解釋 拒：拒絕。指對前來求助的人一概不會婉拒。

詞源 《孟子．盡心下》：「往（過去）者不追，來者不拒。」

用法 ①比喻對人熱心幫助、招待，不會拒絕。②比喻對人送來的東西全盤接受，不會排斥。

範例 老師古道熱腸，對於有求於他的人，一定來者不拒。

倒屣相迎（ㄉㄠˋ ㄒㄧˇ ㄒㄧㄤ ㄧㄥˊ）

解釋 屣：鞋。倒屣：鞋子倒穿了。指倒穿著鞋就出來迎接客人。

詞源 《三國志．魏書．王粲傳》：「時（蔡）邕才學顯著，貴重（地位尊顯）朝廷，常車騎填巷（塞滿整個街巷），賓客盈（滿）坐。聞粲在門，倒屣迎之。」

用法 比喻怕怠慢賓客，所以熱情出來迎接。

範例 欣逢好友突然到訪，自然是倒屣相迎，熱情招待了。

提示 「倒屣相迎」也作「倒屣而迎」、「倒屣迎賓」。

掃榻以待（ㄙㄠˇ ㄊㄚˋ ㄧˇ ㄉㄞˋ）

解釋 榻：床。待：等候。指清理床榻，等待客人到來。

詞源 清．張集馨．《道咸宦海見聞錄．向榮來函》：「如閣下（對人的敬稱）允（答應）為留營（留宿），弟當於營中掃榻以待。」

用法 比喻熱忱地招待客人。

範例 姊姊的外國友人來訪，全家都熱誠地掃榻以待，表示歡迎。

提示 「掃榻以待」也作「掃榻以迎」。

殺雞為黍（ㄕㄚ ㄐㄧ ㄨㄟˊ ㄕㄨˇ）

解釋 黍：一年生的草本植物，子實稱為黍子，碾成米就稱為黃米。指宰殺雞，並且烹煮黃米飯宴客。

詞源 《論語．微子》：「止子路宿（睡於路邊），殺雞為黍而食之。」

用法 比喻熱情地接待來訪的嘉賓。

範例 他一聽到我們要去拜訪，高興地殺雞為黍，準備酒菜。

惠然肯來（ㄏㄨㄟˋ ㄖㄢˊ ㄎㄣˇ ㄌㄞˊ）

解釋 惠然：仁慈友愛的樣子。指仁慈友好的人肯來作客。

詞源 《詩經．邶（邶，音ㄅㄟˋ）風．終風》：「終風（整天吹著狂風）且霾（霾，音ㄇㄞˊ，天色昏暗），惠然肯來。」大意是說：天色陰沉、昏暗，整日都吹著狂風，友好的人仍願意前來作客。

用法 歡迎客人光臨的用語。

1.（　　　）比喻主人招待周到，賓客皆大歡喜，叫□主□歡。　➡賓、盡
2.（　　　）「三跪九扣」，請改正這句成語中的錯字。　➡叩
3.（　　　）「五體投地」中的「五體」是指A.臉、下巴、肚子和雙手B.頭、兩手和兩膝C.鼻子、嘴巴、下巴、胸膛和肚子D.額頭、下巴、肚子和兩膝。　➡B

範例 喜宴當天正值颱風，沒想到所有的賓客仍惠然肯來呢！

提示 「惠然肯來」的「惠」不可以寫成賢慧的「慧」。

善氣迎人 ㄕㄢˋ ㄑㄧˋ ㄧㄥˊ ㄖㄣˊ

解釋 善氣：友好親切的態度。迎：接待。指以親切友好的態度對待別人。

詞源 《管子．心術下》：「善氣迎人，親如兄弟。」

用法 形容親切地對待客人。

範例 他對朋友總是善氣迎人，所以我們都喜歡跟他相處。

賓主盡歡 ㄅㄧㄣ ㄓㄨˇ ㄐㄧㄣˋ ㄏㄨㄢ

解釋 盡：全；都。指客人和主人都非常地盡興。

用法 比喻主人招待周到，賓客皆大歡喜。

範例 今天的晚宴，賓主盡歡，真是愉快呀！

賓至如歸 ㄅㄧㄣ ㄓˋ ㄖㄨˊ ㄍㄨㄟ

解釋 至：到。歸：回家。指客人來到這裡，感覺就好像在自己的家一樣，非常的舒適。

詞源 《左傳．襄公三一年》：「賓至如歸，無寧（難道還會怕）災患，不畏（怕）盜寇，而亦不患燥溼（乾溼）。」

用法 比喻主人招待殷切而且周到。

範例 他經營餐館的原則是：讓客人有賓至如歸的感覺。

(五) 比喻「行最恭敬禮」

三跪九叩 ㄙㄢ ㄍㄨㄟˋ ㄐㄧㄡˇ ㄎㄡˋ

解釋 三跪：行三次跪禮。九叩：每跪一次行三次叩頭禮。指跪三次總共要行九次的叩頭禮。

詞源 《三俠五義．六回》：「（包公）來到殿內，見正中設立寶座，連忙朝下行了三跪九叩之禮。」

用法 形容對人或物極為尊敬的禮節。

範例 香火鼎盛的廟前，常可以見到虔誠的信徒行三跪九叩之禮。

五體投地 ㄨˇ ㄊㄧˇ ㄊㄡˊ ㄉㄧˋ

解釋 五體：頭、兩手和兩膝。投地：碰地；著地。指兩膝、兩手和頭一齊碰地行禮。

詞源 《楞嚴經．卷一》：「五體投地，長跪合掌，而白（報告；敘述）佛言。」

用法 ①形容佛教徒對神明所行的最敬禮。②比喻對人或事很佩服。

範例 我對他在籃球場上的優異表現，佩服得五體投地。

以手加額 ㄧˇ ㄕㄡˇ ㄐㄧㄚ ㄜˊ

解釋 加：貼放。指把手貼放在額頭上。

詞源 《東周列國志．四回》：「國人見莊公母子同歸，無不以手加額，稱莊公之孝。」

用法 用來行禮慶賀的動作。

範例 每年的「迎媽祖」活動，信徒都會以手加額，沿街跪拜。

頂禮膜拜 ㄉㄧㄥˇ ㄌㄧˇ ㄇㄛˊ ㄅㄞˋ

解釋 頂禮：佛教最高的禮節，兩膝著地而跪，兩手伏地，頭頂觸佛腳的禮節。膜拜：把手放在額頭上，長跪在地上參拜。指雙手合掌而且高舉過頭，接著長跪於地，用

1.（　　　）厥角「稽首」，請寫出括號中的解釋。
2.（　　　）「折節」下士，請寫出括號中的解釋。
3.（　　　）「紆」尊降貴，請寫出括號中的注音和解釋。
4.（　　　）降心相「從」，請寫出括號中的注音和解釋。
5.（　　　）「委自枉屈」，請改正這句成語中的錯字。

➡叩頭
➡降低身分
➡ㄩ、委屈
➡ㄘㄨㄥˊ、聽從
➡猥

頭來碰觸佛腳參拜。

詞源　《補史．二○回》：「這句話傳揚開去，一時鬨（鬨，音ㄏㄨㄥˋ，聚集吵鬧）動了吉州百姓，扶老攜（攜，音ㄒㄧ，帶）幼，都來頂禮膜拜。」

用法　比喻極其尊崇的禮節，或者極為崇拜。

範例　媽祖聖誕千秋的當天，信徒們個個夾道祝壽，頂禮膜拜。

厥角稽首（ㄐㄩㄝˊ ㄐㄧㄠˇ ㄐㄧ ㄕㄡˇ）

解釋　厥角：額頭叩地。稽首：叩頭。指用額角叩頭。

詞源　《漢書．諸侯王表》：「漢諸侯（封建時代天子分封的貴族）王，厥角稽首。」

用法　比喻極為尊敬。

範例　封建時代，人民必須對帝王行厥角稽首的禮節。

(六)比喻「降低身分」

折節下士（ㄓㄜˊ ㄐㄧㄝˊ ㄒㄧㄚˋ ㄕˋ）

解釋　折節：降低身分。下士：地位卑微的賢士。指降低身分，結交地位低下的賢士。

詞源　《三國志．魏書．袁紹傳》：「能折節下士，士多附（依靠）之。」

用法　比喻貶低自己的身分，尊重有賢德的人士。

範例　公司裡人才濟濟，主要是因為董事長能夠折節下士。

提示　「折節下士」也作「折節下臣」、「折節待士」、「折節禮士」。

紆尊降貴（ㄩ ㄗㄨㄣ ㄐㄧㄤˋ ㄍㄨㄟˋ）

解釋　紆：委屈或抑制。尊：地位高。指尊貴的人貶抑自己的身分，去接近地位卑微的人。

詞源　南朝梁．蕭綱．《昭明太子集序》：「紆尊降貴，躬（親自）刊手（親手）掇（掇，音ㄉㄨㄛˊ，摘取；拾取）。」

用法　比喻地位高的人，放下身段去跟卑微的人交往。

範例　他身為院長，卻紆尊降貴地和居民沿街撿垃圾，推行環保。

提示　「紆尊降貴」也作「降貴紆尊」。

降心相從（ㄐㄧㄤˋ ㄒㄧㄣ ㄒㄧㄤ ㄘㄨㄥˊ）

解釋　降：壓抑；委屈。降心：委屈自己的心願。從：聽從；遵從。指壓抑自己的心願，而去聽從別人的。

詞源　《孔叢子．論勢》：「故降心以相從，屈己以求存也。」

用法　比喻屈己從人。

範例　雖然班長的意見和我相左，但是我願意降心相從，和他配合。

猥自枉屈（ㄨㄟˇ ㄗˋ ㄨㄤˇ ㄑㄩ）

解釋　猥：鄙賤；委屈。枉：遷就。屈：貶抑身分。指委屈自己，刻意貶抑身分和地位。

詞源　諸葛亮．《前出師表》：「先帝不以臣卑鄙（地位卑下），猥自枉屈，三顧（探訪）臣於草廬（簡陋的屋子）之中。諮（諮，音ㄗ，詢問商量）臣以當世（當代）之事……。」

用法　形容刻意貶低身分與人交往。

範例　縣長為響應地球環保日，特猥自枉屈和縣民到海邊撿垃圾。

1.（　　　）「造」門拜訪，請寫出括號中的解釋。
2.（　　　）比喻誠心地登門求見，叫□門而□。
3.（　　　）款「關」請見，請寫出括號中的解釋。
4.（　　　）比喻誠心地對待，叫吐□傾□。
5.（　　　）「肝膽相造」，請改正這句成語中的錯字。

➡到達
➡款、謁
➡叩門
➡膽、心
➡照

(七) 比喻「登門求見」

造門拜訪 ㄗㄠˋ ㄇㄣˊ ㄅㄞˋ ㄈㄤˇ

解釋 造：到達；前往。指前往別人的家裡拜訪。

用法 比喻親自到別人家裡探望。

範例 今天剛好路經老師家，所以造門拜訪，特地向他請安。

款門而謁 ㄎㄨㄢˇ ㄇㄣˊ ㄦˊ ㄧㄝˋ

解釋 款：誠懇。謁：請求拜見。指誠懇地登門拜訪。

詞源 《呂氏春秋．愛士》：「趙簡子有兩白騾而甚（非常；極度）愛之，陽城胥渠處廣門之官，夜款門而謁曰：『主君之臣胥渠有疾（病痛），醫教之曰：『得白騾之肝病則止（痊癒），不得則死。』』」

用法 比喻誠心地登門求見。

範例 我已經傾慕您的才華已久，不知何時才能款門而謁呢？

款關請見 ㄎㄨㄢˇ ㄍㄨㄢ ㄑㄧㄥˇ ㄐㄧㄢˋ

解釋 關：叩門的意思。指誠懇地登門求見。

詞源 《史記．商君傳》：「施德諸侯，而八戎（古代居於西北邊境的種族名）來服（降服；歸順），由余聞之，款關請見。」

用法 比喻誠心地拜訪求見。

範例 麻煩您通報一聲，就說是他的同窗好友款關請見。

登門造訪 ㄉㄥ ㄇㄣˊ ㄗㄠˋ ㄈㄤˇ

解釋 造：到達；前往。指到人的家中拜訪。

用法 比喻拜訪他人。

範例 我真是有眼不識泰山，不知道是您登門造訪，請勿見怪。

(八) 比喻「真心待人」

以心相交 ㄧˇ ㄒㄧㄣ ㄒㄧㄤ ㄐㄧㄠ

解釋 指用真心跟人交往。

用法 比喻真心與人交往。

範例 朋友之間要以心相交，友誼才能長久。

吐膽傾心 ㄊㄨˇ ㄉㄢˇ ㄑㄧㄥ ㄒㄧㄣ

解釋 傾：倒出。指內心的一切如吐膽汁一樣，全部傾倒出來。

詞源 《警世通言．一二卷》：「承信求呂公屏（屏，音ㄅㄧㄥˇ，退去）去左右（護衛士兵），即忙下跪，口稱『死罪』。呂公用手攙扶（挽著）道：『不須如此！』承信方敢（才敢）吐膽傾心，告訴道：『小將建州人，實姓范。』」

用法 比喻可以傾吐真心，誠心對待。

範例 這輩子能夠認識你這個可以吐膽傾心的知己，真是幸福呀！

肝膽相照 ㄍㄢ ㄉㄢˇ ㄒㄧㄤ ㄓㄠˋ

解釋 肝膽：肝和膽相當接近，比喻關係密切。指像肝膽般關係密切，可以互相照應。

詞源 明．邱凌．《故事成語考．朋友賓主》：「肝膽相照，斯（才）為腹心（真誠心意）之友。」大意是說：可以真誠相待的，才是誠心誠意的好朋友。

用法 形容關係密切，真誠對待。

範例 他們是同甘共苦，肝膽相照的好兄弟啊！

提示 「肝膽相照」也作「肝膽相向」。

1.（　　　）「批露肝膽」，請改正這句成語中的錯字。
2.（　　　）「推」誠布公，請寫出括號中的解釋。
3.（　　　）今天他既然有誠意要協商，我們也應該□□□□才對呀！空格中應填入 A.平易近人 B.笑容可掬 C.海納百川 D.推誠相見。

➡披
➡開展
➡D

披露肝膽 ㄆㄧ ㄌㄨˋ ㄍㄢ ㄉㄢˇ

解釋 披：揭開；打開。露：顯露。指揭開肚皮，顯露出肝膽。

詞源《後漢書．郎顗傳》：「披露肝膽，書（寫字；記載）不擇（挑選）言。」大意是說：將肚皮揭開，直接顯露出肝膽，記載絕對真誠，知無不言。

用法 比喻真誠相待，一點都不隱瞞。

範例 他是我披露肝膽的知心好友呢！

提示 「披露肝膽」也作「披肝掛膽」、「披肝露膽」。

推誠布公 ㄊㄨㄟ ㄔㄥˊ ㄅㄨˋ ㄍㄨㄥ

解釋 推：開展。布：陳列；陳述。指真誠地陳列於世人面前。

詞源《三國志．蜀志．諸葛亮傳》：「諸葛亮之為相國，撫（安撫）百姓，示儀軌（明白地提出遵循的禮法和為人處事的規範），約（精簡的意思）官職，從（倚賴；倚靠）權制，開（展開）誠心，布公道。」

用法 比喻用真誠無私的心去對待別人。

範例 他表示願意推誠布公，將製作滷味的祕方公諸於世。

提示 「推誠布公」也作「開誠布公」。

推誠布信 ㄊㄨㄟ ㄔㄥˊ ㄅㄨˋ ㄒㄧㄣˋ

解釋 推：開展。信：信義。指推出真誠，表現信義。

詞源《周書．于翼傳》：「翼又推誠布信，事存寬簡（寬大精簡），夷（古代東方的外族）夏感悅，比（比擬）之大小馮君焉。」

用法 比喻用真誠與信義對待別人。

範例 身為人民的公僕，更應該要推誠布信，取信於民呀！

推誠相見 ㄊㄨㄟ ㄔㄥˊ ㄒㄧㄤ ㄐㄧㄢˋ

解釋 推：展開。指展開誠心，與人相見。

詞源《北洋軍閥統治時期史話》六一章：「於是曹錕（清末天津人，民國後曾任大總統）……力言『雙方有推誠相見之必要。』」

用法 比喻用真誠對待他人。

範例 今天他既然有誠意要協商，我們也應該推誠相見才對呀！

提示 「推誠相見」也作「推誠相信」、「推誠相亮」。

推誠接物 ㄊㄨㄟ ㄔㄥˊ ㄐㄧㄝ ㄨˋ

解釋 接物：接待人物。指展開誠心，接待人物。

詞源《晉書．劉元海載記》：「太康（古代的帝王，為夏啟的兒子）末，拜（授官職）北部都尉。明刑法，禁奸邪（違法作亂的人），輕（不重視）財好施，推誠接物，五部俊傑（才智傑出的人）無不至者（沒有不來歸順、依附的）。」

用法 形容用誠心與人相待。

範例 朱元璋創立大明江山後，不僅未能推誠接物，反而濫殺功臣。

提示 「推誠接物」也作「推誠愛物」。

開心見誠 ㄎㄞ ㄒㄧㄣ ㄐㄧㄢˋ ㄔㄥˊ

解釋 開心：敞開心胸。見誠：讓誠懇的心顯露出來。指敞開心胸，

1.（　　　）「平易進人」，請改正這句成語中的錯字。 ➡近
2.（　　　）「和靄可親」，請改正這句成語中的錯字。 ➡藹
3.（　　　）「怡」顏悅色，請寫出括號中的解釋。 ➡喜悅
4.（　　　）有關「委婉備至」的說明何者錯誤A.委婉，委屈婉轉 B.至，到達 C.備，同「輩」D.形容人親切溫和。 ➡B、C

讓人見到誠意。

詞源《後漢書・馬援傳》：「且開心見誠，無所隱伏（隱藏；躲藏）。」大意是說：用坦白及真誠的心去對待別人，一點都不隱藏。

用法 比喻用真誠及坦白的心去對待別人。

範例 他是一個開心見誠的人，所以你用不著提防。

提示「開心見誠」也作「開心相見」、「開心相與」。

開誠布公（ㄎㄞ ㄔㄥˊ ㄅㄨˋ ㄍㄨㄥ）

解釋 指打開心胸，顯示誠意，陳述世人。

詞源《三國志・蜀志・諸葛亮傳》：「諸葛亮之為相國，撫（安撫）百姓，示儀軌（明白地提出遵循的禮法和為人處事的規範），約（精簡的意思）官職，從（倚賴；倚靠）權制，開（展開）誠心，布公道。」

用法 比喻真誠無私的面對世人。

範例 事隔多年以後，他終於願意開誠布公，說出事實。

提示「開誠布公」也作「開誠布信」。

(九) 比喻「親切溫和」

平易近人（ㄆㄧㄥˊ ㄧˋ ㄐㄧㄣˋ ㄖㄣˊ）

解釋 平易：和藹可親，容易相處。指態度平和、親切，使人容易親近。

詞源《史記・魯周公世家》：「平易近民，民必歸（歸順；投奔）之。」

用法 ①比喻態度謙虛平和，使人容易親近。②比喻文字淺顯易懂。

範例 老奶奶平易近人，所以人緣好的不得了！

和藹近人（ㄏㄜˊ ㄞˇ ㄐㄧㄣˋ ㄖㄣˊ）

解釋 和靄：性情溫和，態度親切。近：接近；親近。近人：靠近別人的意思。指態度溫和，可以讓人親近。

用法 形容人的態度溫和客氣，使人容易親近。這句成語通常用在長輩方面。

範例 老校長和靄近人，任誰見了總喜歡和他聊上幾句。

提示 ①「和藹近人」也作「和藹可親」。②「和藹近人」的「和」讀作ㄏㄜˊ。③「和藹近人」的「藹」不可以寫成雲靄的「靄」（靄：音ㄞˇ，聚集在天空的雲氣）。

怡顏悅色（ㄧˊ ㄧㄢˊ ㄩㄝˋ ㄙㄜˋ）

解釋 怡：喜悅。悅：愉快。指態度溫和，臉色和悅。

詞源 明・吳承恩・《西遊記・一六回》：「看師父的要怡顏悅色，養白馬的，要水草調勻。」

用法 形容人和藹可親，面帶微笑。

範例 他任何時候都怡顏悅色，待人親切。

提示「怡顏悅色」也作「和容悅色」、「和顏悅色」。

委婉備至（ㄨㄟˇ ㄨㄢˇ ㄅㄟˋ ㄓˋ）

解釋 委婉：委曲婉轉。備至：極為齊全。指態度非常的委曲婉轉。

用法 形容人的態度柔和婉轉，親切慈祥。

範例 她對孫子們一向委婉備至，處處關心，是個慈祥的長輩。

1.（　　　）從「水滸傳」中對孫大娘的描述，她不可能具備以下哪種態度 A.河東獅吼 B.橫眉豎眼 C.瞠目怒視 D.怡色柔聲。 ➡D

2.（　　　）笑容可「掬」，請寫出括號中的注音和解釋。 ➡ㄐㄩ、捧

3.（　　　）「溫恭孕藉」，請改正這句成語中的錯字。 ➡蘊

4.（　　　）「關懷倍至」，請改正這句成語中的錯字。 ➡備

怡色柔聲（ㄧˊ ㄙㄜˋ ㄖㄡˊ ㄕㄥ）

解釋 怡：和悅。色：臉色。柔聲：低下的聲調。指和悅的臉色，低下的聲調。

詞源 《禮記・內則》：「父母有過，下氣（平心靜氣）怡色，柔聲以諫（諫，音ㄐㄧㄢˋ，用言語去規勸別人）。」大意是說：禮記中，詳細列明子女應該如何對父母：父母犯了過錯，應該平心靜氣，以和悅的臉色去規勸他們改正。

用法 形容人的態度和悅，講話的語調柔和。

範例 媽媽抱著小寶寶，怡色柔聲地哼著搖籃曲。

笑容可掬（ㄒㄧㄠˋ ㄖㄨㄥˊ ㄎㄜˇ ㄐㄩ）

解釋 可掬：用雙手捧起。指笑容像一朵盛開燦爛的花，似乎可以用雙手捧起來。

詞源 《三國演義・九五回》：「果見孔明坐於城樓之上，笑容可掬，焚香操琴（點燃著香，彈奏著琴）。」

用法 形容人的臉上堆滿燦爛的笑容。

範例 舞臺上的和平小天使，個個笑容可掬的表演著歌舞。

提示 「笑容可掬」也作「喜容可掬」。

笑容滿面（ㄒㄧㄠˋ ㄖㄨㄥˊ ㄇㄢˇ ㄇㄧㄢˋ）

解釋 指臉上掛滿笑容。

詞源 《古今小說・卷一六》：「張劭笑容滿面，再拜於地。」

用法 ①形容人心中愉悅，臉上充滿歡喜的神情。②形容待人親切的模樣。

範例 瞧你笑容滿面地走進來，一定有好消息吧！

溫恭蘊藉（ㄨㄣ ㄍㄨㄥ ㄩㄣˋ ㄐㄧㄝˋ）

解釋 溫：性情柔和。恭：恭敬。蘊藉：含蓄而不顯露。指態度柔和恭敬，神情含蓄而不顯露。

用法 形容人的態度溫和有禮，表現謙虛內斂。

範例 他是個溫恭蘊藉的人，從不牽怒別人。

㈩比喻「關懷他人」

善體人意（ㄕㄢˋ ㄊㄧˇ ㄖㄣˊ ㄧˋ）

解釋 體：體會；體察。指能夠體會人的心意。

用法 形容懂得體恤別人。

範例 她是一個善體人意的小女孩，經常幫忙父母做家事。

提示 「善體人意」也作「善解人意」。

關懷備至（ㄍㄨㄢ ㄏㄨㄞˊ ㄅㄟˋ ㄓˋ）

解釋 關懷：掛念愛護。備至：極為完備。指掛念愛護非常周到。

用法 形容極為愛護。通常是長輩對晚輩。

範例 他平常對部下關懷備至，是大家公認的好長官。

體貼入微（ㄊㄧˇ ㄊㄧㄝ ㄖㄨˋ ㄨㄟˊ）

解釋 體貼：細心照顧、關懷，滿足對方的要求，使對方感到滿意。微：細小。指非常的關心別人。

詞源 清・趙翼・《甌北詩話》卷二：「少陵（杜甫）尋常（平常）寫景，不必有意（不必刻意）驚人，而體貼入微，亦復人不能到

1.（　　）你認為「宰相肚裡能撐船」的人，應該具備以下哪種態度 A.不念舊惡 B.坐吃山空 C.休休有容 D.一擲千金。 ➡A、C

2.（　　）「休休」有容，請寫出括號中的解釋。 ➡寬容的樣子

3.（　　）有關唐太宗縱囚的故事，使他獲得世人哪種評價 A.宅心仁厚 B.自私自利 C.宋朝歐陽脩認為是矯情 D.雀兒腸肚。 ➡A、C

（也是一般人所不能做到的）。」

用法 形容對別人的照顧周到、完善。

範例 他待人十分的體貼入微，所以人緣極佳。

【器度類】

(一)比喻「度量寬大」

不念舊惡 ㄅㄨˋ ㄋㄧㄢˋ ㄐㄧㄡˋ ㄜˋ

解釋 念：記在心中。舊：以前的。惡：仇恨；過錯。指不會計較過去所結的仇恨。

詞源 《兒女英雄傳．三九回》：「不料（沒有想到）你不念舊惡也罷（算）了，又慨然（大大方方的樣子）贈我五百兩銀子。」

用法 形容人的肚量大，過去的仇怨不會記在心中。

範例 怨家宜解不宜結，我們應該不念舊惡，原諒別人。

以直報怨 ㄧˇ ㄓˊ ㄅㄠˋ ㄩㄢˋ

解釋 直：正直。指用正直公正的態度來對待怨恨。

詞源 《論語．憲問》：「子曰：『何以報德（恩惠）？以直報怨，以德報德。』」大意是說：孔子說：「怎麼回報人家的恩惠呢？當人家以仇怨對待我們時，我們應該用客觀公正的態度去對待他們，千萬不可以挾怨報復；當人家用恩惠來對待我，我也要用恩惠去回報人家。」

用法 形容人的肚量大，不會以怨報怨，反而以客觀公正的態度來對待別人。

範例 他雖然屢次中傷我，但是我秉著以直報怨的態度來面對。

以德報怨 ㄧˇ ㄉㄜˊ ㄅㄠˋ ㄩㄢˋ

解釋 德：恩德；恩惠。怨：仇怨。指別人雖然與我有仇怨，但是我依然用恩德去對待。

用法 形容人的肚量大，不會計較前仇，反而以恩德對待仇人。

範例 她所展現的以德報怨的氣度，令人感動啊！

休休有容 ㄒㄧㄡ ㄒㄧㄡ ㄧㄡˇ ㄖㄨㄥˊ

解釋 休休：寬容的樣子。容：容量。指寬容而有度量。

詞源 《尚書．泰誓》：「其心休休焉，其如有容。」

用法 形容人寬容而氣度宏大。

範例 他是一個休休有容的長者，對晚輩總是大力提攜。

宅心仁厚 ㄓㄞˊ ㄒㄧㄣ ㄖㄣˊ ㄏㄡˋ

解釋 宅：存心；居心。指居心仁愛寬厚。

詞源 《尚書．康誥》：「宅心知訓。」

用法 形容人有仁愛寬厚的氣度。

範例 老先生是一個宅心仁厚的人，對人從不惡言惡語。

提示 「宅心仁厚」也作「宅心忠厚」。

汪洋度量 ㄨㄤ ㄧㄤˊ ㄉㄨˋ ㄌㄧㄤˋ

解釋 汪洋：本義是水勢很大，後也用來形容氣度宏大。度量：人的氣量。指人的氣亮宏大。

用法 比喻人有度量。

範例 為政者要有汪洋度量的胸懷，才能夠廣納賢士。

1. (　　　) 「宰輔」之量，請寫出括號中的解釋。 ➡宰相
2. (　　　) 「器宇弘深」，請改正這句成語中的錯字。 ➡氣、宏
3. (　　　) 海納□川－□日京兆＝□□之尊。 ➡百、五、九五
4. (　　　) 情「恕」理「遣」，請寫出括號中的解釋。 ➡原諒、擱置
5. (　　　) 寬大仁「愛」，請寫出括號中的部首。 ➡心部

宰輔之量 ㄗㄞˇ ㄈㄨˇ ㄓ ㄌㄧㄤˋ

解釋 宰輔：宰相。量：度量。指具有宰相般的大量。

詞源 《南史．卷六〇》：「祭酒（古代掌教化儀節的官名）王儉每見，常目送（不捨的送人離開）之，曰：『此人非常器（不是普通人）也。』每稱有宰輔之量。」

用法 形容人的氣量大，不會排擠比自己優秀的人。

範例 這個人器宇非凡，做事又有魄力，是具有宰輔之量的人才。

容忍為懷 ㄖㄨㄥˊ ㄖㄣˇ ㄨㄟˊ ㄏㄨㄞˊ

解釋 容忍：寬容忍耐，不跟人計較。指心懷寬容，不與人處處計較。

詞源 《北齊書．列傳第一六》：「崔暹（暹，音ㄒㄧㄢ）將受罰，元康趨（趨向前去）入，歷（經過）階而升曰：『王方（將）以天下付大將軍，有一崔暹不能容忍也？』高祖從而宥（宥，音ㄧㄡˋ，原諒）之。」大意是說：高仲密謀叛亂，高祖認為此事與崔暹有關，所以將殺崔暹。當崔暹解衣準備受刑時，元康趕向前去，一步一步地爬上階梯，向高祖勸諫說：「陛下正要借重大將軍的才能來穩定天下，崔暹的事難道不能寬容忍耐嗎？」高祖聽後覺得有道理，於是就寬恕了崔暹的罪。

用法 比喻心存寬容，忍受橫逆的衝擊。

範例 人人若有容忍為懷的氣度，社會上自然就不會亂象橫生。

氣宇宏深 ㄑㄧˋ ㄩˇ ㄏㄨㄥˊ ㄕㄣ

解釋 氣宇：氣度；氣概。宏深：遠大的意思。指氣度宏大。

詞源 陶宏景．《尋山誌》：「心容（容忍）曠朗（豁達開朗），氣宇調暢。」

用法 形容人的氣度大。

範例 運動家應該具備氣宇宏深的風範，不在乎輸贏。

海納百川 ㄏㄞˇ ㄋㄚˋ ㄅㄞˇ ㄔㄨㄢ

解釋 納：接收。指大海廣納從各地流入的河川。

用法 形容人有大度量。

範例 爺爺有海納河川的度量，凡事不會斤斤計較。

情恕理遣 ㄑㄧㄥˊ ㄕㄨˋ ㄌㄧˇ ㄑㄧㄢˇ

解釋 恕：原諒。遣：擱置。指依照人情，加以原諒；根據事理，而不放在心上。

詞源 《晉書．衛玠傳》：「玠嘗以人有不及（做不到的事情），可以情恕；非意（不是故意）相干（侵犯；冒犯），可以理遣，故終身不見喜慍（慍，音ㄩㄣˋ，不高興的神色）之容。」大意是說：衛玠認為人家既然無法完成所託付的事，依人情而言，是可以原諒的，如果不是故意的冒犯，根據事理，千萬不要放在心上，由於他有這樣的胸懷，所以一輩子都沒有看他臉上出現過特別歡喜或生氣的神色。

用法 比喻用寬宏的氣度去對待別人，不會計較。

範例 爸爸是一位情恕理遣的好好先生，也是我們學習的榜樣。

寬大仁愛 ㄎㄨㄢ ㄉㄚˋ ㄖㄣˊ ㄞˋ

解釋 指胸襟寬大，用仁愛來對待

1.（　　　）「寬仁大肚」，請改正這句成語中的錯字。 ➡度
2.（　　　）寬以「治」人，請寫出括號中的解釋。 ➡管理
3.（　　　）如果不是你的□□□□，我也不會有成功的一天。空格中應填入A.交相指責B.落井下石C.寬宏海量D.甜言蜜語。 ➡C
4.（　　　）「廟堂」之量，請寫出括號中的解釋。 ➡朝廷

別人。

詞源 《書經（尚書）》：「克（能夠）寬克仁。」大意是說：既能夠寬大為懷，又能夠以仁愛來待人。

用法 形容人的度量大，不會與人計較。

範例 老先生對人一向寬大仁愛，在鄉里很受人尊敬。

寬大為懷 ㄎㄨㄢ ㄉㄚˋ ㄨㄟˊ ㄏㄨㄞˊ

解釋 懷：胸懷度量。指寬大的胸懷肚量。

詞源 《漢書．魏相丙吉傳》：「吉本起獄法小吏，後學《詩》、《禮》，皆通大義（意思；道理）。及居相位，上寬大，好（好，音ㄏㄠˋ，喜愛）禮讓。」

用法 形容以寬大的心胸來待人和處事。

範例 要不是董事長寬大為懷，闖禍的我恐怕得捲鋪蓋走路了。

寬仁大度 ㄎㄨㄢ ㄖㄣˊ ㄉㄚˋ ㄉㄨˋ

解釋 寬仁：寬厚仁愛。大度：心胸寬闊。指寬厚仁愛，心胸寬闊。

詞源 《東周列國志．一八回》：「齊侯寬仁大度，不錄（記）人過，不念舊惡。」大意是說：齊侯寬厚仁慈，心胸也很豁達，他從來都不會記住人家所犯的過錯，也不會將與人結下的仇怨放在心中。

用法 形容人寬容仁慈，有大的氣度。

範例 這些義工都有寬仁大度的心，個個以助人為樂。

寬以治人 ㄎㄨㄢ ㄧˇ ㄓˋ ㄖㄣˊ

解釋 治：管理。指用寬恕之道來管理人民。

詞源 清．汪琬．《送張牖如之任南亭序》：「嚴以律己，寬以治人。」

用法 比喻對人寬恕。

範例 「嚴以律己，寬以治人」是我的座右銘。

提示 「寬以治人」也作「寬以待人」、「寬於責人」。

寬宏大量 ㄎㄨㄢ ㄏㄨㄥˊ ㄉㄚˋ ㄌㄧㄤˋ

解釋 寬宏：胸襟寬廣，氣度宏大。指寬廣宏大的度量。

詞源 元．無名氏．《漁樵記》：「我則道（說）相公（①對年輕讀書人的尊稱。②妻子對老公的稱呼）不知打（賞）我多少，元（通「原」）來那相公寬宏大量。」

用法 比喻待人寬厚、氣度大，能容人。

範例 請你寬宏大量，不要計較了！

寬宏海量 ㄎㄨㄢ ㄏㄨㄥˊ ㄏㄞˇ ㄌㄧㄤˋ

解釋 海量：像海一樣大的度量。指胸襟寬廣，氣度宏大，如同海的度量般。

詞源 元．馬致遠．《岳陽樓．一折》：「主人家寬宏海量醉何妨（有何妨礙；有何關係），直吃的捲簾（拉起簾子）邀皓月（光明的月亮）。」

用法 形容待人寬大。

範例 如果不是你的寬宏海量，我也不會有成功的一天。

廟堂之量 ㄇㄧㄠˋ ㄊㄤˊ ㄓ ㄌㄧㄤˋ

解釋 廟堂：朝廷。指朝廷官員仁民愛物的氣量。

詞源 范仲淹．《岳陽樓記》：

1.（　　　）「豁達大度」，請改正這句成語中的錯字。　➡豁
2.（　　　）「斗筲之人」中的「斗筲」是指A.容量小的器具B.比喻器度狹小C.比喻竊賊D.畏畏縮縮的態度。　➡A、B
3.（　　　）形容人器度狹小，叫□肚□腸。　➡鼠、雞
4.（　　　）器小易「盈」，請寫出括號中的解釋。　➡滿

「居廟堂之高，則憂（擔憂）其民，處江湖（隱居者或辭官退休者的住所）之遠，則憂其君。」

用法 比喻人的氣量很大，可以容人或物。

範例 具有廟堂之量的人，才是棟梁之才。

豁達大度（ㄏㄨㄛˋ ㄉㄚˊ ㄉㄚˋ ㄉㄨˋ）

解釋 豁達：開朗達觀。大度：心胸寬闊。指性情開朗達觀，度量寬容宏大。

詞源 唐．陸贄．《奏議》：「漢高豁達大度，天下之士，至者納用。」大意是說：漢高的性格開朗，天下間的賢士，凡投奔他的都加以接納任用。

用法 形容人的胸襟開闊，有容人或物的度量。

範例 他的為人豁達大度，做事又認真，所以深得老闆賞識。

(二)比喻「度量狹小」

斗筲之人（ㄉㄡˇ ㄕㄠ ㄓ ㄖㄣˊ）

解釋 斗筲：斗、筲都是容量小的容器。指器度狹小的人。

詞源 《論語．子路》：「子曰：『噫（噫，音ㄧˋ，表示哀傷或驚訝的語氣）！斗筲之人，何足（怎能）算也。』」大意是說：唉！那些胸襟狹窄，見識短淺的，怎麼配稱是讀書人呢！

用法 形容胸襟狹窄，或見識淺薄的人。

範例 你怎能冀望斗筲之人，有海納百川的氣度呢？

提示 「斗筲之人」也作「斗筲小人」、「斗筲之徒」、「斗筲之輩」。

雀兒腸肚（ㄑㄩㄝˋ ㄦˊ ㄔㄤˊ ㄉㄨˋ）

解釋 雀兒：麻雀，很小的鳥。指像麻雀一樣狹小的胸懷。

詞源 宋．陳師道．《後山談叢．卷四》：「王師（軍隊）既平蜀，詔（古代帝王所下的命令）昶赴闕。曹武肅王密奏曰：『孟昶王（王，音ㄨㄤˋ，統治）蜀三十年，而蜀道千餘里（蜀地的土地有千里大），請擒（抓；捉）孟氏而赦其臣以防變（叛變）。』太祖批其後曰：『你好雀兒腸肚。』」

用法 比喻人的氣量狹小。

範例 老奶奶慈眉善目，整天笑咪咪，絕非雀兒腸肚之人。

鼠肚雞腸（ㄕㄨˇ ㄉㄨˋ ㄐㄧ ㄔㄤˊ）

解釋 指老鼠的肚子和雞的腸子都是短小的。

用法 形容人器度狹小，不能容人。

範例 鼠肚雞腸的人天天緊皺眉；海納百川的人天天笑開懷。

提示 「鼠肚雞腸」也作「鼠腹雞腸」、「鼠腹蝸腸」。

器小易盈（ㄑㄧˋ ㄒㄧㄠˇ ㄧˋ ㄧㄥˊ）

解釋 器：度量。盈：滿。指器具容量狹小，很容易就裝滿東西。

詞源 《論語．八佾（佾，音ㄧˋ）》：「子曰：『管之器，小哉。』」

用法 ①比喻人的器量小，容易自得意滿。②比喻人的酒量很差，一喝就醉。

範例 做事最怕犯器小易盈的毛病，如此永遠也不會成功。

1.（　　）以「牙」還牙，請寫出括號中的解釋。

2.（　　）以「毒」攻「毒」，請寫出括號中的解釋。

3.（　　）□□□□不是最好的解決方式，我們還是另想辦法吧！空格中應填入 A.退避三舍 B.以惡攻惡 C.反脣相稽 D.坐井觀天。

➡咬牙
➡毒藥、毒症
➡B

提示　「器小易盈」也作「小器易盈」。

(三)比喻「以惡還惡」

以牙還牙（ㄧˇ ㄧㄚˊ ㄏㄨㄢˊ ㄧㄚˊ）

解釋　牙：咬牙。指對方咬牙看我，我也咬牙回敬對方。

詞源　《舊約全書．申命紀》：「以眼（瞪眼）還眼，以牙還牙。」

用法　比喻用對方待我的惡劣手段，還擊對方。

範例　有肚量的人，絕對不會採用以牙還牙的方式回擊對方。

提示　「以牙還牙」也作「以眼還眼」。

以血洗血（ㄧˇ ㄒㄧㄝˇ ㄒㄧˇ ㄒㄧㄝˇ）

解釋　指用仇人的血來洗清血債。

詞源　《舊唐書．源休傳》：「可汗（可，音ㄎㄜˋ。可汗：古代西域國家稱自己的君主為可汗）使謂（派人告訴）修曰：『汝國已殺突董等，吾又殺汝，猶以血洗血。』」

用法　比喻採用對方曾經使出的惡質手段來報復。

範例　歷史上，以血洗血的報復方式，彼此都得付出代價。

提示　「以血洗血」也作「以血償血」。

以毒攻毒（ㄧˇ ㄉㄨˊ ㄍㄨㄥ ㄉㄨˊ）

解釋　毒：第一個「毒」是毒藥，第二個「毒」是毒症。指用毒藥來攻治毒症。

詞源　清．王夫之．《讀通鑑論．唐宣宗．七》：「捨外廷（帝王的母黨）而以宦官治宦官，程元振嘗誅李輔國矣……是以毒攻毒之說，前毒去而後毒烈也。」大意是說：唐代宦官危害朝廷，然宣宗時捨外戚而以宦官來箝制宦官，程元振因此殺了同是宦官的李輔國……這就是採用毒藥來治毒症的方法，然而沒想到李輔國去世之後，程元振的危害更大。

用法　比喻用不良的方法來對付不良事物。

範例　你採用以毒攻毒的方法來解決問題，這樣妥當嗎？

提示　「以毒攻毒」也作「以火攻火」。

以惡攻惡（ㄧˇ ㄜˋ ㄍㄨㄥ ㄜˋ）

解釋　惡：凶狠的。指以凶狠的手段去還報對方。

用法　比喻人家怎麼惡質對我，我也用相同的手段回報他。

範例　以惡攻惡不是最好的解決方式，我們還是另想辦法吧！

提示　「惡」有多種讀法：①讀作ㄜˋ，例如：惡劣。②讀作ㄜˇ，例如：惡心。③讀作ㄨˋ，例如：厭惡。④讀作ㄨ，例如：居惡在？仁是也（惡：怎麼）。

血債血還（ㄒㄧㄝˇ ㄓㄞˋ ㄒㄧㄝˇ ㄏㄨㄢˊ）

解釋　血債：血海深仇。指對方欠下的血債，一定要對方用鮮血來償還。

用法　比喻對方如何殘害我，我也要對方用相同的代價來償還。

範例　唉！血債血還，冤冤相報何時了？

提示　「血債血還」也作「血債血償」。

1.（　　）報仇「雪」恥，請寫出括號中的注音和解釋。
2.（　　）比喻憐憫別人的苦難，就好像是親身的遭遇，叫己□己□。
3.（　　）他對任何事總愛□□□□，真令人受不了！空格中應填入 A.笑容可掬 B.殺身成仁 C.寸量銖稱 D.雪中送炭。

➡ㄒㄩㄝˇ、洗刷
➡饑、溺
➡C

報仇雪恥（ㄅㄠˋ ㄔㄡˊ ㄒㄩㄝˇ ㄔˇ）

解釋 報：報復。雪：洗刷。指報復仇怨，洗刷恥辱。

詞源 《醒世恆言．卷三六》：「官人（古代對男子的敬稱）果然真心肯替奴家（女子謙稱自己）報仇雪恥，情願相從。」

用法 比喻為洗刷恥辱，決心向人報仇。

範例 你別垂頭喪氣，好好努力練球，來日再於球場上報仇雪恥。

提示 「報仇雪恥」也作「報仇雪恨」、「報冤雪恨」。

(四)比喻「替人著想」

己饑己溺（ㄐㄧˇ ㄐㄧ ㄐㄧˇ ㄋㄧˋ）

解釋 饑：挨餓。溺：沉入水中。指目睹有人受到挨餓溺水的苦難，就好像自己也挨餓溺水一樣。

詞源 《孟子．離婁上》：「禹（治水的大禹，後來被封為水神）思天下有溺者，由（好像。通「猶」）己溺之也。稷（稷，音ㄐㄧˋ，古代的穀神或農官）思天下有饑者，由己饑之也。」

用法 比喻憐憫別人的苦難，並且將苦難視為是親身的遭遇。

範例 我國一向懷有己饑己溺的精神，對友邦的困境絕對鼎力相助。

設身處地（ㄕㄜˋ ㄕㄣ ㄔㄨˇ ㄉㄧˋ）

解釋 設：著想；設想。指設想自己處在別人的境遇。

詞源 清．魏源．《治篇一》：「古今異宜，南北異俗（風俗習慣不同），自非（若非；若不是）設身處地，烏能（怎麼能）隨盂水（水盂裡的水）為方圓也！」

用法 比喻站在別人的立場，為別人的境遇著想。

範例 凡事能多設身處地的為別人著想，也是一種福氣。

(五)比喻「處處計較」

寸量銖稱（ㄘㄨㄣˋ ㄌㄧㄤˊ ㄓㄨ ㄔㄥ）

解釋 銖：古代的重量單位，是一兩的二十四分之一。寸、銖都是極小的度量單位。指連寸、銖都要去衡量、計較。

詞源 宋．蘇洵．《史論下》：「又欲（要）寸量銖稱，以擿（擿，音ㄓㄜˊ，指責）其失（指出不當的地方），則煩（繁瑣）不可舉（列舉）。」大意是說：要從大處改正，不要拘泥於枝節末葉。

用法 比喻愛計較，連一絲一毫都要盤算。

範例 他對任何事總愛寸量銖稱的，真令人受不了！

斤斤計較（ㄐㄧㄣ ㄐㄧㄣ ㄐㄧˋ ㄐㄧㄠˋ）

解釋 斤斤：本義是看得很清楚的樣子，後來引申為細微的事。指連細小的事情都過分計較。

詞源 《詩經．周頌．執競》：「自彼成康（周成王、周康王時的成康之治），奄（奄，音ㄧㄢˇ，覆蓋；涵蓋）有四方（廣大的國土），斤斤其明（看得很清楚）。」

用法 比喻人器度很小，過於計較小事。

範例 他是一個喜歡斤斤計較的人，連一點小事也不肯罷休。

提示 「斤斤計較」也作「斤斤較量」、「寸寸計較」。

1. (　　　) 「惦斤估兩」，請改正這句成語中的錯字。
2. (　　　) 「精」打「細」算，請寫出括號中的解釋。
3. (　　　) 「蜘蛛必較」，請改正這句成語中的錯字。
4. (　　　) 「大搖大百」，請改正這句成語中的錯字。
5. (　　　) 不「可」一世，請寫出括號中的解釋。

➡掂
➡仔細
➡錙銖
➡擺
➡讚許

掂斤估兩（ㄉㄧㄢ ㄐㄧㄣ ㄍㄨ ㄌㄧㄤˇ）

解釋 掂、估：將東西拿在手上估算重量。指估量東西的重量。

詞源 《隋唐演義・九六回》：「一飯之恩（吃人家一頓飯的恩情），報以千金，豈是掂斤估兩的事？」

用法 形容人對小事情也過分計較。

範例 別人只不過是請他幫忙一點事，他竟然也要掂斤估兩。

提示 ①「掂斤估兩」也作「掂斤播兩」、「掂斤抹兩」。②「掂斤估兩」的「掂」不可以寫成「惦念」的「惦」。

精打細算（ㄐㄧㄥ ㄉㄚˇ ㄒㄧˋ ㄙㄨㄢˋ）

解釋 精、細：仔細的意思。指清楚、仔細地籌畫與打算。

用法 形容對事物的使用上，計算得非常仔細，一點也不敢浪費。

範例 媽媽對家裡的一切開銷向來精打細算，絲毫都不浪費。

錙銖必較（ㄗ ㄓㄨ ㄅㄧˋ ㄐㄧㄠˋ）

解釋 錙、銖：古代質量很輕的重量單位，約等於二十四分之一兩。指連錙、銖這麼輕的重量都要計較。

詞源 明・凌濛初・《二刻拍案驚奇》：「不論親疏，但與他財利關係，錙銖必較。」大意是說：不論關係是親近或是疏遠，只要跟金錢有關的事情，他都會斤斤計較。

用法 形容人斤斤計較，生怕吃虧。

範例 她對自己很慷慨，對家人和朋友卻錙銖必較。

【驕傲狂妄類】

(一) 比喻「傲慢狂大」

大搖大擺（ㄉㄚˋ ㄧㄠˊ ㄉㄚˋ ㄅㄞˇ）

解釋 擺：搖動。指走路時身體搖搖擺擺。

詞源 《兒女英雄傳・一〇回》：「他們都是一氣，不怕有一萬個強盜，你們只管大搖大擺的走罷。」

用法 ①形容身體搖擺不定。②形容沒有顧忌，傲慢自大的姿態。

範例 那群少年大搖大擺地走在馬路上，態度很傲慢。

大模大樣（ㄉㄚˋ ㄇㄛˊ ㄉㄚˋ ㄧㄤˋ）

解釋 模：形狀；樣子。指身體動作很大的樣子。

詞源 明・王世貞・《鳴鳳記・二三齣》：「又見他烈烈轟轟（氣勢盛大貌），呼呼喝喝（喝，音ㄏㄜˋ，大叫），大模大樣，前遮後擁（人群多的意思），把那街上閒人盡（全部）打開。」大意是說：又看見他氣勢凌人，呼喊狂叫，一副目中無人，狂妄自傲的模樣，在喧鬧擁擠的人潮中，他用力推開了街上的行人。

用法 ①形容人態度坦然。②形容為人狂傲自大。

範例 他已經遲到了，卻大模大樣的走進教室，真是沒禮貌。

不可一世（ㄅㄨˋ ㄎㄜˇ ㄧ ㄕˋ）

解釋 可：認可；讚許。一世：一個時代；當代。指不認同當代的人。

1.（　　）「□□□□的人容易失敗」，你要切記這句話喲！空格中應填入A.一心一意B.一絲不苟C.自強不息D.心高氣傲。 ➡D

2.（　　）形容人自視甚高，叫目□一□。 ➡空、切

3.（　　）目「指」氣「使」，請寫出括號中的解釋。 ➡指揮、使喚

4.（　　）目無「下塵」，請寫出括號中的解釋。 ➡卑微的人

詞源 明．焦竑《玉堂叢語．卷八》：「為翰林庶吉士（古代翰林院的官爺，通常是進士來擔任），詩已有名，其不可一世，僅推（推崇）何景明，而好（喜愛）薛蕙、鄭善夫。」

用法 形容人自以為是，表現出狂妄自大的態度。

範例 他那不可一世的神情，令人相當的反感。

提示 「不可一世」也作「不可一時」、「不肯一世」、「不屑一世」。

心高氣傲 ㄒㄧㄣ ㄍㄠ ㄑㄧˋ ㄠˋ

解釋 氣傲：心性高遠。指心性孤高，態度狂傲。

詞源 《兒女英雄傳》二五回：「安老爺這一開口，原想姑娘心高氣傲，不耐煩去詳細領會鄧九公的意思，所以先把他這三句開場話兒作一個破題（剖析主題及宗旨）。」

用法 形容人自視甚高。

範例 「心高氣傲的人容易失敗」，你要切記這句話喲！

提示 「心高氣傲」也作「心高氣硬」。

目中無人 ㄇㄨˋ ㄓㄨㄥ ㄨˊ ㄖㄣˊ

解釋 指眼睛裡容納不下別人。

詞源 《初刻拍案驚奇．卷一三》：「嚴家夫妻養驕了這孩兒，到得大來，就便目中無人，天王也似的大了。」

用法 形容自尊自大，根本不把別人放在眼裡。

範例 「人外有人，天外有天」，你講話怎能如此目中無人呢？

目空一切 ㄇㄨˋ ㄎㄨㄥ ㄧˊ ㄑㄧㄝˋ

解釋 目：眼睛。指眼睛裡放不下一切事物。

詞源 《鏡花緣．五二回》：「但他恃（靠）著自己學問，目空一切，每每（往往；常常）把人不放眼裡。」

用法 形容自視甚高，看不起任何事物。

範例 待人處事如果目空一切，恐怕就沒有知己好友了。

提示 「目空一切」也作「目空一世」、「目空所有」。

目指氣使 ㄇㄨˋ ㄓˇ ㄑㄧˋ ㄕˇ

解釋 指：指揮。氣：神情。使：命令；使喚。指用目光和神情來使喚人。

詞源 漢．劉向．《說苑．君道》：「今王將東面（宴客），目指氣使以來（招徠）臣，則廝役之材（執勞役的低下人才）至矣。」

用法 形容人的態度驕傲狂妄。

範例 你這種目指氣使的態度，誰受得了呢？

目無下塵 ㄇㄨˋ ㄨˊ ㄒㄧㄚˋ ㄔㄣˊ

解釋 下塵：名望與身分不高的人；卑微的人。指在眼中容納不下身分卑微的人。

用法 形容人狂妄自大。

範例 他對待員工如同家人，不會目無下塵，所以很受愛戴。

目無餘子 ㄇㄨˋ ㄨˊ ㄩˊ ㄗˇ

解釋 餘：其他的事物。餘子：其他的人。指眼中沒有其他人的存在。

1. (　　　) 「自以為事」，請改正這句成語中的錯字。　➡是

2. (　　　) 自「恃」其才，請寫出括號中的解釋。　➡依賴

3. (　　　) 「自命不凡」、「自高自大」可以用哪個字來形容 A.讚 B.傲 C.悲 D.樂。　➡B

4. (　　　) 自「命」不凡，請寫出括號中的解釋。　➡誇獎

詞源《洪秀全演義．二八回》：「汝（你們）輩多恃（依賴）舊臣，與大王出身共同患難，往往目無餘子。」你們這一輩都自恃是老臣，跟大王曾經同甘共苦，所以常常目中無人，狂妄自大。

用法 形容妄自尊大，目中無人。

範例 他一向是目無餘子，不喜歡人家指正他的錯誤。

自以為是 ㄗˋ ㄧˇ ㄨㄟˊ ㄕˋ

解釋 是：正確的。指認為自己的所作所為都是對的。

詞源《荀子．榮辱》：「凡鬥（相爭）者必自以為是，而以人為非也。」

用法 比喻人狂妄自大，只堅持自己的看法，不肯接納別人的意見。

範例 自以為是的人，反而容易成為井底之蛙。

提示「自以為是」也作「自矜自是」（矜：誇耀）。

自命不凡 ㄗˋ ㄇㄧㄥˋ ㄅㄨˋ ㄈㄢˊ

解釋 自命：自己誇讚自己。不凡：不俗；不平凡。指自誇是一位不平凡的人。

詞源 清．袁枚．《隨園詩話．補遺九》六七：「駱佩香孀居（寡婦守寡獨居）後，《詠月》云：『不是嫦娥甘獨處，有誰領袖廣寒宮？』余喜其自命不凡，大為少婦守寡者生色（增添光彩）。」

用法 形容自視甚高。

範例 為人處世宜謙虛有禮，切勿自命不凡。

提示「自命不凡」也作「自命非凡」、「自負不凡」。

自恃其才 ㄗˋ ㄕˋ ㄑㄧˊ ㄘㄞˊ

解釋 恃：依賴；仗著。才：才氣；才學。指仗著自己擁有幾分的才學。

詞源《古今小說．卷一二》：「他也自恃其才，沒有一個人看得入眼（看得中意），所以縉紳（指地方上的紳士；古代的官吏）之門絕不去走，文字之交（以詩文結交的朋友），也沒有人。」

用法 形容人狂傲自大。

範例「人外有人，天外有天」，做人處事哪能自恃其才呢！

自高自大 ㄗˋ ㄍㄠ ㄗˋ ㄉㄚˋ

解釋 自大：自以為了不起而瞧不起他人。指自以為地位高或了不起而鄙視別人。

詞源 北齊．顏之推．《顏氏家訓．勉學》：「見人讀數十卷書，便自高大，凌忽（踰越）長者，輕慢（輕視傲慢）同列（同輩），人疾（憎恨）之如仇敵，惡（厭惡）之如鴟梟（鴟梟，音ㄔ ㄒㄧㄠ，貓頭鷹），如此以學自損（貶低），不如無學也。」大意是說：我看見一個人讀了數十卷的書冊，便自以為了不起，於是開始瞧不起別人，連對待尊長的禮儀都踰越了，而且又鄙視同輩。所以大家都把他視為仇敵，離他遠遠的，這就好像人們對鴟梟沒有好感一樣。既然讀了這麼多卷的書冊，結果反而招來人家貶損，那乾脆之前就不要學習，也許還不至於如此。

用法 比喻自以為了不起，不把別人看在眼裡。

範例 歷史告訴我們，自高自大的暴君，必定走向毀滅之途。

1.（　　）以下哪些成語是形容人傲慢狂大A.割席絕交B.自視甚高C.有我無人D.一飯千金。 ➡B、C

2.（　　）「妄」自尊大，請寫出括號中的解釋。 ➡狂妄

3.（　　）有關「夜郎自大」的解釋何者正確A.夜郎，漢代西南的小國B.夜郎，夜晚出沒的人C.比喻自傲的人D.大，肥胖。 ➡A、C

自視甚高（ㄗˋ ㄕˋ ㄕㄣˋ ㄍㄠ）

解釋 自視：自我看待。指把自己看得高高在上。

詞源 《二十年目睹之怪現狀．三六回》：「我暗想這個人自視甚高，看來文字總也是好的，便不相強。」

用法 比喻自以為高高在上，沒有人可以比得上。

範例 他對自己的專長自視甚高，完全不採納別人的意見。

提示 「自視甚高」也作「自視非凡」。

有我無人（ㄧㄡˇ ㄨㄛˇ ㄨˊ ㄖㄣˊ）

解釋 無人：沒有其他人。指心中只有自己，沒有別人。

用法 比喻以自我為中心，瞧不起別人。

範例 這些飆車族有我無人的行為，已經嚴重影響治安。

提示 「有我無人」也作「有己無人」。

妄自尊大（ㄨㄤˋ ㄗˋ ㄗㄨㄣ ㄉㄚˋ）

解釋 妄：狂妄。尊：崇高；顯貴。指狂妄驕傲，自以為地位很崇高。

詞源 《後漢書．馬援傳》：「（馬援）因辭歸，謂（告訴）囂（囂，音ㄒㄧㄠ）曰：『子陽（東漢時代的公孫述）井底蛙耳（形容人的見識不豐富），而妄自尊大。』」

用法 比喻沒有實際值得驕傲的事情，卻自以為了不起。

範例 妄自尊大者必難成功，你要切記呀！

提示 「妄自尊大」的「妄」不可以寫成「忘記」的「忘」。

狂妄無知（ㄎㄨㄤˊ ㄨㄤˋ ㄨˊ ㄓ）

解釋 狂妄：驕傲自大，目中無人。指驕傲自大，沒有一點知識。

用法 形容人驕傲自負，卻沒有任何內涵。

範例 愈狂妄無知的人，其實心裡愈自卑，你懂得這句話的道理嗎？

提示 「狂妄無知」也作「狂妄自大」。

夜郎自大（ㄧㄝˋ ㄌㄤˊ ㄗˋ ㄉㄚˋ）

解釋 夜郎：漢代西南的一個小國家，在現在的貴州西部。指夜郎國王說話的口氣太過自負。

詞源 《史記．西南夷列傳》：「滇（雲南省的簡稱）王與漢使者曰：『漢孰（誰）與我大？』及（到達）夜郎侯亦然（也是）。以道（路途）不通故（因素），各自以為一州主，不知漢廣大。」大意是說：滇王對漢朝的使者說：「漢朝跟我國，那一個大？」到了夜郎國，其君主也是這麼問使者。由於路途阻隔的因素，這兩個人各自在僅有漢代一州大小的土地上稱王，根本不知道漢代的疆域是廣大的。

用法 比喻見識不豐卻很自傲。

範例 人容易因為缺乏流通的資訊，而犯了夜郎自大的毛病。

孤高自許（ㄍㄨ ㄍㄠ ㄗˋ ㄒㄩˇ）

解釋 孤高：形容人的性情超凡脫俗。自許：自命。指自認為性情超凡脫俗。

詞源 《紅樓夢．五回》：「那寶釵卻又行為豁達（寬宏大量）……不比黛玉孤高自許，目無下塵（地

1.（　　）「視才傲物」，請改正這句成語中的錯字。 ➡恃
2.（　　）「恃寵而嬌」，請改正這句成語中的錯字。 ➡驕
3.（　　）「飛揚拔扈」，請改正這句成語中的錯字。 ➡跋
4.（　　）倨傲鮮「腆」，請寫出括號中的注音和解釋。 ➡ㄊㄧㄢˇ、害羞
5.（　　）「挺胸突肚」，請改正這句成語中的錯字。 ➡凸

位及名望低者），故深得下人之心。」

用法 形容自視非凡，不與世俗人為伍。

範例 他向來孤高自許，所以朋友不多。

恃才傲物 ㄕˋ ㄘㄞˊ ㄠˋ ㄨˋ

解釋 恃：憑藉；倚仗。物：別人；大眾。指倚仗著自己有才學，就以高傲的態度待人。

詞源 《舊唐書．張昌齡傳》：「昔（從前）禰衡、潘岳，皆恃才傲物，以至非命（遭橫禍而喪失生命，沒有享盡天年）。」

用法 比喻自恃有才學而對人傲慢。

範例 讀書濟世的觀念日漸淡薄，恃才傲物者大有人在。

提示 「恃才傲物」也作「恃才凌物」、「恃才驕物」。

恃寵而驕 ㄕˋ ㄔㄨㄥˇ ㄦˊ ㄐㄧㄠ

解釋 恃：憑藉；倚仗。指依賴他人的寵愛而驕傲放縱。

用法 形容人仗著受寵而表現出驕傲的態度。

範例 歷史上有不少宦官外戚因為恃寵而驕，而亂政誤國。

飛揚跋扈 ㄈㄟ ㄧㄤˊ ㄅㄚˊ ㄏㄨˋ

解釋 飛揚：任性放縱。跋扈：專橫；蠻橫。指放縱性情，蠻橫無理。

詞源 《北史．齊高祖紀》：「景（侯景，南北朝之朔方人，曾被梁武帝封為河南王）專制（治理）河南十四年矣，常有飛揚跋扈志。」

用法 比喻人任意放縱，目中無人。

範例 你知道嗎？成功的果實絕不會屬於飛揚跋扈的人。

提示 「飛揚跋扈」的「跋」不可以寫成「一毛不拔」的「拔」。

倨傲鮮腆 ㄐㄩˋ ㄠˋ ㄒㄧㄢˇ ㄊㄧㄢˇ

解釋 倨：傲慢不恭的樣子。鮮：少。腆：害羞。指驕傲狂妄卻不知道害羞。

詞源 宋．蘇軾．《留侯論》：「是故倨傲鮮腆，而深折（挫敗）之，彼其能有所忍也，然居可以就（成功）大事，故曰孺子（孩童；幼童）可教也。」大意是說：圯（圯，音ㄧˊ，橋）上老人看張良做事莽撞，不能學習伊尹及姜太公的沉穩，只會行使荊軻行刺秦王那種計策，能不喪失生命算是大幸了，所以圯上老人決定用傲慢的態度來挫敗他，希望他能學習忍耐的工夫，如此一來就可以成就大事，所以才說：「這個年輕小伙子是可以造就的人啊！」

用法 形容人心高氣傲，一點也不知謙虛。

範例 比賽結束後，他竟倨傲鮮腆地向人吹噓自己是大功臣。

提示 「倨傲鮮腆」的「腆」讀作ㄊㄧㄢˇ。

挺胸凸肚 ㄊㄧㄥˇ ㄒㄩㄥ ㄊㄨˊ ㄉㄨˋ

解釋 挺：支撐。凸：突起來。指挺著胸脯，突出肚子，大搖大擺的走路。

詞源 《兒女英雄傳．二一回》：「早進來了怒目橫眉（眼睛瞪的很大，眉毛也橫豎的凶惡神情）、挺

1.（　　）形容驕傲得意的神態，叫□視□步。　➡高、闊
2.（　　）形容目空一切，叫□空□大。　➡眼、心
3.（　　）「指高氣揚」，請改正這句成語中的錯字。　➡趾
4.（　　）那群人在車上□□□□地高談闊論，好沒有禮貌。空格中應填入A.光明正大B.言之有理C.旁若無人D.口若懸河。　➡C

胸凸肚的一群人。」

用法 形容傲慢無禮的態度。

範例 那幾個惡形大漢，挺胸凸肚地走進餐廳，擺明是來鬧事的。

提示 「挺胸凸肚」也作「挺胸疊肚」。

神氣十足（ㄕㄣˊ ㄑㄧˋ ㄕˊ ㄗㄨˊ）

解釋 神氣：精神態度。指精神態度十分的飽滿。

用法 ①形容人精神飽滿，外表威風的模樣。②形容人驕傲得意的態度。

範例 弟弟背著新書包，神氣十足地去上學。

高視闊步（ㄍㄠ ㄕˋ ㄎㄨㄛˋ ㄅㄨˋ）

解釋 高視：仰著頭，眼睛朝向上面看。闊步：邁大步行走。指眼睛朝上，邁開大步行走。

詞源 《隋書．盧思道傳》：「俄而（俄，音ㄜˊ。俄而：短暫的時間）抵掌（拍手）揚眉（得意的神色），高視闊步。」

用法 ①形容氣概非凡的模樣。②形容驕傲得意的神態。

範例 他高視闊步地走在星光大道上，不時地露出微笑。

眼空心大（ㄧㄢˇ ㄎㄨㄥ ㄒㄧㄣ ㄉㄚˋ）

解釋 眼空：眼中容納不下東西。指目空一切，心傲自大。

詞源 《紅樓夢．二七回》：「他素昔（以前；舊時）眼空心大，是個頭等刁鑽（性情狡猾而且有怪癖）古怪的丫頭（對年輕女子的稱呼）。」

用法 形容目空一切，心高氣傲。

範例 你們能夠列舉出歷史上因為眼空心大，而挫敗的人物嗎？

趾高氣揚（ㄓˇ ㄍㄠ ㄑㄧˋ ㄧㄤˊ）

解釋 趾：足；腳。揚：高。指走路時抬高腳，氣勢高揚的模樣。

詞源 《左傳．桓公一三年》：「舉趾高，心不固矣（意志不甚堅定）。」

用法 形容驕傲自滿，自以為是的神態。

範例 趾高氣揚易遭挫，虛懷若骨反獲勝。

提示 ①「趾高氣揚」也作「趾高氣昂」。②「趾高氣揚」的「趾」不可以寫成「地址」的「址」。

旁若無人（ㄆㄤˊ ㄖㄨㄛˋ ㄨˊ ㄖㄣˊ）

解釋 若：似；好像。指身旁好像沒有人一樣。

詞源 《史記．刺客列傳》：「酒酣（暢飲）以往（後），高漸離擊筑（古代一種類似箏的弦樂器，有十三弦，今已失傳），荊軻和（和，音ㄏㄜˋ，音律或詩詞相應）而歌於市（燕市）中，相樂也。已而（不久後）相泣，旁若無人者。」大意是說：荊軻是一位喜歡喝酒的人，有一天他跟狗屠及高漸離在燕市喝酒，暢飲之後，高漸離彈奏著筑樂，荊軻隨著樂聲在燕市中高唱一曲，三人就以此來相愉悅。但是過了不久，三人開始大聲哭泣，好像身邊都沒有人一樣。

用法 ①形容態度從容不拘，感情自然流露。②形容藐視一切，眼中無人的神態。

範例 那群人在車上旁若無人地高談闊論，好沒有禮貌。

1.（　　　）「虛」驕恃氣，請寫出括號中的解釋。
2.（　　　）「怡趾氣使」，請改正這句成語中的錯字。
3.（　　　）比喻氣勢凌人，叫□□逼人。
4.（　　　）以下括號中的字何者為動詞A.「頤」指氣使B.「咄咄」逼人C.盛氣「凌」人D.逼人太「甚」。

➡虛浮
➡頤指
➡咄咄
➡C

虛驕恃氣

解釋 虛驕：虛浮驕傲。恃氣：意氣行事。指虛浮傲慢，仗著氣勢行事。

詞源 《莊子．達生》：「紀渻（渻，音ㄕㄥˇ）子為周宣王養鬥雞，十日而問：『雞可鬥已乎？』曰：「未也；方虛驕而恃氣。」」

用法 形容人學養不足，卻驕矜自滿。

範例 人成功時，最忌虛驕恃氣，應該更謙虛地學習。

頤指氣使

解釋 頤：臉頰；面頰。頤指：用臉部的動作來指揮人。氣：人所表現出來的精神或態度。氣使：用神情來使喚人。指用臉部動作及表情來使喚他人。

詞源 《舊五代史．李振傳》：「唐自昭宗遷都之後，王室微弱，朝廷班行（文武官員），備員而已（都只是充數罷了）。振皆頤指氣使，旁若無人（藐視一切，目中無人的樣子）。」

用法 比喻居權位者使喚別人時的高傲態度。

範例 咦，那個對服務生頤指氣使的人，不是某某影星嗎？

提示 ①「頤指氣使」的「頤」讀作ㄧˊ。②「頤」的左邊是「𦣝」不是「臣」，小心別寫錯了。

(二)比喻「氣勢凌人」

咄咄逼人

解釋 咄咄：讓人產生恐懼的聲音。逼人：強迫別人，不留餘地。指出言傷人，強迫人家就範。

詞源 南朝宋．劉義慶．《世說新語．排調》：「（桓玄與殷仲堪等）次復作危語（講一些荒誕或誇大的話來駭人聽聞）……殷有一參軍（古代官名）在坐，云：『盲人騎瞎馬，夜半臨深池。』殷曰：『咄咄逼人。』仲堪眇（眇，音ㄇㄧㄠˇ，瞎了一隻眼睛）目故也。」

用法 形容人氣焰高張，逼人屈服的態度。

範例 他既然是無心之錯，你又何必咄咄逼人呢！

盛氣凌人

解釋 盛氣：驕慢的氣焰。凌：欺壓；侵犯。指以驕慢的氣勢欺壓別人。

詞源 《戰國策．趙策》：「太后盛氣而揖（揖，音ㄧ。①拱手行禮。②邀請）之。」

用法 形容以強大的氣勢去欺壓他人。

範例 你知道自己講話的口氣，非常盛氣凌人嗎？

提示 「盛氣凌人」的「盛」讀作ㄕㄥˋ，「盛飯」的「盛」才讀作ㄔㄥˊ。

逼人太甚

解釋 逼人：脅迫人。太甚：太過分。指過分脅迫別人。

用法 比喻對人壓迫，毫不留餘地。

範例 你一下子要我完成這麼多件工作，簡直是逼人太甚嘛！

【恩澤類】

1.（　　　）「仁至義近」，請改正這句成語中的錯字。　➡盡
2.（　　　）「古道熱腸」、「守望相助」、「急公好義」，這三則成語可以用哪個語詞來形容A.雞婆B.多事C.囉嗦D.熱心。　➡D
3.（　　　）捨己「芸」人，請寫出括號中的解釋。　➡耕田
4.（　　　）「捨己慰人」，請改正這句成語中的錯字。　➡為

(一)比喻「熱心助人」

仁至義盡

解釋 仁：仁愛。至、盡：到達最高點。義：道義；情誼。指付出的仁愛、情誼皆到達最高點。

詞源 《禮記．郊特牲》：「仁之至，義之盡也。」

用法 形容對人的照顧和幫助已經盡最大的努力。

範例 他對朋友一向是仁至義盡，兩肋插刀在所不惜。

古道熱腸

解釋 古道：古代敦厚樸實的道德風尚。熱腸：熱情的心腸。指有古代純樸的道德風尚和樂於從善的心腸。

詞源 《官場現形記．四四回》：「幾個人當中，畢竟是老頭子秦梅士古道熱腸。」

用法 形容為人熱忱，樂於幫助別人。

範例 幸虧有你們古道熱腸的幫忙，不然我實在束手無策。

提示 「古道熱腸」也作「古道俠腸」。

守望相助

解釋 守：防守。望：瞭望。指鄰近人家互相防守瞭望，遇宵小或盜賊作案時可以互相救助。

詞源 《孟子．滕文公上》：「出入（往來）相友（親愛；和善），守望相助，疾病相扶持（救助），則百姓親睦（和睦）。」

用法 比喻鄰居互相防守幫助。

範例 若家家戶戶做好守望相助，宵小就無機可乘了。

急公好義

解釋 急：熱心的。公：公益的事。好：喜愛；喜歡。義：仁義。指熱心於公益，喜歡仗義幫助別人。

詞源 清．梁紹壬．《兩般秋雨庵隨筆》：「彼輸（捐獻）財助賑（救濟）者，急公好義，固不可不量（斟酌）加鼓勵。」大意是說：他們捐獻錢財救濟貧困者，熱心公益，常常幫助困苦的人家，我們應該要酌量加以鼓勵。

用法 比喻熱心於公益事業，常常仗義救助困苦的人。

範例 你小小年紀，就有急公好義的精神，真是難得呀！

捨己芸人

解釋 捨：放棄。芸：耕田。通「耘」。指捨棄自己的田地，卻去耕種別人的。

詞源 《孟子．盡心下》：「人病（責備）捨其田而芸人之田；所求於人者重，而所以自任（承受）者輕。」

用法 形容熱心公益，先幫助別人之後，才做自己的事情。

範例 他熱心服務，捨己芸人，所以深得人心。

捨己為人

解釋 為：幫助；救助。指放棄自身的利益而去幫助別人。

用法 比喻助人為先，不自私自利。

範例 我們應該表揚捨己為人的精神，唾棄損人利己的行為。

1.（　　）「輸財仗義」，請改正這句成語中的錯字。　➡疏
2.（　　）慷慨解「囊」，請寫出括號中的解釋。　➡錢袋
3.（　　）「輕才好施」，請改正這句成語中的錯字。　➡財
4.（　　）「積善之家，必有餘慶」，是指具備哪種行為的人　➡B
A.一呼百諾 B.樂善好施 C.小心翼翼 D.多多益善。

疏財仗義（ㄕㄨ ㄘㄞˊ ㄓㄤˋ ㄧˋ）

解釋 疏：輕視；不重視。仗：倚重；重視。義：正義；道義。指輕視錢財，重視正義。

詞源《三國演義．五回》：「此間有孝（事親孝順者）廉（做事清白廉節的人）衛弘，疏財仗義，其家巨富；若（如果）得相助，事可圖（謀求）矣。」

用法 形容捐出身邊的財物，用來救助困苦的人。

範例 多虧他的疏財仗義，這座橋才能如期竣工呢！

提示「疏財仗義」也作「疏財重義」、「仗義疏財」。

慷慨解囊（ㄎㄤ ㄎㄞˇ ㄐㄧㄝˇ ㄋㄤˊ）

解釋 慷慨：器量寬宏，毫不吝嗇。解囊：打開錢袋。指毫不吝嗇地打開錢袋，並且拿出錢來。

詞源 姚雪垠（垠，音ㄧㄣˊ）．《李自成．二卷一八章》：「因此只得不揣（揣，音ㄔㄨㄞˇ，沒有考量；沒有衡量）冒昧（行動輕率），向大公子求將（將，音ㄑㄤ，請求）伯之助，不知公子肯慷慨解囊否？」大意是說：因此只好在未經考量的情形下，輕率地前來請求大公子幫忙，不知道公子是否願意拿錢出來幫助呢？

用法 形容大方地拿出錢財來救濟別人。

範例 這次住院幸虧你慷慨解囊，不然我真是急白了頭。

輕財好施（ㄑㄧㄥ ㄘㄞˊ ㄏㄠˋ ㄕ）

解釋 施：贈送財物給人。好：喜歡。指不會看重錢財，而是用來救濟別人。

詞源《新五代史．唐明宗家人傳．明宗侄》：「從璨為人剛猛，不能少屈（委屈），而性倜儻（倜儻，音ㄊㄧˋ ㄊㄤˇ，形容人豪爽，不喜歡受拘束），輕財好施。」

用法 比喻不重視金錢，樂於施捨錢財幫助別人。

範例 他為人輕財好施，是朋友心中的大善人。

輕財重義（ㄑㄧㄥ ㄘㄞˊ ㄓㄨㄥˋ ㄧˋ）

解釋 指輕視錢財，重視正義。

詞源《鹽鐵論》：「古者貴（重視）德而賤（看輕）利，重義而輕財。」

用法 形容人輕視財錢，樂於助人。

範例 他是個輕財重義的人，朋友對他十分的敬重。

提示「輕財重義」也作「輕財好義」、「輕財貴義」。

樂善好施（ㄌㄜˋ ㄕㄢˋ ㄏㄠˋ ㄕ）

解釋 施：贈送財物給人。指樂於行善，愛好施捨。

詞源《史記．樂書二》：「聞徵（徵，音ㄓˇ，古代的五音（五音指的是宮、商、角（角，音ㄐㄩㄝˊ）、徵、羽）之一）音，使人樂善好施；聞羽（古代的五音之一）音，使人整齊而好（好，音ㄏㄠˋ，喜歡）禮。」

用法 形容喜歡施捨財物幫助別人。

範例 俗語說：「積善之家，必有餘慶」，指的就是樂善好施的人。

(二)比喻「救人於苦難」

1. (　　　)「同優相救」，請改正這句成語中的錯字。 ➡憂
2. (　　　)台灣早期的傳奇人物「廖添丁」，據說是位什麼樣的人 A.偷偷摸摸 B.以大欺小 C.一毛不拔 D.劫富濟貧。 ➡D
3. (　　　)救災「恤」鄰，請寫出括號中解釋。 ➡賑濟
4. (　　　)「普度眾身」，請改正這句成語中的錯字。 ➡渡、生

同憂相救 ㄊㄨㄥˊ ㄧㄡ ㄒㄧㄤ ㄐㄧㄡˋ

解釋 同憂：同樣的憂患。指憂患相同，互相救助。

詞源 《吳越春秋．闔閭內傳》：「子胥（伍子胥）述河上歌（船上人家所唱的歌）曰：『同病相憐（大家的痛苦都相同，應該互相憐憫，互相幫助），同憂相救。』」

用法 形容彼此都感到不幸，應該互相幫助。

範例 我倆是同一艘船上的人，有難本應同憂相救。

提示 「同憂相救」的「憂」不可以寫成「優柔寡斷」的「優」。

劫富濟貧 ㄐㄧㄝˊ ㄈㄨˋ ㄐㄧˋ ㄆㄧㄣˊ

解釋 劫：奪取。濟：幫助。指奪取富人的財富來救濟貧困人家。

詞源 《孽海花．三五回》：「老漢（年老男子的自稱）平生最喜歡劫富濟貧，抑（遏止）強扶（扶持）弱，打抱不平。」

用法 形容奪取富人的財物來救濟窮困的人。這種是古代義賊的行為，其實並不合法。

範例 古時劫富濟貧的人，被稱為「義賊」。

救災恤鄰 ㄐㄧㄡˋ ㄗㄞ ㄒㄩˋ ㄌㄧㄣˊ

解釋 恤：賑濟。指近鄰有災難，趕緊前往搭救。

詞源 《左傳．僖公十三年》：「救災恤鄰，道（真理）也。行道，有福（福分）。」

用法 形容解救處於災難中的朋友。

範例 鄰國有難，友邦之國應秉著救災恤鄰的精神前往協助。

提示 「救災恤鄰」也作「救災恤患」。

救苦救難 ㄐㄧㄡˋ ㄎㄨˇ ㄐㄧㄡˋ ㄋㄢˋ

解釋 指救人於苦難中。

詞源 《初刻拍案驚奇．卷八》：「弟子虔（虔，音ㄑㄧㄢˊ，恭敬）誠拜禱（禱，音ㄉㄠˇ，將所求之事告訴神明，請祂賜予福氣），伏（暗中）望菩薩大慈大悲救苦救難。」

用法 形容拯救他人脫離苦海和災難。此為佛家的用語。

範例 老先生的善行，被許多人敬稱為救苦救難的菩薩。

雪中送炭 ㄒㄩㄝˇ ㄓㄨㄥ ㄙㄨㄥˋ ㄊㄢˋ

解釋 指雪冬裡送可以取暖的炭火。

詞源 《宋史．太宗紀》：「是（此）日，雨雪大寒，再遣（派）中使（官名）賜孤（孤單；孤獨）老貧窮人千錢、米炭。」

用法 比喻別人有困難的時候，能夠及時伸出援手。

範例 我對於雪中送炭的朋友，充滿感恩。

提示 「雪中送炭」也作「雪裡送炭」。

普渡眾生 ㄆㄨˇ ㄉㄨˋ ㄓㄨㄥˋ ㄕㄥ

解釋 普：廣大的；各方面的。普渡：以佛家所稱的施法來渡化萬物。眾生：地球上的一切生靈。指超渡生靈，使脫離苦海，到達理想的世界。

詞源 《佛說無量壽經》：「普欲度脫（同「渡脫」）一切眾生。」

用法 比喻幫助受苦受難的眾生，

1.（　　　）「濟弱扶頃」，請改正這句成語中的錯字。 ➡傾

2.（　　　）「衣被群生」，請寫出括號中的注音和解釋。 ➡ㄆㄧ、披覆

3.（　　　）社會福利政策的理念，就是如□□□□，希望每人都能受惠。空格中應填入A.疏財仗義 B.劫富濟貧 C.雨露之恩。 ➡C

4.（　　　）既「霑」既足，請寫出括號中的注音和解釋。 ➡ㄓㄢ、充裕

使其脫離困苦。

範例 我們應懷著普渡眾生的信念，以憐憫的心，救人於苦難。

提示「普渡眾生」也作「普濟眾生」、「普濟群生」。

濟困扶危（ㄐㄧˋ ㄎㄨㄣˋ ㄈㄨˊ ㄨㄟˊ）

解釋 濟：幫助；救助。扶：支撐；扶持。指救助困苦的人，扶持有危難的人。

詞源《說唐・三回》：「叔寶性情豪爽，濟困扶危，結交好漢，因此人稱為『小孟嘗』。」

用法 比喻幫助有困難的人，使他們脫離困境；扶持有危難的人，使他們不被挫折打倒。

範例 我以濟困扶危為職志，決定用綿薄之力來幫助他人。

提示「濟困扶危」也作「濟弱扶危」、「救困扶危」。

濟弱扶傾（ㄐㄧˋ ㄖㄨㄛˋ ㄈㄨˊ ㄑㄧㄥ）

解釋 弱：弱小。傾：危傾；困境。指救濟弱小和扶持處在困境的人。

詞源 明・吾丘瑞・《連璧記・諸賢渡江》：「徒有（空有）一腔（滿胸）忠義，恨無由濟弱扶傾。」大意是說：空有滿腔的忠義之心，卻不知從何處來救濟弱小和扶持處在困境的人。

用法 比喻救人於苦難。

範例 你知道嗎?古時濟弱扶傾的俠客，是我最崇拜的對象。

(三)比喻「廣施恩惠」

衣被群生（ㄧˋ ㄆㄧˋ ㄑㄩㄣˊ ㄕㄥ）

解釋 被：蒙受的意思。群生：百姓；眾生。指讓眾人都有衣服可以穿，因此得到溫暖。

詞源 宋・歐陽脩・《夫子罕見言利命仁論》：「衣被羣（「羣」是「群」的異體字）生，贍（贍，音ㄕㄢˋ，供給財物或食物）足萬類。」大意是說：廣施恩惠於人民，充分供給財物及食物，以滿足大家的需求。

用法 比喻廣施恩惠於人民。

範例 他相信只要懷著悲憫的心腸，就能夠衣被群生。

雨露之恩（ㄩˇ ㄌㄨˋ ㄓ ㄣ）

解釋 雨露：雨水和露水，可滋潤禾苗。指雨水和露水般的恩澤。

詞源《唐律疏議・卷一》：「議曰：『義取內睦（和協）九族，外協（幫助）萬邦，布（施）雨露之恩，篤（篤，音ㄉㄨˇ，切實地）親親（親愛自己的親屬）之理。』」

用法 比喻恩德就像雨露滋潤萬物般地施予人。

範例 社會福利政策的理念，就是如雨露之恩，希望每人都能受惠。

既霑既足（ㄐㄧˋ ㄓㄢ ㄐㄧˋ ㄗㄨˊ）

解釋 既：沒有意義。霑：充裕；足夠。指雨量充沛。

詞源《詩經・小雅》：「既霑既足，生（滋長；救活）我百穀。」大意是說：雨量如果充足的話，百穀都因此而滋長出來。

用法 比喻讓恩惠充分地施予眾人。

範例 全民健保的宗旨，就是希望人人都能享既霑既足的醫療保健。

1. （　　　　）春風「風」人，請出括號中的注音和解釋。
2. （　　　　）兼「善」天下，請寫出括號中的解釋。
3. （　　　　）形容廣施恩惠，救助貧困的民眾，叫□施□眾。
4. （　　　　）澤「被」四海，請寫出括號中的解釋。
5. （　　　　）「淋雨蒼生」，請改正這句成語中的解釋。

➡ㄈㄥˋ、吹拂
➡利益
➡博、濟
➡蒙受
➡霖

春風風人（ㄔㄨㄣ ㄈㄥ ㄈㄥˋ ㄖㄣˊ）

解釋 春風：春天和煦的微風。風：當動詞用，吹拂；化育。指如和煦的春風吹拂在人的身上。

詞源 漢．劉向．《說苑．貴德》：「管仲上車曰：『嗟乎（悲嘆的語氣）！我窮（困境）必矣！吾不能以春風風人，吾不能以夏雨雨（雨，音ㄩˋ，潤澤）人，吾窮必矣。』」大意是說：春秋時代，孟簡子相梁並衛，因為獲罪而逃到齊國，管仲前去迎接他，並且問說：「你相梁並衛的門下有多少位使者？」孟簡子說：「有三千多位。」接著管仲又問：「今天有多少人跟你前來？」孟說：「只有三人。」管仲說：「為何只有三人呢？」孟簡子說：「他們有一個人無力葬父，我出錢幫他葬父；一個無力葬母，我為他葬母；一個兄長入獄，我幫他營救出來，所以這三人就跟我一起來了。」管仲聽完就上車，他感慨地說：「唉！我一定會遭遇困境，我不能廣施恩澤，所以大家都不來投靠我，我一定會遭遇到困境啊！」

用法 ①比喻對人廣施恩澤。②比喻對人教益及幫助。

範例 醫療團隊前往非洲義診，其行徑有如春風風人，救人無數。

提示 「春風風人」也作「春風夏雨」。

兼善天下（ㄐㄧㄢ ㄕㄢˋ ㄊㄧㄢ ㄒㄧㄚˋ）

解釋 兼善：都能得到利益。指推廣善行，使天下人都能得到利益。

詞源 《孟子．盡心上》：「窮（身處困境），則獨善其身（要顧好自己的修養及美德），達（顯達），則兼善天下。」

用法 比喻行善幫助世人，讓大家在受到影響之下，也能為善助人。

範例 佛家的普度眾生與儒家倡揚的兼善天下，有異曲同工之妙。

博施濟眾（ㄅㄛˊ ㄕ ㄐㄧˋ ㄓㄨㄥˋ）

解釋 博：廣大地。施：給予。濟：救助。指廣泛地布施恩惠，並且救助眾人。

詞源 《論語》：「如有博施於民，而能濟眾，何如，可謂仁乎？」

用法 形容廣施恩惠，救助貧困的民眾。

範例 慈濟人在各地博施濟眾，救濟困苦的人。

澤被四海（ㄗㄜˊ ㄅㄟˋ ㄙˋ ㄏㄞˇ）

解釋 澤：恩澤。被：蒙受；遭遇。四海：全國。指恩澤廣布於全國各地。

用法 比喻廣施恩澤於眾人。

範例 古時造橋鋪路，就是希望能夠澤被四海，人民廣受恩惠。

霖雨蒼生（ㄌㄧㄣˊ ㄩˇ ㄘㄤ ㄕㄥ）

解釋 霖雨：連續下三天以上的雨，此處引申作恩澤的意思。蒼生：天下間的人民。指將恩澤施予天下間的萬民。

詞源 《書經．說命》：「若濟（過河）巨川，用汝作舟楫（船隻，此借指濟世的忠臣），若歲大旱（乾燥而不下雨），用汝作霖雨。」大意是說：殷高宗對大臣傅說（說，音ㄩㄝˋ）說：「如果要渡過大河川，我會把你當成船隻來過

1.（　　　）「千」恩「萬」謝，請寫出括號中的解釋。 ➡多數
2.（　　　）「大德不愁」，請改正這句成語中的錯字。 ➡酬
3.（　　　）「每飯不望」，請改正這句成語中的錯字。 ➡忘
4.（　　　）沒「齒」難忘，請寫出括號中的解釋。 ➡年歲
5.（　　　）「克骨銘心」，請改正這句成語中的錯字。 ➡刻

河，如果遇到年歲不雨，我將視你為甘霖。（此段話的主旨為：殷高宗讚美傳說是一個濟世的良臣）

用法 比喻廣施恩澤，全天下的人都能享有恩惠。

範例 唐太宗在位期間，廣施德政，霖雨蒼生，是位賢君。

(四)比喻「感恩報答」

千恩萬謝 ㄑㄧㄢ ㄣ ㄨㄢˋ ㄒㄧㄝˋ

解釋 千、萬：表示多數。指對人非常感謝。

詞源 《水滸傳．一〇四回》：「李助是個星卜家（星象預測專家）得了銀子，千恩萬謝的辭（向人告退）了范全、王慶，來到段家莊回覆。」

用法 比喻極為感謝。

範例 對他人的鼎力協助，我們要千恩萬謝，不可以過河拆橋。

大德不酬 ㄉㄚˋ ㄉㄜˊ ㄅㄨˋ ㄔㄡˊ

解釋 德：恩德。酬：答謝。指大恩大德，難以回報。

詞源 《詩經．小雅．谷風》：「忘我大德，思（記住）我小怨。」

用法 形容人的恩惠難以報答。

範例 對於您的大德不酬，我銘感肺腑。

每飯不忘 ㄇㄟˇ ㄈㄢˋ ㄅㄨˋ ㄨㄤˋ

解釋 指吃飯的時候都還會記起。

詞源 《漢書》：「漢文帝謂馮唐曰：『令吾每飯不忘，意未嘗不在鉅鹿也（沒有不想起當年趙將李齊在鉅鹿驍勇善戰的事情）。』」

用法 比喻時時刻刻都會記在心中。

範例 對於老師的教誨，多年後，我依然每飯不忘。

沒齒難忘 ㄇㄛˋ ㄔˇ ㄋㄢˊ ㄨㄤˋ

解釋 齒：年歲。沒齒：終身；一輩子。指終身都很難忘記。

詞源 《西遊記．七〇回》：「你果是救得我回朝，沒齒不忘大恩。」

用法 形容一輩子都不會忘記人家的大恩大德。

範例 您的恩德，今我沒齒難忘呀！

提示 「沒齒難忘」也作「沒齒不忘」、「沒世不忘」。

刻骨銘心 ㄎㄜ ㄍㄨˇ ㄇㄧㄥˊ ㄒㄧㄣ

解釋 銘：在器物上刻字。指如同銘刻在人的骨頭和內心上。

詞源 唐．李白《上安州李長史書》：「深荷（承受）王公之德（恩惠；恩澤），銘刻心骨。」大意是說：深受王公所施予的恩惠，永遠都會記住這個恩情，不會忘掉。

用法 比喻永遠記住恩情，不會遺忘。

範例 我留學時，多虧有你救濟，這份恩情，我終身刻骨銘心。

提示 「刻骨銘心」也作「刻骨銘肌」、「銘心鏤骨」（鏤：音ㄌㄡˋ，刻）。

知遇之感 ㄓ ㄩˋ ㄓ ㄍㄢˇ

解釋 知遇：被人賞識而受到禮遇。感：感恩。指因受人重用、提拔而懷著感激的心。

詞源 《三國演義．九回》：「只因一時知遇之感，不覺為之一哭。」

1. （　　　）「結草卸環」，請改正這句成語中的錯字。
2. （　　　）感恩「圖」報，請寫出括號中的解釋。
3. （　　　）感恩「戴」義，請寫出括號中的解釋。
4. （　　　）感銘「五內」，請寫出括號中的解釋。
5. （　　　）銘「諸」肺腑，請寫出括號中的解釋。

➡銜
➡設法
➡推崇
➡內心
➡之於

用法 比喻感激別人對自己的賞識與重用。

範例 對於你的賞識，令我有深深的知遇之感。

結草銜環 ㄐㄧㄝˊ ㄘㄠˇ ㄒㄧㄢˊ ㄏㄨㄢˊ

解釋 結草：纏結野草而為繩。銜：用嘴巴叼著。環：中間有孔的圓形玉器。指結草繩絆倒敵人，同時叼著玉器來報答別人的恩情。

詞源 《左傳．宣公一五年》：「春秋晉魏顆嫁其父之遺妾（臨終後所留下來的妻妾），不以為殉（殉，音ㄒㄩㄣˋ，用人或物品來陪葬），後以秦人杜回戰，見老人結草以亢（絆倒）回，遂獲（捉到；捕捉）之，夜夢老人曰：『余（我）所嫁婦人之父也。』」大意是說：春秋的魏武子臨終時，吩咐兒子魏顆在自己死後將寵妾殉葬，魏顆在魏武子死後，不但沒有將寵妾陪葬，還把她給改嫁了。後來魏顆率兵與秦將杜回開戰，看到一位老人拿著野草所結成的繩子絆倒杜回，於是魏顆很輕易就抓到了杜回。當天魏顆在夢中就聽到老人跟他說：「我就是你讓她改嫁的那位婦人的父親。」

用法 比喻人死之後的報恩。

範例 老人家對醫生的救命大恩，表示即使結草銜環，也難以回報。

提示 「結草銜環」也作「結草報恩」。

感恩圖報 ㄍㄢˇ ㄣ ㄊㄨˊ ㄅㄠˋ

解釋 圖：設法。指感念別人曾經施予的恩惠，想盡辦法來回報對方。

用法 比喻設法報答別人對自己的恩情。

範例 動物都懂得感恩圖報，況且是自稱萬物之靈的我們。

感恩戴義 ㄍㄢˇ ㄣ ㄉㄞˋ ㄧˋ

解釋 戴：推崇。指感激他人的恩德，並且推崇他人的情義。

詞源 《三國志．吳書．駱統傳》：「令其感恩戴義，懷欲報（想要報答）之心。」

用法 形容受人恩惠而感激不盡。通常用在下級對上級。

範例 他對上司的大力提攜，始終懷抱著感恩戴義的心。

提示 「感恩戴義」也作「感恩戴德」、「感恩懷德」。

感銘五內 ㄍㄢˇ ㄇㄧㄥˊ ㄨˇ ㄋㄟˋ

解釋 感：感激；感恩。銘：在器物上面刻字。五內：本是五臟，後引申作內心。指將感激之情銘記心中。

用法 比喻對別人的感激，永遠記在心中。

範例 地震後，搜救隊的救人行為，真讓我們感銘五內。

提示 「感銘五內」也作「銘感五內」。

銘諸肺腑 ㄇㄧㄥˊ ㄓㄨ ㄈㄟˋ ㄈㄨˇ

解釋 諸：之於。肺腑：內臟，後引申作內心。指牢記心中不會忘記。

用法 比喻對人的恩情永遠不忘。

範例 弟妹們對大姊的照顧之恩，永遠都銘諸肺腑。

提示 「銘諸肺腑」也作「銘感肺腑」、「銘諸五內」。

1.（　　　）比喻人的恩情深厚，叫□高□厚。　➡天、地
2.（　　　）功德無「量」，請寫出括號中的解釋。　➡估計
3.（　　　）「在生父母」，請改正這句成語中的錯字。　➡再
4.（　　　）您待我□□□□，我怎能趁人之危，落井下石呢？空格中應填入A.一心一德B.恩重如山C.恩深義重D.一呼百諾。　➡B、C

(五) 比喻「大恩大德」

天高地厚

解釋 指如天那麼高，如地那麼深厚。

詞源 《驚世通言》：「天高地厚，未酬（回報；報答）萬一。」大意是說：人家的恩情深厚，卻連回報萬分之一也沒有。

用法 比喻人的恩情深厚。

範例 父母的恩情有如天高地厚，為人子女應懂得盡孝道。

功德無量

解釋 功德：功業和德行，行善是「功」，心善是「德」。無量：無法估計。指功業和德行無法估計。

詞源 《漢書．丙吉傳》：「所以擁全（保全）神靈，成育躬聖（保全聖上），功德已無量矣。」

用法 比喻給人深厚的恩惠和德澤。

範例 你積極投入慈善事業，熱心助人，實在是功德無量呀！

再生父母

解釋 指有如讓自己重生的父母一般。

詞源 《元史．烏古孫澤傳》：「繼（接著）改興化軍為路（宋、元兩代行政區劃分的單位），授（任命）澤行總管府事，民歌舞迎候於道（路途）曰：『是吾民復生之父母也。』」

用法 比喻對自己有救命之恩，恩重如山的人。

範例 您多年來對我的提攜之情，有如再生父母，我難以回報。

提示 「再生父母」也作「復生父母」。

再造之恩

解釋 再造：重建。指重建生命的恩情。

詞源 《宋書．王僧達傳》：「雖吾之國家，實由卿（你）再造。」

用法 強調感謝別人對自己拯救的用語。

範例 爸爸對當年救他的人，常說難以報答對方的再造之恩。

恩重如山

解釋 重：大；厚重。指恩情如山一樣厚重。

詞源 《紅樓夢．一一八回》：「（紫鵑道）我服侍林姑娘一場，林姑娘待我，也是太太們知道的，實在恩重如山，無以可報。」

用法 形容恩惠大如山。

範例 您待我恩重如山，我怎能趁人之危，落井下石呢？

提示 「恩重如山」也作「恩比山高」。

恩深義重

解釋 義：情義。重：厚重。指恩惠深遠，情義厚重。

詞源 唐．呂頌．《代郭令公謝男尚公主表》：「恩深義重，何以克堪（如何承受得了）；糜（腐爛）軀粉骨，不知所報。」大意是說：人家對我的恩義如此深厚，我怎麼承受得了，就算粉身碎骨，獻出自己的生命，都回報不了。

用法 比喻別人對自己的情義很深厚。

1.（　　　）「粉」身難報，請寫出括號中的解釋。　➡破碎的

2.（　　　）比喻恩德極為深厚，叫深□厚□。　➡仁、澤

3.（　　　）以下有關越王句踐的敘述何者正確A.曾臥薪嘗膽以復國B.四大美人中的貂蟬曾為其迷惑吳王夫差C.范蠡是他的大臣之一D.史學家評句踐為「兔死狗烹」之人。　➡A、C、D

範例 他以前對我恩深義重，如今他有難，我怎能視而不見呢？

提示 「恩深義重」也作「恩高義厚」、「情深義重」。

粉身難報（ㄈㄣˇ ㄕㄣ ㄋㄢˊ ㄅㄠˋ）

解釋 粉：破碎。指即使身體被粉碎，也難以回報。

詞源 《初刻拍案驚奇・卷一七》：「多承娘子（古人對老婆的稱呼）不棄，小道粉身難報。」

用法 比喻難以報答的恩情。

範例 人生中，有什麼事令你感激涕零，粉身難報嗎？

提示 「粉身難報」的「身」不可以寫成「生生世世」的「生」。

深仁厚澤（ㄕㄣ ㄖㄣˊ ㄏㄡˋ ㄗㄜˊ）

解釋 仁：仁德。澤：恩澤；恩德。指深厚的仁德和恩澤。

用法 比喻人的恩德極為深厚。

範例 承蒙您的深仁厚澤，捐這麼大筆的費用回饋鄉里。

(六)比喻「不知感恩」

以怨報德（ㄧˇ ㄩㄢˋ ㄅㄠˋ ㄉㄜˊ）

解釋 怨：仇怨。德：恩惠；恩德。指用怨恨來回報別人的恩德。

詞源 《國語・周語》：「以怨報德，不仁（沒有德心的人）。」

用法 形容人忘恩負義。

範例 怎麼可能呢？他絕不是那種以怨報德的人。

忘恩負義（ㄨㄤˋ ㄣ ㄈㄨˋ ㄧˋ）

解釋 負：辜負；背棄。義：信義；恩義。指忘記人家的恩德，背棄人家的恩義。

詞源 元・楊顯之・《酷寒亭》楔子：「兄弟去了也。我看此人不是忘恩負義的，日後必得其力。」

用法 比喻忘記別人曾經施予自己的恩惠，而做出對不起他人的事情。

範例 為人萬萬不可做出忘恩負義的事情。

提示 「忘恩負義」也作「忘恩失義」、「背義忘義」。

兔死狗烹（ㄊㄨˋ ㄙˇ ㄍㄡˇ ㄆㄥ）

解釋 烹：煮。指兔子死了，獵犬也就被烹煮來吃。

詞源 《史記・越王句踐世家》：「范蠡（春秋時代人，曾助越王滅吳，後來功成不居而遠走他鄉）遂去（離去；離開），自齊遺（遺，音ㄨㄟˋ，送）大夫種書曰：『蜚（蜚，音ㄈㄟ，通「飛」）鳥盡（絕），良弓藏；狡（詭詐的）兔死，走（奔跑）狗烹。』」大意是說：范蠡離開後，自齊國託人送信給文種說：「天空的飛鳥都被射死了，就將良弓擱置在一旁；詭詐的兔子死了，為獵人盡心奔跑的忠狗也要被煮來吃。」

用法 比喻人成功之後，就忘記別人曾經施予的恩惠，而做出傷害別人的事情。

範例 為不德的人做事，最後一定落得兔死狗烹的下場。

恩將仇報（ㄣ ㄐㄧㄤ ㄔㄡˊ ㄅㄠˋ）

解釋 恩：恩德；恩惠。指受人家的恩惠卻用仇恨來回報。

詞源 《醒世恆言・卷三〇》：「虧這官人（古人對男子的尊稱）

1.（　　）比喻事情一旦成功，功臣就被殺害，叫□盡□藏。➡鳥、弓
2.（　　）比喻對事情毫不關心，叫□□過耳。➡秋風
3.（　　）「若無其是」，請改正這句成語中的錯字。➡事
4.（　　）馬耳「東風」，請寫出括號中的解釋。➡春風
5.（　　）無動於「衷」，請寫出括號中的解釋。➡內心

救了性命，今反恩將仇報，天理何在？」

用法 比喻受人恩惠，卻不知恩圖報，反而陷害對方。

範例 他為了朋友連赴湯蹈火都在所不辭，怎麼會恩將仇報呢？

鳥盡弓藏

解釋 弓：一種用手拉弦即能將箭遠射的器物。指鳥被射光了，弓箭就被擱置在一旁。

用法 比喻事情成功了，功臣就被冷落、廢職或殺害。

範例 歷史上，深悟鳥盡弓藏道理的人，才能避開殺身之禍。

過河拆橋

解釋 渡過河流之後，便把橋給拆了。

詞源 《官場現形記．一七回》：「現在的人都是過河拆橋的。到了那時候，你去朝（向）他張口，他理都不理你呢。」

用法 比喻一旦達到目的，便不再理會曾經幫助自己的人。

範例 我倆是摯交，那種過河拆橋的事，不會發生在我們身上。

提示 「過河拆橋」也作「過橋拆橋」、「過橋抽板」、「過橋拉板」。

【冷漠無情類】

(一)比喻「態度冷漠」

秋風過耳

解釋 指當作是秋天的風吹過耳邊罷了。

詞源 《吳越春秋》：「富貴之於我，如秋風過耳。」大意是說：榮華富貴對我來說，只不過像秋風吹過耳邊般，一點也不在意。

用法 比喻對事情毫不關心。

範例 那老闆真奇怪，對客人只當作秋風過耳，也不打聲招呼呢！

若無其事

解釋 若：好像。好像沒有那麼一回事的樣子。

詞源 老舍．《四代同堂．四四》：「他必須起來，必須裝出若無其事的樣子，以無恥爭取臉面（顏面）。」

用法 形容態度自若，對身邊的事情無動於衷。

範例 大家忙著打掃，你卻坐在位子上一副若無其事的樣子。

提示 「若無其事」也作「如無其事」。

馬耳東風

解釋 東風：春風。指好像春風吹過馬耳一樣。

詞源 唐．李白．《答王十二寒夜獨酌有懷》詩之二：「吟詩作賦（中國古典文學的一種韻文）北窗裡，萬言不直（通「值」）一杯水。世人聞之皆掉頭（不顧而離去），有如東風射（吹）馬耳。」

用法 比喻對人所說的話充耳不聞，無動於衷。

範例 他對於父母的叮嚀，向來只當作馬耳東風，如今卻悔不當初。

提示 「馬耳東風」也作「馬耳春風」、「馬耳秋風」。

無動於衷

	答案
1.（　　）「視若無堵」，請改正這句成語中的錯字。	睹
2.（　　）「置之不禮」，請改正這句成語中的錯字。	理
3.（　　）置若「罔」聞，請寫出括號中的解釋。	沒有
4.（　　）「滿」不在乎，請寫出括號中的解釋。	完全
5.（　　）比喻對人不夠寬厚，叫□薄□恩。	刻、寡

解釋 衷：內心。指內心不受影響。

用法 ①形容意志堅定，不受其他的事影響。②比喻對應該關心的事卻表現得很冷漠。

範例 你口沫潢飛地說了半天，他卻無動於衷，你還是放棄吧！

提示 「無動於衷」也作「無動於心」、「無動於中」。

視若無睹 ㄕˋ ㄖㄨㄛˋ ㄨˊ ㄉㄨˇ

解釋 若：好像。睹：看見。指看到了卻又裝作沒看見。

用法 比喻對身邊事物漠不關心。

範例 拜託你別一副視若無睹的樣子，也幫幫忙吧！

提示 「視若無睹」也作「視而不見」。

置之不理 ㄓˋ ㄓ ㄅㄨˋ ㄌㄧˇ

解釋 置：擱著。指擱置一旁，不去理會。

用法 比喻對事物擱置一旁而漠不關心。

範例 他只願意抄寫文件，其他的事一概置之不理。

提示 「置之不理」也作「置之不顧」、「置之不問」。

置若罔聞 ㄓˋ ㄖㄨㄛˋ ㄨㄤˇ ㄨㄣˊ

解釋 若：好像。罔：沒有。指擱置在一旁，當作沒有聽見。

詞源 《紅樓夢．一六回》：「寧榮兩處上下內外人等，莫（沒有）不歡天喜地（心中非常快樂），獨有寶玉置若罔聞。」

用法 比喻一點都不關心。

範例 許多急駛而過的車子，對於路旁的美景置若罔聞，真可惜呀！

提示 「置若罔聞」也作「置若不聞」。

漠然置之 ㄇㄛˋ ㄖㄢˊ ㄓˋ ㄓ

解釋 漠然：冷淡、不關心的樣子。置：放置；擱置。指擱置於一旁，完全不關心。

詞源 梁啟超．《少年中國說》：「彼（他）而漠然置之，猶可言也（還說的過去）；我而漠然置之，不可言也（說不過去）。」

用法 形容對人事的態度冷淡，不肯付出關懷。

範例 他看起來像個漠然置之的人，其實十分的古道熱腸呢！

滿不在乎 ㄇㄢˇ ㄅㄨˋ ㄗㄞˋ ㄏㄨ

解釋 滿：完全。不在乎：不在意；不以為意。指完全不以為意。

用法 比喻對事物一點都不放在心上。

範例 他生性樂觀，對凡事都抱著滿不在乎的態度。

(二)比喻「冷酷無情」

刻薄寡恩 ㄎㄜˋ ㄅㄛˊ ㄍㄨㄚˇ ㄣ

解釋 刻薄：對人不夠寬厚。寡：鮮少。指待人苛刻，一點也不講情義。

用法 比喻對人不夠寬厚。

範例 你認為寬容大量的人有福氣？還是刻薄寡恩的人呢？

無情無義 ㄨˊ ㄑㄧㄥˊ ㄨˊ ㄧˋ

解釋 情：情分；恩惠。義：道義；情誼。指沒有一絲感情，完全不講情誼。

詞源 《古今小說．卷一》：「你

無動於衷　視若無睹　置之不理　置若罔聞　漠然置之　滿不在乎　刻薄寡恩　無情無義

1.（　　　）「草草不躬」，請改正這句成語中的錯字。 ➡恭
2.（　　　）「醴酒」不設，請寫出括號中的解釋。 ➡美酒
3.（　　　）有關戰國時代蘇秦的敘述何者正確A.提出合縱政策B.是出身官宦世家的子弟C.是縱橫家之一D.曾問諂媚的嫂嫂，對自己的態度為何前倨後恭。 ➡A、C、D

真如此狠毒，也被人笑話，說你無情無義。」

用法 形容人冷酷。

範例 你誤會他了！這種無情無義的事，絕非他做的。

薄情無義（ㄅㄛˊ ㄑㄧㄥˊ ㄨˊ ㄧˋ）

解釋 薄：不厚；淡薄。義：情義；恩義。指感情淡薄，沒有情義可言。

詞源 《紅樓夢．一九回》：「寶玉聽了自思（想）道：『誰知這樣一個人，這樣薄情無義呢？』」

用法 形容人感情淡薄，無情義。

範例 沒想到他是一個薄情無義的人，有新歡就忘了舊愛。

提示 「薄情無義」也作「薄情寡義」。

(三)比喻「待客不周」

草草不恭（ㄘㄠˇ ㄘㄠˇ ㄅㄨˋ ㄍㄨㄥ）

解釋 草草：匆忙草率。指草率不恭敬的樣子。

用法 比喻待人隨便。

範例 咦，來者是客，你的態度似乎太草草不恭了！

醴酒不設（ㄌㄧˇ ㄐㄧㄡˇ ㄅㄨˋ ㄕㄜˋ）

解釋 醴酒：甘酒；美酒。指客人來了，卻不設酒菜招待人。

詞源 《漢書．楚元王傳》：「初，元王敬禮申公等，穆生不耆（嗜）酒，元王每置（準備）酒，常為穆生設（安排）醴（甜酒）。及王戊即位（登上王位），常設，後忘設焉。穆生退曰：『可以逝（離開）矣！醴酒不設，王之意怠（怠慢），不去，楚人將鉗（鉗，音ㄑㄧㄢˊ，鎖上刑具）我於市（行刑的地方）。』」

用法 比喻待人的禮節不周到。

範例 古代有醴酒不設的故事，你應該不至於如此待客吧！

【虛偽諂媚類】

(一)比喻「行為虛偽」

前倨後恭（ㄑㄧㄢˊ ㄐㄩˋ ㄏㄡˋ ㄍㄨㄥ）

解釋 倨：傲慢；無禮。指剛開始的時候很傲慢，後來變得十分恭敬。

詞源 《史記．蘇秦列傳》：「蘇秦笑謂其嫂曰：『何前倨而後恭也？』」大意是說：蘇秦在未當官之前，他的嫂嫂對他非常苛刻，等到他飛黃騰達後，嫂嫂的態度馬上轉變。所以蘇秦有一次就問他的嫂嫂說：「為何你剛開始的時候是如此傲慢，後來卻又變得恭敬起來呢？」

用法 形容一發現對方的身分、地位顯赫時，馬上改變先前無禮的態度，突然變得巴結、奉承。

範例 我們對待人應該誠懇客氣，前倨後恭的態度最要不得！

假仁假義（ㄐㄧㄚˇ ㄖㄣˊ ㄐㄧㄚˇ ㄧˋ）

解釋 假：不真實的。指假裝成仁義的樣子。

詞源 《風月錄》：「假仁假義，假癡（同「痴」）假獃（獃，音ㄉㄞ。通「呆」）。」

用法 形容存著偽善的心，盡力裝出善意。

範例 做人要實實在在，刻意裝出假仁假義的面具，很快會被拆穿。

1.（　　　）形容為人虛偽，叫假□虛□。
2.（　　　）「裝腔作事」，請改正這句成語中的錯字。
3.（　　　）裝「模」作樣，請寫出括號中的解釋。
4.（　　　）形容人故意不回應，叫裝□作□。
5.（　　　）奴顏「婢」色，請寫出括號中的注音和解釋。

➡鳳、凰
➡勢
➡樣子
➡聾、啞
➡ㄅㄧˋ、女僕

假鳳虛凰（ㄐㄧㄚˇ ㄈㄥˋ ㄒㄩ ㄏㄨㄤˊ）

解釋 假、虛：不真實的。鳳凰：中國人視為祥瑞的鳥類，雄的稱為「鳳」，雌的稱為「凰」。指虛假的鳳凰。

用法 形容為人虛偽。

範例 電視上，常演些假鳳虛凰的劇情，現實生活中也很常見。

虛情假義（ㄒㄩ ㄑㄧㄥˊ ㄐㄧㄚˇ ㄧˋ）

解釋 指不真實的情意。

詞源 《西遊記・三四回》：「那妖精巧語花言（用不實的甜言蜜語來騙人），虛情假意的笑道：『主公（古代臣子對帝王的稱呼），微臣自幼兒好習弓馬（射箭騎馬的事），採獵為生。』」

用法 比喻待人不真誠，只是和人作表面的交際。

範例 你這番虛情假義的話，教我如何相信你。

提示 「虛情假意」也作「虛情假套」、「虛脾假意」（脾：音ㄆㄧˊ，身體的器官之一）。

裝腔作勢（ㄓㄨㄤ ㄑㄧㄤ ㄗㄨㄛˋ ㄕˋ）

解釋 腔：說話的口氣或口音。勢：動作姿態。指裝出特別的腔調，作出特別的動作。

用法 形容人故意做作。

範例 這部功夫片的武打場面，盡是些裝腔作勢的動作罷了！

提示 「裝腔作勢」也作「裝腔做勢」、「裝腔作態」。

裝模作樣（ㄓㄨㄤ ㄇㄛˊ ㄗㄨㄛˋ ㄧㄤˋ）

解釋 模：樣子。指刻意表現出某種模樣。

詞源 《荊釵記傳奇》：「裝模作樣，惱（招惹）吾氣滿胸膛。」

用法 形容故意做作而不自然的樣子。

範例 她老愛在鏡子前裝模作樣，擺出巨星的架式。

裝聾作啞（ㄓㄨㄤ ㄌㄨㄥˊ ㄗㄨㄛˋ ㄧㄚˇ）

解釋 裝：假裝。聾：聽不到聲音。啞：嘴巴無法說話。指裝作耳聾口啞的樣子。

用法 形容人聽到卻裝作沒聽到，知道卻故意不回應，也就是置身事外，不聞不問。

範例 只要一提到借錢的事，他就開始裝聾作啞了。

提示 「裝聾作啞」也作「裝聾賣啞」。

(二) 比喻「奉承討好」

奴顏婢色（ㄋㄨˊ ㄧㄢˊ ㄅㄧˋ ㄙㄜˋ）

解釋 奴、婢：供人使喚的男女僕人。顏：面容。指像奴婢一樣的待人態度。

詞源 宋・王禹偁・《送劉宜通判全州序》：「與夫諂（諂，音ㄔㄢˇ，討好）權媚（用言語來討好他人）勢，奴顏婢色，因採風謠司漕運（從水路運輸）者言而得之者遠矣。」

用法 形容為了討好別人，裝出順從的態度。

範例 他是個有骨氣的男子漢，對奴顏婢色的舉止向來不屑。

提示 「奴顏婢色」也作「奴顏婢膝」。

1. (　　　) 奴顏「媚」骨，請寫出括號中的解釋。　➡諂媚
2. (　　　) 「曲意」逢迎，請寫括號中的解釋。　➡委曲自己
3. (　　　) 「伺」人「顏色」，請寫出括號中的解釋。　➡偵察、臉色
4. (　　　) 形容過度奉承他人，叫吮□舐□。　➡癰、痔
5. (　　　) 「卑恭曲膝」，請改正這句成語中的錯字。　➡躬、屈

奴顏媚骨 ㄋㄨˊ ㄧㄢˊ ㄇㄟˋ ㄍㄨˇ

解釋 奴：供人使喚的男僕人。媚：諂媚；說好聽的話來巴結別人。指卑微的僕人表情，諂媚、巴結的性格。

用法 形容諂媚者沒有廉恥的醜態。

範例 宋臣文天祥寧可死，也不願對元軍表現出奴顏媚骨的態度。

曲意逢迎 ㄑㄩ ㄧˋ ㄈㄥˊ ㄧㄥˊ

解釋 曲意：委曲自己。逢迎：用言語或行動去討好別人。指委曲自己的心意，用言行去討好他人。

詞源 《三國演義．八回》：「董卓自納（接收）貂蟬後，為色（美色）所迷，月餘不出理事。卓偶染小疾（病），貂蟬衣不解帶（人不脫下衣服睡覺），曲意逢迎，卓心愈喜。」

用法 形容人刻意委曲自己的心意，特意去巴結別人，以取得寵信。

範例 成功的果實要憑實力，若是曲意逢迎得來的，就不甜美了。

伺人顏色 ㄙˋ ㄖㄣˊ ㄧㄢˊ ㄙㄜˋ

解釋 伺：偵察。顏色：臉色。指刻意觀察別人的臉色。

用法 形容按照別人的臉色行事，也就是曲意討好別人。

範例 你有一身真本事，為何委屈自己去做些伺人顏色的工作呢？

吮癰舐痔 ㄕㄨㄣˇ ㄩㄥ ㄕˋ ㄓˋ

解釋 吮：用嘴巴吸取東西。癰：因為人體血液運行不良，產生毒素積聚所形成的瘡，其中大而淺的稱為「癰」，深的就稱為「疽」。舐：舔。痔：痔瘡。一種因為直腸下端的靜脈擴張，造成肛門腫痛的病。指吸他人的濃瘡，舔他人肛門上的痔。

詞源 《莊子．列禦寇》：「莊子曰：『秦王有病召醫。破癰潰痤（痤，音ㄘㄨㄛˊ，皮膚病的一種）者得車一乘（乘，音ㄕㄥˋ，古代計算車輛的單位），舐痔者得車五乘，所治愈下（醫治秦王的態度愈卑微），得車愈多。』」

用法 形容過度奉承他人的醜陋模樣。

範例 有些人為了功名利祿，即使幫人吮癰舐痔也在所不惜。

提示 「吮癰舐痔」的「吮」讀作ㄕㄨㄣˇ，不可以讀作ㄩㄣˇ。

卑躬屈膝 ㄅㄟ ㄍㄨㄥ ㄑㄩ ㄒㄧ

解釋 卑躬：彎腰低頭。屈膝：彎曲膝蓋，即下跪。指向人彎腰低頭或下跪。

詞源 《魏書．李彪傳》：「臣（李彪）與任城卑躬屈己，若順弟（服從的弟弟）之奉暴兄（個性凶暴的哥哥）。」

用法 比喻人逢迎諂媚，失去格調。

範例 清朝自鴉片戰爭之後，官員對洋人普遍抱著卑躬屈膝的態度。

提示 「卑躬屈膝」也作「卑躬屈節」、「卑體屈己」。

承顏順旨 ㄔㄥˊ ㄧㄢˊ ㄕㄨㄣˋ ㄓˇ

解釋 承顏：迎合人家的臉色。順旨：順從他人的旨意。指迎合人的臉色，順從人的意旨。

詞源 《初刻拍案驚奇．卷三

1.（　　　）「呈歡現媚」，請改正這句成語中的錯字。 ➡承、獻
2.（　　　）「阿」諛奉承，請寫出括號中的注音和解釋。 ➡ㄜ、迎合
3.（　　　）「狗合取容」，請改正這句成語中的錯字。 ➡苟
4.（　　　）「脅肩慘笑」，請改正這句成語中的錯字。 ➡諂
5.（　　　）「偷」合苟同，請寫出括號中的解釋。 ➡苟且

三》：「女兒女婿也自假意奉承（假裝順從老人家的意思），承顏順旨，他也不作生兒之望了。」

用法 比喻察言觀色，以討對方的歡心。

範例 你別一副承顏順旨的態度呀！

承歡獻媚 ㄔㄥˊ ㄏㄨㄢ ㄒㄧㄢˋ ㄇㄟˋ

解釋 承歡：迎合他人，使其高興。獻：奉上。媚：說好聽的話來巴結別人。指說些好聽的話來迎合別人。

詞源 《孽海花．三回》：「四圍（四周）小花，好像承歡獻媚，服從那大花的樣子。」

用法 形容迎合人的心意，做出討人歡心的動作。

範例 小人多承歡獻媚；君子多直言不諱。

阿諛奉承 ㄜ ㄩˊ ㄈㄥˋ ㄔㄥˊ

解釋 阿：迎合；偏袒。奉承：說好聽的話來恭維人。指說好聽的話來巴結或恭維對方。

詞源 《醉醒石．八》：「他卻小器易盈（心胸狹小，容易自滿），況且是個小人，在人前不過阿諛奉承。」

用法 形容極力討好別人，博得他人的歡心。

範例 自古以來，阿諛奉承的人多是有其他目的。

提示 「阿諛奉承」也作「阿諛逢迎」、「阿諛承迎」。

苟合取容 ㄍㄡˇ ㄏㄜˊ ㄑㄩˇ ㄖㄨㄥˊ

解釋 苟：任意。取容：取悅。指一味地迎合，以取悅別人。

詞源 《漢書．諸葛豐傳》：「夫以布衣（平民百姓）之士，尚猶有刎頸之交（交情很好，可以用生命相許的朋友），今以四海（全國或天下）之大，曾無伏節（深藏志節）死誼之臣，率盡（全；都）苟合取容，阿黨（循私；偏袒）相為，念（顧及）私門（自家）之利，忘國家之政。」

用法 形容為了取悅他人，而失去自己的原則。

範例 我寧可做一個堅持理念和原則的人，也不願苟合取容。

脅肩諂笑 ㄒㄧㄝˊ ㄐㄧㄢ ㄔㄢˇ ㄒㄧㄠˋ

解釋 脅肩：聳起肩膀。諂笑：諂媚的擠出笑容。指聳著肩膀，諂媚的笑。

詞源 《孟子．滕文公下》：「脅肩諂笑，病（勞累）于夏畦（畦，音ㄒㄧ，五十畝的田地）。」大意是說：聳著肩膀，諂媚地裝出笑容，這比夏天在太陽底下耕種五十畝田地還要累呢！

用法 形容奉承他人的醜態。

範例 如果成天得擺出脅肩諂笑的嘴臉，那多累人呀！

提示 「脅肩諂笑」也作「脅肩獻笑」。

偷合苟同 ㄊㄡ ㄏㄜˊ ㄍㄡˇ ㄊㄨㄥˊ

解釋 偷：苟且。合：迎合。苟同：隨便同意。指不正當的迎合，隨意地同意。

詞源 漢．韓嬰．《韓詩外傳．四》：「不恤（恤，音ㄒㄩˋ，憂患）乎公道之達義，偷合苟同以持祿養交（為保持利祿而去結交權貴的人）者，是謂之國賊也。」

1.（　　　）形容極力地巴結，叫□風□旨。 ➡望、承
2.（　　　）「搖尾祈憐」，請改正這句成語中的錯字。 ➡乞
3.（　　　）趨「炎」附勢，請寫出括號中的解釋。 ➡當紅的人
4.（　　　）「現勤討好」，請改正這句成語中的錯字。 ➡獻
5.（　　　）媚辭「取容」，請寫出括號中的解釋。 ➡取悅

用法 比喻苟且迎合別人，未經思考即同意人家的意見。

範例 凡事偷合苟同的人，言行舉止多浮誇。

望風承旨（ㄨㄤˋ ㄈㄥ ㄔㄥˊ ㄓˇ）

解釋 望風：觀察風吹的方向。承旨：順承對方心意。指觀察對方的一舉一動，以迎合其心意來做事。

詞源 《後漢書．竇憲傳》：「北單于（單，音ㄔㄢˊ。單于：漢代匈奴國王的稱呼）逃走，不知所在。憲既平匈奴，威名大盛……由是朝臣震懾（震驚害怕），望風承旨。」

用法 形容極力的巴結。

範例 人生得意時，對你望風承旨的人如過江之鯽呀！

媚辭取容（ㄇㄟˋ ㄘˊ ㄑㄩˇ ㄖㄨㄥˊ）

解釋 媚辭：好聽的言語。取容：取悅的意思。指說好聽的話來取悅別人。

用法 形容說動聽的話來討人歡心。

範例 好了！好了！這些媚辭取容的話，對我毫不受用。

搖尾乞憐（ㄧㄠˊ ㄨㄟˇ ㄑㄧˇ ㄌㄧㄢˊ）

解釋 乞：求。指像狗搖著尾巴，裝出可憐的樣子，用來博得主人同情。

詞源 唐．韓愈．《應科目時與人書》：「若（好像）俯首貼耳（甘心服從，一點也不反抗），搖尾而乞憐者，非我之志也。」

用法 比喻人卑躬屈膝，奉承他人的模樣。

範例 妹妹最愛撒嬌了，只要一犯錯，就裝出搖尾乞憐的樣子。

提示 「搖尾乞憐」也作「搖尾求食」。

趨炎附勢（ㄑㄩ ㄧㄢˊ ㄈㄨˋ ㄕˋ）

解釋 趨：靠近。炎：炙手可熱的人物，引申作當紅、當權的人。指投靠、迎合有權勢的人。

詞源 《兒女英雄傳．一六回》：「無奈他父親又是個明道理尚氣節的人，不同那趨炎附勢的世俗庸流（一般人）。」

用法 形容人依附權貴，缺乏骨氣和志節。

範例 如果是靠著趨炎附勢得來的光耀，並不值得讚揚呀！

提示 「趨炎附勢」也作「趨權附勢」、「趨勢附熱」。

獻勤討好（ㄒㄧㄢˋ ㄑㄧㄣˊ ㄊㄠˇ ㄏㄠˇ）

解釋 勤：待人周到。獻勤：為了討人歡心而盡心為人做事。指故意向人表露周到的禮數，以討好別人。

用法 形容刻意向人討好。

範例 請你有困難直說，不用向我獻勤討好呀！

(三) 比喻「欺騙別人」

自欺欺人（ㄗˋ ㄑㄧ ㄑㄧ ㄖㄣˊ）

解釋 指不但欺騙自己，也欺騙了別人。

詞源 《朱子語類．大學五》：「因說自欺欺人曰：『欺人亦是自欺，此又是自欺之甚（過分）者。』」

用法 適合用在既欺騙自己，又欺騙別人的情況。

範例 唉！你快點清醒吧！不要再

1. （　　）「招搖壯騙」，請改正這句成語中的錯字。 ➡撞
2. （　　）影片中的男主角為了搜集情報，偽裝成攤販，以□□□□。空格中應填入 A.自欺欺人 B.欺上瞞下 C.掩人耳目 D.掩耳盜鈴。 ➡C
3. （　　）比喻不斷地欺騙和隱瞞，叫欺□瞞□。 ➡三、四

自欺欺人了！

提示　「自欺欺人」也作「欺人自欺」。

招搖撞騙 ㄓㄠ ㄧㄠˊ ㄓㄨㄤˋ ㄆㄧㄢˋ

解釋　招搖：虛張聲勢，以引起他人注意。撞騙：伺機欺騙人家。指虛張聲勢，引起別人的注意後，再找機會騙人。

詞源　《紅樓夢．一〇六回》：「賈政聽了，便說道：『我是對得天的，從不敢起（興）這要錢的念頭。只是奴才在外招搖撞騙，鬧出事來，我就吃不住了（指承擔不起責任）。』」

用法　形容假借各種名義，四處行騙。

範例　金光黨利用人的貪念，到處招搖撞騙，小心別上當了。

掩人耳目 ㄧㄢˇ ㄖㄣˊ ㄦˇ ㄇㄨˋ

解釋　掩：捂住；遮蓋。指遮蓋人的眼睛和耳朵。

詞源　《新刊大宋宣和遺事》：「事跡顯然（明白；清楚），雖欲掩人之耳目，不可得也。」

用法　比喻製造假象來掩蓋事實，使人受騙。

範例　影片中的男主角為了搜集情報，偽裝成攤販，以掩人耳目。

提示　「掩人耳目」也作「掩飾耳目」。

掩耳盜鈴 ㄧㄢˇ ㄦˇ ㄉㄠˋ ㄌㄧㄥˊ

解釋　鈴：古代一種圓形中空，內部置一鐵球，撞擊時會發出聲音的樂器。指用雙手捂住耳朵，去偷鈴鐺。

詞源　《呂氏春秋．自知》：「范氏之亡也，百姓有得鐘者，欲負（背）而走，則鐘大不可負，以椎（敲打東西的器具）毀之，鐘況然有音（鐘產生鏗鏗的聲響），恐人聞之而奪己（搶奪自己的鐘）也，遽（趕緊）掩其耳。」

用法　比喻自己欺騙自己。

範例　掩耳盜鈴是既笨拙，又觸犯法律的不法行為。

提示　「掩耳盜鈴」也作「掩耳偷鈴」、「掩耳盜鐘」。

偷天換日 ㄊㄡ ㄊㄧㄢ ㄏㄨㄢˋ ㄖˋ

解釋　偷：暗中。指暗中以假亂真。

詞源　《何典．六回》：「我有一個道友，叫做鬼谷先生，他有將無做（變成）有的本領，偷天換日的手段，真是文武全才。」

用法　形容人以巧妙的手法來以假亂真，改變事物的真相，以達到欺騙的目的。

範例　做錯事要勇於改過，切忌以偷天換日的手法來掩飾真相。

欺三瞞四 ㄑㄧ ㄙㄢ ㄇㄢˊ ㄙˋ

解釋　三、四：形容多數。瞞：隱藏事實，不讓別人知道。指接連多次地欺騙、隱瞞。

詞源　《警世通言．卷一四》：「是一是二，說得明白，還有個商量，休要欺三瞞四，我趙某不是與你和光同塵（跟塵俗相合，不露任何鋒芒）的！」

用法　比喻持續不斷地欺騙和隱瞞。

範例　檢察官正嚴厲色地要歹徒詳述案情，不要再欺三瞞四了。

1. （　　　）「欺上罔下」、「瞞天過海」、「欺世盜明」這三則成語，可以用哪個字來形容 A.妙 B.騙 C.戲 D.偷。 ➡B
2. （　　　）瞞天「昧」地，請寫出括號中的解釋。 ➡隱藏
3. （　　　）「瞞天過海」本是指中國傳奇故事中的A.嫦娥B.八仙 C.吳剛 D.愚公。 ➡B

欺上罔下 ㄑㄧ ㄕㄤˋ ㄨㄤˇ ㄒㄧㄚˋ

解釋 罔：蒙蔽；欺騙。指欺騙上司，蒙騙下屬。

詞源 《漢書．郊祀志》：「挾（挾制）左道（邪門歪道），懷詐偽（欺詐虛偽），以欺罔世主（君主）。」

用法 形容在公務上作出欺瞞的行為。

範例 聽說該公司的高層主管偽造文書，欺上罔下，是真的嗎？

提示 「欺上罔下」也作「欺下罔上」。

欺世盜名 ㄑㄧ ㄕˋ ㄉㄠˋ ㄇㄧㄥˊ

解釋 指欺騙世人，以盜取名聲。

詞源 《宋史．鄭丙傳》：「近世士大夫有所謂道學者，欺世盜名，不宜信用（不應該相信），蓋（應該）指熹者。」

用法 形容人為了博取名聲，而刻意表現出來的言行。

範例 他被發現有收賄嫌疑，昔日的清廉形象，恐是欺世盜名罷了！

提示 「欺世盜名」也作「欺世盜譽」。

瞞天昧地 ㄇㄢˊ ㄊㄧㄢ ㄇㄟˋ ㄉㄧˋ

解釋 瞞：隱藏事實，不讓別人知道。昧：隱藏。天、地：天地和神明。指蒙騙隱藏，不讓天地神明發現。

詞源 明．無名氏．《鬧銅台．一折》：「見倉官壞法胡行徑（行為舉止），專瞞天昧地不公平。」大意是說：看到管糧倉的官員敗壞法紀，行為舉止也不檢點，專門做一些昧著良心的欺世行為。

用法 形容昧著良心作出欺騙世人的惡行。

範例 歹徒犯案後，企圖湮滅證據，以瞞天昧地，卻仍難逃法網。

瞞天過海 ㄇㄢˊ ㄊㄧㄢ ㄍㄨㄛˋ ㄏㄞˇ

解釋 指傳說中的八仙利用法術騙過天界，順利渡海成仙。

詞源 明．阮大鋮（鋮，音ㄔㄥˊ）．《燕子箋，購幸》：「我做提控最有名，瞞天過海無人問，今年大比（科舉的鄉試）期又臨，嗏（嗏，音ㄔㄚ，語助詞），只要賺幾貫（古代貫穿銅錢的繩索）銅錢養阿正。」

用法 形容用偽裝的方法來欺騙對方，然後暗中進行活動。

範例 大偵探經過偽裝後，再次以瞞天過海的手法逃過追殺。

提示 「瞞天過海」和「掩耳盜鈴」都是「騙」的意思。但是兩者不同，後者是自欺欺人，弄巧成拙；前者則有整套的計畫，而玩弄人於股掌之間。

瞞心昧己 ㄇㄢˊ ㄒㄧㄣ ㄇㄟˋ ㄐㄧˇ

解釋 昧己：蒙昧自己的良心。指蒙昧良心，去做傷天害理的事情。

詞源 元．石君寶．《曲江池．三折》：「欺天負（背棄；辜負）人，瞞心昧己，神明也不保佑。」

用法 形容昧著良心去做壞事。

範例 這種瞞心昧己的事，真的是你做的嗎？

提示 「瞞心昧己」也作「昧己瞞心」。

【對立類】

1.（　　）拿刀「弄」杖，請寫出括號中的解釋。　➡把玩
2.（　　）破口大「罵」，請寫出括號中的部首。　➡网部
3.（　　）比喻與人發生意氣之爭，叫□嘴□舌。　➡掉、弄
4.（　　）吹毛求「疵」，請寫出括號中的注音和解釋。　➡ㄘ、小毛病
5.（　　）「吹毛密瑕」，請改正這句成語中的錯字。　➡覓

㈠比喻「與人衝突」

大打出手 ㄉㄚˋ ㄉㄚˇ ㄔㄨ ㄕㄡˇ

解釋 打出手：傳統戲曲中的武打動作。劇中主角和幾個敵人套招出手，形成精彩的武打場面。指與人出手套招，形成激烈的打鬥場面。

用法 形容逞凶鬥狠，和人起衝突。

範例 這兩個血氣方剛的少年，一言不和就**大打出手**了。

拿刀弄杖 ㄋㄚˊ ㄉㄠ ㄋㄨㄥˋ ㄓㄤˋ

解釋 弄：把玩。杖：棍子。指拿起刀子，舞弄木杖。

詞源 明．馮惟敏．《醉太平．曲之一六》：「閒花野草田荒廢，拋妻撇（撇，音ㄆㄧㄝ，拋離；拋棄）子民逃避，拿刀弄杖盜乘機，老官人不理。」

用法 比喻與人起衝突。

範例 不可能吧！這麼斯文的學生，會**拿刀弄杖**的和人械鬥？

破口大罵 ㄆㄛˋ ㄎㄡˇ ㄉㄚˋ ㄇㄚˋ

解釋 破口：彼此關係絕裂，相對而罵。指彼此撕破臉而凶狠地咒罵。

詞源 《官場現形記．一〇回》：「茶房（古代在客棧中侍候茶水的僕人）未及開口，那女人已經破口大罵起來。」

用法 形容口出惡言。

範例 這孩子因為不小心打破杯子，你何必氣得**破口大罵**呢！

提示 「破口大罵」也作「破口怒罵」。

掉嘴弄舌 ㄉㄧㄠˋ ㄗㄨㄟˇ ㄋㄨㄥˋ ㄕㄜˊ

解釋 掉、弄：轉動；鼓動。指鼓動脣舌，跟人吵架。

詞源 《石點頭》卷六：「況且他是賣席子，你是做豆腐，各人做自家生理（生意），何苦掉嘴弄舌，以至相爭。」

用法 比喻與人發生意氣之爭。

範例 大家只要各讓一步就好了，何必**掉嘴弄舌**，傷和氣呢！

㈡比喻「挑人毛病」

吹毛求疵 ㄔㄨㄟ ㄇㄠˊ ㄑㄧㄡˊ ㄘ

解釋 疵：小毛病。指吹開皮膚上的細毛，刻意尋找小毛病。

詞源 《韓非子．大體》：「不吹毛而求小疵。」

用法 比喻對人事物過分挑剔或要求。

範例 地板再乾淨，也難免會有灰塵，你就不要太**吹毛求疵**了。

提示 「吹毛求疵」也作「吹毛求瑕」、「吹毛索疵」。

吹毛覓瑕 ㄔㄨㄟ ㄇㄠˊ ㄇㄧˋ ㄒㄧㄚˊ

解釋 覓：尋找；缺點。指吹開皮膚上的細毛，尋找小缺點。

詞源 南朝梁．劉勰（勰，音ㄒㄧㄝˊ）．《劉子．傷讒》：「是以洗垢求痕（洗淨汙垢，尋找疤痕，有「挑人毛病」的意思），吹毛覓瑕。」

用法 形容十分的挑剔。

範例 我們對人要寬容大量，對產品卻要**吹毛覓瑕**，嚴格管制。

提示 「吹毛覓瑕」的「瑕」不可以寫成「閒暇」的「暇」或「遐想」的「遐」。

1.（　　　）洗垢求「瘢」，請寫出括號中的注音和解釋。 ➡ㄅㄢ、斑點
2.（　　　）「百口交磅」，請改正這句成語中的錯字。 ➡謗
2.（　　　）眾矢之「的」，請寫出括號中的注音和解釋。 ➡ㄉㄧˋ、靶心
4.（　　　）萬目「睚眥」，請寫出括號中的注音和解釋。 ➡ㄧㄞˊ ㄗˋ、瞪眼
5.（　　　）「謗議凶凶」，請改正這句成語中的錯字。 ➡洶洶

洗垢求瘢（ㄒㄧˇ ㄍㄡˋ ㄑㄧㄡˊ ㄅㄢ）

解釋 垢：汙泥；骯髒。瘢：皮膚上的斑點。指洗掉汙泥，仔細的尋找斑點。

詞源 漢．趙壹．《刺世疾邪賦》：「所好（好，音ㄏㄠˋ，喜愛）則鑽皮出其毛羽（鑽破皮革，使裡面的毛羽顯現出來）；所惡（討厭）則洗垢求其瘢痕。」

用法 形容故意挑人家的毛病及缺點。

範例 你待人老是抱著洗垢求瘢的態度，人緣怎麼會好呢？

提示 「洗垢求瘢」也作「洗垢索瘢」。

(三)比喻「引起公憤」

百口交謗（ㄅㄞˇ ㄎㄡˇ ㄐㄧㄠ ㄅㄤˋ）

解釋 百：多的意思。百口：人多口雜。交謗：交互指責。指眾人交互指責。

詞源 清．曹雪芹．《紅樓夢．五回》：「於世道（社會風氣）中未免迂闊（迂遠疏闊，不切合實際）怪詭（奇異的），百口嘲謗，萬目睚眦（睚眦，音ㄧㄞˊ ㄗˋ，怒目看人的樣子）。」

用法 比喻受到大眾的責罵。

範例 貪官汙吏將老百姓的血汗錢納入私囊，自當受到百口交謗了。

眾矢之的（ㄓㄨㄥˋ ㄕˇ ㄓ ㄉㄧˋ）

解釋 矢：箭。的：靶心。指許多弓箭所瞄準射擊的靶心。

詞源 《朝花夕拾．瑣記》：「那時為全城所笑罵的是一個開得不久的學校，叫做中西學堂，漢文以外，又教些洋文和算學。然而已經成為眾矢之的了。」

用法 比喻大家交相攻擊或指責的對象。

範例 這家工廠排放汙水，難怪會成為眾矢之的，遭人抨擊。

萬目睚眥（ㄨㄢˋ ㄇㄨˋ ㄧㄞˊ ㄗˋ）

解釋 萬目：許多人的目光。睚眥：瞪眼；怒目看人。指在許多人的怒目之下。

詞源 《紅樓夢．五回》：「汝（你）今獨得此二字，在閨閣（房間內）中雖可為良友，卻於世道（社會）中未免迂闊（迂遠疏闊而不切合實際）怪詭（奇異），百口嘲謗（眾人交互指責），萬目睚眥。」

用法 形容引起眾人的怒目相待。

範例 縱火犯被警察逮捕時，引起萬目睚眥，人人氣憤難平。

謗議洶洶（ㄅㄤˋ ㄧˋ ㄒㄩㄥ ㄒㄩㄥ）

解釋 謗：詆毀攻擊人的言語。洶洶：波濤凶猛的樣子。指誹謗攻擊的議論有如波濤般猛烈。

詞源 《續資治通鑑．卷一一二》：「今內而百官，外而軍民，萬口一談（大家都異口同聲），皆欲食倫（王倫）之肉，謗議洶洶，陛下（古代臣子對君王的尊稱）不聞，正恐一旦變作（發生變亂），禍且不測。臣竊（私下；暗中）謂不斬王倫，國之存亡未可知也。」

用法 形容眾人爭相指責。

範例 政治家的醜聞經揭發後，一時謗議洶洶，媒體爭相報導。

(四)比喻「對峙較勁」

1.（　　　）一棲□雄＋□分鼎足＋兩虎相爭＝□拜之交。　➡兩、三、八

2.（　　　）形容內部勾心鬥角，叫明□暗□。　➡爭、鬥

3.（　　　）兩國球隊在足球場上你來我往，彼此□□□□。空格中應填入 A.唱作俱佳 B.你死我活 C.稱兄道弟 D.相持不下。　➡D

4.（　　　）楚河漢界「界」，請寫出括號中的解釋。　➡邊線

一棲兩雄（一ˋ ㄑㄧ ㄌㄧㄤˇ ㄒㄩㄥˊ）

解釋 棲：鳥類的住處。指兩隻雄鳥棲息在同一個地方。

詞源 唐．趙蕤（音ㄖㄨㄟˊ）．《長短經．是非》：「語曰：『一棲不兩雄，一泉無二蛟（沒有長角的龍）。』大意是說：兩隻雄鳥不該住在同一個地方；一條河流中是容納不下兩條蛟龍的。

用法 比喻互不相讓。

範例 所謂「人以和為貴」，即使是一棲兩雄，也可以和平相處的。

三分鼎足（ㄙㄢ ㄈㄣ ㄉㄧㄥˇ ㄗㄨˊ）

解釋 鼎：古代烹煮食物的銅製容器，多製成三足而立。足：腳。指如烹煮食物的銅製器皿，三腳並立於地。

詞源 《史記．淮陰侯傳》：「誠（果真）能聽臣之計，莫若（沒有事比得上）兩利而俱（都）存之，三分天下，鼎足而居，其勢莫敢先動。」大意是說：果真能聽取我的計謀，應當知道沒有比互蒙其利而共存的方法更好的了，如今天下三分而立，大家皆勢均力敵，沒有一方是可以隨意妄動的。

用法 形容勢均力敵。

範例 依照民意調查的結果來看，三位候選人目前是三分鼎足。

提示 「三分鼎足」也作「三足鼎立」。

兩虎相爭（ㄌㄧㄤˇ ㄏㄨˇ ㄒㄧㄤ ㄓㄥ）

解釋 指兩隻猛虎互相爭鬥。

詞源 《史記．春申君列傳》：「天下莫強於秦楚。今聞大王欲伐楚，此猶兩虎相與鬥。」大意是說：天底下最強的兩個國家莫過於秦、楚兩國。今天聽說大王您要攻打楚國，這不就像是兩個強而有力的對手相互爭鬥，必定會有一方受傷啊！

用法 比喻互相鬥爭。

範例 俗話說：「兩虎相爭，必有一傷。」你們明白其中的道理嗎？

明爭暗鬥（ㄇㄧㄥˊ ㄓㄥ ㄢˋ ㄉㄡˋ）

解釋 指在公開的場合或暗地裡都在進行鬥爭。

用法 形容內部勾心鬥角，有公開的對立，也有暗地的中傷。

範例 天天過著明爭暗鬥的日子，你不累嗎？

提示 「明爭暗鬥」也作「暗爭明鬥」。

相持不下（ㄒㄧㄤ ㄔˊ ㄅㄨˋ ㄒㄧㄚˋ）

解釋 相持：彼此爭執。指雙方互相爭執和對立，分不出高下。

詞源 《史記．淮陰侯列傳》：「燕齊相持而不下，則劉項之權未有所分也。」

用法 ①形容兩邊對立許久，各不相讓。②適合用在敵我雙方，勢均力敵的情況。

範例 兩國球隊在足球場上你來我往，彼此相持不下。

提示 「相持不下」也作「相持不決」、「相持未決」。

楚河漢界（ㄔㄨˇ ㄏㄜˊ ㄏㄢˋ ㄐㄧㄝˋ）

解釋 河：黃河。界：邊線。指楚漢相爭時，項羽和劉邦議定以黃河為雙邊的河界。

用法 ①比喻敵我雙方對壘的分界線。②比喻敵對的雙方。

1.（　　）一「秉」至公，請寫出括號中的解釋。 ➡掌握
2.（　　）大公「至」正，請寫出括號中的解釋。 ➡極
3.（　　）比喻非常的公平合理，叫□公□道。 ➡天、地
4.（　　）你身為法治人員，應該秉著□□□□的精神去辦案。 ➡C
空格中應填入A.約定俗成B.苦口婆心C.天地無私D.耿耿於懷。

範例 歷史上，楚河漢界的交戰下，項羽成為悲劇的英雄。
提示 「楚河漢界」也作「楚界漢河」。

【公正偏袒類】

(一)比喻「公正無私」

一秉至公（ㄧ ㄅㄧㄥˇ ㄓˋ ㄍㄨㄥ）
解釋 秉：掌握。至：極。公：公正；公道。指掌握最公正的原則來辦事。
詞源 《文明小史．六〇回》：「然而平中丞卻不以此為輕重……仍舊是一秉至公。」
用法 形容處事公正，沒有私心。
範例 你身為選務人員，本應該要一秉至公，不可幫人站台呀！

大公無私（ㄉㄚˋ ㄍㄨㄥ ㄨˊ ㄙ）
解釋 公：公平正直。指公平正直，沒有私心。
詞源 清．龔（龔，音ㄍㄨㄥ）自珍．《論私》：「且今之大公無私者，有楊（楊朱）、墨（墨翟）之賢耶？」
用法 比喻摒除私欲，以公正為原則。
範例 法官要有大公無私的精神。
提示 「大公無私」也作「一公無私」。

大公至正（ㄉㄚˋ ㄍㄨㄥ ㄓˋ ㄓㄥˋ）
解釋 至：最；極。正：正直。指非常公平，極為正直。
用法 形容待人處事公平，而且為人正直。
範例 他是個人人稱讚，大公至正的好官員。

公私分明（ㄍㄨㄥ ㄙ ㄈㄣ ㄇㄧㄥˊ）
解釋 指公事和私事分得很清楚。
用法 形容公事和私事分開辦理，不會混雜在一起。
範例 我的上司是個公私分明的好主管。

公正無私（ㄍㄨㄥ ㄓㄥˋ ㄨˊ ㄙ）
解釋 指做事公正，不會偏私。
詞源 《淮南子．修務訓》：「（古代的帝堯）公正無私，一言而萬民齊（一致）。」
用法 比喻人做事以公正為原則，沒有夾雜私心。
範例 民間故事中，包青天鐵面無私，是公正無私的化身。

天公地道（ㄊㄧㄢ ㄍㄨㄥ ㄉㄧˋ ㄉㄠˋ）
解釋 指如天地般的公道。
用法 比喻非常的公平合理。
範例 老天爺是天公地道的，你只要努力不懈，一定會成功。

天地無私（ㄊㄧㄢ ㄉㄧˋ ㄨˊ ㄙ）
解釋 無私：沒有偏私。指如天地般公正，沒有偏私。
用法 形容為人公正。
範例 你身為法治人員，應該秉著天地無私的精神去辦案。

正直無邪（ㄓㄥˋ ㄓˊ ㄨˊ ㄒㄧㄝˊ）
解釋 正直：公正剛直，沒有私見。邪：偏斜的意思。指公正剛直，沒有偏斜。
用法 形容人處事公正無私，不會偏袒一方。

1.（　　）以下括號中的字何者有「偏袒」的意思 A.守正不「阿」B.眉來眼「去」C.「降」心相從 D.無「偏」無「黨」。 ➡A、D

2.（　　）比喻不能公平對待，叫□此□彼。 ➡厚、薄

3.（　　）「撿佛燒香」，請改正這句成語中的錯字。 ➡揀

4.（　　）一笑「千金」，請寫出括號中的解釋。 ➡比喻價值極高

範例 法務部門的主管，正需要像他這樣正直無邪的人擔任。

提示 「正直無邪」也作「正直無私」。

守正不阿（ㄕㄡˇ ㄓㄥˋ ㄅㄨˋ ㄜ）

解釋 正：公正；正中。阿：迎合；偏袒。指堅守公平原則，不偏袒。

詞源 《漢書．劉向傳》：「君子獨處，守正不阿。」

用法 形容人辦事嚴守公平原則，正直無私。

範例 你放心吧！他是個守正不阿的人，管理財務絕對沒問題。

提示 「守正不阿」也作「公正不阿」、「守正不撓」。

無偏無黨（ㄨˊ ㄆㄧㄢ ㄨˊ ㄉㄤˇ）

解釋 偏：偏私。黨：偏袒；偏私。指不偏私，不袒護。

詞源 《尚書．洪範》：「無偏無黨，王道蕩蕩（廣大的樣子）。」

用法 形容為人處事公正，不偏不袒。

範例 大家在無偏無黨的工作分配下，都賣力地打掃校園。

提示 「無偏無黨」也作「無黨無偏」。

(二) 比喻「偏愛一方」

厚此薄彼（ㄏㄡˋ ㄘˇ ㄅㄛˊ ㄅㄧˇ）

解釋 厚：優待。薄：輕視。指優待這一邊，卻冷落另一邊。

詞源 《梁書．賀琛（琛，音ㄔㄣ）傳》：「欲薄於此，而厚於彼。」

用法 比喻不能公平對待。

範例 父母待我們一視同仁，從來沒有厚此薄彼的心理。

重男輕女（ㄓㄨㄥˋ ㄋㄢˊ ㄑㄧㄥ ㄋㄩˇ）

解釋 指看重男孩子，輕視女生。

用法 形容只疼愛男孩，不疼愛女孩。

範例 其實男孩或女孩都一樣好，不應該有重男輕女的觀念。

揀佛燒香（ㄐㄧㄢˇ ㄈㄛˊ ㄕㄠ ㄒㄧㄤ）

解釋 揀：挑選。指根據佛像的大小來挑選適用的香料。

用法 比喻視身分地位的差異，而給予不同的對待。

範例 我們誤會他了！他只是依公行事，絕非揀佛燒香的人。

提示 「揀佛燒香」也作「擇佛燒香」。

儀態篇

【容貌類】

(一) 比喻「容顏漂亮」

一笑千金（ㄧˋ ㄒㄧㄠˋ ㄑㄧㄢ ㄐㄧㄣ）

解釋 千金：表示價值極高。指美麗的笑容千金難買。

詞源 漢．崔駰（駰，音ㄧㄣ）．《七依》：「酒酣（酣，音ㄏㄢ，飲酒為樂）樂中，美人進以承（侍奉）宴，調（使和諧）歡欣以解容（使人展顏歡笑），回顧（看）百萬，一笑千金。」大意是說：酒宴之中，侍奉宴會的美人善體人意，

1.（　　　）「千驕百媚」，請改正這句成語中的錯字。 ➡嬌

2.（　　　）以下哪些成語可以用來形容美女A.東施效顰B.天香國色C.如花似玉D.徐娘半老。 ➡B、C

3.（　　　）天桃「穠」李，請寫出括號中的注音和解釋。 ➡茂盛

4.（　　　）形容女子風姿極為出眾。叫□姿□色。 ➡仙、玉

她的回眸一笑百媚生。

用法 比喻女子美麗的笑容價值非凡。

範例 這位女名模長相甜美，素來有一笑千金的讚譽。

提示 「一笑千金」也作「千金一笑」。

千嬌百媚（ㄑㄧㄢ ㄐㄧㄠ ㄅㄞˇ ㄇㄟˋ）

解釋 嬌：體態柔美。媚：容貌迷人。指女子柔美，姿態萬千。

用法 形容女子的嫵媚。

範例 表演台上模特兒千嬌百媚的儀態，吸引了大批觀眾圍觀。

天仙化人（ㄊㄧㄢ ㄒㄧㄢ ㄏㄨㄚˋ ㄖㄣˊ）

解釋 天仙：天上的仙女。指彷彿天上的仙女下凡。

用法 形容女子有如仙子般美麗。

範例 你瞧！推門進來的彷彿是一位天仙化人的女子呢！

天香國色（ㄊㄧㄢ ㄒㄧㄤ ㄍㄨㄛˊ ㄙㄜˋ）

解釋 香：香氣。色：顏色。指天底下香氣最宜人、色彩最鮮豔的牡丹花。

詞源 宋·胡繼宗·《書言故事·花木嘗》：「牡丹曰天香國色。」

用法 ①比喻豔麗的花朵。②比喻姿色美麗的女子。

範例 這次入圍世界小姐的佳麗，都是天香國色的美女。

提示 「天香國色」也作「國色天香」。

天姿國色（ㄊㄧㄢ ㄗ ㄍㄨㄛˊ ㄙㄜˋ）

解釋 天姿：天下最動人的姿態。國色：國內最美的容貌。指世界上最美豔的女子。

詞源 元·王實甫·《西廂記》一本一折：「這是河中開府崔相國的小姐，世間有此等之女，豈非天姿國色乎！」

用法 形容女性的姿態、容貌美麗動人。

範例 想不到童年時的醜小鴨，長大後竟然變成天姿國色的美女呢！

夭桃穠李（ㄧㄠ ㄊㄠˊ ㄋㄨㄥˊ ㄌㄧˇ）

解釋 夭：草木繁茂。穠：茂盛。指桃花和李花競相盛開。

詞源 唐·張說·《安樂郡主花燭行》：「星昂（星空高朗）殷冬（深冬）獻吉日，夭桃穠李遙相匹（比）。」大意是說：在星空高朗的深冬裡，適逢這個呈獻吉祥的日子，新人們青春豔麗，遙遙地互相比美。

用法 比喻女子容貌美豔。

範例 這幅古畫裡的女子，個個是夭桃穠李的美人。

仙姿玉色（ㄒㄧㄢ ㄗ ㄩˋ ㄙㄜˋ）

解釋 仙姿：仙女般的風姿。玉色：如玉般潔白的容貌。指女子有仙女的姿色和姣好的容貌。

詞源 明·謝讜·《四喜記·巧夕宮筵》：「宮中鄭娘娘，乃是鄭參政之女，數月前選入宮中，仙姿玉色，世上無雙。」

用法 形容女子風姿容顏極為出眾。

範例 她倆外型亮麗，真可稱得上是仙姿玉色的姐妹花。

如花似玉（ㄖㄨˊ ㄏㄨㄚ ㄙˋ ㄩˋ）

解釋 似：像。指像鮮花般豔麗，和玉石般潔白無瑕。

1.（　　）「朱唇浩齒」，請改正這句成語中的錯字。
2.（　　）「妍」姿豔質，請寫出括號中的注音和解釋。
3.（　　）形容女子長相嬌豔，叫□臉□腮。
4.（　　）有關「沉魚落雁」的解釋何者正確A.沉魚，魚沉入水底B.落雁，雁鳥因忘我而落下C.形容美女D.出自「莊子」。

➡皓
➡ㄧㄢˊ、美好的
➡杏、桃
➡A、B、C、D

詞源 《初刻拍案驚奇·卷二》：「徽州府休寧縣蓀田鄉姚氏有一女，名喚滴珠，年方十六，生得如花似玉，美冠一方。」

用法 形容女子容貌姣好。

範例 據說這位如花似玉的女明星，有獨門的保養祕方呢！

朱唇皓齒 ㄓㄨ ㄔㄨㄣˊ ㄏㄠˋ ㄔˇ

解釋 皓：潔白。指朱紅的嘴唇，潔白的牙齒。

詞源 屈原·《大招》：「魂乎歸徠（徠，音ㄌㄞˊ，招攬），聽歌譔（譔，音ㄓㄨㄢˋ，讚美）只（語末助詞）。朱唇皓齒，嫭（嫭，音ㄏㄨˋ，美麗的）以姱（姱，音ㄎㄨㄚ，美好的）只。」

用法 形容女子的美麗。

範例 這位朱唇皓齒的少女，露出淺淺的笑容，唱出動人的旋律。

提示 「唇」也寫作「脣」。

妍姿豔質 ㄧㄢˊ ㄗ ㄧㄢˋ ㄓˋ

解釋 妍：美好的。質：內在的氣質。指美好的姿態，豔麗的氣質。

用法 形容女子體態美好，氣質豔麗。

範例 這位妍姿豔質的女星一出海關，記者們蜂擁著上前採訪。

杏臉桃腮 ㄒㄧㄥˋ ㄌㄧㄢˇ ㄊㄠˊ ㄙㄞ

解釋 腮：臉頰。指跟杏花般白皙的容顏，桃花般泛紅的臉頰。

詞源 元·王實甫·《西廂記·四本一折》：「杏臉桃腮，乘著月色，嬌滴滴越顯得紅白。」

用法 形容女子的嬌豔。

範例 平日裝扮樸實的姐姐，其實是個杏臉桃腮的大美人喲！

提示 「杏臉桃腮」也作「杏腮桃臉」。

沉魚落雁 ㄔㄣˊ ㄩˊ ㄌㄨㄛˋ ㄧㄢˋ

解釋 沉魚：水面的魚沉入水底。落雁：天上飛的雁鳥掉落地面。指美麗的女子，使水面的魚兒見了害羞得沉入水底，空中飛的雁鳥因為欣賞得忘我而落下。

詞源 《莊子·齊物論》：「毛嬙、麗姬，人之所美（稱美）也；魚見之深入（潛入水底），鳥見之高飛，麋鹿見之決驟（急忙奔跑不回頭）。四者（魚、鳥、麋、鹿）孰知天下之正色（端莊優雅的美色）哉？」大意是說：毛嬙、麗姬是大家公認為最美的，連魚、鳥、麋鹿看到了都會害羞得避開。

用法 比喻女子容貌美麗。

範例 古今中外，沉魚落雁的美女，哪個英雄不心動？

提示 「沉魚落雁」常和「閉月羞花」連用。

秀外慧中 ㄒㄧㄡˋ ㄨㄞˋ ㄏㄨㄟˋ ㄓㄨㄥ

解釋 秀：秀麗。慧：聰敏。指外表秀麗，內心聰敏。

詞源 唐·韓愈·《送李愿歸盤谷序》：「曲直豐頰，清聲而便體，秀外而慧中。」

用法 形容兼俱外在美與內在美的女子。

範例 新娘子是個秀外慧中的大家閨秀，很討人喜歡。

秀色可餐 ㄒㄧㄡˋ ㄙㄜˋ ㄎㄜˇ ㄘㄢ

解釋 秀色：秀麗的美色。可餐：可以吃飽。指欣賞秀麗的美色，讓人不知不覺就忘了飢餓。

1.（　　　）宜「嗔」宜喜，請寫出括號中的注音和解釋。 ➡ㄔㄣ、生氣
2.（　　　）形容女子美麗的容貌，叫明□皓□。 ➡眸、齒
3.（　　　）「芙蓉」出水，請寫出括號中的解釋。 ➡荷花
4.（　　　）請選出適合形容歷史上四大美女的成語A.徐娘半老 B.花容月貌 C.閉月羞花 D.滿面春風。 ➡B、C

詞源 晉·陸機·《日出東南隅行》：「鮮膚（鮮嫩的皮膚）一何潤（潤滑），秀色若可餐。」

用法 ①形容女子的美麗。②形容秀麗的自然景觀或物品。

範例 汽車展時，主辦單位特別安排秀色可餐的模特兒擔任解說員。

宜嗔宜喜（ㄧˊ ㄔㄣ ㄧˊ ㄒㄧˇ）

解釋 宜：適合。嗔：生氣；發怒。通「瞋」。指無論生氣或高興都非常迷人。

詞源 元·王實甫·《西廂記》一本一折：「呀，誰想著寺裏遇神仙！我見他宜嗔宜喜春風面（宜人的臉色），偏宜貼翠花鈿（金玉製成的花形飾物）。」

用法 形容女子喜或怒的表情都非常動人。

範例 她飾演一位宜嗔宜喜的格格，深得觀眾喜愛。

明眸皓齒（ㄇㄧㄥˊ ㄇㄡˊ ㄏㄠˋ ㄔˇ）

解釋 眸：眼珠子。皓：潔白。指明亮的眼睛，潔白的牙齒。

詞源 元·陶宗儀·《南村輟耕錄·卷一七》：「只知敬明眸皓齒，不想共肥馬輕裘（皮衣）。」大意是說：重美色，而輕朋友。

用法 形容女子美麗的容貌。

範例 她是一位明眸皓齒的可人兒。

芙蓉出水（ㄈㄨˊ ㄖㄨㄥˊ ㄔㄨ ㄕㄨㄟˇ）

解釋 芙蓉：荷花。指荷花露出水面綻放。

詞源 宋·歐陽脩·《鷓鴣天》詞：「學畫宮眉（宮女的紋眉）細細長，芙蓉出水鬥新妝。」大意是說：女子在臉龐上學畫宮女細長的眉毛，以清秀豔麗的打扮出門與人比美。

用法 ①形容文章書畫清新雋永。②形容女子姿色清秀豔麗。

範例 當新娘出場時，就像是仲夏的芙蓉出水，楚楚動人。

花容月貌（ㄏㄨㄚ ㄖㄨㄥˊ ㄩㄝˋ ㄇㄠˋ）

解釋 花容：容顏像花般豔麗。月貌：面貌像月亮般姣好。指豔麗姣好的容貌。

詞源 《醒世恆言·卷二五》：「那娟娟小姐，花容月貌，自不必說，刺繡描花，也是等閒之事。」

用法 形容女子外型的姣好。

範例 她不但有花容月貌的臉蛋，更有一顆善良的心。

提示 「花容月貌」也作「花容玉貌」。

眉彎目秀（ㄇㄟˊ ㄨㄢ ㄇㄨˋ ㄒㄧㄡˋ）

解釋 眉彎：眉毛細而彎。指眉毛細彎，眼睛清秀。

詞源 清·沈復·《浮生六記·閨房記樂》：「其形削肩長者，瘦不露骨，眉彎目秀，顧盼神飛。」

用法 形容女子容貌清秀。

範例 幾年不見，她由稚氣的小女孩，長大成眉彎目秀的少女了。

提示 「眉彎目秀」也作「眉清目秀」。

閉月羞花（ㄅㄧˋ ㄩㄝˋ ㄒㄧㄡ ㄏㄨㄚ）

解釋 閉：隱藏。羞：害羞。指美麗的女子，使月亮見後躲藏，花兒見了害羞。

詞源 《雍熙樂府·普天樂·初見曲》：「俏冤家，天生下，沉魚落

1.（　　）以下括號中的字何者正確A.絕代嘉人B.頃城頃國C.嬌豔欲滴D.紅粉青蛾。 ➡C、D

2.（　　）以下的敘述何者錯誤A.絕代，指滅絕的一代B.「華如桃李」的「華」引申作外表C.「蛾眉曼睩」的「曼睩」是指眼珠靈活而明亮D.「紅粉青蛾」的「青蛾」是刺青的圖案。 ➡A、D

雁，閉月羞花。」

用法 形容女子美麗的容貌。

範例 姐姐有閉月羞花的容貌，是大家公認的美人胚呢！

提示 「閉月羞花」常和「沉魚落雁」連用。

絕代佳人 ㄐㄩㄝˊ ㄉㄞˋ ㄐㄧㄚ ㄖㄣˊ

解釋 絕代：當代獨一無二。指當代獨一無二的美女。

詞源 唐·杜甫《佳人》詩：「絕代有佳人，幽居在空谷。」大意是說：當代有一位美人，她居住在深隱僻靜的山谷中。

用法 形容極美的女子。

範例 這位女球員不僅球技精湛，還是一位絕代佳人呢！

提示 「絕代佳人」也作「絕色美人」。

華如桃李 ㄏㄨㄚˊ ㄖㄨˊ ㄊㄠˊ ㄌㄧˇ

解釋 華：花朵，引申作外表。指臉色有如桃花、李花般豔麗。

詞源 《詩經·召南·何彼襛矣》：「何彼襛（花木茂盛）矣，華如桃李。」大意是說：她多麼豔麗啊！她豔麗的容貌有如盛開的桃花、李花般迷人。

用法 形容女子長得豔麗。

範例 市面上許多雜誌的封面模特兒，都是華如桃李的美女。

傾城傾國 ㄑㄧㄥ ㄔㄥˊ ㄑㄧㄥ ㄍㄨㄛˊ

解釋 傾：傾滅。城：城邑，引申作國家。指使國家傾滅。

詞源 《漢書·孝武李夫人傳》：「（李）延年侍上（侍奉皇上）起舞，歌曰：『北方有佳人，絕世（當代唯一）而獨立（唯一），一顧（看）傾人城，再顧傾人國。寧（寧願）不知傾城與傾國，佳人難再得。』」大意是說：李延年向漢武帝描述一位絕世美女——李夫人。她的美麗，是寧可不知道傾城傾國的危險，也要得到這難得的佳人。

用法 形容女子有絕佳的姿色，使君王即使傾滅國家也要得到她。

範例 相傳楊貴妃有傾城傾國的美貌，唐明皇十分的迷戀。

提示 「傾城傾國」也作「傾國傾城」。

蛾眉曼睩 ㄜˊ ㄇㄟˊ ㄇㄢˋ ㄌㄨˋ

解釋 蛾眉：眉毛像蛾鬚一樣彎曲、細長。曼睩：眼珠靈活而明亮。指細長彎曲的眉毛，靈活轉動而明亮的眼睛。

詞源 清·李慈銘·《越縵堂詩話》卷中：「蛾眉曼睩（引申作女子）分明在，孤負琴心（女子的心）已十年。」

用法 形容女子眉清目秀。

範例 蒞臨精品展覽會場的來賓，個個都是蛾眉曼睩的時髦女子。

嬌豔欲滴 ㄐㄧㄠ ㄧㄢˋ ㄩˋ ㄉㄧ

解釋 嬌豔：嬌柔而豔麗。欲滴：非常的生動鮮明，彷彿將要滴下的樣子。指嬌柔豔麗而生動鮮明。

用法 ①形容花朵非常鮮豔。②形容女子的柔美。

範例 她那副嬌豔欲滴的模樣，讓人見了好生愛憐。

(二) 比喻「女子妝扮」

紅粉青蛾 ㄏㄨㄥˊ ㄈㄣˇ ㄑㄧㄥ ㄜˊ

1.（　　）「粉白袋黑」，請改正這句成語中的錯字。 ➡黛
2.（　　）「粉粧玉啄」，請改正這句成語中的錯字。 ➡琢
3.（　　）淡妝「濃」抹，請寫出括號中的解釋。 ➡豔麗
4.（　　）形容女子素雅的妝扮，叫□掃□眉。 ➡淡、蛾
5.（　　）「傅」粉施朱，請寫出括號中的解釋。 ➡塗抹

解釋 紅粉：紅色的粉末化妝品。青蛾：用黛脂畫的細長眉毛。指臉龐搽上紅色的胭脂，再畫上修長的眉毛。

詞源 唐・杜審言・《戲贈趙使君美人》詩：「紅粉青娥映楚雲，桃花馬上石榴裙。」

用法 形容打扮光鮮的女子。

範例 職場上，紅粉青蛾的女強人每每引人注目。

粉白黛黑（ㄈㄣˇ ㄅㄞˊ ㄉㄞˋ ㄏㄟ）

解釋 粉：細末狀的化妝品。黛：古代女子畫眉毛的青黑色顏料。指臉龐擦上白粉，眉毛用黛青來修飾。

詞源 《楚辭・大招》：「粉白黛黑，施（潤澤）芳澤（古代婦女潤髮的香油）只。」大意是說：女子從臉龐到頭髮都打扮的很豔麗。

用法 比喻女子豔麗的妝扮。

範例 化妝品專櫃小姐粉白黛黑的妝扮，令人賞心悅目。

提示 「粉白黛黑」也作「粉白黛綠」。

粉粧玉琢（ㄈㄣˇ ㄓㄨㄤ ㄩˋ ㄓㄨㄛˊ）

解釋 琢：雕琢。指用白粉妝扮，用玉石雕琢。

詞源 《三俠五義・六〇回》：「登時（到時）將九如打扮起來，真是人仗（靠）衣帽，更顯他粉粧玉琢，齒白唇紅。」

用法 形容妝扮得白皙光潤。

範例 姐姐出嫁當天，花了不少時間粉粧玉琢，顯得嬌豔欲滴。

淡妝濃抹（ㄉㄢˋ ㄓㄨㄤ ㄋㄨㄥˊ ㄇㄛˇ）

解釋 淡：淡雅。濃：豔麗。抹：抹粉搽脂。指淡雅和豔麗的妝扮。

詞源 宋・蘇軾・《飲湖上初晴後雨》詩之二：「欲（如要）把西湖比西子（西施），淡妝濃抹總相宜（合適）。」大意是說：西湖的景致可比美西施，無論是明媚的湖光或迷濛的山色，都有扣人心弦的風貌。

用法 ①形容女子濃淡不同的妝扮。②比喻自然風景所呈現淡雅和美豔的風貌。

範例 這家咖啡廳的裝潢精緻，十分受淡妝濃抹的粉領族青睞。

淡掃蛾眉（ㄉㄢˋ ㄙㄠˇ ㄜˊ ㄇㄟˊ）

解釋 掃：抹。蛾眉：女子細長而彎的眉毛，因似蛾鬚故稱之。指輕輕描畫細長而彎的眉毛。

詞源 唐・張祜・《集靈台》詩之二：「虢國夫人承（承歡）主恩，平明（天剛亮）騎馬入宮門。卻嫌脂粉污顏色（臉色），淡掃蛾眉朝（晉見）至尊（皇上）。」大意是說：虢國夫人天生麗質，不用濃妝豔抹，只需淡雅的妝扮就非常豔麗了。

用法 形容女子素雅的妝扮。

範例 媽媽生性樸實，平時的妝扮大多是淡掃蛾眉罷了！

傅粉施朱（ㄈㄨˋ ㄈㄣˇ ㄕ ㄓㄨ）

解釋 傅：塗抹，加上。粉：白粉，化妝品的一種。朱：紅色的唇膏。指在臉上搽白粉，在脣上畫紅色的唇膏。

詞源 元・賈仲明・《對玉梳・三折》：「拜辭了清歌妙舞，打迭（更換）起傅粉施朱。」

1.（　　）以下括號中的字何者為動詞A.「塗」指「抹」粉B.「輕」妝「薄」粉C.年老色「衰」D.色衰愛「弛」。　➡A、C、D

2.（　　）以下敘述何者正確A.「輕妝薄粉」是指素雅的打扮B.「人老珠黃」的「珠黃」引申作婦女C.「人老珠黃」也可以用來形容年紀大的男子D.「美人遲暮」的「遲暮」是指年老。　➡A、B、D

用法 形容女子精緻的打扮。

範例 小妹傅粉施朱之後，原本清秀的臉龐顯得更亮麗了。

塗脂抹粉（ㄊㄨˊ ㄓ ㄇㄛˇ ㄈㄣˇ）

解釋 脂：胭脂。粉：白粉。指塗上胭脂，搽上白粉。

詞源 《二刻拍案驚奇．卷一四》：「其妻塗脂抹粉，儧賣風情，挑逗富家郎君。」

用法 ①形容婦女豔麗的妝飾。②比喻粉飾事物，企圖掩蓋醜陋的真相。

範例 女性參加社交場合時，總會塗脂抹粉，以表示禮貌。

輕妝薄粉（ㄑㄧㄥ ㄓㄨㄤ ㄅㄛˊ ㄈㄣˇ）

解釋 薄：淡。指淡雅的妝扮。

詞源 蕭綱《東飛伯勞歌》：「誰家妖麗鄰中止，輕妝薄粉光閭里。」

用法 形容婦女略微妝扮。

範例 她天生是美人胚，所以只要輕妝薄粉，就顯得亮麗動人了。

(三)比喻「年老色衰」

人老珠黃（ㄖㄣˊ ㄌㄠˇ ㄓㄨ ㄏㄨㄤˊ）

解釋 珠黃：珠寶陳舊泛黃，引申作婦女。指人年老而姿色衰殘。

詞源 《金瓶梅詞話．二回》：「娘子正在青年，翻身（從逆境中徹底改變）的日子很有呢，不像俺（我）是人老珠黃不值錢呢。」

用法 ①形容人年老色衰，不再受人重視。②有特定形容的對象，只適用於婦女。

範例 你天天感嘆自己人老珠黃，卻又不打扮，真令人不解。

年老色衰（ㄋㄧㄢˊ ㄌㄠˇ ㄙㄜˋ ㄕㄨㄞ）

解釋 色衰：姿色衰減。指年紀大了，而姿色衰減。

詞源 巴金．《談（寒夜）》：「對她來說，年老色衰的日子已經不太遠了。」

用法 形容年紀大的婦女逐漸失去姿色。

範例 這位紅極一時的女明星，因為年老色衰，便淡出影壇了。

色衰愛弛（ㄙㄜˋ ㄕㄨㄞ ㄞˋ ㄔˊ）

解釋 色：姿色。弛：減弱。指當姿色衰老時，受到寵愛的程度也減弱了。

詞源 《韓非子．說難》：「色衰愛弛，得罪（獲罪）於君。」大意是說：美人年老色衰後，便令君王看不上眼了。

用法 形容女子一旦衰老，就逐漸失寵。

範例 古代的嬪妃常因色衰愛弛，而孤單地過日子。

美人遲暮（ㄇㄟˇ ㄖㄣˊ ㄔˊ ㄇㄨˋ）

解釋 遲暮：暮年；年老。指美女年老色衰。

詞源 戰國楚．屈原．《離騷》：「惟草木之零落（凋謝）兮，恐美人之遲暮。」大意是說：想到草木的凋謝，恐懼青春的失去。屈原勸諫楚王把握青春，及早建立功業。

用法 比喻女子的青春一去不回。

範例 雖然美人遲暮是無法避免的事，卻可以自我充實內涵。

(四)比喻「英俊瀟灑」

1. （　　）當上記者的你，有一天要去採訪某位帥哥明星，你可以用哪些成語來形容 A.孔武有力 B.一表人才 C.美如冠玉 D.沉魚落雁。　➡B、C

2. （　　）「白面」書生，請寫出括號中的解釋。　➡面容白淨

3. （　　）朗目「疏」眉，請寫出括號中的解釋。　➡清秀

一表人才（ㄧˋ ㄅㄧㄠˇ ㄖㄣˊ ㄘㄞˊ）

解釋 表：外表。人才：傑出的人。指外表傑出的模樣。

詞源 《醒世恆言．卷七》：「此人飽學詩書（學識豐富），廣知今古（古往今來之事），更兼一表人才。」

用法 形容男子相貌英挺。

範例 男主角長得一表人才，是少女愛慕的對象。

白面書生（ㄅㄞˊ ㄇㄧㄢˋ ㄕㄨ ㄕㄥ）

解釋 白面：面容白淨。書生：讀書人。指面容白淨的讀書人。

詞源 明．湯顯祖．《牡丹亭．二二齣》：「雪兒呵，偏則把白面書生奚落。」

用法 ①比喻年輕、見識少的讀書人。②比喻面容白淨斯文的人。

範例 他真不愧是白面書生，舉止十分的儒雅。

宋玉還魂（ㄙㄨㄥˋ ㄩˋ ㄏㄨㄢˊ ㄏㄨㄣˊ）

解釋 宋玉：戰國時代楚國的辭賦家，相傳是俊秀的美男子。還魂：復生。指男子俊秀的容貌就像是宋玉又復活了一樣。

用法 形容儀容俊秀飄逸的美男子。

範例 這位巨星猶如宋玉還魂，相當的英俊瀟灑。

美如冠玉（ㄇㄟˇ ㄖㄨˊ ㄍㄨㄢ ㄩˋ）

解釋 冠玉：古代男子帽子上的飾玉。指男子的容貌有如帽子上的玉飾一樣俊美。

詞源 《史記．陳丞相世家》：「絳侯、灌嬰等咸（全）讒（說壞話）陳平曰：『平雖美丈夫（男子），如冠玉耳，其中（內涵）未必有也。』」

用法 ①比喻虛有其表，外表好看，卻沒有內涵。②形容男子的面容俊秀。

範例 這本服裝雜誌的男模，個個相貌都美如冠玉。

面如凝脂（ㄇㄧㄢˋ ㄖㄨˊ ㄋㄧㄥˊ ㄓ）

解釋 凝脂：凝固的油脂，引申作皮膚細白光潤。指容貌有如凝固的油脂般細白光潤。

詞源 《世說新語．容止》：「面如凝脂，眼如點漆（烏黑有神）。」

用法 形容人的容貌俊美。

範例 美容專家表示，想要擁有一張面如凝脂的臉，就要注重保養。

朗目疏眉（ㄌㄤˇ ㄇㄨˋ ㄕㄨ ㄇㄟˊ）

解釋 朗：明亮。疏：不濃，引申作清秀的意思。指目光明朗有神，眉宇清秀俊逸。

詞源 《南史．陶弘景傳》：「神儀（神情儀表）明秀，朗目疏眉，細形（身材修長）長耳。」

用法 形容人的容貌俊秀有神。

範例 那位朗目疏眉的青年，不但外表俊秀，還頗富內涵呢！

傅粉何郎（ㄈㄨˋ ㄈㄣˇ ㄏㄜˊ ㄌㄤˊ）

解釋 傅：塗抹；加上。何郎：三國魏人，字平叔，長相俊秀。指像善於妝飾的何晏一樣俊秀。

詞源 晉．裴啟．《語林》：「何晏姿容美麗，面白，魏文帝疑其著粉（抹粉），後正夏，喚（叫）來，與熱湯餅，既啖（啖，音ㄉㄢˋ），大汗出，隨以朱衣自拭（擦

1.（　　）「潘安在世」，請改正這句成語中的錯字。　➡再
2.（　　）「濃眉鳳目」，請改正這句成語中的錯字。　➡龍
3.（　　）「其貌不洋」，請改正這句成語中的錯字。　➡揚
4.（　　）俗不可「耐」，請寫出括號中的解釋。　➡忍受
5.（　　）比喻姿色平凡俗氣，叫□脂□粉。　➡庸、俗

拭），色（臉色）轉皎潔，帝始（才）信之。」

用法　形容長相英俊的男子或是善於妝飾的男子。

範例　這位男模特兒，容貌俊秀，有傅粉何郎的美稱。

潘安再世（ㄆㄢ ㄢ ㄗㄞˋ ㄕˋ）

解釋　潘安：西晉潘岳，字安仁，所以人稱潘安。潘安容貌秀美，他年輕的時候曾到洛陽市街上，婦女都牽著手圍繞著他，而投擲到他的車上表示愛慕的水果，竟然裝滿了整個馬車。後世就以潘安引申作美男子。指容貌有如西晉時的潘安重現世上。

用法　形容面貌秀美的男子。

範例　今年最紅的少男合唱團，每個團員都有潘安再世般的臉孔。

提示　「潘安再世」也作「貌比潘安」、「美如潘安」。

龍眉鳳目（ㄌㄨㄥˊ ㄇㄟˊ ㄈㄥˋ ㄇㄨˋ）

解釋　龍眉：濃眉。鳳目：丹鳳眼，也就是俊秀有神的雙眼。指濃眉和俊秀有神的男子。

詞源　《鏡花緣．五六回》：「於是進內把宋良箴領（導引）出。眾人看時，只見生得龍眉鳳目，舉止（動作；姿態）不凡。」

用法　形容男子容貌俊秀，氣度不凡。

範例　他生來龍眉鳳目，氣質極為出眾。

(五) 比喻「相貌不佳」

其貌不揚（ㄑㄧˊ ㄇㄠˋ ㄅㄨˋ ㄧㄤˊ）

解釋　其：第三人稱代名詞，也就是某人的意思。不揚：不好看。指某人的面貌難看。

詞源　《左傳．昭公二十八年》：「今子少不颺（颺，音ㄧㄤˊ，風吹而揚顯，引申作面貌不好看），子若無言（說話），吾幾（幾乎）失子矣。」杜預注：「顏貌不揚顯。」大意是說：其人面貌雖不佳，卻談吐不俗。

用法　形容人的容貌醜陋。

範例　你別看他其貌不揚，他可是才華洋溢的才子呢！

提示　「其貌不揚」也作「面目不揚」。

俗不可耐（ㄙㄨˊ ㄅㄨˋ ㄎㄜˇ ㄋㄞˋ）

解釋　耐：忍受。指庸俗到了極點，令人無法忍受。

詞源　《聊齋志異．沂水秀才》：「一美人置白金一鋌（鋌，音ㄊㄧㄥˇ，古時當作貨幣用的金塊），可三四兩許，秀才掇（掇，音ㄉㄨㄛˊ，拾取）內袖中。美人取巾，握手笑出，曰：『俗不可耐！』

用法　形容人的氣質庸俗。

範例　這個大財主全身穿戴黃金飾品，顯得俗不可耐。

姿色平庸（ㄗ ㄙㄜˋ ㄆㄧㄥˊ ㄩㄥ）

解釋　姿色：容貌。平庸：平凡庸俗。

用法　形容婦女的長相平凡。

範例　這位女子雖然姿色平庸，但是聲音有如黃鶯出谷呢！

庸脂俗粉（ㄩㄥ ㄓ ㄙㄨˊ ㄈㄣˇ）

解釋　庸、俗：平庸俗氣。脂、粉：化妝品。指低俗的化妝品。

用法　比喻姿色平凡或氣質庸俗的

1. (　　　)「貌不警人」，請改正這句成語中的錯字。
2. (　　　)「鼻輕臉踵」，請改正這句成語中的錯字。
3. (　　　)「鼻歪嘴邪」，請改正這句成語中的錯字。
4. (　　　)「不休邊幅」，請改正這句成語中的錯字。
5. (　　　)「披」頭散髮，請寫出括號中的解釋。

➡驚
➡青、腫
➡斜
➡修
➡分散

婦女。

範例 我相信她的品味出眾，絕非庸脂俗粉的婦人。

貌不驚人（ㄇㄠˋ ㄅㄨˋ ㄐㄧㄥ ㄖㄣˊ）

解釋 貌：長相。驚人：出乎意料之外，令人吃驚。指長相平凡，並不出色。

用法 形容長相平凡的人。

範例 這位歌星雖然貌不驚人，歌聲卻十分悠揚動聽。

鼻青臉腫（ㄅㄧˊ ㄑㄧㄥ ㄌㄧㄢˇ ㄓㄨㄥˇ）

解釋 青：淤青。臉腫：臉部浮脹。指鼻子淤青，臉部紅腫。

用法 形容受傷的面貌。

範例 他下樓梯時，一個不小心，竟摔了個鼻青臉腫。

提示 「鼻青臉腫」的「腫」不可以寫成「接踵而至」的「踵」。

鼻歪嘴斜（ㄅㄧˊ ㄨㄞ ㄗㄨㄟˇ ㄒㄧㄝˊ）

解釋 斜：歪。指鼻子歪，嘴巴斜。

用法 形容相貌不端正。

範例 化妝舞會上，主持人裝扮成鼻歪嘴斜的妖怪，十分搶眼。

(六) 比喻「容貌不潔」

不修邊幅（ㄅㄨˋ ㄒㄧㄡ ㄅㄧㄢ ㄈㄨˊ）

解釋 修：修飾。邊幅：本是衣帛的邊緣，後引申作人的儀表、衣著。指不修飾衣著和儀容的整齊。

詞源 唐．權德輿《送張校書歸湖南序》：「其容溫然，而不飾邊幅，率然曳杖，徒行邑郭，民通辭訟（訴訟）者，就路決焉。」

用法 ①形容人不講究外表的修飾，不拘細節的行為。②形容人懶散隨便，衣著儀容不潔。

範例 他老是不修邊幅的就來上班，讓人留下不好的印象。

囚首喪面（ㄑㄧㄡˊ ㄕㄡˇ ㄙㄤ ㄇㄧㄢˋ）

解釋 囚首：囚犯散亂的頭髮。喪面：居喪時的臉色。指一個人不梳頭，頭髮散亂得像囚犯；不洗臉，臉色黯淡得像在居喪一樣。

詞源 宋．蘇洵．《辨奸論》：「今也不然，衣（穿）臣虜之衣，食犬彘（彘，音ㄓˋ，豬）之食，囚首喪面，而談詩書，此豈其情也哉。」

用法 形容人儀容不潔，散亂汙穢。

範例 你這副囚首喪面的模樣，令人不敢恭維。

提示 「囚首喪面」也作「囚首垢面」。

灰頭土臉（ㄏㄨㄟ ㄊㄡˊ ㄊㄨˇ ㄌㄧㄢˇ）

解釋 灰：灰塵。指面孔有灰泥土粉，滿臉風塵的樣子。

詞源 《醒世姻緣傳．一四回》：「晁大舍送了珍哥到監（監牢），自己討了保，灰頭土臉，瘸（瘸，ㄑㄩㄝˊ，跛腳的人）狼渴疾，走到家中。」

用法 ①形容人的臉孔沾滿灰土。②形容儀容不整的模樣。③形容人沮喪或狼狽的神色。

範例 大家騎了一整天的車，每個人都一副灰頭土臉的模樣。

披頭散髮（ㄆㄧ ㄊㄡˊ ㄙㄢˋ ㄈㄚˇ）

解釋 披：分散。指頭髮散亂的樣子。

1. (　　　) 披頭「跣」足，請寫出括號中的注音和解釋。 ➡ㄒㄧㄢˇ、赤腳
2. (　　　) 「手如飛篷」，請改正這句成語中的錯字。 ➡首、蓬
3. (　　　) 「烏雲」散亂，請寫出括號中的解釋。 ➡頭髮
4. (　　　) 黑眉「烏」嘴，請寫出括號中的部首和解釋。 ➡火部、汙穢
5. (　　　) 形容人的面容骯髒，叫□頭□面。 ➡蓬、垢

詞源《水滸傳・二二回》：「那張三又挑唆閻婆去廳上披頭散髮來告道：『宋江實是宋清隱藏在家，不令出官。相公如何不與老身做主去拿宋江？』」

用法 形容人的儀容邋遢。

範例 她剛睡醒，還是披頭散髮的樣子，所以不敢開門。

披頭跣足 ㄆㄧ ㄊㄡˊ ㄒㄧㄢˇ ㄗㄨˊ

解釋 披頭：頭髮散亂。跣：赤腳。指頭髮散亂，光著雙腳。

詞源《三國演義・四一回》：「軍士曰：『恰才見甘夫人披頭跣足，相隨一夥百姓婦女，投南而走。』」

用法 形容儀容不整，狼狽的模樣。

範例 火災發生在深夜，許多人都披頭跣足地倉皇逃生。

首如飛蓬 ㄕㄡˇ ㄖㄨˊ ㄈㄟ ㄆㄥˊ

解釋 飛蓬：草本植物，秋枯根拔，風捲而起。指頭髮沒有梳整，像飛蓬一樣散亂。

詞源《詩經・衛風・伯兮》：「自伯之東，首如飛蓬。豈無膏沐（婦女用來潤澤頭髮的油膏），誰適（宜）為容（妝扮）。」

用法 形容人的頭髮散亂。

範例 他夜以繼日地工作，以致神情疲憊，首如飛蓬。

烏雲散亂 ㄨ ㄩㄣˊ ㄙㄢˋ ㄌㄨㄢˋ

解釋 烏雲：也就是頭髮。指頭髮散亂。

用法 形容頭髮散亂不整。

範例 樓頂的風大，駐足遠眺街景，才一會兒便已是烏雲散亂了。

黑眉烏嘴 ㄏㄟ ㄇㄟˊ ㄨ ㄗㄨㄟˇ

解釋 烏：汙穢。指眉毛骯髒，嘴巴汙穢。

詞源《紅樓夢・二四回》：「弄得你黑眉烏嘴的，哪裏還像個大家子念書的孩子。」

用法 形容臉部髒汙。

範例 他剛從工地回來，所以一臉黑眉烏嘴的模樣。

亂頭粗服 ㄌㄨㄢˋ ㄊㄡˊ ㄘㄨ ㄈㄨˊ

解釋 粗服：粗糙的衣服。指散亂的頭髮，粗糙的衣服。

詞源《清史稿・梁同書傳》：「中鋒之法（寫書法時，筆鋒直下而不倒側），筆提得起，自然中（中，音ㄓㄨㄥˋ），亦未嘗無兼用側鋒處，總為我一縷（絲）筆尖所使，雖不中亦中，亂頭粗服非字也。」

用法 ①形容人的儀容不整。②比喻不講究章法。

範例 瞧你一身亂頭粗服的模樣，怎麼好意思去參加宴會呢？

蓬頭垢面 ㄆㄥˊ ㄊㄡˊ ㄍㄡˋ ㄇㄧㄢˋ

解釋 蓬：如蓬草般散亂。垢：汙垢。指頭髮像蓬草般散亂，臉部也沾滿了汙垢。

詞源《魏書・封軌傳》：「君子整（整理）其衣冠（帽），尊其瞻（瞻，音ㄓㄢ，遠望）視，何必蓬頭垢面，然後為賢。」

用法 形容人的面容骯髒。

範例 一聲巨響，屋子倒塌了，倖存者個個蓬頭垢面，驚魂未定。

鬢亂釵橫 ㄅㄧㄣˋ ㄌㄨㄢˋ ㄔㄞ ㄏㄥˊ

1.（　　）以下哪些成語是形容人面容慈善A.和顏悅色B.菩薩低眉 C.方面大耳 D.紅光滿面。	➡A、B
2.（　　）和「藹」可親，請寫出括號中的解釋。	➡和善
3.（　　）每天清晨，都可以見到那位□□□□的老婆婆，沿街掃地。空格中應填入 A.囉哩囉嗦 B.多管閒事 C.慈眉善目。	➡C

解釋 鬢：臉頰兩側靠近耳前的頭髮。釵：古代婦女插在頭髮兩側，用來固定頭髮的首飾，由兩股組成。指鬢髮散亂，髮飾橫斜。

詞源 元．喬夢符《兩世姻緣．二折》：「爭奈一段晝不能，腮斗上淚痕粉漬（痕跡）定（凝），沒顏色（臉上妝扮的色彩）鬢亂釵橫。」大意是說：女子傷心後，妝散髮亂的樣子。

用法 ①形容婦女睡醒後，尚未整妝飾容。②形容婦女的心情憂傷，無意梳妝。

範例 大姊剛起床，所以還是睡眼惺忪，鬢亂釵橫的模樣。

提示 「鬢亂釵橫」也作「髮亂釵橫」。

(七)比喻「面容慈善」

和顏悅色（ㄏㄜˊ ㄧㄢˊ ㄩㄝˋ ㄙㄜˋ）

解釋 和：和善。顏、色：臉色。指臉色和善。

詞源 東晉．陶潛．《江革傳》：「和顏悅色，以盡歡心（喜悅的心情）。」

用法 形容人臉色和悅，態度親切。

範例 老師總是和顏悅色地教導我們，沒有半點不耐煩的表情。

和藹可親（ㄏㄜˊ ㄞˇ ㄎㄜˇ ㄑㄧㄣ）

解釋 和藹：性情溫和，態度親切。指人性情溫和親切，讓人容易親近。

詞源 《官場現形記．二九回》：「原來這唐六軒唐觀察為人極其和藹可親，見了人總是笑嘻嘻的。」

用法 形容人溫和親切，常用於長輩。

範例 我的奶奶既和藹可親又熱心公益呢！

提示 「和藹可親」也作「藹然可親」。

菩薩低眉（ㄆㄨˊ ㄙㄚˋ ㄉㄧ ㄇㄟˊ）

解釋 菩薩：指菩薩神像。指面貌像菩薩神像般眉目低垂。

詞源 《太平御覽．卷一七四引龐元英．《談藪》：「薛道衡遊鍾山開善寺，謂小僧曰：『金剛何為努目（開大眼睛）？菩薩為何低眉？』小僧答曰：『金剛努目，所以降伏（用威力使馴服）四魔；菩薩低眉，所以慈悲六道（六種輪迴）。』道衡憮然（驚訝的樣子）不能對（回答）。」

用法 比喻心地慈善的人。

範例 老太太有菩薩低眉般的慈悲心腸，經常幫助他人。

慈眉善目（ㄘˊ ㄇㄟˊ ㄕㄢˋ ㄇㄨˋ）

解釋 眉：眉宇：目：眼神。指眉宇眼神都很慈善祥和。

詞源 老舍《老張的哲學．二一》：「圓圓的臉，長滿銀灰的鬍子慈眉善目的。」

用法 形容人慈祥和善。

範例 每天清晨，都可以見到那位慈眉善目的老婆婆，沿街掃地。

(八)比喻「面相富貴」

方面大耳（ㄈㄤ ㄇㄧㄢˋ ㄉㄚˋ ㄦˇ）

解釋 方面：方闊的臉形。大耳：耳朵大而厚。指方臉大耳是命理師認為的富貴相。

詞源 《儒林外史．三回》：「你

1.（　　　）形容富貴的面相，叫面□如□。 ➡方、田
2.（　　　）肥頭「大耳」，請寫出括號中的解釋。 ➡耳朵肥厚
3.（　　　）以下哪些成語是比喻面貌凶惡 A.一臉橫肉 B.牛頭馬面 C.龍行虎步 D.面目全非。 ➡A、B
4.（　　　）尖嘴猴「腮」，請寫出括號中的注音和解釋。 ➡ㄙㄞ、面頰

不看見城裡張府上那些老爺，都有萬貫家私，一個個方面大耳。」

用法 形容人福氣富貴的面相。

範例 你長得方面大耳，面相極佳，將來一定會飛黃騰達。

面方如田 ㄇㄧㄢˋ ㄈㄤ ㄖㄨˊ ㄊㄧㄢˊ

解釋 方：方正。指臉形方正像田字的形狀。

詞源 《南齊書・李安民傳》：「安民五擲（投）皆盧（古時博弈，以五子皆黑為頭彩），帝大驚，目（看）安民曰：『聊面方如田，封侯狀也。』」

用法 形容富貴的面相。

範例 據說面方如田的長相是富貴命呢！

肥頭大耳 ㄈㄟˊ ㄊㄡˊ ㄉㄚˋ ㄦˇ

解釋 大耳：耳朵肥厚。指頭形肥胖，耳朵肥厚。

詞源 《官場現形記・二二回》：「小孩子看上去有七八歲光景（情形），倒生的肥頭大耳。」

用法 ①形容體型肥胖。②形容人很有福相。

範例 這些老闆個個肥頭大耳的模樣，看起來非常有福氣。

(九) 比喻「面貌凶惡」

一臉橫肉 ㄧˋ ㄌㄧㄢˇ ㄏㄥˊ ㄖㄡˋ

解釋 橫肉：臉部的肌肉橫長，指凶惡難看的臉色。指整張臉都露出凶惡的面相。

用法 形容人面貌凶惡難看的樣子。

範例 他雖然長得一臉橫肉，心地卻很善良。

牛鬼蛇神 ㄋㄧㄡˊ ㄍㄨㄟˇ ㄕㄜˊ ㄕㄣˊ

解釋 牛鬼：牛頭惡鬼。蛇神：蛇身邪神。指長相古怪邪惡的怪物。

詞源 唐・杜牧《李賀集序》：「鯨呿（呿，音ㄑㄩ，張口）鰲（鰲，音ㄠ，鰲魚，像龍的怪物。通「鼇」。）擲（跳躍），牛鬼蛇神，不足為其虛荒誕幻（虛幻怪異）也。」

用法 ①比喻各種奇怪虛幻的人或事物。②比喻各式各樣的壞人。

範例 你出遠門，得小心牛鬼蛇神般的人。

牛頭馬面 ㄋㄧㄡˊ ㄊㄡˊ ㄇㄚˇ ㄇㄧㄢˋ

解釋 牛頭：牛頭鬼。馬面：馬頭鬼。指佛教的地府中，牛頭和馬頭的兩個鬼卒。

詞源 《玉佛緣・五回》：「忽見第五殿閻王那裡，一對牛頭馬面走來，一根鐵索（鐵鍊），拉了他就走。」

用法 比喻長相凶惡難看的壞人。

範例 卡通影片中，那些牛頭馬面的角色，其實都是面惡心善的人。

尖嘴猴腮 ㄐㄧㄢ ㄗㄨㄟˇ ㄏㄡˊ ㄙㄞ

解釋 尖嘴：削尖的嘴形。腮：面頰。指削瘦的嘴巴，瘦猴般的面頰。

詞源 《儒林外史・三回》：「像你這尖嘴猴腮，也該撒泡尿自己照照！不三不四，就想天鵝屁吃。」大意是說：范進中舉後發瘋，胡屠夫痛罵范進，指他一副難看無福氣的模樣，卻成天妄想高中舉人，所以才會發瘋，進而將他罵醒。

用法 形容削瘦、難看的面相。

1. (　　　) 「面目可憎」，請改正這句成語中的錯字。
2. (　　　) 「蟑頭鼠目」，請改正這句成語中的錯字。
3. (　　　) 橫眉「立目」，請寫出括號中的解釋。
4. (　　　) 「正顏勵色」，請改正這句成語中的錯字。
5. (　　　) 正襟「危」坐，請寫出括號中的解釋。

➡憎
➡獐
➡瞪大眼睛
➡厲
➡端正

範例 所謂「相由心生」，刻薄的人往往長得尖嘴猴腮。

面目可憎 ㄇㄧㄢˋ ㄇㄨˋ ㄎㄜˇ ㄗㄥ

解釋 憎：討厭。指面貌令人覺得可恨討厭。

詞源 《兒女英雄傳．七回》：「那穿紅的女子見他這等的語言無味，面目可憎，這怒氣已按捺不住。」

用法 形容人的面貌讓人討厭。

範例 愛生氣的人一定面目可憎；好脾氣的人一定慈眉善目。

提示 「面目可憎」的「憎」讀作ㄗㄥ。

賊頭賊腦 ㄗㄟˊ ㄊㄡˊ ㄗㄟˊ ㄋㄠˇ

解釋 賊：狡猾奸險的。指狡猾奸惡的面貌。

用法 形容人躲躲藏藏，不安好心眼的模樣。

範例 銀行門口有個賊頭賊腦的人在閒晃，引起警衛的注意。

獐頭鼠目 ㄓㄤ ㄊㄡˊ ㄕㄨˇ ㄇㄨˋ

解釋 獐頭：獐子的頭，尖削骨露。鼠目：老鼠的眼睛，小而圓。指尖削刻薄的面相。

詞源 《唐書．李揆傳》：「龍章鳳姿（風采絕俗）士不見用（任用），獐頭鼠目子乃為之求官耶？」大意是說：苗晉卿向李揆推荐寒微出身的元載當官，李揆出身望族，為人自大，因此說了這句話來暗諷元載的寒酸相。

用法 ①形容寒微貧賤的面相。②形容相貌像獐或鼠般醜陋，而且神情鬼鬼祟祟的人。

範例 夜深了，昏暗的巷子裡有個獐頭鼠目的人，行徑非常可疑。

橫眉立目 ㄏㄥˊ ㄇㄟˊ ㄌㄧˋ ㄇㄨˋ

解釋 橫眉：眉毛橫長。立目：瞪大眼睛。指眉眼凶惡的模樣。

詞源 《七俠五義．四四回》：「內中有一少年公子，年紀約有三旬（三十歲），橫眉立目，旁若無人（目中無人）。」

用法 形容人容貌凶惡難看的樣子。

範例 報載幾個橫眉立目的惡棍騷擾路人，已經被警方制服。

提示 「橫眉立目」也作「橫眉豎眼」。

(十)比喻「臉部嚴肅」

正言厲色 ㄓㄥˋ ㄧㄢˊ ㄌㄧˋ ㄙㄜˋ

解釋 厲色：嚴厲的臉色。指說話嚴厲，表情嚴肅。

詞源 《紅樓夢．一九回》：「黛玉見他說的鄭重（謹慎），又且正言厲色，只當是真事，因問：『什麼事？』」

用法 形容人嚴肅的說話和表情。

範例 警察正言厲色地盤問犯人，不容狡辯。

正顏厲色 ㄓㄥˋ ㄧㄢˊ ㄌㄧˋ ㄙㄜˋ

解釋 正顏：嚴肅的表情。指臉部表情嚴肅。

用法 形容人嚴肅的表情和態度。

範例 會議中，董事長正顏厲色地要求同仁共創業績。

正襟危坐 ㄓㄥˋ ㄐㄧㄣ ㄨㄟˊ ㄗㄨㄛˋ

解釋 襟：衣襟。危：端正。指整理好衣襟，端端正正地坐著。

1. (　　　) 形容人表情嚴肅，難得露出笑容，叫□比□清。　➡笑、河
2. (　　　) 「忘而生畏」，請改正這句成語中的錯字。　➡望
3. (　　　) 某公司要招考人員，你認為給人哪種印象的人，容易被錄取 A.東張西望 B.畏畏縮縮 C.容光煥發 D.神采飛揚。　➡C、D
4. (　　　) 「神采弈弈」，請改正這句成語中的錯字。　➡奕奕

詞源 宋·蘇軾·《前赤壁賦》：「蘇子愀然（愀，音ㄑㄧㄠˇ，愁思不樂的樣子），正襟危坐而問客曰：『何為（為什麼）其然（如此）也？』」

用法 形容人嚴肅而拘謹。

範例 大師演講時，臺下的聽眾個個正襟危坐，十分專注。

笑比河清

解釋 河清：黃河混濁，傳說每千年會出現一次清澈的景象。指笑容如黃河變清澈那樣難得。

詞源 《宋史·包拯傳》：「拯立朝剛毅，貴戚宦官，為之斂手（收手，不敢作壞事的意思），聞者皆憚（憚，音ㄉㄢˋ，害怕）之，人以包拯笑比黃河清。」

用法 形容人嚴肅穩重，難得出現笑容。

範例 總經理平日不苟言笑，在公司有笑比河清的封號。

望而生畏

解釋 畏：害怕敬服的意思。指看見而心生懼怕敬服之心。

詞源 《論語·堯曰》：「君子正其衣冠，尊其瞻視，儼然人望而畏之，斯不亦威而不猛乎？」

用法 形容人威嚴的樣子，使人感到敬畏。

範例 總統府站崗的憲兵儀容威嚴，神情肅穆，令人望而生畏。

聲色俱厲

解釋 聲色：聲音和表情。俱：都。指說話的聲音和表情都很嚴厲。

詞源 《晉書·明帝紀》：「（王敦）大會百官而問溫嶠曰：『皇太子以何德稱？』聲色俱厲，必欲使有言（使溫回答）。」

用法 形容人嚴肅的表情。

範例 警方聲色俱厲地盤問歹徒，有關犯案的經過。

(十) 比喻「精神飽滿」

容光煥發

解釋 煥發：光采四射。指臉上閃耀著光采。

詞源 《聊齋志異·阿秀》：「母亦喜，為女盥濯（濯，音ㄓㄨㄛˊ，洗）竟（完畢）妝，容光煥發。」

用法 形容人精神飽滿，容貌散發光彩。

範例 大家睡飽之後，養足精神，人人顯得容光煥發。

神采奕奕

解釋 神采：臉部的神情和光采。奕奕：精神旺盛的樣子。指臉部顯現精神旺盛的光采。

詞源 《二十年目睹之怪現狀·三七回》：「我在底下看著，果然神采奕奕。」

用法 形容人精神充足。

範例 他最近要結婚了，難怪每天都神采奕奕。

提示 「神采奕奕」也作「神采奕然」。

神采飛揚

解釋 指臉部散發光采。

用法 形容人精神抖擻。

範例 假日，全家人神采飛揚地到郊外踏青。

提示 「神采飛揚」的「揚」，不

1.（　　　）「神采喚發」，請改正這句成語中的錯字。 ➡煥
2.（　　　）「精神斗擻」，請改正這句成語中的錯字。 ➡抖
3.（　　　）形容人充滿自信，精神飽滿，叫□盼□飛。 ➡顧、神
4.（　　　）比喻欠缺活力的成語有 A.哀兵必勝 B.行屍走肉 C.沒精打采 D.委靡不振。 ➡B、C、D

可以寫成「汪洋大海」的「洋」。

神采煥發 ㄕㄣˊ ㄘㄞˇ ㄏㄨㄢˋ ㄈㄚ

解釋 指人有精神，光采照人。

詞源 《元史・趙孟頫傳》：「孟頫（頫，音ㄈㄨˇ）才氣英邁（明智豪邁），神采煥發，如神仙中人。」

用法 形容人精神旺盛，元氣飽足。

範例 大夥在岩石上休息了一會兒，便又神采煥發地前進了。

精神抖擻 ㄐㄧㄥ ㄕㄣˊ ㄉㄡˇ ㄙㄡˇ

解釋 抖擻：振奮的樣子。指精神振奮。

詞源 《西遊記・六九回》：「少頃（一會兒），漸覺心胸寬，氣血調和，精神抖擻，腳步強健。」

用法 形容人精神振奮的模樣。

範例 士兵們大步邁進，精神抖擻地唱著軍歌。

顧盼神飛 ㄍㄨˋ ㄆㄢˋ ㄕㄣˊ ㄈㄟ

解釋 顧盼：左看右看。指回首或注目之間皆顯得神采飛揚。

詞源 清・沈復・《浮生六記・卷一》：「其形（身材）削（細）肩長頸，瘦不露骨，眉彎目秀（容貌清秀），顧盼神飛。」

用法 形容人充滿自信，精神飽滿。

範例 將軍騎著戰馬，顧盼神飛地率領千軍萬馬往敵營前進。

(十一) 比喻「欠缺活力」

行屍走肉 ㄒㄧㄥˊ ㄕ ㄗㄡˇ ㄖㄡˋ

解釋 行屍：會走動的屍體。走肉：會走動但是沒有靈魂的肉體。指活著的人卻跟沒有靈魂的死人一樣。

詞源 晉・王嘉・《拾遺記・後漢》：「（任末）臨終誡曰：『夫（發語詞，無義）人好（喜歡）學，雖死若存（活著）；不學者，雖存，謂之行屍走肉耳。』」

用法 比喻委靡不振，生活空虛，缺乏活力的人。

範例 你每天渾渾噩噩地過日子，那跟行屍走肉有什麼差別？

死氣沉沉 ㄙˇ ㄑㄧˋ ㄔㄣˊ ㄔㄣˊ

解釋 死氣：沉悶的氣氛。沉沉：凝重的樣子。指氣氛沉悶凝重。

詞源 瞿秋白・《（魯迅雜感選集）序言》：「死氣沉沉的市儈（唯利是圖的人），表面上往往會對所謂弱者表同情。」

用法 ①形容氣氛沉悶凝重。②形容人毫無活力。

範例 他每天都是一副死氣沉沉的樣子，一點朝氣都沒有。

沒精打采 ㄇㄟˊ ㄐㄧㄥ ㄉㄚˇ ㄘㄞˇ

解釋 打采：打起精神，使臉上顯現光采。指人沒精神，臉上也沒有光采。

詞源 《紅樓夢・八七回》：「賈寶玉滿肚疑團，沒精打采的歸至怡紅院中。」

用法 形容人精神疲憊，臉色暗淡。

範例 你怎麼一上課，就變得懶洋洋，沒精打采呢？

委靡不振 ㄨㄟˇ ㄇㄧˇ ㄅㄨˋ ㄓㄣˋ

解釋 委靡：殘敗倒下，頹廢的樣子。不振：提振不起精神。指頹喪

1.（　　）愈來愈多女生想成為模特兒，你覺得當模特兒要具備哪種條件 A.孤芳自賞 B.楚楚可憐 C.丰姿綽約 D.冰肌玉骨。 ➡C、D

2.（　　）小鳥「依」人，請寫出括號中的解釋。 ➡依附

3.（　　）「天生猶物」，請改正這句成語中的錯字。 ➡尤

4.（　　）玉手「纖纖」，請寫出括號中的解釋。 ➡細長的

而精神不振作的樣子。

詞源 唐・韓愈・《送高閒上人序》：「頹墮（衰敗毀損）委靡，潰散（敗散）不可收拾。」

用法 形容人精神頹喪，沒有活力。

範例 他自從落榜之後，人就變得委靡不振，意氣消沉。

【體態類】

（一）比喻「體型優美」

小鳥依人（ㄒㄧㄠˇ ㄋㄧㄠˇ ㄧ ㄖㄣˊ）

解釋 依人：依附在人身上。指小鳥柔順地依附在人身上。

詞源 《舊唐書・長孫無忌傳》：「褚遂良學問稍長，性亦堅正，既忠誠，甚親附於朕，譬如飛鳥依人，自加憐愛。」大意是說：唐太宗評論功臣，指堅正忠誠的褚遂良就像是飛鳥一樣順服於唐太宗。

用法 比喻女子或小孩親密地靠在身旁。

範例 妹妹小鳥依人地依偎在媽媽身旁撒嬌。

丰姿綽約（ㄈㄥ ㄗ ㄔㄨㄛˋ ㄩㄝ）

解釋 丰姿：容貌豐美。綽約：體態柔美的樣子。指體態豐腴柔美。

詞源 《初刻拍案驚奇・卷一七》：「那回觀看的，何止挨山塞海（引申作人多的意思），內中有兩個女子，雙鬟高髻（髻，音ㄐㄧˋ，挽起頭髮，梳在腦後或頭頂），並肩而立。丰姿綽約，宛然若並蒂芙蓉（荷花）。」

用法 形容女子豐腴柔美。

範例 廣場上，幾位丰姿綽約的女子正跳著熱情的拉丁舞。

天生尤物（ㄊㄧㄢ ㄕㄥ ㄧㄡˊ ㄨˋ）

解釋 尤物：特殊人物。指天生的特殊人物。

詞源 明・梅鼎祥・《玉合記・砥節》：「看他雖是禪蹤，自然冶態，正是那天生尤物，世不虛名。」

用法 形容麗質天生的女子。

範例 這部影片的女主角，敲定由天生尤物般的女明星擔綱演出。

天生麗質（ㄊㄧㄢ ㄕㄥ ㄌㄧˋ ㄓˊ）

解釋 麗質：美麗的本質。指與生俱有的美麗本質。

詞源 唐・白居易・《長恨歌》：「天生麗質難自棄。」大意是說：楊貴妃天生美麗動人，她這樣美好的本質很難捨棄。

用法 形容女子美麗動人。

範例 她天生麗質，真教人羨慕。

提示 「天生麗質」也作「麗質天生」。

玉手纖纖（ㄩˋ ㄕㄡˇ ㄒㄧㄢ ㄒㄧㄢ）

解釋 玉手：如玉般潔白的手，也就是女子的手。纖纖：細長的。指雪白的手指十分的細長柔美。

用法 形容女子美麗的手。

範例 鋼琴老師玉手纖纖，彈琴時更有一種律動的美感。

冰肌玉骨（ㄅㄧㄥ ㄐㄧ ㄩˋ ㄍㄨˇ）

解釋 肌：肌膚。指冰雪潔白的肌膚，光滑玉潤的骨形。

詞源 元・白仁甫《牆頭馬上・一折》：「你看他霧鬢雲鬟（鬟，音

1.（　　　）「衣香賓影」，請改正這句成語中的錯字。 ➡鬢
2.（　　　）「步步連花」，請改正這句成語中的錯字。 ➡蓮
3.（　　　）我見「猶」憐，請寫出括號中的解釋。 ➡還
4.（　　　）主人是一位□□□□的女子，氣質出眾。空格中應填入 A.一毛不拔 B.嗲聲嗲氣 C.風姿綽約 D.耐人尋味。 ➡C

ㄏㄨㄢˊ，環形的髮結），冰肌玉骨，花開媚臉。」

用法 形容女子的肌膚晶瑩剔透。

範例 想要成為超級女模，可得要有冰肌玉骨的身材喲！

衣香鬢影（ㄧ ㄒㄧㄤ ㄅㄧㄣˋ ㄧㄥˇ）

解釋 衣香：衣服上的香氣。鬢影：鬢髮的形狀。指衣襟飄香的味道，鬢絲飄逸的視覺印象。

詞源 清．袁枚．《隨園詩話補遺．卷五》：「汪比部秀峰詩云：『暖日烘（渲染）雲景物新，衣香鬢影漾（吐出）芳津（味道）。』」

用法 形容女子給人賞心悅目的美感。

範例 展覽會場上，只見衣香鬢影的貴婦來回穿梭。

步步蓮花（ㄅㄨˋ ㄅㄨˋ ㄌㄧㄢˊ ㄏㄨㄚ）

解釋 步步：每走一步。指步履曼妙，彷彿每走一步便生出一朵蓮花般的美麗。

詞源 《南史．齊本紀》：「（東昏侯）又鑿（雕）為蓮華（蓮花）以貼地，令潘妃行（步行）其上，曰：『此步步生蓮華也。』」

用法 形容女子步履輕盈美妙。

範例 那位身影清麗的女子，走起路來猶如步步蓮花。

提示 「步步蓮花」也作「蓮花步步」、「蓮步輕移」。

我見猶憐（ㄨㄛˇ ㄐㄧㄢˋ ㄧㄡˊ ㄌㄧㄢˊ）

解釋 猶：還；且。憐：憐愛；疼惜。指我（善嫉妒的郡主）見到了還覺得疼愛不已了，更何況是男人呢！

詞源 南朝宋．劉義慶《世說新語．賢媛》注引《妒記》：「溫平蜀，以李勢女為妾。郡主凶妒，不即（立即）知之（納妾之事）；後知，乃拔刃往李所（住處），因欲斫（砍殺）之。見李在窗前梳頭，姿貌端麗。徐徐（慢慢地）結髮（繫髮），斂（收）手向主，神色閒正（安適鎮定），辭甚淒婉（悲傷婉轉）。主於是擲刀前抱之：『阿子，我見汝亦憐（憐愛），何況老奴（溫平蜀）！』」

用法 形容女子的姿色美麗，惹人憐愛。

範例 新娘子一副我見猶鄰的模樣，好不嬌羞。

芳氣勝蘭（ㄈㄤ ㄑㄧˋ ㄕㄥˋ ㄌㄢˊ）

解釋 芳氣：香氣。蘭：蘭花。指芬芳的香氣勝過蘭花。

詞源 漢．郭憲《洞冥記》：「帝所幸（寵愛）宮人名麗娟，年十四，膚柔軟，芳氣勝蘭。」

用法 形容肌膚散發的香氣。

範例 當國際女明星步入會場時，芳氣勝蘭，迷倒眾生。

亭亭玉立（ㄊㄧㄥˊ ㄊㄧㄥˊ ㄩˋ ㄌㄧˋ）

解釋 亭亭：聳立的樣子。玉：引申作美麗的少女。指美麗的少女挺立的儀態。

詞源 北宋．周敦頤．《愛蓮說》：「香遠益清，亭亭淨植（直立）。」

用法 ①形容少女身形修長，儀態秀美。②形容挺直秀麗的花木。

範例 那位亭亭玉立的女子，頗令人愛憐。

風姿綽約（ㄈㄥ ㄗ ㄔㄨㄛˋ ㄩㄝ）

解釋 風姿：姿態。綽（ㄔㄨㄛˋ）

1.（　　　）「婀娜」多姿，請寫出括號中的注音。
2.（　　　）「楚楚可鄰」，請改正這句成語中的錯字。
3.（　　　）「宜態萬方」，請改正這句成語中的錯字。
4.（　　　）形容女子柔美的姿態，叫□肌□骨。
5.（　　　）形容人身體壯碩，叫□背□腰。

➡ㄜ ㄋㄨㄛˊ
➡憐
➡儀
➡豐、弱
➡虎、熊

約：姿態柔美的樣子。指姿態嬌柔秀麗。

用法 形容女子姿態柔順美麗，婀娜多姿。

範例 主人是一位風姿綽約的女子，氣質出眾。

婀娜多姿（ㄜ ㄋㄨㄛˊ ㄉㄨㄛ ㄗ）

解釋 婀娜：輕盈柔美。指姿態輕盈柔美的樣子。

詞源 《孔雀東南飛》：「四角龍子幡（旗子），婀娜隨風轉。」

用法 形容女子曼妙的姿態。

範例 芭蕾舞者們舞步輕盈，身材婀娜多姿。

楚楚可憐（ㄔㄨˇ ㄔㄨˇ ㄎㄜˇ ㄌㄧㄢˊ）

解釋 楚楚：纖弱的樣子。可憐：可愛。指嬌弱可愛。

詞源 《世說新語．言語》：「樹子（樹苗）非不楚楚可憐，但永無棟梁（建屋的大梁）日耳。」

用法 形容女子嬌弱可愛，令人憐惜。

範例 無論誰見到她楚楚可憐的樣子，都會不忍心責備。

穠纖合度（ㄋㄨㄥˊ ㄒㄧㄢ ㄏㄜˊ ㄉㄨˋ）

解釋 穠：花木茂盛。纖：柔弱。指大小肥瘦都恰到好處。

詞源 梁實秋．《鳥》：「真是減一分則太瘦，增一分則太肥那樣地穠纖合度。」

用法 形容人或物的曲線比例恰當。

範例 她的身材穠纖合度，穿什麼衣服都好看。

儀態萬方（ㄧˊ ㄊㄞˋ ㄨㄢˋ ㄈㄤ）

解釋 儀態：舉止，姿態。萬方：樣式多種。指儀容和姿態美麗動人。

詞源 西漢．張衡．《同聲歌》：「素女為我師，儀態盈（滿）萬方。」

用法 形容女子儀容和姿態的美好。

範例 那位跳拉丁舞的女郎風情萬種，儀態萬方。

提示 「儀態萬方」也作「儀態萬千」。

豐肌弱骨（ㄈㄥ ㄐㄧ ㄖㄨㄛˋ ㄍㄨˇ）

解釋 豐肌：豐潤的肌膚。弱骨：嬌弱的骨骼。指肌膚豐潤，體態柔美。

詞源 宋．范成大．《園丁折花七品各賦一絕．壽安紅》：「豐肌弱骨自喜，醉暈（暈，音ㄩㄣˋ，日月周圍的光圈）妝光（豔陽）總宜。」

用法 形容女子或花朵嬌豔柔美。

範例 她一身豐肌弱骨，最適合當模特兒了。

(二)比喻「身體壯碩」

孔武有力（ㄎㄨㄥˇ ㄨˇ ㄧㄡˇ ㄌㄧˋ）

解釋 孔：很；甚。武：勇敢。指極勇敢有力。

詞源 《詩經．鄭風．羔裘》：「羔裘豹飾（身穿小羊皮衣和豹皮的服飾），孔武有力。」

用法 形容人勇敢而有力氣。

範例 哇！你看起來瘦巴巴的，想不到如此孔武有力。

虎背熊腰（ㄏㄨˇ ㄅㄟˋ ㄒㄩㄥˊ ㄧㄠ）

1.（　　）「標形大漢」，請改正這句成語中的錯字。 ➡彪

2.（　　）比喻人身體強健，叫□筋□骨。 ➡銅、鐵

3.（　　）他因為長期營養不良，才會□□□□。空格中應填入 A.生龍活虎 B.臥薪嘗膽 C.形如槁木 D.形銷骨毀。 ➡C、D

4.（　　）瘦骨「嶙峋」，請寫出括號中的注音。 ➡ㄌㄧㄣˊ ㄒㄩㄣˊ

解釋 虎、熊：體形壯碩的動物。指似虎、熊般的背部和腰部。

詞源 《鏡花緣・九五回》：「一個面如重棗（深紅色），一個臉似黃金，都是虎背熊腰，相貌非凡。」

用法 形容人的體格如虎似熊般的魁梧。

範例 這個虎背熊腰的大漢，不費吹灰之力便把大石頭移走了。

提示 「虎背熊腰」也作「虎背熊肩」、「虎脊熊腰」。

彪形大漢（ㄅㄧㄠ ㄒㄧㄥˊ ㄉㄚˋ ㄏㄢˋ）

解釋 彪：小老虎。指體形壯碩的男子。

詞源 《痛史・一一回》：「金圭也選了二十名彪形大漢，教他們十八般武藝（各種武術）。」

用法 形容體型健壯的男子。

範例 這幾個彪形大漢拿著鐵槌，三兩下便把工寮給拆除了。

銅筋鐵骨（ㄊㄨㄥˊ ㄐㄧㄣ ㄊㄧㄝˇ ㄍㄨˇ）

解釋 筋：附在骨頭上的韌帶。指如銅鐵鑄造出來的筋骨。

詞源 明・《宋濂・秦士錄》：「天生一具（件）銅筋鐵骨。」

用法 比喻身體強健。

範例 他一身的銅筋鐵骨，是天生的運動好手。

(三)比喻「身體消瘦」

形如槁木（ㄒㄧㄥˊ ㄖㄨˊ ㄍㄠˇ ㄇㄨˋ）

解釋 槁木：乾枯的木頭。指身體像乾枯的木頭一樣消瘦。

詞源 《莊子・齊物論》：「形固可使如槁木，心固可使如死灰（如燒完的灰燼般毫無生氣）乎？」

用法 形容人的身體乾瘦。

範例 他因為飽受病魔的折磨，以致形如槁木，真教人難過。

形銷骨毀（ㄒㄧㄥˊ ㄒㄧㄠ ㄍㄨˇ ㄏㄨㄟˇ）

解釋 形銷：身體消瘦。骨毀：骨質毀損。指身體消瘦毀損。

詞源 《聊齋志異・葉生》：「形銷骨毀，癡（通「痴」）若木偶（木製的人形）。」

用法 形容日漸瘦弱。

範例 你怎麼才幾個月的時間，就形銷骨毀，骨瘦如柴呢？

提示 「形銷骨毀」也作「形銷骨化」、「形銷骨立」。

骨瘦如柴（ㄍㄨˇ ㄕㄡˋ ㄖㄨˊ ㄔㄞˊ）

解釋 柴：乾木頭。指瘦得只剩如乾木頭般的骨架。

詞源 《平妖傳・一三回》：「看看骨瘦如柴，自知不濟（無救）。」

用法 形容身體消瘦。

範例 他因為長期營養不良，才會骨瘦如柴。

提示 「骨瘦如柴」也作「瘦骨如柴」、「骨瘦如豺」。

瘦骨嶙峋（ㄕㄡˋ ㄍㄨˇ ㄌㄧㄣˊ ㄒㄩㄣˊ）

解釋 嶙峋：山崖突出的樣子。指身體消瘦到骨骼突出。

用法 形容人枯瘦的樣子。

範例 你相信這個瘦骨嶙峋的老先生，年輕時是健美先生嗎？

(四)比喻「體質虛弱」

面黃肌瘦（ㄇㄧㄢˋ ㄏㄨㄤˊ ㄐㄧ ㄕㄡˋ）

解釋 面黃：臉色發黃。指臉色發

1.（　　　）弱不「勝」衣，請寫出括號中的注音和解釋。
2.（　　　）弱不「禁」風，請寫出括號中的注音和解釋。
3.（　　　）「望秋先凌」，請改正這句成語中的錯字。
4.（　　　）比喻儀態威武，叫□□武夫。
5.（　　　）「英姿幻發」，請改正這句成語中的錯字。

➡ㄕㄥ、承受
➡ㄐㄧㄣ、承受
➡零
➡赳赳
➡煥

黃，身體消瘦。

詞源《水滸傳·五回》：「見幾個老和尚坐地，一個個面黃肌瘦。」

用法 形容人生病或營養不良。

範例 你的肝功能不好，所以才會面黃肌瘦。

弱不勝衣 ㄖㄨㄛˋ ㄅㄨˋ ㄕㄥ ㄧ

解釋 勝：承受。指瘦弱得連衣服都承受不住。

詞源《紅樓夢·三回》：「（黛玉）身體面貌雖然弱不勝衣，卻有一段風流（韻味）態度。」

用法 ①形容形體的瘦弱。②形容女子嬌弱動人。

範例 她纏綿病榻數月之後，如今已是弱不勝衣了。

弱不禁風 ㄖㄨㄛˋ ㄅㄨˋ ㄐㄧㄣ ㄈㄥ

解釋 禁：承受。指瘦弱得禁不起風吹。

詞源 唐·杜甫《江雨有懷鄭典設》詩：「亂波紛披（分散）已打（拍）岸，弱雲狼藉（散亂）不禁風。」

用法 ①形容人非常的瘦弱。②形容女子嬌弱的體態。

範例 她雖然一副弱不禁風的樣子，卻很少生病。

望秋先零 ㄨㄤˋ ㄑㄧㄡ ㄒㄧㄢ ㄌㄧㄥˊ

解釋 零：凋謝零落。秋：秋天，引申作上了年紀。指秋天剛到，就先凋謝零落了。

詞源 南朝宋·劉義慶《世說新語·言語》：「松柏之姿（體質），經霜猶（還）茂，臣蒲柳之質（虛弱的體質），望秋先零。」

用法 比喻上了年紀，體力就更加衰弱了。

範例 年輕時應該注重健康，以免日後望秋先零，就來不及了。

蒲柳之質 ㄆㄨˊ ㄌㄧㄡˇ ㄓ ㄓˋ

解釋 蒲柳：植物名，即水楊。質：體質。指像水楊般柔弱的體質。

詞源 南朝宋·劉義慶《世說新語·言語》：「松柏之姿（體質），經霜猶茂，臣蒲柳之質，望秋先零（未老先衰）。」

用法 比喻體質虛弱。

範例 她生來就是蒲柳之質，所以才會三天兩頭往醫院跑。

(五) 比喻「儀態威武」

赳赳武夫 ㄐㄧㄡ ㄐㄧㄡ ㄨˇ ㄈㄨ

解釋 赳赳：威武勇敢的樣子。武夫：武士；軍人。指勇武雄壯的軍人。

詞源《詩·周南·兔罝（罝，音ㄐㄩ，捕捉兔子的網）》：「赳赳武夫，公侯干城（保衛城池的人）。」大意是說：勇武雄壯的武士，他是保衛公侯貴族城池的英雄。

用法 形容勇武雄壯的男子。

範例 國慶閱兵典禮，赳赳武夫的三軍好不威風。

英姿煥發 ㄧㄥ ㄗ ㄏㄨㄢˋ ㄈㄚ

解釋 英姿：勇武的姿態。煥發：光采四射的樣子。指姿態勇武而振作有神。

用法 形容人英挺威武有精神。

範例 他穿上軍服之後，英姿煥發的模樣，真是神氣。

1.（　　）宋朝蘇軾的「赤壁懷古」一詞中寫道：「遙想公謹當年，小喬初嫁了，□□□□。」空格中應填入A.春風滿面B.喜氣揚揚 C.敲鑼打鼓 D.雄姿英發。 ➡D

2.（　　）形容氣勢威武雄壯，叫□驤□步。 ➡龍、虎

3.（　　）形容儀態高雅，叫風度□□。 ➡翩翩

雄姿英發（ㄒㄩㄥˊ ㄗ ㄧㄥ ㄈㄚ）

解釋 雄姿：英武雄壯的姿態。英發：精神煥發。指姿態英武雄壯，精神煥發。

詞源 宋．蘇軾．《念奴嬌．赤壁懷古》詞：「遙想公謹（周瑜）當年，小喬初嫁了，雄姿英發。」

用法 形容人英武雄壯，精神非常的旺盛。

範例 將軍雄姿英發地率領軍隊，凱旋歸來。

龍驤虎步（ㄌㄨㄥˊ ㄒㄧㄤ ㄏㄨˇ ㄅㄨˋ）

解釋 驤：馬昂首奔騰。指像龍馬昂首飛奔，老虎邁步奔馳。

詞源 三國魏．嵇康．《卜疑》：「將如毛公、廉生之龍驤虎步，慕（仰慕）為壯士乎！」

用法 形容氣勢威武雄壯。

範例 我國海軍陸戰隊的操演，猶如龍驤虎步般，氣勢非常雄壯。

(六)比喻「儀態高雅」

文質彬彬（ㄨㄣˊ ㄓˋ ㄅㄧㄣ ㄅㄧㄣ）

解釋 文：外表的文采。質：內涵的質樸。彬彬：調配適當的樣子。指兼備文采和內涵。

詞源 《論語．雍也》：「質勝文則野（鄙陋），文勝質則史（過於修飾）。文質彬彬，然後君子。」

用法 形容人態度端莊，舉止溫文有禮。

範例 他是一位文質彬彬的紳士，言行舉止非常有禮貌。

仙風道骨（ㄒㄧㄢ ㄈㄥ ㄉㄠˋ ㄍㄨˇ）

解釋 風：風範。骨：氣質。指有神仙和修道者的風骨。

詞源 唐．李白．《大鵬賦序》：「余昔（過去）於江陵，見天台司馬子微，謂余（我）有仙風道骨，可與神遊八極之表（天地八方的意思）。」

用法 比喻人的品格風貌超凡絕俗。

範例 這位仙風道骨的書法家，毛筆字極為飄逸脫俗。

玉樹臨風（ㄩˋ ㄕㄨˋ ㄌㄧㄣˊ ㄈㄥ）

解釋 玉樹：引申作高雅的人。指以高雅的姿態迎風而立。

詞源 唐．杜甫．《飲中八仙歌》：「宗之瀟灑美少年，舉觴（酒杯）白眼望青天，皎（高潔）如玉樹臨風前。」

用法 形容人的儀態高雅。

範例 歌劇家玉樹臨風般地站在舞臺上，引吭高歌，令人如痴如醉。

林下風氣（ㄌㄧㄣˊ ㄒㄧㄚˋ ㄈㄥ ㄑㄧˋ）

解釋 林下：幽靜的竹林。風氣：人的言談、舉止。指在清幽的竹林中所表現的風雅態度。

詞源 南朝宋．劉義慶．《世說新語．賢媛》：「王夫人神情散朗（閒逸開朗），故有林下風氣。」

用法 ①形容魏晉時竹林名士的風範。②形容婦女嫻雅的態度。

範例 夫人經常約三五女伴同賞畫展，頗具林下風氣。

提示 「林下風氣」也作「林下之風」、「林下風範」、「林下高風」。

風度翩翩（ㄈㄥ ㄉㄨˋ ㄆㄧㄢ ㄆㄧㄢ）

解釋 風度：人的言談、舉止。翩

1.（　　）以下敘述何者正確A.「落」是多音字，讀作ㄌㄨㄛˋ、ㄌㄚˋ和ㄌㄠˋB.「溫文儒雅」常用來形容美女C.形容婦女舉止大方，叫「雍容華貴」D.「雍容雅步」是形容人舉止高雅。	A、C、D
2.（　　）「氣宇喧昂」，請改正這句成語中的錯字。	器、軒
3.（　　）一目十行「行」，請寫出括號中的注音和部首。	ㄏㄤˊ、行部

翩：舉止灑脫飄逸的樣子。指儀態飄逸，談吐文雅。

用法 形容人的儀態和談吐優雅。

範例 女性都很欣賞風度翩翩，心地善良的男子。

落落大方（ㄌㄨㄛˋ ㄌㄨㄛˋ ㄉㄚˋ ㄈㄤ）

解釋 落落：舉止瀟灑自然的樣子。大方：態度從容自然而不拘束。指舉止瀟灑，態度從容。

詞源 《兒女英雄傳．二九回》：「更兼他天生得落落大方，不似那羞手羞腳（動作害羞彆扭）的小家（出身低微）氣象。」

用法 形容人舉止瀟灑、從容。

範例 他參加演講比賽時，表現得落落大方，十分受評審青睞。

提示 「落」是多音字，「落」價讀作ㄌㄠˋ；丟三「落」四讀作ㄌㄚˋ。

溫文儒雅（ㄨㄣ ㄨㄣˊ ㄖㄨˊ ㄧㄚˇ）

解釋 儒雅：溫和而文雅。指個性溫和，儀態文雅。

詞源 《禮記．文王世子》：「恭敬而溫文。」唐．杜甫．《詠懷古跡》：「風流儒雅亦吾師。」

用法 形容人溫和有禮。

範例 教授是位溫文儒雅的學者，給人如沐春風的感覺。

雍容華貴（ㄩㄥ ㄖㄨㄥˊ ㄏㄨㄚˊ ㄍㄨㄟˋ）

解釋 雍容：高貴大方，有威儀的樣子。華貴：華麗高貴。指高貴大方，華麗高雅。

用法 形容婦女舉止大方。

範例 她雍容華貴的儀態令人印象深刻。

雍容雅步（ㄩㄥ ㄖㄨㄥˊ ㄧㄚˇ ㄅㄨˋ）

解釋 雍容：從容不迫的樣子。雅步：舉止高雅大方。指從容不迫，高貴大方。

詞源 《魏書．世祖紀》：「古之君子，養志衡門（居陋室而涵養心志），德成業就，才為世使。或雍容雅步，三命（請託）而後至；或棲棲遑遑（棲遑，音ㄒㄧ ㄏㄨㄤˊ，形容忙碌不安的樣子），責鼎而自達。」

用法 形容舉止高雅。

範例 主持人雍容雅步的儀態，是所有人目光的焦點。

器宇軒昂（ㄑㄧˋ ㄩˇ ㄒㄩㄢ ㄤˊ）

解釋 器宇：人的風度、儀表。軒昂：高舉狀。指氣度不凡的樣子。

詞源 《歧路燈．九二回》：「靠背一倚，夢見回到家鄉，只見一人器宇軒昂走來，卻是孝移族叔。」

用法 比喻人的氣度不凡。

範例 老師器宇軒昂地暢談教育改革，獲得所有家長的認同。

才學篇

【聰愚類】

(一)比喻「聰明過人」

一目十行（ㄧ ㄇㄨˋ ㄕˊ ㄏㄤˊ）

解釋 指一眼可以同時看十行的字。

詞源 《紅樓夢．二三回》：「黛玉笑道：『你說你會過目成誦（表

1.（　　　）十行「俱」下，請寫出括號中的解釋。 ➡一起
2.（　　　）以下敘述何者正確A.「先見之明」的「見」是指察覺B.曹丕因為忌妒楊修的才能，所以殺死他C.讀書敷衍草率的人往往是十行俱下D.形容聰慧過人叫「先知先覺」。 ➡A、D
3.（　　　）「冰雪」聰明，請寫出括號中的引申義。 ➡純淨

示人的記憶力很強，看過之後就不會忘記），難道我就不能一目十行了？』」

用法 形容閱讀的速度相當快。

範例 他經過速讀術的訓練之後，現在已經能夠一目十行了。

十行俱下（ㄕˊ ㄏㄤˊ ㄐㄩˋ ㄒㄧㄚˋ）

解釋 俱：一起。指十行一起看下來。

詞源 《北齊書·河南康舒王孝瑜傳》：「兼（加倍）愛文學，讀書敏速，十行俱下。」大意是說：非常喜歡文學類的東西，所以讀起書十分的迅速，可以十行一起看下來。

用法 形容讀書敏捷。

範例 看書的時候能夠十行俱下的人，並不多見。

提示 「十行俱下」的「俱」不可以寫成「具體」的「具」。

先見之明（ㄒㄧㄢ ㄐㄧㄢˋ ㄓ ㄇㄧㄥˊ）

解釋 先：事先。見：察覺；洞悉。指能夠事先洞悉事情發展方向的能力。

詞源 《後漢書·楊彪傳》：「後子修為曹操所殺，操見彪曰：『公何瘦之甚？』對曰：『愧（羞慚）無日磾（磾，音ㄉㄧ，日磾是前漢的功臣金日磾）先見之明，猶懷老牛舐（舐，音ㄕˋ，舔）犢（犢，音ㄉㄨˊ，小牛）之愛。』」大意是說：東漢末年，楊彪的兒子楊修，因為聰明過人，被曹操嫉妒，後來索性就殺了他，楊彪傷心之餘，十年都不上朝。有一次，曹操遇見楊彪，就對他說：「你怎麼瘦成這個樣子？」楊彪說：「我羞愧沒有前漢功臣金日磾預先洞察事情的能力，所以愛子才會慘死，我到現在都還懷著老牛舔著小牛的那一種愛子的心境。」

用法 形容人有預先察覺事情的能力。

範例 幸好你有先見之明，及時提醒我，股票才不致於被套牢。

先知先覺（ㄒㄧㄢ ㄓ ㄒㄧㄢ ㄐㄩㄝˊ）

解釋 知：明白。覺：察覺；覺悟。指能夠事先知道，就能夠事先覺悟。

詞源 《孟子·萬章篇上》：「天之生此民也，使先知覺（對事物之認識）後知，使先覺（預先認識察覺）覺後覺（覺悟）也。」大意是說：孟子引用伊尹的話來闡述教育，他說：「老天造就這個人，一定讓他在別人之前就認識諸多的事情，如果比別人更早認識事物的話，在得到啟發之後，就能得到更多的領悟。」

用法 形容聰慧過人的表述。

範例 他凡事能先知先覺，也是因為掌握足夠的資訊呀！

提示 「先知先覺」的「覺」讀作ㄐㄩㄝˊ。

冰雪聰明（ㄅㄧㄥ ㄒㄩㄝˇ ㄘㄨㄥ ㄇㄧㄥˊ）

解釋 冰雪：純淨；清澈。指外表看起來很純淨，而且聰明的樣子。

詞源 清·李斗·《揚州畫舫錄·新城北錄下》：「李文益丰姿（五官或風度美好）綽約（體態柔美貌），冰雪聰明。」大意是說：李文益的體態豐腴柔美，看起來純淨聰明的樣子。

用法 比喻人的素質明慧，如冰的剔透，如雪的潔白。

1.（　　）形容人敏銳度高，叫□聽□方。 ➡耳、八
2.（　　）「鈴朧剔透」，請改正這句成語中的錯字。 ➡玲瓏
3.（　　）博聞強「識」，請寫出括號中的注音和解釋。 ➡ㄓˋ、記牢
4.（　　）「過目不望」，請改正這句成語中的解釋。 ➡忘
5.（　　）「過目成頌」，請改正這句成語中的錯字。 ➡誦

範例 瞧！這個綁辮子的小女孩看起來冰雪聰明，真惹人疼愛。

耳目聰明 ㄦˇ ㄇㄨˋ ㄘㄨㄥ ㄇㄧㄥˊ

解釋 聰：靈敏。明：眼睛很明亮。指耳朵非常靈敏，眼睛也很明亮。

詞源 《禮記．樂記》：「耳目聰明，血氣（身體）和平（心平氣和），移風易俗（改變不好的風氣和習俗），天下皆寧。」大意是說：大家思緒清楚，眼光敏銳，彼此能夠心平氣和地相處，而且能夠改掉不好的風氣和習俗，則天下一定會變得安祥而且寧靜。

用法 形容人很聰明。

範例 他耳目聰明，不但一學就會，而且還能夠舉一反三。

提示 「耳目聰明」也作「耳聰目明」。

耳聽八方 ㄦˇ ㄊㄧㄥ ㄅㄚ ㄈㄤ

解釋 八方：東、東南、南、西南、西、西北、北、東北八個方位。指耳朵能夠同時清楚地聽到八個方位所傳來的聲音。

用法 形容人的敏銳度高。

範例 在開車的時候要眼觀四面，耳聽八方，才能平平安安。

玲瓏剔透 ㄌㄧㄥˊ ㄌㄨㄥˊ ㄊㄧ ㄊㄡˋ

解釋 玲瓏：①事物很精巧。②人很聰明的樣子。剔透：明亮的樣子。指事物精巧明亮。

詞源 《野叟（叟，音ㄙㄡˇ）曝言．二七回》：「大爺提起筆來，詩詞歌賦，頃刻（很短的時間）而成做得玲瓏剔透，變化出奇。」

用法 ①形容事物的精巧、細緻。②形容人很機伶。

範例 這首詩寫得玲瓏剔透，清新雋永，值得一讀再讀。

提示 「玲瓏剔透」的「剔」讀作ㄊㄧ，不可以讀作ㄊㄧˋ。

博聞強識 ㄅㄛˊ ㄨㄣˊ ㄑㄧㄤˇ ㄓˋ

解釋 博聞：廣博的見聞。識：記牢。指廣博的見聞和超強的記憶力。

詞源 《三國志．魏書．文帝紀》：「文帝天資文藻（文章的詞句），下筆成章，博學強識，才藝兼該。」大意是說：魏文帝天資聰慧，一下筆就能夠寫出好文章，他不但是一位廣博見聞的人，更具有超強的記憶力，因此可說是一位才藝兼備的人。

用法 形容人很聰慧。

範例 歷史老師博聞強識，舉凡文藝、科學、音樂等，都難不倒他。

過目不忘 ㄍㄨㄛˋ ㄇㄨˋ ㄅㄨˋ ㄨㄤˋ

解釋 過目：看過。指看過的事物就不會再忘記。

詞源 《晉書．苻融載記》：「苻融下筆成章，耳聞則誦（大聲讀出來），過目不忘。」大意是說：苻融一下筆就能寫出一篇好文章，聽人家口說一次即能完全背誦出來，真可說是記憶力超強的人。

用法 形容人具有很強的記憶力。

範例 他憑著過目不忘的本事，把經史子集背得滾瓜爛熟。

過目成誦 ㄍㄨㄛˋ ㄇㄨˋ ㄔㄥˊ ㄙㄨㄥˋ

解釋 過目：看過。誦：大聲讀出來。指只要看過一遍，就可以將原文一字不漏的背誦一次。

1. (　　　) 「論語」書中，孔子讚美誰能「聞一知十」A.子路 B.曾子 C.顏回 D.子貢。 ➡C
2. (　　　) 「聰明伶利」，請改正這句成語中的錯字。 ➡俐
3. (　　　) 舉一「反」三，請寫出括號中的解釋。 ➡類推
4. (　　　) 比喻領悟力過人，叫□□了然。 ➡一目

詞源 《警世通言．卷三》：「此人天資（先天所具有的聰明才智）高妙，過目成誦，出口成章。」大意是說：這個人擁有很高的聰明才智，他只要看過一遍，馬上就能一字不漏地背誦出來，而且說出來的話都具有很高的學識涵養。

用法 形容人具有超乎常人的記憶力。

範例 老師才剛教完這篇文章，他就能夠過目成誦，真佩服！

提示 「過目成誦」也作「過目皆憶」。

聞一知十（ㄨㄣˊ ㄧ ㄓ ㄕˊ）

解釋 指聽到一件事，可以馬上聯想到其他十件事情。

詞源 《論語》：「回也，聞一知十。」大意是說：顏回，聽到一件事之後，可以很快地推想到其他的十件事情。

用法 比喻人的反應快，具備類推事情的資質。

範例 邏輯推理能力的訓練，可以讓人聞一知十。

提示 「聞一知十」也作「見一知二」。

聰明伶俐（ㄘㄨㄥ ㄇㄧㄥˊ ㄌㄧㄥˊ ㄌㄧˋ）

解釋 伶俐：人很聰明，口才也很好。指人非常的聰明、機靈。

詞源 《水滸傳．四九回》：「原來這樂和是一個聰明伶俐的人。」

用法 形容人聰明、反應敏捷。

範例 這個孩子很聰明伶俐，從小就懂得幫忙父母做事。

舉一反三（ㄐㄩˇ ㄧ ㄈㄢˇ ㄙㄢ）

解釋 反：類推。指舉例一件事情，可以類推三件事情。

詞源 《論語．述而》：「舉一隅（角）不以三隅反，則不復（不再）也。」大意是說：我舉例一件事情，對方若不能以三件事情來類推，我就不再教導他了。

用法 形容人於學習時，可以領會貫通。

範例 這幾道數學題目只要懂得用舉一反三的技巧，就不難理解了。

觸類旁通（ㄔㄨˋ ㄌㄟˋ ㄆㄤˊ ㄊㄨㄥ）

解釋 觸類：接觸到一件事物。旁通：能聯想到其他類似的東西。指接觸到某類事物時，對同類的其他事物也都能加以類推。

詞源 清．章學誠．《文史通義．詩畫》：「觸類旁通，啟發實多。」大意是說：對一件事物的規律了解清楚之後，就可以類推同類的其他事物，這樣對自己的啟發實在很多。

用法 比喻對同類的事能夠類推和貫通。

範例 他因為能夠觸類旁通，所以非常的有效率。

提示 「觸類旁通」也作「觸類可通」。

(二)比喻「領悟力過人」

一目了然（ㄧˊ ㄇㄨˋ ㄌㄧㄠˇ ㄖㄢˊ）

解釋 了然：清楚；明白。指看一眼就已經明白。

詞源 清．錢彩．《說岳全傳．四十四回》：「看著金營人馬，如螻（螻，音ㄌㄡˊ，狀似蟋蟀的昆蟲）蟻相似，那營裏動靜，一目了然。」大意是說：看著金兵營區的人馬，

1.（　　　）「明察秋豪」，請改正這句成語中的錯字。
2.（　　　）十指如「椎」，請寫出括號中的注音和解釋。
3.（　　　）形容人的見識淺薄，叫□頭□腦。
4.（　　　）「不辨叔麥」，請改正這句成語中的錯字。
5.（　　　）「五穀」是指□、麥、菽、稷、□。

➡毫
➡ㄓㄨㄟ、槌子
➡土、土
➡菽
➡稻、黍

就好像微小的蟻類一樣，整個營軍的動靜可說非常的清楚。

用法 ①形容清晰的呈現。②形容人的理解力好。

範例 他們發生了什麼事，你只要看過這封信就會一目了然了。

提示 ①「一目了然」的「了」讀作ㄌㄧㄠˇ，不可以讀作˙ㄌㄜ。②「一目了然」也作「一目瞭然」。

一望而知（ㄧ ㄨㄤˋ ㄦˊ ㄓ）

解釋 指看一眼就知道全部的事物。

用法 ①比喻事情顯露，一眼就可以看穿。②形容人很聰明或領悟力極高。

範例 醫生從他泛黃的臉色和眼睛，一望而知，可能是罹患肝病。

明察秋毫（ㄇㄧㄥˊ ㄔㄚˊ ㄑㄧㄡ ㄏㄠˊ）

解釋 明：眼睛；視力。秋毫：鳥獸在秋天所長出來的細毛。指眼睛可以看清楚鳥獸在秋天所生長出來的細毛。

詞源 《孟子．梁惠王上》：「明足以察秋毫之末（尾端），而不見輿（輿，音ㄩˊ，車子）薪（木柴）。」大意是說：視力可以清楚地看到鳥獸在秋天新長出來的細毛末端，卻不能看到一整台車子的木柴。

用法 ①比喻眼神敏銳，連小的事物都能看得清楚。②形容領悟能力高。

範例 法醫個個都具備明察秋毫的本事。

提示 「明察秋毫」的「毫」不可以寫成「英雄豪傑」的「豪」。

(三) 比喻「反應愚鈍」

十指如椎（ㄕˊ ㄓˇ ㄖㄨˊ ㄓㄨㄟ）

解釋 椎：敲打東西的槌子。指十隻手指就如敲打東西的槌子一樣的粗笨。

詞源 《蘇軾文》：「十指如懸（掛）椎。」大意是說：十根手指頭就如懸掛的槌子一樣粗笨。

用法 形容人不聰明。

範例 這個服務生反應遲鈍，真是十指如椎呀！

土頭土腦（ㄊㄨˇ ㄊㄡˊ ㄊㄨˇ ㄋㄠˇ）

解釋 土：俗氣。指久居鄉下的人，一到城市，就一副呆頭呆腦的樣子。

用法 形容人的見識淺薄。

範例 你別看他土頭土腦的，人家可是博士呢！

不辨菽麥（ㄅㄨˋ ㄅㄧㄢˋ ㄕㄨˊ ㄇㄞˋ）

解釋 辨：區分。菽：豆類的稱呼。指不能區別豆類和麥類。

詞源 《左傳》：「周子有兄而無慧，不能辨菽麥，故不可立。」大意是說：周子有一位兄長，卻一點智慧也沒有，他連最基本的豆類和麥類都分不清楚，所以不能夠獨立生活。

用法 形容人的愚昧。

範例 你真愛開玩笑，種田人怎麼可能會不辨菽麥呢？

提示 「不辨菽麥」也作「不別菽麥」。

五穀不分（ㄨˇ ㄍㄨˇ ㄅㄨˋ ㄈㄣ）

解釋 五穀：包括稻、麥、菽、稷（小米）、黍。指沒有辦法分辨清楚五穀的樣子。

1.（　　）以下敘述何者正確A.「天聾」和「地啞」據說是紫童文昌帝君身邊的兩位隨從B.「目不識丁」是比喻連一個字也不認識C.「呆若木雞」的「木雞」是雞名D.形容人反應遲鈍叫呆頭呆腦。 ➡A、B、D

2.（　　）「傻禮傻氣」，請改正這句成語中的錯字。 ➡裡

詞源《論語・微子》：「子路……遇丈人（年長的人）以杖荷蓧（蓧，音ㄉㄧㄠˋ，古時的除草農具），子路問曰：『子（你）見夫子乎？』丈人曰：『四體（四肢）不勤，五穀不分，孰（孰，音ㄕㄨˊ，誰）為夫子？』」大意是說：子路遇到一位用拐杖挑著除草農具的老人，他向老人詢問：「你見到我的老師嗎？」老丈人回答說：「我的四肢不聽使喚，五穀也分不清楚了，怎麼會知道誰是你的老師呢？」

用法 ①比喻人對農業毫無概念。②形容人缺乏生活常識，魯鈍無知。

範例 僵化的考試制度下，學生變成五穀不分的書呆子。

天聾地啞（ㄊㄧㄢ ㄌㄨㄥˊ ㄉㄧˋ ㄧㄚˇ）

解釋 天聾、地啞：梓潼文昌帝君身邊的兩位隨從。

詞源 曹雪芹．《紅樓夢．二七回》：「林之孝兩口子……倒是配就了一對兒：一個天聾，一個地啞。」

用法 ①形容人愚笨、呆滯。②形容人渾渾噩噩，成不了事。

範例 他整天天聾地啞的，也不知道為將來打算，真是教人擔心。

目不識丁（ㄇㄨˋ ㄅㄨˋ ㄕˋ ㄉㄧㄥ）

解釋 目：眼睛。丁：是很基本的國字。指連最簡單的字也不認識，也就是不識字。

詞源 宋．文天祥《不睡》：「眼不識丁馬前卒，隔床鼾（鼾，音ㄏㄢ，人睡覺時，從口或鼻所發出來的聲音）鼻正陶然（歡樂自得貌）。」大意是說：馬車前供使喚的役卒，是一個大字認識不了幾個的人，他正在隔壁床自得其樂地睡覺打鼾呢！

用法 比喻一個字也不認識。

範例 老農夫雖然目不識丁，但是對草藥相當有研究呢！

呆若木雞（ㄉㄞ ㄖㄨㄛˋ ㄇㄨˋ ㄐㄧ）

解釋 若：好像。木雞：由木頭所雕成的雞。指愚笨的就像木頭所雕成的雞一樣。

詞源 《莊子．達生》：「紀渻（渻，音ㄕㄥˇ，「省」的古字）子為國君馴養（馴，音ㄒㄩㄣˊ，畜養，使其能聽從人的意思。）鬥雞，四十日乃成，『望之似木雞矣』。」大意是說：紀渻子替國君訓練並且養育一些鬥雞，四十天之後終於養成，由於每一隻雞的神情過於專注，所以看起來好像是木頭雕成的一樣。

用法 本義是比喻訓練好的雞都十分鎮定專注，後來形容人因為驚懼或困惑而失神發呆。

範例 他因為目睹房屋倒塌的驚險畫面，嚇得整個人呆若木雞。

呆頭呆腦（ㄉㄞ ㄊㄡˊ ㄉㄞ ㄋㄠˇ）

解釋 呆：不聰明。指頭腦遲鈍，反應不靈敏。

詞源 《紅樓夢．四八回》：「何苦自尋煩惱？都是顰兒引的你，我和她算賬去。你本來呆頭呆腦的，再添（加）上這個，越發弄成呆子了。」

用法 形容人反應遲鈍。

範例 他表演的時候，太過緊張，所以變得呆頭呆腦了。

傻裡傻氣（ㄕㄚˇ ㄌㄧˇ ㄕㄚˇ ㄑㄧˋ）

1.（　　）「傻傻惚惚」，請改正這句成語中的錯字。 ➡忽忽
2.（　　）「獃」頭獃腦，請寫出括號中的解釋。 ➡愚笨
3.（　　）比喻人難以提拔，叫□木□牆。 ➡朽、糞
4.（　　）經過多年的苦讀，當初那個□□□□，現在已經是博士了。空格中應填入 A.吳下阿蒙 B.一毛不拔 C.一絲不苟。 ➡A

解釋 傻：笨；糊塗。指笨頭笨腦的樣子。

用法 指人愚笨，頭腦不清楚。

範例 他的外表雖然傻裡傻氣，實際上非常精明。

提示 「傻裡傻氣」也作「傻里傻氣」。

傻傻忽忽（ㄕㄚˇ ㄕㄚˇ ㄏㄨ ㄏㄨ）

解釋 忽忽：印象模糊。指人呆傻，什麼事都不清楚的樣子。

用法 形容人頭腦不清楚。

範例 你進來公司也有一個多月了，怎麼還是傻傻忽忽的呢？

獃頭獃腦（ㄉㄞ ㄊㄡˊ ㄉㄞ ㄋㄠˇ）

解釋 獃：愚笨。指頭腦不靈活，反應很慢的樣子。

用法 形容人愚笨遲鈍。

範例 這個孩子雖然獃頭獃腦，但是在繪畫上十分有天分。

提示 「獃頭獃腦」的「獃」不可以寫成「凱旋」的「凱」。

(四) 比喻「不堪造就」

朽木糞牆（ㄒㄧㄡˇ ㄇㄨˋ ㄈㄣˋ ㄑㄧㄤˊ）

解釋 朽：腐敗的。糞牆：用糞屎所砌成的牆。指如腐敗的樹木不能雕刻，糞土築成的牆壁不能粉刷漂亮。

詞源 《論語．公冶長》：「宰予（孔子的學生）晝寢（在白天睡覺）。子曰：『朽木不可雕也，糞土之牆不可圬（粉刷）也。』」大意是說：孔子的學生宰予在白天睡覺，孔子說：「敗壞的木頭是沒有辦法拿來雕刻的，用糞土所築成的牆是沒有辦法粉刷的。」

用法 ①比喻人難以提拔或造就。②形容事情不可收拾。

範例 你就是時常罵他朽木糞牆，難怪他愈來愈沒有自信。

提示 「朽木糞牆」也作「朽木糞土」。

吳下阿蒙（ㄨˊ ㄒㄧㄚˋ ㄚ ㄇㄥˊ）

解釋 吳下：長江下游附近。阿蒙：也就是呂蒙。指原以為是長江下游一帶的那個呂蒙。

詞源 《三國志．呂蒙傳》：「吾謂大弟但有武略耳，至於今者，學識英博，非復吳下阿蒙。」大意是說：呂蒙原本不喜歡讀書，後來受孫權的鼓勵，終於發憤苦讀。有一次魯肅找他辯論事情，結果竟然辯不過他，於是魯肅就撫著呂蒙的背說：「我原本以為老弟你只會武術，到了今天我才知道你的學識淵博，已經不是以前長江下游一帶的呂蒙了。」

用法 形容人學識淺顯，不值得造就。

範例 經過多年的苦讀，當初那個吳下阿蒙，現在已經是博士了。

冢中枯骨（ㄓㄨㄥˇ ㄓㄨㄥ ㄎㄨ ㄍㄨˇ）

解釋 冢：墳墓。指墳墓裡的骨骸（骸，音ㄏㄞˊ，骨頭）。

詞源 《三國志．蜀先主傳》：「袁公路豈（難道）憂國忘家者邪？冢中枯骨，何足介意？」大意是說：袁公路難道是公而忘私的人嗎？都已經是墳中的枯骨了，又何必太在意呢？

用法 比喻平庸而無所作為的人。

範例 他每天都懶洋洋的，實在跟

1.（　　）比喻無能的人，叫飯□衣□。 ➡囊、架
2.（　　）「樗櫟」庸材，請寫出括號中的注音。 ➡ㄕㄨ ㄌㄧˋ
3.（　　）以下敘述何者正確A.「庸夫俗子」中的「庸」是中庸的意思B.囊，是一種裝東西的袋子C.甕，是一種腹大口小的容器D.形容白費功夫叫「對牛談琴」。 ➡B、C、D

冢中枯骨沒什麼兩樣。

提示 「冢中枯骨」也作「塚中枯骨」。

庸夫俗子（ㄩㄥ ㄈㄨ ㄙㄨˊ ㄗˇ）

解釋 庸：能力差。俗：平凡；不雅。指沒有任何能力而且學識淺薄的人。

詞源 明．袁宏道．《蘭亭記》：「獨（只有）庸夫俗子，耽心勢利。」大意是說：只有那些無特殊能力，而且知識淺薄的人，才會擔心自己的權勢和利益的問題。

用法 形容見識淺薄的人。

範例 他們只知道批評，而不懂得奉獻，真是一群庸夫俗子。

飯囊衣架（ㄈㄢˋ ㄋㄤˊ ㄧ ㄐㄧㄚˋ）

解釋 囊：盛裝東西的袋子。指用來裝飯的口袋及懸掛衣物的架子。

詞源 《封神演義．一五回》：「不是你無用，反來怨我，真是飯囊衣架，惟（只）知飲食之徒（人）！」

用法 比喻無能的人。

範例 公司花錢雇用的人都不做事，那跟飯囊衣架有什麼兩樣呢？

飯囊酒甕（ㄈㄢˋ ㄋㄤˊ ㄐㄧㄡˇ ㄨㄥˋ）

解釋 囊：盛裝東西的袋子。甕：一種腹大口小的容器。指用來裝飯的口袋及盛酒的容器。

詞源 北齊．顏之推．《顏氏家訓．誡兵》：「今世士大夫但不讀書，即今武夫兒，乃飯囊酒甕，惟（只）知飲食之徒！」大意是說：今天的士大夫都不喜歡讀書，武將也是一樣，他們都是一群會吃飯，但是沒有本事的人，成天只知道吃而已。

用法 比喻什麼也不會做的人。

範例 如果你被人罵是飯囊酒甕，心裡一定很難過吧？

提示 「飯囊酒甕」也作「飯坑酒甕」。

樗櫟庸材（ㄕㄨ ㄌㄧˋ ㄩㄥ ㄘㄞˊ）

解釋 樗：落葉喬木，表皮粗糙，有臭氣。櫟：落葉喬木，其木柴的質地非常堅硬。指如樗櫪等喬木的平凡材質。

詞源 《三國演義．三六回》：「某（自稱之詞）樗櫟庸才，何敢當此重譽！」大意是說：我只是一個平凡的人，並沒有特殊的本領，怎敢承受這種美譽！

用法 形容人無能或沒有本領。

範例 他自謙是樗櫟庸材，所以再三推辭派駐海外的機會。

(五)比喻「對愚者說道理」

對牛彈琴（ㄉㄨㄟˋ ㄋㄧㄡˊ ㄊㄢˊ ㄑㄧㄣˊ）

解釋 指對著牛彈奏美妙的琴音。

詞源 南朝梁．僧佑．《弘明集》：「昔（從前）公明儀為牛彈清角之操（清角為琴曲的意思），伏（低頭）食如故。」大意是說：從前公明儀曾經對著牛彈奏清角的樂曲，但是牛聽了之後，依然低下頭吃著飼料。

用法 形容人聽不懂對方所說的內容，有白費功夫的感嘆。此句含有「嘲笑」的意味。

範例 唉！我講得口沫橫飛，你依然不明白，看來我是對牛彈琴了。

提示 「對牛彈琴」也作「對牛鼓簧」（簧：音ㄏㄨㄤˊ，風琴中能振動

1. （　　　）對驢「撫」琴，請寫出括號中的解釋。　➡彈奏
2. （　　　）形容才華洋溢，叫「八斗之才」，以下人物何者具有精湛的文學造詣 A.劉備 B.曹植 C.蘇東坡 D.武松。　➡B、C
3. （　　　）形容人的學識淵博，叫□江□海。　➡文、學
4. （　　　）「立地書廚」，請改正這句成語中的錯字。　➡櫥

發音的薄片）。

對驢撫琴

解釋 撫：彈奏。指對著驢彈奏著美妙的琴音。

詞源 明．徐復祚（祚，音ㄗㄨㄛˋ）．《曲論》：「若徒（只是）逞其博洽（學識淵博），使聞者不解（不清楚）為何語，何異對驢而彈琴乎？」大意是說：如果只是為了展示自己很有學問，使聽的人都不知道自己在說些什麼，這跟對著驢彈著美妙的琴音，結果牠都無動於衷，有何分別呢？

用法 比喻對不懂的人講事情或道理，其實是白費功夫。

範例 你明明知道是在對驢撫琴，為什麼還如此賣力解說呢？

【學識類】

(一)比喻「頗負才識」

八斗之才

解釋 斗：古代的容量單位。八斗：「多」的意思。指具有很高的才華。

詞源 《釋常談》：「謝靈運嘗云：『天下才共一石（石，音ㄉㄢˋ），曹子建（曹操的第三個兒子，頗負文學）獨占八斗，我得一斗，天下共分一斗。』」大意是說：天下間總共有十斗文學，曹植一人就占了八斗，我自己也占了一斗，天下的所有文人共同占有一斗。

用法 形容才華洋溢。

範例 你放心吧！憑著他八斗之才一定可以寫出好文章。

才高八斗

解釋 八斗：很多的意思。指才學有八斗那麼多。

詞源 《平鬼傳．一回》：「大唐德宗年間，有一名甲進士，姓鍾名馗（馗，音ㄎㄨㄟˊ），字正南，終南山人氏，才高八斗，學富五車（引申作學識很高）。」

用法 形容人的才華極高。

範例 他果然才高八斗，不到十分鐘就寫出一篇文情並茂的文章。

提示 「才高八斗」也作「才富八斗」。

才華橫溢

解釋 橫溢：奔放洋溢，到處都是的意思。指一個人在各方面都很有才華。

用法 形容人有才華。

範例 徐志摩是一位才華橫溢的天才作家。

文江學海

解釋 指一個人所蘊涵的文學，有如江海一樣的廣博。

用法 形容人的學識淵博。

範例 據說這所大學的老師，個個都是文江學海之士呢！

立地書櫥

解釋 立地：站立在地面上，引申作人的意思。櫥：收藏物品的櫃子。指立於地面上的藏書櫃。

詞源 《宋史．吳時傳》：「時敏（善於）於為文，未嘗屬（屬，音ㄓㄨˇ，輯錄）稿，落筆已成，兩學目（看）之曰：『立地書櫥』。」

1.（　　）教授果真是□□□□的史學家，令我好不佩服。空格中應填入 A.博古知今 B.一知半解 C.一目十行 D.一字千金。 ➡A

2.（　　）品學「兼」優，請寫出括號中的解釋和部首。 ➡都、八部

3.（　　）「論語」一書中，孔子曾讚美誰的學問博古知今，可以當他的老師 A.孟子 B.曾子 C.老子 D.莊子。 ➡C

大意是說：吳時是一位善於寫文章的人，他寫文章從不編寫稿子，只要一下筆就可以完成一篇佳作，有兩個人看了之後直說：「真是一位才學豐富的人。」

用法 形容人飽讀詩書，才學豐富。

範例 沒錯！他確實是位學富五車的立地書櫥。

提示 「立地書櫥」也作「有腳書櫥」。

知今博古 ㄓ ㄐㄧㄣ ㄅㄛˊ ㄍㄨˇ

解釋 指通曉當今的事情，也博通古代之事。

詞源 元．趙之暉．《點降唇．席上咏妓》：「知今博古通三教（指中國的儒、釋、道），鐵石人（硬漢子）一見了也魂消。」大意是說：這些妓女們通曉古今之事，個個撒嬌的功夫一流，就算心如鐵石的硬漢看了都會心動。

用法 形容知識淵博。

範例 教授果真是知今博古的史學家，令我好不佩服！

知書達理 ㄓ ㄕㄨ ㄉㄚˊ ㄌㄧˇ

解釋 知書：通曉書中的知識。達理：通達事理。指知道書中記載的知識，也通達人情事理。

用法 形容知識豐富。

範例 她是個既善良又知書達理的女孩。

品學兼優 ㄆㄧㄣˇ ㄒㄩㄝˊ ㄐㄧㄢ ㄧㄡ

解釋 品學：人品及學識。兼：都。指人的品德及學識都很優秀。

用法 形容人品和才學俱佳。

範例 我向您推薦的都是品學兼優的人才，對貴單位一定裨益良多。

博古知今 ㄅㄛˊ ㄍㄨˇ ㄓ ㄐㄧㄣ

解釋 博：廣大。指對於古今之事皆了解的很透徹。

詞源 《孔子家語．觀周》：「吾聞老聃（聃，音ㄉㄢ，也就是老子）博古知今，通禮樂之原（最初），明道德之歸（回返），則吾師也。」大意是說：我聽說老子對於古今之事非常清楚，他可以知道禮樂最初的起始，也明白道德最後的回歸，所以他可以當我的老師。

用法 形容知識廣博。

範例 那位老先生博古知今，知道許多事物的典故呢！

提示 「博古知今」也作「博古通今」、「通今博古」。

博通經籍 ㄅㄛˊ ㄊㄨㄥ ㄐㄧㄥ ㄐㄧˊ

解釋 博通：廣博通曉。經籍：經書。指對於經書的見解非常豐富。

詞源 《後漢書．馬融傳》：「融從其游學（向人學習），博通經籍。洵奇（感到驚訝）其才，以女妻（妻，音ㄑㄧˋ，將女兒嫁給別人）之。」大意是說：馬融向摯洵求教學習，後來對於經書都非常通曉。摯洵驚訝他是一位人才，於是就將自己的女兒嫁給他。

用法 形容閱讀廣泛，知識豐富。

範例 目錄學家博通經籍，對古今的圖書源流都有相當的掌握。

博學淵識 ㄅㄛˊ ㄒㄩㄝˊ ㄩㄢ ㄕˋ

解釋 博學：學識豐富。淵：精深。指學識豐富，見識精深。

用法 形容人有學問又有見識。

1.（　　）以下敘述何者正確A.笥，讀作ㄙˋ，是盛飯或放書的箱子B.「腹笥便便」的「便便」讀作ㄆㄢˊㄆㄢˊ，是指婦人懷孕C.泰斗，是泛指頂尖的人物D.車，讀音為ㄐㄩ，語音為ㄔㄜ。 ➡A、C、D

2.（　　）滿腹經「綸」，請寫出括號中的注音和解釋。 ➡ㄌㄨㄣˊ，整理

3.（　　）「視達古今」，請改正這句成語中的錯字。 ➡識

範例 成為一名博學淵識的人類學家，是我從小的志願。

無一不知（ㄨˊ ㄧ ㄅㄨˋ ㄓ）

解釋 無：沒有。指沒有哪一種東西不清楚。

詞源 《兒女英雄傳．一八回》：「凡是他問的，那先生無一不知，無一不能。」

用法 形容見識及學識非常的豐富。

範例 他是個昆蟲迷，對每一種昆蟲的種類和習性無一不知。

腹笥便便（ㄈㄨˋ ㄙˋ ㄆㄢˊ ㄆㄢˊ）

解釋 笥：盛飯或放書的箱子。便便：肥胖的樣子。指整個肚子裝滿知識，所以變得很大。

詞源 《後漢書．邊韶傳》：「腹便便，《五經》笥。但欲眠，思經事。」大意是說：邊韶是一位口才很好的人，他常常在白天打盹，他的學生看到這種情形後，寫了一首打油詩來嘲笑他，內容是：邊韶肚子大大的，卻懶得讀書，整天只曉得睡覺。邊韶聽到這首歌後，很快地也想出一首詩回應，他說：「肚子是大大的沒錯，但是裡面裝的都是《五經》的知識，看起來我好像在睡覺，其實那是在想經書的內容啊！」

用法 形容學識豐富。

範例 哈，你們笑我有啤酒肚，其實我是腹笥便便呢！

滿腹經綸（ㄇㄢˇ ㄈㄨˋ ㄐㄧㄥ ㄌㄨㄣˊ）

解釋 綸：整理。指整個肚子都裝滿學問。

詞源 《三俠五義．三回》：「包公已長成十四歲，學問滿腹經綸，詩文之佳自不必說。」

用法 形容人有學問。

範例 他滿腹經綸，獲邀上臺即席演講，博得滿堂彩。

提示 「滿腹經綸」的「綸」讀作ㄌㄨㄣˊ；「羽扇綸巾」的「綸」讀作ㄍㄨㄢ，小心別混淆了。

學界泰斗（ㄒㄩㄝˊ ㄐㄧㄝˋ ㄊㄞˋ ㄉㄡˇ）

解釋 泰斗：學識豐富，被大家所尊敬的人。指在學術界頗負學識，為大家所敬重的人物。

用法 比喻學術界的頂尖人物。

範例 那位教授不僅是學界泰斗，對教育也貢獻良多。

學富五車（ㄒㄩㄝˊ ㄈㄨˋ ㄨˇ ㄐㄩ）

解釋 五車：五部車的書。指學問有五部車那麼多。

詞源 《莊子．天下》：「惠施多方（多方面），其書五車。」大意是說：惠施各方面都有涉獵，他的書共有五部車那麼多。

用法 比喻學問淵博。

範例 他雖然學富五車，卻非常的謙虛。

提示 「學富五車」的「車」讀音為ㄐㄩ，語音為ㄔㄜ。

識達古今（ㄕˋ ㄉㄚˊ ㄍㄨˇ ㄐㄧㄣ）

解釋 識：知識；學識。達：通達。指學識廣博可以通曉古今之事。

詞源 《顏氏家訓．治家》：「如有聰明才智，識達古今，正當輔佐君子（帝王），助其不足。」大意是說：如果有聰明過人，學識可通曉古今的人，應該請來輔佐君王，

1.（　　）才華「蓋」世，請寫出括號中的解釋。
2.（　　）「斗南」一人，請寫出括號中的解釋。
3.（　　）出類拔「萃」，請寫出括號中的注音和解釋。
4.（　　）比喻才能出眾的成語有 A.一字千金 B.一柱擎天 C.加人一等 D.人仰馬翻。

➡超越
➡全天下
➡ㄘㄨㄟˋ、人群
➡C

以彌補不足的地方。

用法 形容人的學識豐富。

範例 如何成為識達古今的人呢？當然是多涉獵各種書籍嘍！

(二)比喻「才能出眾」

才智過人（ㄘㄞˊ ㄓˋ ㄍㄨㄛˋ ㄖㄣˊ）

解釋 過：超越。指才能與智慧皆超越別人。

詞源 《宋史・李仕衡傳》：「仕衡前後管計事二十年，雖才智過人，然素（一向；平常）貪，家貲（貲，音ㄗ，財貨）至累（積）巨萬。」大意是說：李仕衡前後掌管財務計事的工作達二十年之久，雖然才能及智慧都超過一般人，但是平日就有貪念，他使用不當的方法累積家產到數以萬計那麼多。

用法 形容才能智慧超越別人。

範例 警官才智過人，故布疑陣，順利地將歹徒逮捕歸案。

才華蓋世（ㄘㄞˊ ㄏㄨㄚˊ ㄍㄞˋ ㄕˋ）

解釋 蓋：壓倒；超越。指才華超過世界上所有的人。

詞源 《西湖佳話白堤政跡》：「樂天生來聰慧過人，才華蓋世。」大意是說：樂天先天就比別人聰明，才華可說超過世界上任何人。

用法 形容人的才學揚溢，無人能比。

範例 曹植才華蓋世，有「七步成詩」之譽。

斗南一人（ㄉㄡˇ ㄋㄢˊ ㄧ ㄖㄣˊ）

解釋 斗南：北斗星以南，也就是天底下的意思。指全天下只有這一個人。

詞源 《新唐書・狄仁傑傳》：「每日：『狄公之賢，北斗以南，一人而已。』」

用法 形容才能出眾。

範例 文壇新秀如過江之鯽，我哪稱得上是斗南一人呢！

出類拔萃（ㄔㄨ ㄌㄟˋ ㄅㄚˊ ㄘㄨㄟˋ）

解釋 類：同輩。拔：超出。萃：人群。指超出同輩及人群。

詞源 《三國志・蜀書・蔣琬傳》：「琬出類拔萃，處羣僚之右（表示尊位）。」大意是說：蔣琬的才華出眾，超過同輩許多，所以在所有官僚中位居尊崇的位置。

用法 形容人的品德、能力超出一般之上。

範例 在所有的參賽者中，就以他的表演最為出類拔萃了。

提示 「出類拔萃」也作「出類拔群」。（群：社會上的所有人）

加人一等（ㄐㄧㄚ ㄖㄣˊ ㄧ ㄉㄥˇ）

解釋 加人：超越別人。指超越別人一個階級。

詞源 《舊唐書・陸象先傳》：「象先清靜寡欲，不以細務介意，言論高遠，雅（極）為時賢所服。湜（湜，音ㄕˊ）每謂（告訴）人曰：『陸公加人一等。』」大意是說：象先是位清明寡慾的人，他不會因為小事而介意，說話都是陳述高遠的言論，所以為當時的賢人所佩服，崔湜常告訴別人說：「陸象先是位才能出眾的人才。」

用法 形容才能、學識高人一等。

範例 今天他在各方面的評比能夠加人一等，都是努力而來的。

1.（　　　）以下敘述何者錯誤 A.七步成詩的人是曹植 B.「夷吾」是指管仲 C.「河東獅吼」中的悍婦是蘇東坡的老婆 D.劉備是劉邦的哥哥。　➡C、D

2.（　　　）「卓耳不群」，請改正這句成語中的錯字。　➡爾

3.（　　　）頭角「崢嶸」，請寫出括號中的解釋。　➡突出

江左夷吾（ㄐㄧㄤ ㄗㄨㄛˇ ㄧˊ ㄨˊ）

解釋 江左：江東。夷吾：也就是管仲。指江東一帶有可以跟管仲相比擬的宰相。

詞源 《晉書．溫嶠（嶠，音ㄐㄧㄠˋ）傳》：「元帝初鎮江左，于時（那時）江左草創，維綱（朝綱制度）未舉（設定），嶠殊（非常）以為憂，及見王導共談，歡然曰：『江左自有管夷吾，吾復何慮。』」大意是說：晉元帝剛剛在江東一帶登基，那個時候晉朝才剛建立，朝綱制度都還沒有制定，溫嶠非常擔憂，等到和宰相王導見面後，高興的說：「江東一帶有一位可以跟管仲比擬的能才，我又有什麼好擔憂的呢？」

用法 比喻能夠掌握危局的政治家。

範例 當局勢動盪不安時，更需要如江左夷吾般的政治人才。

卓爾不群（ㄓㄨㄛˊ ㄦˇ ㄅㄨˋ ㄑㄩㄣˊ）

解釋 卓爾：高超而與人不一樣。群：眾人。指超越同類，與大家不同。

詞源 《漢書．景十三王傳贊》：「夫唯（只有）大雅（高大的才能），卓爾不群。」大意是說：只有具備高大才能者，方可超越一般人，並且與眾不同。

用法 比喻才能超凡，與眾不同的人。

範例 他品德學識都極為高尚，是個卓爾不群的人。

拔群出類（ㄅㄚˊ ㄑㄩㄣˊ ㄔㄨ ㄌㄟˋ）

解釋 出類：超越同輩。指超越同輩及一般人。

詞源 《顏氏家訓．勉學》：「必有天才，拔羣（同「群」）出類。」大意是說：一定要有天才出現，方能顯示與眾不同的卓越才能。

用法 形容人的才能突出。

範例 學生之中就以他的研究計畫最為拔群出類了！

高人一等（ㄍㄠ ㄖㄣˊ ㄧˋ ㄉㄥˇ）

解釋 指勝過別人一等。

用法 比喻某方面比別人出色。

範例 父母莫不希望子女將來能夠高人一等，成龍成鳳。

絕倫逸群（ㄐㄩㄝˊ ㄌㄨㄣˊ ㄧˋ ㄑㄩㄣˊ）

解釋 絕倫：同類之間最優秀的。逸：超人的。群：一般人。指才能超越一般人，是同類中最好的。

用法 形容人的才能優秀。

範例 誰是當代絕倫逸群的作家？我倒覺得各有千秋，難分軒輊。

頭角崢嶸（ㄊㄡˊ ㄐㄧㄠˇ ㄓㄥ ㄖㄨㄥˊ）

解釋 頭角：年輕人所表現出來的才華。崢嶸：特出；突出。指年輕人所展現的才華非常的突出。

詞源 元．無名氏．《黃鶴樓．三折》：「那時頭角崢嶸際（時候），攪（擾亂）海翻（聲勢很大的意思）江上九天。」大意是說：那個時候的才能不凡，氣勢旺盛，連江海都可以翻動成浪，並且直上九天之外。

用法 形容人的才能不凡。

範例 上台領獎的都是頭角崢嶸的青年企業家。

曠世逸才（ㄎㄨㄤˋ ㄕˋ ㄧˋ ㄘㄞˊ）

1.（　　　）形容才能出眾，叫□立□群。　➡鶴、雞

2.（　　　）「碩學名孺」，請改正這句成語中的錯字。　➡儒

3.（　　　）清朝的大臣中，為人詼諧又博學通儒的是A.王安石 B.蘇東坡 C.紀曉嵐 D.康有為。　➡C

4.（　　　）「允」文允武，請寫出括號中的解釋。　➡可以

解釋 曠世：當代無人可比的意思。逸才：傑出的人。指當代沒有人可以比得上的傑出人物。

詞源 《三國演義．九回》：「伯喈（ㄐㄧㄝ）曠世逸才，若使續成漢史，誠（實在是）為盛事。」大意是說：伯喈的才華是當代沒有人可以比得上的，如果他能繼續從事漢史的編寫工作，實在是一樁美好的事情。

用法 形容當代優秀的人才。

範例 這次入選的優秀青年，個個堪稱是曠世逸才。

提示 「曠世逸才」也作「曠世奇才」。

鶴立雞群（ㄏㄜˋ ㄌㄧˋ ㄐㄧ ㄑㄩㄣˊ）

解釋 指一隻野鶴雜處於雞群之中。

詞源 南朝宋．劉義慶．《世說新語．容止》：「有人語（語，音ㄩˋ，告訴）王戎曰：『嵇延祖（竹林七賢的嵇康）卓卓（巍然獨立）如野鶴之在雞羣（「羣」為「群」的異體字）。』」大意是說：有人告訴王戎說：「嵇康的表現就好像野鶴處在雞群之中，令人感到特別的突出。」

用法 ①形容人的外在或才能出眾。②形容人自命清高。

範例 他一百九十公分的身高，站在人群中，如鶴立雞群般搶眼。

(三) 比喻「飽學之士」

博學通儒（ㄅㄛˊ ㄒㄩㄝˊ ㄊㄨㄥ ㄖㄨˊ）

解釋 通：通曉。儒：古時候指讀書人。指具有廣博學問的人。

用法 形容學問貫通的人。

範例 孔子是一位博學通儒的教育家，主張有教無類。

提示 ①「博學通儒」也作「博學鴻儒」。②「博學通儒」的「儒」不可以寫成「孺子」的「孺」。

碩學名儒（ㄕㄨㄛˋ ㄒㄩㄝˊ ㄇㄧㄥˊ ㄖㄨˊ）

解釋 碩：大。名儒：有名氣的讀書人。指具有廣博學問的知名學者。

用法 形容人學識淵博。

範例 他是文學界中的碩學名儒。

提示 「碩學名儒」也作「碩學通儒」、「碩學彥儒」（彥：有才學的人）。

(四) 比喻「文武兼具」

才兼文武（ㄘㄞˊ ㄐㄧㄢ ㄨㄣˊ ㄨˇ）

解釋 指兼備文武方面的才能。

詞源 《三國志．吳書．朱據傳》：「追思（人民對官吏死去後的思念）呂蒙、張溫，以為據才兼文武，可以繼（延續）之。」大意是說：人民對呂蒙及張溫兩位官吏非常懷念，大家都認為朱據的文武兼備，是一位可以延續呂、張施政理念的人。

用法 形容兼顧文才武德。

範例 宋朝的文天祥是才兼文武的名將。

允文允武（ㄩㄣˇ ㄨㄣˊ ㄩㄣˇ ㄨˇ）

解釋 允：可以。指能文也能武。

詞源 明．張岱．《詩經．魯頌．泮（泮，音ㄆㄢˋ）水》：「允文允武，昭假烈祖。」

用法 形容同時具備文德及武功。

範例 唯有注重五育，才能培養出

1.（　　）文才武「略」，請寫出括號中的解釋。 ➡謀略
2.（　　）「經文威武」，請改正這句成語中的錯字。 ➡緯
3.（　　）「橫朔賦詩」，請改正這句成語中的錯字。 ➡槊
4.（　　）以下的歷史人物，何者是能文能武的名相A.蚩尤B.伍子胥C.管仲D.吳起。 ➡B、C

允文允武的青年。

文才武略（ㄨㄣˊ ㄘㄞˊ ㄨˇ ㄌㄩㄝˋ）

解釋 文才：文學方面的才能。武略：作戰方面的謀略。指既懂得文學的知識，又通曉作戰的謀略。

用法 比喻具有人文的素養，又有作戰的謀略。

範例 我們要成為文才武略的青年，拒絕成為怯弱的草莓族。

文武雙全（ㄨㄣˊ ㄨˇ ㄕㄨㄤ ㄑㄩㄢˊ）

解釋 雙全：兩者皆具備。指兼備文才武德。

詞源 元．關漢卿．《單邊奪槊（槊，音ㄕㄨㄛˋ，古兵器之一）》：「憑（依靠）著你文武雙全將相才，則要你掃蕩塵埃（汙點）。」大意是說：靠著你是文武兼備的將相之才，希望你能消滅危害國家的人。

用法 形容人具備文武的才能。

範例 她彈得一手好鋼琴，又是籃球高手，是個文武雙全的才女。

提示 「文武雙全」也作「文武兼備」、「文武全才」。

能文能武（ㄋㄥˊ ㄨㄣˊ ㄋㄥˊ ㄨˇ）

解釋 指文武皆擅長的意思。

用法 比喻動靜皆宜。

範例 我的志願是要成為能文能武的空軍男兒。

經文緯武（ㄐㄧㄥ ㄨㄣˊ ㄨㄟˇ ㄨˇ）

解釋 經：南北向的直線。緯：東西方向的直線。指南北向為文才知識，東西向為武學功夫。

詞源 《東周列國志．七二回》：「有扛（用手舉起東西）鼎（古代烹煮用的三腳器具）拔山之勇，經文緯武之才。」大意是說：伍子胥有舉鼎拔山般的神勇，也同時懷有文武方面的才能，是一位不可多得的人才。

用法 形容人具備文才及武德。

範例 管仲是位經文緯武的名相。

提示 「經文緯武」也作「經武緯文」。

橫槊賦詩（ㄏㄥˊ ㄕㄨㄛˋ ㄈㄨˋ ㄕ）

解釋 槊：古代所使用的兵器。賦：吟唱。指放下兵器後，吟唱著詩歌。

詞源 宋．蘇軾．《前赤壁賦》：「舳（船尾）艫（艫，音ㄌㄨˊ，船頭）千里，旌旗（旗，音ㄐㄧㄥ，軍旗）蔽（遮）空，釃酒（釃，音ㄙ，倒酒）臨江，橫槊賦詩，固（本來）一世之雄也。」大意是說：曹操的軍艦船頭接著船尾，綿延有千里那麼長，整個天空幾乎被軍旗遮蔽了，此時曹操將酒倒入江中，將長矛橫放並且吟唱著詩歌，這就是一代的梟雄啊！

用法 形容人能文能武的手采。

範例 遙想當年，孫權叱吒戰場，橫槊賦詩的豪情，是何等得意呀！

(五) 比喻「見識膚淺」

一孔之見（ㄧ ㄎㄨㄥˇ ㄓ ㄐㄧㄢˋ）

解釋 孔：管洞。指見識有如管洞般的大小。

詞源 《鹽鐵論》：「通一孔，曉一理，不知權衡（斟酌）。」大意是說：若只是通曉一孔大小的見識，那只能明白整個事物中的一種道理而已，而不能對事物做出客觀

1.（　　）一「毛」之見，請寫出括號中的解釋。 ➡細微
2.（　　）以下成語何者是比喻見識膚淺 A.一毛不拔 B.一丘之貉 C.井底之蛙 D.少見多怪。 ➡C、D
3.（　　）扣槃「捫」燭，請寫出括號中的解釋。 ➡撫摸
4.（　　）不學無「術」，請寫出括號中的解釋。 ➡技巧

的衡量。

用法 形容人的見識淺薄。

範例 他提出的只是一孔之見，對我的研究計畫幫助不大。

一毛之見（ㄧ ㄇㄠˊ ㄓ ㄐㄧㄢˋ）

解釋 毛：細小；細微。指見識極細微的意思。

用法 形容人所知道的只是事情的一部分。

範例 我所說的只是一毛之見，僅供大家參考罷了！

不學無術（ㄅㄨˋ ㄒㄩㄝˊ ㄨˊ ㄕㄨˋ）

解釋 不：無。學：學識。術：技巧。指既不具學識，也不具技巧。

詞源 《漢書．霍光傳》：「然光不學無術，闇（闇，音ㄢˋ，不清楚）於大理。」大意是說：霍光本身沒有知識，也不具備本領，對於事理也不清楚。

用法 形容人沒有學問和才能。

範例 人若不學無術，日子過得又有何意義呢？

井中視星（ㄐㄧㄥˇ ㄓㄨㄥ ㄕˋ ㄒㄧㄥ）

解釋 視：觀看。指從井中來觀看星星。

詞源 清．陳澧．《東塾讀書記．諸子書》：「因井中視星，所視不過數星，自丘上以視，則見其始出，又見其入。」大意是說：因為從井內觀看星星，看到的不過只有幾顆而已，但是從山丘上觀看就不一樣了，我們可以從星星開始出現，一直看到星星隨月亮落下。

用法 形容見識狹小。

範例 我們要多增長見識，才不會犯井中視星的錯誤。

井底之蛙（ㄐㄧㄥˇ ㄉㄧˇ ㄓ ㄨㄚ）

解釋 指生長於井底的青蛙。

詞源 《水滸全傳．八七回》：「汝（你）小將年幼學淺，如井底之蛙，只知此等陣法，以為絕（極）高。」大意是說：你這個小將年紀不大，才識也很淺顯，就像井中的青蛙一樣，眼界短淺，才知道這種陣法就以為自己很厲害了。

用法 青蛙生長於井底，對外面世界的了解僅侷限井口大小，所以此語是比喻人見識淺薄。

範例 這種狹隘的個人看法，有如井底之蛙看世界，格局太小了。

提示 「井底之蛙」也作「井蛙之見」。

少見多怪（ㄕㄠˇ ㄐㄧㄢˋ ㄉㄨㄛ ㄍㄨㄞˋ）

解釋 指閱歷不豐富，一看到沒有見過的事物，就大驚小怪。

詞源 《牟子》：「少所見，多所怪，睹（看）橐（橐，音ㄊㄨㄛˊ）駝（橐駝就是駱駝）謂馬腫背。」大意是說：看到很少見到的東西就會覺得奇怪，例如看到駱駝，就說是馬的背上腫了一大塊。

用法 形容人的見識淺薄。含有「譏諷」的意味。

範例 我們只要多多充實自己，就不會少見多怪了。

扣槃捫燭（ㄎㄡˋ ㄆㄢˊ ㄇㄣˊ ㄓㄨˊ）

解釋 扣：敲打。槃：放置物品的淺底器具。捫：撫摸。指敲打銅槃，撫摸蠟燭。

詞源 宋．蘇軾．《日喻》：「生而眇（眇，音ㄇㄧㄠˇ，瞎眼）者不識日，問之有目（眼睛）者，或（有

1.（　　）人要不斷地吸收新知，才不會犯□□□□的毛病。空格中應填入A.以小搏大B.斤斤計較C.坐井觀天D.舞文弄墨。 ➡C

2.（　　）以下敘述何者錯誤A.「坐井觀天」是一種浪漫的事情B.「略知皮毛」有時可以用來當作自謙詞C.「孤陋寡聞」是讚美詞D.「野人獻曝」中的「野人」是指農夫。 ➡A、C

的人）告之曰：『日之狀如銅槃。』扣槃而得其聲；他日聞鐘，以為日也。或告之曰：『日之光如燭。』捫燭而得其形；他日揣（揣，音ㄔㄨㄞˇ，猜測）籥（籥，音ㄩㄝˋ，古代一種像笛的樂器），以為日也。」大意是說：天生就瞎眼的人從來沒有見過太陽，所以他們好奇地向明眼人請教太陽的形狀，有的人告訴他們說：「太陽的形狀就像銅槃一樣。」敲打槃子可以聽到聲音；有一天，瞎眼的人聽到鐘聲，就以為那是太陽。有的人卻告訴他們說：「太陽光有如蠟燭一樣。」如果摸到蠟燭就可以知道它的外形了；有一天，瞎眼的人無意間摸到像笛子一樣的樂器，他就開始想像太陽的形狀，並且認為那就是太陽。

用法 比喻只知道片面的客觀事實，便憑主觀臆測。

範例 不能掌握資訊的人，就好像扣槃捫燭，無法作出正確的判斷。

坐井觀天（ㄗㄨㄛˋ ㄐㄧㄥˇ ㄍㄨㄢ ㄊㄧㄢ）

解釋 指坐在井中觀看天空。

詞源 唐．韓愈．《原道》：「坐井而觀天，曰天小者，非天小也。」大意是說：坐在井中觀看天空就說天空很小，其實不是天空很小，而是所處的地方只能看到一小部分的天空，所以才會有此錯覺。

用法 形容人的眼界不能看得深遠。

範例 人要不斷地吸收新知，才不會犯坐井觀天的毛病。

提示 「坐井觀天」也作「坐井窺天」。

孤陋寡聞（ㄍㄨ ㄌㄡˋ ㄍㄨㄚˇ ㄨㄣˊ）

解釋 陋：見識淺。寡：少。聞：聽到。指見識淺薄，所知不多。

詞源 《禮記．學記》：「獨學而無友，則孤陋而寡聞。」大意是說：一個人自我學習而沒有和朋友切磋，這樣會使學識及見聞變得淺顯。

用法 形容學識貧乏，見識淺薄。

範例 人除了多讀書，也要出去外面見識，才不會變得孤陋寡聞。

略知皮毛（ㄌㄩㄝˋ ㄓ ㄆㄧˊ ㄇㄠˊ）

解釋 略：簡單。皮毛：①引申作事物的表面。②引申作膚淺的知識。指概略地知道膚淺的知識，對學問的研究並不深入。

詞源 《鏡花緣．一七回》：「何況我們不過略知皮毛，豈敢亂談，貽（貽，音ㄧˊ）笑大方（被有知識的人取笑）！」

用法 形容見識淺短。

範例 關於網頁設計，我僅僅算是略知皮毛而已。

野人獻曝（ㄧㄝˇ ㄖㄣˊ ㄒㄧㄢˋ ㄆㄨˋ）

解釋 野人：農人。曝：太陽的意思。指農夫將太陽的溫暖獻出來。

詞源 《列子．楊朱》：「昔者宋國有田夫（農夫）……不知天下有廣夏（大廈。通「廈」）、隩（隩，音ㄩˋ，可以居住的地方）室，綿纊（纊，音ㄎㄨㄤˋ，綿絮）狐貉（貉，音ㄏㄜˊ。指狐、貉的毛皮可製成衣物）。顧（回過頭）謂其妻曰：『負日之暄（曬太陽的溫暖），人莫（不會）知者；以獻吾君，將有重賞。』」大意是說：從前宋國有一個農夫，從來都不知道

1.（　　）比喻少見多怪，叫□犬□日。 ➡蜀、吠

2.（　　）管中「窺」豹，請寫出括號中的注音和解釋。 ➡ㄎㄨㄟ、看

3.（　　）以下括號中何者為名詞 A.「管」窺蠡測 B.瞎子「摸」象 C.蜀犬「吠」日 D.「出」類拔萃。 ➡A

4.（　　）形容人缺乏見識，叫遼東□□。 ➡豕白

天下還有高大的樓房及避風遮雨的地方，甚至也不知道天下還有人用綿絮及狐皮等來製做衣物。他回過頭告訴妻子說：「我如果將太陽的溫暖背負起來，別人也不會知道，假使可以將太陽的溫暖獻給我們國君，就可以獲得重賞了。」

用法 ①形容人的見識不多。②常用在提出建議或送人禮物的自謙詞。

範例 我唱一首歌為你慶生，就算是野人獻曝吧！

提示 「野人獻曝」的「曝」讀作ㄆㄨ，不可以讀作ㄅㄠ。

蜀犬吠日（ㄕㄨˇ ㄑㄩㄢˇ ㄈㄟˋ ㄖˋ）

解釋 蜀：四川的簡稱。吠：叫。指四川一帶的狗對著太陽狂叫。

詞源 唐．韓愈．《與韋中立論師道書》：「蜀中山高霧深，見日時（時間）少，每至日出，則羣犬疑（覺得奇怪）而吠之也。」大意是說：四川一帶多高山，霧氣很重，一年之間很難見到太陽，所以只要太陽一露面，當地的狗都會對著太陽狂叫。

用法 比喻少見多怪。

範例 我們從蜀犬吠日這則成語中，體會到充實新知的重要。

管中窺豹（ㄍㄨㄢˇ ㄓㄨㄥ ㄎㄨㄟ ㄅㄠˋ）

解釋 窺：看。指從管中來看豹的花紋。

詞源 《晉書．王獻之傳》：「門生曰：『此郎（古代男子的美稱）亦管中窺豹，時見一般。』」大意是說：門生說：「這個人只是看見片面而已，不能全盤了解，他所見到的都是一般的事物，不能更進一步研究。」

用法 形容不能全面的了解。

範例 新聞事件若僅僅作管中窺豹的採訪，往往會出現錯誤的報導。

提示 「管中窺豹」也作「管中窺天」。

管窺蠡測（ㄍㄨㄢˇ ㄎㄨㄟ ㄌㄧˊ ㄘㄜˋ）

解釋 管：小竹管。窺：從小縫隙中看。蠡：瓠（瓠，音ㄏㄨˋ，植物名，果實可食用）所做成的水瓢。指從竹管的縫隙來觀看天空，用瓠所做成的小水瓢來測量海水。

詞源 《漢書．東方朔傳》：「以管窺天，以蠡測海。」

用法 形容對事情只了解片面。

範例 考古學家只能從出土文物中，管窺蠡測古人的生活。

瞎子摸象（ㄒㄧㄚ ˙ㄗ ㄇㄛ ㄒㄧㄤˋ）

解釋 指幾個瞎子摸到大象的各個部位後，就認為自己摸到的才是真正的大象。

用法 形容對事情只知道片面，就亂下斷語。

範例 我對此事不了解，若妄下評語，恐怕鬧出如瞎子摸象的笑話。

遼東豕白（ㄌㄧㄠˊ ㄉㄨㄥ ㄕˇ ㄅㄞˊ）

解釋 豕：也就是豬。指遼東一帶的豬。

詞源 《後漢書．朱浮傳》：「伯通（彭寵的字）自伐，以為功高天下。往時（從前）遼東有豕，生子白頭，異而獻之。行至河東，見羣豕皆白，懷慚而還（還，音ㄏㄨㄢˊ，回）。若以子（你）之功，論於朝廷，則為遼東豕也。」大意是說：

1.（　　）以下敘述何者正確A.蟬是夏天才會出現的昆蟲，到了冬天就死掉，所以從來沒有看過下雪的景象B.「蟬不知雪」有嘲笑的意味C.比喻才智相當，叫一時植亮D.「工力悉敵」的「悉」是完全的意思。　➡A、B、D

2.（　　）形容人難以分出高下，叫不分□□。　➡軒輊

朱浮和彭寵彼此鬧得不愉快，於是彭寵就舉兵攻打朱浮。朱浮非常生氣，寫了一封書信責備彭寵，信中說：彭寵，你自以為功勞高過天下任何人，告訴你，以前遼東一帶有一頭豬，生了一隻白毛的豬，有人覺得很奇怪，所以決定將牠獻給君王，等走到河東一帶，看見所有的豬隻都是白色的，就慚愧地回家了。如果以你的功勞在朝廷中被人評論的話，應該就是屬於遼東白豬這個故事中的主角，可以說是白費力氣，一點功勞也沒有。

用法 形容人少見多怪。

範例 多學、多聞、多看，是避免自己成為遼東豕白的不二法門。

蟬不知雪（ㄔㄢˊ ㄅㄨˋ ㄓ ㄒㄩㄝˇ）

解釋 指蟬不曾見過冬天下雪的樣子。

詞源 漢．恒寬．《鹽鐵論．相刺》：「以所不覩（覩，音ㄉㄨˇ，看到。通「睹」）不信人，若蟬之不知雪。」大意是說：沒有親眼看見就不相信別人說的話，就好像蟬沒有看過下雪，所以不相信有下雪這麼一回事。

用法 蟬是夏天才會出現的昆蟲，由於雄蟬的腹部有發聲器，所以初夏時會叫得很大聲，但是秋天一到，就開始有氣無力，然後死掉，所以自然見不到冬天的雪。這句成語是形容人的閱歷不豐富，含有嘲笑的意味。

範例 你不相信電子郵件的便利？就有如蟬不知雪般令人看笑話。

(六) 比喻「才智相當」

一時瑜亮（ㄧˊ ㄕˊ ㄩˊ ㄌㄧㄤˋ）

解釋 瑜：周瑜，三國時吳國的名將，曾經打敗曹操於赤壁。亮：諸葛亮。指一時的瑜亮情節。

用法 比喻才智不分上下。

範例 這兩位候選人的才能和品格不相上下，可說是一時瑜亮。

工力悉敵（ㄍㄨㄥ ㄌㄧˋ ㄒㄧ ㄉㄧˊ）

解釋 悉：全部；完全。敵：相當；差不多。指彼此的技藝或才能相當。

詞源 宋．計有功《唐詩記事．上官昭容》：「中宗正月晦日（農曆每個月的最後一天），幸（光臨）昆明池賦（吟）詩，群臣應制（奉皇帝的命令而寫作詩文）百餘篇，……，命昭容（宮內的女官）選一首為新翻御制曲，……既進，唯（只）沈宋二詩不下。又移時（沒多久），一紙飛墜（掉落），竟（指全部的人）取而觀，乃沈詩也。及聞其評曰：『二詩工力悉敵。』」大意是說：中宗在正月底的時候，到昆明池去吟詩，眾官奉皇帝的命令，寫了一百多篇的詩文，中宗命上官婉兒選一首最好的詩，她進來之後，等到全部過濾完後，就剩沈佺期與宋之問兩人的詩沒有辦法做出取捨。過了沒多久，有一張紙被風吹落地面，大家爭相搶著看，原來這是沈佺期的詩，後來上官婉兒就評論說：「這兩人的文學造詣大約相當。」

用法 形容人的能力平分秋色。

範例 這兩人的唱腔工力悉敵，難斷高下。

不分軒輊（ㄅㄨˋ ㄈㄣ ㄒㄩㄢ ㄓˋ）

1.（　　　）不相「上下」，請寫出括號中的解釋。　➡勝負
2.（　　　）「分延抗理」，請改正這句成語中的錯字。　➡庭、禮
3.（　　　）以下哪則成語近義於「五十步笑百步」A.五光十色 B.元元本本 C.半斤八兩 D.不蔓不枝。　➡C
4.（　　　）「伯仲」之間，請寫出括號中的解釋。　➡老大和老二

解釋 軒：車前高起的地方。輊：車後高起的地方。指不分車子的高低。

詞源 清．薛雪．《一瓢詩話．卷一〇》：「杜少陵（杜甫）、李青蓮（李白號青蓮居士）雙峰並峙（峙，音ㄓˋ，立），不可軒輊。」大意是說：杜甫及李白，一位詩聖，一位詩仙，兩人並立時，實在無法分出他們的才智高低。

用法 形容兩人的才氣難以分出高下。

範例 你跟他的能力不分軒輊，應該互相砥礪，才能更加進步。

不相上下 ㄅㄨˋ ㄒㄧㄤ ㄕㄤˋ ㄒㄧㄚˋ

解釋 指分不出優劣、高低、勝負等。

詞源 《野叟曝言．五三回》：「父親米崇，富而慳（慳，音ㄑㄧㄢ，貪取；吝嗇）吝，與吳江田有謀，性情心術，不相上下。」大意是說：父親米崇，雖然富有卻很吝嗇，他跟吳江田暗地裡有密謀，論性情跟居心，他們兩人是不分高下。

用法 形容程度相等。

範例 這兩家餐廳的菜色、價位和用餐氣氛都不相上下。

分庭抗禮 ㄈㄣ ㄊㄧㄥˊ ㄎㄤˋ ㄌㄧˇ

解釋 分庭：分別立於庭院之兩旁。抗禮：相互行對等禮的意思。指彼此分站庭院兩邊，行平等的禮節。

詞源 《莊子．漁父》：「萬乘（古代計算車子的數量單位。萬乘：引申作天子）之主，千乘（諸侯國）之君，見夫子未嘗不分庭抗禮。」大意是說：不管是天子或是諸侯，看到孔夫子一定得分站庭院兩邊，不管地位尊卑，都一視同仁地向他行最敬禮。

用法 形容不分大小，不管地位尊卑都一律平等。

範例 你太謙虛了！以您的學術地位，足以和眾大師分庭抗禮呢！

提示 「分庭抗禮」也作「分庭伉禮」。

半斤八兩 ㄅㄢˋ ㄐㄧㄣ ㄅㄚ ㄌㄧㄤˇ

解釋 半斤：即八兩。指半斤跟八兩是相等的重量。

詞源 《水滸傳．一〇七回》：「眾將看他兩個本事，都是半斤八兩的，打扮也差不多。」

用法 形容人的能力或狀況差不多。多用在貶義。

範例 你們兩個真是半斤八兩，連遲到早退的紀錄都差不多。

平分秋色 ㄆㄧㄥˊ ㄈㄣ ㄑㄧㄡ ㄙㄜˋ

解釋 本是共賞秋景的意思，後來指平均各得一半。

用法 形容兩人或兩方的實力難以分出高下。

範例 這兩幅水彩畫的構思與技巧皆平分秋色，所以紛紛獲選。

伯仲之間 ㄅㄛˊ ㄓㄨㄥˋ ㄓ ㄐㄧㄢ

解釋 伯仲：兄弟間的排行（伯、仲、叔、季）。指兄弟間的老大和老二。

詞源 唐．杜甫．《詠懷古蹟詩》：「伯仲之間見伊（伊尹，商朝人，曾佐湯伐桀）呂（呂尚，也就是姜子牙）。」大意是說：伊尹和呂尚的能力不分上下。

1. (　　　) 「棋鼓相當」，請改正這句成語中的錯字。　➡旗
2. (　　　) 「棋憑敵手」，請改正這句成語中的錯字。　➡逢
3. (　　　) 「式均立敵」，請改正這句成語中的錯字。　➡勢、力
4. (　　　) 難分「軒輊」，請寫出括號中的解釋。　➡高低
5. (　　　) 比喻與實際符合，叫□不□傳。　➡名、虛

用法 形容兩人的實力相當。

範例 這兩個國家的代表隊實力在伯仲之間，難以預測誰會奪冠。

旗鼓相當（ㄑㄧˊ ㄍㄨˇ ㄒㄧㄤ ㄉㄤ）

解釋 旗鼓：古代戰爭用的物品。指兩軍對峙，所用的旗、鼓數量相差不多。

詞源 《三國志．魏書．管輅（輅，音ㄌㄨˋ）傳》：「輅飲三杯之後，問子春：『今欲與輅為對者，若（你）府君四坐之士也？』子春曰：『吾欲自與卿旗鼓相當。』」大意是說：三國時代，管輅在十五歲就讀過許多書，當時琅琊太守單子春想見管輅，於是他的父親就帶他去拜見子春。管輅飲過三杯酒後，問子春說：「今天要跟我對答者是你府上坐在四邊的人嗎？」子春說：「我想要讓我方跟你的實力處在伯仲之間。」於是就跟賓客一起跟管輅對答。

用法 形容雙方勢均力敵。

範例 這兩隊的實力旗鼓相當，評審只好延長比賽時間。

棋逢敵手（ㄑㄧˊ ㄈㄥˊ ㄉㄧˊ ㄕㄡˇ）

解釋 逢：遭遇；遇到。敵：相當。指下棋時遭遇到實力相當的對手。

詞源 《說唐．六三回》：「（叔寶）也把槍相迎。正是棋逢敵手，將（將，音ㄐㄧㄤˋ）遇良才，兩人大戰三十餘合。」

用法 形容遇到相同實力的對手。

範例 這次比賽難得棋逢敵手，所以我雖敗猶榮。

勢均力敵（ㄕˋ ㄐㄩㄣ ㄌㄧˋ ㄉㄧˊ）

解釋 均：相當；平衡。敵：相當。指實力相差不多。

詞源 《宋史》：「呂惠卿始諂（諂，音ㄔㄢˇ，巴結；討好）事安石，及勢均力敵，則傾（傾，音ㄑㄧㄥ，陷害。）陷安石。」大意是說：呂惠卿一開始的時候極力巴結王安石，等到勢力與王安石相當之際，就陷害王安石。

用法 比喻分不出強弱。

範例 這支小球隊竟然和前冠軍隊勢均力敵，令人括目相看。

難分軒輊（ㄋㄢˊ ㄈㄣ ㄒㄩㄢ ㄓˋ）

解釋 軒輊：高低、好壞、勝負或優劣的意思。指很難分出好壞或高低。

用法 形容實力不相上下。

範例 學習過程中，如果可以遇見難分軒輊的同窗，是多麼幸運呀！

【造詣類】

(一)比喻「與實際符合」

名不虛傳（ㄇㄧㄥˊ ㄅㄨˋ ㄒㄩ ㄔㄨㄢˊ）

解釋 名：聲名。虛：不實在。指大家口耳相傳的名聲跟實際的情形一樣。

詞源 《水滸傳．十五回》：「阮氏三雄名不虛傳，且請到莊（鄉居的地方）裏說話。」

用法 形容實際的情況和流傳的名聲相當。

範例 人人誇獎大師的廚藝精湛，今日見識後，果然名不虛傳。

提示 「名不虛傳」也作「名不虛

1.（　　　）「名幅其實」，請改正這句成語中的錯字。　➡副
2.（　　　）「實致名歸」，請改正這句成語中的錯字。　➡至
3.（　　　）「大」而無當，請寫出括號中的解釋。　➡誇大
4.（　　　）羊「質」虎皮，請寫出括號中的解釋。　➡本性
5.（　　　）名「過」其實，請寫出括號中的解釋。　➡超過

立」。

名副其實（ㄇㄧㄥˊ ㄈㄨˋ ㄑㄧˊ ㄕˊ）

解釋 副：相稱；相符。指名聲跟實在的情形一致。

詞源 《歧路燈．五五回》：「名副其實。像你這樣好，誰敢輕薄（不正經；侮辱）了你。」

用法 比喻名聲和實際的情況一致。

範例 真正名副其實的領導人，必須具備膽識和眼光。

實至名歸（ㄕˊ ㄓˋ ㄇㄧㄥˊ ㄍㄨㄟ）

解釋 實至：實際上的情形已經如此。名歸：名聲自然就來。指現實生活已經達到某種成就，則相對的名聲就會出現。

用法 比喻擁有實際的成就後，就會有相對的名聲。

範例 這年輕人勤奮不懈地工作，後來成為實至名歸的企業家。

(二)比喻「與實際不符」

大而無當（ㄉㄚˋ ㄦˊ ㄨˊ ㄉㄤ）

解釋 大：誇大。當：邊際。指誇大而沒有邊際的言論。

用法 比喻大而不切實用。

範例 這篇文章雖然詞藻豔麗，卻脫離主題，可說是大而無當呀！

提示 「大而無當」的「當」讀作ㄉㄤ，不可以讀作ㄉㄤˋ。

文過其實（ㄨㄣˊ ㄍㄨㄛˋ ㄑㄧˊ ㄕˊ）

解釋 過：超過。指文章的內容已經跟實際情形脫節了。

詞源 范曄．《後漢書．卷二八（下）》：「顯宗即位，又多短（批評）衍（人名）以文過其實。」大意是說：顯宗即位後，又常常批評衍的文章與實際的情形脫節。

用法 比喻文章的內容描述超過實際的情況。

範例 這則廣告文過其實，已經遭新聞局取締。

名不副實（ㄇㄧㄥˊ ㄅㄨˋ ㄈㄨˋ ㄕˊ）

解釋 副：符合。指傳言的名聲跟實際情形並不相符。

詞源 《後漢書》：「盛名（很響亮的名聲）之下，其實難副。」大意是說：在大家相傳的響亮名聲下，其實有很多都不符合實際情況。

用法 比喻名聲和實際情形不一致。

範例 這個藥物的療效被大肆渲染，其實根本名不副實。

名過其實（ㄇㄧㄥˊ ㄍㄨㄛˋ ㄑㄧˊ ㄕˊ）

解釋 過：超過。指名聲已經超過實際的情形了。

詞源 漢．韓嬰．《韓詩外傳．卷一》：「祿（官員的薪俸）過（超越）其功者削（減），名過其實者損（減少；傷害）。」大意是說：官員沒有建立那麼大的功勞卻坐享高薪，應該要減薪，聲名已經超越他的實際成就時，就應該加以重新修正。

用法 比喻名聲超過實際情形。

範例 這部影片被影評人讚美是世紀鉅作，也未免太名過其實了。

羊質虎皮（ㄧㄤˊ ㄓˋ ㄏㄨˇ ㄆㄧˊ）

解釋 質：本性。指羊的外表雖然披上一件虎皮，卻仍然是一隻羊。

1. (　　)「金玉其外」常與□□□□連用。　➡敗絮其內
2. (　　)南「箕」北斗，請寫出括號中的注音和解釋。　➡ㄐㄧ、星宿名
3. (　　)「徒」有虛名，請寫出括號中的解釋和部首。　➡只有、彳部
4. (　　)文章若用太多的詞藻裝飾，反而顯得□□□□。空格中應填入 A.一知半解 B.華而不實 C.一覽無遺 D.人多嘴雜。　➡B

詞源　《法言》：「羊質而虎皮，見草而說（說，音ㄩㄝˋ，喜悅），見豺（豺狼）而戰（發抖），忘其皮之虎矣。」大意是說：羊的外表雖然披上虎皮，仍然是一隻羊，牠只要看到草就顯得高興，看到豺狼就害怕得直發抖，完全忘記牠只是在外表披上虎皮而已。

用法　比喻表裡不一的人。

範例　這本書雖猛打廣告，內容卻乏善可陳，恐怕是羊質虎皮罷了！

金玉其外 ㄐㄧㄣ ㄩˋ ㄑㄧˊ ㄨㄞˋ

解釋　指外表看起來如金玉一樣好看。

詞源　歐陽山．《三家巷》：「難怪人說長皮不長肉，中看不中吃，這才真是金玉其外，敗絮其中呢！」

用法　形容徒有好看的外表，其實內涵貧乏。

範例　人如果外表體面，卻滿嘴粗俗的話，就是金玉其外了。

提示　「金玉其外」通常與「敗絮其中」連用。

南箕北斗 ㄋㄢˊ ㄐㄧ ㄅㄟˇ ㄉㄡˇ

解釋　箕：星宿名，總共有四顆星，其形狀如簸（簸，音ㄅㄛˇ）箕。斗：星宿名，總共有六星，其形狀排列起來如斗一樣。指南邊是箕星，北邊是斗星。

詞源　《詩經．小雅．大東》：「唯（只）南有箕，不可以簸（揚去糠秕的器具）揚，唯北有斗，不可以挹（挹，音ㄧˋ，取）酒漿。」大意是說：西周王朝對東方鄰邊的小國常加以剝削，大家厭惡到極點，所以賦《大東》詩來諷刺西周天朝，內容是：南方的箕星，外表像簸箕，卻不能擁有簸箕的功能。北方天空中的斗星，形狀就像斗一樣，卻不能拿來取酒。他們以此詩來暗諷周朝的貴族完全不知民間的疾苦。

用法　比喻徒有虛名。

範例　這家餐廳真的遠近馳名嗎？我倒覺得是南箕北斗罷了！

徒有虛名 ㄊㄨˊ ㄧㄡˇ ㄒㄩ ㄇㄧㄥˊ

解釋　徒：只有；空有。指空有好名聲，卻沒有實際的作為。

詞源　《老殘遊記．七回》：「此人十四五歲時，在嵩山少林寺學棒拳，學了些時，學得徒有虛名，無甚出奇制勝（用奇妙的計謀去戰勝敵人）處。」

用法　形容口耳相傳的內容與實際的情形並不符合。

範例　這個鍋子號稱多用途，其實是徒有虛名，並不實用。

華而不實 ㄏㄨㄚˊ ㄦˊ ㄅㄨˋ ㄕˊ

解釋　華：浮華。實：實在。指浮華而不實在。

詞源　《左傳．文公五年》：「且華而不實，怨之所聚也。」大意是說：而且言過其實，怨恨就會隨之積聚。

用法　①比喻開花卻不結果實。②比喻表裡不一。

範例　文章若用太多的詞藻裝飾，反而顯得華而不實。

虛有其表 ㄒㄩ ㄧㄡˇ ㄑㄧˊ ㄅㄧㄠˇ

解釋　虛：不實在。指只有好看的外表，卻一點內涵也沒有。

1.（　　）比喻無人可及的成語有 A.一技之長 B.天下第一 C.天下無雙 D.有一無二。　➡B、C、D

2.（　　）形容難得出現，叫□前□後。　➡空、絕

3.（　　）蘇東坡的豪情才學，堪稱□□□□，空格中應填入 A.冠絕古今 B.火樹銀花 C.另眼相看 D.甘之如飴。　➡A

詞源 唐・鄭處海・《明皇雜錄》：「嵩既成（完成），上擲（丟）其草（草稿）於地曰：『虛有其表耳。』左右失笑。」大意是說：唐玄宗時，蕭嵩長得人高馬大，玄宗有意拔擢蘇頲（頲，音ㄊㄧㄥˇ）來當宰相，所以叫蕭嵩來寫詔書，蕭嵩寫完之後呈給玄宗過目，玄宗看完之後將其草稿丟在地上，說：「此人徒有好看的外表而已。」玄宗的左右護法聽了之後，都忍不住笑了出來。

用法 比喻外表好看，卻無實用。

範例 瞧他身材這麼結實，卻是個藥罐子，原來也是虛有其表。

(三)比喻「沒人比得上」

天下第一（ㄊㄧㄢ ㄒㄧㄚˋ ㄉㄧˋ ㄧ）

解釋 指在天地間無人可以比得上的意思。

詞源 《後漢書・李忠傳》：「三公（也就是太尉、司徒、司空）奏課（奏事），為天下第一。」

用法 比喻天下無人可比。

範例 米開朗基羅的「最後的審判」，被讚譽是天下第一的畫。

天下無雙（ㄊㄧㄢ ㄒㄧㄚˋ ㄨˊ ㄕㄨㄤ）

解釋 雙：兩人。指天底下找不到第二人。

詞源 《後漢書・黃香傳》：「黃香年十二，博學經典，究精道術，京師號（稱）曰：『天下無雙，江夏黃童（黃香）。』」大意是說：黃香十二歲時，對於經典書籍及道術就很有研究，所以住在京師一帶的人都稱：「江夏的黃香是世間第一。」

用法 形容才華獨特。

範例 你認為誰是天下無雙的藝術家呢？

有一無二（ㄧㄡˇ ㄧ ㄨˊ ㄦˋ）

解釋 指只有一個，找不到第二個了。

詞源 明・姚子翼・《遍地錦傳奇・勸主》：「似（像）這等才調（才學）也算得有一無二的了。」

用法 形容極為難得、罕見。

範例 「命運交響曲」所表現的力與美，真正是有一無二呢！

空前絕後（ㄎㄨㄥ ㄑㄧㄢˊ ㄐㄩㄝˊ ㄏㄡˋ）

解釋 空前：以前不曾出現。絕：斷。指以前不曾發生過，以後也不會出現。

詞源 《宣和畫譜》：「顧（東晉知名畫家顧愷之）空于前，張（南朝梁的畫家張僧繇（繇，音ㄧㄠˊ））絕於後，而道子（唐代知名畫家吳道子）乃兼而有之。」大意是說：東晉知名畫家顧愷之，以前都不曾出現過這樣的人才；南朝梁的名畫家張僧繇，其技巧高超，後人很難再出現這樣的人，雖然此二人的畫作已達登峰造極的境界，唐代的吳道子卻同時融合他們的優點。

用法 形容難得出現。

範例 蒙古草原的蒼狼成吉思汗，建立了空前絕後的大元帝國。

冠絕古今（ㄍㄨㄢˋ ㄐㄩㄝˊ ㄍㄨˇ ㄐㄧㄣ）

解釋 冠絕：超過別人，處於第一。指超越古今任何人，位處第一名。

詞源 宋・周密・《武林舊事・卷一》：「壽皇（宋孝宗）聖（大）

1.（　　　）「前無谷人」，請改正這句成語中的錯字。
2.（　　　）首屈「一指」，請寫出括號中的解釋。
3.（　　　）形容人的才能出眾，叫無□其□。
4.（　　　）無與「倫比」，請寫出括號中的解釋。
5.（　　　）「決無緊有」，請改正這句成語中的錯字。

➡古
➡大拇指
➡出、右
➡相當
➡絕、僅

孝，冠絕古今。」

用法 形容才能超越古代和現代的人。

範例 蘇東坡的豪情才學，堪稱冠絕古今。

提示 「冠絕古今」也作「冠絕當時」、「冠絕一時」。

前無古人

解釋 無：沒有。指從前沒有人曾經做到這樣。

詞源 宋．洪邁．《容齋四筆．有美堂詩》：「二者皆句語雄峻（威武正直），前無古人。」大意是說：這兩者的語句皆威武正直，從前都沒有人可以寫到這種地步。

用法 形容成就無人可及。

範例 漢朝司馬遷的「史記」，成就了前無古人的名山事業。

提示 「前無古人」常與「後無來者」連用。

首屈一指

解釋 首屈：首先彎曲。一指：大拇指。指計算東西的數量一定先彎大拇指。

詞源 清．周亮工．《讀書錄．趙文度》：「趙文度名左，華亭人。與董文敏同郡同時，筆墨亦相類（似），世人謂（說）開松江派者，首為屈指。」

用法 比喻最好的。

範例 唐代的山水詩人中，當推王維為首屈一指。

提示 「首屈一指」的「屈」不可以寫成「曲折」的「曲」。

無出其右

解釋 無：沒有。右：古代以右為尊。指沒有人可以比得上。

詞源 《史記．田叔列傳》：「上（帝王）盡召見，與（跟）語（語，音ㄩˋ，說），漢廷臣（朝廷中的臣子）無能出其右者。」大意是說：君王召見田叔等十餘人，並且跟他們說：「漢朝的臣子中，沒有一個人可以比得上你們。」

用法 形容人的才能出眾。

範例 關於無出其右這句讚美詞，我實在受之有愧。

提示 「無出其右」也作「無出其上」。

無與倫比

解釋 無：沒有。與：跟。倫比：相當。指沒有人或事可以相比較（匹敵）。

詞源 《舊唐書．郭子儀傳》：「動力（功勞）之盛，無與倫比。」

用法 形容沒有人或事物可以比得上。

範例 埃及的金字塔工程耗大，至今仍然是無與倫比的偉大建築。

絕無僅有

解釋 絕無：沒有。僅：只。指全部只有這一個，再也找不到其他的。

詞源 宋．包恢．《旌表陸氏門記》：「然則歷（經過）千餘載（年）而下，而乃有如（像）陸氏之門（家族；一家人）者，豈非（豈不是）世之寥寥（寥，音ㄌㄧㄠˊ，少的意思）乎絕無僅有。」大意是說：然而經過千餘年下來，而能夠像陸氏一家人者，豈不是世間少有？全部僅此一個，再也找不到其他的了。

1.（　　）以下哪些成語是屬於讚美詞A.口蜜腹劍B.數一數二C.獨一無二D.一掃而空。 ➡B、C

2.（　　）以下敘述何者正確A.「獨步天下」的「獨步」指僅踏出一步B.「舉世無倫」的相反成語是「並駕齊驅」C.「數一數二」中的「數」讀作ㄕㄨˋD.「青出於藍」的「出」是指出色。 ➡B、D

用法 形容極其少有。

範例 印度詩人泰戈爾的詩作，是世間絕無僅有的性靈佳作。

數一數二 ㄕㄨˇ ㄧ ㄕㄨˇ ㄦˋ

解釋 指縱然不是第一，也是第二。

詞源 元．戴善夫．《風光好》：「此乃金陵數一數二的歌者。」

用法 ①形容是最好的。②比喻逐項說明。

範例 這字帖是數一數二的書法名家顏真卿的真跡。

獨一無二 ㄉㄨˊ ㄧ ㄨˊ ㄦˋ

解釋 獨：只。指僅此一個，沒有第二個。

詞源 《二十年目睹之怪現狀．二六回》：「我的婆婆，我起先當是天下獨一無二的；到這裡來，見了乾娘，恰似一對。」

用法 形容唯一的。

範例 不是我吹噓，我家自製的泡菜是獨一無二的喲！

獨步天下 ㄉㄨˊ ㄅㄨˋ ㄊㄧㄢ ㄒㄧㄚˋ

解釋 獨步：超越眾人，居於領導的地位。指才能或技巧超越眾人，舉世無雙。

詞源 《後漢書．戴良傳》：「獨步天下，誰與為偶（相比）。」大意是說：謝季孝問戴良說：「當今天下誰可以跟你比擬？」戴良說：「我的成就有如孔子和大禹，才能已經超越眾人，還有誰可以跟我相比呢？」

用法 形容超凡出眾，天下第一。

範例 據說當年少林寺弟子的武功獨步天下，是真的嗎？

提示 「獨步天下」也作「獨步當時」。

舉世無倫 ㄐㄩˇ ㄕˋ ㄨˊ ㄌㄨㄣˊ

解釋 舉世：全世界。倫：相等；相當。指全世界沒有人可以相提並論的。

詞源 唐．白居易．《畫竹歌序》：「協律郎蕭悅善（擅長）畫竹，舉世無倫……有終歲（一整年）求其一竿一枝而不得者。」大意是說：協律郎蕭悅擅長畫竹子，他所畫的竹子，天底下沒有人可以比得上，……曾經有人向他索求畫作一整年，都沒有得到他的答應。

用法 形容極為出色，沒有其他的人或事物可以相比。

範例 中國的萬里長城是舉世無倫的防禦性建築。

提示 「舉世無倫」也作「舉世無雙」。

(四) 比喻「後者居上」

青出於藍 ㄑㄧㄥ ㄔㄨ ㄩˊ ㄌㄢˊ

解釋 青：靛青色。出：出色。藍：植物的名稱，可以提煉染料。指靛青色是從「藍」這種植物提煉出來的，但是顏色比「藍」更為出色。

詞源 《荀子．勸學》：「青，取之於藍，而青於藍；冰，水為之，而寒於水。」大意是說：靛青是從「藍」中提煉出來的，但是顏色比「藍」的色澤更加出色；冰是由水變來的，溫度卻比水更低。

用法 比喻後人勝於前人，學生勝過老師。

範例 各位同學加油！老師祝福大

1.（　　　）「後身可畏」，請改正這句成語中的錯字。 ➡生
2.（　　　）後來「居上」，請寫出括號中的解釋。 ➡趕上
3.（　　　）「長江後浪推前浪」這句話，可以用哪則成語來形容 A.一前一後 B.高高低低 C.首屈一指 D.後起之秀。 ➡D
4.（　　　）「自出機抒」，請改正這句成語中的錯字。 ➡杼

家前程似錦，青出於藍。

後生可畏 ㄏㄡˋ ㄕㄥ ㄎㄜˇ ㄨㄟˋ

解釋 後生：後輩；年青一代。指後輩的能力超越前人，值得前輩敬畏。

詞源 《論語．子罕》：「後生可畏，焉知（怎麼會知道）來者（後起之人）之不如今也。」大意是說：年輕人的能力超過前輩，值得前輩們敬畏，因此，怎知後起之人不會超過現今之人呢？

用法 比喻年輕人超越前輩。

範例 現今年輕人對電腦運用自如，令我直嘆後生可畏啊！

後來居上 ㄏㄡˋ ㄌㄞˊ ㄐㄩ ㄕㄤˋ

解釋 居上：趕上。指新進或資歷不深者竟然超越前輩。

詞源 《史記．汲黯傳》：「始（起初）黯列為九卿，而公孫弘、張湯為小吏，及弘、湯稍益（更加）貴（顯貴）……黯偏心……見上（皇帝），前言曰：『陛下（古代臣子對君王的稱呼）用羣臣如積薪（柴）耳，後來者居上。』」大意是說：起初汲黯被列為九卿，而公孫弘及張湯都還只是小官，等到他們兩人顯貴之後，汲黯就顯得不是滋味了，他到宮中面見皇上，開頭就說：「陛下任用臣子就好像堆積柴火一樣，新運送來的柴火反而堆積到舊的上面（言語中表現不滿之意）。

用法 比喻後起的反而超越前者。

範例 他並不擔心新人後來居上，而是害怕自己不求上進。

後起之秀 ㄏㄡˋ ㄑㄧˇ ㄓ ㄒㄧㄡˋ

解釋 起：崛起；興起。指較慢興起的優秀人物。

用法 形容較慢崛起的人，卻比前輩更有成就。

範例 俗話說：「長江後浪推前浪」，後起之秀表現得更出色。

(五) 比喻「自成風格」

另闢蹊徑 ㄌㄧㄥˋ ㄆㄧˋ ㄒㄧ ㄐㄧㄥˋ

解釋 闢：開闢。蹊徑：①小路。②做事的方法。指另外開創新的風格。

詞源 《晏子春秋雜上》：「昔（從前）者嬰之治阿（地名）也，築蹊徑，……而淫民（不正當的人）惡（討厭）之。」大意是說：從前晏嬰在阿縣當官時，用另一種方式來治理該地，……結果許多心術不正的人對他非常反感。

用法 形容重新創立風格。

範例 與其一味地模仿別人，不如另闢蹊徑，建立自我風格。

提示 「另闢蹊徑」的「蹊」不可以寫成「溪流」的「溪」。

打破成例 ㄉㄚˇ ㄆㄛˋ ㄔㄥˊ ㄌㄧˋ

解釋 成：固定的。指打破以往固定的慣例。

用法 形容另創新格，行事不同於以往的作風。

範例 立體派畫家以幾何圖形來表達形象，是打破成例的一種畫風。

提示 「打破成例」也作「打破慣例」。

自出機杼 ㄗˋ ㄔㄨ ㄐㄧ ㄓㄨˋ

解釋 機杼：本是織布的工具，後引申為文詞的結構。指在文詞方面

1.（　　）「自成一家」的相似成語是A.孤芳自賞B.自鳴得意C.自出新意D.自得其樂。 ➡C

2.（　　）「別出新裁」，請改正這句成語中的錯字。 ➡心

3.（　　）別具一「格」，請寫出括號中的解釋。 ➡風格

4.（　　）別樹一「幟」，請寫出括號中的注音和解釋。 ➡ㄓˋ、旗子

建構巧妙，頗有風格。

詞源《魏書．祖瑩傳》：「文章須自出機杼，成一家風骨（品格）。」大意是說：文章要自創新局，使成為獨特的品格。

用法 形容對事情有自己的看法及風格。

範例 雖然他的見解不夠成熟，卻能自出機杼，也值得鼓勵。

提示「自出機杼」的「杼」讀作ㄓㄨˋ，不可以讀作ㄕㄨ。

自成一家 ㄗˋ ㄔㄥˊ ㄧ ㄐㄧㄚ

解釋 指自己成為另一種學派或風格，跟別人有所區別。

詞源《舊唐書．柳公權傳》：「公權初學王書（王羲之的書法），遍閱近代筆法，體勢勁媚（雄勁嫵媚），自成一家。」

用法 形容在某種領域上有自己的見解和風格，並且受到認同。

範例 王羲之的書法自成一家，備受世人推崇。

提示「自成一家」也作「自出一家」、「自出新意」。

別出心裁 ㄅㄧㄝˊ ㄔㄨ ㄒㄧㄣ ㄘㄞˊ

解釋 心裁：心中的想法。指內心產生不同於人的構想。

詞源 明．李贄．《水滸全書發凡》：「今別出心裁，不依（遵循）舊樣。」大意是說：如今想出一種與眾不同的見解，完全不遵循舊思維。

用法 形容人獨創風格。

範例 這棟玻璃屋建築物，展現設計師別出心裁的風格。

提示「別出心裁」的「心」不可以寫成「日新又新」的「新」。

別具一格 ㄅㄧㄝˊ ㄐㄩˋ ㄧˋ ㄍㄜˊ

解釋 具：具備。格：風格。指另外創立新風格。

詞源 貢一梅．《絢麗奪目的歷史畫廊》：「李時珍是工藝美術作品中表現較多的題材，但作者匠心獨運（很巧妙而且獨特的文學、藝術構思），別具一格。」

用法 形容在藝術或文章方面別有風格。此句成語多用在繪畫或寫作方面。

範例 創作貴在別具一格，呈現獨特的構思藝術感。

別具隻眼 ㄅㄧㄝˊ ㄐㄩˋ ㄓ ㄧㄢˇ

解釋 隻眼：獨特的看法、見解。指對事物具有與眾不同的看法。

用法 形容見解與他人不同。

範例 他對時尚的流行趨勢，常有別具隻眼的見解。

別樹一幟 ㄅㄧㄝˊ ㄕㄨˋ ㄧˋ ㄓˋ

解釋 樹：建立。幟：旗子；派別。指另外建立屬於自己的派別。

詞源《漢書》：「古者大將，始（開始）獨樹麾（麾，音ㄏㄨㄟ，指揮軍隊的旗子）幟為一軍。」大意是說：古時候的大將軍，開始在軍隊中使用麾旗來指揮部隊。

用法 形容另外建立新風格或自成一家。

範例 他的作品向來大膽獨特，人人都稱是別樹一幟。

花樣翻新 ㄏㄨㄚ ㄧㄤˋ ㄈㄢ ㄒㄧㄣ

解釋 翻：徹底；完全。指完全改變舊的形式，使其變成新的式樣。

1.（　　　）「予眾不同」，請改正這句成語中的錯字。
2.（　　　）一「揮」而成，請寫出括號中的解釋。
3.（　　　）以下敘述何者錯誤A.「七步成詩」的才子是曹植B.王羲之「下筆千言」，其代表作是「赤壁賦」C.形容文思泉湧叫「下筆成章」D.「一揮而成」的反義是「江郎才盡」。

➡與
➡動筆
➡B

用法 形容不沿襲舊形式，而自創新的風格。

範例 世界知名魔術師的表演，年年花樣翻新，令人好不期待。

與眾不同（ㄩˇ ㄓㄨㄥˋ ㄅㄨˋ ㄊㄨㄥˊ）

解釋 眾：很多人。指跟一般人不同。

詞源 唐・白居易・《為宰相謝官表》：「臣今所獻，與眾不同。」

用法 形容人的個性、行為、處事態度、作品風格等，跟別人都不一樣。

範例 E世代的年輕人強調個人風格，在裝扮上力求與眾不同。

【文藝類】

(一)比喻「文思無阻礙」

一揮而成（ㄧ ㄏㄨㄟ ㄦˊ ㄔㄥˊ）

解釋 揮：動筆。成：完成。指一揮動筆，馬上就完成一件文學作品。

詞源 《宋史・文天祥傳》：「天祥……，其言萬餘，不為稿，一揮而成。」大意是說：文天祥為文萬餘字，事先都不擬草稿，一下筆，很快就完成作品。

用法 形容寫作的速度很快。

範例 整片白牆上的簡單線條，雖然是一揮而成，卻勁道十足。

提示 「一揮而成」也作「一揮而就」（就：完成）。

七步成詩（ㄑㄧ ㄅㄨˋ ㄔㄥˊ ㄕ）

解釋 指走七步，就可以作出一首詩。

詞源 朱自清・《誦讀教學》：「所謂『耳治』、『口治』、『目治』這誦讀教學三部曲，日漸純熟，則古人的『一目十行』、『七步成詩』並非難事。」

用法 形容寫作文章的速度快得驚人。

範例 這個少年文思敏捷，頗具有七步成詩的才華。

提示 「七步成詩」也作「七步成章」。

下筆千言（ㄒㄧㄚˋ ㄅㄧˇ ㄑㄧㄢ ㄧㄢˊ）

解釋 指一揮動筆，馬上就可以寫出千言的字句。

詞源 《醒世恆言・卷七》：「下筆千言立就（完成），揮毫（毛筆）四坐皆驚（驚訝）。」大意是說：一下筆馬上就寫出千言，大家看到這種寫作的速度都感到非常驚訝。

用法 形容下筆為文的迅速。

範例 王羲之下筆千言，今世人讚嘆不已。

提示 「下筆千言」也作「下筆萬言」。

下筆成章（ㄒㄧㄚˋ ㄅㄧˇ ㄔㄥˊ ㄓㄤ）

解釋 指毛筆一落，很快就寫好一篇文章。

詞源 《三國志・魏書・文帝紀》：「文帝天資（先天所具有的聰明才智）文藻（文章詞句），下筆成章。」大意是說：魏文帝對於文章的寫作特別具有天賦，所以一落筆就可以馬上寫好一篇文章。

用法 形容文思如泉水般，源源不絕。

範例 全國作文比賽的參賽者，個

1.（　　　）下筆便「就」，請寫出括號中的解釋。 ➡完成
2.（　　　）以下敘述何者正確A.「不假思索」是形容人考慮欠周全B.形容運用自如叫「心手相應」C.寫作時，最忌「文不加點」D.「下筆便就」的人，經常是錯字連篇。 ➡B
3.（　　　）文思「敏捷」，請寫出括號中的解釋。 ➡靈活

個都是下筆成章的好手。

提示「下筆成章」也作「下筆成文」、「下筆成篇」。

下筆便就 ㄒㄧㄚˋ ㄅㄧˇ ㄅㄧㄢˋ ㄐㄧㄡˋ

解釋 就：完成。指筆一落下，文章很快就完成了。

詞源《北史．魏收傳》：「收下筆便就，不立稿草，文將千言，所改無幾（沒有多少）。」大意是說：魏收一落筆，馬上就可以寫好文章，而且他為文之前從不擬草稿，文章寫了近一千句，也沒有做太多的修改。

用法 形容腦筋靈活，文思結構很敏捷。

範例 他在車上下筆便就，把今天的旅行經過寫成遊記。

不假思索 ㄅㄨˋ ㄐㄧㄚˇ ㄙ ㄙㄨㄛˇ

解釋 假：借。思索：思量。指不需要仔細思量，即能馬上反應。

詞源《鏡花緣．一三回》：「誰知他不假思索，舉（提）筆成文。」

用法 形容反應很快，不需要反覆考量。

範例 他每每微醺時，就不假思索地吟誦唐詩。

提示「不假思索」也作「不假思量」。

心手相應 ㄒㄧㄣ ㄕㄡˇ ㄒㄧㄤ ㄧㄥˋ

解釋 相應：相呼應。指心裡面想什麼，雙手馬上配合著做。

詞源《南宋．蕭子雲傳》：「帝嘗（曾經）論（評論）書曰：『筆力勁峻（雄健有力），心手相應。』」大意是說：武帝曾經誇獎蕭子雲所寫的書法，他說：「子雲的書法雄健有力，筆法純熟，已經到了隨心所欲的境界。」

用法 形容運用自如。

範例 詩仙李白才情揚溢，立筆即能心手相應，寫出千古的佳作。

文不加點 ㄨㄣˊ ㄅㄨˋ ㄐㄧㄚ ㄉㄧㄢˇ

解釋 加點：畫上筆墨，表示刪掉的意思。指在文章上面不畫上筆墨。

詞源 三國．魏．禰（禰，音ㄇㄧˊ）衡．《鸚鵡賦》：「衡因為賦（中國文學的韻文），筆不停綴，文不加點。」大意是說：禰衡寫韻文時，毛筆不曾停下來過，而且他所寫的文章從來都不需要修改，就很通順了。

用法 形容思緒敏捷，文筆通暢。

範例 寫作如何才能文不加點？當然是多讀、多聽、多寫嘍！

文思敏捷 ㄨㄣˊ ㄙ ㄇㄧㄣˇ ㄐㄧㄝˊ

解釋 敏捷：靈活；迅速。捷：快。指寫文章的思緒不但清楚，而且快速。

詞源《舊唐書．陸扆（扆，音ㄧˇ）傳》：「扆文思敏速，初無思慮，揮翰（毛筆）如飛，文理俱愜（愜，音ㄑㄧㄝˋ，滿足；合乎心意）。」大意是說：陸扆的文思暢快，一開始寫文章就不用多作考慮，雖然落筆好像在飛一樣，但是所寫出來的文章及條理，都令人非常的激賞。

用法 形容思路暢快，寫作可以一氣呵成。

範例 不要羨慕作家的文思敏捷，應該學習他們的創作不輟。

提示「文思敏捷」也作「才思敏

1.（　　）以下括號中何者為動詞A.文思泉「湧」B.「行」雲「流」水C.信手「拈」來D.振筆「疾」書。 ➡A、B、C

2.（　　）「走筆提詩」，請改正這句成語中的錯字。 ➡題

3.（　　）他埋首□□□□的認真模樣，成為鏡頭下的焦點。空格中應填入A.坐立難安B.兩眼無神C.眉來眼去D.振筆疾書。 ➡D

捷」。

文思泉湧（ㄨㄣˊ ㄙ ㄑㄩㄢˊ ㄩㄥˇ）

解釋　湧：水向上冒出來。指寫作文章的思緒就像泉水一樣，源源不斷地冒出來。

詞源　三國魏．曹植．《王仲宣誄》：「文如春華（華，音ㄏㄨㄚ。通「花」），思若泉湧。」大意是說：文章就如春天的花朵一樣，多彩多姿；而思緒就如泉水一樣，不斷地冒出來。

用法　形容思路沒有受到阻礙。

範例　「七步成詩」的曹植，下筆時文思泉湧，一氣呵成。

提示　「文思泉湧」也作「文思潮湧」。

行雲流水（ㄒㄧㄥˊ ㄩㄣˊ ㄌㄧㄡˊ ㄕㄨㄟˇ）

解釋　行雲：飄動的雲朵。指空中飄盪的雲彩及江川中的流水。

詞源　宋．蘇軾．《與謝民師推官書》：「所示（顯示）書教及詩賦雜文，觀之熟矣，大略如行雲流水。」大意是說：所展示的書有牽涉到詩賦及雜文，如果能詳加閱讀，對於寫作方面一定可以運用自如。

用法　①比喻沒有拘束。②比喻為文通暢。

範例　草聖張旭的書法，人人讚稱如行雲流水般豪邁奔放。

走筆題詩（ㄗㄡˇ ㄅㄧˇ ㄊㄧˊ ㄕ）

解釋　走筆：運筆很快。題：寫。指運筆自如，詩句或文章很快就寫好了。

詞源　元．馬致遠．《青山淚》：「愛他那走筆題詩，出口成章（讚美別人很有學問，說話也很有深度、涵養）。」

用法　形容文思通暢，沒有受到阻塞。

範例　瞧他走筆題詩的氣勢，也稱得上是奇才了。

提示　「走筆題詩」也作「走筆成章」。

信手拈來（ㄒㄧㄣˋ ㄕㄡˇ ㄋㄢˊ ㄌㄞˊ）

解釋　信：隨意。拈：以手指來拿取物品。指隨手就可以拿到所要的東西。

詞源　宋．嚴羽．《滄浪詩話》：「學詩有三節（段落）……及（等）其透澈，則七縱八橫（任意表現的意思），信手拈來，頭頭是道（條理分明的樣子）矣。」大意是說：學作詩詞要經過三個步驟，……等到了解清楚之後，則可以任意表現，就連身邊的東西都可以當作題材，而且作出來的詩詞也能條理分明。

用法　形容文思的通暢。

範例　大作家信手拈來的心情筆記，也別有一番風情。

提示　「信手拈來」的「拈」讀作ㄋㄢˊ，不可以讀作ㄋㄢˇ。

振筆疾書（ㄓㄣˋ ㄅㄧˇ ㄐㄧˊ ㄕㄨ）

解釋　振筆：因寫字而動筆。疾：快。通「急」。書：寫。指動筆快速寫字。

詞源　《清朝野史大觀．卷九》：「題紙一下，不可構思（運用心思去考慮），振筆疾書，奔往（速度很快）交卷。」大意是說：試卷一發下來，不能夠思考太久，必須快速寫完，並且馬上交回試卷。

1. （　　　）凡事只要勤加練習，一定能夠□□□□。空格中應填入 A.得心應手 B.唾手可得 C.爭先恐後 D.先入為主。 ➡A
2. （　　　）「揮灑」自如，請寫出括號中的解釋。 ➡寫字
3. （　　　）「筆瀚如流」，請改正這句成語中的錯字。 ➡翰
4. （　　　）「源泉萬壺」，請改正這句成語中的錯字。 ➡斛

用法 形容思緒無阻。

範例 他埋首振筆疾書的認真模樣，成為鏡頭下的焦點。

得心應手（ㄉㄜˊ ㄒㄧㄣ ㄧㄥˋ ㄕㄡˇ）

解釋 得心：指心中的想法。應手：手順應心中所想的去做事。指內心想到什麼事，手馬上就去做了。

詞源 《莊子》：「不徐（慢）不疾（快），得之於手，應之於心。」大意是說：做事很沉穩，不會緊張，因為已經很純熟。

用法 形容做事的技巧熟練。此語可用在各方面，包括寫作、演講、烹飪等。

範例 凡事只要勤加練習，一定能夠得心應手。

脫口成章（ㄊㄨㄛ ㄎㄡˇ ㄔㄥˊ ㄓㄤ）

解釋 脫口：不用考慮就說出口。指未經思考就說出來的話，依然可以成為文章。

詞源 宋．蘇軾．《黃州再祭文與可文》：「脫口成章，粲（美好鮮明）莫（不可）可耘（除）。」大意是說：可文的文思敏捷，是一位不可多得的人才，不應該如此早逝。

用法 形容文思敏捷。

範例 他才十歲，但是一上講臺演說，就脫口成章，毫不怯場。

提示 「脫口成章」也作「出口成章」。

揮灑自如（ㄏㄨㄟ ㄙㄚˇ ㄗˋ ㄖㄨˊ）

解釋 揮：動。灑：將墨潑散於紙上。揮灑：寫字的意思。指寫字的時候非常順暢。

詞源 《三國演義．五七回》：「揮灑自如，雅量（寬宏的度量）高致（高尚的旨趣）。」大意是說：寫作文章非常流利、順暢，為人也非常寬宏、高尚。

用法 ①形容為文流利，思緒流暢。②形容人的舉止從容、灑脫。

範例 他一提起彩筆便揮灑自如，頓時，畫紙上的鳥兒也鮮活起來。

提示 「揮灑自如」的「灑」不可以寫成「撒手人寰」的「撒」。

筆翰如流（ㄅㄧˇ ㄏㄢˋ ㄖㄨˊ ㄌㄧㄡˊ）

解釋 翰：也就是筆。指運筆為文，文思流暢，感覺好像水順勢向下一樣。

詞源 《晉書．陶侃傳》：「筆翰如流，未嘗壅（壅，音ㄩㄥ，堵塞）滯（滯，音ㄓˋ，不流通）。」大意是說：寫作文章就像水順勢向下游流去，非常的順暢，一點都不受到阻礙。

用法 形容寫作揮灑自如。

範例 新聞記者在現場筆翰如流，迅速地記下採訪的內容。

源泉萬斛（ㄩㄢˊ ㄑㄩㄢˊ ㄨㄢˋ ㄏㄨˊ）

解釋 源泉：本義是水的來源，後來也形容是事物的起源。斛：容量單位，古代以十斗為一斛。指源泉有十萬斗那麼多。

詞源 《蘇軾散文》：「吾文如萬斛源泉，不擇地皆可出。」大意是說：我的文章就如同十萬斗那麼大的水流，在任何地方都可以盡情地抒寫。

用法 形容寫作的詩意充實，層出不窮。

範例 這個暢銷小說家的靈感就像

1. (　　) 以下敘述何者正確A.「運筆如飛」是形容繪圖技巧高超B.獎賞「一字千金」的人是呂不韋C.王羲之的書法功力人稱「入木三分」D.「千古絕唱」的「絕」是沒有的意思。　➡B、C、D
2. (　　) 讚美別人的詩文精妙，叫□□俱香。　➡口舌
3. (　　)「大筆如喙」，請改正這句成語中的錯字。　➡椽

是源泉萬斛似的，令人讚嘆！

運筆如飛（ㄩㄣˋ ㄅㄧˇ ㄖㄨˊ ㄈㄟ）

解釋 運：使用。指用筆的速度有如在飛一樣。

用法 形容寫作文章的敏捷。

範例 當他靈感突然來的時候，只見他運筆如飛，一下子便寫了好幾頁稿紙。

(二)比喻「詩文書法精妙」

一字千金（ㄧˊ ㄗˋ ㄑㄧㄢ ㄐㄧㄣ）

解釋 指一個字的價值，足足有千金那麼多。

詞源 《史記．呂不韋列傳》：「呂不韋乃使（請）其客（賓客）人人著（寫）所聞，集論以為八覽、六論、十二紀，二十餘萬言。以為名天地萬物古今之事，號曰《呂氏春秋》。布（公布）咸陽市門，懸（掛）千金其上，延（請）諸侯游士賓客有能增損一字者予（給）千金。」大意是說：呂不韋請賓客們將所聽過的事情一一寫下來，收集而編成八覽、六論、十二紀，總共有二十多萬字，這些書記載了天地間的萬物和古今的事情，最後命名為《呂氏春秋》。呂不韋將這本書公布在咸陽市的城門上，並且在一旁懸掛千金，請諸侯及賓客們鑑賞，他說如果有誰可以在上頭加減一字，就致贈千金給對方。

用法 形容文章精妙，有很高的價值。

範例 司馬遷的「史記」，可說是一字千金的千古佳作。

入木三分（ㄖㄨˋ ㄇㄨˋ ㄙㄢ ㄈㄣ）

解釋 指滲入木中有三分那麼深。

詞源 唐．張懷瓘（瓘，音ㄍㄨㄢˋ）．《書斷．王羲之》：「晉帝時祭北郊，更（更，音ㄍㄥ，換）祝板（古代祭祀所使用的木板，上面寫有祭文），工人削（用刀斜刮）之，筆（筆的痕跡）入木三分。」大意是說：晉帝率文武官員在北郊祭神，命人更換王羲之所寫祝詞的木板，工人用刀子斜刮，發現他的筆跡滲入木板達三分深。

用法 ①形容書法的筆力雄勁。②形容對文章或事物的評論很精闢。③形容文章非常的生動。

範例 他的評論雖然寥寥數語，倒也入木三分。

千古絕唱（ㄑㄧㄢ ㄍㄨˇ ㄐㄩㄝˊ ㄔㄤˋ）

解釋 絕：沒有。指自古以來沒有人可以超過的一流作品。

詞源 蘇軾．《江月五首吟》：「杜子美（杜甫）云：『四更山吐月，殘夜（夜晚將結束）水明樓。』」大意是說：杜甫說：「四更天的明月好似剛被大山從嘴中吐出，水明樓在即將結束的夜色中顯得特別突出。」

用法 形容上等的佳作。

範例 蘇東坡的「念奴嬌」，氣勢澎湃，是千古絕唱的代表作。

口舌俱香（ㄎㄡˇ ㄕㄜˊ ㄐㄩˋ ㄒㄧㄤ）

解釋 俱：都；皆。指嘴巴和舌頭都很甜美。

用法 讚美別人的詩文精妙。

範例 這篇散文意境優美，讀來讓人口舌俱香，不禁一讀再讀。

大筆如椽（ㄉㄚˋ ㄅㄧˇ ㄖㄨˊ ㄔㄨㄢˊ）

1.（　　）以下敘述何者錯誤A.李白曾夢見所使用的筆頭長出花朵，所以有「生花妙筆」的美譽B.「好語如珠」的「珠」是指珍珠，比喻好的佳句就如珍珠一樣的美妙C.形容文章內容富變化叫「曲折有致」D.「百讀不厭」的「厭」是滿足的意思。　➡D

2.（　　）字字「珠璣」，請寫出括號中的解釋。　➡珠玉珍寶

解釋 椽：支撐屋頂的橫木。指寫作的大筆就像屋頂的橫木一樣。

詞源 《晉書．王珣傳》：「珣夢人以大筆如椽與（贈給）之，既覺（不久醒來），語人云：『此當有大手筆事。』俄而（不久）帝崩（死），……。」大意是說：王珣夢到有人贈送一支如屋梁般大小的筆給他，醒來之後，他告訴別人說：「這應該有大事要發生了。」果真不久之後，皇帝就駕崩了。

用法 形容書法遒勁有力，或文章氣勢非凡。

範例 柳公權大筆如椽，他所寫的書法，是許多人臨摹的範本。

生花妙筆（ㄕㄥ ㄏㄨㄚ ㄇㄧㄠˋ ㄅㄧˇ）

解釋 生：長。指筆頭長出花朵。

詞源 五代．王仁裕．《開元天寶遺事．夢筆頭生花》：「李太白少時夢所用之筆頭上生花，後天才贍（贍，音ㄕㄢˋ，豐富）逸（奔放），名聞天下。」大意是說：李白年少時夢到所使用的筆頭長出花朵，所以後來才學奔放，聲名為天下知。

用法 運用在稱讚人文思精妙，作品精彩方面。

範例 你想要寫出生花妙筆的好文章，就必須勤加練習。

提示 「生花妙筆」也作「妙筆生花」。

好語如珠（ㄏㄠˇ ㄩˇ ㄖㄨˊ ㄓㄨ）

解釋 珠：珍珠。指好的佳句就如珍珠一樣的美妙。

詞源 宋．蘇軾．《次韻答子由》：「好語如珠穿一一。」大意是說：詩文中的妙語很多，就像昂貴的珍珠被一顆一顆地串起來，連續不斷地出現。

用法 形容佳句連連。

範例 英國文學家莎士比亞的作品好語如珠，令人忍不住一讀再讀。

字字珠璣（ㄗˋ ㄗˋ ㄓㄨ ㄐㄧ）

解釋 珠璣：珠玉珍寶。指每個字都像珠玉珍寶般，價值很高。

詞源 《兒女英雄傳．第一回》：「怎奈他『文齊（文才足夠）福不至』，會試了幾次，任憑是篇篇錦繡（華美的意思），字字珠璣，會（會試）不上一名進士。」大意是說：奈何他空有文才，卻沒有福氣，一連參加幾次會試，儘管每一篇文章都很華美，也有參考的價值，就是沒有辦法在會試中得個進士。

用法 形容文章的優美。

範例 慈濟的靜語錄字字珠璣，帶給人們極大的啟發。

曲折有致（ㄑㄩ ㄓㄜˊ ㄧㄡˇ ㄓˋ）

解釋 曲折：委婉有變化。指文字或語言，委婉有變化，饒富風趣的意思。

用法 形容文章內容富變化。

範例 他的小說曲折有致，常令讀者愛不釋手。

百讀不厭（ㄅㄞˇ ㄉㄨˊ ㄅㄨˋ ㄧㄢˋ）

解釋 百讀：看過很多次。厭：討厭。指看過很多次也不會覺得厭倦。

詞源 朱自清．《論百讀不厭》：「為什麼一些作品有人『百讀不厭』，另一些卻有人不想讀第二遍呢……這些都值得我們思索一番。」

1.（　　）以下敘述何者正確A.「奇文共賞」中的「奇文」是指稀奇古怪的文章B.「奇文瑰句」中的「瑰」是指玫瑰花C.形容文詞精闢叫「金章玉句」D.「春華秋實」中的「華」同「花」，讀作ㄏㄨㄚ。　➡C、D

2.（　　）「迴腸當氣」，請改正這句成語中的錯字。　➡蕩

用法 形容詩文精妙，讓人看了回味無窮。

範例 「天方夜譚」的冒險故事和趣味情節，讓我百讀不厭。

奇文共賞 ㄑㄧˊ ㄨㄣˊ ㄍㄨㄥˋ ㄕㄤˇ

解釋 奇文：立論奇異的文章。指立論奇異的文章值得一起欣賞。

詞源 晉．陶潛．《移居》：「奇文共欣賞，疑義相與析。」大意是說：立論奇異的文章，大家一起共同品味，遇到有疑問的地方，也可以共同分析和討論。

用法 形容美妙的文章，大家共同賞析。

範例 這個網站上貼上去的文章真是五花八門、奇文共賞。

奇文瑰句 ㄑㄧˊ ㄨㄣˊ ㄍㄨㄟ ㄐㄩˋ

解釋 奇文：奇特美妙的文章。瑰：美好的；華麗的。指奇特的文章，華麗的詞句。

詞源 《元史．卷一九〇．儒學傳二．胡長孺傳》：「卓行（高超獨特的舉止）危論（正直不阿的言論），奇文瑰句，端平、嘉定間，士大夫皆自以為不可及。」

用法 比喻好文章。

範例 文學新人獎的得主信手捻來盡是奇文瑰句。

提示 「奇文瑰句」的「瑰」不可以寫成「規規矩矩」的「規」。

金章玉句 ㄐㄧㄣ ㄓㄤ ㄩˋ ㄐㄩˋ

解釋 指文章中的詞句有如金玉一樣美好。

用法 形容文詞精闢，具閱讀價值。

範例 「詩經」中的金章玉句，每每讓人回味無窮。

春華秋實 ㄔㄨㄣ ㄏㄨㄚ ㄑㄧㄡ ㄕˊ

解釋 華：同「花」。實：果實。指春天開的花和秋天結的果實。

詞源 北齊．顏之推．《顏氏家訓．勉學》：「夫學者猶（如同；就像）種樹也，春玩（賞玩）其華，秋登（收成）其實。講論文章，春華也；修身利行（行，音ㄒㄧㄥˋ，品行），秋實也。」

用法 形容文詞及品德。

範例 人難免一死，惟春華秋實般的才學和品格能流傳百世。

珠圓玉潤 ㄓㄨ ㄩㄢˊ ㄩˋ ㄖㄨㄣˋ

解釋 潤：光彩。指如同珠子般圓滑，像玉般有光澤。

詞源 清．周濟．《詞辨》：「北宋詞多就景敘情，故珠圓玉潤。」大意是說：北宋的詩詞多以寫景及敘情為主，所以讀起來特別感到優美。

用法 形容詩文或歌聲的美妙。

範例 這首詩珠圓玉潤，讀起來琅琅上口。

迴腸蕩氣 ㄏㄨㄟˊ ㄔㄤˊ ㄉㄤˋ ㄑㄧˋ

解釋 迴：迴旋。通「回」。蕩：浮動；動搖。氣：心情。指迴旋的腸子及浮動的心情。

詞源 戰國楚．宋玉．《高唐賦》：「感心動耳，回腸蕩氣，孤子（孤兒）寡婦，寒心酸鼻（感動的樣子）。」大意是說：宋玉有一次跟楚襄王遊於雲夢之臺，宋玉為襄王賦高唐，內容包含高唐的景物、氣候以及悲鳴之聲，他說：「……因為心中非常地感動，所以心情起浮

1.（　　）形容用淺顯的文句來說深奧的道理，叫深□淺□。　➡入、出

2.（　　）以下敘述何者正確A.「羚羊掛角」本是指羚羊為了不留下足印，都將角掛在樹枝上，懸空入睡 B.解出「絕妙好辭」四字的是楊修C.形容人的文章氣勢非凡叫「筆掃千軍」D.「絲絲入扣」的「扣」是指扭扣。　➡A、B、C

不定，連孤兒寡婦都顯露悲鳴之聲。」

用法 形容詩文、表演或樂曲感人至深。

範例 這部電影描述的父子親情，極為迴腸蕩氣，深刻感人。

深入淺出（ㄕㄣ ㄖㄨˋ ㄑㄧㄢˇ ㄔㄨ）

解釋 指以簡單易懂的文字或言語，來表達深奧的道理。

用法 形容用淺顯的文句來說明深奧的意義。

範例 數學老師擅長用深入淺出的方法，來教導我們解題。

羚羊掛角（ㄌㄧㄥˊ ㄧㄤˊ ㄍㄨㄚˋ ㄐㄧㄠˇ）

解釋 羚羊：一種形狀似鹿又像山羊的哺乳動物。掛角：將角掛在樹木上。指晚上羚羊睡覺時，將角掛在樹上，並使其腳不落於地，以免留下足印，遭敵人追蹤攻擊。

詞源 宋．嚴羽．《滄浪詩話．詩辨》：「詩者，吟咏（動聲叫吟，長言叫咏）情性也。盛唐諸人，唯（只）在興趣，羚羊掛角，無跡可求。」大意是說：所謂「詩」，是一種吟詠性情的文體，盛唐有很多詩人都因為興趣而特別喜歡吟詩作對，他們所作的詩，就像羚羊將角掛於樹上，意境高妙，不著痕跡。

用法 形容詩文精妙，意境超脫。

範例 我每每讀到羚羊掛角般的佳作時，都忍不住朗誦起來。

筆掃千軍（ㄅㄧˇ ㄙㄠˇ ㄑㄧㄢ ㄐㄩㄣ）

解釋 指運筆為文，就像橫掃千軍一樣。

詞源 元．李庭．《吊郭器之二首》：「筆掃千軍空自負（自以為有才能）。」大意是說：郭器的文章氣勢磅礡，卻只能自以為有才能，根本沒有人懂得欣賞。

用法 形容文章的氣勢非凡。

範例 這篇評論筆掃千軍，將時事剖析得鞭辟入裡。

絕妙好辭（ㄐㄩㄝˊ ㄇㄧㄠˋ ㄏㄠˇ ㄘˊ）

解釋 絕妙：極為精妙。辭：詞句；詩文。指極為精妙的詩文或詞句。

詞源 南朝宋．劉義慶．《世說新語．捷語》：「魏武嘗（曾經）過曹娥碑下，楊修從（跟隨）。碑背（後面）上見題（寫；刻）作『黃絹幼婦外孫齏（齏，音ㄐㄧ，粉碎；調和）臼（臼，音ㄐㄧㄡˋ，舂米的器具）』八字……修曰：『黃絹，色（有顏色）絲也，於字為絕；幼婦，少女也，於字為妙；外孫，女子也，於字為好；齏臼，受辛也，於字為辭。所謂絕妙好辭也。』」

用法 形容文詞極佳。

範例 詩仙李白的「靜夜思」是首絕妙好辭，千年來被吟唱至今。

提示 「咏」是「詠」的異體字。

絲絲入扣（ㄙ ㄙ ㄖㄨˋ ㄎㄡˋ）

解釋 扣：織布機上的零件。本作「筘」。指操作織布機時，每一條絲線都會從扣齒間經過。

詞源 朱自清．《經典常談．戰國策第八》：「蒯（蒯，音ㄎㄨㄞˇ）通那枝筆是很有力量的，鋪陳（文字的鋪張陳述）的偉麗，叱咤（咤，威風的氣概。同「吒」）的雄豪，固然傳達出來了，而那些曲折微妙的聲口，也絲絲入扣，千載（載，音ㄗㄞˇ，年的意思）如出。」

1. (　　　)「膾」炙人口，請寫出括號中的注音和解釋。 ➡ㄎㄨㄞˋ、細肉片
2. (　　　) 以下括號中何者為動詞 A.「擲」地金聲 B.文思「枯」窘 C.膾「炙」人口 D.江郎才「盡」。 ➡A、C、D
3. (　　　) 魏徵的「諫太宗十思疏」，□□□□，令人讚嘆。空格中應填入A.一字千金B.鞭辟入裡C.生花妙筆D.一面之詞。 ➡B

用法 形容詩文或文藝表演精妙，節拍有條不紊。

範例 「哈利波特」中有關魔法的情節，作者描述的絲絲入扣。

膾炙人口（ㄎㄨㄞˋ ㄓˋ ㄖㄣˊ ㄎㄡˇ）

解釋 膾：切的很細的肉片。炙：燒烤。指燒烤的細肉非常美味，受到大家的稱讚。

詞源 五代．王定保．《唐摭言．海敘不遇》：「李濤，長沙人也，篇咏（吟唱）甚著（著名），如『水聲長在耳，山色不離門』……又『落日長安道，秋槐（槐，音ㄏㄨㄞˊ，植物名稱）滿地花，皆膾炙人口。』」大意是說：李濤所作的詩句相當知名，例如：長久以來總能聽到流水聲在耳際作響，山中美景從自家門口即可一覽無遺……黃昏的日落照射在長安城的道路上，秋天的槐葉飄落，滿地都是花朵。這些詩句都寫得很精妙，因此能受到廣大群眾的喜愛。

用法 形容詩文受到眾人的喜愛。

範例 世界文學名著中，你認為最膾炙人口的是哪本書呢？

提示 「膾炙人口」的「膾」不可以寫成「檜木」的「檜」；「炙」不可以寫成「針灸」的「灸」。

擲地金聲（ㄓˋ ㄉㄧˋ ㄐㄧㄣ ㄕㄥ）

解釋 擲：丟。金聲：金石落地的聲音。指將東西丟於地，發出如金石碰地的聲音。

詞源 《晉書》：「孫綽（綽，音ㄔㄨㄛˋ）作天台山賦，辭致（招來；引用）甚工（精美），初成，以示（展示）友人范榮期云：『卿（你）試擲地，當作金石聲也。』」大意是說：孫綽寫了《天台山賦》，內容引辭非常美妙，剛完成時，他展示給朋友范榮期說：「你試著將這篇賦丟在地上，你一定會聽到如金石碰地的聲音。」

用法 形容文詞的華美。

範例 莎士比亞戲劇中的對白，讀來音韻優美，彷彿擲地金聲。

鞭辟入裡（ㄅㄧㄢ ㄅㄧˋ ㄖㄨˋ ㄌㄧˇ）

解釋 鞭：驅使。辟：明白；透徹。裡：內部。指驅使自己能透徹明白深層的事物。

詞源 朱自清．《山野掇（掇，音ㄉㄨㄛˊ）拾》：「他們的思力不足，不足（不能夠）剖析（分析）入微，鞭辟入裏。」

用法 形容詩文或言辭的內容深入、精妙。

範例 這人的文章句句鞭辟入裡，令評審們讚嘆不已。

提示 ①「裡」的異體字是「裏」。②「鞭辟入裏」的「辟」讀作ㄅㄧˋ，不可以讀作ㄆㄧˋ。

(三) 比喻「思緒枯竭」

文思枯窘（ㄨㄣˊ ㄙ ㄎㄨ ㄐㄩㄥˇ）

解釋 枯：空。窘：窮困；困迫。指文章的思路變得困迫，沒有靈感。

用法 形容思緒受到阻礙，沒有靈感。

範例 寫作的人最怕文思枯窘，所以得積極地汲取新知。

江郎才盡（ㄐㄧㄤ ㄌㄤˊ ㄘㄞˊ ㄐㄧㄣˋ）

解釋 江郎：南朝的文學家江淹，他於晚年時一直寫不出好的名句，

1.（　　）「筆重千均」，請改正這句成語中的錯字。 ➡鈞
2.（　　）「絞」盡腦汁，請寫出括號中的注音和解釋。 ➡ㄐㄧㄠˇ、用力
3.（　　）詩人□□□□，終於找到形容大自然之美的文字。空格中應填入A.交頭接耳B.匠心獨運C.沿門托缽D.搜索枯腸。 ➡D
4.（　　）形容靠寫作賺錢，叫心□筆□。 ➡織、耕

所以當時的人就認為他的才能已經用完了。盡：完。指江淹已經沒有才氣了。

詞源 南朝梁．鍾嶸．《詩品．齊光祿江淹》：「初，淹罷（辭去）宣城郡，遂宿（住）冶亭，夢一美丈夫（成年男子的通稱），自稱郭璞，謂（告訴）淹曰：『我有筆在卿（江淹）處多年矣，可以見還（還，音ㄏㄨㄢˊ，歸還）。』淹探（搜尋）懷中，得五色筆以授（給）之。爾後（往後）為詩，不復成語，故世傳江郎才盡。」大意是說：江淹辭官後，住宿在冶亭，晚上夢見有個外貌俊秀的男子，自稱叫郭璞，告訴他說：『我有一隻筆放在你那裡好幾年了，請歸還給我吧！』江淹搜尋自己身上，果然有一枝五色筆，於是歸還對方。從此以後，江淹再也寫不出好詩句了。因此人們就說他已經沒有才華了。

用法 形容人的思緒困窘。

範例 老作家因為擠不出靈感，而自嘲是江郎才盡了。

提示 「江郎才盡」也作「江郎才掩」。

筆重千鈞（ㄅㄧˇ ㄓㄨㄥˋ ㄑㄧㄢ ㄐㄩㄣ）

解釋 鈞：古代的重量單位，一鈞約有三十斤。指一支筆有三萬斤那麼重。

用法 拿起一支筆就覺得很重，形容手上雖然拿著筆，但是想不出東西可以寫。

範例 唉！我想提筆寫信，卻覺得筆重千鈞呀！

提示 「筆重千鈞」的「鈞」不可以寫成「平均」的「均」。

絞盡腦汁（ㄐㄧㄠˇ ㄐㄧㄣˋ ㄋㄠˇ ㄓ）

解釋 絞：用力。指用盡所有的腦力。

詞源 老舍．《四世同堂．偷生》：「唯其如此，他才更能顯出絞盡腦汁的樣子。」

用法 形容費盡精力去想事情。

範例 醫學專家絞盡腦汁才研發出抗SARS的藥劑。

搜索枯腸（ㄙㄡ ㄙㄨㄛˇ ㄎㄨ ㄔㄤˊ）

解釋 搜索：尋求。枯腸：文思枯竭。指挖空心思，極力地想。

詞源 《紅樓夢．八四回》：「寶玉只得答應著，低頭搜索枯腸。賈政背著手，也在門口站著作想。」

用法 形容文思枯竭。

範例 詩人搜索枯腸，終於找到形容大自然之美的文字。

提示 「搜索枯腸」也作「搜索刮肚」。

(四) 比喻「以寫作為生」

心織筆耕（ㄒㄧㄣ ㄓ ㄅㄧˇ ㄍㄥ）

解釋 織：組成。筆耕：文人以寫作過活。指用內心來織布，用筆來代耕。

詞源 《翰林盛事》：「王勃所至，請托為文，金帛（黃金與絹帛）盈積（充滿），人謂心織筆耕。」大意是說：王勃所到之處，大家都請托他寫文章，所以錢財累積非常多，因此人們就稱他是靠寫作維持生計的人。

用法 形容靠寫作賺錢。

範例 我的志願是成為大作家，靠心織筆耕闖出一片天。

1. （　　）形容著書立作，能夠流傳千古，叫□□事業。 ➡名山
2. （　　）「煮字聊肌」，請改正這句成語中的錯字。 ➡療
3. （　　）以下成語何者是形容以寫作為生A.一字千金B.不識之無C.筆耕硯田D.賣文為活。 ➡C、D
4. （　　）形容寫文章毫無重點，叫三□無□。 ➡紙、驢

名山事業（ㄇㄧㄥˊ ㄕㄢ ㄕˋ ㄧㄝˋ）

解釋 名山：①有名氣的山。②縣名，位居四川境內，在縣的西北有一「名山」，也叫作「雞鳴山」。指古代帝王藏書的地方，後也指著作立說。

詞源 《史記．太史公自序》：「藏之名山，副（分開）在京師，俟（等待）後世聖人君子。」大意是說：秦代焚書坑儒後，到了漢朝，太史公父子（司馬談及司馬遷）就開始搜尋已經散失的資料，最後寫成《太史公書》，以補遺缺，他們將書藏於名山中，有些則放在京師，目的是為了等待後世聖人能夠繼續補不足的地方。

用法 形容著書立作，能夠流傳千古，就像名山一樣，永久不衰。

範例 寫歷史是一種名山事業的神聖任務，絲毫馬虎不得。

煮字療飢（ㄓㄨˇ ㄗˋ ㄌㄧㄠˊ ㄐㄧ）

解釋 療飢：解飢；充飢。指靠煮字來充飢。

詞源 宋．黃庚．《雜咏詩》：「耽（沉迷）書自笑已成癖（癖，音ㄆㄧˇ，嗜好），煮字原來不療飢。」大意是說：沉迷書堆中自嘲已成習慣，原來靠寫作維生並不能過好的生活。

用法 形容讀書人靠寫作為生，生活卻過得非常貧困。

範例 他在求學時，以煮字療飢的方式，賺取微薄的生活費。

筆耕硯田（ㄅㄧˇ ㄍㄥ ㄧㄢˋ ㄊㄧㄢˊ）

解釋 筆耕：以筆來代耕，指文人靠寫作過活。硯：磨墨的工具。指用筆代耕，用硯台當田地。

用法 形容文人靠寫作來維持生計。

範例 他雖然是農家子弟，卻選擇筆耕硯田，成為文壇的園丁。

賣文為活（ㄇㄞˋ ㄨㄣˊ ㄨㄟˊ ㄏㄨㄛˊ）

解釋 指文人靠寫文章度日。

詞源 唐．杜甫．《聞斛斯六官未歸》：「本賣文為活，翻（反而）令（使得）室倒懸（表示日子過得困苦）。」大意是說：本來以賣文章來過生活，後來竟使生活過得很困苦。

用法 形容讀書人以寫作為生。

範例 古代讀書人如果不能在朝為官，只好以賣文為活。

提示 「賣文為活」也作「賣文為生」。

(五)比喻「文章書法拙劣」

三紙無驢（ㄙㄢ ㄓˇ ㄨˊ ㄌㄩˊ）

解釋 三紙：三張紙。無驢：都沒有出現「驢」字。指寫了三張的契約，卻都沒有出現「驢」字。

詞源 北齊．顏之推．《顏氏家訓．勉學》：「鄴下彥云：『博士買驢，書卷三紙，未有（無）驢字。』」大意是說：以前的人買賣動物一定要立下契約，某次，有一位博士要買一頭驢，結果契約書連寫了三張，卻都沒有提到半個「驢」字。

用法 形容廢話太多，沒有說到或寫到重點。

範例 這篇名為有機健康飲食的文章，根本三紙無驢，贅文太多了！

1.（　　　）千篇一律「律」，請寫出括號中的解釋。 ➡法則
2.（　　　）不「著」邊際，請寫出括號中的注音和解釋。 ➡ㄓㄨㄛˊ、碰
3.（　　　）「平舖直序」，請改正這句成語中的錯字。 ➡敘
4.（　　　）形容內容過於老套，叫□□文章。 ➡刻板
5.（　　　）空洞「無物」，請寫出括號中的解釋。 ➡沒有內容

千篇一律（ㄑㄧㄢ ㄆㄧㄢ ㄧˊ ㄌㄩˋ）

解釋 律：法則；規範。指千篇的文章都是同個規範。

詞源 梁．鍾嶸．《詩品》：「謝康樂云：『張公（張華）雖複（繁多）千篇，猶一體（同一種體裁）耳。』」大意是說：張華雖然寫了很多的文章，但是格式都差不多，沒有特別的變化。

用法 形容說話、寫作等沒有變化。

範例 這類偶像劇都是千篇一律的情節，沒什麼新鮮感。

不著邊際（ㄅㄨˋ ㄓㄨㄛˊ ㄅㄧㄢ ㄐㄧˋ）

解釋 著：碰。邊際：邊緣。指連邊都沾不上。

用法 ①形容天馬行空地說些不實際的話。②形容文章不實際，偏離主題。

範例 請你直接切入主題，別說些不著邊際的應酬話。

文不對題（ㄨㄣˊ ㄅㄨˊ ㄉㄨㄟˋ ㄊㄧˊ）

解釋 指文章的內容跟主題相去甚遠。

用法 形容文章所表達的內容跟主題毫無關係。

範例 作文題目是「春天」，你卻寫如何愛護動物，顯然文不對題。

平鋪直敘（ㄆㄧㄥˊ ㄆㄨ ㄓˊ ㄒㄩˋ）

解釋 鋪：文字的排列。敘：說。指文字的排列非常平淡，沒有曲折變化。

詞源 清．錢謙益．《讀蘇長公文》：「吾讀子瞻（蘇軾）《司馬溫公行狀》《富鄭公神道碑》之類，平鋪直敘，如萬斛（斛，音ㄏㄨˊ，古代十斗為一斛）水銀，隨地湧出。」大意是說：我曾經讀過蘇軾所寫的《司馬溫公行狀》、《富鄭公神道碑》之類的文章，不但沒有重點，內容也無起伏變化，就像十萬斗的水銀從地面湧出一樣。

用法 形容文章的單調。

範例 這篇小說的劇情和對白都太平鋪直敘了！

刻板文章（ㄎㄜˋ ㄅㄢˇ ㄨㄣˊ ㄓㄤ）

解釋 刻板：①由木板所刻的文章。②指呆板而沒有變化的文章。

用法 形容內容過於老套。

範例 寫作時如果只是注重形式，那就很容易流於刻板文章了。

空洞無物（ㄎㄨㄥ ㄉㄨㄥˋ ㄨˊ ㄨˋ）

解釋 空洞：形容文章沒有內容。指空無所有，沒有看到實質的內涵。

詞源 南朝宋．劉義慶．《世說新語．排調》：「王丞相（王導）枕（枕，音ㄓㄣˋ，靠近）周伯仁膝，指其腹曰：『卿（你）此中何有物？』答曰：『此中空洞無物，然容卿輩數百人。』」大意是說：王導靠近周伯仁的膝蓋，指著他的小肚子說：「你這裡邊裝些什麼東西呢？」周伯仁說：「這裡邊沒有任何東西，但是可以容下數百個像丞相這樣的人。」

用法 形容文章沒有實質的內容。

範例 這個網站的內容空洞無物，都是些老掉牙的資料。

長篇大論（ㄔㄤˊ ㄆㄧㄢ ㄉㄚˋ ㄌㄨㄣˋ）

解釋 指文章的篇幅很長，內容也

1.（　　）「春引秋蛇」，請改正這句成語中的錯字。➡蚓
2.（　　）「枯躁無味」，請改正這句成語中的錯字。➡燥
3.（　　）以下敘述何者正確A.「風花雪月」可以形容四季的美景，或形容空洞的詞句B.「浮光掠影」的「掠影」是指陰影C.「豔語」是指華麗的詞句D.「索然」是說完全沒有的意思。➡A、B、D

多贅言。

用法 形容文章多是無關緊要的字句。

範例 我對長篇大論的演講，一點都不感興趣。

春蚓秋蛇（ㄔㄨㄣ ㄧㄣˇ ㄑㄧㄡ ㄕㄜˊ）

解釋 指春天的蚯蚓和秋天的長蛇。

詞源 《晉書・王羲之傳》：「子雲……然僅得成書，無丈夫之氣，行行若縈（縈，音ㄧㄥˊ，纏繞）春蚓，字字如綰（綰，音ㄨㄢˇ，盤繞）秋蛇。」大意是說：子雲寫的書法，從字體來看，一點都沒有大丈夫的豪氣，其形狀就像春蚓及秋蛇纏繞，一點力道也沒有。

用法 蚯蚓和蛇類都會蜷曲在一起，顯得沒有活力。此語是形容書法沒有力勁。

範例 你寫的字好像春蚓秋蛇，感覺軟弱無力。

枯燥無味（ㄎㄨ ㄗㄠˋ ㄨˊ ㄨㄟˋ）

解釋 枯燥：沒有趣味。指一點趣味性也沒有。

用法 形容文章的內容呆板。

範例 這本小說枯燥無味，並不值得閱讀呀！

提示 「枯燥無味」的「燥」不可以寫成「心浮氣躁」的「躁」。

風花雪月（ㄈㄥ ㄏㄨㄚ ㄒㄩㄝˇ ㄩㄝˋ）

解釋 指風中飄飛的花和雪中的月色。

詞源 宋・周行己・《與佛月大師書》：「昔（從前）齊己號（稱）詩僧也，不過（只不過是）風花雪月巧句，而於格（格調）又頗俗。」大意是說：從前齊己號稱是詩聖，然而他的文章只不過是些空洞的字詞罷了，不但沒有格調，內容又很俗氣。

用法 ①形容四季的自然美景。②形容內容空洞、浮華的詞句。③形容極為淫逸的荒唐生活。

範例 你們難道一輩子都想過這種風花雪月，沒有意義的日子嗎？

浮光掠影（ㄈㄨˊ ㄍㄨㄤ ㄌㄩㄝˋ ㄧㄥˇ）

解釋 浮光：水面上反射的光線。掠影：一閃就消失的影子。指如同水面的反光，一掠過去就不見了。

詞源 清・馮班・《滄浪詩話糾謬》：「滄浪論詩，正是浮光掠影，如（好像）有所見，其實腳跟未曾點（著）地。」

用法 形容文章的言論淺顯。

範例 這篇報導只是浮光掠影地點出問題，並沒有深入的剖析。

提示 「浮光掠影」的「掠」不可以寫成「約略」的「略」。

浮詞豔語（ㄈㄨˊ ㄘˊ ㄧㄢˋ ㄩˇ）

解釋 浮詞：指浮泛不切實際的言論。豔語：華麗的詞句。指內容不切實際而且多華麗的詞句。

用法 形容華而不實的詞語，沒有參考的價值。

範例 文章貴在思想的表達，而非堆砌浮詞豔語。

索然無味（ㄙㄨㄛˇ ㄖㄢˊ ㄨˊ ㄨㄟˋ）

解釋 索然：①冷清。②全然。指完全沒有趣味。

詞源 魯迅・《燈下漫筆》：「到中國看辮子，到日本看木屐（音ㄐㄧ，木頭底的鞋子），到高麗看笠

1. （　　）以下敘述何者錯誤A.「連篇累牘」的「累」音ㄌㄟˇ，指堆積 B.牘，音ㄉㄨˊ，指書信 C.形容空洞的文句叫陳詞濫調 D.「無病呻吟」是比喻快死亡。　➡D
2. （　　）「勾章極句」，請改正這句成語中的錯字。　➡鉤、棘
3. （　　）「段章取義」，請改正這句成語中的錯字。　➡斷

子，倘若（假如）服飾一樣，便索然無味了。」

用法 形容文章的內容或現實的事物沒有趣味性。

範例 如果又是索然無味的購物行程，我就不參加了。

連篇累牘（ㄌㄧㄢˊ ㄆㄧㄢ ㄌㄟˇ ㄉㄨˊ）

解釋 連篇：好多篇；整篇。累：堆積。牘：書信。指整篇文章看起來非常的冗長。

詞源 梁啟超．《新中國未來記．緒言》：「編中往往多載法律章程演說論文等，連篇累牘，毫無趣味。」

用法 形容文章太長，而且內容多為空言。

範例 這篇文稿過於連篇累牘，麻煩你刪改，好嗎？

提示 「連篇累牘」的「累」讀作ㄌㄟˇ，不可以讀作ㄌㄟˋ。

陳詞濫調（ㄔㄣˊ ㄘˊ ㄌㄢˋ ㄉㄧㄠˋ）

解釋 陳詞：舊調子。濫：浮泛不實。指陳舊不合實際的文詞。

詞源 老舍．《人物、語言及其他》：「一千字的文章，我往往寫三天，第一天可能就寫成，第二天、第三天加工修改，把那些陳詞濫調及廢話都刪掉。」

用法 形容老舊、空泛的文詞或言語。

範例 老作家的文章中肯有力，非陳詞濫調的言論。

提示 「陳詞濫調」的「濫」不可以寫成「腐爛」的「爛」。

無病呻吟（ㄨˊ ㄅㄧㄥˋ ㄕㄣ ㄧㄣˊ）

解釋 呻吟：因為身體痛苦而發出叫聲。指身體沒有任何病痛，卻發出痛苦的叫聲。

詞源 清．劉熙載．《藝概．賦概》：「賦（文體的一種，用四言或六言組成韻文，鋪排敘事）必有關著自己痛癢（緊要）處，如嵇康《敘情》，向秀《感笛》豈（怎）可與無病呻吟者同語。」大意是說：書寫賦一定要寫到重點，像嵇康的《敘情》，向秀的《感笛》，怎麼可以拿那些缺乏內容的文章來相比呢？

用法 ①形容本來無事，卻故作嘆息聲。②形容沒有內容的感慨文章。

範例 我們應多閱讀勵志的作品，拒絕無病呻吟的書籍。

鉤章棘句（ㄍㄡ ㄓㄤ ㄐㄧˊ ㄐㄩˋ）

解釋 鉤：編織；組織。棘：困難。指編織文章及文字的困難。

詞源 《宋史．選舉志一》：「時進士益相習為奇僻（古怪罕見的字句），鉤章棘句。」

用法 形容文章的內容太過艱深。

範例 這些文章太鉤章棘句了，並不適合中小學生閱讀呀！

斷章取義（ㄉㄨㄢˋ ㄓㄤ ㄑㄩˇ ㄧˋ）

解釋 章：文章的段落。指截取文章的段落，並且取用其中的意義。

詞源 《左傳．襄公二十八年》：「賦《詩》斷章，余取所求焉。」大意是說：從《詩經》中截取一段文章，我索性就拿來用。

用法 形容只採用文章的段落，而不考量整篇文章的原意。

範例 新聞採訪若不謹慎，就容易犯斷章取義的毛病。

1.（　　）以下括號中的字何者為名詞A.斷「編」殘「簡」B.雜湊成「章」C.辭不「達」意D.「活」色生香。 ➡A、B

2.（　　）「活零活現」，請改正這句成語中的錯字。 ➡靈

3.（　　）□□□□的「翠玉白菜」，是藝術中的傑作。空格中應填入A.出水芙蓉B,出神入化C.栩栩如生D.古往今來。 ➡C

斷編殘簡（ㄉㄨㄢˋ ㄅㄧㄢ ㄘㄢˊ ㄐㄧㄢˇ）

解釋 編：用來貫穿竹簡的繩索。簡：古人用來寫字的竹冊。指貫穿竹簡的繩子斷掉，而竹冊自然也不完整了。

詞源 《宋史．歐陽脩傳》：「歐陽脩好（好，音ㄏㄠˋ，喜歡）古嗜（喜歡；熱愛）學，凡周漢以降（後），金石（青銅器及碑石篆刻的合稱）古文，斷編殘簡，一切掇（掇，音ㄉㄨㄛˊ，採取）拾……。」大意是說：歐陽脩喜歡研讀古文和求知，凡是周、漢以後的金石古文，不管文章是不是有脫落，他一律都加以收藏。

用法 形容書冊不完整，有殘缺。

範例 他的工作是負責整理和維護斷編殘簡的古書。

提示 「斷編殘簡」也作「斷簡殘編」。

雜湊成章（ㄗㄚˊ ㄘㄡˋ ㄔㄥˊ ㄓㄤ）

解釋 雜湊：不相同的東西，湊合在一塊。指將意思不相同的文章湊合成一本書。

用法 形容文章是拼湊成的。

範例 如果是雜湊成章的研究論文，就毫無意義了！

辭不達意（ㄘˊ ㄅㄨˋ ㄉㄚˊ ㄧˋ）

解釋 達：表達。指文章的詞句不能表達出主題。

詞源 魯迅．《兩地書》：「大概學作文的，總患辭不達意。」

用法 形容文章中的字句和主題不相干。

範例 我的稿件如果有辭不達意的字句，懇請您斧正。

提示 「辭不達意」也作「詞不達意」、「辭不逮意」（逮：音ㄉㄞˋ，達到的意思）。

(六)比喻「文章繪畫生動」

活色生香（ㄏㄨㄛˊ ㄙㄜˋ ㄕㄥ ㄒㄧㄤ）

解釋 指如同活的一樣，有美好的外表及香味。

詞源 元．王惲（惲，音ㄩㄣˋ）．《繁杏錦鳩圖》：「盡堪（能夠；可以）活色生香裏。」大意是說：所畫出來的內容生動活潑，就像活的一樣。

用法 形容詩文、繪畫生動活潑。

範例 達文西的「蒙娜麗莎」肖像畫，十分的活色生香。

活靈活現（ㄏㄨㄛˊ ㄌㄧㄥˊ ㄏㄨㄛˊ ㄒㄧㄢˋ）

解釋 指好像一個活的靈魂出現。

詞源 《初刻拍案驚奇．卷一四》：「大郊此時已被李氏附魂，活靈活現的說，驚得三魂俱（都）不在體了。」

用法 形容將事情描述的非常生動，好像就發生在眼前。

範例 哈！這本小說的主人翁彷彿活靈活現的出現在我面前呢！

提示 「活靈活現」也作「活眼活現」。

栩栩如生（ㄒㄩˇ ㄒㄩˇ ㄖㄨˊ ㄕㄥ）

解釋 栩栩：生動活潑貌。指內容生動活潑，就好像活的一樣。

詞源 《負曝閒談．二一回》：「雕刻就（完成）的山水、人物、翎（翎，音ㄌㄧㄥˊ，羽毛）毛、花卉，無不栩栩如生。」

用法 形容描繪刻畫的很生動。

1. (　　) 以下敘述何者錯誤A.蘇東坡曾讚美李白的詩，是詩中有畫，畫中的詩B.「維妙維肖」的「維」是副詞，非常的意思C.「躍然紙上」的「躍」是動詞，跳的意思D.比喻抄襲別人的作品叫「生吞活剝」。 ➡A、B

2. (　　) 「十人牙慧」，請改正這句成語中的錯字。 ➡拾

範例 故宮中栩栩如生的「翠玉白菜」，是藝術中的傑作。

提示 「栩栩如生」的「栩」讀作「ㄒㄩˇ」，不可以讀作「ㄩˇ」。

畫中有詩（ㄏㄨㄚˋ ㄓㄨㄥ ㄧㄡˇ ㄕ）

解釋 指繪畫中帶有詩的意境。

詞源 宋．蘇軾．《東坡題跋．畫摩詰〈藍關煙雨圖〉》：「味摩詰（王維）之詩，詩中有畫；觀摩詰之畫，畫中有詩。」大意是說：看王維所寫的詩，彷彿可以在詩中看到生動的畫景；而看王維的畫作，彷彿可以在畫中品味到詩的意境。

用法 形容人的繪畫作品呈現濃厚的詩意。

範例 我愛欣賞古畫，那畫中有詩的意境，多令人陶醉呀！

維妙維肖（ㄨㄟˊ ㄇㄧㄠˋ ㄨㄟˊ ㄒㄧㄠˋ）

解釋 維：文中的助詞，沒有意義。肖：神似；相像。指非常的美妙、神似。

詞源 清．馮鎮巒．《讀〈聊齋〉雜說》：「《聊齋》中間用字法，不過一二字，偶露句中，遂（竟然）已絕妙，形容維妙維肖，彷彿《水經注》造語（措辭）。」

用法 形容文章的描寫或技藝的模仿非常的傳神。

範例 蠟像館中的人像維妙維肖，我看得都傻眼了！

提示 「維妙維肖」的「肖」不可以寫成「開懷大笑」的「笑」。

躍然紙上（ㄩㄝˋ ㄖㄢˊ ㄓˇ ㄕㄤˋ）

解釋 躍：跳。指從文字或紙上跳躍出來。

用法 形容文字的傳神。

範例 「西遊記」書中的人物個個躍然紙上，好不鮮活呢！

(七) 比喻「抄襲他人作品」

生吞活剝（ㄕㄥ ㄊㄨㄣ ㄏㄨㄛˊ ㄅㄛ）

解釋 剝：削去。指活生生的削去，並且直接吞食。

詞源 唐．劉肅《大唐新語．諧謔》：「……有棗強尉張懷慶好偷（抄襲）名士文章，乃為詩曰：『生情鏤（鏤，音ㄌㄡˋ，刻）月成歌扇，出意裁（用剪刀將物品分開來）雲作舞衣，照鏡自憐（愛）回雪影，來時好取洛川（女神名）歸。』人謂之諺曰：『活剝王昌齡，生吞郭正一。』」大意是說：有一個名叫張懷慶的人喜歡抄襲名士的文章，他寫了一首詩說：「女子的手上持有刻月的圓扇，身上所穿的衣物好似雲彩所製成的，迴旋時如雪花飛舞身影，這是她面對鏡子，對自己非常滿意之處，所以該名女子就像從洛川回來的女神一樣。」由於這一段文字是抄襲前人的作品，所以大家都稱他為「活剝王昌齡，生吞郭正一」。

用法 形容直接引用他人的文章，當作是自己的作品。

範例 我們觀摩別人的佳作後，切不可生吞活剝喲！

拾人牙慧（ㄕˊ ㄖㄣˊ ㄧㄚˊ ㄏㄨㄟˋ）

解釋 拾：撿取；整理。牙慧：抄襲別人的東西。指撿取別人的文字或講話內容。

詞源 清．吳雷發．《說詩管蒯（蒯，音ㄎㄨㄞˇ）：「余（我）凡諸

1.（　　）「剿」說雷同，請寫出括號中的注音和解釋。 ➡ㄐㄧㄠˇ、侵襲
2.（　　）「落人窠舊」，請改正這句成語中的錯字。 ➡臼
3.（　　）比喻條理分明的成語有 A.一絲不苟 B.一絲一毫 C.井井有條 D.有條不紊。 ➡C、D
4.（　　）「條分婁析」，請改正這句成語中的錯字。 ➡縷

立論，斷（絕對）不肯拾人牙慧。」

用法 形容抄襲別人的言語、意見或著作。

範例 小說首獎得主謙虛地說，自己是拾人牙慧，還需要多磨練。

提示 「拾人牙慧」也作「拾人牙後」。

剿說雷同（ㄐㄧㄠˇ ㄕㄨㄛ ㄌㄟˊ ㄊㄨㄥˊ）

解釋 剿：侵襲。雷同：全部相同。指侵襲別人的東西，以致完全一樣。

用法 形容抄襲別人的意見或作品。

範例 這篇報告與前篇剿說雷同，你要如何解釋呢？

落人窠臼（ㄌㄨㄛˋ ㄖㄣˊ ㄎㄜ ㄐㄧㄡˋ）

解釋 窠臼：不能自創新格，而沿襲舊的東西。指落入別人已經擬定的格式，不能自創新的格調。

用法 形容抄襲別人現有的東西。

範例 這些文章明顯的落人窠臼，一點創意也沒有呀！

提示 「落人窠臼」的「窠」讀作ㄎㄜ，不可以讀作ㄔㄠ。

（八）比喻「條理分明」

井井有條（ㄐㄧㄥˇ ㄐㄧㄥˇ ㄧㄡˇ ㄊㄧㄠˊ）

解釋 井井：有條理而不亂。指看起來整齊、有條理而不紛亂。

詞源 宋．樓鑰．《通卲領判啟》：「井井有條而不紊（紊，音ㄨㄣˋ，混亂）。」

用法 形容文章的內容有條理。

範例 寫作的時候，先將大綱整理出來，便能井井有條地一一陳述。

提示 「井井有條」也作「井井有方」。

井然有序（ㄐㄧㄥˇ ㄖㄢˊ ㄧㄡˇ ㄒㄩˋ）

解釋 井然：整齊貌。指排列整齊而有秩序的樣子。

詞源 《金史．禮志一》：「凡事物名數……珠貫（像珠子連貫）棋布（像棋子一樣分布），井然有序。」

用法 形容條理分明，排列整齊。

範例 哇！你的房間井然有序，書籍也排放得好整齊喲！

有條不紊（ㄧㄡˇ ㄊㄧㄠˊ ㄅㄨˋ ㄨㄣˋ）

解釋 條：條理。紊：混亂。指有條理而不雜亂。

詞源 《尚書．盤庚上》：「若（就好像）網在綱（網上的粗繩），有條而不紊。」大意是說：就好像由粗繩所編織成的網子一樣，非常的整齊，一點也不覺得雜亂。

用法 形容做事或文章的內容不雜亂。

範例 她做事向來有條不紊，絲毫不含糊。

提示 「有條不紊」的「紊」讀作ㄨㄣˋ，不可以讀作ㄨㄣˊ。

條分縷析（ㄊㄧㄠˊ ㄈㄣ ㄌㄩˇ ㄒㄧ）

解釋 條分：條理分明。縷析：詳盡的分析。指條目分明，分析詳盡。

詞源 梁啟超．《變法通議．論譯書》：「凡譯此類書宜悉（全部）訪（參閱）內典分科（類別）之例（能作為標準的事物），條分縷析，庶（希望）易曉暢，省讀者心

1.（　　　）條理「秩」然，請寫出括號中的解釋。　➡有次序
2.（　　　）「整齊有敘」，請改正這句成語中的錯字。　➡序
3.（　　　）「羅烈成行」，請改正這句成語中的錯字。　➡列
4.（　　　）比喻藏書豐富叫左□右□。　➡圖、史
5.（　　　）「汗牛充洞」，請改正這句成語中的錯字。　➡棟

力。」大意是說：凡是翻譯這類文章，應該多參考其他種類的資料，文章應該條目文明，希望大家能一看就懂，這樣也省得讀者費心思去猜想。

用法 形容文章或處事條目清楚。

範例 圖書館的藏書條分縷析，搜尋時非常的方便。

條理秩然（ㄊㄧㄠˊ ㄌㄧˇ ㄓˋ ㄖㄢˊ）

解釋 秩：有次序。指條理分明，而且有秩序。

用法 形容處事或文章的層次分明。

範例 你的筆記整理得條理秩然，是同學的典範。

提示 「條理秩然」也作「條理井然」。

整齊有序（ㄓㄥˇ ㄑㄧˊ ㄧㄡˇ ㄒㄩˋ）

解釋 整齊：不亂的意思。指物品的排列有次序。

用法 形容事物的排列清楚。

範例 多年來，我每次讀到名言佳句，就整齊有序地記錄在筆記本。

羅列成行（ㄌㄨㄛˊ ㄌㄧㄝˋ ㄔㄥˊ ㄏㄤˊ）

解釋 羅列：物品及景物的排列很有層次。

詞源 《古雞鳴曲》：「鴛鴦（鴛鴦，音ㄩㄢ ㄧㄤ）七十二，羅列自成行。」大意是說：七十二隻鴛鴦，很有次序地排列成行。

用法 形容事物的編排，層次分明。

範例 書櫃上羅列成行的各種書籍，是我珍貴的收藏。

提示 ①「羅列」的「列」不可以寫成「激烈」的「烈」。②成「行」音ㄏㄤˊ，「行」人才讀作ㄒㄧㄥˊ。

(九)比喻「藏書豐富」

左圖右史（ㄗㄨㄛˇ ㄊㄨˊ ㄧㄡˋ ㄕˇ）

解釋 圖：圖書。史：史書。指左邊是圖書，右邊是史書。

詞源 《唐書．楊綰（綰，音ㄨㄢˇ）傳》：「楊綰性沉靜（不太喜歡說話），獨處一室，左右圖史……。」大意是說：楊綰是一位沉默寡言的人，他常將自己關在藏滿書冊的房中。

用法 形容收藏很多的書籍。

範例 他的家充滿書香，左圖右史般的環境，人也變得愛閱讀了。

汗牛充棟（ㄏㄢˋ ㄋㄧㄡˊ ㄔㄨㄥ ㄉㄨㄥˋ）

解釋 汗牛：牛累得出了汗。充棟：充滿屋子。指東西太多，充滿整個屋子，若以牛馬搬運，足以使其流汗。

詞源 唐．柳宗元．《陸文通先生墓表》：「其為書，處（放置）則充（積滿）棟宇（房屋），出（搬出）則汗牛馬。」大意是說：這麼多的藏書，放置在屋中可能占滿所有空間，搬出來則會累壞牛馬。

用法 形容藏書豐富。

範例 人生中最大的財富是金錢？或是汗牛充棟的藏書呢？

坐擁百城（ㄗㄨㄛˋ ㄩㄥ ㄅㄞˇ ㄔㄥˊ）

解釋 指擁有百座的城池。

詞源 《魏書．李謐傳》：「丈夫擁（擁有）書萬卷，何假（何必需要）南面（居高位的官員）百城。」大意是說：大丈夫只要擁有

1.（　　）「萬簽插架」，請改正這句成語中的錯字。 ➡籤

2.（　　）以下敘述何者正確 A.「夸父」的「父」音ㄈㄨˋ，是對老年人的稱呼 B.「螳臂擋車」是比喻人自不量力 C.「班門弄斧」中的「班」是指班固 D.「愚公移山」是比喻多管閒事。 ➡A、B

3.（　　）「蚍蜉憾樹」，請改正這句成語中的錯字。 ➡撼

萬卷書就夠了，何必要再統轄百城，當上高官呢？

用法 形容藏書很多。

範例 書房裡，我是坐擁百城的天之驕子，好不得意！

提示 「坐擁百城」也作「坐擁書城」。

萬籤插架（ㄨㄢˋ ㄑㄧㄢ ㄔㄚ ㄐㄧㄚˋ）

解釋 籤：作為識別的物品。架：書架。指書架上面擺著上萬隻的書籤。

詞源 唐．韓愈．《送諸葛覺往隨州讀書》：「鄴侯家多書，插架三萬軸（字畫卷的桿）。一一懸牙籤（用象牙做成的書籤），新若（好像）手未觸。」大意是說：鄴侯家中的藏書很多，書架上有三萬個字畫卷的桿，每一個都懸掛上象牙所做成的書籤，外表新穎，好像手都還沒有碰觸過一樣。

用法 形容收藏的書種繁多。

範例 從古代藏書樓的萬籤插架，可以一窺古人藏書的方法。

【才能類】

(一)比喻「自不量力」

夸父逐日（ㄎㄨㄚ ㄈㄨˋ ㄓㄨˊ ㄖˋ）

解釋 夸父：古代傳說中的人物。逐：追。指夸父盲目追日。

詞源 《山海經．海外北經》：「夸父與日逐走（競走），入（落）日，渴欲得飲，飲於河渭（黃河及渭水），河渭不足，北飲大澤（大的湖泊），未至，道（路上）渴而死……。」大意是說：夸父跟太陽比賽速度，太陽下山後，夸父口渴想喝水，他找到黃河及渭水後，一口氣就喝乾了，結果仍感到口渴，於是想跑到北邊的大湖中繼續飲用，沒想到在半路上就渴死了。

用法 形容做事之前，沒有先評估自我的能力。

範例 他是旱鴨子，卻誇口要橫越太平洋，真像夸父逐日呀！

提示 「夸父逐日」的「父」讀作ㄈㄨˋ。

自不量力（ㄗˋ ㄅㄨˋ ㄌㄧㄤˋ ㄌㄧˋ）

解釋 量：衡量；評估。指沒有評估過自己的能力高低。

詞源 《鏡花緣．一八回》：「可謂『螳臂擋車（用螳螂的前腿來擋住大的車子）』，自不量力。」大意是說：這可說用螳螂的前腿來擋住車子的去路，是無法辦到的。

用法 形容高估自我的能力。

範例 自不量力的人，往往是失敗的常客。

班門弄斧（ㄅㄢ ㄇㄣˊ ㄋㄨㄥˋ ㄈㄨˇ）

解釋 班：魯班，是春秋時代有名的木工。指在魯班的家門前玩弄斧頭。

詞源 唐．柳宗元．《王式伯仲唱和詩序》：「操斧於班、郢（楚國之都）之門。」

用法 形容在能手或行家的面前要小技。

範例 他在醫學專家面前，誇耀祖傳偏方，真是班門弄斧呀！

蚍蜉撼樹（ㄆㄧˊ ㄈㄨˊ ㄏㄢˋ ㄕㄨˋ）

解釋 蚍蜉：大的螞蟻。撼：搖動。指只是比較大隻的螞蟻，就想

1.（　　）以下敘述何者正確A.「螳臂當車」中的「當」，音當，同「擋」，阻止的意思B.「大材小用」中的「大材」是指上好的材料，引申作人才C.「大器小用」的「器」是指器物，同「氣」D.形容本領高的人，先略展才能叫牛刀小試。　➡A、B、D

2.（　　）形容所學用錯地方叫□刀割□。　➡牛、雞

要搖動樹木。

詞源《新編五代史平話・周史上》：「蚍蜉撼樹不知量（自我衡量）。」

用法 形容高估自己的能力。

範例 愚公移山雖然是蚍蜉撼樹，卻令人感動。

螳臂當車（ㄊㄤˊ ㄅㄧˋ ㄉㄤ ㄐㄩ）

解釋 螳臂：螳螂的前腿。當：阻止。同「擋」。指螳螂用前腿去阻礙車子的前進。

詞源《孽海花・二四回》：「他既要來螳臂當車，我何妨去全獅搏（搏，音ㄅㄛˊ，捕捉）兔。」

用法 比喻執意去做不可能達到的事情。

範例 凡事量力而為，千萬別做些螳臂當車的傻事呀！

提示「螳臂擋車」的「車」讀作ㄐㄩ。

(二)比喻「才能無法發揮」

大材小用（ㄉㄚˋ ㄘㄞˊ ㄒㄧㄠˇ ㄩㄥˋ）

解釋 大材：上好的材料。小用：只取一部分，沒有全部用完。指好的東西沒有全部用盡，只取一小部分，造成浪費。

詞源 宋・陸游・《送辛幼安殿傳造朝》：「大材小用古所嘆，管仲、蕭何實流（類）亞。」大意是說：大的材料卻用在小的地方，這是自古以來就覺得可惜之處，管仲及蕭何在從政之前就是屬於這一類的人。

用法 比喻沒有適當的機會可以發揮才能。

範例 他自願到深山教書，絲毫不認為自己是大材小用。

提示「大材小用」也作「大才小用」。

大器小用（ㄉㄚˋ ㄑㄧˋ ㄒㄧㄠˇ ㄩㄥˋ）

解釋 器：器物；器具。指大的器物卻只用在小的場合。

詞源《後漢書・邊讓傳》：「此言大器之於小用，固（所以）有所不宜（適當）也。」

用法 形容用人失當。

範例 他是高科技的人才，卻負責維修電腦，未免太大器小用了！

牛刀小試（ㄋㄧㄡˊ ㄉㄠ ㄒㄧㄠˇ ㄕˋ）

解釋 牛刀：專門宰殺牛隻的刀。小試：小小的試驗。指稍微試一下宰牛的刀子。

詞源 宋・蘇軾・《送歐陽主簿赴官韋城》：「讀遍牙籤（象牙做成的書籤）三萬軸（卷），欲（想要）來小邑（都城）試牛刀。」大意是說：讀完了家中三萬卷書，所以想先到小都城中來試試看自己所學的本領。

用法 ①形容本領高的人，先在小事上略展長才。②比喻大才小用。

範例 這工作只是讓你牛刀小試，日後還有其他重任呢！

牛刀割雞（ㄋㄧㄡˊ ㄉㄠ ㄍㄜ ㄐㄧ）

解釋 割：宰殺。指用殺牛的刀來宰殺雞隻。

詞源《論語・陽貨》：「夫子（孔子）莞爾（莞，音ㄨㄢˇ。莞爾：微笑）而笑，曰：『割雞焉（怎能）用牛刀？』」

用法 形容所學用錯地方。

範例 你空有一身好廚藝，卻在這

1.（　　）「牛頂烹雞」，請改正這句成語中的錯字。
2.（　　）「卞和泣壁」，請改正這句成語中的錯字。
3.（　　）以下敘述何者正確A.「孤芳自賞」中的「孤芳」是指西施B.「大才難用」是說優秀的人才都傲視甚高，不肯做小事C.卞和的雙手被楚主砍斷D.形容懷才不遇叫「明珠暗投」。

➡鼎
➡璧
➡D

裡當助手，真是牛刀割雞。

牛鼎烹雞（ㄋㄧㄡˊ ㄉㄧㄥˇ ㄆㄥ ㄐㄧ）

解釋 鼎：三足兩耳的烹煮器具。烹：煮。指以專門煮大牛的器具來煮雞。

詞源 《後漢書．邊讓傳》：「傳曰：『函（包容；容納）牛之鼎（烹具）以烹（煮）雞，多汁（液體）則淡而不可食，少汁則熬（煮乾了）而不可熟。』」大意是說：可以容納牛的烹調器具卻拿來煮雞，如果水加太多，則味道太淡不好吃，如果水加太少，則水都煮乾了，雞隻卻還沒有熟。

用法 形容才能無法充分發揮。

範例 你要加油喲！別一味地怨嘆自己是牛鼎烹雞了！

(三) 比喻「無發展的機會」

才大難用（ㄘㄞˊ ㄉㄚˋ ㄋㄢˊ ㄩㄥˋ）

解釋 指身懷才能的人反而不容易受到重用。

詞源 唐．杜甫．《古柏行》：「志士（具高尚志向及節操者）幽人（在深山隱居的人）莫怨嗟（怨嘆），古來才大難為用。」大意是說：具高尚節操及隱居山林的人不要怨嘆呀！因為自古以來，身懷才能的人大多不會受到重用。

用法 形容懷才卻沒有遇到伯樂賞識。

範例 社會不景氣，感嘆才大難用的人愈來愈多了。

提示 「才大難用」也作「材大難用」。

卞和泣璧（ㄅㄧㄢˋ ㄏㄜˊ ㄑㄧˋ ㄅㄧˋ）

解釋 卞和：春秋時獻璧給楚王，而被砍斷雙腳的人。璧：和氏璧。指卞和哭泣自己所獻的和氏璧被誤以為是石頭。

詞源 《韓非子．和氏》：「楚卞和得玉石，兩度獻給楚王，王誤以為石，先後被刖（刖，音ㄩㄝˋ，古代砍斷腳跟的酷刑）其左右足。卞和哭三日夜，人問之，曰：『吾非悲吾刖也（我不是悲泣我的雙腳被砍斷），悲夫寶玉而題（批評）之以石，貞士而名之以誑（誑，音ㄎㄨㄤˊ，欺騙）。』」大意是說：我不是哀傷自己的腳跟被砍斷，而是悲痛寶玉被批評是石頭，正直耿介的人卻被說是欺騙他人呀！

用法 比喻人才沒有受到重用。

範例 人一生難免會遇到卞和泣璧的遺憾，但是別被擊倒喲！

提示 「卞和泣璧」的「卞」不可以寫成「卡片」的「卡」。

孤芳自賞（ㄍㄨ ㄈㄤ ㄗˋ ㄕㄤˇ）

解釋 孤芳：獨一無二的美麗花朵。指美麗的花朵只能自己去欣賞。

詞源 清．蔣士銓．《香生》：「蘭生，妳孤芳自賞……此去塵寰（人間），須索（求）珍重。」

用法 ①形容懷才只有自己知道，卻沒有人重用。②形容人自命清高，一味地誇獎自己。

範例 你別灰心，千里馬終會遇見伯樂，不會永遠都孤芳自賞呀！

明珠暗投（ㄇㄧㄥˊ ㄓㄨ ㄢˋ ㄊㄡˊ）

解釋 明珠：明亮的珍珠。暗投：①往黑暗的地方投去。②暗中向人投擲。指暗中將會發光的珍珠向人

1.（　　）「刨瓜空懸」，請改正這句成語中的錯字。 ➡匏
2.（　　）「倉海遺珠」，請改正這句成語中的錯字。 ➡滄
3.（　　）形容沒有發展的機會叫懷□不□。 ➡才、遇
4.（　　）「力不重心」，請改正這句成語中的錯字。 ➡從
5.（　　）力不「勝」任，請寫出括號中的注音和解釋。 ➡ㄕㄥ、承擔

投去。

詞源《史記・鄒陽列傳》：「臣聞明月之珠，夜光之璧（玉的通稱），以暗投人於道路，人無不按（握著）劍相眄（眄，音ㄇㄧㄢˇ，斜著眼睛看）者，何者？無因（原因）而至前也。」大意是說：我聽說有一種會發光的珠子，及一種在夜間會發亮的玉器，如果暗中將它們投向人群，沒有一個人不立刻握著劍而東張西望，這是什麼原因呢？主要是因為大家都認為你別有居心，所以都不敢拾取。

用法 比喻人有才能，卻得不到重用。

範例 人若懷才不遇，明珠暗投時，更需要振作精神呀！

提示 「明珠暗投」也作「明珠投暗」。

匏瓜空懸 ㄆㄠˊ ㄍㄨㄚ ㄎㄨㄥ ㄒㄩㄢˊ

解釋 匏瓜：葫蘆的一種，又稱為瓢葫蘆，外殼可以作瓢，是一種不能食用的蔬果。懸：掛。指匏瓜成熟後雖然比葫蘆大，卻不能食用，只能空掛在瓜架上。

詞源《論語・陽貨》：「吾豈（怎是）匏瓜也哉，焉能（怎能）繫（掛）而不食？」大意是說：我怎能像匏瓜一樣，只是空掛在瓜架上面，卻不能食用呢？

用法 形容空有長才，卻得不到重用。

範例 他剛辭去工作不久，目前正待在家裡匏瓜空懸呢！

提示 「匏瓜空懸」的「匏」讀作ㄆㄠˊ，不可以讀作ㄅㄠ。

滄海遺珠 ㄘㄤ ㄏㄞˇ ㄧˊ ㄓㄨ

解釋 滄海：暗綠色的大海。遺珠：失落的珍珠。指珍珠在暗綠色的大海中被採收珍珠的人遺漏。

詞源《新唐書・狄仁傑傳》：「君（你）可謂滄海遺珠矣。」大意是說：你可以稱得上是大海中被遺漏的珍珠。

用法 形容人才被埋沒。

範例 這次應徵人數激增，錄取時難免會有滄海遺珠之憾。

懷才不遇 ㄏㄨㄞˊ ㄘㄞˊ ㄅㄨˋ ㄩˋ

解釋 指身懷才能，卻遇不到賞識的人。

詞源《古今小說・卷五》：「眼見別人才學萬倍不如他的，一個個出身通顯（顯達），享有爵祿，偏則（偏偏）自家懷才不遇。」

用法 形容沒有發展的機會。

範例 往往自認懷才不遇的人，其實是高估自己了！

㈣比喻「能力薄弱」

力不從心 ㄌㄧˋ ㄅㄨˋ ㄘㄨㄥˊ ㄒㄧㄣ

解釋 從：依順。指心中想做的事，卻沒有多餘的力量去完成。

詞源《官場現形記・二四回》：「無奈溥四爺提筆在手，欲寫力不從心，半天畫了兩畫，一個『麗』字寫死寫不對。」

用法 形容能力不足，無法完成心中的願望。有時也用在自謙方面。

範例 他夜以繼日的工作，最後感到力不從心了。

提示 「力不從心」也作「力不及心」、「力不逮心」。

力不勝任 ㄌㄧˋ ㄅㄨˋ ㄕㄥ ㄖㄣˋ

1. （　　　）自顧不「暇」，請寫出括號中的注音和解釋。　➡ㄒㄧㄚˊ、空間
2. （　　　）「束」手無策，請寫出括號中的部首和解釋。　➡木部、綑綁
3. （　　　）以下成語何者是比喻能力薄弱A.奄奄一息B.無能為力C.愛莫能助D.楚楚可憐。　➡B、C
4. （　　　）「三顧矛蘆」，請改正這句成語中的錯字。　➡茅蘆

解釋 勝任：承擔。指自己的能力不足以承擔事情。

詞源 《周易．繫詞下》：「言不勝其任也。」

用法 形容能力不足，不能勝任某些職務或事情。有時也是自謙的說詞。

範例 他因為沒有助手幫忙，漸漸覺得力不勝任了。

提示 「力不勝任」的「勝」讀作ㄕㄥ，不可以讀作ㄕㄥˋ。

自顧不暇（ㄗˋ ㄍㄨˋ ㄅㄨˋ ㄒㄧㄚˊ）

解釋 暇：空閒；多餘的時間。指沒有多餘的時間照顧自己。

詞源 清．陳天華．《獅子吼．第七回》：「彼（他們）自顧不暇，何有于漢人。」大意是說：他們都沒有空閒照顧自己了，哪有空來對付漢人呢？

用法 指沒有多餘的能力去幫助別人。

範例 我都已經自顧不暇了，怎麼可能有多餘的錢可以借他呢？

提示 「自顧不暇」的「暇」不可以寫成「遐想」的「遐」。

束手無策（ㄕㄨˋ ㄕㄡˇ ㄨˊ ㄘㄜˋ）

解釋 束：綑綁。指雙手被綑綁，所以無計可施。

詞源 《宋季三朝政要》：「檜（秦檜）死而逆（叛賊）亮（金國的君王完顏亮）南牧（向南方入侵），孰（誰）不束手無策。」大意是說：秦檜死了之後，金王完顏亮立刻領軍南侵，朝中的大臣都無計可施，只能空著急。

用法 形容無法解決問題。

範例 這種罕見的疾病，醫師們個個束手無策。

無能為力（ㄨˊ ㄋㄥˊ ㄨㄟˊ ㄌㄧˋ）

解釋 指沒有辦法再使力氣去完成事情。

詞源 清．梁紹壬．《兩般秋雨庵隨筆．卷八》：「使（假使）兵餉（餉，音ㄒㄧㄤˇ，軍糧）頓竭（無；空），忠臣流涕頓足（腳碰觸地面）而嘆，無能為力，惟（只）有一死以報國。」大意是說：假如軍糧全部用完了，忠臣眼見城池就要失守，一定會流著眼淚，並且以腳跺地，感嘆地說：自己沒有任何能力去匡救國家，只好以死來報效了。

用法 形容沒有能力去解決問題。

範例 很抱歉！對於你的困難，我實在無能為力呀！

愛莫能助（ㄞˋ ㄇㄛˋ ㄋㄥˊ ㄓㄨˋ）

解釋 愛：憐憫；憐惜。莫：不能；無法。指只能在一旁憐惜，卻沒有給予協助。

詞源 《詩經．大雅．烝民》：「愛莫助之。」

用法 形容雖然有心去幫助別人，卻沒有多餘的能力。

範例 唉！你捅了這麼大的樓子，真的讓我愛莫能助。

【人才類】

㈠比喻「禮遇賢才」

三顧茅廬（ㄙㄢ ㄍㄨˋ ㄇㄠˊ ㄌㄨˊ）

解釋 三顧：三次光臨。茅廬：茅草所蓋的屋子。指三次光臨茅草

1. （　　　）「吐哺渥髮」，請改正這句成語中的錯字。　➡握
2. （　　　）「求瞼若渴」，請改正這句成語中的錯字。　➡賢
3. （　　　）「虛左以代」，請改正這句成語中的錯字。　➡待
4. （　　　）「需才恐急」，請改正這句成語中的錯字。　➡孔亟
5. （　　　）選賢「與」能，請寫出括號中的注音和解釋。　➡ㄩˇ、舉用

屋。

詞源 三國蜀・諸葛亮・《出師表》：「先帝不以（因為）臣卑鄙（地位低下），猥（音ㄨㄟˇ，鄙賤）自枉屈，三顧臣於草廬之中。」大意是說：先帝不因為我的身分低微，甘願降低自己的地位，三次到草屋中來請求我幫忙。

用法 形容求才若渴。

範例 籃球隊長三顧茅廬，才請到名教練來指導球技。

吐哺握髮 ㄊㄨˇ ㄅㄨˇ ㄨㄛˋ ㄈㄚˇ

解釋 吐哺：將口中咀嚼的食物吐出來。握髮：將正在洗的頭髮握起來。指將嘴巴正在吃的食物吐出來，將正在洗的頭髮用手握著。

詞源 《史記・魯世家》：「一沐三握髮，一飯三吐哺。」大意是說：周公沐浴一次要將頭髮撩起來三次，吃一頓飯要將嘴中的食物吐出來三次。

用法 形容當政者禮賢下士。

範例 人事主任吐哺握髮，希望能為公司招聘到人才。

求賢若渴 ㄑㄧㄡˊ ㄒㄧㄢˊ ㄖㄨㄛˋ ㄎㄜˇ

解釋 指求取賢才就好像人口渴的時候，想喝水那樣的急迫。

詞源 《隋書・韋世康傳》：「朕夙夜（日夜不停）庶幾（對賢人的讚語），求賢若渴，冀（希望）與公（你）共治天下，以致（求得）太平。」大意是說：我日夜不停地對賢人誇讚，那是因為極力想要求得賢能之才，希望你能與我共治天下，以求國家太平。

用法 形容極力想求得賢才。

範例 現在公司準備在國外開設分公司，所以求賢若渴。

虛左以待 ㄒㄩ ㄗㄨㄛˇ ㄧˇ ㄉㄞˋ

解釋 虛：空。左：古代以左位為大。指空下左位來等待賓客。

詞源 《東周列國志・九四回》：「諸（眾多）貴客見公子（古人對國君的稱呼）來往迎客，虛左以待。」

用法 形容為了愛才、惜才，於是將尊貴的位置留下，希望賢者能為己所用。

範例 敝公司虛左以待，歡迎有專長的人應徵。

網羅人才 ㄨㄤˇ ㄌㄨㄛˊ ㄖㄣˊ ㄘㄞˊ

解釋 網羅：羅致。指羅致有用的人才。

詞源 《漢書・王莽傳》：「網羅天才異能（特殊能力）之士。」

用法 形容求取賢才。

範例 他從社會各界網羅人才，希望能幫公司開拓事業版圖。

需才孔亟 ㄒㄩ ㄘㄞˊ ㄎㄨㄥˇ ㄐㄧˊ

解釋 孔亟：急切的樣子。指很急切地需要人才。

用法 形容求才的迫切。

範例 目前高科技產業需才孔亟，正是你發揮專長的好機會。

選賢與能 ㄒㄩㄢˇ ㄒㄧㄢˊ ㄩˇ ㄋㄥˊ

解釋 與：舉用。通「舉」。指選拔賢才，並且舉用有能力的人。

詞源 《禮記・禮運篇》：「大道（正大光明的道理）之行也，天下為公，選賢與能，講信修睦（講求信用，與鄰居建立和睦的關

1.（　　）人才「濟濟」，請寫出括號中的注音和解釋。 ➡ㄐㄧˇ ㄐㄧˇ，眾多

2.（　　）以下敘述何者正確A.「公門桃李」中的「公門」是指唐朝宰相狄仁傑的門下B.形容人才眾多叫「人盡其才」C.指聖明的女流之輩叫牝雞司晨D.明朝馬皇后人稱女中堯舜。 ➡A、B

3.（　　）「不節進士」，請改正這句成語中的錯字。 ➡櫛

係）。」大意是說：光明的正道要能施行，一定要做到幾點：天下一定為老百姓所共有，不能為少數的獨裁者所有；國家要選拔賢能的人來任用官職；大家要講求信用，與鄰居相處要建立和睦的關係。

用法 形容選用有德行、有能力的人。

範例 唯有選賢與能，國家才會愈來愈進步。

(二)比喻「人才很多」

人才濟濟（ㄖㄣˊ ㄘㄞˊ ㄐㄧˇ ㄐㄧˇ）

解釋 濟濟：眾多。指人才很多的意思。

詞源 《鏡花緣．六二回》：「閨臣（內臣）見人才濟濟，十分歡悅」。

用法 形容到處都是賢才。

範例 現在的社會人才濟濟，競爭的壓力也明顯增加。

公門桃李（ㄍㄨㄥ ㄇㄣˊ ㄊㄠˊ ㄌㄧˇ）

解釋 公門：本是政府的官署地，後引申作狄仁傑的門下。桃李：所教育的學生。指舊官署所培植出來的人才。

詞源 《資治通鑑．唐則天皇后久視元年》：「狄仁傑薦張柬之、桓彥範等，卒（最後）為名臣，或（有的人）謂仁傑曰：『天下桃李，悉在公門矣。』」大意是說：狄仁傑曾經推舉張柬之等人入朝，最後這些人都成為知名人物，有人告訴狄仁傑說：「天下最傑出的學生，都拜在你的門下了。」

用法 形容栽培了很多的人才。

範例 他在法政界數年，有許多名人是他的公門桃李。

濟濟多士（ㄐㄧˇ ㄐㄧˇ ㄉㄨㄛ ㄕˋ）

解釋 士：有學識及專才的人。指許多懷有學識及專才的人。

詞源 《詩經．大雅．文王》：「濟濟多士，文王以（因此）寧。」大意是說：文王的身邊因為有眾多人才的輔佐，所以能保有安寧。

用法 形容人才非常的多。

範例 這個醫療團隊濟濟多士，連國外都慕名前來求才。

(三)比喻「女子有才氣」

女中堯舜（ㄋㄩˇ ㄓㄨㄥ ㄧㄠˊ ㄕㄨㄣˋ）

解釋 堯舜：古代聖明的兩位君王。指聖明的女流之輩。

詞源 《宋史．英宗宣仁高皇后傳》：「哲宗嗣位（繼位），尊為太皇太后……臨政九年，朝廷清明，華夏（中國）綏定（安定）……人以為女中堯舜。」

用法 形容女子能夠當權。此語多用在稱頌方面。

範例 英國女王備受人民愛戴，堪稱是女中堯舜。

不櫛進士（ㄅㄨˋ ㄐㄧㄝˊ ㄐㄧㄣˋ ㄕˋ）

解釋 櫛：梳理頭髮的用具。古代男子梳理頭髮後，會用髮髻加以固定。進士：科舉時代會試考上的人，通常都是男生。指沒有插上髮髻的進士。

詞源 清．王韜．《淞隱漫錄．華璘姑》：「父母尤鍾愛（喜愛）之，每（往往）謂人曰：『此吾家不櫛進士也。』」

1.（　　　）以下敘述何者錯誤A.「掃眉才子」是指濃眉的風流才子B.形容聲望極高叫「山斗之望」C.「夸父」和「漁父」都是指年紀大有聲譽的人D.「齒德俱尊」的「齒」是指年紀。 ➡A、C
2.（　　　）「年高德紹」，請改正這句成語中的錯字。 ➡劭
3.（　　　）「德榮望尊」，請改正這句成語中的錯字。 ➡隆

用法 形容負有才氣的女子。

範例 她考取名額有限的公費留學資格，真可說是不櫛進士。

掃眉才子（ㄙㄠˇ ㄇㄟˊ ㄘㄞˊ ㄗˇ）

解釋 掃眉：畫眉毛。指臉上有畫眉的才子。

詞源 《雲溪友議》：「掃眉才子知多少。」大意是說：有文才的女子到底有多少呢？

用法 對女才子的讚美用語。

範例 她是醫學院裡的掃眉才子。

【修身類】

㈠比喻「受人尊崇」

山斗之望（ㄕㄢ ㄉㄡˇ ㄓ ㄨㄤˋ）

解釋 山斗：泰山、北斗的簡稱。引申作受尊敬的人。指懷有泰山及北斗般的崇高聲望。

詞源 《文天祥文》：「山斗之望，彌（更加）久而彌窮（終極）。」大意是說：如泰山及北斗般的崇高聲望，經歷的時間愈久，就會累積的愈高。

用法 形容聲望極高。

範例 老先生有山斗之望，在鄉里非常的受尊敬。

年高德劭（ㄋㄧㄢˊ ㄍㄠ ㄉㄜˊ ㄕㄠˋ）

解釋 劭：高尚；美好。指年紀大，品德高尚。

詞源 宋．楊萬里．《太宜人蕭氏墓誌銘》：「吉州夫人年高德劭，應舊封太孺人（古代對大夫的妻子的稱呼；明清時七品官員的妻子的封號），再封太安人（宋徽宗時，命婦的封號）。」

用法 形容年紀大，有德望。

範例 廟裡的祭祀活動，依慣例都是由年高德劭的老先生擔任。

提示 「年高德卲」的「卲」不可以寫成「介紹」的「紹」。

德高望重（ㄉㄜˊ ㄍㄠ ㄨㄤˋ ㄓㄨㄥˋ）

解釋 指德行崇高，聲望顯隆。

詞源 《宋史．楊時傳》：「時未嘗求聞達（顯達；有聲名），而德望日重。」大意是說：楊時雖然不曾刻意求名聲顯達，德行及聲望卻日漸崇高。

用法 形容人有德行及聲譽。

範例 國策顧問都是由德高望重的賢達人士所擔任。

德隆望尊（ㄉㄜˊ ㄌㄨㄥˊ ㄨㄤˋ ㄗㄨㄣ）

解釋 德隆：品德高。尊：崇高。指品德及聲望皆崇高。

詞源 《宋濂送東陽馬生序》：「先達（有學問及道德的前輩）德隆望尊，門人弟子填（充滿）其室。」大意是說：有學問及道德的前輩，品德及聲望都十分的崇高，所以很多人都前來拜見在門下，成為其弟子。

用法 形容人德行好，為人又頗具聲望。

範例 他倆的婚禮，是請德隆望尊的老鄉長來主持。

齒德俱尊（ㄔˇ ㄉㄜˊ ㄐㄩ ㄗㄨㄣ）

1.（　　）以下成語何者是比喻人品高尚A.一片冰心B.一衣帶水C.山高水長D.先憂為樂。　➡A、C

2.（　　）光風「霽」月，請寫出括號中的注音和解釋。　➡ㄐㄧˋ、晴朗

3.（　　）蓮花有著□□□□般的高雅氣質，是花中的君子。空格中應填入A.三貞九烈B.八面玲瓏C.光明磊落D.冰清玉潔。　➡D

解釋 齒：年紀。德：德行。俱：都。尊：崇高。指年紀與德性皆很崇高。

詞源《明史．通俗演義．五十五回》：「公本齒德兼尊，應當（擔當）此任（任務）。」

用法 形容年紀增長時，德望也日漸尊崇。

範例 老校長齒德俱尊，對晚輩極為提拔。

(二)比喻「人品高尚」

一片冰心（ㄧ ㄆㄧㄢˋ ㄅㄧㄥ ㄒㄧㄣ）

解釋 冰心：指人品高潔，不熱中名利的心。指心中懷著高潔的心，沒有一絲的邪念。

詞源 唐．王昌齡．《芙蓉樓送辛漸》：「洛陽親友如相問，一片冰心在玉壺。」大意是說：洛陽的親友如果問起，就說我的心像一塊冰放入白玉做的壺中，那樣的晶瑩剔透。

用法 形容人的品性高尚，心中不懷邪念。

範例 師姊一片冰心，臉上總是掛著慈善的笑容。

山高水長（ㄕㄢ ㄍㄠ ㄕㄨㄟˇ ㄔㄤˊ）

解釋 指像山勢一樣高峻，像江水一樣長流。

詞源 宋．范仲淹．《桐廬郡嚴先生祠堂記》：「雲山蒼蒼（深青色），江水泱泱（水面寬廣貌），先生之風（風格），山高水長。」大意是說：雲氣跟山色呈現青綠的顏色，江水也顯得寬廣，先生的品格高尚，就像山一樣的高，像江水一樣的長流，真是影響後代至深啊！

用法 ①形容人品崇高，影響後代深遠。②形容彼此情誼深厚。

範例 老長官有著山高水長的品格，十分的受尊崇。

光風霽月（ㄍㄨㄤ ㄈㄥ ㄐㄧˋ ㄩㄝˋ）

解釋 光風：下過雨、雪之後，日出起風的涼爽狀態。霽：雨雪停了，天氣放晴。指下過雨雪之後，天氣放晴而且變得涼爽。

詞源 宋．黃庭堅．《濂溪詩序》：「春陵周茂叔，人品甚高，胸中灑落（態度豪爽，不受拘束）如光風霽月。」

用法 形容人的品格清高，氣度清朗。

範例 他胸懷坦蕩，性格灑脫，為人如光風霽月般高潔。

提示「光風霽月」的「霽」讀作ㄐㄧˋ，不可以讀作ㄑㄧˊ。

冰清玉潔（ㄅㄧㄥ ㄑㄧㄥ ㄩˋ ㄐㄧㄝˊ）

解釋 冰清：如同冰一樣的清澈。玉潔：像白玉一樣的純潔。指像冰般清澈，如玉般潔淨。

詞源《新論妄瑕》：「伯夷、叔齊冰清玉潔，義以不為（當）孤竹之嗣（嗣，音ㄙˋ，繼承），不食周粟（小米）。」大意是說：伯夷、叔齊本是兄弟，其父孤竹君將死的時候，立遺詔，將王位傳給叔齊，等孤竹君死後，叔齊將王位讓給伯夷，伯夷認為不可，於是逃離宮中，叔齊因為不想接掌，也跟著離開。周武王要討伐商朝時，這兩位兄弟一起叩馬向周武王進諫，最後沒得到採納，等到商朝滅亡，兩人隱居到首陽山，發誓不吃周朝的食

1. (　　　) 形容人的內心純正，叫冰□秋□。 ➡壺、月
2. (　　　) 以下敘述何者正確A.「行比伯夷」是形容人的品行高尚B.「壺」，士部，是一種口小腹大的器皿C.「抗節不附」的「抗」是抵抗的意思D.人們常用「松柏」來形容氣節高尚。 ➡A、B、D
3. (　　　) 君子「固」窮，請寫出括號中的解釋。 ➡堅定

物，僅採一些植物來吃，最後兩人就餓死了。

用法 形容人的品德高尚。

範例 蓮花有著冰清玉潔般的高雅氣質，是花中的君子。

提示 「冰清玉潔」也作「冰清玉潤」。

冰壺秋月 ㄅㄧㄥ ㄏㄨˊ ㄑㄧㄡ ㄩㄝˋ

解釋 冰壺：白玉壺。秋月：中秋夜的一輪明月。指潔白無瑕的白玉壺跟中秋月。

詞源 《宋史．李侗傳》：「願中（李侗的字）如冰壺秋月，瑩（光潔；透明）徹無瑕（缺點）。」大意是說：李侗是一個內心純正，品格高尚的人，他光潔如玉，在身上找不到任何缺點。

用法 形容人的內心純正。

範例 他為人高尚，如冰壺秋月，令人景仰。

行比伯夷 ㄒㄧㄥˋ ㄅㄧˇ ㄅㄛˊ ㄧˊ

解釋 伯夷：商代孤竹君的大兒子，原本其父立遺詔，將王位傳給其弟叔齊，但是叔齊認為伯夷比較適任，所以決定將王位讓予伯夷。伯夷為了怕叔齊三心二意，所以逃離宮中，隱居深山，沒想到叔齊也跟進。指高潔的德行足以媲美伯夷。

詞源 戰國楚．屈原．《九章．橘頌》：「年歲雖少，可師（學習；效法）長（長處）兮，行比伯夷，置（建立）以為象。」大意是說：對方年紀雖然很輕，但是可以學習他的長處，其品行高潔，可以媲美伯夷，可以拿來當作學習的對象。

用法 形容人的品行高尚。

範例 他將土地捐出來蓋圖書館，行比伯夷，令人敬佩。

提示 「行比伯夷」的「行」讀作ㄒㄧㄥˋ，不可以讀作ㄒㄧㄥˊ。

君子固窮 ㄐㄩㄣ ㄗˇ ㄍㄨˋ ㄑㄩㄥˊ

解釋 固：堅定。指君子雖然生活貧困，依然堅定自己的立場。

用法 形容人有德性，不因生活環境而改變立場。

範例 君子固窮，顏回在陋巷中的生活，更顯出君子的美德。

提示 「君子固窮」的「固」不可以寫成「故宮博物院」的「故」。

抗節不附 ㄎㄤˋ ㄐㄧㄝˊ ㄅㄨˋ ㄈㄨˋ

解釋 抗：高尚。通「亢」。指堅定自我的節操，不會任意臣服。

詞源 《漢書》：「惟（只有）陳咸抗節不附。」

用法 形容人不會受外在的因素影響。

範例 當大家都被利益矇住了雙眼，唯有他抗節不附，堅定信念。

和而不流 ㄏㄜˊ ㄦˊ ㄅㄨˋ ㄌㄧㄡˊ

解釋 和：和睦。不流：不同流合汙。指大家能夠和睦相處，不同流合汙。

用法 形容人處世不會隨波逐流。

範例 交朋友要懂得和而不流的原則，才不致誤入歧途。

松柏後凋 ㄙㄨㄥ ㄅㄛˊ ㄏㄡˋ ㄉㄧㄠ

解釋 凋：凋零；凋謝。指松柏雖經嚴冬，仍然不會凋謝。

詞源 唐．于兢．《王審知德政碑銘》：「松柏後凋，風雨如晦（晚上）。」大意是說：松柏經過嚴寒

1.（　　　）形容人的品格清高，叫□風□月。
2.（　　　）風「清」月朗，請寫出括號中的解釋。
3.（　　　）高山「景行」，請寫出括號中的解釋。
4.（　　　）「高情遠摯」，請改正這句成語中的錯字。
5.（　　　）高義「薄」雲，請寫出括號中的注音和解釋。

➡松、水
➡清爽
➡寬大的道路
➡致
➡ㄅㄛˊ、近

天氣的考驗，依然屹立不搖，儘管風雨如織，天昏地暗，松柏仍然不受影響。

用法 形容人的氣節高尚。

範例 當大家都順著潮流改變時，只有他松柏後凋，堅持理想。

松風水月（ㄙㄨㄥ ㄈㄥ ㄕㄨㄟˇ ㄩㄝˋ）

解釋 指松林間的輕風和湖水中的明月。

詞源 唐·李世民·《聖教序》：「松風水月，不足（能夠）比其清華（景物優美）。」

用法 形容人的品格清高。

範例 他晚年在寺廟修行，德行清逸有如松風水月。

風清月朗（ㄈㄥ ㄑㄧㄥ ㄩㄝˋ ㄌㄤˇ）

解釋 清：清爽。朗：明亮。指清爽的微風及明亮的月色。

詞源 元·王實甫·《西廂記》：「真一味風清月明（與「朗」同義）。」

用法 ①形容夜色的美麗。②形容人品崇高。

範例 老前輩風清月朗的品格，是後生學習的典範。

首陽高義（ㄕㄡˇ ㄧㄤˊ ㄍㄠ ㄧˋ）

解釋 首陽：首陽山，位居山西省，相傳此地為伯夷和叔齊隱居的地方。由於商朝被周武王所滅，兩人決定不再吃周朝的穀物，最後餓死於首陽山。

用法 形容人有崇高的品格及節操。

範例 古人首陽高義的故事，令人動容。

高山景行（ㄍㄠ ㄕㄢ ㄐㄧㄥˇ ㄒㄧㄥˊ）

解釋 景：大。景行：寬大的道路。指高峻的山，寬大的道路。

詞源 《詩經·小雅》：「高山仰（將臉朝上）止，景行行止，雖不能至，心嚮往（嚮，音ㄒㄧㄤˋ。嚮往：傾心）之。」大意是說：將臉仰望高峻的山，覺得不可能攀上頂峰；寬長的道路也不可能走完全程。即使不能實際完成目標，但是心中仍然很想嘗試。

用法 形容人行事光明磊落。

範例 古今中外，凡高山景行的賢士，必流芳千古。

高情遠致（ㄍㄠ ㄑㄧㄥˊ ㄩㄢˇ ㄓˋ）

解釋 高情：情懷高曠。遠致：意致深遠。指情懷高曠，興致超逸。

詞源 南朝宋·劉義慶·《世說新語·品藻》：「支道林問孫興公：『君何如許掾（掾，音ㄩㄢˋ）？』孫曰：『高情遠致，弟子早已服膺（膺，音ㄧㄥ，胸）。』」大意是說：支道林問孫興公說：「你認為許掾是怎樣的人？孫興公說：「許掾這個人具有高尚的品格及情操，弟子早就對他真心服從。」

用法 形容人的品格及情操值得尊崇。

範例 琴棋書畫等藝術的陶冶，可以培養出高情遠致的涵養。

提示 「高情遠致」也作「高情遠逸」。

高義薄雲（ㄍㄠ ㄧˋ ㄅㄛˊ ㄩㄣˊ）

解釋 高義：高深的義理。薄：近。指高深的義理，直逼雲層。

詞源 宋·魏了翁·《回生日啟》：「某官淡交如水（重視道

1.（　　　）「皎如日星」，請改正這句成語中的錯字。	➡皎
2.（　　　）形容人的節操高潔，叫□雲□月。	➡晴、秋
3.（　　　）以下敘述何者錯誤 A.白鶴比喻高潔 B.燕子比喻孝順 C.菊花比喻君子 D.鴛鴦比喻恩愛。	➡B
4.（　　　）蘭薰桂「馥」，請寫出括號中的注音和解釋。	➡ㄈㄨˋ、香氣

義，輕利益的交情），高義薄雲。」

用法 ①形容文章的意境高遠。②形容人講義氣。

範例 他在地方上素有高義薄雲的美稱，十分的受尊敬。

清高絕俗（ㄑㄧㄥ ㄍㄠ ㄐㄩㄝˊ ㄙㄨˊ）

解釋 清高：清明崇高。絕俗：超越世俗。指清明崇高，超越世俗的人。

詞源 杜甫．《永懷古跡》：「諸葛大名垂宇宙（地球及所有天體之間），宗臣（楊州人，字子相，嘉靖時的進士）遺像肅（莊嚴）清高。」

用法 形容人格脫俗。

範例 魏晉的竹林七賢隱逸於林野間，表現出清高絕俗的風格。

皎如日星（ㄐㄧㄠˇ ㄖㄨˊ ㄖˋ ㄒㄧㄥ）

解釋 皎：潔白的樣子。指潔白如天上的星星和太陽。

詞源 宋．邵博．《聞見後錄》：「皎如日星不容（允許）遺忘。」

用法 形容人的心胸坦白，心地光明磊落。

範例 凡品格皎如日星的歷史人物，都永遠受世人愛戴。

提示 「皎如日星」也作「皎如日月」。

晴雲秋月（ㄑㄧㄥˊ ㄩㄣˊ ㄑㄧㄡ ㄩㄝˋ）

解釋 晴雲：晴空所出現的飄雲。指晴空的飄雲，秋夜的明月。

詞源 《宋史．文同傳》：「自號（稱）笑笑先生，善詩文、篆隸（書體名）、行草、飛白（書法的筆法之一，筆畫中多空白）。文顏博守成都，奇（驚奇）之，致書（寫信）同曰：『與可襟韻灑落（心地光明磊落），如晴雲秋月，塵埃不到。』司馬光、蘇軾尤敬重之。」大意是說：文同自稱笑笑先生，他善於寫詩文、篆隸、行草、飛白等文藝，當時文顏博戍（戍，音ㄙㄨˋ）守成都，對文同的能力深表驚訝，曾經寫信給文同說：「你的心地純正而且光明磊落，如同晴天的白雲與秋夜的明月，俗世的塵埃無法汙染到你。」

用法 形容人的節操高潔。

範例 文天祥如晴雲秋月般的節操，是宋史中耀眼的一頁。

雲中白鶴（ㄩㄣˊ ㄓㄨㄥ ㄅㄞˊ ㄏㄜˋ）

解釋 指在雲中飛翔的白鶴。

詞源 《南史．劉訏（訏，音ㄒㄩ）傳》：「訏超超越俗（超脫塵世，不同於一般人），如半天朱霞（半空中的紅霞）。歊（歊，音ㄒㄧㄠ，氣上升貌）矯矯（身手不凡的樣子）出塵，如雲中白鶴。」大意是說：劉訏的品行超脫塵世，就像半空中的紅霞一樣；另外也像急速飛入雲中的白鶴。他的才能及品行出眾，跟一般人實有不同之處。

用法 形容志節脫俗。

範例 古畫中，如雲中白鶴的隱士，流露出自信的風采。

蘭薰桂馥（ㄌㄢˊ ㄒㄩㄣ ㄍㄨㄟˋ ㄈㄨˋ）

解釋 薰、馥：香氣。指蘭花與桂花所散發的香氣。

詞源 唐．駱賓王．《上齊州張司馬啟》：「博望侯之蘭薰桂馥。」大意是說：博望侯的節操清新，如蘭花和桂花所散發出來的香氣。

用法 ①比喻美德流傳後世。②形

1.（　　　）「下風替聽」，請改正這句成語中的錯字。
2.（　　　）「才輸學淺」，請改正這句成語中的錯字。
3.（　　　）「卑」以自牧，請寫出括號中的解釋。
4.（　　　）謙稱不擅長言語，叫□嘴□舌。
5.（　　　）「忘塵莫及」，請改正這句成語中的錯字。

➡逖
➡疏
➡謙虛
➡拙、笨
➡望

容人子孫昌茂。

範例 老先生以仁治家，子孫的品德如蘭薰桂馥受鄉里讚揚。

提示 「蘭薰桂馥」的「馥」讀作ㄈㄨˋ，不可以讀作ㄒㄧㄤ。

(三)比喻「為人謙虛」

下風逖聽（ㄒㄧㄚˋ ㄈㄥ ㄊㄧˋ ㄊㄧㄥ）

解釋 下風：在風的下面，指地位低下的意思。逖聽：在很遠的地方就已經聽到。指地位低的人，專心聽上級說話。

詞源 《左傳》：「羣臣敢（冒昧地）在下風。」大意是說：眾臣冒昧地站在風的下面，仔細聽君王說話。

用法 比喻謙虛的處事態度。

範例 十分感謝您的指導，我一定下風逖聽，虛心受教。

提示 「下風逖聽」的「逖」讀作ㄊㄧˋ，不可以讀作ㄉㄧˋ。

凡夫肉眼（ㄈㄢˊ ㄈㄨ ㄖㄡˋ ㄧㄢˇ）

解釋 凡夫：一般人。肉眼：人的眼睛，眼光平凡，沒有見識能力。指平凡人的眼睛。

詞源 宋・李覯（覯，音ㄍㄡˋ）《靈源洞》：「莫與凡夫肉眼窺（看）。」大意是說：不要用平凡的淺見來看待。

用法 謙稱自己「有眼無珠」的用語。

範例 我這篇評論僅是凡夫肉眼的淺見，還懇請您斧正。

提示 「凡夫肉眼」也作「凡夫俗眼」。

才疏學淺（ㄘㄞˊ ㄕㄨ ㄒㄩㄝˊ ㄑㄧㄢˇ）

解釋 疏：少。淺：淺薄。指才識少，所學不多。

詞源 《鏡花緣・五六回》：「妹子固（固然）才疏學淺，然亦不肯多讓（承讓）。」

用法 謙稱自己學問不豐富的表述。

範例 我才疏學淺，實在提不出精闢的意見。

卑以自牧（ㄅㄟ ㄧˇ ㄗˋ ㄇㄨˋ）

解釋 卑：謙沖。牧：養。指保有謙卑的態度，自我修養品德。

詞源 《易經・謙卦初六象辭》：「謙謙（謙遜之意）君子，卑以自牧也。」大意是說：謙遜的君子，常保有謙虛的態度，並且自我修養品德。

用法 形容謙虛自處。

範例 在這種人人強出鋒頭的環境下，他的卑以自牧更顯得可貴。

提示 「卑以自牧」也作「卑恭自牧」。

拙嘴笨舌（ㄓㄨㄛˊ ㄗㄨㄟˇ ㄅㄣˋ ㄕㄜˊ）

解釋 拙：不靈巧。指說話不靈巧的意思。

用法 謙稱自己不會說話。

範例 我真是拙嘴笨舌，連這麼簡單的話也說不好。

提示 「拙嘴笨舌」也作「拙嘴笨腮」。

望塵莫及（ㄨㄤˋ ㄔㄣˊ ㄇㄛˋ ㄐㄧˊ）

解釋 望塵：看著前面車子或行人走過，所飛揚起來的塵土。莫：無法。及：趕得上。指看到前人走過而揚起漫天塵土，自己卻無法趕得上他們。

1.（　　）以下敘述何者正確 A.想知道馬的年紀可看馬尾 B.「菲」是多音字，菲薄的「菲」音ㄈㄟˇ；芳菲的「菲」音ㄈㄟ C.「猥」是鄙賤的意思 D.形容虛心接受意見叫「虛己受人」。　➡B、C、D

2.（　　）若□□□□，處處皆學問。空格中應填入A.虛懷若骨 B.同甘共苦 C.立竿見影 D.生吞活剝。　➡A

詞源《後漢書・趙咨傳》：「令（縣令）敦煌（古代郡名）曹暠（暠，音ㄍㄠˇ），咨之故孝廉（本是趙咨所推舉的孝廉）也，迎路謁（謁，音ㄧㄝˋ，參見）侯。咨不為留（停留），暠送至亭次（休息的地方），望塵莫及。」大意是說：滎陽縣令曹暠，以前是趙咨所推舉的孝廉，他在路途上準備參見趙咨，結果趙咨沒有稍作停留，曹暠送他到亭次休息，一路上遠遠落後，沒有辦法趕得上。

用法 謙稱自己遠遠落後，無法達到別人的程度。

範例 他經過多年苦心潛修，如今的學問已是我望塵莫及了。

馬齒徒增（ㄇㄚˇ ㄔˇ ㄊㄨˊ ㄗㄥ）

解釋 馬齒：要看馬的年歲一定要看牙齒，因為馬的年歲是隨牙齒而增長的。徒：白白地。指馬的牙齒白白地增長。

詞源《穀梁傳・僖公二年》：「荀息（晉國大夫）牽馬操（拿）璧而前曰：『璧則猶是（璧玉跟原來的一樣，沒有改變）也，而馬齒加長矣。』」大意是說：春秋時的晉國曾經將駿馬及美好的璧玉贈給虞國，因為晉國想過境虞國而攻打虢（虢，音ㄍㄨㄛˊ）國，結果事成之後，晉國不但滅了虢國，回程時也順道將虞國滅了，當然之前的駿馬及美璧也一道要了回來。晉國的大夫荀息，牽著馬和拿著璧玉走到晉君的面前說：「璧玉跟原先的一樣，並沒有改變，但是駿馬的牙齒卻愈長愈多。」

用法 自謙自己的年歲一直增加，卻毫無成就。

範例 我已經到了而立之年，卻事業無成，真是馬齒徒增。

提示 「馬齒徒增」也作「馬齒徒長」。

猥以菲材（ㄨㄟˇ ㄧˇ ㄈㄟˇ ㄘㄞˊ）

解釋 猥：鄙賤。菲材：駑頓的資材。指低賤、不好的資材。

用法 謙稱自己才能差的用語。

範例 真慚愧！我這猥以菲材的小技能，其實難登大雅之堂。

提示 ①「菲」是多音字，有微薄的意思時，讀作ㄈㄟˇ，例如：菲薄、菲禮；有花草茂盛的意思或指國名時，讀作ㄈㄟ，例如：芳菲、菲律賓。②「猥以菲材」的「菲」不可以寫成「非常」的「非」。

虛己受人（ㄒㄩ ㄐㄧˇ ㄕㄡˋ ㄖㄣˊ）

解釋 虛：謙虛。受：接納。指表現謙沖的態度，並且能廣範地接納別人的意見。

詞源《韓詩外傳・卷二》：「君子盛（大）德而卑（謙虛），虛己以受人。」大意是說：君子懷有大德，而且為人謙沖有禮，他們通常能接納別人的意見。

用法 形容虛心接受別人的意見。

範例 古人說：「學海無涯」，我們應該虛己受人，不可以自滿。

虛懷若谷（ㄒㄩ ㄏㄨㄞˊ ㄖㄨㄛˋ ㄍㄨˇ）

解釋 虛懷：謙卑的胸懷。若：似；好像。谷：山谷。指謙沖的胸懷就如山谷一樣廣闊。

詞源《老子》：「上德（最高尚的道德）若谷。」大意是說：人類最高尚的道德，就像山谷一樣廣闊。

1.（　　）愧不敢「當」，請寫出括號中的注音和解釋。 ➡ㄉㄤ、承受
2.（　　）德薄能「鮮」，請寫出括號中的注音和解釋。 ➡ㄒㄧㄢˇ、少
3.（　　）「濾以下人」，請改正這句成語中的錯字。 ➡慮
4.（　　）德言「工」貌，請寫出括號中的解釋。 ➡縫紉的事務
5.（　　）「謙恭後道」，請改正這句成語中的錯字。 ➡厚

用法 形容為人謙沖有禮。

範例 若虛懷若谷，處處皆學問；若夜郎自大，處處皆絆石。

愧不敢當 ㄎㄨㄟˋ ㄅㄨˋ ㄍㄢˇ ㄉㄤ

解釋 愧：慚愧。當：承受。指羞愧而不敢承受。

詞源 清・袁枚・《小倉山房尺牘（牘，音ㄉㄨˊ）・九五首》：「蒙（承蒙）公（你）獎許（誇獎讚許）過當（太多；不妥當），愧不敢當。」

用法 自謙沒有別人說得那麼好，所以不敢當。

範例 找我寫評論？我文鈍筆拙，愧不敢當呀！

德薄能鮮 ㄉㄜˊ ㄅㄛˊ ㄋㄥˊ ㄒㄧㄢˇ

解釋 薄：不多；不厚。鮮：音ㄒㄧㄢˇ，少的意思。指德行淺薄，能力又缺乏。

詞源 宋・歐陽脩・《瀧岡阡表》：「俾（使）知夫小子修（歐陽脩自言）之德薄能鮮，遭時（遇到好的時機）竊位（占有職位），而幸全（保全）大節（節操），不辱其先（祖先）者。」大意是說：我的德行及學識不足，之所以能有好的職位，完全是因為遇到好時機，因此能夠保全節操，沒有違背先人的期待。

用法 自謙本身的德行及學識不足的用語。

範例 如果不是我德薄能鮮，這件研究專案早就完成了。

提示 「德薄能鮮」的「鮮」讀作ㄒㄧㄢˇ，不可以讀作ㄒㄧㄢ。

慮以下人 ㄌㄩˋ ㄧˇ ㄒㄧㄚˋ ㄖㄣˊ

解釋 慮：考量。下人：和善謙卑的對待他人。指能夠謙卑地對待他人。

用法 形容謙虛的態度。

範例 老師慮以下人的風範，十分的受學生愛戴。

德言工貌 ㄉㄜˊ ㄧㄢˊ ㄍㄨㄥ ㄇㄠˋ

解釋 德：品德。言：言論。工：縫紉的事務。容：儀容。指婦女應具備的婦德、婦言、婦容、婦功四種美德。

詞源 《元・王實甫・西廂記・第二齣》：「非是咱（咱，音ㄗㄚˊ，咱家，我的意思）自誇獎，他有德言工貌，小生有恭儉溫良（為人恭敬又溫和善良）。」

用法 比喻有德性的人。

範例 他自誇具備德言工貌，倒令人看笑話了！

提示 「德言工貌」也作「德言功貌」、「德言容功」。

謙恭厚道 ㄑㄧㄢ ㄍㄨㄥ ㄏㄡˋ ㄉㄠˋ

解釋 謙恭：謙虛有禮。厚道：待人誠懇敦厚，不刻薄。指待人接物謙虛有禮貌，不會刻薄寡恩。

詞源 《紅樓夢・第三回》：「其為人謙恭厚道，大有祖父遺風（前代遺留下來的良好風氣或典範），非膏粱（本義是肥肉和穀物，後引申作富貴人家或生活奢靡的子弟）輕薄（行為輕浮、不莊重）仕宦之流（作官之類的人），故弟方（才；始）致書（寄信）煩託（請求；幫助）。」

用法 比喻為人處世得宜。

範例 爺爺一再叮嚀我們做人必須謙恭厚道。

1.（　　）所謂「滿招損，謙受益」，「謙受益」是指哪種人 A.膽小如鼠 B.謙沖自牧 C.不卑不亢 D.不恥下問。 ➡B

2.（　　）「芳蘭競體」，請改正這句成語中的錯字。 ➡竟

3.（　　）「悌儻不群」，請改正這句成語中的錯字。 ➡倜

4.（　　）「操塵拔俗」，請改正這句成語中的錯字。 ➡超

提示 「謙恭厚道」的「恭」不可以寫成「反躬自省」的「躬」。

謙沖自牧（ㄑㄧㄢ ㄔㄨㄥ ㄗˋ ㄇㄨˋ）

解釋 自牧：自我修養。指用最謙卑的態度來修養自我的品德。

用法 形容為人善於自我修養品德。

範例 所謂「滿招損，謙受益」，謙沖自牧的人，反而獲益匪淺。

提示 「謙沖自牧」也作「謙卑自牧」。

謙謙君子（ㄑㄧㄢ ㄑㄧㄢ ㄐㄩㄣ ㄗˇ）

解釋 謙謙：謙遜有禮。指態度謙遜有禮，對自我要求很高的人。

詞源 《易經》：「謙謙君子，卑以自牧（謙虛地自養其德）也。」

用法 形容謙讓的人。此語含有稱讚的意味。

範例 像這樣的謙謙君子，誰不想跟他結交呢？

(四) 比喻「不隨波逐流」

芳蘭竟體（ㄈㄤ ㄌㄢˊ ㄐㄧㄥˋ ㄊㄧˇ）

解釋 芳蘭：芳香的蘭花。竟：充滿。體：身體。指芳香的蘭花香氣充滿全身。

詞源 《儒林外史．三四回》：「這兩人，面如傅（傅，音ㄈㄨˋ，附著）粉，唇如塗朱（紅色）；舉止風流（風雅），芳蘭竟體。」

用法 形容具有高雅的儀態。

範例 他知書達禮，風度翩翩，有如芳蘭竟體般散發出高雅的氣息。

特立獨行（ㄊㄜˋ ㄌㄧˋ ㄉㄨˊ ㄒㄧㄥˊ）

解釋 特立：特別傑出。獨行：行為和別人不一樣。指特別立異，不與人相同。

詞源 唐．韓愈．《伯夷頌》：「士之特立獨行，適於義（與「義」相適應）而已（罷了）。」

用法 形容志行高潔，不隨世俗起舞。

範例 晉朝的陶淵明是個不為五斗米折腰，特立獨行的君子。

倜儻不群（ㄊㄧˋ ㄊㄤˇ ㄅㄨˋ ㄑㄩㄣˊ）

解釋 倜儻：個性豪放，不受拘束的樣子。不群：與眾不同。指為人豪放、灑脫，不同於世俗的人。

詞源 《老殘遊記．十五回》：「只有鄰村一個吳二浪子（不務正業的人），人卻生得倜儻不群，相貌也俊，言談也巧（精妙），家道（家境）也豐富。」

用法 形容與眾不同。

範例 明朝的大才子唐伯虎，是個倜儻不群的人。

提示 「倜儻不群」的「儻」讀作ㄊㄤˇ。

超塵拔俗（ㄔㄠ ㄔㄣˊ ㄅㄚˊ ㄙㄨˊ）

解釋 超塵：超越俗世。拔：超越。指超越俗世，不同於一般人。

用法 形容為人獨特、脫俗。

範例 明朝海瑞不懼權勢的言行，更顯得超塵拔俗。

楚楚不凡（ㄔㄨˇ ㄔㄨˇ ㄅㄨˋ ㄈㄢˊ）

解釋 楚楚：①嬌弱的樣子。②衣著鮮明貌。指外表鮮明，不平凡。

詞源 清．袁枚．《與何獻葵明府書》：「幸為小女擇得一婿，楚楚不凡，差強人意（尚能令人滿意）。」

1.（　　）「獨清獨醒」的「獨」是 A.動詞，獨自行動 B.名詞，年老而無子 C.副詞，僅有 D.助詞，無義。 ➡C

2.（　　）山「棲」谷飲，請寫出括號中的解釋。 ➡ㄑㄧ、休息

3.（　　）以下成語何者是比喻退隱深山 A.煙消雲散 B.穴居野處 C.委身草莽 D.孤雲野鶴。 ➡B、C、D

用法 形容外表出眾。

範例 男模特兒選拔賽中，參選者個個外型出眾，楚楚不凡。

獨清獨醒（ㄉㄨˊ ㄑㄧㄥ ㄉㄨˊ ㄒㄧㄥˇ）

解釋 獨：只；僅。指只有自己是清白的，只有自己還清醒。

詞源 戰國楚．屈原．《漁父》：「舉世（全世界）皆濁（不潔；汙濁）我獨清，眾人皆醉我獨醒。」大意是說：全世界的人都汙濁，只有我是清白的，大家都喝醉了，只有我是醒著的。

用法 形容操守獨高。

範例 當楚懷王昏庸誤國時，自嘆獨清獨醒的屈原是多麼傷痛呀！

飄然出塵（ㄆㄧㄠ ㄖㄢˊ ㄔㄨ ㄔㄣˊ）

解釋 出塵：超脫塵俗。指高雅又超脫塵俗。

用法 形容人超脫世俗。

範例 古畫中的文人雅士竟是這般地飄然出塵。

(五) 比喻「退隱深山」

山棲谷飲（ㄕㄢ ㄑㄧ ㄍㄨˇ ㄧㄣˇ）

解釋 棲：停留或休息。谷飲：喝著山中的清泉。指居住於山林間，口渴就飲山中泉水維生。

詞源 唐．王維．《與魏居士書》：「二十餘年，山棲谷飲，高居深視。」大意是說：二十多年來都過著隱居的生活，住在高處，凡事可以看得更廣。

用法 形容過著隱居的生活。

範例 他在山上蓋了一棟小屋，過著山棲谷飲的生活。

穴居野處（ㄒㄩㄝˋ ㄐㄩ ㄧㄝˇ ㄔㄨˇ）

解釋 穴居：住在山林的洞穴中。野處：荒野的地方。指棲身在洞穴中，生活在野地裡。

詞源 《周易．繫辭下》：「上古穴居而野處，後世（代）聖人（①道德修養高的人。②君王。）易（改變）之以（用）宮室，上棟下宇（棟、宇都是房屋的意思），以待風雨。」大意是說：上古時代的人都居住在野地中，後代君王才改變原來的居住環境，開始住在房屋之中，不管颳風下雨都有個躲避的地方。

用法 形容原始文明的生活形態。

範例 你相信有人曾漂流到孤島，過著穴居野處的生活嗎？

委身草莽（ㄨㄟˇ ㄕㄣ ㄘㄠˇ ㄇㄤˇ）

解釋 委身：置身。草莽：山林。指生活在山林間。

詞源 歐陽脩．《五代史記．一行傳序》：「或窮居（生活困苦地住在）陋巷（狹小的里巷），或委身草莽。」大意是說：要不就刻苦地住在狹小的巷弄中，要不就置身在山林間，過著與世無爭的生活。

用法 形容隱居在山野。

範例 他從年輕時，就十分地嚮往委身草莽的隱居生活。

孤雲野鶴（ㄍㄨ ㄩㄣˊ ㄧㄝˇ ㄏㄜˋ）

解釋 孤：單獨的。野鶴：野外的鶴鳥，此引申為隱士。指孤獨的雲彩及野外的鶴鳥。

詞源 宋．陸游．《孫余慶求披戴疏》：「孤雲野鶴，山林自屬閑身（讓自己悠閒清靜）；布襪青鞋

1.（　　）描寫隱居的生活，叫□石□流。 ➡枕、漱

2.（　　）「東山高握」，請改正這句成語中的錯字。 ➡臥

3.（　　）歷史人物中誰曾經過著隱居的生活A.伯夷B.王維C.吳起D.句踐。 ➡A、B

4.（　　）「退穩林下」，請改正這句成語中的錯字。 ➡隱

（平民的穿著，形容過隱居的生活），巾（繫頭布）褐（粗製的衣服）本來外物。」大意是說：隱居於野外，過著與世無爭的生活，山林自然就變成讓自己悠閒清靜的地方，此時布襪、青鞋、繫頭巾及衣服對一個隱居的人來說，早就屬於身外之物，有跟沒有都無差別。

用法 形容過著與世無爭的生活。

範例 亂世時，選擇隱身山林間的孤雲野鶴，多是懷抱理想的君子。

枕石漱流 ㄓㄣˇ ㄕˊ ㄕㄨˋ ㄌㄧㄡˊ

解釋 枕石：以石頭來當枕頭。漱流：以山間的清泉來漱洗口腔。指頭靠著石頭而睡，並且以山中流泉來漱口。

詞源 三國魏·曹操·《秋胡行》：「遨（遊玩）遊八極（八方），枕石漱流飲泉。」大意是說：到各地遊山玩水，晚上以石頭當臥枕，早上以山中流水來漱口，並且飲甘泉來止渴。

用法 描寫隱居的生活。

範例 暑假時，我和朋友到鄉間露營，過起枕石漱流的生活。

東山高臥 ㄉㄨㄥ ㄕㄢ ㄍㄠ ㄨㄛˋ

解釋 東山：山名，位於浙江省。高臥：在此生活的意思。指生活於東山的林間。

詞源 《晉書·謝安傳》：「晉，謝安，字安石，少有重名（有名氣），但歷年不仕（當官），願棲身東土，初辟（辟，音ㄅㄧˋ，徵召）司徒府，除（授給官職）左著作郎，並以（因為）疾辭官，乃高臥東山。」大意是說：謝安年少即有名氣，但是多年來一直無意做官，只想生活於東土上，後來勉強被徵召而當了司徒府，並授予左著作郎的官位，後來因病而請辭，從此就過著隱居的生活（註：謝安往後有東山再起，出來作官）。

用法 ①形容過著隱居的生活。②形容拒絕為官而避居山間。

範例 他在宦海浮沉多年之後，選擇東山高臥，辭官隱退。

息影林泉 ㄒㄧˊ ㄧㄥˇ ㄌㄧㄣˊ ㄑㄩㄢˊ

解釋 息影：不戀紅塵，退隱山林間。指不過問紅塵是非，置身於林泉間的生活。

詞源 《莊子·漁父》：「不知處陰（樹蔭中）以休（息）影，處靜以息跡，愚亦甚矣。」大意是說：以前有一位害怕看到影子及腳印的人，有一次他看到自己的影子及腳印，為了避開這種視線，結果愈走愈快，後來就體力透支而亡。他怎麼沒有想到躲到樹蔭下就看不到影子，停下腳步就不會看到足印呢？真是愚笨呀！

用法 比喻辭官隱居。

範例 在紛擾的都市裡，人們特別嚮往息影林泉的生活。

退隱林下 ㄊㄨㄟˋ ㄧㄣˇ ㄌㄧㄣˊ ㄒㄧㄚˋ

解釋 退隱：離開工作地方，過著與世無爭的生活。指無意做官，隱居於山林間，過著自由自在的生活。

詞源 《三俠五義·四回》：「吏部天官李文業，告老退隱林下；就是這隱逸村民，也是李大人起的。」

用法 形容辭官隱居。

範例 他打算卸職後，退隱林下，

1.（　　）「高舉」遠引，請寫出括號中的解釋。	➡隱居
2.（　　）以下敘述何者錯誤A.「逍遙自在」是比喻人行為放蕩B.「野服里居」的「野服」是指野人穿的衣服C.陶淵明是寄跡山林的詩人D.「逍遙物外」的「物外」是指世外。	➡A、B
3.（　　）「篷高滿宅」，請改正這句成語中的錯字。	➡蓬蒿

不問是非。

提示「退隱林下」的「隱」不可以寫成「穩當」的「穩」。

高舉遠引（ㄍㄠ ㄐㄩˇ ㄩㄢˇ ㄧㄣˇ）

解釋 高舉：指隱居。引：退開；避開。指隱居生活，遠遠地避開禍害。

詞源 《楚辭》：「寧超然（客觀公正，不受任何因素影響）高舉，以保貞（忠貞志節）乎？」

用法 比喻隱居避世。

範例 戰爭時，難民紛紛高舉遠引至他國避難。

寄跡山林（ㄐㄧˋ ㄐㄧ ㄕㄢ ㄌㄧㄣˊ）

解釋 寄跡：將蹤跡寄託於某處。指置身於山林間。

詞源 陶潛．《命子詩》：「寄跡風雲，寘（寘，音ㄓˋ，安置）茲慍（慍，音ㄩㄣˋ，不悅）喜。」大意是說：置身山林間過著隱逸生活，不論歡樂或不悅都寄託於此處。

用法 形容人隱居於山林。

範例 豪放不羈的詩人不求官位，反而寄跡山林，自得其樂。

蓬蒿滿宅（ㄆㄥˊ ㄏㄠ ㄇㄢˇ ㄓㄞˊ）

解釋 蓬蒿：一種蔬菜植物，也就是茼蒿。指蓬蒿長滿整個屋子。

詞源 南朝宋．劉義慶．《世說新語．棲逸》：「張仲蔚隱居平陵，蓬蒿滿宅，唯（只）開一行徑（行走的小路）。」

用法 形容人長久以來都過著隱居的生活。

範例 這古厝蓬蒿滿宅，屋主過著自給自足的日子。

提示「蓬蒿滿宅」的「蒿」不可以寫成「竹篙」的「篙（ㄍㄠ）」。

㈥比喻「不問俗事」

逍遙自在（ㄒㄧㄠ ㄧㄠˊ ㄗˋ ㄗㄞˋ）

解釋 逍遙：無拘無束。指自由自在，沒有拘束。

詞源 《儒林外史．三五回》：「你只去權坐幾天，不到一個月，包你出來，逍遙自在。」

用法 比喻無牽無掛。

範例 放假了，何不過個逍遙自在的田園生活？

逍遙物外（ㄒㄧㄠ ㄧㄠˊ ㄨˋ ㄨㄞˋ）

解釋 物外：世外。指生活無拘無束，跳脫於世俗之外。

詞源 南朝梁．蕭統．《錦帶書十二月啟．林鐘六月》：「披（翻閱）莊子之七篇，逍遙物外。」大意是說：隨意翻閱《莊子》七篇，深深體會莊子逍遙自在、不問俗事的樂趣。

用法 形容生活自在，不管世間的事情。

範例 生活緊張的你，何不放鬆心情，享受逍遙物外的自在感呢？

提示「逍遙物外」也作「逍遙區外」。

野服里居（ㄧㄝˇ ㄈㄨˊ ㄌㄧˇ ㄐㄩ）

解釋 野服：穿著很隨性的村服。里居：居住在鄉里。指身上穿著鄉間的村服，很自在的生活在鄉里中。

用法 強調不再涉足紅塵俗事。

範例 他每逢周末便野服里居，在鄉野間享受一天的悠閒。

1.（　　）他退休後在家□□□□，生活好不愜意。空格中應填入 A.愁容滿面 B.閒來無事 C.閒居養性 D.白吃白喝。 ➡C

2.（　　）不求「聞達」，請寫出括號中的解釋。 ➡成就和名聲

3.（　　）以下歷史人物何者不是隱居山林，淡泊名利的人 A.項羽 B.劉備 C.王維 D.陶淵明。 ➡A、B

閒居養性 ㄒㄧㄢˊ ㄐㄩ ㄧㄤˇ ㄒㄧㄥˋ

解釋 閒居：悠閒地生活。養性：修養性情。指悠閒地生活，並且修養性情。

詞源《鄭玄戒子書》：「將閒居以養性，覃（覃，音ㄊㄢˊ，深）思以終業。」大意是說：悠閒地過著生活，並且藉此修養性情，深思窮究事物根源的內容。

用法 形容在悠閒的生活中修身養性。

範例 他退休後在家閒居養性，生活好不愜意。

(七)比喻「淡泊名利」

一簞一瓢 ㄧˋ ㄉㄢ ㄧˋ ㄆㄧㄠˊ

解釋 簞：古代盛東西的圓形器具。瓢：以葫蘆做成的取水或盛物的器具。指一個簞和一個瓢的生活。

詞源《論語．雍也》：「一簞食，一瓢飲，在陋巷（狹隘的巷子），人不堪（承受；忍受）其憂，回（孔子的學生顏回）也不改其樂。」大意是說：如果只靠著一簞食物及一瓢水來過生活，並且居住在狹隘的巷子中，普通人一定不能忍受而天天憂愁，顏回卻能夠快樂地在這種環境下生活。

用法 比喻生活雖然清苦卻能甘之如飴。

範例 人生並不怕過一簞一瓢的生活，而是怕無所事事。

不求聞達 ㄅㄨˋ ㄑㄧㄡˊ ㄨㄣˊ ㄉㄚˊ

解釋 聞達：成就和名聲。指不特意追求名聲及成就。

用法 形容樂天知命，不追求名利。

範例 這位科學家不求聞達，只專心地探索宇宙間的奧祕。

提示 「不求聞達」的「聞」原本讀作ㄨㄣˋ，審訂音改讀作ㄨㄣˊ。

六根清靜 ㄌㄧㄡˋ ㄍㄣ ㄑㄧㄥ ㄐㄧㄥˋ

解釋 六根：指眼、耳、鼻、舌、身、意。指六根不產生慾望，心中沒有貪念及害人之心。

詞源《智度論》：「布施（散發財物來幫助生活困苦的人）時，六根清靜，善慾心生。」大意是說：散發錢財來幫助需要幫助的人，心中也不起任何慾望，那麼慈善的心就會慢慢產生。

用法 形容人不起慾念。

範例 他是一個六根清靜的人，不起貪慾，一切都隨緣。

四大皆空 ㄙˋ ㄉㄚˋ ㄐㄧㄝ ㄎㄨㄥ

解釋 四大：以前的印度人將構成宇宙的四大元素——風、水、火、地稱之為「四大」，也就是佛界所稱的：動、溼、暖、堅。指宇宙間的一切都是假象，千萬不可拚命追求。

詞源《水滸後傳．三一回》：「普天（全天下）游行（隨意行走），隨地趺（趺，音ㄈㄨ，盤腿坐）坐，說不得從何處來……四大皆空，沒甚姓名。」大意是說：在天下間漫無目的的行走，累了就盤腿坐著，從哪裡來已答不出來了……或許因為早已看破名利，所以有無姓名對一個人來說並不重要。

用法 ①比喻宇宙間所看到的東西都是虛假的，最後都將歸於空寂。

1. (　　　) 犯而不「校」，請寫出括號中的注音和解釋。
2. (　　　) 用行「舍」藏，請寫出括號中的注音和解釋。
3. (　　　) 安步當「車」，請寫出括號中的注音和解釋。
4. (　　　) 他是個□□□□的人，並不在乎物質享受。空格中應填入 A.一毛不拔 B.安貧樂道 C.隨隨便便 D.斤斤計較。

➡ㄐㄧㄠˋ、計較
➡ㄕㄜˇ、放棄
➡ㄐㄩ、坐車
➡B

②比喻人看破名利，不會刻意追求。

範例 人如果能夠透徹四大皆空的哲理，就不會自怨自艾了。

犯而不校（ㄈㄢˋ ㄦˊ ㄅㄨˋ ㄐㄧㄠˋ）

解釋 犯：侵犯；觸犯。校：計較。指別人觸犯到我，我也不會計較。

詞源 《論語》：「犯而不校，昔者（從前）吾友，嘗（曾經）從事於斯（此）矣。」大意是說：別人冒犯了我，我一定不會跟他計較，從前我有朋友曾經犯過這樣的事情，但是我依然原諒他。

用法 形容為人懂得寬恕。

範例 他秉著犯而不校的態度，原諒朋友的誹謗。

提示 「犯而不校」的「校」讀作ㄐㄧㄠˋ，不可以讀作ㄒㄧㄠˋ。

用行舍藏（ㄩㄥˋ ㄒㄧㄥˊ ㄕㄜˇ ㄘㄤˊ）

解釋 用：被任用。行：做事情。舍：放棄。通「捨」。藏：隱居。指被任用的時候就盡力做事，被捨棄不用時，就將自己隱藏起來，得失心並不重。

詞源 《論語・述而》：「子謂顏淵曰：『用之則行，舍之則藏，唯（只有）我與爾（你）有是（此）夫！』」大意是說：孔子告訴顏回說：「被任用時就要盡力去做事，不被重用時就該隱居山林，這可能只有我跟你有此胸懷！」

用法 形容人看淡名利，不會患得患失。

範例 用行舍藏是一種樂天知命的人生態度。

提示 「用行舍藏」的「舍」讀作ㄕㄜˇ，不可以讀作ㄕㄜˋ。

安分守己（ㄢ ㄈㄣˋ ㄕㄡˇ ㄐㄧˇ）

解釋 分：本分。指安守自己的本分，不做出超越規範的事情。

詞源 《紅樓夢・四四回》：「賈母啐（啐，音ㄘㄨㄟˋ，表示憤怒）道：『下流東西，灌了黃湯（酒），不說安分守己的挺屍（罵人睡覺的話）去，倒打起老婆來了。』」

用法 形容做事謹守本分。

範例 人若能安分守己，就不會有貪念。

提示 「安分守己」跟「循規蹈矩」都有守本分的意思，而「安分」強調以本身為主，「循規蹈矩」偏重以外在的約束為主。

安步當車（ㄢ ㄅㄨˋ ㄉㄤ ㄐㄩ）

解釋 安：不急不緩。車：坐著車子。指慢慢地步行，就當成是在坐車子。

詞源 《戰國策・齊策四》：「晚食（晚一點吃）以當肉，安步以當車。」大意是說：肚子餓的時候再吃飯，此時吃任何東西都覺得像吃肉一樣的美味，慢慢地步行也可以當成在坐車一樣。

用法 形容為人安貧節儉，不追求享受。

範例 只要你肯安步當車，簡單的生活也別有滋味。

安貧樂道（ㄢ ㄆㄧㄣˊ ㄌㄜˋ ㄉㄠˋ）

解釋 安貧：雖然處於貧困的生活，仍能保有快樂的心。道：學說。指雖然處於貧困的生活，但是因為能夠守住道德而感到快樂。

詞源 《晉書・劉兆傳》：「安貧

1.（　　　）「曲躬之樂」，請改正這句成語中的錯字。　➡肱
2.（　　　）「宜然自樂」，請改正這句成語中的錯字。　➡怡
3.（　　　）以下敘述何者正確A.「食無求飽」是指食物不足，老是吃不飽B.「晚食當肉」是指晚餐一定要吃肉C.會「食無求飽」的人一定是君子D.「清靜寡欲」是形容人淡泊名利。　➡C、D

樂道，潛心（專心）著述不出門庭數十年。」

用法 形容人不會因為貧困而迷失自己。

範例 他是個安貧樂道的人，並不在乎物質享受。

提示 「安貧樂道」也作「安貧守道」。

曲肱之樂（ㄑㄩ ㄍㄨㄥ ㄓ ㄌㄜˋ）

解釋 肱：手臂的第二節。曲肱：彎曲手臂來當作枕頭。指彎曲手臂來當枕頭，也覺得很快樂。

用法 形容人安於貧困，樂在其中。

範例 午餐過後，伏在桌上享受片刻的曲肱之樂，也很愜意呢！

怡然自樂（ㄧˊ ㄖㄢˊ ㄗˋ ㄌㄜˋ）

解釋 怡然：和悅的樣子。指和悅而自得其樂的樣子。

詞源 晉．陶淵明．《桃花源記》：「男女衣著，悉（都）如外人，黃髮（老人的頭髮由白變成黃）垂髫（髫，音ㄊㄧㄠˊ，以前的小孩，頭髮都是下垂的），並怡然自樂。」大意是說：男生及女生的衣著完全如外人一樣，老人跟小孩的神情都愉悅自樂。

用法 比喻閒適而自得其樂。

範例 在忙碌的工作中能偷得片刻閒暇，那是多麼的怡然自樂啊！

提示 「怡然自樂」也作「怡然自得」。

食無求飽（ㄕˊ ㄨˊ ㄑㄧㄡˊ ㄅㄠˇ）

解釋 食：吃。指吃飯不一定要求吃十分飽。

詞源 《論語．學而》：「君子食無求飽，居無求安（安逸），敏（勤快）於事而慎於言。」大意是說：君子吃飯不要求飽足，對於所居住的地方也不要求安逸，他們做事一向勤快，說話也一向謹慎。

用法 形容生活簡單，沒有過度的要求。

範例 他向來食無求飽，生活簡樸，卻能刻苦自勵，令人敬佩呀！

晚食當肉（ㄨㄢˇ ㄕˊ ㄉㄤ ㄖㄡˋ）

解釋 晚食：慢一點吃。指晚一點吃東西，肚子自然會餓，所以吃任何東西都會覺得很甜美。

詞源 《戰國策．齊策》：「晚食以當肉，安步（慢慢地行走）以當車（車，音ㄐㄩ，車子）。」大意是說：晚點吃飯，肚子就會餓，因此吃任何食物都會覺得很甘美；雖然沒有車子可以坐，但是慢慢地行走也會到達目的地，就像是在坐車子一樣。

用法 形容能夠樂天知命，不追求名利。

範例 懂得晚食當肉的人，愈能體會平淡生活的快樂。

清靜寡欲（ㄑㄧㄥ ㄐㄧㄥˋ ㄍㄨㄚˇ ㄩˋ）

解釋 清靜：心中沉靜。寡：少。指內心沉靜，沒有貪念。

詞源 《後漢書．任隗（隗，音ㄨㄟˇ）傳》：「隗字仲和，少好（喜愛）黃老（道家「清靜無為」的道術），清靜寡欲。」

用法 形容人淡泊名利。

範例 他修習佛法多年，人也顯得清靜寡欲了。

提示 「清靜寡欲」也作「清心寡欲」。

1.（　　）脫然無「累」，請寫出括號中的注音和解釋。 ➡牽絆
2.（　　）「不義而富且貴，於我如浮雲」是誰的名言 A.曾子 B.陶淵明 C.孔子 D.孟子。 ➡C
3.（　　）「達人」一詞本是指豁達開朗的人，現今也可以指 A.一定達成使命的人 B.專家 C.懂得星相的人 D.旅人的意思。 ➡B

脫然無累（ㄊㄨㄛ ㄖㄢˊ ㄨˊ ㄌㄟˇ）

解釋 脫然：舒適貌。累：牽絆。指一身灑脫，沒有牽累。

用法 形容無牽無掛。

範例 當他完成交辦的任務，也就脫然無累了。

提示 「脫然無累」的「累」讀作ㄌㄟˇ，不可以讀作ㄌㄟˋ。

富貴浮雲（ㄈㄨˋ ㄍㄨㄟˋ ㄈㄨˊ ㄩㄣˊ）

解釋 富貴：財富及權勢。浮雲：飄動的雲朵。指將富貴看成飄動的雲一般。

詞源 《論語．述而》：「不義（不正當的手段）而富且貴，於我如浮雲。」大意是說：用不正當的方法而變得富貴，對我來說就像飄動的雲朵一樣，是不可能長久的。

用法 形容人不會刻意去追求富貴的生活。

範例 所謂富貴浮雲，簡樸的生活反而更顯得充實。

閒情逸致（ㄒㄧㄢˊ ㄑㄧㄥˊ ㄧˋ ㄓˋ）

解釋 閒情：閒適的情懷。逸：快樂自得。指閒適的情懷，快樂的興致。

詞源 《兒女英雄傳．三八回》：「老爺這趟出來，更是閒情逸致，正要問問沿途的風物（民俗風情與景物）。」

用法 形容生活無拘無束。

範例 他平時是個大忙人，今天卻難得有閒情逸致與我開懷暢談。

提示 「閒情逸致」也作「閒情逸趣」。

達人知命（ㄉㄚˊ ㄖㄣˊ ㄓ ㄇㄧㄥˋ）

解釋 達人：達觀的人。知命：知道自己的天命，所以不作分外的索求。指達觀的人知道自己的天命，所以不作分外的追求。

詞源 明朝．王世貞．《鳴鳳記．寫本》：「妾（我）聞君子見幾（幾，音ㄐㄧ，預兆、細微的現象。見幾：事先能看出禍害的預兆），達人知命。」大意是說：我聽說君子能洞察禍害發生的預兆，而達觀的人能知道自己的天命為何。

用法 比喻不與人爭名利。

範例 他達人知命，對本分的工作非常的盡力。

提示 「達人」一詞在現今也可以解釋成「專家」。

幕天席地（ㄇㄨˋ ㄊㄧㄢ ㄒㄧˊ ㄉㄧˋ）

解釋 幕天：以老天為營帳。席：坐臥的鋪墊。指以天為營帳，以地為鋪墊。

詞源 晉．劉伶．《酒德頌》：「行無轍跡（車子行過的痕跡），居無室廬（草廬），幕天席地，縱意（任意）所如。」大意是說：行動不必靠車子，居住也不一定要房屋，以天為帳幕，以地為鋪墊，任自己想做什麼都可以。

用法 形容胸襟曠達，無牽無掛。

範例 自古代以來，遊牧民族就有幕天席地的情懷。

與世無爭（ㄩˇ ㄕˋ ㄨˊ ㄓㄥ）

解釋 世：世人。指不跟世間的人爭求。

詞源 清．陳確．《祭許元五文》：「老夫與妻，饑自煎烹。與人無求，與世無爭。」大意是說：我跟妻子，餓了就自己煮東西吃，

1.（　　）「笑傲煙霞」，請改正這句成語中的錯字。	➡嘯
2.（　　）以下抱著哪種態度生活的人，不會成天憂愁 A.杯弓蛇影 B.樂天知命 C.簞食瓢飲 D.斤斤計較。	➡B、C
3.（　　）今「是」昨非，請寫出括號中的解釋。	➡正確
4.（　　）「引就自責」，請改正這句成語中的錯字。	➡咎

不跟人請求，也不跟人爭求任何事物。

用法 形容人淡泊名利，超凡脫俗。

範例 老畫家獨自在鄉間與彩筆為伍，過著與世無爭的生活。

嘯傲煙霞（ㄒㄧㄠˋ ㄠˋ ㄧㄢ ㄒㄧㄚˊ）

解釋 嘯傲：言行灑脫，不受拘束。煙霞：野外的山水景色。指生活於大自然間，言行舉止灑脫不羈。

詞源 陶潛．《飲酒詩》：「嘯傲東軒（窗）下，聊（歡樂；樂趣）復得此生。」大意是說：在東窗下灑脫地喝酒、說話，很高興此生是這麼過的。

用法 形容人將自身寄情山水之中。

範例 他嚮往能當個嘯傲煙霞的俠士。

樂天知命（ㄌㄜˋ ㄊㄧㄢ ㄓ ㄇㄧㄥˋ）

解釋 樂天：順應天理，達觀而不悲觀。知命：知道自己的天命。指凡事順應天理，遵循上天所安排的命運。

詞源 《周易．繫詞》：「樂天知命，故不憂。」大意是說：由於人滿足於當前的生活情況，所以不會產生憂愁。

用法 形容人安於現狀，不做多餘的要求。

範例 老先生是個樂天知命的人，向來不貪不求。

簞食瓢飲（ㄉㄢ ㄙˋ ㄆㄧㄠˊ ㄧㄣˇ）

解釋 簞、瓢：盛東西的器物。指靠著簞、瓢這麼少的食物及飲用水過活。

詞源 《論語．雍也》：「一簞食，一瓢飲，在陋（狹隘）巷，人不堪（忍受）其憂，回（顏回，孔子的弟子）也不改其樂。」大意是說：平日只有一簞的食物及一瓢的飲水，而且居住在狹窄的巷子中，如果是一般人一定不能忍受這樣的生活，顏回卻能甘之如飴。

用法 形容人安貧樂道。

範例 他即使過著簞食瓢飲的生活，也不肯放棄求學。

(八)比喻「改過遷善」

下不為例（ㄒㄧㄚˋ ㄅㄨˋ ㄨㄟˊ ㄌㄧˋ）

解釋 指僅有一次，不能再有下次。

用法 形容犯錯後要馬上改正，下次不能再犯。

範例 這次原諒你，下不為例喔！

今是昨非（ㄐㄧㄣ ㄕˋ ㄗㄨㄛˊ ㄈㄟ）

解釋 今是：現在做的是正確的。昨非：昨天所做的是錯誤的。指現在做對了事情，昨天卻是做錯的。

詞源 陶潛．《歸去來辭》：「覺今是而昨非。」

用法 形容已經將做錯的事改正過來。

範例 他談起今是昨非的心路歷程，還有些許的感嘆。

引咎自責（ㄧㄣˇ ㄐㄧㄡˋ ㄗˋ ㄗㄜˊ）

解釋 引咎：自我承擔過錯。責：責罰。指自我承擔所有的過錯，並且責罰自己。

詞源 《北史》：「大旱公卿各引

1.（　　）「立地」成佛，請寫出括號中的解釋。 ➡馬上
2.（　　）「伐」毛洗「髓」，請寫出括號中的注音。 ➡ㄈㄚˊ、ㄙㄨㄟˇ
3.（　　）比喻改變心意或改過自新，叫回□轉□。 ➡心、意
4.（　　）「回投是岸」，請改正這句成語中的錯字。 ➡頭
5.（　　）「改斜歸正」，請改正這句成語中的錯字。 ➡邪

咎自責。」

用法 形容勇於承認過失，並且擔負責任。

範例 老師對於學生的過失，深深感到引咎自責。

立地成佛（ㄌㄧˋ ㄉㄧˋ ㄔㄥˊ ㄈㄛˊ）

解釋 立地：馬上。指馬上就可以成佛。

詞源 《山堂肆考》：「放下屠（宰殺）刀，立地便成佛。」大意是說：放下沾滿血腥的刀子，改邪歸正，馬上就能成佛。

用法 比喻棄邪從正。

範例 你只要願意改過向善，就能夠立地成佛呀！

伐毛洗髓（ㄈㄚˊ ㄇㄠˊ ㄒㄧˇ ㄙㄨㄟˇ）

解釋 伐：除掉。毛：老舊的毛髮。髓：骨頭中如脂肪般的膏狀物。指除掉舊的毛髮，清洗老舊的骨髓。

詞源 《洞冥記》：「三千歲（年）一返（更換）骨洗髓，二千歲一剝皮伐毛，吾生來已三洗髓、五伐毛矣。」大意是說：三千年要更換一次骨頭並且清洗一次骨髓，兩千年要剝一次皮並且剔除一次毛髮，我自生下來到現在已經清洗過三次骨髓，剔除五次毛髮了。

用法 ①形容人返老還童，青春永駐。②形容人改變風貌，痛改前非。

範例 他決定徹底地伐毛洗髓，痛改前非。

提示 「伐毛洗髓」的「伐」、「髓」分別讀作ㄈㄚˊ、ㄙㄨㄟˇ。

回心轉意（ㄏㄨㄟˊ ㄒㄧㄣ ㄓㄨㄢˇ ㄧˋ）

解釋 回：歸來。轉：改變。指回轉心意。

詞源 《竇娥冤》：「待我慢慢的勸化俺（俺，音ㄢˇ，我）媳婦兒，待他有箇（箇，音ㄍㄜˋ。同「個」）回心轉意，再作區處（處，音ㄔㄨˇ，處理）。」

用法 ①比喻改變心意。②比喻改過自新。

範例 父母對孩子肯回心轉意，用功讀書，感到很欣慰。

提示 「回心轉意」也作「回心轉念」。

回頭是岸（ㄏㄨㄟˊ ㄊㄡˊ ㄕˋ ㄢˋ）

解釋 回頭：①將頭轉過身後。②覺悟的意思。岸：可以停靠魚船的地方，此處引申為彼岸。指徹底覺悟才能與佛同登彼岸。

詞源 元．無名氏．《度柳翠．第一折》：「世俗人沒來由（原因及理由），爭長競短，你死我活。苦海無邊，回頭是岸。」大意是說：世間人根本沒有理由為了自身的利益跟人家爭利害得失，並且計較是非，這樣只會拚得你死我活。苦難就像大海一樣，沒有邊際，如果想要得到正果，獲得超渡，就必須痛改前非。

用法 比喻做錯事要即時悔改。

範例 俗話說：「回頭是岸」，只要肯改過向善，永遠不嫌遲呀！

改邪歸正（ㄍㄞˇ ㄒㄧㄝˊ ㄍㄨㄟ ㄓㄥˋ）

解釋 邪：不正當的。歸：返回。指改正不正常的行為或過錯，使其回歸到正道。

詞源 《後水滸傳．一回》：「這宋大王陷身水泊（湖澤之地），原

1.（　　）以下歷史上的人物，誰是知錯能改最好的例子A.廉頗 B.周處 C.項羽 D.司馬光。	➡A、B
2.（　　）「改過自新」的近義成語有A.奮發圖強B.改過遷善 C.欣欣向榮 D.放下屠刀。	➡B、D
3.（　　）知「過」能改，請寫出括號中的解釋。	➡過錯

非其志，一聞招安（招撫；招降），滿心歡喜，以為改邪歸正，可以報效朝廷，以補前過。」大意是說：宋大王一直委身於湖澤之地，這本來不是他的志向，後來一聽說朝廷前來招降，心中覺得很高興，認為這樣一來可以將以前的過錯改正，使自己走回正途，並且可以藉此報效國家，彌補以前所犯下的錯誤。

用法 比喻人改過悔悟的決心。

範例 囚犯們都願意改邪歸正，棄惡從善。

改過自新（ㄍㄞˇ ㄍㄨㄛˋ ㄗˋ ㄒㄧㄣ）

解釋 自新：改過向善，重新回到正途。指改正過錯，重新做人。

詞源 《史記．吳王濞（濞，音ㄆㄧˋ）列傳》：「詐（欺騙）稱病不朝（上朝），于古法當誅（殺），文帝不忍，因賜几杖（几：桌子；杖：枴杖。此二物表示對年長者的敬重），德至厚，當改過自新。」大意是說：吳王謊稱自己身體欠安而不上朝面聖，如果依古法論處，應當判處死罪，可是漢文帝不忍心殺他，所以賞賜給他一張桌子及一根枴杖，恩德可說非常豐厚，如果吳王尚有良知，應該改正過錯，重新做人。

用法 形容洗心革面，重新回歸正道。

範例 法官姑念他年少無知，所以給他改過自新的機會。

改過遷善（ㄍㄞˇ ㄍㄨㄛˋ ㄑㄧㄢ ㄕㄢˋ）

解釋 遷：改變。指改正錯誤，使變好。

詞源 宋．陸九淵．《與張輔之書》：「此病（缺點）去，自能改過遷善，服（服從）聖賢之訓（訓示），得師友之益（好處）。」大意是說：這個缺點若能完全改掉，自然就可以趨向好的一面，而且能夠服從聖賢的訓示，得到良師益友的幫助。

用法 形容改過向善，走向光明的道路。

範例 他既然願意改過遷善，你就饒恕他吧！

放下屠刀（ㄈㄤˋ ㄒㄧㄚˋ ㄊㄨˊ ㄉㄠ）

解釋 屠：宰殺。指丟棄沾滿血腥的屠刀，不再使用。

詞源 《兒女英雄傳．二一回》：「孽海（孽，音ㄋㄧㄝˋ，罪孽的苦海）茫茫（廣闊無邊的），回頭是岸；放下屠刀，立地成佛。」大意是說：罪孽的苦海是如此地廣闊無邊，只要願意痛改前非，丟棄沾滿血腥的刀子，這樣一來，馬上就能修得佛性，並且得道成仙。

用法 比喻改正錯誤，重新做人。

範例 只要能放下屠刀，人生就一片光明。

知過能改（ㄓ ㄍㄨㄛˋ ㄋㄥˊ ㄍㄞˇ）

解釋 指知道自己犯了過錯，能夠馬上改正過來。

詞源 明．黃溥．《閒中今古錄》：「然一詩之感動於人，而塚（塚，音ㄓㄨㄥˇ）宰（「塚宰」也可以寫成「冢宰」，也就是吏部尚書）亦知過能改，皆可以示後。」大意是說：然而一首詩對人的感動，就連吏部尚書都知道自己犯了過錯就應該改正，這些都可以作為後世的訓示。

用法 比喻有過錯要立刻改正。

知過能改　洗心改過　洗心革面　洗心滌慮　背暗投明　迷途知返

1. （　　　）洗心「革」面，請寫出括號中的詞性和解釋。　➡動詞、更改

2. （　　　）洗心「滌」慮，請寫出括號中的注音和解釋。　➡ㄉㄧˊ、清洗

3. （　　　）「背」暗投明，請寫出括號中的注音和解釋。　➡ㄅㄟˋ、放棄

4. （　　　）離家的少年終於□□□□，重回家人的懷抱。空格中應填入 A.柳暗花明 B.亡羊補牢 C.迷途知返 D.豁然開朗。　➡C

範例 你能知過能改，就不枉費父母和師長的苦心。

提示 「知過能改」也作「知過必改」。

洗心改過 ㄒㄧˇ ㄒㄧㄣ ㄍㄞˇ ㄍㄨㄛˋ

解釋 洗心：洗淨邪惡的心。過：錯誤。指洗淨邪惡的心，並且改正過錯。

用法 比喻人遠離罪惡，靠近善的一方。

範例 我們應該多多鼓勵洗心改過的人。

洗心革面 ㄒㄧˇ ㄒㄧㄣ ㄍㄜˊ ㄇㄧㄢˋ

解釋 革：更改。面：臉孔，引申作風貌。指淨化邪惡的內心，使變成新的風貌。

詞源 《抱朴子．用刑》：「洗心而革面者，必若清波之滌（滌，音ㄉㄧˊ，清洗）輕塵。」大意是說：改過向善並且徹底悔過，就像用清水來洗汙垢一樣，最後會呈現出新的風貌。

用法 形容徹底悔悟。

範例 他在獄中洗心革面，奮發讀書。

洗心滌慮 ㄒㄧˇ ㄒㄧㄣ ㄉㄧˊ ㄌㄩˋ

解釋 滌：清洗。慮：思慮；想法。指淨化心中的惡念及想法。

詞源 《西遊記．八回》：「他洗心滌慮，再不傷生，專等取經人。」大意是說：沙悟淨經過菩薩指點後，決定淨化內心，同時去除掉不好的想法，從此進入佛門，不再傷害生靈。他聽從菩薩的指示，將骷髏頭掛在頸上，專心在河邊等候取經的人出現。

用法 形容去除心中的惡念。

範例 每天靜坐冥想，可以幫助自己洗心滌慮。

提示 「洗心滌慮」的「滌」讀作ㄉㄧˊ，不可以讀作ㄊㄠ。

背暗投明 ㄅㄟˋ ㄢˋ ㄊㄡˊ ㄇㄧㄥˊ

解釋 背：放棄。指放棄黑暗，轉而投向光明的一面。

詞源 元．無名氏．《捉彭寵．三折》：「彭寵，你不依（順從）我之言，久後（久了之後）必落在漢蕭王之手。常言道：『背暗投明，古之大理。』」

用法 比喻決定棄邪從正。

範例 你如果不肯背暗投明，後果將十分的嚴重。

提示 「背暗投明」的「背」讀作ㄅㄟˋ，不可以讀作ㄅㄟ。

迷途知返 ㄇㄧˊ ㄊㄨˊ ㄓ ㄈㄢˇ

解釋 迷途：本是指走錯方向，後來也引申為做錯事情。返：回來。指走錯道路之後，知道回歸正確的路途。

詞源 《三國志．魏書．袁術傳》：「以為足下（書信中對人的敬稱語）當努力同心，匡（幫助）翼（輔佐；幫助）漢室，而陰謀不軌，以身試禍（用肉體去招惹禍害），豈不痛哉！若迷途知反（返），尚可以免（免除）。」大意是說：袁術被曹操打敗後，逃到九江，殺掉陳溫，統領原本是陳溫坐鎮的州。此時沛相陳珪是袁術年少時的好友，袁術想約他一起來共事，陳珪看到袁術的作為，就寫了這封信給他，信中說：「我以為你要跟我一起同心復興漢室，哪知道

1.（　　）「重善如流」，請改正這句成語中的錯字。 ➡從
2.（　　）「棄」邪歸正，請寫出括號中的部首。 ➡木部
3.（　　）朝過「夕」改，請寫出括號中的解釋。 ➡晚上
4.（　　）以下哪些行為值得人們學習A.朝三暮四B.朝過夕改C.痛改前非D.朝秦暮楚。 ➡B、C

你是另有陰謀，這無異是用身體去招惹禍害，真是教人心痛！如果你能及時悔過，或許可以免除一場災害。」由於袁術不聽規勸，最後終於被擊敗。

用法 形容做錯事情之後，懂得立刻改正。

範例 離家的少年終於迷途知反，重回家人的懷抱。

提示 「迷途知反」也作「迷途知返」。

從善如流（ㄘㄨㄥˊ ㄕㄢˋ ㄖㄨˊ ㄌㄧㄡˊ）

解釋 善：好的意見。如流：就像水往下流去一樣的自然、快速。

詞源 《左傳．成公八年》：「君子曰：『從善如流，宜（適合）哉！』」

用法 形容人勇於接受規勸，而且立即行動。

範例 領導者應該具備從善如流的雅量呀！

提示 「從善如流」也作「從諫如流」。

棄邪歸正（ㄑㄧˋ ㄒㄧㄝˊ ㄍㄨㄟ ㄓㄥˋ）

解釋 棄：放棄。歸：回到。指離開邪惡之路，回歸正途。

詞源 《水滸傳．一〇七回》：「盧俊義慰撫勸（獎勵）勞，就令武順鎮守城池，因此賊將皆感泣（感動），傾心露膽（真誠對待、效忠），棄邪歸正。」大意是說：盧俊義的軍隊向西進發，賊將武順獻納城池並且歸順天朝，盧俊義為了安撫、獎勵他，就命令武順鎮守城池，此舉令賊將們相當感動，大家都誓死效忠，後來更決定離開邪途，步入正道。

用法 形容人改過向善。

範例 棄邪歸正，永不嫌晚，是不變的道理。

棄暗投明（ㄑㄧˋ ㄢˋ ㄊㄡˊ ㄇㄧㄥˊ）

解釋 棄暗：放棄黑暗的一面。投明：步向光明的一面。指離開黑暗面，投向光明面。

詞源 《封神演義．五六回》：「今將軍既知順逆（時勢的好壞），棄暗投明，俱（都）是一殿之臣，何得又分彼此？」大意是說：將軍既然能明辨時勢好壞，放棄黑暗而投向光明，大家都是在同一殿堂做事的臣子，又何必要分彼此呢？

用法 比喻重新走向正道。

範例 古時能夠使敵軍棄暗投明的將領，都是以德服人。

朝過夕改（ㄓㄠ ㄍㄨㄛˋ ㄒㄧ ㄍㄞˇ）

解釋 夕：晚上。指早上犯了過錯，晚上就馬上改正。

詞源 《漢書．翟方進傳》：「朝過夕改，君子與之，君（你）何疑焉？」

用法 形容人一旦犯錯，就即刻地改正。

範例 朝過夕改是他一貫的人生態度。

提示 「朝過夕改」也作「朝聞夕改」。

痛改前非（ㄊㄨㄥˋ ㄍㄞˇ ㄑㄧㄢˊ ㄈㄟ）

解釋 非：過錯；缺失。指徹底改正以前犯的過錯。

詞源 清．李汝珍．《鏡花緣．一四回》：「好在他們這雲，色隨心變，只要痛改前非，一心向善，雲

1.（　　）「聞」過則喜，請寫出括號中的解釋。 ➡聽到

2.（　　）「懸崖勒馬」是比喻A.去山崖最好騎馬B.及時回頭C.虐待動物D.馬是人類最好的朋友。 ➡B

3.（　　）「一誤在誤」，請改正這句成語中的錯字。 ➡再

4.（　　）「怙」惡不「悛」，請寫出括號中的注音。 ➡ㄏㄨˋ、ㄑㄩㄢ

的顏色也就隨心變換。」

用法 比喻徹底改正過錯。

範例 他自從痛改前非後，整個人顯得容光煥發。

提示 「痛改前非」也作「痛悔前非」。

聞過則喜 ㄨㄣˊ ㄍㄨㄛˋ ㄗㄜˊ ㄒㄧˇ

解釋 聞：聽到。指聽到別人指正自己的過錯，就感到非常的高興。

詞源 《孟子．公孫丑上》：「子路，人告之以有過，則喜。」

用法 形容虛心接受別人的指正。

範例 我們應當抱著聞過則喜的處事態度。

懸崖勒馬 ㄒㄩㄢˊ ㄧㄞˊ ㄌㄜˋ ㄇㄚˇ

解釋 懸崖：危險的邊緣。勒：煞住。指當馬奔臨危險的崖邊時，緊急勒住韁繩，以免產生危險。

用法 比喻及時回頭。

範例 你快懸崖勒馬吧！美好前程正等著你呀！

(九) 比喻「一錯再錯」

一誤再誤 ㄧ ㄨˋ ㄗㄞˋ ㄨˋ

解釋 誤：錯誤。指犯了錯誤，不知改過，卻一錯再錯。

詞源 《官場現形記．六三回》：「我已一誤再誤，目下（目前；現在）不能不格外小心。」

用法 形容人不懂得悔改，繼續犯錯。

範例 你可要好好地掌握機會，別一誤再誤了。

文過飾非 ㄨㄣˊ ㄍㄨㄛˋ ㄕˋ ㄈㄟ

解釋 文過：掩飾過錯。飾：遮掩。非：錯誤。指用各種理由來遮掩所犯的過錯。

詞源 《論語．子張》：「小人之過也必文。」

用法 比喻人犯錯不知悔改，一味地企圖掩飾。

範例 你如果犯錯就要趕快承認，別文過飾非了。

提示 「文過飾非」的「文」讀作ㄨㄣˊ，不可以讀作ㄨㄣˋ。

明知故犯 ㄇㄧㄥˊ ㄓ ㄍㄨˋ ㄈㄢˋ

解釋 指知道這麼做是錯誤的，卻還故意去犯錯。

詞源 宋．釋普濟．《五燈會元．卷十九》：「師曰：『知而故犯。』」

用法 形容人故意妄為。

範例 學校已經三令五申，嚴禁抽煙，你們怎麼明知故犯呢？

怙惡不悛 ㄏㄨˋ ㄜˋ ㄅㄨˋ ㄑㄩㄢ

解釋 怙：依靠。悛：改。指持續為惡，不肯改正。

詞源 明．文秉．《先撥志始》：「怙惡不悛，密弄線索。」

用法 比喻人不悔改。

範例 這名歹徒假釋出獄之後，依然怙惡不悛，再度犯案。

執迷不悟 ㄓ ㄇㄧˊ ㄅㄨˋ ㄨˋ

解釋 執：拘泥自己的意見，而不受感化。指執意自己的想法，不肯改正錯誤。

詞源 宋．岳飛．《奉詔移偽齊檄（檄，音ㄒㄧˊ，古代用來調兵、聲討敵人等的文書）》：「如或執迷不悟，甘為叛人……當躬行（親自執

1.（　　）「是非逐過」，請改正這句成話中的錯字。➡飾
2.（　　）「諱急忌醫」，請改正這句成語中的錯字。➡疾
3.（　　）「望其所以」，請改正這句成語中的錯字。➡忘
4.（　　）我們要時時存有感恩的心，不應該做出□□□□的事。空格中應填入 A.東食西宿 B.雞鳴狗盜 C.得魚忘筌 D.口蜜腹劍。➡C

行）天罰，玉石俱焚（同歸於盡的意思）。」大意是說：如果仍然不知悔改，甘願做一個叛逃的人，那麼我將親自替老天爺執行處罰，到時候只好同歸於盡，對你也沒有好處。

用法 形容人屢次犯錯。

範例 你快清醒清醒吧！別再欺騙自己，執迷不悟了。

提示 「執迷不悟」也作「執迷不悔」。

惡溼居下（ㄨˋ ㄕ ㄐㄩ ㄒㄧㄚˋ）

解釋 惡：討厭。溼：潮溼。居：生活。下：低窪地。指討厭潮溼，偏偏又生活在低窪處。

詞源 《孟子．公孫丑上》：「仁則榮（光榮），不仁則辱（招羞辱）。今惡辱而居（處於）不仁，是猶惡濕（同「溼」）而居下也。」大意是說：行仁義就會覺得光榮，不仁不義就會招來羞辱。現在你討厭被羞辱卻又去做不仁的事情，這就好像討厭潮溼，卻又生活於低窪處，是很矛盾的。

用法 形容分明討厭某事，卻偏偏又去做。

範例 你厭惡髒亂，卻又任意倒垃圾，這跟惡溼居下有何兩樣呢？

提示 「惡溼居下」的「惡」讀作ㄨˋ，不可以讀作ㄜˋ。

飾非遂過（ㄕˋ ㄈㄟ ㄙㄨㄟˋ ㄍㄨㄛˋ）

解釋 飾非：掩飾錯誤。遂：隨著。指掩飾自己犯的過錯。

用法 形容人執迷不悟。

範例 一個飾非遂過的人，其實欺瞞的是自己。

諱疾忌醫（ㄏㄨㄟˋ ㄐㄧˊ ㄐㄧˋ ㄧ）

解釋 諱：因為有禁忌而隱避。忌：害怕。指明明生病，但是因為害怕看醫生，所以不敢說出來。

詞源 《周子通書》：「今人有過不喜人規（好言相勸），如諱疾而忌醫，寧滅（傷害）其身而無悟（覺醒）也。」

用法 形容人不肯聽從勸諫，立刻改正。

範例 其實諱疾忌醫是大多數人的通病。

提示 「諱疾忌醫」的「諱」讀作ㄏㄨㄟˋ，不可以讀作ㄨㄟˇ。

(十)比喻「感恩或忘本」

忘其所以（ㄨㄤˋ ㄑㄧˊ ㄙㄨㄛˇ ㄧˇ）

解釋 指忘記本來應有的面目。

用法 形容人不懂得感謝別人的恩德。

範例 他是個懂得感恩的人，不可能做出忘其所以的事。

得魚忘筌（ㄉㄜˊ ㄩˊ ㄨㄤˋ ㄑㄩㄢˊ）

解釋 筌：捕魚時所使用的竹器。指捕完魚之後，就將捕魚的竹器給忘記了。

詞源 《莊子．外物》：「筌者所以在魚，得魚而忘筌。」大意是說：「筌」的功用在於捕捉魚類，但是很多捕魚者用完後，就隨處亂丟，忘記它的功勞。

用法 比喻人背信忘義。

範例 我們要時時存有感恩的心，不該做出得魚忘筌的事。

飲水思源（ㄧㄣˇ ㄕㄨㄟˇ ㄙ ㄩㄢˊ）

解釋 指喝水的時候，一定要想到

1. (　　　) 「落葉歸跟」，請改正這句成語中的錯字。 ➡根
2. (　　　) 「數」典忘祖，請寫出括號中的注音和解釋。 ➡ㄕㄨˇ、計算
3. (　　　) 以下哪些成語是比喻光明正大A.井井有條B.一塵不染C.如日中天D.不欺暗室。 ➡B、D
4. (　　　) 不愧不「怍」，請寫出括號中的注音和解釋。 ➡ㄗㄨㄛˋ、慚愧

水流的源頭。

詞源 北周・庾信・《庾子山集・徵調曲》：「飲其流者懷（想念）其源。」

用法 形容人懂得回報。

範例 人人應該飲水思源，有水時要思無水之苦。

落葉歸根 ㄌㄨㄛˋ ㄧㄝˋ ㄍㄨㄟ ㄍㄣ

解釋 歸：回。指樹葉飄落在樹根旁邊。

詞源 明・王世貞・《鳴鳳記・林遇夏舟》：「今日遇赦回來，正是落葉歸根。」

用法 形容事物最終仍需回歸本源。

範例 長年旅居國外的他，如今卻有落葉歸根的打算。

數典忘祖 ㄕㄨˇ ㄉㄧㄢˇ ㄨㄤˋ ㄗㄨˇ

解釋 數：計算。典：古代的典籍、禮制及歷史。指敘述古代典籍時，卻忘記以前祖先的行事。

詞源 清・袁枚《小倉山房尺牘・與錢竹初書》：「枚祖籍慈溪，為兄部民，因生長杭州，數典忘祖。」大意是說：袁枚的祖籍在慈溪，他的兄長部民，因為生長在杭州，所以忘本，老早將祖先的行事忘得一乾二淨。

用法 形容人忘本。

範例 唉！世風日下，數典忘祖的人似乎愈來愈多了。

(十) 比喻「光明正大」

一塵不染 ㄧˋ ㄔㄣˊ ㄅㄨˋ ㄖㄢˇ

解釋 塵：①髒的東西。②佛家歸納色、聲、味、觸、法、香為六塵。指環境非常的乾淨，一點塵埃也沒有。

詞源 《古今小說・卷二九》：「他從小出家，真個是五戒具（都）足，一塵不染，在皋亭山顯孝寺住持（佛觀或道觀中處理事務的和尚或道士）。」

用法 ①形容非常的乾淨。②形容心中坦蕩蕩。

範例 他的心地一塵不染，非常的純真。

不欺暗室 ㄅㄨˋ ㄑㄧ ㄢˋ ㄕˋ

解釋 暗室：別人看不見的地方。指即使在別人看不見的地方，也不會做出違背良心的事情。

詞源 宋・孫光憲・《北夢瑣言・卷一三》：「女仙謂建章曰：『子（你）不欺暗室，所謂君子人也。』」

用法 形容人行事光明正大。

範例 他為人正大光明，坦坦蕩蕩，是個不欺暗室的君子。

不愧不怍 ㄅㄨˋ ㄎㄨㄟˋ ㄅㄨˋ ㄗㄨㄛˋ

解釋 愧：羞愧。怍：慚愧。指行事光明，就不會做出讓自己覺得羞愧的事情。

詞源 《孟子・盡心上》：「仰不愧於天，俯（低頭）不怍於人，二樂也。」大意是說：抬頭不愧對老天，低頭見人也心胸坦然，這是兩種快樂的事情。

用法 形容心胸坦蕩。

範例 他從不做虧心事，當然可以不愧不怍地面對人群。

提示 「不愧不怍」的「怍」不可以寫成「作」。

1. （　　）以下敘述何者正確A.「不愧屋漏」的「屋漏」是指屋子漏水B.「內省不疚」的「省」讀作ㄒㄧㄥˇ，反省的意思C.「心安理得」是形容處事得當D.宋朝名將文天祥是光明磊落的人。　➡B、C、D
2. （　　）安「枕」而臥，請寫出括號中的解釋。　➡睡覺
3. （　　）「行不由逕」，請改正這句成語中的錯字。　➡徑

不愧屋漏（ㄅㄨˋ ㄎㄨㄟˋ ㄨ ㄌㄡˋ）

解釋 愧：慚愧。屋漏：古代在屋子的西北方放置神主牌位，此地是屬於比較陰暗的地方。指即使在屋內比較陰暗的地方也行事光明，不會做出愧對良心的事情。

詞源 《宋史．張載傳》：「不愧屋漏為無忝（違；侮辱）。」大意是說：在別人看不到的地方依然行事光明，這樣就不會違背良心。

用法 形容行事光明。

範例 他是一個不愧屋漏的人，值得我們效法。

提示 「不愧屋漏」的「漏」不可以寫成「醜陋」的「陋」。

內省不疚（ㄋㄟˋ ㄒㄧㄥˇ ㄅㄨˋ ㄐㄧㄡˋ）

解釋 內省：自我反省。疚：愧疚。指深深自我反省，而不覺得有不安的地方。

詞源 《論語．顏淵》：「內省不疚，夫何憂何懼！」大意是說：自我反省都不會覺得心中不安，那又有何事情可憂愁及害怕的呢？

用法 形容行事正派，即使反省也不覺得愧疚。

範例 你既然內省不疚，又何須懊惱呢？

提示 「內省不疚」的「省」讀作ㄒㄧㄥˇ，不可以讀作ㄕㄥˇ。

心安理得（ㄒㄧㄣ ㄢ ㄌㄧˇ ㄉㄜˊ）

解釋 指處事不愧良心，於情於理也站得住腳。

用法 形容處事得當，對別人及自己都沒有遺憾。

範例 他行事向來坦蕩磊落，當然是心安理得嘍！

光明磊落（ㄍㄨㄤ ㄇㄧㄥˊ ㄌㄟˇ ㄌㄨㄛˋ）

解釋 磊落：內心光明坦蕩。指內心坦蕩，沒有不可告人的事。

詞源 清．王夫之．《讀通鑒論．漢高祖》：「光明磊落，坦然直剖（直接分析）心臆（見解）於雄猜天子之前。」大意是說：張良的心地坦白，胸中不藏任何隱私，他在精明、多疑的帝王面前直言心中的想法，從來不會有所保留。

用法 形容人行為正當。

範例 文天祥一生光明磊落，俯仰之間不愧於天地。

安枕而臥（ㄢ ㄓㄣˇ ㄦˊ ㄨㄛˋ）

解釋 安：寧靜；舒適。枕：睡覺。臥：躺。舒服地入睡。

詞源 《漢書》：「使布出於下計，則陛下（古代臣子對君王的稱呼）可安枕而臥矣。」

用法 形容處事光明正大，所以能高枕無憂。

範例 如果今日事今日畢，自然可以安枕而臥。

行不由徑（ㄒㄧㄥˊ ㄅㄨˋ ㄧㄡˊ ㄐㄧㄥˋ）

解釋 徑：小路。指走路時不抄小路。

詞源 《論語．雍也》：「有澹臺（澹，音ㄊㄢˊ。澹臺：複姓）滅明（不明）者，行不由徑。」

用法 形容做事不會偷偷摸摸。

範例 處事若能行不由徑，自然不怕別人批評。

提示 「行不由徑」也作「行不從徑」。

坐懷不亂（ㄗㄨㄛˋ ㄏㄨㄞˊ ㄅㄨˋ ㄌㄨㄢˋ）

1.（　　）「來去分明」，請改正這句成語中的錯字。 ➡明
2.（　　）「冠」冕堂皇，請寫出括號中的注音。 ➡ㄍㄨㄢ
3.（　　）以下歷史上的人物，何者足以俯仰無愧A.秦檜B.文天祥C.岳飛D.李林甫。 ➡B、C
4.（　　）胸無「宿物」，請寫出括號中的引申義。 ➡成見

解釋 坐懷：坐在懷中。指雖有婦女坐在自己的胸懷中，行為仍然不會亂來。

詞源 《輟（輟，音ㄔㄨㄛˋ，停止）耕錄》：「柳下惠夜宿部門，有女子來同宿，恐其凍死，坐之於懷，至曉（早上）不為亂。」大意是說：柳下惠因為趕不上進城時間，所以只好在城外的樹下和衣入睡，這時有一位女子也因為趕不上城門關門的時間，所以只好來到樹下休息。此時柳下惠看見女子冷得直發抖，於是就叫她躲到自己的懷中禦寒，女子靠過來之後，他神情嚴肅而且目不轉睛，一直到早上，都不曾對女子有輕浮的行為。

用法 形容潔身自愛。

範例 真正的君子是能坐懷不亂，不貪女色。

來去分明（ㄌㄞˊ ㄑㄩˋ ㄈㄣ ㄇㄧㄥˊ）

解釋 指來或離開都光明正大。

用法 形容做事磊落。

範例 朋友間的錢財應來去分明，才不致於發生糾紛。

提示 「來去分明」也作「來清去白」。

冠冕堂皇（ㄍㄨㄢ ㄇㄧㄢˇ ㄊㄤˊ ㄏㄨㄤˊ）

解釋 冠冕：古代官員所戴的禮帽，後引申作高貴、光明。堂皇：大方。指官員們所戴的帽子，看起來高貴大方。

詞源 《兒女英雄傳．二二回》：「他們如果空空洞洞（廣闊無所有），心裏沒這樁（音ㄓㄨㄤ）事，便該合我家常（家中日常的事）瑣屑（雜碎而且令人討厭的事）無所不談，怎麼倒一派（一副）的冠冕堂皇，甚至連『安驥』兩個字都不肯提在話下？」

用法 ①形容外表端正，行事正派。②形容地位尊高。

範例 這種理由雖然冠冕堂皇，卻像是杜撰出來的。

俯仰無愧（ㄈㄨˇ ㄧㄤˇ ㄨˊ ㄎㄨㄟˋ）

解釋 俯：低頭。仰：抬頭。指不管低頭或抬頭，都不會愧對良心。

詞源 《孟子》：「孟子曰：『君子有三樂，……父母俱（都）存（活著），兄弟無故，一樂；仰不愧於天，俯不怍（怍，音ㄗㄨㄛˋ，慚愧）於人，二樂也；得天下英才而教育之，三樂也。』」

用法 形容做事光明、公正。

範例 我俯仰無愧，不懼別人的批評。

胸無宿物（ㄒㄩㄥ ㄨˊ ㄙㄨˋ ㄨˋ）

解釋 宿物：老舊的東西，引申作成見。指心胸開闊，對人沒有成見。

詞源 《聊齋志異．狐夢》：「畢為人坦直（坦白直率），胸無宿物。」

用法 形容人坦白直率。

範例 他是個直腸子的人，一向是胸無宿物，並不在意流言。

胸懷灑落（ㄒㄩㄥ ㄏㄨㄞˊ ㄙㄚˇ ㄌㄨㄛˋ）

解釋 灑落：磊落灑脫。指內心磊落，做事灑脫的樣子。

用法 形容心地光明。

範例 我相信胸懷灑落的人，看到的世界是壯麗雄偉的。

提示 「胸懷灑落」也作「胸懷磊落」。

1.（　　　）「鼎天立地」，請改正這句成語中的錯字。 ➡頂
2.（　　　）「智園行方」，請改正這句成語中的錯字。 ➡圓
3.（　　　）「嶔崎」磊落，請寫出括號中的解釋。 ➡山勢高峻
4.（　　　）我們要做個□□□□的大丈夫。空格中應填入A.滿面紅光 B.堂堂正正 C.鯉躍龍門 D.唯唯諾諾。 ➡B

問心無愧（ㄨㄣˋ ㄒㄧㄣ ㄨˊ ㄎㄨㄟˋ）

解釋 問心：探問自己的良心。無愧：沒有愧對。指摸摸良心，自認沒有做出對不起別人的事情，所以不會覺得羞愧。

詞源 《官場現形記・二二回》：「好在這些錢不是老爺自己得的，自可以問心無愧。」

用法 形容人自我觀察，也能夠心安理得。

範例 他辭職時雖然問心無愧，卻不免有些惆悵。

提示 「問心無愧」也作「於心無愧」。

堂堂正正（ㄊㄤˊ ㄊㄤˊ ㄓㄥˋ ㄓㄥˋ）

解釋 堂堂：有威儀的容顏，引申作盛大的意思。正正：整齊貌。指盛大整齊的樣子。

詞源 《孫子・軍爭》：「無要（要，音ㄧㄠ，攻打）正正之旗，無擊堂堂之陳（陳，音ㄓㄣˋ。軍陣）。」大意是說：千萬不要攻打有紀律的軍隊，也不要攻擊看起來很有氣勢的軍陣，不然一定會吃敗仗。

用法 ①形容人儀表不凡。②形容人光明磊落。

範例 我們要做個堂堂正正的大丈夫。

頂天立地（ㄉㄧㄥˇ ㄊㄧㄢ ㄌㄧˋ ㄉㄧˋ）

解釋 頂天：頭上頂著天空。立地：雙腳站立於大地上。指人的頭上頂著藍天，腳上踩在大地之上。

詞源 宋・釋普濟・《五燈會元》：「汝（你們）等諸人，個個頂天立地。」

用法 形容人做事正直。

範例 一個人若頂天立地，終有出人頭地的一天。

智圓行方（ㄓˋ ㄩㄢˊ ㄒㄧㄥˊ ㄈㄤ）

解釋 智：智識。圓：圓通。方：方正。指求知重廣博，行為重端正。

詞源 《淮南子》：「智欲（要）圓而行欲方。」

用法 形容求知要盡力，處事要坦蕩。

範例 考慮周到，行事有步驟，就是一個智圓行方的人。

嶔崎磊落（ㄑㄧㄣ ㄑㄧˊ ㄌㄟˇ ㄌㄨㄛˋ）

解釋 嶔崎：山勢高峻。磊落：①光明貌。②高峻雄偉貌。指山勢高峻雄偉的樣子。

詞源 《儒林外史・一回》：「元朝末年，也曾出了一個嶔崎磊落的人。這人姓王，名冕，在諸暨縣鄉村裡住。」

用法 形容人品非凡，胸襟坦白。

範例 這位青年行事嶔崎磊落，值得大家效法。

提示 「嶔崎磊落」的「嶔」不可以寫成「欽差大人」的「欽」。

磊磊落落（ㄌㄟˇ ㄌㄟˇ ㄌㄨㄛˋ ㄌㄨㄛˋ）

解釋 磊磊：①石頭累積很多的樣子。②心胸坦蕩貌。落落：舉止灑脫自然的樣子。指人心地光明。

詞源 梁啟超・《成敗》：「磊磊落落，獨往獨來，大丈夫之志也。」

用法 形容心胸坦蕩。

範例 我磊磊落落地做事，並不擔心別人的閒言閒語。

㈩ 比喻「自我反省」

1.（　　　）「返求諸己」，請改正這句成語中的錯字。 ➡反
2.（　　　）「反恭自省」，請改正這句成語中的錯字。 ➡躬
3.（　　　）日省月「試」，請寫出括號中的解釋。 ➡考核
4.（　　　）「捫」心自問，請寫出括號中的注音和解釋。 ➡ㄇㄣˊ、撫摸
5.（　　　）形容自我清靜地檢討，叫□門□過。 ➡閉、思

反求諸己（ㄈㄢˇ ㄑㄧㄡˊ ㄓㄨ ㄐㄧˇ）

解釋 反：反面。諸：之、於二字的合音。指反面尋求本身犯錯的原因。

詞源 《孟子．離婁上》：「行有不得（妥當，適當），反求諸己。」大意是說：行為上有不適當的地方，應該要多自我反省，以免一錯再錯。

用法 形容生怕繼續犯錯，而自我反省。

範例 人人反求諸己，將會得到更大的快樂。

反躬自省（ㄈㄢˇ ㄍㄨㄥ ㄗˋ ㄒㄧㄥˇ）

解釋 反：反面。躬：本身；親身。省：反省。指反過來檢討自我的言語及行為。

詞源 宋．朱熹．《答王晉輔．之四》：「自今以往，更願反躬自省……察（詳細審視）其孰（誰）緩孰急以為先後。」大意是說：從今天以後，更應該親身自我反省……詳細地審驗事情的緩急，以便作為先後處理的參考。

用法 形容事情發生錯誤，不責怪他人，而自我檢討。

範例 凡事先反躬自省，切勿一味地責怪別人。

提示 「反躬自省」的「省」讀作ㄒㄧㄥˇ，不可以讀作ㄕㄥˇ。

日省月試（ㄖˋ ㄒㄧㄥˇ ㄩㄝˋ ㄕˋ）

解釋 省：檢討。試：考核。指每天針對事情檢討，每個月也做一次考核。

詞源 《禮記．中庸》：「日省月試，既廩（廩，音ㄌㄧㄣˇ，米粟）稱事（配合做事成績），所以勸（獎勵）百工（各行各業）也。」大意是說：每天檢討及考核工作成效，所發給的薪資，與工作的成績相當，這就是獎勵各行各業的方法。

用法 形容不時的反省、檢討。

範例 想想，你多久沒有日省月試了呢？

捫心自問（ㄇㄣˊ ㄒㄧㄣ ㄗˋ ㄨㄣˋ）

解釋 捫：撫摸。指摸著良心自己反問。

詞源 李白．《白田馬上聞鶯詩》：「驅馬又前去，捫心空自悲。」大意是說：鞭馬前進，摸心自省，只能獨自悲傷。

用法 比喻摸著良心自我反省。

範例 對於這件事，你捫心自問，覺得妥當嗎？

提示 「捫心自省」也作「撫心自省」、「撫心自問」。

閉門思過（ㄅㄧˋ ㄇㄣˊ ㄙ ㄍㄨㄛˋ）

解釋 閉門：將自己關在門內。指將自己關在門內，反省過錯。

詞源 《漢書．韓延壽傳》：「是（此）日稱病（推托有病）不聽事（不處理事情），因入臥傳舍（客房），閉閤（閤，音ㄏㄜˊ，門）思過。」大意是說：韓延壽聲稱該日身體不適，所以不處理任何事情，他進入客房，關起房門，獨自反省過錯。

用法 形容自我清靜地檢討。

範例 你就讓他閉門思過一段時間，別一味地哄勸。

提示 「閉門思過」也作「閉門潛思」。

1.（　　　）撫「躬」自問，請寫出括號中的解釋。
2.（　　　）以下敘述何者正確A.「三貞九烈」是比喻女子的個性倔強，容易動怒 B.「三從四德」的「四德」是指婦德、婦言、婦容、婦功 C.古人常以松、柏比喻志節堅貞 D.「從一而終」是指物品使用一次就故障。

➡自己
➡B、C

痛定思痛 ㄊㄨㄥˋ ㄉㄧㄥˋ ㄙ ㄊㄨㄥˋ

解釋 痛定：悲痛的心情平息之後。指悲傷的心情平靜下來後，回想當時的痛苦。

詞源 韓愈．《與李翱書》：「如痛定之人，思當痛之時，不知何能自處也。」大意是說：就如同一個悲痛心情剛平息下來的人，他回想事情剛發生時的痛苦，卻不知道要如何處置？

用法 形容自我反省，含有記取教訓的意味。

範例 人往往在痛定思痛之後，才能夠覺醒。

撫躬自問 ㄈㄨˇ ㄍㄨㄥ ㄗˋ ㄨㄣˋ

解釋 躬：自己。指撫摸胸口，自我追問。

用法 形容自身反省。

範例 他經過這次失敗後，一次次地撫躬自問，自己是否能力不足？

提示 「撫躬自問」也作「撫心自問」。

【貞操類】

(一)比喻「女子守節」

三貞九烈 ㄙㄢ ㄓㄣ ㄐㄧㄡˇ ㄌㄧㄝˋ

解釋 貞：貞節。烈：剛正。指婦女剛正地守節。

詞源 《蝴蝶夢傳奇》：「婦人家，三貞九烈，四德三從（古代婦人在家中要遵守的道德規範）。」

用法 形容婦女守貞節。

範例 古人對婦女審視的道德標準是三貞九烈。

提示 「三貞九烈」也作「三貞五烈」。

三從四德 ㄙㄢ ㄘㄨㄥˊ ㄙˋ ㄉㄜˊ

解釋 三從：未嫁從父、既嫁從夫、夫死從子。四德：婦德、婦功、婦言、婦容。指古代的婦女要遵循「三從」及「四德」的規範。

詞源 元．關漢卿．《救風塵．一折》：「待嫁個老實學三從四德。」

用法 形容婦女要遵循古禮的規範。

範例 從古代的三從四德到今日的女性自主，是社會的進步。

松操柏節 ㄙㄨㄥ ㄘㄠ ㄅㄛˊ ㄐㄧㄝˊ

解釋 指有松樹的節操，有柏樹的志節。

用法 比喻婦女的志節堅貞，有如松柏。

範例 老太太那股松操柏節的心志，實在令人佩服。

從一而終 ㄘㄨㄥˊ ㄧ ㄦˊ ㄓㄨㄥ

解釋 從一：跟隨一個。終：最後。指跟隨一個直到終了的意思。

詞源 《兒女英雄傳．二七回》：「同一個人，怎的女子就該從一而終，男子便許（允許；可以）大妻大妾？」

用法 ①形容婦女守節，夫死而不改嫁。②做事的原則始終如一。

範例 她對感情抱著從一而終的態度。

提示 「從一而終」也作「從一以終」。

(二)比喻「不守婦道」

1.（　　）以下哪些成語是比喻女子不守婦道A.徐娘半老B.沉魚落雁C.琵琶別抱D.紅杏出牆。 ➡C、D

2.（　　）當你要讚美一位女子時，哪些成語並不適用A.人盡可夫B.大家閨秀C.水性楊花D.溫柔婉約。 ➡A、C

3.（　　）「大意滅親」，請改正這句成語中的錯字。 ➡義

人盡可夫（ㄖㄣˊ ㄐㄧㄣˋ ㄎㄜˇ ㄈㄨ）

解釋 盡：皆。指每個人都可以成為自己的夫婿。

詞源 《左傳・桓公十五年》：「父與夫孰（孰，音ㄕㄨˊ，誰）親？其母曰：『人盡夫也，父一而已。胡（怎）可比也！』」大意是說：雍姬的丈夫想要密謀殺害老丈人，其妻子知道後告訴母親說：「父親與丈夫那個比較親呢？」她的母親說：「丈夫沒了可以再挑選，但是父親只有一個，怎麼能夠拿來相比呢？」

用法 形容女子不守婦道。

範例 這則有關女明星人盡可夫的緋聞，其實是空穴來風。

水性楊花（ㄕㄨㄟˇ ㄒㄧㄥˋ ㄧㄤˊ ㄏㄨㄚ）

解釋 水性：如水的性質一樣，善於變動。指如水性一樣流動，如楊花一樣輕飄。

詞源 《紅樓夢・九二回》：「大凡女人都是水性楊花，我要說有錢，他就是貪圖銀錢了。」

用法 形容女子行為放蕩。

範例 她不是水性楊花的女人，你們都誤會了。

提示 「水性楊花」也作「楊花水性」。

紅杏出牆（ㄏㄨㄥˊ ㄒㄧㄥˋ ㄔㄨ ㄑㄧㄤˊ）

解釋 杏：春天開的花。紅杏：引申作女子。指鮮紅的春花開出了牆外。

詞源 宋・葉紹翁・《遊小園不值》：「春色滿園關不住，一枝紅杏出牆來。」大意是說：春花開滿了庭院，其中一枝紅杏開到牆外去了。

用法 形容女子做出越軌的事情。

範例 影片中的男主角懷疑新婚妻子紅杏出牆，醋勁大發。

琵琶別抱（ㄆㄧˊ ㄆㄚˊ ㄅㄧㄝˊ ㄅㄠˋ）

解釋 琵琶：一種撥弦樂器，引申作「女子」。指女子投入別人的懷中。

詞源 清・紀昀（昀，音ㄩㄣˊ）《閱微草堂筆記・灤陽消夏錄二》：「語妾曰：『吾無家，汝（你）無歸（歸處）；吾無親屬，汝無依（依賴）。吾以筆墨（寫書）為活，吾死，汝琵琶別抱，勢（情勢）也，亦理（合理）也。』」

用法 ①形容婦女改嫁他人。②形容女子另結新歡。

範例 和他熱戀多年的女友，如今已經琵琶別抱了。

(三)比喻「志節崇高」

大節不奪（ㄉㄚˋ ㄐㄧㄝˊ ㄅㄨˋ ㄉㄨㄛˊ）

解釋 大節：遇到危難而不苟活的志節。奪：削除；消失。指遇危難時，仍然堅持節操，不會因此而退縮。

詞源 《論語・泰伯》：「臨大節而不可奪。」

用法 形容臨難而不損節操。

範例 明朝忠臣史可法大節大奪的操守，在歷史留下燦爛的一頁。

提示 「大節不奪」也作「大節無虧」。

大義滅親（ㄉㄚˋ ㄧˋ ㄇㄧㄝˋ ㄑㄧㄣ）

解釋 指為顧全大義，忍痛犧牲骨肉之間的親情。

1.（　　）以下敘述何者錯誤A.「大樹將軍」是形容人不居功驕傲B.文天祥和史可法都是成仁取義的君子C.「磅礡」是擬聲詞，風吹的聲音D.唐朝時，蘇武的孤忠亮節，令人敬仰。 ➡C、D

2.（　　）「正氣稟然」，請改正這句成語中的錯字。 ➡凜

3.（　　）「急風勁草」，請改正這句成語中的錯字。 ➡疾

詞源 《舊唐書．李建成傳》：「為存（保全）社稷（國家），大義滅親。」

用法 形容為了公理正義，不惜犧牲親情。

範例 歷史上大義滅親的事件，經常是為了爭奪政權。

大樹將軍 ㄉㄚˋ ㄕㄨˋ ㄐㄧㄤ ㄐㄩㄣ

解釋 指常坐在樹下的武將。

詞源 《後漢書．馮異傳》：「異為人謙退不伐（自誇）……諸將並坐論功（討論功績），異常獨屏（屏，音ㄅㄧㄥˇ，隱藏）樹下，軍中號（稱）曰：『大樹將軍』」。

用法 形容人不居功驕傲。

範例 北宋大將狄青從不居功，足以美稱作大樹將軍。

正氣凜然 ㄓㄥˋ ㄑㄧˋ ㄌㄧㄣˇ ㄖㄢˊ

解釋 正氣：純正剛直的氣勢。凜然：嚴肅的樣子。指純正剛直的氣勢，令人覺得敬畏。

詞源 潘公弼．《報紙的言論》：「動機純潔，然後才能黑白分明，正氣凜然。」

用法 形容正義的氣勢不可侵犯。

範例 法官正氣凜然的宣布審判結果。

提示 「正氣凜然」的「凜」讀作ㄌㄧㄣˇ，不可以讀作ㄌㄧㄥˇ。

正氣磅礡 ㄓㄥˋ ㄑㄧˋ ㄆㄤˊ ㄅㄛˊ

解釋 礡：廣大無邊的樣子。指純正剛直的氣，廣大而充塞於胸中。

詞源 《陸機賦》：「磅礡立四極（四境），穹窿（天空的形狀，中央高而四周下垂）放（擴大）蒼天（青天）。」

用法 形容人的正氣充滿於胸中。

範例 文天祥的正氣歌正氣磅礡，令人感受到他的浩然之氣。

成仁取義 ㄔㄥˊ ㄖㄣˊ ㄑㄩˇ ㄧˋ

解釋 成仁：犧牲性命。指犧牲自己的生命來取得正義。

詞源 《孟子．告子上》：「生亦我所欲（想要）也，義亦我所欲（想要）也。二者不可得兼（兼顧），舍（通「捨」）生而取義者也。」大意是說：生命是我所追求的，正義公理也是我所想要的，當兩者不能兼顧時，只好捨棄生命而追求正義了。

用法 比喻為了求得正義，可以犧牲生命。

範例 文天祥成仁取義的志節，流傳千古。

提示 「成仁取義」也作「舍生取義」。

孤忠亮節 ㄍㄨ ㄓㄨㄥ ㄌㄧㄤˋ ㄐㄧㄝˊ

解釋 孤忠：忠心不二。亮節：清高的志節。指對國家忠心不二的清高志節。

詞源 《宋史．韓琦傳》：「如琦孤忠。」大意是說：像韓琦這麼忠心耿耿的人。

用法 形容人以忠直和氣節自持。

範例 漢朝時，蘇武的孤忠亮節，令人敬仰。

疾風勁草 ㄐㄧˊ ㄈㄥ ㄐㄧㄣˋ ㄘㄠˇ

解釋 疾風：急速強大的狂風。勁：堅強的。指只有在強風的吹襲下，才能知道哪種草是最堅強的。

詞源 《周書．裴寬傳》：「被（被，音ㄆㄧ，穿）堅執銳（身上披

1.（　　　）「遺孝作忠」，請改正這句成語中的錯字。 ➡移
2.（　　　）「誓死不曲」，請改正這句成語中的錯字。 ➡屈
3.（　　　）「紅樓夢」一書中的晴雯性情剛烈，你覺得下列哪些成語適合用來形容她 A.唯唯諾諾 B.寧死不彎 C.寧為玉碎 D.紅杏出牆。 ➡B、C

著戰甲，手上拿著利器），或（也許）有其人，疾風勁草，歲寒方驗。」大意是說：願意為人投入戰事的人或許找得到，他們是否真心卻沒有人知道，只有在緊要的關鍵時刻才能看出一個人的志節，在歲寒的時候才能考驗一個人的耐力。

用法 比喻只有在緊要的時刻，才能考驗人的意志及節操。

範例 明末，史可法如疾風勁草般地扶持危局。

移孝作忠（一ˊ ㄒㄧㄠˋ ㄗㄨㄛˋ ㄓㄨㄥ）

解釋 移：轉移。指將對父母親的孝心，轉移做對國家的盡忠。

詞源 《孝經》：「君子（有才德、知識的人）之事親孝，故忠可移於君（國君）。」大意是說：有才德的人對父母親非常孝順，所以他們能將孝心轉化為對國君盡忠。

用法 ①形容人有崇高志節，能將孝心移作對國家盡忠。②形容勸人出仕，為國家效力。

範例 清朝末年，多少移孝作忠的青年為國家灑熱血呀！

寧折不彎（ㄋㄧㄥˋ ㄓㄜˊ ㄅㄨˋ ㄨㄢ）

解釋 折：斷裂。彎：彎曲。指寧可斷裂也絕不彎曲。

用法 形容人不肯屈從。

範例 他雖固執，卻是個寧折不彎的大丈夫。

寧為玉碎（ㄋㄧㄥˋ ㄨㄟˊ ㄩˋ ㄙㄨㄟˋ）

解釋 寧：寧願。指寧願製玉的時候，玉就碎掉了。

詞源 《北齊書．元景安傳》：「大丈夫寧可玉碎，不能瓦全（引申作沒節氣，苟且偷生）。」大意是說：大丈夫寧願為正義而犧牲生命，也不願意因此而苟活。

用法 形容寧願為正義而死，也不願意苟全。

範例 他是個寧為玉碎的人，你就別再勸說了。

提示 「寧為玉破」常與「不為瓦全」連用。

誓死不屈（ㄕˋ ㄙˇ ㄅㄨˋ ㄑㄩ）

解釋 屈：屈服。指即使死掉也不肯屈服。

用法 形容意志堅定。

範例 我方誓死不屈，一定要殲滅敵軍。

提示 「誓死不屈」也作「誓死不從」。

大地篇

【天色類】

(一)比喻「天色微亮」

月淡星稀（ㄩㄝˋ ㄉㄢˋ ㄒㄧㄥ ㄒㄧ）

解釋 淡：不明顯。稀：少。指月亮的形狀已經逐漸看不清楚，星星也變得少了。

詞源 《警世通言．第一卷》：「說論正濃，不覺月淡星稀，東方發白。」大意是說：大家話正說的投機，不知不覺天已經快亮了，太陽也漸漸從東邊升起。

用法 形容天將亮的景象。

1. (　　) 在這□□□□的時分，人們正沉浸在甜蜜夢鄉。空格中應填入 A.烏七抹黑 B.月落星沉 C.天狗食月 D.星光燦爛。 ➡B
2. (　　) 「月落烏啼」，請改正這句成語中的錯字。 ➡烏
3. (　　) 晨光「曦」微，請寫出括號中的注音和解釋。 ➡ㄒㄧ、日光
4. (　　) 形容凌晨時冷清的意境，叫□風□月。 ➡曉、殘

範例 農夫在月淡星稀的時候，就準備出門了。

月落星沉（ㄩㄝˋ ㄌㄨㄛˋ ㄒㄧㄥ ㄔㄣˊ）

解釋 月落：月亮已經西沉。星沉：星星也都看不見了。指月已西落，晨星也不見了。

詞源 五代．韋莊．《酒泉子》：「月落星沉。樓上美人睡，……。」大意是說：天快要亮了，樓上的美人也睡著了。

用法 形容月亮跟星星都不見了，表示夜晚就要過去了。

範例 在這月落星沉的時分，人們正沉浸在甜蜜夢鄉。

月落烏啼（ㄩㄝˋ ㄌㄨㄛˋ ㄨ ㄊㄧˊ）

解釋 月落：月亮已經西下，也就是天快要亮了。啼：叫。指天將要亮的時候，烏鴉在樹上或空中啼叫。

詞源 唐．張繼．《楓橋夜泊》：「月落烏啼霜滿天，江楓漁火（漁舟中的燈火）對愁眠。」。大意是說：天將要亮的時候，滿天都是白色的霜，江邊的楓樹和漁舟中的燈火，正對著愁思而不能入睡的我。

用法 從「月落」兩個字可以知道已經過了半夜，所以這句成語是形容已經快天亮了。

範例 已經月落烏啼了，我卻整夜沒有闔眼。

晨光曦微（ㄔㄣˊ ㄍㄨㄤ ㄒㄧ ㄨㄟˊ）

解釋 晨光：早晨的陽光。曦：日光。指日光微明的樣子。

詞源 《民國通俗演義．二十回》：「未幾（不久），雞聲報曉（公雞啼叫，告訴人們已經早晨了），晨光曦微，當即飭（飭，音ㄔˋ，命令）人至照相館，邀兩夥到來。」

用法 形容天亮之前，太陽剛升起的景色。

範例 晨光曦微的時候，大家準時在火車站門口集合。

提示 「晨光曦微」也作「晨光熹微」。

漏盡鐘鳴（ㄌㄡˋ ㄐㄧㄣˋ ㄓㄨㄥ ㄇㄧㄥˊ）

解釋 漏：古代計時的工具。鐘：計算時間的儀器。鳴：敲響。指夜漏已經滴完，晨鐘已經敲響了。

詞源 《孽海花．第四回》：「酒過三巡（主客互相敬酒一次）……直到漏盡鐘鳴，方始酒闌（終盡）人散。」大意是說：主人跟客人相互敬酒三次後，直到天色快亮了，大家也喝完了酒，才紛紛散去。

用法 ①形容天已經快亮了。②形容人年老力衰，行將就木。

範例 漏盡鐘鳴，長夜的寧靜已經結束，忙碌的一天將要開始。

提示 「漏盡鐘鳴」的「鐘」不可以寫成「鍾愛」的「鍾」。

曉風殘月（ㄒㄧㄠˇ ㄈㄥ ㄘㄢˊ ㄩㄝˋ）

解釋 曉：清晨的。殘月：剩餘的。指清晨的微風和所剩無幾的晨星。

詞源 宋．柳永．《雨霖鈴》：「今宵（晚）酒醒何處，楊柳岸，曉風殘月。」大意是說：今夜醉酒醒後的地方是何處呢？原來是長滿楊柳樹的岸邊，而且天色都已經快亮了。

用法 形容凌晨時冷清的意境。

範例 一個人在曉風殘月的湖畔散

1.（　　）形容月亮西沉，雞喔喔啼的景況，叫雞□月□。
2.（　　）「夕」陽「西」下，請寫出括號中的部首。
3.（　　）「夕照餘輝」，請改正這句成語中的錯字。
4.（　　）「天昏日幕」，請改正這句成語中的錯字。
5.（　　）日落「風生」，請寫出括號中的解釋。

➡鳴、落
➡夕部、西部
➡暉
➡暮
➡產生微風

步，格外思念故鄉。

提示 「曉風殘月」也作「曉星殘月」、「曉月殘星」。

雞鳴月落（ㄐㄧ ㄇㄧㄥˊ ㄩㄝˋ ㄌㄨㄛˋ）

解釋 鳴：叫。指公雞報曉，月亮西落，天色將明。

詞源 清．魏禧．《大鐵椎傳》：「時雞鳴月落，星光照曠野（空闊的原野），百步見人。」大意是說：這時天色已經快要亮了，星光照耀著空闊的原野，一百步的距離都可以清楚看到人的蹤影。

用法 形容月亮西沉，雞喔喔啼的景況。

範例 我倆正聊著起勁，不知不覺已經雞鳴月落了。

(二)比喻「日落西沉」

夕陽西下（ㄒㄧ ㄧㄤˊ ㄒㄧ ㄒㄧㄚˋ）

解釋 夕陽：天快要轉黑前的時候，也就是落日。指黃昏的太陽就要從西邊落下。

詞源 冰心．《兩個家庭》：「夕陽西下，一抹晚霞，映著那燦爛（光彩鮮明的樣子）的花，青綠的草。」大意是說：黃昏的太陽已經西下，晚霞照映著光彩鮮明的花朵及青綠色的草。

用法 ①形容太陽下山，天色漸暗。②比喻晚年。

範例 夕陽西下，天鵝泛著染紅的溪水優雅地游過。

提示 「夕陽西下」的「夕」不可以寫成「為非作歹」的「歹」。

夕照餘暉（ㄒㄧ ㄓㄠˋ ㄩˊ ㄏㄨㄟ）

解釋 夕照：黃昏的日照。餘輝：傍晚時的陽光。指黃昏的陽光。

用法 形容日落時分殘餘的光芒。

範例 牧童牽著水牛在夕照餘暉下，伴著長長的身影回家。

提示 「夕照餘暉」的「夕」不可以寫成「歹徒」的「歹」；「暉」不可以寫成「光輝」的「輝」。

天昏日暮（ㄊㄧㄢ ㄏㄨㄣ ㄖˋ ㄇㄨˋ）

解釋 昏：暗。暮：晚。指太陽西沉，天色已暗。

用法 形容黃昏時天空昏暗的景色。

範例 天昏日暮，街燈亮起，夜市的攤販也都開始工作了。

提示 「天昏日暮」的「暮」不可以寫成「布幕」的「幕」。

日落西山（ㄖˋ ㄌㄨㄛˋ ㄒㄧ ㄕㄢ）

解釋 指太陽已經向西方落下。

詞源 《薛仁貴征東》：「日落西山一點紅」。大意是說：太陽西下之後，只剩下一顆小小的紅球，將愈來愈小，直到從地平面消失。

用法 ①形容黃昏時刻，太陽已經下山。②形容人已經邁入暮年，在世日子不多。

範例 一陣涼風吹來，抬眼一看，才知道已是日落西山了。

提示 「日落西山」也作「日落西沉」。

日落風生（ㄖˋ ㄌㄨㄛˋ ㄈㄥ ㄕㄥ）

解釋 日落：形容太陽已經西下。風生：產生微風。指太陽西下後，天氣不熱，微風漸漸產生。

詞源 唐．孟浩然．《采樵》：「日落伴將稀，山風拂（拂，音ㄈㄨˊ，輕輕吹過）羅（一種質地輕柔

1.（　　）以下哪些成語是寫景 A.沉魚落雁 B.如日中天 C.落霞滿天 D.霞光夕照。 ➡C、D
2.（　　）「月光如水」的近義詞是A.一輪秋月B.心如止水C.嫦娥奔月 D.月明如水。 ➡D
3.（　　）月明星「稀」，請寫出括號中的解釋。 ➡少

的絲織品）衣。」大意是說：日落之後，人煙將變少，山風輕輕地吹著質地輕柔的絲織品。

用法 形容傍晚時分，晚風徐徐地吹來。

範例 你瞧，日落風生下，搖曳的樹影外是橘紅的天空。

落霞滿天（ㄌㄨㄛˋ ㄒㄧㄚˊ ㄇㄢˇ ㄊㄧㄢ）

解釋 落霞：晚霞。滿天：整個天空。指天空中布滿了晚霞。

用法 形容黃昏的時刻。

範例 校園裡的拱橋、榕樹，與遠方的落霞滿天構成一幅美景。

霞光夕照（ㄒㄧㄚˊ ㄍㄨㄤ ㄒㄧ ㄓㄠˋ）

解釋 霞光：清晨或傍晚的陽光透過雲層，露出絢麗的光芒。指黃昏的落日躲在雲層中，偶爾露出光芒。

用法 形容黃昏時刻晚霞和落日的景致。

範例 牆上巴洛克式建築的紋飾在霞光夕照之下，格外顯得古樸。

㈢比喻「夜色」

月光如水（ㄩㄝˋ ㄍㄨㄤ ㄖㄨˊ ㄕㄨㄟˇ）

解釋 如水：像水一樣的柔靜、光亮。指月光就像水一樣的柔靜、皎潔。

詞源 《隋唐演義．九五回》：「但（只）見月光如水，水光映月，放（任由；置）舟中流，如遊空際，正合著蘇東坡《赤壁賦》中兩句，道是：桂棹（棹，音ㄓㄠˋ，划船用的槳）兮蘭槳，擊（拍打）明兮潮（向）流（閃爍）光。」大意是說：月光如水一樣的皎潔，映照在水面中，此時若任由小船在水中流動，就好像在遨遊天際般，這種情境非常符合蘇東坡在《赤壁賦》中所寫的兩句話，內容是：划著裝飾富麗的船，拍打著河面上閃爍的月光，向前方一直划去。

用法 形容月色皎潔、寧靜的夜晚。

範例 夜裡月光如水，庭院中羞澀的桂花，顯得更加柔媚了。

月明如水（ㄩㄝˋ ㄇㄧㄥˊ ㄖㄨˊ ㄕㄨㄟˇ）

解釋 指夜空的月色有如水一樣的柔靜及明亮。

詞源 清．洪昇．《長生殿．偷曲》：「你看月明如水，正好演奏。」大意是說：夜景非常安靜，正是演奏最好的時刻。

用法 形容月色皎潔、靜謐的夜晚。

範例 我推門望去，月明如水，依稀可見山林的蔥翠。

月明星稀（ㄩㄝˋ ㄇㄧㄥˊ ㄒㄧㄥ ㄒㄧ）

解釋 稀：少。指月色明亮下，僅能見到稀疏的星星。

詞源 三國魏．曹操．《短歌行》：「月明星稀，烏鵲（鵲，音ㄑㄩㄝˋ，鳥名，相傳聽到牠的聲音就表示有吉事）南飛，繞樹三匝（匝，音ㄗㄚ，環繞一周叫匝），何枝可依？」大意是說：月色明亮，天空中的星星不多，烏鵲利用此時南飛，在樹上繞了三圈，有哪根樹枝可以棲息呢？

用法 形容月光明亮的夜晚。

範例 夜晚，月明星稀，大夥趁興上山賞月。

1.（　　）以下敘述何者錯誤A.「月圓花好」可以形容月夜的景色很美，也可以形容親朋間相聚的時光B.「夜涼如水」反映出當時的季節是春天C.「清風明月」的「清風」是暗喻清朝的文字獄D.「星月交輝」是形容夜色的美。　➡B、C

2.（　　）「夜藍人靜」，請改正這句成語中的錯字。　➡闌

月圓花好 ㄩㄝˋ ㄩㄢˊ ㄏㄨㄚ ㄏㄠˇ

解釋 月圓：月亮很圓，沒有缺口。花好：花朵很漂亮。指夜晚的景色中，月亮很圓，花朵也很美麗。

詞源 劉復．《西湖水》：「月圓花好春江月，春宵（夜）一刻（十五分鐘為一刻）值千金。」大意是說：月夜的景色非常漂亮，不但花漂亮，明月也映照在春江之中，春宵非常寶貴，一刻價值千金之多。

用法 ①形容月夜的景色很美。②形容親朋間歡聚的時光。③形容愛情圓滿。

範例 元宵夜裡月圓花好，多少青年男女在河畔相約散步。

江楓漁火 ㄐㄧㄤ ㄈㄥ ㄩˊ ㄏㄨㄛˇ

解釋 江楓：江邊的楓樹。漁火：漁舟中的燈火。指江邊的楓樹和漁舟中懸掛的燈火。

詞源 唐．張繼．《楓橋夜泊》：「月落烏啼霜滿天，江楓漁火對愁眠。」大意是說：天就要亮了，天空中滿是白霜，江邊的楓樹和漁舟中的燈火，對照著愁思不能入睡的我。

用法 從「楓」字可知季節為秋天，從「漁火」一詞可知當時為夜晚，所以這句成語是形容秋天的夜景。

範例 因為鄉愁失眠的我，沉浸在江楓漁火的秋夜中，更顯得落寞了。

夜涼如水 ㄧㄝˋ ㄌㄧㄤˊ ㄖㄨˊ ㄕㄨㄟˇ

解釋 指夜間的氣溫較低，就如水一樣冰涼。

用法 從「涼」字可以反映出秋意。所以「夜涼」是秋夜的寫照，今多以「夜涼如水」來代稱秋夜的清涼。

範例 秋天來了，夜涼如水，小心著涼喔！

夜闌人靜 ㄧㄝˋ ㄌㄢˊ ㄖㄣˊ ㄐㄧㄥˋ

解釋 闌：盡。夜闌：深夜。指在深夜中，大地非常的寂靜。

詞源 《三俠五義．六一回》：「到了晚間，夜闌人靜，悄悄離了店房，來到卞家疃（疃，音ㄊㄨㄢˇ，村莊。同「畽」）。」

用法 形容靜謐的深夜。

範例 我喜歡在夜闌人靜時，一邊品茗，一邊閱讀。

星月交輝 ㄒㄧㄥ ㄩㄝˋ ㄐㄧㄠ ㄏㄨㄟ

解釋 指星光和月光相互輝映。

詞源 《三國演義．六九回》：「至正（正，音ㄓㄥ，陰曆的第一個月）月十五夜，天色晴霽（霽，音ㄐㄧˋ，天氣晴朗），星月交輝，六街三市，開放花燈。」大意是說：到了正月十五的晚上，天氣變得很晴朗，星光和月光相互輝映，六條街和三個市鎮都開放花燈供人欣賞。

用法 形容夜色的美。

範例 元宵夜，天空星月交輝，煞是熱鬧。

清風明月 ㄑㄧㄥ ㄈㄥ ㄇㄧㄥˊ ㄩㄝˋ

解釋 清風：清涼的風。明月：光亮的月。指明月當空，吹來一陣陣清涼的風。

詞源 南朝梁．《文心雕龍．物色》：「況清風與明月同夜。」大意是說：何況在同個夜晚中，有清

1. (　　　) 「浩月千里」，請改正這句成語中的錯字。 ➡皓
2. (　　　) 「萬籟」俱寂，請寫出括號中的解釋。 ➡各種聲音
3. (　　　) 「天朗氣輕」，請改正這句成語中的錯字。 ➡清
4. (　　　) 「天清日宴」，請改正這句成語中的錯字。 ➡晏
5. (　　　) 和風「拂拂」，請寫出括號中的解釋。 ➡輕輕吹來

涼的風與明亮的月一起做伴。

用法 ①形容夜色。②形容文人騷客的悠閒。

範例 淡淡的花香融合著**清風明月**的悠閒，我的心也不再有羈絆。

皓月千里 ㄏㄠˋ ㄩㄝˋ ㄑㄧㄢ ㄌㄧˇ

解釋 皓：白。指皎潔的月光照耀千里。

詞源 宋．范仲淹．《岳陽樓記》：「皓月千里，浮光躍（躍，音ㄩㄝˋ，閃爍）金（浮動的光影，樓閣的金光，照映在水面上，不時的跳躍閃爍），……。」大意是說：潔白的月光照耀千里之遠，浮動的光影及樓閣上的金光照映在水面，彷彿讓人覺得河面在跳躍。

用法 形容明亮的月色。

範例 我沉浸在**皓月千里**的美中，不禁醉了。

提示 「皓月千里」的「皓」不可以寫成「浩浩蕩蕩」的「浩」。

萬籟俱寂 ㄨㄢˋ ㄌㄞˋ ㄐㄩˋ ㄐㄧˊ

解釋 籟：從孔竅中產生的音。萬籟：即各種聲音。寂：靜。指各種聲音都聽不到了，大地變得很寂靜。

詞源 《儒林外史．一二回》：「當夜萬籟俱寂，月色初上，照著階下革囊（囊，音ㄋㄤˊ，裝物品的小袋子）裏血淋淋（血一直流，沒有中斷）的人頭。」

用法 形容非常安靜的環境。

範例 昏暗的夜空，大地也彷彿沉睡，變得**萬籟俱寂**。

提示 「萬籟俱寂」也作「萬籟無聲」、「萬籟俱息」（息：停止；歇息）。

(四) 比喻「和風吹拂」

天朗氣清 ㄊㄧㄢ ㄌㄤˇ ㄑㄧˋ ㄑㄧㄥ

解釋 朗：明亮。氣清：空氣清爽。指天氣晴朗，空氣清爽。

詞源 《王羲之文》：「是（此）日也天朗氣清，惠風（和順的風）和暢。」大意是說：此日的天氣非常晴朗，空氣也很清新，和順的風也很通暢。

用法 形容白天晴朗清爽的景色。

範例 今天的天氣**天朗氣清**，萬里無雲，非常適合去郊遊。

提示 「天朗氣清」的「朗」不可以寫成「郎才女貌」的「郎」。

天清日晏 ㄊㄧㄢ ㄑㄧㄥ ㄖˋ ㄧㄢˋ

解釋 日晏：天氣晴朗無雲。指天氣晴朗，天空沒有雲彩。

用法 形容白天晴朗明亮。

範例 接連好幾個月的**天清日晏**，水庫都快見底了。

提示 「天清日晏」的「晏」不可以寫成「宴會」的「宴」。

日麗風和 ㄖˋ ㄌㄧˋ ㄈㄥ ㄏㄜˊ

解釋 麗：美好。和：和煦（煦，音ㄒㄩˇ，溫暖的）。指美好的陽光及和煦的微風。

詞源 《孽海花．七回》：「這日正是清明佳節，日麗風和。」

用法 形容白天的天氣晴朗美好。

範例 三月的陽明山上**日麗風和**，滿山遍野的櫻花盛開燦爛。

和風拂拂 ㄏㄜˊ ㄈㄥ ㄈㄨˊ ㄈㄨˊ

解釋 拂拂：輕輕吹來。指清風緩緩地吹過來。

1.（　　）「金風」颯颯，請寫出括號中的解釋。
2.（　　）「青望無雲」，請改正這句成語中的錯字。
3.（　　）以下敘述何者正確A.「颯颯」，音ㄙㄚˋㄙㄚˋ，指風聲B.「雨過天晴」可以形容天氣由雨天變成晴天，也可以形容情勢由不好轉成好C.「萬里」是形容面積廣大D.「淡」是火部。

➡秋風
➡碧
➡A、B、C

用法 形容舒適和爽的氣候。

範例 春日裡**和風拂拂**，枕一片柔柔的青草就此入夢，多好！

提示 「和風拂拂」的「拂」不可以寫成「彷彿」的「佛」。

金風颯颯 ㄐㄧㄣ ㄈㄥ ㄙㄚˋ ㄙㄚˋ

解釋 金風：秋風，因為秋在五行中屬金。颯颯：風聲。指秋風陣陣吹來。

詞源 《兒女英雄傳・第四回》：「那時正是將近仲秋（仲，音ㄓㄨㄥˋ，在秋天當中的）天氣，金風颯颯。」大意是說：那個時候已經是秋天的天氣，所以帶有涼意的秋風陣陣地吹過來。

用法 形容秋天高爽的氣候。

範例 原野上**金風颯颯**，兩軍戰馬嘶鳴，戰鼓喧天。

提示 「秋風颯颯」的「颯」讀作ㄙㄚˋ，不可以讀作ㄈㄥ。

雨過天晴 ㄩˇ ㄍㄨㄛˋ ㄊㄧㄢ ㄑㄧㄥˊ

解釋 指下過雨後，天氣變得晴朗。

詞源 吳晗（晗，音ㄏㄢˊ）．《朱元璋傳・一章》：「約夠一頓飯時，雨過天晴，到山坡下一看，大吃一驚，屍首不見了。」

用法 ①形容天氣由雨（陰）天變成晴天。②形容情勢由不好轉成好。

範例 **雨過天晴**，山邊出現一抹虹彩，湖裡的蓮花也顯得更翠綠了。

提示 「雨過天晴」也作「雨過天青」。

青碧無雲 ㄑㄧㄥ ㄅㄧˋ ㄨˊ ㄩㄣˊ

解釋 碧：青綠色。指天空呈現一片青綠的顏色，而且沒有半朵的雲彩。

用法 形容天空清澈無雲的景色。

範例 清晨的天空**青碧無雲**，渡船口捲起一朵朵白色的浪花。

提示 「青碧無雲」的「青」不可以寫成「年輕」的「輕」；「碧」不可以寫成「璧人」的「璧」。

風日晴和 ㄈㄥ ㄖˋ ㄑㄧㄥˊ ㄏㄜˊ

解釋 指和風煦煦，天氣晴朗。

詞源 《紅樓夢・第二回》：「雨村閒居無聊，每當風日晴和，飯後便出來閒步（閒適散步）。」

用法 形容晴朗美好的風光。

範例 當**風日晴和**之際，山光與河堤岸的水色，構成一幅詩畫。

晴空萬里 ㄑㄧㄥˊ ㄎㄨㄥ ㄨㄢˋ ㄌㄧˇ

解釋 萬里：面積很大。指晴朗的天空有萬里大，天空中並沒有任何雲朵。

用法 形容天氣晴朗，天空盡是蔚藍的風光。

範例 今天是**晴空萬里**的星期假日，爸爸帶我們到郊外踏青。

雲淡風輕 ㄩㄣˊ ㄉㄢˋ ㄈㄥ ㄑㄧㄥ

解釋 雲淡：雲層不厚。風輕：微風輕輕地吹拂。指雲層不厚，微風也輕輕吹著。

詞源 宋・程顥・《春日偶成》：「雲淡風輕近午天，傍（傍，音ㄅㄤˋ，接近）花隨（順著）柳過川前。」大意是說：接近中午時，天氣非常晴朗，於是利用此刻進行春遊賞花的活動。

用法 形容天氣非常的溫和。

範例 我騎著單車，吹著口哨，徜

1.（　　）天空□□□□，一望無際的藍天與大海相連 A.雷雨交加 B.陰晴圓缺 C.萬里無雲 D.落霞滿天。 ➡C
2.（　　）「熏風」習習，請寫出括號中的解釋。 ➡南風
3.（　　）形容極為黑暗或慘烈的景象，叫□□無光。 ➡日月
4.（　　）「碧海輕天」，請改正這句成語中的錯字。 ➡青

徉在雲淡風輕的鄉間小道。

提示 「雲淡風清」也作「雲淡風輕」、「風輕雲淡」。

萬里無雲（ㄨㄢˋ ㄌㄧˇ ㄨˊ ㄩㄣˊ）

解釋 萬里：面積大。指天空都是蔚藍色，沒有任何雲彩。

用法 形容天氣晴朗。

範例 天空萬里無雲，一望無際的藍天與大海相連。

碧海青天（ㄅㄧˋ ㄏㄞˇ ㄑㄧㄥ ㄊㄧㄢ）

解釋 碧：青綠色。指青綠色的大海及天空。

詞源 《杜牧詩》：「嫦娥應悔偷靈藥，碧海青天夜夜心。」大意是說：嫦娥不應該偷後羿的仙丹，她應該對丈夫忠貞，跟後羿同心才是。（相傳後羿及嫦娥是一對夫妻）。

用法 ①形容天空晴朗廣闊。②形容婦女對感情的堅貞。

範例 車子駛出了南橫公路，一片碧海青天映入眼簾，台東到了！

熏風習習（ㄒㄩㄣ ㄈㄥ ㄒㄧˊ ㄒㄧˊ）

解釋 熏風：和煦的風，也就是南風。同「薰風」。習習：和風吹拂的樣子。指溫和的南風不斷地吹過來。

詞源 《史記．五帝紀》：「南風之熏兮。」大意是說：南風是非常和煦的。

用法 形容夏天和暖的南風。

範例 台灣的夏天熏風習習，空氣裡有著暖烘烘的熱情。

提示 「熏風習習」的「熏」不可以寫成「醉醺醺」的「醺」。

(五) 比喻「天地昏黑」

天昏地暗（ㄊㄧㄢ ㄏㄨㄣ ㄉㄧˋ ㄢˋ）

解釋 昏：暗。指天地間黑暗的意思。

詞源 《鏡花緣．九八回》：「那缺陷處塵土飛空，煙霧迷（到處都是。通「瀰」）漫，霎（霎，音ㄕㄚˋ，很短的時間）時天昏地暗，好不怕人。」大意是說：那個缺陷的地方，天空中到處都是塵土，一下子天色就變暗了，真得很嚇人。

用法 ①形容天色變得很暗，如同晚上一樣。②形容政治不明，惡勢力當道。

範例 這時烏雲密布，天昏地暗，廣場上的人群一哄而散。

日月無光（ㄖˋ ㄩㄝˋ ㄨˊ ㄍㄨㄤ）

解釋 無光：沒有明亮的光澤。指太陽及月亮都沒有光澤，大地呈現黑暗的景色。

詞源 《痛史．三回》：「可憐樊城城中，只殺得天愁地慘（非常哀愁、悲慘的意思），日月無光。」大意是說：可悲的是樊城城中，在殺戮聲中，天地也顯得哀愁、悲慘，一時之間，太陽及月亮都失去光澤，天地也變得黑暗。

用法 形容極為黑暗或慘烈的景象。

範例 兩軍交戰數日，刀槍交錯，旌旗密布，頓時日月無光。

昏天黑地（ㄏㄨㄣ ㄊㄧㄢ ㄏㄟ ㄉㄧˋ）

解釋 昏、黑：都是「暗」的意思。指天地間變得黑暗。

詞源 元．關漢卿．《調風月．二折》：「打秋千（通「鞦韆」），

1.（　　　）「烏天黑地」，請改正這句成語中的錯字。
2.（　　　）形容人在黑暗中行動，叫□天□地。
3.（　　　）「狂」風「暴」雨，請寫出括號中的解釋。
4.（　　　）午後突然□□□□，路上行人被淋成落湯雞。空格中應填入 A.滴滴答答 B.流水淙淙 C.狂風驟雨 D.雨過天青。

➡烏
➡黑、摸
➡大、驟急
➡C

閒門（玩弄）草，直到個昏天黑地。」大意是說：閒著的時候就盪鞦韆，玩玩花草，直到天色變得黑暗。

用法 ①形容天色黑暗不明。②形容人的神志含糊不清。③批評貪官汙吏的用語。

範例 在這昏天黑地的曠野，半點聲響都讓人毛骨聳然。

烏天黑地 ㄨ ㄊㄧㄢ ㄏㄟ ㄉㄧˋ

解釋 烏天：黑天；暗天。指天地變得黑暗。

用法 ①形容天地昏暗。②形容政治不清明。

範例 現在烏天黑地的，到哪裡找地方休息呢？

黑天摸地 ㄏㄟ ㄊㄧㄢ ㄇㄛ ㄉㄧˋ

解釋 摸：觸摸，在黑暗中行動。指在黑暗中行動，什麼也看不清楚。

詞源 《金瓶梅詞話・六七回》：「猛可（突然）半夜又鑽出（跑出）這個孽障（罵人的話）來，那黑天摸地，哪裡活變錢去。」大意是說：在半夜突然跑出個壞人，他在黑暗中行動，哪能得到什麼錢呢？

用法 形容人在黑暗中行動。

範例 在這山洞裡黑天摸地的，不靠照明還不行。

暗無天日 ㄢˋ ㄨˊ ㄊㄧㄢ ㄖˋ

解釋 天日：白天的太陽。指天色太黑，見不到天日。

詞源 《聊齋志異・續黃粱》：「又且平民膏腴（肥美的土地），任肆（肆，音ㄙˋ，恣意）吞食；良家女子，強委（跟隨）禽（抓；捕）焉，沴氣（沴，音ㄌㄧˋ，惡氣）冤氛，暗無天日。」大意是說：而且平民的土地又任意加以併吞，良家婦女又強行捕抓，到處都充滿冤惡之氣，天理何存呢？

用法 ①形容天色黑暗不明。②形容社會黑暗，沒有天理。

範例 夏日午後的天氣變化快，一瞬間就暗無天日了。

【風雨類】

(一)比喻「氣候惡劣」

狂風暴雨 ㄎㄨㄤˊ ㄈㄥ ㄅㄠˋ ㄩˇ

解釋 狂：大。暴：驟急。指颳著大風與下著急雨。

詞源 《二十年目睹之怪現狀》：「卻遇了一陣狂風暴雨。」

用法 形容風雨大作。

範例 一夜的狂風暴雨，樹倒葉落，一片狼藉。

提示 「狂風暴雨」也作「急風驟雨」。

狂風驟雨 ㄎㄨㄤˊ ㄈㄥ ㄗㄡˋ ㄩˇ

解釋 狂風：大風。驟：突然。指颳著大風，下著大雨。

用法 形容風雨來的快又急。

範例 午後突然狂風驟雨，路上行人被淋成落湯雞。

提示 「狂風驟雨」的「驟」讀作ㄗㄡˋ，不可以讀作ㄓㄡˋ。

風雨交加 ㄈㄥ ㄩˇ ㄐㄧㄠ ㄐㄧㄚ

解釋 交加：兩種東西在同一時間出現。指風和雨夾雜的出現。

1. （　　）以下成語何者是形容惡劣的天氣A.鶯鶯燕燕B.暴跳如雷 C.風急雨驟 D.陰風怒號。 ➡C、D
2. （　　）「飛沙走石」，請改正這句成語中的錯字。 ➡砂
3. （　　）「頃盆大雨」，請改正這句成語中的錯字。 ➡傾
4. （　　）「飄風疾雨」，請改正這句成語中的錯字。 ➡急

用法 形容多種災難同時來襲。

範例 颱風來襲的夜晚風雨交加，天地彷彿在怒吼。

風急雨驟（ㄈㄥ ㄐㄧˊ ㄩˇ ㄗㄡˋ）

解釋 驟：突然。指風颳的很急，雨也下的很突然。

用法 形容惡劣的天氣。

範例 工程師在風急雨驟的夜裡，搶修中斷的電力。

飛砂走石（ㄈㄟ ㄕㄚ ㄗㄡˇ ㄕˊ）

解釋 砂：通「沙」。指小沙子滿天飛舞，石頭也因此滾動。

詞源 《水滸傳・五九回》：「狂風四起，飛沙走石，天昏（黑）地暗，日色無光。」大意是說：大風從四面吹起，小沙土滿天飛揚，石頭也因此滾動，此時天地黑暗，太陽也失去了光澤。

用法 形容風颳的很猛烈。

範例 突然狂風大作，飛砂走石，路人的眼睛都快睜不開了。

陰風怒號（ㄧㄣ ㄈㄥ ㄋㄨˋ ㄏㄠˊ）

解釋 陰風：冷風。怒：生氣。號：叫。指冷風狂吹，聲音就如同人生氣吼叫一般。

詞源 范仲淹・《岳陽樓記》：「若夫陰雨霏霏（霏，音ㄈㄟ，雨或雪下的很綿密的樣子），連月（接連好幾個月）不開，陰風怒號，濁浪（夾雜泥沙的浪）排空。」大意是說：陰雨一直下，連續好幾個月都沒有轉晴，冷風狂吹，聲音就如人發怒吼叫一樣，由於風大，夾雜泥沙的海浪也捲到空中。（說明天氣狀況不佳）。

用法 形容狂風四起。

範例 突然間陰風怒號，船帆也被吹得啪啪作響。

提示 「陰風怒號」的「號」讀作ㄏㄠˊ，不可以讀作ㄏㄠˋ。

傾盆大雨（ㄑㄧㄥ ㄆㄣˊ ㄉㄚˋ ㄩˇ）

解釋 傾盆：將盆子中的水直接往外倒掉。指所下的雨就如同將盆中的水直接倒掉。

詞源 《官場現形記・三一回》：「其實外邊正下傾盆大雨，天井（高樓中所預留的空地）裏雨聲嘩喇（即嘩啦，狀聲詞）嘩喇鬧得說話都聽不清楚。」

用法 形容雨勢大又急。

範例 午後的傾盆大雨，淋得我像一隻落湯雞。

提示 「傾盆大雨」的「傾」不可以寫成「頃刻」的「頃」。

滂沱大雨（ㄆㄤ ㄊㄨㄛˊ ㄉㄚˋ ㄩˇ）

解釋 滂沱：①雨勢很大的樣子。②眼淚很多。指雨下得很大。

用法 形容雨又大又急。

範例 下過一陣滂沱大雨後，低窪地區都成了水鄉澤國。

飄風急雨（ㄆㄧㄠ ㄈㄥ ㄐㄧˊ ㄩˇ）

解釋 飄風：旋風。指旋風與暴雨。

詞源 宋・王安石・《祭歐陽文忠公文》：「其清音幽韻（文章清新幽遠，意味無窮），淒（寒涼）如飄風急雨之驟（突然）至。」大意是說：歐陽脩的文章清新幽遠，令人回味無窮，其遭遇卻非常的艱苦。

用法 ①形容大風大雨的景象。②比喻各種災難同時到來。

1.（　　　）以下敘述何者正確A.「十風五雨」是形容天氣惡劣B.「風調雨順」常與「國泰民安」連用C.「惠風」是指和煦的風D.「一葉之秋」是比喻從小處或近處，就可以知道大的方向或遠的趨勢。　➡B、C、D

2.（　　　）月「暈」而風，請改正這句成語中的錯字。　➡ㄩㄣˋ

範例 因一陣飄風急雨，山路泥濘，登山隊只得取消行程。

(二) 比喻「風雨協調」

十風五雨（ㄕˊ ㄈㄥ ㄨˇ ㄩˇ）

解釋 十風：十天颳一次風。五雨：五天下一次雨。指在一定的時間內就颳一次風，並且下一次雨。

詞源 《陸遊詩》：「十風五雨歲（年）豐穰（穰，音ㄖㄤˊ，豐收）。」大意是說：風雨如果定時，每年的穀物一定豐收。

用法 形容風雨調和。

範例 今年十風五雨的，農民的收成特別好。

提示 「十風五雨」也作「五風十雨」。

風調雨順（ㄈㄥ ㄊㄧㄠˊ ㄩˇ ㄕㄨㄣˋ）

解釋 調：協調。順：順時。指風雨協調順時。

詞源 《六韜》：「武王伐紂，五方神來受事（接受委託），各以其職命焉，既（不久）而克（攻取）殷，風調雨順。」大意是說：周武王討伐商紂時，各方神明皆來幫助，周武王以他們的專長來任命，不久就攻取殷商，此後就風調雨順，國泰民安。

用法 形容氣候協調。

範例 新的一年，百姓向神祇祈求風調雨順。

提示 ①「風調雨順」常與「國泰民安」連用。②「風調雨順」也作「風調雨節」。

惠風和暢（ㄏㄨㄟˋ ㄈㄥ ㄏㄜˊ ㄔㄤˋ）

解釋 惠風：和煦、柔和的風。和：溫和。暢：通達；舒服。指和煦的微風令人感到溫和舒服。

詞源 晉．王羲之．《蘭亭集序》：「是（此）日也，天朗氣清，惠風和暢。」大意是說：這一天，天氣晴朗，空氣清爽，和煦的微風令人覺得很舒適。

用法 形容天氣溫和，讓人覺得非常的舒適。

範例 既然今日惠風和暢，我們何不揚帆出海？

【自然現象類】

(一) 比喻「產生先兆」

一葉知秋（ㄧˊ ㄧㄝˋ ㄓ ㄑㄧㄡ）

解釋 指從一片葉子飄落就知道秋天已經快來了。

詞源 《淮南子說山》：「見一葉落而知歲之將暮（尾端）。」大意是說：看到一葉飄落就知道秋天來臨了，也就是一年即將結束。

用法 秋天時葉子會開始掉落，所以從葉落就知道秋天的腳步近了。這句成語是比喻從小處或近處，就可以知道大的方向或遠的趨勢。

範例 從姐姐對料理的熱愛，已經一葉知秋，知道她有烹飪的天賦。

月暈而風（ㄩㄝˋ ㄩㄣˋ ㄦˊ ㄈㄥ）

解釋 月暈：月亮的四周產生的光圈。指月亮四周若出現光圈的話，表示將颳大風。

詞源 清．淮陰百一居士．《壺天錄．卷上》：「燥（水分少）濕為天地自然之氣，月暈而風，礎（礎石）潤（潮溼）而雨，人以此測於幾（幾，音ㄐㄧ，預兆）先者，固古

1.（　　　）見微知「著」，請寫出括號中的注音和引申義。
2.（　　　）「礎」潤而雨，請寫出括號中的解釋。
3.（　　　）「世事難聊」，請改正這句成語中的錯字。
4.（　　　）人生有如□□□□，何苦斤斤計較呢？空格中應填入 A.藍天白雲 B.一道彩虹 C.霞光滿天 D.白雲蒼狗。

➡ㄓㄨˋ、大方向
➡礎石
➡料
➡D

今一致也。」大意是說：乾燥與潮溼都是自然界所產生的氣，月亮四周產生了月暈，就表示將要起風，而房屋的礎石潮溼，就表示大地將要下雨。人們用這種方法來預測天氣，古今都是一樣。

用法 比喻事情發生前的徵兆。

範例 古人說「月暈而風」，凡事多會有先兆，不能忽視。

見微知著（ㄐㄧㄢˋ ㄨㄟˊ ㄓ ㄓㄨˋ）

解釋 微：細小。著：有名聲，引申作大方向。指看到小的事情就知道事物的發展方向。

詞源 漢．班固．《白虎通義．情性節》：「智者（有才識及知識的人）知也，獨見前聞，不惑（迷亂）於事，見微而知著也。」大意是說：有智慧的人知道很多事情，他們對於所聽到的事情都有獨到的見解，絕對不會被事物迷亂，知道事物的一部分就可以知道整個的發展趨勢。

用法 形容由微小的地方，就可以知道實質的內容或發展的趨勢。

範例 統計學的應用，是以科學的方法，發揮見微知著的功能。

提示 「見微知著」也作「見微知萌」。

葉落知秋（ㄧㄝˋ ㄌㄨㄛˋ ㄓ ㄑㄧㄡ）

解釋 葉落：飄下一片落葉。指看到一片葉子飄落下來，就知道秋天即將要來了。

詞源 《五燈會元．慶元府天童密庵（庵，音ㄢ）鹹傑禪師》：「葉落知秋，舉一明三。」大意是說：從一片飄落的樹葉就可以知道秋天即將來到，這就是舉出一件事情就可以聯想到三件事情啊！

用法 比喻由小見大，從微小的現象，看到發展的方向和變化。

範例 他這幾天頻頻咳嗽和流鼻水，葉落知秋，可能感冒了。

提示 「葉落知秋」也作「一葉知秋」、「一葉落知天下秋」。

礎潤而雨（ㄔㄨˇ ㄖㄨㄣˋ ㄦˊ ㄩˇ）

解釋 礎：礎石，也就是柱子下面的石頭。潤：潮溼。指屋柱下面的石頭散熱慢，溫度低，又不具吸水性，所以水氣會附著，當石頭潮溼時，就表示空氣中的溼度高，下雨的機率也就提高了。

詞源 《淮南子》：「山雲蒸（上升）而柱礎潤。」大意是說：山中的雲氣向上升，而屋宇的柱石潮溼，這都表示將要下雨了。

用法 比喻事情發生前的徵兆。

範例 咦，石柱上面有水珠，所謂礎潤而雨，大概快下雨了。

提示 「礎潤而雨」也作「山雨欲來風滿樓」。

(二)比喻「世事變化無常」

世事難料（ㄕˋ ㄕˋ ㄋㄢˊ ㄌㄧㄠˋ）

解釋 指世間的事情很難預料。

用法 形容世間的事情變化無常，難以預料。

範例 聽到他出意外的消息，我們都不敢相信，直嘆世事難料。

白雲蒼狗（ㄅㄞˊ ㄩㄣˊ ㄘㄤ ㄍㄡˇ）

解釋 蒼：青綠色。指天上的浮雲本來是白色的，很快又變成青灰毛狗的樣子。

詞源 唐．杜甫．《可嘆》：「天

1.（　　　）「蒼海桑田」，請改正這句成語中的錯字。	➡滄
2.（　　　）畫廊中有一幅山水畫，非常的壯觀美麗，我們可以用哪句成語來形容 A.井井有條 B.五光十色 C.千巖競秀 D.走馬看花。	➡C
3.（　　　）形容風景優美，叫山□水□。	➡明、秀

上浮雲似白衣，斯須變幻如蒼狗。」大意是說：天空中的雲彩本來像白衣一樣潔白，後來又變成青灰毛狗的樣子。

用法 形容世事像雲一樣，變幻無常。

範例 人生有如白雲蒼狗，何苦斤斤計較呢？

提示 「白雲蒼狗」也作「白衣蒼狗」。

滄海桑田（ㄘㄤ ㄏㄞˇ ㄙㄤ ㄊㄧㄢˊ）

解釋 滄海：暗綠色的大海。桑田：種桑樹的田地。指暗綠色的大海變成陸地，而陸地卻變成青綠色的大海。

詞源 《書言故事．地理類》：「山河改轉，曰：『滄海桑田』。」大意是說：山下陷而變成河，河崛起而變成山，這就是所謂的「滄海桑田」。

用法 比喻世事的變化萬千。

範例 人生如滄海桑田，世事真是難料呀！

提示 「滄海桑田」的「滄」不可以寫成「蒼鬱」的「蒼」。

【景色類】

(一)比喻「風景秀麗」

千巖競秀（ㄑㄧㄢ ㄧㄢˊ ㄐㄧㄥˋ ㄒㄧㄡˋ）

解釋 巖：崖岸；高山。通「岩」。競：爭逐。秀：美麗。指很多山爭相比美的樣子。

詞源 南朝宋．劉義慶．《世說新語．言語》：「顧長康從會稽還，人問山川之美。顧曰：『千巖競秀，萬壑（壑，音ㄏㄨㄛˋ，積水的山谷）爭流……。』」大意是說：顧長康從會稽回來，別人問他這個地方美不美？顧長康說：「此處有很多山爭相比美，也有很多山谷泉水爭相競流……。」

用法 形容山景壯觀美麗。

範例 桂林地區千巖競秀，連綿不絕，山水如畫，冠絕天下。

提示 「千巖競秀」的「競」不可以寫成「戰戰兢兢」的「兢」。

山明水秀（ㄕㄢ ㄇㄧㄥˊ ㄕㄨㄟˇ ㄒㄧㄡˋ）

解釋 山明：山色很清明。秀：美麗。指山水非常漂亮而且秀麗。

詞源 《水滸傳．四四回》：「貪看（流連多看）山明水秀，不覺天色已晚。」大意是說：一心只顧著看漂亮的美景，卻沒有注意到天色已經晚了。

用法 形容風景優美。

範例 灕江沿岸山明水秀，彷彿人間仙境。

提示 「山明水秀」也作「山清水秀」、「水秀山明」。

山陰道上（ㄕㄢ ㄧㄣ ㄉㄠˋ ㄕㄤˋ）

解釋 山陰道：位在浙江省一帶，是風景美麗的地方。指山陰道的沿途都是美麗的風景，令人看也看不完。

詞源 南朝宋．劉義慶．《世說新語．言語》：「王子敬云：『從山陰道上行，山川自相映發，使人應接不暇（暇，音ㄒㄧㄚˊ，空閒）。』」大意是說：王子敬說：「從山陰道一路行走，到處都是美麗的景色，山川之間互相輝映，令人來不及欣賞。」

1.（　　　）山環水「抱」，請寫出括號中的解釋。 ➡環繞

2.（　　　）以下哪些地方有「水天一色」的美景A.動物園B.洞庭湖C.日月潭D.百貨公司。 ➡B、C

3.（　　　）以下敘述何者錯誤A.「水村山郭」的「郭」是指圍著城的牆B.碧，青黑色C.「水光山色」是形容美景。 ➡B

用法　比喻環顧都是美麗的風景，來不及一一欣賞。

範例　墾丁國家公園一帶的風景，如**山陰道上**令人目不暇給。

山環水抱（ㄕㄢ ㄏㄨㄢˊ ㄕㄨㄟˇ ㄅㄠˋ）

解釋　環、抱：環繞。指山峰環繞，溪水圍繞。

詞源　明．王守仁．《添設和平縣治疏》：「本峒（峒，音ㄉㄨㄥˋ，苗猺族居住的地方）羊子一處，地方寬平，山環水抱，水陸俱（都）通。」大意是說：峒羊子這個地方，地方寬平，山、水環繞，水陸都可以通行。

用法　形容風景的壯麗。

範例　這一地帶**山環水抱**，是旅遊的熱門景點。

水天一色（ㄕㄨㄟˇ ㄊㄧㄢ ㄧˊ ㄙㄜˋ）

解釋　指天空和水相映成同樣的顏色。

詞源　李白題岳陽樓對聯：「水天一色，風月無邊。」大意是說：洞庭湖水倒映天影成一色，湖中盡是清風明月的無邊景致。

用法　形容水景宜人。

範例　日月潭的**水天一色**，雲影湖光，盡覽無遺。

水光山色（ㄕㄨㄟˇ ㄍㄨㄤ ㄕㄢ ㄙㄜˋ）

解釋　指山水的風光和景色。

詞源　宋．蘇軾：「水光瀲灩（形容水勢盛大，波光閃爍）晴方好，山色空濛（虛幻迷茫）雨亦奇。若把西湖比西子（西施），淡妝濃抹總相宜。」大意是說：當晴空萬里的時候，湖水波光洋溢盪漾，是那樣的美好；而細雨濛濛的時候，湖上的山影顯得虛幻迷茫，竟也是一幅奇景。如果西湖就是西施美麗的化身，那麼無論是略施薄粉或是上了彩妝都是如此的宜人。

用法　形容優美的景色。

範例　西湖的**水光山色**是醉人的仙境。

提示　「水光山色」也作「水色山光」。

水村山郭（ㄕㄨㄟˇ ㄘㄨㄣ ㄕㄢ ㄍㄨㄛ）

解釋　水村：居於河邊的村落。郭：城外圍著城的牆。指位在水邊的村落及依靠著山的城牆。

詞源　杜牧．《江南村》：「千里鶯啼綠映紅，水村山郭酒旗風。」大意是說：到處都聽得到黃鶯歌唱，也看得到綠樹紅花相互輝映，位居河邊的村落及靠著山的城牆，隨處可見酒旗迎風飄揚。

用法　形容位居優美環境旁的住家聚落。

範例　大夥沿著水道而行，處處可見**水村山郭**，居民好不親切。

水碧山青（ㄕㄨㄟˇ ㄅㄧˋ ㄕㄢ ㄑㄧㄥ）

解釋　碧：青綠色。山青：青翠的山。指青綠的山水。

詞源　唐《韋莊詩》：「錢塘江盡到桐廬，水碧山青畫不如。」大意是說：錢塘江的盡頭就是桐廬，這個地方鍾靈毓秀（傑出的人才，為自然的靈氣所產生），人傑地靈，美麗的風景可說連圖畫都無法比擬。

用法　形容風景如畫。

範例　日月潭環湖皆山，**水碧山青**的美景，中外馳名。

1.（　　　）「世外桃園」，請改正這句成語中的錯字。 ➡源

2.（　　　）「良晨美景」，請改正這句成語中的錯字。 ➡辰

3.（　　　）花「朝」月「夕」，請寫出括號中的解釋。 ➡白天、晚上

4.（　　　）□□□□何時了？往事知多少？請寫出「虞美人」這首詞空格中的成語。 ➡春花秋月

水聲山色（ㄕㄨㄟˇ ㄕㄥ ㄕㄢ ㄙㄜˋ）

解釋 山色：山的景色。指流水潺潺的聲音與青山的美景。

詞源 辛棄疾．《賀新郎序》：「獨坐停雲（引申作思親的意思），水聲山色競來相娛。」大意是說：獨自坐著想念親人，沒想到山川美景爭相來娛悅我的心情。

用法 形容大自然的聲音和美景。

範例 靜臥在如茵的綠草上，任由水聲山色伴我入眠。

世外桃源（ㄕˋ ㄨㄞˋ ㄊㄠˊ ㄩㄢˊ）

解釋 世外：塵世以外的地方。桃源：桃花園的簡稱。指世俗以外的桃花園地。

詞源 清．袁枚．《隨園詩話補遺．卷三》：「餘自嘉峪關外至烏魯木齊，見所屬州縣，皆清靜無事，倉不貯（貯，音ㄓㄨˇ，儲存）糧，庫不貯銀，監獄無罪犯，真世外桃源也。」

用法 ①形容是理想的安樂之地。②比喻美麗的風景。

範例 台東的美景宜人，是凡間的世外桃源。

良辰美景（ㄌㄧㄤˊ ㄔㄣˊ ㄇㄟˇ ㄐㄧㄥˇ）

解釋 辰：也就是時間。指美好的時光及優美的景色。

詞源 宋．歐陽脩．《雨中花》：「且攜手流連（捨不得離開的意思），良辰美景，留作相思處。」大意是說：與人一起共遊美景，卻捨不得離去，於是就將優美的景色當成是彼此相思的主題。

用法 形容美好的時光和景色。

範例 元宵佳節河畔燈火通明，在此良辰美景之下，令人流連忘返。

花朝月夕（ㄏㄨㄚ ㄓㄠ ㄩㄝˋ ㄒㄧ）

解釋 朝、夕：白天與晚上。指花朵盛開的白晝及月圓的夜晚。

詞源 《紅樓夢．一〇二回》：「園中人少，況兼（況且又）天氣寒冷，李紈姊妹、探春、惜春等俱挪回（移回）舊所。到了花朝月夕，依舊相約玩耍。」

用法 形容美好的景致和時辰。

範例 我們只要活得充實，人生中盡是花朝月夕的良辰。

提示 「花朝月夕」也作「花晨月夕」。

春花秋月（ㄔㄨㄣ ㄏㄨㄚ ㄑㄧㄡ ㄩㄝˋ）

解釋 春花：春天盛開的美麗花朵。秋月：秋天高掛天空的明月。指春天是花朵盛開的季節，秋天是月亮最皎潔的季節。

詞源 南唐．李後主．《虞美人》：「春花秋月何時了（了，音ㄌㄧㄠˇ，結束）？往事知多少？」

用法 形容美好的光景。

範例 我倘佯在春花秋月的美景中，不禁憶起你甜美的笑容……。

柳暗花明（ㄌㄧㄡˇ ㄢˋ ㄏㄨㄚ ㄇㄧㄥˊ）

解釋 柳暗：指樹遮蔽了日光，柳樹出現陰影。花明：盛開的鮮豔花朵。指柳樹的樹蔭及鮮明的花朵。

詞源 宋．陸游．《遊山西村》：「山重水複（山水阻隔的意思）疑無路，柳暗花明又一村。」大意是說：旅途中山水隔絕，本來以為無路可走了，沒想到在絕境的時候，突然又發現新的村落，重新燃起希望。

1.（　　　）美不「勝」收，請寫出括號中的注音和解釋。 ➡ㄕㄥ、盡
2.（　　　）浮「嵐」暖翠，請寫出括號中的注音和解釋。 ➡ㄌㄢˊ、山中的霧氣
3.（　　　）形容美好的山水景色，叫□光□色。 ➡湖、山
4.（　　　）「棋花搖草」，請改正這句成語中的錯字。 ➡琪、瑤
5.（　　　）「萬紫千虹」，請改正這句成語中的錯字。 ➡紅

用法 ①形容事情已經到了絕境，忽然又出現轉機。②形容景色優美。

範例 只見此處山巖蔽日，轉個彎，又是柳暗花明的景致了。

美不勝收 ㄇㄟˇ ㄅㄨˋ ㄕㄥ ㄕㄡ

解釋 勝：盡。收：閱覽。指美好的事物或景色太多，令人無法一一欣賞。

詞源 宋．鄭興裔．《請起居重華宮疏》：「自古聖帝賢王，史策所載，美不勝書。」大意是說：從古代以來，史書中所記載的聖賢君王太多，所以不能都記載下來。

用法 形容絕色的美景。

範例 杭州的西湖清波蕩漾，水光山色，美不勝收。

提示 「美不勝收」的「勝」讀作ㄕㄥ，不可以讀作ㄕㄥˋ。

風月無邊 ㄈㄥ ㄩㄝˋ ㄨˊ ㄅㄧㄢ

解釋 風月：清風及明月。無邊：沒有邊際。指清風明月並無邊際。

詞源 宋．朱熹．《六先生畫象贊．濂溪先生》：「風月無邊，庭草交翠（綠色）。」大意是說：夜色優美，庭院中的草木長得很茂密。

用法 形容宜人的夜景。

範例 晴空月夜，在風月無邊的洞庭湖泛舟，是我畢生難忘的事。

提示 「風月無邊」也作「無邊風月」。

浮嵐暖翠 ㄈㄨˊ ㄌㄢˊ ㄋㄨㄢˇ ㄘㄨㄟˋ

解釋 嵐：山中的霧氣。翠：青綠色。指飄起的山霧與青翠的山景。

詞源 宋．歐陽脩．《廬山高》：「欲令浮嵐暖翠千萬狀，坐臥常對乎軒（窗戶）窗。」大意是說：想要觀賞各種不同的山林美景，因此，不管坐著或休息總是常常面對著窗戶。

用法 形容美好的山林景色。

範例 我們登上黃山，在浮嵐暖翠之間，彷彿置身仙境。

提示 「浮嵐暖翠」的「嵐」讀作ㄌㄢˊ，不可以讀作ㄈㄥ。

湖光山色 ㄏㄨˊ ㄍㄨㄤ ㄕㄢ ㄙㄜˋ

解釋 湖光：湖面的風光。指湖水與青山交互輝映。

詞源 《儒林外史．十五回》：「湖光山色渾（全部）無恙（傷害；損傷），揮手（表示惜別）清吟（唱）過十洲。」大意是說：美麗的山水景色沒有遭人破壞，向美景惜別後，清唱著歌曲，一下子就過了十洲。

用法 形容美好的山水景色。

範例 這裡的湖光山色與帆影相映照，構成一幅絕色的山水畫。

琪花瑤草 ㄑㄧˊ ㄏㄨㄚ ㄧㄠˊ ㄘㄠˇ

解釋 琪、瑤：美玉。指在仙境中所生長的花草。

詞源 《西遊記．九八回》：「果然西方佛地，與他處不同，見了些琪花瑤草，古柏、蒼松。」

用法 ①形容珍貴的花草。②比喻優美的風景。

範例 庭院栽種著牡丹、芍藥類的琪花瑤草，美不勝收。

萬紫千紅 ㄨㄢˋ ㄗˇ ㄑㄧㄢ ㄏㄨㄥˊ

解釋 紫、紅：鮮豔的顏色。指在春天中，各種顏色鮮豔的花朵紛紛

1.（　　　）「落花偏偏」，請改正這句成語中的錯字。　➡翩翩
2.（　　　）「落英」繽紛，請寫出括號中的解釋。　➡落花
3.（　　　）「旖旎」風光，請寫出括號中的注音。　➡ㄧˇ ㄋㄧˇ
4.（　　　）「乍」寒乍暖，請寫出括中的解釋。　➡忽然
5.（　　　）形容春景的美麗，叫□紫□紅。　➡奼、嫣

盛開。

詞源 宋．朱熹．《春日詩》：「等閒（隨便）認得東風（春天吹東風）面，萬紫千紅總是春。」大意是說：看到大地吹著東風，就知道春天來了，各種鮮豔的花朵爭相怒放，這就是春天的景色。

用法 ①指興盛繁榮的情景。②形容風景的美麗。

範例 春意乍暖時，花朵爭奇鬥豔，一時間開得萬紫千紅。

提示 「萬紫千紅」也作「萬紅千紫」。

落花翩翩（ㄌㄨㄛˋ ㄏㄨㄚ ㄆㄧㄢ ㄆㄧㄢ）

解釋 翩翩：翻飛的樣子。指落花很優美的從樹上飄落下來。

用法 形容迷人的花樹景觀。

範例 園林中盡是桃紅李豔，沿徑落花翩翩，恰若春雪。

落英繽紛（ㄌㄨㄛˋ ㄧㄥ ㄅㄧㄣ ㄈㄣ）

解釋 落英：落花。繽紛：眾多的樣子。指處處都是落花的樣子。

詞源 陶潛．《桃花源記》：「芳草（香草）鮮美（色彩很漂亮），落英繽紛，漁人甚異（奇怪）之。」大意是說：花草的色彩非常美麗，到處都有落花飄下，漁夫覺得很特別。

用法 形容如仙境般的景觀。

範例 三月的陽明山櫻花盛開，處處落英繽紛，形成一道花雨。

提示 「落英繽紛」的「繽」不可以寫成「海濱」的「濱」。

旖旎風光（ㄧˇ ㄋㄧˇ ㄈㄥ ㄍㄨㄤ）

解釋 旖旎：柔媚的樣子。風光：景色。指柔美的景色。

用法 形容優美的景致。

範例 日月潭的晨曦初放，一眼望去盡是旖旎風光。

提示 「旖旎風光」的「旖旎」讀作ㄧˇ ㄋㄧˇ。

(二)比喻「春天的風光」

乍寒乍暖（ㄓㄚˋ ㄏㄢˊ ㄓㄚˋ ㄋㄨㄢˇ）

解釋 乍：忽然。指忽寒又忽暖，天氣不穩定。

用法 ①形容剛進入春天，天氣不穩定，有時暖和，有時還會帶些寒意。②形容人的情緒變化不定。

範例 春天初臨，早晚的天候仍是乍寒乍暖，出門記得添件衣服。

奼紫嫣紅（ㄔㄚˋ ㄗˇ ㄧㄢ ㄏㄨㄥˊ）

解釋 奼：顏色鮮豔的樣子。嫣：嬌豔的。指鮮豔的紫色或紅色花朵。

詞源 明．湯顯祖．《牡丹亭．驚夢》：「原來奼紫嫣紅開遍，似這般都付與斷井頹（頹，音ㄊㄨㄟˊ，毀壞的）垣（垣，音ㄩㄢˊ，矮牆）。」大意是說：原來滿園的鮮紫豔紅處處開遍，像這樣無邊的花色，卻都徒然交付來點染園中的斷井破牆。

用法 形容春景。

範例 我去年撒下的一把種子，如今已是奼紫嫣紅了。

提示 「奼紫嫣紅」的「奼」讀作ㄔㄚˋ，不可以讀作ㄓㄚˋ。

花光柳影（ㄏㄨㄚ ㄍㄨㄤ ㄌㄧㄡˇ ㄧㄥˇ）

解釋 花光：百花的光彩。指百花的光彩及柳樹搖曳的倩影。

詞源 《紅樓夢．二五回》：「花光柳影，鳥語溪聲。」大意是說：

1.（　　）以下成語何者是描寫春景 A.五顏六色 B.花街柳巷 C.花紅柳綠 D.花嬌柳媚。 ➡C、D

2.（　　）春遊，□□□□，不是更添情趣嗎？空格中應填入 A.狂風大作 B.飛砂走石 C.傾盆大雨 D.雨絲風片。 ➡D

3.（　　）春色「惱」人，請寫出括號中的解釋。 ➡招惹

春天來時，百花爭妍（妍，音ㄧㄢˊ，美麗），柳樹生姿，眾鳥快樂的飛舞啼叫，溪水也潺潺（潺，音ㄔㄢˊ，流水的聲音）地流著。

用法 形容春天百花爭妍，柳樹生姿的景致。

範例 湖中暖風送舟，見花光柳影迎波晃盪，水動，風動，心亦動。

花紅柳綠 ㄏㄨㄚ ㄏㄨㄥˊ ㄌㄧㄡˇ ㄌㄩˋ

解釋 指紅色的花朵及青綠的柳樹相互輝映。

詞源 《金瓶梅・八九回》：「景物芳菲（花草茂盛），花紅柳綠，仕女遊人不斷。」大意是說：花草茂盛的景色中，紅花及青柳交互輝映，仕女及遊客一直沒有中斷過。

用法 形容生氣盎然的景觀。

範例 西湖早春，一片水色山光，花紅柳綠，好不美麗！

提示 「花紅柳綠」也作「桃紅柳綠」。

花嬌柳媚 ㄏㄨㄚ ㄐㄧㄠ ㄌㄧㄡˇ ㄇㄟˋ

解釋 媚：美好。指花朵嬌美，柳葉嫵媚。

用法 春天的花兒嬌，柳兒美，這句成語是描寫春天柔媚的景色。

範例 西湖的湖岸花嬌柳媚，引人流連。

雨絲風片 ㄩˇ ㄙ ㄈㄥ ㄆㄧㄢˋ

解釋 雨絲：雨水如細絲一般。風片：風兒間歇地吹著。指小雨如絲，風吹飄零。

詞源 明・湯顯祖《牡丹亭・驚夢》：「良辰美景奈何天，賞心樂事誰家院……雨絲風片，煙波（霧氣瀰漫的水面）畫船。」大意是說：杜麗娘放下書本，遊賞滿是春光的花園，她感嘆地說：「這良辰美景我一向也只能在深閨對天徒嘆奈何，不禁懷疑這供賞心樂事的自家花園究竟是誰家的院落呀？……春天的小雨如絲，風吹飄零，在霧氣瀰漫的水面上，有一艘華麗的船悠遊在江中。」

用法 形容春景。

範例 春遊，雨絲風片，不是更添情趣嗎？

春山如笑 ㄔㄨㄣ ㄕㄢ ㄖㄨˊ ㄒㄧㄠˋ

解釋 指春山嫵媚的山色，好似在微笑一樣。

詞源 《郭熙文》：「春山澹（澹，音ㄉㄢˋ，恬靜貌）冶（冶，音ㄧㄝˇ，美麗）面如笑。」大意是說：春山看起來恬靜美麗，好似在微笑一樣。

用法 形容春天美麗的景色。

範例 「看！春山如笑。」車窗外是三月的陽明山。

春光明媚 ㄔㄨㄣ ㄍㄨㄤ ㄇㄧㄥˊ ㄇㄟˋ

解釋 春光：春天的景色。明媚：景色美好、漂亮。指春景非常的美麗。

詞源 《醒世恆言・卷十三》：「時值春光明媚，景色撩（撩，音ㄌㄧㄠˊ，挑弄）人。」大意是說：此時的春光非常的美麗，引起人們觀賞的興致。

用法 形容春天鮮明的風光。

範例 趁著春光明媚，偷得浮生半日閒。

春色惱人 ㄔㄨㄣ ㄙㄜˋ ㄋㄠˇ ㄖㄣˊ

解釋 惱：招惹。指春天的美景，

1.（　　）「至若□□□□，波瀾不驚。」這句話出自范仲淹的《岳陽樓記》，請寫出空格中的成語。➡春和景明
2.（　　）「春風擔蕩」，請改正這句成語中的錯字。➡澹
3.（　　）「春寒料俏」，請改正這句成語中的錯字。➡峭
4.（　　）形容春天萬物朝氣蓬勃的景象，叫□啼□語。➡鶯、燕

吸引人們駐足觀賞。

詞源 宋・王安石・《夜直》：「春色惱人眠不得，月移花影上欄幹（幹，音ㄏㄢˋ，木頭圍成的欄杆）。」大意是說：觀賞春景的興致擾得人無法入睡，月亮將花的影子投射在欄杆上面。

用法 形容挑動人心的春景。

範例 三月的陽明山百花爭妍，好一個春色惱人的季節！

春和景明 ㄔㄨㄣ ㄏㄜˊ ㄐㄧㄥˇ ㄇㄧㄥˊ

解釋 景：日光。指春天的氣候非常暖和，日光也十分明朗。

詞源 范仲淹・《岳陽樓記》：「至若春和景明，波瀾（波浪）不驚。」大意是說：大地因為春天來到，氣候回暖，而且風景明媚，河面上連一點波浪也沒有。

用法 形容美好的春景。

範例 淡淡的三月天，杜鵑花怒放，好一個春和景明的季節。

春風澹蕩 ㄔㄨㄣ ㄈㄥ ㄉㄢˋ ㄉㄤˋ

解釋 澹蕩：舒緩蕩漾。指春風暖和，吹在人的身上，感覺非常的舒服。

詞源 《李白詩》：「春風正澹蕩。」

用法 形容舒適的春風。

範例 頭靠著欄杆，春風澹蕩，好不舒服！

春寒料峭 ㄔㄨㄣ ㄏㄢˊ ㄌㄧㄠˋ ㄑㄧㄠˋ

解釋 料峭：被風吹拂，感覺很冷的樣子。指春天初到的時候，天氣仍有些許的寒意。

詞源 《五燈會元・潭州大溈佛性法泰禪師》：「春寒料峭，凍殺年少。」大意是說：春天初到，天氣仍帶有寒意，即使年輕人也會冷得直發抖。

用法 形容早春寒冷的氣候。

範例 北方正月時，春寒料峭，積雪還沒有融化呢！

提示 「春寒料峭」的「峭」不可以寫成「花俏」的「俏」。

春暖花開 ㄔㄨㄣ ㄋㄨㄢˇ ㄏㄨㄚ ㄎㄞ

解釋 指春天的氣候很暖和，百花盛開。

詞源 《歧路燈・四〇回》：「春暖花開，我好引著孩子們園裏做活」。

用法 形容宜人的春色。

範例 我愛春暖花開，整個人都充滿源源不絕的活力。

鳥語花香 ㄋㄧㄠˇ ㄩˇ ㄏㄨㄚ ㄒㄧㄤ

解釋 鳥語：小鳥啼叫的聲音。指小鳥快樂地啼叫，百花的香味也撲鼻而來。

詞源 南宋・呂本中・《紫微詩話》：「鳥語花香變夕（晚）陰，稍閒（安閒）復（又）恐（怕）病相尋。」大意是說：春光明媚的風景變成陰暗的天氣，稍微懈怠又怕疾病緊跟著就上身了。

用法 形容春意盎然的景象。

範例 我們走出黑天摸地的山洞，眼前竟是鳥語花香的桃花源。

提示 「鳥語花香」也作「花香鳥語」。

鶯啼燕語 ㄧㄥ ㄊㄧˊ ㄧㄢˋ ㄩˇ

解釋 鶯啼：黃鶯鳴叫。燕語：燕子的叫聲。指黃鶯及燕子的叫聲。

詞源 唐・劉長卿・《賦得詩》：

1.（　　　）「抗旱不雨」，請改正這句成語中的錯字。	➡亢
2.（　　　）「汗出如醬」，請改正這句成語中的錯字。	➡漿
3.（　　　）形容夏天的酷熱，叫□金□石。	➡流、鑠
4.（　　　）四十度的高溫，□□□□，曬得人頭昏眼花。空格中應填入 A.春暖花開 B.蜀犬吠日 C.裹足不前 D.火傘高張。	➡D

「鶯啼燕語報新年。」大意是說：黃鶯與燕子在春意盎然的景色下唱歌、飛舞，似乎向人報告新的一年又來到了。

用法 ①形容春天萬物富有朝氣的景象。②比喻女子之間的笑語。

範例 你聽，春天來了！窗外正傳來鶯啼燕語的報春聲呢！

(三)比喻「夏季的天氣」

亢旱不雨（ㄎㄤˋ ㄏㄢˋ ㄅㄨˋ ㄩˇ）

解釋 亢：大。旱：乾燥。指天氣乾燥，長久沒有下雨。

用法 形容天氣乾旱。

範例 老天若一直亢旱不雨，連民生用水都要實施管制嘍！

提示 「亢旱不雨」的「亢」不可以寫成「抵抗」的「抗」。

火傘高張（ㄏㄨㄛˇ ㄙㄢˇ ㄍㄠ ㄓㄤ）

解釋 張：撐開。指火紅的太陽高掛在天空。

詞源 韓愈．《遊龍寺贈太補闕詩》：「赫赫（火勢大的樣子）炎官（太陽）張（撐開）火傘。」大意是說：火紅的太陽撐開火傘，烈日當空的溫度實在令人受不了。

用法 形容夏天的天氣酷熱。

範例 四十度的高溫，火傘高張，晒得人頭昏眼花。

汗出如漿（ㄏㄢˋ ㄔㄨ ㄖㄨˊ ㄐㄧㄤ）

解釋 漿：比較濃稠的液體。指流很多汗。

詞源 南朝宋．劉義慶．《世說新語．言語》：「毓面有汗，帝曰：『卿（鍾毓）面何以汗？』毓對曰：『戰戰（畏懼小心的樣子）惶惶（害怕的樣子），汗出如漿。』」大意是說：鍾繇曾經帶他的兩個兒子面見魏文帝，當時鍾會七歲，鍾毓八歲，鍾毓看到魏文帝後滿面都是汗，文帝對他說：你怎麼滿臉是汗呢？鍾毓回答文帝說：「我因為害怕，所以一直流汗不止。」

用法 ①形容熱汗直流。②形容很緊張。

範例 豔陽高照，人人汗出如漿，昏昏欲睡。

流金鑠石（ㄌㄧㄡˊ ㄐㄧㄣ ㄕㄨㄛˋ ㄕˊ）

解釋 流金：溫度很高，可以將金屬物品熔為液體。鑠：熔化。指大自然的溫度太高，連金屬及石頭都被熔化了。

詞源 《文明小史》：「雖然赤（紅）日當空，流金鑠石，全不覺半點歊（歊，音ㄒㄧㄠ，熱氣）熱。」大意是說：雖然烈日當空，感覺好像快將金屬及石頭熔化，但是完全感受不到一絲熱氣。

用法 形容天氣的酷熱。

範例 撒哈拉沙漠足以流金鑠石的氣候，並不適合居住。

提示 「流金鑠石」的「鑠」不可以寫成「砂礫」的「礫」。

揮汗如雨（ㄏㄨㄟ ㄏㄢˋ ㄖㄨˊ ㄩˇ）

解釋 揮手擦汗，有如雨下。

詞源 清．紀昀《閱微草堂筆記．灤陽消夏錄五》：「其人伏地惕（惕，音ㄊㄧˋ，戒慎恐懼）息，揮汗如雨，自是怏怏（怏，音ㄧㄤˋ，不快樂貌）如有失。」大意是說：那個人伏趴在地上，恐懼地喘息，出汗如下雨般，自然是感到不快樂而悵然若失的。

1.（　　）以下解釋何者錯誤A.「焦金」，一種色澤焦黑的金塊B.「流石」，流動的巨石C.「榴紅噴火」中的「榴紅」是比喻火紅的太陽D.「熯天熾地」是形容冬天氣候嚴寒。 ➡A、B、D

2.（　　）「老埔黃花」，請改正這句成語中的錯字。 ➡圃

3.（　　）秋高氣「爽」，請寫出括號中的部首和解釋。 ➡爻部、涼爽

用法　形容人感到躁熱或緊張，出汗極多。

範例　酷暑肆虐下，人們一下子就揮汗如雨了。

提示　「揮汗如雨」與「渾汗成雨」不同，前者是形容出汗很多，後者是形容人數眾多。

焦金流石（ㄐㄧㄠ ㄐㄧㄣ ㄌㄧㄡˊ ㄕˊ）

解釋　焦：被火燒黑。流石：石頭都被熔化了。指連金屬都被燒黑了，石頭也被熔化了。

用法　形容夏天的氣溫高，大地都快烤焦了。

範例　這天氣熱得足以焦金流石，有誰受得了！

榴紅噴火（ㄌㄧㄡˊ ㄏㄨㄥˊ ㄆㄣ ㄏㄨㄛˇ）

解釋　榴：一種開紅花的落葉灌木。榴紅：也就是火紅的太陽。指火紅的太陽如同在噴火。

用法　從「噴火」一詞可以窺見天氣的酷熱，所以「榴紅噴火」是形容夏天的氣溫很高。

範例　炎炎夏日，榴紅噴火，防曬保養很重要喲！

熯天熾地（ㄏㄢˋ ㄊㄧㄢ ㄔˋ ㄉㄧˋ）

解釋　熯：用火隔著鍋子乾煮。熾：燒。指天地之間的溫度，就如同東西被放在鍋子中烹煮或焚燒。

用法　形容夏天的溫度高，令人覺得難耐。

範例　在熯天熾地的陽光下，草原一片枯黃，動物也毫無生氣。

提示　「熯天熾地」的「熾」讀作ㄔˋ，不可以讀作ㄓˋ。

(四)比喻「秋景」

老圃黃花（ㄌㄠˇ ㄆㄨˇ ㄏㄨㄤˊ ㄏㄨㄚ）

解釋　老圃：已種植蔬果多年的園子。黃花：菊花。指種植花果蔬菜的園圃和黃色的秋菊相互輝映。

用法　從「黃花」一詞可知是形容「秋景」。

範例　此時已是老圃黃花的季節，適合登高賞菊。

提示　「老圃黃花」的「圃」讀作ㄆㄨˇ，不可以讀作ㄆㄨˋ。

金風玉露（ㄐㄧㄣ ㄈㄥ ㄩˋ ㄌㄨˋ）

解釋　金風：就陰陽五行來說，在四季之中，秋天屬金，所以金風就是秋風。玉露：寒露如玉一樣的潔白。指秋天所吹的風（西風）及潔白如玉的寒露。

詞源　宋．秦觀．《鵲橋仙詞》：「金風玉露一相逢，便勝卻人間無數。」大意是說：牛郎織女一年只能會見一次，但是兩人的真情可貴，勝過人間無數虛華。

用法　形容秋天的美景。

範例　大暑過後，便進入金風玉露的立秋節氣。

秋山紅葉（ㄑㄧㄡ ㄕㄢ ㄏㄨㄥˊ ㄧㄝˋ）

解釋　秋山：秋天的山色。紅葉：泛紅的楓葉。指秋天的山景及火紅的楓葉。

用法　楓葉一到秋季就會開始變紅，所以「秋山」及「紅葉」都是形容「秋景」。

範例　我在秋山紅葉的季節，尋找失落的記憶……。

秋高氣爽（ㄑㄧㄡ ㄍㄠ ㄑㄧˋ ㄕㄨㄤˇ）

解釋　秋高：秋天晴朗的氣候。氣

1.（　　）以下的成語何者和秋天相關A.火傘高張B.秋高馬肥C.桂子飄香 D.百花盛開。 ➡B、C

2.（　　）落霞孤「鶩」，請寫出括號中的解釋。 ➡雁鳥

3.（　　）□□□□，秋天應景的水果已經上市了。空格中應填入 A.琳琅滿目 B.花花綠綠 C.橙黃橘綠 D.果實纍纍。 ➡C

爽：秋天非常涼爽宜人。形容秋季天空晴朗，涼爽宜人。

詞源《孽海花．十九回》：「那時秋高氣爽，塵軟蹄（馬蹄）輕，不一會兒，已到了門口。」大意是說：秋天的天氣非常宜人，一路上沒什麼灰塵，馬兒也跑得很快，過了沒有多久的時間，就已經到了門口。

用法 形容秋季的天氣宜人。

範例 秋高氣爽的休假日，不妨到郊外踏青吧！

提示「秋高氣爽」也作「秋高氣肅」。

秋高馬肥 ㄑㄧㄡ ㄍㄠ ㄇㄚˇ ㄈㄟˊ

解釋 秋高：秋天的氣候晴朗宜人。肥：壯碩。指秋天氣候爽朗，馬兒也養得很壯碩。

詞源《元史．世祖本紀》：「卿（君王對臣子的稱呼）等當整（整頓）爾（你）士卒（兵士），礪（磨利）爾戈矛（兵器），矯（將彎的變成直的）爾弓矢（箭），約會（照會）諸將，秋高馬肥，水陸分道前進，以為問罪之舉。」大意是說：你們應該好好地整頓士兵，事先磨利兵器，弓箭加以矯正，並且照會所有將領，秋日氣爽，馬匹都長得很肥壯，這時應該兵分兩道前進，對於不服者興師問罪。

用法 形容秋季涼爽宜人。

範例 皇帝決定在這秋高馬肥的季節，舉行秋圍打獵。

桂子飄香 ㄍㄨㄟˋ ㄗˇ ㄆㄧㄠ ㄒㄧㄤ

解釋 桂子：桂花。指桂花盛開，處處傳來桂花的香氣。

詞源 宋之問《遊靈隱寺》：「桂子月中落，天香雲外飄。」大意是說：桂花在月夜中飄落，其香氣飄至九霄（天）雲外。

用法 農曆八月是桂花開花的季節，所以「桂子飄香」是形容秋天的景色。

範例 時間過得真快，一眨眼又到了桂子飄香的八月了！

落霞孤鶩 ㄌㄨㄛˋ ㄒㄧㄚˊ ㄍㄨ ㄇㄨˋ

解釋 落霞：晚霞。鶩：鴨子的別稱，泛指雁。指傍晚的晚霞及孤獨的雁鳥。

詞源 王勃．《滕王閣序》：「秋水共（與）長天一色，落霞與孤鶩齊飛。」大意是說：江南三大樓（岳陽樓、黃鶴樓、滕王閣）之一的滕王閣，秋水與天空輝映成相同的色澤，秋天的晚霞與孤雁一起飛翔於天際。

用法 形容秋天傍晚的景色。

範例 他凝望著窗外的落霞孤鶩，一副若有所思的樣子。

橙黃橘綠 ㄔㄥˊ ㄏㄨㄤˊ ㄐㄩˊ ㄌㄩˋ

解釋 橙黃：橙子已經黃了（熟了）。橘綠：橘子的外表還是青綠色的。指橙子已經成熟了，橘子皮卻還是綠的。

詞源 宋．蘇軾．《贈劉景文詩》：「一年好景君（指劉景文）須記，最是橙黃橘綠時。」大意是說：你要將一年之中最美好的景色記住，那就是橙子黃了，但是橘子尚未成熟的時候。

用法 形容秋天的美景。

範例 橙黃橘綠，秋天應景的水果已經上市了。

提示「橙黃橘綠」也作「橙黃桔

1. （　　　）「盧荻吐白」，請改正這句成語中的錯字。 ➡蘆
2. （　　　）以下哪種天氣可以看到雪景A.大寒之隆B.天寒地凍C.鬼哭神號D.春和景明。 ➡A、B
3. （　　　）形容冬天大雪飄飛，叫風□雪□。 ➡號、舞
4. （　　　）「朔風」野大，請寫出括號中的解釋。 ➡北風

綠」。（桔，音ㄐㄩˊ，「橘」的別稱）。

蘆荻吐白 ㄌㄨˊ ㄉㄧˊ ㄊㄨˇ ㄅㄞˊ

解釋 蘆：多年生的草本植物，其莖多為中空，通常被拿來建屋。荻：一種生長在水邊的植物，可與「蘆」歸為同類，都是禾本科的植物。吐：開。指蘆荻開出白色的花朵。

用法 形容秋景。

範例 溪中蘆荻吐白，野鴨在河面上悠哉地戲水。

(五) 比喻「冬季的酷寒」

大寒之隆 ㄉㄚˋ ㄏㄢˊ ㄓ ㄌㄨㄥˊ

解釋 大寒：依中國二十四節氣而言，大寒是一年中最嚴寒的日子。隆：深厚；興盛。指最寒冷的時候。

用法 形容嚴寒的冬季。

範例 當一年的大寒之隆時，大家又開始準備過新年了。

天寒地凍 ㄊㄧㄢ ㄏㄢˊ ㄉㄧˋ ㄉㄨㄥˋ

解釋 地凍：地面上結成冰。指天氣寒冷，地面也都結冰了。

詞源 《水滸傳．六四回》：「目今（現今）天寒地凍，軍馬亦難久住。」大意是說：現在非常嚴寒，兵馬很難在這種氣候下久住。

用法 形容天氣的寒冷。

範例 外頭天寒地凍的，人們都窩在家中，不想出門。

冰天雪地 ㄅㄧㄥ ㄊㄧㄢ ㄒㄩㄝˇ ㄉㄧˋ

解釋 冰天：天空一直下著雪。雪地：大地被冰雪覆蓋。指天空飄著雪，地面也都被冰雪覆蓋。

詞源 清．蔣士銓．《雞毛房詩》：「冰天雪地風如虎，裸（沒有穿著衣物）而泣者無棲所。黃昏萬語乞三錢，雞毛房中買一眠。」大意是說：在寒冷的冬季，冷風好似老虎要吃人一樣，有個身上沒有穿衣物的人，因為找不到休息的地方而哭泣。在黃昏中行乞，說了千言萬語也只能討到三錢，不得已只好用這些錢在雞毛房中買個睡覺的地方。

用法 形容天氣非常的寒冷，到處都是冰雪。

範例 正值隆冬季節，北海道一片冰天雪地，人人冷得直發抖。

提示 「冰天雪地」也作「冰天雪窖」（窖：音ㄐㄧㄠˋ，地洞）。

風號雪舞 ㄈㄥ ㄏㄠˊ ㄒㄩㄝˇ ㄨˇ

解釋 號：呼叫。雪舞：也就是飄雪。指寒風狂吹，大雪飄飛。

用法 形容冬天大雪飄飛，天氣嚴寒。

範例 一入夜，外頭風號雪舞，像張牙舞爪的雪怪。

提示 「風號雪舞」的「號」讀作ㄏㄠˊ，不可以讀作ㄏㄠˋ。

朔風野大 ㄕㄨㄛˋ ㄈㄥ ㄧㄝˇ ㄉㄚˋ

解釋 朔風：北風。野大：強烈。指北風強烈的吹著。

詞源 清．袁枚．《祭妹文》：「哭汝既不聞汝言，奠（擺設祭品來祭祀鬼神）汝（汝，音ㄖㄨˇ，你）又不見汝食（動詞，吃）。紙灰飛揚，朔風野大，阿兄歸矣！」大意是說：我為你的死感到悲傷，卻又聽不到你前來安慰我，擺設祭品來祭拜你，卻又看不到你前來食用，

1.（　　）寒流來襲，□□□□，路上的行人都包得密不透風。空格中應填入A.懶懶洋洋B.意興闌珊C.寒風刺骨D.東倒西歪。 ➡C

2.（　　）古人常以「梨花」代表A.嬌柔B.白雪C.身價D.外表。 ➡B

3.（　　）荊天「棘」地，請寫出括號中的注音和部首。 ➡ㄐㄧˊ、木部

4.（　　）蛇「虺魍魎」，請寫出括號中的注音。 ➡ㄏㄨㄟˇ、ㄨㄤˇ、ㄌㄧㄤˇ

燒給你的紙錢四處飛揚，北風強烈地吹著，阿兄要回去了！

用法 形容北風強烈。

範例 高原上朔風野大，黃沙滾滾，旅人都睜不開眼睛。

提示 「朔風野大」的「朔」不可以寫成「巨碩」的「碩」。

寒風刺骨（ㄏㄢˊ ㄈㄥ ㄘˋ ㄍㄨˇ）

解釋 寒風：秋末冬初所吹的嚴寒冷風。刺骨：形容很冷的意思。指嚴寒的風非常冷，好像會刺人骨一樣。

詞源 陸機．《燕歌行》：「寒風習習（風吹拂的樣子）落葉飛。」大意是說：寒風吹拂，落葉因此飄飛。

用法 形容寒冷的風。

範例 寒流來襲，寒風刺骨，路上的行人都包得密不透風。

提示 「寒風刺骨」也作「寒風砭骨」（砭：音ㄅㄧㄢ，用石製的針來刺肌膚）。

亂舞梨花（ㄌㄨㄢˋ ㄨˇ ㄌㄧˊ ㄏㄨㄚ）

解釋 亂舞：四處飄動。梨花：梨樹所開的白花，此處引申為白雪。指梨花紛紛的從樹上飄落。

用法 古人常以「梨花」代表白雪，故「亂舞梨花」是形容冬天下雪的景色。

範例 合歡山上近日亂舞梨花，吸引大批人潮上山賞雪。

提示 「亂舞梨花」的「梨」不可以寫成「犁田」的「犁」。

瑞雪繽紛（ㄖㄨㄟˋ ㄒㄩㄝˇ ㄅㄧㄣ ㄈㄣ）

解釋 瑞雪：冬天的雪可以凍死害蟲，使農作物豐收，所以稱為瑞雪。繽紛：繁多的意思。指冬雪紛紛地從天上飄落下來。

詞源 《趙彥昭詩》：「俄而（俄，音ㄜˊ。俄而：不久）逢（遭遇；遇到）瑞雪。」大意是說：不久之後就遇到冬雪紛飛。

用法 形容雪花落下的景象。

範例 台灣一年四季如春，難得出現瑞雪繽紛的景象。

提示 「瑞雪繽紛」的「瑞」不可以寫成「端正」的「端」。

漫天風雪（ㄇㄢˋ ㄊㄧㄢ ㄈㄥ ㄒㄩㄝˇ）

解釋 漫：廣大。指風雪下得很大，幾乎瀰漫整個天際。

用法 形容狂風大雪的景象。

範例 南北極終年漫天風雪，人煙稀少。

(六) 比喻「荒涼之地」

荊天棘地（ㄐㄧㄥ ㄊㄧㄢ ㄐㄧˊ ㄉㄧˋ）

解釋 荊：叢生或多刺的灌木。棘：多刺的草木。指天地間到處長滿荊棘。

用法 ①形容蠻荒之地。②比喻環境艱難。

範例 四百年前，先民們渡海來到荊天棘地的臺灣，辛勤地開墾。

提示 「荊天棘地」的「棘」讀作ㄐㄧˊ。

蛇虺魍魎（ㄕㄜˊ ㄏㄨㄟˇ ㄨㄤˇ ㄌㄧㄤˇ）

解釋 虺：土色的蛇，身上懷有劇毒。魍魎：傳說是山林之中的怪物。指沒有開化的地區，到處都是毒蛇及怪物。

用法 形容充滿有毒生物的未開發區。

1.（　　）「漲雨蠻煙」，請改正這句成語中的錯字。 ➡瘴

2.（　　）我國的醫療團隊深入非洲的□□□□之地，進行義診。空格中應填入 A.花花世界 B.五光十色 C.兵荒馬亂 D.瘴雨蠻煙。 ➡D

3.（　　）一望無「垠」，請寫出括號中的注音和解釋。 ➡ㄧㄣˊ、邊際

範例 那片森林傳說蛇虺魍魎充斥，所以沒有人敢冒險進入。

提示 「蛇虺魍魎」的「虺」讀作ㄏㄨㄟˇ，不可以讀作ㄏㄨㄟˋ。

瘴雨蠻煙（ㄓㄤˋ ㄩˇ ㄇㄢˊ ㄧㄢ）

解釋 瘴：深山林地中，因為溼熱所產生的毒氣。蠻：尚未開化的意思。指荒山野地因溼熱所產生的毒雨，及未開化地區所產生的煙氣。

詞源 《嚴羽答友人詩》：「湘（湖南省的簡稱）江南去少人行，瘴雨蠻煙白草生。」大意是說：湘水往南一帶，因為自然條件不佳，容易產生溼熱的毒氣及雜草，所以很少人在此地區活動。

用法 形容人煙罕至，自然條件不佳的荒涼地區。

範例 亞馬遜河流域的熱帶雨林，如今仍是瘴雨蠻煙的未開發區。

提示 「瘴雨蠻煙」也作「瘴雨蠻雲」。

蠻荒之地（ㄇㄢˊ ㄏㄨㄤ ㄓ ㄉㄧˋ）

解釋 蠻荒：尚未經過開發，人煙罕至的地方。指還沒有經過人為的開發，仍然很荒涼的地方。

用法 形容景色荒涼。

範例 這片蠻荒之地經過他們的開墾之後，已經可以種植蔬果了。

蠻荒瘴癘（ㄇㄢˊ ㄏㄨㄤ ㄓㄤˋ ㄌㄧˋ）

解釋 瘴：深山林地間，因為溼熱所形成的毒氣。癘：傳染病的意思。指在未開化的地方，到處都是毒氣及致病的細菌。

用法 形容落後，充滿疾病的地方。

範例 我國的醫療團隊深入非洲的蠻荒瘴癘之地，進行義診。

(七) 比喻「遼闊的景象」

一望無垠（ㄧˊ ㄨㄤˋ ㄨˊ ㄧㄣˊ）

解釋 垠：邊際。指一眼看過去完全沒有界限。

詞源 《鏡花緣・三八回》：「不多時（沒有多久），步過玉橋，迎面無數梧桐，一望無際。」

用法 形容四周的面積廣大遼闊。

範例 在這一望無垠的海洋，成群的海豚開心地徜徉其間。

提示 「一望無垠」也作「一望無邊」。

一望無際（ㄧˊ ㄨㄤˋ ㄨˊ ㄐㄧˋ）

解釋 指一眼望去完全沒有邊際。

詞源 《老殘遊記・一回》：「朝（向）東觀看，只見海中白浪如山（白浪翻捲得如山那麼高），一望無際。」

用法 形容遼闊的景象。

範例 一群野馬奔馳在一望無際的草原，嘶鳴震天。

提示 「一望無際」也作「一望無涯」（涯：音ㄧㄚˊ，邊界；界限）。

一望萬頃（ㄧˊ ㄨㄤˋ ㄨㄢˋ ㄑㄧㄥˇ）

解釋 頃：計算土地面積的單位。指一眼看過去，有萬頃土地那麼大。

用法 形容眼前所見的景象非常的遼闊。

範例 一望萬頃的麥穗隨風搖曳，彷彿是金黃色的海。

提示 「一望萬頃」的「頃」讀作ㄑㄧㄥˇ，不可以讀作ㄑㄧㄥ。

1.（　　　）「天常地闊」，請改正這句成語中的錯字。　➡長
2.（　　　）煙「波」千里，請寫出括號中的注音。　➡ㄅㄛ
3.（　　　）白鷺鷥自湖面飛起，展翅向□□□□處飛去，只剩漣漪。空格中應填入 A.雲水蒼茫 B.天長地久 C.小橋流水 D.在水一方。　➡A

天長地闊（ㄊㄧㄢ ㄔㄤˊ ㄉㄧˋ ㄎㄨㄛˋ）

解釋 闊：寬廣。指天地寬廣、遼闊。

詞源 李華．《弔古戰場文》：「地闊天長，不知歸路。」大意是說：天地之間非常遼闊，所以不知道歸途何在？

用法 形容遼闊無邊的天地。

範例 天長地闊，男兒四海為家。

無邊無垠（ㄨˊ ㄅㄧㄢ ㄨˊ ㄧㄣˊ）

解釋 邊：邊界；邊際。指土地面積沒有邊界。

用法 形容廣闊的景象。

範例 旅人抬頭所見盡是無邊無垠的沙漠，好不孤獨。

提示 「無邊無垠」也作「無邊無際」、「無邊無礙」。

雲水蒼茫（ㄩㄣˊ ㄕㄨㄟˇ ㄘㄤ ㄇㄤˊ）

解釋 雲：也就是天空。蒼茫：沒有邊際的樣子。指天空與水面看過去非常的遼闊。

用法 形容遼闊的水景。

範例 白鷺鷥自湖面飛起，展翅向雲水蒼茫處飛去，只剩漣漪。

煙波千里（ㄧㄢ ㄅㄛ ㄑㄧㄢ ㄌㄧˇ）

解釋 煙波：煙霧籠罩在水面上。千里：面積很大的意思。指煙霧所籠罩的朦朧水面有千里那麼大。

詞源 柳永．《雨霖鈴詞》：「念去去（表示重複一直說，也就是行程很遠的意思）千里煙波，暮靄（靄，音ㄞˇ，傍晚的雲氣）沉沉（厚實的感覺）楚天（南天）闊。」大意是說：柳永離京南下，大家至長亭送行，表現出依依不捨的離情，柳永口中不斷說著：「此去的行程非常遠，南天非常遼闊，而傍晚的雲層也非常厚實。」充分表現出不捨離去之情。

用法 形容蒼茫的水面非常的遼闊。

範例 洞庭湖湮波千里，為聞名遐邇的淡水湖。

煙波浩渺（ㄧㄢ ㄅㄛ ㄏㄠˋ ㄇㄧㄠˇ）

解釋 煙波：煙霧瀰漫的水面。浩渺：水面遼闊，一望無際的樣子。指廣大的江面瀰漫著迷迷濛濛的霧氣。

詞源 唐．崔致遠．《將歸海東巉山春望》：「目極（盡）煙波浩渺間。」大意是說：放眼望著瀰漫霧氣的遼闊水面。

用法 形容水面霧氣迷濛，遼闊深遠。

範例 清晨時，船行在煙波浩渺之間，海水清澈可見魚影。

萬頃煙波（ㄨㄢˋ ㄑㄧㄥˇ ㄧㄢ ㄅㄛ）

解釋 頃：計算土地面積的單位。煙波：江面上瀰漫著霧氣。指廣大的水面上瀰漫著朦朧的霧氣。

詞源 宋．楊萬裏．《朝陽海岸望海》：「萬頃煙波一白鷗。」大意是說：在煙霧瀰漫的遼闊江面上，有一隻白鷗飛翔著。

用法 形容煙霧瀰漫的廣闊水域。

範例 鄱陽湖萬頃煙波，湖面帆影點點。

提示 「萬頃煙波」也作「萬頃之陂」（陂：音ㄆㄧˊ，水池；池塘）。

(八)比喻「山河險要」

1. (　　　) 以下敘述何者正確A.「天下咽喉」是比喻地勢險峻的軍事要地B.「危崖絕壁」的「危」是危急的意思C.「表裡山河」的「裡」同「里」，千里的意思D.新店的「碧潭」谷深水急，是世界著名的大河。　➡A

2. (　　　)「撫背厄喉」，請改正這句成語中的錯字。　➡拊、扼

天下咽喉 ㄊㄧㄢ ㄒㄧㄚˋ ㄧㄢ ㄏㄡˊ

解釋 咽喉：地勢險要的地方。指天下間，地勢最險峻之處。

用法 比喻地勢險峻的軍事要地。

範例 潼關形勢險要，自古以來為天下咽喉。

危崖絕壁 ㄨㄟˊ ㄧㄞˊ ㄐㄩㄝˊ ㄅㄧˋ

解釋 危：高。崖：山的邊沿處。絕：阻斷。指高山的邊沿地帶，人跡罕至的地方。

用法 形容險峻的高山地勢。

範例 這幾尊佛像雕刻在危崖絕壁上，真可謂為鬼斧神工。

提示 「危崖絕壁」的「崖」不可以寫成「天涯海角」的「涯」。

表裡山河 ㄅㄧㄠˇ ㄌㄧˇ ㄕㄢ ㄏㄜˊ

解釋 表：外。裡：內。指外頭有護城河保護，內部有險山屏障。

詞源 《左傳．僖公二八年》：「戰而捷，必得諸侯，若其不捷，表裏（「裡」的異體字）山河，必無害也。」大意是說：子犯勸晉侯與楚國一戰，他說：「如果跟楚國作戰得勝，必定得到諸侯國的擁戴，如果不能得勝，我們所占據的地方是一個險要之地，對我們來說並沒有任何傷害。」

用法 形容地勢險要。

範例 山西省東有太行山作為屏障，自古有表裡山河之稱。

谷深水急 ㄍㄨˇ ㄕㄣ ㄕㄨㄟˇ ㄐㄧˊ

解釋 谷：兩山之間的凹地。指山谷很深，流水又急。

用法 形容河勢深險湍急。

範例 長江三峽谷深水急，多暗礁險灘。

長江天塹 ㄔㄤˊ ㄐㄧㄤ ㄊㄧㄢ ㄑㄧㄢˋ

解釋 塹：險阻。指長江是天然險要之地。

詞源 《南史》：「長江天塹，古來限隔南北，虜軍（古代華夏民族對外族的稱呼）豈（怎麼）能飛渡。」大意是說：長江是中國的天然險要，外族怎麼可能渡過來侵略中原呢？

用法 形容長江的河勢險要。

範例 南京城北有長江天塹，地勢龍蟠虎踞，是有名的古都。

提示 「長江天塹」的「塹」讀作ㄑㄧㄢˋ，不可以讀作ㄓㄢˋ。

拊背扼喉 ㄈㄨˇ ㄅㄟˋ ㄜˋ ㄏㄡˊ

解釋 拊：拍打。扼：控制。喉：位在咽頭和氣管的中間，由聲帶及軟骨所組成的器官。指拍擊背部，並且掐住咽喉。

詞源 《舊唐書．薛大鼎傳》：「請勿攻河木，以龍門直渡，據永豐倉，傳檄（檄，音ㄒㄧˊ，用文書傳布）遠近，則足食足兵。既（不久）總天府，據百二之所（以二人就可以抵抗一百人的地方），斯（此）亦拊背扼喉之計。」大意是說：薛大鼎游說高祖不可直接攻打河木，不妨先攻龍門，占據永豐倉，並且用文書傳布遠近的將領前來歸順，如果能夠這樣做的話，不但軍糧不缺，兵力也充足。相信不久之後，一定可以占據百二之所，這也是控制險要的一種計策。

用法 比喻控制險要的地方。

範例 作戰時，駐軍在拊背扼喉的地方，也是致勝的關鍵之一。

1. （　　　）形容山多險要的景象，叫重□疊□。 ➡巒、嶂
2. （　　　）「俏立千刃」，請改正這句成語中的錯字。 ➡峭、仞
3. （　　　）「祟山俊嶺」，請改正這句成語中的錯字。 ➡崇、峻
4. （　　　）形容山勢險要的地區，叫龍□虎□。 ➡蟠、踞
5. （　　　）「披山戴河」，請改正這句成語中的錯字。 ➡被、帶

提示 「拊背扼喉」也作「撫背扼喉」。

重巒疊嶂（ㄔㄨㄥˊ ㄌㄨㄢˊ ㄉㄧㄝˊ ㄓㄤˋ）

解釋 巒：山峰的通稱。疊：堆聚；累積。嶂：山。指山峰連接在一起，峻嶺也相互堆聚。

詞源 明．張岱．《家傳．附傳》：「仲（長幼順序的排行，仲為排行第二者）叔……夜尚燒燭為友人畫，重巒疊嶂，出沒翠（青綠色）濤（濤，音ㄊㄠ，波浪）。」大意是說：二叔半夜的時候還沒有就寢，仍然點燭為友人作畫，其圖是山峰重疊，碧濤擊拍岩石的畫作。

用法 形容山多險要的景象。

範例 長江三峽處處可見重巒疊嶂的天然景觀。

峭立千仞（ㄑㄧㄠˋ ㄌㄧˋ ㄑㄧㄢ ㄖㄣˋ）

解釋 峭：山勢陡削。仞：一仞有八尺。指山勢陡峭，其海拔有八千尺那麼高聳。

用法 形容山勢高聳險峻。

範例 聖母峰峭立千仞，是登山客夢寐以求的征服對象。

提示 「峭立千仞」也作「峭壁千仞」。

崇山峻嶺（ㄔㄨㄥˊ ㄕㄢ ㄐㄩㄣˋ ㄌㄧㄥˇ）

解釋 崇：高。峻：高而陡峭。指高而陡峭的山嶺。

詞源 晉．王羲之．《蘭亭集序》：「此地有崇山峻嶺，茂林修（長）竹。」大意是說：這個地方有高而陡峭的山嶺，竹林不但長得茂盛，而且都很高大。

用法 形容高大陡峭的山勢。

範例 當你走過崇山峻嶺，才會知道自己有多麼的渺小。

被山帶河（ㄅㄟˋ ㄕㄢ ㄉㄞˋ ㄏㄜˊ）

解釋 被、帶：環繞；圍繞。指被高山與大河環繞。

詞源 《東周列國志．八七回》：「秦地最勝（優越），無如（沒有像……一樣）咸陽，被山帶河，金城（用金屬所建造的城池，比喻堅固）千里。」大意是說：秦國的地形最優越，沒有一個地方像咸陽一樣，四周都被高山及河流所環繞，廣大的城池就如同金城一樣堅固。

用法 形容地勢險峻。

範例 古代的關中之地被山帶河，易守難攻。

龍蟠虎踞（ㄌㄨㄥˊ ㄆㄢˊ ㄏㄨˇ ㄐㄩˋ）

解釋 蟠：纏繞。踞：蹲；坐。指如同龍身纏繞，老虎蹲坐著一樣。

詞源 《六朝事跡》：「諸葛亮論金陵地形云：『鍾阜（土山）龍蟠，石城虎踞，真帝王之宅。』」大意是說：諸葛亮曾經論述金陵的地形，他說：「鍾山有龍身纏繞，石城有老虎蹲坐保護，實在可以稱得上是帝王之地。」

用法 形容山勢險要的地區。

範例 這塊地山峰環繞，林木高聳，有龍蟠虎踞的形勢。

提示 「龍蟠虎踞」也作「龍盤虎踞」。

懸崖峭壁（ㄒㄩㄢˊ ㄧㄞˊ ㄑㄧㄠˋ ㄅㄧˋ）

解釋 懸崖：高且陡的山。峭壁：極為陡峭，幾乎不能攀爬。指山勢險惡。

用法 形容崖山高聳於空中，山壁直立，看起來非常的險峻。

1. （　　　）「一劍之地」，請改正這句成語中的錯字。
2. （　　　）「咫」尺天涯，請寫出括號中的注音。
3. （　　　）形容兩地距離很近，叫□在□尺。
4. （　　　）各地的回教徒□□□□的前往回教聖地參加朝聖。

空格中應填入A.一波三折B.千呼萬喚C.千里迢迢D.三五好友。

➡箭
➡ㄓˇ
➡近、咫
➡C

範例 人參多生長在懸崖峭壁之上，採取不易，更顯得珍貴。

提示 「崖」和「涯」形音義都不同。「崖」讀作ㄧㄞˊ，山邊。「涯」讀作ㄧㄚˊ，水邊。

【地域類】

(一)比喻「距離不遠」

一箭之地（ㄧˊ ㄐㄧㄢˋ ㄓ ㄉㄧˋ）

解釋 一箭：一支箭就可以射中的意思。指一支箭就可以射到的地方。

詞源 《隋唐演義．四九回》：「未遠一箭之地，錢娘又撒（撒，音ㄙㄚ，放開）轉頭來一望，只見羅成又縱馬前來。」大意是說：在很短的距離內，錢娘又轉頭看了一下，只看見羅成又騎著馬飛快奔來。

用法 形容兩地之間的距離很近。

範例 他工作的地方距離家中只有一箭之地，真方便。

咫尺天涯（ㄓˇ ㄔˇ ㄊㄧㄢ ㄧㄚˊ）

解釋 咫：周代的長度單位，一咫有八寸。咫尺：形容很短的距離。指兩地的距離不遠，但是感覺好像相距很遙遠。

詞源 《鏡花緣．十七回》：「那馬明明近在咫尺，卻誤為喪失不見，就如『心不在焉，視而不見（明明有看見，卻裝作沒有看到）』之意。」

用法 形容距離很近，彼此卻很難見面。

範例 他倆隔著咫尺天涯，只好藉著上網聊天，互訴情意。

提示 「咫尺天涯」的「咫」讀作ㄓˇ，不可以讀作ㄔˇ。

步武之間（ㄅㄨˋ ㄨˇ ㄓ ㄐㄧㄢ）

解釋 步：古代六尺為一步。武：半步就稱為「武」。指一步或半步的距離。

詞源 《國語．周語》：「目之察度（度，音ㄉㄨㄛˊ，推測）也，不過步武尺寸之間。」大意是說：用眼睛稍微觀察，也不過是尺寸之間的距離罷了。

用法 形容兩地之間的距離極短。

範例 宮殿之外，步武之間就設有士兵站哨，戒備森嚴。

近在咫尺（ㄐㄧㄣˋ ㄗㄞˋ ㄓˇ ㄔˇ）

解釋 指兩地相距在尺寸之間。

用法 形容兩地距離很近。

範例 台北與永和近在咫尺，往來交通便利。

(二)比喻「距離遙遠」

千里迢迢（ㄑㄧㄢ ㄌㄧˇ ㄊㄧㄠˊ ㄊㄧㄠˊ）

解釋 迢迢：距離遙遠。指兩地之間的距離有千里那麼遙遠。

詞源 《晚清文學叢鈔．冷眼觀》：「求你們勸勸我們老爺，不要瞎著急呀，倘（假如；假若）急出事來，那就一家人千里迢迢在外面不得了了。」

用法 形容距離非常的遠。

範例 各地的回教徒千里迢迢的前往回教聖地麥加朝聖。

提示 「千里迢迢」的「迢迢」讀作ㄊㄧㄠˊ，不可以讀作ㄊㄠˊ。

1.（　　）以下敘述何者正確A.「山南海北」可以形容兩地距離遙遠，也可以形容說話沒有主題B.形容人分別兩地叫「在水一方」C.「江雲燕樹」中的「燕樹」是指生長於華北一帶的樹D.「嵩雲秦樹」是比喻兩地相隔近。 ➡A、C

2.（　　）「天涯海腳」請改正這句成語中的錯字。 ➡角

山南海北
ㄕㄢ ㄋㄢˊ ㄏㄞˇ ㄅㄟˇ

解釋 指一在山的南邊，一在海的北邊。

詞源 《醒世姻緣傳·七七回》：「他一個男子漢，有血性，又有銀錢，又有一雙大腳，山南海北的會走。」

用法 ①形容兩地距離遙遠。②形容說話沒有主題。

範例 他走遍**山南海北**，在各地尋訪古陶器。

山巔水湄
ㄕㄢ ㄉㄧㄢ ㄕㄨㄟˇ ㄇㄟˊ

解釋 巔：頂端。湄：水草交接的岸邊。指在山的頂端及川水的岸邊。

用法 形容兩地相距遙遠。

範例 游牧民族驅趕著牛羊，穿越**山巔水湄**，尋找棲息之地。

提示 「山巔水湄」的「湄」讀作ㄇㄟˊ，不可以讀作ㄇㄟˋ。

天各一方
ㄊㄧㄢ ㄍㄜˋ ㄧ ㄈㄤ

解釋 指彼此各在天底下的角落中。

詞源 明·羅貫中·《三國演義·三六回》：「先生此去（離開），天各一方，未知相會卻在何日！」

用法 形容人分別兩地。

範例 你這次出國，**天各一方**，未來我們見面的機會不多了。

天南地北
ㄊㄧㄢ ㄋㄢˊ ㄉㄧˋ ㄅㄟˇ

解釋 指一個在天的南邊，一個在地的北邊。

詞源 《楊萬里詩》：「身行島北新春後，眼到天南最盡頭。」大意是說：在新春之後動身前往島的北邊，但是眼睛一直望著南天的盡頭之處。

用法 形容兩地相距遙遠。

範例 我對你綿綿的思念，即使是**天南地北**，也阻隔不了。

天涯海角
ㄊㄧㄢ ㄧㄚˊ ㄏㄞˇ ㄐㄧㄠˇ

解釋 涯：邊際。海角：角落。指在天的邊際和海的一角。

詞源 韓愈·《祭十二郎文》：「一在天之涯，一在地之角。」大意是說：一個在天的邊際，一個在地平面的一角，永遠都沒有見面的機會了。

用法 形容偏遠地區或兩地相距甚遠。

範例 入秋之後，雁鳥成群地飛過**天涯海角**，到南方避冬。

提示 「天涯海角」的「涯」不可以寫成「懸崖」的「崖」。

江雲燕樹
ㄐㄧㄤ ㄩㄣˊ ㄧㄢˋ ㄕㄨˋ

解釋 江雲：長江以南的雲朵。燕樹：生長於華北一帶的樹。指江南的雲朵及華北的樹木。

用法 江南及華北相距有數千里之遠，所以「江雲燕樹」是形容兩地相隔遙遠，見面不容易。

範例 你我相隔異地，**江雲燕樹**，只能靠書信來聯絡了。

嵩雲秦樹
ㄙㄨㄥ ㄩㄣˊ ㄑㄧㄣˊ ㄕㄨˋ

解釋 嵩：嵩山。秦：秦嶺，俗稱中南山或終南山。指嵩山上的雲朵及秦嶺上的樹木。

詞源 唐·李商隱·《寄令狐郎中》：「嵩雲秦樹久離居，雙鯉（古代以鯉魚的函套來收放書信，所以鯉魚也用來引申作書信）迢迢

1.（　　　）「臥野千里」，請改正這句成語中的錯字。➡沃
2.（　　　）形容漁農業生產豐富的地區，叫□□之鄉。➡魚米
3.（　　　）「膏」腴之地，請寫出括號中的解釋。➡肥沃
4.（　　　）以下敘述何者正確A.「不毛之地」是比喻人很吝嗇 B.「魚米之鄉」的反義是「窮荒不文」C.沙漠多是不毛之地。➡B、C

（迢，音ㄊㄧㄠˊ，遙遠）一紙書（一封信）。」大意是說：我們兩人所居住的地方相隔遙遠，所以寫了這封信，差人千里迢迢的送去給你。

用法 比喻兩地相隔甚遠。

範例 現代通訊科技發達，即使是嵩雲秦樹也能透過網路傳送訊息。

(三) 比喻「土地肥沃」

沃野千里（ㄨㄛˋ ㄧㄝˇ ㄑㄧㄢ ㄌㄧˇ）

解釋 沃野：肥美的原野土地。千里：廣大的意思。指原野的土地非常的肥沃、廣大。

詞源 《漢書．張良傳》：「夫關中左崤函（函谷關），右隴蜀（隴，音ㄌㄨㄥˇ，甘肅。蜀：四川）沃野千里。」大意是說：關中的左邊是函谷關，右邊是甘肅及四川，所以是一片肥沃的土地。

用法 形容土地肥美、遼闊。

範例 四川盆地沃野千里，物產豐饒，有「天府之國」的美稱。

魚米之鄉（ㄩˊ ㄇㄧˇ ㄓ ㄒㄧㄤ）

解釋 鄉：地區。指魚和稻米生產豐富的地區。

詞源 《水滸傳．三八回》：「兄長，你不見滿江都是魚船，此間（時候）正是魚米之鄉，如何沒有鮮魚？」

用法 形容漁農業生產豐富的地區。

範例 臺灣物產豐富，是生活富庶的魚米之鄉。

提示 「魚米之鄉」也作「魚米之地」。

膏腴之地（ㄍㄠ ㄩˊ ㄓ ㄉㄧˋ）

解釋 膏：土地肥沃。腴：肥美的。指肥沃的土地。

詞源 《史記．武安侯列傳》：「田園極膏腴。」

用法 形容肥沃的土地。

範例 這片膏腴之地，最適合開墾成牧場了。

提示 「膏腴之地」也作「膏壤之地」、「膏腴之壤」。

(四) 比喻「土地貧瘠」

不毛之地（ㄅㄨˋ ㄇㄠˊ ㄓ ㄉㄧˋ）

解釋 不毛：也就是五穀不生。指糧食作物都生長不出來的地方。

詞源 《三國演義．八七回》：「南方不毛之地，瘴（瘴，音ㄓㄤˋ，深山中因為溼熱所產生的毒氣）疫（傳染病）之鄉，丞相……而自遠征，非所宜也。」大意是說：南方的土地非常貧瘠，該地的溼熱毒氣及傳染病盛行，丞相親自領軍遠征，並不是很適當。

用法 形容土地養分不足，五穀雜糧無法生長。

範例 沙漠地帶水源缺乏，幾乎快成為不毛之地。

窮荒不文（ㄑㄩㄥˊ ㄏㄨㄤ ㄅㄨˋ ㄨㄣˊ）

解釋 不文：還沒有經過開化的地區。指貧窮荒野，尚未開化的地區。

用法 形容貧瘠的地方。

範例 軍隊駐紮在這塊窮荒不文的地區，物資補給非常的不方便。

提示 「荒」和「慌」不同。「荒」指邊遠或空曠無人居住；「慌」指心中急，沒有方向。

1.（　　　）「窮鄉闢壤」，請改正這句成語中的錯字。　➡僻
2.（　　　）「磽」薄之地，請寫出括號中的解釋。　➡土壤堅硬貧瘠
3.（　　　）比喻樂土的成語有 A.花花世界 B.人間仙境 C.極樂世界 D.退避三舍。　➡B、C
4.（　　　）形容靈秀的修行之地，叫□天□地。　➡洞、福

窮鄉僻壤 ㄑㄩㄥˊ ㄒㄧㄤ ㄆㄧˋ ㄖㄤˇ

解釋 僻：荒遠；偏僻。僻壤：偏僻的地方。指貧窮落後，地處偏僻的地方。

詞源 清．周永年．《儒藏說》：「窮鄉僻壤，寒門（貧困的家庭）窶（窶，音ㄐㄩˋ，貧窮）士。」大意是說：偏遠落後的地區，有一位出身貧窮的讀書人住在當地。

用法 形容偏僻落後的地區。

範例 在這個窮鄉僻壤的地方，只有兩三戶人家。

提示 「窮鄉僻壤」的「僻」讀作ㄆㄧˋ，不可以讀作ㄅㄧˋ。

磽薄之地 ㄑㄧㄠ ㄅㄛˊ ㄓ ㄉㄧˋ

解釋 磽：土壤堅硬貧瘠。指不肥美而且堅硬的土地。

詞源 梁肅．《通愛敬陂（陂，音ㄆㄟ）水門計》：「化磽薄為膏腴（土地肥沃）者。」大意是說：將不肥美的土地轉化成肥沃的土地。

用法 形容貧瘠的土地。

範例 只要開發水利灌溉，就可以使這片磽薄之地成為沃土了。

提示 「磽薄之地」的「磽」讀作ㄑㄧㄠ，不可以讀作ㄐㄧㄠ。

(五) 比喻「樂土」

人間仙境 ㄖㄣˊ ㄐㄧㄢ ㄒㄧㄢ ㄐㄧㄥˋ

解釋 指世間美好的地方。

用法 形容美好、快樂的地方。

範例 法國的普羅旺斯景色如詩如畫，是二十一世紀的人間仙境啊！

提示 「人間仙境」也作「人間天堂」。

洞天福地 ㄉㄨㄥˋ ㄊㄧㄢ ㄈㄨˊ ㄉㄧˋ

解釋 洞天：洞中別有天地。道教稱神仙所居住的地方有十大洞天，三十六小洞天與七十二福地。指傳說中神仙所居住的美好地方。

詞源 宋．陳亮．《重建紫霄觀記》：「道家有所謂洞天福地者，其說不知所從起。」大意是說：道家傳說中神仙所居住的地方，不知道是從何傳起的。

用法 形容靈秀的修行之地。

範例 我們走出隧道後，映入眼簾的是彷彿人間仙境的洞天福地。

極樂世界 ㄐㄧˊ ㄌㄜˋ ㄕˋ ㄐㄧㄝˋ

解釋 極：盡；很。指只有歡樂而無憂愁的世界。

詞源 唐．白居易．《畫西方幀（幀，音ㄓㄥ，量詞，一幅字畫叫一幀。）記贊》：「極樂世界清淨土，無諸（各種）惡道及眾苦。」大意是說：在充滿歡樂的世界，沒有各種痛苦及害人的事情發生。

用法 形容天堂。

範例 傳說行善修德的人，往生後將會通往極樂世界。

【水文類】

(一) 比喻「水面的狀況」

月白江清 ㄩㄝˋ ㄅㄞˊ ㄐㄧㄤ ㄑㄧㄥ

解釋 月白：月光很明亮。江清：江水清澈的樣子。指夜晚的月色非常明亮，江中的水也非常清澈。

詞源 《水滸傳．四十回》：「月白江清，水影山光。」大意是說：月色皎潔，江水清澈，山的風景倒

1. (　　　) 「水平如境」，請改正這句成語中的錯字。 ➡鏡
2. (　　　) 「水波不醒」，請改正這句成語中的錯字。 ➡興
3. (　　　) 波光「粼粼」，請寫出括號中的注音。 ➡ㄌㄧㄣˊ ㄌㄧㄣˊ
4. (　　　) 形容水面平靜無風，叫□平□靜。 ➡波、風
5. (　　　) 水波「拍」岸，請寫出括號中的詞性和解釋。 ➡動詞、擊

映在水中。

用法 形容月夜的水景。

範例 夜晚，月白江清，景色如詩如畫。

水平如鏡 ㄕㄨㄟˇ ㄆㄧㄥˊ ㄖㄨˊ ㄐㄧㄥˋ

解釋 水平：水面沒有波浪。指水面沒有任何波浪，光滑的有如鏡子一樣。

詞源 《儒林外史．十四回》：「那日江上無風，水平如鏡，過江的船，船上有轎子，都看得明白。」

用法 形容水面的明亮平靜。

範例 朝日抹去江面的霧氣，剎時水平如鏡，柳絲在水上清晰可見。

水波不興 ㄕㄨㄟˇ ㄅㄛ ㄅㄨˋ ㄒㄧㄥ

解釋 水波：水面上的波浪。興：起。指江面上非常平靜，沒有任何的波浪。

詞源 蘇軾．《前赤壁賦》：「蘇子與客，泛舟遊於赤壁（歷史上所稱的赤壁總共有三個地方，都在湖北省境內）之下。清風徐（慢慢的）來，水波不興。」大意是說：蘇軾與賓客一起划舟暢遊赤壁，清風緩緩的吹來，水面非常平靜，沒有一點波浪。

用法 形容水面平靜。

範例 黃昏時分，水波不興，漁船伴隨落霞緩緩入港。

波平風靜 ㄅㄛ ㄆㄧㄥˊ ㄈㄥ ㄐㄧㄥˋ

解釋 波平：水面無波。指大地不起風，水面也不興波浪。

用法 形容水面平靜無風。

範例 在波平風靜的池面，荷花嫣然地盛開。

提示 「波平風靜」也作「波平如鏡」。

波光粼粼 ㄅㄛ ㄍㄨㄤ ㄌㄧㄣˊ ㄌㄧㄣˊ

解釋 波光：從水面中反射出來的光。粼：水面的波光閃爍的樣子。指水面受到陽光的照射，而形成閃閃發亮的波光。

詞源 《詩經．唐風．揚之水》：「白石粼粼。」大意是說：就像白石一樣閃閃發亮。

用法 形容明亮的水景。

範例 鯉魚自波光粼粼的水面上躍出，魚鱗在陽光下閃閃發亮。

提示 「波光粼粼」的「粼」讀作ㄌㄧㄣˊ。

風平浪靜 ㄈㄥ ㄆㄧㄥˊ ㄌㄤˋ ㄐㄧㄥˋ

解釋 指沒有風也沒有浪。

詞源 宋．楊萬里．《泊光口》：「風平浪靜不生紋（波紋），水面渾如（全部；完全）鏡面新。」大意是說：無風無浪，一點波紋也沒有，水面完全就像一面新的鏡子。

用法 ①形容水面一點風浪也沒有。②比喻沒有任何事情發生，一切都很平靜。

範例 旅客在甲板上望著風平浪靜的海面，火球般的陽光緩緩西沉。

(二)比喻「水勢浩大」

水波拍岸 ㄕㄨㄟˇ ㄅㄛ ㄆㄞ ㄢˋ

解釋 水波：波浪。拍：擊。指波浪拍擊岸邊。

用法 形容波浪洶湧。

範例 颱風即將來襲，水波拍岸，民眾要注意安全。

1.（　　）以下敘述何者正確A.颱風季節，容易見到「白浪滔天」的景象B.形容水勢盛大的樣子，叫「洪水滔天」C.濤，音ㄊㄠˊ D.瀾，音ㄌㄢˋ。　➡A、B

2.（　　）「江翻海吠」，請改正這句成語中的錯字。　➡沸

3.（　　）「奔騰頃瀉」，請改正這句成語中的錯字。　➡傾

白浪滔天（ㄅㄞˊ ㄌㄤˋ ㄊㄠ ㄊㄧㄢ）

解釋 滔天：瀰漫於天空。指白色的大浪瀰漫於空中。

詞源 《三國演義．七四回》：「卻說樊城周圍，白浪滔天，水勢益（更加）甚，城垣（垣，音ㄩㄢˊ，矮牆）漸漸浸塌，男女擔（用肩來挑東西）土搬磚，填塞不住。」

用法 形容水勢很大，風浪如天一樣高。

範例 衝浪好手在**白浪滔天**之中順勢而上，彷彿乘著白色蛟龍而來。

江翻海沸（ㄐㄧㄤ ㄈㄢ ㄏㄞˇ ㄈㄟˋ）

解釋 江翻：大江翻動。沸：沸騰。指江水翻動，海水沸騰。

詞源 《哪吒三變》：「瞅（瞅，音ㄔㄡˇ，看）一眼江翻海沸，喝（喝，音ㄏㄜˋ，大聲叫）一聲地慘（顏色暗淡）天昏。」大意是說：只要看一眼就江水翻動，海水沸騰，只要大叫一聲，天地間馬上變得黑暗。

用法 形容巨浪翻滾。

範例 颱風來襲，**江翻海沸**，船隻幾乎要被風浪淹沒了。

奔騰傾瀉（ㄅㄣ ㄊㄥˊ ㄑㄧㄥ ㄒㄧㄝˋ）

解釋 奔騰：馬奔跑跳躍，也就是水勢湍急的意思。傾瀉：流動很快。指水流動很快，如馬兒奔跑跳躍的樣子。

用法 形容水勢很大。

範例 懸崖上的瀑布**奔騰傾瀉**而下，好不壯觀。

波濤洶湧（ㄅㄛ ㄊㄠˊ ㄒㄩㄥ ㄩㄥˇ）

解釋 波濤：巨浪。洶湧：水勢盛大的樣子。指江海中的波浪很大。

詞源 《三俠五義．八七回》：「果然大風驟（突然）起，波濤洶湧，浪打船頭。」

用法 形容水面翻攪的巨浪。

範例 救難隊員在**波濤洶湧**的海面上，救起落水的漁民。

提示 「濤」讀作ㄊㄠˊ，不可以讀作ㄊㄠ。

波瀾壯闊（ㄅㄛ ㄌㄢˊ ㄓㄨㄤˋ ㄎㄨㄛˋ）

解釋 波瀾：水面興起的大波浪。壯闊：壯麗的意思。指江海中的波浪很大，也非常的雄壯。

用法 形容波浪的壯大。

範例 農曆八月中旬時錢塘江潮水**波瀾壯闊**，自古以來蔚為奇觀。

沸騰澎湃（ㄈㄟˋ ㄊㄥˊ ㄆㄥ ㄆㄞˋ）

解釋 澎湃：波浪相互衝擊，也就是水勢盛大的樣子。指江海中的波浪好似水沸騰般，因為相互衝擊而激起白色的浪花。

詞源 《三俠五義．八四回》：「但見一片白茫茫（不清楚的樣子），沸騰澎湃。」

用法 形容波浪翻湧。

範例 海面上的波浪**沸騰澎湃**，我的心也激盪不已。

提示 「沸騰澎湃」的「澎」讀作ㄆㄥ，不可以讀作ㄆㄥˊ。

洪水滔天（ㄏㄨㄥˊ ㄕㄨㄟˇ ㄊㄠ ㄊㄧㄢ）

解釋 洪水：大水。滔天：瀰漫天空中。指大水瀰漫到天際。

用法 形容水勢盛大。

範例 下過一陣暴雨之後，河川中頓時**洪水滔天**，急流滾滾。

1.（　　　）浩浩「湯湯」，請寫出括號中的注音。
2.（　　　）「滾滾」洪流，請寫出括號中的解釋。
3.（　　　）「驚濤烈岸」，請改正這句成語中的錯字。
4.（　　　）形容驚人的巨浪，叫驚□□浪。
5.（　　　）形容東西齊全，叫□應□全。

➡ㄕㄤ ㄕㄤ
➡水流翻動
➡裂
➡濤、駭
➡一、俱

浩浩湯湯（ㄏㄠˋ ㄏㄠˋ ㄕㄤ ㄕㄤ）

解釋 浩浩：廣大；盛大。湯湯：水流盛大，看不到邊界。指水勢洶湧。

詞源 宋．范仲淹．《岳陽樓記》：「予觀夫巴陵勝狀，在洞庭一湖。銜（用嘴叼著）遠山，吞長江，浩浩湯湯，橫無際涯。」大意是說：我觀看巴陵美景，洞庭湖好似用嘴叼著遠山，吞沒著長江，其水面非常廣大，水勢也很洶湧，似乎沒有邊際的樣子。

用法 形容水勢洶湧。

範例 黃河浩浩湯湯，一瀉千里。

提示 「浩浩湯湯」的「湯」讀作ㄕㄤ，不可以讀作ㄊㄤ。

滾滾洪流（ㄍㄨㄣˇ ㄍㄨㄣˇ ㄏㄨㄥˊ ㄌㄧㄡˊ）

解釋 滾滾：水流翻動的樣子。洪流：能引起災害的大水。指大水翻動的意思。

用法 形容水流急速。

範例 颱風過後，滾滾洪流有如猛龍衝浪而出。

驚濤裂岸（ㄐㄧㄥ ㄊㄠˊ ㄌㄧㄝˋ ㄢˋ）

解釋 驚濤：可怕的波浪。裂岸：使河岸裂開。指在可怕的波浪沖擊之下，連河岸也裂開了。

詞源 蘇軾．《念奴嬌》：「驚濤裂岸，捲起千堆雪。」大意是說：可怕的大浪沖毀了堤岸，捲起如雪般的千堆浪花。

用法 形容波浪盛大。

範例 狂風怒吼，瞬間驚濤裂岸，震耳欲聾。

驚濤駭浪（ㄐㄧㄥ ㄊㄠˊ ㄏㄞˋ ㄌㄤˋ）

解釋 驚：可怕的。濤：大浪。駭：令人害怕的。指非常可怕的巨浪。

詞源 宋．陸游《長風沙》：「江水六月無津涯（水邊），驚濤駭浪高吹花（浪花）。」大意是說：六月的江水看不到岸邊，可怕的大浪吹起很高的浪花。

用法 形容驚人的巨浪。

範例 漁船在驚濤駭浪中奮勇前進，巨浪彷彿快將船吞噬了。

現象篇

【集散類】

(一)比喻「應有盡有」

一應俱全（ㄧ ㄧㄥ ㄐㄩˋ ㄑㄩㄢˊ）

解釋 一：全。一應：全部需要的東西。俱：都。指所有需要的東西都很齊備。

詞源 《兒女英雄傳．九回》：「那案子（桌子）上調和作料（作，音ㄗㄨㄛˋ，做菜時所用的各種調味品）一應俱全。」大意是說：那個桌子上的調味品，應有盡有，非常齊全。

用法 形容東西齊全。

範例 這間大賣場的交通便利，商品又一應俱全，非常的受歡迎。

提示 「一應俱全」也作「一應盡全」。

1. （　　）「包羅萬像」，請改正這句成語中的錯字。 ➡象
2. （　　）「色」色俱全，請寫出括號中的解釋。 ➡樣式
3. （　　）以下敘述何者正確A.「無所不有」就是什麼也沒有B.「周而復始」是形容一次又一次的循環，不會停止C.接二連三是形容連續不斷D.「接踵而至」的「踵」是大腿。 ➡B、C

包羅萬象 ㄅㄠ ㄌㄨㄛˊ ㄨㄢˋ ㄒㄧㄤˋ

解釋 包羅：包括。萬象：宇宙之間的各種現象。指包含宇宙間的各種現象。

詞源 《黃帝宅經》：「包羅萬象，舉一千從（跟隨）。」大意是說：東西應有盡有，沒有東西不包含的，只要舉出一種東西，就可以說出一千種相似的用品。

用法 形容豐富多樣。

範例 網際網路的世界包羅萬象，正等著你去挖掘。

色色俱全 ㄙㄜˋ ㄙㄜˋ ㄐㄩˋ ㄑㄩㄢˊ

解釋 色：樣式；種類。俱：都。指每種樣式都很齊全。

用法 形容東西的樣式很多。

範例 媽媽喜歡到迪化街買布，因為那裡的款式色色俱全。

提示 「色」是多音字，僅「色子」（即骰子，賭具的一種）一詞讀作ㄕㄞˇ。

無所不有 ㄨˊ ㄙㄨㄛˇ ㄅㄨˋ ㄧㄡˇ

解釋 指沒有什麼不包含的。

詞源 晉．陸雲．《答車茂安書》：「天下珍玩（稀世珍寶），無所不有。」大意是說：天下間的稀世寶物，應有盡有。

用法 比喻任何東西都有。

範例 大師收藏的古董，從字畫、雕刻、服飾等無所不有。

樣樣皆有 ㄧㄤˋ ㄧㄤˋ ㄐㄧㄝ ㄧㄡˇ

解釋 皆：都。指每一樣都有。

用法 形容該有的都有。

範例 這個旅行包裡面，各式日常用品樣樣皆有，非常的方便。

(二)比喻「綿延不斷」

周而復始 ㄓㄡ ㄦˊ ㄈㄨˋ ㄕˇ

解釋 周：循環。復：又。指循環結束之後，又重新開始。

詞源 《晉書．王鑒傳》：「賦（田租）斂（收聚）搜奪，周而復始，卒（兵士）散（潰散）人流（百姓流亡），相望於道（路上）。」大意是說：政府一次又一次地向人民搜括田租，結果百姓不堪負荷，最後兵士潰散，人民也開始逃避，大家無助地在路途上相望。

用法 形容一次又一次的循環，不會停止。

範例 四季節令的變化周而復始，世間萬物何嘗不是如此呢？

接二連三 ㄐㄧㄝ ㄦˋ ㄌㄧㄢˊ ㄙㄢ

解釋 指接在二之後，卻又連著三。

詞源 《紅樓夢．一〇八回》：「可憐寶丫頭做了一年新媳婦，家裏接二連三的有事，總沒有給她做過生日。」

用法 形容連續不斷。

範例 一開學，就有接二連三的活動舉行，校園內充滿朝氣活力。

接踵而至 ㄐㄧㄝ ㄓㄨㄥˇ ㄦˊ ㄓˋ

解釋 踵：腳後跟。指跟隨前人的腳後跟到來。

詞源 姚雪垠（垠，音ㄧㄣˊ）．《李自成．卷一》：「目今（現在）倘（如果）不一戰卻（擊退）敵，張我國威，恐怕訂城下之盟（敵人兵臨城下才想要訂約），割土地，輸

1.（　　　）「絡繹不決」，請改正這句成語中的錯字。　➡絕
2.（　　　）「七凌八落」，請改正這句成語中的錯字。　➡零
3.（　　　）「三三倆倆」，請改正這句成語中的錯字。　➡兩兩
4.（　　　）公園裡，□□□□的在打拳、跳舞……好不悠閒。空格中應填入A.三人成虎B.三令五申C.三教九流D.三五成群。　➡D

（送出）歲幣，接踵而至。」大意是說：現在如果不一舉擊退敵人，展示我國的威望，等到敵人兵臨城下才想要訂約，這麼一來，割讓土地及送出歲幣求和的事情，將不斷地發生。

用法 ①形容人潮不斷。②形容事情不斷地發生。

範例 一到花季，上山賞花的民眾接踵而至，把步道擠得水泄不通。

絡繹不絕（ㄌㄨㄛˋ ㄧˋ ㄅㄨˋ ㄐㄩㄝˊ）

解釋 絡繹：前後互相連接在一起。絕：斷。指彼此前後相接而不中斷。

詞源 《隋書．高穎傳》：「其夫人賀拔氏寢疾（生病臥床），中使（中原使者）顧（看）問，絡繹不絕。」大意是說：高穎的夫人賀拔氏生病臥床，中原的使者紛紛前來探問，人車可說接連不斷。

用法 形容人、事、物綿延不斷。

範例 中元普渡時，前往廟宇祭拜的善男信女絡繹不絕。

(三)比喻「分散零亂」

七零八落（ㄑㄧ ㄌㄧㄥˊ ㄅㄚ ㄌㄨㄛˋ）

解釋 零、落：不完整。指事物散落於各處，給人雜亂無章的感覺。

詞源 《醒世恆言．卷三》：「……徽宗……不以朝政為事，以致（引起）萬民嗟（嗟，音ㄐㄧㄝ，感傷）怨，金虜（金兵）乘之而起，把花錦（比喻美麗）般一個世界，弄得七零八落。」大意是說：徽宗不專心於朝政，結果引起萬民的抱怨，並且失去人心，於是金兵就趁這個機會，興兵來犯，結果把美麗的世界搞得亂七八糟。

用法 形容事物雜亂，沒有條理。

範例 一陣強風颳來，滿園子裡的花被吹得七零八落。

三三兩兩（ㄙㄢ ㄙㄢ ㄌㄧㄤˇ ㄌㄧㄤˇ）

解釋 指三個在一塊，兩個成一夥。

詞源 《神弦歌十八首》：「行不獨自去，三三兩兩俱（共同）。」大意是說：凡進行事情一定是三個一群，兩個一夥，絕不會獨自行動。

用法 形容零落分散，數量不多。

範例 夜已深，只見三三兩兩的行人在逗留。

提示 「三三兩兩」也作「三三五五」。

三五成群（ㄙㄢ ㄨˇ ㄔㄥˊ ㄑㄩㄣˊ）

解釋 指三個一小夥，五個一小群。

詞源 明．馮夢龍《古今小說》：「一般也有輕薄（不正經）少年及兒童之輩（類），見他又挑柴，又讀書，三五成群，把他嘲笑戲侮。」大意是說：漢代有一位叫做買臣的人，他住在簡陋的蓬門中，每天都要到山中砍柴，再拿到市集去賣。由於他很喜歡讀書，所以雖然肩上挑著柴，手上卻拿著書本讀書，市集上的人民早已知道有這樣一個人，大家可憐他是一位讀書人，所以都跟他買柴火，因此他的柴火都能比別人早一點賣完。據說有一些言行輕浮的人及幼小的孩子，看到他又挑柴又讀書的，總會三個一夥，五個一群地嘲笑他，並且用言語加以侮辱，但是買臣都不

1. (　　　) 形容事物雜亂，叫東□西□。 ➡倒、歪
2. (　　　) 書架上的課本□□□□的，看起來真不舒服。空格中應填入 A.汗牛充棟 B.五顏六色 C.大大小小 D.橫七豎八。 ➡D
3. (　　　) 雜亂無「章」，請寫出括號中的解釋。 ➡條理
4. (　　　) 形容人數非常的多，叫人□人□。 ➡山、海

以為意。

用法 形容分散成許多小團體。

範例 公園裡，**三五成群**的有人在打拳、跳舞、散步……好不悠閒。

提示 「三五成群」也作「三五成眾」。

東倒西歪（ㄉㄨㄥ ㄉㄠˇ ㄒㄧ ㄨㄞ）

解釋 指有些向東邊傾倒，有些向西邊歪斜。

詞源 元．蕭德祥．《殺狗勸夫》：「他兩個把盞（盞，音ㄓㄢˇ，酒杯，後引申作酒）兒吞，直吃（喝）的醉醺醺（醺，音ㄒㄩㄣ，酒醉），吃的來東倒西歪。」大意是說：他們兩人一直將酒往肚子裡灌，喝得醉醺醺的，可說連站都站不穩了。

用法 ①形容精神狀態不佳，站立或行走不穩。②形容事物雜亂。

範例 颱風一過，街道上的招牌被吹得**東倒西歪**。

提示 「東倒西歪」也作「東歪西倒」、「東倒西塌」（塌：音ㄊㄚ，倒）。

亂七八糟（ㄌㄨㄢˋ ㄑㄧ ㄅㄚ ㄗㄠ）

解釋 指零亂又沒有秩序。

詞源 《兒女英雄傳．三八回》：「把山東的土產（當地所生產的物品），揀（挑選）用得著的，亂七八糟都給帶來了。」大意是說：將山東所生產的物品，可以用得到的，未經整理，就全部帶來了。

用法 形容很零亂。此語有時也用來罵人。

範例 他每天忙著工作，家裡到處**亂七八糟**的，也沒空整理。

橫七豎八（ㄏㄥˊ ㄑㄧ ㄕㄨˋ ㄅㄚ）

解釋 豎：直。指不管橫的或直的，都有東西陳置。

詞源 《儒林外史．一回》：「屋後橫七豎八（雜亂的樣子）條田埂（埂，音ㄍㄥˇ，田地間的小路），遠遠的一面大塘，塘邊都栽滿了榆樹、桑樹。」大意是說：屋子後面交錯著田間小路，更遠一點，有一塊大的池塘，在池塘的岸邊種滿了榆樹及桑樹。

用法 形容事物擺放雜亂。

範例 書架上的課本**橫七豎八**的，看起來真不舒服。

提示 「橫七豎八」也作「橫七八豎」、「橫三豎四」。

雜亂無章（ㄗㄚˊ ㄌㄨㄢˋ ㄨˊ ㄓㄤ）

解釋 章：條理。指繁雜散亂，沒有條理。

詞源 唐．韓愈．《送孟東野序》：「其為言也，雜亂而無章。」

用法 形容零亂無章法。

範例 這篇作文寫得**雜亂無章**，而且文不對題。

【多寡類】

㈠比喻「人數很多」

人山人海（ㄖㄣˊ ㄕㄢ ㄖㄣˊ ㄏㄞˇ）

解釋 指所有的人數可以堆積成高山，也可以填滿大海。

詞源 《孽海花．一○回》：「連忙坐了馬車，趕到會場，只見會場中人山人海，異常（非常）熱鬧。」

用法 形容人數非常的多。

範例 資訊展的會場**人山人海**，擠

1.（　　）人如「潮」湧，請寫出括號中的解釋。　➡海水
2.（　　）人滿為「患」，請寫出括號中的解釋。　➡災禍
3.（　　）「川留不息」，請改正這句成語中的錯字。　➡流
4.（　　）「水瀉不通」，請改正這句成語中的錯字。　➡泄
5.（　　）「冠」蓋相望，請寫出括號中的注音。　➡ㄍㄨㄢ

得水洩不通。

提示 「人山人海」也作「人海人山」。

人如潮湧（ㄖㄣˊ ㄖㄨˊ ㄔㄠˊ ㄩㄥˇ）

解釋 潮：海水。湧：水向上冒出來。指人數多得像海水湧出來一樣。

用法 比喻人數眾多。

範例 假日，遊樂區**人如潮湧**，售票口前都大排長龍。

人來人往（ㄖㄣˊ ㄌㄞˊ ㄖㄣˊ ㄨㄤˇ）

解釋 指來往往的人很多。

詞源 《紅樓夢．一一〇回》：「這兩三天人來人往，我瞧（看）著那些人都照應（看顧）不到，想必你沒有吩咐。」

用法 形容人很多。

範例 每逢過年前夕，年貨大街都**人來人往**的，好不熱鬧。

人滿為患（ㄖㄣˊ ㄇㄢˇ ㄨㄟˊ ㄏㄨㄢˋ）

解釋 患：災禍。指人的數目太多，空間容納不下，形成困擾。

用法 形容人數太多，太擁擠。

範例 這陣子感冒病毒流行，因此各大醫院都**人滿為患**。

川流不息（ㄔㄨㄢ ㄌㄧㄡˊ ㄅㄨˋ ㄒㄧ）

解釋 息：停止；終止。指像河川中的流水一樣，沒有停止過。

詞源 《官場現形記．四七回》：「三個隨員，雖不戴大帽子，卻一齊穿了方馬褂（清朝人騎馬時所穿的服裝）上來，圍著爐子，川流不息的監察。」

用法 形容來往的車輛及行人很多。

範例 美術館裡欣賞大師畫展的人**川流不息**。

水泄不通（ㄕㄨㄟˇ ㄒㄧㄝˋ ㄅㄨˋ ㄊㄨㄥ）

解釋 泄：排出。指水沒有縫隙可以排出去。

詞源 《傳燈錄》：「德山（指德山和尚）門下，水泄不通。」大意是說：德山老師父所收的學生非常的多。

用法 形容人多擁擠。

範例 一到下課，福利社一定被同學擠得**水泄不通**。

提示 當「泄」及「洩」做「排出」、「漏」的意思時，兩字可以通用。

冠蓋相望（ㄍㄨㄢ ㄍㄞˋ ㄒㄧㄤ ㄨㄤˋ）

解釋 冠蓋：華麗的衣服和馬車。指很多穿著華麗衣物及乘坐華美馬車的人，在路上穿梭、探望。

詞源 《戰國策．魏策四》：「魏使人求救於秦，冠蓋相望。」大意是說：戰國時代，秦國與魏國結為友好國家，當時，齊國與楚國準備攻打魏國，魏王於是派人向秦國求救，沿路上，魏國使者的坐車，一輛接著一輛，感覺事態非常緊急的樣子。

用法 形容貴賓及使者往來不絕。

範例 每年的電影頒獎典禮，會場外都**冠蓋相望**，貴客雲集。

提示 「冠蓋相望」的「冠」讀作ㄍㄨㄢ，不可以讀作ㄍㄨㄢˋ。

挨肩擦背（ㄞ ㄐㄧㄢ ㄘㄚ ㄅㄟˋ）

解釋 挨：靠。擦：摩擦。指人的肩部彼此靠著，大家的背部也互相摩擦。

1.（　　　）「過江之即」，請改正這句成語中的錯字。 ➡鯽
2.（　　　）「駢」肩「累」足，請寫出括號中的注音。 ➡ㄆㄧㄢˊ、ㄌㄟˇ
3.（　　　）上「千」上「萬」，請寫出括號中的部首。 ➡十部、禸部
4.（　　　）不可勝「數」，請寫出括號中的注音和解釋。 ➡ㄕㄨˇ、計算
5.（　　　）不計其「數」，請寫出括號中的注音和解釋。 ➡ㄕㄨˋ、數量

詞源 《金瓶梅詞話·一八回》：「只見亂哄哄（哄，音ㄏㄨㄥ，眾人一起發出聲音）的挨肩擦背，都是大小官員來上壽（祝壽；拜壽）的。」

用法 形容人很多，感覺非常的擁擠。

範例 體育場上挨肩擦背的球迷，正扯開喉嚨地吶喊加油。

過江之鯽 ㄍㄨㄛˋ ㄐㄧㄤ ㄓ ㄐㄧˋ

解釋 鯽：是一種淡水魚，身體側扁，頭和口都較小，無鬚，是我國常見的食用魚。指像在水中游泳的鯽魚那麼多。

詞源 東晉時代，中原被外族占領，當時北方有很多官吏及知識份子紛紛往南方避難，後來的詩人將這種大批人潮一起逃難的情況用詩詞記錄下來，所以就有「過江名士多如鯽」這句話。

用法 比喻來來往往的人，多的就像游來游去的鯽魚。

範例 百貨公司週年慶，來搶購的人潮如過江之鯽。

駢肩累足 ㄆㄧㄢˊ ㄐㄧㄢ ㄌㄟˇ ㄗㄨˊ

解釋 駢：並列。駢肩：並肩。累：重疊。指大家肩膀靠著肩膀，腳印踩著腳印。

詞源 宋·周密·《齊東野語·卷一九》：「四方士子（讀書人），駢肩累足而至，學舍（講課的地方）至無所容（容納）。」大意是說：四面八方的讀書人紛紛來到，所以講堂已經無法容納得下。

用法 形容人很多，地方也很擁擠。

範例 春天，到陽明山賞花的民眾駢肩累足地到來。

提示 「駢肩累足」的「駢」、「累」讀作ㄆㄧㄢˊ、ㄌㄟˇ。

(二)比喻「數量很多」

上千上萬 ㄕㄤˋ ㄑㄧㄢ ㄕㄤˋ ㄨㄢˋ

解釋 上：達到。指到了千或萬的數目。

用法 形容多得數不清。

範例 電腦的硬碟像個大倉庫，可以存放上千上萬的檔案。

千千萬萬 ㄑㄧㄢ ㄑㄧㄢ ㄨㄢˋ ㄨㄢˋ

解釋 指數目有千、萬那麼大。

用法 千、萬已經很大，今在「千」的前面加一個「千」字，「萬」的前面加一個「萬」字，表示「強調」的語氣，用來形容數目極大。

範例 搜尋引擎的功能是讓我們在千千萬萬的網頁中，找到資料。

不可勝數 ㄅㄨˋ ㄎㄜˇ ㄕㄥ ㄕㄨˇ

解釋 勝：盡；完全。數：計算。指不能完全數完。

詞源 《墨子·非攻》：「百姓之道疾病（生重病）而死者，不可勝數。」大意是說：百姓因為生重病而死亡的，多得無法數盡。

用法 形容事物的數目太大，不能完全數盡。

範例 電腦的中央處理器，上面排列著不可勝數的精密電晶體。

提示 「不可勝數」的「勝」讀作ㄕㄥ，不可以讀作ㄕㄥˋ。

不計其數 ㄅㄨˋ ㄐㄧˋ ㄑㄧˊ ㄕㄨˋ

1. (　　　) 「不勝每舉」，請改正這句成語中的錯字。
2. (　　　) 「比比」皆是，請寫出括號中的注音和解釋。
3. (　　　) 用之不「竭」，請寫出括號中的注音和解釋。
4. (　　　) 形容無法數盡的成語有 A.一葉之秋 B.多此一舉 C.多如牛毛 D.多如繁星。

➡枚
➡ㄅㄧˇ ㄅㄧˇ、每每
➡ㄐㄧㄝˊ、盡
➡C、D

不計其數　不勝枚舉　比比皆是　用之不竭　多如牛毛　多如繁星

解釋 計：計算。數：數量。指不能完整地計算出數量。

詞源 宋．周密．《武林舊事．西湖游賞》：「其餘則不計其數。」

用法 形容數量太多，沒有辦法計算出正確的數字。

範例 他面對著不計其數的貨品，正苦惱不知如何盤點。

不勝枚舉 ㄅㄨˋ ㄕㄥ ㄇㄟˊ ㄐㄩˇ

解釋 勝：盡；完全。枚：一個。指不能完全一個一個地列舉出來。

詞源 清．錢大昕（昕，音ㄒㄧㄣ）《十駕齋養新錄》：「宋人撰述（寫作）不見於志（書籍）者，又復不勝枚舉。」大意是說：在古書中，還有許多宋人的作品沒有被記載下來，我實在沒有辦法一一列舉出來。

用法 形容數量太多，不能詳細地列舉。

範例 電腦在日常生活上的用途，可以說是不勝枚舉。

提示 「不勝枚舉」的「勝」讀作ㄕㄥ，不可以讀作ㄕㄥˋ。

比比皆是 ㄅㄧˇ ㄅㄧˇ ㄐㄧㄝ ㄕˋ

解釋 比比：每每；到處。指到處都是。

詞源 《輟耕錄．喪師衰（衰，音ㄘㄨㄟ）絰（絰，音ㄉㄧㄝˊ，都是喪服）》：「朝（白天）為師生而暮（晚上）若途人（路人；陌生人）者，比比皆是。」大意是說：白天像師生之情一樣，到了晚上卻行同陌路者，到處都可以看見。

用法 形容數目很多，到處都可以見得到。

範例 這條街賣民俗風飾品的店鋪比比皆是，都別具特色。

提示 「比比皆是」的「比比」讀作ㄅㄧˇ，不可以讀作ㄅㄧˋ。

用之不竭 ㄩㄥˋ ㄓ ㄅㄨˋ ㄐㄧㄝˊ

解釋 竭：盡。指怎麼取用都用不完。

詞源 《朱子語類．孟子．離婁下》：「他那源頭（水流出來的地方）只管來得不絕（斷），取之不盡，用之不竭。」

用法 形容數量多，可以無限制地使用。

範例 網路上的資源是取之不盡，用之不竭。

多如牛毛 ㄉㄨㄛ ㄖㄨˊ ㄋㄧㄡˊ ㄇㄠˊ

解釋 牛毛：整頭牛身上的毛。指數量多的就像整頭牛身上的毛。

詞源 《北史．文苑傳序》：「及（到了）明皇，文雅大盛，學者如牛毛，成者如麟角（麒麟的角，後引申為稀少）。」大意是說：到了明皇的時候，文風非常興盛，當時的學者非常多，但是有成就的人非常少。

用法 形容數量多到沒有辦法計算。

範例 網路上的網頁多如牛毛，是汲取新知的好管道。

多如繁星 ㄉㄨㄛ ㄖㄨˊ ㄈㄢˊ ㄒㄧㄥ

解釋 繁：眾多。指數量很多，有如滿天的星星。

用法 形容無法數盡。

範例 紅塵俗世的煩惱多如繁星，你又何苦自怨自艾呢？

1.（　　）成千「累」萬，請寫出括號中的注音和解釋。　➡ㄌㄟˇ、積
2.（　　）「車戴斗量」，請改正這句成語中的錯字。　➡載
3.（　　）恆河沙「數」，請寫出括號中的注音和解釋。　➡ㄕㄨˋ、數量
4.（　　）倉庫裡，儲藏了□□□□的日用貨品。空格中應填入 A.一無是處 B.兩腳書櫥 C.三三兩兩 D.堆積如山。　➡D

成千累萬（ㄔㄥˊ ㄑㄧㄢ ㄌㄟˇ ㄨㄢˋ）

解釋 累：積。指數目變為千或萬。

詞源 《孽海花．二六回》：「再者我的手頭散漫（做事不積極）慣的，從小沒學過做人家的道理，到了老爺這裏，又由（依）著我的性（個性）兒，成千累萬的花。」

用法 形容數目很多。

範例 人即使有成千累萬的金錢，也買不到開朗的心。

提示 「成千累萬」的「累」讀作ㄌㄟˇ，不可以讀作ㄌㄟˋ。

車載斗量（ㄔㄜ ㄗㄞˋ ㄉㄡˇ ㄌㄧㄤˊ）

解釋 載：裝。斗：量器名。指用車子裝載，用斗器來衡量。

詞源 《三國志．吳書．孫權傳》注引《吳書》：「魏主問曰：『江東（吳國）如卿（你，即趙咨）比（類）者有幾？』咨曰：『如臣之比，車載斗量，不可勝數（無法數盡）。』」大意是說：魏主問趙咨：「吳國像你這一類的人有多少呢？」趙咨回答說：「像我這樣的人，非常的多，數都數不完。」

用法 形容數量很多。

範例 圖書館的藏書如車載斗量，數也數不清。

取之不盡（ㄑㄩˇ ㄓ ㄅㄨˋ ㄐㄧㄣˋ）

解釋 盡：完。指取用不完的意思。

詞源 《朱子語類．孟子．離婁下》：「他那源頭（水流出來的地方）只管來得不絕（斷），取之不盡，用之不竭。」

用法 形容資源豐富。

範例 超級市場裡的應景食品琳琅滿目，彷彿任人取之不盡。

提示 ①「取之不盡」也作「取之不竭」。②「取之不盡」常與「用之不竭」連用。

恆河沙數（ㄏㄥˊ ㄏㄜˊ ㄕㄚ ㄕㄨˋ）

解釋 恆河：位於印度的一條大河，相傳岸邊多細沙。數：數量。指恆河中所產的沙子多到不可計算。

詞源 《兒女英雄傳．一七回》：「大凡人生在世，挺著一條身子與世間上恆河沙數的人打交道（往來的意思），哪怕忠孝節義都有假的。」

用法 形容數量極多，數也數不盡。

範例 在恆河沙數的星系中，是否還有另一個綠色星球？

堆積如山（ㄉㄨㄟ ㄐㄧ ㄖㄨˊ ㄕㄢ）

解釋 指東西堆積的有如山那麼高。

詞源 《東周列國志．九八回》：「甲冑（冑，音ㄓㄡˋ，古代戰士所戴的帽子）器械，堆積如山，營中輜（輜，音ㄗ）重（重，音ㄓㄨㄥˋ。輜重：部隊自給自足的物資），悉（全）為秦有。」大意是說：士兵所穿的戰甲及所戴的軍帽，堆積的像山那麼高，營區中的生活物資，全部被秦國奪去了。

用法 形容東西很多。

範例 倉庫裡，儲藏了堆積如山的日用貨品。

提示 「堆積如山」也作「堆集如山」。

1. （　　）形容數量多得驚人，叫滿□滿□。 ➡坑、谷
2. （　　）「漫山偏野」，請改正這句成語中的錯字。 ➡遍
3. （　　）「觸目皆事」，請改正這句成語中的錯字。 ➡是
4. （　　）比喻積少成多的成語有 A.一毛不拔 B.土壤細流 C.日積月累 D.集腋成裘。 ➡B、C、D

滿坑滿谷（ㄇㄢˇ ㄎㄥ ㄇㄢˇ ㄍㄨˇ）

解釋 坑：陷下去的地方，也就是深谷。谷：兩山中間的水道。指不管在深谷或凹陷處都被填滿了。

詞源 《莊子．天運》：「在谷滿谷，在坑滿坑。」大意是說：在谷中，一定可以堆滿整個深谷，在坑洞中，一定可以填滿整個坑洞。

用法 形容數量多得驚人。

範例 一到六月，這裡滿坑滿谷的蝴蝶飛舞，非常的美麗。

提示 「滿坑滿谷」也作「滿谷滿坑」。

漫山遍野（ㄇㄢˋ ㄕㄢ ㄅㄧㄢˋ ㄧㄝˇ）

解釋 漫：滿；整個。遍：處處；到處。野：田野。指偏布整個山坡與田野。

詞源 《三國演義．五八回》：「西涼州前部先鋒馬岱，引（率領）軍一萬五千，浩浩蕩蕩（聲勢很大的樣子），漫山遍野而來。」

用法 形容分布很廣。

範例 時序進入二十四節氣的「小暑」，漫山遍野都開滿牽牛花。

提示 「漫山遍野」也作「漫山遍嶺」、「滿山遍野」。

觸目皆是（ㄔㄨˋ ㄇㄨˋ ㄐㄧㄝ ㄕˋ）

解釋 觸目：眼睛所看到的。指眼睛所能看到的都是。

用法 形容數目眾多。

範例 法國的普羅旺斯觸目皆是紫色的薰衣草，好美！

(三) 比喻「積少成多」

土壤細流（ㄊㄨˇ ㄖㄤˇ ㄒㄧˋ ㄌㄧㄡˊ）

解釋 壤：鬆軟的土。指肥沃的土壤跟細小的河流。

詞源 《戰國策》：「泰山不讓（逃避）土壤，故能成其大；河海不擇細流，故能就其深。」大意是說：泰山不排斥細小的土壤，所以能夠變得高大；大海因為接納細小的河流，所以具有深度。

用法 形容積少成多。

範例 一個人的成功，都是靠著如土壤細流般的努力，累積起來的。

日積月累（ㄖˋ ㄐㄧ ㄩㄝˋ ㄌㄟˇ）

解釋 累：積。指每天、每月不斷地累積。

詞源 《宋史．喬行簡傳》：「日積月累，氣勢益（更）張（大），人主之威權，將為所竊弄（竊取；盜取）而不自知矣。」大意是說：經過長時間的累積實力，其勢力將變得更大，此時君主的權威，將在無形中被竊取。

用法 形容逐漸累積事物。

範例 每天存一點錢，日積月累下來，就是一筆可觀的數目了。

提示 「日積月累」的「累」讀作ㄌㄟˇ，不可以讀作ㄌㄟˋ。

集腋成裘（ㄐㄧˊ ㄧㄝˋ ㄔㄥˊ ㄑㄧㄡˊ）

解釋 腋：本是肩與臂交接處凹下的地方，後引申作狐狸腋下的一小塊上等的毛皮。裘：皮衣。指將狐狸腋下的皮，一小塊一小塊的集結起來，可以做出一件上等的皮衣。

詞源 《慎子》：「白狐之裘，非一腋之皮也。」大意是說：白色的狐皮大衣，單由一隻狐腋的皮毛是做不出來的。

用法 比喻積少可以成多。

1. （　　　）「聚砂成塔」，請改正這句成語中的錯字。 ➡沙
2. （　　　）「銖」積寸累，請寫出括號中的解釋。 ➡細微的東西
3. （　　　）以下哪種行為的人容易成功A.坐吃山空B.滴水成河C.積土成山D.無下箸處。 ➡B、C
4. （　　　）「戶限」為穿，請寫出括號中的解釋。 ➡門檻

範例 這家醫院靠著眾人集腋成裘的力量，終於興建完成了。

提示 「集腋成裘」的「腋」讀作ㄧㄝˋ，不可以讀作ㄧˋ。

滴水成河 ㄉㄧ ㄕㄨㄟˇ ㄔㄥˊ ㄏㄜˊ

解釋 指積聚無數的小水滴，最後終會成為一條河流。

用法 強調持之以恆的力量。

範例 俗話說：「滴水成河」，只要你持之以恆的努力，就能成功。

聚沙成塔 ㄐㄩˋ ㄕㄚ ㄔㄥˊ ㄊㄚˇ

解釋 聚：集。指聚集無數的細沙，最後一定會變成寶塔。

詞源 《妙法蓮華經．方便品》：「乃至（甚至）童子戲，聚沙為佛塔。」大意是說：甚至小孩子玩遊戲，也用沙堆來做成佛塔。

用法 形容積少可以成多。

範例 每天閱讀一本書，聚沙成塔下，自然滿腹經綸了。

銖積寸累 ㄓㄨ ㄐㄧ ㄘㄨㄣˋ ㄌㄟˇ

解釋 銖：細微的東西。累：積。指一銖一寸地累積。

詞源 宋．蘇軾．《裙靴銘》：「寒女之絲，銖積寸累。」大意是說：寒女所織成的絲，是一銖一寸慢慢累積出來的。

用法 形容事物完成的艱難。

範例 惟有銖積寸累的付出，才是最踏實的。

積土成山 ㄐㄧ ㄊㄨˇ ㄔㄥˊ ㄕㄢ

解釋 指將細小的土壤堆積起來，可以成就一座大山。

詞源 漢．王充《論衡．狀留篇》：「積土成山，非斯須（形容短時間）之作。」大意是說：將細小的土壤堆積成高山，並非短時間就可以做成的。

用法 比喻事物雖小，但是積聚起來的力量也會變得很大。

範例 你千萬別輕視積土成山的力量喲！

(四)比喻「思緒如潮湧」

三頭兩緒 ㄙㄢ ㄊㄡˊ ㄌㄧㄤˇ ㄒㄩˋ

解釋 緒：心情。指腦海裡有很多思緒，無法理清。

詞源 宋．朱熹．《答張敬夫書》：「不知以敬為主，而欲存心……外面未有一事時，裏面已是三頭兩緒。」

用法 形容思緒雜亂。

範例 現在我三頭兩緒的，一時間也拿不定主意。

千端萬緒 ㄑㄧㄢ ㄉㄨㄢ ㄨㄢˋ ㄒㄩˋ

解釋 指事物煩雜，頭緒有千或萬那麼多。

詞源 宋．葛長庚．《永遇樂．寄鶴林靖》：「尋思往事，千頭（即千端）萬緒。」大意是說：想著往事，心情頓時變得很複雜。

用法 形容內心無法平靜。

範例 拜託你別再追問了，我一時千端萬緒，無法回答呀！

提示 「千端萬緒」的「端」不可以寫成「吉瑞」的「瑞」。

(五)比喻「蜂擁的賓客」

戶限為穿 ㄏㄨˋ ㄒㄧㄢˋ ㄨㄟˊ ㄔㄨㄢ

解釋 戶限：門檻（音ㄎㄢˇ）。穿：踏破。指門檻被鞋子給踏破了。

1. (　　　) 「門廷若市」，請改正這句成語中的錯字。 ➡庭
2. (　　　) 「坐無虛席」，請改正這句成語中的錯字。 ➡座
3. (　　　) 形容滿屋子都是賓客，叫高□滿□。 ➡朋、座
4. (　　　) 「履舄交措」，請改正這句成語中的錯字。 ➡錯
5. (　　　) 形容數量很少，叫□牛□毛。 ➡九、一

詞源 清，王韜（韜，音ㄊㄠ）．《淞隱漫錄．卷七》：「遠近聞名求字者，幾於（幾乎）戶限為穿。」大意是說：住在遠處或近處的人都聞名前來求字，幾乎將門檻給踏破了。

用法 形容到訪的賓客很多。

範例 當他榮獲奧運金牌，前來道賀的親友幾乎要戶限為穿了。

門庭若市（ㄇㄣˊ ㄊㄧㄥˊ ㄖㄨㄛˋ ㄕˋ）

解釋 門庭：家門內的庭院。市：市集。指家門前的庭院好像菜市場一樣熱鬧。

詞源 《戰國策．齊策一》：「羣臣進諫（諫，音ㄐㄧㄢˋ，糾正別人的錯誤），門庭若市。」大意是說：眾大臣一起入宮面聖，頓時宮庭的官員變得很多，好像市集一樣的熱鬧。

用法 形容到訪的賓客眾多。

範例 今天是他兒子娶媳婦，各方賓客前來道賀，一時門庭若市。

提示 「門庭若市」也作「門庭如市」。

座無虛席（ㄗㄨㄛˋ ㄨˊ ㄒㄩ ㄒㄧˊ）

解釋 虛：空。指座位都坐滿人，沒有空下來的。

用法 形容賓客極多。

範例 這次的專題演講，會場幾乎是座無虛席。

提示 「座無虛席」也作「座無空席」。

高朋滿座（ㄍㄠ ㄆㄥˊ ㄇㄢˇ ㄗㄨㄛˋ）

解釋 指賓客坐滿所有的席位，沒有一個位置是空下來的。

詞源 王勃．《滕王閣序》：「勝（好）友如雲，高朋滿座。」大意是說：好友非常多，所以到訪的賓客常常把家中的座位坐滿了。

用法 形容滿屋子都是賓客。

範例 這家餐廳每到用餐時間，總是高朋滿座，一位難求。

履舄交錯（ㄌㄩˇ ㄒㄧˋ ㄐㄧㄠ ㄘㄨㄛˋ）

解釋 履：鞋子。舄：古代一種雙重底的鞋子。指各種鞋子交錯地放在地面上。

詞源 《史記．淳于髡傳》：「履舄交錯，杯盤狼藉（形容宴會結束後，杯盤散亂的樣子）。」大意是說：各類的鞋子交錯地放著，宴會結束後，杯盤散亂於一地。

用法 形容賓客雲集。

範例 和室外履舄交錯，可以知道裡面有許多人在用餐。

(六)比喻「數量稀微」

九牛一毛（ㄐㄧㄡˇ ㄋㄧㄡˊ ㄧˋ ㄇㄠˊ）

解釋 九：虛數，多的意思。指很多頭牛身上的一根毛。

詞源 漢．司馬遷．《報任少卿書》：「假令僕（我）伏法受誅（受法律制裁而被判死），若九牛亡（失去）一毛，與螻蟻（螞蟻的一種，形容微不足道）何以異？」大意是說：如果我被判死刑，這就像許多頭牛的身上少了一根毛，根本沒有人會注意到，這跟螻蟻又有何差別呢？

用法 形容數量很少。

範例 他富甲一方，這筆錢對他來說只是九牛一毛。

1.（　　）以下敘述何者正確 A.形容數量不多，叫「冰山一角」B.「微乎其微」的「微」是少數的意思C.「千變萬化」是比喻人見異思遷，變來變去 D.「寥寥」是無聊的意思。	➡A、B
2.（　　）「寥若辰星」，請改正這句成語中的錯字。	➡晨
3.（　　）「曲指可數」，請改正這句成語中的錯字。	➡屈

冰山一角（ㄅㄧㄥ ㄕㄢ ㄧˋ ㄐㄧㄠˇ）

解釋 指冰山中的一個角落。

用法 形容數量不多。

範例 捕鯨事件雖只是**冰山一角**，卻值得省思。

屈指可數（ㄑㄩ ㄓˇ ㄎㄜˇ ㄕㄨˇ）

解釋 屈：彎。指彎著十根手指頭，都可以數得出來。

詞源 《三國志．魏．張郃（郃，音ㄏㄜˊ）傳》：「屈指計亮糧，不至十日。」大意是說：彎曲手指來計算諸葛亮的糧草，大約剩下不到十天的用量。

用法 形容極少。

範例 距離考試的日子**屈指可數**了，各位同學加油吧！

微乎其微（ㄨㄟ ㄏㄨ ㄑㄧˊ ㄨㄟ）

解釋 微：細小；少數。指少數之中的少數。

詞源 《十三經．爾雅．釋訓》：「式微（國運、事業等逐漸衰落）式微者，微乎微者也。」

用法 形容數量非常的少。

範例 你別擔心，人被雷打中的機會其實是**微乎其微**。

寥若晨星（ㄌㄧㄠˊ ㄖㄨㄛˋ ㄔㄣˊ ㄒㄧㄥ）

解釋 寥：稀少。若：好像。晨星：早晨稀少的星星。指事物稀少，就像早晨的星星。

詞源 唐．韓愈．《華山女》：「座下寥落如明星。」大意是說：坐在座位上的人，稀少的像早晨的星星。

用法 形容數量少之又少。

範例 梅雨季節，上山賞花的遊客**寥若晨星**。

提示 「寥若晨星」也作「寥如明星」。

寥寥無幾（ㄌㄧㄠˊ ㄌㄧㄠˊ ㄨˊ ㄐㄧˇ）

解釋 寥寥：稀少的樣子。指稀疏而不多。

詞源 明．胡應麟．《詩藪．內編》：「建安（漢獻帝年號）以後，五言日盛（越來越盛行），晉宋期間，七言歌行（行，音ㄒㄧㄥˊ，文學體材之一，例如：樂府歌行），寥寥無幾。」大意是說：建安以後，五言詩愈來愈盛行，到了晉宋這段時間，七言詩已經漸漸地沒落了。

用法 形容數量稀少。

範例 SARS期間，逛百貨公司的遊客**寥寥無幾**。

提示 「寥寥無幾」的「寥」不可以寫成「工寮」的「寮」。

(七) 比喻「變化多端」

千變萬化（ㄑㄧㄢ ㄅㄧㄢˋ ㄨㄢˋ ㄏㄨㄚˋ）

解釋 化：物體改變形狀或本質。指千萬種的變化。

詞源 《二十年目睹之怪現象．七回》：「官場中的事，千變萬化，哪裏說得定呢。」

用法 形容事物變化無窮。

範例 夕陽緩緩西下，天邊的彩霞**千變萬化**，讓人目不暇給。

提示 「千變萬化」也作「千變萬狀」。

百態橫生（ㄅㄞˇ ㄊㄞˋ ㄏㄥˊ ㄕㄥ）

解釋 百態：各式各樣的姿態。橫生：充分地顯示出來。指各式各樣

1.（　　）「氣象」萬千，請寫出括號中的解釋。 ➡景象
2.（　　）「舜息萬變」，請改正這句成語中的錯字。 ➡瞬
3.（　　）變化多「端」，請寫出括號中的解釋。 ➡頭緒
4.（　　）他收藏不少的□□□□，是個古董家。空格中應填入 A.亂七八糟 B.扯東扯西 C.學以致用 D.古玩奇珍。 ➡D

的姿態完全表露出來。

詞源 宋．歐陽脩．《跋王獻之法帖》：「淋漓（霑潤飽滿的樣子）揮灑（寫字作畫，筆法純熟），或（有的）妍（美好；美麗）或醜，百態橫生。」大意是說：寫字作畫，霑潤飽滿而且筆法純熟，有的字很漂亮，有的字卻不美，但是各種姿態都能以最自然的方式展現出來。

用法 比喻展露各種姿態。

範例 這本小說的作者觀察入微，描寫的人物百態橫生，趣味十足。

氣象萬千 ㄑㄧˋ ㄒㄧㄤˋ ㄨㄢˋ ㄑㄧㄢ

解釋 氣象：景象。指景象有千萬種的變化。

詞源 宋．范仲淹．《岳陽樓記》：「朝暉（日光）夕（晚上）陰（雲霧很濃厚），氣象萬千。」大意是說：早上還是陽光普照的天氣，到了晚上，雲霧就變得很濃厚，其景象可說是千變萬化。

用法 形容景象變化多端。

範例 這個新都市發展迅速，呈現氣象萬千的朝氣。

瞬息萬變 ㄕㄨㄣˋ ㄒㄧ ㄨㄢˋ ㄅㄧㄢˋ

解釋 瞬息：形容時間短暫。指在很短的時間內就有萬種以上的變化。

用法 形容在短時間內，產生相當多的變化。

範例 拜數位科技所賜，各種產業瞬息萬變，效率加倍。

提示 「瞬息萬變」也作「瞬息千變」。

變化多端 ㄅㄧㄢˋ ㄏㄨㄚˋ ㄉㄨㄛ ㄉㄨㄢ

解釋 端：頭緒。指各式各樣的變化。

用法 形容有很多種樣式。

範例 伸展臺上，模特兒的造型既時髦又變化多端。

提示 「變化多端」也作「變化萬端」。

變化無窮 ㄅㄧㄢˋ ㄏㄨㄚˋ ㄨˊ ㄑㄩㄥˊ

解釋 窮：盡；終了。指無窮無盡地變化。

詞源 《楊家將演義．五七回》：「如今三公子神通廣大（本領高強），變化無窮。」

用法 形容不停地變化。

範例 股票市場變化無窮，你要小心風險。

(八) 比喻「稀少珍奇」

古玩奇珍 ㄍㄨˇ ㄨㄢˊ ㄑㄧˊ ㄓㄣ

解釋 古玩：可供玩賞的古物。奇珍：珍貴奇特的東西。指可以供人玩賞的古代遺物及珍奇的寶物。

用法 形容東西既稀少又珍貴。

範例 他收藏不少的古玩奇珍，是個古董家。

提示 「古玩」的「玩」，傳統音本讀作ㄨㄢˋ，審訂音改讀作ㄨㄢˊ。

罕世奇珍 ㄏㄢˇ ㄕˋ ㄑㄧˊ ㄓㄣ

解釋 罕：稀少。罕世：世間稀有。奇珍：奇特珍貴。指世間少見的寶物。

用法 比喻數量稀少的珍貴物品。

範例 故宮博物院裡陳列的，都是罕世奇珍的寶物。

荊山之玉 ㄐㄧㄥ ㄕㄢ ㄓ ㄩˋ

1.（　　　）「隨珠和璧」，請改正這句成語中的錯字。 ➡隋、壁

2.（　　　）「鳳毛鱗角」，請改正這句成語中的錯字。 ➡鱗

3.（　　　）他倆長得□□□□，當然是雙胞胎嘍！空格中應填入 A.怪模怪樣 B.一模一樣 C.潘安再世 D.油頭粉面。 ➡B

4.（　　　）一般「無二」，請寫出括號中的解釋。 ➡沒有差別

解釋 荊山：春秋時代楚國人發現和氏璧的山地。指荊山地區所生產的美玉，也就是和氏璧

詞源 三國魏．曹植．《與楊祖德書》：「當此之時，人人自謂握靈蛇之珠（隋侯珠），家家自謂抱荊山之玉。」

用法 比喻珍貴的寶物。

範例 我送你的生日禮物雖然不是荊山之玉，卻深含濃濃的祝福。

隋珠和璧（ㄙㄨㄟˊ ㄓㄨ ㄏㄜˊ ㄅㄧˋ）

解釋 隋珠：隋侯珠。當時隋侯曾經救了一條蛇，那條蛇為了報恩，所以銜了一顆大珍珠給他。和璧：春秋楚人卞和在山中所得到的美玉，後來稱為和氏璧。指隋侯珠跟和氏璧等珍貴的物品。

詞源 《韓非子．解老》：「和氏之璧，不飾以五采；隋侯之珠，不飾以銀黃。其質至（極）美，物不足以飾之。」大意是說：和氏璧不必用五彩顏色來修飾就已經很美麗了，隋侯珠不必用銀黃來修飾就已經很漂亮了，這兩件寶物的本質十分奇美，根本沒有辦法用一般的俗物來取代。

用法 比喻難得一見的寶物。

範例 他收藏的古玩奇珍，件件都有如**隋珠和璧**般的珍貴。

鳳毛麟角（ㄈㄥˋ ㄇㄠˊ ㄌㄧㄣˊ ㄐㄧㄠˇ）

解釋 鳳：鳳凰。麟：麒麟。指鳳凰的羽毛，麒麟的角。

詞源 《北史．文苑傳序》：「學者（求學之人）如牛毛，成者（成功者）如麟角。」大意是說：求學的人多如牛毛一樣，但是能夠學有所成的，畢竟還是少數。

用法 形容珍貴稀少的東西。

範例 你別小看這些老舊的古物，個個都是**鳳毛麟角**的珍品呢！

提示 「鳳毛麟角」的「麟」不可以寫成「魚鱗」的「鱗」。

靈蛇之珠（ㄌㄧㄥˊ ㄕㄜˊ ㄓ ㄓㄨ）

解釋 指靈蛇贈給隋侯的珍珠。

詞源 《淮南子．覽冥訓》：「譬如隋侯之珠，和氏之璧，得之者富，失之者貧。」

用法 比喻世間罕見的寶物。

範例 雖然擁有**靈蛇之珠**，卻作惡多端，就是為富不仁呀！

【異同類】

㈠比喻「完全相同」

一模一樣（ㄧˋ ㄇㄛˊ ㄧˊ ㄧㄤˋ）

解釋 一：完全。模：樣子；容貌。指完全是同個樣子，沒有差異。

詞源 《儒林外史．五四回》：「今日抬頭一看，卻見他黃著臉，禿著頭，就和前日夢裏揪（揪，音ㄐㄧㄡ，用手抓住）他的師姑一模一樣。」

用法 形容事物沒有差別。

範例 他倆長得**一模一樣**，當然是雙胞胎嘍！

一般無二（ㄧˋ ㄅㄢ ㄨˊ ㄦˋ）

解釋 一般：同樣；一樣。無二：沒有差別。指完全一樣，沒有差別。

詞源 《二十年目睹之怪現象．一二回》：「果然下午時候，有一家

1. （　　）「如出一輒」，請改正這句成語中的錯字。
2. （　　）「絲豪不差」，請改正這句成語中的錯字。
3. （　　）天「壤」之別，請寫出括號中的解釋。
4. （　　）比喻事物不能相合或意見不同，叫□底□蓋。
5. （　　）方「枘」圓鑿，請寫出括號中的注音。

➡轍
➡毫
➡地面
➡方、圓
➡ㄖㄨㄟˋ

出殯（殯，音ㄅㄧㄣˋ，還沒有安葬的靈柩）的經過，所有的銜（銜，音ㄒㄧㄢˊ，官吏階位）牌、職（掌管）事、孝子、燈籠，就同那眼線說的一般無二。」

用法 比喻沒有差異。

範例 這裡的地形對照古地圖來看，幾乎是**一般無二**呢！

如出一轍（ㄖㄨˊ ㄔㄨ ㄧ ㄔㄜˋ）

解釋 轍：車輪經過地面的痕跡。指好像出於同個車轍。

詞源 宋．洪邁．《容齋續筆．卷一一》：「此四人之過（過錯），如出一轍。」

用法 比喻一模一樣。

範例 我倆的想法既然**如出一轍**，不如就攜手合作吧！

絲毫不差（ㄙ ㄏㄠˊ ㄅㄨˋ ㄔㄚ）

解釋 絲毫：一點兒。指一點兒也沒有差別。

用法 比喻完全相同。

範例 攝影的寫實功能，可以把影像**絲毫不差**地曝光在底片中。

提示 「絲毫不差」也作「絲毫不爽」（爽：差錯）。

(二) 比喻「差異甚遠」

天壤之別（ㄊㄧㄢ ㄖㄤˇ ㄓ ㄅㄧㄝˊ）

解釋 壤：地面。指天和地之間的差別。

詞源 《兒女英雄傳．三六回》：「不走翰林（文壇）這途，同一科甲（科舉等級），就有天壤之別了。」

用法 形容事物的差異極大。

範例 這對雙胞胎長大後的際遇，有如**天壤之別**。

提示 「天壤之別」也作「天淵之別」或「天壤之判」（判：分別）。

天壤懸隔（ㄊㄧㄢ ㄖㄤˇ ㄒㄩㄢˊ ㄍㄜˊ）

解釋 懸隔：遙遠的意思。指天和地之間的差別很遙遠。

用法 形容事物的差別很大。

範例 你們的理念如**天壤懸隔**，需要好好的溝通。

(三) 比喻「牴觸不合」

方底圓蓋（ㄈㄤ ㄉㄧˇ ㄩㄢˊ ㄍㄞˋ）

解釋 指方正的底座，圓型的蓋子。

詞源 北齊．顏之推．《顏氏家訓．兄弟》：「娣姒（娣姒，音ㄉㄧˋ ㄙˋ，兄弟的妻子，也就是妯娌）之比兄弟，則疏薄矣。今使疏薄之人而節量（衡量）親厚之恩，猶方底而圓蓋，必不合矣。」大意是說：妯娌間的關係不比兄弟之間的關係親密，今日以妯娌間的關係來比喻兄弟血緣的關係，就好像將圓蓋放入方形的底座，這一定沒有辦法相合的。

用法 比喻事物不能相合或意見不同。

範例 他們倆就像是**方底圓蓋**般不合，只要一見面就吵架。

方枘圓鑿（ㄈㄤ ㄖㄨㄟˋ ㄩㄢˊ ㄗㄠˊ）

解釋 枘：木的一端削成短木頭，可以裝入鑿孔中，也就是鑿子的柄，又稱為榫（榫，音ㄙㄨㄣˇ，木頭接合在一起的凹入部分）頭。鑿：榫眼。指方正的榫頭，圓形的榫眼。

1. (　　　)「扞」格不入，請寫出括號中的注音和解釋。 ➡ㄏㄢˋ、抵抗
2. (　　　)「格格」不入，請寫出括號中的解釋。 ➡牴觸
3. (　　　)「元」元本本，請寫出括號中的解釋。 ➡開始
4. (　　　)形容事情的線索或發生的經過，叫來□去□。 ➡龍、脈
5. (　　　)「始未根由」，請改正這句成語中的錯字。 ➡末

詞源《史記．孟軻傳》：「持（拿）方枘欲內圓鑿，其能入乎？」大意是說：拿著方形的榫頭，卻要裝入圓形的榫眼中，裝得進去嗎？

用法 形容兩物不能相合。

範例 你們兩人一見面就吵架，就像是方枘圓鑿，永遠也合不來。

扞格不入（ㄏㄢˋ ㄍㄜˊ ㄅㄨˋ ㄖㄨˋ）

解釋 扞：抵抗。入：投合。指互相牴觸而不能融合。

詞源《禮記．學記》：「發（引發）然後禁，則扞格而不勝；時過而後學，則勤苦而難成。」大意是說：錯誤已經造成了再去禁止，就有堅固不易攻破的情形出現，這時已經有一點晚了；錯過了學習的好機會，事後想要再補救，就算自己多麼努力，也很難成功。

用法 ①比喻事物間相牴觸。②比喻彼此意見不合。

範例 法規若與潮流扞格不入，就應該考慮修訂。

格格不入（ㄍㄜˊ ㄍㄜˊ ㄅㄨˋ ㄖㄨˋ）

解釋 格格：牴觸。指事物或人彼此相牴觸而不能相合。

詞源 袁枚．《寄房師鄧遜齋先生書》：「以前輩之典型（能夠代表某種特性的標準型式），合後來之花樣（各式各樣），自然格格不入。」

用法 ①形容事物不能相合。②形容人與人的性情不投合。

範例 如果你倆的個性格格不入，就別勉強合作。

【本末類】

(一)比喻「事情本末」

元元本本（ㄩㄢˊ ㄩㄢˊ ㄅㄣˇ ㄅㄣˇ）

解釋 元：開始。本：根本。指了解事物的開端，並且推究其根本。

詞源 班固．《西都賦》：「元元本本，殫（殫，音ㄉㄢ，竭盡）見洽聞（廣博的見聞）。」大意是說：多探究事物的原意及根本，一定能夠增廣自己的見聞。

用法 形容事情發生的經過。

範例 他把事情的經過元元本本的說了一遍，大家才恍然大悟。

提示「元元本本」也作「原原本本」、「源源本本」。

來龍去脈（ㄌㄞˊ ㄌㄨㄥˊ ㄑㄩˋ ㄇㄞˋ）

解釋 指山脈的來頭及走向。

用法 形容事情的線索或發生的經過。

範例 這批毒品的來龍去脈，正由警察積極地調查。

提示「來龍去脈」也作「來龍結脈」。

始末根由（ㄕˇ ㄇㄛˋ ㄍㄣ ㄧㄡˊ）

解釋 根由：原因。指事情發生的開始、結束及原因。

詞源《古今小說．卷一八》：「善聽將十二歲隨父出門（離開故鄉）始末根由，細細述了一遍。」

用法 比喻事情發生的經過。

範例 他用彩筆記錄多年來自助旅行的始末根由，集合成一本遊記。

提示「始末根由」也作「始末因由」。

1.（　　）「重頭自尾」，請改正這句成語中的錯字。
2.（　　）「原原本本」，請改正這句成語中的錯字。
3.（　　）「拔樹循根」，請改正這句成語中的錯字。
4.（　　）「推本訴源」，請改正這句成語中的錯字。
5.（　　）比喻探求事物的源頭，叫□本□源。

➡從、至
➡源源
➡尋
➡溯
➡探、窮

從頭至尾 ㄘㄨㄥˊ ㄊㄡˊ ㄓˋ ㄨㄟˇ

解釋 頭：開始。至：到。尾：結束。指從開始一直到結束。

詞源 《劉玄德醉走黃鶴樓・二折》：「一年四季怎生春種（耕種）夏鋤（夏天鋤草），秋收（收割）冬藏（存放穀倉），從頭至尾，慢慢的說一遍。」

用法 比喻事情發生的詳細狀況。

範例 這部電影從頭至尾都是以大沙漠作為場景，非常的壯觀。

源源本本 ㄩㄢˊ ㄩㄢˊ ㄅㄣˇ ㄅㄣˇ

解釋 源：源頭；開始。本：根本。指事物的起源及根本。

用法 比喻事情發生的始末。

範例 大地震後，媒體源源本本地報導各地的災情。

提示 「源源本本」也作「元元本本」、「原原本本」。

(二) 比喻「探究起源」

拔樹尋根 ㄅㄚˊ ㄕㄨˋ ㄒㄩㄣˊ ㄍㄣ

解釋 指拔除整棵樹，並且尋找其根部。

用法 形容極力探尋事物的根源。

範例 影片中，偵探以拔樹尋根的精神，調查事情的真相。

提示 「拔樹尋根」也作「拔樹搜根」。

追根究底 ㄓㄨㄟ ㄍㄣ ㄐㄧㄡˋ ㄉㄧˇ

解釋 追：追尋。究：探尋。底：內情。指追尋事物的根本，並且窮究其底細。

詞源 姚雪垠（垠，音ㄧㄣˊ）．《李自成・二卷・二章》：「他罵你是奸細，卻不追根究底，也不送你去老營請功（邀功），輕輕把你放過……難道不是把後門掩一半，開一半，不完全關嚴嗎？」

用法 比喻窮究事情的來龍去脈。

範例 他對凡事都抱著追根究底的精神。

提示 「追根究底」也可以寫作追根究柢（柢：音ㄉㄧˇ，樹的根部）。

探本窮源 ㄊㄢˋ ㄅㄣˇ ㄑㄩㄥˊ ㄩㄢˊ

解釋 探：搜尋。窮：詳細推求。源：根源。指詳細推求事物的根本。

用法 比喻探求事物的源頭。

範例 老師對西方文明探本窮源的態度，令人欽佩。

提示 「探本窮源」也作「探本溯源」（溯，音ㄙㄨˋ，探求）。

推本溯源 ㄊㄨㄟ ㄅㄣˇ ㄙㄨˋ ㄩㄢˊ

解釋 推：尋求。溯：逆著水流向上探求。指尋求根本，探求源頭。

詞源 《舊唐書》：「窮（詳細推求）法度（法律與制度）之本源。」

用法 比喻尋求事物的根源。

範例 紙的發明，推本溯源是從東漢的蔡倫開始。

提示 「推本溯源」的「溯」讀作ㄙㄨˋ，不可以讀作ㄕㄨㄛˋ。

(三) 比喻「相同的結果」

不約而同 ㄅㄨˋ ㄩㄝ ㄦˊ ㄊㄨㄥˊ

解釋 指先前沒有經過討論，沒想到見解或行動卻都相同。

詞源 《史記・平津侯主父列傳》：「不謀（計畫）而俱（都）

1.（　　）「不謀而和」，請改正這句成語中的錯字。	➡合
2.（　　）雖然我們的作法不同，但是□□□□，目的都是一樣的。空格中應填入 A.半斤八兩 B.異途同歸 C.馬馬虎虎。	➡B
3.（　　）比喻產生變卦，叫□長□多。	➡夜、夢
4.（　　）「疾轉直下」，請改正這句成語中的錯字。	➡急

起，不約而同會（相會），壞長地進（土地不斷地擴大），至（到）于霸主，時教使然也（時勢造就他們這樣）。」大意是說：陳勝和吳廣沒有經過事先的商量，卻能同時起事，在沒有約定的前提下，兩人很自然地會面，其土地不斷地擴大，最後終於當上霸主，這是時勢所造就的。

用法 比喻大家事前沒有互相約定，卻有相同的看法及行動。

範例 他們竟然**不約而同**的在機場大廳碰面，真是太巧了！

提示 「不約而同」也作「不約而合」。

不謀而合 ㄅㄨˋ ㄇㄡˊ ㄦˊ ㄏㄜˊ

解釋 謀：討論；商量。合：穩合；相同。指沒有經過商量、討論，大家的意見或行為卻能一致。

詞源 《三國志》：「紹與孤（古代君王的自稱）不謀而合。」

用法 比喻大家事先沒有知會，行動及意見卻都一致。

範例 我和妹妹的想法**不謀而合**，兩人都準備去歐洲自助旅行。

提示 「不謀而合」也作「不謀而同」。

百川歸海 ㄅㄞˇ ㄔㄨㄢ ㄍㄨㄟ ㄏㄞˇ

解釋 歸：回。指陸地上的各大河川，最後一定會流入海中。

詞源 《莊子．秋水．第一七》：「天下之水，莫（無；沒有）大於海；萬川歸之。」大意是說：天下間的江河，沒有一條比海洋還大，所以萬川最後一定會流向東方注入大海。

用法 比喻眾望所歸或大勢所趨。

範例 他能夠高票當選，正應驗了**百川歸海**這句話呀！

異途同歸 ㄧˋ ㄊㄨˊ ㄊㄨㄥˊ ㄍㄨㄟ

解釋 異：不同。歸：回歸。指所走的道路不同，到達的地方卻一樣。

詞源 漢．桓寬．《鹽鐵論．論儒》：「聖人異途同歸，或（有的）行或止，其趣（歸向）一也。」大意是說：雖然聖人所使用的方法不同，有的進行，有的停止，但是最終的歸向只有一種。

用法 形容所使用的方法不一樣，效用卻是相同的。

範例 雖然我們的作法不同，但是**異途同歸**，目的都是一樣的。

提示 「異途同歸」也作「異路同歸」、「殊途同歸」。

(四)比喻「產生變卦」

夜長夢多 ㄧㄝˋ ㄔㄤˊ ㄇㄥˋ ㄉㄨㄛ

解釋 夜長：引申作時間拖太久。指夜太長，作夢的機會就多。

詞源 《呂留良家訓》：「夜長夢多，恐將來有意外。」

用法 比喻時間一久，事情的變化難以預料。

範例 這件事還是盡快進行，以免**夜長夢多**。

急轉直下 ㄐㄧˊ ㄓㄨㄢˇ ㄓˊ ㄒㄧㄚˋ

解釋 急：快速。轉：改變。直下：直著向下發展，也就是變化很大。指事情快速轉變。

用法 形容事情進行時，產生很大的變化。

範例 他的選情突然**急轉直下**，令

1.（　　）以下括號中的字何者為動詞 A.情勢「逆」轉 B.橫「生」枝節 C.春花「秋」月 D.一步之「遙」。 ➡A、B

2.（　　）過去的既然是□□□□，你就別再眷戀了。空格中應填入 A.兩小無猜 B.三令五申 C.南柯一夢 D.一掃而空。 ➡C

3.（　　）比喻不實的幻想，叫空中□□。 ➡樓閣

人匪夷所思。

情勢逆轉

解釋 勢：局勢。逆：朝反的一方。指局勢往不同的方向發展。

用法 形容事情的發展產生巨大變化。

範例 地主隊原本節節敗退，沒想到後來情勢逆轉，竟然大獲全勝。

橫生枝節

解釋 橫生：從中間產生。枝節：旁生的小節，引申作事情。指中途出現的問題。

用法 形容原有的事情尚未解決，卻又衍生新的問題。

範例 這起合作案問題叢生，日後恐怕會橫生枝節。

節外生枝

解釋 指在原有的枝節外，又長出新的細枝。

詞源 宋．朱熹．《答呂子約書》：「隨語（字詞）生解（解釋），節上生枝，則更（多）讀萬卷書，亦（也）無用處也。」大意是說：隨著字詞逐字解釋，恐怕不容易解釋清楚，到時候可能會衍生出不同的問題，如果是這樣的話，就算讀萬卷以上的書，也一點用處都沒有。

用法 比喻衍生事端。

範例 你別杞人憂天了！事情很順利，哪裡會節外生枝呢？

提示 「節外生枝」也作「節上生枝」。

【虛實類】

(一)比喻「虛幻不實」

如幻如夢

解釋 幻、夢：不真實。指像夢幻般的不真實。

用法 形容人生如在夢幻中，其實是不實際的。

範例 過去的回憶如幻如夢，唯有活在當下才是最真實的。

提示 「如幻如夢」也作「如夢如幻」、「夢幻泡影」。

空中樓閣

解釋 樓閣：兩層以上的建築物。指懸掛在高空中的樓閣。

詞源 清．李漁．《閒情偶寄．結構第一》：「虛（虛幻）者，空中樓閣，隨意構成，無影無形之謂也。」大意是說：所謂「虛幻」，其意思就跟空中樓閣一樣，隨意就可以形成，既沒有影子，也沒有實際的形體，很快就會消失於無形。

用法 指虛幻不實的幻想及事物。

範例 這個候選人所提出的政見，有如空中樓閣般的不切實際。

南柯一夢

解釋 南柯：也就是南柯太守，此處的「南柯」為虛構的地名。指當南柯太守的夢。

詞源 清．黃小配．《廿載繁華夢．第十八回》：「馬氏頓時驚醒，渾身（全身）冷汗，卻是南柯一夢。」

用法 形容人世間的利祿僅是一場春夢，難以實現。

範例 過去的既然是南柯一夢，你就別再戀着了。

提示 「南柯一夢」也作「一枕南

1.（　　）□夢無痕、□爐冬扇、□風過耳、□烘先生，請寫出括號中的字。 ➡春、夏、秋、冬
2.（　　）海市「蜃」樓，請寫出括號中的注音和解釋。 ➡ㄕㄣˋ、大蛤蜊
3.（　　）「黃梁一夢」，請改正這句成語中的錯字。 ➡粱
4.（　　）比喻顯露真相，叫□落□出。 ➡水、石

柯」。

春夢無痕（ㄔㄨㄣ ㄇㄥˋ ㄨˊ ㄏㄣˊ）

解釋 春夢：比喻空想、幻想。指春夢只是空想，很快就會消失，不會留下痕跡。

詞源 宋．蘇軾．《與潘郭二生出郊尋春詩》：「人似秋鴻（雁的一種）來有信（信用），事如春夢了無痕。」大意是說：人就像秋天的雁鳥一樣，每年秋天都會準時前來報到，但是世事就如春夢一樣，很快就會消失，不會留下任何痕跡。

用法 形容世事多變化，不切實際的想法很快就會消失。

範例 縱然曾經擁有，如今一切卻是春夢無痕了。

海市蜃樓（ㄏㄞˇ ㄕˋ ㄕㄣˋ ㄌㄡˊ）

解釋 蜃：大蛤蜊。指光線產生的折射現象，將遠處的物體顯示在空中，古人以為這是大蛤蜊吐出的氣所形成，所以稱之。

用法 形容虛幻的事物。

範例 空有理想卻沒有實際行動，也只是海市蜃樓罷了！

黃粱一夢（ㄏㄨㄤˊ ㄌㄧㄤˊ ㄧˊ ㄇㄥˋ）

解釋 黃粱：穀物名稱。指煮黃粱的這段時間所做的夢。

詞源 唐．沈既濟．《枕中記》：「盧生於邯鄲（邯鄲，音ㄏㄢˊ ㄉㄢ，河北縣名）客店中遇道者呂翁（在客棧見到一位道士叫呂翁），生自嘆（感嘆）貧困，翁探囊（袋子）中枕授（給予）曰：『枕（枕，音ㄓㄣˋ，頭靠在上面）此，當令子（你）榮適如意（享盡榮華富貴）。』時主人蒸（炊煮）黃粱，生夢入枕中，娶崔氏女，女容麗（外表美麗）而產（生孩子）甚殷（多），生舉進士，累官（升官）至節度使，大破戎虜（古代對西方民族的稱呼），為相（任宰相）十年，子五人皆仕官（當官），孫十餘人，其姻媾（結婚）皆天下望族；年逾（超過）八十而卒（死），及醒，黃粱尚未熟，怪曰：『豈（難道）其夢寐（睡夢）也？』」

用法 形容人生有如虛幻、短暫的夢。

範例 名利如黃粱一夢，何必太汲汲求取呢？

提示 「黃粱一夢」也作「黃粱之夢」、「黃粱一枕」。

(二)比喻「真相大白」

水清石見（ㄕㄨㄟˇ ㄑㄧㄥ ㄕˊ ㄒㄧㄢˋ）

解釋 清：清澈。指水質清澈，石頭就能看得清楚。

詞源 《古樂府．古豔歌行》：「語卿（君對臣或妻對夫的稱呼）且勿眄（眄，音ㄇㄧㄢˇ，斜著眼睛看人），水清石自見。」大意是說：不要斜著眼睛去看水中的東西，水質變清澈之後，水中的石頭自然能清楚得看見。

用法 形容事情的真相已經很清楚。

範例 俗話說：「水清石見」，我不怕流言的中傷。

水落石出（ㄕㄨㄟˇ ㄌㄨㄛˋ ㄕˊ ㄔㄨ）

解釋 落：降低。指水位降低或退去，則河底的石頭就會顯露出來。

詞源 宋．蘇軾．《後赤壁賦》：「山高月小，水落石出。」

1.（　　）「招然若揭」，請改正這句成語中的錯字。➡昭
2.（　　）「真象大白」，請改正這句成語中的錯字。➡相
3.（　　）「複水難收」，請改正這句成語中的錯字。➡覆
4.（　　）比喻玩弄花招的成語有 A.故步自封 B.故布疑陣 C.故態復萌 D.故弄玄虛。➡B、D

用法 比喻顯露真相。

範例 這起案子經過檢查官抽絲剝繭後，終於水落石出。

昭然若揭 ㄓㄠˊ ㄖㄢˊ ㄖㄨㄛˋ ㄐㄧㄝ

解釋 昭然：明白。揭：揭露。指清清楚楚的被揭露。

詞源 清・吳堂・《杜詩鏡銓》：「而杜公（杜甫）真切深厚之旨，益（更加）昭然若揭焉。」

用法 比喻清楚地呈現。

範例 事情發展到這地步，鹿死誰手已經昭然若揭了。

提示 「昭然若揭」的「昭」不可以寫成「招喚」的「招」。

真相大白 ㄓㄣ ㄒㄧㄤ ㄉㄚˋ ㄅㄞˊ

解釋 白：清楚。指事情的真實情況已經非常的清楚。

用法 形容揭開實情。

範例 事情既然已經真相大白，你也可以鬆口氣了。

真相畢露 ㄓㄣ ㄒㄧㄤ ㄅㄧˋ ㄌㄨˋ

解釋 畢：全；盡。指真相完全顯露出來。

詞源 朱自清・《經典常談・尚書第三》：「兩書辨析（辨別分析）詳明（詳細清楚），證據確鑿（確切），教（使）偽孔體無完膚（被嚴厲的批評），真相畢露。」大意是說：這兩本書已經分辨得很清楚，證據也很確切，可以使偽造的遍體鱗傷，顯露本來的面貌。

用法 形容顯露事物的本來面目。

提示 「畢露」的「露」讀作ㄌㄨˋ，「露馬腳」的「露」才讀作ㄌㄡˋ。

範例 經過報導，這家工廠排放汙水的不法行為才得以真相畢露。

(三) 比喻「已成定局」

木已成舟 ㄇㄨˋ ㄧˇ ㄔㄥˊ ㄓㄡ

解釋 舟：船。指木頭已經做成船。

詞源 《野叟曝言・九回》：「據你說來，則木已成舟，實難挽（補救）回了？」

用法 形容事情無法挽回。

範例 這件事既然木已成舟，你想要反悔也來不及了。

覆水難收 ㄈㄨˋ ㄕㄨㄟˇ ㄋㄢˊ ㄕㄡ

解釋 覆：傾出。指潑出去的水很難再收回來。

用法 ①形容夫妻之間破鏡難圓。②形容事情已經成定局。

範例 事情發展到這地步，已經是覆水難收，我也無能為力了。

提示 「覆水難收」的「覆」不可以寫成「重複」的「複」或「恢復」的「復」。

(四) 比喻「玩弄花招」

故布疑陣 ㄍㄨˋ ㄅㄨˋ ㄧˊ ㄓㄣˋ

解釋 布：排列。指故意擺設出可疑的陣勢。

用法 比喻故意耍花招。

範例 歹徒故布疑陣的作法，早就被警方一眼識破。

故弄玄虛 ㄍㄨˋ ㄋㄨㄥˋ ㄒㄩㄢˊ ㄒㄩ

解釋 玄虛：空洞不實的道理。指故意賣弄虛無不實的招數來騙人。

用法 比喻故意玩弄花樣。

範例 他講話向來喜歡故弄玄虛，

1. （　　　）裝神「弄」鬼，請寫出括號中的解釋。 ➡戲耍

2. （　　　）以下敘述何者正確A.「千難萬險」的「千」「萬」是虛數，引申作「多」B.「大海撈針」的反義是「唾手可得」C.詩聖杜甫的「水中捉月」被傳為美談D.比喻白費力氣叫「好事多磨」。 ➡A、B

你別信以為真。

提示 「故弄玄虛」的「故」不可以寫成「堅固」的「固」。

裝神弄鬼（ㄓㄨㄤ ㄕㄣˊ ㄋㄨㄥˋ ㄍㄨㄟˇ）

解釋 弄：戲耍。指裝扮成鬼神來戲弄別人。

詞源 《紅樓夢・三七回》：「你們別和我裝神弄鬼的，什麼事我不知道！」

用法 比喻耍花招騙人。

範例 這件事不尋常，一看就知道是他們在**裝神弄鬼**。

提示 「裝神弄鬼」也作「裝神扮鬼」。

【難易類】

㈠比喻「不易取得」

千難萬險（ㄑㄧㄢ ㄋㄢˊ ㄨㄢˋ ㄒㄧㄢˇ）

解釋 千、萬：虛數，引申作「多」的意思。指有很多困難和危險。

詞源 元・楊景賢・《西遊記・第五本》：「火焰山千難萬險。」

用法 形容面臨重重的困難和危險。

範例 即使是**千難萬險**，我也不放棄。

提示 「千難萬險」也作「千難萬難」。

大海撈針（ㄉㄚˋ ㄏㄞˇ ㄌㄠ ㄓㄣ）

解釋 撈：從水中取物。指在茫茫大海中找尋小針。

詞源 《二十年目睹之怪現象・一〇七回》：「要打聽前任巡檢（古代官名）老爺家眷（親屬）的下落，那真是大海撈針一般。」

用法 形容事情的困難度很高。

範例 縱使**大海撈針**的作法很愚蠢，我也要試一試。

水中捉月（ㄕㄨㄟˇ ㄓㄨㄥ ㄓㄨㄛ ㄩㄝˋ）

解釋 指從水中將月亮撈起來。

詞源 《一統志》：「世（民間）傳，李白過采石（地名，在安徽省一帶），在水中捉月。」大意是說：民間相傳，詩仙李白經過采石一帶，喝醉酒，所以跳入水中捉取月亮。（李白因喝醉，誤認水中的月影為真實的月亮，所以跳入水中摘取，相傳他是因此而死亡。）

用法 水中本無月亮，有的話，也只是空中明月的投射，所以要從水中撈起月亮是不可能辦到。這句成語是形容白費力氣。

範例 唉！像你這種**水中捉月**的作法，怎麼可能成功呢！

提示 「水中捉月」也作「水中撈月」。

好事多磨（ㄏㄠˇ ㄕˋ ㄉㄨㄛ ㄇㄛˊ）

解釋 磨：鍛鍊。指要做好一件事，總會歷經很多次的挫折。

詞源 《蜃（蜃，音ㄕㄣˋ）中樓傳奇》：「可見從來（自以前到現在）的好事，畢竟（終究）多磨。」大意是說：「好事」從以前到現在，難免會受到阻礙，所以做起來並不容易。

用法 形容阻礙很多，想要達成並不容易。

範例 這場兩國的友誼賽因雨延後舉行，真是**好事多磨**。

1.（　　）一「蹴」而幾，請寫出括號中的注音和解釋。
2.（　　）形容事情很容ㄌㄞ，叫反□折□。
3.（　　）「手到禽來」，請改正這句成語中的錯字。
4.（　　）如湯「沃」雪，請寫出括號中的注音和解釋。
5.（　　）「如屢平地」，請改正這句成語中的錯字。

➡ㄘㄨˋ、踏
➡掌、枝
➡擒
➡ㄨㄛˋ、澆
➡履

難上加難（ㄋㄢˊ ㄕㄤˋ ㄐㄧㄚ ㄋㄢˊ）

解釋 指本來已經有難度，後來又新添困難。

詞源 《官場現形記．七回》：「所有上條陳（古代官府下對上所提出意見的公文）一事，竟是難上加難，非有十二分本領的人，絕不敢冒險。」

用法 形容困難度很高，不容易處理。

範例 現在山上風雨大作，使得救援工作難上加難。

(二)比喻「事情容易」

一蹴而幾（ㄧˊ ㄘㄨˋ ㄦˊ ㄐㄧ）

解釋 蹴：踏；踩。幾：將近。指只有踏出一小步，就離成功很近了。

用法 形容事情一下子就完成了。

範例 成功不是一蹴而幾，是要經過不斷地努力。

提示 ①「一蹴而幾」的「蹴」、「幾」讀作ㄘㄨˋ ㄐㄧ。「一蹤而幾」也作「一蹴而就」（就：立刻）。

反掌折枝（ㄈㄢˇ ㄓㄤˇ ㄓㄜˊ ㄓ）

解釋 反掌：將手掌翻轉過來。折：弄斷。指將手掌翻轉過來，並且折斷樹枝。

詞源 《孟子．梁惠王》：「為長者（長輩）折枝，語（語，音ㄩˋ，告訴）人曰：『我不能。』是不為（做）也，非不能也。」

用法 形容事情像翻轉手掌一樣的容易。

範例 她的廚藝精湛，要她炒幾道家常菜，就像是反掌折枝般容易。

提示 「反掌折枝」也作「反掌之易」。

手到擒來（ㄕㄡˇ ㄉㄠˋ ㄑㄧㄣˊ ㄌㄞˊ）

解釋 手到：一出手。擒：捉；抓。指一出手就可以將人捉來。

詞源 《西遊記，六二回》：「趁（利用）如今酒醉飯飽（食慾完全滿足），我共（與）師兄去，手到擒來。」

用法 形容事情一點也不浪費力氣就可以完成。

範例 他洞悉客戶的心理，洽談的生意往往是手到擒來。

提示 「手到擒來」也作「手到拿來」。

如湯沃雪（ㄖㄨˊ ㄊㄤ ㄨㄛˋ ㄒㄩㄝˇ）

解釋 湯：溫度很高的水。沃：澆。指如同將熱湯澆在冰雪上。

詞源 漢．枚乘．《七發選》：「小飯大歠（歠，音ㄔㄨㄛˋ，羹湯），如湯沃雪。」

用法 將熱水直接澆在雪上，很快就會融解。這句成語是比喻事情很容易就可以處理完畢。

範例 對人給予鼓勵和讚美，就像如湯沃雪般容易，何樂而不為呢？

提示 「如湯沃雪」也作「如湯化雪」、「如湯澆雪」。

如履平地（ㄖㄨˊ ㄌㄩˇ ㄆㄧㄥˊ ㄉㄧˋ）

解釋 履：當名詞時解釋為「鞋子」，當動詞時解釋為「踩踏」。指像雙腳踩在平坦的地面一樣。

詞源 唐．陸暢．《蜀道易》：「蜀（今四川）道易，易於履平地。」大意是說：四川的步道很容易行走，比走平坦的道路還容易。

1.（　　）以下敘述何者正確A.「易如反掌」的「反」是翻轉的意思B.囊，音ㄋㄤˊ，衣部，袋子的意思C.「輕而易舉」的反義是困難重重D.「探囊取物」是形容事情很容易完成。
➡A、C、D

2.（　　）「唾」手可得，請寫出括號中的注音。
➡ㄊㄨㄛˋ

3.（　　）「催枯拉朽」，請改正這句成語中的錯字。
➡摧

用法 在平地上行走本來就比在凹凸不平的道路容易。這句成語是比喻行事很順利。

範例 平日用功讀書，考試時自然如履平地般輕鬆了。

易如反掌（ㄧˋ ㄖㄨˊ ㄈㄢˇ ㄓㄤˇ）

解釋 反：翻轉。指就像把手掌翻轉過來一樣的容易。

詞源 漢．枚乘．《上書諫吳王》：「必若所欲為（一定要這麼做），危如累（累，音ㄌㄟˇ，堆積）卵（蛋），難於上天，變（改變）所欲為，易於反掌，安于泰山（如泰山一樣的安穩坐立）。」大意是說：如果一定要這麼做的話，那將會使局勢變得非常危險，如此一來，想要治理好國家，將難上加難，如果改變原來的做法，這對你來說是很容易的，而且可以使國家變得安穩，何樂而不為呢？

用法 形容事情非常的容易。

範例 隨手做環保其實是易如反掌的事情，為什麼不做呢？

提示 「易如反掌」也作「易如翻掌」。

探囊取物（ㄊㄢˋ ㄋㄤˊ ㄑㄩˇ ㄨˋ）

解釋 探：找尋。囊：袋子。指將手伸入袋子中尋找東西。

詞源 《五代史．南唐世家》：「李穀曰：『中國用吾（我）為相（宰相），取江南如探囊中物耳。』」

用法 將手伸入袋子就可以得到想要的東西。這句成語是形容事情很容易完成。

範例 即使是探囊取物的事情，若不肯去做，也一樣無法達成。

提示 「探囊取物」也作「探囊拾芥」。

唾手可得（ㄊㄨㄛˋ ㄕㄡˇ ㄎㄜˇ ㄉㄜˊ）

解釋 唾手：將唾液吐在手上。指將唾液吐在手上即可得到所要的。

詞源 明．羅貫中．《三國演義．第六四回》：「若（如果）得綿竹（地名），成都（四川省境內的都市）唾手可得。」

用法 比喻毫無困難。

範例 因為各位的大意，使得原本唾手可得的冠軍寶座卻拱手讓人。

提示 「唾手可得」也作「唾掌可得」。

摧枯拉朽（ㄘㄨㄟ ㄎㄨ ㄌㄚ ㄒㄧㄡˇ）

解釋 摧：毀掉。拉：摧折。指將枯萎的草類及朽木一併毀掉。

詞源 《晉書．甘卓傳》：「將軍之舉（攻取）武昌，若（好像）摧枯拉朽，何所顧慮（考慮）乎。」大意是說：將軍要攻取武昌是很容易的事情，還有什麼好顧慮的呢？

用法 朽木及枯草已經很脆弱，所以想要毀掉，其實不用花費太多的力氣。這句成語是形容事情很容易處理。

範例 如此摧枯拉朽的事情，難道你也做不到嗎？

輕而易舉（ㄑㄧㄥ ㄦˊ ㄧˋ ㄐㄩˇ）

解釋 舉：扛起。指很輕鬆就可以扛舉東西。

詞源 《詩經．大雅．烝民》：「人亦（也）有言，德輶（輶，音ㄧㄡˊ，輕）如毛，民鮮（鮮，音ㄒㄧㄢˇ，少）克（能夠）舉之。」大意是說：有人也說過，「德行」就像動

1.（　　）「甕中捉憋」，請改正這句成語中的錯字。
2.（　　）「一劍雙鵰」，請改正這句成語中的錯字。
3.（　　）「事半工倍」，請改正這句成語中的錯字。
4.（　　）他的妻子生雙胞胎，他樂得直說是A.一字千金B.一柱擎天C.一馬當先D.一舉兩得。

➡鱉
➡箭
➡功
➡D

物身上的毛一樣，非常的輕微，但是很少人能夠扛起。

用法 形容不費力氣就可以完成。

範例 你放心，馬拉松賽跑對我來說是輕而易舉呢！

甕中捉鱉（ㄨㄥˋ ㄓㄨㄥ ㄓㄨㄛ ㄅㄧㄝ）

解釋 甕：腹大口小的罈子。鱉：甲魚，跟「龜」相似。指在甕中捉甲魚。

詞源 元．康進之．《李逵負荊》：「管教（一定使人怎樣……）他甕中捉鱉，手到拿來（一伸出手就可以抓得到）。」

用法 鱉已經被放在甕中，哪裡也跑不了。所以「甕中捉鱉」是形容很容易就可以完成。

範例 警察在各個路口設有埋伏，現在就等著將歹徒甕中捉鱉了。

【成敗類】

㈠比喻「雙倍效果」

一石二鳥（ㄧˋ ㄕˊ ㄦˋ ㄋㄧㄠˇ）

解釋 指丟一粒石頭，卻打下兩隻鳥。

用法 形容做一件事情可以得到兩種功效。

範例 慢跑既有益健康，又可以減肥，真可說是一石二鳥的運動。

一箭雙鵰（ㄧˊ ㄐㄧㄢˋ ㄕㄨㄤ ㄉㄧㄠ）

解釋 指射出一支箭，卻同時射中兩隻鵰。

詞源 《北史．長孫晟（晟，音ㄔㄥˊ，光明）傳》：「嘗（曾經）有二鵰飛而爭肉，因以箭兩支與（給）晟，請射取之。晟馳（車馬向前方奔跑）往，遇鵰雙攫（相互爭奪食物），遂（於是）一發雙貫（穿）焉。」大意是說：曾經有兩隻鵰鳥互相爭奪食物，突厥（隋唐時，占領漢北一帶的族群）的首領取兩支箭給長孫晟，請他射下這兩隻鵰鳥，晟坐在奔馳的馬車上，剛好遇到這兩隻鳥爭奪食物，於是射出一箭就同時貫穿兩隻鵰鳥的身體。

用法 形容做一件事卻得到雙重的成效。

範例 太陽能發電既環保又省錢，頗有一箭雙鵰的成效。

一舉兩得（ㄧˋ ㄐㄩˇ ㄌㄧㄤˇ ㄉㄜˊ）

解釋 舉：行為；行動。指做一種事情，卻可以獲得兩種功效。

詞源 漢．劉珍．《東觀漢記．耿弇（弇，音ㄧㄢˇ）傳》：「吾得臨淄（淄，音ㄗ，地名），即西安孤（孤立），必覆亡（滅亡）矣，所謂（稱）一舉兩得者也。」

用法 ①形容只要做一件事，就可以得到雙倍的效果。②形容生雙胞胎的喜悅。

範例 他的妻子生雙胞胎，他樂得直說是一舉兩得。

提示 「一舉兩得」也作「一舉兩全」、「一舉兩獲」。

事半功倍（ㄕˋ ㄅㄢˋ ㄍㄨㄥ ㄅㄟˋ）

解釋 指僅花一半的力氣去做，就可以得到加倍的功效。

詞源 《孟子．公孫丑上》：「故（所以）事半古之人，功（功效）必倍之。」大意是說：所以事情只有古人的一半，但是所達到的功效一定比古人多數倍。

1.（　　　）「不勞而穫」，請改正這句成語中的錯字。 ➡獲
2.（　　　）「坐想其成」，請改正這句成語中的錯字。 ➡享
3.（　　　）「鷸」蚌相爭，請寫出括號中的注音。 ➡ㄩˋ
4.（　　　）「魚翁得利」，請改正這句成語中的錯字。 ➡漁
5.（　　　）「瓜熟帝落」，請改正這句成語中的錯字。 ➡蒂

用法 形容做一件事所花費的力氣很小，效益卻很大。

範例 凡事做好事前的準備，就可以發揮事半功倍的效率。

(二)比喻「平白獲利」

不勞而獲（ㄅㄨˋ ㄌㄠˊ ㄦˊ ㄏㄨㄛˋ）

解釋 勞：勞動。獲：取得。指自己沒有勞動，卻竊取別人勞動的成果。

詞源 《孔子家語．人官》：「所求於邇（近處），故不勞而得（取）也。」

用法 形容一個人沒有付出努力，就想得到收穫。

範例 天下沒有不勞而獲的事，你要好好的努力。

提示 「不勞而獲」也作「不勞而得」。

坐享其成（ㄗㄨㄛˋ ㄒㄧㄤˇ ㄑㄧˊ ㄔㄥˊ）

解釋 指自己安穩坐著不做事，只想要享受別人獲得的成果。

詞源 清．葉廷琯（琯，音ㄍㄨㄢˇ）．《鷗陂（陂，音ㄆㄧˊ）漁話．葛蒼公傳》：「彼（他）坐享其成，必誤公事。」

用法 形容自己不做事，卻只想獲得成果。

範例 我們也要盡力幫忙，別一味地坐享其成。

漁翁得利（ㄩˊ ㄨㄥ ㄉㄜˊ ㄌㄧˋ）

解釋 漁翁：漁夫。指漁夫得到好處。

詞源 清．傷時子．《蒼鷹擊．二〇齣》：「李和張同室戈操（引申作親人翻臉），卻讓漁翁得利驕，把明室江山送（斷送）了！」

用法 比喻雙方爭鬥之下，第三者趁機下手，坐享其利。

範例 這兩家公司在惡性競爭之下，反而讓其他公司漁翁得利了。

提示 「漁翁得利」也作「漁人得利」。

鷸蚌相爭（ㄩˋ ㄅㄤˋ ㄒㄧㄤ ㄓㄥ）

解釋 鷸：一種鳥類。蚌：軟體動物，有的蚌能產珍珠。指鷸鳥和蚌的爭執不下。

用法 形容敵對雙方兩敗俱傷，第三者不費力氣就可以獲得好處。

範例 他們目前正處於鷸蚌相爭的情況，對我們非常的有利。

提示 「鷸蚌相爭」的「鷸」讀作ㄩˋ。這句成語常與「漁人得利」連用。

(三)比喻「自然成功」

水到渠成（ㄕㄨㄟˇ ㄉㄠˋ ㄑㄩˊ ㄔㄥˊ）

解釋 渠：人工所挖掘的水道。指只要水一流到，渠道自然就會形成。

詞源 《冬餘序錄》：「水到渠成，不須預慮。」大意是說：各種條件都具備之後，事情自然就會成功，根本不必憂慮。

用法 比喻條件皆備，事情自然就有成效。

範例 平日多充實自己，一旦機會來臨，自然水到渠成。

瓜熟蒂落（ㄍㄨㄚ ㄕㄡˊ ㄉㄧˋ ㄌㄨㄛˋ）

解釋 蒂：花或果實和枝、莖相連接的地方。指瓜果成熟之後，花蒂就會脫落。

1.（　　　）大「功」告成，請寫出括號中的解釋。 ➡事業

2.（　　　）功成名「就」，請寫出括號中的解釋。 ➡成功

3.（　　　）老先生一生行善，積陰德，是個□□□□的人。空格中應填入A.好管閒事 B.多此一舉 C.豐功偉業 D.功德圓滿。 ➡D

4.（　　　）「功成聲退」，請改正這句成語中的錯字。 ➡身

詞源 明．張岱．《蝶庵題像》：「水到渠成（水一流到，渠道就會自然形成），瓜熟蒂落，沉醉（喝酒大醉）方（剛剛）醒，噩（噩，音ㄜˋ，恐怖的）夢始覺。」

用法 比喻時機成熟，事情自然就可以辦成。

範例 如果不是他平時的辛勤灌溉，怎麼會有今天的**瓜熟蒂落**呢？

(四) 比喻「事情完成」

大功告成 ㄉㄚˋ ㄍㄨㄥ ㄍㄠˋ ㄔㄥˊ

解釋 功：事業。告成：完成。指廣大的事業已經順利完成。

詞源 《後漢書．光武帝紀》：「今若破（打敗）敵，珍寶萬倍，大功可成；如為所敗，首領（頭顱）無餘，何財物之有！」大意是說：今日若能打敗敵人，珍奇的珠寶一定比現在多一萬倍以上，事情也能達到圓滿的境界；若是被敵人打敗了，頭顱都被拿去當戰利品，擁有巨大的財富還有何用呢？

用法 形容人的事業成功。

範例 當完成這項測試之後，整個工程就算**大功告成**了。

提示 「大功告成」也作「大功畢成」（畢：結束）。

功成名就 ㄍㄨㄥ ㄔㄥˊ ㄇㄧㄥˊ ㄐㄧㄡˋ

解釋 就：成功。指事業有成，名聲地位也都有了。

詞源 元．范子安．《竹葉舟》：「你則說做官的功成名就，我則說出家（放棄俗家以修持正道）的延（增加）年益（增）壽。」

用法 形容人有成就。

範例 他經過十年的努力，才有今日的**功成名就**。

提示 「功成名就」也作「功成業就」、「功成名立」、「功成名遂」（遂：音ㄙㄨㄟˋ，成功）。

功成身退 ㄍㄨㄥ ㄔㄥˊ ㄕㄣ ㄊㄨㄟˋ

解釋 指事業一旦成功之後，就退隱。

詞源 《老子》：「功成名遂（成功）身退，天之道。」大意是說：擁有事業及名聲之後就隱退，這是順應天道的運行。

用法 形容成功之後就隱退，不會得意揚揚。

範例 世上居功自滿的人處處可見，肯**功成身退**的人反而罕見了。

提示 「功成身退」也作「功遂身退」。

功德圓滿 ㄍㄨㄥ ㄉㄜˊ ㄩㄢˊ ㄇㄢˇ

解釋 指人的功業及德行沒有缺點。

詞源 ①《勝鬘（鬘，音ㄇㄢˊ）經》：「惡盡（終了）言功，善滿（積滿）曰德。」②《華嚴經》：「顯現自在力，演說圓滿經。」

用法 ①形容人的功業、德行已經到達最完美的境界。②比喻事情已經圓滿結束。

範例 老先生一生行善，積陰德，是個**功德圓滿**的人。

(五) 比喻「上榜或落榜」

一舉成名 ㄧˋ ㄐㄩˇ ㄔㄥˊ ㄇㄧㄥˊ

解釋 舉：科舉考試上榜。指古人參加科考中第，因此聞名天下。

詞源 金．劉祁．《歸潛志．卷七》：「古人謂（說）十年窗下無

1.（　　　）□元及第＋一步登天×五日京兆＝雙十年華。
2.（　　　）「金榜提名」，請改正這句成語中的錯字。
3.（　　　）以下敘述何者錯誤A.「祭妹文」的作者「袁枚」曾是「長安登科」的進士 B.「蟾宮」也稱「月宮」C.「名落孫山」中的落榜者是孫山 D.「蟾宮折桂」是比喻考試上榜。

➡三
➡題
➡C

人問，一舉成名天下知。」

用法 比喻因為一件事成功而聲名遠播。

範例 他在奧運奪下雙面金牌後，一舉成名，家人也分享這份榮耀。

三元及第 ㄙㄢ ㄩㄢˊ ㄐㄧˊ ㄉㄧˋ

解釋 三元：古代的狀元、會元、解（解，音ㄐㄧㄝˋ）元。及第：科舉時代考試上榜。指科舉考試皆榜上有名。

用法 比喻考試上榜。

範例 家裡三姊妹分別考上研究所，親友紛紛誇讚是三元及第。

金榜題名 ㄐㄧㄣ ㄅㄤˇ ㄊㄧˊ ㄇㄧㄥˊ

解釋 金榜：科舉時代殿試所揭曉的文榜。指名字被寫在殿試所揭曉的文榜上。

詞源 五代·王定保·《唐摭言》：「金榜題名墨尚新（墨跡還沒乾）。」大意是說：金榜上所寫的墨跡尚未乾掉。

用法 比喻考試中第。

範例 她獲知自己金榜題名，不禁雀躍萬分。

長安登科 ㄔㄤˊ ㄢ ㄉㄥ ㄎㄜ

解釋 登科：也就是科舉時代考中進士。指在長安（京師）參加科舉，並且考上進士。

詞源 袁枚·《祭妹文》：「逾（逾，音ㄩˊ，超過）二年，予披宮錦（華美的服飾）還（還，音ㄏㄨㄢˊ，返）家，汝（你）從東廂扶案（桌子）出，一家瞠視（視，音ㄔㄥ，張大眼睛看）而笑，不記語從何起，大概說長安登科，函（信件）使報信（消息）遲早云爾。」大意是說：過了兩年，我披著華美的服飾回家，你從東廂扶著桌子出來，全家人張開眼睛一直看，結果都笑了出來，我已經不記得我們是從哪裡開始談起？大概是從我京師中第，託人向家人報平安的快慢開始談起的吧！

用法 比喻考試被錄取。

範例 恭喜你長安登科，是未來的醫學博士。

蟾宮折桂 ㄔㄢˊ ㄍㄨㄥ ㄓㄜˊ ㄍㄨㄟˋ

解釋 蟾宮：相傳月亮上住有千年蟾蜍，所以蟾宮也稱為月宮。指到月宮中折桂樹。

詞源 ①《書信故事·科第》：「及第之榮，比步蟾宮。」②宋·葉夢德·《避暑錄話·卷下》：「世以登科（科舉考試被錄取）為折桂。」

用法 比喻科舉中第。

範例 他近來喜事連連，既娶妻又蟾宮折桂，令人好不羨慕。

名落孫山 ㄇㄧㄥˊ ㄌㄨㄛˋ ㄙㄨㄣ ㄕㄢ

解釋 孫山：宋朝吳國人，他參加科舉考試卻名列榜末（最後一個被錄取）。指考試的排名落在孫山的後面。

詞源 宋·范公偁（偁，音ㄔㄥ）·《過庭錄》：「吳人孫山，滑稽（詼諧；好笑）才子也。赴舉他郡，鄉人託以子偕（偕，音ㄒㄧㄝˊ，共同）往。鄉人子失意，山綴榜末先歸。鄉人問其（孫山）子得失，山曰：『解（解，音ㄒㄧㄝˋ，名額）名盡（最後）處是孫山，賢郎更在孫山外。』」大意是說：吳國有個叫孫山的幽默才子，有一年他到外

1. （　　）比喻無可挽救的成語有 A.一字褒貶 B.一波三折 C.一敗如水 D.一敗塗地。 ➡C、D

2. （　　）「一蹋糊塗」，請改正這句成語中的錯字。 ➡塌

3. （　　）「一厥不振」，請改正這句成語中的錯字。 ➡蹶

4. （　　）「大事已去」，請改正這句成語中的錯字。 ➡勢

地去參加舉人考試，同鄉的人將兒子託付給他，並且一起應考，結果同鄉的兒子沒有考上，而孫山卻考上末名的舉人，於是先回家了。同鄉問孫山有關自己兒子的成績，孫山說：「我知道榜上最後一個名字是孫山，而你的兒子是在我的名字之外。」

用法 比喻參加考試沒有上榜。

範例 你今年**名落孫山**，別灰心，繼續加油吧！

提示 「名落孫山」也作「孫山之外」。

(六) 比喻「無可挽救」

一敗如水 ㄧˊ ㄅㄞˋ ㄖㄨˊ ㄕㄨㄟˇ

解釋 水：洪水。指潰敗就如洪水決堤一樣，無法收拾殘局。

用法 形容事情無可挽救。

範例 我隊士氣如虹，將敵隊打得**一敗如水**，獲得大勝。

一敗塗地 ㄧˊ ㄅㄞˋ ㄊㄨˊ ㄉㄧˋ

解釋 塗地：泥濘（濘，音ㄋㄧㄥˋ）的地面。指敗壞到如一整片的泥濘地般無法收拾。

用法 形容徹徹底底的失敗。

範例 這家公司資金周轉不靈，結果**一敗塗地**，終於宣布破產。

一塌糊塗 ㄧˋ ㄊㄚ ㄏㄨˊ ㄊㄨˊ

解釋 塌：崩倒；毀損。糊塗：不分明。指毀損的情形很嚴重。

用法 ①形容情況很混亂。②形容事情敗壞到不可收拾。

範例 昨天的颱風把花園裡的花吹得**一塌糊塗**。

提示 「一塌糊塗」的「塌」讀作ㄊㄚ，不可以讀作ㄊㄚˋ。

一蹶不振 ㄧˋ ㄐㄩㄝˊ ㄅㄨˋ ㄓㄣˋ

解釋 蹶：跌倒。振：振作。指跌倒一次後，就爬不起來了。

詞源 漢．劉向．《說苑．談叢》：「一蹶之故（原因），卻（停下）足不行。」大意是說：因為曾經跌倒的緣故，所以將雙腳停下來，不敢再向前走。

用法 形容遭受挫敗後受到打擊，從此不再振作。

範例 **一蹶不振**是膽小如鼠的人；逆流而上才是真正的勇者。

提示 「一蹶不振」也作「一跌不振」。

土崩瓦解 ㄊㄨˇ ㄅㄥ ㄨㄚˇ ㄐㄧㄝˇ

解釋 崩：掉落。瓦解：如瓦片分解的迅速，形容一下子就潰散了。指土牆倒塌，瓦片破碎。

詞源 《史記．秦始皇本紀論》：「秦之積衰，天下土崩瓦解。」大意是說：秦國積弱不振，天下頓時紛亂，所以政局很快就敗壞到不可收拾的地步。

用法 形容事情敗壞，無法收拾。

範例 事情已經到**土崩瓦解**的局面，難道你還不醒悟？

大勢已去 ㄉㄚˋ ㄕˋ ㄧˇ ㄑㄩˋ

解釋 去：消失。指對自己有利的情勢已經消失了。

詞源 《封神演義．九七回》：「紂王看見，不覺（覺，音ㄐㄩㄝˊ，感受）大驚，知大勢已去，非人力可挽（挽，音ㄨㄢˇ，救回）。」

用法 形容情勢敗壞，難以彌補。

範例 即使**大勢已去**，無法挽回，

1.（　　　）冰「消」瓦解，請寫出括號中的解釋。　➡融化
2.（　　　）「以湯止吠」，請改正這句成語中的錯字。　➡沸
3.（　　　）「抱新救火」，請改正這句成語中的錯字。　➡薪
4.（　　　）他借高利貸來還債，簡直是□□□□。空格中應填入 A.生花妙筆 B.不遺餘力 C.不露聲色 D.以火救火。　➡D

還有我們支持你呀！

冰消瓦解（ㄅㄧㄥ ㄒㄧㄠ ㄨㄚˇ ㄐㄧㄝˇ）

解釋 消：融化。瓦解：瓦片分解。指像冰塊融化成水，像瓦片快速地分解。

詞源 《隋書．楊素傳》：「公以深謀（深入的謀略），出其不意（利用人不注意時行動），霧廓（清除）雲除（消失），冰消瓦解，長驅（快速向前方奔跑）北邁（向前行），直趣（趣，音ㄑㄩ。通「驅」）巢窟（洞穴）。」大意是說：楊素憑藉自己所想出來的計謀，利用敵人不注意的時候加以攻擊，結果敵方自亂陣腳，情勢敗壞到不可收拾；為了乘勝追擊，楊素繼續率兵北進，直攻敵人的巢穴。

用法 形容事情完全潰敗。

範例 他們經過溝通之後，誤會總算冰消瓦解了。

提示 「冰消瓦解」也作「冰消瓦離」。

回天無力（ㄏㄨㄟˊ ㄊㄧㄢ ㄨˊ ㄌㄧˋ）

解釋 回天：可以移轉難以挽回的情勢。指已經沒有辦法挽回困難的情勢。

詞源 梁啟超．《俠情記．緯憂》：「先君（先父）愛國如焚（非常熱愛國家），回天無力。」

用法 形容情勢敗壞到極點。

範例 病情如此嚴重，即使華佗再世也回天無力了。

提示 「回天無力」也作「回天乏術」。

(七)比喻「毫無幫助」

以火救火（ㄧˇ ㄏㄨㄛˇ ㄐㄧㄡˋ ㄏㄨㄛˇ）

解釋 指用火來滅火。

詞源 《莊子．人間世》：「是以火救火，以水救水，名（稱）之曰（說）益（更）多。」大意是說：用火來滅火，用水來治水，這就是大家所說的：只會使火勢更旺，水災變得更嚴重。

用法 用火來救火，只會更增加火勢，對火災一點幫助也沒有。這句成語是形容問題沒有解決，反而變得更糟。

範例 他借高利貸來還債，簡直是以火救火嘛！

提示 「以火救火」常與「以水救水」連用。

以湯止沸（ㄧˇ ㄊㄤ ㄓˇ ㄈㄟˋ）

解釋 湯：燒開的水。沸：沸騰。指用燒開的水去降低沸水的溫度。

詞源 《漢書．董仲舒傳》：「如以湯止沸，抱薪（乾柴）救火，愈甚（糟糕；嚴重）而無益（好處）也。」大意是說：就像用熱水加在滾燙的水上，抱著乾柴去救火，這對事情不但沒有幫助，反而會變得更糟糕。

用法 為了降低水的沸騰，用燒開的水加入沸水中，當然不能降低溫度。這句成語是形容所做的事情不僅無益，還有可能使情況變得愈來愈糟糕。

範例 國家經費不足，若一味地提高稅金，只是以湯止沸的作法呀！

提示 「以湯止沸」也作「以湯沃沸」（沃：澆）。

抱薪救火（ㄅㄠˋ ㄒㄧㄣ ㄐㄧㄡˋ ㄏㄨㄛˇ）

解釋 薪：乾柴。指抱著乾柴去滅

1. （　　）做事情要講究方法，□□□□根本無濟於事。空格中應填入 A.一目十行 B.一針見血 C.杯水車薪 D.好大喜功。 ➡C
2. （　　）「副薪救火」，請改正這句成語中的錯字。 ➡負
3. （　　）「徒老無功」，請改正這句成語中的錯字。 ➡勞
4. （　　）比喻沒有實質的利益，叫畫□充□。 ➡餅、飢

火。

詞源《史記．魏世家》：「且夫以地事秦，譬猶抱薪救火；薪不盡（完），則火不滅。」大意是說：如果以土地來討好秦國，這就好像抱著乾柴來救火；柴沒有燒完，火勢是不會熄滅的。

用法 形容問題沒有解決，反而更加嚴重。

範例 你長期靠安眠藥來幫助睡眠，這不是**抱薪救火**嗎？

杯水車薪 ㄅㄟ ㄕㄨㄟˇ ㄔㄜ ㄒㄧㄣ

解釋 指滿車的乾柴都著火了，卻用一小杯的水去滅火。

詞源《孟子．告子上》：「猶（如同）以（用）一杯水救一車薪之火也。」

用法 形容對事情沒有助益，只是空忙一場。

範例 做事要講究方法，**杯水車薪**根本無濟於事。

提示「杯水車薪」也作「杯水救薪」。

負薪救火 ㄈㄨˋ ㄒㄧㄣ ㄐㄧㄡˋ ㄏㄨㄛˇ

解釋 負：擔。指擔著乾柴去救火。

詞源《三國志》：「猶負薪救火，無乃更崇（加大）其熾（熾，音ㄔˋ，火勢）乎？」大意是說：擔著乾柴去滅火，不是更助長火勢嗎？

用法 比喻方法錯誤。

範例 你別慌，與其**負薪救火**，不如從長計議。

提示「負薪救火」也作「抱薪救火」。

徒勞無功 ㄊㄨˊ ㄌㄠˊ ㄨˊ ㄍㄨㄥ

解釋 徒：只。益：好處。指白白花費力氣，對事情一點幫助也沒有。

詞源《莊子．天運》：「夫水行莫（沒有）如用舟，而陸行莫如用車……推舟於陸也，勞而無功。」大意是說：在水上活動，沒有東西比舟船好用，在陸上活動，沒有一樣東西比馬車好用……今天將船推到陸地，只是白費力氣，根本一點用處也沒有。

用法 形容白忙一場。

範例 你明明知道會**徒勞無功**，為什麼不聽人勸告呢？

提示「徒勞無功」也作「徒勞無益」。

無濟於事 ㄨˊ ㄐㄧˋ ㄩˊ ㄕˋ

解釋 濟：幫助。指對於事情一點幫助也沒有。

詞源《官場現形記．五二回》：「就是我們再幫點忙，至多再湊了幾百銀子，也無濟於事。」

用法 形容事情做了也無法解決問題。

範例 事情已經發生了，你才想解決，其實是**無濟於事**。

提示「無濟於事」也作「無補於事」、「無益於事」。

畫餅充飢 ㄏㄨㄚˋ ㄅㄧㄥˇ ㄔㄨㄥ ㄐㄧ

解釋 充飢：也就是止餓。指畫一塊餅來止餓。

詞源《傳燈錄》：「畫餅不可充飢。」

用法 比喻沒有實質的利益。

範例 他提出的方案只是**畫餅充飢**罷了！

1.（　　　）「原木求魚」，請改正這句成語中的錯字。 ➡緣
2.（　　　）「讚冰求酥」，請改正這句成語中的錯字。 ➡鑽
3.（　　　）「一筆勾消」，請改正這句成語中的錯字。 ➡銷
4.（　　　）「一筆抹剎」，請改正這句成語中的錯字。 ➡煞
5.（　　　）「化為灰盡」，請改正這句成語中的錯字。 ➡燼

緣木求魚（ㄩㄢˊ ㄇㄨˋ ㄑㄧㄡˊ ㄩˊ）

解釋 緣：攀升。指攀爬到樹上去找尋魚類。

詞源 《孟子．梁惠王上》：「以若（你）所為（作為），求若所欲（想），猶（如同）緣木而求魚也。」大意是說：孟子告訴齊宣王說：「你動員那麼多的軍隊去打別的國家，所圖的是什麼呢？」齊宣王說：「是為了要滿足我最大的願望。」孟子說：「如果你的作為是為了想滿足稱霸天下的野心，那將如『緣木求魚』一樣，永遠都不會達成目的。」

用法 形容方法失當，對事情毫無幫助。

範例 你既然明白**緣木求魚**是不可能的事，為何還執迷不悟呢？

鑽冰求酥（ㄗㄨㄢ ㄅㄧㄥ ㄑㄧㄡˊ ㄙㄨ）

解釋 酥：酥油。指鑽開冰塊去求酥油。

詞源 《菩薩本緣經．卷下》：「譬如鑽冰求酥，是（此舉）實難得（很難求得）。」

用法 形容白費力氣。

範例 他身無分文，你想向他募款，這和**鑽冰求酥**有何不同？

(八) 比喻「付諸流水」

一筆勾銷（ㄧˋ ㄅㄧˇ ㄍㄡ ㄒㄧㄠ）

解釋 勾銷：除去。指動筆刪除帳目。

詞源 《花月痕．二九回》：「可見男人的心是狠的，一翻了臉，就把前情一筆勾銷。」

用法 比喻全部作廢。

範例 他倆今天談和之後，舊仇新恨全部**一筆勾銷**。

提示 「一筆勾銷」也作「一筆勾斷」。

一筆抹煞（ㄧˋ ㄅㄧˇ ㄇㄛˇ ㄕㄚ）

解釋 抹煞：全部作廢。指用一支筆就將全部的優點或事實作廢。

詞源 朱自清．《文物．舊書．毛筆》：「歷史和舊文化，我們應該批判（批評而且判斷）的接受，作為創造文化素材（文學作品的各種材料）的一部。一筆抹煞是不對的。」

用法 形容否決別人的優點或努力。

範例 他因為失職而下野，卻不能**一筆抹煞**以前的政績。

提示 「一筆抹煞」也作「一筆抹殺」。

化為灰燼（ㄏㄨㄚˋ ㄨㄟˊ ㄏㄨㄟ ㄐㄧㄣˋ）

解釋 灰燼：物品燃燒過後，所剩下來的殘屑。指全部變成燃燒後的殘屑。

用法 比喻夢想破碎。

範例 一次的投資失敗，使他幾年努力的成果**化為灰燼**。

提示 「化為灰燼」的「燼」不可以寫成「盡力」的「盡」或「儘管」的「儘」（ㄐㄧㄣˇ）。

化為烏有（ㄏㄨㄚˋ ㄨㄟˊ ㄨ ㄧㄡˇ）

解釋 烏有：沒有；不見了。指全部變不見了。

詞源 宋．蘇軾．《章質夫送酒六壺．書至而酒不達．戲作小詩問之》詩：「豈意（怎料）青州六從事（六瓶美酒），化為烏有一先

1. （　　）「前功進棄」，請改正這句成語中的錯字。
2. （　　）形容因小聰明而搞砸事情，叫弄□成□。
3. （　　）東施效「顰」，請寫出括號中的注音和解釋。
4. （　　）他的硬碟毀損，加上沒有備分，使得資料全部□□□□。空格中應填入 A.起死回生 B.付之東流 C.千變萬化。

➡盡
➡巧、拙
➡ㄆㄧㄣˊ、皺眉頭
➡B

生。」大意是說：怎料六瓶美酒遲遲不到，而讓一位先生覺得希望破滅呢！

用法 形容事物遭到毀壞或希望破滅。

範例 他不慎扭傷了腳，使得想參加球賽的計畫化為烏有。

付之東流 ㄈㄨˋ ㄓ ㄉㄨㄥ ㄌㄧㄡˊ

解釋 付：交付。之：它。指將事物交付給向東方流去的河川。

詞源 明．宋應星．《野議．風俗議》：「其（如果）不得也，則數年心力膏血（所付出的努力），付之東流。」大意是說：如果不能得到既得的成果，那麼多年來的努力，將全部化為烏有。

用法 河川向東流去，最後只會注入大海，不會再回頭，將東西交付給江河，最後必是一去不返。這句成語是形容希望落空。

範例 他的硬碟毀損，加上沒有備分，使得資料全部付之東流。

提示 「付之東流」也作「付諸東流」。

前功盡棄 ㄑㄧㄢˊ ㄍㄨㄥ ㄐㄧㄣˋ ㄑㄧˋ

解釋 棄：廢置；拋掉。指之前的努力都白費了。

詞源 《史記．周本紀》：「一舉（攻取；行事）不得，前功盡棄。」大意是說：如果沒有一次就攻下城池，那之前所有的努力都將白費了。

用法 比喻枉費前功。

範例 加油！加油！如果中途退縮，一切就前功盡棄了。

(九) 比喻「反效果」

弄巧成拙 ㄋㄨㄥˋ ㄑㄧㄠˇ ㄔㄥˊ ㄓㄨㄛˊ

解釋 弄：取。拙：愚笨；蠢。指本想投機取巧，結果反而壞了大事。

詞源 黃庭堅．《拙軒頌》：「弄巧成拙，為蛇添（加）足。」大意是說：本來想要些小聰明，卻反而做出蠢事；畫蛇的時候，特地為牠加上了腳。

用法 形容因小聰明而搞砸事情。

範例 我本來要逗她開心的，沒想到弄巧成拙，卻惹得她生氣。

提示 「弄巧成拙」也作「弄巧反拙」。

東施效顰 ㄉㄨㄥ ㄕ ㄒㄧㄠˋ ㄆㄧㄣˊ

解釋 東施：古代一位長得很醜的女子。效：仿效。顰：皺眉頭。指東施模仿西施（古代美女）皺眉頭的樣子。

詞源 《莊子．天運》：「西施病心（心臟不好）而矉（矉，音ㄆㄧㄣˊ。同「顰」）其里，其里之醜人見而美之，歸（回）亦捧心而矉其里。其里之富人見之，堅閉（緊閉）門而不出，貧人見之，挈（挈，音ㄑㄧㄝˋ，帶領）妻子而去之走（離開）。」大意是說：西施有心臟病，所以在鄰里中都會捧著胸口，緊皺眉頭，有一位醜女與西施同住里中，她看見西施這樣的舉止，認為很美，所以回家後開始學西施皺著眉頭，用手輕捧胸口。由於東施本身已經很醜，現在還勉強做這樣的動作，所以看起來更醜了，因此鄰里中的富人看見她都緊閉門窗，一步也不敢出門；而貧人看見她，

1.（　　　）「邯鄲」學步，請寫出括號中的注音。 ➡ㄏㄢˊ ㄉㄢ
2.（　　　）「心往神遲」，請改正這句成語中的錯字。 ➡馳
3.（　　　）以下的歷史人物何者是一對戀人，彼此日思夜盼A.司馬相如和卓文君B.楚霸王項羽和虞姬C.紅樓夢一書中的賈寶玉和林黛玉D.呂布和西施。 ➡A、B、C

也趕緊帶著妻兒離開。

用法 比喻處事不當，反而出盡洋相。

範例 設計重在創意，東施效顰只會愈來愈退步。

邯鄲學步（ㄏㄢˊ ㄉㄢ ㄒㄩㄝˊ ㄅㄨˋ）

解釋 邯鄲：古代趙國的首都。步：行走。指到邯鄲去學習趙國人走路的樣子。

詞源 《莊子．秋水》：「子（你）獨不聞夫壽陵（燕國的都城）餘子（二十歲左右）之學行於邯鄲歟？未得國能（不能學得趙國人行走的精華），又失其故（舊有的）行矣！」大意是說：你沒有聽說過燕國少年到邯鄲城學走路的故事嗎？他們不但不能學得趙國人行走的精華，後來又將自己原本走路的樣子也忘掉了。

用法 形容一味地模仿別人，反而失去自己的風格。

範例 寫作如果只從別人的文章裡邯鄲學步，就毫無韻味了。

【戀愛類】

(一)比喻「綿綿相思」

心往神馳（ㄒㄧㄣ ㄨㄤˇ ㄕㄣˊ ㄔˊ）

解釋 往：嚮往。馳：飛馳。指內心神思都飛往某處。

詞源 宋．歐陽脩．《祭杜公文》：「繫官在朝，心往神馳，送不臨穴（墳墓），哭不望帷（分隔內外的帳幔）。」大意是說：我雖然在朝廷為官，心中卻非常掛念你的後事，你出殯時我不能親臨墓穴送你，更不能望著靈堂的帳幔痛哭，這種痛楚有誰能體會呢？

用法 形容非常的嚮往。

範例 到英國的劍橋大學留學，一直是我心往神馳的夢想。

日思夜盼（ㄖˋ ㄙ ㄧㄝˋ ㄆㄢˋ）

解釋 盼：期望。指無論白天或晚上都很思念盼望。

用法 形容思念不曾間斷。

範例 我自從離開家鄉之後，每天日思夜盼的想回家。

情長紙短（ㄑㄧㄥˊ ㄔㄤˊ ㄓˇ ㄉㄨㄢˇ）

解釋 紙：信箋。指要傾訴的話太多了，情感濃烈深長，在紙上寫也寫不完。

用法 比喻情深意濃，相思無限。

範例 他在國外工作，每提筆寫家書，都感到情長紙短。

提示 ①「情長紙短」也作「紙短情長」。②「情長紙短」的「短」不可以寫成「矮小」的「矮」。

紅豆相思（ㄏㄨㄥˊ ㄉㄡˋ ㄒㄧㄤ ㄙ）

解釋 紅豆：相思子，詩詞中常用來象徵愛情。指相思子所代表的思念。

詞源 唐．王維．《相思》詩：「紅豆生南國，春來發（生長）幾枝。願君多采擷（擷，音ㄐㄧㄝˊ，採

1. （　　　）比喻深切的操心和掛念，叫牽□掛□。 ➡腸、肚
2. （　　　）「朝思幕想」，請改正這句成語中的錯字。 ➡暮
3. （　　　）魂牽夢「縈」，請寫出括號中的注音和解釋。 ➡環繞
4. （　　　）「一見頃心」，請改正這句成語中的錯字。 ➡傾
5. （　　　）「一見鐘情」，請改正這句成語中的錯字。 ➡鍾

摘），此物最相思。」

用法 比喻男女對分離的另一半，產生無限的思念。

範例 對於在遠方的你，無限的想念僅能化作**紅豆相思**，遙寄給你。

牽腸掛肚（ㄑㄧㄢ ㄔㄤˊ ㄍㄨㄚˋ ㄉㄨˋ）

解釋 牽：挽；拉。掛：惦念；思念。指心中的思念。

詞源 《紅樓夢・二六回》：「人家牽腸掛肚的等你，你且高樂去！也打發個人來給個信兒！」

用法 比喻深切的操心和掛念。

範例 我離家多年，家中的一切總令人**牽腸掛肚**。

提示 「牽腸掛肚」也作「牽腸割肚」。

朝思暮想（ㄓㄠ ㄙ ㄇㄨˋ ㄒㄧㄤˇ）

解釋 朝：日出。暮：日落或夜間。指白天晚上都一直想念著。

用法 比喻思念不斷。

範例 他在愈挫愈勇下，終於抱回**朝思暮想**的冠軍獎杯。

魂牽夢縈（ㄏㄨㄣˊ ㄑㄧㄢ ㄇㄥˋ ㄧㄥˊ）

解釋 縈：環繞。指白天牽引著魂魄，晚上縈繞在夢中。

詞源 宋・劉過・《四字令》詞：「思君憶（想）君，魂牽夢縈。」

用法 比喻思念的深切。

範例 我自從昨日見過她一面之後，便**魂牽夢縈**，難以忘懷。

提示 「魂牽夢縈」的「縈」不可以寫成「螢火蟲」的「螢」。

懸腸掛肚（ㄒㄩㄢˊ ㄔㄤˊ ㄍㄨㄚˋ ㄉㄨˋ）

解釋 懸：繫著。掛：惦念。指腸中牽繫著，肚中也惦念著。

詞源 《水滸傳・四一回》：「宋江道：『小可兄弟只為父親這一事懸腸掛肚，坐臥不安。』」

用法 比喻非常的掛念。

範例 孩子晚歸，為人父母的總會**懸腸掛肚**，擔心安全問題。

(二)比喻「彼此相愛」

一見傾心（ㄧˊ ㄐㄧㄢˋ ㄑㄧㄥ ㄒㄧㄣ）

解釋 傾心：一心愛慕。指初次見面就產生愛慕的情感。

用法 形容初次見面即心生愛戀。

範例 她嬌羞低頭的模樣真是叫人**一見傾心**。

提示 「一見傾心」也作「一見傾倒」。

一見鍾情（ㄧˊ ㄐㄧㄢˋ ㄓㄨㄥ ㄑㄧㄥˊ）

解釋 鍾情：專情於某人。指男女初次見面就專情於對方。

詞源 《西湖佳話・西泠韻跡》：「乃蒙（承蒙；接受）郎君一見鍾情，故賤妾（女子自謙）有感於心（心中記得）。」

用法 形容男女初次見面就產生情愫。

範例 他倆**一見鍾情**，互訂終身。

提示 「一見鍾情」是指男女間的感情；「一見如故」是指朋友間的友誼。

一往情深（ㄧˋ ㄨㄤˇ ㄑㄧㄥ ㄕㄣ）

解釋 一往：一直；自始至終。指自始至終都懷有深厚的情感。

詞源 南朝宋・劉義慶・《世說新語・任誕》：「桓子野（東晉的桓伊）每聞清歌（清爽的歌聲），輒（每每；往往）喚（呼喊）奈何。

1.（　　）「心心相映」，請改正這句成語中的錯字。 ➡印
2.（　　）「兒女情常」，請改正這句成語中的錯字。 ➡長
3.（　　）以下敘述何者正確 A.「山盟海誓」中的「盟」和「誓」為動詞B.「打情罵俏」的近義是「打打鬧鬧」C.「兩小無猜」的「猜」是指猜拳D.「愛」，是心部。 ➡A、D

謝公（東晉的謝安）聞之曰：『子野可謂一往有情深。』」

用法 比喻情愛的綿長。

範例 他對孩提時的青梅竹馬始終一往情深，戀戀不忘。

提示 「一往情深」也作「一往深情」。

山盟海誓（ㄕㄢ ㄇㄥˊ ㄏㄞˇ ㄕˋ）

解釋 盟：立下某種約定。誓：發誓。指像山、海一樣永遠不變的盟誓。

詞源 宋．趙長卿．《賀新郎》：「終待說山盟海誓，這恩情到此非（不）容易。」

用法 比喻男女深愛時，所立下的誓言。

範例 電影中，男女主角在夕陽西下的海邊，立下山盟海誓的約定。

提示 「山盟海誓」也作「海誓山盟」。

心心相印（ㄒㄧㄣ ㄒㄧㄣ ㄒㄧㄤ ㄧㄣˋ）

解釋 心心：兩人的心思、感情等。相印：相契合。指兩人思想、感情互相契合。

詞源 《官場現形記．五九回》：「撫台（官名）看了，彼此心心相印，斷無駁回（不准；退回）之理。」

用法 比喻男女的心意契合。

範例 這張卡片上畫滿了心心相印的圖案。

提示 「心心相印」的「印」不可以寫成「映照」的「映」。

打情罵俏（ㄉㄚˇ ㄑㄧㄥˊ ㄇㄚˋ ㄑㄧㄠˋ）

解釋 情：調情。俏：活潑俏皮。指做一些調情動作，說一些挑逗俏皮的言語。

詞源 《孽海花．三五回》：「高興起來，簡直不分主僕，打情罵俏的攪（擾亂）成一團。」

用法 形容男女間輕佻的動作或言語。

範例 這對情侶在街上打情罵俏，引來路人注目。

男歡女愛（ㄋㄢˊ ㄏㄨㄢ ㄋㄩˇ ㄞˋ）

解釋 指男女之間的歡樂情愛。

詞源 《警世通言．卷三五》：「這般會合，那些個男歡女愛，是偶然一念之差（因想法錯誤，以致走上歧路）。」

用法 形容男女間親密的關係。

範例 電視媒體怎麼老是播報一些男歡女愛的八卦新聞呢？

提示 「男歡女愛」也作「男貪女愛」。

兒女情長（ㄦˊ ㄋㄩˇ ㄑㄧㄥˊ ㄔㄤˊ）

解釋 情長：情愛深長。指男女感情十分的綿長。

詞源 《宋史演義．四六回》：「古人說得好：『兒女情長，英雄氣短。』自古以來，無論什麼男兒好漢，鋼鐵心腸，一經嬌妻美妾朝訴暮啼（哭泣聲），無不被他熔化（固體的東西受熱到一定的溫度，就會慢慢的軟化，最後變成液體）。」

用法 比喻男女間纏綿的情愛。

範例 現在流行的偶像劇，大多圍繞在兒女情長的主題打轉。

兩小無猜（ㄌㄧㄤˇ ㄒㄧㄠˇ ㄨˊ ㄘㄞ）

解釋 猜：猜忌；猜疑。指兩個年幼的男女，天真無邪的相處，毫無

1.（　　　）「兩情向願」，請改正這句成語中的錯字。
2.（　　　）兩情「繾綣」，請寫出括號中的注音。
3.（　　　）比喻童年時期的男女情誼，叫青□竹□。
4.（　　　）相見「恨」晚，請寫出括號中的解釋。
5.（　　　）「海枯石濫」，請改正這句成語中的錯字。

➡相
➡ㄑㄧㄢˇ ㄑㄩㄢˇ
➡梅、馬
➡遺憾
➡爛

猜忌。

詞源 唐．李白．《長干行》：「郎騎竹馬來，繞（圍繞）床弄（欣賞；戲耍）青梅。同居長干里（都住在長干里），兩小無嫌猜。」

用法 比喻童年純真的情誼。

範例 這篇描寫兒時**兩小無猜**的小說，文筆非常的細膩。

提示 「兩小無猜」也作「兩小無嫌」。

兩情相願（ㄌㄧㄤˇ ㄑㄧㄥˊ ㄒㄧㄤ ㄩㄢˋ）

解釋 指兩方面都很願意。

詞源 清．劉鶚．《老殘遊記．一九回》：「兩相情願，決無虛假。」

用法 比喻雙方都願意。多用在感情、婚姻、買賣等方面。

範例 這樁合作案必須**兩情相願**，才能夠持續進行。

提示 「兩情相願」也作「兩相情願」、「兩情兩願」。

兩情繾綣（ㄌㄧㄤˇ ㄑㄧㄥˊ ㄑㄧㄢˇ ㄑㄩㄢˇ）

解釋 繾綣：情意纏綿，不忍分開的樣子。指男女的感情深厚，不忍分離。

用法 形容男女纏綿的愛情。

範例 有關才子佳人**兩情繾綣**的愛情，最被人們津津樂道。

青梅竹馬（ㄑㄧㄥ ㄇㄟˊ ㄓㄨˊ ㄇㄚˇ）

解釋 青梅：青色的梅子。竹馬：童玩的一種，兒童騎竹竿當馬。指玩伴一起摘取青梅，並且騎著竹馬玩樂。

用法 比喻童年時期的男女友誼。

範例 今天婚宴的男女主角，自幼就是一對**青梅竹馬**。

相見恨晚（ㄒㄧㄤ ㄐㄧㄢˋ ㄏㄣˋ ㄨㄢˇ）

解釋 恨：遺憾。指遺憾與對方相識得太晚。

詞源 《史記．平津侯主父列傳》：「天子召見（長官約見下屬）三人，謂曰：『公等皆安在？何相見之晚也！』」

用法 形容一見如故。

範例 今日聽到您這一番發人深省的談話，讓我覺得**相見恨晚**呀！

提示 「相見恨晚」也作「相逢恨晚」。

紅情綠意（ㄏㄨㄥˊ ㄑㄧㄥˊ ㄌㄩˋ ㄧˋ）

解釋 指紅花綠葉，生氣盎然的樣子。

詞源 宋．文同．《約春》詩：「紅情綠意知多少，盡（全）入涇川萬樹花。」

用法 ①形容春天花草、樹木豔麗生動。②形容男女間的情深意濃。

範例 人生要追求的是理想，並非**紅情綠意**的溫柔鄉。

海枯石爛（ㄏㄞˇ ㄎㄨ ㄕˊ ㄌㄢˋ）

解釋 海枯：海水乾枯。石爛：石頭腐爛，也就是風化的意思。指海水乾掉，石頭風化。

詞源 元．鄭允端．《望夫石》詩：「石爛與海枯，行人（出遠門的人）歸（回）故鄉（整句有「回不來」或「不可能回來」的意思）。」

用法 比喻男女的戀情堅貞不移。

範例 男女相戀時，往往都會許下**海枯石爛**，至死不渝的誓言。

提示 「海枯石爛」也作「石爛海枯」。

1.（　　）「情思纏棉」，請改正這句成語中的錯字。➡綿
2.（　　）「虛寒問暖」，請改正這句成語中的錯字。➡噓
3.（　　）「勾魂射魄」，請改正這句成語中的錯字。➡攝
4.（　　）以下哪則成語含貶意 A.眉目傳情 B.眉來眼去 C.眼角留情 D.含情脈脈。➡B

情思纏綿（ㄑㄧㄥˊ ㄙ ㄔㄢˊ ㄇㄧㄢˊ）

解釋 纏綿：情意綿長。指男女間的情意綿長。

詞源 《紅樓夢．一二〇回》：「所以崔鶯蘇小，無非仙子塵心……但凡情思纏綿，那結局就不可問了！」

用法 比喻男女十分的恩愛。

範例 自古情思纏綿的愛情，最令人動容。

提示 「情思纏綿」的「綿」不可以寫成「棉花」的「棉」。

情深似海（ㄑㄧㄥˊ ㄕㄣ ㄙˋ ㄏㄞˇ）

解釋 指付出的感情就像海一樣深。

詞源 明．崔時佩．《西廂記．許婚借援》：「自那日忽（突然）睹（見）多才，不覺每上心來（不知不覺就會想起），春悶好難捱（忍受），畢竟情深似海。」

用法 形容男女或親友間的情愛深厚。

範例 她們姊妹倆情深似海，彼此相扶持。

噓寒問暖（ㄒㄩ ㄏㄢˊ ㄨㄣˋ ㄋㄨㄢˇ）

解釋 噓寒：從嘴巴呵出熱氣來為人驅寒。問暖：向人問候冷熱。指為人驅寒，關心地問冷問熱。

用法 形容對人的關懷入微。

範例 同事每天上班，見面時不免噓寒問暖一番。

提示 「噓寒問暖」的「噓」不可以寫成「虛心假意」的「虛」。

(三)比喻「著迷或傳情」

勾魂攝魄（ㄍㄡ ㄏㄨㄣˊ ㄕㄜˋ ㄆㄛˋ）

解釋 魂、魄：人的心神。攝：吸取。指人的心神被吸取捕捉。

詞源 《九尾龜．一四七回》：「只有那一對秋波（眼睛），生得水汪汪的，……，著實有些勾魂攝魄的魔力。」

用法 形容女子散發的魅力，令人著迷失神。

範例 舞台上的女歌手嗓音輕柔，勾魂攝魄的眼神更是傾倒眾生。

提示 「勾魂攝魄」也作「鉤心攝魂」。

眉目傳情（ㄇㄟˊ ㄇㄨˋ ㄔㄨㄢˊ ㄑㄧㄥˊ）

解釋 指用眼神來傳達情意。

詞源 清．曹雪芹．《紅樓夢．六四回》：「因而乘（趁）機百般撩撥（挑逗；招引），眉目傳情。」

用法 比喻用眼神來表明愛意。

範例 他不是對你眉目傳情，別誤會了。

提示 「眉目傳情」也作「眉眼傳情」。

眉來眼去（ㄇㄟˊ ㄌㄞˊ ㄧㄢˇ ㄑㄩˋ）

解釋 指眉毛及眼神的動作。

詞源 宋．辛棄疾．《滿江紅》詞：「還記得眉來眼去，水光山色。」

用法 形容男女以眉眼來傳遞情意。此語有時含貶義。

範例 你們倆眉來眼去的，有什麼事情嗎？

提示 「眉來眼去」也作「眉來語去」。

眼角留情（ㄧㄢˇ ㄐㄧㄠˇ ㄌㄧㄡˊ ㄑㄧㄥˊ）

解釋 指眼神裡散發出情意。

1. (　　　) 以下哪則語詞是比喻女子的眼睛明亮動人 A.春風 B.柳眉 C.秋波 D.櫻桃。 ➡C
2. (　　　) 形容用眉眼來傳達情意，叫□眉□眼。 ➡擠、弄
3. (　　　) 半推半「就」，請寫出括號中的解釋。 ➡靠近
4. (　　　) 「吳山雲雨」，請改正這句成語中的錯字。 ➡巫

詞源 清．曹雪芹．《紅樓夢．一五回》：「走不多遠，卻見這二丫頭懷裏抱著個小孩子，同著兩個小女孩子，在村頭站著瞅（瞅，音ㄔㄡˇ，瞇著眼睛邪看）他。寶玉情不自禁，然身在車上，只得眼角留情而已。」

用法 形容男女以眼神來表達愛意。

範例 你別處處**眼角留情**，這樣顯得很輕浮。

頻送秋波（ㄆㄧㄣˊ ㄙㄨㄥˋ ㄑㄧㄡ ㄅㄛ）

解釋 頻：屢屢。秋波：比喻女子的眼睛如秋水一樣明亮。

用法 本來是形容女子屢次向喜歡的男子傳送愛意，後也用來形容對方不斷的表達善意，想爭取合作。

範例 他對於廠商的**頻送秋波**，並不感興趣呀！

提示 「頻送秋波」的「頻」讀作ㄆㄧㄣˊ，不可以讀作ㄆㄧㄥˊ。

擠眉弄眼（ㄐㄧˇ ㄇㄟˊ ㄋㄨㄥˋ ㄧㄢˇ）

解釋 擠：緊密的靠攏。指擠弄眉毛和眼睛。

詞源 元．王實甫．《破窯記．一折》：「擠眉弄眼，俐齒伶牙（能說善道，口才一流），攀田接貴（攀附有權勢及地位的人），順水推船。」

用法 形容用眉眼來傳達情意。

範例 咦，她在對誰**擠眉弄眼**呢？

提示 「擠眉弄眼」也作「擠眉溜眼」。

臨去秋波（ㄌㄧㄣˊ ㄑㄩˋ ㄑㄧㄡ ㄅㄛ）

解釋 臨去：臨別；離別前夕。秋波：比喻女子的眼睛如秋水一樣明亮。指女子離去時，傳送明亮動人的眼神。

詞源 元．王實甫．《西廂記．一本一折》：「怎當他臨去秋波那一轉！便是（就算是）鐵石人也意惹情牽（男女情意深長，彼此都思念對方）。」

用法 多用在女子離去之前，回眸一視，傳達深深的情意。

範例 情人的**臨去秋波**，最是令人愛憐。

(四)比喻「私會或激情」

半推半就（ㄅㄢˋ ㄊㄨㄟ ㄅㄢˋ ㄐㄧㄡˋ）

解釋 推：推辭；婉拒。就：靠近。指一方面向人推辭，一方面卻頻頻靠近。

詞源 《西廂記傳奇》：「她半推半就，我又驚又愛。」

用法 比喻故作推辭的態度。

範例 你快快收下吧！別**半推半就**了。

提示 「半推半就」也作「半就半推」。

巫山雲雨（ㄨ ㄕㄢ ㄩㄣˊ ㄩˇ）

解釋 巫山：四川巴山山脈的高峰。指在楚懷王夢裡可以行雲喚雨的女神。

詞源 戰國楚．宋玉．《高唐賦》序：「昔者先王（楚懷王）嘗遊高唐。怠（疲累）而晝寢（白天入睡），夢見一婦人，曰：『妾，巫山之女也，為高唐之客，聞君游高唐，願薦枕席（願意在枕席旁侍候）。』王因幸（臨；到）之。去（離開）而辭曰：『妾在巫山之陽（山的南邊或水的北邊稱為

1.（　　）三月，陽明山杜鵑花盛開，□□□□。空格中應填入 A.春雨綿綿 B.春色撩人 C.春夏秋冬 D.春宵一刻。 ➡B
2.（　　）「桑間僕上」，請改正這句成語中的錯字。 ➡濮
3.（　　）「乾材烈火」，請改正這句成語中的錯字。 ➡柴
4.（　　）偷「香」竊玉，請寫出括號中的部首。 ➡香

「陽」），高丘之陰（高丘的北邊）。旦（早上）為朝雲，暮（傍晚）為行雨，朝朝暮暮（日日夜夜），陽台之下。』旦朝視之，如言，故為立廟，號曰：『朝雲』。」

用法 比喻男女之間的歡會。

範例 這本八卦雜誌，以報導男女間巫山雲雨的私事為賣點。

春色撩人（ㄔㄨㄣ ㄙㄜˋ ㄌㄧㄠˊ ㄖㄣˊ）

解釋 春色：春天的美麗景色。撩人：挑逗別人。指春色美麗，挑逗著人的興致。

詞源 宋．陸游．《山園雜詠》詩之三：「桃花爛漫（光彩鮮明的樣子）杏花稀，春色撩人不忍違。」

用法 形容春景美麗，引起人欣賞的興致。

範例 三月，陽明山杜鵑花盛開，春色撩人。

春宵一刻（ㄔㄨㄣ ㄒㄧㄠ ㄧˊ ㄎㄜˋ）

解釋 春宵：春天美好的夜晚。一刻：十五分鐘，引申作短暫的時間。指春天美好的夜晚總是短暫的。

詞源 宋．蘇軾．《春夜》詩：「春宵一刻值千金，花有清香月有陰。」

用法 比喻短暫、歡樂的時光。此語大多用在「洞房花燭夜」上。

範例 春宵一刻價值千金呢！

提示 「春宵一刻」的「宵」不可以寫成「消失」的「消」。

桑間濮上（ㄙㄤ ㄐㄧㄢ ㄆㄨˊ ㄕㄤˋ）

解釋 桑間：古地名，位居衛國的濮水上，環境幽僻，常有男女在此私會。濮上：濮水上面。指衛國的桑間位在濮水之上。

詞源 《禮記．樂記》：「鄭衛之音（靡靡之音；淫樂之音），亂世之音也；桑間濮上之音（淫亂的樂音），亡國之音也。」

用法 形容男女歡合的場所。

範例 中秋佳節，桑間濮上處處可見熱戀的男女。

乾柴烈火（ㄍㄢ ㄔㄞˊ ㄌㄧㄝˋ ㄏㄨㄛˇ）

解釋 烈火：大火。指乾柴遇上大火，則燃燒更猛烈。

詞源 《醒世姻緣傳．七二回》：「誰知魏三封是乾柴烈火，如何肯依？」

用法 形容男女情慾的渴望。

範例 小心乾柴烈火的情慾，招來身敗名裂的下場。

提示 「乾柴烈火」也作「烈火乾柴」。

偷香竊玉（ㄊㄡ ㄒㄧㄤ ㄑㄧㄝˋ ㄩˋ）

解釋 偷香：男女私通。竊：偷。指偷取奇香及白玉。

詞源 《晉書．賈充傳》：「賈充女午，與司空掾（掾，音ㄩㄢˋ）韓壽通（私通），偷充御賜（晉武帝所賞賜）奇香遺（遺，音ㄨㄟˋ，贈送）壽，充覺（發現），以午妻（妻，音ㄑㄧˋ，將女兒嫁給別人）之。」大意是說：賈充的女兒賈午，跟司空掾韓壽暗地裡談戀愛，她偷取晉武帝賞賜給賈充的奇香贈送給韓壽，賈充發現後，就將賈午嫁給韓壽當老婆。

用法 比喻男子勾引良家婦女，發生戀情。

範例 現代的新好男人，絕對不做偷香竊玉的事。

1.（　　　）「翻雲復雨」，請改正這句成語中的錯字。 ➡覆
2.（　　　）「顛鑾倒鳳」，請改正這句成語中的錯字。 ➡鸞
3.（　　　）「十二金叉」，請改正這句成語中的錯字。 ➡釵
4.（　　　）以下哪則成語和漢武帝有關A.衣錦夜行B.七步成詩C.金屋藏嬌D.乘龍快婿。 ➡C

提示 「偷香竊玉」也作「竊玉偷香」。

翻雲覆雨（ㄈㄢ ㄩㄣˊ ㄈㄨˋ ㄩˇ）

解釋 翻、覆：撥弄，引申作手段。雲、雨：引申作局勢的變化。指以手段撥弄局勢。

詞源 《何典・第四回》：「正是春宵（春夜）一刻值千金，那些翻雲覆雨的勾當，果然被六事鬼料著。」

用法 ①比喻人玩弄手段，性情反覆無常。②形容男女間激情的肉體關係。

範例 你沉迷在描述男女翻雲覆雨的小說中，恐怕課業要荒廢了。

顛鸞倒鳳（ㄉㄧㄢ ㄌㄨㄢˊ ㄉㄠˋ ㄈㄥˋ）

解釋 顛：錯倒；錯亂。鸞、鳳：古代吉祥的神鳥，其外表非常的相似。倒：顛倒。指將鸞鳳識別顛倒了。

詞源 元・王實甫・《西廂記・二本・三折》：「小生得到臥房內，和小姐解帶脫衣，顛鸞倒鳳。」

用法 ①比喻次序不正。②形容男女間的激情。

範例 新聞局已經規定某些頻道不准播放顛鸞倒鳳的節目。

(五)比喻「用情不專」

十二金釵（ㄕˊ ㄦˋ ㄐㄧㄣ ㄔㄞ）

解釋 十二：並不是數目的十二，是引申作「多」的意思。金釵：婦女插在頭髮上的首飾，後引申作妻妾。指妻妾很多。

詞源 白居易・《酬思黯戲贈同用狂字詩》：「鍾（古代盛酒的器具，六斛四斗為一鍾。）乳三千兩，金釵十二行。」

用法 比喻男人用情不專。

範例 古代男子十二金釵的現象很普通。

三妻四妾（ㄙㄢ ㄑㄧ ㄙˋ ㄑㄧㄝˋ）

解釋 妾：妻子之外再娶的女子。三、四：引申作「多」的意思。指妻妾成群。

詞源 《金瓶梅詞話・一回》：「至如（至於像）三妻四妾，買笑追歡的，又當別論。」

用法 形容男子不忠的感情。

範例 其實三妻四妾多紛爭，也不可能享齊人之福。

提示 「三妻四妾」也作「三房四妾」。

不安於室（ㄅㄨˋ ㄢ ㄩˊ ㄕˋ）

解釋 室：家庭；婚姻。指不安於婚姻。

用法 比喻已婚女子背著丈夫與其他男子交往。

範例 已經嫁為人妻的女明星被誤傳不安於室，難過得哭了起來。

金屋藏嬌（ㄐㄧㄣ ㄨ ㄘㄤˊ ㄐㄧㄠ）

解釋 金屋：豪華的屋子。嬌：阿嬌，為漢武帝姑母的女兒。指建造豪華的住屋，供給心愛的女子居住。

詞源 漢・班固・《漢武故事》：「（膠東王）數歲，長公主嫖抱置膝上，問曰：『兒（你）欲得婦不（不，音ㄈㄡˇ。通「否」）？』膠東王曰：『欲得婦。』長公主指左右長御百餘人，皆云不用。末（最後）指其女問曰：『阿嬌好不？』

1. (　　　　) 「死亂終棄」，請改正這句成語中的錯字。　➡始
2. (　　　　) 「喜新饜舊」，請改正這句成語中的錯字。　➡厭
3. (　　　　) 引「領」企「踵」，請寫出括號中的解釋。　➡頸部、腳後跟
4. (　　　　) 「引領而忘」，請改正這句成語中的錯字。　➡望
5. (　　　　) 比喻熱切地盼望，叫倚□倚□。　➡門、閭

於是乃笑對曰：『好！若得阿嬌作婦，當作金屋貯之也。』」大意是說：劉徹被封為膠東王時才沒幾歲，有一次他的姑姑長公主劉嫖將他抱在膝上，問他說：「你想要討個媳婦嗎？」膠東王說：「想要討個媳婦。」長公主指著左右百餘位官員的女兒，膠東王都說不要。最後指著她自己的女兒問：「阿嬌好不好？」膠東王笑著回答：「好，如果能娶得阿嬌當媳婦，願意造一座豪華的屋宇供她居住。」

用法 比喻男子對婚姻不忠實。

範例 他金屋藏嬌的事，終於紙包不住火了。

始亂終棄（ㄕˇ ㄌㄨㄢˋ ㄓㄨㄥ ㄑㄧˋ）

解釋 指一開始先淫亂，最終卻狠心遺棄。

詞源 清・紀昀・《閱微草堂筆記・槐西雜志二》：「始亂終棄，君子所惡（不齒）。」

用法 比喻男子變心。

範例 小心那些滿嘴甜言蜜語，卻始亂終棄的人。

喜新厭舊（ㄒㄧˇ ㄒㄧㄣ ㄧㄢˋ ㄐㄧㄡˋ）

解釋 厭：憎惡。指喜歡新的，就憎惡舊的。

詞源 《兒女英雄傳・二七回》：「不怕你有喜新厭舊的心腸，我自有移星換斗（引申作手段高超）的手段。」

用法 形容愛情不專一。

範例 他是一個喜新厭舊的人，個性很浮躁。

提示 「喜新厭舊」也作「喜新厭故」。

(六) 比喻「盼望愛人」

引領企踵（ㄧㄣˇ ㄌㄧㄥˇ ㄑㄧˋ ㄓㄨㄥˇ）

解釋 領：頸部。踵：腳後跟。指伸長脖子，提起腳後跟。

詞源 南朝梁・蕭統・《錦帶書十二月啓・大呂十二月》：「引領企踵，朝（朝：音ㄓㄠ，早晨）夕不忘（早晚都無法忘懷）。」

用法 形容熱切地盼望。

範例 你可知道我正引領企踵地等著你。

提示 「引領企踵」的「踵」不可以寫成「鼻青臉腫」的「腫」。

引領而望（ㄧㄣˇ ㄌㄧㄥˇ ㄦˊ ㄨㄤˋ）

解釋 引領：伸長脖子。指伸長脖子盼望。

詞源 《孟子・梁惠王上》：「如有不嗜（愛好）殺人者，則天下之民皆引領而望之矣。」大意是說：如果有一位君王不喜歡動干戈殺人，那麼天下的人民都會殷切的盼望這個人早一點出現。

用法 形容殷切地期待。

範例 為人父母總是引領而望，等待孩子的歸來。

提示 「引領而望」也作「引頸而望」。

倚門倚閭（ㄧˇ ㄇㄣˊ ㄧˇ ㄌㄩˊ）

解釋 倚：站立靠著。閭：里巷的門。指靠著里巷的門向遠處望去。

詞源 《戰國策・齊策》：「王孫賈年十五，事閔王，王出走，失王之處（王孫賈失去蹤影的地方）。其母曰：『汝（你）早出而晚來（回來），則吾倚門而望，汝暮

1.（　　）「望穿秋水」中的「秋水」，近義詞是A.秋風B.秋雨C.秋波D.秋天。　➡C

2.（　　）「望段柔腸」，請改正這句成語中的錯字。　➡斷

3.（　　）以下敘述何者錯誤A.雲霓，指雨雲和彩虹B.「親」是多音字，讀作ㄑㄧㄣ和ㄑㄧㄥˋC.「望眼欲穿」的「欲」是名詞。　➡C

（晚）出而不還（還，音ㄏㄨㄢˊ，歸），則吾倚閭而望。』」

用法 比喻等待家人或情人回來的期盼。多用在父母盼望兒女歸來。

範例 深夜不歸的你，可曾想到父母倚門倚閭之情？

提示 「倚門倚閭」也作「倚門之望」、「倚門佇望」（佇：音ㄓㄨˋ，久立）。

望穿秋水 ㄨㄤˋ ㄔㄨㄢ ㄑㄧㄡ ㄕㄨㄟˇ

解釋 秋水：秋天的水是清澈明亮的，後引申作明澈的眼睛。指望穿了眼睛。

詞源 元．王實甫《西廂記》三本二折：「你若不去啊，望穿他盈盈（河水清澈貌）秋水，蹙（蹙，音ㄘㄨˋ，皺眉）損他淡淡春山（引申作雙道眉毛）。」

用法 形容殷切的盼望。

範例 遠方的你，是否知道有人正望穿秋水，盼你歸來？

望眼欲穿 ㄨㄤˋ ㄧㄢˇ ㄩˋ ㄔㄨㄢ

解釋 欲：將要。指專注地望著遠方，眼睛都要望穿了。

詞源 唐．杜甫．《寄岳州賈司馬六丈巴州嚴八使君兩閣老五十韻》詩：「舊好腸堪斷，新愁眼欲穿。」

用法 比喻深情的盼望。

範例 她在颱風夜望眼欲穿，仍然見不到漁船歸航。

望斷柔腸 ㄨㄤˋ ㄉㄨㄢˋ ㄖㄡˊ ㄔㄤˊ

解釋 柔腸：柔弱的愁腸。指殷切盼望，連柔弱的愁腸都因此而寸斷。

用法 形容急切地盼望人或物。

範例 自古望斷柔腸的多是有情人！

雲霓之望 ㄩㄣˊ ㄋㄧˊ ㄓ ㄨㄤˋ

解釋 雲霓：雨雲和彩虹。指因為乾旱太久，而盼望下雨的心情。

詞源 《孟子．梁惠王下》：「民望（盼望）之，若大旱之望雲霓也。」

用法 比喻殷切地盼望。

範例 災民等待救援物資的心情，就好像是雲霓之望。

【婚娶類】

(一)比喻「婚姻大事」

指腹為親 ㄓˇ ㄈㄨˋ ㄨㄟˊ ㄑㄧㄣ

解釋 指著孕婦的肚子，為胎兒訂立婚約。

詞源 《魏書．王寶興傳》：「寶興少孤（父親早死，以致成為孤兒），事母至孝，尚書盧遐（遐，音ㄒㄧㄚˊ）妻，崔浩女也。初，寶興母及遐妻俱（全；都）孕，浩謂曰：『汝等（你們）將來所生，皆我之自出，可指腹為親。』」大意是說：寶興年幼時就死了父親，所以他事奉母親非常的孝順，當時尚書盧遐的妻子，也就是崔浩的女兒。剛開始，寶興的母親及盧遐的妻子都懷了身孕，崔浩告訴他們說：「你們將來所生的兒女，我都會視為己出，可以指腹為親，讓他們成為夫妻。」

用法 比喻雙方父母為兒女指腹定親，約定成為夫妻。

1. (　　　) 以下哪則成語是比喻因巧合而得到的姻緣 A.坦腹東床 B.舉案齊眉 C.如膠似漆 D.紅葉題詩。 ➡D

2. (　　　) 依合理的判斷，婚紗店中不可能張貼以下哪則成語 A.紅葉題詩 B.終身大事 C.琴瑟和鳴 D.亂點鴛鴦。 ➡D

3. (　　　) 「待字閨中」，請改正這則成語中的錯字。 ➡閨

範例 舞臺上正演出指腹為親的戲碼。

提示 「指腹為婚」也作「指腹成親」、「指腹之約」。

紅葉題詩（ㄏㄨㄥˊ ㄧㄝˋ ㄊㄧˊ ㄕ）

解釋 題：寫下。指在紅葉上面寫上詩句。

用法 比喻因巧合而得到的姻緣。

範例 古人紅葉題詩，浪漫千古。

終身大事（ㄓㄨㄥ ㄕㄣ ㄉㄚˋ ㄕˋ）

解釋 終身：一生；一輩子。指一輩子中最重要的事情。

詞源 《紅樓夢．五四回》：「只見了一個清俊男人，不管是親是友，想起他的終身大事來父母也忘了，書也忘了，鬼不成鬼，賊不成賊，哪一點像個佳人。」

用法 比喻男女婚嫁的事情。

範例 這小倆口決定在年底前完成終身大事。

媒妁之言（ㄇㄟˊ ㄕㄨㄛˋ ㄓ ㄧㄢˊ）

解釋 媒妁：媒人，婚姻的介紹人。指媒人所說的話。

詞源 《孟子．滕文公下》：「父母之命，媒妁之言。」

用法 比喻透過媒人介紹的婚姻。

範例 今日媒妁之言的婚姻已經很少了。

亂點鴛鴦（ㄌㄨㄢˋ ㄉㄧㄢˇ ㄩㄢ ㄧㄤ）

解釋 鴛鴦：鳥名，體型比鴨還小，後引申作夫婦。指亂湊成對的婚姻。

詞源 《醒世恆言．卷八》：「今日聽在下（自稱的客氣話）說一樁（計算事情的數量單位）意外姻緣的故事，喚（叫；稱）做『喬太守亂點鴛鴦譜（記載人物事情的冊子）』。」

用法 比喻將單身男女亂湊成對。

範例 別亂點鴛鴦，小心遭對方白眼。

(二) 比喻「女子未出嫁」

小姑獨處（ㄒㄧㄠˇ ㄍㄨ ㄉㄨˊ ㄔㄨˇ）

解釋 小姑：年輕的女孩子。指年輕的女孩子尚未出嫁。

詞源 南朝樂府《青溪小姑曲》：「小姑所居，獨處無郎。」

用法 比喻年輕的女孩子尚未找到合意的結婚對象。

範例 姊姊目前是小姑獨處，也就是單身貴族。

待字閨中（ㄉㄞˋ ㄗˋ ㄍㄨㄟ ㄓㄨㄥ）

解釋 待字：女子等待命字的時候。閨：女孩子的房間。指女孩子在閨房中等待命字。

詞源 清．黃小配．《廿載繁華夢．第二回》：「養成一個如珠似玉的女兒，不特（不只；不但）好才貌，還纏有一雙小足兒（纏小腳），現年十七歲，待字閨中。」

用法 古代女孩子要等到出嫁時才可以請人命字。所以此語是比喻女孩子尚未出嫁。

範例 她年近五十仍待字閨中，全因為工作太忙了。

提示 「待字閨中」也作「待字深閨」。

黃花女兒（ㄏㄨㄤˊ ㄏㄨㄚ ㄋㄩˇ ㄦˊ）

解釋 黃花：含苞待放的花，後引申作未婚的女孩子。指尚未出嫁的女孩子。

1.（　　）形容尚未出嫁的女子，叫□□閨女。
2.（　　）「二性之好」，請改正這句成語中的錯字。
3.（　　）「佳禮初成」，請改正這句成語中的錯字。
4.（　　）願我倆結成□□□□，攜手共度一生。空格中應填入A.秦晉之好 B.亂點鴛鴦 C.老老少少 D.青梅竹馬。

➡黃花
➡姓
➡嘉
➡A

女子。

詞源 《兒女英雄傳．八回》：「況且我看這人也是個黃花女兒，豈有遠路深更（深夜），和這位公子同行之理？」

用法 形容像花朵初開般的未婚女子。

範例 她正愁著家裡的黃花女兒，沒有結婚對象呢！

黃花閨女

解釋 指仍然獨處的未婚女子。

用法 形容尚未出嫁的女子。

範例 她是出自名門的黃花閨女。

(三) 比喻「男女婚配」

二姓之好

解釋 兩姓：兩家。指兩家結為親家。

詞源 唐．白行簡《李娃傳》：「明日，命媒氏（媒人）通二姓之好，備六禮以迎之。」

用法 形容男女結婚，使兩家結成姻緣。

範例 他們是多年好友，現在又結為二姓之好呢！

提示 「二姓之好」也作「兩姓之好」。

兩姓聯姻

解釋 兩姓：兩種姓氏，也就是兩家的意思。聯姻：結成姻親。指兩家結合成姻親的關係。

用法 指男女婚事。

範例 祝福天下兩姓聯姻的新人，永浴愛河。

秦晉之好

解釋 指春秋時，秦晉兩國世代的婚姻關係。

詞源 《三國演義．一六回》：「公主仰慕（愛慕）將軍，欲求令嬡（稱別人的女兒）為兒婦，永結秦晉之好。」

用法 比喻政治性通婚或兩家結成姻親。

範例 願我倆結成秦晉之好，攜手共度一生。

提示 「秦晉之好」也作「秦晉之緣」、「秦約晉盟」。

嘉禮初成

解釋 嘉禮：古代五禮之一，其內容包括飲食、昏（通「婚」）冠、賓射、饗燕、脤膰（膰，音ㄈㄢˊ，祭祀用的熟肉）、賀慶等禮節，後引中作婚禮。指剛完成婚禮。

詞源 《周禮．春官宗伯》：「以嘉禮，親萬民。」

用法 比喻新婚。

範例 他近日嘉禮初成，滿臉春風得意的樣子。

成長篇

【年齡類】

(一) 比喻「童年或青少年」

年少氣銳

解釋 銳：鋒芒閃耀。指年紀輕，才氣過人，鋒芒畢露。

1.（　　　）「血氣方鋼」，請改正這句成語中的錯字。 ➡剛
2.（　　　）「黃口儒子」，請改正這句成語中的錯字。 ➡孺
3.（　　　）「慘綠」是以下哪個朝代最流行的服裝顏色A.戰國 B.唐代 C.宋代 D.清末民初。 ➡B
4.（　　　）「不惑之年」是指幾歲A.十B.三十C.四十D.五十。 ➡C

詞源 清．方苞．《沈孝子墓誌銘》：「（沈）淑年少氣銳，乃能不篤（專一）於聲利（名聲及利益），而以養母治經（研究經學）為事（志業），其志固（本來）與眾人異矣。」大意是說：沈淑年紀輕輕就不追求名聲及利益，而是以奉養父母及研究經學為志業，他的志向本來就不同於一般人。

用法 形容人年輕時即展露才氣。

範例 桌球小將年少氣銳，一路過關斬將。

血氣方剛（ㄒㄧㄝˇ ㄑㄧˋ ㄈㄤ ㄍㄤ）

解釋 血氣：元氣；精力。方：正值。剛：剛強。指年輕人正值氣盛血剛。

詞源 《論語．季氏》：「及其壯（精力充沛）也，血氣方剛，戒（革除）之在鬥。」

用法 形容人年輕氣盛。

範例 他正值血氣方剛的年紀，行為難免衝動。

黃口孺子（ㄏㄨㄤˊ ㄎㄡˇ ㄖㄨˊ ㄗˇ）

解釋 黃口：剛出生的幼鳥嘴巴略呈黃色，後引申作小孩。孺子：小孩子。指年幼的孩子。

詞源 《淮南子．氾論》：「古之伐國，不殺黃口。」大意是說：古代兩軍交戰，絕對不可以殺害小孩子。

用法 比喻年幼無知的兒童。有時也用來嘲諷年輕的小伙子。

範例 我們雖是黃口孺子，卻也有自己的見解呢！

提示 「黃口孺子」也作「黃口小兒」。

慘綠少年（ㄘㄢˇ ㄌㄩˋ ㄕㄠˋ ㄋㄧㄢˊ）

解釋 慘綠：暗綠；深綠，為唐代最流行的服裝顏色。指穿著深綠衣飾的年輕男子。

詞源 唐．張固．《幽閒鼓吹》：「唐潘炎拜（任職）禮部侍郎，會同列（很多同事一起列席），其妻簾中視之，問末座（坐在末位）慘綠少年何人。曰：『補闕杜黃裳。』夫人曰：『此人全別（氣質出眾，與所有人不一樣），必是有名卿相。』」大意是說：潘炎任職禮部侍郎，有一次許多同事到他的家中作客，潘炎的妻子從簾中探視，問他說：「坐在末位那個身穿暗綠服飾的年輕人是誰呢？」潘炎答道：「他是補闕，名叫杜黃裳。」他的妻子聽後，說：「這少年與眾不同，將來必是官拜卿相的人才。」

用法 形容風度翩翩的年輕男子。

範例 昔日的慘綠少年，如今都已是社會上的精英份子了。

(二) 比喻「青壯年時期」

不惑之年（ㄅㄨˋ ㄏㄨㄛˋ ㄓ ㄋㄧㄢˊ）

解釋 不惑：不疑慮；不迷惑。指不容易受到外物迷惑的年紀。

詞源 《論語．為政》：「吾十有（有，音ㄧㄡˋ。通「又」）五而志於學，三十而立，四十而不惑。」大意是說：我十五歲便立志求學，三十歲便自立於社會，四十歲就不會受到物質的迷惑。

用法 形容四十歲出頭的年紀。

範例 人過了四十歲的不惑之年，閱歷也就更加的豐富。

1.（　　　）「年富立強」，請改正這句成語中的錯字。	➡力
2.（　　　）「春秋頂盛」，請改正這句成語中的錯字。	➡鼎
3.（　　　）「牛山濁濁」，請改正這句成語中的錯字。	➡濯濯
4.（　　　）白髮「皤皤」，請寫出括號中的注音。	➡ㄆㄛˊ ㄆㄛˊ
5.（　　　）形容人年紀雖大卻氣色紅潤，叫□髮□顏。	➡白、紅

年富力強（ㄋㄧㄢˊ ㄈㄨˋ ㄌㄧˋ ㄑㄧㄤˊ）

解釋 富：充足。指年紀在體力最充足，精力最旺盛的階段。

詞源 《論語．子罕》「後生可畏」。朱熹注：「孔子言後生（晚輩）年富力強，足以積學（累積學識）而有待，其勢可畏。」大意是說：孔子說後生晚輩往後的年歲仍多，現在正值身強體壯的時候，所以能夠累積學識，慢慢等待發展的機會，他們的後勢是非常令人畏懼的。

用法 比喻正值壯年，精力充沛。

範例 你正值**年富力強**的時候，應努力充實自己呀！

春秋鼎盛（ㄔㄨㄣ ㄑㄧㄡ ㄉㄧㄥˇ ㄕㄥˋ）

解釋 春秋：年齡；歲月。鼎盛：正值強壯。指正值強壯的年歲。

詞源 《漢書．賈誼傳》：「天子春秋鼎盛。」

用法 比喻正逢壯年時期。

範例 人生能有幾個**春秋鼎盛**的時期，可得好好地把握。

提示 「春秋鼎盛」也作「春秋正富」（富：充足；飽滿）。

(三) 比喻「步入老年」

七老八十（ㄑㄧ ㄌㄠˇ ㄅㄚ ㄕˊ）

解釋 指人到七、八十歲了。

詞源 《初刻拍案驚奇》卷一〇：「那些愚民，一個個信了，一時間嫁女兒的，討（娶）媳婦的，慌慌張張，不成禮體……趕得那七老八十的，益（更）起身嫁人去了。」

用法 形容老人家。

範例 老爺爺雖然已經**七老八十**了，骨子卻仍然硬朗。

提示 「七老八十」也作「七老八老」。

牛山濯濯（ㄋㄧㄡˊ ㄕㄢ ㄓㄨㄛˊ ㄓㄨㄛˊ）

解釋 牛山：山名，位居山東省境內。濯濯：山上光禿禿的，草木都被牲畜吃光了。指像牛山一樣光禿禿的。

詞源 《孟子．告子上》：「牛山之木嘗（曾經）美（茂美）矣，以其郊（城外不遠的地方）於大國也，斧斤（斧頭和斫刀）伐之，牛羊又從而牧（放養）之，是以若彼濯濯也。」

用法 ①形容山上沒有草木。②比喻人年歲已高。

範例 一眨眼就到了**牛山濯濯**的年紀，真是歲月不饒人。

提示 「牛山濯濯」也作「牛山童童」。

白髮皤皤（ㄅㄞˊ ㄈㄚˇ ㄆㄛˊ ㄆㄛˊ）

解釋 皤皤：髮白的樣子。指滿頭白髮。

用法 形容滿頭白髮的老年人。

範例 那位**白髮皤皤**的老奶奶，為人好親切。

提示 「白髮皤皤」也作「白髮蒼蒼」。

白髮蒼顏（ㄅㄞˊ ㄈㄚˇ ㄘㄤ ㄧㄢˊ）

解釋 蒼：深青色；灰白色。指頭髮斑白，臉色灰暗。

用法 形容老年人的外貌。

範例 老伯伯**白髮蒼顏**，感嘆體力大不如前了。

白髮紅顏（ㄅㄞˊ ㄈㄚˇ ㄏㄨㄥˊ ㄧㄢˊ）

1.（　　）「年近花甲」的「花甲」是指A.五十歲B.六十歲C.七十歲D.八十歲。 ➡B

2.（　　）「年逾谷稀」，請改正這句成語中的錯字。 ➡古

3.（　　）「老態龍鐘」，請改正這句成語中的錯字。 ➡鍾

4.（　　）形容年紀大的人老態的樣子，叫□皮□髮。 ➡雞、鶴

解釋 紅顏：臉色紅潤。指頭髮花白，臉色紅潤。

用法 形容人年紀雖大卻無病無痛。

範例 清晨的森林公園，處處可見白髮紅顏的老人在練氣功。

年近花甲（ㄋㄧㄢˊ ㄐㄧㄣˋ ㄏㄨㄚ ㄐㄧㄚˇ）

解釋 花甲：六十歲。指接近六十歲的年紀。

用法 形容年歲已大。

範例 人即使到了年近花甲，一樣可以再進修呀！

年逾古稀（ㄋㄧㄢˊ ㄩˊ ㄍㄨˇ ㄒㄧ）

解釋 逾：超越；超過。古稀：古代認為七十歲以上是長壽，不多見，所以稱七十歲為古稀之年。指年紀已經超過七十歲。

詞源 唐．杜甫．《曲江》詩：「人生七十古來稀（少）。」

用法 形容人的年紀大。

範例 老爺爺已經年逾古稀了，力氣卻不輸小伙子。

提示 「年逾古稀」也作「年近古稀」。

年逾耳順（ㄋㄧㄢˊ ㄩˊ ㄦˇ ㄕㄨㄣˋ）

解釋 耳順：也就是六十歲。指已經超過六十歲了。

詞源 唐．楊炯（炯，音ㄐㄩㄥˇ）．《伯母東平郡夫人李氏墓誌銘》：「夫人年逾耳順，視聽不衰。」

用法 形容人已經過了六十歲。

範例 我的老師到了年逾耳順的年紀，就退休了。

老態龍鍾（ㄌㄠˇ ㄊㄞˋ ㄌㄨㄥˊ ㄓㄨㄥ）

解釋 老態：老年人的模樣。龍鍾：年紀大，行動不方便的樣子。指年紀大了，行動不太靈活。

詞源 唐．李端．《贈薛戴》：「龍鍾似老翁。」

用法 形容人年老而行動遲緩。

範例 他才三十出頭，怎麼就一副老態龍鍾的模樣。

提示 「老態龍鍾」的「鍾」不可以寫成「時鐘」的「鐘」。

知命之年（ㄓ ㄇㄧㄥˋ ㄓ ㄋㄧㄢˊ）

解釋 知命：知道天命，凡事不強求。今人多將「知命」視為五十歲的代名詞。指可以體察天命的年紀。

詞源 《論語．為政》：「五十而知天命，六十而耳順（所聽到的話都不會覺得不中聽）。」大意是說：五十歲就能體察天命，凡事不強求；六十歲時，所聽到的話都不會不中聽。

用法 比喻五十歲的年紀。

範例 人生中的知命之年，是心胸可以更寬更廣的歲月。

齒牙動搖（ㄔˇ ㄧㄚˊ ㄉㄨㄥˋ ㄧㄠˊ）

解釋 指牙齒開始搖晃，沒有一顆是堅固的。

用法 形容人上了年紀，牙齒開始鬆動。

範例 奶奶都九十多歲了，當然會齒牙動搖嘍！

雞皮鶴髮（ㄐㄧ ㄆㄧˊ ㄏㄜˋ ㄈㄚˇ）

解釋 雞皮：皺紋很多的皮膚。鶴：鶴的羽毛純白，後引申作白色。指像雞皮一樣皺的皮膚，像鶴毛一樣白的頭髮。

詞源 《全唐詩話．梁鍠》：「《咏

1.（　　）比喻年老體衰的成語有 A.明日黃花 B.少年白髮 C.行將就木 D.霧裡看花。 ➡C、D

2.（　　）「風中稟燭」，請改正這句成語中的錯字。 ➡秉

3.（　　）「殘年幕景」，請改正這句成語中的錯字。 ➡暮

4.（　　）日「薄」之年，請寫出括號中的解釋。 ➡迫近

木老人》云：『刻木牽（拉）絲作老翁，雞皮鶴髮與真同。』」

用法 形容老年人膚皺髮白的模樣。

範例 這位雞皮鶴髮的老先生，記憶力比年輕人還好呢！

(四) 比喻「年老體衰」

日薄之年

解釋 薄：迫近；接近。指如太陽將要西下的年歲。

詞源 宋．葉廷珪《海錄碎事．道釋．養生》：「閒（平常）存三氣……故能回（躲避。通「迴」）日薄之年，反（通「返」）為童嬰月（幼兒歲月）。」

用法 形容人的晚年。

範例 嚴肅的他，到了日薄之年，反而變得淘氣了。

年老力衰

解釋 指年紀大了，體力衰弱。

用法 形容人到了老年，體力漸漸走下坡。

範例 我年老力衰的，恐怕無法擔負重任了。

提示 「年老力衰」也作「年老體衰」。

行將就木

解釋 行將：即將；快要。就：逼近；立刻。木：棺材。指就要進入棺材了。

用法 比喻人到了生命快結束的年歲。

範例 老人家覺得自己快行將就木了，所以更投入公益活動。

風中秉燭

解釋 秉：拿著。燭：蠟燭。指在風中拿著燭火。

用法 形容人生命垂危。

範例 傷患的生命猶如風中秉燭，醫生正極力搶救。

提示 「風中秉燭」也作「風中之燭」、「風中殘燭」、「風燈殘燭」。

殘年暮景

解釋 指人的晚年，就像日落般滄涼。

詞源 《說唐．一〇回》：「秦母見叔寶又要出門，眼中流淚道（說）：『我兒，我殘年暮景，喜的是相逢，怕的是別離。』」

用法 形容人生已經走到最後的歲月，隨時可能像夕陽般隱沒。

範例 曾經叱吒風雲的他，料不到殘年暮景時，竟然如此潦倒。

霧裡看花

解釋 指在迷濛的霧氣中看花。

詞源 唐．杜甫．《小寒食舟中作》詩：「春水船如天上坐，老年花似霧中看。」

用法 形容視力模糊。

範例 唉！人一老視力差，也只能霧裡看花了。

(五) 比喻「年輕人體力差」

少年白髮

解釋 指年紀輕輕的就滿頭白髮。

用法 形容年輕人的體力衰弱。

範例 他少年白髮，看不出才二十多歲。

1.（　　）以下敘述何者正確A.「紅顏白髮」的近義詞是「白髮紅顏」B.「白叟」是指頭髮斑白的老人 C.「浮生若夢」的「浮生」是指五十歲 D.「紅塵」是比喻世間。 ➡B、D

2.（　　）以下語詞何者是指小孩 A.黃童 B.垂髫 C.黃花 D.黃袍。 ➡A、B

未老先衰 ㄨㄟˋ ㄌㄠˇ ㄒㄧㄢ ㄕㄨㄞ

解釋 指年紀雖然不大，身體各種功能卻已經開始衰退。

詞源 唐．白居易．《嘆發落》詩：「多病多愁心自知，行年（經歷的年歲）未老髮先衰。」大意是說：我知道自己是多病又多憂愁，所以人還年輕，就已經滿頭白髮。

用法 形容人雖然年輕，卻因為病痛或憂愁而顯得衰老。

範例 他因為染病多年，而顯得一副未老先衰的模樣。

(六)比喻「老年和小孩」

紅顏白髮 ㄏㄨㄥˊ ㄧㄢˊ ㄅㄞˊ ㄈㄚˇ

解釋 紅顏：少年。白髮：老年人。指少年和老年人。

用法 比喻年輕人和老人。

範例 他倆是紅顏白髮的夫妻，彼此互相扶持。

黃童白叟 ㄏㄨㄤˊ ㄊㄨㄥˊ ㄅㄞˊ ㄙㄡˇ

解釋 黃童：也就是小孩子。白叟：頭髮斑白的老人。指小孩子和老年人。

詞源 唐．韓愈．《元和聖德》：「黃童白叟，踴躍（熱烈參與）歡呀。」

用法 比喻老人和幼童。

範例 設計這樣的產品，黃童白叟都能輕易操作呢！

提示 「黃童白叟」也作「黃童皓首」（皓：白）。

黃髮垂髫 ㄏㄨㄤˊ ㄈㄚˇ ㄔㄨㄟˊ ㄊㄧㄠˊ

解釋 黃髮：老人頭髮由白轉黃。垂髫：古代小孩子未成年，束髮而使頭髮下垂。指老人和小孩。

詞源 晉．陶淵明．《桃花源記》：「男女衣著（穿著），悉（全）如外人，黃髮垂髫，並怡然自樂（心情歡愉而自得其樂）。」

用法 比喻老人和小孩子。

範例 家裡有黃髮垂髫要照顧，媽媽好辛苦。

(七)比喻「人生苦短」

浮生若夢 ㄈㄨˊ ㄕㄥ ㄖㄨㄛˋ ㄇㄥˋ

解釋 浮生：漂浮不定的人生。指人生漂浮不定，彷彿一場夢。

詞源 李白．《春夜宴桃李園序》：「浮生若夢，為歡幾何？」大意是說：人生苦短，當利用時間玩樂。

用法 形容人生短促，彷彿一場夢，虛幻易醒。

範例 凡事還是看得開比較快樂，浮生若夢，何苦為難自己呢？

提示 「浮生若夢」也作「浮生一夢」。

浮雲朝露 ㄈㄨˊ ㄩㄣˊ ㄓㄠ ㄌㄨˋ

解釋 浮：飄浮；飄蕩。朝：早晨。指飄動的雲朵和早晨的露珠。

詞源 《周書．卷四二》：「嗟夫（感傷的語氣，「唉」的意思）！人生如浮雲朝露。」

用法 浮雲遇風即散，朝露遇日升即蒸發。此語是形容人生苦短。

範例 人生就像是浮雲朝露，我們何不好好珍惜現在呢？

紅塵客夢 ㄏㄨㄥˊ ㄔㄣˊ ㄎㄜˋ ㄇㄥˋ

解釋 紅塵：世間。客：過客。指人居俗世，就好像是過客，到頭來只是一場夢。

1.（　　　）「蜉蝣」之命，請寫出括號中的注音和解釋。 ➡ㄈㄨˊ ㄧㄡˊ、小蟲
2.（　　　）比喻身體健康的成語有 A.春秋鼎盛 B.徐娘半老 C.六脈調和 D.老當益壯。 ➡C、D
3.（　　　）「神輕氣爽」，請改正這句成語中的錯字。 ➡清
4.（　　　）「二堅為虐」，請改正這句成語中的錯字。 ➡豎

詞源 清．孔尚任．《桃花扇．歸山》：「遙望（遠望）見城南蒼翠（青綠顏色）山色好，把紅塵客夢全消（全拋在腦後）。」

用法 比喻人生短暫。

範例 人生如紅塵客夢，不要太斤斤計較吧！

蜉蝣之命 ㄈㄨˊ ㄧㄡˊ ㄓ ㄇㄧㄥˋ

解釋 蜉蝣：小蟲，通常出生幾個小時就會死去。指蜉蝣的短暫生命。

詞源 蘇軾．《赤壁賦》：「寄蜉蝣於天地，渺（渺，音ㄇㄧㄠˇ，微小）滄海（青綠色的大海）之一粟（粟，音ㄙㄨˋ，小米）。」

用法 形容人生苦短。

範例 你曾想過在蜉蝣之命的人生裡，最想做的是什麼？

【健康類】

(一)比喻「身體強壯」

六脈調和 ㄌㄡˋ ㄇㄞˋ ㄊㄧㄠˊ ㄏㄜˊ

解釋 脈：血管。調和：和諧。指身體的六脈和諧。

用法 形容身體健康。

範例 你六脈調和，無病無痛，不用杞人憂天。

老當益壯 ㄌㄠˇ ㄉㄤ ㄧˋ ㄓㄨㄤˋ

解釋 益：更加。指年紀雖大，精神卻很旺盛。

詞源 《後漢書．馬援傳》：「丈夫為志，窮當益堅（堅強），老當益壯。」大意是說：大丈夫立志，貧窮的時候當更堅強，年紀雖大，但是雄心壯志不減。

用法 形容人年紀雖大，身體仍然硬朗。

範例 人如果保持每天運動的習慣，自然老當益壯。

神清氣爽 ㄕㄣˊ ㄑㄧㄥ ㄑㄧˋ ㄕㄨㄤˇ

解釋 神：精神意志。清：清醒。爽：舒暢。指神志清醒，元氣舒暢。

詞源 《鏡花緣．四四回》：「小山接過，一面道謝，一面把靈芝（菌類的一種，據說有治百病的療效）吃了，登時（馬上）只覺神清氣爽。」

用法 形容人的精氣充沛。

範例 慢跑後，整個人神清氣爽的，好不舒暢。

提示 「神清氣爽」也作「神清骨爽」。

(二)比喻「患有病痛」

二豎為虐 ㄦˋ ㄕㄨˋ ㄨㄟˊ ㄋㄩㄝˋ

解釋 豎：小孩子，後引申作病菌、病魔。虐：災害。指病菌所形成的災害。

詞源 《左傳．成公十年》：「（晉景）公疾病，求醫於秦。秦伯使醫緩之。未至，公夢疾為二豎子，曰：『彼，良醫也，懼傷我，焉（怎麼）逃之？』其一曰：『居肓之上，膏（「肓」和「膏」都是心臟與橫隔膜之間的部位）之下，若我何？』醫至，曰：『疾不可為也，在肓之上，膏之下，攻之不可，達之不及，藥不至焉，不可為也。』」大意是說：晉景公生病，到秦國求醫，秦國派一名叫緩的名

1.（　　　）「半身不逐」，請改正這句成語中的錯字。
2.（　　　）「績優成疾」，請改正這句成語中的錯字。
3.（　　　）沉「痾」宿疾，請寫出括號中的注音和解釋。
4.（　　　）「纏綿病蹋」，請改正這句成語中的錯字。
5.（　　　）「迥光返照」，請改正這句成語中的錯字。

➡遂
➡積
➡ㄜ、病
➡榻
➡迴

醫來替他治病，在緩尚未到達之前，景公夢到兩個小孩子對話，其中一個說：「緩是一位名醫，我很怕他會傷害到我，到時候我怎麼逃跑呢？」另一個說：「跑到肓的上面及膏的下面呀，這兩個地方為針藥不能達到的地方，就算他是良醫，也拿我們沒辦法呀！」等到緩到達了，看了景公的病況後說：「這個病無法醫治，因為生病的地方位在肓的上面及膏的下面，此處針藥無法到達，我也無能為力了。」

用法 形容人的身體受到病菌的侵害。

範例 近日來，他受二豎為虐，氣色看起來很差。

提示 「二豎為虐」也作「二豎為災」、「二豎之災」。

半身不遂 ㄅㄢˋ ㄕㄣ ㄅㄨˋ ㄙㄨㄟˋ

解釋 遂：隨意；順暢。指半邊身體癱瘓，行動無法自如。

用法 形容人因為受傷或疾病，造成部分身體的功能尚失。

範例 男主角雖然半身不遂，卻仍熱心公益活動。

積憂成疾 ㄐㄧ ㄧㄡ ㄔㄥˊ ㄐㄧˊ

解釋 積：聚。指長時間累積憂慮，而引發疾病。

用法 形容因為過度的憂慮，而導致疾病。

範例 你不如出國散散心吧！免得積憂成疾。

(三) 比喻「長年病痛」

沉痾宿疾 ㄔㄣˊ ㄜ ㄙㄨˋ ㄐㄧˊ

解釋 沈痾：久治而不癒的重症。宿疾：以前就染患的疾病。

用法 ①形容長年罹患的重病。②比喻長期危害的弊端。

範例 唉！他的病已經是沉痾宿疾了，家人都很擔心。

纏綿病榻 ㄔㄢˊ ㄇㄧㄢˊ ㄅㄧㄥˋ ㄊㄚˋ

解釋 纏綿：親密不分離。病榻：病床。指長期躺在病床上。

用法 比喻長期臥病在床。

範例 醫院裡經常可見到纏綿病榻的患者。

提示 「纏綿病榻」的「綿」和「榻」不可以寫成「棉花」的「棉」和「踐蹋」的「蹋」。

(四) 比喻「病危臨死」

不可救藥 ㄅㄨˋ ㄎㄜˇ ㄐㄧㄡˋ ㄧㄠˋ

解釋 不可：不能。藥：醫治；治療。指病情已經無藥可以治療了。

詞源 《詩經．大雅．板》：「多將熇熇（熇，音ㄏㄜˋ，酷熱貌），不可救藥。」

用法 ①形容病重，無藥可醫治。②比喻事情無法挽救。

範例 你的病並非不可救藥，只要多多休息就好了。

旦不保夕 ㄉㄢˋ ㄅㄨˋ ㄅㄠˇ ㄒㄧˋ

解釋 旦：早晨。指雖然順利度過早上，卻不能保證晚上仍然平安。

用法 ①形容生命垂危。②形容情勢危急。

範例 他的身體如此虛弱，恐怕是旦不保夕了。

迴光返照 ㄏㄨㄟˊ ㄍㄨㄤ ㄈㄢˇ ㄓㄠˋ

1.（　　）以下括號中的字何者是動詞A.命若「懸」絲B.病入「膏肓」C.朝不「慮」夕D.群醫「束」手。 ➡A、C、D

2.（　　）「淹淹一息」，請改正這句成語中的錯字。 ➡奄奄

3.（　　）「醫藥罔效」的「罔」字和以下哪個字相同A.忘B.無C.失D.毀。 ➡B

解釋 迴光：太陽西下時，陽光反射天空所出現的短暫光芒。返照：反射。指夕陽西下時，光線投射大地，天空出現短暫的光明。

詞源 《紅樓夢．九八回》：「此時李紈見黛玉略緩，明知是迴光返照的光景。」

用法 比喻人在死亡之前，出現短暫的清醒，好像病情已經好轉。

範例 人在生命垂危時，往往出現迴光返照的現象。

命若懸絲
ㄇㄧㄥˋ ㄖㄨㄛˋ ㄒㄩㄢˊ ㄙ

解釋 若：好像。懸：掛。指性命好像游絲一樣，隨時可能消失。

用法 比喻性命垂危。

範例 他是餓得全身無力，才不是命若懸絲呢！

提示 「命若懸絲」也作「命在旦夕」（旦夕：引申作緊迫）。

奄奄一息
ㄧㄢˇ ㄧㄢˇ ㄧˋ ㄒㄧ

解釋 奄奄：氣息薄弱的樣子。息：呼吸。一息：一口氣。指氣息薄弱，只剩下最後一口氣。

詞源 晉．李密．《陳情表》：「但以劉日薄（近）西山，氣息奄奄，人命危淺（壽命所剩不多，即將死亡），朝不慮夕。」大意是說：我（也就是李密）的祖母劉氏年紀大了，生命即將走到盡頭，她的氣息薄弱，僅剩下一口氣，在世間的日子已經不多了，雖然安然度過早上，但是不能保證晚上仍然平安。

用法 形容人的生命跡象薄弱，即將死亡。

範例 救護車將奄奄一息的傷患緊急送往醫院。

提示 「奄奄一息」的「奄」不可以寫成「淹沒」的「淹」。

病入膏肓
ㄅㄧㄥˋ ㄖㄨˋ ㄍㄠ ㄏㄨㄤ

解釋 膏肓：心臟和橫隔膜之間的部位，此處為針藥不能達到的地方。指病菌已經侵入心臟和橫隔膜之間。

用法 ①形容病重到藥物都無法治療。②比喻事態的嚴重。

範例 他已經病入膏肓，就算華佗在世也束手無策了。

提示 「病入膏肓」的「肓」不可以寫成「盲人」的「盲」。

朝不慮夕
ㄓㄠ ㄅㄨˋ ㄌㄩˋ ㄒㄧ

解釋 朝：早晨。夕：晚上。指早晨的時候無法想到晚上的情況。

用法 形容生命的危急。

範例 人總是要面臨朝不慮夕的時候，你何必為了這種事愁眉苦臉。

提示 「朝不慮夕」也作「朝不保夕」、「朝不謀夕」。

群醫束手
ㄑㄩㄣˊ ㄧ ㄕㄨˋ ㄕㄡˇ

解釋 群醫：眾多醫生。束手：如手被綑綁一樣，毫無辦法。指眾多醫生都無法救治。

用法 形容病重而無藥可救。

範例 即使你的病是群醫束手，我也不放棄。

醫藥罔效
ㄧ ㄧㄠˋ ㄨㄤˇ ㄒㄧㄠˋ

解釋 罔：沒有。指任何醫藥都沒有效用。

用法 形容病重，無藥可醫。

範例 癌症雖然是重大疾病，但是也並非醫藥罔效呀！

1. (　　　)「藥石無工」，請改正這句成語中的錯字。　➡功
2. (　　　)「一命嗚乎」，請改正這句成語中的錯字。　➡嗚呼
3. (　　　) 酒後駕車，小心□□□□。空格中應填入A.苦中作樂 B.花錢消災 C.一命歸西 D.醜態百出。　➡C
4. (　　　)「回天乏數」，請改正這句成語中的錯字。　➡術

藥石無功

解釋 藥石：醫病的藥物和針灸穴道的石針。無功：沒有功效。指不論是藥物或針穴治病都沒有效果了。

用法 形容病重，即將要死亡。

範例 他的病情竟然在藥石無功的情況下，奇蹟似的痊癒了。

提示 「藥石無功」的「功」不可以寫成「工作」的「工」。

【死亡類】

(一) 比喻「撒手過世」

一命嗚呼

解釋 嗚呼：悲哀的感嘆詞，也就是死亡。指一條生命又結束了！

詞源 《三俠五義．一回》：「劉后所生之子，竟（最後；居然）至得病，一命嗚呼。」

用法 比喻死亡。此語多含有譏諷的意味。

範例 布袋戲裡，只見雷光一閃，壞人就一命嗚呼了。

一命歸西

解釋 歸：返；回。西：西天，也就是極樂世界。指死後魂返西天。

詞源 《三俠五義．一一回》：「晝夜（早晚）侍奉，不想（沒想到）桑榆暮景（年老體衰的意思），竟是一病不起（因病死亡），服藥無效，一命歸西去了。」

用法 比喻生命結束。

範例 酒後駕車，小心一命歸西。

提示 「一命歸西」也作「一命歸陰」。

三長兩短

解釋 長短：性命的長短。指死亡。

詞源 明．馮夢龍．《醒世恆言．卷八》：「倘有（假如）三長兩短，你取出道袍（寬長的外衣）穿了，竟自走回，那個扯（拉）得住你！」

用法 比喻意外事故，是「死亡」的委婉說詞。

範例 你如果有個三長兩短，父母將多傷心呀！

回天乏術

解釋 回天：可以改變難以挽回的情勢。乏：無；沒有。術：技術；方法。指已經沒有方法可以挽回天命已定的事情。

詞源 《唐書．張玄素傳》：「太宗欲修（整治）洛陽宮，張玄素以節財卹（卹，音ㄒㄩˋ，同情；救助）民為請，上疏（陳述事情的文字）切諫（中肯的規勸），帝即罷役（停止勞動的事）；魏徵嘆曰：『張公論事，有回天之力。』」大意是說：唐太宗本想整修洛陽宮，張玄素認為國家應該節財，同時不可剝削勞力，於是向太宗中肯規勸，請求能打消念頭，太宗聽了之後覺得很有道理，就停止所有的勞動；魏徵感嘆地說：「張玄素處理國家大事，有挽回困難情勢的巨大力量。」

用法 ①比喻無力挽回危難的局勢。②比喻無力挽救生命。

範例 車禍的傷患被送到醫院時，

1. (　　　) 「常眠不醒」，請改正這句成語中的錯字。
2. (　　　) 「溘」然長逝，請寫出括號中的注音和解釋。
3. (　　　) 「與世長詞」，請改正這句成語中的錯字。
4. (　　　) 「魂歸九泉」中的「九泉」和以下哪則語詞相同A.山泉 B.黃泉 C.溫泉 D.冷泉。

➡長
➡ㄎㄜˋ、突然
➡辭
➡B

已經回天乏術。

提示 「回天乏術」也作「回天無力」。

長眠不醒（ㄔㄤˊ ㄇㄧㄢˊ ㄅㄨˋ ㄒㄧㄥˇ）

解釋 眠：睡覺。指永遠睡著不再醒過來，也就是死亡。

詞源 《太平廣記》：「鄭郊過一塚（塚，音ㄓㄨㄥˇ，墳墓），駐馬（車馬停住，不向前行）而吟（拉長聲調，抑揚頓挫的唸著），……，塚中人續（接著）之曰：『下有百年人（死掉的人），長眠不知曉。』」

用法 比喻人已經死了。

範例 昨天夜裡，他交代了遺言之後，從此長眠不醒。

提示 「長眠不醒」也作「長眠不起」。

陰陽兩隔（ㄧㄣ ㄧㄤˊ ㄌㄧㄤˇ ㄍㄜˊ）

解釋 陰：地府。陽：世間。指生死相隔的意思。

用法 比喻死亡。

範例 千古以來，陰陽兩隔的愛情，最令人傷心。

提示 「陰陽兩隔」也作「陰陽永隔」。

溘然長逝（ㄎㄜˋ ㄖㄢˊ ㄔㄤˊ ㄕˋ）

解釋 溘：突然。長逝：長辭。指忽然去世。

詞源 梁啟超．《飲冰室詩話》：「及歸未及一月，竟溘然長逝，年僅逾弱冠（二十歲）耳。」

用法 比喻突然生病而死亡。

範例 歌迷對於偶像歌手突然在舞臺上溘然長逝，都非常的震驚。

提示 「溘然長逝」的「溘」讀作ㄎㄜˋ，不可以讀作ㄏㄜˊ。

壽終正寢（ㄕㄡˋ ㄓㄨㄥ ㄓㄥˋ ㄑㄧㄣˇ）

解釋 壽終：指人享盡天年才離開世間。正寢：房屋的正廳，古人往生後，棺木都放置在正廳。

詞源 《封神演義．一一回》：「紂王立（起）身大呼曰：『你道（說）朕不能善終（好的結果），你自誇壽終正寢，非侮君而何（這不是羞辱君王，又是什麼意思呢）！』」

用法 比喻老年人享盡天年，安詳地離開世間。

範例 老人家壽終正寢，遺容十分的安詳。

與世長辭（ㄩˇ ㄕˋ ㄔㄤˊ ㄘˊ）

解釋 辭：告別。指和世間永遠的辭別。

詞源 清．蒲松齡．《聊齋志異．賈奉雉》：「行將遁跡（隱去行蹤）山丘（深山中），與世長絕矣。」

用法 比喻死亡。

範例 他已經與世長辭多年了，你不知道嗎？

蒙主寵召（ㄇㄥˊ ㄓㄨˇ ㄔㄨㄥˇ ㄓㄠˋ）

解釋 蒙：承受。主：神。寵召：歡喜的招引。指被神招引魂魄。

用法 靈魂脫離軀殼，被神明所招引，比喻死亡。

範例 記者正報導教宗被蒙主寵召的新聞。

提示 「蒙主寵召」的「召」不可以寫成「招呼」的「招」。

魂歸九泉（ㄏㄨㄣˊ ㄍㄨㄟ ㄐㄧㄡˇ ㄑㄩㄢˊ）

1.（　　）「撒手人寰」中的「人寰」和以下哪則語詞相同A.世間 B.紅塵 C.俗世 D.逝世。 ➡A、B、C

2.（　　）「墓木已鞏」，請改正這句成語中的錯字。 ➡拱

3.（　　）「不得善終」的「善終」和以下哪則成語相似A.壽終正寢 B.溘然長逝 C.死不瞑目 D.死有餘辜。 ➡A

解釋 歸：返；回。九泉：黃泉；陰曹地府，即鬼住的地方。指靈魂回到陰曹地府中。

用法 形容人已經死亡。

範例 什麼?他魂歸九泉了，怎麼可能呢?

提示 「魂歸九泉」也作「魂歸九原」（九原：地府）。

撒手人寰 ㄙㄚ ㄕㄡˇ ㄖㄣˊ ㄏㄨㄢˊ

解釋 撒手：放手。人寰：人間。指放手世間的事情。

用法 比喻離開世間。

範例 他夜以繼日的工作，結果因為過勞而撒手人寰了。

提示 ①「撒手人寰」也作「撒手塵寰」。②「撒手人寰」的「撒」讀作ㄙㄚ，不可以讀作ㄙㄚˇ。

(二)比喻「過世已久」

白骨已冷 ㄅㄞˊ ㄍㄨˇ ㄧˇ ㄌㄥˇ

解釋 冷：沒有身體的餘溫，所以稱「冷」。指人的白骨已經變得冰冷。

用法 形容人已經往生很久。

範例 當事人白骨已冷，所有的恩怨也煙消雲散了。

墓木已拱 ㄇㄨˋ ㄇㄨˋ ㄧˇ ㄍㄨㄥˇ

解釋 木：樹。拱：雙手合抱。指當初種在墓園的樹木，如今都可以雙手合抱了。

用法 比喻人已經死亡很久。

範例 他定居海外多年，並不知道好友墓木已拱。

(三)比喻「不得好死」

不得其死 ㄅㄨˋ ㄉㄜˊ ㄑㄧˊ ㄙˇ

解釋 不得：不能；不可。指死的時候都不能善終。

用法 形容作壞事的人，無法壽終正寢。

範例 作惡多端的人將不得其死。

不得善終 ㄅㄨˋ ㄉㄜˊ ㄕㄢˋ ㄓㄨㄥ

解釋 善終：享盡天年，壽終正寢。指無法享盡天年，安然結束一生。

用法 形容人可能死於禍害或意外。

範例 千萬別罵人不得善終，太沒有口德了。

死不瞑目 ㄙˇ ㄅㄨˋ ㄇㄧㄥˊ ㄇㄨˋ

解釋 瞑目：閉上雙眼。指死了都無法閉上眼睛。

詞源 《三國志．吳志．孫堅傳》：「卓逆天（違背天意）無道，蕩覆（毀壞；毀滅）王室，今不夷（殺）汝三族，懸示四海（到處），則吾死不瞑目。」大意是說：董卓你違背天意，無仁道，無端將整個王室破壞殆盡，今天我如果不斬殺你的三族親人，將他們的頭顱到處示眾，那麼我死了都不甘願閉上眼睛。

用法 形容人死的時候，心願未了，也比喻不甘心的死去。

範例 唉!子孫如此不肖，恐怕父母死不瞑目。

提示 「死不瞑目」也作「死不閉目」、「死未瞑目」。

死有餘辜 ㄙˇ ㄧㄡˇ ㄩˊ ㄍㄨ

解釋 餘：剩餘。辜：罪。指就算死了也還有罪。

1. （　　）「死而無誨」，請改正這句成語中的錯字。 ➡悔
2. （　　）「含笑九泉」的相似成語是A.含笑九原B.瞑目九泉C.笑裡藏刀D.笑臉迎人。 ➡A、B
3. （　　）你近來□□□□，春風滿面。空格中應填入A.白髮紅顏B.迴光返照C.紅鸞照命D.一抹紅霞。 ➡C

用法 比喻作惡多端的人，就算死了也無法償清罪惡。

範例 歹徒危害社會，死有餘辜。

提示 ①「死有餘辜」也作「死有餘罪」、「死有餘咎」（咎：音ㄐㄧㄡˋ，罪過的意思）。②「死有餘辜」的「辜」不可以寫成「孤孤單單」的「孤」。

死於非命（ㄙˇ ㄩˊ ㄈㄟ ㄇㄧㄥˋ）

解釋 非命：死於意外事故。指死於意外災禍中。

詞源 《孟子．盡心上》：「桎梏（桎梏，音ㄓˋ ㄍㄨˋ，腳鐐及手銬）死者，非正命也。」大意是說：因犯罪而被處死的人，都可以說是死於意外（沒有享盡天年的意思）。

用法 形容死於意外。

範例 這是一起死於非命的案件。

(四)比喻「死而無憾」

死而無悔（ㄙˇ ㄦˊ ㄨˊ ㄏㄨㄟˇ）

解釋 悔：事情發生過後的懊惱。指死了都覺得甘願，沒有任何的悔恨。

詞源 《論語．述而》：「暴（空手攻擊）虎馮（馮，音ㄆㄧㄥˊ，徒步。通「憑」）河，死而無悔者，吾不與（交好）也。」大意是說：空手去攻擊老虎及徒步涉水過河，雖然死了都無怨無悔的人，我並不會跟他們交好（因為這些人有勇無謀，只曉得使用蠻力）。

用法 ①形容無憾恨的死去。②比喻對某事無怨無悔。

範例 他表示為了治療孩子的病，即使散盡家財，也死而無悔。

提示 「死而無悔」也作「死而不悔」、「死而無憾」。

含笑九泉（ㄏㄢˊ ㄒㄧㄠˋ ㄐㄧㄡˇ ㄑㄩㄢˊ）

解釋 含笑：面帶笑容。九泉：地底深處，傳說是人死後鬼魂居住的地方。指就算是死後，在九泉之下也是高興的。

詞源 宋．王十朋．《王府君輓詞》：「齒髮如公（你）自古稀（少），定應含笑九泉歸。」大意是說：齒髮如你一樣的人，自古以來就很少，所以你應該是含笑地離開世間。

用法 比喻雖死無憾。

範例 老爺爺含笑九泉地離開人間。

提示 「含笑九泉」也作「含笑九原」、「含笑黃泉」、「瞑目九泉」。

喜喪篇

【喜慶類】

(一)比喻「人逢喜事」

紅鸞照命（ㄏㄨㄥˊ ㄌㄨㄢˊ ㄓㄠˋ ㄇㄧㄥˋ）

解釋 紅鸞：星相家所謂的吉星，後引申作「喜事」。照命：星相名詞，照耀著命格。指命格中出現吉星的照耀。

用法 比喻即將有婚姻之類的喜事。

範例 你近來紅鸞照命，春風滿面呢！

1. （　　）形容熱鬧、喜慶的場景，叫張□結□。 ➡燈、綵
2. （　　）「靈雀報喜」，請改正這句成語中的錯字。 ➡鵲
3. （　　）國慶日當天□□□□，各地旗海飄揚。空格中應填入 A.燈紅酒綠 B.五顏六色 C.四海歡騰 D.吆五喝六。 ➡C
4. （　　）「普天」同慶，請寫出括號中的解釋。 ➡全天下

張燈結綵（ㄓㄤ ㄉㄥ ㄐㄧㄝˊ ㄘㄞˇ）

解釋 張：懸掛。結：用繩線鉤連。綵：彩色的絲綢。通「彩」。指架設燈籠，繫上絲綢。

詞源 《儒林外史．一〇回》：「婁府張燈結綵，先請兩位月老（媒人）吃一頓。」

用法 形容熱鬧、喜慶的場景。

範例 廟會的時候，街坊鄰居紛紛張燈結綵，顯得喜氣洋洋。

提示 「張燈結綵」也作「張燈掛彩」。

靈鵲報喜（ㄌㄧㄥˊ ㄑㄩㄝˋ ㄅㄠˋ ㄒㄧˇ）

解釋 靈：神妙的。鵲：鳥名，叫聲自古以來被視為吉祥的徵兆，表示將有喜事來到。指靈鵲鳴叫，好像在報喜事。

用法 比喻人即將有喜事。

範例 你夢到靈鵲報喜？恭喜！恭喜！這是好夢喲！

(二)比喻「歡樂慶祝」

四海歡騰（ㄙˋ ㄏㄞˇ ㄏㄨㄢ ㄊㄥˊ）

解釋 四海：古代認為中國四面都有大海環繞，後引申作全國各地。歡騰：高興的歡呼跳躍。指全國各地都歡欣鼓舞地慶祝。

用法 形容讓人民共同慶祝的事。

範例 國慶日當天四海歡騰，各地旗海飄揚。

提示 「四海歡騰」也作「薄海歡騰」。

普天同慶（ㄆㄨˇ ㄊㄧㄢ ㄊㄨㄥˊ ㄑㄧㄥˋ）

解釋 普天：全天下。指全天下的人都一起慶祝。

詞源 南朝宋．劉義慶．《世說新語．排調》：「元帝皇子生，普賜（全面賞賜）群臣。殷洪喬謝曰：『皇子誕育（出生），普天同慶，臣無勛（勛，音ㄒㄩㄣ，功績）焉，而猥（猥，音ㄨㄟˇ，鄙賤）頒厚賚（賚，音ㄌㄞˋ，賞賜）。』」大意是說：元帝生了一位皇子，於是下令全面賞賜眾臣，殷洪喬婉謝說：「皇子誕生，全天下的人都一同慶祝，但是我沒有任何的功績，地位鄙賤卻獲得如此豐厚的賞賜，所以並非適當。」

用法 形容值得所有人慶祝的事。

範例 中華成棒隊勇奪奧運銀牌，消息傳來，普天同慶。

提示 「普天同慶」也作「溥天同慶」（溥，音ㄆㄨˇ。通「普」）。

【祝賀類】

(一)比喻「賀人生子」

日月入懷（ㄖˋ ㄩㄝˋ ㄖㄨˋ ㄏㄨㄞˊ）

解釋 懷：胸部與腹部之間。指懷孕的時候，夢見日月進入身體。

詞源 《三國志．吳書．孫破虜吳夫人傳》：「孫堅夫人吳氏，孕而夢月入懷，已而（不久）生策。及權在孕，又夢日入懷，以告堅曰：『妾昔懷策，夢月入懷。今又夢日，何也？』堅曰：『日月者，陰陽之精（最好的），極貴（富貴）之象，吾子孫其興（旺）乎。』」

用法 比喻連續生下貴子。

範例 夫人日月入懷，將來生的孩子必定是國家的棟梁。

1.（　　）以下哪些成語是賀人生兒子 A.弄瓦之喜 B.弄璋之喜 C.夢熊之喜 D.不讓鬚眉。 ➡B、C

2.（　　）以下哪些語詞是比喻女孩子 A.明珠 B.黃花 C.徐娘 D.垂髫。 ➡A、B

3.（　　）緣鳳新「雛」，請寫出括號中的解釋。 ➡幼鳥

弄璋之喜（ㄋㄨㄥˋ ㄓㄤ ㄓ ㄒㄧˇ）

解釋 弄：戲耍；把玩。璋：古代貴族專用的玉器，古人拿璋讓男孩把玩，希望他們將來成為王侯。弄璋：生男丁。指添丁的喜事。

詞源《詩·小雅·斯干》：「乃生男子，載（語助詞，無義）寢之床，載衣之裳，載弄之璋。」大意是說：於是生了一個男孩，將他放置在床上睡覺，穿上美麗的衣服，讓他玩弄玉器，以便將來能當個王公貴族。

用法 比喻賀人添丁。

範例 人們如果有弄璋之喜，依習俗會請親朋好友吃紅蛋和油飯。

提示 「弄璋之喜」也作「弄璋之慶」。

夢熊之喜（ㄇㄥˋ ㄒㄩㄥˊ ㄓ ㄒㄧˇ）

解釋 夢熊：古人解夢，以夢見熊為生男孩的預兆。指夢見生男孩的喜兆。

詞源《詩經·小雅·斯干》：「大人占（占，音ㄓㄢ，以表象來推測吉凶）之，維（語助詞，無義）熊維羆（羆，音ㄆㄧˊ，熊的一種，毛為褐黑色），男子之祥（吉凶的預兆）。」

用法 祝賀人生男孩的用語。

範例 聽說你最近有夢熊之喜，是真的嗎？

德門生輝（ㄉㄜˊ ㄇㄣˊ ㄕㄥ ㄏㄨㄟ）

解釋 德門：歷代有德業的家庭。指有德業的家庭添加光輝。

用法 賀人添男丁的用語。

範例 他老來才德門生輝，不禁雀躍萬分。

(二)比喻「賀人生女」

弄瓦之喜（ㄋㄨㄥˋ ㄨㄚˇ ㄓ ㄒㄧˇ）

解釋 弄：把玩；賞玩。瓦：原始的紡錘。弄瓦：古人把瓦器拿給小女孩玩耍，希望她將來能擅長女紅（紅，音ㄍㄨㄥ，針織、刺繡類的事情）。指生下女嬰的喜氣。

詞源《詩經·小雅·斯干》：「乃生女子，載寢之地，載衣之裼（裼，音ㄊㄧˋ，嬰兒的包布，也就是襁褓），載弄之瓦。」大意是說：生下一名小女嬰，將她放置於地上睡覺，並且用襁褓裹身，拿紡錘讓她玩耍，讓她長大後能熟悉女紅。

用法 祝賀人生女孩的用語。

範例 影劇版刊載某女明星結婚後，有弄瓦之喜，人更添嫵媚。

提示 「弄瓦之喜」也作「弄瓦之慶」。

明珠入掌（ㄇㄧㄥˊ ㄓㄨ ㄖㄨˋ ㄓㄤˇ）

解釋 明珠：珍貴的珍珠，後引申作女兒。指女兒出世，被抱在手掌上般疼愛。

詞源《傅玄·短歌行》：「昔（從前）君（你）視我，如掌中珠。」

用法 恭喜人生女兒的用語。

範例 夫妻二人結婚多年，終於盼到明珠入掌，開心的不得了！

提示 「明珠入掌」也作「明珠入抱」。

緣鳳新雛（ㄩㄢˊ ㄈㄥˋ ㄒㄧㄣ ㄔㄨˊ）

解釋 緣：人跟人結成的關係。鳳：相對於龍，引申作女子。雛：幼鳥。指家中誕生有緣分的女嬰。

1.（　　）以下哪些成語是祝人長壽A.天保九如B.壽終正寢C.日月長明D.王母長生。 ➡A、C、D

2.（　　）以下哪些花草可以用來比喻母親A.玫瑰B.康乃馨C.萱草D.夜來香。 ➡B、C

3.（　　）以「介」眉壽，請寫出括號中的解釋。 ➡祈求

用法 恭賀人生下女兒的用語。

範例 祝福你盡快有**緣鳳新雛**的喜事。

(三)比喻「祝人長壽」

天保九如 ㄊㄧㄢ ㄅㄠˇ ㄐㄧㄡˇ ㄖㄨˊ

解釋 天保：《詩經．小雅》中的篇名。九如：連用九個「如」字。指〈天保篇〉連用九個「如」字來頌讚福壽。

詞源 《詩經．小雅．天保》：「如山如阜（小土山），如岡（小山）如陵（丘陵），如川方至……如月之恆（就像月亮漸漸圓滿），如日之升，如南山之壽，不騫（騫，音ㄑㄧㄢ，汙損）不崩（塌毀），如松柏之茂，無不爾或承（松柏舊葉才掉落，嫩葉便繼生，在風雪中長青。比喻再大的困境都可以承受克服）。」

用法 祝賀人多福多壽的頌詞。

範例 爺爺八十大壽的宴會上，我們祝賀他**天保九如**，福壽綿延。

日月長明 ㄖˋ ㄩㄝˋ ㄔㄤˊ ㄇㄧㄥˊ

解釋 指人的壽命像太陽、月亮一樣永遠長照。

用法 稱頌人的歲壽，就像日月一樣永恆。

範例 **日月長明**，壽比南山是在生日喜宴上，常見的賀詞。

王母長生 ㄨㄤˊ ㄇㄨˇ ㄔㄤˊ ㄕㄥ

解釋 王母：王母娘娘，傳說中的神后。指如同王母娘娘一般長生不老。

用法 恭賀婦女長壽的用語。

範例 老太太，您是**王母長生**，青春永駐。

以介眉壽 ㄧˇ ㄐㄧㄝˋ ㄇㄟˊ ㄕㄡˋ

解釋 介：祈求。眉壽：長壽。指用來祈求長壽。

詞源 《詩經．豳風．七月》：「八月剝（去掉東西外面的皮或殼）棗，十月獲（收成）稻。為（以）此春酒，以介眉壽。」

用法 比喻祈求人長壽。

範例 我獻上賀禮，**以介眉壽**，願爺爺長命百歲。

北堂萱茂 ㄅㄟˇ ㄊㄤˊ ㄒㄩㄢ ㄇㄠˋ

解釋 北堂：主婦所居住的堂室，後來作為對母親的敬稱。萱：萱草，引申作母親。指母親房室外的萱草開得很茂盛。

用法 祝賀母親長壽的用語。

範例 奶奶生日的時候，家人祝福她**北堂萱茂**，天天都很快樂。

多福多壽 ㄉㄨㄛ ㄈㄨˊ ㄉㄨㄛ ㄕㄡˋ

解釋 福：使人心滿意足的事情。指心滿意足的事情多，壽命也長。

用法 賀人長壽、多福氣的用語。

範例 他年輕時辛苦奔波，到了晚年兒孫滿堂，**多福多壽**。

江山不老 ㄐㄧㄤ ㄕㄢ ㄅㄨˋ ㄌㄠˇ

解釋 江山：江河與山嶺。指江河與山嶺永遠存在。

詞源 宋．林外《洞仙歌》詞：「今來古往（從古至今），物是人非，天地裏，唯有（只有）江山不老。」大意是說：從以前到現在，景物依舊，卻人事已非，在天地之中，只有江山是永遠存在的。

1.（　　）果獻「蟠」桃，請寫出括號中的注音。 ➡ㄆㄢˊ
2.（　　）「松柏常青」，請改正這句成語中的錯字。 ➡長
3.（　　）「松鶴暇齡」，請改正這句成語中的錯字。 ➡遐
4.（　　）我們祝賀奶奶□□□□，壽與天齊。空格中應填入 ➡A
A.海屋添籌 B.老蚌生珠 C.日月入懷 D.名聞遐邇。

用法 祝賀人與江山永遠長存的用語。

範例 這江山不老四字，寫得龍飛鳳舞，遒勁有力。

東海之壽 ㄉㄨㄥ ㄏㄞˇ ㄓ ㄕㄡˋ

解釋 東海：海洋的名稱，位在長江口以南，台灣海峽以北。指享有東海那麼廣大無邊的歲數

用法 祝人長壽的稱頌語。

範例 老人家以助人為樂，將來一定可享東海之壽的福氣呢！

果獻蟠桃 ㄍㄨㄛˇ ㄒㄧㄢˋ ㄆㄢˊ ㄊㄠˊ

解釋 蟠桃：古代神話中的仙桃，吃了可以延年益壽。指獻上可以延年益壽的仙桃。

用法 祝賀人長壽的頌詞。

範例 這份賀禮寓含了果獻蟠桃的祝福。

松柏長青 ㄙㄨㄥ ㄅㄛˊ ㄔㄤˊ ㄑㄧㄥ

解釋 松柏：四季皆綠的喬木。指像松樹和柏樹一樣，永遠青翠。

詞源 《論語．子罕》：「歲寒然後知松柏之後凋（枯萎）也。」大意是說：在天氣嚴寒，歲月將盡的冬天，其他草木都已經凋謝枯萎的時候，只有松柏依然屹立、青翠。

用法 祝賀人身體健康的用語。

範例 健行社裡的老人們，個個是松柏長青，身體十分的硬朗。

提示 「松柏長青」也作「松柏長春」、「松柏歲月」、「松柏之壽」。

松鶴遐齡 ㄙㄨㄥ ㄏㄜˋ ㄒㄧㄚˊ ㄌㄧㄥˊ

解釋 松鶴：松樹與鶴鳥都是象徵長壽的吉祥物。遐齡：長壽。指像松樹與鶴鳥一樣的長壽。

用法 祝賀人長壽的吉祥話。

範例 這位松鶴遐齡的老先生，是馬拉松比賽的冠軍。

提示 ①「松鶴遐齡」也作「松鶴遐年」。②「松鶴遐齡」的「遐」不可以寫成「閒暇」的「暇」。

春秋不老 ㄔㄨㄣ ㄑㄧㄡ ㄅㄨˋ ㄌㄠˇ

解釋 春秋：年齡。指年紀雖大，看起來卻不老。

用法 比喻人長壽。

範例 想保持春秋不老，最好的方法就是正常的生活作息。

海屋添籌 ㄏㄞˇ ㄨ ㄊㄧㄢ ㄔㄡˊ

解釋 海屋：傳說中存放記錄滄桑變化籌碼的房屋。添：加。籌：估算壽命的籌碼。指海屋持續的增加籌碼。

詞源 宋．蘇軾．《東坡志林》：「嘗（曾經）有三老人相遇，或問之年（有人詢問他們的年紀），一人曰：『吾年不可計（算），但憶（記）少年時與盤古（古代開天闢地的神）有舊（老交情）。』一人曰：『海水變桑田時，吾輒（即；就）下一籌，爾來（近來）吾籌已滿十間屋。』一人曰：『吾所食蟠桃（蟠，音ㄆㄢˊ，仙桃），棄其核（果實中堅硬的部分）於昆倉山下，今已與昆倉山齊矣。』」

用法 祝壽的用語。

範例 我們祝賀奶奶海屋添籌，壽與天齊。

萱草長春 ㄒㄩㄢ ㄘㄠˇ ㄔㄤˊ ㄔㄨㄣ

解釋 萱草：俗稱「忘憂草」，引申作母親。長春：永遠青春。指萱

1.（　　）福壽天「齊」，請寫出括號中的解釋。 ➡相等

2.（　　）在壽宴上，□□□□是常聽到的吉祥話。空格中應填入 A.青春揚溢 B.笑容滿面 C.慘綠少年 D.福如東海。 ➡D

3.（　　）「椿」萱並茂，請寫出括號中的引申義。 ➡父親

4.（　　）龜鶴「遐」年，請寫出括號中的解釋。 ➡長遠

草永遠茂盛。

用法 祝福母親長壽的賀詞。

範例 我在母親節的賀卡上，寫著：「祝媽媽萱草長春」。

提示 「萱草長春」也作「萱草永茂」。

壽比南山（ㄕㄡˋ ㄅㄧˇ ㄋㄢˊ ㄕㄢ）

解釋 南山：終南山，也就是「秦嶺」。指壽命可以跟終南山相比。

用法 比喻人長壽，常與「福如東海」連用。

範例 家中的正廳前，懸掛一塊刻有壽比南山的壽幛。

福如東海（ㄈㄨˊ ㄖㄨˊ ㄉㄨㄥ ㄏㄞˇ）

解釋 指福氣有如東海一樣，廣闊無邊。

詞源 清．吳趼（趼，音ㄐㄧㄢˇ）人．《糊塗世界．卷六》：「梁裁縫（替人縫製衣服的工匠）連忙依著尺寸剪了太太的衣裳，又剪老太太的壽衣（死人身上所穿的衣服），一面嘴裡還說了許多『福如東海，壽比南山』的話。」

用法 祝壽的賀詞，常與「壽比南山」連用。

範例 在壽宴上，福如東海是常聽到的吉祥話。

福壽天齊（ㄈㄨˊ ㄕㄡˋ ㄊㄧㄢ ㄑㄧˊ）

解釋 齊：相等。指福分及壽命跟天一樣高。

詞源 明．無名氏．《廣成子．三折》：「會（集合；聚合）眾官同來稱賀，齊祝贊福壽天齊。」

用法 祝人長壽的頌詞，常用在臣子對君王。

範例 糕餅師傅在生日蛋糕上，用奶油寫出福壽天齊四個字。

提示 「福壽天齊」也作「福壽齊天」。

福壽雙全（ㄈㄨˊ ㄕㄡˋ ㄕㄨㄤ ㄑㄩㄢˊ）

解釋 指福氣和長壽兩者都具備。

詞源 清．曹雪芹．《紅樓夢．五二回》：「老祖宗只有伶俐（腦筋聰慧的樣子）聰明過我十倍的，怎麼如今這麼福壽雙全的？」

用法 賀人既有福氣，又能享有長壽。

範例 他待人和氣又有愛心，一定是福壽雙全的人。

椿萱並茂（ㄔㄨㄣ ㄒㄩㄢ ㄅㄧㄥˋ ㄇㄠˋ）

解釋 椿：落葉喬木的一種，後引申作父親。萱：種在北堂的萱草，後引申作母親。指椿樹和萱草都很茂盛。

詞源 《玉嬌梨．一回》：「（白公）因問：『高居何處？椿萱定然（必然）並茂。』」

用法 比喻父母都健在，常用在賀詞。

範例 老先生已經當爺爺了，他的雙親依然椿萱並茂。

提示 「椿萱並茂」的「椿」不可以寫成「椿腳」的「椿」。

龜鶴遐年（ㄍㄨㄟ ㄏㄜˋ ㄒㄧㄚˊ ㄋㄧㄢˊ）

解釋 龜鶴：中國人視為長壽的動物。遐：長遠。遐年：長壽；高壽。指如龜與鶴那般的長壽。

詞源 晉．葛洪．《抱朴（朴，音ㄆㄨˊ）子．對俗》：「知上（最好的）藥之延（增加；延長）年，故服其藥以求仙；知龜鶴之遐壽，故效其道引（導引。道，通「導」）

1.（　　　）「一元複始」，請改正這句成語中的錯字。 ➡復

2.（　　　）隆冬已過，如今□□□□，到處呈現欣欣向榮的景致。空格中應填入 A.夏日炎炎 B.人來人往 C.大地回春 D.車水馬龍。 ➡C

3.（　　　）「桃符」也就是 A.水蜜桃 B.年畫 C.春聯 D.符咒。 ➡C

以增年。」大意是說：知道最好的藥可以延年益壽，所以將它服下，希望因此能夠成仙；知道龜鶴都是長壽的動物，所以希望能夠得到牠們的引導，而增加自己的年歲。

用法 祝福人長壽的用語。

範例 你要在匾額上刻下**龜鶴遐年**的賀詞嗎？

提示 「龜鶴遐年」也作「龜鶴遐壽」、「龜鶴同春」。

(四) 比喻「祝賀新年」

一元復始（ㄧ ㄩㄢˊ ㄈㄨˋ ㄕˇ）

解釋 一元：古代的曆法以四千一百六十七年為一元。復：又。指新的一年又重新開始了。

詞源 《漢書．董仲舒傳》：「《春秋》謂一元之意，一者，萬物之所從始也；元者，辭之所謂（稱；說）大也。」

用法 新年時的賀詞，常與「萬象更新」連用。

範例 除夕夜，家家戶戶燃放鞭炮除舊歲，**一元復始**，萬象更新。

提示 「一元復始」也作「一陽復始」。

大地回春（ㄉㄚˋ ㄉㄧˋ ㄏㄨㄟˊ ㄔㄨㄣ）

解釋 指自然界的一切事物，都回歸到春天的景象。

用法 形容新年來到，大地又回復生氣。

範例 隆冬已過，如今**大地回春**，到處呈現欣欣向榮的景致。

提示 「大地回春」也作「大地春回」。

三陽開泰（ㄙㄢ ㄧㄤˊ ㄎㄞ ㄊㄞˋ）

解釋 三陽：《周易》的卦爻以正月為泰卦，三陽生於下，冬去春來，陰衰陽盛。泰：易經的卦名。指冬去春來，一切都將吉祥亨通。

詞源 明．張居正．《賀元旦表》：「茲（時間）者，當三陽開泰之候（季節），正萬物出震（出來活動）之時。」

用法 稱頌新年的吉祥話。

範例 元旦時候，**三陽開泰**，嶄新的氣象就要開始了。

提示 「三陽開泰」也作「三陽交泰」。

桃符換舊（ㄊㄠˊ ㄈㄨˊ ㄏㄨㄢˋ ㄐㄧㄡˋ）

解釋 桃符：古代過年時掛在大門旁，兩塊畫著門神或寫上門神名字的驅邪桃木板，此為紅色春聯的前身。指撕下舊的春聯，換上新的。

用法 比喻迎接新年來到。

範例 歲末，人們將**桃符換舊**，興高采烈地準備過新年。

萬象回春（ㄨㄢˋ ㄒㄧㄤˋ ㄏㄨㄟˊ ㄔㄨㄣ）

解釋 回春：春天又回來了。指一切景象又呈現春天的景色。

用法 形容春天來到，一切事物又恢復生機。

範例 告別冬天的寒冷，新年的第一道曙光告訴我們**萬象回春**了。

萬象更新（ㄨㄢˋ ㄒㄧㄤˋ ㄍㄥ ㄒㄧㄣ）

解釋 萬象：自然界中的各種景象。更新：變更新貌。指自然界的各種景象都變更成嶄新的面貌。

詞源 《民國通俗演義．六二回》：「陰曆正月初三立春（中國廿四節氣之一），當時有大地回春，萬象更新之義。」

1.（　　）「棠開華夏」，請改正這句成語中的錯字。
2.（　　）「棟宇」連雲，請寫出括號中的解釋。
3.（　　）華堂「毓」秀，請寫出括號中的解釋。
4.（　　）「新基奠訂」，請改正這句成語中的錯字。
5.（　　）「魚歸之喜」，請改正這句成語中的錯字。

➡廈
➡房屋
➡孕育
➡定
➡于

用法 形容新的一年開始，呈現全新的氣象。

範例 冬夜的最後一片寒霜融化了，春陽普照，萬象更新。

(五) 比喻「新居落成」

堂開華廈 ㄊㄤˊ ㄎㄞ ㄏㄨㄚˊ ㄒㄧㄚˋ

解釋 堂：建立正廳的地基。華廈：華美的高樓。指建築美麗高大的房子。

用法 賀人新居落成的吉祥話。

範例 家裡新居落成，親朋好友紛紛祝賀是堂開華廈。

棟宇連雲 ㄉㄨㄥˋ ㄩˇ ㄌㄧㄢˊ ㄩㄣˊ

解釋 棟宇：房屋。連雲：高聳入雲。指房屋高聳入雲。

詞源 左思．《蜀都賦》：「棟宇相望，桑梓（家鄉）接連。」

用法 形容高樓大廈壯觀的外貌，也是祝賀人「華廈落成」的吉祥話。

範例 台北市的經濟繁榮，是一座棟宇連雲的都會城市。

華堂毓秀 ㄏㄨㄚˊ ㄊㄤˊ ㄩˋ ㄒㄧㄡˋ

解釋 華堂：華麗的房子。毓：孕育。通「育」。指華麗有光彩的屋子孕育出優秀的人才。

用法 賀人新居落成的稱頌語。

範例 這棟老宅是華堂毓秀，子孫個個為社會上的精英份子。

新基奠定 ㄒㄧㄣ ㄐㄧ ㄉㄧㄢˋ ㄉㄧㄥˋ

解釋 基：建築物的底部。奠定：使其安穩固定。指新建築物的地基非常的穩固。

用法 比喻新的建築物完工。

範例 新基奠定的商業大樓，為當地帶來繁榮。

燕雀相賀 ㄧㄢˋ ㄑㄩㄝˋ ㄒㄧㄤ ㄏㄜˋ

解釋 指燕子和麻雀因為各自築蓋新巢，所以相互道賀。

詞源 《淮南子．說林訓》：「大廈（高大的建築物）成而燕雀相賀。」

用法 祝賀人新居落成的頌詞。

範例 我們遷入新家時，因為賓客的燕雀相賀，而更添喜氣。

(六) 比喻「男婚女嫁」

于歸之喜 ㄩˊ ㄍㄨㄟ ㄓ ㄒㄧˇ

解釋 于歸：女孩子出嫁。指女子出嫁的喜事。

詞源 《詩經．周南．桃夭》：「之子（這個女子）于歸，宜（相安；和順）其室家。」大意是說：這個女子出嫁，夫妻恩愛，家庭和諧。

用法 祝賀女子出嫁的吉祥話。

範例 今天是姊姊的于歸之喜，全家人雖然忙碌，卻很高興。

提示 「于歸之喜」的「于」不可以寫成「給予」的「予」。

五世其昌 ㄨˇ ㄕˋ ㄑㄧˊ ㄔㄤ

解釋 世：代。其：文言文中的助詞，含有「將要、即將」的意思。昌：昌盛。指五代子孫都會昌盛繁榮。

詞源 《左傳．莊公二二年》：「五世其昌，並（平列）于正卿。」大意是說：五代子孫都能夠昌盛，而且能夠列於正卿的官位。

1.（　　　）「天作之和」，請改正這句成語中的錯字。 ➡合
2.（　　　）天「賜」良緣，請寫出括號中的解釋。 ➡ㄙˋ
3.（　　　）以下哪些成語是祝賀人新婚的吉祥話 A.永浴愛河 B.永結同心 C.百年好合 D.如影隨形。 ➡A、B、C
4.（　　　）「嘉偶天成」，請改正這句成語中的錯字。 ➡佳

用法 祝賀人新婚的吉祥話。

範例 兩位才子佳人的結合，將來一定是**五世其昌**，子孫大富大貴。

天作之合（ㄊㄧㄢ ㄗㄨㄛˋ ㄓ ㄏㄜˊ）

解釋 天作：天意安排。合：撮合。指天意撮合所形成的婚姻。

詞源 《詩經．大雅．大明》：「文王初載（載，音ㄗㄞˇ，年），天作之合。」大意是說：文王娶大姒為妻，這是老天特地匹配的姻緣。

用法 祝人婚姻美滿。

範例 小倆口是**天作之合**，恩恩愛愛。

提示 「天作之合」也作「天公作合」。

天賜良緣（ㄊㄧㄢ ㄙˋ ㄌㄧㄤˊ ㄩㄢˊ）

解釋 良緣：良好的姻緣。指上天賜予的良好姻緣。

用法 祝福人幸福美滿的吉祥話。

範例 這段異國婚姻是**天賜良緣**。

永浴愛河（ㄩㄥˇ ㄩˋ ㄞˋ ㄏㄜˊ）

解釋 浴：沉浸。愛河：親密濃郁的愛情園地。指永遠沉浸在愛情中。

用法 祝福人的婚姻美滿。

範例 這對新人情深意篤，大家祝福他們**永浴愛河**。

提示 「永浴愛河」也作「愛河永浴」。

永結同心（ㄩㄥˇ ㄐㄧㄝˊ ㄊㄨㄥˊ ㄒㄧㄣ）

解釋 結：結合。同心：兩心相繫，情意相連。指永遠能夠使兩心相繫，情意相連。

詞源 梁武帝．《有所思詩》：「腰間雙綺帶（美麗的錦帶），夢為同心結（古代一般人用錦帶繫為結，以示彼此的心相連）。」大意是說：腰間兩端的錦帶，在夢中繫為同心結（表示夫妻能夠同心，共同經營婚姻）。

用法 祝福人愛情深厚。

範例 這條心形項鍊有**永結同心**的寓意。

百年好合（ㄅㄞˇ ㄋㄧㄢˊ ㄏㄠˇ ㄏㄜˊ）

解釋 好合：恩愛和好。指一輩子都恩愛和好。

詞源 《詩經．小雅．常棣》：「妻子好合，如鼓（彈奏）琴瑟（本是琴和瑟兩種樂器，此藉由琴、瑟樂聲的相合，引申作夫妻恩愛的情感）。」

用法 祝福人恩恩愛愛的吉祥話。

範例 祝福你們夫妻**百年好合**，一輩子都恩愛美滿。

佳偶天成（ㄐㄧㄚ ㄡˇ ㄊㄧㄢ ㄔㄥˊ）

解釋 偶：夫妻成對。指結成夫妻是上天安排的。

詞源 清．程允升．《幼學故事瓊林．婚姻》：「良緣由夙締（從前締結的），佳偶自天成。」

用法 祝福人姻緣天注定的用語。

範例 這一對金童玉女的結合，人人讚美是**佳偶天成**。

宜室宜家（ㄧˊ ㄕˋ ㄧˊ ㄐㄧㄚ）

解釋 宜：和諧；和順。指夫妻恩愛，家庭和諧。

詞源 《詩經．周南．桃夭》：「之子（這個女子）于歸（出嫁），宜其室家。」這個女子出嫁，夫妻恩愛，家庭和諧。

用法 祝賀新婚的用語，希望小倆

1.（　　）以下敘述何者正確A.「姻緣天定」的「天定」也作「天訂」B.「宴爾新婚」、「遇人不淑」都是婚宴上祝賀新人的用語C.「富貴白頭」是祝福夫妻恩愛長久的賀詞D.「琴瑟和諧」是比喻夫妻感情和諧。　➡C、D

2.（　　）「珠聯壁合」，請改正這句成語中的錯字。　➡璧

口將來能和睦相處。

範例 新娘是一位宜室宜家的女子，公婆都十分的滿意。

姻緣天定（ㄧㄣ ㄩㄢˊ ㄊㄧㄢ ㄉㄧㄥˋ）

解釋 姻緣：指男女婚配的緣分。指男女間的婚嫁，老天爺早就安排好了。

用法 形容男女間的婚事是上天注定的。

範例 姻緣天定，半點不由人，你相信嗎？

郎才女貌（ㄌㄤˊ ㄘㄞˊ ㄋㄩˇ ㄇㄠˋ）

解釋 指男子有才華，女子容顏出色。

詞源 元．關漢卿．《望鄉亭．一折》：「您兩口兒正是郎才女貌，天然配合。」

用法 婚宴上祝賀新人的用語。

範例 你們是郎才女貌，何時結婚呀？

提示 「郎才女貌」也作「郎才女姿」。

宴爾新婚（ㄧㄢˋ ㄦˇ ㄒㄧㄣ ㄏㄨㄣ）

解釋 宴爾：為你感到高興。指你結婚了，真為你感到高興。

詞源 《詩經．邶風．谷風》：「宴爾新婚，如兄如弟。」

用法 祝福人新婚快樂的賀詞。

範例 他近日宴爾新婚，不禁喜上眉梢。

提示 「宴爾新婚」也作「新婚宴爾」、「新婚燕爾」。

珠聯璧合（ㄓㄨ ㄌㄧㄢˊ ㄅㄧˋ ㄏㄜˊ）

解釋 珠：珍珠。璧：圓形扁平，中間有孔的玉，通常拿來當作禮器。指珍珠成串，璧玉成雙。

詞源 《漢書，律厲志上》：「日月如合璧，五星（金、木、水、火、土星）如連珠。」

用法 比喻美好的人或物聚集在一起，常用來當作新婚的賀詞。

範例 他倆經過媒人的撮合，終於成就一段珠聯璧合的姻緣。

提示 ①「珠聯璧合」也作「珠璧相映」、「珠璧相照」、「珠聯玉映」。②「珠聯璧合」的「璧」不可以寫成「小家碧玉」的「碧」。

富貴白頭（ㄈㄨˋ ㄍㄨㄟˋ ㄅㄞˊ ㄊㄡˊ）

解釋 富貴：財產多，地位顯達。白頭：夫妻相偕到老。指夫妻大富大貴，相偕到老。

用法 祝福夫妻恩愛長久的賀詞。

範例 我願與你富貴白頭，生生世世。

琴瑟和諧（ㄑㄧㄣˊ ㄙㄜˋ ㄏㄜˊ ㄒㄧㄝˊ）

解釋 琴瑟：古代的弦樂器。指琴和瑟的音律能夠調和。

詞源 明．沈受先《三元記．團圓》：「夫妻和順從今定，這段姻緣夙世（前世）成，琴瑟和諧樂萬春。」

用法 比喻夫妻感情和諧，也用來祝福人婚姻幸福。

範例 老夫妻結婚五十多年，一直是琴瑟和諧，如膠似漆。

提示 ①「琴瑟和諧」也作「琴和瑟靜」、「琴瑟相調」。②「琴瑟和諧」的「諧」不可以寫成「協力」的「協」。

鳳凰于飛（ㄈㄥˋ ㄏㄨㄤˊ ㄩˊ ㄈㄟ）

1.（　　　）比喻醫術高明，叫□心□術。　➡仁、仁
2.（　　　）活人「濟」世，請寫出括號中的解釋。　➡幫助
3.（　　　）「華陀再世」，請改正這句成語中的錯字。　➡佗
4.（　　　）他期許將來做個□□□□的好醫生。空格中應填入A.一毛不拔 B.視而不見 C.妙手回春 D.懸壺濟世。　➡C、D

解釋 于：語助詞。于飛：相伴而飛。指鳳和凰相伴而飛。

詞源 《左傳》：「是（此）謂鳳凰于飛，和鳴鏘鏘（鏘，音ㄑㄧㄤ，琴瑟的聲音）。」大意是說：一對遨翔於空中的鳳凰，其恩愛就像琴瑟所發出來的聲音能夠相合。

用法 比喻夫妻和諧地相處，是婚禮的祝賀詞。

範例 婚宴上，賓客紛紛祝福新人鳳凰于飛，百年好合。

提示 「鳳凰于飛」的「于」不可以寫成「於是」的「於」。

(七) 比喻「醫術高明」

仁心仁術（ㄖㄣˊ ㄒㄧㄣ ㄖㄣˊ ㄕㄨˋ）

解釋 仁心：仁愛的心腸。仁術：具有仁愛精神的醫術。指不但懷有仁愛的心腸，更具有仁愛精神的醫術。

詞源 《孟子．梁惠王上》：「無傷也，是（此）乃仁術也。」

用法 比喻良好的醫德和高明的醫術。

範例 他是一位仁心仁術的好醫師。

妙手回春（ㄇㄧㄠˋ ㄕㄡˇ ㄏㄨㄟˊ ㄔㄨㄣ）

解釋 妙手：高超的技能。回春：冬盡春來。比喻醫術高超，可以治癒重病，使人回復健康。

詞源 《樂府題解》：「伯牙為天下妙手（相傳春秋時伯牙善於彈琴，當他彈琴時，馬會抬頭，並且專心傾聽）。」

用法 稱頌醫生的醫術高明。

範例 據說這名醫生是華佗再世，妙手回春。

提示 ①「妙手回春」也作「著手成春」。②「妙手」的「手」不可以寫成「首腦」的「首」。

活人濟世（ㄏㄨㄛˊ ㄖㄣˊ ㄐㄧˋ ㄕˋ）

解釋 活人：救人性命。濟世：幫助世人。指救活人的性命，並且幫助世人。

用法 稱頌醫生救人的事業。

範例 他們自願到偏遠地區，做個活人濟世的醫生。

華佗再世（ㄏㄨㄚˋ ㄊㄨㄛˊ ㄗㄞˋ ㄕˋ）

解釋 華佗：東漢時的名醫，已經知道使用手術的方法來治療疾病。指人醫術高明，有如華佗降臨世間。

用法 稱讚人的醫術高明。

範例 你讚美我是華佗再世，實在不敢當。

提示 「華佗再世」的「佗」不可以寫成「駱駝」的「駝」。

濟世救人（ㄐㄧˋ ㄕˋ ㄐㄧㄡˋ ㄖㄣˊ）

解釋 濟世：救濟世人。指救濟世人，挽回人的生命。

用法 稱頌醫生救人的善行。

範例 他從小就立志當醫生，希望將來能夠濟世救人。

提示 「濟世救人」也作「濟世功深」。

懸壺濟世（ㄒㄩㄢˊ ㄏㄨˊ ㄐㄧˋ ㄕˋ）

解釋 懸壺：賣藥行醫。指行醫以救助世人的苦難。

詞源 《後漢書．方術費長房傳》：「市中有老翁賣藥，懸（繫）一壺于肆頭（商店前面），及市（買賣東西的地方）罷，輒

1. (　　　) 以下哪些成語是比喻賀人遷居 A.里仁為美 B.喬遷之喜 C.德必有鄰 D.東食西宿。 ➡A、B、C

2. (　　　) 這個村鎮背山靠海，山明水秀，是□□□□的好地方。空格中應填入 A.買進賣出 B.地靈人傑 C.生意興隆 D.沉魚落雁。 ➡B

（總是）跳入壺中，市人莫之見。」大意是說：東漢時，當時擔任市中官佐的費長房，曾經看見市集中的一位賣藥老翁，他頭上繫著壺，在商店的前面賣藥，等到市集結束之後，他會直接跳入壺中，消失的無影無蹤，連市集上的人都不知道他跑去哪裡了？

用法 比喻行醫救濟世人。

範例 他期許將來做個**懸壺濟世**的好醫生。

(八)比喻「賀人遷居」

地靈人傑

解釋 地靈：靈秀的風水地。人傑：傑出的人才。指居住地點的風水很好，人才也會輩出。

詞源 唐．王勃．《滕王閣序》：「人傑地靈，徐孺下陳蕃（東漢時代的一位大臣）之榻（榻，音ㄊㄚˋ，床鋪）。」

用法 稱讚人居住的地方具有靈氣，能夠孕育傑出的人才。

範例 這個村鎮背山靠海，山明水秀，是**地靈人傑**的好地方。

里仁為美

解釋 里：動詞，居住。指居住在風俗仁厚的地方，是一件美好的事情。

詞源 《論語．里仁》：「子曰：『里仁為美。擇不處仁，焉（怎能）得知。』」大意是說：孔子說：居住在風俗仁厚的地方，是一件美好的事情。如果居住環境不選擇風俗仁厚的地方，那怎能得到知識，求取學問呢？

用法 稱頌人居住在優良的地區。

範例 古時孟母三遷，為的就是尋覓**里仁為美**的居住環境。

孟母遺風

解釋 遺風：前人留下來的風範。指孟子的母親為孟子選擇優良環境的典範。

用法 稱讚人有古代孟母的精神，重視子女教育，選擇良好的地點。

範例 媽媽決定效法**孟母遺風**的精神，搬到文教區。

喬遷之喜

解釋 喬遷：鶯鳥遷居到高大的喬木。指鶯鳥飛出幽暗的山谷，在高大的喬木上築新巢。

詞源 《詩經．小雅．伐木》：「伐木丁丁（丁丁，古音讀作ㄓㄥ ㄓㄥ，砍伐木柴的聲音），鳥鳴嚶嚶（鳥叫的聲音）。出自幽谷（低下的深谷），遷於喬木。」大意是說：樵夫砍伐樹木時發出「丁丁」的聲音，鶯鳥因為害怕而「嚶嚶」的叫著，因此決定從低下的深谷，遷徙到高大的喬木上，以保障安全。

用法 祝賀人遷居新家。

範例 他近來有**喬遷之喜**，所以忙著布置房子。

德必有鄰

解釋 德：道德。指有道德的人絕對不會孤獨，一定有人會搬過來跟他做鄰居。

詞源 《論語．里仁》：「子曰：『德不孤（有德行的人不會單獨），必有鄰。』」

用法 比喻道德高尚的人，一定有人會來親近他。

1. （　　　）「大展虹圖」，請改正這句成語中的錯字。 ➡宏
2. （　　　）以下哪些成語是比喻事業成功A.大業千秋B.無下箸處 C.財貨廣殖 D.一帆風順。 ➡A、C、D
3. （　　　）「進悅遠來」，請改正這句成語中的錯字。 ➡近
4. （　　　）「商賈輻湊」，請改正這句成語中的錯字。 ➡輳

範例 品行高尚的人，一定是朋友滿天下，因為德必有鄰呀！

(九)比喻「事業成功」

大展宏圖（ㄉㄚˋ ㄓㄢˇ ㄏㄨㄥˊ ㄊㄨˊ）

解釋 宏圖：宏遠的版圖規劃。指大力拓展，實現宏遠的事業版圖。

用法 賀人事業開張的祝賀詞。

範例 公司在員工的努力打拚下，將大展宏圖，締造佳績。

提示 「大展宏圖」也作「大展鴻圖」、「鴻圖大啟」。

大業千秋（ㄉㄚˋ ㄧㄝˋ ㄑㄧㄢ ㄑㄧㄡ）

解釋 大業：偉大的事業。千秋：千年，長長久久的意思。指偉大的事業能夠永續經營。

詞源 《漢書．董仲舒傳贊》：「潛心（專心）大業（①偉大的事業。②研究學問的事）。」

用法 生意開張時，祝賀人事業能夠永久經營。

範例 想擁有大業千秋，就必須努力不懈。

大業永昌（ㄉㄚˋ ㄧㄝˋ ㄩㄥˇ ㄔㄤ）

解釋 昌：興盛；繁榮。指偉大的事業永遠昌盛繁榮。

用法 祝賀人的生意能夠昌盛不衰。

範例 百年老店的牆上懸掛一塊匾額，上面刻有大業永昌四個字。

生意興隆（ㄕㄥ ㄧˋ ㄒㄧㄥ ㄌㄨㄥˊ）

解釋 生意：買賣。興隆：昌盛。指買賣的往來極為昌盛。

用法 形容商家的交易熱絡。

範例 這家餐廳位於車站附近，人潮不斷，所以生意興隆。

近悅遠來（ㄐㄧㄣˋ ㄩㄝˋ ㄩㄢˇ ㄌㄞˊ）

解釋 近：近處；境內。悅：快樂；愉快。遠：遠處；境外。指對待本國的人民很好，讓他們覺得很快樂，則遠地的人知道後，也會來歸順。

詞源 《論語．子路》：「葉（葉，當作姓氏解時，讀作ㄕㄜˋ）公問政（治國之道），子曰：『近者悅，遠者來。』」

用法 多用來形容產品得到顧客的讚賞，不管遠處或近處的客人都前來購買。

範例 這家海產店的食材很新鮮，近悅遠來的客人絡繹不絕。

財貨廣殖（ㄘㄞˊ ㄏㄨㄛˋ ㄍㄨㄤˇ ㄓˊ）

解釋 財貨：布帛稱為財；金玉稱為貨。殖：蕃衍。指屯積布帛和金玉，廣求利潤。

用法 祝賀生意人能夠積聚財貨，求取利潤。

範例 做生意要懂得財貨廣殖的訣竅，業績才能蒸蒸日上。

提示 「財貨廣殖」不可以寫成「植黨營私」的「植」。

商賈輻輳（ㄕㄤ ㄍㄨˇ ㄈㄨˊ ㄘㄡˋ）

解釋 賈：商人。輻輳：人或物密集地聚集在一起。指商人密集地相聚。

用法 比喻交易買賣的熱鬧情況。

範例 這港口腹地廣闊，擁有成為商賈輻輳的優勢條件。

提示 「商賈輻輳」的「輻」不可以寫成「幅員」的「幅」。

1. (　　　) 以下敘述何者錯誤A.台北市迪化街是萬商雲集的地方B.「上李鴻章書」一文的作者是林則徐C.蒸蒸，興盛的樣子D.鴻，大的意思。 ➡B
2. (　　　) 「俊業日興」，請改正這句成語中的錯字。 ➡駿
3. (　　　) 「風木」含悲，請寫出括號中的引申義。 ➡子女

萬商雲集

解釋 雲集：許多人從各地聚集在一起。指眾多商人聚集在一起作生意。

用法 比喻交易買賣的熱絡。

範例 年貨大街萬商雲集，攤販的吆喝聲此起彼落。

蒸蒸日上

解釋 蒸蒸：興盛的樣子。指事物日漸向上發展。

用法 形容事業的興盛。

範例 他具備生意頭腦和眼光，業績蒸蒸日上。

駿業日新

解釋 駿業：宏大的事業。指宏大的事業每天都在進步。

用法 祝賀人事業蒸蒸日上。

範例 他研發的健康食品上市後，駿業日新，潛力無窮。

提示 「駿業日新」的「駿」不可以寫成「嚴峻」的「峻」。

鴻業遠圖

解釋 鴻：大。指宏大的事業，遠大的策劃。

詞源 孫中山．《上李鴻章書》：「若國家不為體恤（設身處地來替別人著想），不為保護，則小者無以覓（尋求）蠅頭微利（微薄的利益），大者無以展鴻業遠圖。」

用法 形容事業的規模宏大。

範例 全球競爭的時代來臨，具備鴻業遠圖的企業才能夠永續經營。

【喪悼類】

(一)比喻「父母亡故」

風木含悲

解釋 風木：引申作子女。指子女們因父母的過世而悲傷。

詞源 漢．韓嬰．《韓詩外傳．卷九》：「樹欲靜而風不止（停），子（子女）欲養而親不待（等不及）也。」

用法 比喻父母去世，子女來不及奉養的悲痛。

範例 母親的去世，令孩子們感嘆風木含悲，徒留遺憾。

提示 「風木含悲」也作「風木銜悲」。

哀毀骨立

解釋 毀：毀損。骨立：身體極為消瘦，好像只有一個骨架支撐肉體。指因為過度哀傷，而毀損身體，以致骨瘦如柴。

詞源 《漢書．韋彪傳》：「父母卒（死亡），哀毀三年，不出廬寢（臥室）。服竟（服完喪服），羸（羸，音ㄌㄟˊ，瘦弱）瘠（瘠，音ㄐㄧˊ，瘦弱）骨立異形，醫療數年乃起（起色；好轉）。」

用法 形容因為父母逝世而極度哀傷。

範例 追悼會上，子女哀毀骨立，哭紅了雙眼。

終天之恨

解釋 終天：終生；一輩子。恨：遺憾。指一輩子最大的遺憾。

用法 形容父母先後去世，悲痛不已。

範例 祖父母先後去世，父親以不能再奉養雙親為終天之恨。

1.（　　）「節哀順便」，請改正這句成語中的錯字。 ➡變
2.（　　）某位大詩人過世了，在告別會上依常理會出現哪些哀悼詞 A.歡歡喜喜 B.文曲光沉 C.玉樓赴召 D.孟母遺風。 ➡B、C
3.（　　）「地下休文」，請改正這句成語中的錯字。 ➡修
4.（　　）山「頽」木壞，請寫出括號中的注音和解釋。 ➡ㄊㄨㄟˊ、倒塌

提示 「終天之恨」也作「終天抱恨」。

節哀順變 ㄐㄧㄝˊ ㄞ ㄕㄨㄣˋ ㄅㄧㄢˋ

解釋 節哀：抑制哀傷。變：變故，也就是父母去世。指抑制哀傷的心情，順應突來的變故。

詞源 《禮記．檀弓下》：「喪禮，哀戚（悲痛）之至（極盡）也；節哀，順變也。」

用法 安慰人勿過度哀痛，為弔唁用語。

範例 人死不能復生，你務必要振作，節哀順變呀！

(二)比喻「文人亡故」

文曲光沉 ㄨㄣˊ ㄑㄩ ㄍㄨㄤ ㄔㄣˊ

解釋 文曲：文昌星，相傳為主文事的星宿。光沉：暗淡沒有光澤。指文曲星暗淡而無光澤。

用法 相傳文曲星若缺乏光澤，文壇必有文學之士殞落。後用來比喻文人逝世。

範例 教授畢生致力史學研究，如今文曲光沉，留給世人無限懷念。

提示 「文曲光沉」不可以寫成文曲光「沈」（「沈」今用在姓氏，讀作ㄕㄣˇ）。

玉樓赴召 ㄩˋ ㄌㄡˊ ㄈㄨˋ ㄓㄠˋ

解釋 玉樓：白玉樓，傳說神仙居住的樓宇。指奔赴仙境。

詞源 唐．李商隱《李賀小傳》：「（李）長吉將死時，忽晝見一緋（緋，音ㄈㄟ，紅色的絲織品）衣人，駕赤虬（虬，音ㄑㄧㄡˊ，長兩支角的小龍）持一板（片狀的木製品），書（寫）太古篆，曰：『帝成白玉樓，立召君（請你）為記。』少（少，音ㄕㄠˇ，沒多久）之，長吉氣絕。」大意是說：李賀將死的時候，某日的白天忽然看見一位身穿紅衣的人，他駕著兩角的小龍，手上拿著類似太古篆書的片狀板書，說：「玉皇大帝已經蓋好白玉樓，想要請你記載。」沒多久，李賀就氣絕身亡。

用法 比喻文人去世。

範例 老作家玉樓赴召的消息傳來，頓時震驚文壇。

地下修文 ㄉㄧˋ ㄒㄧㄚˋ ㄒㄧㄡ ㄨㄣˊ

解釋 修文：修文郎，傳說在陰間撰寫文章的官。指離開人世，前往陰間擔任修文郎。

詞源 晉．王隱．《晉書》載：「蘇韶曰：『言天上及地下事，亦不能悉（盡；全）知也。顏淵、卜商，今見在為修文郎。』」

用法 比喻文人亡故。

範例 目前竄起的文壇才子，突然去世，於地下修文，令人惋惜。

提示 「地下修文」也作「修文赴召」。

(三)比喻「賢人去世」

山頹木壞 ㄕㄢ ㄊㄨㄟˊ ㄇㄨˋ ㄏㄨㄞˋ

解釋 山：泰山。頹：倒塌；崩毀。木：梁木。指泰山倒塌，梁木腐壞。

詞源 《禮記．檀弓上》：「孔子蚤（通「早」）作（起），負手（反手）曳杖（拖著枴杖），消搖（自由自在的意思。通「逍遙」）于門，歌曰：『泰山其頹乎！梁木其

1.（　　）「式范永垂」，請改正這句成語中的錯字。 ➡範
2.（　　）「痛失玩人」，請改正這句成語中的錯字。 ➡完
3.（　　）「蘭催玉折」，請改正這句成語中的錯字。 ➡摧
4.（　　）「沉魚落雁」是讚美女子長得動人，而比喻女子亡故的成語有 A.徐娘半老 B.月缺花殘 C.玉碎珠沉 D.傾城傾國。 ➡B、C

壞乎！哲人（賢人）其萎乎！』」

用法 比喻重要的人物亡故。

範例 國家領導人一旦山頹木壞，都會降半旗，表示哀悼。

提示 「山頹木壞」也作「泰山其頹」、「梁木其壞」、「泰山梁木」。

永垂不朽（ㄩㄥˇ ㄔㄨㄟˊ ㄅㄨˋ ㄒㄧㄡˇ）

解釋 垂：流傳後代。朽：枯萎消滅。指永傳後代而不消失。

詞源 《三俠五義．一九回》：「就叫范宗華為廟官，春秋兩祭，永垂不朽。」

用法 比喻人雖然逝世，但是他的名聲、精神與功業將流傳後世，令人懷念。

範例 他捨己救人的偉大情操，當永垂不朽，成為佳話。

提示 「永垂不朽」也作「永傳不朽」。

式範永垂（ㄕˋ ㄈㄢˋ ㄩㄥˇ ㄔㄨㄟˊ）

解釋 式範：典範。垂：流傳後世。指典範永為後世流傳。

用法 哀悼賢人雖死，但是其典範將為後人所效法。

範例 大愛的精神是多麼的感人，足以式範永垂呀！

痛失完人（ㄊㄨㄥˋ ㄕ ㄨㄢˊ ㄖㄣˊ）

解釋 完人：品格完美無缺的人。指哀痛失去品格高尚的人物。

用法 追悼往生者的語詞。

範例 將軍為國捐軀，國人莫不感到痛失完人。

道範長存（ㄉㄠˋ ㄈㄢˋ ㄔㄤˊ ㄘㄨㄣˊ）

解釋 道範：道德典範。長存：永存。指道德典範永存後世。

用法 哀悼有德之人辭世的語詞。

範例 校長生前致力教育，誨人不倦，道範長存。

蘭摧玉折（ㄌㄢˊ ㄘㄨㄟ ㄩˋ ㄓㄜˊ）

解釋 蘭：一種多年生會散發幽香的草本植物。摧：毀壞；毀損。折：折斷。指香草受摧殘，美玉被折斷。

詞源 南朝宋．劉義慶．《世說新語．言語》：「毛伯成既負其才氣，常稱寧為蘭摧玉折，不作蕭敷艾榮（蕭、艾：不好的草。敷：開放。榮：茂盛）。」

用法 哀悼品格高尚的賢人早逝的用語。

範例 報載年輕醫生為急救傷患，而蘭摧玉折，大家都感到痛惜。

(四)比喻「女子亡故」

月缺花殘（ㄩㄝˋ ㄑㄩㄝ ㄏㄨㄚ ㄘㄢˊ）

解釋 殘：將盡。指皓月不圓滿，鮮花將凋零。

詞源 唐．溫庭筠．《和友人傷歌姬》詩：「月缺花殘莫愴然（愴，音ㄔㄨㄤˋ，悲傷貌），花須（不久）終發（生長；發芽）月終圓。」大意是說：明月不圓滿，鮮花雖凋零，千萬不要因此而悲傷，花兒不久一定會再盛開，明月不久又會是滿月。

用法 比喻美女的過世。

範例 驚傳當紅的偶像女明星遽世，月缺花殘，影迷好不懷念。

玉碎珠沉（ㄩˋ ㄙㄨㄟˋ ㄓㄨ ㄔㄣˊ）

解釋 玉、珠：都是女用的飾品，

1.（　　　）「香消玉損」，請改正這句成語中的錯字。	➡殞
2.（　　　）比喻子女亡故的成語有 A.兔死狐悲 B.風木含悲 C.西河之痛 D.喪明之痛。	➡C、D
3.（　　　）古代皇帝一旦□□□□，皇位大都由嫡長子繼承。空格中應填入A.宮車晏駕B.你爭我奪C.晚節不保D.呱呱墜地。	➡A

後引申作美女。碎：不完整；破裂。沉：沒入水底不見。指美玉破裂，珍珠永沉水底。

詞源 清．許豫．《白門新柳記．附記》：「遍訪當年姐妹，率（大概）皆玉碎珠沉。」

用法 比喻美女的夭亡。

範例 唉！可惜她貌美如花，卻已經玉碎珠沉了。

提示 「玉碎珠沉」也作「玉碎珠死」。

香消玉殞（ㄒㄧㄤ ㄒㄧㄠ ㄩˋ ㄩㄣˇ）

解釋 香、玉：美玉和胭脂，後引申作美女。消：消散。殞：墜落。指胭脂消散，美玉墜落。

詞源 《民國通俗演義．七九回》：「到了次日，鳳仙閉戶不出，至午後尚是寂然。鴇（鴇，音ㄅㄠˇ，開設妓女戶的婦女）大疑，排闥（闥，音ㄊㄚˋ，小門）入室，那知已香消玉殞。」

用法 比喻年輕女子不幸早夭。

範例 影劇版大幅報導有關某女明星香銷玉殞的新聞。

提示 ①「香消玉殞」也作「香銷玉沉」、「香消玉碎」、「香消玉損」。②「香消玉殞」的「殞」不可以寫成「隕石」的「隕」。

(五)比喻「子女亡故」

西河之痛（ㄒㄧ ㄏㄜˊ ㄓ ㄊㄨㄥˋ）

解釋 西河：戰國時魏國的地名，子夏曾在此教書。指子夏喪子的悲痛。

詞源 《史記．仲尼弟子列傳》：「子夏居西河教授，為魏文侯師（先生；老師），其子死，哭之失明。」

用法 比喻喪子的悲痛心情。

範例 他晚年遭西河之痛，白髮人送黑髮人，情何以堪。

喪明之痛（ㄙㄤˋ ㄇㄧㄥˊ ㄓ ㄊㄨㄥˋ）

解釋 喪明：瞎眼。指因喪子悲傷過度，以致哭瞎眼睛。

詞源 《禮記．檀弓上》：「子夏喪其子（死了兒子）而喪其明（也就是眼睛再也無法看見東西）。」

用法 比喻失去兒子的悲痛。

範例 你怎麼忍心讓白髮父母，承受喪明之痛的折磨呢？

痛抱喪明（ㄊㄨㄥˋ ㄅㄠˋ ㄙㄤˋ ㄇㄧㄥˊ）

解釋 抱：懷在內心。痛抱：心中懷著悲痛。喪：失去。指心中懷著悲痛，最後雙眼終於失去光明。

用法 形容人因子女亡故，而過度悲痛。

範例 世間父母誰能嚥下痛抱喪明的苦呀？

(六)比喻「執政者亡故」

宮車晏駕（ㄍㄨㄥ ㄔㄜ ㄧㄢˋ ㄐㄧㄚˋ）

解釋 宮車：皇帝的座車。晏：晚。指皇帝的座車遲遲不出。

詞源 《漢書．天文志》：「綏和（漢成帝的年號）二年三月丙戌，宮車晏駕。」

用法 婉稱皇帝駕崩的語詞。

範例 古代皇帝一旦宮車晏駕，皇位大都由嫡長子繼承。

提示 ①「宮車晏駕」也作「宮車晚出」、「宮車晚駕」。②「宮車晏駕」的「晏」不可以寫成「宴會」的「宴」。

1. (　　　) 泰山崩「殂」，請寫出括號中的注音和解釋。 ➡ ㄘㄨˊ、死亡
2. (　　　) 天不「假」年，請寫出括號中的注音和解釋。 ➡ ㄐㄧㄚˇ、借
3. (　　　) 「壯志未仇」，請改正這句成語中的錯字。 ➡ 酬
4. (　　　) 「命惡華年」，請改正這句成語中的錯字。 ➡ 厄
5. (　　　) 「遽」促芳齡，請寫出括號中的注音和解釋。 ➡ ㄐㄩˋ、倉促

泰山崩殂（ㄊㄞˋ ㄕㄢ ㄅㄥ ㄘㄨˊ）

解釋 泰山：山東省的第一高山。殂：死亡。指像泰山一樣的偉人已經辭世了。

用法 比喻執政者的辭世。

範例 古時泰山崩殂，全國百姓皆披麻戴孝。

(七) 比喻「少男早逝」

天不假年（ㄊㄧㄢ ㄅㄨˋ ㄐㄧㄚˇ ㄋㄧㄢˊ）

解釋 假：借。年：歲數。上天不借歲數來延長人的壽命。

用法 比喻很早就離開人世。

範例 他從小就是個電腦奇才，可惜天不假年，令人惋惜。

壯志未酬（ㄓㄨㄤˋ ㄓˋ ㄨㄟˋ ㄔㄡˊ）

解釋 壯志：偉大的志向。酬：實現。指偉大的志願還沒有實現。

詞源 明．尹耕．《白楊口》詩：「壯志未酬人欲（將）老。」

用法 追悼少男早亡的語詞。

範例 三國的諸葛亮壯志未酬，心中一定覺得很無奈吧？

命厄華年（ㄇㄧㄥˋ ㄜˋ ㄏㄨㄚˊ ㄋㄧㄢˊ）

解釋 厄：不幸。華年：青春時期，也就是少年或青年時期。指命運不好，年輕時就遭到不幸。

詞源 李商隱．《錦瑟詩》：「錦瑟（裝飾華麗的瑟）無端（沒有原因或理由）五十絃（琴瑟等樂器上的絲線），一絃一柱思華年。」

用法 形容人年輕時就夭折，是用來哀悼人英年早逝。

範例 才華洋溢的浪漫詩人徐志摩命厄華年，是文學界的一大損失。

提示 「命厄華年」的「厄」不可以寫成「惡人」的「惡」。

英年玉折（ㄧㄥ ㄋㄧㄢˊ ㄩˋ ㄓㄜˊ）

解釋 英年：正當英發的年齡，也就是青年、壯年。指正值意氣風發的盛年，卻像一塊美玉硬生生地折斷。

用法 形容年輕早逝。

範例 滿清時的革命英雄，哪個不是英年玉折，為國捐軀呢！

提示 「英年玉折」也作「英年早世」。

(八) 比喻「少女早逝」

玉簫聲斷（ㄩˋ ㄒㄧㄠ ㄕㄥ ㄉㄨㄢˋ）

解釋 玉簫：玉製的管樂器，後引申作年輕的女性。斷：消失。指玉簫的聲音從此中斷。

用法 哀悼女子早逝的語詞。

範例 荳蔻年華的少女玉簫聲斷，父母悲痛萬分。

提示 「玉簫聲斷」的「簫」不可以寫成「蕭條」的「蕭」。

曇花萎謝（ㄊㄢˊ ㄏㄨㄚ ㄨㄟˇ ㄒㄧㄝˋ）

解釋 曇花：仙人掌科，夜晚開花，但是很快就凋謝。萎：凋萎。指美麗的曇花開得正美的時候，卻瞬間凋謝。

用法 比喻年輕女子的早逝。

範例 花樣年華正青春，曇花萎謝徒奈何！

遽促芳齡（ㄐㄩˋ ㄘㄨˋ ㄈㄤ ㄌㄧㄥˊ）

解釋 遽：倉促；突然。芳齡：女子的年齡。指年輕女子僅享有短暫歲數即消失人間。

1. (　　　) 「老成調謝」，請改正這句成語中的錯字。
2. (　　　) 「齊德遺思」，請改正這句成語中的錯字。
3. (　　　) 追悼長輩往生的用詞，叫高□安□。
4. (　　　) 「母遺足式」，請改正這句成語中的錯字。
5. (　　　) 「淑德常照」，請改正這句成語中的錯字。

➡凋
➡耆
➡山、仰
➡儀
➡昭

用法 形容女子早逝的哀悼詞。

範例 她是出國渡假，怎麼被報導是遽促芳齡呢？

(九) 比喻「年老男性亡故」

老成凋謝（ㄌㄠˇ ㄔㄥˊ ㄉㄧㄠ ㄒㄧㄝˋ）

解釋 老成：閱歷豐富的長者。凋謝：比喻人事的衰老死亡。指閱歷豐富的長者離開人世。

詞源 連橫《台灣通史序》：「老成凋謝，莫（不）可諮詢，巷議街談（大街小巷中，人們所談的言論），事多不實。」

用法 追悼男性長者去世的輓詞。

範例 隨著老成凋謝，一些早期的民間技藝，恐怕要失傳了。

耆德遺思（ㄑㄧˊ ㄉㄜˊ ㄧˊ ㄙ）

解釋 耆：六十歲稱之耆（《禮記》之說法）。耆德：年老德高望重的長者。遺：留下。指年老德高的長者離開人世，遺留給後人無窮的思念。

詞源 《書．伊訓》：「遠（遠，音ㄩㄢˋ，避開）耆德，比（比，音ㄅㄧˋ，接近）頑童。」大意是說：避開年高德劭的長者，接近頑皮不聽從教訓的兒童。

用法 悼念年高德劭者的語詞。

範例 老先生一生鋪橋造路，行善無數，耆德遺思。

提示 「耆德遺思」的「耆」讀作ㄑㄧˊ，不可以讀作ㄕˋ。

高山安仰（ㄍㄠ ㄕㄢ ㄢ ㄧㄤˇ）

解釋 高山：地位崇高或道德高尚的長者。安：哪裡；怎麼。仰：倚賴。指德高望重的長者去世了，我們還能倚賴誰呢？

用法 追悼長輩往生的用語。

範例 高山安仰是追悼詞，千萬別誤用喲！

提示 「高山安仰」的「仰」不可以寫成「抑揚頓挫」的「抑」。

國失老成（ㄍㄨㄛˊ ㄕ ㄌㄠˇ ㄔㄥˊ）

解釋 老成：閱歷豐富而且年紀大的長者。指國家失去一位閱歷豐富的長者。

用法 追悼國家失去見多識廣的長者的語詞。

範例 三國諸葛亮辭世時，百姓莫不悲痛國失老成。

駕返道山（ㄐㄧㄚˋ ㄈㄢˇ ㄉㄠˋ ㄕㄢ）

解釋 駕：騎。返：回去。道山：仙境。指乘著仙鶴回到仙境。

用法 形容長者辭世的哀悼詞。

範例 老人家駕返道山的追思儀式，莊嚴隆重。

(十) 比喻「年老女性亡故」

母儀足式（ㄇㄨˇ ㄧˊ ㄗㄨˊ ㄕˋ）

解釋 母儀：作為女性的典範。足：足以。式：法式。指足以作為女性的典範或法式。

用法 多用作有德的女性長者往生的哀悼詞。

範例 德蕾莎修女一生為印度奉獻心力，母儀足式，獲得世人尊敬。

淑德常昭（ㄕㄨˊ ㄉㄜˊ ㄔㄤˊ ㄓㄠ）

解釋 淑德：婦女的美德。常：永久。昭：彰顯。指婦女的美德將永遠顯揚於後世。

用法 哀悼有婦德的女性長輩辭世

1.（　　）「駕返謠池」，請改正這句成語中的錯字。 ➡瑤
2.（　　）「一德永昭」，請改正這句成語中的錯字。 ➡懿
3.（　　）以下歷史人物誰足以「青史留名」A.岳飛 B.文天祥 C.史可法 D.秦檜。 ➡A、B、C
4.（　　）「留芳百世」，請改正這句成語中的錯字。 ➡流

的用語。

範例 老夫人往生，淑德常昭的風範永留子女心中。

駕返瑤池（ㄐㄧㄚˋ ㄈㄢˇ ㄧㄠˊ ㄔˊ）

解釋 駕：騎。瑤池：傳說是西王母娘娘居住的地方。指駕著仙鶴返回瑤池仙境。

用法 對年長女性去世的追悼語。

範例 他因為長輩駕返瑤池，因此請假回鄉奔喪。

懿德永昭（ㄧˋ ㄉㄜˊ ㄩㄥˇ ㄓㄠ）

解釋 懿德：婦女美好的德行。指婦女美好的德行將永遠顯揚於世。

詞源 《詩經．大雅．烝民》：「民之秉（依循）彝（彝，音ㄧˊ，古代的青銅禮器，後引申作常理），好（喜好）是（此）懿德。」大意是說：人民依循常理，喜愛美好的品德。

用法 哀悼女性長者辭世的用語。

範例 請問輓聯上是要寫懿德永昭嗎？

(十一) 比喻「忠烈之士」

功在黨國（ㄍㄨㄥ ㄗㄞˋ ㄉㄤˇ ㄍㄨㄛˊ）

解釋 黨：政黨。指一生的功勞盡在政黨和國家。

用法 哀悼對政黨和國家有貢獻的人物。

範例 革命烈士功在黨國，永遠受世人懷念。

忠義楷模（ㄓㄨㄥ ㄧˋ ㄎㄞˇ ㄇㄛˊ）

解釋 忠義：對國家盡忠而且知曉大義。楷模：典範。指對國家盡忠而且知曉大義，可作為後人的典範。

用法 對忠勇愛國之士的追悼詞。

範例 他為國捐軀的情操，足堪為人們的忠義楷模。

提示 「忠義楷模」的「楷」不可以寫成「階梯」的「階」。

青史留名（ㄑㄧㄥ ㄕˇ ㄌㄧㄡˊ ㄇㄧㄥˊ）

解釋 青史：古人將史事記載在竹簡上，因為竹皮是青色的，所以稱史書為青史。指有功的人去世後，在史書上留下美名，世代相傳。

詞源 《杜甫．贈鄭十八賁詩》：「古人日以遠，青史字不泯（泯，音ㄇㄧㄣˇ，消滅）。」大意是說：古人離我們愈來愈遠了，但是史書上所記載的事蹟是抹滅不掉的。

用法 哀悼烈士能在歷史上留下美名的輓詞。

範例 宋朝文天祥寧死不屈的精神，青史留名。

流芳百世（ㄌㄧㄡˊ ㄈㄤ ㄅㄞˇ ㄕˋ）

解釋 芳：美好的。流芳：流傳下來的美名。百世：世世代代。指美名一直流傳不斷。

詞源 《資治通鑑．晉簡文帝咸安元年》：「大司馬溫，恃（恃，音ㄕˋ，仗著）其材略（政事或軍事上的才能與謀略）位望，陰蓄（暗中藏著）不臣之志（有野心，想造反），嘗撫沈嘆曰：『男子不能流芳百世，亦當遺臭萬年（永久留下不好的名聲）。』」

用法 形容人有好的事蹟，足以流傳後世，今常用來悼念有功之士。

範例 他們的事蹟將流芳百世，為後人所歌頌。

1.（　　）明朝史可法的□□□□，照耀了歷史。空格中應填入 A.浩氣長存 B.士氣長虹 C.大材小用 D.不同凡響。　➡A

2.（　　）「望血丹心」，請改正這句成語中的錯字。　➡碧

3.（　　）以下哪些成語是比喻朋友亡故 A.人琴俱亡 B.傾城傾國 C.痛失知音 D.響絕牙琴。　➡A、C、D

浩氣長存（ㄏㄠˋ ㄑㄧˋ ㄔㄤˊ ㄘㄨㄣˊ）

解釋 浩氣：正大光明，剛直耿介的氣節。指正大剛直的氣節永存世間。

詞源 明．楊繼盛．《就義》：「浩氣還太虛，丹心（赤誠的心）照太古。」

用法 悼念烈士正大剛直的氣節，長存於天地之間。

範例 明朝史可法的浩氣長存，照耀了歷史。

碧血丹心（ㄅㄧˋ ㄒㄧㄝˇ ㄉㄢ ㄒㄧㄣ）

解釋 碧血：鮮血化為碧玉。丹：紅色。丹心：赤誠的心。指滿腔的正義熱血，一顆忠誠的心。

詞源 《莊子．外物》：「萇弘（春秋時代的周國大夫）死於蜀，藏其血三年，化而為碧（青綠色的玉石）。」

用法 悼念為國犧牲的忠勇烈士。

範例 烈士的碧血丹心，將長存民心。

（十一）比喻「朋友亡故」

人琴俱亡（ㄖㄣˊ ㄑㄧㄣˊ ㄐㄩˋ ㄨㄤˊ）

解釋 俱：都；皆。指人已死，琴韻也跟著消失了。

詞源 《晉書．王徽之傳》：「獻之（徽之的弟弟）死，徽之奔喪（從他鄉趕回來哭喪）不哭，直坐靈床上，取獻之琴彈之，久不入調（沒有辦法抓準音律），嘆曰：『嗚呼子敬（王獻之的字），人琴俱亡！』」大意是說：獻之跟徽之兩人皆得病，但獻之比徽之早一步離開人世，當徽之從外鄉回來送喪時，都沒有留下一滴眼淚，只是坐在靈床旁邊，取出獻之的琴來彈奏，結果彈了很久都沒有辦法抓準音律，於是感嘆地說：「可悲的子敬呀！沒想到此琴跟你一同身亡了。」

用法 哀悼人喪亡的用語。

範例 猶記我倆求學的時光，如今你卻人琴俱亡，天人永隔。

痛失知音（ㄊㄨㄥˋ ㄕ ㄓ ㄧㄣ）

解釋 知音：彼此互相了解的朋友。指悲痛失去知己。

用法 哀悼好友已經去逝的用語。

範例 想當年鍾子期亡故，伯牙痛失知音的傷悲是多不忍呀！

響絕牙琴（ㄒㄧㄤˇ ㄐㄩㄝˊ ㄧㄚˊ ㄑㄧㄣˊ）

解釋 響絕：不能再聽到。牙：指春秋時代楚國的伯牙，是一位善於鼓琴的人。指再也聽不到伯牙彈奏琴弦了。

用法 形容朋友逝世，再也找不到興趣相同的知音。

範例 人生難得有知己，響絕牙琴憶亡友。

遭遇篇

【順逆禍福類】

（一）比喻「很有福氣」

吉人天相（ㄐㄧˊ ㄖㄣˊ ㄊㄧㄢ ㄒㄧㄤˋ）

解釋 吉人：好人。天相：老天一

1. (　　　)「厚德戴福」，請改正這句成語中的錯字。 ➡載
2. (　　　)「弘福齊天」，請改正這句成語中的錯字。 ➡洪
3. (　　　) 到海外遊學要多加小心，祝你□□□□。空格中應填入 A.財源滾滾 B.金榜題名 C.豔福不淺 D.一路平安。 ➡D
4. (　　　) 比喻處事順利，沒有阻礙，叫一□風□。 ➡帆、順

定會保佑。指做善事的好人，老天一定會保佑他。

詞源 《左傳》：「姞（通「吉」），吉人也，今公子蘭，吉甥（姊妹所生的子女）也，天或（也許）啟（打開；啟發）之，必將為君（國君）……。」大意是說：公子蘭是一個有福氣的人，有一天也許老天爺會幫忙他，我猜想他有一天一定能夠當上國君。

用法 ①比喻人有福氣，可以得到上天的庇佑。②人遇到災難時，大家祈求平安的用語。

範例 你放心吧！他吉人天相，一定可以平安歸來。

吉星高照 ㄐㄧˊ ㄒㄧㄥ ㄍㄠ ㄓㄠˋ

解釋 吉星：吉祥之星。高照：高掛天空，照耀大地。指吉星高掛天空，光芒照耀大地。

用法 比喻人有福氣，諸事順利。

範例 祝你一帆風順，吉星高照。

厚德載福 ㄏㄡˋ ㄉㄜˊ ㄗㄞˋ ㄈㄨˊ

解釋 厚德：具有深厚的道德。載：承受。指擁有深厚德澤的人，才能承受福祉。

詞源 《國語．晉語六》：「吾聞（聽）之，唯（只有）厚德者能受多福；無德而服者眾，必自傷也。」大意是說：我聽說只有具備深厚德澤的人才能承受福祉，沒有德澤卻要大家服從他，那一定會傷害到自己。

用法 形容有好德行的人，才能擁有好福氣。

範例 做善事必定能夠厚德載福。

洪福齊天 ㄏㄨㄥˊ ㄈㄨˊ ㄑㄧˊ ㄊㄧㄢ

解釋 洪：大。齊天：跟天一樣高。指福分大的跟天一樣高。

詞源 元．《抱妝盒．四折》：「若不是萬歲（帝王）洪福齊天，怎能勾（牽引）這等百靈（一種能仿效百鳥鳴聲的鳥）咸（都）助那（語助詞，表示疑問）。」大意是說：要不是萬歲爺的福分夠大，怎麼能牽引百靈鳥皆來幫助呢？

用法 形容人的福氣很大，也用來表達對帝王的讚頌。

範例 恭賀老人家洪福齊天，多子多孫。

傻人傻福 ㄕㄚˇ ㄖㄣˊ ㄕㄚˇ ㄈㄨˊ

解釋 指傻人有傻人的福氣。

用法 比喻傻人自然而然能享有福氣。

範例 他是傻人傻福，日子過得反而開心。

(二) 比喻「平平安安」

一帆風順 ㄧˋ ㄈㄢ ㄈㄥ ㄕㄨㄣˋ

解釋 指升起船帆，順著風勢航行。

詞源 《官場現形記．五四回》：「……做官的人，如在運氣頭上，一帆風順的時候，就是出點小岔子（岔，音ㄔㄚˋ，差錯），說無事也就無事。」

用法 比喻處事順利，沒有阻礙。

範例 畢業了，老師祝福同學事事一帆風順。

一路平安 ㄧˊ ㄌㄨˋ ㄆㄧㄥˊ ㄢ

解釋 一路上平安順利。

詞源 明．范受益《尋親記．託夢》：「大王爺，保佑弟子一路平

1.（　　）以下哪些成語是比喻平平安安A.一口作氣B.一心一意C.一路順風D.一路福星。 ➡C、D

2.（　　）「安然無恙」，猜台南縣地名。 ➡永康

3.（　　）一「朝」之患，請寫出括號中的注音和解釋。 ➡ㄓㄠ、日

4.（　　）平地風「波」，請寫出括號中的注音和解釋。 ➡ㄅㄛ、水波

安，腳輕手健（行動迅速）。」

用法 祝福人旅途平安順利。

範例 到海外遊學要多加小心，祝你一路平安。

一路順風（ㄧˊ ㄌㄨˋ ㄕㄨㄣˋ ㄈㄥ）

解釋 指一路上都是順風而行。

詞源 《兒女英雄傳》一九回：「忽然一路順風裡，說道想要告休歸里（辭官回鄉）。」

用法 送別時的客套話，常用來祝人旅途平安，也比喻一切都很順利。

範例 這次海外旅行，風和日麗，一路順風。

一路福星（ㄧˊ ㄌㄨˋ ㄈㄨˊ ㄒㄧㄥ）

解釋 路：宋、元時代地方行政區域的名稱。福星：①能為人民造福的長官。②幸運的意思。全句是指能為人民製造福祉的長官。

詞源 明．何良俊．《四友齋叢說》：「宋鮮于（複姓）侁（侁，音ㄕㄣ，眾多的樣子），人謂之一路福星。」大意是說：宋代有一位名為鮮于侁的地方官，大家都稱讚他是一位福星。

用法 ①稱讚官員為人民謀福祉。②用在送人遠行，祝人平安的用語。

範例 你這趟離家求學行程遙遠，祝你一路福星，逢凶化吉。

安然無恙（ㄢ ㄖㄢˊ ㄨˊ ㄧㄤˋ）

解釋 安然：平安無事。恙：疾病；災禍。指平安無事，沒有任何災禍與疾病。

詞源 清．紀昀（昀，音ㄩㄣˊ）．《閱微草堂筆記．灤陽續錄三》：「知非佳（好）處（地方），然業（已經）已入居，姑（姑且）宿（動詞，住）一夕，竟安然無恙。」大意是說：知道所住的地方並不好，但是都已經住了進來，姑且就住一晚吧！想不到卻也沒發生任何事情。

用法 形容事物完好無缺，沒有遭到損傷。

範例 埃及金字塔歷經數千年，至今仍安然無恙呢！

提示 「安然無恙」也作「安然無事」、「端然無恙」。

(三)比喻「無妄之禍」

一朝之患（ㄧˋ ㄓㄠ ㄓ ㄏㄨㄢˋ）

解釋 朝：日；天。指沒有預警而發生的禍害。

詞源 《孟子．離婁下》：「君子有終身之憂，而無一朝之患。」大意是說：君子一生擔心對國家社會應負的責任沒有完了，所以一生都處於憂慮中，因此就不會想到個人突遭禍害的問題。

用法 比喻突然發生的禍患。

範例 唉！人生苦短，何必成天擔心一朝之患的事呢？

平地風波（ㄆㄧㄥˊ ㄉㄧˋ ㄈㄥ ㄅㄛ）

解釋 風波：本是風息和水波，後引申作禍害。指地面上無端興起的風和水波。

詞源 《封神演義．三十回》：「紂王見賈氏墜（墜，音ㄓㄨㄟˋ，從高處摔下）樓而死，好懊惱（悔恨；怨恨），平地風波，悔之不及。」大意是說：紂王對賈氏起了色心，賈氏為了保存名節，從高樓

1. （　　　）「池魚之央」，請改正這句成語中的錯字。 ➡殃
2. （　　　）飛來「橫」禍，請寫出括號中的注音。 ➡ㄏㄥˋ
3. （　　　）禍從天「降」，請寫出括號中的注音和解釋。 ➡ㄐㄧㄤˋ、降臨
4. （　　　）人如果心眼狹窄，看待任何人都是□□□□。空格中應填入 A.輕於鴻毛 B.網開一面 C.心腹之患 D.撲朔迷離。 ➡C

摔下而死，紂王見了非常懊悔，無預警發生這種事，真讓人措手不及，但是後悔也來不及了。

用法 形容禍害無預警的發生，讓人措手不及。

範例 人人都應該學習，如何化解平地風波的危機。

池魚之殃（ㄔˊ ㄩˊ ㄓ ㄧㄤ）

解釋 殃：災禍；禍害。指池塘中的魚兒也遭到禍害。

詞源 《剪燈新話．三山福地志》：「汝（你）宜擇地而居，否則恐預（事先預防）池魚之殃。」大意是說：你應該要選擇善地居住，不然恐怕要事先預防遭到無端的禍害。

用法 形容無辜的人被牽連其中，而遭到禍害。

範例 他們吵得不可開交，旁人卻遭到池魚之殃，被打了一拳。

提示 「池魚之殃」的「殃」不可以寫成「插秧」的「秧」。

波及無辜（ㄅㄛ ㄐㄧˊ ㄨˊ ㄍㄨ）

解釋 波及：無端被牽連。無辜：無罪卻被冤枉。指無端被牽扯到其中。

用法 形容牽連到無辜的人。

範例 警察在圍捕歹徒時，為防止波及無辜，嚴禁民眾進入警戒區。

提示 「波及無辜」的「辜」不可以寫成「孤單」的「孤」。

城門失火（ㄔㄥˊ ㄇㄣˊ ㄕ ㄏㄨㄛˇ）

解釋 指城門發生火災。

詞源 北齊．杜弼．《檄梁文》：「但（只）恐楚國亡（逃跑）猿，禍延林木；城門失火，殃及池魚。」大意是說：恐怕楚國人為了逼迫猿猴奔逃出山林，可能會做出傷害林木的事情。而城門發生大火後，為了要趕緊滅火，人們用護城河的水來救火，結果火滅了，河中的魚兒也都死掉了。

用法 比喻無端波及禍害。

範例 你和爆竹工廠為鄰，如果發生城門失火的事，該怎麼辦？

飛來橫禍（ㄈㄟ ㄌㄞˊ ㄏㄥˋ ㄏㄨㄛˋ）

解釋 橫禍：意外災害。指無端遭逢意外災禍。

詞源 范曄．《後漢書．周榮傳》：「故常敕（敕，音ㄔˋ，告誡）妻子，若卒（卒，音ㄘㄨˋ，突然。通「猝」）遇飛禍，無（不）得殯（殯，音ㄅㄧㄣˋ，屍體放入棺木，但是還沒有安葬）斂（斂，音ㄌㄧㄢˋ，將死人放入棺木中）。」大意是說：周榮常常告誡妻子，如果自己突然遭遇不測的話，就不要幫他安葬了。

用法 形容意料之外的禍害。

範例 他夢見自己散步時，沒想到飛來橫禍，被磚塊砸傷了。

禍從天降（ㄏㄨㄛˋ ㄘㄨㄥˊ ㄊㄧㄢ ㄐㄧㄤˋ）

解釋 指禍害突然從天上降臨。

詞源 《醒世恆言．卷二十》：「正是：閉（關）門家中坐，禍從天上來。」

用法 形容無端發生的災禍。

範例 他在上課，沒想到被窗外飛進的球打中，真是禍從天降呀！

(四)比喻「禍在眼前」

心腹之患（ㄒㄧㄣ ㄈㄨˋ ㄓ ㄏㄨㄢˋ）

解釋 心腹：體內。指身體內部所

1.（　　）「禍起肅牆」，請改正這句成語中的錯字。　➡蕭

2.（　　）變生肘「腋」，請寫出括號中的注音。　➡ㄧㄝˋ

3.（　　）人生難免□□□□，何必畏縮呢？空格中應填入A.說說唱唱 B.嬉笑怒罵 C.鋒芒畢露 D.風風雨雨。　➡D

4.（　　）「滿塵風雨」，請改正這句成語中的錯字。　➡城

產生的禍患。

詞源 范曄·《後漢書·陳蕃傳》：「今寇賊在外，四支之疾，內政不理，心腹之患。」大意是說：現在盜寇在境外侵擾，國家的四肢已經罹患疾病，如果內政再不整治，將成為近身的禍害。

用法 比喻危險的禍患。

範例 人如果心眼狹窄，看待任何人都是**心腹之患**。

提示 「心腹之患」也作「心腹大患」、「心腹之憂」。

禍起蕭牆（ㄏㄨㄛˋ ㄑㄧˇ ㄒㄧㄠ ㄑㄧㄤˊ）

解釋 蕭牆：古代宮室中擋門的小牆。指禍害從內部產生。

詞源 《論語·季氏》：「吾恐季孫（魯國掌權的人）之憂（憂慮；擔憂）不在顓臾（顓臾，音ㄓㄨㄢ ㄩˊ，指國名），而在蕭牆之內也。」大意是說：我恐怕季孫氏要擔憂的不是顓臾國，而是自己國家內部的問題。

用法 形容禍害就產於近身，並不容易防範。

範例 公司發生龐大的財務危機，其實是**禍起蕭牆**。

提示 「禍起蕭牆」的「蕭」不可以寫成「洞簫」的「簫」。

變生肘腋（ㄅㄧㄢˋ ㄕㄥ ㄓㄡˇ ㄧㄝˋ）

解釋 變：災禍；災難。生：產生。肘：上臂跟下臂相交接的地方。腋：肩和臂交接處，俗稱「胳肢窩」。指災禍就產生於肘和腋等近身的地方。

詞源 宋·辛棄疾·《美芹十論》：「不幸變生肘腋，事乃大謬（謬，音ㄇㄧㄡˋ，差錯；不合情理）。」大意是說：不幸的是災難從近身發生，這是很不合情理的事情。

用法 比喻禍患就發生在身邊。

範例 危機常來自於**變生肘腋**，你知道嗎？

提示 「變生肘腋」的「腋」讀作ㄧㄝˋ，不可以讀作ㄧˋ。

(五) 比喻「生活不安寧」

風風雨雨（ㄈㄥ ㄈㄥ ㄩˇ ㄩˇ）

解釋 指天氣不穩定，風雨不斷。

詞源 《隋唐演義·五二回》：「深鎖（關）幽（靜雅；沉靜）窗，遍青山，愁腸滿目。甚（通「什」）來由（原因），風風雨雨，亂人心曲。」大意是說：將窗戶緊鎖，因為不想看見青翠的高山，這只會增加心中的愁緒。到底是什麼原因呢？因為風波不斷，無法過安寧的生活，把我的心情都給攪亂了。

用法 ①比喻天氣的狀況不好。②形容風波不斷，無法過平靜的生活。

範例 人生難免**風風雨雨**，何必畏縮呢？

滿城風雨（ㄇㄢˇ ㄔㄥˊ ㄈㄥ ㄩˇ）

解釋 風雨：①颳風下雨。②風波。指鬧得滿城都是風波。

詞源 宋·惠洪·《冷齋夜話》：「昨日清臥，聞攪（攪，音ㄐㄧㄠˇ，擾亂）林風聲，遂（於是）起提壁曰：滿城風雨近重陽。」大意是說：昨天晚上躺在床上，聽到狂風擾亂樹林的聲音，於是起床提筆在牆壁上寫著：深秋時的風雨交作，應該離重陽節不遠了。

1.（　　）「雞犬不靈」，請改正這句成語中的錯字。 ➡寧
2.（　　）形容混亂的局面，叫□飛□跳。 ➡雞、狗
3.（　　）「付之一拒」，請改正這句成語中的錯字。 ➡炬
4.（　　）「回碌之災」，請改正這句成語中的錯字。 ➡祿
5.（　　）「灰飛湮滅」，請改正這句成語中的錯字。 ➡煙

用法 ①形容狂風大雨。②形容事情傳遍各處，人們議論紛紛。

範例 這件貪汙案鬧得滿城風雨，已經成為社會新聞。

雞犬不寧（ㄐㄧ ㄑㄩㄢˇ ㄅㄨˋ ㄋㄧㄥˊ）

解釋 犬：狗。寧：安靜。指雞跟狗都不能安靜地過生活。

詞源 《水滸後傳．一六回》：「你兄弟窩藏強盜，鬧了兩座軍州……官府著（著，音ㄓㄨㄛˊ，派人）各地搜緝（緝，音ㄑㄧˋ，抓），攪得雞犬不寧。」

用法 比喻生活不寧靜，時時都受人騷擾。

範例 拜託你安靜點，別把家裡攪得雞犬不寧。

雞飛狗跳（ㄐㄧ ㄈㄟ ㄍㄡˇ ㄊㄧㄠˋ）

解釋 指雞與鴨因為受到驚嚇，所以四處飛竄（竄，音ㄘㄨㄢˋ，逃走）及跳動。

詞源 《痛史》：「你看前兩天那種搜索的樣子，只就我們歇宿的那一家客寓（住所），已經是鬧得雞飛狗走（跑）……。」

用法 形容混亂的局面。

範例 事情既然發生了，你們急得雞飛狗跳又有什麼用呢？

提示 「雞飛狗跳」也作「雞飛狗走」。

(六) 比喻「發生火災」

付之一炬（ㄈㄨˋ ㄓ ㄧˊ ㄐㄩˋ）

解釋 付：送給。炬：大火。指全部的努力都被一把火給破壞了。

詞源 清．淮陽百一居士．《壺天錄．卷上》：「除夕，京師富家競購千竿爆竹，付之一炬。」大意是說：除夕的時候，京師富有人家竟然購買千竿的爆竹來施放，結果用一把火就讓爆竹完全消失了，真是浪費。

用法 形容被火燒毀，或努力的成果全部泡湯。

範例 一場大火，使得所有的書籍付之一炬。

回祿之災（ㄏㄨㄟˊ ㄌㄨˋ ㄓ ㄗㄞ）

解釋 回祿：火神名。指遭遇到火災。

詞源 宋．朱熹．《答包定之書》：「近聞永嘉有回祿之災，高居不至驚恐否？」大意是說：最近聽說永嘉遭遇了火災，不知他有無受到驚嚇呢？

用法 比喻發生火災。

範例 一旦發生戰爭，建築物往往毀於回祿之災。

提示 「回祿之災」的「祿」不可以寫成「忙碌」的「碌」。

灰飛煙滅（ㄏㄨㄟ ㄈㄟ ㄧㄢ ㄇㄧㄝˋ）

解釋 指像灰一樣地飄到遠處，像煙一樣地消失在高空。

詞源 宋．蘇軾．《念奴嬌．赤壁懷古》：「羽扇綸巾（巾，音ㄍㄨㄢ，用青絲帶做成的頭巾。），談笑間，檣（檣，音ㄑㄧㄤˊ，船上的桅杆）櫓（櫓，音ㄌㄨˇ，可以讓船前進的器具）灰飛煙滅。」大意是說：諸葛亮閒散風雅（有些學者稱羽扇綸巾者為周瑜），在談笑之間指揮若定，很快就燒掉曹軍的大船，立下汗馬功勞。

用法 形容經過大火的摧殘後，事物就如灰、煙一樣，徹底被消滅。

1.（　　）以下成語何者是比喻火災 A.祝融為虐 B.舞馬之災 C.河伯為患 D.天災人禍。　➡A、B

2.（　　）「氾爛成災」，請改正這句成語中的錯字。　➡濫

3.（　　）歐洲□□□□，發生近百年來最嚴重的水災。空格中應填入 A.舞馬之災 B.波臣肆虐 C.水中撈月 D.水泄不通。　➡B

範例 往事從此灰飛煙滅，不留在我記憶的盒子裡。

祝融為虐（ㄓㄨˋ ㄖㄨㄥˊ ㄨㄟˊ ㄋㄩㄝˋ）

解釋 祝融：火神，相傳生前是黃帝身邊的大將。虐：災害。指發生火災，釀（釀，音ㄋㄧㄤˋ，事情逐漸產生）成災禍。

用法 形容火災的為害。

範例 林區一旦發生祝融為虐，火勢往往不可收拾。

提示 「祝融為虐」也作「祝融弄舞」。

舞馬之災（ㄨˇ ㄇㄚˇ ㄓ ㄗㄞ）

解釋 舞：起火燃燒。馬：引申作火。指火焰如馬在飛舞跳躍，燃燒得很旺盛。

詞源 《晉書．索紞（紞，音ㄉㄢˇ）傳》：「黃平問紞曰：『我昨夜夢舍（家）中馬舞，數十人向馬拍手，此何祥（預兆）也？』紞曰：『馬者火也，舞為火起，向馬拍手，救火人也。』」大意是說：黃平曾經向索紞詢問：「我昨天晚上夢到家中的馬舞動著身軀，有數十個人向馬拍手，這是怎樣的預兆呢？」，索紞說：「馬就代表火，馬舞動身軀就代表發生火災，向馬拍手，就是指前來救火的人。」

用法 形容發生火災。

範例 天乾地燥，小心舞馬之災。

(七) 比喻「水患肆虐」

氾濫成災（ㄈㄢˋ ㄌㄢˋ ㄔㄥˊ ㄗㄞ）

解釋 氾濫：大水破堤而出，造成災害。同「泛濫」。指大水衝破堤防流出，造成水災。

用法 形容大水造成的災害。

範例 颱風季節即將來臨，大家要嚴防雨水氾濫成災。

河伯為患（ㄏㄜˊ ㄅㄛˊ ㄨㄟˊ ㄏㄨㄢˋ）

解釋 河伯：水神名。指水神在水中作亂。

詞源 《抱朴子》：「馮夷以（因為）八月上庚日渡（過）河溺死，天帝署（簽；題）為河伯。」大意是說：馮夷在八月上庚日過河的時候慘遭溺斃，於是玉皇大帝就簽署他來當水神。

用法 視為水災的表徵。

範例 黃河年年發生河伯為患，苦了兩岸的居民。

波臣肆虐（ㄅㄛ ㄔㄣˊ ㄙˋ ㄋㄩㄝˋ）

解釋 肆虐：恣意虐害。指水神的危害。

詞源 《莊子》：「莊周曰：『激（水衝擊）西江之水而迎（歡迎；迎接）子（你）可乎？』鮒魚曰：『我東海之波臣也。』」。大意是說：莊周因為窮得無飯可吃，於是向監河侯借粟，監河侯爽快的答應，他說：「我將要得到邑金，如果拿到，就借你三百金，可以嗎？」莊子聽了很生氣地說：「我昨天在路上遇到一位叫鮒魚的人，他自稱是東海的水臣，向我施捨一些水來救活他，結果我跟他說：『待我向南方遊說吳越兩王，再引西江的大水來救活你，好嗎？』」鮒魚聽了非常不高興，認為周有意拖延……。莊子舉此例，主要是表達對監河侯的不滿。

用法 形容水災的危害。

範例 歐洲波臣肆虐，發生近百年

1.（　　）比喻招災引禍，叫自□惡□。 ➡食、果

2.（　　）「作法自弊」，請改正這句成語中的錯字。 ➡斃

3.（　　）人們唯有敞開心胸，才不會□□□□，深陷苦海。空格中應填入A.作繭自縛B.一了百了C.苦盡甘來D.墨守成規。 ➡A

4.（　　）「自坐自受」，請改正這句成語中的錯字。 ➡作

來最嚴重的水災。

(八)比喻「招災引禍」

引水入牆（ㄧㄣˇ ㄕㄨㄟˇ ㄖㄨˋ ㄑㄧㄤˊ）

解釋 指將水引到牆內。

詞源 《兒女英雄傳．四回》：「這不是我自己引水入牆，開門揖（揖，音一，邀請）盜（此句成語也是自招禍害的意思）嗎？」。

用法 牆壁久經水蝕，必定影響屋子的結構，而「引水入牆」是形容將禍害引入家中。

範例 你找唯利是圖的人管財務，這不是引水入牆嗎？

引狼入室（ㄧㄣˇ ㄌㄤˊ ㄖㄨˋ ㄕˋ）

解釋 狼：一種兇惡的動物，其外形如狗，也可以引申作「禍害」。指將禍害引到家中。

用法 比喻自己招引禍害。

範例 網路交友潛伏著許多的危機，必須提防引狼入室。

引鬼上門（ㄧㄣˇ ㄍㄨㄟˇ ㄕㄤˋ ㄇㄣˊ）

解釋 鬼：人往生後的魂魄，後引申作壞人。指將壞人引到家中。

詞源 《初刻拍案驚奇．卷二二》：「吾等本好意，卻叫得『引鬼上門』，我而今不便追究，只不理他罷了。」

用法 形容招引禍害。

範例 結交壞朋友，就容易惹是生非，如同引鬼上門，沒有好事。

自作自受（ㄗˋ ㄗㄨㄛˋ ㄗˋ ㄕㄡˋ）

解釋 指自己做錯的事情，就要去承擔後果。

詞源 《警世通言．五卷》：「逆（違背）弟賣妻，也是自作自受，的（的確）然不爽（差）。」大意是說：品性不佳的弟弟將妻子賣掉了，這也是一種自作自受的罪，從古至今就沒有改變。

用法 形容禍害是自取的，受罪也怨不得他人。

範例 他愛亂花錢，所以入不敷出，這是自作自受呀！

自食惡果（ㄗˋ ㄕˊ ㄜˋ ㄍㄨㄛˇ）

解釋 食：吃。惡：不好的；壞的。指自己闖的壞事，自己就要承擔。

用法 比喻自己招來災禍。

範例 「惡有惡報」這句話是警誡人如果做壞事，將自食惡果。

作法自斃（ㄗㄨㄛˋ ㄈㄚˇ ㄗˋ ㄅㄧˋ）

解釋 作：制定。自斃：自己害自己受死。指自己制訂的法律，沒想到受害的卻是自己。

詞源 《二十年目睹之怪現狀．十三回》：「怎奈此時官場中人，十居其九（十個有九個）是吃（抽）煙的，那一個肯建這個政策作法自斃呢？」。

用法 形容自己招來禍害，自作自受。

範例 當年商鞅作法自斃，悔不當初。

提示 「作法自斃」的「斃」不可以寫成「錢幣」的「幣」或「作弊」的「弊」。

作繭自縛（ㄗㄨㄛˋ ㄐㄧㄢˇ ㄗˋ ㄈㄨˊ）

解釋 繭：小蠶吐絲，將自己包在橢圓形的絲巢中。縛：限制。指蠶兒吐絲，卻將自己困在橢圓形的蠶

1.（　　）「就由自取」，請改正這句成語中的錯字。 ➡咎
2.（　　）「飛蛾投火」可以用來比喻哪種人員 A.外交官 B.消防員 C.美容師 D.銷售員。 ➡B
3.（　　）「開門依盜」，請改正這句成語中的錯字。 ➡揖
4.（　　）引「鴆」止渴，請寫出括號中的注音和解釋。 ➡ㄓㄣˋ、毒酒

絲中。

詞源 宋．陸游．《書嘆》：「人生如春蠶，作繭自縛裹（裹，音ㄍㄨㄛˇ，包纏）。」大意是說：人生就像春蠶一樣，吐絲之後就將自己包在絲巢之中，無形中把自己給束縛了。

用法 ①形容人作了某事，反而自己遭受傷害。②比喻自我束縛。

範例 人們唯有敞開心胸，才不會作繭自縛，深陷苦海。

提示 「作繭自縛」也作「作繭自纏」。

咎由自取（ㄐㄧㄡˋ ㄧㄡˊ ㄗˋ ㄑㄩˇ）

解釋 咎：禍害。指禍害是由自己招引來的。

詞源 《二十年目睹之怪現狀．七〇回》：「然而據我看來，他實在是咎由自取。」

用法 形容自取其禍。

範例 他平日不用功，現在才開夜車讀書，難道不是咎由自取嗎？

虎口拔牙（ㄏㄨˇ ㄎㄡˇ ㄅㄚˊ ㄧㄚˊ）

解釋 指在老虎的嘴巴之前拔虎牙。

用法 ①形容行為太過大膽。②形容自己招來禍害。

範例 招惹惡人如同是虎口拔牙，不能不謹慎。

飛蛾投火（ㄈㄟ ㄜˊ ㄊㄡˊ ㄏㄨㄛˇ）

解釋 蛾：蠶兒吐絲之後，變成有翅的飛蟲。投：奔向。指飛蛾奔向有火焰的地方。

詞源 《金瓶梅詞話．十七回》：「不然進入他家，如飛蛾撲火一般，坑（陷害）你上不上，下不下，那時悔之晚矣。」大意是說：他進入你家之後，你就等於自尋死路一樣，他會害得你上不上，下不下的，到時候後悔都來不及了。

用法 飛蛾是一種趨光性的昆蟲，如果撲向火源，無異是自尋災禍。這句成語是比喻自投險境。

範例 你沉迷電玩，就像飛蛾投火般不知危險。

提示 「飛蛾投火」也作「飛蛾赴火」、「飛蛾撲火」。

開門揖盜（ㄎㄞ ㄇㄣˊ ㄧ ㄉㄠˋ）

解釋 揖：邀請。指打開大門，請強盜進入屋內。

詞源 《東周列國志》：「申公借兵失策，開門揖盜，使其焚燒宮闕（闕，音ㄑㄩㄝ，帝王所住的地方。），戮（戮，音ㄌㄨˋ，殺害；侮辱）及先王，此不共之仇也。」大意是說：申公不當引入犬戎的兵馬，這是失策的地方，這些軍隊進入國土之後，焚燒君王所居住的地方，同時也侮辱到先王，這已經與我們結下不共戴天之仇。

用法 比喻自己引來禍害。

範例 這件事請你三思，以免犯下開門揖盜的大錯。

提示 「開門揖盜」的「揖」讀作ㄧ，不可以讀作ㄐㄧ。

飲鴆止渴（ㄧㄣˇ ㄓㄣˋ ㄓˇ ㄎㄜˇ）

解釋 鴆：毒酒。指為了止渴竟然喝下毒酒。

詞源 范曄．《後漢書．霍諝（諝，音ㄒㄩˇ）傳》：「譬猶療饑於附子（植物名。當作藥用時，必須經過炮製，否則會引起心臟麻痺），止渴於鴆毒，未入腸胃，已絕咽喉，

1.（　　）以下哪則成語並非客套話A.大駕光臨B.蓬蓽生輝C.請君入甕D.三顧茅廬。 ➡C
2.（　　）「多言多拜」，請改正這句成語中的錯字。 ➡敗
3.（　　）「言多必死」，請改正這句成語中的錯字。 ➡失
4.（　　）「禍從口初」，請改正這句成語中的錯字。 ➡出

豈（怎）可為哉？」大意是說：就好像吃附子來止飢，用毒酒來止渴，這些東西還沒有進入腸胃，只到咽喉的部位就已經氣絕身亡，這怎麼可以呢？

用法 比喻自尋死路。

範例 為了抒解壓力，卻吸食毒品，根本就是飲鴆止渴嘛！

請君入甕（ㄑㄧㄥˇ ㄐㄩㄣ ㄖㄨˋ ㄨㄥˋ）

解釋 君：對人的尊稱。甕：腹大口小的容器。指請人進入甕中。

詞源 《資治通鑑．唐紀．則天后天授二年》：「俊臣乃索（求得）大甕，火圍如興法，因起謂興曰：『有內狀推兄，請君入此甕。』興惶恐叩頭伏罪。」大意是說：唐代武后在位的時候，有人密告文昌右丞周興跟丘神績有密謀，武后於是請來俊臣偵辦這個案子。有一次來俊臣與周興一起吃飯，他告訴周興說：「現在犯罪的人多不承認罪行，該如何使他們招供呢？」周興聽了馬上說：「這很簡單，只要拿個大甕，四周的木炭燒熱，然後請罪犯進入甕中，沒有人不會招供的。」來俊臣聽了馬上請人拿來大甕，並且照周興所說的方法，在甕的四周加熱，接著告訴周興說：「有人密報你謀反，請兄進入到甕中。」周興聽到之後馬上伏首認罪。

用法 使用對方所提供的方法來整治對方，也就是所謂的「以其人之道，還治其人之身」。這句成語是比喻自招禍害。

範例 對待壞心眼的人，不如也來個請君入甕，加以懲罰。

(九) 比喻「言語不慎」

多言多敗（ㄉㄨㄛ ㄧㄢˊ ㄉㄨㄛ ㄅㄞˋ）

解釋 敗：災禍及麻煩。指話太多容易引來許多的禍害。

詞源 《孔子家語．觀周》：「無多言，多言多敗。無多事，多事多患。」大意是說：不要太多話，說太多話容易招來禍害。也不要太多事，太多事容易引來禍患。

用法 比喻多說多錯。

範例 古人說：「沉默是金」，因為多言多敗呀！

言多必失（ㄧㄢˊ ㄉㄨㄛ ㄅㄧˋ ㄕ）

解釋 必失：一定會失去真實。指多話一定會失去真實度。

詞源 明．朱伯盧．《朱子家訓》：「處世（在社會上跟別人相處）戒（革除）多言，多言必失。」大意是說：在社會上跟人家相處一定要改掉多話的壞習慣，因為話多容易引起不必要的麻煩。

用法 比喻容易招來禍害或麻煩。

範例 言多必失，你了解這個道理嗎？

禍從口出（ㄏㄨㄛˋ ㄘㄨㄥˊ ㄎㄡˇ ㄔㄨ）

解釋 指有些禍害是因為亂說話引起的。

詞源 唐．《孔穎達疏》：「先儒（有專門學士的人）云：『禍從口出，患（疾病）從口入。』」大意是說：先儒們曾經說過：「禍害是因為說話不慎所引起的，疾病卻是從嘴巴吃進去的食物所引發的。」

用法 比喻出言不慎將引起禍害。

範例 請你冷靜，小心禍從口出，惹來禍害。

1.（　　）地震後又有強颱來襲，這種情況可以用哪則成語來形容 A.春光明媚 B.白裡透紅 C.蒸蒸日上 D.雪上加霜。 ➡D

2.（　　）「避井入坑」，請改正這句成語中的錯字。 ➡阱

3.（　　）他是那種□□□□的人，做事很衝動。空格中應填入 A.一丘之貉 B.血口噴人 C.玉石俱焚 D.投機取巧。 ➡C

提示 「禍從口出」也作「禍從口生」。

(十)比喻「災難連連」

雪上加霜（ㄒㄩㄝˇ ㄕㄤˋ ㄐㄧㄚ ㄕㄨㄤ）

解釋 指下雪已經造成不方便，沒想到雪還沒有融化，又下起霜了。

詞源 《鏡花緣・五一回》：「一連斷餐兩日，並未遇著一船。正在驚慌，偏又轉了迎面大風，真是雪上加霜。」

用法 比喻災禍之後，又再遭受另一次打擊。

範例 地震過後，又來了颱風，真是雪上加霜。

禍不單行（ㄏㄨㄛˋ ㄅㄨˋ ㄉㄢ ㄒㄧㄥˊ）

解釋 單：單獨。指禍事一定接連而來。

詞源 《傳燈錄》：「禍不單行，福無雙至。」大意是說：禍事會接連而來，而福氣等好事卻不會雙重出現。

用法 比喻災難接連不斷。

範例 旅行的途中迷路了，車子卻又拋錨，真是禍不單行。

提示 「禍不單行」通常與「福無雙至」連用。

避阱入坑（ㄅㄧˋ ㄐㄧㄥˇ ㄖㄨˋ ㄎㄥ）

解釋 阱：陷阱。入：掉落。指避開陷阱卻又掉入坑洞。

詞源 漢・焦延壽・《易林・益》：「避阱入坑，憂患日（逐日）生。」大意是說：避開別人所設的陷阱，卻又掉入坑洞，憂患就這樣一天一天地產生。

用法 比喻躲過了一害，又來了一劫。

範例 船為了避開颱風來襲的航道，卻避阱入坑，駛進暗礁區。

提示 「避阱入坑」也作「避坑落井」。

(十一)比喻「同歸於盡」

玉石同沉（ㄩˋ ㄕˊ ㄊㄨㄥˊ ㄔㄣˊ）

解釋 玉石：指有價值跟沒有價值的東西。指玉跟石頭都一起沉入大海。

詞源 《梁書・元帝紀》：「芝（靈芝）艾（古人認為是沒有價值的草）俱燼（焚燒）；……玉石同沉。」大意是說：不管好壞，一同毀掉。

用法 比喻不分好或壞，都同時被毀滅。

範例 你何苦做出玉石同沉，兩敗俱傷的事呢？

玉石俱焚（ㄩˋ ㄕˊ ㄐㄩˋ ㄈㄣˊ）

解釋 俱：都。焚：燒掉。指珍貴的玉和一般的石頭都被焚毀。

詞源 《李自成・一卷・十二章》：「如若爾等（你們）執迷不悟，膽敢抗命不降，一聲令下，四面大軍殺上山來，玉石俱焚，老弱不留，爾等（你們）就悔（後悔）之晚矣。」

用法 比喻無論好或壞，都一律燒毀。

範例 他是那種玉石俱焚的人，做事很衝動。

提示 「玉石俱焚」也作「玉石俱碎」、「玉石俱燼」（燼：音ㄐㄧㄣˋ，物質燃燒後剩下的東西）。

1.（　　　）「藍艾同焚」，請改正這句成語中的錯字。 ➡蘭
2.（　　　）「一綱打盡」，請改正這句成語中的錯字。 ➡網
3.（　　　）「趕盡殺決」，請改正這句成語中的錯字。 ➡絕
4.（　　　）片「甲」不留，請寫出括號中的引申義。 ➡軍隊
5.（　　　）「軋草除根」，請改正這句成語中的錯字。 ➡斬

蘭艾同焚（ㄌㄢˊ ㄞˋ ㄊㄨㄥˊ ㄈㄣˊ）

解釋 艾：草名，為多年生的草，葉製成艾絨，可供針灸用。古代人將此草視為賤草。指蘭草與艾草一同歸於毀滅。

詞源 《晉書．孔坦傳》：「蘭艾同焚，賢愚所嘆。」大意是說：蘭草與艾草一同被燒掉，賢能者與愚昧者將一同感嘆。

用法 比喻好壞不分，一律銷毀。

範例 人若抱著蘭艾同焚的心態，一定很孤獨。

(十) 比喻「完全消滅」

一網打盡（ㄧˋ ㄨㄤˇ ㄉㄚˇ ㄐㄧㄣˋ）

解釋 指用一個網子將全部的魚都捉完。

詞源 《東軒筆錄》：「劉元瑜既彈（彈劾）蘇舜欽，連坐（一人犯法，連帶使大家受罪）者甚眾，同時俊彥（俊秀的人士），為之一空（全不見了），劉見宰相曰：『聊（姑且；暫且）為相公一網打盡。』」大意是說：劉元瑜不久就彈劾蘇舜欽，一時之間連坐受罪的人很多，朝廷中的俊秀之士都不見了，劉元瑜後來見到宰相就說：「我已經替相公將異己排除，沒有任何遺漏的。」

用法 ①比喻大力捕捉，沒有遺漏。②比喻極力地剷除異己。

範例 警方經過嚴密的策劃，終於將歹徒一網打盡。

寸草不留（ㄘㄨㄣˋ ㄘㄠˇ ㄅㄨˋ ㄌㄧㄡˊ）

解釋 指一根極小的草都不留下來。

詞源 《兒女英雄傳．十一回》：「如今天理昭彰（過去、現在、未來的報應因果循環，非常清楚、明白），惹著了這位殺人如戲（將殺人視同遊戲）的十三妹，殺了個寸草不留，自在逍遙的走了。」

用法 形容消滅殆盡。

範例 古時如果鬧蝗災，農作物往往寸草不留。

片甲不留（ㄆㄧㄢˋ ㄐㄧㄚˇ ㄅㄨˋ ㄌㄧㄡˊ）

解釋 片：少；小。甲：戰士穿的護身衣，後引申作軍隊。指連一個士兵都不能存活。

詞源 《說岳全傳．六〇回》：「別的功勞休（不要）說，如今朱仙鎮上二百萬金兵，我們捨命爭先，殺得他們片甲不留……。」

用法 比喻戰鬥潰敗，全軍覆沒。

範例 我校的排球隊士氣如虹，殺得對手片甲不留。

提示 「片甲不留」也作「片甲不存」。

斬草除根（ㄓㄢˇ ㄘㄠˇ ㄔㄨˊ ㄍㄣ）

解釋 斬：割；除。指除草的時候，連根部都要拔除。

詞源 《五代史平話．梁上》：「斬草若不除根，春至萌芽再發！」大意是說：除草若不將根部拔除，等春天來臨，一定還會再發芽。

用法 比喻徹底除掉禍患。

範例 告訴自己可以將悲傷的回憶斬草除根，做個快樂的人。

趕盡殺絕（ㄍㄢˇ ㄐㄧㄣˋ ㄕㄚ ㄐㄩㄝˊ）

解釋 趕盡：追趕對方，逼迫到無路可逃。殺絕：全部無情的殺光。

1.（　　）以下哪則成語是比喻處境危險A.九牛一毛B.九死一生C.九世之仇D.九霄雲外。　➡B
2.（　　）「千均一髮」，請改正這句成語中的錯字。　➡鈞
3.（　　）危如「累」卵，請寫出括號中的注音和解釋。　➡ㄌㄟˇ、累積
4.（　　）「生死關投」，請改正這句成語中的錯字。　➡頭

指苦追到底，然後全部消滅。

詞源《野叟曝言·四二回》：「一路廝（胡亂地）殺將去，成百整千的人馬，都被他趕盡殺絕。」大意是說：一路胡亂地砍殺，成百上千的人都被他消滅了。

用法 比喻徹底的消滅。

範例 人類文明的擴張，有時候是將大自然的生態趕盡殺絕。

提示 ①「趕盡殺絕」也作「斬盡殺絕」。②「趕盡殺絕」的「盡」不可以寫成「儘管」的「儘」。

(三)比喻「處境危險」

九死一生（ㄐㄧㄡˇ ㄙˇ ㄧ ㄕㄥ）

解釋 九：引申作「多」的意思。指死掉的機會比生存的機會多。

詞源 金·元好問·《秋夜》：「九死餘生氣息存，蕭條（冷清）門巷似（好像）荒村。」大意是說：經過這麼危險的境地還能生存下來，冷冷清清的門巷就如同沒有人居住的荒村一樣。

用法 比喻極度危險的環境。

範例 警察冒著**九死一生**的危險，成功地救出人質。

千鈞一髮（ㄑㄧㄢ ㄐㄩㄣ ㄧ ㄈㄚˇ）

解釋 鈞：古代的重量單位，一鈞相當於三十斤重。指將三十斤重的物品吊在一根細小的頭髮上。

詞源《韓愈予孟尚書書》：「孟子危如一髮引千鈞。」大意是說：孟子的處境有如一根頭髮吊著千鈞重的物體，隨時可能掉落下來。

用法 比喻處在危險的環境下，已經命在旦夕。

範例 就在**千鈞一髮**的時刻，溺水的人被救了起來。

提示 「千鈞一髮」的「鈞」不可以寫成「倒掛金鉤」的「鉤」。

生死存亡（ㄕㄥ ㄙˇ ㄘㄨㄣˊ ㄨㄤˊ）

解釋 指是生或是死；是倖存或是死亡。

詞源《左傳·定公十五年》：「夫（語助詞，無意義）禮，死生存亡之體（本質；本體）也。將左右（影響；支配）周旋（應酬；對付），進退俯仰（生活起居的意思）……。」大意是說：「禮」是人們生存或死亡的本質，它將左右人與人之間的應對，而人們生活中的進退也深受影響。

用法 形容情勢危急。

範例 他在**生死存亡**之際，燃起了強烈的求生意志。

生死關頭（ㄕㄥ ㄙˇ ㄍㄨㄢ ㄊㄡˊ）

解釋 關頭：事情進行時的重要部分。指是生或是死的決定時刻。

詞源 明·瞿式耜（耜，音ㄙˋ）·《浩氣吟》：「生死關頭豈（難道）待商！」大意是說：城破之後，瞿式耜已懷有必死的決心，所以他說：「是生或是死亡已經很危急，哪還有時間商討呢？」

用法 比喻極度危險的生死時刻。

範例 拜託！你在**生死關頭**的時刻，還有心情開玩笑？

危如累卵（ㄨㄟˊ ㄖㄨˊ ㄌㄟˇ ㄌㄨㄢˇ）

解釋 累：累積。指危險的處境有如堆積起來的蛋，隨時可能會崩塌。

詞源《梁書·侯景傳·列傳五〇》：「眾不足以自強，危如累

1.（　　　）「危疾存亡」，請改正這句成語中的錯字。 ➡急
2.（　　　）「急急可危」，請改正這句成語中的錯字。 ➡岌岌
3.（　　　）這件事□□□□，千萬別耽擱了。空格中應填入A.束之高閣 B.深入淺出 C.揮汗成雨 D.刻不容緩。 ➡D
4.（　　　）形容非常的危險，叫□人□馬。 ➡盲、瞎

卵。」大意是說：大家如果不知道自立自強，那麼情勢一定會變得很危急。

用法 比喻危險的處境。

範例 民眾觀看危如累卵的魔術表演，嚇得驚叫連連。

提示 「危如累卵」的「累」讀作ㄌㄟˇ，不可以讀作ㄌㄟˋ。

危急存亡（ㄨㄟˊ ㄐㄧˊ ㄘㄨㄣˊ ㄨㄤˊ）

解釋 危急：很危險。存：生存；存在。亡：滅亡。指情況危急，關係到生存或衰亡。

詞源 《諸葛亮．前出師表》：「今天下三分（分成三部分），益州（漢朝州名）疲弊（實力衰弱之意），此誠（實在是）危急存亡之秋（時刻）。」大意是說：如今天下分成三部分，益州實力不強，在同時面對魏國與吳國的情況下，情勢非常的危急。

用法 形容關係到生存滅亡的危險情況。

範例 當國家處於危急存亡的時候，全國百姓應該團結起來。

岌岌可危（ㄐㄧˊ ㄐㄧˊ ㄎㄜˇ ㄨㄟˊ）

解釋 岌岌：情勢危險的樣子。指山勢高峻，看起來好像會崩塌。

詞源 《孟子》：「天下殆（殆，音ㄉㄞˋ，危險）哉，岌岌乎？」大意是說：天下處於危險的局面，情勢很危急嗎？

用法 形容危險的情勢。

範例 大地震後，這棟老房子已經岌岌可危了。

提示 「岌岌可危」的「岌」不可以寫成「汲汲求取」的「汲」。

刻不容緩（ㄎㄜˋ ㄅㄨˋ ㄖㄨㄥˊ ㄏㄨㄢˇ）

解釋 刻：時間單位，十五分鐘為一刻。容：允許。指一刻的時間都不允許延緩。

詞源 清．林則徐．《親勘海塘各工片》：「臣此次親詣（詣，音ㄧˋ，進見）覆勘（勘，音ㄎㄢ，實地查看），所估各段，皆係（都是）刻不容緩之工。」大意是說：我（林則徐）這一次親自勘察工程，從所得到的資料中預估：這些工程都是很迫切需要，一刻都不能延緩進度的。

用法 比喻非常緊急的時刻。

範例 這件事刻不容緩，千萬別耽擱了。

提示 「刻不容緩」的「刻」讀作ㄎㄜˋ，不可以讀作ㄎㄜ。

盲人瞎馬（ㄇㄤˊ ㄖㄣˊ ㄒㄧㄚ ㄇㄚˇ）

解釋 指盲人騎在瞎馬的背上。

詞源 南朝宋．劉義慶．《世說新語．排調》：「盲人騎瞎馬，夜半（半夜）臨（到）深池。」大意是說：桓溫跟殷仲堪兩人相互作危語，其中有一句是：盲人騎在瞎馬的背上，半夜來到深池的岸邊。

用法 盲人本身已經看不到，現在又騎在瞎馬的背上，形容非常的危險。

範例 冒著颱風天去海釣，就像是盲人瞎馬，好危險！

風雨飄搖（ㄈㄥ ㄩˇ ㄆㄧㄠ ㄧㄠˊ）

解釋 飄搖：被風所吹搖，即動蕩不安的意思。指在風雨交加中飄蕩。

詞源 姚雪垠（垠，音ㄧㄣˊ）．《李

1.（　　　）「間」不容髮，請寫出括號中的注音和解釋。 ➡ㄐㄧㄢˋ、空隙

2.（　　　）「燃眉之疾」，請改正這句成語中的錯字。 ➡急

3.（　　　）比喻身處險境，叫□尾□冰。 ➡虎、春

4.（　　　）如果你遭遇□□□□的危機，會如何解決呢？空格中應填入 A.魚游釜中 B.一刀兩斷 C.大而無當 D.不平則鳴。 ➡A

自成·一卷·三二章》：「那時雖有也先（外族名）之患，經過土木堡（發生於明英宗時）之變，但國家的根子依然強固，全不似（像）如今這樣風雨飄搖。」

用法 ①比喻國家的局勢不穩定。②比喻情勢危險。

範例 在風雨飄搖的年代，我們屹立不倒。

間不容髮（ㄐㄧㄢˋ ㄅㄨˋ ㄖㄨㄥˊ ㄈㄚˇ）

解釋 間：空隙。指在兩物的空隙間不能容納一根頭髮。

詞源 漢·枚乘·《上書諫吳王》：「夫（你）以（用）縷（縷，音ㄌㄩˇ，細線）之任，繫（繫，音ㄐㄧˋ，懸掛）千鈞（古代三十斤為一鈞）之重……，間不容髮。」大意是說：吳王劉濞（濞，音ㄆㄧˋ）要起兵推翻漢朝，枚乘認為不太適合，所以用比喻的方式向劉式進諫，勸他打消念頭。他說：「你用一條細線來懸掛千鈞重的物品，實在太危險了，這肯定會使情勢變得非常危急，對你絕對沒有好處。」

用法 比喻非常的危急。

範例 愈是間不容髮的時刻，愈需要沉著冷靜。

提示 「間不容髮」的「間」讀作ㄐㄧㄢˋ，不可以讀作ㄐㄧㄢ。

燃眉之急（ㄖㄢˊ ㄇㄟˊ ㄓ ㄐㄧˊ）

解釋 燃：燒。指即將燃燒到眉毛般急切的災禍。

詞源 《五燈會元》：「僧問蔣山佛會：『如何是急切？』一句，曰：『火燒眉毛。』」大意是說：僧侶問蔣山有關佛會已經急切到什麼程度？蔣山回答說：「如同大火將燒到眉毛般的急切。」

用法 形容緊急的時刻。

範例 這種燃眉之急的事，你怎麼反而慢慢處理呢？

（十四）比喻「身處險境」

虎尾春冰（ㄏㄨˇ ㄨㄟˇ ㄔㄨㄣ ㄅㄧㄥ）

解釋 虎尾：腳踏在老虎的尾巴上。春冰：冬天的冰雪開始融化，雙腳卻踩在春天的薄冰上。指雙足踩在老虎尾巴及春天的薄冰上面。

詞源 《書經·君牙》：「心之憂危，若蹈（蹈，音ㄉㄠˋ，踩；踏）虎尾，涉（從水上經過）于（同「於」）春冰。」大意是說：內心對安危的擔憂，就像雙腳踩在虎尾上，或徒步於薄薄的春冰上。

用法 比喻危險的處境。

範例 即使是虎尾春冰的戰地，我也決定與你同行。

魚游釜中（ㄩˊ ㄧㄡˊ ㄈㄨˇ ㄓㄨㄥ）

解釋 釜：古代的炊具，與今日的鍋子類似。指魚兒悠游於鍋子中。

詞源 《後漢書·張綱傳》：「慶陵賊張嬰等為亂，張綱往諭（諭，音ㄩˋ，長官對下屬的命令）之曰：『相聚偷生，若（好像）魚游釜中，喘（喘，音ㄔㄨㄢˇ）息須臾（很短的時間）間耳（罷了）！』」大意是說：慶陵一帶有個叫張嬰的人做亂，張綱前往告誡他說：「你們相聚偷生，就好像魚兒身處鍋中般危險，只能求得短暫喘息的機會罷了。」

用法 形容身處險境。

範例 如果你遭遇魚游釜中的危機，會如何解決呢？

1.（　　）「燕巢暮上」，請改正這句成語中的錯字。 ➡幕
2.（　　）未雨「綢繆」，請寫出括號中的注音和引申義。 ➡ㄔㄡˊ ㄇㄡˊ、修繕
3.（　　）有備無「患」，請寫出括號中的解釋。 ➡災難
4.（　　）他做事謹慎，□□□□是常說的口頭禪。空格中應填入 A.吹毛求疵 B.人棄我取 C.三令五申 D.杜漸防微。 ➡D

提示 「魚游釜中」的「釜」不可以寫成「斧頭」的「斧」。

燕巢幕上（ㄧㄢˋ ㄔㄠˊ ㄇㄨˋ ㄕㄤˋ）

解釋 巢：築巢。指燕子築巢於帷幕上。

詞源 《左傳．襄公二十九年》：「夫子（孫文子）之在此也，猶燕之巢於幕上。」大意是說：吳國公子季札周遊列國，到了孫文子的邑（古代小國）中，聽到音樂聲，他覺得很奇怪，因為晉獻公剛死，而且還沒有下葬，於是他說：「我曾經聽說晉國正處在紛亂局勢中，德性不佳的人一定會遭殺身之禍，孫文子應該很害怕才是，怎麼還在這裡作樂呢？孫文子處在這個地方，就好像燕子將巢穴築在帷幕上，隨時都可能喪失生命。」孫文子知道之後，從此就不再聽音樂了。

用法 比喻情勢很危險，隨時可能覆滅。

範例 住在違章建築的人，就好像是燕巢幕上，隨時都會發生危險。

（十五）比喻「事先防患」

未雨綢繆（ㄨㄟˋ ㄩˇ ㄔㄡˊ ㄇㄡˊ）

解釋 綢繆：用繩子綁緊，引申為修繕。指還沒有下大雨之前，就要事先修繕門窗。

詞源 《詩經．豳（豳，音ㄅㄧㄣ）風．鴟鴞》：「迨（迨，音ㄉㄞˋ，等到）天之未（還沒有）陰雨，徹（暢通）彼桑土（適合種桑樹的土壤），綢繆牖（牖，音ㄧㄡˇ，窗戶）戶。」大意是說：趁著老天還沒有下大雨之前，要先翻鬆桑土，並且事先釘牢窗門，以免到時候發生災害。

用法 比喻事前做好準備。

範例 颱風來襲，氣象局提醒民眾要未雨綢繆，事先做好防颱準備。

提示 「未雨綢繆」的「繆」不可以寫成「謬思」的「謬」。

有備無患（ㄧㄡˇ ㄅㄟˋ ㄨˊ ㄏㄨㄢˋ）

解釋 患：災難。指事先有準備，就不會產生災難。

詞源 《左傳．襄公十一年》：「居安思危，思則有備，有備無患。」大意是說：處在安全的環境中，應該要想到發生危險時該怎麼辦？

用法 比喻只要事先準備，災難就不容易發生。

範例 俗語說：「有備無患」，出遠門時腸胃藥是必備品。

防患未然（ㄈㄤˊ ㄏㄨㄢˋ ㄨㄟˋ ㄖㄢˊ）

解釋 未然：還沒有產生。指災難還沒有產生之前，就先加以防範。

詞源 《三俠五義．十二回》：「蔣完著急道（說）：『防患未然。』……除非是此時包公死了，萬事皆休（不計較）。」

用法 比喻事先預防可能發生的危險。

範例 人人都應該具備防患未然的觀念。

杜漸防微（ㄉㄨˋ ㄐㄧㄢˋ ㄈㄤˊ ㄨㄟˊ）

解釋 杜：塞絕。漸：慢慢的。微：細小。指當不好的事情慢慢形成時，就要事先加以防範。

詞源 宋．蘇軾．《論周穜擅議配享自劾札子》：「自高後至文、景、武、宣，皆行此法，以尊宗廟

1.(　　)「居安思為」，請改正這句成語中的錯字。 ➡危
2.(　　)「績穀防饑」，請改正這句成語中的錯字。 ➡積
3.(　　)「死裡逃身」，請改正這句成語中的錯字。 ➡生
4.(　　)他是這次山難事件中，唯一□□□□的幸運者。空格中應填入A.虎口餘生 B.笨鳥先飛 C.逍遙法外 D.朝不保夕。 ➡A

(供奉神主的屋子)，重朝廷，防微杜漸……。」大意是說：從宋高宗之後，歷經文、景、武、宣等諸位帝王都實行這種方法，他們都尊崇列放神主的宗廟，同時也重視朝廷，對災害能夠事先預防。

用法 比喻有錯誤或壞事發生之前，就加以防範或制止。

範例 他做事謹慎，杜漸防微是常說的口頭禪。

提示 「杜漸防微」也作「杜漸防萌」。

居安思危（ㄐㄩ ㄢ ㄙ ㄨㄟˊ）

解釋 居安：生活於舒適的環境中。思：想到。指生活於舒適的環境中，應該要想到未來可能發生的禍害。

詞源 《左傳．襄公十一年》：「晉救鄭之危，鄭饋(饋，音ㄎㄨㄟˋ，贈送)財貨、女樂。魏絳諫(諫，音ㄐㄧㄢˋ，直言勸告)曰：『居安思危，思則有備，有備無患。』」大意是說：晉國幫鄭國解危，所以鄭國贈送許多錢財及美女給晉國，悼公為了感謝輔國有成的魏絳，於是將一半的美女送給他，但是他不願意接受，還直言向悼公說：「處在舒適的環境中應該要考慮到未來的禍患，有思考的話才會有防備，事先做好防備才不會產生禍患。」

用法 比喻處在安全的環境時，應該事先想到將來的危險。

範例 唯有居安思危，才不致於倉皇失措。

積穀防饑（ㄐㄧ ㄍㄨˇ ㄈㄤˊ ㄐㄧ）

解釋 積：儲存。穀：糧食。饑：饑荒。指儲存糧食，以防饑荒時沒有米糧可吃。

詞源 元．關漢卿．《裴度還帶．三折》：「哀哀父母，生我劬(劬，音ㄑㄩˊ，勞苦)勞，養小防老，積穀防饑。」大意是說：父母養育之恩非常辛苦，對於父母死去卻不能奉養，自己感到很懊惱，將小的養大可以在年老體衰時奉養自己，多儲存點糧食，可以在發生饑荒時度過飢餓的危機，所以凡事應該事先做好準備。

用法 比喻事先準備的重要性。

範例 人人養成儲蓄的好習慣，才能積穀防饑，作應急之用。

(六)比喻「逃離災難」

死裡逃生（ㄙˇ ㄌㄧˇ ㄊㄠˊ ㄕㄥ）

解釋 指在危險的境地中逃脫，保全性命。

用法 比喻身處危險，卻能夠保住性命。

範例 這次的死裡逃生，讓他永生難忘。

虎口餘生（ㄏㄨˇ ㄎㄡˇ ㄩˊ ㄕㄥ）

解釋 虎口：老虎的嘴巴。餘生：獲得殘存。指從兇猛的老虎嘴中，活了下來。

詞源 《三俠五義．二三回》：「你是虎口餘生，將來造化(福氣)不小。」大意是說：你能從老虎的嘴中得到生存的機會，將來一定很有福分。

用法 比喻在危險的環境中保住生命的人。

範例 他是這次山難事件中，唯一虎口餘生的幸運者。

提示 「虎口餘生」也作「虎口殘

1.（　　）「功笑卓著」，請改正這句成語中的錯字。 ➡效
2.（　　）「功業標柄」，請改正這句成語中的錯字。 ➡彪炳
3.（　　）形容極大的功勞和事績，叫□功□績。 ➡豐、偉
4.（　　）以下的歷史人物，誰足以用十惡不赦來形容A.吳王夫差 B.越王句踐 C.宋人秦檜 D.時朝風流才子唐伯虎。 ➡C

生」。

戰火餘生（ㄓㄢˋ ㄏㄨㄛˇ ㄩˊ ㄕㄥ）

解釋 戰火：戰事。指在戰爭中仍能夠殘存下來。

用法 比喻在戰爭中僥倖活下來的人。

範例 那些戰火餘生的老兵們，最能體會戰爭的無情。

【功過類】

(一)比喻「功績顯著」

功效卓著（ㄍㄨㄥ ㄒㄧㄠˋ ㄓㄨㄛˊ ㄓㄨˋ）

解釋 功效：事物所產生的功用。卓：高超的。著：有名聲。指事物所產生的功用高超，而且有名聲。

用法 形容人或事物的功勞很大。

範例 這新研發的藥功效卓著，已經被廣泛使用。

功業彪炳（ㄍㄨㄥ ㄧㄝˋ ㄅㄧㄠ ㄅㄧㄥˇ）

解釋 彪：盛大的。炳：顯明；顯著。指功業盛大、顯明的樣子。

用法 形容極大的功業。

範例 將軍功業彪炳，是國家的棟梁。

提示 「功業彪炳」的「炳」不可以寫成「把柄」的「柄」。

昭如日星（ㄓㄠ ㄖㄨˊ ㄖˋ ㄒㄧㄥ）

解釋 昭：光明貌。指就像太陽及皎潔的月亮般光明。

詞源 《文心雕龍》：「昭昭（光明的樣子）若（如）日月之明。」大意是說：就像太陽及月亮般的明亮。

用法 形容偉大的事績被記載於青史中。今多用來稱許人的功業或德澤顯著。

範例 慈濟人的善行昭如日星，贏得大眾的肯定。

勞苦功高（ㄌㄠˊ ㄎㄨˇ ㄍㄨㄥ ㄍㄠ）

解釋 指付出很大的功勞，同時也建立很大的功勛。

詞源 《史記．項羽本紀》：「勞苦而功高如此，未有封侯之賞。」大意是說：付出相當多的勞力，同時也建立許多功勛，卻沒有封侯爵之類的獎賞。

用法 形容付出很大的勞力，也建立很大的功勞。

範例 這群默默無名的築路者，才是勞苦功高的英雄。

豐功偉績（ㄈㄥ ㄍㄨㄥ ㄨㄟˇ ㄐㄧ）

解釋 豐：大。偉：偉大。指大的功勞和偉大的事績。

用法 形容極大的功勞和事績。

範例 前人的豐功偉績，世人感戴，流傳百世。

提示 「豐功偉績」也作「豐功偉業」、「豐功偉烈」。

(二)比喻「罪該萬死」

十惡不赦（ㄕˊ ㄜˋ ㄅㄨˋ ㄕㄜˋ）

解釋 十惡：中國古代有十種罪刑不能原諒，這十罪分別是：謀大逆、大不敬、不義、謀反、謀叛、不孝、不睦、內亂、惡逆、謀逆。赦：原諒；寬恕。指犯了十種無法原諒的罪行，所以不能寬赦。

詞源 元．關漢卿．《竇娥冤．四折》：「這藥（毒害）死公公（丈

1.（　　）「人神共奮」，請改正這句成語中的錯字。 ➡憤
2.（　　）「惡貫滿淫」，請改正這句成語中的錯字。 ➡盈
3.（　　）「罪大惡疾」，請改正這句成語中的錯字。 ➡極
4.（　　）罪該「萬」死，請寫出括號中的解釋。 ➡比喻多
5.（　　）「彌」天大罪，請寫出括號中的注音和解釋。 ➡ㄇㄧˊ、滿

夫的父親）的罪名，犯在十惡不赦。」大意是說：這種毒死公公的罪名，犯了十種嚴重的罪刑之一，實在沒有辦法原諒。

用法 形容罪行重大。

範例 陷害岳飛的秦檜，是個遺臭萬年，十惡不赦的罪人。

人神共憤（ㄖㄣˊ ㄕㄣˊ ㄍㄨㄥˋ ㄈㄣˋ）

解釋 共：共同。指人和神明都覺得很生氣。

詞源 《三國演義・九回》：「今卓上欺（欺騙）天子，下虐（殘害）生靈（生命；百姓），罪惡貫（古時串錢的繩子）盈（充滿），人神共憤。」大意是說：董卓上欺天子，下害人民百姓，罪惡太多，人和神明都很憤怒，覺得不能原諒。

用法 比喻所做的壞事不能原諒。

範例 恐怖份子的破壞行動，已經是人神共憤。

天理不容（ㄊㄧㄢ ㄌㄧˇ ㄅㄨˋ ㄖㄨㄥˊ）

解釋 天理：自然的公理。容：允許。指連大自然的公理都不允許。

詞源 《東周列國志・四二回》：「如此冤情，若不誅（殺）衛鄭，天理不容，人心不服（服氣）。」

用法 形容人作出極大的壞事。

範例 棄養父母，天理不容。

提示 「天理不容」也作「天理難容」。

惡貫滿盈（ㄜˋ ㄍㄨㄢˋ ㄇㄢˇ ㄧㄥˊ）

解釋 貫：古代穿錢的繩索。滿盈：多。指罪大惡極，如同繩索上滿滿的錢。

詞源 元・《朱砂擔・四折》：「你今日惡貫滿盈，有何理說！」

用法 形容人作惡多端。

範例 那個惡貫滿盈的劫匪，已經被逮捕歸案。

罪大惡極（ㄗㄨㄟˋ ㄉㄚˋ ㄜˋ ㄐㄧˊ）

解釋 極：最大。指所犯的罪惡已經到極點，無法用言語形容。

詞源 《周易・繫辭下》：「故（所以）惡積（聚集罪惡）而不可掩（藏），罪大而不可解（消除）。」大意是說：罪惡聚積後，無法掩藏，大罪是無法消除的。

用法 形容罪惡非常的重大。

範例 這間牢房關的都是罪大惡極的罪犯，因此特別加強戒護。

罪該萬死（ㄗㄨㄟˋ ㄍㄞ ㄨㄢˋ ㄙˇ）

解釋 萬：比喻多。指罪惡重大，死很多次都還不能消除罪過。

詞源 《水滸傳・九七回》：「孫某抗拒大兵，罪該萬死。」。

用法 形容罪大惡極，應該受最嚴厲的懲罰。

範例 那些走私和販賣毒品的人真是罪該萬死。

彌天大罪（ㄇㄧˊ ㄊㄧㄢ ㄉㄚˋ ㄗㄨㄟˋ）

解釋 彌：滿；遍及。指如同彌漫於整個空中的大罪。

詞源 《孽海花・二九回》：「你自己犯了彌天大罪，私買軍火，謀（計畫）為不軌（法則；規範），還想賴（抵賴）麼？」

用法 形容罪惡極大。

範例 他犯下殺人的彌天大罪，如今悔不當初。

㈢比喻「無端生事」

1.（　　）「無是生非」，請改正這句成語中的錯字。 ➡事
2.（　　）「無禮取鬧」，請改正這句成語中的錯字。 ➡理
3.（　　）以下括號中的字何者有抵銷的意思A.功過相「抵」B.比肩「繼」踵C.以牙「還」牙D.將功「折」罪。 ➡A、D
4.（　　）「將功捕過」，請改正這句成語中的錯字。 ➡補

無事生非（ㄨˊ ㄕˋ ㄕㄥ ㄈㄟ）

解釋 指閒來無事，就只會招惹是非。

詞源 《鏡花緣．五八回》：「有不安本分的強盜，有無事生非的強盜。」

用法 形容人無端惹事。

範例 他對自己**無事生非**的輕狂歲月，感到很懊惱。

無風起浪（ㄨˊ ㄈㄥ ㄑㄧˇ ㄌㄤˋ）

解釋 指海面上沒有任何風，卻掀起波浪。

詞源 明．韋鳳翔．《玉環記傳記．一五》：「若是別人說可信，童兒（小孩子）怪會（很會）無風起浪，如何信他？」。

用法 形容無緣無故地產生事端。

範例 世間本無事，卻**無風起浪**，攪得雞飛狗跳。

提示 「無風起浪」也作「無風作浪」。

無理取鬧（ㄨˊ ㄌㄧˇ ㄑㄩˇ ㄋㄠˋ）

解釋 無理：沒有正當的理由。鬧：搗亂。指沒有正當的理由而故意搗亂。

用法 比喻任意鬧事。

範例 你這種愛**無理取鬧**的個性，將來一定會吃虧。

興風作浪（ㄒㄧㄥ ㄈㄥ ㄗㄨㄛˋ ㄌㄤˋ）

解釋 興：引起。作：形成。指掀起大風大浪。

詞源 《官場現形記．四一回》：「頭兩天見姊夫同前任不對，他便於中興風作浪，挑剔（苛求別人）前任的帳房。」

用法 比喻製造是非。

範例 愛**興風作浪**的人，心理一定不健康。

(四) 比喻「功過互抵」

功過相抵（ㄍㄨㄥ ㄍㄨㄛˋ ㄒㄧㄤ ㄉㄧˇ）

解釋 抵：抵銷。指功勞和罪過可以互相抵銷。

用法 形容人的功勞和罪過相當。

範例 公司對他犯下的錯誤，決定以**功過相抵**的方式處理。

將功折罪（ㄐㄧㄤ ㄍㄨㄥ ㄓㄜˊ ㄗㄨㄟˋ）

解釋 將：以。折：抵銷。指用功勞抵銷罪過。

詞源 《西遊記．五七回》：「縱（即使）是弟子不善（好；對），也當將功折罪，不該這般逐（趕）我。」大意是說：即使是弟子不對也應該給他將功折罪的機會，不該如此的驅趕人。

用法 比喻用功勞抵銷罪過。

範例 他加倍努力提高業績，希望能夠**將功折罪**。

提示 「將功折罪」也作「將功贖罪」。

將功補過（ㄐㄧㄤ ㄍㄨㄥ ㄅㄨˇ ㄍㄨㄛˋ）

解釋 將：以；用。指以功勞來彌補自己做錯的事情。

詞源 《舊五代史．錢鏐（鏐，音ㄌㄧㄡˊ）傳》：「既容能改之非，許降（給予）自新之路，將功補過，捨短從長（捨棄缺點，發揮長處）。」大意是說：既然能寬容他人的缺點，答應給予自新的機會，就應該讓人拿功勞來彌補過錯，使其捨棄

1.（　　）「天重人願」，請改正這句成語中的錯字。 ➡從

2.（　　）「左右憑源」，請改正這句成語中的錯字。 ➡逢

3.（　　）「如願以嘗」，請改正這句成語中的錯字。 ➡償

4.（　　）心隨境轉，才能□□□□。空格中應填入A.一日千里 B.身體力行 C.事倍功半 D.萬事如意。 ➡D

缺點，發揮長處。

用法 比喻以功勞彌補過錯。

範例 謝謝大家給我將功補過的機會。

【平順類】

(一)比喻「如人所願」

天從人願

解釋 天從：老天順從。指上天順從人們想要的心願。

詞源 元．張國賓．《元曲選．合漢衫》：「誰知天從人願，到的我家，不上三日，就添（增加）了一個滿抱兒小廝（僕役）。」大意是說：誰知道事情的發展正如人意，回家不到三天，家中又添了一位僕役。

用法 形容事情的發展正合意願。

範例 恭喜你，總算天從人願地考上托福。

左右逢源

解釋 逢：遇到。源：水的源頭。指不管左邊或右邊都可以找到水源。

詞源 宋．曉瑩．《羅湖野錄》：「成之學贍（贍，音ㄕㄢˋ，足夠）道（道理）明（清楚；明白），左右逢源。」大意是說：所成就的學識豐富，道理又非常的清楚，那麼做起事來一定順心如意。

用法 比喻辦事順利。

範例 近來他在工作上左右逢源，春風滿面。

如願以償

解釋 如願：如自己的願望。以償：得到滿足。指事情的發展就如所希望的一樣，可以得到滿足。

用法 比喻願望能夠實現。

範例 從小夢想成為空服員的她，終於如願以償了。

求仁得仁

解釋 仁：天理正道。指追求天理間的正道，果然如願地得到天理正道。

詞源 《論語．述而篇》：「入曰：『伯夷叔齊何人也？』曰：『古之賢人也。』曰：『怨乎？』曰：『求仁而得仁，又有何怨？』」大意是說：子貢進入孔子房中請示，他問：「伯夷及叔齊是何方神聖呢？」孔子回答：「是古代的賢人。」子貢又問：「他們會不會有怨恨呢？」，孔子回答：「求天理正道，正如心願，怎麼會埋怨呢？」

用法 比喻可以實現志願。

範例 他從小就富正義感，如今考上司法官，真是求仁得仁。

萬事如意

解釋 萬事：所有的事情。指所有的事情都能夠如願。

詞源 《紅樓夢．五三回》：「……新春大喜大福，榮貴平安，加官進祿（古代官吏的俸給），萬事如意。」

用法 比喻所有的事都非常順利。也用來作祝福的話。

範例 心隨境轉，才能萬事如意。

(二)比喻「運氣降臨」

1. (　　　)「否」極泰來，請寫出括號中的注音和解釋。　➡ㄆㄧˇ、不好的
2. (　　　)「枯」木逢春，請寫出括號中的注音。　➡ㄎㄨ
3. (　　　)「苦近甘來」，請改正這句成語中的錯字。　➡盡
4. (　　　)□□□□不是靠運氣，是靠努力。空格中應填入A.井井有條 B.心口如一 C.時來運轉 D.表裡如一。　➡C

否極泰來 ㄆㄧˇ ㄐㄧˊ ㄊㄞˋ ㄌㄞˊ

解釋 否：不好的。極：盡頭。泰：易經的卦名，表示安樂的意思。指厄運走到盡頭之後，接著的是平順的大道。

詞源 唐．白居易．《遣懷》：「樂往（至；到）必悲生，泰來猶否極。」大意是說：快樂的事產生了，就表示悲情的事要發生了，厄運到了盡頭，就表示安樂即將隨之而來。

用法 形容人的運勢由逆境轉到順境。

範例 人生難免有挫折，只要有信心，一定能夠否極泰來。

提示 「否極泰來」的「否」讀作ㄆㄧˇ，不可以讀作ㄈㄡˇ。

枯木逢春 ㄎㄨ ㄇㄨˋ ㄈㄥˊ ㄔㄨㄣ

解釋 指枯萎的樹木遇到春天，再度恢復生氣。

詞源 《古今小說．卷九》：「兩口兒（兩個人）回到家鄉，見了岳丈黃太學，好似枯木逢春，斷弦再續（指夫妻離散之後，又重新相聚），歡喜無限。」

用法 比喻處在絕境的人又重新獲得生機。

範例 經過大自然的洗禮，我精神百倍，彷彿枯木逢春。

苦盡甘來 ㄎㄨˇ ㄐㄧㄣˋ ㄍㄢ ㄌㄞˊ

解釋 苦：苦難。甘：甜美；快樂美好。指苦難的日子已經過去，接著要開始過快樂美好的生活。

詞源 元．張國賓．《合汗衫．三折》：「這也是災消福長（長，音ㄓㄤˇ，滋生），苦盡甘來。」大意是說：災禍不見，而福分滋生，所有苦難的日子都已經過了，接下來就要開始過甜美的生活。

用法 形容人的逆境已經結束，開始進入順境。

範例 退休的他，總算苦盡甘來，可以享福了。

時來運轉 ㄕˊ ㄌㄞˊ ㄩㄣˋ ㄓㄨㄢˇ

解釋 時來：時機來到。轉：改變。指只要好的時機來臨，命運也會隨之改變。

詞源 《隋唐演義．八三回》：「然後漸漸時來運轉，建立功業，加官進爵。」

用法 比喻人由逆境轉到順境。

範例 時來運轉不是靠運氣，是靠努力。

【逆境類】

(一)比喻「有志難伸」

有志無時 ㄧㄡˇ ㄓˋ ㄨˊ ㄕˊ

解釋 無時：沒有好時機發展。指有立下遠大的志向，卻苦於無時機發展。

詞源 范曄．《後漢書．趙岐傳》：「岐曰：『吾死後，置一圓石，墓前刻曰：漢有逸人（隱居的賢人）姓趙名岐，有志無時，命也奈何。』」大意是說：趙岐說：「我死後，將我放在圓石上面，在墓前刻上：漢代有一位姓趙，名為岐的人，他曾立下遠大的志向，卻苦無時機發揮，這是命運捉弄，又能如何呢？」

用法 形容人有志向，卻沒有發揮

1.（　　）人不怕□□□□，只怕失去信心。空格中應填入A.壯志難酬 B.三令五申 C.一瀉千里 D.得心應手。 ➡A
2.（　　）「形影相吊」，請改正這句成語中的錯字。 ➡弔
3.（　　）落「難」書生，請寫出括號中的注音。 ➡ㄋㄢˋ
4.（　　）「孤苦伶丁」，請改正這句成語中的錯字。 ➡仃

的時機。

範例 你與其感嘆有志無時，還不如繼續努力。

壯志難酬（ㄓㄨㄤˋ ㄓˋ ㄋㄢˊ ㄔㄡˊ）

解釋 壯志：偉大的志向。酬：實現；實行。指偉大的志向很難實現。

詞源 元·無名氏·《千里獨行·二折》：「他端（端視）的忠直（忠誠耿直）慷慨（意氣昂揚），壯志難酬。」大意是說：他的面貌看起來意氣昂揚而且忠誠正直，只可惜偉大的志向卻不能實現。

用法 比喻人有偉大的志向，卻難以實現。

範例 人不怕壯志難酬，只怕失去信心。

落難書生（ㄌㄨㄛˋ ㄋㄢˋ ㄕㄨ ㄕㄥ）

解釋 落難：①遇到災難。②不如意。指考試不如意的讀書人。

用法 比喻人有志難伸。

範例 就業機會粥多僧少，許多剛畢業的學生好像落難書生。

(二)比喻「沒有親人」

六親無靠（ㄌㄧㄡˋ ㄑㄧㄣ ㄨˊ ㄎㄠˋ）

解釋 六親：①指父、母、兄、弟、妻、子。②父、母、兄、弟、夫、妻。指找不到一個親戚可以依靠。

詞源 《鏡花緣·二二回》：「我家現在六親無靠，故鄉舉目（抬眼看過去）無親，除叔叔外，別無可託（委任）之人。」

用法 形容人孤苦無依，身邊沒有親人。

範例 他慶幸自己處處有親人扶持，並非六親無靠。

形影相弔（ㄒㄧㄥˊ ㄧㄥˇ ㄒㄧㄤ ㄉㄧㄠˋ）

解釋 弔：撫慰。指身體和影子相互撫慰。

詞源 晉·李密·《陳情表》：「臣少多疾病，九歲不行，零丁孤苦（孤苦無依），至於成立，既無伯叔，終鮮（鮮，音ㄒㄧㄢˇ，少）兄弟，門衰祚（祚，音ㄗㄨㄛˋ，福分）薄（薄，音ㄅㄛˊ，少），晚有兒息。外無期（期，音ㄐㄧ，指一年的喪服）功強近之親，內無應（答）門五尺之童。煢煢（煢，音ㄑㄩㄥˊ，孤獨沒有依靠的樣子）獨立，形影相弔。」大意是說：我年少的時候身體不好，到了九歲還不會行走，生活孤苦無依，直到長大才好一些，家中既無半個叔叔和伯伯，兄弟又少，家道衰落，福分又薄，我一直到年紀大了才生下一位小孩，外頭沒有強而有力的近親，家中也沒有專門開門的童僕，就這樣孤獨沒有依靠，只有身體和影子可以互相撫慰而已。

用法 比喻沒有親人或朋友可以依靠，十分的孤寂。

範例 每個人都很關心你的一切，你並非形影相弔呀！

提示 「形影相弔」不可以寫成「上吊」的「吊」。

孤苦伶仃（ㄍㄨ ㄎㄨˇ ㄌㄧㄥˊ ㄉㄧㄥ）

解釋 孤苦：孤單困苦。伶仃：孤苦無依的樣子。指生活孤苦無依靠。

詞源 晉·李密·《陳情表》：

1.（　　　）「無衣無靠」，請改正這句成語中的錯字。 ➡依
2.（　　　）「身不逢時」，請改正這句成語中的錯字。 ➡生
3.（　　　）「舉目」無親，請寫出括號中的解釋。 ➡放眼看去
4.（　　　）命途多「舛」，請寫出括號中的注音和解釋。 ➡ㄔㄨㄢˇ、不順
5.（　　　）「流年不力」，請改正這句成語中的錯字。 ➡利

「伶仃孤苦，至於成立。」大意是說：一直到長大成人都還是生活困苦而且無依靠。

用法 形容人孤單困苦。

範例 誰願意自己的骨肉生來就是孤苦伶仃呢？

無依無靠（ㄨˊ ㄧ ㄨˊ ㄎㄠˋ）

解釋 依、靠：依賴。指沒有人或地方可以依靠。

詞源 元．張國賓．《薛仁貴榮歸故里．三折》：「也不知道他在楚館秦樓（唱歌跳舞的地方，也就是妓院）貪戀（迷戀）著誰，全不想養育的深恩義，可憐見一雙父母，年高力弱，無靠無依。」大意是說：也不知道他在妓院中迷戀哪一位歌妓？完全沒想到父母的養育之恩，可憐家中的兩位父母，年事高，又沒有體力，完全沒有人可以照料他們。

用法 形容人單勢薄，無人可以依賴或照料。

範例 你不是無依無靠，你還有我的關懷呀！

舉目無親（ㄐㄩˇ ㄇㄨˋ ㄨˊ ㄑㄧㄣ）

解釋 舉目：放眼看去。指放眼看去，都沒有看到任何親人。

詞源 唐．薛調．《劉無雙傳》：「四海（國家四境）至廣，舉目無親戚，未知托身（指要求保護）之所。」大意是說：國家領土這麼大，放眼看過去都沒有自己認識的朋友，也找不到一個可以棲身的地方。

用法 ①比喻身處人生地不熟的環境。②比喻沒有人可以依靠。

範例 他雖然舉目無親，卻十分的開朗。

(三)比喻「運途不順」

生不逢時（ㄕㄥ ㄅㄨˋ ㄈㄥˊ ㄕˊ）

解釋 逢：正值；遇到。逢時：正值好的時刻。指生下來的時機不對。

詞源 《新唐書．魏元忠傳》：「昔（從前）漢文帝不知魏尚賢而囚（囚禁）之，知李廣才而不用，乃嘆其生不逢時。」大意是說：古代的漢文帝不知道魏尚賢是一位賢臣，卻下令拘禁他，知道李廣是一位有才能的人，卻不加以進用，他們應該感嘆所生的時機不對啊！

用法 形容懷才不遇。

範例 別深陷生不逢時的懊惱中，請再卯足勁加油吧！

命途多舛（ㄇㄧㄥˋ ㄊㄨˊ ㄉㄨㄛ ㄔㄨㄢˇ）

解釋 命途：命運。舛：不順。指命運不順。

詞源 王勃．《滕王閣序》：「時運不濟，命運多舛。」大意是說：運氣不好，命運相當不順。

用法 形容人遭遇一波又一波的不幸。

範例 即使命途多舛，也別被打倒。

提示 「命途多舛」的「舛」讀作ㄔㄨㄢˇ，不可以讀作ㄐㄧㄝˊ。

流年不利（ㄌㄧㄡˊ ㄋㄧㄢˊ ㄅㄨˋ ㄌㄧˋ）

解釋 流年：一年的運氣叫做「流年」。指人一整年的運氣都不好。

詞源 《醒世恆言．卷三七》：「子春謝道：『多蒙老翁送我三萬

1.（　　）以下成語何者是比喻處境艱苦 A.山窮水盡 B.井底之蛙 C.日暮途遠 D.心灰意懶。　➡A、C

2.（　　）現在已經□□□□了，你說該怎麼辦？空格中應填入 A.坐享其成 B.坐擁百城 C.坐困愁城 D.坐以待斃。　➡C

3.（　　）「走頭無路」，請改正這句成語中的錯字。　➡投

銀子，我只說是用不盡的；不知略撒漫（漫，音ㄇㄢˋ，隨意）一撒漫，便沒有了，想是我流年不利，故此沒福消受，以至如此。』」大意是說：子春很感謝老翁送他三萬兩銀子，他以為這三萬兩是用不完的，沒想到隨便花用就沒有了，想想，可能是自己的時運不佳，沒有福氣消受吧！

用法 形容人的運氣不好。

範例 做人要有自信和遠見，別太恐懼流年不利的說法。

(四)比喻「處境艱苦」

山窮水盡（ㄕㄢ ㄑㄩㄥˊ ㄕㄨㄟˇ ㄐㄧㄣˋ）

解釋 窮：終極；盡端。指人已經走到山和水的極盡處，也就是沒有路可行了。

用法 比喻人處在困境中，已經找不到出路。

範例 這一家人的經濟狀況，已經到了山窮水盡的地步了。

日暮途遠（ㄖˋ ㄇㄨˋ ㄊㄨˊ ㄩㄢˇ）

解釋 暮：傍晚。指太陽已經下山，天色漸漸暗了，卻還有一段很長的路要走，沒有地方可以休息。

詞源 《史記．伍子胥傳》：「吾日暮途遠，吾故倒行而逆（相反）施之。」大意是說：伍子胥在逃亡時原本與申包胥為友，後來因為政治立場不同而成仇，伍子胥對楚國懷有舊恨，一直想消滅楚國，而申包胥卻反對他這麼做。當伍子胥攻入楚都後，因為抓不到楚昭王，所以挖開楚平王的墳墓，再鞭屍三百下，申包胥在逃亡中知道這件事，派人傳達自己的看法：他認為伍子胥缺乏天道，欺人太甚。伍子胥聽完後要傳話的人告訴申包胥：我已經被逼得走投無路，所以做事總會違反常理。

用法 形容人無計可施或走投無路。

範例 人們在日暮途遠的窘境下，往往六神無主。

提示 「日暮途遠」也作「日暮途窮」。

坐困愁城（ㄗㄨㄛˋ ㄎㄨㄣˋ ㄔㄡˊ ㄔㄥˊ）

解釋 坐困：困守在一個地方，卻無計可施。愁城：憂愁的地方。指被圍困在一個憂愁的地方。

詞源 宋．王應麟．《困學紀聞．易》：「梁武帝不守采石，而台城坐困。」大意是說：梁武帝放棄采石這個地方，結果台城困守，人民無路可逃。

用法 形容想不出一個好的解決方法。

範例 現在已經坐困愁城了，你說該怎麼辦？

提示 「坐困愁城」也作「坐困窮城」。

走投無路（ㄗㄡˇ ㄊㄡˊ ㄨˊ ㄌㄨˋ）

解釋 走：跑；行。投：寄託；依歸。指沒有地方可以依歸。

詞源 《鏡花緣．二五回》：「侄兒在此投軍（從軍），原因一時（短時間）窮乏，走頭（投）無路，暫圖（求）糊口（填飽肚子）。」大意是說：侄兒在這裡從軍，主要是因為一時窮困，沒有可以依歸的地方，所以暫時到這裡求溫飽。

用法 比喻人的處境困難，已經無

1.（　　）「枯魚之市」，請改正這句成語中的錯字。　➡肆
2.（　　）欠下大筆卡債的人，可能會過著何種日子A.捉衿肘見 B.窮途末路 C.大發利市 D.財源滾滾。　➡A、B
3.（　　）就算□□□□了，我也不放棄。空格中應填入A.彈盡援絕 B.作壁上觀 C.枯木逢春 D.敝帚千金。　➡A

路可走。

範例 別把走投無路當作鋌而走險的藉口。

提示 「走投無路」也作「走頭無路」。

枯魚之肆（ㄎㄨ ㄩˊ ㄓ ㄙˋ）

解釋 枯魚：乾魚。肆：店鋪。指魚因為缺水而乾死，所以被陳列在市場上販售。

詞源 唐．元稹．《代諭淮西書》：「則男不得耕，女不得織……，倉廩（米粟）之積空，不三數月，求諸公於枯魚之肆矣。」大意是說：那麼男生將不能耕作，女生也不能織布，……米倉中的糧食都吃完了，過不了多久，大家都要走投無路了。

用法 比喻人因為缺乏援助，而陷入困境。

範例 好幾個月不下雨，人人都陷入枯魚之肆的恐慌。

提示 「枯魚之肆」的「肆」不可以寫成「肄業」的「肄」。

捉衿肘見（ㄓㄨㄛ ㄐㄧㄣ ㄓㄡˇ ㄒㄧㄢˋ）

解釋 衿：古人所穿衣服的交領。肘：上臂和下臂相連的地方。指將袖子高舉而且露出胳臂。

詞源 《莊子．讓王》：「曾子居衛，縕袍無表，……十年不製衣，正冠（帽子）而纓（纓，音ㄧㄥ，帽帶）絕（斷掉），捉衿（同「襟」）而肘見，納（穿）屨（屨，音ㄌㄩˇ，鞋子）而踵（腳後跟）絕。」大意是說：曾子居住在衛國，他所穿的衣袍，表面都已經破掉了……，十年不製新衣裳，將帽子戴在頭上，帽繩卻一扯就斷，高舉袖子卻露出胳臂，穿鞋子時，鞋跟也斷裂了。

用法 比喻生活窮困。

範例 一家五口全靠他賺錢，也難怪他會捉衿肘見。

彈盡援絕（ㄉㄢˋ ㄐㄧㄣˋ ㄩㄢˊ ㄐㄩㄝˊ）

解釋 盡：沒有。援：救援。絕：斷。指既無彈藥，也沒有人來救援。

用法 比喻陷入困境。

範例 就算彈盡援絕了，我也不放棄。

提示 「彈盡援絕」的「彈」讀作ㄉㄢˋ，不可以讀作ㄊㄢˊ。

窮途末路（ㄑㄩㄥˊ ㄊㄨˊ ㄇㄛˋ ㄌㄨˋ）

解釋 窮途：路的盡頭。末路：路的末端處。指一個人走到絕路。

詞源 《兒女英雄傳．五回》：「你如今是窮途末路，舉目（放眼望去）無依（沒有人可依靠）。」

用法 形容人身陷困境。

範例 賊寇被官兵逼到山谷中，已經是窮途末路，只好投降。

【離散類】

(一)比喻「不忍分別」

依依不捨（ㄧ ㄧ ㄅㄨˋ ㄕㄜˇ）

解釋 依依：流連而不忍離開。不捨：捨不得。指流連而捨不得離開。

詞源 清．袁枚．《隨園詩話》：「賢者多情，每離所官（做官）之地，動致（往往會）留（通「流」）連。韓魏公離黃州，依依不捨。」大意是說：賢能的人都是多情者，

1.（　　　）「離情別序」，請改正這句成語中的錯字。　➡緒
2.（　　　）「聚散無長」，請改正這句成語中的錯字。　➡常
3.（　　　）比喻世間萬物總有結束的時候，叫曲□人□。　➡終、散
4.（　　　）悲歡「聚」散，請寫出括號中的部首。　➡耳部
5.（　　　）「聚散浮身」，請改正這句成語中的錯字。　➡生

當他們要離開為官的地方，往往會捨不得，像韓魏公要離開黃州時，心中就非常的不忍。

用法 形容人捨不得分別。

範例 他們一直等到火車要開了，才依依不捨的道別。

離情別緒（ㄌㄧˊ ㄑㄧㄥˊ ㄅㄧㄝˊ ㄒㄩˋ）

解釋 離情：分離時，捨不得的感情。別緒：離別後思念的情緒。指離別時不捨的感情與分離後想念的思緒。

用法 形容分開時與離別後的種種情緒。

範例 一封短短的信，怎麼道得盡離情別緒的哀愁？

(二)比喻「聚散多變」

曲終人散（ㄑㄩˇ ㄓㄨㄥ ㄖㄣˊ ㄙㄢˋ）

解釋 曲終：歌曲彈奏結束。指當歌曲彈奏結束，所有的聽眾就會陸續離開。

詞源 宋．葛立方．《韻語陽秋．卷一九》：「又有《招屈亭》（劉禹錫所寫的《競渡曲》）詩，所謂『曲終人散……，招屈亭前水東注（灌入）是也。』」大意是說：有一首《招屈亭詩》，上面寫著：天下無不散宴席，音樂彈奏完畢後，所有的聽眾都要陸續離開……，招屈亭前的水紛紛向東流入大海。

用法 比喻世間萬物總有結束的時候。

範例 我們要坦然面對曲終人散的愁緒。

悲歡聚散（ㄅㄟ ㄏㄨㄢ ㄐㄩˋ ㄙㄢˋ）

解釋 聚：相聚。指悲傷、歡樂、相聚、離散。

詞源 《羣音類選．四德記．友錢馮商》：「且痛飲瓊漿（美酒）百盞（盞，音ㄓㄢˇ，小杯子），何苦惜分離，這悲歡聚散，元（開始）無定期。」大意是說：暫且痛飲美酒百杯，何必要為分離所苦！這悲傷、歡樂、相聚及離散本來就無常。

用法 悲、歡、離、合是人生的必經過程，後用來比喻人生的聚散無常。

範例 觀世音菩薩以慈悲心來看待世間的悲歡聚散。

聚散浮生（ㄐㄩˋ ㄙㄢˋ ㄈㄨˊ ㄕㄥ）

解釋 浮生：人生在世，虛幻與無常。指人生的相聚與離散就像浮萍一樣，不知最後的歸處在哪裡？

詞源 《紅樓夢．一一八回》：「如今才曉得聚散浮生四字，古人說了，不曾提醒一個。」

用法 形容聚散不定的人生。

範例 多情如你我，怎堪聚散浮生之苦？

聚散無常（ㄐㄩˋ ㄙㄢˋ ㄨˊ ㄔㄤˊ）

解釋 常：定期。指人生的相聚與離別本來就沒有定期。

用法 形容人與人之間相聚離別的多變。

範例 人生是一齣聚散無常的舞臺戲。

感受篇

1.（　　）「大塊人心」，請改正這句成語中的錯字。　➡快
2.（　　）「心花恕放」，請改正這句成語中的錯字。　➡怒
3.（　　）形容極高興時所表現的肢體動作，叫手□足□。　➡舞、蹈
4.（　　）「心曠神宜」，請改正這句成語中的錯字。　➡怡
5.（　　）「兩掖生風」，請改正這句成語中的錯字。　➡腋

【快樂類】

(一)比喻「心情愉快」

大快人心（ㄉㄚˋ ㄎㄨㄞˋ ㄖㄣˊ ㄒㄧㄣ）

解釋 快：心情痛快。指心情感到非常痛快。

詞源 清．全祖望．《移詰寧守魏某帖子》：「若果有激濁揚清（掃除壞人，表彰好人）之當道（當政者），則乘（趁）是獄（犯罪）之起（發生），並其監生（學生）而黜（貶斥）之，是為大快人心者矣。」

用法 形容因為某件事情，而感到非常痛快。

範例 來一趟森林之浴吧！保證令你大快人心。

提示 「大快人心」也作「人心大快」、「大快人意」。

心花怒放（ㄒㄧㄣ ㄏㄨㄚ ㄋㄨˋ ㄈㄤˋ）

解釋 怒放：盛開。指心情就像盛開的花般燦爛。

詞源 《孽海花．三〇回》：「孫三兒想到這裡，禁不住『心花怒放』。」

用法 形容非常的高興。

範例 春陽暖暖，和風煦煦，人們不禁心花怒放。

提示 「心花怒放」也作「心花怒開」、「心花怒發」。

心曠神怡（ㄒㄧㄣ ㄎㄨㄤˋ ㄕㄣˊ ㄧˊ）

解釋 曠：廣闊開朗。怡：愉悅舒暢。指心情開朗，精神愉快。

詞源 宋．范仲淹．《登岳陽樓記》：「登斯（此）樓也，則有心曠神怡，寵辱（得意和失意）皆忘，把酒（手持酒杯）臨風，其喜洋洋（高興的樣子）者矣。」

用法 強調某個環境或事物使人心胸開闊，精神愉快。

範例 一群人登上高山，空氣清爽，頓時覺得心曠神怡。

手舞足蹈（ㄕㄡˇ ㄨˇ ㄗㄨˊ ㄉㄠˋ）

解釋 蹈：頓足踏地而跳動。指手臂舞動，雙腳踏地跳動。

詞源 《孟子．離婁篇上》：「不知足之蹈之，手之舞之。」大意是說：高興得連手腳在舞動都不知道。

用法 形容極高興時所表現的肢體動作。

範例 瞧你樂得手舞足蹈。

自得其樂（ㄗˋ ㄉㄜˊ ㄑㄧˊ ㄌㄜˋ）

解釋 指自己得到其中的快樂。

詞源 元．陶宗儀《南村輟耕錄．卷二〇》：「白翎（翎，音ㄌㄧㄥˊ，鳥類翅膀或尾巴上的長羽毛）雀生鳥桓（桓，音ㄏㄨㄢˊ）朔（朔，音ㄕㄨㄛˋ，北方）漠之地，雌雄和鳴，自得其樂。」

用法 形容感到滿足和快樂。

範例 埋首於書堆的你，知道如何自得其樂嗎？

兩腋生風（ㄌㄧㄤˇ ㄧㄝˋ ㄕㄥ ㄈㄥ）

解釋 腋：腋下，肩膀和手臂接合的凹陷部分。指覺得腋下有一股清風吹過。

詞源 唐．盧仝（仝，音ㄊㄨㄥˊ，「同」的異體字）．《走筆謝孟諫議寄新茶》：「七碗吃不得也，唯

1.（　　）「其樂滔滔」，請改正這句成語中的錯字。 ➡陶陶

2.（　　）平日多接觸美的事物，可以□□□□。空格中應填入 A.一步登天 B.人云亦云 C.怡情悅性 D.力爭上游。 ➡C

3.（　　）以下括號中的字何者為動詞 A.皆大歡「喜」B.眉「飛」色「舞」C.笑逐顏「開」D.喜上眉「梢」。 ➡B、C

（只）覺兩腋清風生。」

用法 形容感到滿足的舒適感。

範例 邀三五好友共品茗、談心，讓我兩腋生風，好不愜意。

其樂陶陶（ㄑㄧˊ ㄌㄜˋ ㄊㄠˊ ㄊㄠˊ）

解釋 陶陶：快樂的樣子。指其中有許多的快樂。

用法 形容人對某事融入，表現出無比的快樂。

範例 鄉村的生活其樂陶陶，令人心生嚮往。

怡情悅性（ㄧˊ ㄑㄧㄥˊ ㄩㄝˋ ㄒㄧㄥˋ）

解釋 怡：愉快。指性情愉悅。

詞源 《紅樓夢．一七回》：「如今上了年紀，且案牘（牘，音ㄉㄨˊ，公文；書信）勞煩，於這怡情悅性的文章更生疏（陌生）了，便擬（起草；寫出）出來也不免迂腐（拘泥守舊）。」

用法 形容感到愉悅，有陶冶的含意。

範例 平日多接觸美的事物，可以怡情悅性。

皆大歡喜（ㄐㄧㄝ ㄉㄚˋ ㄏㄨㄢ ㄒㄧˇ）

解釋 皆：都。指都非常的快樂。

詞源 《維摩經．菩薩行品》：「爾時（那時）彼諸（多位）菩薩，聞說是法（佛家的道理），皆大歡喜。」

用法 形容大家都得到快樂。

範例 太好了！事情總算圓滿解決，皆大歡喜。

眉飛色舞（ㄇㄟˊ ㄈㄟ ㄙㄜˋ ㄨˇ）

解釋 指眉毛飛揚，表情生動。

詞源 《兒女英雄傳．二八回》：「老夫妻只樂得眉飛色舞，笑逐顏開（眉開眼笑的神情）的，連連點頭。」

用法 形容快樂或得意的表情。

範例 人一旦喜事連連，不免滿面春風，眉飛色舞。

提示 「眉飛色舞」也作「眉舞色飛」、「眉飛目舞」。

笑逐顏開（ㄒㄧㄠˋ ㄓㄨˊ ㄧㄢˊ ㄎㄞ）

解釋 逐：隨著。指笑容隨著面容開朗起來。

詞源 《水滸傳．四二回》：「宋江見了，喜從天降（突來的喜事），笑逐顏開。」

用法 形容心情的愉快。

範例 他一聽到上榜的喜訊，不禁笑逐顏開。

喜上眉梢（ㄒㄧˇ ㄕㄤˋ ㄇㄟˊ ㄕㄠ）

解釋 眉梢：眉毛的末端。指喜悅的時候，眉毛末端會往外舒展。

詞源 《兒女英雄傳．二三回》：「（張金鳳）思索（思考探求）良久（許久），得了主意（想法），不覺喜上眉梢。」

用法 形容愉快的神色。

範例 春天來了！萬物朝氣蓬勃，喜上眉梢。

喜出望外（ㄒㄧˇ ㄔㄨ ㄨㄤˋ ㄨㄞˋ）

解釋 望外：出乎意料之外。指意料之外的喜悅。

詞源 《蘇軾．與李之儀書》：「辱書（承蒙收到你的信）尤數（數量特多），喜出望外。」

用法 強調有意料之外的喜事。

範例 任誰中了大獎，相定一定會

1.（　　）「樂不可隻」，請改正這句成語中的錯字。 ➡支
2.（　　）「興高彩烈」，請改正這句成語中的錯字。 ➡采
3.（　　）「歡聲雷慟」，請改正這句成語中的錯字。 ➡動
4.（　　）擁抱大自然的感覺，是多麼的□□□□啊！空格中應填入 A.一目了然 B.正氣凜然 C.光明磊落 D.賞心樂事。 ➡D

喜出望外。

提示 「喜出望外」也作「喜出意外」。

喜從天降（ㄒㄧˇ ㄘㄨㄥˊ ㄊㄧㄢ ㄐㄧㄤˋ）

解釋 降：降臨。指喜事從天上意外地降臨。

詞源 《儒林外史．三回》：「老太太迎（對著）著出來，見兒子不瘋，喜從天降。」

用法 比喻遇到意想不到的喜事。

範例 你笑得好開心，是不是有什麼喜從天降的事呀？

樂不可支（ㄌㄜˋ ㄅㄨˋ ㄎㄜˇ ㄓ）

解釋 支：支撐；承受。指快樂得承受不了。

詞源 《東觀漢記．張堪傳》：「桑無附枝（依附在樹上的小枝芽），麥穗（穗，音ㄙㄨㄟˋ，穀實）兩歧（分兩頭），張居為政，樂不可支。」大意是說：張居當官的時候，農作物都長得特別好，人民非常的快樂。

用法 強調快樂到了極點。

範例 奶奶過壽，笑得樂不可支。

賞心樂事（ㄕㄤˇ ㄒㄧㄣ ㄌㄜˋ ㄕˋ）

解釋 賞心：心情舒暢。指舒暢的心情和快樂的事情。

詞源 南朝宋．謝靈運．《擬魏太子鄴中集詩八道序》：「天下良師（好老師）、美景、賞心、樂事，四者難並（同時出現）。」

用法 比喻同時擁有舒暢的心情和快樂的事情。

範例 擁抱大自然的感覺，是多麼的賞心樂事啊！

興高采烈（ㄒㄧㄥˋ ㄍㄠ ㄘㄞˇ ㄌㄧㄝˋ）

解釋 采：文采。指興味高雅，文辭生動。

詞源 南朝梁．劉勰．《文心雕龍．體性》：「叔夜俊俠（英俊而有俠風），故興高而采烈。」

用法 ①形容文章興味高雅，文辭生動。②形容高昂熱烈的心情。

範例 家家戶戶興高采烈地迎接新年的到來。

歡天喜地（ㄏㄨㄢ ㄊㄧㄢ ㄒㄧˇ ㄉㄧˋ）

解釋 歡、喜：高興。指感覺全世界都是充滿歡樂喜悅的。

詞源 元．無名氏．《謝金吾．二折》：「往常時見我來，便歡天喜地；今日見我來，甚是煩惱（身心煩亂）。」

用法 形容很高興。

範例 小朋友歡天喜地觀看馬戲團的表演。

歡欣鼓舞（ㄏㄨㄢ ㄒㄧㄣ ㄍㄨˇ ㄨˇ）

解釋 指歡樂欣喜得打鼓跳舞。

詞源 《宋史．司馬光傳》：「歡欣鼓舞，甚若（超過）更生（獲得新的生命）。」

用法 形容因為高興而表現出來的熱情奔放。

範例 我校榮獲冠軍，全校師生無不歡欣鼓舞。

歡聲雷動（ㄏㄨㄢ ㄕㄥ ㄌㄟˊ ㄉㄨㄥˋ）

解釋 指歡呼的聲音像打雷一般響亮。

詞源 《儒林外史．三七回》：「見兩邊百姓，扶老攜幼（引申作廣受大眾歡迎），挨擠（緊靠在一起）著來看，歡聲雷動。」

1.（　　）「忍俊」不禁，請寫出括號中的解釋。 ➡含笑
2.（　　）「哄」堂大笑，請寫出括號中的注音。 ➡ㄏㄨㄥ
3.（　　）「沾沾志喜」，請改正這句成語中的錯字。 ➡自
4.（　　）以下哪些成語是比喻十分得意A.捧腹大笑B.志得意滿C.洋洋得意D.五日京兆。 ➡B、C

用法 形容熱烈的歡樂氣氛。
範例 當投手擊出安打，觀眾席傳來歡聲雷動的鼓掌聲。
提示 「歡聲雷動」也作「歡聲如雷」。

(二)比喻「大聲狂笑」

忍俊不禁

解釋 忍俊：含笑。指忍耐不住而笑出來。
詞源 唐．崔致遠．《答徐州時溥書》：「足下去年，忍俊不禁，求榮（追求富貴）頗切（急切）。」
用法 比喻忍不住而笑出來。
範例 小丑逗趣的魔術表演，讓觀眾忍俊不禁。

哄堂大笑

解釋 哄：眾人一同發聲。堂：房子。指滿屋子的人一同發出笑聲。
詞源 唐．趙璘．《因話錄．御史台三院》：「五代時，有馮道與和凝同在中書。一日，和凝問馮道：「公靴新買，其值幾何？」馮舉左足（腳）示和曰：「九百。」和性編（褊，音ㄅㄧㄢˇ，急躁）急，急忙回顧小吏，說：「吾靴何得用一千八百？」因之責罵良久。馮道又舉起右足，說：「此亦九百。」於是哄堂大笑。
用法 形容滿屋子的人一齊放聲大笑。
範例 那裡聚著一群年輕人，不時的哄堂大笑，引來路人側目。

捧腹大笑

解釋 捧腹：用手扶著肚子。指用手扶著肚子大笑。
詞源 《史記．日者列傳》：「司馬季主捧腹大笑曰：『觀大夫類有道術者（得道之人）』，今何言之陋也，何辭之野（鄙陋）也！』」
用法 形容遇到有趣的事，而笑到肚子抽動，非用手扶著肚子才行。
範例 小丑逗得觀眾捧腹大笑。

(三)比喻「十分得意」

志得意滿

解釋 指志趣得到實現，意願得到滿足。
詞源 宋．鄭準．《昆山學租田記》：「若夫名遂（達到）身榮，志得意滿，陳食前方丈（引申作飲食方面非常的奢侈），而弗（不）念鹽之憂。」
用法 形容得意的模樣。
範例 人愈是一帆風順，愈是不能志得意滿。

沾沾自喜

解釋 沾沾：暗自喜歡的樣子。指暗自感到得意。
用法 ①形容自認為很滿意，而感到高興。②形容計謀得逞或僥倖得到好處，而暗自歡喜。
範例 這點小事也值得沾沾自喜嗎？
提示 「沾沾自喜」也作「沾沾自得」、「沾沾自滿」。

洋洋得意

解釋 洋洋：得意的樣子。
詞源 《二十年目睹之怪現狀．五六回》：「一席話（一番話）說得夏作人洋洋得意。」
用法 形容非常的得意。

歡聲雷動　忍俊不禁　哄堂大笑　捧腹大笑　志得意滿　沾沾自喜　洋洋得意

1. (　　　)「得意望形」，請改正這句成語中的錯字。 ➡忘
2. (　　　)「躊躇」滿志，請寫出括號中的解釋。 ➡自得的樣子
3. (　　　)「七翹生煙」，請改正這句成語中的錯字。 ➡竅
4. (　　　)「令人髮直」，請改正這句成語中的錯字。 ➡指
5. (　　　)「老羞成恕」，請改正這句成語中的錯字。 ➡怒

範例 他近來升官又發財，也難怪洋洋得意，到處炫耀。

提示 「洋洋得意」也作「揚揚得意」、「得意洋洋」。

得意忘形（ㄉㄜˊ ㄧˋ ㄨㄤˋ ㄒㄧㄥˊ）

解釋 指因為得意暢快，而忘記肢體、動作的約束。

詞源 《晉書．阮籍傳》：「嗜（喜歡）酒能比嘯，善彈琴。當其得意，忽忘形骸（骨）。」

用法 形容過度得意而失態。

範例 有智慧的人，不得意忘形。

躊躇滿志（ㄔㄡˊ ㄔㄨˊ ㄇㄢˇ ㄓˋ）

解釋 躊躇：自得的樣子。指志得意滿。

用法 形容志氣飽滿。

範例 年輕的你，好一副躊躇滿志的神態。

【氣恨類】

㈠比喻「氣憤難消」

七竅生煙（ㄑㄧ ㄑㄧㄠˋ ㄕㄥ ㄧㄢ）

解釋 七竅：雙眼、鼻孔、雙耳、口等臉部的七個孔。指生氣得七竅都冒出煙來。

詞源 《二十年目睹之怪現狀．四四回》：「他老婆聽了，便氣得三尸亂暴，七竅生煙。」

用法 形容心中極度憤怒。

範例 什麼事惹得你七竅生煙？

大發雷霆（ㄉㄚˋ ㄈㄚ ㄌㄟˊ ㄊㄧㄥˊ）

解釋 雷霆：雷聲巨響。指暴怒如雷聲巨響。

詞源 《二十年目睹之怪現狀．七一回》：「不知怎樣，妓家得罪了那位師爺，師爺大發雷霆（非常的生氣），把席面（桌面）掀翻了，把船上東西打個稀爛。」

用法 形容激怒的情緒。

範例 你別動不動就大發雷霆嘛！

大肆咆哮（ㄉㄚˋ ㄙˋ ㄆㄠˊ ㄒㄧㄠ）

解釋 大肆：任意而沒有顧忌。咆哮：生氣地吼叫。指任意地大吼大叫。

用法 形容人失態地吼叫。

範例 街上有個醉漢在大肆咆哮。

令人髮指（ㄌㄧㄥˋ ㄖㄣˊ ㄈㄚˇ ㄓˇ）

解釋 髮指：頭髮站立起來，引申作生氣。指生氣得連頭髮都站立起來。

詞源 《史記．項羽本紀》：「（樊）噲（噲，音ㄎㄨㄞˋ）遂入，披帷（帳幔）西向立，瞋目視項王，頭髮上指，目眥盡裂。」

用法 形容使人憤慨的人或事。

範例 歹徒泯滅良心，犯下一件件令人髮指的刑案。

老羞成怒（ㄌㄠˇ ㄒㄧㄡ ㄔㄥˊ ㄋㄨˋ）

解釋 指羞愧到了極點而大發脾氣。

詞源 《兒女英雄傳．一〇回》：「惹動她一衝的性兒，老羞成怒，還不曾紅絲暗繫（引申作結姻緣），先弄得白刃相加（互相殺戮的意思）。」

用法 形容極度的激憤惱怒。

範例 你不要重提往事，免得對方老羞成怒。

1.（　　）以下哪些成語可以用「怒」字來形容A.一氣呵成B.杏眼圓睜C.狗血噴頭D.咬牙切齒。 ➡B、C、D

2.（　　）「怒氣衝衝」，請改正這句成語中的錯字。 ➡沖沖

3.（　　）怒髮衝「冠」，請寫出括號中的注音和解釋。 ➡ㄍㄨㄢ、帽子

4.（　　）形容凶狠蠻橫的神情，叫怒□橫□。 ➡目、眉

提示 「老羞成怒」也作「惱羞成怒」。

杏眼圓睜 ㄒㄧㄥˋ ㄧㄢˇ ㄩㄢˊ ㄓㄥ

解釋 杏眼：年輕女孩美麗的眼睛。指年輕女孩生氣地瞪大眼睛。

詞源 《兒女英雄傳》：「那女子不聽猶（還）可，聽了這話，只見他柳眉倒豎，杏眼圓睜，腮邊（臉頰）烘（烤乾）兩朵紅雲，頭上現一團殺氣。」

用法 形容女孩子生氣時瞪眼的模樣。

範例 她那杏眼圓睜的樣子，好嚇人！

狗血噴頭 ㄍㄡˇ ㄒㄧㄝˇ ㄆㄣ ㄊㄡˊ

解釋 指像狗血突然噴灑在頭上。

詞源 《儒林外史．三回》：「范進因沒有盤費（旅費）走去同丈人商議，被胡屠戶一口啐（吐口水）在臉上，罵了個狗血噴頭。」

用法 形容痛罵一頓。

範例 你又夜歸，小心被爸爸罵得狗血噴頭。

提示 「狗血噴頭」也作「狗血淋頭」。

勃然大怒 ㄅㄛˊ ㄖㄢˊ ㄉㄚˋ ㄋㄨˋ

解釋 勃然：突然。指突然生氣，而臉色大變。

詞源 《三國演義．七三回》：「（關）雲長勃然大怒曰：『吾虎女安肯嫁犬子乎！』」

用法 形容憤怒的情緒。

範例 你為什麼勃然大怒呢？

咬牙切齒 ㄧㄠˇ ㄧㄚˊ ㄑㄧㄝˋ ㄔˇ

解釋 指用力地咬緊牙齒。

詞源 《西遊記．二七回》：「他在那雲端裡，咬牙切齒，暗恨行者（帶髮修行的人）道：『幾年只聞得講他手段，今日果然話不虛傳。』」

用法 形容憤怒或怨恨的神情。

範例 請冷靜，光是咬牙切齒，不能解決事情呀！

怒火中燒 ㄋㄨˋ ㄏㄨㄛˇ ㄓㄨㄥ ㄕㄠ

解釋 指憤怒的火焰在胸口燃燒。

用法 形容如烈火在胸口燃燒般的情緒。

範例 他已經是怒火中燒，你們就不要再搧風點火了。

怒目橫眉 ㄋㄨˋ ㄇㄨˋ ㄏㄥˊ ㄇㄟˊ

解釋 指瞪大眼睛，眉毛橫豎。

用法 形容凶狠蠻橫的神情。

範例 俗話說：「相由心生」，你也常怒目橫眉嗎？

怒氣沖沖 ㄋㄨˋ ㄑㄧˋ ㄔㄨㄥ ㄔㄨㄥ

解釋 怒氣：憤怒的情緒。沖沖：情緒激動。指生氣激動的樣子。

用法 形容激動的神情。

範例 他怒氣沖沖地甩門走了。

怒髮衝冠 ㄋㄨˋ ㄈㄚˇ ㄔㄨㄥ ㄍㄨㄢ

解釋 冠：帽子。指生氣得頭髮直豎，把帽子都頂了起來。

詞源 宋．岳飛．《滿江紅》詞：「怒髮衝冠，憑（依靠）欄處，瀟瀟（風雨暴急的樣子）雨歇。抬望眼，仰天長嘯（嘯，音ㄒㄧㄠˋ，發聲長叫），壯懷（雄壯的情懷）激烈。」

用法 形容極度的憤怒。

範例 古時多少英雄怒髮衝冠，是為紅顏？

1.（　　　）「急言厲色」，請改正這句成語中的錯字。	➡疾
2.（　　　）義憤填「膺」，請寫出括號中的注音和解釋。	➡ㄧㄥ、胸
3.（　　　）「奮奮不平」，請改正這句成語中的錯字。	➡憤憤
4.（　　　）形容非常的氣憤，叫暴□如□。	➡跳、雷
5.（　　　）「不共載天」，請改正這句成語中的錯字。	➡戴

提示　「冠」是多音字，指第一名時，讀作ㄍㄨㄢˋ，例如：冠軍；當作帽子的意思，讀作ㄍㄨㄢ，例如：雞冠、桂冠。

疾言厲色（ㄐㄧˊ ㄧㄢˊ ㄌㄧˋ ㄙㄜˋ）

解釋　疾：急。厲：嚴厲。指說話急躁，臉色嚴厲。

詞源　《官場現形記．五四回》：「那梅大老爺的臉色已經平和（平靜）了許多，就是問話的聲音也不像先前之疾言厲色了。」

用法　形容憤怒時的臉色和說話態度。

範例　他突然疾言厲色地教訓大家，人人都感到莫名其妙。

提示　「疾言厲色」也作「疾聲厲色」。

義憤填膺（ㄧˋ ㄈㄣˋ ㄊㄧㄢˊ ㄧㄥ）

解釋　膺：胸。指怒氣塞滿胸膛。

詞源　《孽海花．二五回》：「珏齋不禁義憤填膺，自己辦了個長電奏（電報），力請宣戰。」

用法　形容對不公平的事感到極度的憤怒。

範例　許多人對恐怖份子的惡行，莫不義憤填膺。

憤憤不平（ㄈㄣˋ ㄈㄣˋ ㄅㄨˋ ㄆㄧㄥˊ）

解釋　憤憤：非常生氣的樣子。指心中覺得不平，而感到生氣。

詞源　《東周列國志．一八回》：「王子成父諸人，俱（全）憤憤不平，請於桓公，欲劫（挾持）魯侯，以報曹沫之辱。」

用法　比喻對某事或所受到的待遇覺得不公正。

範例　什麼事讓你憤憤不平呢？

提示　「憤憤不平」也作「憤恨不平」。

暴跳如雷（ㄅㄠˋ ㄊㄧㄠˋ ㄖㄨˊ ㄌㄟˊ）

解釋　指人大發脾氣，像雷鳴一樣的激烈。

詞源　《蕩冠志．八二回》：「氣得暴跳如雷，拍著桌子大罵賤婢（婢，音ㄅㄧˋ，女僕）。」

用法　形容非常的氣憤。

範例　他受不了兒子的頂撞，當場氣得暴跳如雷。

(二)比喻「深仇大恨」

九世之仇（ㄐㄧㄡˇ ㄕˋ ㄓ ㄔㄡˊ）

解釋　九世：九代。指經過九代才報的仇恨。

詞源　《公羊傳．莊公四年》：齊哀公因紀侯的陷害，而遭到周天子處死，後來經過九代，齊國國君襄公滅紀國，報了九世之仇。

用法　比喻世代結下的仇恨。

範例　他們好像有九世之仇，一見面就吵架。

不共戴天（ㄅㄨˋ ㄍㄨㄥˋ ㄉㄞˋ ㄊㄧㄢ）

解釋　戴：頂著。指不能跟仇人共同活在一個天底下。

詞源　《三國演義．八二回》：「殺吾弟之仇不共戴天！欲朕罷兵（停兵），除死方休（止）！」

用法　比喻仇恨極深，不願與仇人並存。

範例　只要放寬心，就無不共戴天的仇恨。

提示　「不共戴天」也作「不同戴天」。

1.（　　　）「切齒撫心」，請改正這句成語中的錯字。
2.（　　　）「深惡痛決」，請改正這句成語中的錯字。
3.（　　　）「事不兩立」，請改正這句成語中的錯字。
4.（　　　）「碎屍萬斷」，請改正這句成語中的錯字。
5.（　　　）形容怨恨極深，難以撫平，叫恨□難□。

➡拊
➡絕
➡勢
➡段
➡海、填

切齒拊心（ㄑㄧㄝˋ ㄔˇ ㄈㄨˇ ㄒㄧㄣ）

解釋 切齒：咬緊牙齒。拊心：用手拍胸口。指恨得咬牙拍胸。

詞源 《戰國策．燕策三》：「此臣之日夜切齒拊心也，今乃得聞教（聽到消息）。」

用法 形容十分痛恨的神情。

範例 你因為這種事就切齒拊心，太不值得了。

水火不容（ㄕㄨㄟˇ ㄏㄨㄛˇ ㄅㄨˋ ㄖㄨㄥˊ）

解釋 指水和火不能相容。

用法 比喻雙方衝突或仇恨極深。

範例 大家都是好朋友，何必鬧得水火不容呢！

提示 「水火不容」也作「水火不投」。

血海深仇（ㄒㄧㄝˇ ㄏㄞˇ ㄕㄣ ㄔㄡˊ）

解釋 血海：殺人過多，以致血流成海。指像是親近的人被殺害般的仇恨。

用法 形容極深的仇恨。

範例 這部影片叫血海深仇？

恨海難填（ㄏㄣˋ ㄏㄞˇ ㄋㄢˊ ㄊㄧㄢˊ）

解釋 指恨深如海，難以填平。

詞源 《山海經．北山經》：「炎帝之少女名曰女娃。女娃游於東海，溺而不返（回），故為精衛（海邊的鳥類，常啣（啣，音ㄒㄧㄢˊ，含著）西山之木石，以堙（堙，音ㄧㄣ，填塞）於東海。」

用法 形容怨恨極深，難以撫平。

範例 古人說：「退一步海闊天空」，恨海難填，苦的是自己。

深惡痛絕（ㄕㄣ ㄨˋ ㄊㄨㄥˋ ㄐㄩㄝˊ）

解釋 惡：討厭。絕：極點。指深深的討厭，痛恨到極點。

詞源 《老殘遊記．九回》：「然宋儒固多不是，然尚有是處；若今之學宋儒者，直（只是）鄉愿（裝出忠厚老實的偽君子）而已，孔孟所深惡而痛絕者也！」

用法 形容極為痛恨。

範例 社會大眾都對歹徒的惡行，感到深惡痛絕。

提示 「深惡痛絕」也作「深惡痛恨」。

勢不兩立（ㄕˋ ㄅㄨˋ ㄌㄧㄤˇ ㄌㄧˋ）

解釋 指對立的雙方不能共存。

詞源 《戰國策．楚策一》：「楚強則秦弱，楚弱則秦強，此其勢不兩立。」大意是說：楚國和秦國分別是戰國時南邊和西邊的兩大強國，兩國國力相當，因此互相較力。

用法 比喻仇人互相對立。

範例 他們兩個為了競選的事，已經鬧得勢不兩立。

碎屍萬段（ㄙㄨㄟˋ ㄕ ㄨㄢˋ ㄉㄨㄢˋ）

解釋 指要把仇人切碎了才能消恨。

詞源 《水滸傳．五二回》：「我早晚殺到京師（首都），把你那欺君賊高俅，碎屍萬段方是願足（滿足願望）！」

用法 比喻對仇人的恨意。

範例 你老愛說碎屍萬段這句口頭禪，太沒有禮貌了。

【憂悲類】

1.（　　）如喪考「妣」，請寫出括號中的注音。 ➡ㄅㄧˇ
2.（　　）「肝腸寸段」，請改正這句成語中的錯字。 ➡斷
3.（　　）呼天「搶」地，請寫出括號中的注音。 ➡ㄑㄧㄤ
4.（　　）形容非常的悲憤或焦急，叫捶□頓□。 ➡胸、足
5.（　　）「錐心泣血」，請改正這句成語中的錯字。 ➡椎

㈠比喻「悲傷不絕」

如喪考妣（ㄖㄨˊ ㄙㄤ ㄎㄠˇ ㄅㄧˇ）

解釋 考妣：稱已經往生的父親和母親。指像面臨父母往生一樣悲痛不已。

詞源 《尚書．舜典》：「二十有八載（載，音ㄗㄞˇ，年），帝乃殂落（殂，音ㄘㄨˊ，帝王去逝），百姓如喪考妣。」

用法 比喻極度的哀痛。

範例 他傷心得如喪考妣，到底發生了什麼事？

肝腸寸斷（ㄍㄢ ㄔㄤˊ ㄘㄨㄣˋ ㄉㄨㄢˋ）

解釋 指悲傷得肝臟和腸子都斷成一寸寸的。

詞源 《敦煌變文集．孝子傳》：「其妻兒被他賣去，隨後連聲喚（叫）住，肝腸寸斷。」

用法 形容悲傷到了極點。

範例 她哭得肝腸寸斷，傷心欲絕。

提示 「肝腸寸斷」也作「肝腸欲斷」或「肝腸欲裂」。

呼天搶地（ㄏㄨ ㄊㄧㄢ ㄑㄧㄤ ㄉㄧˋ）

解釋 搶地：用頭撞地。指向天哭喊，朝地撞頭。

詞源 《儒林外史．一七回》：「太公瞑（瞑，音ㄇㄧㄥˊ，人死時閉眼）目而逝，合家（大家）大哭起來。匡超人呼天搶地，一面安排裝殮（殮，音ㄌㄧㄢˋ，將死人裝入棺木）。」

用法 形容悲傷的模樣。

範例 飛機失事的現場，家屬們哭得呼天搶地。

提示 「呼天搶地」的「搶」讀作ㄑㄧㄤ，不可以讀作ㄑㄧㄤˇ。

柔腸百結（ㄖㄡˊ ㄔㄤˊ ㄅㄞˇ ㄐㄧㄝˊ）

解釋 柔腸：柔軟的腸子。指柔軟的腸子糾纏成結。

詞源 元．谷子敬．《城南柳．三折》：「柳呵！你便柔腸百結，巧計千般（想了各式各樣的辦法），渾身（全身）是眼，尋不見花兒般美少年。」

用法 形容心中有很多的愁苦糾結，難以解開。

範例 你要遠行，我是柔腸百結，無法言語。

痛不欲生（ㄊㄨㄥˋ ㄅㄨˋ ㄩˋ ㄕㄥ）

解釋 指極為悲痛，而不想活了。

用法 形容極度的哀慟。

範例 那種痛不欲生的歲月，彷彿是一場夢魘。

捶胸頓足（ㄔㄨㄟˊ ㄒㄩㄥ ㄉㄨㄣˋ ㄗㄨˊ）

解釋 指用力地拍胸跺腳。

詞源 明．李開先．《昆侖張詩人傳》：「有告之者，殊不之信也；已而知其實然，捶胸頓足，若不欲生。」

用法 形容非常的悲憤或焦急。

範例 他想起自己的無知，不禁懊惱得捶胸頓足。

提示 「捶胸頓足」也作「捶胸頓腳」。

椎心泣血（ㄓㄨㄟ ㄒㄧㄣ ㄑㄧˋ ㄒㄧㄝˋ）

解釋 椎：刺。指悲痛得如刺入心坎，哭泣時也彷彿流出血淚。

詞源 唐．李商隱．《祭裴氏姨文》：「不幸不祐（神明庇護），

		答案
1.（　　　）	「五內」如焚，請寫出括號中的解釋。	➡五臟
2.（　　　）	「仰鬱寡歡」，請改正這句成語中的錯字。	➡抑
3.（　　　）	「悶悶」不樂，請寫出括號中的注音。	➡ㄇㄣˋ ㄇㄣˋ
4.（　　　）	形容哀愁落淚的神情，叫愁□淚□。	➡眉、眼
5.（　　　）	「請食難安」，請改正這句成語中的錯字。	➡寢

天實為之；椎心泣血，敦（誠懇）知所訴！」大意是說：這樣不幸而且神明沒有保祐的事，上天卻讓它發生了。誠懇地向上天表達心中悲痛萬分的情緒！

用法 形容悲痛萬分。

範例 這是何等**椎心泣血**的史實啊！

(二)比喻「憂愁不樂」

五內如焚（ㄨˇ ㄋㄟˋ ㄖㄨˊ ㄈㄣˊ）

解釋 五內：五臟。指五臟像被火焚燒般。

詞源 《官場現形記．三回》：「此時黃道台（官名）已急得五內如焚，一句話也回答不出。」

用法 形容非常的著急。

範例 我急得**五內如焚**，不能自主。

抑鬱寡歡（ㄧˋ ㄩˋ ㄍㄨㄚˇ ㄏㄨㄢ）

解釋 抑鬱：心情憂悶不能舒解。寡：少。指心情憂悶，難得歡樂。

用法 形容人的愁苦。

範例 比賽竟然輸了，隊員們顯得**抑鬱寡歡**。

食不知味（ㄕˊ ㄅㄨˋ ㄓ ㄨㄟˋ）

解釋 指吃飯時不知道飯菜的味道。

詞源 三國魏．曹植．《求自試表》：「今臣居外，非不厚（生活富足）也，而寢不安席（憂慮得睡不著覺），食不遑味者，以二方未克（攻下）為念。」

用法 形容太憂慮或太忙碌，以致沒有心情去享受美味。

範例 人生病了，當然**食不知味**。

提示 「食不知味」也作「食不遑味」（遑：音ㄏㄨㄤˊ，閒暇）。

悶悶不樂（ㄇㄣˋ ㄇㄣˋ ㄅㄨˋ ㄌㄜˋ）

解釋 悶悶：煩悶的樣子。指心情煩悶不快樂。

詞源 《三國演義．一八回》：「意欲（想要）棄布他往，卻又不忍，又恐被人嗤（嗤，音ㄔ，譏笑）笑，乃終日悶悶不樂。」

用法 形容心情煩悶。

範例 你怎麼了？為何**悶悶不樂**？

愁眉不展（ㄔㄡˊ ㄇㄟˊ ㄅㄨˋ ㄓㄢˇ）

解釋 指憂愁時眉頭深鎖，不得舒展。

詞源 《西遊記．九四回》：「觀見那唐僧在國王左邊繡墩（有華麗刺繡圖案，形狀像土丘的坐墊）上坐著，愁眉不展，心存焦躁。」

用法 形容愁煩不能抒解。

範例 **愁眉不展**的你，何時再現歡顏？

愁眉淚眼（ㄔㄡˊ ㄇㄟˊ ㄌㄟˋ ㄧㄢˇ）

解釋 指憂愁的皺緊眉頭，兩眼含著淚水。

詞源 《紅樓夢．六二回》：「那媳婦愁眉淚眼，也不敢進廳來，到階下便朝上跪下磕（磕，音ㄎㄜ，敲擊）頭。」

用法 形容哀愁落淚的神情。

範例 你為誰**愁眉淚眼**到天明？

寢食不安（ㄑㄧㄣˇ ㄕˊ ㄅㄨˋ ㄢ）

解釋 指睡覺吃飯都不能安穩。

詞源 《三國演義．四三回》：「孫權退入內宅（裡頭的住所），

1.（　　）「憂心匆匆」，請改正這句成語中的錯字。 ➡忡忡
2.（　　）涕「泗」滂沱，請寫出括號中的注音和解釋。 ➡ㄙˋ、鼻涕
3.（　　）「慟哭流涕」，請改正這句成語中的錯字。 ➡痛
4.（　　）「淚如雨下」的近義成語是A.望眼欲穿B.以淚洗面C.涕淚交集D.眼花撩亂。 ➡B、C

寢食不安，猶豫不決（遲疑不能下決定）。」

用法 形容憂慮多愁的思緒。

範例 孩子不見人影，他急得六神無主，寢食不安。

憂心如焚（ㄧㄡ ㄒㄧㄣ ㄖㄨˊ ㄈㄣˊ）

解釋 指心情憂慮如火在焚燒一樣。

詞源 康有為．《大同書．甲部》：「憂心如焚，頭痛若刺（針刺般的痛）。」

用法 形容焦急憂慮的心情。

範例 我有好法子，你別憂心如焚了。

憂心忡忡（ㄧㄡ ㄒㄧㄣ ㄔㄨㄥ ㄔㄨㄥ）

解釋 忡忡：憂愁焦慮的樣子。指心中充滿憂愁和焦慮。

詞源 《詩經．召南．草蟲》：「未見君子（您），憂心忡忡。」大意是說：沒有見到郎君，我的內心很憂愁焦慮。

用法 形容心情焦急。

範例 他愁眉深鎖，憂心忡忡的樣子，一定有心事。

提示 「憂心忡忡」也作「憂心悄悄」。

(三)比喻「悲傷落淚」

以淚洗面（ㄧˇ ㄌㄟˋ ㄒㄧˇ ㄇㄧㄢˋ）

解釋 指用淚水洗臉。

詞源 清．張泓．《滇南憶舊錄．轉生異》：「舅氏婉勸之，復曉以生身大義（告訴她親生的道理），（姐）始登舟回，然無日不以淚洗面也。」

用法 形容淚流滿面。

範例 這種以淚洗面的日子，就是你追求的人生嗎？

涕泗滂沱（ㄊㄧˋ ㄙˋ ㄆㄤ ㄊㄨㄛˊ）

解釋 涕：眼淚。泗：鼻涕。滂沱：雨下得很大。指流下來的淚水、鼻涕和大雨一樣多。

詞源 《詩經．陳風．澤陂（陂，音ㄆㄛ）》：「有養一人，傷（悲傷）如之何！寤寐（寤寐，音ㄨˋ ㄇㄟˋ，醒和睡，引申作無時無刻）無為，涕泗滂沱。」

用法 形容流了滿臉的淚水。

範例 好奇怪，明明是喜劇片，你怎麼哭得涕泗滂沱？

涕淚交集（ㄊㄧˋ ㄌㄟˋ ㄐㄧㄠ ㄐㄧˊ）

解釋 指眼淚在臉上交叉流下。

詞源 《五燈會元．東土祖師》：「五聞（聽）師言，涕淚交集曰：『此國何罪，彼土何祥（善）。』」

用法 形容悲傷至極。

範例 大雨啊！大雨！你是否也了解多情人涕淚交集的苦呢？

淚如雨下（ㄌㄟˋ ㄖㄨˊ ㄩˇ ㄒㄧㄚˋ）

解釋 指眼淚如雨水般落下。

詞源 《三國演義．五五回》：「玄德曰：『夫人之心，雖則如此，爭奈（無奈）國太與侯安肯容夫人去？夫人若可憐劉備，暫時辭別。』言畢（完），淚如雨下。」

用法 形容眼淚流個不停。

範例 你沒開口就淚如雨下，教我如何幫忙呢？

痛哭流涕（ㄊㄨㄥˋ ㄎㄨ ㄌㄧㄡˊ ㄊㄧˋ）

解釋 涕：眼淚。指悲痛地哭泣。

用法 形容哭得很傷心。

1.（　　　）比喻消沉不振的成語有 A.心如死灰 B.心灰意懶 C.三心二意 D.日上三竿。　➡A、B

2.（　　　）「唱然若失」，請改正這句成語中的錯字。　➡悵

3.（　　　）「萬念具灰」，請改正這句成語中的錯字。　➡俱

4.（　　　）「搞木死灰」，請改正這句成語中的錯字。　➡槁

範例 你動不動就痛哭流涕，實在太怯弱了。

【愁悶類】

(一)比喻「消沉不振」

心如死灰 ㄒㄧㄣ ㄖㄨˊ ㄙˇ ㄏㄨㄟ

解釋 指心中像熄滅的灰燼。

詞源 《水滸傳．八五回》：「出家人違俗（不從世俗）已久，心如死灰，無可效忠，幸（希望）勿督過（責備過錯）。」

用法 形容心中消沉，已無熱情。

範例 我已經心如死灰，不為所動。

心灰意懶 ㄒㄧㄣ ㄏㄨㄟ ㄧˋ ㄌㄢˇ

解釋 懶：消沉。指心情沮喪，意志消沉。

用法 形容心情低落。

範例 加油！加油！心灰意懶只會使你更消沉。

提示 「心灰意懶」也作「心灰意冷」。

垂頭喪氣 ㄔㄨㄟˊ ㄊㄡˊ ㄙㄤˋ ㄑㄧˋ

解釋 垂：低下。喪氣：臉部失去光彩。指垂著腦袋，懊喪著臉。

詞源 《紅樓夢．三三回》：「好端端的（毫無理由），你垂頭喪氣的做什麼？」

用法 形容心情沮喪的模樣。

範例 告訴我，為何垂頭喪氣？

悵然若失 ㄔㄤˋ ㄖㄢˊ ㄖㄨㄛˋ ㄕ

解釋 悵然：迷惘失意的樣子。指心中迷惘，好像失去什麼似的。

詞源 《聊齋志異．牛成章》：「忠泣訴父名，主人悵然若失，久之，問曰：『而母無恙（恙，音ㄧㄤˋ，疾病）乎？』」

用法 形容心中的迷惘惆悵。

範例 你悵然若失地望著遠方，在想什麼呢？

萬念俱灰 ㄨㄢˋ ㄋㄧㄢˋ ㄐㄩˋ ㄏㄨㄟ

解釋 萬念：所有的想法。俱：全。指所有的想法全消滅了。

用法 形容遭受挫折後，內心十分的消極。

範例 人不怕苦，只怕萬念俱灰。

槁木死灰 ㄍㄠˇ ㄇㄨˋ ㄙˇ ㄏㄨㄟ

解釋 槁木：枯木。指枯黃的樹木與熄滅的灰燼。

用法 比喻毫無生氣或意志消沉。

範例 房屋倒塌現場，居民們嚇得槁木死灰，難以平靜。

(二)比喻「難以平靜」

七上八下 ㄑㄧ ㄕㄤˋ ㄅㄚ ㄒㄧㄚˋ

解釋 原句來自歇後語：十五個吊桶打水——七上八下。指心神不安，非常的緊張。

用法 形容心情忐忑不安。

範例 病患家屬在手術房門口等待，心情七上八下。

千頭萬緒 ㄑㄧㄢ ㄊㄡˊ ㄨㄢˋ ㄒㄩˋ

解釋 頭、緒：絲的端頭。指布織品上繁雜的絲頭。

詞源 宋．葛長庚．《永遇樂．寄鶴林靖》詞：「尋思（反覆思索）往事，千頭萬緒，回首消（消失）如夢裏。」

1.（　　　）「心浮氣燥」，請改正這句成語中的錯字。 ➡躁
2.（　　　）「心亂如痲」，請改正這句成語中的錯字。 ➡麻
3.（　　　）「起人憂天」，請改正這句成語中的錯字。 ➡杞
4.（　　　）「傭人自擾」，請改正這句成語中的錯字。 ➡庸
5.（　　　）形容人不開朗，叫□頭□展。 ➡眉、不

用法 ①形容事物繁雜，不容易處理。②形容思緒煩亂。

範例 我一時千頭萬緒，不知道從何說起。

心浮氣躁（ㄒㄧㄣ ㄈㄨˊ ㄑㄧˋ ㄗㄠˋ）

解釋 指心神浮動，脾氣急躁。

用法 形容心情的浮躁。

範例 你改改那心浮氣躁的個性吧！

心亂如麻（ㄒㄧㄣ ㄌㄨㄢˋ ㄖㄨˊ ㄇㄚˊ）

解釋 麻：麻類植物的總稱，枝幹交錯繁雜，引申作多而瑣碎。指心緒煩亂，如同交錯雜亂的麻叢。

詞源 《古今小說·卷二九》：「這紅蓮聽得更鼓已是二更，心中想道：『如何事了？』心亂如麻，遂乃輕移蓮步（女子走路美妙的姿態），走至長老房邊。」

用法 形容思緒雜亂。

範例 愈是心亂如麻，愈無法解決問題。

提示 「心亂如麻」也作「心緒如麻」。

(三)比喻「自求苦惱」

自取其禍（ㄗˋ ㄑㄩˇ ㄑㄧˊ ㄏㄨㄛˋ）

解釋 指自己招惹禍事。

詞源 《新編五代史平話·唐史·卷下》：「故門高之弒（誇耀財富而惹來的殺身之禍），樂器之焚，亦是自取其禍也。」

用法 比喻自己招來災禍。

範例 你是旱鴨子，卻跑去衝浪，這不是自取其禍嗎？

杞人憂天（ㄑㄧˇ ㄖㄣˊ ㄧㄡ ㄊㄧㄢ）

解釋 杞：周代封國，在今河南省杞縣附近。指周代有個杞國人，擔心天會塌下來。

詞源 《列子·天端》：「杞國有人，憂天地崩墜（倒塌；落下），身亡（亡，音ㄨˊ。同「無」）所寄（居），廢寢食者（停止睡覺和吃飯）。」

用法 比喻不必要的憂慮。

範例 太陽怎麼可能從天空掉下來？你太杞人憂天了。

庸人自擾（ㄩㄥ ㄖㄣˊ ㄗˋ ㄖㄠˇ）

解釋 庸人：沒有作為的平凡人。指沒有作為的人自尋煩惱。

詞源 華而實·《漢衣冠·三》：「他在房裏踱（踱，音ㄉㄨㄛˋ，來回走動）了半圈，在門口停下，背對著鄭成功，警告似地說：『不要庸人自擾！』」

用法 形容沒有作為的人，卻總是徒增煩惱。

範例 唉！兒孫自有兒孫福，我是庸人自擾了。

(四)比喻「心中愁苦」

眉頭不展（ㄇㄟˊ ㄊㄡˊ ㄅㄨˋ ㄓㄢˇ）

解釋 眉頭：兩眉之間。指眉頭緊鎖不得伸展。

詞源 《水滸傳·五五回》：「宋江眉頭不展，面帶憂容（憂慮的面容）。」

用法 形容人不開朗。

範例 你整天眉頭不展，讓我好不擔心。

提示 「眉頭不展」也作「眉頭不

1.（　　）「撥雲見日」的相反成語是A.日上三竿B.光天化日C.愁雲慘霧D.白雲蒼狗。 ➡C

2.（　　）以下哪種做事的態度無法解決問題A.楚囚對泣B.一鳴驚人C.人定勝天D.三顧茅蘆。 ➡A

3.（　　）「仇腸九轉」，請改正這句成語中的錯字。 ➡愁

伸」。

愁容滿面（ㄔㄡˊ ㄖㄨㄥˊ ㄇㄢˇ ㄇㄧㄢˋ）

解釋 愁容：憂愁的容貌。指滿臉憂愁的樣子。

用法 形容十分的愁苦煩惱。

範例 豔陽高照，老是不下雨，賣傘的小販愁容滿面。

愁雲慘霧（ㄔㄡˊ ㄩㄣˊ ㄘㄢˇ ㄨˋ）

解釋 指憂愁、沉悶和淒慘的氣氛，像雲霧般飄蕩。

詞源 元．武漢臣《生金閣．四折》：「我則見黯黯（黯，音ㄢˋ，昏暗）的愁雲慘霧迷（迷濛）。」

用法 形容愁苦、沉悶而淒慘的景象、氣氛。

範例 這一家人籠罩在愁雲慘霧的悲情中。

愁腸九轉（ㄔㄡˊ ㄔㄤˊ ㄐㄧㄡˇ ㄓㄨㄢˇ）

解釋 指愁悶的心情在腹中糾結。

詞源 明．邵璨．《香囊記．得書》：「我終日裏愁腸九轉，到如今尺素（尺書和素絹，也就是書信）空傳，越教人中心慘然（悲傷的樣子）。」

用法 形容憂愁緊緊地纏繞。

範例 你哪能夠了解我愁腸九轉的哀戚！

楚囚對泣（ㄔㄨˇ ㄑㄧㄡˊ ㄉㄨㄟˋ ㄑㄧˋ）

解釋 楚囚：被俘的楚國人。指被囚禁的楚國人，因為無法脫困，而相對哭泣。

詞源 《左傳．成公九年》：「晉侯觀了軍府，見鍾儀，問之：『南冠（戴著南方的帽子）而縶（縶，音ㄓˊ，拘禁）者誰也？』有司（職責的官吏）對曰：『鄭人所獻楚囚也。』」

用法 比喻身陷困境的無奈。

範例 唉！楚囚對泣只是困坐愁城罷了！

提示 「楚囚對泣」也作「楚囚相對」。

【感觸類】

(一)比喻「觸景生情」

人去樓空（ㄖㄣˊ ㄑㄩˋ ㄌㄡˊ ㄎㄨㄥ）

解釋 去：離開。指人離開之後，只剩下空蕩蕩的屋子。

詞源 唐．崔顥（顥，音ㄏㄠˋ）．《黃鶴樓》詩：「昔人（古人）已乘黃鶴去，此地空餘黃鶴樓。黃鶴一去不復（再）返，白雲千載（載，音ㄗㄞˇ，年）空悠悠（①遙遠貌。②憂思）。」

用法 比喻重遊故地的感慨。

範例 花兒凋謝了！故人也走了！人去樓空，什麼也不留。

春樹暮雲（ㄔㄨㄣ ㄕㄨˋ ㄇㄨˋ ㄩㄣˊ）

解釋 暮：太陽將下山的時刻。指這裡見到的是春天的樹，那裡見到的是黃昏的霞雲。

詞源 唐．杜甫．《春日憶李白》詩：「渭（渭水，為黃河最大的支流）北春天樹，江東（長江東邊）日暮雲。」大意是說：一個在渭北，看到的是春天的樹；一個在江東，看到的是黃昏的雲霞。

用法 比喻親友各分東西，遙思對方的情境。

1.（　　　）「仰天長笑」，請改正這句成語中的錯字。
2.（　　　）「觸井生情」，請改正這句成語中的錯字。
3.（　　　）百感「交集」，請改正括號中的解釋。
4.（　　　）別洩氣！□□□□只會讓自己更缺乏信心罷了！空格中應填入 A.望洋興嘆 B.血氣方剛 C.大海撈針 D.不卑不亢。

➡嘯
➡景
➡相互錯雜
➡A

範例 你我分隔兩地，春樹暮雲的苦，何時才能解？

提示 「春樹暮雲」也作「渭樹江雲」。

觸景生情 ㄔㄨˋ ㄐㄧㄥˇ ㄕㄥ ㄑㄧㄥˊ

解釋 觸：接觸；碰觸。指看見眼前的景物而引發某種情懷。

詞源 清．趙翼．《甌北詩話．卷四》：「元白（元稹和白居易）尚坦易（坦白平易）。多觸景生情，因事起意（因事情而起意念）。」

用法 形容因為眼前的景物而觸動心弦。

範例 斑剝的老屋是兒時的記憶，一磚一瓦都教我觸景生情。

提示 「觸景生情」也作「觸景傷情」、「見景生情」。

(二)比喻「感嘆無奈」

仰天長嘯 ㄧㄤˇ ㄊㄧㄢ ㄔㄤˊ ㄒㄧㄠˋ

解釋 仰天：抬頭面向天空。嘯：悠長的呼聲，有嘆息的意思。指仰望天空並且發出悠長的呼嘯聲。

詞源 宋．岳飛．《滿江紅》：「怒髮衝冠（很生氣的樣子），憑欄處，瀟瀟（風雨很急的樣子）雨歇。抬望眼，仰天長嘯，壯懷激烈。」大意是說：一場大雨過後，我滿懷壯志的倚欄遠望，眼見一片美好的錦繡河山被強悍的金兵奪走，不由得抬頭望天長嘆，以抒發我滿腔的鬱悶。

用法 形容長聲嘆息。

範例 英雄仰天長嘯是為河山？還是為佳人？

提示 「仰天長嘯」的「嘯」不可以寫成「笑容滿面」的「笑」。

百感交集 ㄅㄞˇ ㄍㄢˇ ㄐㄧㄠ ㄐㄧˊ

解釋 百感：許多的感觸、感覺。交集：相互錯雜。指多種感觸同時交織在一起。

詞源 南朝．宋．劉義慶．《世說新語．言語》：「見此茫茫（廣大貌），不覺百端（頭緒；思緒）交集。」

用法 形容心中的感慨同時湧現。

範例 多情人百感交集的眼淚，如潰決的河水……。

提示 「百感交集」也作「百端交集」。

望洋興嘆 ㄨㄤˋ ㄧㄤˊ ㄒㄧㄥ ㄊㄢˋ

解釋 望洋：舉目眺望遠處。指舉目眺望海洋而發出感嘆。

詞源 《莊子．秋水》：「河伯（河神）欣然自喜，以天下之美為盡在己；順流而東行，至於北海（渤海），東面而視，不見水端（盡頭）。於是焉，河泊始旋其面目（頭部），望洋向若（海神名）而嘆。』」大意是說：所有的河流都流進黃河，黃河中的水勢突然變得盛大，所以河伯非常高興，祂認為天下間的美景自己全占有了，於是再順流東行，到了渤海，朝東面望去，卻看不到海的盡頭，河伯於是轉頭，舉目遠眺並且向海神說：「如果沒有親自來看一趟大海，自己可能永遠都被人取笑呀！」

用法 感嘆渺小或無能為力。

範例 別洩氣！望洋興嘆只會讓自己更缺乏信心罷了！

提示 「望洋興嘆」也作「望洋而嘆」、「望洋興嗟」（嗟：音ㄐㄧㄝ，

1. （　　　）「感慨萬千」，請改正這句成語中的錯字。➡慨
2. （　　　）「人心不谷」，請改正這句成語中的錯字。➡古
3. （　　　）「古調不談」，請改正這句成語中的錯字。➡彈
4. （　　　）「事風日下」，請改正這句成語中的錯字。➡世
5. （　　　）「年華虛渡」，請改正這句成語中的錯字。➡度

感嘆的語氣）。

感慨萬千（ㄍㄢˇ ㄎㄞˇ ㄨㄢˋ ㄑㄧㄢ）

解釋 感慨：心中有所感觸而發出嘆息。萬千：很多的意思。指心中有許多的感觸，因此長聲嘆息。

用法 形容感觸良多。

範例 你問我為什麼感慨萬千？唉！說來話長啊！

提示 「感慨萬千」不可以寫成「大概」的「概」。

㈢比喻「世風頹廢」

人心不古（ㄖㄣˊ ㄒㄧㄣ ㄅㄨˋ ㄍㄨˇ）

解釋 人心：人的心腸。不古：不如古人。指現代人的心腸不如古人樸實。

詞源 明．宋應星．《野議．風俗議》：「且學問未大，功業未大，而只以名姓自大，亦人心不古之一端（一方面）也。」

用法 感嘆社會風氣愈來愈差。

範例 有愛相隨，人心不古的冰霜自然融化。

古調不彈（ㄍㄨˇ ㄉㄧㄠˋ ㄅㄨˋ ㄊㄢˊ）

解釋 彈：奏。指古老的曲子雖好，但是現代人追逐時尚，已經不喜歡彈奏了。

詞源 唐．劉長卿．《聽彈琴》：「泠泠（泠，音ㄌㄧㄥˊ，聲音清亮的樣子）七弦（樂器上的絲線）上，靜聽松風寒。古調雖自愛，今人多不彈。」

用法 比喻陳舊的東西不受歡迎。

範例 年輕人愛追求流行和時髦，自然古調不彈了。

世風日下（ㄕˋ ㄈㄥ ㄖˋ ㄒㄧㄚˋ）

解釋 世風：社會風氣。指社會風氣一天比一天低落。

用法 形容社會風氣愈來愈敗壞。

範例 現代社會世風日下，守法的觀念愈來愈淡薄。

提示 「世風日下」也作「世風日儉」（儉：減少）。

世態炎涼（ㄕˋ ㄊㄞˋ ㄧㄢˊ ㄌㄧㄤˊ）

解釋 世態：社會上民眾的態度。炎涼：熱情和冷淡。指世俗中民眾熱情和冷淡的態度。

詞源 《隋唐演義．一四回》：「我囊橐（橐，音ㄊㄨㄛˊ，口袋）空虛，使你丈夫下眼相看（瞧不起人），世態炎涼，古今如此。」大意是說：我的口袋裡什麼東西也沒有，結果你的丈夫就瞧不起我，世俗中民眾熱情和冷淡的態度就是這麼現實，從古至今都是一樣。

用法 形容因為對方身分地位的高低，而表現出不同的態度。

範例 人間的世態炎涼，令人心寒。

㈣比喻「一無所成」

年華虛度（ㄋㄧㄢˊ ㄏㄨㄚˊ ㄒㄩ ㄉㄨˋ）

解釋 年華：年紀歲月。虛度：白白的度過。指任憑歲月白白的度過。

用法 形容人浪費光陰。

範例 人的一生中，有多少青春可以年華虛度呢？

老大無成（ㄌㄠˇ ㄉㄚˋ ㄨˊ ㄔㄥˊ）

解釋 老大：年紀大。指年紀大，

1. (　　　) 馬齒徒「長」，請寫出括號中的注音和解釋。➡ㄓㄤˇ、增添
2. (　　　) 「人心皇皇」，請改正這句成語中的錯字。➡惶惶
3. (　　　) 什麼？你為了一隻蒼蠅嚇得□□□□。空格中應填入A.大驚失色 B.笑逐顏開 C.大動干戈 D.大名鼎鼎。➡A
4. (　　　) 「不寒而立」，請改正這句成語中的錯字。➡慄

卻一事無成。

詞源 《鏡花緣・一〇回》：「既不能顯親揚名，又不能興邦定業（建立事業，使國家興旺昌盛），碌碌（平庸）人世，殊愧老大無成。」

用法 形容人年歲已大，事業上卻毫無成就。

範例 年輕時不努力，老大無成空悲嘆。

馬齒徒長（ㄇㄚˇ ㄔˇ ㄊㄨˊ ㄓㄤˇ）

解釋 馬齒：年紀；年齡。徒：白白的。長：增添。指馬的年齡隨著牙齒的增加而增添。

詞源 《穀梁傳・僖公二年》：「荀息牽馬操璧（平而圓，中間有孔的玉器）而前曰：『璧則猶是也，而馬齒加長矣。』」大意是說：春秋時代，晉國曾經用駿馬及美玉來賄賂虞國，希望借路行軍去滅掉虢（虢，音ㄍㄨㄛˊ）國，當晉軍滅掉虢國之後，回程順便將虞國也滅了，同時將當初贈予虞國的駿馬及美玉又奪取回來。晉國的大夫荀息將駿馬及美玉呈獻給晉王時說：「美玉依然還是原來的樣子，馬的牙齒卻隨著年紀的增長而增加了。」

用法 比喻人的年歲增加了，事業上卻沒有什麼成就，常是自謙的語詞。

範例 各位過獎了！馬齒徒長的我，其實並無成就啊！

提示 「馬齒徒長」的「長」讀作ㄓㄤˇ。

【驚慌類】

(一)比喻「徬徨害怕」

人心惶惶（ㄖㄣˊ ㄒㄧㄣ ㄏㄨㄤˊ ㄏㄨㄤˊ）

解釋 惶惶：不安的樣子。指人驚恐不安的樣子。

詞源 《花月痕・三七回》：「先是雁門郡（古代地方行政劃分單位）人心惶惶，訛言（謠言）四起。」

用法 形容惶恐不安的情緒。

範例 當年SARS疫情肆虐，全國上下人心惶惶。

提示 「人心惶惶」也作「人心皇皇」。

大驚失色（ㄉㄚˋ ㄐㄧㄥ ㄕ ㄙㄜˋ）

解釋 失色：因為過度害怕而使臉上失去血色。指極度驚恐，臉色因此變得蒼白。

詞源 《西遊記・五九回》：「行者（孫悟空）已到他肚腹之內，現原身厲聲（嚴厲的聲音）高叫道：『嫂嫂，借扇子我使使！』羅剎（剎，音ㄔㄚˋ。羅剎：惡鬼的名稱）大驚失色。」

用法 形容極度的驚恐。

範例 什麼？你為了一隻蒼蠅嚇得大驚失色？

不寒而慄（ㄅㄨˋ ㄏㄢˊ ㄦˊ ㄌㄧˋ）

解釋 慄：顫抖。指不冷卻會發抖。

詞源 《史記・酷吏列傳》：「是日（該日）皆報殺四百餘人。其後（事情發生之後）郡（古代地方行政劃分單位）中不寒而栗（栗，音ㄌㄧˋ。通「慄」）。」

用法 形容害怕得直發抖。

1. （　　　）「心有餘寄」，請改正這句成語中的錯字。
2. （　　　）以下哪些成語是比喻非常的恐懼A.心膽俱裂B.心直口快C.目瞪口呆D.冷汗直流。
3. （　　　）形容極度的害怕，叫心□肉□。
4. （　　　）「心驚膽站」，請改正這句成語中的錯字。

➡悸
➡A、C、D
➡驚、跳
➡戰

範例 夜半，大夥聽完鬼故事，個個不寒而慄。

提示 「不寒而慄」也作「不寒而栗」。

心有餘悸

解釋 餘：殘剩的。悸：因為恐懼而使心跳加快。指仍然感到驚懼。

用法 形容恐懼不能完全消除。

範例 他從火窟逃過一劫，如今想起仍心有餘悸。

心膽俱裂

解釋 指心臟和膽子都裂開了。

詞源 《古今小說．卷二二》：「此時蒙古攻城甚急，鄂州將破，（賈）似道心膽俱裂，那敢上前？」

用法 形容過度的恐懼。

範例 非洲大草原傳來獅吼聲，教人心膽俱裂，拔腿狂奔。

提示 「心膽俱裂」也作「心膽俱碎」。

心驚肉跳

解釋 肉跳：身體顫抖。跳：顫抖。指心中感覺驚恐而身體不禁顫抖。

用法 形容極度的害怕。

範例 要考高空彈跳？我一聽，不禁心驚肉跳，渾身發抖。

心驚膽戰

解釋 戰：顫抖。指心中恐懼，害怕得直顫抖。

詞源 清．孔尚任．《桃花扇．棲真》：「片紙飛來無人見，三更（半夜時刻，約半夜十二時左右）縛（用繩索纏住）去加刑典（刑罰），教俺（俺，音ㄢˇ，中國北方人的自稱詞）心驚膽戰。」

用法 形容驚恐的模樣。

範例 這是一部看了會心驚膽戰的恐怖片。

提示 「心驚膽戰」的「戰」不可以寫成「仗勢欺人」的「仗」。

毛骨悚然

解釋 毛骨：毛髮及骨頭。悚然：驚恐害怕的樣子。指害怕的不得了，毛髮和骨頭彷彿也感受到驚恐的情緒。

詞源 《三國演義．二一回》：「操見之，毛骨悚然，出了一身冷汗。」

用法 形容害怕恐懼的情緒。

範例 空屋裡，迴盪著毛骨悚然的回聲。

提示 「毛骨悚然」也作「毛骨竦然」、「毛骨聳然」。

目瞪口呆

解釋 瞪：張大眼睛直看。呆：發楞。指睜大眼睛直視，張開嘴巴卻說不出話來。

詞源 《水滸傳．二六回》：「眾鄰舍俱目瞪口呆，再不敢動。」

用法 形容驚嚇而發呆的神情。

範例 登山客赫然看見一隻黑熊奔來，大家都嚇得目瞪口呆。

冷汗直流

解釋 冷汗：因恐懼或緊張而流的汗。指因為心中害怕而直冒汗。

用法 形容極度的恐慌或緊張。

範例 雲霄飛車忽高忽低，忽左忽右，把大家嚇得冷汗直流。

1.（　　　）「怵」目驚心，請寫出括號中的注音和解釋。 ➡ ㄔㄨˋ、恐懼
2.（　　　）風聲鶴「唳」，請寫出括號中的注音和解釋。 ➡ ㄌㄧˋ、鳴叫聲
3.（　　　）「草木接兵」，請改正這句成語中的錯字。 ➡ 皆
4.（　　　）「提心掉膽」，請改正這句成語中的錯字。 ➡ 吊
5.（　　　）形容人受到驚嚇，叫□飛□散。 ➡ 魂、魄

怵目驚心（ㄔㄨˋ ㄇㄨˋ ㄐㄧㄥ ㄒㄧㄣ）

解釋 怵：恐懼。指看到恐懼的景象，心中感到很害怕。

用法 形容非常的恐懼。

範例 用餐時，不宜觀看怵目驚心的畫面。

提示 「怵目驚心」的「怵」讀作ㄔㄨˋ。

風聲鶴唳（ㄈㄥ ㄕㄥ ㄏㄜˋ ㄌㄧˋ）

解釋 唳：鳴叫聲。指風吹的聲音和白鶴的鳴叫聲。

詞源 《晉書．謝玄傳》：「餘眾棄甲（古代軍士身上所穿的護身衣）宵遁（逃跑），聞風聲鶴唳，皆以為王師（謝玄的軍隊）已至。」大意是說：前秦苻堅率百萬雄師與謝玄所率領的晉軍戰於淝水，結果苻堅的軍隊大敗，紛紛脫下盔甲，連夜逃跑，夜晚時只要聽到風吹的聲音及白鶴的鳴叫聲，就已為是晉軍來了。

用法 形容十分的驚恐疑懼。

範例 有任何風聲鶴唳的消息，要盡快稟報。

提示 「風聲鶴唳」的「唳」不可以寫成「暴戾」的「戾」。

草木皆兵（ㄘㄠˇ ㄇㄨˋ ㄐㄧㄝ ㄅㄧㄥ）

解釋 皆：都。指錯把山上的草木當成敵軍。

詞源 《晉書．苻堅載記》：「又北望八公山上草木，皆類（相似；類似）人形。」大意是說：前秦國君苻堅率百萬雄兵攻打偏安東南的東晉，當他到達淝水流域時，在壽春城遠望，見到晉軍陣容嚴整，又遠望八公山，誤把山上的草木都當成東晉的軍隊，而感到十分的驚恐，於是回頭向苻融（堅之弟）說：「此亦勁敵，何謂少乎？」

用法 形容驚嚇到了極點，因此疑神疑鬼。

範例 做錯事情的他，過怕了這種草木皆兵的日子。

提心吊膽（ㄊㄧˊ ㄒㄧㄣ ㄉㄧㄠˋ ㄉㄢˇ）

解釋 吊：懸掛。指感覺心、膽好像懸在半空中。

詞源 《西遊記．一七回》：「眾僧聞得此言，一個個提心吊膽，告天許願，只要尋得袈裟（袈裟，音ㄐㄧㄚ ㄕㄚ，佛教僧侶的法衣），各全（保全）性命。」

用法 形容十分的擔心害怕。

範例 高空彈跳的表演，令人看了提心吊膽。

提示 「提心吊膽」的「吊」不可以寫成「弔祭」的「弔」。

魂不附體（ㄏㄨㄣˊ ㄅㄨˋ ㄈㄨˋ ㄊㄧˇ）

解釋 魂：靈魂。附：依附。指靈魂沒有依附在肉體上。

詞源 《醒世恆言．卷三〇》：「都向靴（靴，音ㄒㄩㄝ，用皮革製成的長筒鞋）裏颼（物件在空中快速擦過的聲音）的拔出刀來，嚇得房德魂不附體，倒退下十數步來。」

用法 形容極度的恐懼，嚇到元神盡散。

範例 半夜，窗戶被風吹得嘎嘎響，嚇得我魂不附體。

魂飛魄散（ㄏㄨㄣˊ ㄈㄟ ㄆㄛˋ ㄙㄢˋ）

解釋 魂魄：附在人身體上的精神及靈氣。散：分開。指人的靈魂脫

1.（　　）大地震後，人人□□□□，害怕再次發生天災。空格中應填入 A.談虎色變 B.大驚小怪 C.有恃無恐 D.萬無一失。	➡A
2.（　　）「戰戰競競」，請改正這句成語中的錯字。	➡兢兢
3.（　　）「驚弓之鳥」，請改正這句成語中的錯字。	➡驚
4.（　　）比喻害怕的不得了，叫□慌□色。	➡驚、失

離身體，精神也渙散了。

詞源《水滸傳．三三回》：「劉高聽得，驚得魂飛魄散，懼怕花榮是武官，哪裏敢出來相見。」

用法 形容人受到驚嚇。

範例 動物園裡，獅子突然大吼一聲，人人魂飛魄散，倒退好幾步。

提示「魂飛魄散」也作「魄散魂飛」、「魂飛魄喪」。

談虎變色（ㄊㄢˊ ㄏㄨˇ ㄅㄧㄢˋ ㄙㄜˋ）

解釋 指曾經被老虎傷害過的人，一聽到有人談論老虎，臉上的表情馬上變成害怕的樣子。

詞源《大學．或問》：「嘗（曾經）見有談虎傷人者，其間一人獨變（臉色改變），問其所以（問他為何如此？），乃嘗傷於虎者也。」

用法 比喻驚駭的表情。

範例 大地震後，人人談虎變色，害怕再發生天災。

戰戰兢兢（ㄓㄢˋ ㄓㄢˋ ㄐㄧㄥ ㄐㄧㄥ）

解釋 戰戰：恐懼發抖的樣子。兢兢：小心謹慎的樣子。

詞源《詩經．小雅．小旻（旻，音ㄇㄧㄣˊ）》：「戰戰兢兢，如臨（靠近）深淵，如履（踩）薄冰。」大意是說：因為心中害怕而小心謹慎，就好像人靠近危險的深淵或踩在薄冰上的心情。

用法 形容因為害怕，而小心翼翼的態度。

範例 防爆人員戰戰兢兢地移走爆裂物。

驚弓之鳥（ㄐㄧㄥ ㄍㄨㄥ ㄓ ㄋㄧㄠˇ）

解釋 驚：害怕。弓：一種將弦拉起即可將箭遠射的兵器。指被弓箭嚇怕的鳥。

詞源《戰國策．楚策四》：「王曰：『先生何以知之？』對曰：『其飛徐（緩慢）而鳴悲。飛徐者，故瘡（外傷）痛也；鳴悲者，久失羣（「羣」是「群」的異體字。與群雁脫隊）也。故瘡未息（尚未復原）而驚心未去（消失）也。聞弦音，引（誘導）而高飛，故瘡隕（墜落；掉落）也。』」大意是說：有一隻雁鳥從東方飛過來，有一個名為更羸（羸，音ㄌㄟˊ）的神箭手拉了一下空弦，那隻雁鳥就從空中掉下來了，魏王覺得很訝異，於是問更羸說：「先生怎麼知道不必用箭矢就可將雁鳥射下來呢？」更羸回答說：「我看這一隻鳥飛的很慢，而且叫的很悽慘。牠所以飛的慢，因為是一隻受傷的雁鳥；所以慘叫，一定是與群雁脫隊的關係。當牠的傷還沒有復原，驚魂尚未平靜下來，一聽到弓弦的聲音，必會引誘牠振翅高飛，只要牠一用力，傷口再度裂開，自然就會掉下來了。」

用法 形容受到過度的驚嚇。

範例 從火場死裡逃生的人，個個像驚弓之鳥，臉色慘白。

驚慌失色（ㄐㄧㄥ ㄏㄨㄤ ㄕ ㄙㄜˋ）

解釋 指因為驚慌而使臉上失去血色。

詞源《鏡花緣．五九回》：「這話登時（馬上）傳到宋良箴（箴，音ㄓㄣ）耳內，嚇的驚慌失色，淚落不止。」

用法 比喻害怕的不得了。

範例 一輛汽車蛇形地呼嘯而過，

1.（　　）「驚惶失錯」，請改正這句成語中的錯字。 ➡措
2.（　　）形容心神起伏不定，叫□□不安。 ➡忐忑
3.（　　）以下哪些成語是比喻焦慮不安A.芒刺在背B.坐立不安C.目瞪口呆D.井底之蛙。 ➡A、B
4.（　　）「如坐針沾」，請改正這句成語中的錯字。 ➡氈

路上的行人都驚慌失色。

驚惶失措（ㄐㄧㄥ ㄏㄨㄤˊ ㄕ ㄘㄨㄛˋ）

解釋 惶：恐懼；害怕。失措：手腳不知道如何安放。指因為恐懼，而不知如何是好。

詞源 《二刻拍案驚奇．卷一一》：「少卿虛心病，元（通「原」）有些怕見他的，亦且出於不意（沒有預料到），不覺驚慌失措。」

用法 形容因為恐懼而失去方寸。

範例 夜半，警鈴大作，住戶嚇得驚惶失措，奪門逃生。

提示 「驚惶失措」也作「驚惶無措」、「驚慌失措」。

(二)比喻「焦慮不安」

忐忑不安（ㄊㄢˇ ㄊㄜˋ ㄅㄨˋ ㄢ）

解釋 忐忑：心神不定的樣子。指心神上下起伏，不能安定。

用法 形容心神起伏不定。

範例 新人第一次謀職面試，難免忐忑不安。

提示 「忐忑不安」也作「忐忑不定」。

芒刺在背（ㄇㄤˊ ㄘˋ ㄗㄞˋ ㄅㄟˋ）

解釋 芒刺：草木莖葉、果殼上的小刺。指像芒和刺扎在背上。

詞源 《漢書．霍光傳》：「宣帝始立，謁（謁，音ㄧㄝˋ，進見）見高廟，大將軍光（霍光）從驂（驂，音ㄘㄢ，古代乘車，在車右邊陪乘的人）乘，上（宣帝）內嚴憚（懼怕）之，若有芒刺在背。」大意是說：漢宣帝（劉詢）剛即帝位時，有一次去進見高祖廟，大將軍霍光與他同乘一輛馬車，並且陪伴在右邊，宣帝非常敬畏霍光，所以一路上極度不安，感覺很不自在。

用法 形容人彷佛受到威脅。

範例 對自己有信心，就不會覺得芒刺在背了。

如坐針氈（ㄖㄨˊ ㄗㄨㄛˋ ㄓㄣ ㄓㄢ）

解釋 氈：毛製的坐墊。指像是坐在有針的毛製坐墊。

詞源 《晉書．杜錫傳》：「屢諫（屢次勸諫）愍懷太子（晉惠帝的長子司馬遹（遹，音ㄩˋ）），言辭懇切（真誠），太子患（討厭）之。後置針著（著，音ㄓㄨㄛˊ，依附）錫常所坐外氈中，刺之流血。」大意是說：愍懷太子年長後，一直不學好，當時親近愍懷太子的杜錫見狀，屢次勸諫他要修德從善，言辭中流露出真誠，但是太子一直聽不進去，所以非常討厭杜錫，於是他命人拿一些針，放入杜錫常坐的毛製坐墊中，當杜錫坐下時，竟被刺得流血。

用法 形容內心的焦慮。

範例 眼看快來不及了，他在車上如作針氈，心裡好急！

坐立不安（ㄗㄨㄛˋ ㄌㄧˋ ㄅㄨˋ ㄢ）

解釋 指無論坐著或站著心情都不能平靜。

詞源 《水許傳．三七回》：「今日天使李俊在家中坐立不安，棹（棹，音ㄓㄠˋ，划船；泛舟）船出來江裏，起些私鹽，不想（想不到）又遇著哥哥在此受難！」

用法 形容感到不自在。

範例 瞧你坐立不安的，到底在擔心什麼？

提示 「坐立不安」也作「坐立難

1. (　　) 搔首「踟躕」，請寫出括號中的注音和解釋。 ➡ㄔˊ ㄔㄨˊ、走動
2. (　　) 形容做事毫無頭緒，叫手□腳□。 ➡忙、亂
3. (　　)「氣定神閑」的相反成語有 A.慢慢吞吞 B.懶懶散散 C.六神無主 D.氣急敗壞。 ➡C、D
4. (　　) 比喻聚精會神，叫□無□用。 ➡心、二

安」。

搔首踟躕（ㄙㄠ ㄕㄡˇ ㄔˊ ㄔㄨˊ）

解釋 搔：用指甲輕輕地抓。搔首：抓頭皮。踟躕：來回走動。指用手抓頭皮，來回地走動。

詞源 《詩經．邶風．靜女》：「靜女其姝（姝，音ㄕㄨ，美麗），俟（等待）我於城隅（邊側一角）。愛而不見，搔首踟躕。」大意是說：一個鍾情的小夥子在城角與美麗的女友約會，可是活潑好動的女友卻調皮地躲藏起來，害他用手抓著頭皮，來回不安地走動。

用法 形容人焦慮的模樣。

範例 邀約的客戶遲遲未出現，他搔首踟躕地走來走去。

(三) 比喻「緊張慌亂」

六神無主（ㄌㄡˋ ㄕㄣˊ ㄨˊ ㄓㄨˇ）

解釋 六神：道教認為人的心、肺、肝、腎、脾、膽中各有神靈主宰，所以稱為六神，後來被人拿來引申作內心或精神。指內心失去了主宰。

詞源 《醒世恆言．卷二九》：「嚇得知縣已是六神無主，還有甚心腸（心情）去吃酒，只得又差人去辭了盧柟（柟，音ㄋㄢˊ，常綠喬木，木材堅密，常用來作棟梁或器具）。」

用法 形容心慌意亂，失去方寸。

範例 我已經六神無主了，實在幫不上忙。

手忙腳亂（ㄕㄡˇ ㄇㄤˊ ㄐㄧㄠˇ ㄌㄨㄢˋ）

解釋 指手腳忙亂的樣子。

詞源 宋．朱熹．《朱子全書．學六》：「今亦何所迫切（緊急），而手忙腳亂，一至於此耶？」

用法 形容做事慌亂，毫無頭緒。

範例 凡事有充分地準備，就不致於手忙腳亂了。

氣急敗壞（ㄑㄧˋ ㄐㄧˊ ㄅㄞˋ ㄏㄨㄞˋ）

解釋 氣急：呼吸急促，上氣不接下氣的樣子。指心情慌張、懊喪的模樣。

用法 形容人慌張的神色。

範例 他氣急敗壞地甩門走了。

慌慌張張（ㄏㄨㄤ ㄏㄨㄤ ㄓㄤ ㄓㄤ）

解釋 慌：忙亂的樣子。指急促忙亂，無法鎮定下來。

用法 形容人慌亂緊張，心神無法鎮定。

範例 愈是慌慌張張的，愈容易出錯。

【心思類】

(一) 比喻「聚精會神」

一心一意（ㄧˋ ㄒㄧㄣ ㄧˊ ㄧˋ）

解釋 意：意念。指心思、意念專一。

用法 形容專注的神情。

範例 他一心一意地努力工作。

心無二用（ㄒㄧㄣ ㄨˊ ㄦˋ ㄩㄥˋ）

解釋 用：用途。指心思無法同時用在兩件事上。

用法 比喻心神必須專一。

詞源 《平妖傳．五回》：「卻不知酒壺已被瘸子（瘸，音ㄑㄩㄝˊ，跛

1. (　　　)「心無旁霧」，請改正這句成語中的錯字。 ➡騖
2. (　　　)「專心志致」，請改正這句成語中的錯字。 ➡致志
3. (　　　)「費寢忘食」，請改正這句成語中的錯字。 ➡廢
4. (　　　)輕浮的人，常一副□□□□的樣子。空格中應填入 A.口若懸河 B.心不在焉 C.樂善好施 D.一擲千金。 ➡B

腳的人）在他手中取去，吃得罄（罄，音ㄑㄧㄥˋ，中空的容器）盡了，端的是心無二用。」

範例 讀書時要心無二用，才能事半功倍。

心無旁騖 ㄒㄧㄣ ㄨˊ ㄆㄤˊ ㄨˋ

解釋 騖：野鴨子。指心思不會分散到旁邊飛過的野鴨子。

詞源 《孟子．告子》：「使奕秋（古代棋藝精湛的人）誨（教）二人弈（弈，音ㄧˋ，下棋），其一人專心致志，惟奕秋之為聽；一人雖聽之，一心以為有鴻鵠（鵠，音ㄏㄨˊ，大鳥）將至，思援（提起）弓繳（繳，音ㄓㄨㄛˊ，古箭上的絲繩）而射之；雖與之俱學，弗若之矣（不像另一人）。」

用法 形容心無雜念。

範例 個性浮躁的人無法心無旁騖地做事。

全神貫注 ㄑㄩㄢˊ ㄕㄣˊ ㄍㄨㄢˋ ㄓㄨˋ

解釋 貫注：集中注意力。指將全部精神都集中注入。

用法 形容思緒集中。

範例 賽車手全神貫注地掌控方向盤，極速狂飆。

專心致志 ㄓㄨㄢ ㄒㄧㄣ ㄓˋ ㄓˋ

解釋 致志：用盡全部的意志。指專注心神，集中意志。

詞源 《孟子．告子下》：「今夫弈（弈，音ㄧˋ，下棋）之為數（數，音ㄕㄨˋ，技藝），小數也；不專心致志，則不得（學會）也。」

用法 形容集中精神。

範例 生化研究人員專心致志於研發抗癌藥物。

廢寢忘食 ㄈㄟˋ ㄑㄧㄣˇ ㄨㄤˋ ㄕˊ

解釋 廢：停止。寢：睡覺。指不願睡覺，忘了吃飯。

詞源 北齊．顏之推．《顏氏家訓．勉學》：「（梁）元帝在江、荊間，復所愛習（恢復學習場所，維護學習的事宜），召置（召集安置）學生，親為教授，廢寢忘食，以夜繼朝（夜以繼日，十分的專心）。」

用法 形容專注的態度。

範例 他為了開發公司的新產品，忙得廢寢忘食。

(二)比喻「不專一」

一心兩用 ㄧˋ ㄒㄧㄣ ㄌㄧㄤˇ ㄩㄥˋ

解釋 用：用途。指心思分散，用來作兩件事。

詞源 宋．朱熹．《答或人．之七》：「若曰一面充擴（增加知識），一面體認（親身去體察認識），則是一心兩用之，亦不勝（勝，音ㄕㄥ，承受）其煩且擾矣。」

用法 形容心思不集中。

範例 做事一心兩用，會有效果嗎？

心不在焉 ㄒㄧㄣ ㄅㄨˋ ㄗㄞˋ ㄧㄢ

解釋 焉：在此。指心思不在這裡。

詞源 《禮記．大學》：「心不在焉，視而不見，聽而不聞，食而不知其味（味道）。」

用法 比喻注意力分散。

範例 輕浮的人，常一副心不在焉的樣子。

1.（　　）「慢不經心」，請改正這句成語中的錯字。 ➡漫
2.（　　）以下哪些成語是比喻思索考慮A.杞人憂天B.三思而行C.三令五申D.前思後想。 ➡B、D
3.（　　）有關教育政策的推行，必須□□□□。空格中應填入A.一飛沖天B.朝令夕改C.深思熟慮D.杯中蛇影。 ➡C

掉以輕心（ㄉㄧㄠˋ ㄧˇ ㄑㄧㄥ ㄒㄧㄣ）

解釋 掉：擺弄。輕心：輕率疏忽的心情。指用輕率的態度來對待。

詞源 唐．柳宗元．《答韋中立論師道書》：「故吾每為（為，音ㄨㄟˋ，作；寫）文章，未嘗（曾）敢輕心掉之。」

用法 比喻毫不在意的態度。

範例 成功的祕訣之一，就是千萬別掉以輕心。

漫不經心（ㄇㄢˋ ㄅㄨˋ ㄐㄧㄥ ㄒㄧㄣ）

解釋 漫：散漫疏忽。經心：用心注意。指散漫而不放在心上。

用法 形容用心不專。

範例 老是漫不經心的人，幸運之神也不會眷顧你。

(三)比喻「思索考慮」

三思而行（ㄙㄢ ㄙ ㄦˊ ㄒㄧㄥˊ）

解釋 三思：再三考量。指經過仔細考量之後，才採取行動。

詞源 《論語．公冶長》：「季文子三思而後行。」

用法 比喻慎重行事。

範例 凡事三思而行，就不容易出紕漏。

前思後想（ㄑㄧㄢˊ ㄙ ㄏㄡˋ ㄒㄧㄤˇ）

解釋 前、後：從頭至尾。指從頭到尾反覆思索。

詞源 《鏡花緣．六六回》：「舜英道：『他既得失心重，未有不前思後想：一時想自己文字內中怎樣鍊句（作詩文時推敲文句，使之更為精妙）之妙，如何摛藻（摛，音ㄔ，鋪張）之奇，不獨種種超脫，並且處處精神，越思越好，愈想愈妙。』」

用法 形容一再思索。

範例 過於前思後想，反而容易錯失機會。

深思熟慮（ㄕㄣ ㄙ ㄕㄡˊ ㄌㄩˋ）

解釋 熟：深切的。指深切的思索考慮。

詞源 宋．蘇軾．《策別第九》：「而其人亦得深思熟慮，周旋（圍繞接近）於其間，不過十年，將必有卓然可觀（學問高超而有成就）者也。」

用法 比喻深入的考量。

範例 有關教育政策的推行，必須深思熟慮。

提示 「深思熟慮」的「熟」不可以寫成「孰是孰非」的「孰」（孰：音ㄕㄨˊ，哪個）。

深謀遠慮（ㄕㄣ ㄇㄡˊ ㄩㄢˇ ㄌㄩˋ）

解釋 指謀劃深切，考慮周全。

詞源 漢．賈誼．《過秦論》：「深謀遠慮，行軍用兵之道，非及曩（曩，音ㄋㄤˇ，從前；過去）時之士也。」

用法 比喻計畫和思慮深入有遠見。

範例 你是一個深謀遠慮的人嗎？

【貪惡類】

(一)比喻「貪心不足」

利慾薰心（ㄌㄧˋ ㄩˋ ㄒㄩㄣ ㄒㄧㄣ）

解釋 薰：薰染；侵襲。指貪利的慾望薰迷了心。

1.（　　　）「唯利事圖」，請改正這句成語中的錯字。 ➡是
2.（　　　）「得隴望署」，請改正這句成語中的錯字。 ➡蜀
3.（　　　）以下哪些成語是形容人難以滿足A.一片冰心B.目空一切C.欲壑難填D.貪得無厭。 ➡C、D
4.（　　　）形容人心狠毒，叫□面□心。 ➡人、獸

詞源 宋・黃庭堅・《贈別李次翁》詩：「利慾薰心，隨人翕（翕，音ㄒㄧˋ，聚斂）張，國好（好，音ㄏㄠˋ，喜歡）駿馬（良馬），盡為王良。」

用法 形容人被私慾蒙蔽。

範例 那個利慾薰心的商人，竟然販售假酒，真是令人痛心！

唯利是圖（ㄨㄟˊ ㄌㄧˋ ㄕˋ ㄊㄨˊ）

解釋 唯：只。圖：圖謀。指只知圖謀私利。

用法 形容人只知圖謀個人利益。

範例 他是個見錢眼開，唯利是圖的人。

得隴望蜀（ㄉㄜˊ ㄌㄨㄥˇ ㄨㄤˋ ㄕㄨˇ）

解釋 隴：古地名，今甘肅省東部。蜀：古地名，今四川省中西部。指征服隴地後，部屬已經疲累了，上位者卻又想再伐蜀。

詞源 《東觀漢記・隗（隗，音ㄨㄟˇ）囂傳》：「西城若下，便可將（將，音ㄐㄧㄤˋ，率領）兵，南擊蜀虜。人苦不知足，既平隴，復望蜀，每一發兵（出兵），頭鬢為白。」

用法 形容人貪得無厭。

範例 該財團急於擴展事業版圖，得隴望蜀之下，最後破產了。

欲壑難填（ㄩˋ ㄏㄨㄛˋ ㄋㄢˊ ㄊㄧㄢˊ）

解釋 欲：欲望。壑：深谷。指欲望像深谷一樣難以填滿。

詞源 《國語・晉語八》：「溪壑可盈（滿），是不可饜（饜，音ㄧㄢˋ，飽足）也，必以賄死。」

用法 形容人難以滿足。

範例 索求無度，欲壑難填的人，其實內心是空虛的。

貪得無厭（ㄊㄢ ㄉㄜˊ ㄨˊ ㄧㄢˋ）

解釋 厭：滿足。同「饜」。指貪心而且永不滿足。

詞源 《鏡花緣・七八回》：「你左一個雙杯，右一個雙杯，都教人吃了，此刻又教人說笑話，竟是得隴望蜀，貪得無厭了。」

用法 形容人無止境的索求。

範例 你太貪得無厭了！

(二) 比喻「人心險惡」

人面獸心（ㄖㄣˊ ㄇㄧㄢˋ ㄕㄡˋ ㄒㄧㄣ）

解釋 獸：凶狠的野獸。指外貌如常人，內心卻像野獸般狠毒。

詞源 《漢書・匈奴傳贊》：「夷狄之人（古代未開化的民族，東方為夷，北方為狄），貪而好利，被髮左衽（被，音ㄆㄧ。衽，音ㄖㄣˋ。夷狄的風俗，頭髮散亂，衣襟開在左邊），人面獸心。」

用法 形容人心像野獸般狠毒。

範例 看不出他是個人面獸心的人。

心狠手辣（ㄒㄧㄣ ㄏㄣˇ ㄕㄡˇ ㄌㄚˋ）

解釋 辣：毒辣。指心地凶狠，手段毒辣。

用法 形容人凶狠殘暴。

範例 恐怖份子心狠手辣的行為，令世人唾棄。

心懷鬼胎（ㄒㄧㄣ ㄏㄨㄞˊ ㄍㄨㄟˇ ㄊㄞ）

解釋 鬼胎：也就是壞念頭。指心中懷著壞念頭。

詞源 《官場現形記・一七回》：「且說周老爺自從辭別太爺出城之

1.（　　　）以下哪種行為的人不可和他成為朋友A.包藏禍心 B.鬼計多端 C.一寸丹心 D.心直口快。 ➡A、B

2.（　　　）「老奸巨滑」，請改正這句成語中的錯字。 ➡猾

3.（　　　）居心「叵」測，請寫出括號中的注音和解釋。 ➡ㄆㄛˇ、不可

4.（　　　）「圖謀不鬼」，請改正這句成語中的錯字。 ➡軌

後，一直回到船上，畢竟心懷鬼胎，見胡統領比前反覺殷勤（情意周到，做事懇切）。」

用法 比喻不可告人的壞念頭。

範例 誰心懷鬼胎，我心裡有數。

包藏禍心（ㄅㄠ ㄘㄤˊ ㄏㄨㄛˋ ㄒㄧㄣ）

解釋 禍心：害人的心。暗藏害人的心。

詞源 《聊齋志異．柳氏子》：「初與我為客侶，不意包藏禍心，隱我血貲（貲，音ㄗ，財貨），悍不還（凶惡而不還錢），今願得而甘心，何父之有？」

用法 形容心存壞念頭。

範例 小心包藏禍心的壞人。

老奸巨猾（ㄌㄠˇ ㄐㄧㄢ ㄐㄩˋ ㄏㄨㄚˊ）

解釋 猾：虛詐而不誠信的。指老練奸詐，極其狡猾。

詞源 《資治通鑑．唐玄宗開元二十四年》：「（李林甫）好以甘言啗（啗，音ㄉㄢˋ，拿東西給別人吃）人，而陰（暗中）中傷之，不露辭色（不顯露出來），凡為上（皇上）所厚者，始則親結之，及位勢稍逼（等自己的地位權力與那人接近時），輒（往往）以計去之，老奸巨滑，無能逃於其術（詐術；手段）者。」

用法 形容為人愛使手段。

範例 他是個老奸巨猾的商場老手。

居心叵測（ㄐㄩ ㄒㄧㄣ ㄆㄛˇ ㄘㄜˋ）

解釋 居心：存心；用心。叵：不可。指心中存著什麼念頭，難以猜測。

用法 形容人心存歹念。

範例 那個陌生人拜託你送包裹，恐怕是居心叵測。

鬼計多端（ㄍㄨㄟˇ ㄐㄧˋ ㄉㄨㄛ ㄉㄨㄢ）

解釋 端：方法。指內心有許多鬼怪的主意。

詞源 《三俠五義．四○回》：「見他身量卻不高大，衣服甚是鮮明，白馥馥一張面皮，暗含著惡態，疊暴著環睛，明露著鬼計多端。」

用法 形容人壞主意非常的多。

範例 他雖然聰明，卻鬼計多端，不走正途。

提示 「鬼計多端」也作「詭計多端」。

圖謀不軌（ㄊㄨˊ ㄇㄡˊ ㄅㄨˋ ㄍㄨㄟˇ）

解釋 圖：企圖。軌：常規。指企圖謀劃不合常規的行動。

詞源 《隋書．庶人楊秀傳》：「苞藏凶慝（慝，音ㄊㄜˋ，惡念），圖謀不軌，逆上之跡（行徑）也。」

用法 形容人有意進行叛逆的事。

範例 他被懷疑圖謀不軌，另有企圖。

【愧悔類】

㈠比喻「羞愧臉紅」

面紅耳赤（ㄇㄧㄢˋ ㄏㄨㄥˊ ㄦˇ ㄔˋ）

解釋 赤：紅色。指臉和耳朵都泛紅起來。

詞源 《西遊記．五四回》：「三藏聞言，面紅耳赤，羞答答（害羞的樣子）不敢抬頭。」

1.（　　　）以下哪些成語可以用「羞」字來形容A.沉魚落雁 B.無地自容 C.愧怍無地 D.犬馬之勞。　➡B、C

2.（　　　）「後誨莫及」，請改正這句成語中的錯字。　➡悔

3.（　　　）「怡恨千古」，請改正這句成語中的錯字。　➡遺

4.（　　　）比喻無愧無悔，叫飲□洗□。　➡灰、胃

用法 形容羞愧、憤怒或用力時，臉色的變化。

範例 他在講臺上，不慎跌倒，頓時面紅耳赤，好不尷尬。

無地自容（ㄨˊ ㄉㄧˋ ㄗˋ ㄖㄨㄥˊ）

解釋 容：容身。指沒有地方可以讓自己容身。

詞源 宋・陳亮・《告祖考文》：「上（皇上）恩深厚，兢懼無地自容。」

用法 形容非常的尷尬。

範例 唉！別提了，我現在是羞得無地自容。

愧怍無地（ㄎㄨㄟˋ ㄗㄨㄛˋ ㄨˊ ㄉㄧˋ）

解釋 怍：悔恨。指羞愧悔恨，自覺無地容身。

用法 形容極為慚愧後悔。

範例 父母恩情深似海，卻不及回報，使我一生愧怍無地。

(二)比喻「悔恨自責」

後悔莫及（ㄏㄡˋ ㄏㄨㄟˇ ㄇㄛˋ ㄐㄧˊ）

解釋 莫：不。指後悔已經來不及了。

用法 形容人做錯事後，懊惱的心境。

範例 他酒後駕車肇事，一切已經後悔莫及了。

提示 「後悔莫及」也作「後悔不及」。

悔不當初（ㄏㄨㄟˇ ㄅㄨˋ ㄉㄤ ㄔㄨ）

解釋 當初：最初；當時。指後悔當初不該這麼做。

詞源 元・無名氏・《舉案齊眉・二折》：「早知如此掛（令人掛念）人心，悔不當初莫相識。」

用法 形容人後悔自己做錯了事。

範例 早知會悔不當初，又何苦任性呢？

遺恨千古（ㄧˊ ㄏㄣˋ ㄑㄧㄢ ㄍㄨˇ）

解釋 遺恨：遺憾；怨恨。千古：永世。

詞源 清・徐瑤・《太恨生傳》：「且生與女相愛憐若此，而卒（最後）不相遇，真堪遺恨千古。」

用法 比喻極大的遺憾。

範例 中華古文物毀於戰亂，真教人遺恨千古。

(三)比喻「無愧無悔」

飲灰洗胃（ㄧㄣˇ ㄏㄨㄟ ㄒㄧˇ ㄨㄟˋ）

解釋 灰：物體燃燒後殘留的粉末。指飲用灰水來洗滌腸胃。

詞源 《南史・卷四十七・荀伯玉傳》：「若許某自新（重新做人），必吞刀刮腸，飲灰洗胃。」

用法 比喻知道悔改。

範例 他以飲灰洗胃的決心，證明自己願意重新做人。

寄顏無所（ㄐㄧˋ ㄧㄢˊ ㄨˊ ㄙㄨㄛˇ）

解釋 寄：依附。顏：臉皮。指臉皮沒有地方可以依附。

詞源 《晉書・卷七十七・蔡謨傳》：「徨懼戰灼（感到既徬徨害怕又著急），寄顏無所。」

用法 比喻羞愧得無地自容。

範例 他已經羞得寄顏無所，你們就別再重提往事了。

知過必改（ㄓ ㄍㄨㄛˋ ㄅㄧˋ ㄍㄞˇ）

解釋 過：過錯。指知道犯了錯

1.（　　　）你覺得用重刑，就可以使治安達到□□□□嗎？空格中應填入A.門可羅雀B.人仰馬翻C.犬不夜吠D.洞天福地。　➡C

2.（　　　）王路「清夷」，請寫出括號中的解釋。　➡清明

3.（　　　）「四海成平」，請改正這句成語中的錯字。　➡承

4.（　　　）「悔過志新」，請改正這句成語中的錯字。　➡自

誤，就一定要改正。

詞源 南朝梁．周興嗣．《千字文》：「知過必改，得（可以）能莫忘。」大意是說：知錯必改，才能夠不忘過錯而且永遠改正。

用法 形容勇於承認過錯。

範例 成功的人並非不會犯錯，而是懂得知過必改。

悔過自新（ㄏㄨㄟˇ ㄍㄨㄛˋ ㄗˋ ㄒㄧㄣ）

解釋 自新：使自己重新做人。

詞源 《新唐書．馮元常傳》：「劍南有光火盜，元常諭（諭，音ㄩˋ，使人了解）以恩信，約（訂定）悔過自新，賊相率脫甲面縛（投降）。」

用法 比喻痛改前非。

範例 請各位給他一個悔過自新的機會。

無怨無悔（ㄨˊ ㄩㄢˋ ㄨˊ ㄏㄨㄟˇ）

解釋 怨：怨恨。指沒有抱怨，也沒有悔恨。

用法 形容人安心甘願的態度。

範例 父母親無怨無悔地養大兒女。

政事篇

【政局好壞類】

(一)比喻「政治清平」

犬不夜吠（ㄑㄩㄢˇ ㄅㄨˋ ㄧㄝˋ ㄈㄟˋ）

解釋 犬：狗。吠：叫。指晚上聽不到狗的叫聲。

詞源 《老殘遊記．十二回》：「初起也還有一兩起盜案，一月之後，竟到了犬不夜吠的境界。」大意是說：剛開始治安並非良好，竊盜之事仍有耳聞，但是過了一個月之後，社會秩序良好，夜間再也聽不到狗對壞人狂吠的情景。

用法 因為社會治安良好，夜晚沒有竊盜的事，所以看門的家犬就不會對壞人狂叫。這句成語常被用在政治修明方面。

範例 你覺得用重刑，就可以使治安達到犬不夜吠嗎？

王路清夷（ㄨㄤˊ ㄌㄨˋ ㄑㄧㄥ ㄧˊ）

解釋 王路：國家的施政方針，也就是王道。清夷：清明；清平。指國政清明。

詞源 《文天祥．正氣歌》：「王路當清夷，含和（心中懷著和順之氣）吐（報效）明（盛明）庭（朝廷）。」大意是說：當國政非常清明時，大家都會懷著和順之氣來替盛明的朝廷效力。

用法 描寫執政當局施政清明，國政步上軌道。

範例 唐太宗當政期間王路清夷，社會富足安樂。

四海承平（ㄙˋ ㄏㄞˇ ㄔㄥˊ ㄆㄧㄥˊ）

解釋 四海：國家；全天下。承平：平順而無事。指國家沒有發生任何災事。

詞源 《隋唐演義．二十三回》：「太宗道：『我自弱冠（二十歲）典（統領；校閱）兵，大小經過數百戰，才造成這個基業，自今四海承平……。』」大意是說：唐太宗

1.（　　　）安邦「定」國，請寫出括號中的解釋。　➡鞏固
2.（　　　）「河清海宴」，請改正這句成語中的錯字。　➡晏
3.（　　　）形容為政者順應民心，施政得當，叫□通□和。　➡政、人
4.（　　　）人人都希望□□□□，五穀豐收。空格中應填入 A.四面楚歌 B.相忍為國 C.舊雨新知 D.雨順風調。　➡D

自言二十歲即開始領兵作戰，歷經大小數百戰役，才有今天的大唐盛世。

用法 比喻國家長期安寧，沒有外患，也沒有天災。

範例 漢、唐時，四海承平，國富民強。

提示 「四海承平」也作「四海波靜」。

安邦定國（ㄢ ㄅㄤ ㄉㄧㄥˋ ㄍㄨㄛˊ）

解釋 邦：國家。定：鞏固。指國家安定穩固。

詞源 《封神演義．三回》：「造出一根銀尖戟（戟，音ㄐㄧˇ，兵器名稱），安邦定國正乾坤（乾為天，坤為地）。」大意是說：為了要安邦定國，有時也必須使用非常的手段，例如：可能得靠兵事才能達到目的。

用法 比喻政局穩定，人民就能過著幸福的日子。

範例 為政者的身邊若佞臣圍繞，如何能夠安邦定國呢？

提示 「安邦定國」也作「安邦治國」、「濟國安邦」。

河清海晏（ㄏㄜˊ ㄑㄧㄥ ㄏㄞˇ ㄧㄢˋ）

解釋 河：黃河。清：清澈。晏：平順無波浪。指黃河不混濁，大海也不起風浪。

詞源 宋代．王讜《唐語林．夙慧》：「開元（唐玄宗年號）初，天下大理，河清海晏，物殷（多）俗阜（豐盛）。」大意是說：唐玄宗開元年初，天下治理得很好，黃河的水變清澈了，大海也不起波濤，物產也不缺乏。

用法 形容天下太平的景象。

範例 周武王在周公輔佐下，天下河清海晏。

提示 ①「河清海晏」也作「海晏河清」、「海晏河澄」。②「河清海晏」的「晏」不可以寫成「宴席」的「宴」。

政通人和（ㄓㄥˋ ㄊㄨㄥ ㄖㄣˊ ㄏㄜˊ）

解釋 通：通暢；步上正軌。和：和順；和樂。指政治步上正軌，人民能夠安居和樂。

詞源 范仲淹．《岳陽樓記》：「越（過）明年，政通人和，百廢俱（都）興。」大意是說：後年開始，政治都步上軌道，人民也能夠安居樂業，以前廢掉的制度又重新建立起來。

用法 形容為政者順應民心，施政得當。

範例 春秋時代鄭國宰相子產，為政三年，就政通人和，國泰民安。

提示 「政通人和」也作「政修人和」。

雨順風調（ㄩˇ ㄕㄨㄣˋ ㄈㄥ ㄊㄧㄠˊ）

解釋 雨順：下雨的時間很協調，雨量不多也不少。風調：風變得柔和。指雨下得適時，風也很調和。

詞源 《舊唐書．禮儀志一》引《六韜》：「武王伐（征討）紂，雪深丈（一丈為十尺）餘……既（不久）而克（攻下）殷（商代），風調雨順（也就是雨順風調）。」大意是說：周武王率兵討伐紂王時，地面上的雪積了十尺厚，等到攻下殷商，馬上就變得風調雨順。

用法 形容氣候宜人，反映當政者是合乎天道的好君主。

範例 人人都希望雨順風調，五

1.（　　　　）海不揚「波」，請寫出括號中的注音和解釋。
2.（　　　　）「偃」武修文，請寫出括號中的注音和解釋。
3.（　　　　）「民安物富」，請改正這句成語中的錯字。
4.（　　　　）中國著名的山海關及玉門關皆為□□□□之地。空格中應填入A.酒池肉林B.氣吞山河C.泰山北斗D.表裡河山。

➡ㄅㄛ、波浪
➡ㄧㄢˇ、停止
➡阜
➡D

穀豐收。

提示 ①「風調雨順」的「調」不可以讀作「ㄉㄧㄠˋ」。②「雨順風調」也作「風調雨順」。

海不揚波（ㄏㄞˇ ㄅㄨˋ ㄧㄤˊ ㄅㄛ）

解釋 揚：興起。波：波浪；波濤。指大海上沒有任何波浪。

詞源 《史記》：「周成王時，交趾（古國名）越裳氏來朝曰：『海不揚波三年矣』，意者（難道）中國其有聖人乎？」大意是說：周成王的時候，交趾國越裳氏來中國朝貢，他恭敬地說：「海上已經連續三年沒有出現過暴風雨，難道中國出現了聖人嗎？」

用法 形容國內有聖王當政，連大海都不起風浪。

範例 傳說堯當政期間，文治修明，武功興盛，數年內海不揚波。

提示 「海不揚波」是好預兆，而「四海揚波」卻是亂世的警訊。

偃武修文（ㄧㄢˇ ㄨˇ ㄒㄧㄡ ㄨㄣˊ）

解釋 偃：停止。武：軍事。修：修治；修明。文：文教。指停止軍事戰役，開始修治文教。

詞源 《尚書．武成》：「……至（到）于（同「於」）豐（地名），乃偃武修文，……。」大意是說：帝王到了「豐」這個地方，開始停止武備，而大興文教。

用法 形容不隨便用兵，而致力於國家建設。

範例 漢武帝致力偃武修文，使得國力大盛，再創盛世。

提示 「偃武修文」也作「偃武行文」。

(二) 比喻「強盛富裕」

民安物阜（ㄇㄧㄣˊ ㄢ ㄨˋ ㄈㄨˋ）

解釋 安：安樂；安康。阜：盛多。指人民安樂，物產豐盛。

詞源 《清史稿．聖祖紀三》：「雖未敢謂（說）家給（給，音ㄐㄧˇ）人足，俗易風移（易、移都是改變的意思），而欲使民安物阜之心，始終如一。」大意是說：雖然不敢自誇能使地方富庶，人人都有餘財，但是要讓大家安樂，物產豐盛的決心從來都沒有改變過。

用法 形容富裕的景象。

範例 民安物阜是仁君治國的理想目標。

足衣足食（ㄗㄨˊ ㄧ ㄗㄨˊ ㄕˊ）

解釋 足：足夠；充足。指有足夠的衣物穿及足夠的食物吃。

詞源 曹雪芹．《紅樓夢．一二〇回》：「……他家裡果然說定了好人家兒，我們還打聽打聽，若果然足衣足食，女婿長得像個人兒，然後叫他出去。」大意是說：女方家不但重視男方外表，也重視男方的家庭背景。

用法 形容人民衣食不虞匱乏。

範例 戰亂中的國家，人民無法過著足衣足食的生活。

表裡河山（ㄅㄧㄠˇ ㄌㄧˇ ㄏㄜˊ ㄕㄢ）

解釋 表：外頭。裡：內側。指外面是河流，裡面卻是山脈。

詞源 《左傳．僖公二八年》：「戰而捷（成功），必得諸侯；若其不捷，表裏（「裏」是「裡」的異體字）山河（也就是河山），必無害也。」。大意是說：如果一戰

1.（　　　）以下哪些成語是比喻強盛富裕A.力大無窮B.國富民強C.一言九鼎D.豐衣足食。 ➡B、D

2.（　　　）以下括號中的字句何者為動詞A.力「挽」狂瀾B.「蜀」犬吠日C.「義」薄雲天D.「弔」民「伐」罪。 ➡A、D

3.（　　　）比喻安定政局或維護國家，叫□內□外。 ➡安、攘

而成，必能獲得諸侯擁戴；若無法成功，所依據的地方是難攻易守之地，對自己也沒有什麼害處。

用法 比喻地勢險要，難攻易守的國防重地。

範例 中國著名的山海關及玉門關皆為表裡河山之地。

提示 「表裡河山」也作「表裡山河」。

國富民強 ㄍㄨㄛˊ ㄈㄨˋ ㄇㄧㄣˊ ㄑㄧㄤˊ

解釋 國富：國家富足。民強：人民的實力堅強。指國家富裕，人民強盛。

詞源 羅貫中．《三國演義．一二〇回》：「陛下（古代臣子對帝王的尊稱）聖武，國富民強；吳主淫虐，民憂國敝。」大意是說：君王若具聖武之德，國家即能富足，人民也能強盛；如果像吳主般的淫虐無道，人民一定會擔心國家將敗壞。

用法 形容國家富有，武力強盛。

範例 來！讓我們一起為國富民強的目標努力。

提示 「國富民強」也作「國富民豐」。

豐衣足食 ㄈㄥ ㄧ ㄗㄨˊ ㄕˊ

解釋 豐：種類多。足：充足；不缺乏。指有各種款項的衣服穿，也有足夠的食物可吃。

詞源 《醒世恆言．卷三三》：「也指望豐衣足食，不成（無法如願）只是這等（樣）就罷（行；算）了！」大意是說：大家都很期待過豐衣足食的生活，但是無法如願，於是只要能維持現在的生活也就可以了。

用法 形容人民衣食不缺。

範例 我們在豐衣足食的環境下長大，多幸福啊！

(三) 比喻「匡救危局」

力挽狂瀾 ㄌㄧˋ ㄨㄢˇ ㄎㄨㄤˊ ㄌㄢˊ

解釋 力：極力。挽：救回。狂：大。瀾：巨浪。指極力穩住險惡的形勢。

詞源 清．秋瑾．《失題》：「中流柢（樹根）柱（柢柱：引申作獨立不撓，可以擔當大任的人），力挽狂瀾。」大意是說：具有獨立不撓，可以擔當大任的人，有能力挽救國家的危局。

用法 比喻挽回危險的局勢。

範例 足以擔負力挽狂瀾的人，必須具備遠見和勇氣。

弔民伐罪 ㄉㄧㄠˋ ㄇㄧㄣˊ ㄈㄚˊ ㄗㄨㄟˋ

解釋 弔：慰問。伐：討伐。指安慰被欺壓的人民，並且討伐有罪的人。

詞源 《孟子．梁惠王下》：「誅（殺）其君（夏桀）而弔其民。」大意是說：商湯討伐無道的夏桀時，人民的生活作息仍如日常一般，而那些地方惡霸也都被處死了，所以人民高興的不得了。

用法 比喻安定國家局勢的表述。

範例 周武王為了弔民伐罪，出兵討伐商紂。

提示 「弔民伐罪」的「弔」不可以寫成「吊兒郎當」的「吊」。

安內攘外 ㄢ ㄋㄟˋ ㄖㄤˇ ㄨㄞˋ

解釋 內：國家內部。攘：排除；抵抗。外：外患。指安定國家內

1. (　　　　) 扭轉「乾坤」，請寫出括號中的引申義。 ➡局勢
2. (　　　　) 「剝亂反正」，請改正這句成語中的錯字。 ➡撥
3. (　　　　) 「興滅既絕」，請改正這句成語中的錯字。 ➡繼
4. (　　　　) 民不「聊」生，請寫出括號中的解釋。 ➡依賴
5. (　　　　) 比喻人民生活的困苦，叫生□塗□。 ➡靈、炭

部，抗拒外患。

用法 比喻安定政局或維護國家。

範例 清康熙帝即位三十六年，即完成安內攘外的統一大業。

提示 「安內攘外」的「攘」不可以寫成「土壤」的「壤」。

扭轉乾坤 ㄋㄧㄡˇ ㄓㄨㄢˇ ㄑㄧㄢˊ ㄎㄨㄣ

解釋 扭：扳轉。乾坤：「乾」是天，「坤」是地，引申作局勢的意思。指匡救局勢，使已經形成的局面有所改變。

用法 比喻可以改變天下既定的局勢。

範例 三國的諸葛亮及明初的劉伯溫，都是扭轉乾坤的人才。

撥亂反正 ㄅㄛ ㄌㄨㄢˋ ㄈㄢˇ ㄓㄥˋ

解釋 撥：整治。亂：混亂的情勢。反：回到。通「返」。正：正軌；正道。指整治亂事讓局面回復正軌。

詞源 《漢書．武帝紀贊》：「漢承百王之弊（弊端），高祖撥亂反正，文景務（著重）在養民，至於稽（考核）古禮文之事，猶多闕（同「缺」）焉。」大意是說：漢朝接替前面百王的弊端而設立，為了除掉弊端，高祖治理亂事，使國家恢復正常，文景二帝則著重在養民，至於考核古禮文的事情，還有很多資料不齊全的地方。

用法 比喻有安定世局的決心與魄力。

範例 當國家沉淪時，需要正義之士出來撥亂反正。

提示 「撥亂反正」也作「撥亂反治」、「撥亂返正」。

興滅繼絕 ㄒㄧㄥ ㄇㄧㄝˋ ㄐㄧˋ ㄐㄩㄝˊ

解釋 興：復興。滅：滅亡。繼：持續。絕：消失。指使滅亡的再復興起來，而滅絕的能再接續不斷。

詞源 《論語．堯曰》：「興滅國，繼絕世（斷絕的世系）。」大意是說：扶助被滅亡的國家，復興被斷絕的世系。

用法 比喻即將滅亡的事物，再度復興。

範例 我們對於快失傳的技藝，負有興滅繼絕的責任。

㈣比喻「百姓困苦」

民不聊生 ㄇㄧㄣˊ ㄅㄨˋ ㄌㄧㄠˊ ㄕㄥ

解釋 聊：依賴。生：生活；生存。指人民失去依賴而無法生活。

詞源 司馬遷．《史記．張耳陳餘列傳》：「頭會（依人頭數來收稅）箕斂（用畚箕來盛裝所收的稅），以供（供應）軍費，財匱（缺乏）力盡（用完），民不聊生。」大意是說：陳勝派武臣前去攻打趙國，武臣所率領的軍隊一路上都批評秦朝施政的錯誤，他們說秦朝常按人頭納糧課稅，並且用畚箕來盛裝所收的稅，以此來供應戰事所需，結果弄得民窮財盡，百姓民不聊生……。

用法 描寫施政不當，老百姓生活窘迫。

範例 長期戰爭下的後果，往往是民不聊生。

生靈塗炭 ㄕㄥ ㄌㄧㄥˊ ㄊㄨˊ ㄊㄢˋ

解釋 生靈：①百姓。②生命。塗炭：在泥濘和炭火中。指人民生活

1.（　　　）哀「鴻」遍野，請寫出括號中的解釋。 ➡大雁
2.（　　　）「怨聲戴道」，請改正這句成語中的錯字。 ➡載
3.（　　　）以下哪些成語是比喻忠於公事A.一手遮天B.遠交近攻C.公而忘私D.公忠體國。 ➡C、D
4.（　　　）形容日夜辛勞的處理繁雜的公事，叫□衣□食。 ➡宵、旰

在泥濘和炭火的環境中，生命失去保障。

詞源《東周列國志．十九回》：「子（你）能斬子儀之首（頭顱；腦袋），開城迎之，富貴可保，亦免生靈塗炭。」大意是說：你若能斬子儀的首級，開城迎接齊兵，富貴也可以保留下來，同時也可以避免人民陷於困苦的環境中。

用法 比喻人民生活的痛苦。

範例 兩國如果爆發戰爭，必定造成死傷慘重，使生靈塗炭。

哀鴻遍野（ㄞ ㄏㄨㄥˊ ㄅㄧㄢˋ ㄧㄝˇ）

解釋 鴻：大雁。哀鴻：受災難而流離失所的人。指到處都是人民呻吟、呼救的聲音。

詞源《詩經．小雅》：「鴻雁于飛，哀鴻嗷嗷（引申作災民等待救濟的樣子）。」大意是說：大雁找不到可以棲息的地方，所以漫無目標的在空中飛著，並且發出悲苦的聲音。

用法 形容人民失去生命財產，所發出的哀嚎聲。

範例 大地震後，屋倒橋毀，一時哀鴻遍野，求救聲四起。

提示「哀鴻遍野」也作「哀鴻遍地」。

怨聲載道（ㄩㄢˋ ㄕㄥ ㄗㄞˋ ㄉㄠˋ）

解釋 怨聲：怨怒的聲音。載：充滿。道：路。指一路上都是人民抱怨的聲音。

詞源《後漢書．李固傳》：「開門受賂（接受不正當得來的金錢或財物）……天下紛然（雜亂無序），怨聲滿道。」大意是說：廣開接受賄賂之門……天下就變得紛亂，人民的怨氣也會充斥於路上。

用法 比喻人民心中強烈的不滿。

範例 為政者不能漠視怨聲載道的事實。

提示 ①「怨聲載道」也作「怨聲載路」。②「怨聲載道」的「載」不可以寫成「愛戴」的「戴」。

【盡忠反叛類】

㈠比喻「忠於公事」

公而忘私（ㄍㄨㄥ ㄦˊ ㄨㄤˋ ㄙ）

解釋 指因心懷公家的事情，所以忽略了私事。

詞源《林蘭香．三三回》：「公而忘私，國而忘家，子（你）通謂我非丈夫耶？」大意是說：心繫公事而忘記私事，心繫國事而忘記家中的事情，你能說我不是大丈夫嗎？

用法 形容人一切以公事為重。

範例 他是一位公而忘私的人。

公忠體國（ㄍㄨㄥ ㄓㄨㄥ ㄊㄧˇ ㄍㄨㄛˊ）

解釋 公忠：忠心公事。體國：凡事為國著想。指對國家忠心不貳，事事以國家為重。

用法 形容人專心於國家公務。

範例 執法人員公忠體國，時時以維護治安為念。

宵衣旰食（ㄒㄧㄠ ㄧ ㄍㄢˋ ㄕˊ）

解釋 旰：晚。指天還沒有亮就起床穿衣，一直忙到很晚才吃飯。

詞源《新唐書．列傳一百三》：「……任賢惕厲（警惕自厲），宵

1.（　　　）「案讀之勞」，請改正這句成語中的錯字。 ➡牘
2.（　　　）「鞠躬盡卒」，請改正這句成語中的錯字。 ➡瘁
3.（　　　）以下哪些成語是比喻遭人背叛A.表裡不一B.朝三暮四C.舟中敵國D.離心離德。 ➡C、D
4.（　　　）比喻不得人心，叫眾□親□。 ➡叛、離

衣旰食，詎（怎；或）追三五（三王及五霸）之遐軌（前人的法度）。庶（希望）紹（承繼）祖宗之鴻緒。」大意是說：唐朝末年，軍閥紛擾，唐文宗登上帝位之後，力圖振作，所以策試賢良說：「……任用賢能而且自我警惕，早晚忙於公事，或許可以承繼三王、五霸（春秋五霸）的法度，並且承接祖宗們的偉大基業。

用法 形容日夜辛勞的處理繁雜的公事。

範例 他即使忙到宵衣旰食，也無怨無悔。

案牘之勞（ㄢˋ ㄉㄨˊ ㄓ ㄌㄠˊ）

解釋 案：桌子。牘：文書。指辦理公文的勞累。

詞源 明．李楨．《長安夜行錄》：「吾徒（輩）幸無案牘之勞，且有休退之日，登高（上山）能賦……。」大意是說：慶幸自己公事不繁忙，而且有卸下職務的一天，能夠上山去吟詩談賦……。

用法 比喻忙於堆積如山的公文。

範例 他因為忙於案牘之勞，而日漸消瘦。

鞠躬盡瘁（ㄐㄩ ㄍㄨㄥ ㄐㄧㄣˋ ㄘㄨㄟˋ）

解釋 鞠躬：態度誠懇、恭敬的樣子。瘁：勞苦。指態度恭敬、盡心盡力，不辭辛勞。

詞源 諸葛亮．《後出師表》：「臣鞠躬盡瘁，死而後已（停止；罷休）。」大意是說：我願奉出全部的心力來報國，只有死了才會停下來。

用法 比喻盡心報國或盡忠職守。

範例 我願意為教育鞠躬盡瘁，只期望能夠作育英才。

提示 「鞠躬盡瘁」的「瘁」不可以寫成「出類拔萃」的「萃」。

(二)比喻「遭人背叛」

舟中敵國（ㄓㄡ ㄓㄨㄥ ㄉㄧˊ ㄍㄨㄛˊ）

解釋 舟：船。指整條船的人都成了敵人。

詞源 《史記．吳起傳》：「起對曰：『在德不在險，昔三苗氏左洞庭，右彭蠡，德義不修，禹滅之，……有此觀之，在德不在險。若君不修德，舟中之人盡為敵國也。』」大意是說：在這裡，吳起給我們陳述這樣的道理：德政、仁政，是保證國家政權存在的根本；無論你擁有怎樣險固的河山，如果德義不修，還是會亡國。

用法 比喻失去人心，身處險境。

範例 暴君面臨舟中敵國的窘境，其實是咎由自取。

眾叛親離（ㄓㄨㄥˋ ㄆㄢˋ ㄑㄧㄣ ㄌㄧˊ）

解釋 眾叛：眾人都背叛自己。親離：親信離開身邊。指眾人都背叛，親信也離自己遠去。

詞源 《左傳．隱公四年》：「……眾叛親離，難以濟（幫助）矣！」大意是說：部下或親信都離自己而去，沒有人可以幫助自己。

用法 比喻不得人心。

範例 商紂無道，眾叛親離，以致逐漸衰敗。

提示 「眾叛親離」的「叛」不可以寫成「判斷」的「判」。

離心離德（ㄌㄧˊ ㄒㄧㄣ ㄌㄧˊ ㄉㄜˊ）

解釋 指已無共同的信念，想法和

1.（　　　　）以下哪些成語是比喻仕途順暢A.一歲三遷B.一日三秋C.平步青雲D.官運亨通。 ➡C、D

2.（　　　　）以下哪些成語是祝賀詞A.一呼百諾B.日薄西山C.以一警百D.加官進爵。 ➡D

3.（　　　　）「鳶飛淚天」，請改正這句成語中的錯字。 ➡戾

行動也不一致。

詞源《尚書・泰誓中》：「受（指紂王）有億兆夷人，離心離德。」大意是說：商紂雖然統領億兆百姓，但是因為他失去民心，所以最後眾叛親離，沒有人可以認同他的作法。

用法 形容失去民心。

範例 專制君主為鞏固皇權，常行離心離德之術。

【仕途類】

(一)比喻「仕途順暢」

一歲三遷（ㄧ ㄙㄨㄟˋ ㄙㄢ ㄑㄧㄢ）

解釋 歲：年。遷：職務的升或降。指一年之內，職務調動三次。

詞源《北史・蘇亮傳》：「亮自大統（皇帝年號）以來，無歲不轉官（不調動職務），一年或至三遷。」大意是說：蘇亮從大統年間開始，沒有一年不調動職位的，有時候在一年中就連升三級。

用法 比喻官運亨通。

範例 他憑著實力，一歲三遷，步步高升。

平步青雲（ㄆㄧㄥˊ ㄅㄨˋ ㄑㄧㄥ ㄩㄣˊ）

解釋 青雲：天空。指一下子就從地面到達高空。

詞源 宋・袁文・《甕牖閒評》：「廉宣仲才高，幼年及第（科舉時代考試榜上有名），宰相張邦昌納為婿，當徽宗時，自謂平步青雲。」大意是說：廉宣仲是一位很有才能的人，幼年參加科舉考試就金榜題名，於是宰相張邦昌就把他招為女婿，徽宗的時候，他自稱從平凡的環境中一下子升到很高的職位。

用法 比喻突然升上高官。

範例 浩瀚人海中，有多少人能夠平步青雲呢？

提示 ①「平步青雲」也作「青雲直上」。②「平步青雲」的「青」不可以寫成「輕鬆」的「輕」。

加官進爵（ㄐㄧㄚ ㄍㄨㄢ ㄐㄧㄣˋ ㄐㄩㄝˊ）

解釋 加官：升官。爵：貴族的等級。指高升官位或職位。

詞源《鏡花緣・八三回》：「適（剛剛）因小春姐姐談論跳加官，倒想起一個笑話，並且『加官』二字也甚（很）吉利，把他做個話頭，即或不甚發笑，就算老師加官晉爵之兆（預兆），也未嘗不妙。」

用法 比喻升官之後，社會地位也跟著提升。常用作賀詞。

範例 加官進爵，人生一大樂事。

提示「加官進爵」也作「加官晉爵」。

官運亨通（ㄍㄨㄢ ㄩㄣˋ ㄏㄥ ㄊㄨㄥ）

解釋 亨通：通達。指官途很通達的意思。

詞源《官場現形記》：「後來湍制台官運亨通，從雲南杲（杲，音ㄍㄠˇ）司任上就升了貴州藩司，又調任（轉調任職）江寧藩司，升江蘇巡撫……。」

用法 形容人仕途平坦順暢。

範例 近年來，他的聲望如日中天，自然官運亨通了。

鳶飛戾天（ㄩㄢ ㄈㄟ ㄌㄧˋ ㄊㄧㄢ）

鳶飛戾天　告老還鄉　封金掛印　掛冠歸去　解組歸田

1.（　　　）「告」老還鄉，請寫出括號中的解釋。
2.（　　　）形容人辭去官職，叫封□掛□。
3.（　　　）以下敘述何者正確A.「掛冠歸去」是比喻辭官B.當年項羽兵敗垓下後，即辭官歸隱C.東晉時的陶淵明是位不戀官位的田園詩人D.「解組歸田」的「解」是脫下的意思。

➡請求
➡金、印
➡A、C、D

解釋 鳶：俗稱老鷹。戾：到達。指老鷹高飛到天空中。

詞源 《詩經．大雅．旱麓》：「鳶飛戾天，魚躍（躍，音ㄩㄝˋ，跳）于淵（水深的地方）。」大意是說：老鷹飛翔於天空，魚兒躍入深淵，表示找到了最自在的生存環境。

用法 比喻有才能的人達到事業的頂點。

範例 他的改革，頗有鳶飛戾天的氣勢。

提示 「鳶飛戾天」的「戾」不可以寫成「風聲鶴唳」的「唳」。

(二)比喻「辭官離去」

告老還鄉 ㄍㄠˋ ㄌㄠˇ ㄏㄨㄢˊ ㄒㄧㄤ

解釋 告：請求。還：返回。指官吏因為上了年紀，所以向君王請求准許辭官回故鄉。

詞源 《蔡邕文》：「遂（於是）隱丘山，懸車（不作官）告老。」大意是說：蔡邕後來辭官回到丘山隱居，不再過問政治。

用法 比喻年老退休。

範例 為官的智慧之一，就是責任達成後，即告老還鄉，不居功。

提示 「告老還鄉」的「還」讀作ㄏㄨㄢˊ。

封金掛印 ㄈㄥ ㄐㄧㄣ ㄍㄨㄚˋ ㄧㄣˋ

解釋 金：用黃金做成的官印。掛：懸。指將官印封掛，不再使用。

用法 形容人辭去官職。

範例 我決定封金掛印，棄政從商。

掛冠歸去 ㄍㄨㄚˋ ㄍㄨㄢ ㄍㄨㄟ ㄑㄩˋ

解釋 掛冠：摘下官帽，懸掛起來。歸：回。指取下頭上的官帽，懸掛起來，表示離開官場。

詞源 范曄．《後漢書．逢萌傳》：「時王莽殺其子宇，萌謂友人曰：『三綱絕矣！不去，禍將及人。』即（快速）解冠（冠，音ㄍㄨㄢ，官帽）掛東都城門，歸，將家屬浮海（指坐船），客（作客）於遼東。」大意是說：王莽連兒子都殺，逢萌告訴朋友說：「王莽是一個絕情的人，再不離去，恐怕大禍將臨頭。」於是趕緊取下官帽，掛在東都的城門上，離開了是非之地，他將家屬都安頓在船上，全家到遼東作客去了。

用法 比喻辭官。

範例 政治是是非非，何苦眷戀？不如掛冠歸去，做個平凡人。

提示 「掛冠歸去」也作「掛冠歸隱」、「掛冠而去」。

解組歸田 ㄐㄧㄝˇ ㄗㄨˇ ㄍㄨㄟ ㄊㄧㄢˊ

解釋 解：脫下。組：繫印信的絲繩。歸田：回到故鄉耕種。指脫下戰袍，回到故鄉從事耕作。

詞源 《野叟曝言．一一八回》：「只消（需要）婆婆（①丈夫的母親。②祖母。③對老婦的尊稱）親寫一書（信），說爹爹富貴已極（極限），欲解組歸田……。」大意是說：只需要婆婆親自寫一封信，就說爹爹已享榮華富貴，如今想要辭官回到故鄉從事耕作……。

用法 比喻辭官回鄉的表述。

範例 將軍決定要解組歸田，退休養老了。

1.（　　　）懸車「致仕」，請寫出括號中的解釋。　➡辭去官位

2.（　　　）以下哪些成語可以用「廉」字來形容A.一介不取 B.一文不值 C.一琴一鶴 D.一毛不拔。　➡A、C

3.（　　　）君子是□□□□；小人是飽私中囊。空格中應填入 A.見錢眼開 B.一無長物 C.涓滴歸公 D.一諾千金。　➡C

提示「解組歸田」也作「解甲歸田」。（甲：戰甲；戰袍）。

懸車致仕（ㄒㄩㄢˊ ㄔㄜ ㄓˋ ㄕˋ）

解釋 懸車：不再當官，即辭去官職。致仕：辭去官位。指請辭，不再留戀官場。

詞源 漢．班固．《白虎通義．致仕》：「臣七十而懸車致仕者，臣以執事（執行事體的人）趨走為職，七十陽道（陽間壽命）極，耳目不聰（聽覺靈敏）明，跛（跛，音ㄅㄛˇ，走路不正）踦（踦，音ㄐㄧ，小腿）之屬……。」大意是說：班固以七十歲高齡辭去官職，他一生以執事奔走為職務，七十歲的陽壽也差不多了，耳朵的聽覺及視力都退化了，行走時，腳步也無法走得穩健……。

用法 比喻告老回家。

範例 他自從懸車致仕後，就全心投入公益事業。

【賢官汙吏類】

（一）比喻「清廉愛民」

一介不取（ㄧˊ ㄐㄧㄝˋ ㄅㄨˋ ㄑㄩˇ）

解釋 介：小草。通「芥」。指連一根小草都不會隨便拿取。

詞源 《孟子．萬章》：「一介不以與人，一介不以取諸人，湯使人以幣聘之，囂囂（囂囂，音ㄒㄧㄠ ㄒㄧㄠ，自得的樣子）然曰：『我何以湯之聘幣為哉……。』」大意是說：萬章問孟子有關伊尹的事，孟子回答說：「伊尹是連一根小草都不會施予別人，連一根小草也不會跟人家求取的人，商湯曾經用錢財去禮聘他出來做官，結果伊尹自得的說：『我怎麼會因為錢財而出來做官呢……。』」

用法 形容人的清廉。

範例 俗語說：「見錢眼開」，其實也有一介不取的好官呢！

一琴一鶴（ㄧˋ ㄑㄧㄣˊ ㄧˊ ㄏㄜˋ）

解釋 指行李很簡便，只有一具琴和一隻鶴隨行在旁。

詞源 《宋史．趙抃傳》：「帝曰：『聞卿匹馬（比喻獨自）入蜀（四川舊稱），以一琴一鶴自隨；為政簡單……。』」大意是說：宋神宗時，趙抃為官清廉，當時的人都讚譽他為「鐵面御史」。有一次宋神宗告訴趙抃說：「朕聽說你單槍匹馬進入四川境內，身邊只有琴與鶴相隨；此外，處理政事也非常的簡單明快……。」

用法 比喻為官清廉、正直。

範例 他頗有古人一琴一鶴的情操。

涓滴歸公（ㄐㄩㄢ ㄉㄧ ㄍㄨㄟ ㄍㄨㄥ）

解釋 涓滴：微小；少數。指連極微小的東西都要歸還給公家。

詞源 《官場現形記．三三回》：「什麼馬車錢，包車夫，還有吃的香煙、茶葉，都是小侄自己貼的。真正涓滴歸公，一絲一毫不敢亂用。」

用法 比喻人沒有貪念。

範例 君子是涓滴歸公；小人是飽私中囊。

提示 「涓滴歸公」也作「涓滴不留」。

1.（　　　）「廉能清政」，請改正這句成語中的錯字。 ➡正
2.（　　　）「潔己奉工」，請改正這句成語中的錯字。 ➡公
3.（　　　）以下哪些行為是犯法的A.一步登天B.一手遮天C.上下其手D.一呼百諾。 ➡B、C
4.（　　　）「以聲試法」，請改正這句成語中的錯字。 ➡身

廉能清正（ㄌㄧㄢˊ ㄋㄥˊ ㄑㄧㄥ ㄓㄥˋ）

解釋 廉能：為官清廉，有能力。清正：清廉正直。指為官清廉，有才能，做人又公正。

詞源 元．楊顯之．《瀟湘雨》：「老夫（自稱）廉能清正，節操堅剛，常懷報國之心。」

用法 形容人當官清廉又有能力。

範例 我們要選出廉能清正的候選人。

潔己奉公（ㄐㄧㄝˊ ㄐㄧˇ ㄈㄥˋ ㄍㄨㄥ）

解釋 潔己：要求自我品格。奉公：專心服務公事。指對於自我品性要求嚴格，並且盡心於公事。

詞源 《宋書．林邑傳》：「法命肅（消滅；剷平）齊，文武畢（全部）力，潔己奉公，以身率（表率）下。」大意是說：林邑奉命要消滅齊國，不管文攻武嚇都要盡全力，他對自我的品性要求非常嚴格，而且盡心於國家公事，以自己的行為來當下屬的表率。

用法 形容人潔身自愛，為公眾事務盡力。

範例 公務人員要潔己奉公，專心為民服務。

(二)比喻「玩弄法紀」

一手遮天（ㄧˋ ㄕㄡˇ ㄓㄜ ㄊㄧㄢ）

解釋 指用一隻手就將天遮住，讓老天不知其作為。

詞源 明．張岱．《馬士英阮大鋮》：「弘光好酒喜內，日導以荒淫，毫不省（察）外事，而士英一手遮天，靡（無）所不為矣。」大意是說：明代福王（弘光皇帝）是一位昏庸的人，國難當頭他仍每天過著荒淫的日子，對於國家邊境之事完全不管，阮大鋮甚至親自寫歌詞劇本，並且從青樓中挑出名妓進入宮中，以供弘光皇帝娛樂。而馬士英專權獨裁，欺上瞞下，沒有什麼壞事是做不出來的。

用法 形容人濫用職權，專作壞事。

範例 聽說這起貪瀆案，幕後有高層一手遮天，進行操控。

提示 「一手遮天」也作「隻手遮天」、「一掌遮天」。

上下其手（ㄕㄤˋ ㄒㄧㄚˋ ㄑㄧˊ ㄕㄡˇ）

解釋 指使用手段，玩弄手法。

詞源 《左傳．襄公二六年》：「楚穿封戌囚（抓）皇頡，公子圍與之爭，正（請求裁處）於伯州犁，犁曰：『請向於囚（被抓的人）。』乃上其手曰：『夫子為王子圍，寡君之貴介弟也。』下其手曰：『此子為穿封戌，方城外之縣尹也，誰獲子（你）。』」大意是說：楚將穿封戌抓到鄭國的武將皇頡，楚王之弟王子圍認為這是自己的功勞，於是與穿封戌搶功，兩人決定請伯州犁出來裁處，伯州犁認為直接向皇頡詢問即知結果，然而伯州犁卻運用手法暗示皇頡，要皇頡做假證。伯州犁特地將王子圍與穿封戌的身分說出來，要皇頡說出誰抓了他？為了保命，皇頡最後只好承認是王子圍抓住他。

用法 比喻玩弄手法，串通作弊。

範例 警方推測這筆盜領案，是有人上下其手，串通勾結。

以身試法（ㄧˇ ㄕㄣ ㄕˋ ㄈㄚˇ）

1.（　　　　）「敗」法亂紀，請寫出括號中的解釋。 ➡危害
2.（　　　　）身為一位執法人員更不容許□□□□，空格中應填入 A.一馬當先 B.知法犯法 C.以一警百 D.半信半疑。 ➡B
3.（　　　　）「刀光箭影」，請改正這句成語中的錯字。 ➡劍
4.（　　　　）戎馬「倥傯」，請寫出括號中的注音。 ➡ㄎㄨㄥˇ ㄗㄨㄥˇ

解釋 身：親身。試：測試。指知道這麼做是違法的，卻還是去做。

詞源 《漢書》：「明慎所職，毋以身試法。」大意是說：明白謹慎地盡自己的職責，千萬不要觸犯法律。

用法 形容人故意觸犯法律。

範例 販賣毒品最高可處以死刑，所以千萬不要以身試法。

知法犯法（ㄓ ㄈㄚˇ ㄈㄢˋ ㄈㄚˇ）

解釋 指知道法律所禁止的行為，卻還去犯錯。

詞源 《儒林外史．四回》：「何美之才開了門，七八個人一齊擁了進來，看見女人，和尚一桌子坐著，齊說道：『好快活！和尚、婦人大青天白日（大白天）調情！好僧官老爺！知法犯法！』」

用法 形容人枉顧法律。

範例 身為一位執法人員更不容許知法犯法。

敗法亂紀（ㄅㄞˋ ㄈㄚˇ ㄌㄨㄢˋ ㄐㄧˋ）

解釋 敗：危害；敗害。紀：法紀。指敗害國法，擾亂法紀。

詞源 漢．陳琳．《為袁紹檄豫州》：「操便放志專行……卑侮王室，敗法亂紀……。」大意是說：曹操便立志專斷獨行，用卑劣的行為來侮辱王室，敗壞國法，擾亂法紀。

用法 形容人破壞國家法律。

範例 明代末年宦官敗法亂紀，使得正氣蕩然無存。

【戰況類】

(一)比喻「戰亂或征戰」

刀光劍影（ㄉㄠ ㄍㄨㄤ ㄐㄧㄢˋ ㄧㄥˇ）

解釋 指刀子的反光跟劍的影子。

用法 形容打鬥的激烈。

範例 兩軍交會，只見雙方人馬的刀光劍影閃爍，戰況十分激烈。

十面埋伏（ㄕˊ ㄇㄧㄢˋ ㄇㄞˊ ㄈㄨˊ）

解釋 埋伏：隱藏起來不讓人家知道。指四面八方都隱藏著重兵，準備給敵人致命的一擊。

詞源 《抱妝盒．二折》：「從今後跳出九重（重，音ㄔㄨㄥˊ，疊複的）圍子（籬笆）連環寨（寨，音ㄓㄞˋ，古時防備盜賊的柵欄），脫離了十面埋伏大會垓（垓，音ㄍㄞ，界限）。」

用法 形容四面部署重兵。

範例 我軍的十面埋伏，相信敵軍插翅也難飛。

戎馬倥傯（ㄖㄨㄥˊ ㄇㄚˇ ㄎㄨㄥˇ ㄗㄨㄥˇ）

解釋 戎馬：戰馬。倥傯：非常急忙的樣子。指戰馬來回不停地急速奔跑。

詞源 ①《北史》：「恃戎馬之強。」。②史可法．《復多爾袞書》：「今倥傯之際，忽捧（拿；收）琬琰之章（琬琰，音ㄨㄢˇ ㄧㄢˇ，本是美好的玉圭，後引申作品德或文詞的美好）。」

用法 形容人在戰事中奔波忙碌。

1.（　　　）「兵慌馬亂」，請改正這句成語中的錯字。　➡荒

2.（　　　）「兵連禍節」，請改正這句成語中的錯字。　➡結

3.（　　　）形容到處征戰，叫東□西□。　➡征、討

4.（　　　）「峰火連天」，請改正這句成語中的錯字。　➡烽

5.（　　　）比喻責問人的過錯，叫興□問□。　➡師、罪

範例 戰爭前線戎馬倥傯，兵情急迫。

提示 「戎馬倥傯」也作「兵馬倥傯」。

兵荒馬亂 ㄅㄧㄥ ㄏㄨㄤ ㄇㄚˇ ㄌㄨㄢˋ

解釋 荒、亂：沒有秩序的樣子。指在軍事行動中，兵馬紛亂的樣子。

詞源 《鏡花緣．一〇〇回》：「此時四處兵荒馬亂，朝秦暮楚（反覆無常，一點志節也沒有），我勉強做（寫）了一部《舊唐書》，那裏還有閒情逸致（生活悠閒，頗富風趣）弄這筆墨。」

用法 形容戰爭時動盪不安的混亂景象。

範例 老兵憶起兵荒馬亂的年代，心中感觸良多。

兵連禍結 ㄅㄧㄥ ㄌㄧㄢˊ ㄏㄨㄛˋ ㄐㄧㄝˊ

解釋 兵：出兵征戰。禍結：災禍不斷地到來。指大小戰事不斷發生，災禍也相繼到來。

詞源 《漢書．匈奴傳下》：「雖有克（戰勝敵方）獲（捕捉俘虜）之功，胡（匈奴）輒（往往）報（報復）之，兵連禍結，三十餘年。」大意是說：雖然漢武帝有戰勝匈奴及抓到對方的俘虜，表面看起來頗有戰功，但是匈奴人動輒採取報復的行為，所以連年戰事不斷，至今已有三十多年都處於動亂不安之中。

用法 形容連年戰事，人民生活痛苦。

範例 中東地區兵連禍結，戰爭不斷。

東征西討 ㄉㄨㄥ ㄓㄥ ㄒㄧ ㄊㄠˇ

解釋 征：出兵討伐。討：征伐。指出兵東方，征伐西方。

詞源 《元史．木華黎傳》：「我為國家助成大業……垂（快要；將要）四十年，東征西討，無復遺恨（不再有任何的遺憾），第（但）恨汴京未下（攻取）耳。」

用法 形容到處征戰。

範例 男兒離鄉背井，東征西討，為的是捍衛國土。

提示 「東征西討」也作「東討西征」。

烽火連天 ㄈㄥ ㄏㄨㄛˇ ㄌㄧㄢˊ ㄊㄧㄢ

解釋 烽火：古代邊防地區只要有警戒的事情發生，就會點燃乾草，作為示警，後引申作戰爭。指戰爭頻仍，遍及四處。

詞源 杜甫．《春望詩》：「烽火連三月，家書（信）抵（勝過）萬金。」大意是說：戰亂已經連續進行好幾個月，此時收到家書比那萬金更有價值。

用法 形容到處都動盪不安。

範例 他堅持遠赴烽火連天的戰區行醫。

提示 「烽火連天」的「烽」不可以寫成「鋒芒」的「鋒」。

興師問罪 ㄒㄧㄥ ㄕ ㄨㄣˋ ㄗㄨㄟˋ

解釋 興：起。師：軍隊。問罪：宣告敵人所犯的罪狀。指宣告敵方所犯的罪刑，並且派兵討伐。

詞源 宋．沈括．《夢溪筆談．卷二五》：「元昊（昊，音ㄏㄠˋ。）乃改元（朝代名稱），制衣冠（帽子）禮樂，下令國中，悉（都）用番書、胡禮、自稱大夏。朝廷興師

1. (　　　　) 「長趨直入」，請改正這句成語中的錯字。 ➡驅
2. (　　　　) 「搬師回朝」，請改正這句成語中的錯字。 ➡班
3. (　　　　) 勢如「破」竹，請寫出括號中的解釋。 ➡劈
4. (　　　　) 形容一開始就獲得成功，叫旗□得□。 ➡開、勝
5. (　　　　) 「一絕勝負」，請改正這句成語中的錯字。 ➡決

問罪。」

用法 ①形容率兵征討敵方。②比喻責問人的過錯。

範例 你一進門就興師問罪，太不講道理了。

(二)比喻「被重重包圍」

四面受敵（ㄙˋ ㄇㄧㄢˋ ㄕㄡˋ ㄉㄧˊ）

解釋 四面：四方（前、後、左、右）。受：遭遇。指四面皆遭遇敵人的攻擊。

詞源 《史記·留侯世家》：「洛陽雖有此固，其中小，不過數百里，田地薄（貧瘠），四面受敵，此非用武之國也。」大意是說：洛陽城雖然有天然的屏障，但是面積不大，算一算也不過是數百里罷了，而且此地的田地貧瘠，萬一四面被敵軍包圍，所生產的糧食根本無法自給，所以該地根本不是動武的地方。

用法 形容局勢危急。

範例 如果國家四面受敵，全民要如何應變呢？

四面楚歌（ㄙˋ ㄇㄧㄢˋ ㄔㄨˇ ㄍㄜ）

解釋 指四面傳來楚人所唱的歌曲。

詞源 《史記·項羽本紀》：「昔（從前）項羽與劉邦戰，被困垓下（安徽省境內），夜聞漢軍四面皆楚歌，乃驚，曰：『漢軍已得楚乎？是何楚人之多也。』」大意是說：從前項羽跟劉邦爭天下，結果項羽屈居下風，被圍困在安徽省境內的垓下，有一天晚上營中的士兵清楚地聽到漢軍從四面傳來的楚歌，項羽聽到後嚇了一跳，他自言自語地說：「難道漢軍已經攻下楚地，要不然怎麼有那麼多的人唱著楚歌呢？」

用法 形容陷於孤立無援的地步。

範例 主將正陷入四面楚歌的困境，急得幾乎白了頭。

腹背受敵（ㄈㄨˋ ㄅㄟˋ ㄕㄡˋ ㄉㄧˊ）

解釋 腹背：前後方。受：遭遇。指前後方都遭遇到敵人的攻擊。

詞源 《魏書·崔浩傳》：「裕（劉裕）西入函谷（河南省境內的函谷關），則進退路窮（進退無路），腹背受敵。」

用法 比喻進或退都沒有路。

範例 將軍的軍隊腹背受敵，正奮力殺出重圍。

(三)比喻「消滅敵人」

一鼓殲滅（ㄧˋ ㄍㄨˇ ㄐㄧㄢ ㄇㄧㄝˋ）

解釋 鼓：古代戰爭時，擊鼓表示前進，鳴鐘表示撤退。一鼓：表示短暫時間。殲：殺。指才剛擊一次鼓，就將敵軍消滅殆盡。

用法 形容很快就消滅敵人。

範例 將軍下令大舉進攻，將敵軍一鼓殲滅。

直搗黃龍（ㄓˊ ㄉㄠˇ ㄏㄨㄤˊ ㄌㄨㄥˊ）

解釋 搗：攻打。黃龍：黃龍府，為金人的腹地。指直接攻到黃龍府。

詞源 《宋史·岳飛傳》：「飛大喜，語（語，音ㄩˋ，告訴）其下曰：『直抵（搗）黃龍府，與諸軍痛飲爾。』」

用法 形容一舉攻入敵人的巢穴。

1.（　　　）「長趨直入」，請改正這句成語中的錯字。 ➡驅
2.（　　　）「搬師回朝」，請改正這句成語中的錯字。 ➡班
3.（　　　）勢如「破」竹，請寫出括號中的解釋。 ➡劈開
4.（　　　）形容一開始就獲得成功，叫旗□得□。 ➡開、勝
5.（　　　）「一絕勝負」，請改正這句成語中的錯字。 ➡決

範例 讓我們直搗黃龍，殺個對方片甲不留。

提示 「直搗黃龍」也作「直抵黃龍」。

長驅直入（ㄔㄤˊ ㄑㄩ ㄓˊ ㄖㄨˋ）

解釋 長驅：騎著快馬長距離奔跑。直入：直衝進入。指騎著快馬長途奔跑，向敵人的營地直衝。

詞源 曹操．《勞徐晃令》：「吾用兵三十餘年，及所聞（聽說）古之善用兵者，未有長驅徑（直接）入敵圍（敵營）者也。」

用法 形容無人可以抵擋。

範例 劉邦的軍隊長驅直入咸陽，迫使秦軍投降。

提示 ①「長驅直入」也作「長驅徑入」。②「長驅直入」的「驅」不可以寫成「趨勢」的「趨」。

班師回朝（ㄅㄢ ㄕ ㄏㄨㄟˊ ㄔㄠˊ）

解釋 班師：將軍隊帶回來。朝：朝廷。指軍隊出征，得勝回到朝中。

詞源 《三國演義．一〇〇回》：「後主（劉備的兒子劉禪）下詔（古代帝王所下的命令），宣孔明班師回朝。」

用法 形容勝利歸來。

範例 將軍班師回朝，百姓夾道歡迎。

提示 「班師回朝」的「班」不可以寫成「搬動」的「搬」。

勢如破竹（ㄕˋ ㄖㄨˊ ㄆㄛˋ ㄓㄨˊ）

解釋 破：劈開。指情勢就好像劈竹子一樣。

詞源 《晉書．杜預傳》：「今兵威已振（奮發），譬如破竹，數節之後，皆迎刃而解（事情很容易處理）。」大意是說：今天軍威已經提升，就好像劈竹子一樣，剛開始不容易著手，待刀子砍入數節之後，就變得輕鬆容易多了。

用法 形容節節得勝。

範例 當年，拿破崙軍隊席捲歐洲各國，勢如破竹，人見人畏。

旗開得勝（ㄑㄧˊ ㄎㄞ ㄉㄜˊ ㄕㄥˋ）

解釋 旗：軍旗。指軍隊一出征就馬上獲得勝利。

詞源 元．關漢卿．《五侯宴》：「偰（偰，音ㄒㄧㄝˋ）子：「俺（俺，音ㄢˇ，中國北方人的自稱）父親手下兵多將廣，有五百義兒家將，人人奮勇，個個英雄，端的是旗開得勝，馬到成功。」

用法 形容一開始就獲得成功。

範例 我校參加全國籃球比賽，傳來旗開得勝的捷報。

(四)比喻「決一死戰」

一決勝負（ㄧˋ ㄐㄩㄝˊ ㄕㄥˋ ㄈㄨˋ）

解釋 指分出輸贏。

詞源 宋．司馬光．《與王介甫書》：「介甫（王安石）之意，必欲力戰天下之人，與之一決勝負，不復（再）顧（考慮）義理之是非，生民（百姓）之憂樂，國家之安危。」大意是說：依你的意思，是想要與天下人為敵，跟大家拚個你死我活，完全不管義理的對錯、全國百姓的憂樂及國家的安危嗎？

用法 形容拚個死活。

範例 甲午戰爭時，中國的海軍與日本的海軍在黃海一決勝負。

提示 「一決勝負」也作「決一勝

1.（　　　）一決「雌」雄，請寫出括號中的注音。 ➡ㄘ
2.（　　　）「背水一仗」，請改正這句成語中的錯字。 ➡戰
3.（　　　）「破斧沉舟」，請改正這句成語中的錯字。 ➡釜
4.（　　　）以下哪些成語是比喻傷亡慘重 A.投鞭斷流 B.屍山血海 C.伏屍遍野 D.血流成河。 ➡B、C、D

負」。

一決雌雄（一ˋ ㄐㄩㄝˊ ㄘ ㄒㄩㄥˊ）

解釋 雌雄：勝負；高下。指拚個高下，決定誰勝誰輸。

詞源 《史記・項羽本紀》：「願與漢王（劉邦）挑戰，一決雌雄。」

用法 比喻分出高下。

範例 兩位圍棋大師將舉行公開賽，一決雌雄。

背水一戰（ㄅㄟˋ ㄕㄨㄟˇ 一ˊ ㄓㄢˋ）

解釋 背水：人的背部向著大河，也就是沒有退路的意思。指背部向著大河作最後一戰。

詞源 《史記・淮陰侯傳》：「漢將韓信率軍攻趙，出井陘（陘，音ㄒㄧㄥˊ）口，命將士背靠大河列陣（擺陣），以（用）前臨（面對）大敵、後退無路的處境來堅定將士拼（拚命）死求勝的決心。」

用法 比喻為求出路而決一死戰。

範例 前有追兵，後又無退路，士兵只得背水一戰了。

提示 「背水一戰」也作「背河一戰」。

破釜沉舟（ㄆㄛˋ ㄈㄨˇ ㄔㄣˊ ㄓㄡ）

解釋 釜：烹具的一種，與鍋子相似。指將鍋盆打破，把船沉沒。

詞源 《史記・項羽本紀》：「項羽乃悉（全部）引兵渡河，皆沉船，破釜甑（甑，音ㄗㄥˋ，蒸煮東西的瓦器），燒廬舍（田地間的小屋），持三日糧，以示士卒（士兵）必死，無一還（還，音ㄏㄨㄢˊ，回）心。」大意是說：項羽帶領軍隊過河後，將所乘坐的軍船全部弄沉，蒸煮食物的瓦器全部打破，就連士兵所住的簡陋小屋也全部燒毀，僅準備三天的糧草，以此來宣誓士兵們必死的決心，只要沒有打贏勝仗，絕不回到故鄉。

用法 比喻痛下決心。

範例 他以破釜沉舟的決心全力準備考試。

提示 ①「破釜沉舟」也作「破釜焚舟」、「破釜沉船」。②「破釜沉舟」的「釜」不可以寫成「斧頭」的「斧」。

(五) 比喻「傷亡慘重」

屍山血海（ㄕ ㄕㄢ ㄒㄧㄝˇ ㄏㄞˇ）

解釋 指屍體堆得如山高，流出的血有一條河那麼多。

詞源 《董西廂・卷二》：「蒲城裡豈辨個後巷前街，變做屍山血海。」

用法 形容死傷慘重。

範例 歷史上屍山血海的戰爭，令人心寒膽戰。

伏屍遍野（ㄈㄨˊ ㄕ ㄅㄧㄢˋ 一ㄝˇ）

解釋 伏屍：倒臥在地上的屍體。遍野：遍及郊野。指到處都是橫躺的屍體。

用法 形容殺戮慘烈。

範例 影片裡伏屍遍野的畫面，令人慘不忍睹。

血流成河（ㄒㄧㄝˇ ㄌㄧㄡˊ ㄔㄥˊ ㄏㄜˊ）

解釋 指血流很多，可以積聚成一條河川。

詞源 《說唐・六四回》：「可憐明州二十五萬兵馬，一時殺得天昏地暗，血流成河。」

用法 形容戰況激烈。

1.（　　　）「肝惱塗地」，請改正這句成語中的錯字。 ➡腦
2.（　　　）以下哪些成語可以用「敗」字來形容A.人仰馬翻 B.片甲不回 C.不識之無 D.同舟共濟。 ➡A、B
3.（　　　）「全軍復沒」，請改正這句成語中的錯字。 ➡覆
4.（　　　）形容戰鬥失利，叫□戈□甲。 ➡拋、棄

範例 戰爭下，勢必會血流成河，家破人亡。

提示 「血流成河」也作「血流成川」。

肝腦塗地（ㄍㄢ ㄋㄠˇ ㄊㄨˊ ㄉㄧˋ）

解釋 塗地：敷抹。指肝膽都濺在地面上。

詞源 《史記・淮陰侯傳》：「今楚漢分爭，使天下無罪之人肝腦塗地，父子暴（暴，音ㄆㄨˋ，顯露）骸（骸，音ㄏㄞˊ，骨頭的通稱）骨於中野，不可勝（勝，音ㄕㄥ，窮盡）數。」大意是說：今日楚漢爭奪天下，天下間無辜受害的人肝膽四濺於地面上，父子骨肉的屍體顯露在郊野中，無人埋葬的，多到無法計算。

用法 形容死狀極慘。

範例 男兒保家衛國，哪怕戰死沙場，肝腦塗地？

提示 「肝腦塗地」也作「肝膽塗地」。

(六) 比喻「戰事失利」

人仰馬翻（ㄖㄣˊ ㄧㄤˇ ㄇㄚˇ ㄈㄢ）

解釋 仰：臉孔向上。指人馬被打得仰翻於地面上。

詞源 《蕩寇志・八九回》：「嘴邊咬著一顆人頭，殺得賊兵人仰馬翻。」

用法 ①形容軍隊打敗仗的狼狽情況。②形容人忙得不可開交。

範例 一顆砲彈打過去，衝鋒的騎兵立刻人仰馬翻，潰不成軍。

片甲不回（ㄆㄧㄢˋ ㄐㄧㄚˇ ㄅㄨˋ ㄏㄨㄟˊ）

解釋 甲：古代士兵身上所穿的護身衣，引申作士兵。存：活著。指連一個士兵都沒有活著回來。

詞源 明・羅貫中・《三國演義・第七回》：「吾有一言，令江東諸軍片甲不回。」

用法 形容徹底的潰敗。

範例 歷史上的長平之役，趙軍被秦軍殺得片甲不回。

提示 「片甲不回」也作「片甲不存」、「片甲不留」。

全軍覆沒（ㄑㄩㄢˊ ㄐㄩㄣ ㄈㄨˋ ㄇㄛˋ）

解釋 全：所有的。覆沒：船翻沉而消失。指軍隊因戰敗而全部被消滅。

詞源 清・顧炎武・《日知錄・宦官》：「陽和口之戰，太監郭敬監軍（官名，軍隊的監督），諸將悉（都）為所制（管束；指揮），師（軍隊）無紀律，而宋謙、朱冕全軍覆沒矣。」大意是說：陽和口之戰，太監郭敬擔任軍隊的最高監督，每一位將領都要歸他管束，結果軍隊變得一點紀律也沒有，所以宋謙、朱冕的軍隊後來都被消滅了。

用法 ①形容軍隊慘敗。②形容事情完全失敗。

範例 我軍因為戰策成功，打得對方全軍覆沒。

拋戈棄甲（ㄆㄠ ㄍㄜ ㄑㄧˋ ㄐㄧㄚˇ）

解釋 戈：兵器。指將兵器及盔甲都丟棄。

詞源 《隋唐演義・五三回》：「部下聽得，一齊拋戈棄甲跪倒。」

用法 形容戰鬥失利。

1.（　　　）抱頭鼠「竄」，請寫出括號中的注音和解釋。
2.（　　　）比喻慘敗，叫落□流□。
3.（　　　）「潰」不成軍，請寫出括號中的注音和解釋。
4.（　　　）「輒亂旗靡」，請改正這句成語中的錯字。
5.（　　　）形容軍隊的實力堅強，叫□強□壯。

➡ㄘㄨㄢˋ、逃走
➡花、水
➡ㄎㄨㄟˋ、逃散
➡轍
➡兵、馬

範例 這部電影為了拍攝抛戈棄甲的畫面，投入大筆資金。

抱頭鼠竄（ㄅㄠˋ ㄊㄡˊ ㄕㄨˇ ㄘㄨㄢˋ）

解釋 竄：逃走。指抱著頭，然後如老鼠一樣的四處逃散。

詞源 《漢書．蒯通傳》（蒯，音ㄎㄨㄞˇ）：「常山王奉（奉，音ㄆㄥˇ。通「捧」）頭鼠竄，以歸漢王。」大意是說：常山王張耳捧著頭如老鼠般地逃亡，最後終於向劉邦投降。

用法 形容驚慌地逃走。

範例 我軍突擊敵方陣營，殺得對方抱頭鼠竄，倉皇逃命。

提示 「抱頭鼠竄」也作「抱首鼠竄」。

落花流水（ㄌㄨㄛˋ ㄏㄨㄚ ㄌㄧㄡˊ ㄕㄨㄟˇ）

解釋 落花：從樹上飄落的花朵。指從樹上飄落的花朵，隨著流水漂至遠方。

詞源 姚雪垠（垠，音ㄧㄣˊ）．《李自成．一卷．六章》：「轉眼之間，戰場的局面完全扭轉（改變），把官軍殺得落花流水。」

用法 ①形容春景零落。②比喻慘敗。

範例 這場戰役若不能把賊寇打得落花流水，誓不還鄉。

潰不成軍（ㄎㄨㄟˋ ㄅㄨˋ ㄔㄥˊ ㄐㄩㄣ）

解釋 潰：逃散。指軍隊四處逃散，已不像一支獨立的軍旅。

詞源 姚雪垠（垠，音ㄧㄣˊ）．《李自成．一卷．八章》：「等待著敵人的銳氣（銳利的氣勢）開始衰落時，抓住要害（脆弱之處）猛力一擊，就可以把敵人殺得潰不成軍。」

用法 形容軍隊作戰慘敗，四處逃散。

範例 在我軍密集的炮火攻擊下，敵方已經潰不成軍了。

提示 「潰不成軍」的「潰」不可以寫成「羞愧」的「愧」。

轍亂旗靡（ㄔㄜˋ ㄌㄨㄢˋ ㄑㄧˊ ㄇㄧˇ）

解釋 轍：車輪在地面上所留下的痕跡。靡：倒下。指地面上的車輪痕跡散亂，軍旗也倒伏於四處。

詞源 《左傳．莊公十年》：「吾視（看）其轍亂，望其旗靡，故逐（追）之。」

用法 形容軍隊戰敗，四處逃竄的驚慌模樣。

範例 戰敗的一方轍亂旗靡，十分的狼狽。

提示 「轍亂旗靡」的「轍」不可以寫成「動輒得咎」的「輒」。

【軍威類】

㈠比喻「軍隊強大」

兵強馬壯（ㄅㄧㄥ ㄑㄧㄤˊ ㄇㄚˇ ㄓㄨㄤˋ）

解釋 強：強盛。壯：肥美；壯碩。指軍隊強盛，馬兒壯碩。

詞源 晉．干寶．《搜神記．卷三》：「帝乃召募天下，有得房氏首（頭顱）者，賜金千金，分賞美女，羣臣見房氏兵強馬壯，難以獲（捕捉）之。」

用法 形容軍隊的實力堅強。

範例 大唐盛世，兵強馬壯，富足安樂。

提示 「兵強馬壯」也作「兵精馬

1.（　　　　）投鞭「斷」流，請寫出括號中的解釋。 ➡隔絕
2.（　　　　）「浩浩盪盪」，請改正這句成語中的錯字。 ➡蕩蕩
3.（　　　　）「旌旗敝空」，請改正這句成語中的錯字。 ➡蔽
4.（　　　　）「舳艫」千里，請改正這句成語中的錯字。 ➡ㄓㄡˊ ㄌㄨˊ
5.（　　　　）形容所向無敵，叫百□百□。 ➡戰、勝

兵強馬壯　投鞭斷流　浩浩蕩蕩　旌旗蔽空　舳艫千里　百戰百勝

強」。

投鞭斷流（ㄊㄡˊ ㄅㄧㄢ ㄉㄨㄢˋ ㄌㄧㄡˊ）

解釋 投：丟。鞭：馬鞭。斷：隔絕。指將成千上萬的馬鞭丟入河中，足以阻斷水流。

詞源 《晉書．苻堅載記下》：「以吾之眾旅（軍隊），投鞭於江，足斷其流。」

用法 形容兵馬眾多。

範例 即使足以投鞭斷流的軍隊，若不團結，也只是一盤散沙。

浩浩蕩蕩（ㄏㄠˋ ㄏㄠˋ ㄉㄤˋ ㄉㄤˋ）

解釋 浩浩：水勢盛大貌。蕩蕩：廣大貌。指水勢盛大的樣子。

詞源 宋．范仲淹．《岳陽樓記》：「浩浩蕩蕩，橫無際（邊界）涯（涯，音ㄧㄚˊ，窮盡）。」

用法 比喻陣容盛大。

範例 安祿山的軍隊浩浩蕩蕩地從北方出發，為大唐帶來浩劫。

提示 「浩浩蕩蕩」的「蕩」不可以寫成「江水湯湯」的「湯」（湯：音ㄕㄤ，水急流貌）。

旌旗蔽空（ㄐㄧㄥ ㄑㄧˊ ㄅㄧˋ ㄎㄨㄥ）

解釋 旌旗：由羽毛所裝飾成的旗子，古代都用來當做軍旗使用。蔽：遮掩；遮蓋。指軍旗多到將天空遮住了。

詞源 《戰國策．楚策一》：「楚王遊於雲夢（位湖北省境內），結駟（將四匹馬所拉的車子連結起來）千乘（乘，音ㄕㄥˋ，古代計算車輛的單位），旌旗蔽空。」大意是說：楚王曾經到湖北境內的雲夢遊賞，其隊伍浩浩蕩蕩，將四匹馬所拉的千輛車子連結起來，軍旗多到足以遮掩天空。

用法 比喻軍容壯盛。

範例 沙場上，兩國大軍對峙，只見旌旗蔽空，殺得日月無光。

舳艫千里（ㄓㄡˊ ㄌㄨˊ ㄑㄧㄢ ㄌㄧˇ）

解釋 舳艫：軍艦的船尾和船頭。指軍艦的船尾和船頭相互連接，長度有千里那麼長。

詞源 《晉書．陸機列傳》：「雖有銳師（精練的軍隊）百萬，啟（開始）行不過千夫；舳艫千里，前驅（在前面引導的）不過百艦。」大意是說：雖然對方的精練部隊有百萬那麼多，但是前導也不過是千人而已；至於戰船雖然一直綿延到千里遠，但是在前面開路的也不過百艘罷了。

用法 形容戰船的數量極多。

範例 當年，曹操率領大軍南下，舳艫千里，陣容浩大。

(二)比喻「無人可敵」

百戰百勝（ㄅㄞˇ ㄓㄢˋ ㄅㄞˇ ㄕㄥˋ）

解釋 指率軍出戰無數次，每次都能獲得勝利。

詞源 《孫子兵法．謀攻篇》：「百戰百勝，非善之善者也；不戰而屈（投降）人之兵，善之善者也。」大意是說：出戰一百次都能得到勝利，那不能算是最好的策略，真正好的策略是以和平的方法，在不必出兵的情況下就能使敵軍屈服，那才算是制敵的最好方式。

用法 形容所向無敵。

範例 精忠報國的岳飛是百戰百勝

1.（　　　）「所向披糜」，請改正這句成語中的錯字。　➡靡
2.（　　　）以下敘述何者正確 A.靡，音ㄇㄧˇ，浪費的意思 B.「無堅不摧」的「摧」音ㄘㄨㄟ，毀壞的意思 C.南宋岳飛率領的「岳家軍」實力強大 D.「所向披靡」的近義是「百戰百勝」。　➡B、C、D
3.（　　　）銳不可「當」，請寫出括號中的注音和解釋。　➡ㄉㄤ、抵擋

的南宋名將。

所向披靡（ㄙㄨㄛˇ ㄒㄧㄤˋ ㄆㄧ ㄇㄧˇ）

解釋 向：往；到。披靡：本意是草木隨風偃倒，後引申作軍旗倒下，士兵潰敗逃散的樣子。指所到之處，敵人皆潰敗逃散。

詞源 《梁書．蕭確傳》：「鍾山之役，確苦戰，所向披靡，羣虜（古代對敵人的稱呼）憚之（憚，音ㄉㄢˋ，恐懼；害怕）。」

用法 形容力量很大，敵人難以抵擋。

範例 元太祖成吉思汗用兵如神，率領的大軍一向是所向披靡。

提示 ①「所向披靡」也作「所向皆靡」、「所向摧靡」。②「所向披靡」的「靡」不可以寫成「糜爛」的「糜」。

無堅不摧（ㄨˊ ㄐㄧㄢ ㄅㄨˋ ㄘㄨㄟ）

解釋 堅：堅固。摧：毀壞。指沒有毀壞不了的堅固東西。

詞源 《舊唐書．孔巢父傳》：「（田）悅酒酣（酣，音ㄏㄢ，酒後高興的樣子），自矜（矜，音ㄐㄧㄣ，誇）其騎射（騎馬射箭）之藝，拳勇之略，因曰：『若蒙見（被）用，無堅不摧。』」大意是說：田悅喝完酒後非常的高興，他誇耀自己在騎馬射箭方面的技巧高人一等，而且有拳勇方面的謀略，所以說：「自己一旦受到重用，沒有什麼堅固的東西毀壞不了。」

用法 形容軍隊的戰鬥力強大。

範例 南宋岳飛率領的「岳家軍」，無堅不摧，大破金兵。

銳不可當（ㄖㄨㄟˋ ㄅㄨˋ ㄎㄜˇ ㄉㄤ）

解釋 銳：鋒利。當：抵擋。通「擋」。指氣勢鋒利、勇猛，無法阻擋。

詞源 《史記．淮陰侯傳》：「此乘（趁）勝而去（離開）國遠鬥，其鋒（銳）不可當。」

用法 形容兵勢的鋒銳，或氣勢強盛、順利進行。

範例 團結就能凝聚成銳不可當的力量。

提示 ①「銳不可當」也作「銳未可當」。②「銳不可當」和「勢不可當」都有力量強大無比，難以抵抗的意思。但是「銳不可當」強調精銳，而「勢不可當」則是指形勢或力道。例如：這次的颱風帶來強風豪雨，沖垮河堤，勢不可當。

附錄

附錄一：常用成語正誤用簡明對照表

共收錄八百四十則常用成語，以相互對照的方式，讓學生了解正確成語的用字和辨析容易混淆的寫法，以提升應用成語的能力。例如：一「鱗」半爪，不可以寫成一「麟」半爪。「麟」字是指麒麟時才用；一「箭」雙鵰，不可以寫成一「劍」雙鵰。「劍」字是指寶劍時才用；寸草春「暉」，不可以寫成寸草春「輝」。「輝」字是指光輝時才用。

附錄二：趣味成語猜謎一覽表

共收錄五百四十六則趣味成語猜謎，以猜謎的方式，引領學生進一步地了解成語和靈活應用成語。例如：獨眼龍相親，請猜一則成語。

答案：一眼看中。因為獨眼龍只有一隻眼睛可以看東西，當然是「一眼」就看中啦；另外，頭髮裡找粉刺，請猜一則成語。答案：吹毛求疵。想想，哪有粉刺長在頭髮裡面，硬要在頭髮裡東挑西揀的人，就是「吹毛求疵」。還有，南來北往，請猜一則成語。答案：不是東西。既有南又有北，就是缺東和西，所以謎底很容易就猜出為「不是東西」嘍！

附錄三：常用成語接龍一覽表

共收錄一百六十八則常用成語，以連環套的方式，玩接龍遊戲。例如：匹夫之勇，後面可以接：勇往直前→前仆後繼→繼往開來；三顧茅廬，後面可以接：廬山面目→目瞪口呆→呆若木雞；老生常談，後面可以接：談笑風生→生龍活虎→虎頭蛇尾。玩成語接龍不僅可以訓練邏輯思考能力，還能夠擴大對成語的認識面呢！

附錄一：常用成語正誤用簡明對照表

	成語舉例	成語誤寫	成語舉例	成語誤寫	成語舉例	成語誤寫
1畫	一了「百」了	一了「白」了	一刀兩「斷」	一刀兩「段」	一寸「丹」心	一寸「擔」心
	一反「常」態	一反「長」態	一孔之「見」	一孔之「現」	一目「了」然	一目「瞭」然
	一見「鍾」情	一見「鐘」情	一「身」是膽	一「生」是膽	一呼百「諾」	一呼百「喏」
	一拍「即」合	一拍「既」合	一「板」一眼	一「版」一眼	一狐之「腋」	一狐之「掖」
	一氣「呵」成	一氣「喝」成	一「脈」相承	一「眽」相承	一「貧」如洗	一「貪」如洗
	一無「長」物	一無「常」物	一筆「勾」消	一筆「句」消	一絲一「毫」	一絲一「豪」
	一絲不「掛」	一絲不「褂」	一視同「仁」	一視同「人」	一「概」而論	一「慨」而論
	一「網」打盡	一「綱」打盡	一語中「的」	一語中「地」	一誤「再」誤	一誤「在」誤
	一「鳴」驚人	一「鳴」驚人	一盤散「沙」	一盤散「砂」	一「箭」雙鵰	一「劍」雙鵰
	一樹百「穫」	一樹百「獲」	一「瀉」千里	一「洩」千里	一蹶不「振」	一蹶不「震」
	一「鱗」半爪	一「麟」半爪	2畫 七「拼」八湊	七「拚」八湊	七「零」八落	七「凌」八落
	七擒七「縱」	七擒七「蹤」	七竅生「煙」	七竅生「菸」	九死一「生」	九死一「身」
	九「霄」雲外	九「宵」雲外	人才「輩」出	人才「倍」出	人心不「古」	人心不「谷」
	人心所「向」	人心所「嚮」	人浮於「事」	人浮於「世」	人情「世」故	人情「事」故

成語舉例	成語誤寫	成語舉例	成語誤寫	成語舉例	成語誤寫
人「微」言輕	人「危」言輕	人聲「鼎」沸	人聲「頂」沸	入不「敷」出	入不「付」出
入「幕」之賓	入「暮」之賓	八面「玲」瓏	八面「鈴」瓏	力爭上「游」	力爭上「遊」
十拿九「穩」	十拿九「隱」	十萬火「急」	十萬火「疾」	3 畫	
三令五「申」	三令五「伸」	三長兩「短」	三長兩「矮」	三元及「第」	三元及「地」
三「陽」開泰	三「揚」開泰	三顧茅「廬」	三顧茅「蘆」	三「思」而行	三「恩」而行
亡命之「徒」	亡命之「徙」	千古「絕」唱	千古「決」唱	亡羊「補」牢	亡羊「捕」牢
千「鈞」一髮	千「均」一髮	千萬買「鄰」	千萬買「憐」	千里「迢迢」	千里「昭昭」
千「嬌」百媚	千「驕」百媚	千「錘」百煉	千「捶」百煉	千「載」一時	千「戴」一時
口「若」懸河	口「苦」懸河	口碑載「道」	口碑載「到」	千「巖」萬壑	千「嚴」萬壑
口「蜜」腹劍	口「密」腹劍	口說無「憑」	口說無「平」	口「誅」筆伐	口「珠」筆伐
大吹大「擂」	大吹大「雷」	大「快」朵頤	大「塊」朵頤	土豪劣「紳」	土豪劣「伸」
大「庭」廣眾	大「廷」廣眾	大張「旗」鼓	大張「期」鼓	大「放」厥詞	大「方」厥詞
大聲疾「呼」	大聲疾「乎」	大「謬」不然	大「繆」不然	大勢所「趨」	大勢所「驅」
孑然一「身」	孑然一「生」	寸草不「留」	寸草不「流」	子虛「烏」有	子虛「鳥」有
				寸草春「暉」	寸草春「輝」

成語舉例	成語誤寫	成語舉例	成語誤寫	成語舉例	成語誤寫
寸陰尺「璧」	寸陰尺「壁」	小家「碧」玉	小家「壁」玉	小題大「作」	小題大「做」
「尸」位素餐	「屍」位素餐	山雞舞「鏡」	山雞舞「境」	「干」雲蔽日	「乾」雲蔽日
4 畫					
不卑不「亢」	不卑不「抗」	不可「名」狀	不可「明」狀	不可思「議」	不可思「義」
不可理「喻」	不可理「諭」	不甘「示」弱	不甘「勢」弱	不折不「扣」	不折不「叩」
不求「聞」達	不求「問」達	不言而「喻」	不言而「諭」	不屈不「撓」	不屈不「鐃」
不念舊「惡」	不念舊「厄」	不知所「云」	不知所「雲」	不知所「措」	不知所「錯」
不省人「事」	不省人「世」	不衫不「履」	不衫不「屢」	不「忮」不求	不「技」不求
不修邊「幅」	不修邊「福」	不屑一「顧」	不屑一「故」	不偏不「倚」	不偏不「依」
不「脛」而走	不「徑」而走	不逞之「徒」	不逞之「途」	不勞而「獲」	不勞而「穫」
不勝其「煩」	不勝其「繁」	不勝「枚」舉	不勝「每」舉	不寒而「慄」	不寒而「栗」
不稂不「莠」	不稂不「秀」	不「絕」如縷	不「決」如縷	不愧不「怍」	不愧不「作」
不義之「財」	不義之「才」	不落「窠」臼	不落「巢」臼	不違農「時」	不違農「事」
不稼不「穡」	不稼不「牆」	不「蔓」不枝	不「曼」不枝	不學無「術」	不學無「數」
不謀而「合」	不謀而「和」	不「辨」菽麥	不「辦」菽麥	不遺餘「力」	不遺餘「利」

成語舉例	成語誤寫	成語舉例	成語誤寫	成語舉例	成語誤寫
中流「砥」柱	中流「抵」柱	五體投「地」	五體投「的」	六尺之「孤」	六尺之「狐」
分「庭」抗禮	分「廷」抗禮	切磋琢「磨」	切磋琢「摩」	反璞歸「真」	反璞歸「珍」
反「覆」無常	反「複」無常	天之「驕」子	天之「嬌」子	天作之「合」	天作之「和」
天花亂「墜」	天花亂「墮」	天崩地「坼」	天崩地「拆」	天理昭「彰」	天理昭「章」
天經地「義」	天經地「意」	天「羅」地網	天「蘿」地網	天「壤」之別	天「讓」之別
少安毋「躁」	少安毋「燥」	「弔」民伐罪	「吊」民伐罪	引人入「勝」	引人入「盛」
引經「據」典	引經「劇」典	心力交「瘁」	心力交「卒」	心心相「印」	心心相「映」
心花「怒」放	心花「恕」放	心「急」如焚	心「疾」如焚	心悅「誠」服	心悅「成」服
心勞日「拙」	心勞日「絀」	心「猿」意馬	心「原」意馬	心腹之「患」	心腹之「犯」
心懷「叵」測	心懷「匹」測	心曠神「怡」	心曠神「宜」	心驚膽「戰」	心驚膽「仗」
手不釋「卷」	手不釋「券」	手舞足「蹈」	手舞足「到」	支吾其「詞」	支吾其「辭」
文不對「題」	文不對「提」	「文」風不動	「紋」風不動	文過「飾」非	文過「是」非
日「積」月累	日「績」月累	日「薄」西山	日「簿」西山	比肩繼「踵」	比肩繼「腫」
水乳交「融」	水乳交「溶」	水「性」楊花	水「姓」楊花	水「漲」船高	水「脹」船高

成語舉例	成語誤寫
片言「隻」字	片言「枝」字
以力服「人」	以力服「仁」
他山攻「錯」	他山攻「措」
出「爾」反「爾」	出「耳」反「耳」
半途而「廢」	半途而「費」
司空見「慣」	司空見「貫」
左支右「絀」	左支右「拙」
平易「近」人	平易「進」人
打草「驚」蛇	打草「警」蛇
正「襟」危坐	正「經」危坐
瓜熟「蒂」落	瓜熟「帝」落
甘「拜」下風	甘「敗」下風
白駒過「隙」	白駒過「際」
目光如「炬」	目光如「巨」
犬馬之「勞」	犬馬之「老」
以己「度」人	以己「渡」人
令人髮「指」	令人髮「直」
功成名「遂」	功成名「逐」
可操左「券」	可操左「卷」
囚首「垢」面	囚首「逅」面
平白無「故」	平白無「固」
平起平「坐」	平起平「座」
未雨綢「繆」	未雨綢「謬」
犯而不「校」	犯而不「笑」
瓦「釜」雷鳴	瓦「斧」雷鳴
生不逢「辰」	生不逢「晨」
目不交「睫」	目不交「捷」
6畫	
光風「霽」月	光風「齊」月

成語舉例	成語誤寫
5畫	
以一「警」百	以一「驚」百
以身「殉」職	以身「詢」職
充耳不「聞」	充耳不「問」
功虧一「簣」	功虧一「潰」
古道「熱」腸	古道「熟」腸
巧奪天「工」	巧奪天「功」
平步「青」雲	平步「輕」雲
「必」恭「必」敬	「畢」恭「畢」敬
正本清「源」	正本清「原」
瓜「剖」豆分	瓜「破」豆分
甘之如「飴」	甘之如「怡」
白雲「蒼」狗	白雲「倉」狗
目不「暇」給	目不「遐」給
先發「制」人	先發「製」人

成語舉例	成語誤寫
先意「承」旨	先意「成」旨
全軍覆「沒」	全軍覆「沫」
危如「累」卵	危如「纍」卵
同病相「憐」	同病相「鄰」
各行其「是」	各行其「事」
名不「副」實	名不「幅」實
名聞「遐」邇	名聞「暇」邇
因利「乘」便	因利「成」便
因「噎」廢食	因「咽」廢食
地利人「和」	地利人「合」
「妄」自菲薄	「忘」自菲薄
好景不「常」	好景不「長」
如火如「荼」	如火如「茶」
如喪考「妣」	如喪考「仳」
先「睹」為快	先「賭」為快
再接再「厲」	再接再「勵」
同仇敵「愾」	同仇敵「慨」
吐故「納」新	吐故「訥」新
向「隅」而泣	向「偶」而泣
名列前「茅」	名列前「矛」
名「韁」利鎖	名「僵」利鎖
因「循」守舊	因「尋」守舊
回天乏「術」	回天乏「數」
夙夜「匪」懈	夙夜「非」懈
好事多「磨」	好事多「摩」
好逸惡「勞」	好逸惡「老」
如出一「轍」	如出一「徹」
如湯「沃」雪	如湯「臥」雪
先「禮」後兵	先「理」後兵
「刎」頸之交	「吻」頸之交
同舟共「濟」	同舟共「劑」
各自為「政」	各自為「正」
向「壁」虛構	向「璧」虛構
名垂後「世」	名垂後「事」
吃裡「扒」外	吃裡「爬」外
因「勢」利導	因「事」利導
回光「返」照	回光「反」照
多愁「善」感	多愁「擅」感
好高「騖」遠	好高「鶩」遠
好整「以」暇	好整「已」暇
如法「炮」製	如法「泡」製
如雷「貫」耳	如雷「慣」耳

成語舉例	成語誤寫	成語舉例	成語誤寫	成語舉例	成語誤寫
如影隨「形」	如影隨「型」	如數「家」珍	如數「佳」珍	如膠「似」漆	如膠「是」漆
如「獲」至寶	如「穫」至寶	如願以「償」	如願以「嘗」	字字珠「璣」	字字珠「幾」
字「斟」句酌	字「堪」句酌	守株「待」兔	守株「逮」兔	安步「當」車	安步「擋」車
年高德「劭」	年高德「紹」	戎馬「倥」傯	戎馬「空」傯	扣盤「捫」燭	扣盤「門」燭
曲「突」徙薪	曲「凸」徙薪	曲意「逢」迎	曲意「奉」迎	有口皆「碑」	有口皆「牌」
有志「竟」成	有志「盡」成	有「恃」無恐	有「待」無恐	有條不「紊」	有條不「紋」
有備無「患」	有備無「犯」	死心「蹋」地	死心「塌」地	死有餘「辜」	死有餘「幸」
死灰「復」燃	死灰「複」燃	汗流「浹」背	汗流「夾」背	牝牡「驪」黄	牝牡「麗」黄
「牝」雞司晨	「牡」雞司晨	百折不「撓」	百折不「饒」	百步穿「楊」	百步穿「陽」
百發百「中」	百發百「重」	百「煉」成鋼	百「練」成鋼	羊「質」虎皮	羊「值」虎皮
老生長「談」	老生長「譚」	老奸巨「猾」	老奸巨「滑」	老驥「伏」櫪	老驥「服」櫪
耳熟能「詳」	耳熟能「祥」	耳「濡」目染	耳「儒」目染	耳鬢「廝」磨	耳鬢「斯」磨
自出機「杼」	自出機「抒」	自強不「息」	自強不「熄」	自「掘」墳墓	自「崛」墳墓
自「圓」其說	自「園」其說	「至」理名言	「致」理名言	色厲內「荏」	色厲內「任」

成語舉例	成語誤寫	成語舉例	成語誤寫	成語舉例	成語誤寫
血口「噴」人	血口「賁」人	血氣方「剛」	血氣方「鋼」	行雲「流」水	行雲「留」水
行遠自「邇」	行遠自「爾」	衣「錦」還鄉	衣「綿」還鄉	7畫 伶牙「俐」齒	伶牙「利」齒
作「奸」犯科	作「賤」犯科	作法自「斃」	作法自「弊」	作壁上「觀」	作壁上「關」
作繭自「縛」	作繭自「伏」	克紹「箕」裘	克紹「其」裘	兵不「厭」詐	兵不「饜」詐
兵連禍「結」	兵連禍「節」	冷「嘲」熱諷	冷「潮」熱諷	別出「心」裁	別出「新」裁
別風「淮」雨	別風「准」雨	別樹一「幟」	別樹一「識」	別鶴孤「鸞」	別鶴孤「孿」
利欲「薰」心	利欲「熏」心	刪「繁」就簡	刪「煩」就簡	「否」極泰來	「丕」極泰來
呆「若」木雞	呆「偌」木雞	吹毛求「疵」	吹毛求「痴」	吮癰舐「痔」	吮癰舐「痣」
含「垢」忍辱	含「逅」忍辱	含英「咀」華	含英「阻」華	含「飴」弄孫	含「怡」弄孫
困獸「猶」鬥	困獸「尤」鬥	「囤」積居奇	「屯」積居奇	坐地分「贓」	坐地分「髒」
壯志未「酬」	壯志未「愁」	「岌岌」可危	「急急」可危	形影相「弔」	形影相「吊」
形「銷」骨立	形「消」骨立	志同道「合」	志同道「和」	投筆從「戎」	投筆從「容」
「投」鼠忌器	「偷」鼠忌器	抓耳撓「腮」	抓耳撓「鰓」	更「僕」難數	更「樸」難數
李代桃「僵」	李代桃「疆」	步步為「營」	步步為「贏」	步履為「艱」	步履為「難」

成語舉例	成語誤寫	成語舉例	成語誤寫	成語舉例	成語誤寫
每下愈「況」	每下愈「曠」	沁人心「脾」	沁人心「牌」	沉魚落「雁」	沉魚落「燕」
「沒」齒不忘	「末」齒不忘	沆「瀣」一氣	沆「泄」一氣	男盜女「娼」	男盜女「倡」
良「莠」不齊	良「秀」不齊	芒刺在「背」	芒刺在「被」	見風轉「舵」	見風轉「船」
言不由「衷」	言不由「中」	言猶在「耳」	言猶在「爾」	言簡意「賅」	言簡意「該」
身敗名「裂」	身敗名「烈」	防不勝「防」	防不勝「妨」	防患未「然」	防患未「燃」
8畫					
「並」日而食	「併」日而食	並行不「悖」	並行不「背」	並駕齊「驅」	並駕齊「趨」
事半「功」倍	事半「工」倍	事必「躬」親	事必「恭」親	「依依」不捨	「一一」不捨
依草「附」木	依草「付」木	依樣葫「蘆」	依樣葫「盧」	「侃侃」而談	「砍砍」而談
兩小無「猜」	兩小無「折」	兩「袖」清風	兩「柚」清風	「刻」不容緩	「克」不容緩
刻骨「銘」心	刻骨「明」心	刺刺不「休」	刺刺不「羞」	刺「股」懸梁	刺「骨」懸梁
刮目相「待」	刮目相「代」	味如嚼「蠟」	味如嚼「臘」	「咄咄」怪事	「拙拙」怪事
呼風「喚」雨	呼風「煥」雨	和衷共「濟」	和衷共「齊」	和盤「托」出	和盤「託」出
和壁「隋」珠	和壁「隨」珠	「固」若金湯	「故」若金湯	「坦」腹東床	「躺」腹東床
奄奄一「息」	奄奄一「熄」	「姍姍」來遲	「刪刪」來遲	始終不「渝」	始終不「踰」

成語舉例	成語誤寫	成語舉例	成語誤寫	成語舉例	成語誤寫
孤「注」一擲	孤「柱」一擲	孤若伶「仃」	孤若伶「丁」	「宜」室「宜」家	「怡」室「怡」家
居心「叵」測	居心「頗」測	延頸企「踵」	延頸企「腫」	弦歌不「輟」	弦歌不「綴」
念「茲」在「茲」	念「滋」在「滋」	所向「披」靡	所向「批」靡	拒諫「飾」非	拒諫「是」非
招「搖」過市	招「遙」過市	披星「戴」月	披星「帶」月	披荊斬「棘」	披荊斬「刺」
拔本塞「源」	拔本塞「元」	拋頭「露」面	拋頭「漏」面	拍案叫「絕」	拍案叫「決」
「抵」掌而談	「執」掌而談	抱頭鼠「竄」	抱頭鼠「鑽」	「拖」泥帶水	「託」泥帶水
放「蕩」不羈	放「盪」不羈	明火執「仗」	明火執「杖」	明正典「刑」	明正典「型」
明目張「膽」	明目張「贍」	明知故「犯」	明知故「患」	明哲保「身」	明哲保「生」
明眸「皓」齒	明眸「浩」齒	明「察」秋毫	明「查」秋毫	東施效「顰」	東施效「頻」
東「鱗」西爪	東「麟」西爪	「杳」如黃鶴	「邈」如黃鶴	杯盤狼「藉」	杯盤狼「籍」
泥塑木「雕」	泥塑木「鵰」	河清海「晏」	河清海「宴」	河清難「俟」	河清難「伺」
沽名釣「譽」	沽名釣「魚」	波瀾「壯」闊	波瀾「狀」闊	油腔「滑」調	油腔「猾」調
「炙」手可熱	「灸」手可熱	物極必「反」	物極必「返」	狗尾續「貂」	狗尾續「昭」
狗「急」跳牆	狗「擠」跳牆	「狐」群狗黨	「孤」群狗黨	直言不「諱」	直言不「緯」

成語舉例	成語誤寫
直「截」了當	直「接」了當
肺「腑」之言	肺「府」之言
「芸芸」眾生	「云云」眾生
近在「咫」尺	近在「只」尺
金玉滿「堂」	金玉滿「棠」
「附」庸風雅	「付」庸風雅
青天霹「靂」	青天霹「厲」
9畫	
信手「拈」來	信手「黏」來
俗不可「耐」	俗不可「奈」
前車之「鑑」	前車之「見」
南鷂北「鷹」	南鷂北「鸚」
咬文「嚼」字	咬文「咀」字
威武不「屈」	威武不「曲」
後顧之「憂」	後顧之「優」

成語舉例	成語誤寫
「秉」燭夜遊	「稟」燭夜遊
舍本「逐」末	舍本「遂」末
虎視「眈眈」	虎視「耽耽」
近在眉「睫」	近在眉「捷」
金「碧」輝煌	金「皇」輝煌
雨後春「筍」	雨後春「荀」
青出於「藍」	青出於「籃」
信誓「旦旦」	信誓「亘亘」
削足適「履」	削足適「屨」
前倨後「恭」	前倨後「功」
「卻」之不恭	「怯」之不恭
哀鴻「遍」野	哀鴻「偏」野
室如懸「磬」	室如懸「慶」
怒不可「遏」	怒不可「惡」

成語舉例	成語誤寫
空口無「憑」	空口無「平」
花團錦「簇」	花團錦「族」
迎「刃」而解	迎「刀」而解
近鄉情「怯」	近鄉情「卻」
金蟬脫「殼」	金蟬脫「穀」
雨過天「青」	雨過天「輕」
青「蠅」弔客	青「繩」弔客
「侯」門似海	「候」門似海
前功盡「棄」	前功盡「泣」
南風不「競」	南風不「兢」
厚顏無「恥」	厚顏無「齒」
奼紫「嫣」紅	奼紫「焉」紅
「待」人接物	「代」人接物
怒髮「衝」冠	怒髮「沖」冠

成語舉例	成語誤寫	成語舉例	成語誤寫	成語舉例	成語誤寫
急功「近」利	急功「進」利	急管「繁」弦	急管「煩」弦	「怨」天尤人	「怒」天尤人
「按」兵不動	「暗」兵不動	按「部」就班	按「步」就班	「拭」目以待	「試」目以待
指揮若「定」	指揮若「訂」	拾金不「昧」	拾金不「味」	挑「撥」離間	挑「潑」離間
「故」步自封	「固」步自封	故態復「萌」	故態復「明」	春「蚓」秋蛇	春「引」秋蛇
昭然若「揭」	昭然若「歇」	星羅「棋」布	星羅「其」布	柔「茹」剛吐	柔「如」剛吐
柳暗花「明」	柳暗花「名」	殃及池「魚」	殃及池「漁」	「洋洋」大觀	「揚揚」大觀
流言「蜚」語	流言「飛」語	「流」芳百世	「留」芳百世	流金「鑠」石	流金「礫」石
留「連」忘返	留「漣」忘返	洞見癥「結」	洞見癥「節」	洗垢求「瘢」	洗垢求「般」
洶湧「澎」湃	洶湧「彭」湃	為虎作「倀」	為虎作「娼」	為富不「仁」	為富不「人」
玲瓏「剔」透	玲瓏「惕」透	甚「囂」塵上	甚「蕭」塵上	畏「首」畏尾	畏「手」畏尾
相反相「成」	相反相「承」	相形見「絀」	相形見「拙」	相得益「彰」	相得益「章」
相提「並」論	相提「併」論	相敬如「賓」	相敬如「冰」	穿鑿「附」會	穿鑿「付」會
「突」如其來	「凸」如其來	「紈」袴子弟	「玩」袴子弟	美「輪」美奐	美「侖」美奐
「耐」人尋味	「奈」人尋味	背「井」離鄉	背「阱」離鄉	背水一「戰」	背水一「仗」

成語舉例	成語誤寫
背道而「馳」	背道而「遲」
負隅頑「抗」	負隅頑「伉」
重整「旗」鼓	重整「棋」鼓
面目可「憎」	面目可「僧」
面黃「肌」瘦	面黃「饑」瘦
風流倜「儻」	風流倜「黨」
風馳電「掣」	風馳電「製」
風聲鶴「唳」	風聲鶴「淚」
飛黃「騰」達	飛黃「謄」達
「食」指大動	「十」指大動
10 畫	
乘車「戴」笠	乘車「帶」笠
俯「仰」之間	俯「抑」之間
「俯」首貼耳	「伏」首貼耳
兼程並「進」	兼程並「近」
苦心孤「詣」	苦心孤「旨」
赴湯「蹈」火	赴湯「倒」火
「重」蹈覆轍	「從」蹈覆轍
面紅耳「赤」	面紅耳「刺」
革故「鼎」新	革故「頂」新
風起雲「湧」	風起雲「踴」
風塵「僕僕」	風塵「樸樸」
風「靡」一時	風「糜」一時
飛「蛾」撲火	飛「鵝」撲火
食指「浩」繁	食指「耗」繁
乘「堅」策肥	乘「監」策肥
俯仰「由」人	俯仰「尤」人
「倚」老賣老	「依」老賣老
剜肉「補」瘡	剜肉「捕」瘡
苟延殘「喘」	苟延殘「踹」
重作「馮」婦	重作「憑」婦
降格以「求」	降格以「裘」
面面相「覷」	面面相「虛」
風雨如「晦」	風雨如「誨」
風雲「際」會	風雲「濟」會
風燭「殘」年	風燭「慘」年
飛揚「跋」扈	飛揚「拔」扈
食前方「丈」	食前方「仗」
香消玉「殞」	香消玉「損」
乘龍快「婿」	乘龍快「去」
俯拾「即」是	俯拾「既」是
倒持「泰」阿	倒持「太」阿
剛「愎」自用	剛「復」自用

成語舉例	成語誤寫	成語舉例	成語誤寫	成語舉例	成語誤寫
「匪」夷所思	「非」夷所思	宵衣「旰」食	宵衣「乾」食	悔不當「初」	悔不當「出」
「悖」入「悖」出	「背」入「背」出	拳拳服「膺」	拳拳服「鷹」	「振振」有辭	「正正」有辭
振「聾」發聵	振「龍」發聵	旁敲「側」擊	旁敲「惻」擊	時不我「與」	時不我「予」
時乖命「蹇」	時乖命「寒」	根深「蒂」固	根深「帝」固	「栩栩」如生	「許許」如生
桑間「濮」上	桑間「僕」上	桀驁不「馴」	桀驁不「訓」	「殊」途同歸	「輸」途同歸
殷「鑒」不遠	殷「劍」不遠	氣息「奄奄」	氣息「淹淹」	氣貫長「虹」	氣貫長「紅」
氣「象」萬千	氣「相」萬千	海屋添「籌」	海屋添「愁」	海市「蜃」樓	海市「脣」樓
「涓」滴歸公	「捐」滴歸公	浮光「掠」影	浮光「略」影	浩浩「蕩蕩」	浩浩「盪盪」
浩然之「氣」	浩然之「器」	「烏」煙瘴氣	「鳥」煙瘴氣	「班」門弄斧	「搬」門弄斧
珠「圓」玉潤	珠「園」玉潤	珠聯「璧」合	珠聯「壁」合	「疾」言厲色	「急」言厲色
病入膏「肓」	病入膏「盲」	真知灼「見」	真知灼「現」	破「鏡」重圓	破「境」重圓
笑「逐」顏開	笑「遂」顏開	粉「飾」太平	粉「是」太平	紛至「沓」來	紛至「踏」來
胸無「宿」物	胸無「素」物	能者多「勞」	能者多「老」	胼手「胝」足	胼手「抵」足
舐「犢」情深	舐「牘」情深	荒「謬」絕倫	荒「繆」絕倫	草「菅」人命	草「管」人命

成語舉例	成語誤寫
「豺」狼當道	「材」狼當道
追本「溯」源	追本「訴」源
針「鋒」相對	針「峰」相對
除舊「布」新	除舊「部」新
高朋滿「座」	高朋滿「坐」
寅吃「卯」糧	寅吃「卵」糧
強「弩」之末	強「努」之末
從長「計」議	從長「記」議
捲土「重」來	捲土「從」來
「推」心置腹	「堆」心置腹
敝「帚」千金	敝「掃」千金
晨昏定「省」	晨昏定「醒」
「梧」鼠技窮	「吾」鼠技窮
欲蓋「彌」彰	欲蓋「瀰」彰

成語舉例	成語誤寫
躬逢其「盛」	躬逢其「剩」
酒酣耳「熱」	酒酣耳「熟」
「釜」底抽薪	「斧」底抽薪
飢不「擇」食	飢不「折」食
鬼鬼「祟祟」	鬼鬼「崇崇」
張口「結」舌	張口「節」舌
強詞奪「理」	強詞奪「禮」
從「善」如流	從「擅」如流
掩耳盜「鈴」	掩耳盜「玲」
推本溯「源」	推本溯「原」
斬草除「根」	斬草除「跟」
望門投「止」	望門投「址」
棄如「敝」屣	棄如「蔽」屣
殺身成「仁」	殺身成「人」

成語舉例	成語誤寫
逃之「夭夭」	逃之「天天」
酒囊飯「袋」	酒囊飯「帶」
閃「爍」其辭	閃「礫」其辭
馬「首」是瞻	馬「手」是瞻
11 畫	
動「輒」得咎	動「轍」得咎
張皇失「措」	張皇失「錯」
得魚忘「筌」	得魚忘「全」
情有可「原」	情有可「緣」
「掉」以輕心	「吊」以輕心
排山「倒」海	排山「到」海
斬釘「截」鐵	斬釘「接」鐵
望塵莫「及」	望塵莫「極」
條分「縷」析	條分「履」析
殺雞「儆」猴	殺雞「驚」猴

成語舉例	成語誤寫
淡「妝」濃沫	淡「裝」濃沫
「涸」轍鮒魚	「河」轍鮒魚
「烽」火連天	「峰」火連天
異口同「聲」	異口同「生」
眾目「睽睽」	眾目「癸癸」
眾怒難「犯」	眾怒難「患」
細大不「捐」	細大不「涓」
脫「穎」而出	脫「頃」而出
「荼」毒生靈	「茶」毒生靈
貪贓「枉」法	貪臟「王」法
連篇累「牘」	連篇累「讀」
魚「沉」雁杳	魚「沈」雁杳
割席「絕」交	割席「決」交
「喧」賓奪主	「暄」賓奪主
淺嘗「輒」止	淺嘗「則」止
淪肌「浹」髓	淪肌「夾」髓
「率」獸食人	「帥」獸食人
異「想」天開	異「鄉」天開
眾志成「城」	眾志成「誠」
眼花「撩」亂	眼花「瞭」亂
細針「密」縷	細針「蜜」縷
荳「蔻」年華	荳「寇」年華
「袖」手旁觀	「抽」手旁觀
「趾」高氣揚	「指」高氣揚
「逢」人說項	「憑」人說項
魚游「釜」中	魚游「斧」中
勞「燕」分飛	勞「雁」分飛
喜怒無「常」	喜怒無「長」
淋漓盡「致」	淋漓盡「至」
深思熟「慮」	深思熟「濾」
略勝一「籌」	略勝一「疇」
「盛」氣凌人	「勝」氣凌人
眾「叛」親離	眾「判」親離
移「樽」就教	移「尊」就教
終南捷「徑」	終南捷「逕」
莫「名」其妙	莫「明」其妙
「貪」小失大	「貧」小失大
通「宵」達旦	通「消」達旦
「頂」天立地	「鼎」天立地
12 畫	
「傍」人門戶	「旁」人門戶
博聞強「志」	博聞強「誌」
「唾」手可得	「垂」手可得

成語舉例	成語誤寫	成語舉例	成語誤寫	成語舉例	成語誤寫
循規蹈「矩」	循規蹈「距」	惱羞成「怒」	惱羞成「恕」	「惺惺」作態	「猩猩」作態
「惶」恐不安	「皇」恐不安	插科打「諢」	插科打「混」	提綱「挈」領	提綱「契」領
「森」羅萬象	「深」羅萬象	「椎」心泣血	「錐」心泣血	殘杯冷「炙」	殘杯冷「灸」
渾渾「噩噩」	渾渾「厄厄」	焦頭爛「額」	焦頭爛「耳」	無「妄」之災	無「忘」之災
無「事」生非	無「是」生非	無所「適」從	無所「事」從	無「的」放矢	無「地」放矢
無精打「采」	無精打「彩」	無「稽」之談	無「譏」之談	無「獨」有偶	無「毒」有偶
煮豆燃「萁」	煮豆燃「其」	發「憤」忘食	發「奮」忘食	登峰造「極」	登峰造「及」
稍「縱」即逝	稍「蹤」即逝	結草銜「環」	結草銜「鐶」	絕口不「提」	絕口不「題」
絡「繹」不絕	絡「譯」不絕	肅然「起」敬	肅然「啟」敬	虛無縹「緲」	虛無縹「渺」
虛與「委」蛇	虛與「偎」蛇	街談巷「議」	街談巷「義」	視若無「睹」	視若無「賭」
進退「維」谷	進退「唯」谷	開門「揖」盜	開門「依」盜	開源節「流」	開源節「留」
閒雲「孤」鶴	閒雲「狐」鶴	雅俗「共」賞	雅俗「供」賞	集思廣「益」	集思廣「義」
集「腋」成裘	集「掖」成裘	「項」背相望	「向」背相望	黃「粱」一夢	黃「梁」一夢
13畫					
「傾」家蕩產	「頃」家蕩產	「勢」不兩立	「是」不兩立	勢「均」立敵	勢「鈞」立敵

成語舉例	成語誤寫
愛「屋」及「烏」	愛「烏」及「屋」
搖搖欲「墜」	搖搖欲「墮」
暗「箭」傷人	暗「劍」傷人
滄海一「粟」	滄海一「栗」
當「務」之急	當「物」之急
萬念「俱」灰	萬念「具」灰
節哀順「變」	節哀順「便」
群龍無「首」	群龍無「手」
「腥」風血雨	「惺」風血雨
「誠」惶「誠」恐	「成」惶「成」恐
遇人不「淑」	遇人不「熟」
鉗口「結」舌	鉗口「節」舌
墓木「已」拱	墓木「以」拱
「嶄」露頭角	「斬」露頭角
惹「是」生非	惹「事」生非
新陳代「謝」	新陳代「洩」
楚材「晉」用	楚材「進」用
「煢煢」子立	「瑩瑩」子立
「睚」眥必報	「涯」眥必報
萬箭「攢」心	萬箭「鑽」心
綆短「汲」深	綆短「及」深
肆無忌「憚」	肆無忌「彈」
「觥」籌交錯	「光」籌交錯
跳梁小「丑」	跳梁小「醜」
過目成「誦」	過目成「頌」
14 畫	
「嘉」言懿行	「佳」言懿行
寧缺毋「濫」	寧缺毋「爛」
「弊」絕風清	「敝」絕風清
「搔」頭弄姿	「騷」頭弄姿
暗度陳「倉」	暗度陳「蒼」
毀家「紓」難	毀家「抒」難
瑕不掩「瑜」	瑕不掩「逾」
萬「劫」不復	萬「節」不復
「稗」官野史	「拜」官野史
義無「反」顧	義無「返」顧
腰「纏」萬貫	腰「財」萬貫
詰屈「聱」牙	詰屈「敖」牙
運籌「帷」幄	運籌「維」幄
鉤心鬥「角」	鉤心鬥「腳」
「嘖」有煩言	「責」有煩言
寥若「晨」星	寥若「辰」星
慘絕人「寰」	慘絕人「還」

成語舉例	成語誤寫
「截」長補短	「接」長補短
滿目「瘡」痍	滿目「愴」痍
「漫」不經心	「慢」不經心
維妙維「肖」	維妙維「俏」
「誨」人不倦	「悔」人不倦
「遙遙」無期	「搖搖」無期
鳳毛「麟」角	鳳毛「鱗」角
「戮」力同心	「戳」力同心
樂不可「支」	樂不可「止」
「緣」木求魚	「原」木求魚
蓽路藍「縷」	蓽路藍「屢」
「震」天動地	「振」天動地
「鴉」雀無聲	「鴨」雀無聲
擇善「固」執	擇善「故」執
截「趾」適履	截「指」適履
滿腹經「綸」	滿腹經「論」
熙來「攘」往	熙來「壤」往
「蒲」柳之姿	「浦」柳之姿
貌「合」神離	貌「和」神離
銅「筋」鐵骨	銅「斤」鐵骨
15 畫	
厲兵「秣」馬	厲兵「抹」馬
「撥」雲見日	「剝」雲見日
盤根錯「節」	盤根錯「結」
「蔚」然成風	「尉」然成風
「銷」聲匿跡	「消」聲匿跡
養精「蓄」銳	養精「畜」銳
16 畫	
「噤」若寒蟬	「禁」若寒蟬
「歷歷」在目	「曆曆」在目
「槁」木死灰	「稿」木死灰
漸入「佳」境	漸入「嘉」境
竭澤而「漁」	竭澤而「魚」
語焉不「詳」	語焉不「祥」
輕重「緩」急	輕重「暖」急
魂不「附」體	魂不「付」體
憂心「忡忡」	憂心「沖沖」
暴「殄」天物	暴「珍」天物
窮鄉「僻」壤	窮鄉「避」壤
「蓬」門蓽戶	「篷」門蓽戶
「鋌」而走險	「挺」而走險
駕輕「就」熟	駕輕「舊」熟
學以「致」用	學以「至」用
獨占「鰲」頭	獨占「熬」頭

成語舉例	成語誤寫
獨樹一「幟」	獨樹一「支」
「瞠」乎其後	「撐」乎其後
「醍醐」灌頂	「提壺」灌頂
「黔」驢技窮	「錢」驢技窮
「櫛」風沐雨	「節」風沐雨
營私舞「弊」	營私舞「斃」
矯「揉」造作	矯「柔」造作
膾「炙」人口	膾「灸」人口
18 畫	
斷章取「義」	斷章取「意」
雙瞳「翦」水	雙瞳「剪」水
嚴懲不「貸」	嚴懲不「貨」
「辯」才無礙	「辨」才無礙
23 畫	
驚鴻一「瞥」	驚鴻一「撇」

成語舉例	成語誤寫
獨闢「蹊」徑	獨闢「溪」徑
「融」會貫通	「溶」會貫通
錦心「繡」口	錦心「鏽」口
17 畫	
「勵」精圖治	「力」精圖治
「濟濟」一堂	「擠擠」一堂
「瞭」如指掌	「了」如指掌
「糟」糠之妻	「蹧」糠之妻
鍾靈「毓」秀	鍾靈「育」秀
禮「尚」往來	禮「上」往來
19 畫	
「韜」光養晦	「滔」光養晦
「觸」目驚心	「怵」目驚心
22 畫	
疊床「架」屋	疊床「加」屋
「麟」肝鳳髓	「鱗」肝鳳髓

成語舉例	成語誤寫
「璞」玉渾金	「樸」玉渾金
諱疾「忌」醫	諱疾「記」醫
「駭」人聽聞	「害」人聽聞
「擘」肌分理	「臂」肌分理
濫「竽」充數	濫「芋」充數
「瞬」息萬變	「舜」息萬變
繁文「縟」節	繁文「辱」節
鞠躬盡「瘁」	鞠躬盡「卒」
「簞」食壺漿	「單」食壺漿
20 畫	
嚴「刑」峻法	嚴「形」峻法
21 畫	
纏綿悱「惻」	纏綿悱「側」
「驕」兵必敗	「嬌」兵必敗
24 畫	
鸞「翔」鳳集	鸞「祥」鳳集

附錄二：趣味成語猜謎一覽表

猜謎	答案	猜謎	答案	猜謎	答案
ㄅ					
八仙聚會	又說又笑	八仙吹喇叭	神氣十足	八月十五的月亮	光明正大
八十學手藝	老來發憤	八個油瓶七個蓋	缺一不可	八個麻雀抬轎	擔當不起
八哥的嘴巴	隨人說話	八哥啄柿子	揀軟的欺	八畝地裡一棵穀	單根獨苗
拔草引蛇	自討麻煩	霸王別姬	無可奈何	玻璃耗子玻璃貓	一毛不拔
玻璃板上塗蠟	又光又滑	菠菜煮豆腐	清清白白	剝開皮肉種紅豆	入骨相思
脖頸上磨刀	危險到頂	跛子唱戲文	下不了臺	白骨精演說	妖言惑眾
白娘子喝雄黃酒	頭昏腦脹	白天捉鬼	沒影的事	白天點燈	多此一舉
白紙寫黑字	黑白分明	白瓷壺好看	有口無心	白骨精給唐僧送飯	假心假意
白骨精遇上孫悟空	原形畢露	白頸烏鴉	開口是禍	白臉蛋打粉	可有可無
白臉奸臣出場	一副惡相	白糖拌苦瓜	苦中有甜	白糖嘴巴刀子心	口蜜腹劍
白衣秀士當寨主	容不得人	百年大樹	根深蒂固	百靈鳥唱歌	自得其樂
敗將收殘兵	重整齊鼓	背石頭上山	勞而無功	背起棺材跳水	安心尋死
包公辦案	鐵面無私	包子吃到豆沙邊	嘗到甜頭	寶劍插在鞘裡	鋒芒不露
飽帶乾糧晴帶傘	有備無患	板上敲釘子	穩紮穩打	半天雲裡跑馬	露了馬腳

猜謎	答案	猜謎	答案	猜謎	答案
半斤對八兩	不相上下	棒槌當針	粗細不分	鼻尖上著火	迫在眉睫
病好打醫生	恩將仇報	ㄆ 螃蟹過河	七手八腳	袍子改汗衫	綽綽有餘
跑出去的馬	步步有印	披蓑衣救火	惹禍上身	屁股上抹香水	不值一文
ㄇ 麻雀嫁女	唧唧喳喳	馬路新聞	道聽塗說	螞蟻搬家	密密麻麻
魔術師的本領	弄虛作假	買乾魚放生	不知死活	沒骨子的傘	支撐不住
沒有根的浮萍	無依無靠	媒婆的嘴	能說會道	滿天飛烏鴉	一片漆黑
盲人趕廟會	瞎湊熱鬧	孟母三遷	望子成龍	迷途望見北斗星	絕處逢生
母雞帶小雞	寸步不離	木匠的折尺	能屈能伸	木偶做戲	受人牽連
ㄈ 肥皀泡	不攻自破	飛機上講演	高談闊論	飛毛腿賽跑	快上加快
飛蛾撲蜘蛛	自投羅網	放虎歸山	後患無窮	風吹楊柳	左右搖擺
風箏斷線	扶搖直上	扶著醉漢過破橋	上晃下搖	ㄉ 打赤腳上街	腳踏實地
打開棺材喊捉賊	冤枉死人	打蛇隨棍上	因勢乘便	打響雷，不下雨	虛驚一場
大道邊上貼布告	路人皆知	大肚子踩鋼絲	鋌而走險	大老爺坐堂	吆五喝六
大炮打麻雀	大材小用	大石沉海	一落千丈	得隴望蜀	貪心不足

猜謎	答案	猜謎	答案	猜謎	答案
鬥贏的公雞	神氣十足	稻草人救火	同歸於盡	道士唸經	照本宣科
豆芽炒韭菜	亂七八糟	登上泰山想升天	好高騖遠	獨眼龍相親	一眼看中
肚臍長筍子	胸有成竹	斷了線的珠子	七零八落	冬天賣扇子	無心過問
ㄊ 投桃報李	禮尚往來	頭頂上長眼睛	目空一切	頭髮裡找粉刺	吹毛求疵
頭上掛燈籠	唯我高明	討媳婦嫁女兒	一進一出	透過窗縫看落日	一線希望
貪婪鬼赴宴	貪吃貪喝	唐僧取經	千辛萬苦	螳臂擋車	自不量力
鐵將軍把門	家中無人	挑著雞蛋走冰路	小心翼翼	跳上岸的大蝦	慌了手腳
天黑找不到路	日暮途窮	聽見貓叫身子抖	膽小如鼠	亭子裡談心	講風涼話
土地爺打算盤	神機妙算	脫韁的野馬	拉不回頭	脫褲子放屁	多此一舉
退潮的海灘	水落石出	ㄋ 南來北往	不是東西	南郭先生吹竽	濫竽充數
南山上的松柏	四季長青	逆水行舟	力爭上游	年輕人扛大梁	後生可畏
奴才見主子	百依百順	ㄌ 拉鬍子過河	謙虛過渡	拉胡琴打噴嚏	弦外之音
瘌痢頭打傘	無法無天	瘌痢頭上的蝨子	無處藏身	癩哈蟆敲大鼓	自吹自擂
雷公動怒	不同凡響	雷公劈螞蟻	以大欺小	老和尚誦經	念念有詞

猜謎	答案	猜謎	答案	猜謎	答案
老虎吃天	摸不著邊	老虎餓了逮耗子	饑不擇食	老虎爪子蠍子心	又狠又毒
老虎嘴上拔毛	好大的膽	老鼠扒洞	自找門路	老鼠逗貓	沒事找事
老太婆的嘴	嘮嘮叨叨	老太婆啃窩頭	細嚼慢嚥	老太太吃黃連	苦口婆心
老太太上臺階	一步步來	老藤纏樹	繞來繞去	老頭子聯歡	非同兒戲
老王賣瓜	自賣自誇	老鴉唱山歌	不堪入耳	簍裡的蟹	傷不了人
籃裡揀花	越揀越花	懶鳥不搭窩	得過且過	爛肉餵蒼蠅	投其所好
爛眼兒趕蒼蠅	忙不過來	狼窩裡的羊	九死一生	狸貓換太子	以假冒真
理髮師教徒弟	從頭學起	鯉魚跳龍門	身價百倍	鯉魚下油鍋	死不瞑目
立春響雷	一鳴驚人	劉備借荊州	有借無還	劉備摔阿斗	收買人心
劉備遇孔明	如魚得水	劉姥姥進大觀園	眼花撩亂	六月的雲	捉摸不定
六月裡的荷花	眾人共賞	蓮花並蒂開	正好一對	廉頗背荊條	負荊請罪
臉醜怪鏡歪	強詞奪理	臉上寫字	表面文章	林黛玉的身子	弱不禁風
林黛玉的性子	多愁善感	林黛玉葬花	自嘆命薄	臨陣磨槍	不快也光
兩個醉漢睡覺	東倒西歪	兩口子回門	成雙成對	兩條腿的板凳	站不住腳

猜謎	答案	猜謎	答案	猜謎	答案
洛陽的牡丹	人人喜歡	駱駝打滾	翻不了身	落網的魚兒	脫不了身
輪船出海	暢通無阻	龍王發脾氣	翻江倒海	龍王爺的幫手	蝦兵蟹將
龍王爺作法	呼風喚雨	聾子戴耳機	聽而不聞	旅客上車	各就各位
ㄍ 隔岸觀火	幸災樂禍	隔著黃河	鞭長莫及	給了九寸想十寸	得寸進尺
高樓平地起	日新月異	高山滾石頭	永不回頭	高山上的雪蓮	一塵不染
狗打石頭人咬狗	豈有此理	狗啃骨頭	津津有味	狗攆耗子	多管閒事
狗坐轎子	不識抬舉	乾打雷不下雨	虛張聲勢	跟和尚借梳子	強人所難
古曲演奏	老調重彈	鍋裡切西瓜	滴水不漏	過河洗腳	一舉兩得
過了河的卒子	橫衝直撞	關公鬥李逵	大刀闊斧	關公赴宴	單刀直入
關公門前耍大刀	班門弄斧	關上門做皇帝	自尊自大	廣東人唱京戲	南腔北調
公雞下蛋	無奇不有	蝌蚪變青蛙	面目全非	開了閘的活水	一瀉千里
口袋裡裝錐子	鋒芒畢露	口含蜂蜜	甜言蜜語	砍刀遇斧頭	各不相讓
枯藤纏大樹	生死不離	快刀斬亂麻	一刀兩斷	空中倒馬桶	臭氣薰天
孔明巧設空城計	化險為夷	ㄏ 和尚吃葷	知法犯法	哈巴狗見主人	搖尾乞憐

猜謎	答案	猜謎	答案	猜謎	答案
和尚打傘	無法無天	和尚的木魚	合不攏嘴	荷葉上的露珠	滾來滾去
海底撈月	白忙一場	海上泛舟	漫無邊際	耗子啃書	咬文嚼字
耗子看糧倉	監守自盜	耗子遇見貓	六神無主	猴子爬樹	拿手好戲
韓信用兵	多多益善	航空公司開張	有機可乘	狐狸跟著老虎走	狐假虎威
花綢上繡牡丹	錦上添花	花崗岩腦袋	頑固不化	華佗行醫	妙手回春
畫筆敲鼓	有聲有色	畫虎不成反類犬	弄巧成拙	畫蛇添足	多此一舉
火車進隧道	長驅直入	火車上演戲	載歌載舞	皇帝出宮	前呼後擁
皇帝的別名	孤家寡人	黃連扮苦瓜	苦上加苦	黃連樹下彈琴	苦中取樂
黃鼠狼給雞拜年	沒安好心	黃鼠狼借雞	有借無還	紅娘挨打	成全好事
雞蛋碰石頭	粉身碎骨	雞毛蒜皮	微不足道	借一角還十分	分文不差
腳板上釘釘	寸步難行	腳踩兩隻船	三心二意	腳長雞眼臀生瘡	坐立不安
九曲橋散步	拐彎抹角	酒肉朋友的交情	吃吃喝喝	見了蚊子就拔劍	大驚小怪
箭在弦上	一觸即發	江邊插楊柳	落地生根	江湖佬賣假藥	招搖撞騙
姜太公在此	百無禁忌	驚弓之鳥	心有餘悸	井裡吹喇叭	低聲下氣

猜謎	答案
舉重比賽	斤斤計較
氣死周瑜去弔孝	虛情假意
秋後的青蛙	銷聲匿跡
千人大合唱	異口同聲
強盜照鏡子	賊頭賊腦
氫氣球上天	不翼而飛
窮債戶過年	躲躲閃閃
戲子沒卸妝	油頭粉面
瞎子摸象	自以為是
小鬼看見鐘馗像	望而生畏
袖裡藏刀	鋒芒不露
ㄓ	
紙糊的老虎	外強中乾
張果老倒騎驢	背道而馳
丈母娘遇親家母	婆婆媽媽

猜謎	答案
ㄑ	
騎馬上山	步步登高
蚯蚓打哈欠	土裡土氣
千里通電話	遙相呼應
千條江河歸大海	大勢所趨
牆頭上的鴿子	東張西望
晴天帶雨傘	多此一舉
ㄒ	
西施禿頭	美中不足
瞎子戴眼鏡	裝模作樣
蠍子螫蜈蚣	以毒攻毒
小偷進牧場	順手牽羊
新媳婦上花轎	忸忸怩怩
指著禿子罵和尚	借題發揮
張三帽子給李四	張冠李戴
正月十五煮元宵	紛紛落水

猜謎	答案
騎馬逛公園	走馬觀花
蚯蚓爬石板	無地自容
千年鐵樹開了花	枯木逢春
潛水艇下水	深入淺出
青蛙遇田雞	難兄難弟
窮人賣女兒	迫不得已
西瓜皮擦屁股	不乾不淨
瞎子叫好	隨聲附和
小鬼拜見張天師	自投羅網
秀才背書	出口成章
許仙碰著白娘子	天降良緣
蚱蜢碰上雞	在劫難逃
張生遇見崔鶯鶯	一見鍾情
諸葛亮當軍師	足智多謀

猜謎	答案	猜謎	答案	猜謎	答案
諸葛亮借東風	將計就計	豬八戒的嘴	貪吃貪喝	捉蝨子上頭	自尋煩惱
彳 吃了靈芝草	長生不老	吃麻油唱曲子	油腔滑調	吃稀飯泡米湯	親上加親
折東牆補西牆	顧此失彼	超載的火車	任重道遠	朝廷的太監	後繼無人
陳世美當駙馬	喜新厭舊	城隍講故事	鬼話連篇	楚霸王困垓下	四面楚歌
穿新鞋走老路	因循守舊	**尸** 十步九回頭	難捨難分	十二月說夢話	夜長夢多
十個銅錢四人分	三三兩兩	十年寒窗中狀元	先苦後甜	十五個吊桶打水	七上八下
十五個聾子問路	七嘁八叫	十五個人當家	七嘴八舌	十五塊布縫衣服	七拼八湊
十一個手指	節外生枝	石沉大海	一落千丈	石匠賣豆腐	軟硬兼施
石獅子得病	不可救藥	石頭上種蔥	白費功夫	屎蚵蜋戴墨鏡	昏天黑地
葉公好龍	口是心非	射箭沒靶子	無的放矢	燒香趕走和尚	喧賓奪主
燒香遇到活菩薩	求之不得	手長衣袖短	高攀不上	手拿謎語猜不出	執迷不悟
壽星佬賣媽媽	老來發昏	壽星佬彈琵琶	老生常談	山坡上燒火	就地取柴
山泉出澗	細水長流	山上的松樹	飽經風霜	山頭上對歌	一唱一和
神槍手打靶	百發百中	上房拆梯子	不留後路	生薑脫不了辣氣	本性難改

猜謎	答案	猜謎	答案	猜謎	答案
熟透的桑葚	紅得發紫	屬耗子的	偷吃偷喝	屬濟公的	瘋瘋癲癲
屬烏龜的	縮頭縮腦	樹梢吹喇叭	趾高氣揚	刷子沒有毛	有板有眼
水到屋邊帆到瓦	水漲船高	水牛踩漿	拖泥帶水	水牛打架	勾心鬥角
水推龍王走	自顧不暇	水銀瀉地	無孔不入	睡覺不枕枕頭	空頭空腦
睡夢打更	一無所知	霜打的嫩苗	奄奄一息	**ㄖ** 熱鍋裡爆蝦米	連蹦帶跳
熱鍋上的螞蟻	走投無路	肉爛了在鍋裡	不分彼此	**ㄗ** 雜貨鋪子	無所不有
雜耍班子走江湖	逢場作戲	宰相肚裡能撐船	寬宏大量	灶旁的風箱	煽風點火
灶王爺的橫批	一家之主	灶王爺上天	有啥說啥	卒子過河	難以回頭
左撇子使筷子	彆彆扭扭	坐南宮守北殿	不分東西	做夢見閻王	死去活來
嘴巴生刺	出口傷人	嘴上沒毛	辦事不牢	醉漢騎驢	搖頭晃腦
醉翁之意不在酒	另有所圖	**ㄘ** 才子配佳人	十全十美	此地無銀三百兩	不打自招
慈禧太后聽政	獨斷專行	財神爺叫門	好事臨門	菜園裡的壟溝	四通八達
操場上捉迷藏	無處藏身	曹操敗走華容道	兵荒馬亂	曹劌論戰	一鼓作氣
草船借箭	滿載而歸	參天的大樹	高不可攀	蒼蠅碰上蜘蛛網	脫不了身

猜謎	答案
崔鶯鶯送郎	依依不捨
ㄙ	
司馬誇諸葛	甘拜下風
死人抓雞蛋	死不放手
三本經書掉了兩本	一本正經
三伏天颳西北風	莫名奇妙
三九天開桃花	稀奇古怪
算盤子進位	以一當十
孫二娘開店	謀財害命
孫猴子坐天下	毛手毛腳
松樹料子做柴燒	大材小用
ㄜ	
峨眉山的猴	精靈得很
額頭上生瘡	掩蓋不住
鱷魚上岸	來者不善
矮子裡拔將軍	小才大用
脆瓜打驢	去了一半
司馬遇文君	一見鍾情
四大金剛掃地	有勞大駕
三分麵加七分水	十分糊塗
三腳板凳	一推便倒
三月裡搧扇子	滿面春風
孫大聖赴蟠桃宴	偷吃偷喝
孫猴子七十二變	神通廣大
孫武訓宮女	紀律嚴明
送親家接媳婦	兩頭不誤
鵝卵石掉進刺蓬	無牽無掛
惡狼裝羊	居心不良
ㄞ	
矮子踩高蹺	取長補短
矮子爬樓梯	步步升高
從河南到湖南	難上加難
絲瓜筋打老婆	裝腔作勢
塞翁失馬	因禍得福
三伏天發抖	不寒而慄
三九天穿裙子	美麗動人
三月栽薯四月挖	急不可待
孫大聖管蟠桃園	監守自盜
孫猴子守桃園	自食其果
孫悟空到了花果山	稱心如意
ㄚ	
阿二吹笙	濫竽充數
額頭上抹肥皂	滑頭滑腦
餓狗爭食	自相殘殺
挨了巴掌賠不是	奴顏媚骨
矮子騎大馬	上下兩難

猜謎	答案	猜謎	答案	猜謎	答案
ㄡ 漚爛的花生	沒有好人	**ㄢ** 案板上的魚	挨刀的貨	岸上看人溺水	見死不救
按著葫蘆浮起瓢	顧此失彼	**ㄦ** 兒童過年	又吃又喝	兒子成親父做壽	好事成雙
兒子打老子	情理難容	二八月的天氣	忽冷忽熱	二八月的莊稼	青黃不接
二餅碰八萬	斜不對眼	六刀錢開當鋪	周轉不開	二胡琴	扯扯談談
一 一把糖一把沙	好壞不分	一把芝麻撒上天	星星點點	一輩子當會計	長期打算
一本經書讀到老	食古不化	一堆腦瓜骨	沒臉沒皮	一個巴掌拍不響	孤掌難鳴
一個方凳坐兩人	親密無間	一個色子擲七點	出乎意料	一個世紀才盤點	百年大計
一根頭髮繫磨盤	千鈞一髮	一鍋粥打翻在地	收不了場	一團亂麻	千頭萬緒
一窩老鼠不嫌臊	氣味相投	依了媳婦得罪娘	難得兩全	ㄚ頭做媒	自身難保
鴨子開會	無稽之談	鴨子吞田螺	全不知味	鴨子走路	左右搖擺
牙長手短	好吃懶做	衙門裡的狗	仗勢欺人	啞巴吃黃連	有苦難言
啞巴吃餃子	心中有數	啞巴吃蠍子	痛不可言	啞巴對話	指手劃腳
啞巴觀燈	妙不可言	啞巴看見娘	無話可說	啞巴上公堂	有口難辯
野馬上籠頭	服服貼貼	野馬脫韁	橫衝直撞	頁旁加火字	一看就煩

猜謎	答案	猜謎	答案	猜謎	答案
夜叉懷胎	肚裡有鬼	夜壺擺在床底下	見不得人	夜裡的雨雪	下落不明
咬生薑喝口醋	嘗盡辛酸	有棗無棗三桿子	亂打一通	又抓糍粑又抓麵	脫不了手
煙囪裡爬老鼠	直來直去	煙霧裡賞花	模糊不清	閹豬割耳朵	兩頭受罪
閻羅王的布告	鬼話連篇	閻羅王點生死薄	一筆勾銷	閻羅王好見	小鬼難纏
閻羅王脫帽	鬼頭鬼腦	閻羅王下請帖	末日來臨	眼睛瞪著孔方兄	見錢眼開
眼睛生在腦門上	眼界太高	雁過拔根毛	財迷心竅	燕窩掉地	家破人亡
燕子下江南	不辭辛苦	陰溝裡的蚯蚓	成不了龍	陰間秀才	陰陽怪氣
羊群裡的象	龐然大物	楊二郎的兵器	兩面三刀	楊家將上陣	全家出動
楊五郎削髮	半路出家	楊志賣刀	忍痛割愛	鸚鵡學舌	人云亦云
鸚鵡遇見百靈鳥	說說唱唱	硬要麻雀生鵝蛋	蠻不講理	乂 烏龜變鱔魚	解甲歸田
烏龜的腦袋	伸伸縮縮	烏龜想騎鳳凰背	白日做夢	烏鴉笑豬黑	彼此彼此
巫婆跳神	故弄玄虛	無花的薔薇	渾身是刺	無蜜的蜂窩	空空洞洞
無頭蒼蠅	亂闖亂碰	無弦的琵琶	一絲不掛	吳三桂引清兵	吃裡扒外
五個指頭兩邊矮	三長二短	五更天烤火	棄暗投明	五句話分兩次講	三言兩語

猜謎	答案	猜謎	答案	猜謎	答案
捂著腦袋趕耗子	抱頭鼠竄	午後看太陽	每下愈況	武大郎的扁擔	不長不短
武大郎娶妻	凶多吉少	武松打虎	藝高膽大	娃娃當家	小人得志
娃娃的臉	一日三變	窩裡的蛇	不知長短	我解纜繩你推船	順水人情
我心似你心	心心相印	歪戴帽子斜穿襖	不成體統	歪頭看戲怪臺斜	無理取鬧
歪嘴吹風	風氣不正	歪嘴照鏡子	當面出醜	彎腰拾稻草	輕而易舉
碗底的豆子	歷歷在目	萬歲爺賣包子	御駕親征	王寶釧等薛平貴	忠貞不渝
王府的管家	欺上瞞下	王麻子的刀剪	名不虛傳	王麻子種牛痘	悔之莫及
王母娘娘開蟠桃會	聚精會神	王羲之的字帖	別具一格	王羲之看鵝	專心致志
王羲之寫字	入木三分	王瞎子看告示	裝模作樣	王字加一點	做得了主
甕中之鱉	無處可逃	甕中捉鱉	十拿九穩	凵 魚卷裝魚	有進無出
魚跳出來吃貓	咄咄怪事	魚鷹下洞庭	大有作為	愚公之居	開門見山
雨過送傘	虛情假意	雨後的彩虹	五光十色	月亮底下看影子	夜郎自大
月下老人繡鴛鴦	穿針引線	岳王爺出陣	馬到成功	鴛鴦戲水	成雙成對
園藝師的手藝	移花接木	遠路人蹚水	不知深淺	用放大鏡看書	顯而易見

附錄三：常用成語接龍一覽表

成語	接龍	成語	接龍
一日千里	→里談巷議→議論紛紛→紛至沓來	一日三秋	→秋風過耳→耳目一新→新陳代謝
一手遮天	→天長地久→久而久之→之乎者也	一毛不拔	→拔山蓋世→世外桃源→源遠流長
一字千金	→金童玉女→女媧補天→天地造化	一敗塗地	→地大物博→博大精深→深藏不露
一鼓作氣	→氣吞山河→河魚之患→患得患失	一鳴驚人	→人贓俱獲→獲益良多→多愁善感
一網打盡	→盡善盡美→美若天仙→仙風道骨	一塵不染	→染風易俗→俗諺俚語→語重心長
一暴十寒	→寒風刺骨→骨軟筋麻→麻姑獻壽	一箭雙雕	→雕蟲小技→技藝超群→群策群力
一諾千金	→金光閃閃→閃爍其詞→詞不達意	一竅不通	→通情達理→理直氣壯→壯志凌雲
九牛一毛	→毛舉縷析→析骸易子→子虛烏有	人微言輕	→輕口薄舌→舌粲蓮花→花容月貌
入木三分	→分文不取→取長補短→短小精悍	入境隨俗	→俗不可耐→耐人尋味→味勝易牙
三令五申	→申旦達夕→夕陽西下→下不了台	三顧茅廬	→廬山面目→目瞪口呆→呆若木雞
上下其手	→手不釋卷→卷帙浩繁→繁文末節	上行下效	→效顰學步→步步蓮花→花枝招展
下筆成章	→章決句斷→斷髮文身→身外之物	亡羊補牢	→牢不可破→破門而入→入室升堂
口若懸河	→河清海晏→晏御揚揚→揚眉吐氣	口蜜腹劍	→劍拔弩張→張皇失措→措手不及
大義滅親	→親痛仇快→快人快語→語焉不詳	山窮水盡	→盡忠職守→守望相助→助長聲勢

成語	接龍
不可救藥	↓藥到病除↓除舊佈新↓新仇舊恨
不寒而慄	↓慄慄危懼↓懼刀避劍↓劍舌槍脣
中流砥柱	↓柱石之臣↓臣心如水↓水到渠成
匹夫之勇	↓勇往直前↓前仆後繼↓繼往開來
心腹之患	↓患難之交↓交情匪淺↓淺斟低唱
水深火熱	↓熱熱鬧鬧↓鬧中取靜↓靜觀其變
水滴石穿	↓穿金戴銀↓銀鉤鐵畫↓畫蛇添足
出奇制勝	↓勝券在握↓握手言歡↓歡天喜地
功成身退	↓退前縮後↓後來居上↓上上下下
四面楚歌	↓歌舞昇平↓平沙落雁↓雁去魚來
巧取豪奪	↓奪門而出↓出類拔群↓群居穴處
打草驚蛇	↓蛇心佛口↓口是心非↓非同小可
瓜田李下	↓下逐客令↓令人髮指↓指日可待
任勞任怨	↓怨天尤人↓人聲鼎沸↓沸沸揚揚

成語	接龍
不恥下問	↓問心無愧↓愧不敢當↓當務之急
不識時務	↓務實去華↓華燈初上↓上上下下
井底之蛙	↓蛙鼓蟲吟↓吟風詠月↓月白風清
天衣無縫	↓縫縫補補↓補缺拾遺↓遺恨千古
日暮途遠	↓遠走高飛↓飛蛾撲火↓火傘高張
水落石出	↓出乎意料↓料事如神↓神智不清
世外桃源	↓源遠流長↓長篇大論↓論功行賞
出神入化	↓化暗為明↓明目張膽↓膽戰心驚
司空見慣	↓慣養嬌生↓生生不息↓息事寧人
外強中乾	↓乾淨俐落↓落寞寡歡↓歡聲雷動
平步青雲	↓雲消霧散↓散散落落↓落落大方
未雨綢繆	↓繆種流傳↓傳宗接代↓代人捉刀
生死關頭	↓頭頭是道↓道聽塗說↓說說唱唱
先發制人	↓人困馬乏↓乏人問津↓津津樂道

成語	接龍
危如累卵	→卵翼之恩→恩將仇報→報國盡忠
名落孫山	→山搖地動→動心忍性→性情中人
如火如荼	→荼毒生靈→靈丹妙藥→藥到回春
如魚得水	→水秀山明→明查暗訪→訪古尋幽
安步當車	→車水馬龍→龍馬精神→神通廣大
曲高和寡	→寡不敵眾→眾星捧月→月下老人
有備無患	→患難與共→共襄盛舉→舉手之勞
汗流浹背	→背道而馳→馳名遠近→近在咫尺
羽毛未豐	→豐功偉業→業精於勤→勤政愛民
老蚌生珠	→珠圍翠繞→繞梁三日→日積月累
老當益壯	→壯志凌雲→雲霓之望→望塵莫及
自給自足	→足智多謀→謀臣如雨→雨過天晴
作壁上觀	→觀察入微→微不足道→道山學海
呆若木雞	→雞鳴狗吠→吠聲吠影→影影綽綽

成語	接龍
名不虛傳	→傳家之寶→寶山空回→回生起死
多多益善	→善男信女→女中丈夫→夫唱婦隨
如坐針氈	→氈上拖毛→毛手毛腳→腳踏實地
守株待兔	→兔死狐悲→悲歡離合→合情合理
曲突徙薪	→薪火相傳→傳譽古今→今非昔比
口碑載道	→道學先生→生吞活剝→剝皮抽筋
死灰復燃	→燃萁煮豆→豆蔻年華→華而不實
江郎才盡	→盡心盡力→力不從心→心服口服
老生常談	→談笑風生→生龍活虎→虎頭蛇尾
老馬識途	→途窮日暮→暮氣沉沉→沉魚落雁
自食其果	→果熟自落→落地生根→根深柢固
自慚形穢	→穢語汙言→言聽計從→從長計議
呆頭呆腦	→腦滿腸肥→肥頭大耳→耳提面命
含沙射影	→影隻形單→單刀直入→入幕之賓

成語	接龍
含苞待放	↓放馬後炮↓炮聲隆隆↓隆恩曠典
形單影隻	↓隻言片語↓語笑喧譁↓譁眾取寵
投鼠忌器	↓器宇不凡↓凡夫俗子↓子子孫孫
沉默寡言	↓言不由中↓中西合璧↓璧合珠聯
言過其實	↓實至名歸↓歸心似箭↓箭在弦上
走馬看花	↓花天酒地↓地盡其利↓利慾薰心
車水馬龍	↓龍飛鳳舞↓舞榭歌臺↓臺閣生風
兔死狗烹	↓烹龍炮鳳↓鳳凰于飛↓飛龍在天
刻舟求劍	↓劍樹刀山↓山陰道上↓上下其手
咄咄怪事	↓事在人為↓為非作歹↓歹徒橫行
奇貨可居	↓居安思危↓危言聳聽↓聽而不聞
幸災樂禍	↓禍起蕭牆↓牆風壁耳↓耳鬢交接
拋磚引玉	↓玉石俱焚↓焚琴煮鶴↓鶴立雞群
抱薪救火	↓火樹銀花↓花甲之年↓年事已高

成語	接龍
形跡敗露	↓露膽披肝↓肝膽相照↓照螢映雪
投機取巧	↓巧奪天工↓工力悉敵↓敵眾我寡
杞人憂天	↓天狗食月↓月落烏啼↓啼笑皆非
沆瀣一氣	↓氣定神閒↓閒話家常↓常勝將軍
言聽計從	↓從俗就簡↓簡明扼要↓要言不煩
身無長物	↓物是人非↓非親非故↓故技重施
事半功倍	↓倍道兼進↓進酒作樂↓樂善好施
兩敗俱傷	↓傷天害理↓理不勝辭↓辭不達意
刮目相看	↓看人行事↓事過境遷↓遷善改過
夜郎自大	↓大腹便便↓便宜行事↓事緩則圓
孤注一擲	↓擲地有聲↓聲嘶力竭↓竭澤而漁
披星戴月	↓月落星沉↓沉默是金↓金榜題名
抱頭鼠竄	↓竄進竄出↓出爾反爾↓爾虞我詐
易如反掌	↓掌上明珠↓珠胎暗結↓結草啣環

成語	接龍
東施效顰	→顰眉蹙額→額手稱頌→頌聲遍野
枕戈待旦	→旦旦信誓→誓不兩立→立身揚名
欣欣向榮	→榮宗耀祖→祖舜宗堯→堯天舜日
物極必反	→反反覆覆→覆水難收→收放自如
狗尾續貂	→貂裘換酒→酒足飯飽→飽食終日
盲人瞎馬	→馬仰人翻→翻臉無情→情意綿綿
臥薪嘗膽	→膽大包天→天誅地滅→滅國弒君
虎頭蛇尾	→尾生之信→信手拈來→來者不拒
近悅遠來	→來龍去脈→脈絡貫通→通時達變
邯鄲學步	→步步為營→營私舞弊→弊帚自珍
門可羅雀	→雀屏中選→選賢與能→能言善辯
青出於藍	→藍田種玉→玉樹臨風→風雨交加
信口雌黃	→黃道吉日→日有所思→思惹情牽
前車之鑑	→鑑往知來→來頭不小→小頭銳面

成語	接龍
東窗事發	→發揚光大→大旱雲霓→霓裳羽衣
杯弓蛇影	→影形不離→離鸞別鳳→鳳去樓空
歧路亡羊	→羊入虎口→口無遮攔→攔前斷後
狗血淋頭	→頭昏目眩→眩目震耳→耳聰目明
狐假虎威	→威震天下→下井投石→石投大海
空穴來風	→風雨對床→床頭金盡→盡付東流
虎口餘生	→生搬硬套→套畫押字→字正腔圓
迎刃而解	→解甲歸田→田連阡陌→陌路相逢
返老還童	→童叟無欺→欺善怕惡→惡有惡報
門當戶對	→對症下藥→藥石罔效→效果不彰
門庭若市	→市井小民→民殷國富→富而不仁
青梅竹馬	→馬到成功→功不可沒→沒沒無聞
削足適履	→履仁蹈義→義薄雲天→天壤之別
前倨後恭	→恭恭敬敬→敬業樂群→群策群力

成語	接龍
南柯一夢	→夢寐以求→求助無門→門戶之見
哀鴻遍野	→野心勃勃→勃然大怒→怒火中燒
怨聲載道	→道遠日暮→暮鼓晨鐘→鐘鳴鼎食
指鹿為馬	→馬上封侯→侯門如海→海內無雙
殃及池魚	→魚肉鄉民→民不聊生→生死有命
為人師表	→表裡如一→一毛不拔→拔刀相助
畏畏縮縮	→縮衣節食→食言而肥→肥馬輕裘
背水一戰	→戰功彪炳→炳燭夜遊→遊刃有餘
風燭殘年	→年深日久→久仰大名→名垂青史
乘勝追擊	→擊鼓申冤→冤家路窄→窄門窄戶
剜肉醫瘡	→瘡痍滿目→目眥盡裂→裂裳裹膝
家喻戶曉	→曉行夜宿→宿世冤家→家常便飯
破釜沉舟	→舟車勞頓→頓足捶胸→胸無點墨
紙上談兵	→兵荒馬亂→亂七八糟→糟糠之妻

成語	接龍
南轅北轍	→轍亂旗靡→靡靡之音→音容宛在
急如星火	→火燒屁股→股掌之上→上求下告
按圖索驥	→驥服鹽車→車載斗量→量身訂做
拾人牙慧	→慧眼獨具→具體而微→微服私行
洛陽紙貴	→貴妃醉酒→酒池肉林→林林總總
狡兔三窟	→窟窿眼兒→兒女情長→長此以往
約法三章	→章句之徒→徒勞無功→功成名就
負荊請罪	→罪魁禍首→首屈一指→指指點點
乘風破浪	→浪得虛名→名花有主→主憂臣辱
倒行逆施	→施而不費→費心費力→力不從心
家徒四壁	→壁壘分明→明明白白→白頭偕老
狼吞虎嚥	→嚥苦吞甘→甘拜下風→風光明媚
破碎支離	→離情依依→依山傍水→水漲船高
紙醉金迷	→迷途知返→返璞歸真→真相大白

總筆畫索引

【一畫】

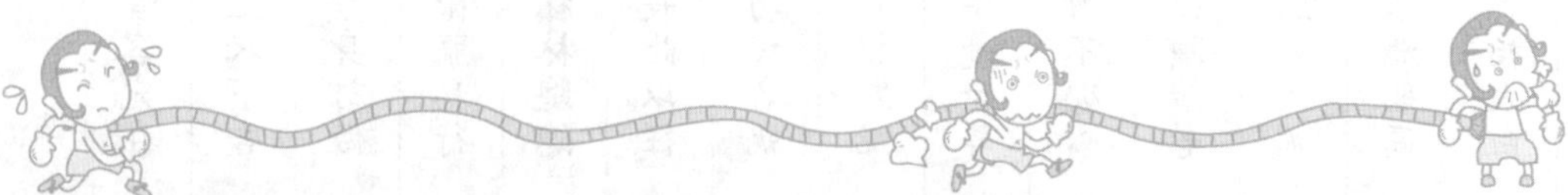

【二畫】

【三畫】

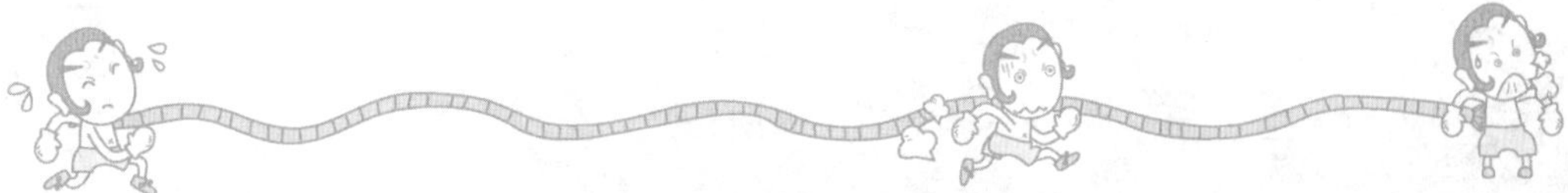

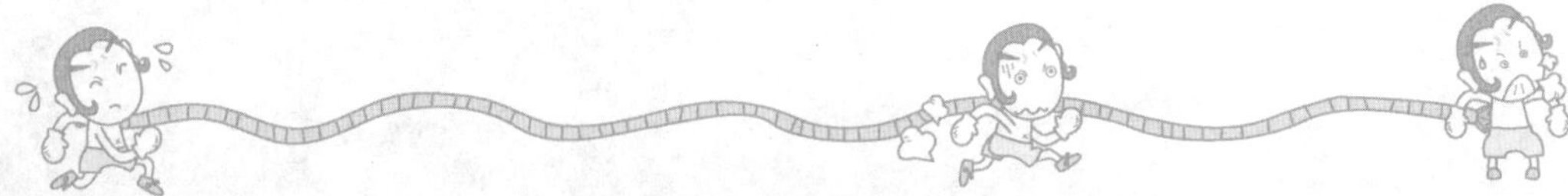

【四畫】

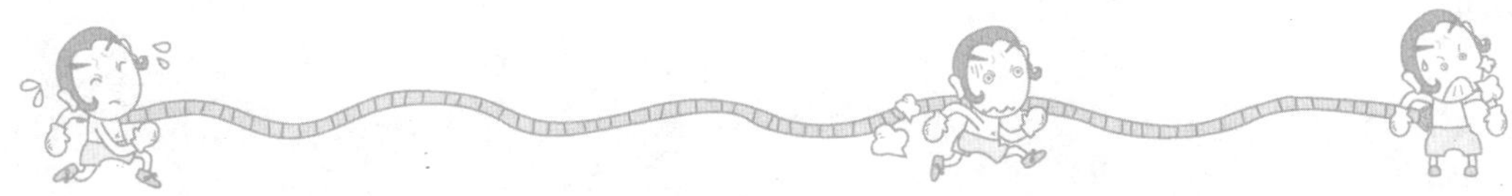

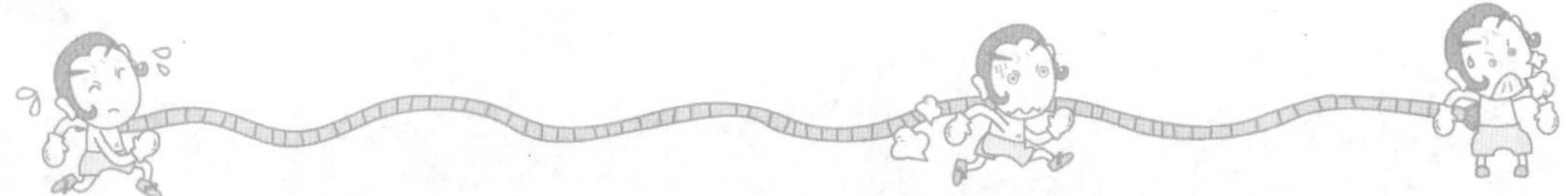

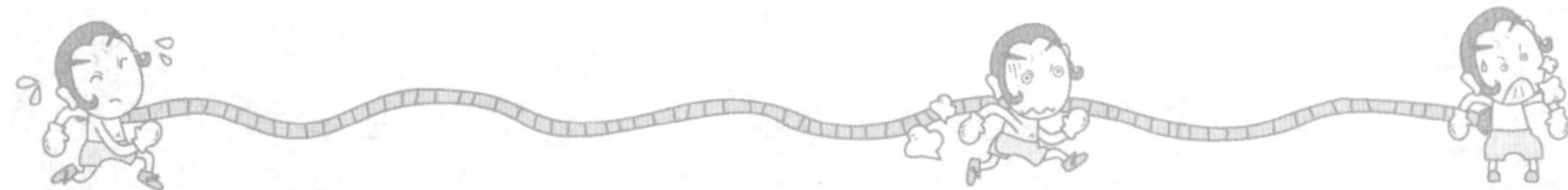

【五畫】

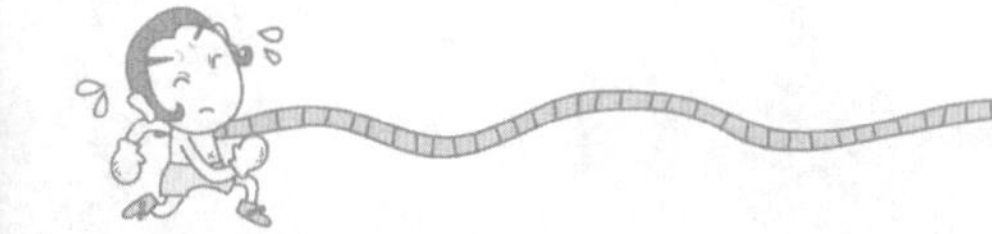

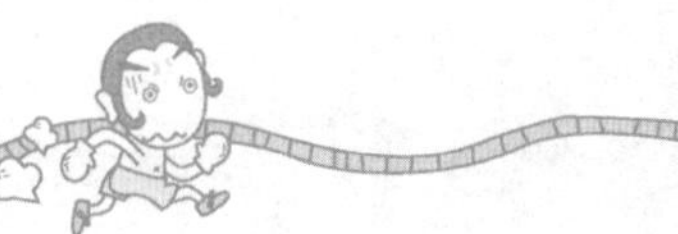

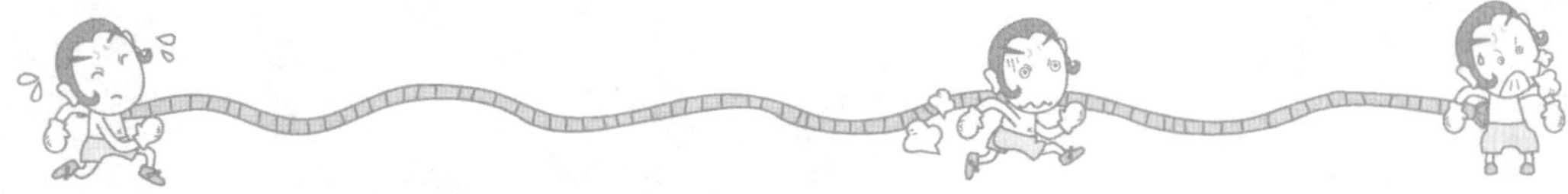

六畫

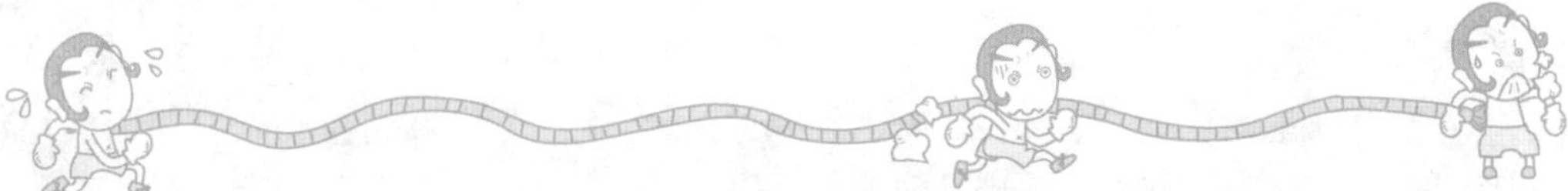

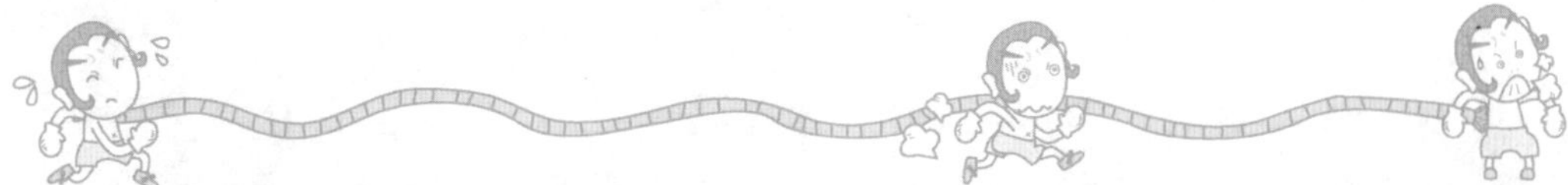

【七畫】

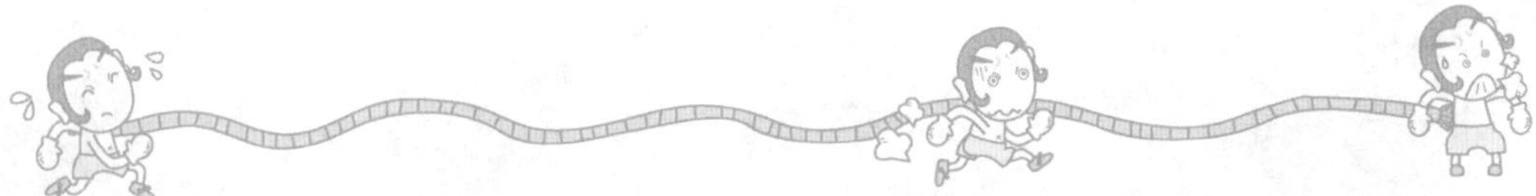

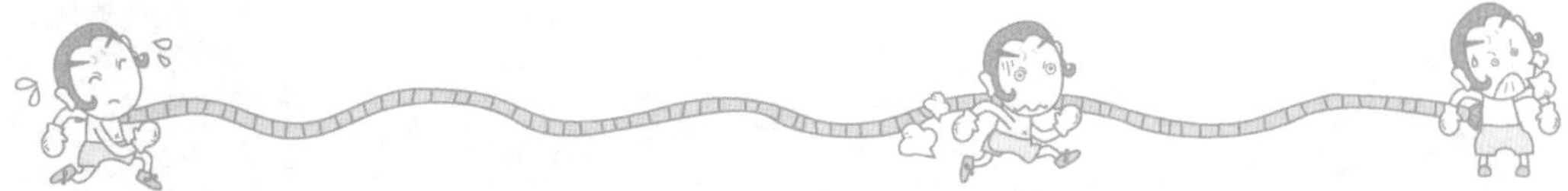

【八畫】

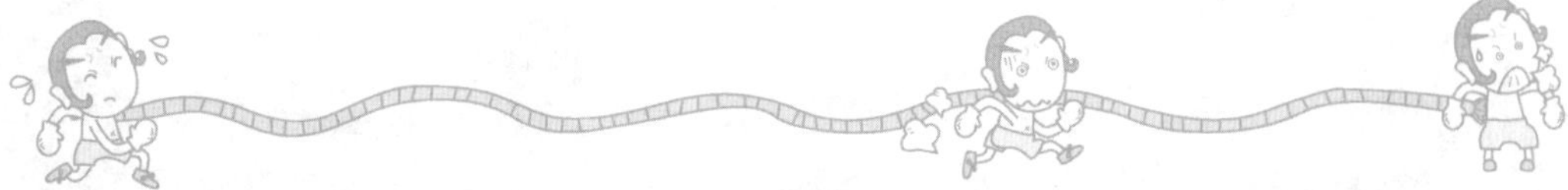

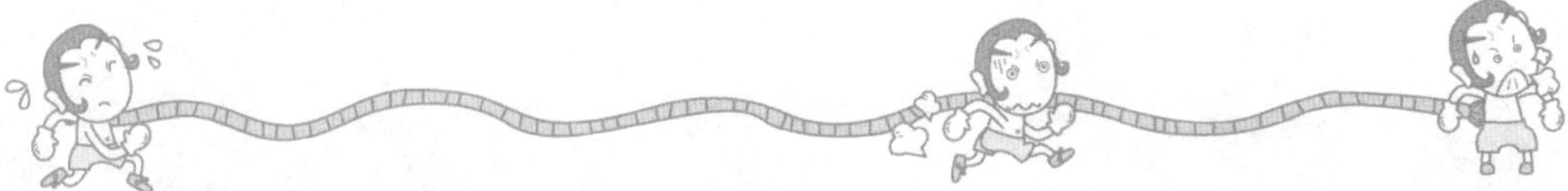

【九畫】

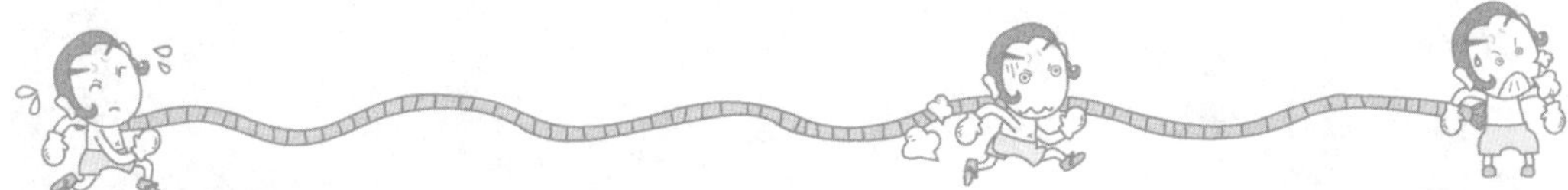

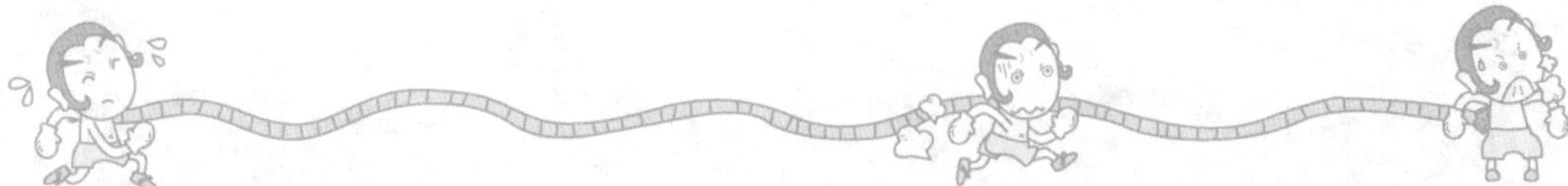

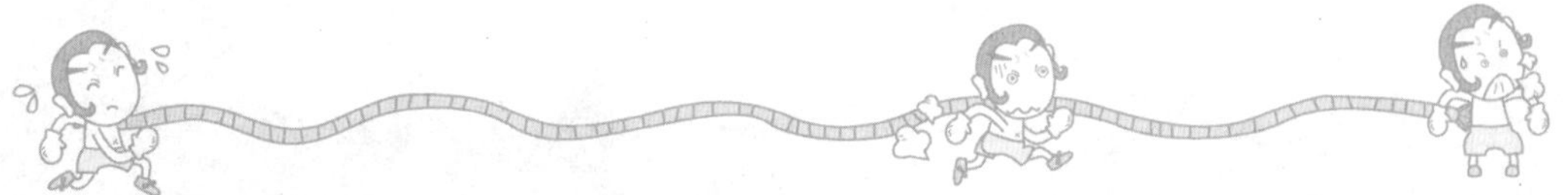

【十畫】

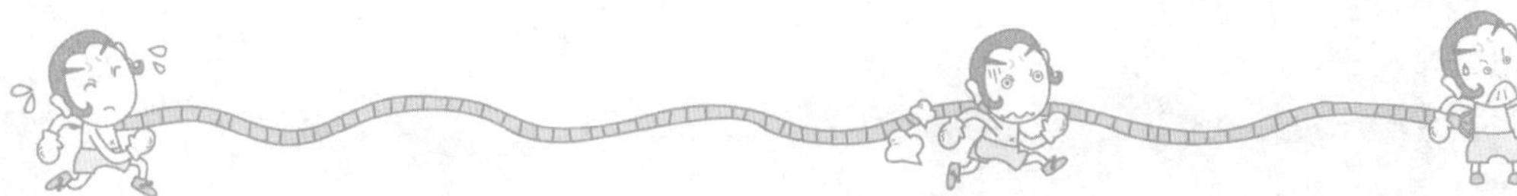

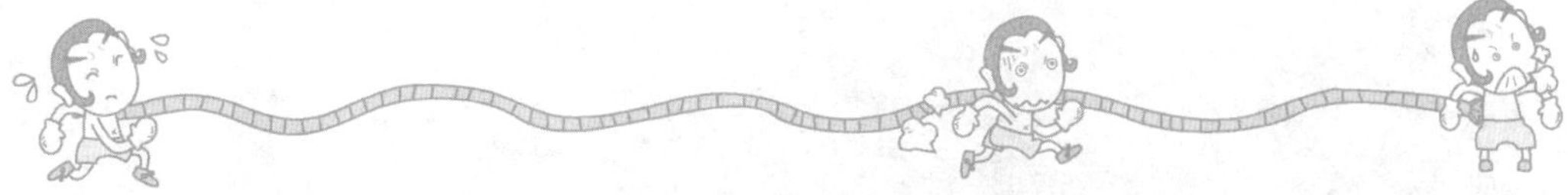

【十一畫】

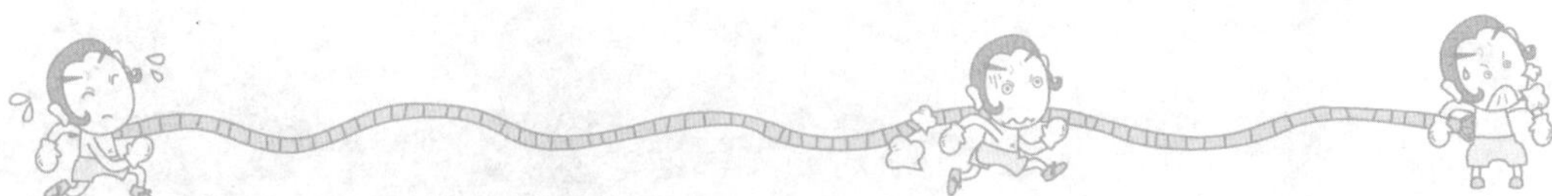

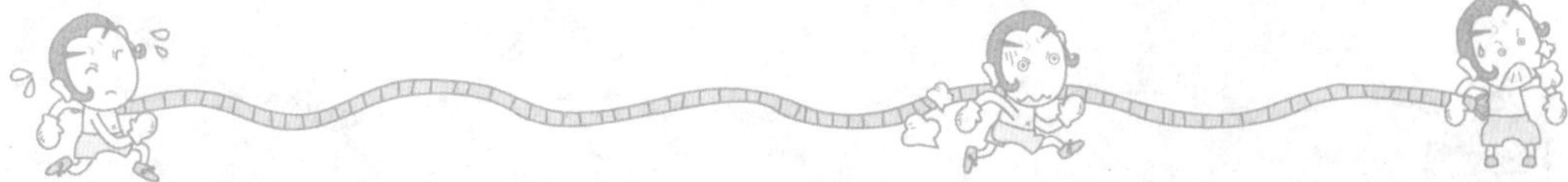

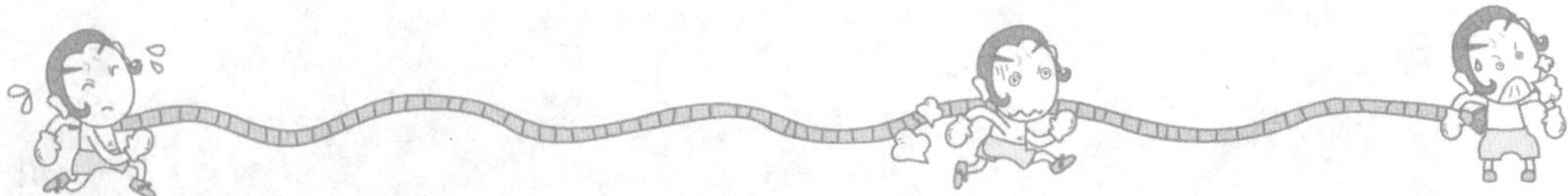

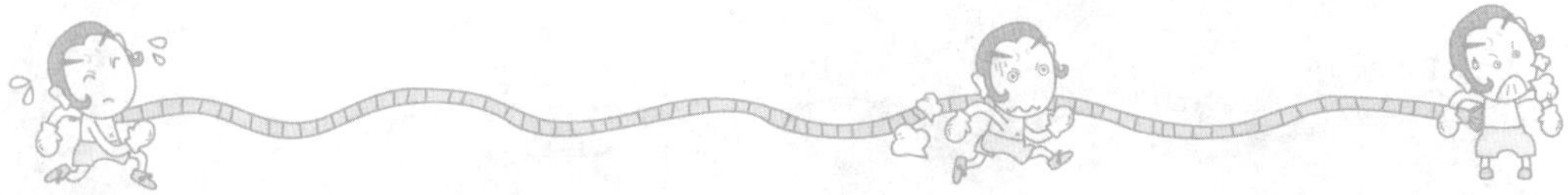

【十三畫】

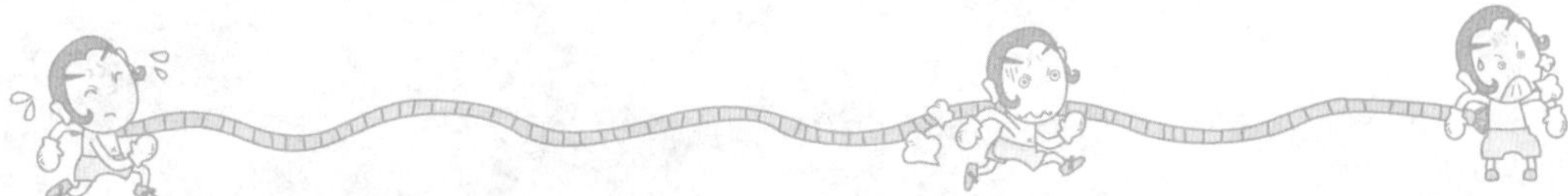

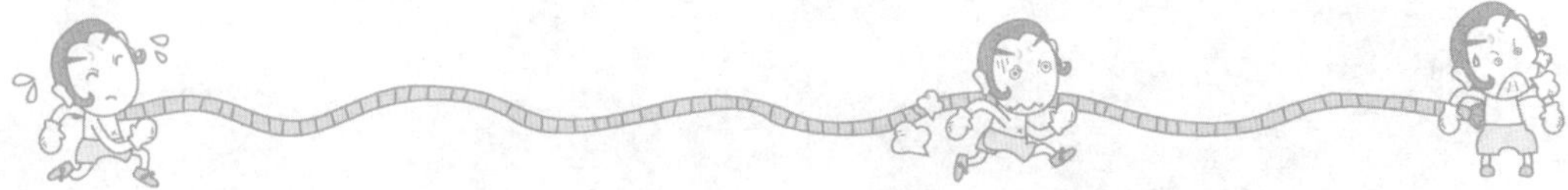

【十四畫】

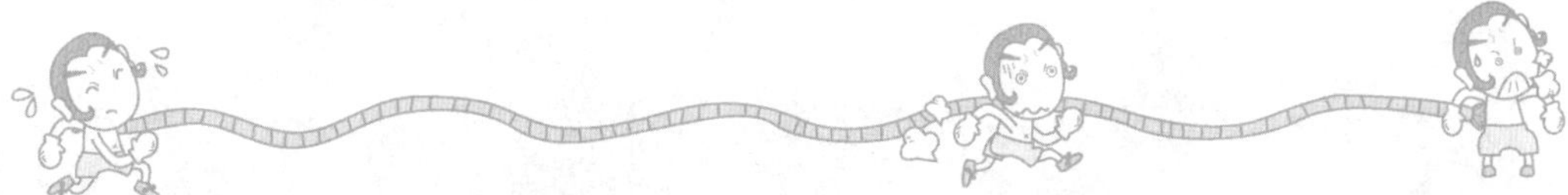

【十五畫】

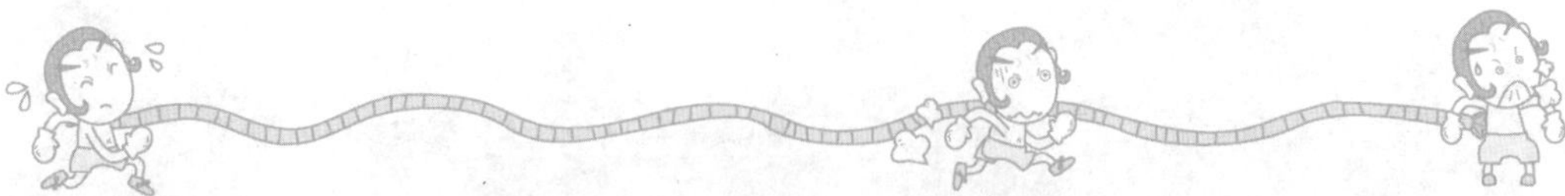

【十六畫】

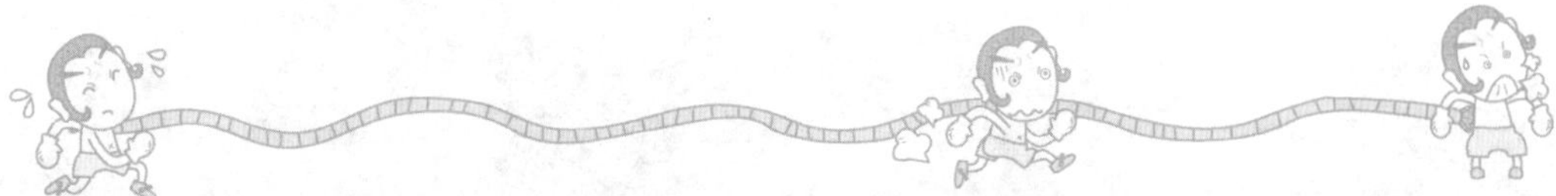

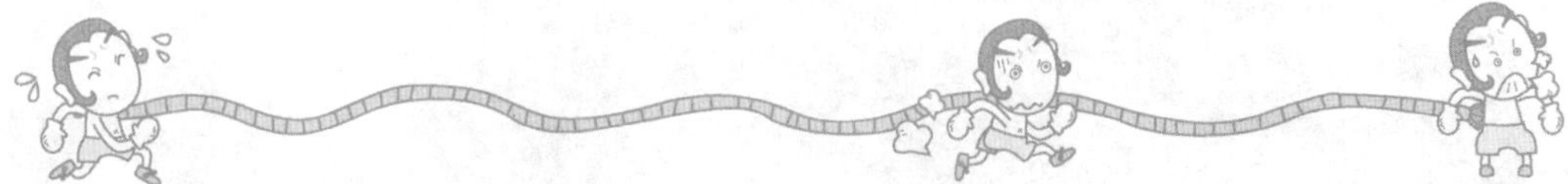

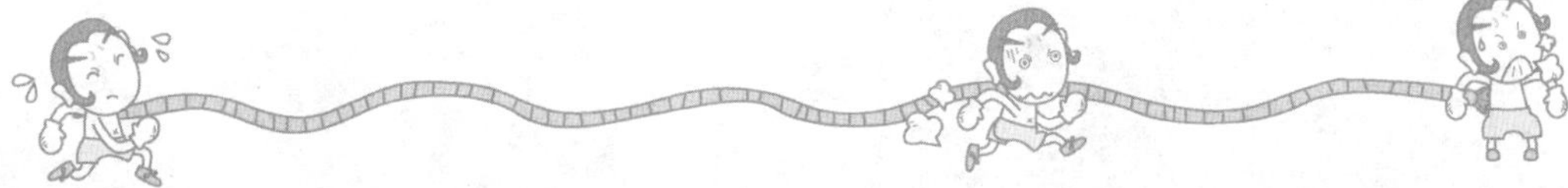

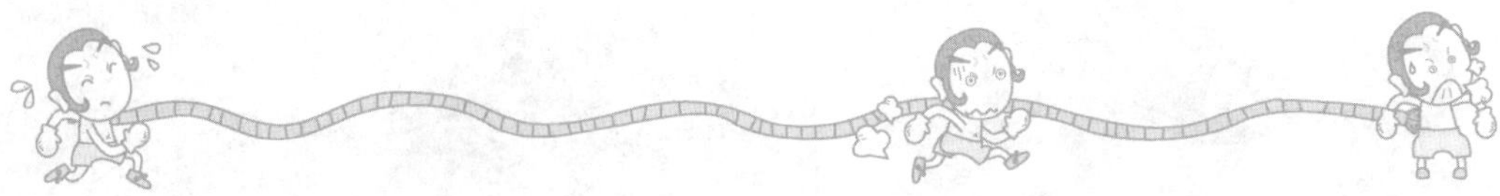

國家圖書館出版品預行編目資料

多功能分類成語典／許晉彰，邱啓聖編著.－－初版
－－臺北市：五南，民 95
面；　公分
含索引
ISBN 978-957-11-4366-8（平裝）

1. 中國語言 — 成語，熟語 — 字典，辭典

802.35　　95010572

多功能分類成語典

編著者　許晉彰　邱啓聖
總編輯　王翠華
執行主編　黃文瓊
封面設計　吳佳臻
出版者　五南圖書出版股份有限公司
發行人　楊榮川
地　址：台北市大安區 106
和平東路二段三三九號四樓
電　話：〇二－二七〇五五〇六六（代表號）
傳　真：〇二－二七〇六六一〇〇
郵政劃撥：〇一〇六八九五－三
網　址：http://www.wunan.com.tw
電子郵件：wunan@wunan.com.tw
顧　問　林勝安律師事務所　林勝安律師
版　刷　中華民國九十五年七月初版一刷
中華民國一〇三年八月初版六刷
定　價　三九〇元